Ildefonso Falcones de Sierra, verheiratet und Vater von vier Kindern, arbeitet als Anwalt in Barcelona. *Die Erben der Erde* ist die Fortsetzung seines großen internationalen Bestsellers *Die Kathedrale des Meeres*, der Millionen Leser begeisterte und als Netflix-Serie produziert wurde. Mit weltweit mehr als sieben Millionen verkauften Büchern hat sich Falcones als der bestverkaufte spanische Autor historischer Romane verewigt.

Die Erben der Erde in der Presse:

»So packend und detailreich, dass man nicht aufhören kann zu lesen.«
freundin

»Es sind die gründlich recherchierten Details aus der Alltags-, Sozial- und Wirtschaftsgeschichte, die das Buch faszinierend machen.«
NDR Kultur »Buch der Woche«

»Alle, die die historischen Romane von Ken Follett und Barcelona mögen, werden dieses Buch lieben – und alle anderen einen grandiosen Autor für sich entdecken, der beste gehobene Unterhaltung bietet.« *Lebensart*

»Erneut gelingt es Falcones, in ein großartiges historisches Panorama zu entführen. Ein spannendes Plädoyer gegen Machtgier und für religiöse Toleranz.« *P.M. History*

»Ein bildersatter Historienschmöker vom Bestsellerautor Ildefonso Falcones.«
annabelle

Außerdem von Ildefonso Falcones lieferbar:

Die Kathedrale des Meeres
Das Lied der Freiheit
Die Pfeiler des Glaubens

Ildefonso Falcones

DIE ERBEN DER ERDE

Roman

Aus dem Spanischen von
Michaela Meßner, Laura Haber
und Carsten Regling

PENGUIN VERLAG

Die spanische Originalausgabe erschien 2016 unter dem Titel
Los Herederos de la Tierra bei Penguin
Random House Grupo Editorial, Barcelona.

MIX
Papier aus verantwortungsvollen Quellen
FSC® C014496
FSC www.fsc.org

Verlagsgruppe Random House FSC® N001967

PENGUIN VERLAG

1. Auflage 2019

Neumarkter Straße 28, 81673 München
Umschlag: bürosüd GmbH
Umschlagmotiv: Arcangel/Trevor Payne
Satz: Uhl + Massopust, Aalen
Druck und Bindung: GGP Media GmbH, Pößneck
Printed in Germany
ISBN 978-3-328-10511-4
www.penguin-verlag.de

Dieses Buch ist auch als E-Book erhältlich.

ERSTER TEIL

Zwischen Meer und Land

1

Barcelona, 4. Januar 1387

Die See war aufgewühlt, der Himmel grau und bleiern. Am Strand standen die Werftarbeiter, Hafenschiffer, Seemänner und *Bastaixos* in gespannter Erwartung. Einige rieben sich die Hände oder klopften sich warm, andere suchten sich vor dem eisigen Wind zu schützen. Kaum einer sprach. Stumme Blicke wurden gewechselt, dann sah man wieder auf die Wellen, die sich kraftvoll am Ufer brachen. Die mächtige königliche Galeere mit ihren dreißig Ruderbänken zu jeder Seite war rettungslos den Unbilden des Sturms ausgeliefert. In den vergangenen Tagen hatten sich die *Mestres d'aixa,* die Schiffsbaumeister der Werft, mit den Lehrburschen und Seemännern darangemacht, sämtliche Apparaturen und alles Zubehör vom Schiff abzumontieren: die Steuerruder und Kolderstöcke, die Ausrüstung, die Segel, Masten und Ruderbänke mitsamt den Rudern …

Was nicht niet- und nagelfest war, hatten die Hafenschiffer zum Strand geschafft und an die *Bastaixos* übergeben, die alles auf die Lager verteilten. Sie hatten drei Anker fest im Grund verhakt zurückgelassen, die nun an der *Santa Marta* zerrten, welche nur mehr ein riesiges schutzloses Gerippe war, gegen das die Wellen anbrandeten.

Hugo, ein zwölfjähriger Junge mit kastanienbraunem Haar, Hände und Gesicht so schmutzig wie das Hemd, das ihm bis auf die Knöchel fiel, hielt den Blick seiner wachen Augen starr auf die Galeere gerichtet. Seit er mit dem Genuesen in der Werft arbeitete, hatte er schon oft dabei geholfen, Schiffe an Land zu ziehen oder vom Stapel laufen zu lassen, aber das hier war gewaltig, und der Sturm gefährdete das Gelingen ihres Manövers. Ein paar Seemänner wurden an Bord der *Santa Marta* geschickt, um die Anker zu lichten, damit die Hafenschiffer das Schiff an Land bringen und die dort wartenden Arbeiter es zum Überwintern ins Innere der Werft ziehen konnten. Die Arbeit war mühevoll und außerordentlich anstrengend, es kamen Seilzüge und Spillen zum Einsatz, die helfen sollten, das Schiff, sobald es auf Sand gelaufen war, an Land zu ziehen. Neben Genua, Pisa und Venedig war Barcelona eine der größten Schiffsbaustätten, und doch hatte es keinen Hafen, gab es dort keine schützenden Buchten und Dämme, die die Arbeit hätten erleichtern können. Das Meeresufer vor der Stadt war ein einziger offener Strand.

»*Anemmu*, Hugo!«, befahl ihm der Genuese. Hugo sah den *Mestre d'aixa* verwundert an. »Aber …«, wagte er zaghaft einzuwenden.

»Tu, was ich dir sage«, fiel der Genuese ihm ins Wort, ehe er, mit dem Kinn auf eine Schar von Männern deutend, hinzusetzte: »Der Statthalter der Werft hat gerade einem angesehenen Mann aus der Gilde der Hafenschiffer die Hand gegeben. Sie sind sich also handelseinig geworden, welchen Preis der König ihnen zahlen soll. Bei dem Sturm ist das alles ein höchst gefährliches Manöver. Wir werden das Schiff aus dem Wasser ziehen! *Anemmu*«, sagte er erneut.

Hugo bückte sich und packte die Eisenkugel, die der Genuese am rechten Knöchel an einer Kette mit sich herumschleppte, wuchtete sie unter Aufbietung all seiner Kräfte hoch und hielt sie dann gegen den Bauch gepresst.

»Bist du bereit?«, fragte der Genuese.

»Ja.«

»Der Oberste Baumeister erwartet uns.«

Der Bursche folgte ihm über den Strand, und sie bahnten sich einen Weg durch die Menschenmenge, die schon von dem Handel erfahren hatte. Alle warteten nervös auf die Anweisungen des Obersten Baumeisters. Es gab auch einige Genuesen in der Menge, die ebenfalls auf See in Gefangenschaft geraten waren und nun mit Eisenkugeln an der Flucht gehindert wurden. Sie alle waren Zwangsarbeiter der katalanischen Werft, jeder mit einem Burschen an der Seite, der die Kugel im Arm hielt.

Domenico Blasio, so hieß der Genuese, dem Hugo Geleit gab, zählte zu den besten *Mestres d'aixa* des Mittelmeers, und man durfte behaupten, dass er sogar den Obersten Baumeister in den Schatten stellte. Blasio hatte Hugo als Lehrjungen eingestellt, nachdem Herr Arnau Estanyol und Juan der Navarrer, ein Mann mit gewaltigem Wanst und rundem Kahlkopf, ihn darum gebeten hatten. Zu Anfang hatte der Genuese ihn ein wenig zurückhaltend behandelt. Doch seit Pedro III., genannt der Prächtige, mit den Herrschern von Genua einen prekären Friedensvertrag unterzeichnet hatte, gaben sich alle gefangenen Werftarbeiter der Hoffnung hin, man werde zunächst die katalanischen Gefangenen in die Freiheit entlassen und dann ein Gleiches mit den Genuesen tun. Und so hatte der Meister sich auf Hugo gestürzt und begonnen, ihn in die Geheimnisse eines der Berufe einzuweisen, die im gesamten Mittelmeerraum am meisten geschätzt wurden: in die Geheimnisse des Schiffsbaus.

Als der Genuese sich dem Kreis der anderen hohen Persönlichkeiten und *Mestres* rund um den Obersten Baumeister zugesellt hatte, legte Hugo die Kugel im Sand ab. Er suchte den Strand mit den Augen ab. Die Spannung stieg. Unter den Gehilfen, die die Zugtiere vorbereiteten, gab es ein beständiges Hin und Her und viel Geschrei, man warf sich aufmunternde Rufe zu oder klopfte sich auf den Rücken. Es galt, dem Wind, der Kälte und dem nebelverhangenen Licht zu trotzen, das in einem Land, das die Sonne mit ihrem ewigen Strahlen beschenkte, so fremd war. Hugos Aufgabe bestand zwar bloß darin, die Eisenkugel des Genuesen zu tragen, doch er war stolz, diesem Trupp anzugehören. Es hatten sich viele Schaulustige am Meeresufer eingefunden. Sie applaudierten den Arbeitern und feuerten sie mit ihren Rufen an. Der Junge beobachtete die Seeleute, die Schaufeln trugen, um den Sand unter der Galeere auszugraben, dann die Männer, welche die Spillen, Seilrollen und Taue vorbereiteten. Andere schleppten die hölzernen Schienen herbei, die mit Fett eingestrichen und mit Gras bedeckt wurden, damit das Schiff gut darübergleiten konnte, oder trugen lange Stangen zum Strand, während die *Bastaixos* sich bereit machten, das Schiff an Land zu ziehen.

Hugo vergaß den Genuesen und lief zu der Schar von *Bastaixos* hinüber, die sich am Strand versammelt hatte. Er wurde herzlich begrüßt, hier und da mit einem freundschaftlichen Schlag ins Genick. »Wo hast du denn die Kugel gelassen?«, fragte einer und lockerte ein wenig den Ernst und die Anspannung der Versammelten. Sie kannten ihn alle, zumindest wussten sie, dass Herr Arnau Estanyol ihm große Zuneigung entgegenbrachte, der altehrwürdige Herr, der im Innern des Kreises stand und neben den kräftigen Zunftmeistern der *Bastaixos* von Barcelona recht schmächtig wirkte. Alle wussten, wer Arnau Estanyol war, und seine Geschichte flößte ihnen Bewunderung ein. Es gab immer noch etliche Zeitzeugen, die erzählen konnten, wie viele Dienste er der Zunft und ihren Mitgliedern schon erwiesen hatte. Hugo stellte sich still und leise neben ihn. Der alte Herr strich ihm übers Haar, ohne den Gesprächsfaden zu verlieren. Sie sprachen über die Gefahren, die den Bootsführern drohten, wenn sie die Galeere an Land zogen, und welche Gefahr sie selbst liefen, sollte das Schiff weit draußen auf einer Sandbank stranden und sie müssten hinüber, um es festzumachen. Der Wellengang war gewaltig, und die wenigsten *Bastaixos* konnten schwimmen.

»Hugo!«, hörte er eine laute Stimme.

»Hast du den Meister schon wieder allein gelassen?«, fragte Arnau.

»Er muss ja noch nicht arbeiten«, entschuldigte sich der Bursche.

»Geh zu ihm!«

»Aber …«

»Nun mach schon!«

Hugo lief zurück, nahm die Kugel in den Arm und folgte dem Genuesen über den Strand, während dieser dem einen oder anderen Arbeiter einen Befehl erteilte. Der Oberste Baumeister und die Handwerker respektierten Domenico. Niemand stellte sein großes Können als *Mestre d'aixa* infrage. In dem Moment, da es den Hafenschiffern gelang, zur *Santa Marta* zu kommen, die Seile zu packen, die Anker zu lichten und die Galeere langsam Richtung Ufer zu ziehen, brandete Begeisterung auf. Vier Boote zogen die Galeere, zwei zu jeder Seite. Einige beobachteten das Geschehen mit Entsetzen. In ihren Gesichtern und verkrampften Händen spiegelte sich die Angst. Aber die meisten ließen sich mitreißen, und ihre aufmunternden Zurufe steigerten sich zu einem entfesselten Kreischen.

»Lass dich nicht ablenken, Hugo«, ermahnte ihn der Genuese, doch der Junge starrte unverwandt zu dem Schauspiel hinüber, das auch die Menge in Bann geschlagen hatte: Ein Schiff drohte zu kentern, und ein paar Hafenschiffer waren ins Wasser gefallen. Würde es ihnen gelingen, wieder an Bord zu kommen?

»Meister?« Er stellte die Frage, ohne den Blick von den Hafenschiffern losreißen zu können, die sich vollkommen verausgabten, um das Leben ihrer Gefährten zu retten. Durch das Manöver des vierten Bootes bekam die *Santa Marta* Schlagseite.

Hugo zitterte. Die Szene erinnerte ihn an einen anderen Vorfall. Seeleute hatten ihm erzählt, dass sie mit eigenen Augen gesehen hatten, wie sein Vater vor einigen Jahren auf einer Reise nach Sizilien von den Wellen verschlungen worden war. Der Genuese verstand ihn, denn er kannte Hugos Geschichte, und auch ihn hatte das Drama, das sich vor ihren Augen abspielte, in seinen Bann geschlagen.

Einem der Schiffer war es gelungen, sich an Bord zu hieven, der andere kämpfte in den Wellen noch verzweifelt um sein Leben. Sie würden ihn nicht im Stich lassen. Das Schiff, das von der gleichen Seite an der Galeere zog wie das erste, machte die Leinen los und fuhr zu der Stelle, wo der Hafenschiffer mit einem verzweifelten Winken in den Fluten verschwunden war. Gleich darauf waren die wedelnden Arme noch einmal kurz zu sehen gewesen. Die Strömung trug den Mann aufs offene Meer hinaus. Nun machte auch das erste Schiff die Leinen los, und die beiden Schiffe von der anderen Seite schlossen sich ebenfalls an.

Hugo spürte, wie die Hände des Meisters aus Genua sich in seine Schultern krallten. Die Rettungsbemühungen gingen weiter, obwohl just in dem Moment die davontreibende *Santa Marta* bei der kleinen Mole von Sant Damià auf Grund lief. Ein paar wenige sahen kurz hinüber, doch gleich darauf richteten sie ihre Aufmerksamkeit erneut auf die Schiffe. Eines der Schiffe machte ein deutliches Zeichen, was einer für ein gutes Omen hielt und sogleich auf die Knie fiel, aber der Mehrheit schien es nicht zu genügen. Und wenn es doch ein Irrtum war? Noch mehr Zeichen, jetzt von allen Schiffen. Etliche Arme wurden in die Höhe gereckt, triumphierend, mit geballter Faust. Schon war kein

Zweifel mehr: Sie kehrten zurück. Sie ruderten zum Strand, wo die Leute einander lachend in die Arme fielen oder in Tränen ausbrachen.

Hugo spürte, wie erleichtert der Meister war, aber er selbst zitterte noch immer. Niemand hatte damals etwas für seinen Vater tun können, das hatte man ihm versichert. Jetzt stellte er sich vor, wie er mit rudernden Armen um Hilfe gerufen hatte, ganz wie soeben der Schiffer in den Wellen.

Der Genuese strich ihm zärtlich von hinten übers Gesicht.

»Das Meer kann so grausam sein«, flüsterte er ihm zu. »Vielleicht hat heute dein Vater aus der Tiefe der Meeresfluten heraus diesem Mann geholfen.«

Unterdessen wurde die *Santa Marta* wieder und wieder von den Wellen gepackt, bis sie an den Felsen der Mole zerschellte.

»Das haben sie nun davon, dass sie es zulassen, dass die Schiffe jetzt auch außerhalb der Zeit zwischen April und Oktober fahren dürfen, auf die man früher die Schifffahrt beschränkte«, erklärte Arnau Hugo.

Die beiden waren am Tag nach dem Unglück der *Santa Marta* auf dem Weg ins Ribera-Viertel. Die Männer von der Werft sammelten das Treibholz, das von der Galeere an den Strand gespült wurde, sie versuchten, von der kleinen Mole von Sant Damià aus so viel wie möglich zu retten. Dort konnte der Genuese mit seiner Kugel am Bein nicht arbeiten, und so kamen sie in den Genuss eines freien Tages, der noch um einen weiteren Feiertag verlängert wurde: das Dreikönigsfest.

»Heute«, erläuterte Herr Arnau weiter, »bauen wir bessere Galeeren, die mehr Bänke und mehr Ruder haben, die aus besserem Holz und besserem Eisen gemacht sind und von Schiffsbaumeistern mit größeren Kenntnissen entworfen wurden. Unsere Erfahrungen im Schiffsbau haben uns vorangebracht, und jetzt gibt es sogar schon Schiffer, die sich im Winter aufs Wasser trauen. Sie vergessen, dass das Meer dem Waghalsigen nichts verzeiht.«

Sie gingen zur Pfarrei von Santa María del Mar, um in die Armenkasse der Kirche das Geld einzuzahlen, das sie beim Betteln von Haus zu Haus gesammelt hatten. Diese Wohlfahrtseinrichtung erfreute sich guter Einkünfte; sie besaß Weinberge, Häuser, Werkstätten und zog Pachtgelder ein. Doch Herr Arnau hatte großen Gefallen daran, die Menschen um milde Gaben zu ersuchen, wie es für die Verwalter der Armenkasse Pflicht war, und seit er Hugos Familie seine Hilfe zuteilwerden ließ, half ihm der Junge bei der Kollekte, die später allen Bedürftigen zugutekam. Hugo kannte die Geber, aber nie die Empfänger.

»Sagt mir nur, warum…«, hub der Junge an und verstummte. Mit einer zärtlichen Geste ermunterte Arnau ihn zum Weiterreden. »Warum verbringt ein Mann wie Ihr… seine Zeit mit Betteln?«

Arnau lächelte geduldig, ehe er antwortete.

»Für die Bedürftigen um Almosen zu bitten, ist ein Privileg, eine Gnade Gottes, nichts, wofür man verspottet werden könnte. Keiner von denen, bei denen wir vorsprechen, würde Menschen, von denen er nicht weiß, ob er ihnen vertrauen kann, auch nur ein einziges Geldstück geben. Die Treuhänder der Armenkasse von Santa María del Mar müssen angesehene Männer aus Barcelona sein und selbst für die Armen betteln gehen. Und weißt du, was? Wir Treuhänder sind nicht verpflichtet, Rechenschaft abzulegen, wofür wir das Geld aus der Armenkasse verwenden. Niemandem gegenüber, nicht einmal dem Erzdiakon von Santa María… ja, nicht einmal gegenüber dem Bischof!«

Früher hatte Hugo Meister Arnau bei dieser Aufgabe begleitet, bis er in der Werft bei dem Genuesen Arbeit fand, von dem er lernen sollte, wie man Schiffe baut, um später selbst ein Schiffsbaumeister zu werden. Bevor Hugo in der Werft zu arbeiten anfing, hatte Arnau bereits eine Anstellung für Hugos kleine Schwester Arsenda gefunden, die einer Nonne im Kloster María Jonqueres als Dienstmagd zur Hand ging. Die Nonne wollte das Mädchen ernähren und erziehen, wollte eine tüchtige Frau aus ihr machen und sie nach zehn Jahren mit einer Mitgift von zwanzig Pfund bedenken, auf dass sie sich einen Ehemann suchen konnte; das alles wurde in dem Vertrag niedergelegt, den Arnau mit der Nonne geschlossen hatte.

Die Begeisterung, mit der Hugo sich auf die Arbeit in der Werft stürzte, obwohl seine einzige Aufgabe vorläufig darin bestand, die Kugel des Genuesen zu tragen, war dennoch getrübt aufgrund der Folgen, die das für seine Mutter Antonina hatte.

»Ich soll in der Werft wohnen? Dort nächtigen?«, hatte er verängstigt gefragt, als sie mit ihm über seine neue Beschäftigung gesprochen hatte. »Wieso kann ich nicht arbeiten und dann nach Hause kommen, um bei Euch zu nächtigen, wie sonst auch?«

»Weil du dann nicht mehr hier wohnen kannst«, erwiderte Antonina mit sanfter Stimme.

Der Junge schüttelte den Kopf.

»Das ist unser Haus.«

»Ich kann es mir nicht leisten, Hugo«, gestand sie. »Arme Witwen, die noch dazu Kinder haben, sind wie nutzlose Greisinnen: Wir finden kein Auskommen in dieser Stadt. Das solltest du eigentlich wissen.«

»Aber Herr Arnau …«

Antonina unterbrach ihn wieder: »Der werte Herr Arnau hat eine Arbeit für mich gefunden, bei der ich Kleidung, Kost und Logis und vielleicht ein wenig Geld bekommen kann. Wenn deine Schwester im Kloster ist und du in der Werft bist, was soll ich dann hier allein?«

»Nein!«, schrie Hugo, sich an sie klammernd.

Barcelonas königliche Werft lag direkt am Meer. Sie bestand aus einem achtschiffigen, von Pfeilern gestützten und mit Satteldächern bedeckten Gebäude. Dahinter öffnete sich ein geräumiger Innenhof, der den Bau großer Galeeren ermöglichte. Hinter diesem gab es ein weiteres achtschiffiges Gebäude, ebenso hoch, ebenso nach den Seiten hin offen, ebenso geeignet, Schiffe zu bauen, zu reparieren oder zu beherbergen. Das Opus magnum, mit dessen Bau bereits zur Zeit von König Jaime begonnen worden war und für das später Peter III., der Prächtige, die Schirmherrschaft übernommen hatte, kulminierte in mächtigen Türmen an den Ecken des Gebäudekomplexes.

Neben den Hallen, Türmen und Wasserbecken zur Feuchthaltung des Holzes gab es Lagerräume, in denen alles Zeug und Zubehör für die Galeeren aufbewahrt wurde: Holz und Werkzeug, Ruder und Waffen, Armbrüste, Pfeile, Lanzen, Sensen, Handschwerter und Handbeile. Es gab Krüge mit ungelöschtem Kalk, die man den Feinden beim Angriff ins Gesicht kippte, damit sie erblindeten, wieder andere mit Seife, auf der die Seemänner ausrutschten, oder mit Pech, mit dem die gegnerischen Schiffe in Brand gesetzt wurden. Es gab mannshohe Schilde, die man entlang der Schiffsflanken aufstellte, um die Ruderer zu schützen, sobald der Kampf begonnen hatte; Leder, mit dem man den Rumpf schützte, damit der Feind ihn nicht in Brand setzen konnte; Kerzen, Bänder und Nägel, Ketten, Anker, Masten, Schiffslaternen sowie eine Unmenge an sonstigen Gerätschaften und Takelagezubehör.

Die Werft erhob sich am Stadtrand von Barcelona, auf der anderen Seite von Santa María del Mar, beim Kloster Framenors, doch während die Mönche sich durch die alten Stadtmauern geschützt wussten, wartete man in der Werft immer noch darauf, dass die Mauern, deren Bau Pedro III. angeordnet hatte, sie endlich umschließen würden.

Antonina hatte Hugo nicht begleitet.

»Du bist jetzt ein Mann, mein Sohn. Denk an deinen Vater.«

Arnau hatte das verstanden und Hugo sanft bei der Schulter gefasst.

»Ihr werdet euch auch weiterhin sehen«, hatte er ihm versichert, als der Junge sich im Fortgehen zu seiner Mutter umwandte.

Schon nach wenigen Tagen hatte Hugo sich an seine neue Umgebung gewöhnt. Einmal war er in die Stadt gegangen, um seine Mutter zu besuchen. Herr Arnau hatte ihm erzählt, sie arbeite jetzt als Dienstmädchen im Haus eines Handschuhmachers in der Calle Canals, beim Rec Comtal hinter der Kirche Santa María.

»Na, wenn das dein Sohn ist, dann schick ihn sofort weg!«, hatte die Gattin des Handschuhmachers derb auf Antoninas schüchterne Entschuldigung reagiert, mit der sie sich zu verteidigen suchte, als ihre Herrin sie dabei überrascht hatte, wie sie sich in der Tür umarmten. »Du bist zu nichts zu gebrauchen. Du kennst dich nur mit Fisch aus, das ist auch schon fast alles. Du hast nie in einem reichen Haushalt gearbeitet. Und du!« Sie hatte auf Hugo gedeutet. »Sieh zu, dass du verschwindest!«

Dann hatte sie wachsam beobachtet, wie Hugo bedrückt davongegangen war. Was es ihm jedoch nicht erspart hatte, die wütenden Beschimpfungen mit anhören zu müssen, die auf seine Mutter niedergingen, kaum dass sich hinter ihm die Tür geschlossen hatte.

Hugo ging seitdem immer wieder in die Calle Canals, in der Hoffnung, seine Mutter zu sehen. Das nächste Mal blieb er in einiger Entfernung stehen, ohne in dem engen Gässchen ein geeignetes Versteck zu finden. »Was machst du da, du Rotzlöffel!«, rief ihm eine Frau aus einem Fenster zu. »Bist wohl aufs Stehlen aus? Scher dich fort!« Bei dem Gedanken, ihr Geschrei könnte die Frau des Handschuhmachers anlocken und seiner Mutter weitere Schelte eintragen, ging er schnell weiter.

Von da an ging er nur noch durch die Calle Canals, als wollte er gerade woandershin oder käme zufällig vorbei, trödelte dann vor dem Haus des Handschuhmachers ein wenig herum und summte das Liedchen, das sein Vater immer gepfiffen hatte. Doch er bekam sie kein einziges Mal zu Gesicht.

Wenn er dann die Calle Canals hinter sich ließ und sich mit dem Gedanken tröstete, dass er sie am Sonntag bei der Messe sehen würde, ging Hugo ins Ribera-Viertel, um nach Herrn Arnau zu suchen, entweder in Santa María del Mar oder in seinem Haus, in dem noch andere Seeleute wohnten, oder vielleicht auch an seinem Schreibtisch, an dem er jedoch immer seltener saß und den er seinen Gesellen überantwortet hatte. Traf er ihn auch dort nicht an, suchte er ihn auf der Straße. Die Leute im Ribera-Viertel kannten Arnau Estanyol gut, und die meisten achteten ihn. Hugo musste nur nach ihm fragen, in der Bäckerei in der Calle Ample oder in der Metzgerei del Mar, in den beiden Fischläden oder beim Käser.

In dieser Zeit erfuhr er, dass Herr Arnau eine Frau hatte, die Mar genannt wurde. »Tochter eines *Bastaix*«, sagte der alte Mann stolz. Und auch, dass er einen Sohn hatte, Bernat, der etwas älter war als er selbst.

»Zwölf bist du?«, fragte Arnau, nachdem Hugo ihm noch einmal sein Alter genannt hatte. »Bernat ist gerade sechzehn geworden. Er ist jetzt im Konsulat in Alexandria, lernt dort Handel und Schifffahrt. Ich denke, er wird bald wieder nach Hause kommen. Ich will mich um keinen Handel mehr kümmern müssen. Ich bin zu alt!«

»Sagt doch so etwas nicht!«

»Keine Widerrede!«, fiel Arnau ihm ins Wort.

Hugo nickte ergeben, als Herr Arnau sich auf ihn stützte und sie weitergingen. Es gefiel ihm, dass Herr Arnau sich auf ihn stützte. Er kam sich dann wichtig vor, während die anderen Leute ihre Aufwartung machten, und es machte ihm sogar Spaß, ihre Grüße zu erwidern, manchmal so übertrieben, dass Hugo bei der Verbeugung fast das Gleichgewicht verlor.

»So tief sollte man sich vor niemandem verbeugen«, lautete der Rat, den Arnau ihm eines Tages gab. Hugo antwortete nicht. Arnau wartete ab – er wusste, dass Hugo antworten würde, er kannte ihn.

»Ihr könnt es wagen, euch nicht zu verneigen, Ihr seid ein allseits geachteter Bürger«, sagte der Junge schließlich, »ich dagegen …«

»Wenn du dich da nicht irrst«, erwiderte Arnau. »Dass ich ein geachteter Bürger wurde, verdanke ich vielleicht gerade der Tatsache, dass ich mich nie vor irgendjemandem verbeugt habe.«

Darauf erwiderte Hugo nichts. Doch Arnau hörte auch gar nicht mehr zu – in Gedanken war er zu dem Tag zurückgekehrt, an dem er auf Knien durch den Salon der Puigs gerutscht war, um die Füße von Margarida zu küssen. Die Puigs, Verwandte der Estanyols, die reich und arrogant geworden waren, hatten Arnau und dessen Vater Bernat erniedrigt und dafür gesorgt, dass Letzterer wie ein gewöhnlicher Verbrecher auf der Plaza del Blat gehenkt worden war. Margarida hasste ihn aus tiefster Seele. Obgleich seither schon so viel Zeit vergangen war, lief ihm immer noch ein Schauder über den Rücken, wenn er an sie dachte. Er hatte nie wieder etwas von ihnen gehört.

An jenem Tag im Januar 1387, als sie gerade auf dem Weg zur Kirche Santa María del Mar waren, erinnerte Hugo sich an den Rat, den Arnau ihm damals gegeben hatte, und lächelte. »Du darfst dich vor niemandem verneigen.« Was hatte er schon Ohrfeigen und Fußtritte erhalten, weil er diesem Rat gefolgt war! Aber Herr Arnau hatte recht behalten: Nach jedem Streit hatten die Burschen von der Werft größere Hochachtung vor ihm gehabt, auch wenn die Auseinandersetzungen mit den Älteren meist damit endeten, dass sie ihn kräftig durchprügelten.

Sie überquerten gerade den Pla d'en Llull hinter der Plaza del Born an der Kirche Santa María del Mar, als in der Ferne Glocken zu läuten begannen. Arnau blieb stehen, wie viele andere Bürger auch – dieses Geläut rief nicht zu den Waffen.

»Das ist das Totengeläut«, murmelte der alte Mann. »König Pedro ist gestorben.«

Er hatte noch nicht zu Ende gesprochen, als die Glocken von Santa María einfielen. Dann folgten die Glocken von Sant Just i Pastor und von Santa Clara und von Framenors … Innerhalb kurzer Zeit hatten sämtliche Glocken Barcelonas und der Umgebung das Trauergeläut angestimmt.

»Der König …!«, hallte es durch die Straßen. »Der König ist tot!«

Hugo glaubte Kummer in Herrn Arnaus Miene zu erkennen.

»Habt Ihr König Pedro sehr geschätzt?«

Arnau verzog nur den Mund und schüttelte den Kopf. *Ich habe eine Schlange geheiratet, seine Ziehtochter, eine böse Frau, wie man sich keine schlimmere denken kann*, hätte er antworten können.

»Und seinen Sohn?«, ließ der Junge nicht locker.

»Prinz Juan?« *Der hat den Tod eines des besten Menschen auf dieser Welt verschuldet*, hätte Arnau am liebsten geantwortet. Die Erinnerung an Hasdai, der auf dem Scheiterhaufen verbrannt war, bereitete ihm bis heute Qualen: der Mann, der ihm das Leben gerettet hatte, nachdem er das Gleiche mit seinen Kindern getan hatte, der Jude, der ihn bei sich aufgenommen und ihn reich gemacht hatte. Wie viele Jahre waren seitdem vergangen …!

»Er ist ein schlechter Mensch«, antwortete er stattdessen. *Ein Mensch, der drei Menschen auf dem Gewissen hat*, setzte er für sich hinzu, *drei gute Menschen, die sich für ihre Lieben und für ihre Gemeinschaft geopfert hatten.*

Arnau seufzte und stützte sich schwer auf Hugo.

»Lass uns nach Hause gehen«, murmelte er. »Ich fürchte, es kommen schwere Zeiten auf Barcelona zu.«

»Warum sagt Ihr das?«, fragte Hugo verwirrt.

»Königin Sibila ist schon vor Tagen mit ihren Angehörigen und ihrem Hofstaat aus dem Palast geflohen, sobald sie die Gewissheit hatte, dass ihr Gatte sterben würde …«, erwiderte Arnau.

»Sie hat den König im Stich gelassen?«, wunderte sich Hugo.

»Unterbrich mich nicht«, wies Arnau ihn scharf zurecht. »Sie ist geflohen, weil sie sich vor der Rache fürchtete, die Prinz Juan an ihr nehmen würde … Der neue König Juan«, korrigierte er sich. »Die Königin hat ihren Stiefsohn nie sonderlich geschätzt, und dieser hat ihr immer die Schuld an allem Schlechten gegeben, auch an der Abkehr seines Vaters und dem Zerwürfnis mit ihm. Im vergangenen Jahr sprach dieser ihm den Titel und die Ehren der Statthalterschaft des Königreichs ab. Das war für den Erben eine Erniedrigung. Es wird Rache geben, ganz gewiss, Repressalien werden nicht ausbleiben«, prophezeite Arnau.

Am Tag nach dem Tod von Pedro III. war alles in Trauer gehüllt. Hugo nahm neben seiner Mutter an der Sonntagsmesse teil. Das waren die einzigen Momente der Freiheit, die der Handschuhmacher aus der Calle Canals Antonina zugestand. In der Menge erblickte er Herrn Arnau. Demütig wie die einfachen Leute sah er zur Jungfrau hinauf. Meister Arnau sagte immer, sie lächle.

Aber Hugo lächelte die Jungfrau nie an. Trotzdem hörte er nicht auf, zu ihr zu beten und sie um ihre Hilfe anzuflehen, so auch an diesem Tag. Er betete für seine Mutter, sie möge den Handschuhmacher verlassen und wieder glücklich werden, sie möge wieder lachen und ihn wieder lieb haben wie früher. Damit sie alle zusammenleben könnten, mit Arsenda. Er betete für seinen Vater, für die Gesundheit von Herrn Arnau und für die Freiheit des Genuesen. »Die Freiheit …« Er zögerte. *Wenn sie ihn freilassen, dann geht er nach Genua, und dann kann er mich nicht mehr lehren, wie man Mestre d'aixa wird*, dachte er bei sich, und schon stach ihn das Gewissen. Doch. »Mach, dass er freikommt, Jungfrau Maria.«

Als die lange Zeremonie vorüber war, nutzten er und Antonina die wenige Zeit, die ihnen zur Verfügung stand, nicht dazu, um wie jeden Sonntag miteinander zu plaudern und sich zu zeigen, wie lieb sie einander hatten, vielmehr spitzten sie die Ohren, welche Gerüchte die Runde machten. Auf der Plaza de Santa María entdeckte Hugo erneut Herrn Arnau, konnte aber nicht zu ihm gehen: Er war umringt von Leuten, die nach Neuigkeiten gierten.

Hugo und seine Mutter und die vielen anderen, die lauschten, erfuhren, dass Königin Sibila, die sich auf das zwei Tagesreisen von Barcelona entfernte Schloss Sant Martí Sarroca geflüchtet hatte, darüber verhandelte, sich mit all ihren Verwandten dem Infanten Martín, dem

Bruder von König Juan, auszuliefern. Sie erfuhren auch, dass der neue Monarch sich in Gerona aufhielt und sehr krank war. Allerdings habe er sich, sobald er vom Tod seines Vaters Nachricht erhalten hatte, auf den Weg nach Barcelona gemacht.

»Mein Sohn«, sagte Antonina schließlich, »ich muss jetzt gehen …«

Da umarmte sie Hugo und legte traurig den Kopf an ihre Brust.

Im Ribera-Viertel wussten viele, in welcher Lage Antonina sich befand, seit ihr Mann tot war. Doch nur wenige nahmen ihre Augenringe wahr, die Falten, die ihr Gesicht zerfurchten, und die Röte ihrer Hände. Sie war immer noch eine schöne, außerordentlich sinnliche Frau.

Antonina löste sich zart aus der Umarmung ihres Sohnes, ging vor ihm in die Hocke und legte sanft die Hände auf seine Wangen.

»Wir sehen uns nächsten Sonntag. Weine nicht«, versuchte sie ihn aufzumuntern, als sie sah, wie seine Unterlippe zu zittern begann. »Sei stark und arbeite fleißig.«

Hugo starrte lange in die Menschenmenge, in der seine Mutter verschwunden war, als könnte er sie jeden Augenblick wieder auftauchen sehen. Nach einer Weile verzog er den Mund und wandte seine Aufmerksamkeit wieder dem von der Menge umringten Herrn Arnau zu. Er spürte einen Kloß im Hals und beschloss zu gehen. *Ich sehe ihn morgen*, dachte er bei sich.

Aber so kam es nicht.

»Er ist nicht da, mein Junge«, versicherte ihm Juana, die Dienstmagd, als er sich bei Herrn Arnaus Haus einfand.

Niemand konnte ihm Auskunft geben.

»Er ist im Rat der Einhundert«, verkündete Arnaus Frau Mar ihm anderntags, als das Dienstmädchen sie auf Hugos Anwesenheit aufmerksam gemacht hatte. »Er ist bei den Ratsherren und Stadträten«, erklärte sie.

»Danke, Señora«, sagte Hugo stockend, »wenn er zurückkommt …«

»Mach dir keine Gedanken. Er weiß, dass du hier gewesen bist. Wir haben es ihm schon gesagt. Er hat mich gebeten, ihn bei dir zu entschuldigen. Er hat dich sehr gern, Hugo, aber es sind schwierige Zeiten.«

Das hörte Hugo auch in der Werft, wo die Arbeit immer schleppender voranging, weil die Meister und Gesellen fast nur noch damit beschäftigt waren, das Geschehen zu kommentieren.

»Er ist da, er ist in Barcelona!«, verkündete eines Nachmittags einer der Gesellen. Er sprach von König Juan.

»Aber er ist sehr krank!«, rief ein anderer.

»Man sagt, Königin Sibila hat ihn verhext. Deshalb ist er so krank.«

»Die Königin ist in Gefangenschaft.«

»Und ihr Hofstaat auch. Und alle, die König Pedro mit ihrem Rat zur Seite standen. Sie werden alle gefangen gehalten.«

»Man unterzieht sie der Folter«, vernahm man eine Stimme von der Kohlenglut, wo die Männer die Holzbohlen mit Wasserdampf anfeuchteten, um sie biegen zu können.

»Das ist unmöglich!«, rief einer aus. »Das verbietet das Gesetz. Als Erstes müssten sie verurteilt werden.«

Und doch stimmte es, wie etliche Meister ein paar Tage später einhellig bestätigten: König Juan und seine Minister hatten den Befehl erteilt, die Gefangenen zu foltern, obwohl die Richter und Stadträte sich dagegen ausgesprochen hatten. Niemand gab einen Kommentar dazu ab. In den riesigen Hallen der Werft hörte man wieder die Sägen, die Äxte und die Hämmer ertönen, aber es war nicht mehr das fröhliche Orchester, das sie alle gewohnt waren.

»Das dürfen wir nicht zulassen!«, ereiferte sich plötzlich einer und brach die Stille.

»Der König muss sich an die Gesetze halten«, schallte es aus einer anderen Ecke.

Doch letztlich wagte niemand, etwas zu unternehmen.

Königin Sibila wurde gefoltert, bis sie, mit ihren Kräften am Ende und völlig verängstigt, König Juan alle in ihrem Besitz befindlichen Ländereien, Schlösser und Güter überließ. Der Monarch verzieh der Gemahlin seines Vaters, deren Bruder, Bernardo de Fortia, sowie dem Grafen Pallars, verfügte jedoch die Weiterführung der Prozesse, die gegen die anderen Häftlinge geführt wurden.

Und als würde er die Ratsherren, die Stadträte, die Richter und die Bürgerschaft in noch größere Angst versetzen wollen, ordnete er noch dazu die öffentliche Enthauptung von Berenguer de Abella an, dem Minister seines Vaters, und von Bartolomé de Limes, einem der Edelleute, die mit der Königin geflohen waren.

Barcelona lehnte sich nicht gegen den königlichen Willen auf. Die Stadt wirkte eingeschüchtert, so empfand es Hugo auf dem Pla de Palau, der großen Esplanade, die sich zwischen dem Strand, der Auktionshalle und dem Pórtico del Forment erstreckte, wo sich Hunderte von Bürgern eingefunden hatten, um der Enthauptung der beiden Männer beizuwohnen, deren einziges Vergehen darin bestand, ihrem Monarchen die Treue gehalten zu haben. Der Junge hielt unter den Leuten, die sich um das Blutgerüst versammelt hatten, Ausschau nach Arnau. Es war ein einfaches, etwas erhöhtes und von König Juans Soldaten umringtes Holzpodium, auf dem der Hackklotz stand. Er konnte ihn nicht sehen, aber er wusste, dass er sich dort befand. Die Stadträte dagegen sah er wohl, ernst, in Schwarz gekleidet, genau wie die Mitglieder des Rats der Einhundert und die Zunftmeister, sowie die Geistlichen, Pfarrer und die Kirchenpröbste …

Hugo bahnte sich ohne Schwierigkeiten einen Weg durch die dort Versammelten, anders als bei sonstigen Gelegenheiten, wenn das bunt gemischte Volk sich schubste und drängte, um so nah wie möglich an das Blutgerüst heranzukommen. Diesmal wurden die Verurteilten auch nicht mit Geschrei und Beschimpfungen empfangen. Plötzlich fand der Junge sich in der ersten Reihe wieder. Als das Gefolge zum Hackklotz hinaufstieg, wich die Menge ein paar Schritte zurück. Eine Frau packte Hugo bei den Schultern und schob ihn wie einen Schutzschild vor sich her. Hugo befreite sich aus ihrem Griff, während ein Priester vor dem Gesicht eines Mannes das Zeichen des Kreuzes in die Luft schlug. Der Mann wahrte würdevoll Haltung, obwohl seine feinen Kleider schmutzig und zerrissen waren. Hinter den Angeklagten auf dem Blutgerüst, das Gesicht dem Publikum zugewandt, standen in einer Reihe die Soldaten und einige der neuen Minister des Königs.

Ein Herold des Lehnsherrn verlas die Anklageschrift vor einer Bürgerschaft, die immer verschüchterter und verängstigter wirkte, je länger die Liste der Lügen wurde, die sie sich anhören musste. Die Enthauptung wurde schnell und mit sicherer Hand ausgeführt. Der blutige Kopf von Berenguer de Abella fiel in einen Sack, während seine Beine noch ein paar Sekunden zuckten, was die Anwesenden mit schreckgeweiteten Augen verfolgten.

Da entdeckte Hugo den Gesuchten, der sich auf der anderen Seite befand.

»Herr Arnau!«

Hugo hatte die Worte ganz für sich gesprochen, aber in der entsetzten Stille hallten sie laut wider. Dem Jungen fuhr der Schreck in die Glieder, aber niemand achtete auf ihn.

Der Priester wandte sich nun dem zweiten Adligen zu, während Rumpf und Kopf von Berenguer de Abella fortgeschafft wurden. Um zu Arnau zu gelangen, musste Hugo den freien Raum zwischen der Menge und den Soldaten durchqueren. Als er schließlich bei dem Alten ankam und ihn ansprach, rührte der sich nicht und hielt den Blick starr auf einen Adligen geheftet, der bei den neuen Ministern auf einer Seite des Blutgerüsts stand.

»Herr Arnau …«

Er erhielt keine Antwort.

Der Herold las dem hohen Herrn Bartolomé de Limes gerade die ihm zur Last gelegten Vergehen vor. Hugo folgte dem Blick des alten Herrn. Was er sah, war Erklärung genug: eine gebrechliche Alte, die nach Luft schnappte, als sei sie am Ersticken, während sie sich vergeblich mühte, sich von der Sänfte zu erheben, welche ihre Diener trugen, die das Ganze besorgt verfolgten.

Ein Schauder lief Hugo über den Rücken, als er sah, wie viel Wut ihr verzerrtes Gesicht spiegelte. Er wich einen Schritt zurück und prallte mit Arnau zusammen, der stocksteif dastand.

Der Aufruhr, den die Dame in der Sänfte verursachte, verzögerte die Hinrichtung. Der Herold beendete die Verlesung der Anklagepunkte, jemand hielt das Ohr an die spröden, blau angelaufenen Lippen der Alten und folgte mit dem Blick ihrem abgemagerten Finger, der auf Arnau zeigte. Dieser Jemand ging zum Hackklotz und winkte den Minister zu sich, der der Hinrichtung vorstand, einen älteren Adligen, groß und kräftig, mit einem dichten schwarzen Bart, gekleidet in kostbare rote und goldene Seide.

»Was geht da vor sich, Herr Arnau?«, fragte Hugo, den Blick auf den Minister geheftet, der neben dem Hackklotz niederkniete.

Wieder keine Antwort.

Der Minister erhob sich. Nun starrte auch er zu Arnau hinüber. Dann befahl er, mit der Hinrichtung fortzufahren, und der edle Herr de Limes kniete mit dem gleichen Stolz vor dem Richtblock nieder wie sein Vorgänger. Die Menge, so auch Hugo, lenkte ihren Blick wieder zum Henker und auf die Axt, die dieser über dem Hals des Verurteilten erhoben hatte. Nur Arnau entging nicht, dass der Adlige unauffällig einen der Hauptmänner rief und ihm etwas mitteilte.

»Margarida Puig«, flüsterte der alte Mann in diesem Augenblick. Er sah den Hauptmann und einen Soldatentrupp näher kommen.

Der Kopf Herrn de Limes' rollte in den Sack, während die Soldaten die Schaulustigen mit gezückten Schwertern auf Abstand hielten. Einige Frauen kreischten auf, doch niemand widersetzte sich.

»Geh nach Hause und sag meiner Frau, dass die Puigs wieder da sind und dass sie mich verhaften werden. Sie soll Hilfe holen«, sagte der Alte zu Hugo und schüttelte ihn, damit er seinen Blick vom Richtblock losriss.

»Was?«

»Und sie soll vorsichtig sein!«, rief er noch. Hugo schüttelte den Kopf, er verstand die Worte nicht. »Geh!«

Er konnte es nicht mehr wiederholen. Die Soldaten stürzten sich auf den wehrlosen Arnau und setzten ihn mit etlichen Fausthieben außer Gefecht, obwohl er sich seiner Verhaftung nicht im Geringsten widersetzte. Fassungslos musste Hugo mit ansehen, wie sie den betagten Mann fortschleppten. Die Menge teilte sich, um ihnen Platz zu machen. Niemand leistete Widerstand. Niemand eilte Herrn Arnau zu Hilfe. Als der Junge das begriffen hatte, stürzte er sich mit aller Kraft auf den Soldaten, der ihm am nächsten stand.

»Lasst ihn los!«, brüllte er.

»Nein!«, rief Arnau, der wollte, dass der Junge sich still verhielt. Der erste Soldat wurde von Hugos plötzlicher Attacke so überrascht, dass er stolperte und zu Boden fiel.

»Weshalb misshandelt ihr ihn?«, stieß Hugo wutschäumend hervor.

»Wollt ihr das zulassen?«, schrie er den Umstehenden ins Gesicht, ehe er den zweiten Soldaten angriff.

»Hugo …«, versuchte Arnau ihn zu beschwichtigen.

»Junge, lass das sein …!«, rief einer aus der Menge.

Der grausame Hieb mit dem flachen Schwert, den Hugo auf den Rücken erhielt, schleuderte ihn zu Füßen eines anderen Soldaten, der ihm einen Fußtritt in den Bauch versetzte.

»Der ist doch noch ein Kind!«, protestierte eine der Frauen. »Sind das etwa die tapferen Helden aus König Juans Truppen?«

Einer der Soldaten wollte ihr schon entgegentreten, aber der Hauptmann hielt ihn zurück und machte ihnen ein Zeichen, sie sollten mit Arnau zum Richtblock zurückkehren. Dieser wandte den Kopf und sah, wie die Frau neben Hugo niederkniete, der schmerzverkrampft auf dem Boden lag.

»Arnau Estanyol!«, rief der Edelmann im rotgoldenen Gewand, als der Hauptmann den betagten Mann zum Richtblock stieß. »Königsverräter!«

Zwei Stadträte, die näher kamen, weil die Verhaftung einer so bekannten und beliebten Persönlichkeit Barcelonas ihr Interesse geweckt hatte, blieben wie angewurzelt stehen, als sie die Anklage vernahmen. Die Menge, die sich schon hatte zerstreuen wollen, blickte jetzt wieder gebannt auf das Schauspiel.

»Wer behauptet das?«, fragte indes mit lauter Stimme einer der Mitglieder des Rats der Hundert, ein schon älterer Färber, dessen Bauch so feist war wie sein Gehabe vorwitzig.

Die Stadträte, allesamt ehrenhafte Bürger und Kaufleute, rügten ihren Gefährten mit Blicken, weil er sich offenkundig im Ton vergriffen hatte. Man hatte soeben zwei von König Pedros Ministern enthauptet, einzig aus Rache. Königin Sibila war ohne Urteil gefoltert worden. Die übrigen Minister von König Pedro, dem Prächtigen, und der Hof seiner Witwe waren angeklagt worden, ihr Leben hing von der Laune eines kranken Königs ab, der sich in dem Glauben wähnte, man habe ihn verhext – und da erdreistete sich dieser Färber, mit den neuen Ministern über das Gesetz zu streiten.

Die Antwort ließ nicht lange auf sich warten.

»König Juan behauptet das«, sagte der Edelmann vom Blutgerüst feierlich. »Und ich, Genís Puig, Graf von Navarcles, Oberbefehlshaber seines Heeres, spreche in seinem Namen.«

Der Färber senkte den massigen Kopf.

»Arnau Estanyol!«, wiederholte der Adlige. »Dieb und Wucherer! Häretiker! Geflohen vor der Heiligen Inquisition! Königsverräter! Verräter Kataloniens!«

Der Hass, mit dem er diese Anschuldigungen herausschrie, ließ die Bürger Barcelonas vom Schafott zurückweichen.

»Ich verurteile dich zum Tod durch Enthauptung. Dein gesamtes Hab und Gut wird beschlagnahmt.«

Ein Raunen der Entrüstung ging durch die Menge. Der Graf von Navarcles befahl den Soldaten, die das Blutgerüst schützten, die Schwerter zu ziehen.

»Du Hurensohn!« Hugo befand sich wieder in dem leeren Raum zwischen der Menschenmenge und den Soldaten. »Du räudiger Bastard!«

Hugos Geschrei wurde unverhofft von scharfen unverständlichen Schreien übertönt, ausgestoßen von einer Frau, die sich mit Fäusten einen Weg durch die Menge bahnte. Jemand war losgerannt und hatte Mar gewarnt.

»Ergreift sie!«, befahl der Hauptmann.

Erst jetzt, als er seine Frau aufkreischen hörte und sah, wie sie verzweifelt um sich schlug und sich mit Tritten aus den Armen der Soldaten zu befreien suchte, versuchte Arnau sich gegen seine Häscher zu wehren. Da versetzte ihm Genís Puig höchstpersönlich, mit einer Verachtung, als handelte es sich um ein Tier, eine Ohrfeige, die ihn zu Boden schleuderte.

Etliche Adlige lachten.

»Drecksgesindel!«, kreischte Hugo wieder los, jetzt in Richtung der Alten in ihrer Sänfte, die bei Arnaus Sturz auf die Holzbohlen ein zahnloses, geiferndes Grinsen gezeigt hatte.

»Wie kannst du es wagen?«

Ein junger Edelmann, noch keine zwanzig Jahre alt, blond, gut aussehend, bekleidet mit einem Mantel aus blauer Damaszenerseide und pelzbesetztem Kragen, einer Hose und Schuhen aus Glattleder mit Silberschnalle, ein Umschlagtuch quer über der Brust und ein Schwert im Gürtel, trat hervor. Auf ein kaum merkliches Zeichen von ihm stürzten sich sodann ein Diener und ein Soldat auf Hugo und prügelten ihn windelweich.

»Auf die Knie!«, forderte der junge Edelmann ihn anschließend auf.

Der Diener hieß den geschundenen Hugo niederknien und packte ihn beim Schopf, um seinen Kopf gerade zu halten. Blut lief ihm übers Gesicht.

»Entschuldige dich«, verlangte der Adlige.

Durch den bläulichen Schleier vor seinen Augen, die von den Schlägen halb zugeschwollen waren und ihm nur eine verschwommene Sicht gestatteten, glaubte Hugo, Arnau auf dem Schafott zu erkennen. Ermunterte er ihn, sich zu widersetzen? Er spie aus. Blut und Spucke.

Der junge Adelige fasste mit der Hand an sein Schwert.

»Genug!«

Mit diesem Befehl war Margarida Puig wieder zum Leben erwacht. Der Graf von Navarcles verstand die Gründe seiner Tante. Wieso sollte ein dreckiger Rotzlöffel ihnen die Rache verderben, die der Zufall ihnen beschert hatte? Und wenn die Leute am Ende wegen dieses Burschen einen Aufstand wagten? Arnau war ein geachteter Mann in der Stadt. Die Hinrichtung müsste sofort vollzogen werden. Sobald die Stadträte sich einschalteten, könnte alles zunichtegemacht werden, und er hatte Jahre auf diesen Moment gewartet. Was der König dazu sagen würde, kümmerte ihn nicht, es ließen sich gewiss überzeugende Argumente finden.

»Lasst ihn los!«, befahl der Graf. »Habt ihr mich nicht verstanden?«, wiederholte er, als sein Neffe sich erneut anschickte, das Schwert zu ziehen.

»Das nächste Mal wirst du nicht so viel Glück haben, darauf hast du das Wort von Roger Puig«, drohte dieser, öffnete die Hand, die das Schwert gepackt hielt, und spreizte theatralisch die Finger, um es in die Scheide zurückgleiten zu lassen.

Zwei *Bastaixos* stürzten herbei, um Hugo in Empfang zu nehmen, und während der Adlige wieder zu seinem Platz zurückkehrte, versuchten sie, ihn fortzuschleppen. Doch Hugo wehrte sich. »Arnau«, stammelte er.

Die *Bastaixos* verstanden und hielten ihn bei den Achseln gepackt, in der ersten Reihe stehend. Er konnte nichts sehen. Es gelang ihm nicht, die Augen zu öffnen oder sich das Blut abzuwischen, das ihm übers Gesicht lief, aber er hörte das Pfeifen der Axt und das knackende Geräusch. Und er spürte das Zittern der *Bastaixos* und hörte ihren stoßweisen Atem. Dann zerriss der Schrei von Mar die Luft, und ihn selbst packte ein Schwindel, der ihn ohnmächtig zu Boden sinken ließ.

2

Das Lächeln, das Hugo auf dem runden Gesicht von Juan dem Navarrer aufscheinen sah, konnte nicht den Schmerz besänftigen, der ihn am Morgen beim Erwachen überwältigte. Er bewegte den Arm und hörte sich selbst stöhnen, als käme dieser Klagelaut aus dem Mund eines anderen.

»Du darfst dich nicht rühren«, lautete der Rat von Juan dem Navarrer. »Dir stehen harte Tage bevor, auch wenn der Jude versichert, dass nichts gebrochen ist. Du hast Glück gehabt.«

Hugo wurde sich seiner Lage bewusst – ein Bein und einen Arm hatte man mit Verbänden fixiert, ein weiterer lief quer übers Gesicht und bedeckte ein Auge. Er erinnerte sich an das Blutgerüst und die Hinrichtung …

»Was ist mit Herrn …«

Seine trockene Kehle brannte so, dass er nicht weitersprechen konnte.

Der Navarrer führte ihm ein Glas Wasser an den Mund und versuchte ihn vorsichtig trinken zu lassen. Doch es misslang, so nervös wurde er schon beim Gedanken, ihm das Schicksal seines Freundes erklären zu müssen.

»Was ist mit Herrn Arnau?«, fragte Hugo beharrlich zwischen Hustenanfällen.

Der Mann wollte nicht antworten. Stattdessen strich er dem Jungen zärtlich übers schmutzige Haar, während dieser das Wasser fortstieß und die Lippen zusammenpresste, wenngleich sein zitterndes Kinn schon den Schmerz verraten hatte, der sich zur Qual seiner Wunden gesellte.

Hugo war erst ein Mal hier gewesen: an seinem ersten Arbeitstag in der Werft, als Arnau ihn begleitet und ihm Juan den Navarrer vorgestellt hatte. Hugo erkannte das Haus wieder. Es gehörte dem Statthalter, der die Pflicht hatte, darin zu wohnen, aber in Wirklichkeit bewohnte es sein Gehilfe, und er selbst lebte in einem schönen Haus unweit der Plaza de Sant Jaume. Die Werft war zwar groß, aber das Haus war klein: nur ein Stockwerk, wie die anderen Lager und Läden, mit zwei Schlafgemächern und einem Raum, der als Küche und Esszimmer genutzt wurde. Dort lebte der Navarrer mit seiner Gemahlin und zwei kleinen Töchtern sowie zwei Hunden, die die Familie in der Nacht frei laufen ließ, damit sie Wache halten konnten.

Hugo lag in der Ecke der Küche auf einem Strohsack auf einer Pritsche, die die Schreiner von der Werft für ihn getischlert hatten. In den Tagen, in denen er das Bett hüten musste, konnte er die beiden Töchter von Juan dem Navarrer beobachten, zwei hübsche Mädchen, die in der Stube herumtollten, sich aber nie seinem Lager näherten. Wenn er sie dabei ertappte, wie sie miteinander tuschelten und ihn beäugten, fragte er sich oft, ob man es ihnen wohl verboten hatte. Ihre Mutter, die Frau von Juan dem Navarrer, sah gelegentlich nach ihm, wenn ihr für einen Augenblick Zeit dazu blieb. Ansonsten machte Hugo nicht anderes, als den Hunden, die beständig um ihn waren, die Köpfe zu kraulen. Ließ er davon ab, wenn ihn wieder das Schuldgefühl stach und er die Lippen aufeinanderpressen musste, legte sogleich einer der beiden die Schnauze auf den Strohsack und fiepte, als wollte er den Schmerz mit ihm teilen. *Warum nur habe ich vor dem Blutgerüst Herrn Arnau beim Namen genannt?*, fragte er sich. *Hätte ich das nicht getan, er wäre noch am Leben.* Seine Qual wurde leichter, wenn der Hund ihm übers Gesicht leckte. Er kannte ihn gut. Wollte er tagsüber nach der Arbeit seine Mutter oder Herrn Arnau besuchen, hatte Hugo seine Angst besiegen und Freundschaft mit den Tieren schließen müssen. Nur so konnte er über die Hofmauer der Werft springen, wenn er an manchen Abenden durch Barcelona bis zum Kloster von Jonqueres gehen wollte, um seine Schwester zu besuchen. Er hatte einen Teil seiner Verpflegung dafür hergegeben und Brocken für Brocken um ihre Freundschaft gebuhlt, bis er schließlich das Fressen durch Streicheleien und Spiele ersetzen konnte. Sie hatten ihn noch nie verraten.

Einige der Jungen, die den Gefangenen aus Genua die Eisenkugeln trugen, hatten ihn besuchen wollen, denn sie waren alle beeindruckt von den Heldengeschichten, die man sich über seinen Auftritt vor dem Blutgerüst erzählte, aber die Gemahlin des Navarrers warf sie ohne Federlesen hinaus. Er durfte sich zwar nicht mit den Jungen die Zeit vertreiben, die darauf spekulierten, dass er ihnen die Geschichte von dem Kampf mit dem Adligen im blauen Gewand erzählte, doch es überraschte ihn, dass der Genuese ihn beständig besuchen kam. »Kein Junge trägt die Kugel so gut wie du«, sagte dieser mit seinem charakteristischen italienischen Akzent, um seinen ersten Besuch zu entschuldigen, als habe er kein Recht, hier zu sein. »Mit den anderen ist nicht so gut arbeiten.«

Der Meister bettete die Kugel auf den Boden, setzte sich daneben auf einen Stuhl, und nachdem er sich Hugos Wunden genau angesehen und ihn zu seiner Heilung beglückwünscht hatte, ohne ihn nach seiner eigenen Einschätzung zu fragen, fuhr er stur damit fort, ihm Lektionen zu erteilen.

»Wenn ich in meine Heimat zurückkehre, was sehr bald sein wird, da bin ich mir sicher, wirst du keine Gelegenheit mehr haben zu lernen, was ich dich zu lehren habe«, verkündete er. »Und zwischen einem Baumeister aus Genua und einem aus Katalonien gibt es keinen Vergleich!« Dann reckte er eine Hand mit geschlossenen Fingern in die Luft, ganz hoch hinauf, und schüttelte sie zornig. »Warum hält dein König uns hier zurück, was glaubst du?«

Bei diesen Sitzungen sprach der Genuese mit ihm über Holz: »Steineiche und Eiche sind hart, das beste Holz für jene Teile, die großer Spannung ausgesetzt sind, etwa für den Rumpf des Schiffes, den Kiel, die Ruder … Pappel und Pinie nimmt man für die Bohlen, die Takelage, die Rahen …«

Dann erläuterte er, woran man es erkennt, wie man es nutzt und bearbeitet, wie man es schneidet und, was vielleicht das Wichtigste war, wann man das alles tat.

»Das Holz muss geschnitten werden, wenn der Mond günstig steht.

Das Holz von Laubbäumen wird beim letzten Mondviertel geschnitten, und das der Nadelbäume bei Neumond.«

In diesen Augenblicken vergaß Hugo nicht nur Arnau und seine eigenen Verletzungen, sondern gab sich dem Traum hin, ein großer Baumeister wie der Genuese zu sein, dem man Respekt zollte, obwohl er eine Eisenkugel mit sich herumschleppte. Und er träumte, in einem schönen Haus zu wohnen, eine Familie zu gründen und auf der Straße gegrüßt zu werden, Geld zu haben und seine Mutter unterstützen zu können. Und vor allem wollte er eines: ihr die Freiheit zurückgeben und das Lächeln, das der Handschuhmacher ihr gestohlen hatte. Wie sehr wünschte er sich, in dieses Haus in der Calle Canals zu gehen, die Tür einzutreten und seine Mutter einfach mitzunehmen, ohne sich um die Proteste des Handschuhmachers und seiner Frau zu scheren!

Und während er den Moment herbeisehnte, in dem er wieder aufstehen und sich an die Arbeit machen könnte, lauschte er dem Meister, der erzählte, bei jedem Schiffsbau sei immer auch ein Kobold mit am Werk, ein *Duende*.

»Ein klitzeklitzekleiner«, sagte der Genuese und hielt sich Mittelfinger und Daumen vor die Augen, als wollte er zwischen den Fingern ein Sandkorn betrachten.

»Ein Kobold?«, fragte Hugo interessiert und richtete sich auf seinem Sandsack auf.

»Ja, ein Schutzgeist, den keiner sehen kann. Ist der kleine Schutzgeist guter Laune und niemand ärgert ihn, wird das Schiff guten Wind haben. Wenn er wütend wird …«

»Und was macht ihn wütend?«

»Ich glaube Ungeschicklichkeit«, antwortete der Genuese mit leiser Stimme, als verrate er ein Geheimnis. »Aber ich bin mir sicher, was ihn am ärgsten in Wut versetzt, sind hochmütige Meister, die sich nicht an die Regeln der Kunst halten und den Gefahren des Meeres trotzen.«

In der Nacht, wenn die Hunde die Werft bewachten, wenn niemand bei ihm war und das heftige Geschnarche des Navarrers die Pfeiler, die in den Himmel ragten, zum Einsturz zu bringen drohte, kehrte Hugo in Gedanken zu Herrn Arnau zurück. Er fragte sich dann, wer wohl der Edelmann gewesen war, der ohne Urteilsspruch befohlen hatte, Herrn

Arnau auf der Stelle zu enthaupten. Der ihn beschuldigt hatte, ein Verräter zu sein.

»Sie waren erbitterte Feinde«, erklärte der Navarrer ihm eines Tages.

Hugo wagte es nicht, nachzufragen, aber der Genuese, der aufmerksam gelauscht hatte, wagte es wohl.

»Der werte Herr Arnau hatte einen Feind?«

»Ja. Vor vielen Jahren hatte Arnau die Familie Puig in den Ruin getrieben. Dafür hassen sie ihn.«

»Er wird irgendeinen Grund dafür gehabt haben«, schaltete Hugo sich ein, um ihn zu entschuldigen.

»Ganz gewiss. Arnau war ein guter Mensch, ich kann mir nicht vorstellen …«

»Und wann soll das gewesen sein?«, wollte der Genuese wissen.

»Oh, das ist lange her! Genís Puig ist der Sohn eines Mannes aus der Familie der Puigs, die Arnau ruiniert hatte. Damals hatte er mit seiner Familie nach Navarcles zurückkehren und unter dem Schutz des Grundherrn, Bellera, ein armseliges Leben fristen müssen. Aber später hat er dessen Tochter geheiratet, und von da an …«

»Aber wie konnte dieser Puig Herrn Arnau ohne Urteilsspruch enthaupten lassen?«, fragte Hugo dazwischen.

»Man sagt, der König sei noch krank, und er sei einer Hexerei zum Opfer gefallen. Folglich habe er sich nicht um die Hinrichtung geschert und jedes Urteil, das sein Minister ihm vorlegte, bestätigt. Außerdem wurde Arnaus gesamtes Hab und Gut beschlagnahmt und der Schatzkammer zugesprochen, und das ist etwas, was jedem Monarchen gefällt.«

»Ist dieser Edelmann denn so bedeutend, dass er den Willen des Königs beeinflussen kann?«, fragte der Genuese weiter.

»So scheint es. Vor zwei Jahren hatte König Pedro den Grafen von Ampurias wegen eines Streits um die Ländereien einer Vizegrafschaft bestrafen wollen. Der Graf hatte sich dem Heer des Monarchen mit den eigenen Truppen entgegengestellt, zudem hatte er sich seine Sicherheit erkaufen wollen und sechzigtausend Florine an die Franzosen berappt, damit sie ihm zu Hilfe eilten. Prinz Juan hatte sich daraufhin den Franzosen entgegengestellt und sie aus Katalonien vertrieben. Niemand hatte gedacht, dass ihm das gelingen könnte, weil er einen so weichen und kleinmütigen Charakter hat. Und verantwortlich für diesen Sieg war kein anderer als Genís Puig, den Juan zum Grafen von Navarcles ernannte. Seither ist er sein Ratgeber, Freund und Minister. Wie man hört, würden weder der König noch die Königin jemals seine Entscheidungen infrage stellen, schon gar nicht in der Öffentlichkeit.«

»Und das gibt ihnen das Recht, einen Bürger von Barcelona hinzurichten?«, fragte verwundert der *Mestre d'aixa*.

»Ja, so ist es.« Der Navarrer seufzte. »Und gegen den Willen der Richter und der Stadträte haben sie noch dazu zwei Minister König Pedros hinrichten lassen. Sie haben Königin Sibila gefoltert und ihren gesamten Besitz gepfändet, und sie versichern, dass Juan die Schenkungen, die sein Vater zu Lebzeiten getan hatte, niemals gesetzlich anerkennen werde, was viele Leute mit Sorge erfüllt. Was schert sie da ein gebrechlicher Alter, der um Almosen für die Bedürftigen bettelt.«

Hugo und der Genuese fuhren erschrocken zusammen und sahen den Navarrer überrascht an.

»Ja, ein gebrechlicher Alter, der um Almosen bettelt. So nannten einige der ehrenwerten Bürger dieser Stadt Herrn Arnau. In Barcelona geht die Feigheit um, und jeder verfolgt nur noch die eigenen Interessen.«

»Und was ist mit Señora Mar?«, fragte der Junge in das drückende Schweigen hinein.

»Ihr ist nichts geblieben, sie durfte nur behalten, was sie am Leibe trug… mit Ausnahme ihrer Schuhe. Die Schufte haben sie gezwungen, barfuß fortzugehen.«

»Wohin ist sie gegangen? Wo ist sie jetzt?«

»Sie wurde von ein paar *Bastaixos,* Verwandten ihres Vaters, in deren Haus aufgenommen. Übrigens hat sich einer von ihnen im Namen der Witwe nach dir erkundigt.«

Es vergingen ein paar Tage, und der jüdische Medicus, den Juan der Navarrer hatte kommen lassen, erlaubte Hugo aufzustehen und wieder arbeiten zu gehen, aber »ohne sich anzustrengen«, wie er betonte. Hugo schlug den Rat in den Wind, und obwohl sein Arm ihn noch schmerzte, schleppte er wieder die Kugel des Genuesen und war mit

Feuereifer bei der Sache. Man hatte ihm die Verbände abgenommen, doch die Narbe am Ohr trug er vor den anderen mit Stolz. Ihm gingen immer wieder die Worte durch den Kopf, die er während seiner Genesung oft gehört hatte: »Wenn du hart arbeitest, wirst du ein großer *Mestre d'aixa* werden.«

Eines Abends verspürte Hugo den Wunsch, seine Schwester zu besuchen. Arsenda dürfte sich Sorgen machen, er hatte ihr versprochen, er werde sie regelmäßig besuchen, aber das letzte Mal war schon eine Weile her. Er war lange der Werft ferngeblieben. Er war nicht einmal mehr in Santa María del Mar zur Messe gegangen. »Die Madonna wird es dir nicht verübeln«, beruhigte ihn der Navarrer. »Du hast gute Gründe.« Das war auch nicht der Grund, sagte er sich. Er hatte Angst vor dem, was er da draußen vorfinden würde… Vielleicht die Puigs, diese Hurensöhne. Und wenn er dem Edelmann im blauen Gewand auf der Straße begegnete? »Das nächste Mal wirst du nicht so viel Glück haben«, hatte er ihn gewarnt. Es drehte ihm den Magen um, wenn er daran zurückdachte. Sie würden ihn töten. Wenn sie schon mit Herrn Arnau leichtes Spiel gehabt hatten, wie einfach wäre das mit ihm. Es ging ihm gut da drin, bei den Schiffen, mit den Meistern und der ganzen Schar von Lehrjungen – auch mit den Älteren –, denn seit seiner Heldentat respektierten und beneideten sie ihn.

Wenn er seine Arbeit mit der Eisenkugel erledigt hatte, suchte er sich jemanden, der Hilfe gebrauchen konnte. »Solange es kein anderer *Mestre d'aixa* ist«, hatte die Bedingung des Genuesen gelautet. »Die werden dich sonst verderben«, hatte er im Scherz hinzugefügt.

Hugo ging zu den Schiffszimmerern und Sägern, zu den Ruderfabrikanten, vor allem jedoch zu den Kalfaterern, die die Schiffe mit Werg abdichteten, mit Teer aus der Destillation des Pinienholzes und mit Pech, dem wichtigsten Versiegelungsmaterial, einem Rückstand des Holzteers. »Du wirst noch als Kalfaterer enden statt als *Mestre d'aixa*«, neckten sie ihn manchmal, wenn sie ihn den großen Kessel mit dem Holzpech und dem Teer umrühren ließen, in den sie auch den Talg getan hatten. »Stell dir nur vor, was für ein Gesicht der Genuese dann machen wird!«

In jener Nacht wartete Hugo, bis das Atmen und Gehuste der

Genuesen und ihrer Gehilfen sich beruhigt hatte, und erhob sich dann vorsichtig. Sie schliefen alle zusammengepfercht in einem Lager, vor dem offenen Hof zwischen den riesigen Schiffsrümpfen. Die Hunde wedelten mit dem Schwanz, während er über den weiten Platz lief. Er begrüßte sie und spielte ein Weilchen mit ihnen, dann kletterte er mühsam auf die Mauer und ließ sich auf der anderen Seite herunterfallen. Das Rauschen der Wellen, die träge das Ufer leckten, wurde nicht gestört durch das kaum hörbare Knarzen von Hugos Sandalen auf der Erde. Arnau kam ihm wieder ins Gedächtnis: Er hatte sie ihm selbst geschenkt. Sie hatten eine gute Ledersohle anstatt einer aus Espartogras oder Holz, wie die der anderen Jungen, die das Glück hatten, nicht barfuß gehen zu müssen. »Sie haben meinem Sohn gehört. Jetzt braucht er sie nicht mehr«, hatte er gesagt und sie ihm geschenkt. Mit einem Kratzen im Hals lauschte Hugo der Stille und versuchte nicht mehr an Herrn Arnau zu denken. Hinter ihm lag das Meer, zu seiner Linken die bebauten Felder, die sich bis zu den Ausläufern des Monjuïc erstreckten, und vor ihm das Raval-Viertel, das neu gewonnene Gebiet, das man mit einer Stadtmauer versehen wollte und das noch nahezu unbewohnt war. Zu seiner Rechten, hinter der alten Stadtmauer, lag das Kloster Framenors, und in einiger Entfernung von der Wohnstatt der Mönche das eigentliche Barcelona, der einzige Ort, an dem man den schwachen Widerschein von Lichtern erkennen konnte.

Er ging Richtung Meer. Er hatte es eilig und rannte fast, da Arsenda seine Gedanken jetzt vollkommen beherrschte. Er lief am letzten Ausläufer der alten Stadtmauer entlang, die bei Framenors endete, und stand nun am Strand bei den Schiffen, die man an Land gezogen hatte. Er lauschte dem Meer, lauschte der Stille und der leichten Brise. Er zitterte vor Kälte. Er trug nichts als ein Hemd, auf dem die Eisenkugel des Genuesen Rostflecken hinterlassen hatte. Er wäre gerne am Ufer entlangspaziert und hätte die Schiffe beobachtet, wäre bis auf die Höhe von Santa María del Mar gegangen, von wo aus man die Calle de la Mar bis zur Plaza del Blat hinauflaufen konnte, und von dort zum Kloster, doch er lief lieber durchs Töpferviertel, denn es war weniger dicht bewohnt, und es kam dort nicht so schnell zu einem unliebsamen Zusammentreffen mit den Wächtern. Es war nämlich verboten, in der Nacht ohne Laterne oder Fackel durch Barcelona zu gehen, wie er es tat. Er folgte dem Lauf der alten Stadtmauer bis zum Kloster, wo seine Schwester einer Nonne, deren Namen er sich einfach nicht merken konnte, zu Diensten war. Indes konnte er sich genau erinnern, dass sie einer der einflussreichsten Familien Kataloniens entstammte, wie alle dreißig Frauen, die in Jonqueres ihr Ordensgelübde abgelegt hatten. Die Nonnen gehörten dem Orden von Santiago an und genossen etliche Privilegien, die sich nur schwer mit der Klausur und den strengen Vorschriften vertrugen, denen sich andere Nonnen beugen mussten. Sie waren reich; das Kloster hatte mit ihren üppigen Renten ein gutes Einkommen. Sie wohnten nicht in Zellen, sondern in einer Reihe einzeln stehender Häuschen, manche sogar mit Fenster zur Straße und kleinen Kapellen, die den einzelnen Nonnen gehörten und im Inneren der Institution erbaut worden waren. Dort standen sie unter der Obhut von Sklavinnen oder Mägden wie Arsenda. Sie trugen auch keinen Habit, sondern einen weißen Umhang und das schwertförmige Kreuz des Santiago auf der Kleidung. Sie genossen einige Privilegien. So durften sie dritte Personen, die nicht zur Gemeinschaft gehörten, in ihrem Testament bedenken. Mit Erlaubnis der Oberin empfingen sie Besuche, gingen auf die Straße und nächtigten sogar außerhalb des Klosters, aber das Wichtigste war, dass sie jederzeit eine Ehe eingehen und den Orden verlassen konnten.

Hugo kam an der Kirche Santa María del Pi vorbei und würde bald zum Kloster von Santa Ana gelangen, auf der anderen Seite des Strandes. Dort endete die Stadt. Er bog nach rechts, und schon stand er vor dem Kloster Jonqueres. Die Kirche, der Kreuzgang und die anderen Gebäude bildeten eine Art Dreieck. Zwei seiner Seiten grenzten an die Straße und den Sturzbach von Jonqueres, während die dritte Seite parallel zur Stadtmauer verlief.

Vorsichtig ging er weiter bis zur Calle de Jonqueres, wo sich das Eingangsportal der Kirche befand sowie eine weitere Tür, an der die Waren angeliefert wurden, und die Rückseiten verschiedener Nonnenhäuser. Das Haus, in dem Arsenda wohnte, hatte ein vergittertes Fensterchen. Er pfiff ein Liedchen, während er das Ohr an einen der Fensterläden presste. Er pfiff sehr leise und beobachtete aufmerksam die Umgebung.

Einmal hatte er unverrichteter Dinge wieder umkehren müssen, aber im Allgemeinen erwachte Arsenda, wenn er sein Liedchen erklingen ließ. Diese Weise hatten sie immer vom Vater gehört, wenn der von einer seiner langen Reisen oder vom Weinzechen nach Hause kam.

Das leise Klopfen an den Fensterladen war Arsendas Zeichen, dass sie ihn gehört hatte. Jetzt kam das Gefährlichste. Er konnte sich immer eine Ausrede einfallen lassen, wenn man ihn unter einem der Fenster erwischte, aber wenn man ihn dabei entdeckte, wie er zu dem steinernen Absatz an der Fassade hochkletterte, der den Reitern dazu diente, ihre Pferde zu besteigen, wäre Leugnen kaum noch möglich. Auch nicht, wenn man ihn anschließend dabei erwischte, wie er, einer Mauereidechse gleich Hände und Füße in die Steinritzen setzend, zum Flachdach der kleinen Nonnenhäuser hinaufkletterte.

Arsenda kam herausgerannt und erklomm eine Leiter, die im Hof stand. Als Hugo oben ankam, begrüßte ihn bereits das hübsche Gesicht des Mädchens, das vom Laufen hochrot war und vergnügt.

»Warum bist du so lange nicht gekommen?«, schalt sie ihn zum Gruß.

Hugo musste erst Luft holen. Dann umarmte er sie wortlos. Arsenda hatte in weiser Voraussicht ihre Schlafdecke mitgebracht. Sie wickelten sich darin ein und setzten sich, dicht aneinandergekuschelt, versteckt in einen Winkel.

»Sag, warum?«, ließ das Mädchen nicht locker.

Sie weinte, als sie vom Tod Herrn Arnaus erfuhr. Sie wollte wissen, wie ihr Bruder sich die Verletzungen zugezogen hatte, und ihre großen, dunklen Augen glänzten in der Nacht vor Bewunderung dafür, wie mutig und verwegen Hugo gehandelt hatte. Doch beim Gedanken an ihre Mutter brach sie wieder in Tränen aus.

»Was hast du seit unserer letzten Begegnung Neues gelernt?«, versuchte Hugo sie auf andere Gedanken zu bringen.

Sie erzählte, sie habe endlich bei der Herstellung des Nougats helfen dürfen, dieser Leckerei aus Mehl, Honig und im Ofen gerösteten Nüssen. Auch beim Destillieren des Rosenwassers hatte sie geholfen, und beim Spinnen von Leinen und Hanfgarn. Das Sticken durfte sie noch nicht lernen, dazu müsste sie erst größer werden, sie könnte sonst den Stoff verhunzen.

»Behandelt sie dich gut, diese Schwester…«

»Geralda heißt sie. Ja, das tut sie. Sie ist sehr herrisch und fordernd und sehr fromm und gottesfürchtig, aber sie ist gut zu mir. Ich darf etwas abseits dabeisitzen und zuhören, wenn sie die Töchter der reichen Familien von Barcelona unterrichtet, und anschließend wendet sie sich auch mir ein Weilchen zu. Und du, wie ist es dir ergangen?«

Da erzählte Hugo von der Werft, welch große Fortschritte er dort machte, welche Zukunft er sich als *Mestre d'aixa* erhoffte und wie er seine Mutter zu unterstützen gedachte.

»Und dich auch!«, setzte er hinzu. »Ich werde die Aussteuer aufstocken, die Schwester…«

»Geralda«, eilte ihm das Mädchen erneut zu Hilfe.

»Genau. Ich werde sie aufstocken, damit du einen guten Ehemann findest, den besten von ganz Barcelona.«

Arsenda lachte fröhlich.

»Was redest du da! Du wirst eine eigene Familie haben«, sagte sie schließlich.

»Gewiss doch. Aber ich werde dich nie vergessen«, versprach Hugo und drückte seine Schwester zärtlich an sich, als er nun mit zitternder Stimme weitersprach.

»Anderntags brachten die *Bastaixos* ein paar Fuder Holz in die Werft, die übers Meer gekommen waren, aus den Pyrenäen. Sie befördern das Holz über den Fluss ins Tal… Eines Tages möchte ich mir einmal ansehen, wie sie das machen«, sagte er und wusste gar nicht, warum er ihr das alles erzählte. »Nun gut, jedenfalls sind es die *Bastaixos*, die das Holz von der Anlegestelle bis zur Werft schleppen. Nachdem sie die großen Stämme ausgeladen haben, haben sie mich beglückwünscht, und alle haben gesagt, ich hätte das gut gemacht und hätte getan, was keiner gewagt hatte. Sogar die Meister und Werftaufseher stimmten zu. Die jungen Eisenkugelträger applaudierten mir und baten mich immer wieder zu erzählen, was geschehen war. Auch Juan der Navarrer hat mich unterstützt. Er ist ein guter Freund von Herrn Arnau gewesen. Aber dann wurde ich vergangenen Sonntag in der Kirche Santa María von vielen schlecht angesehen. Einige taten es verstohlen, aber ich habe es trotzdem bemerkt, andere boten mir offen die Stirn. Ein Händler schubste mich sogar, als ich zur Kommunion ging. Später hat der Handschuhmacher es meiner Mutter nicht gestattet, auch nur einen Augenblick stehen zu bleiben. Sie zerrten sie ohne Federlesens weiter. Wir konnten kein Wort miteinander wechseln.«

Plötzlich verstummte er. Er sollte ihr nichts von diesen Dingen erzählen. Arsenda war noch klein. Was konnte ein Mädchen von alledem verstehen? Sie war glücklich im Kloster Jonqueres. Sie bekam Nahrung und Kleidung, wurde unterrichtet, erhielt eine Mitgift, und eines Tages würde sie heiraten …

»Du hast dich mit der Macht angelegt«, flüsterte Arsenda ernst.

»Was redest du da!«, entfuhr es Hugo. »Was verstehst denn du davon?«

»Hier im Kloster ist das auch geschehen. Eine der Nonnen hat sich darüber beschwert, wie die Sakristanin sie behandelte. Die meisten der alten Nonnen sahen das auch so, das weiß ich, weil ich gehört habe, wie sie im Haus von Schwester Geralda, meiner Herrin, darüber gesprochen haben. Doch Angelina hat sich als Einzige beschwert. Die Oberin schlug sich auf die Seite der Sakristanin, daraufhin haben die anderen Angelina fallen gelassen. Jetzt spricht fast niemand mehr mit ihr. So wird es dir auch ergehen«, prophezeite sie.

»Ich hasse die Puigs«, sagte Hugo.

»Du darfst nicht hassen«, schalt ihn Arsenda. »Jesus Christus …«

»Jesus Christus hat zugelassen, dass unser Vater den Tod erleidet«, fiel Hugo ihr ins Wort. Arsenda schlug das Zeichen des Kreuzes. »Und Herr Arnau ebenso.«

»Wir werden alle sterben«, hielt ihm das Mädchen ruhig entgegen. »Wir werden dieses Tal der Tränen verlassen, um in das ewige und selige Leben überzugehen.«

Hugo seufzte.

»Versprich mir, dass du niemanden hassen wirst. Du musst verzeihen.«

Hugo sagte nichts darauf.

»Versprich es mir!«, forderte Arsenda.

»Ich verspreche es«, gab ihr Bruder widerstrebend nach.

Er hatte niemals auch nur die geringste Absicht gehabt, sich an dieses Versprechen zu halten. Hatte er zuvor schon beherzt bei der Arbeit angepackt, tat er es nach der Behandlung, die ihm in der Kirche Santa María zuteilgeworden war, nun mit umso größerem Eifer, wenngleich unter der Oberfläche stets der Zorn in ihm schwelte, dass die Stadt so nah war und doch für ihn so unerreichbar fern. Es kümmerte ihn schon nicht mehr, wenn sie ihm den Rücken vollpackten oder wenn ihm die Arme lang wurden, weil er die Kugel des Genuesen unermüdlich von einem Ort zum anderen schleppen musste. Das ging selbst den Burschen so, die älter waren als er. Was wäre aus ihm geworden, wäre der Genuese nicht gewesen? Es war sehr schwer, bei einem *Mestre d'aixa* als Lehrling unterzukommen. Aber jetzt, da er schon einige Erfahrung hatte, würde es ihm vielleicht gelingen. Juan der Navarrer hatte versprochen, ihm zu helfen, falls der Genuese freikommen würde. »Im Gedenken an Arnau«, hatte Hugo ihn flüstern hören.

Während die Verhandlungen über die Minister und Günstlinge Pedros des Prächtigen weitergingen und Königin Sibila in einem Turm außerhalb der Stadt hinter dem Portal de los Orbs gefangen gehalten wurde, bestätigte König Juan am 8. März 1387, geheilt von dem Fluch, der ihm so viel Unbill gebracht hatte, die Privilegien, Gesetze und geltenden Gepflogenheiten Kataloniens. Wie bereits angekündigt, bestätigte er nicht die Schenkungen, die sein Vater in den letzten zwanzig Jahren gemacht hatte. Zehn Tage darauf wurde ihm bei den katalanischen Cortes die Treue geschworen, und er wurde zum Grafen von Barcelona ernannt.

König Juan ergriff noch weitere Maßnahmen. Unter anderem ernannte er den Vizegrafen von Rocabertí zum Statthalter der Staaten im Orient. Von diesem erging der Befehl, die Flotte zu rüsten und in Richtung Morea und der katalanischen Besitzungen der Herzöge von Neopatria und Athen in See zu stechen. Der Ruf zu den Waffen der königlichen Flotte sorgte in der Werft für Aufruhr. Ruder, Segel, Langschilde, Lederstücke, Waffen… alles wurde durchgezählt und für die

Ankunft der Schiffe vorbereitet. Viele von ihnen waren einfache Handelsgaleeren, die für den Zweck aufgerüstet wurden.

In einer der Werfthallen wurden die letzten Arbeiten für den Stapellauf des Flaggschiffes der Flotte ausgeführt, einer riesigen Galeere mit dreißig Ruderbänken zu jeder Seite, in der der Vizegraf von Rocabertí reisen würde. Hugo hatte schon einmal an der Übergabezeremonie eines neuen Schiffs teilgenommen: Acht Priester und der Bischof hatten gemeinsam die Messe zelebriert, während als Gäste der König, seine Minister und die Stadträte teilgenommen hatten. Es war ein Fest und ein Anlass für ausgelassene Freude gewesen, mit vielen Geschenken und herrlichem Essen. Jetzt stand Hugo mit der Kugel in der Hand neben dem Genuesen und betrachtete den riesigen, nackten Schiffsrumpf, der aus guter Eiche gezimmert war. Er empfand Stolz, an diesem Werk mitgewirkt zu haben, und roch den intensiven Geruch von gehobeltem Holz, Teer und Pech, hörte das Klopfen der Zimmermannshämmer, das Zischen des Wassers, das zum Bretterbiegen über die Kohlen gegossen wurde, und das Schnarren der Sägen.

»*Santa Brígida*! So wird das Flaggschiff heißen.«

Hugo und der Genuese fuhren herum. Sie erblickten eine Gefolgschaft, angeführt vom Vizegrafen von Rocabertí, dem Statthalter der Werften und den Stadträten, die sich auf die Galeere zubewegte. Juan der Navarrer war ihnen eilfertig zu Diensten.

»Heute werden sie uns mit gutem Geld belohnen«, flüsterte der Genuese Hugo ins Ohr. »Sobald du es hast, gehst du guten Wein kaufen. Am Abend werden wir ordentlich zechen und auf die *Santa Brígida* anstoßen … und auf unsere gute Arbeit.«

Als sie bei der Stelle angekommen waren, an der die Arbeiter sich drängten, stellte der Navarrer seiner Gefolgschaft den Baumeister vor. Hugo sah, wie er mit dem Vizegrafen und dessen Begleitern sprach, während alle anderen aufmerksam dem Gespräch folgten. Er deutete auf die Galeere, fuchtelte mit den Händen, ahmte in Gebärdensprache das Meer nach, den Schiffsrumpf, die Hafenschiffer und dann etwas, das augenscheinlich einen Sturm darstellen sollte. Als der Oberste Schiffsbaumeister der Gefahr ein Ende machte, indem er die Hand ausstreckte und sie mit leichten Wellenbewegungen von seinem Körper fortbewegte, als habe die Galeere wieder ruhigere Gewässer erreicht, lachte der Vizegraf geradeheraus und entblößte die schwarzen Zähne im weißen Bart. Jemand applaudierte. Der Genuese hatte richtig geraten: Ein Hofmarschall des Vizegrafen überreichte nun dem Baumeister ein Säckchen, ehe die Gefolgschaft sich wieder in Bewegung setzte. Die Gesellen und Lehrlinge gaben den Weg frei, um sie zum Schiff durchzulassen, das über ihnen aufragte.

Der Oberste Schiffsbaumeister machte den Vizegrafen mit den wichtigsten *Mestres* bekannt, die dieser mit einem leichten Nicken grüßte. Als der Adlige gerade in ein Gespräch verwickelt war, bemerkte Hugo, dass der Hofmarschall zu jenem Mann hintrat, dem die Ehre zuteilgeworden war, von seinem Herren gegrüßt zu werden, und ihn zur Belohnung mit ein paar Münzen bedachte.

»Domenico Blasio aus Genua«, verkündete der Schiffsbaumeister. »Euer Exzellenz, Ihr solltet ihn zu überzeugen suchen, bei uns zu bleiben, wenn man ihn in die Freiheit entlässt.«

»Was schon bald der Fall sein wird«, beglückwünschte ihn der Vizegraf de Rocabertí. Das waren die ersten Worte, die er an einen von ihnen richtete.

»Darauf vertraue …«, wollte der Genuese schon sagen, doch ein Schrei schnitt ihm das Wort ab.

»Du Hund!« Hugo wusste sofort, wer da geschrien hatte, obwohl er den jungen Puig noch gar nicht hatte sehen können, der, von den Seidenstrümpfen bis zum Gesicht ganz in Rot, aus dem Gefolge des Vizegrafen herausgesprungen war und sich, gefolgt von seinem Diener, auf ihn stürzte.

»Du Hurensohn!«, brüllte er, als er nur mehr eine Handbreit von Hugo entfernt war.

Hugo reagierte blitzschnell und reichte die Eisenkugel, die er noch in der Luft hielt, kurzerhand an Roger Puig weiter, der sie vor lauter Überraschung entgegennahm. Die Hände und das farbenprächtige Kettenhemd des Adligen wurden fleckig vom Rost. Es brauchte eine Weile, bis er sich wieder gefasst hatte und die Kugel zu Boden fallen ließ, was Hugo nutzte, um hinter seinem Herren Schutz zu suchen.

»Was geht da vor sich?«, fragte der Vizegraf.

Während Roger Puig sich den Rost vom Gewand klopfte, wurde Hugo von dessen Diener und einigen Soldaten gepackt und vor den Vizegrafen geschleppt.

»Dieser Schuft hat meine Großmutter Margarida Puig beleidigt. Er verdient eine Strafe«, brüllte Roger Puig, immer noch damit beschäftigt, sein Gewand auszuklopfen.

Der Vizegraf von Rocabertí hörte sich an, was der Bursche zu sagen hatte, und lauschte zugleich den Worten, die sein Hofmarschall ihm ins Ohr flüsterte. Er nickte kaum merklich.

»Was willst du mit ihm machen?«, fragte er Roger Puig.

»Im Karzer der Burg von Navarcles wird er Zeit genug haben, seine Beleidigungen zu bereuen.«

Ein Raunen ging durch die Menge. Hugo wich das Blut aus dem Gesicht, und er schlug um sich, in der Hoffnung, sich aus dem Griff des Dieners befreien zu können. Es war derselbe, der ihn am Tag der Hinrichtung von Meister Arnau verprügelt hatte, und jetzt verpasste er ihm Maulschellen.

Juan der Navarrer wollte vermittelnd eingreifen, doch der Statthalter der Werft gebot ihm mit einer energischen Geste Einhalt.

»Einverstanden«, sagte da der Vizegraf. »Werft ihn ein Jahr in den Kerker, danach lasst ihn wieder frei. Gebt ihm genug Speis und Trank, dass er nicht stirbt. Dafür bist du mir persönlich Rechenschaft schuldig.«

»Nein!«, rief Hugo, der spürte, wie seine Knie nachgaben und er zu Boden sank.

»So wird es sein«, beteuerte Roger und setzte hinzu: »Die Puigs werden es Euch zu danken wissen.«

Der Vizegraf hatte Hugo gerade den Rücken gekehrt, als die Stimme des Genuesen erschallte:

»Ihr irrt!«

Der Adlige wandte sich nicht um. Er verlangsamte den Schritt, als warte er auf eine Erklärung, die auch prompt erfolgte.

»Dieser Junge hat hart an der Fertigstellung der *Santa Brígida* mitgearbeitet. Ein Stück von ihm steckt in diesem Schiff, ganz wie ein Stück von uns allen, von den anderen Meistern, Gesellen und Lehrlingen.

Wenn Ihr heute, an dem Tag, an dem Euch die Galeere, Euer Flaggschiff, präsentiert wird, nicht großzügig und barmherzig seid, dann wird das den Schutzgeist erzürnen. Wie ist es bestellt um die Großherzigkeit der Mächtigen?«

»Von was für einem Schutzgeist redet Ihr?«, fragte der Vizegraf, der dem Genuesen immer noch den Rücken kehrte.

»Alle Schiffe haben einen, Euer Herrschaft«, antwortete der Oberste Schiffsbaumeister und deutete dabei auf das gewaltige Heck der Galeere, hoch über ihren Köpfen.

»Und was geschieht, wenn er in Zorn gerät?«, fragte der Vizegraf von Rocabertí, obgleich er sich die Antwort denken konnte.

»Dann wird dem Schiff auf seinen Fahrten kein Glück beschieden sein.«

»Es könnte sogar sinken«, setzte der Genuese hinzu.

»Ihr werdet doch diesen Ammenmärchen keinen Glauben schenken!«

Der Vizegraf hob die Hand und brachte den sich ereifernden Roger Puig zum Verstummen. Dann schwieg er zunächst.

»Ich bin mir gewiss«, sagte er schließlich, nachdem er sich zu Roger Puig, Hugo und dem Genuesen umgewandt hatte, »dass es deiner erlauchten Großmutter und deinem Onkel, ja deiner ganzen Familie lieber wäre, nichts könnte dem Sieg der königlichen Flotte im Wege stehen, als dass man einen Schurken für sein Lästermaul bestraft, zumal ein Mitglied der Familie zur Mannschaft gehört. Oder würde es dir etwa gefallen, unter solch ungünstigen Vorzeichen in See zu stechen?«

Roger Puig zögerte.

»Der König hat schon genug damit zu schaffen, dass man ihn verhext hat, wovon er sich nur mühsam erholt, da will er nicht auch noch erfahren, dass wir den Schutzgeist seines Flaggschiffs wegen eines bartlosen Habenichts verärgert haben. Lasst ihn frei!«, befahl der Vizegraf den Dienern und ging weiter, ohne sich mit eigenen Augen von der Ausführung seines Befehls zu überzeugen, als wäre es ein Ding der Unmöglichkeit, dass man ihm zuwiderhandelte.

Und so war es. Hugo kam wieder frei.

»Lasst ihn los!« Hugo hatte nun schon zum zweiten Mal diesen

Befehl vernommen, der ihn wieder in die Freiheit entließ. Da kreuzte sein Blick den von Roger Puig, der ihn voller Zorn ansah. *Das nächste Mal wirst du nicht so viel Glück haben*, hatte er ihm damals vor dem Blutgerüst prophezeit. Hugo lächelte. Hatte er doch. Er spürte den Hass in Rogers Blick und wollte schon den seinen zu Boden senken, als er sich an den Rat des Herrn Arnau erinnerte. »Verbeuge dich vor niemandem.« Er atmete tief ein, ballte die Fäuste und wartete mit festem Blick, bis sein Gegner dem Vizegrafen zu folgen beschloss.

»Hugo! Hugo!«

Beim zweiten Ruf wurde er kräftig von hinten gepackt. Er fuhr herum. Es war Juan der Navarrer. Der Junge wollte ihm schon ein Lächeln schenken, doch die düstere Miene des Gehilfen hielt ihn davon ab.

»Du musst die Werft verlassen«, verkündete Juan. »Der Vizegraf will dich nicht bei den Schiffen haben. Du musst unverzüglich fort. So lautet sein Befehl.«

3

Hugo ging Richtung Raval, wo die neue Stadtmauer gebaut wurde. Er tat es, ohne nachzudenken. »Versteck dich«, hatte der Navarrer ihm zugeflüstert, während ein Soldat des Vizegrafen über die Ausführung des Befehls gewacht hatte. »Zumindest so lange, bis Roger Puig an Bord der königlichen Flotte davonsegelt.«

Hinter der Werft, zwischen der Rambla und der neuen Stadtmauer, deren Bau König Pedro befohlen hatte, lag das Raval, ein großes Viertel Barcelonas, das in dem Maße wuchs, je mehr Häuser innerhalb der Stadtmauer keinen Platz mehr fanden oder dort nicht schicklich waren: das große Kloster Sant Pau del Camp, das San-Lázaro-Hospital für Leprakranke, das große Karmeliterkloster mit seinen beiden Klausen, das dem Namen der Calle Carmen Pate gestanden hatte, das Hospital Colom, nach dem auch eine Straße benannt worden war, die Calle del Hospital, neben der das Dominikanerkloster lag, ein weiteres kleines Hospital, das Hospital Vilar, das Kloster Sant Antoni Abat und die Klöster Montalegre und Nazaret … Es gab so viele Konvente, Kirchen und Klöster in Barcelona, dass Pedro der Prächtige für den Neubau weiterer Sakralbauten sowie für den Ausbau bereits existierender Gebäude ein Verbot ausgesprochen hatte.

Rund um die Klöster und Krankenhäuser des Raval-Viertels wuchs die Bevölkerung. Die meisten waren einfache Arbeiter, viele waren arm. Außerdem war die bewohnte Zone des neuen Viertels – also der Abschnitt von der Calle del Carme bis hinauf zu deren Ende – verschwindend gering im Vergleich zur Gesamtfläche. Der Rest des Gebietes zwischen der neuen Stadtmauer und dem Meer wurde als Gemüsegarten oder Feld genutzt.

Durch so einen Gemüsegarten, den einige Bedürftige, die in Hütten hausten, angelegt hatten, spazierte Hugo an einem Aprilnachmittag des Jahres 1387. Die Frühlingssonne, die ankündigte, dass es bald warm und weniger stürmisch sein würde, und die von den Werftarbeitern so gefeiert wurde, weil sie den Beginn der schiffbaren Zeit bedeutete, erinnerte den Jungen wieder an seine neue und prekäre Lage. Hugo suchte mit dem Blick nach dem Meer dahinter. Er hatte das Rauschen der Wellen, das fröhliche Durcheinander der Werftarbeiter, Fischer und Seeleute am Strand eingetauscht gegen ein trauriges Stück Land voller Gemüse, das langsam und still vor sich hin wuchs. »Du bist so ein Esel!«, schalt er sich laut. Er würde kein *Mestre d'aixa* mehr werden, nicht einmal ein Kalfaterer. Lauter Träume und Illusionen, die durch die plötzliche Laune eines hochmütigen Adligen zunichtegemacht worden waren.

Er war unschlüssig, wusste nicht, ob noch wo er sich verstecken sollte. Er glaubte nicht, dass Roger Puig ihm nachspionierte. Wieso sollte dieser sich wegen eines bartlosen Habenichts wie ihm Sorgen machen? Roger Puig würde schon bald mit der königlichen Flotte in See stechen, vornehm gekleidet und mit einem Schwert am Gürtel. »Mögest du jämmerlich ersaufen und als Fischfutter enden!«, gab Hugo ihm in Gedanken mit auf den Weg.

Hugo ging die Calle Robador hinauf, in der schon die ersten Häuser gebaut wurden und bereits ein wenig Leben herrschte, bis er vor dem Colom-Hospital stand, einem schlichten Gebäude mit Satteldach und einer kleinen Kirche nebst Glockenstuhl. Vor den Toren hatten sich viele Bedürftige versammelt.

Hugo hatte Herrn Arnau von diesem Ort erzählen hören. Dessen Verwalter ließ täglich eine Gruppe von Bettlern auf den Straßen Brot für das Hospital erbetteln. Dazu gab es Laienbrüder und Laienschwestern – Männer und Frauen, die sich, ohne einem Orden anzugehören, in den Dienst einer Gemeinschaft stellten – sowie Dienstmägde und Ammen. Sie alle bildeten das Personal des Colom-Hospitals, das sich in seinem Aufbau von den übrigen Hospitälern der Stadt nicht unterschied. »Und Ärzte?«, hatte Hugo damals gefragt, nachdem Herr Arnau ihm alles geschildert hatte. »Dort gibt es keine Ärzte«, hatte der alte Mann geantwortet, »doch dafür sind alle Ärzte Barcelonas verpflichtet, unentgeltlich und im Wochenturnus in die Hospitäler zu kommen, um die Armen zu heilen. So hat es König Pedro vor vielen Jahren befohlen.«

Arnau hatte außerdem erzählt, dass den Ärzten im Colom-Hospital genügend Mittel zur Verfügung standen und dass sie oft Brot übrig hatten, das sie an die Armen verteilten. Hugo sah wieder zu den Leuten, die sich vor den Toren des Hospitals drängten, und merkte, wie ihm das Wasser im Mund zusammenlief. Wegen des Besuchs des Vizegrafen in der Werft hatte er am Morgen nicht gefrühstückt. Ergeben schloss er sich den Wartenden an.

Als sich die Tore des Hospitals öffneten und zwei Laienbrüder mit einem Korb heraustraten, vergaß er seine Sorgen und Nöte. Doch sogleich begannen Männer wie Frauen, Alt wie Jung, sich um die besten Plätze zu raufen. Hugo war in dem Gedränge gefangen. Die Nervosität stieg und mit ihr die Gewalt. Auch Hugo rempelte irgendwann seine Vordermänner an und versuchte, an ihnen vorbeizukommen. Da wurde er plötzlich an der Schulter gepackt. Er schlug mit der Hand heftig nach hinten. Niemand würde ihm seinen Platz streitig machen! Doch eine zweite Hand packte ihn bei der anderen Schulter. Es waren große, starke Hände, die so gar nicht zu einem dieser Hungerleider passen wollten. Hugo warf sich zu Boden und konnte sich befreien. Er hörte den Diener von Roger Puig Befehle schreien, während er zwischen den Beinen der Leute hindurchkroch und entkam.

Schon war er vorne bei den Laienbrüdern angelangt, die das Brot austeilten. Die Wartenden in der vorderen Reihe, die gleich drankommen würden, wollten ihm den Weg versperren, doch er wich ihnen aus, rannte mit gebeugtem Rücken vor und schlüpfte durch die Tür ins Hospital. Einer der Brüder blickte ihm nach, verzog den Mund, zuckte mit den Schultern und machte sich weiter ans Austeilen. Niemand sonst beachtete ihn.

Der Junge rannte Hals über Kopf weiter, bis er inmitten eines langen Seitenflügels stand. Vornübergebeugt, die Hände auf die Knie gestützt, blieb er stehen, um Atem zu schöpfen. Er sah zurück zum Eingang: nichts. Der Lärm, der draußen herrschte, war in dieser Umgebung nur noch gedämpft zu hören. Er sah Pritschen zu beiden Seiten, auf einigen davon lagen Sieche. Eine stämmige Frau trat auf ihn zu.

»Du darfst dich hier nicht herumtreiben«, schalt sie ihn. »Wenn du um Brot betteln willst …«

»Ich werde verfolgt«, sagte Hugo, und das Geschrei vor der Tür wurde lauter.

Die Frau sah ihn prüfend an.

»Komm mit«, befahl sie schließlich.

Sie traten durch eine Seitentür auf einen Innenhof, in dem ein paar Kinder spielten. Sie durchquerten ihn eilig, und die Frau bedeutete ein paar Ammen, die Säuglinge stillten, mit einem fest auf den Mund gedrückten Finger, sie möchten Stillschweigen bewahren. Auf der anderen Hofseite schloss sie mit einem der Schlüssel, die sie an einem großen klappernden Schlüsselbund am Gürtel trug, die Tür auf und bedeutete Hugo einzutreten. Das ist der Weinkeller, dachte er bei sich, mehr wegen des Geruchs, als weil er in der Dunkelheit etwas hätte sehen können. Das Quietschen des Schlüssels, mit dem die Frau die Tür vom Hof aus wieder zusperrte, hallte dröhnend im Inneren. Er fragte sich, warum sie ihn wohl hierhergebracht hatte. Das einzige Licht im Raum kam durch ein Guckfensterchen in der Tür. Hugo schnappte sich einen alten Kübel, stieg darauf, und als er hindurchspähte, konnte er sehen, wie die dicke Frau vor einem wohlgekleideten Herrn gestikulierte. Beide blickten zu seinem Versteck hinüber und verschwanden dann im Hospital.

»Nein!«, schrie Hugo und versuchte vergeblich, die Tür zu öffnen. Neben sich entdeckte er etliche in den Fels gehauene Wannen und Nischen und konnte undeutlich die Umrisse einiger Fässer ausmachen. Andere Fenster oder Türen gab es dagegen nicht. Er saß in der Falle! Erneut blickte er durch das Fensterchen, just in dem Moment, in dem die Dame mit den Schlüsseln, der Verwalter und Roger Puigs Diener entschlossen durch den Innenhof marschierten. Hastig stieg er vom Kübel und sah sich suchend um. Er erblickte einen Stock, der so kräftig war wie ein Ruder bester Qualität. Er packte ihn und steckte ihn durch den inneren Eisenriegel der Tür. Das Quietschen des Schlüssels in der Tür und der dumpfe Stoß, mit dem der Stock die Tür am Aufgehen hinderte, mischten sich mit den Schreien und Schimpftiraden von Roger Puigs Diener.

»Junge, mach auf. Wir tun dir nichts zuleide«, hörte er schließlich jemanden durch das Fensterchen sagen.

Aber das war nicht der Diener. Dessen Stimme hätte Hugo selbst in der Hölle wiedererkannt.

Dann tauchte eine andere Person in dem Fensterchen auf.

»Ich bring dich um!«

Das war er, der Diener! Hugo überlief ein Schauder. Er würde ihn umbringen, zweifellos. Und niemand würde es erfahren, und … Er griff sich einen anderen Stock, der etwas leichter war, aber ebenso hart, und hielt die Spitze im Dunkeln vor die Fensterlaibung.

»Jetzt entkommst du mir nicht mehr!«, drohte Roger Puigs Diener.

»Stich zu, jetzt!«, sagte Hugo zu sich selbst.

Er stieß den Stock mit aller Kraft, die er aufbringen konnte, durch das Fensterchen. Durch das Holz spürte er, wie ein Knochen brach. Der Knochen der Augenhöhle, so hoffte er. Während Schreie und Jammerlaute folgten, nutzte er die Zeit, um das Schoss aufzustemmen, riss stürmisch die Tür auf, stieg über den Leib des Bediensteten hinweg, der sich auf dem Boden krümmte, und floh. Er konnte gerade noch sehen, dass ein starker Blutstrom zwischen den Fingern hervorquoll, die dieser vors Gesicht geschlagen hatte. Er wollte schon den Hof überqueren, doch dann blieb er stehen und drehte sich zu dem Verwalter und der Frau mit den Schlüsseln um. Beide knieten neben dem Diener, dem sie zu Hilfe geeilt waren, und sahen Hugo entsetzt an, als wäre er ein Gespenst. »Dreckige Hure!«, schrie er die Frau an und legte alle Verachtung, deren er fähig war, in seine Stimme.

Dann rannte er durch den Innenhof und den Flügel, in dem die Siechen lagen, und danach weiter ohne anzuhalten die gesamte Calle del Hospital stadtauswärts, bis kurz vor die Puerta de Sant Antoni, das Tor in der neuen Stadtmauer. Dort bog er von der festen Straße ab, denn am Tor gab es Wächter.

Wieder gelangte er auf ein unbebautes Gebiet. Nicht einmal Hütten gab es dort, wo die Leprakranken hausten. Im Glauben, er sei allein, schlich er sich in einen Gemüsegarten und stahl ein paar noch unreife Zwiebeln.

Bedrückt suchte er anschließend Schutz unter den Resten einiger

Holzbalken, die früher einmal Teil einer windschiefen Hütte gewesen sein mussten, die jetzt verlassen war. Er setzte sich auf den Boden und hob die Hand, um die Zwiebeln fortzuwerfen, als wollte er seinen Kummer von sich schleudern, aber er besann sich eines Besseren und legte sie neben sich. Er dachte an seine Schwester. Es würde auch auf sie ein schlechtes Licht werfen, auch wenn das der Mitgift, welche diese verfluchte Nonne, deren Namen er sich einfach nicht merken konnte, für sie bereithielt, nichts anhaben konnte. Arsenda würde einen guten Ehemann finden.

Allmählich wurde es dunkel. Wie herrlich war doch das farbenprächtige Lichterspiel über dem Meer! Er versuchte, in den Gemüsegärten und auf den Feldern, die sich vor ihm erstreckten, Vergleichbares zu entdecken. Aber welche Schönheit hatte schon das Licht des Sonnenuntergangs auf einem Zwiebelfeld? Er ließ sich zu einem Lächeln hinreißen und lachte schließlich laut auf. Zwiebeln! Und jetzt schleuderte er die Zwiebeln doch noch von sich, so weit er nur konnte. Dann seufzte er und kurz darauf setzte der Schlaf diesem bedrückenden Tag ein Ende.

Als er beim ersten Morgengrauen erwachte, stellte er fest, dass er keine Schuhe mehr trug. Man hatte ihm seine wundervollen Sandalen mit Ledersohle gestohlen, und er hatte es nicht bemerkt! Er sah sich um und versuchte sich zu erinnern, ob er die Schuhe vor dem Hinlegen ausgezogen hatte. Nein, er war sich sicher, dass er das nicht getan hatte. Was er aber sehr wohl sah, war eine Zwiebel. Sie hatten seine Schuhe mit einer Zwiebel vertauscht! Sie mussten ihn am Vortag beobachtet haben und hatten ihn die Zwiebeln fortwerfen sehen …

»Hunde!«, schrie er, als er, die Zwiebeln in der Hand, die er dem Universum wie eine Drohung entgegenreckte, unter den Balken hervorgekrochen kam.

»Was schreist du so, mein Junge?« Die Stimme kam von hinten. Von einem Alten, der in einem der anderen Gemüsegärten arbeitete, wie Hugo feststellte. »Was hast du da in der Hand?«, fragte der Alte plötzlich. Hugo hatte noch immer die Hand halb in den Himmel gereckt. »Dieb!«, schrie er, als er sah, dass es zwei Zwiebeln waren. »Fangt den Dieb!«

Hugo rannte los. Er war keine zwei Schritt weit gekommen, als er stolperte und ein stechender Schmerz ihn lähmte. Er fiel zu Boden. Der Alte hinkte heran, die Hacke kampfbereit geschwungen, und schnappte nach der Luft, die ihm noch fehlte, um fremde Hilfe zu erflehen. Hugo erhob sich. Und das alles wegen eines so jämmerlichen Diebesguts! Er sah die Zwiebeln an, zeigte sie dem Mann, der näher kam, und ließ sie auf halbem Wege fallen. Er flehte zum Himmel, der Gärtner möge sich mit seiner Gabe zufriedengeben. Dann machte er eine Verbeugung, wie früher, wenn er mit Herrn Arnau unterwegs gewesen war, und drehte sich um, doch da …

»Was soll der alte Narcís mit Zwiebeln, die ein Dieb aus der Erde gerissen und mit seinen Händen betatscht hat?«

Zwei Männer packten Hugo mit eisernem Griff.

»Aber ich bin kein …«, begann er zu jammern, als sie ihn zu dem Alten schleppten, der ihm, sobald er sich in seiner Reichweite befand, einen schweren Hieb mit dem Stock seiner Hacke versetzte.

»Schlag ihn nicht tot, Narcís. Er könnte uns gut zur Abschreckung für die anderen Rotzlöffel dienen, die unseren Gemüsegärten auch keinen Respekt zollen.«

»Hast du genug Geld, um all die Zwiebeln zu bezahlen, die du gestohlen hast?«, fragte einer der Männer, nachdem er ihn kräftig durchgeschüttelt hatte. Er war dem Jungen ganz nah auf den Pelz gerückt und spie ihm die Worte mit seinem fauligen Atem ins Gesicht.

»Ich habe ja nur zwei genommen«, versuchte Hugo sich zu verteidigen.

»Du lügst!«, ging der andere dazwischen.

»Wo sind deine Spießgesellen? Haben sie dich im Stich gelassen?«

»Du wirst für sie bezahlen!«

»Hast du Geld?«, fragten sie und schüttelten ihn.

»Nein!«, rief Hugo immer und immer wieder.

Der Zug brach bei der Casa de la Ciutat auf, wo sich der Saal der Hundert befand, in dem die Repräsentanten Barcelonas sich versammelt hatten, umrundete diese und gelangte zur Plaza de Sant Jaume. Zu den Vergehen, die man ihm zu Unrecht zur Last gelegt hatte, bekannte

Hugo sich nicht, sehr wohl jedoch zum Diebstahl der beiden Zwiebeln, für den man ihn vor Gericht gestellt und nach nur wenigen Minuten verurteilt hatte. Man hatte den Jungen, nur bekleidet mit seinen kaputten Unterhosen und die Hände vor dem Leib gefesselt, auf einen Esel gesetzt und würde ihn auspeitschen.

»Übertreibt es nicht mit der Strafe«, legten die Stadträte dem Amtsdiener nahe, den sie kurz beiseitegenommen hatten.

Da erinnerte Hugo sich an die Strafe, die man in der Stadt einem Kerl mit loser Zunge aufgebrummt hatte, der in einem hitzigen Streit Unseren Herrn Jesus Christus beleidigt hatte und der, hätte er ihn mit Absicht beleidigt, ohne jede Gnade den Tod verdient haben würde. Sie hatten damals dem Gotteslästerer nicht nur mit einer Eisenstange die Zunge durchbohrt, sondern ihn noch dazu auf einen Esel gebunden, vielleicht auf denselben, auf dem Hugo jetzt saß, und durch ganz Barcelona getrieben, während die Bürger ihn beim Vorüberreiten laut beschimpft und bespuckt und mit Steinen und kotgefüllten Ochsendärmen beworfen hatten. Nach dem Ritt durch die Straßen hatten sie ihn außerdem auf der Plaza de Sant Jaume an den Pranger gekettet. Und wenn es ihm genauso erging?, fragte Hugo sich verängstigt. Da spürte er einen festen Schlag auf den Rücken und fuhr herum. Hanfseile! Er dankte geradezu erleichtert der Güte des Herrn, als nun der Schrei »Zwiebeldieb!« den Auftakt zu seiner öffentlichen Verspottung gab.

Fast den ganzen Morgen ließ man Hugo in der frühlingshaften Sonne durch die Straßen von Barcelonas Unterstadt reiten. Von der Plaza de Sant Jaume bis zur Kathedrale. Von dort zur Plaza del Blat und zu Santa María del Mar. Dann zum Born, zu Santa Clara, zum Strand, zum Fischmarkt, wo sich das Seekonsulat befand, zum Kloster Framenors, zur Werft …

Ein paar Soldaten ritten vorneweg und riefen die Bürger zusammen, damit sie Hugos Schmach und Schande beiwohnten, als sei die lärmende Kinderschar, die kreischend um den Esel herumtollte, noch nicht Strafe genug. Während sie ihn mit den Seilen auspeitschten, die das junge Fleisch seines Rückens aufrissen, flog auch der eine oder andere Stein, doch die Amtsdiener geboten der Steinigung sogleich Einhalt.

Als sie durchs Ribera-Viertel kamen, wo die Seeleute wohnten, und sich der Zug nach Santa María dem Bewässerungskanal Rec Comtal näherte, verwandelten sich die verzerrten Gesichter der Männer und Frauen, die ihn anschrien, mit dem Finger auf ihn zeigten oder sich über ihn lustig machten, in eine undefinierbare, nebelhafte Masse. Er spürte fast nicht mehr, wie die Schnur schmatzend in sein Fleisch biss, und hatte keine Sorge mehr, Roger Puig oder einer seiner Schergen könnten ihn erkennen. Er schloss die Augen und begann inmitten des lärmenden Gezeters zu beten. Er betete zur Jungfrau und flehte sie an, dafür zu sorgen, dass seine Mutter nicht Zeugin der Schande würde, die über ihn gekommen war.

»Das nächste Mal werden wir eine gute Lederpeitsche benutzen«, drohte ihm der Amtsdiener, als sie ihn, wieder in der Casa de la Ciutat angekommen, vom Esel herunterholten. Er löste die Fesseln und gab ihm sein Hemd zurück. »Aber geh dich vorher waschen«, riet er ihm, als er sah, dass er Anstalten machte, es wieder anzuziehen. Hugo stutzte kurz in seiner Betäubung. »Ins Meer. Du hast das ganze Meer für dich.«

Auf dem Weg zum Strand musste er noch weitere Beleidigungen über sich ergehen lassen, es gab aber auch Menschen, die ihm beim Anblick seines blutigen Rückens Trost zusprachen.

»Seid doch still! Lasst den Jungen in Ruhe!«, schalt eine Matrone die andere, als diese bei der Bäckerei in der Calle Regomir Hugo beschimpfte. »Er hat seine Strafe schon verbüßt. Der Hunger ist's, der sie zum Zwiebelstehlen treibt. Hier, nimm, mein Junge«, setzte sie hinzu und gab ihm ein Stück von dem frisch gebackenen Brot, das sie im Arm trug.

Kichererbsenbrot, mit ein wenig Weißmehl gebacken. Hugo schlang das Stückchen Rundbrot in gieriger Verzweiflung hinunter. Er gelangte zum Strand und ging unter den Blicken mehrerer Seeleute und Arbeiter zwischen den Schiffen hindurch ans Ufer, wo sich träge die Wellen brachen. Es war ein schöner Tag, mild, sonnig und windstill. Nur widerstrebend stieg er ins kalte Wasser, und noch ehe es ihm bis zur Taille ging, tauchte er den Rücken ein und spürte einen gewaltigen Schmerz. Und so blieb er stehen, bis das Brennen nachließ.

Mit einer Gänsehaut entstieg er dem Meer und wollte sich schon das Hemd überziehen.

»Trockne dich vorher ab, Junge«, riet ihm ein kleiner bärtiger Kalfaterer und warf ihm ein Handtuch zu. Dann kam er näher, um sich den Rücken anzusehen. »Du hast Glück gehabt«, setzte er hinzu, »sie haben nicht ihre ganze Wut an dir ausgelassen.«

»Glück?«, entfuhr es Hugo.

»Ja. Bist du nicht der Bursche, der sich bei der Hinrichtung des ehrenwerten Herrn Arnau geprügelt hat?«, fragte er. »Mutig. Ohne Sinn und Verstand, aber mutig. Eigentlich hätten die Stadträte Gerechtigkeit vom Adel fordern müssen, aber sie sind mehr damit beschäftigt, ihnen ähnlich zu werden, als die Bürger zu verteidigen, und nun, da wir keinen König mehr haben …« Er schnalzte mit der Zunge und ließ den Satz unvollendet, um nach einem gewissen Andrés zu rufen, dessen Kopf zwischen den Schiffen auftauchte. »Bring mal das Heilmittel für Wunden«, befahl er ihm.

Der Strand von Barcelona war von Grenzsteinen durchsetzt, mit denen man die Gebiete, in denen die Fischerboote anlanden durften, von den Gebieten trennte, in denen unter freiem Himmel Schiffe gebaut wurden. Der Strand vor dem alten römischen Stadttor von Regomir war eins dieser Gebiete, das älteste Barcelonas. Es gab zwar ein einfaches Gebäude neben den Voltes dels Fusters genannten Säulengängen, in dem Segel, Masten, Spieren und weiteres Zubehör gelagert wurden, aber die Schiffe wurden am Strand bearbeitet, etwa von Andrés, einem Jungen, der ein wenig älter war als Hugo, und seinem Vater Bernardo: Ersterer war Lehrling und Letzterer Kalfatermeister.

Bernardo trug selbst das Wundheilmittel auf, einen Balsam, der in der Wunde noch einmal so brannte wie das Salzwasser. Ein paar Arbeiter kamen vorbei, als er gerade mit Einreiben beschäftigt war. Sie wussten alle Bescheid, dass man ihn ausgepeitscht hatte; und nicht nur das, sie waren auch über die Geschehnisse am Tag der Hinrichtung des gelehrten Herrn Arnau unterrichtet.

»Du bist der Sohn von Matías Llor, nicht wahr?«, fragte einer von ihnen, ein gebückter Greis mit runzliger und sonnengegerbter Haut. »Den Pfeifer hatte man ihn genannt. Dein Vater hat immer gepfiffen«, krächzte der Alte anstelle eines Lächelns. »Es war jammerschade um ihn. Wie geht es deiner Mutter?«

»Gut«, stammelte Hugo.

»Eine hübsche Frau«, setzte der Alte hinzu.

»Und du?«, schaltete ein Zweiter sich ein, »willst du auch Seemann werden?«

Seemann? Hugo schüttelte den Kopf, als wagte er nicht einmal, dieses Wort laut auszusprechen. Sein Vater hatte ihm immer erzählt, wie herrlich das Meer war. »Wie eine schöne Frau, die dich in ihren Armen wiegt«, hatte er versichert. »Der schönste Genuss, den das Leben zu bieten hat … nach dir natürlich«, hatte er sich korrigiert, wenn Antonina ihn gehört und das Gesicht verzogen hatte. Als sie beide später allein gewesen waren und ein Gespräch von Mann zu Mann führten, wie Matías es immer nannte, riet er seinem Sohn: »Kein Weib ist so launisch und kann so in Wut geraten wie das Meer, mein Sohn. Hüte dich vor ihm.« Sein Junge sollte jedoch nie erfahren, wie launenhaft das Meer sein konnte. »Versprich mir, dass du nie zur See fahren wirst«, hatte seine Mutter am Tag der Beerdigung seines Vaters zu ihm gesagt und dabei auf den Sarg gedeutet. Und Hugo hatte es ihr versprochen.

»Kennst du die Calle Regomir?«

Die Frage kam von einem Mann, der offenbar ein *Mestre d'aixa* war, denn er hielt eine Krummhacke in der Hand, und riss Hugo aus seinen Erinnerungen. Vor Überraschung wusste er nicht, was er antworten sollte.

»Aber ja doch, durch sie bist du doch zum Strand gekommen«, stellte Andrés fest.

»Ach ja.«

»Also, geh da hin und suche nach der Schmiede von Salvador Vinyoles«, befahl ihm der *Mestre d'aixa*. »Sag ihm, Juan Pujol schickt dich, und er soll dir die Nägel geben, die ich bestellt habe. Worauf wartest du, mein Junge?«, trieb er ihn an.

Das Abholen der Nägel und noch ein paar weitere Botengänge, die er für die Kalfaterer machte, bevor der Tag zu Ende ging, brachte ihm ein Stück Brot ein, einen Hühnereintopf mit Gemüse und ein gutes Glas

Wein, das Andrés ihm an den Strand brachte. Außerdem gestatteten sie ihm, über Nacht in einem der Schiffe, die sie gerade abwrackten, Unterschlupf zu suchen.

Hugo lebte bei den Seeleuten, schlief im Schutz der Schiffe und versteckte sich, sobald er die funkelnden Gewänder der Adligen erblickte oder aufgeregte Stimmen hörte, die ihrer Ankunft stets vorangingen. Er ging Arsenda besuchen und wagte es nicht, ihr zu gestehen, dass er nicht mehr in der Werft arbeitete. Er musste ihr erklären, warum er barfuß ging, und behauptete, er habe seine Schuhe verlegt. »Da lässt du sie eines Tages irgendwo stehen, und wenn du sie wieder holen willst, sind sie fort«, sagte er. Mittlerweile hegte der Handschuhmacher auch nicht mehr einen solchen Argwohn gegen ihn, und Mutter und Sohn nahmen die kurzen Begegnungen am Sonntag nach der Messe in Santa María del Mar wieder auf. Auch Antonina erzählte Hugo nichts von der Werft. Er hätte nicht gewusst, wie er es ihr hätte erklären sollen.

Er ging mehrmals bei der Werft vorbei. Dort herrschte ein beständiges Kommen und Gehen, und die Holzpalisade, die sie zur Seeseite hin errichtet hatten, um die Werft vor den Wogen zu schützen, war eines Tages plötzlich verschwunden, um den Weg zum Strand freizugeben. Die *Bastaixos* luden Holz aus und schleppten Gerätschaften heran. Die Seemänner und Meister bestückten die Galeeren. Vom Genuesen jedoch war keine Spur. Hugo sah ihn nirgends, weder ihn noch einen der anderen, die mit ihren Eisenkugeln herumliefen. Vielleicht war Doménico schon in sein Land zurückgekehrt. Wen er sehr wohl aus der Ferne entdeckt hatte, war Juan der Navarrer. Sie tauschten einen Blick und lächelten einander zu.

Hugo ging zu ihm.

»Und der Genuese?«, fragte er, nachdem er ihn begrüßt hatte.

»Ist in die Freiheit entlassen worden.«

Sie sahen aufs Meer, als könnten sie ihn dort in der Ferne sehen.

Eines Tages teilte Andrés ihm mit, man habe im Raval nach ihm gefragt. Als Hugo wissen wollte, wer das gewesen sei, antwortete er: »Der Bedienstete eines Adligen. Stimmt es, dass du ihn am Kopf verletzt hast?« Sie lachten, aber die Neuigkeit jagte dem Jungen Angst ein, weshalb er diese Ecke von Barcelona fortan mied. Doch seine Vorsicht half ihm wenig. Er konnte vielleicht den Adligen und seinen Diener im Raval meiden, aber es kamen auch Adlige und Bedienstete in die Werft von Regomir. Hugo hatte das schon mehrfach erlebt. Deshalb wunderte er sich auch nicht über die Vorfälle, die sich am Sonntag nach der Ankündigung, die königliche Flotte werde gen Morea in See stechen, ereigneten.

Sie kamen gerade von der Messe in Santa María del Mar, und als die Trompeten erschallten, strömte das Gefolge aus der Kathedrale: der König und sein Statthalter im Orient, der Vizegraf von Rocabertí, der Bischof und die übrigen Dompröbste, Ritter und Adligen, die Standarten alle ordnungsgemäß gesegnet. Dann die Stadträte, Ratsherren, das restliche Gefolge und hinter ihnen das Volk von Barcelona. Während die Herolde die Menge laut schreiend aufforderten, sich bei der königlichen Flotte anheuern zu lassen, entdeckte Hugo Roger Puig, der an der Seite seines Onkels, des Grafen von Navarcles, vor den Adligen herlief. Hugo hielt Ausschau nach dem Diener und hatte ihn schnell entdeckt, denn er trug einen Verband quer über dem Gesicht. Er gab sich alle Mühe, seine Mutter nicht merken zu lassen, dass er am ganzen Leib zu zittern begann.

»Denk an dein Versprechen«, sagte sie, die Unruhe ihres Sohnes fehldeutend, bevor sie sich verabschiedete und zum Haus des Handschuhmachers zurückkehrte. »Du wirst nicht anheuern und zur See fahren.«

Der Zug kam an der Kirche Santa María vorbei und gelangte auf den Platz, der sich vor der Lonja von Barcelona, dem Verhandlungshaus der Händler, am Fuß des Strandes öffnete, neben der Werft von Regomir, in der Hugo arbeitete. Dort stand bereits ein langer, mit einem scharlachroten Tuch bedeckter Tisch, auf dem das goldbestickte königliche Wappen prangte. Und der König höchstpersönlich rief dazu auf, sich für seine Flotte zu verdingen.

Zahllose Menschen drängten sich um die Soldaten, die ein Schutzschild um den Monarchen und die Adligen bildeten. Hugo war einer von ihnen. Er hatte keine Angst, in der Menge entdeckt zu werden. König Juan beendete seine kurze Ansprache, und die Menge wurde unruhig. Die Herolde priesen lautstark den Monarchen, den Vizegrafen von Rocabertí, den Admiral des Heeres und dessen Kapitäne. Sie ermunterten die Bürger, Armbrustschützen, Ruderer und Soldaten Barcelonas, an dem Ruhm teilzuhaben, der in fernen Ländern auf sie wartete. Es ertönten Trompeten, Trommeln und eine Sackpfeife.

»Lang lebe König Juan!«, schrie jemand.

Hugo schlich auf Zehenspitzen durchs Gedränge, stets aufmerksam und gespannt. Er sah, wie der aufbrandende Beifall dem König ein Lächeln aufs Gesicht zauberte. Der Monarch erfreute sich an dem Anblick. Doch er wollte noch mehr, und seine Untertanen enttäuschten ihn nicht und ließen ihn begeistert hochleben. Als die Soldaten sich schließlich nicht mehr in der Lage sahen, die Menge im Zaum zu halten, streckte der König den Ministern in seinem Gefolge die rechte offene Hand hin, und einer von ihnen füllte sie mit Münzen. In dem Moment der Stille glaubte Hugo zu hören, wie die Leute den Atem anhielten, bevor in funkelnden Garben ein Geldregen auf die Köpfe der Bürger Barcelonas niederging. Hugo tat es den anderen Männern und Frauen nach und warf sich auf den Boden, um eine Münze zu erhaschen.

Als er eine entdeckt zu haben glaubte, kroch er auf allen vieren dorthin. Er wollte schon danach greifen, als ein kahlköpfiger, kräftiger und behänder Bursche ihm zuvorkam … Wo war der so plötzlich hergekommen? Hugo zögerte. Der Bursche sah ihn nicht einmal an und kroch mit der Münze in der Hand weiter auf der Suche nach einem noch größeren Schatz. Hugo sah ihm enttäuscht hinterher. Der Kerl hatte Ähnlichkeit mit einem Hund, schnüffelte und schnupperte erregt, ohne sich um die Leute zu scheren. Er schlug bedenkenlos um sich und stemmte die Füße fest in den Boden … Die Füße? Das waren ja seine Schuhe! Hugo folgte ihm. Der andere war älter, die Schuhe waren ihm viel zu eng, man sah, wie sich das Leder spannte. Zudem schloss sich dieser räudige Hund nach einer Weile, als der König mit seinem Hofstaat wieder auf dem Weg in den Palast war, einer Schar von Männern unterschiedlichen Alters an. Hugo sah, wie er einem kleinen Jungen, der mit einem Kopfschütteln seine leeren Hände vorgestreckt hatte, einen Schlag ins Genick versetzte. Da zog er sich unauffällig zurück.

Die Versammelten kehrten bereits in ihre Häuser zurück, viele von ihnen selig vor Glück. Einige erzählten aufgeregt gestikulierend, wie sie an das Geld gekommen waren, das sie stolz herumzeigten. An dem Zeichnungstisch saßen nur noch die Beamten, und vor ihnen stand eine Schlange von Männern, die sich für die königliche Flotte anwerben lassen und sogleich ihren ersten Lohn einstreichen wollten. Alle mussten einen Bürgen vorbringen und auf die Evangelien schwören. Später würden sie ihre Silbermünzen auf den Kopf hauen. Etliche würden es später bereuen, doch die eingegangene Verpflichtung war verbindlich.

Hugo verfolgte die jungen Leute, wahrte aber einen gewissen Sicherheitsabstand. Es wunderte ihn nicht, dass sie dem Raval zustrebten. Er spürte, wie der Zorn in ihm schwoll, als er sich bildhaft vor Augen führte, wie diese Jungen ihm damals verschmitzt grinsend die Schuhe gestohlen hatten, ohne dass er davon aufgewacht war. Auf Höhe der Puerta de la Boquería sah er, wie sie lachend und einander auf den Rücken klopfend auseinandergingen. Der Räudige Hund, wie Hugo ihn inzwischen nannte, ging in Begleitung zweier junger Burschen die Rambla hinauf. Dem einen hatte er zuvor die Kopfnuss gegeben. In der Calle de Tallers traten sie in ein Haus. In dieser Gegend an der neuen Stadtmauer am Rand von Barcelona lagen die Ziegelwerkstätten und wohnten die Zerwirker.

Am folgenden Tag, einem Montag, stahl Hugo sich während eines Botengangs für die Werft von Regomir kurz davon. Schon bald entdeckte er den Räudigen Hund, der mit einem hünenhaften Mann in den Metzgereien vor der Puerta de la Boquería arbeitete. Dort wurde auf einfachen Holztischen Ziegenbock-, Spanferkel- und Schaffleisch verkauft, was innerhalb der Stadtmauern verboten war. Die Vorstellung ärgerte ihn, dass das Blut, das dem Burschen in Strömen von der Schürze lief, seine Schuhe beflecken könnte … Was sollte er tun? Der Kerl war einen Kopf größer als er selbst, stark und frech und offensichtlich ein übler Charakter … Aber er trug seine Schuhe! Mit zusammengebissenen Zähnen kehrte Hugo der Schlachterei den Rücken, nachdem er ihn noch einmal angesehen hatte, und rechtfertigte es vor sich selbst, indem er sich sagte, man erwarte ihn bei den Schiffen.

Tagelang folgte er ihm und spionierte ihn aus. Die harte Routine seiner Arbeit in der Schlachterei an der Puerta de la Boquería wurde nur unterbrochen, wenn der Räudige Hund mit seinem Vater in die Kirche Santa María del Pi ging, die Pfarrkirche des Viertels. Auf der offenen Fläche zwischen Friedhof und Kirche stieg der Metzger dann auf ein Stelzenpaar, lief zwischen seinem Sohn und dessen Freunden hin und her und verfolgte sie mit viel Geschrei. Dieser große Mann auf seinen Holzstelzen lockte viele Schaulustige an, was Hugo Gelegenheit gab, sich ihnen zu nähern, ohne befürchten zu müssen, dass man ihn erkannte. So erfuhr er auch, dass der Vater des Räudigen Hundes beim Fronleichnamsfest den Riesen gab und dafür regelmäßig trainierte. »Bei der Prozession trägt er ein bodenlanges Gewand«, erklärte ihm eine Frau. Zum Schluss, wie zum Spiel, stiegen die Freunde selbst auf die Stelzen und versuchten, es dem Schlachter nachzutun. Der lachte mit ihnen, wenn sie zusammenstießen oder von den Stelzen fielen. Die Kirche Santa María del Pi sowie ein halb fertiggestellter Festungsturm, der an die Kirche angrenzte und in dem die Stelzen aufbewahrt wurden, war offenbar der Rückzugsort des Räudigen Hundes und seiner Spießgesellen. An den Feiertagen trafen sie sich dort, nach ihren Streifzügen durch Barcelona.

Der Räudige Hund hieß Juan Amat und war der Sohn eines Zerwirkers aus der Boquería. Und er war tatsächlich gefährlich. Das hatte Andrés ihm als Warnung mitgegeben, nachdem Hugo, der ihn nicht länger hatte verfolgen wollen, weil er nicht wusste, wie er an seine Schuhe herankommen sollte, beschlossen hatte, dem Kalfatererlehrling alles zu erzählen.

»In Barcelona kennt ihn jeder. Du legst dich besser nicht mit ihm an«, erklärte Andrés.

»Jemand hat mir mal gesagt, ich soll mich vor niemandem beugen.«

Andrés erwiderte lächelnd: »Ein kühner Rat. Hat dieser Jemand dir auch gesagt, wie du das erreichen sollst?«

»Nein«, musste Hugo kleinlaut zugeben.

Wenn er in den ruhigen Frühlingsnächten das Meer betrachtete, mit dem Rücken an eines der auf den Strand gezogenen Schiffe gelehnt, fragte sich Hugo, wie Herr Arnau dieses Problem wohl gelöst hatte. Da er keine Antwort fand, beschloss er, die Sache zu vergessen, schließlich ging es nur um ein paar Schuhe … Aber es waren seine Schuhe! Es endete stets damit, dass dieser Satz in seinem Inneren laut dröhnend widerhallte. Trotzdem wagte Hugo es nicht, sich dem Räudigen Hund zu nähern.

Anfang Mai, über einen Monat nachdem bei dem Gebäude der Getreidebörse der Rekrutierungsstand aufgebaut worden war, stand Hugo wieder in der dicht gedrängten Menge am Strand und wohnte der Abfahrt der königlichen Flotte nach Morea bei. Er wusste, dass mit dem im Glanz seiner Silberbeschläge erstrahlenden Schiff auch eines seiner größten Probleme davonfuhr. In der Nacht zuvor hatten die Seeleute die Galeeren mit Gesang und Salven »begrüßt«, und als sie sich nun mit den Rudern von den *Tasques* abstießen, den gefährlichen Sandbänken, die den Hafen von Barcelona einschlossen, ließen die Bürger der Stadt das Dutzend Schiffe lautstark hochleben. Hugo sah Roger Puig stolz über die Holzbrücke am Meeresufer schreiten, an deren Bau er selbst mitgewirkt hatte. Sie sollte verhindern, dass die kostbaren Gewänder der Adligen Schaden nahmen, und dafür sorgen, dass die Besitzer bequem in die Boote gelangen konnten, die sie zu den Galeeren brachten. Neben Roger Puig erblickte er den Diener mit einer Klappe auf dem rechten Auge.

Die Hochrufe schallten noch immer übers Wasser, die Fahnen des Königs und des Vizegrafen färbten zusammen mit dem Banner der Kapitäne und dem Banner von Sant Jordi den Horizont bunt ein, als eine kleine Galeere mit sechzehn Bänken und mallorquinischer Flagge in den Hafen einlief. Hafenschiffer und *Bastaixos* vergaßen die Heeresflotte und machten sich bereit, ein weiteres der vielen Schiffe in Empfang zu nahmen, die von nun an in Barcelona vor Anker gehen und den Handel zur See aufnehmen würden, der die Stadt und ihre Händler so reich machte.

Hugo näherte sich den *Bastaixos*; er wusste, dass er dort willkommen war, für seine Hilfe wurde ihm immer auf die eine oder andere Weise gedankt. Er konnte keine Waren ausladen, das erlaubte die Zunft nicht, aber er konnte hierhin und dorthin laufen und für die Zunftmeister und Händler Botengänge verrichten. Jedenfalls hielt er sich gerne unauffällig unter diesen Leuten auf. *Santa Felipe* hieß die kleine Galeere, wie Hugo sagen hörte, woraufhin aufgeregt hinzugesetzt wurde, sie sei von algerischen Freibeutern angegriffen worden.

»Freilich war das ein viel größeres Schiff als unseres«, erklärte einer der Händler über das Schiff der Freibeuter. »Und wie befreiten wir uns aus dieser Lage? Durch Wendigkeit und gute Waffen. Mit sechzehn Bänken besaßen wir eine Wende- und Manövrierfähigkeit, die die großen Schiffe nicht haben, dazu kamen ein paar Bombardenschüsse, die auf dem Schiffsdeck der Freibeuter einschlugen, gefolgt von einem treffsicheren Pfeilregen, mit dem wir die Begegnung für uns entschieden. Wendigkeit, Schnelligkeit und gute Waffen, mit diesen Mitteln ist auch ein kleineres Schiff in der Lage, ein größeres anzugreifen und zu besiegen«, lautete das Fazit des Händlers.

Hugo fragte sich, ob er wohl wendiger und schneller sein könnte als der Räudige Hund. Der bedrückende Gedanke beschäftigte ihn den ganzen Tag. Er musste daran denken, wie Juan Amat die Münzen gewittert und sich durch die Menge geschlängelt hatte. Er war sehr schnell und sehr wendig! Außerdem brauchte es gute Waffen, hatte der Händler gesagt. Gute Waffen …

Als er an jenem Abend vor der Werftmauer, die an den großen Hof grenzte, stand und pfiff, hörte er das Tapsen und Hecheln der Hunde auf der anderen Seite. Sie hatten schon Witterung aufgenommen. Trotzdem pfiff er und zog sich hoch, um auf die Mauer hinaufzuklettern und sich auf der anderen Seite in den Hof fallen zu lassen. Er spielte mit den Tieren, die er schon einige Zeit nicht mehr gesehen hatte. Die Hunde stürzten herbei und leckten ihm die Hände, und er streichelte sie zärtlich. Dann folgten sie ihm in die Waffenkammer.

Hugo wartete, bis seine Augen sich an die Dunkelheit gewöhnt hatten, die nur durch den Widerschein einer großen Fackel gemildert wurde, die im Hof an der Wand befestigt war. Er hatte das Zeughaus viel voller in Erinnerung. Aber auch so glänzte das geschärfte Blatt der Handbeile im zitternden Licht der Fackel. Das war genau, was er suchte. Auf einem Tisch lag ein großer Haufen davon. Er trat näher und ließ die Finger darübergleiten. Einer der Hunde jaulte auf, als wollte er ihn warnen.

»Still«, schalt ihn Hugo. »Das verstehst du nicht. Ich brauche sie, um mir meine Schuhe zurückzuholen.«

Er griff nach einem kleinen Beil. Er hatte vergessen, wie schwer sie waren …

Die Hunde waren immer noch nervös, und Hugo befahl ihnen, still zu sein. Dann unternahm er ein paar schnelle Kampfbewegungen. Das Blatt schnitt bei diesem Fantasiekampf pfeifend durch die Luft.

Hugo wusste, dass Juan Amat immer bei Morgengrauen aufstand und zum Schlachterstand in der Boquería ging, wo er die Messer und die anderen Werkzeuge säuberte und schärfte, bevor sein Vater kam. Er wusste auch, dass er auf der einsamen Wegstrecke zwischen der Calle de Tallers und der Puerta de la Boquería Gelegenheit haben würde, ihn zu überfallen und sich seine Schuhe zurückzuholen, und so begab er sich dorthin. Er zitterte im Halbdunkel, das schon das Morgengrauen ankündigte. Obwohl er die Schritte Juan Amats noch nicht hörte, spürte er doch, dass er direkt auf ihn zukam.

»Gib mir meine Schuhe zurück, du verfluchter Dieb!«, schrie er plötzlich und stellte sich ihm ihn den Weg. Seine Stimme klang schrill und ängstlich.

»Sieh an, der Junge mit den Zwiebeln!« Der Räudige Hund lachte hämisch. »Willst du noch eine Runde auf dem Esel machen?«, fragte er. »Und wie willst du mir die Schuhe ausziehen, du Wicht?«

Juan Amat hob den Arm, um Hugo zu ohrfeigen. Doch in der rechten Hand des Jungen blitzte bedrohlich das Handbeil auf. Da trat er einen Schritt zurück. Aber damit hatte Hugo gerechnet: Als der andere gerade weglaufen wollte, stürzte er sich auf seine Beine. Der Räudige Hund fiel zu Boden. Als er sich umdrehen und wieder aufrichten wollte, drückte Hugo schon das Schneideblatt des Handbeils gegen seine Hoden.

»Ich werde dich entmannen«, zischte er.

Juan Amat war wie versteinert.

»Und ich bring dich um«, drohte er ihm trotz allem. »Du wirst schon sehen …«

Hugo drückte zu. Der andere verstummte.

»Die Hände hinters Gesicht, schnell!«

Hugo drückte erneut zu. Der Räudige Hund stieß einen Schmerzenslaut aus und gehorchte.

»Und jetzt beuge das linke Knie.«

Er drückte noch fester auf die Hoden, während er sich mit einer Hand mühte, die ledernen Schnürsenkel loszubinden, erst von dem einen Schuh, dann vom anderen. Jetzt kam das Schwierigste. Er überlegte nicht zweimal: Mit dem hölzernen Stiel des Handbeils schlug er Juan Amat mit voller Wucht auf die linken Zehen, sprang auf und rannte los, während der andere sich brüllend am Boden wälzte.

»Ich finde dich!«, hörte er ihn hinter sich rufen. »Ich finde dich und dann bring dich um!«

4

Die Wachhunde von der Werft hatten sie versteckt… Kannst du dir das vorstellen? Nur zum Spiel.« Diese Erklärung hatte Hugo sich einfallen lassen, nachdem seiner Schwester, als sie im Kloster von Jonqueres zusammengekauert unter dem Flachdach lagen und in den klaren Sternenhimmel hinaufsahen, seine Schuhe aufgefallen waren.

Arsenda neigte den Kopf zur Seite und lächelte kurz. Sie lachte nicht mehr wie früher. Sie wirkte… irgendwie erwachsener. Mit jedem Tag wurde sie reifer. Hugo fand sie ernst und distanziert.

»Soll ich dich nicht mehr besuchen kommen?«

Arsenda lächelte weiter.

»Red doch keinen Unsinn«, erwiderte sie sanft. »Mutter und du… Also du wirst immer der Mensch sein, den ich am meisten liebe… auf dieser Welt.«

»Auf dieser Welt?«, fragte er, erstaunt über ihre Wortwahl.

»Mit Gott kannst du dich nicht messen, Hugo.«

Mit dem Böttcher aus Sitges, der ihm seine Mutter stehlen wollte, auch nicht.

»Du musst das verstehen, Hugo«, versuchte Antonina ihm am nächsten Sonntag klarzumachen, beunruhigt über die Blässe, die sich auf dem Gesicht ihres Sohnes breitmachte, als sie ihm mitteilte, sie gedenke, wieder zu heiraten. »Ihr beiden habt bereits euer Auskommen gefunden, Arsenda im Kloster und du in der Werft. Und ihr habt eine verheißungsvolle Zukunft. Noch bin ich jung…« Antonina sprach abgehackt. »Alles lief über die Pfarrei von Santa María. Er wusste… Er kannte… Also das war so: Er hat eine Mitgift für mich bekommen! So eine, wie Reiche sie in ihr Testament aufnehmen, wenn sie wollen, dass eine arme Frau wie ich einen Ehemann findet. Um mich musst du dir keine Sorgen mehr machen. Er heißt Ferran, weißt du, und er ist ein guter Mann. Er ist Witwer und lebt in Sitges, mit zwei kleinen Söhnen, die er …«

Antonina stockte, als sie sah, dass Hugo taumelte. Sie konnte ihn gerade noch festhalten, sonst wäre er hingefallen. Sie spürte, wie kalt er war, und legte ihn auf den Boden.

»Mein Sohn!«, rief sie und klopfte ihm die Wangen.

Es versammelten sich etliche Kirchgänger um sie, die aus der Messe strömten, doch als sie sahen, dass Hugo reagierte und sich aufrichtete, gingen sie weiter.

Antonina atmete erleichtert auf. »Hugo, du musst nicht … «

»Sitges?«, fiel er ihr ins Wort.

Er hatte noch nie etwas von Sitges gehört.

»Das ist ein kleines Dorf an der Küste, das …«

»Dann können wir uns nicht mehr sehen.«

»Das werden wir irgendwie einrichten, ich verspreche es dir.«

»Wie denn? Wie weit ist es bis dort?«

»Sechs spanische Meilen.«

Hugo seufzte.

»Ich verspreche dir, dass wir uns sehen werden.«

»Wie denn?«

»Ich verspreche es dir, mein Sohn«, stammelte Antonina.

Gott nimmt mir meine Schwester fort und ein Böttcher meine Mutter, dachte Hugo bei sich, nachdem er sich aus Antoninas Umarmung gelöst und die Plaza de Santa María verlassen hatte. Sie tat nichts, um ihn zurückzuhalten, und sah ihm nach in der Gewissheit, dass sie sich wohl kaum je wiedersehen würden. Sie hob schüchtern die Hand, doch das sah er nicht mehr.

Hätte ich ihr doch nur gestanden, dass ich nicht mehr in der Werft arbeite, dass es diese verheißungsvolle Zukunft gar nicht gibt, ging Hugo mit sich ins Gericht, als er Santa María schon weit hinter sich gelassen hatte und zwischen den Schiffen umherlief. *Vielleicht wäre sie dann weiter Dienstmagd bei dem Handschuhmacher geblieben.*

Und er hätte jemanden gehabt, den er lieben konnte. So jedoch schien selbst Andrés einen Argwohn gegen ihn zu hegen und ihm aus dem Weg zu gehen, seit er in Lederschuhen bei der Arbeit erschienen war. Er gab ihm keine Gelegenheit, ihm zu erzählen, wie er an sie gelangt war: Er winkte kopfschüttelnd ab, als sei sein Urteil schon gefällt, und hielt Hugo, der ihm stolz von seiner Heldentat erzählen wollte, von sich fern.

Andrés' unausgesprochene Vorahnung nahm in Hugos Alltag immer mehr Gestalt an. Er wusste jetzt, dass sie ihn verfolgten und ihm nachspionierten. Der Räudige Hund würde ihn nicht vergessen. Einmal glaubte Hugo den jungen Burschen zu sehen, dem Juan Amat damals eine Kopfnuss gegeben hatte. Da beschleunigte Hugo den Schritt. Er bog in die Calle de la Mar ein, erreichte die Plaza del Blat und versuchte sich unter die Leute zu mischen, die Getreide kaufen wollten. Er spähte umher, war sich nicht sicher, ob das wirklich dieser Junge gewesen war. Aber der Räudige Hund hatte ihn ja gewarnt: »Ich finde dich.« Ein kalter Schauder überlief ihn und er rannte auf die Straße. Er kehrte in die Werft bei der Plaza Regomir zurück, ohne die Besorgungen, mit denen man ihn beauftragt hatte, erledigt zu haben, und brachte stammelnd eine wenig überzeugende Entschuldigung vor.

»Ich finde dich …« Die Drohung saß ihm wie ein Stachel im Kopf, und seine Träume wurden zu Albträumen. Er schlief im Innern eines Schiffes, das wegen des Holzes ausgeschlachtet wurde. Hier bewahrte er auch das Handbeil auf, versteckt zwischen zwei Bretterbohlen, und wenn er sich zum Schlafen zusammenrollte, hielt er es fest gepackt. Müde, zerstreut und von Sorgen gequält, unterliefen ihm bei der Arbeit immer öfter Missgeschicke. Er hätte ums Haar eine Ladung Teer verdorben, denn er hatte den Topf, in dem er ihn zusammen mit dem Talg kochte, nicht energisch genug umgerührt. Für seine Botengänge brauchte er länger als vorgesehen, denn er sah überall Schatten, hörte Schritte und Fußgetrappel und spürte, dass man ihm gehässige Blicke zuwarf. Er bekam berechtigten Tadel zu hören. Der Krieg hatte ihn von Roger Puig und seinem Diener befreit, aber der Räudige Hund würde nicht mit der Heeresflotte verschwinden. Zumal er ein eigenes Heer befehligte: die Bande von Jungen, die ihm aufs Wort gehorchten und die er, daran zweifelte Hugo nicht im Geringsten, in den Straßen von Barcelona auf seine Verfolgung angesetzt hatte.

»Himmel, Maria und Josef!«

Vielleicht war das der Anfang gewesen. Der wütende Aufschrei eines *Mestre d'aixa*, der das Unglück beschwören sollte, das Hugo, der ihm zur Seite stand, heraufbeschworen hatte. Denn ihm waren ein paar Nägel aus der Hand geglitten und in den Sand gefallen. Der Junge wollte sie schon reinigen, doch der *Mestre* untersagte es ihm.

»Wirf sie weg! Himmel, Maria und Josef!« Wie von Sinnen bekreuzigte er sich, immer wieder. »Diese Nägel dürfen nicht für mein Schiff verwendet werden. Sie sind verflucht!«

Der Mann war schwierig im Umgang, halsstarrig und verschroben, aber der bösen Vorahnung eines Meisters würde niemand widersprechen. Von denen, die in der Nähe arbeiteten und die Szene mit angesehen hatten, hielten die meisten den Blick gesenkt. Warum hätten sie auch mit ihm streiten sollen? Selbst die Könige und die Geistlichen glaubten an übernatürliche Mächte, an die Sterne, Hexerei, Dämonen, Furien und Magie! Hugo stand da, die Nägel in der Hand, während der Meister seinen Gehilfen anschrie, er solle ihm neue bringen. Dieser nahm mit einem unmerklichen Schulterzucken die Stelle des Jungen ein.

Hugo konnte nie in Erfahrung bringen, ob das Schiff nun später zu Schaden gekommen war oder nicht. Was aber sehr wohl Schaden genommen hatte, war sein Ruf, zumal ihm kurz darauf ein Schreiner die Schuld daran gab, dass sich an einem Spanten Fäulnis bemerkbar machte. Der Mann hatte nicht nachgedacht, hatte seine Äußerung fast unwillkürlich getan, wie beiläufig, doch es gab Ohren, die es mit angehört hatten. »Vielleicht lag es an dem Jungen?«, fragte man sich laut. Da fing man an, ihn nicht mehr zu den im Bau befindlichen Schiffen vorzulassen. Einige, wie Andrés und Bernardo, zeigten noch ein gewisses Mitgefühl, andere jedoch waren völlig erbarmungslos.

»Scher dich fort, du Dämon«, schrie ihn einmal ein Ruderer an.

Immerhin konnte Hugo weiter in dem Schiff schlafen, das man hatte abwracken wollen – das Holz wollte längst keiner mehr haben. Das verrottende Schiff wurde sein Versteck, denn er wagte nicht mehr, sich in Barcelona blicken zu lassen, aus Angst, mit dem Räudigen Hund und seiner Bande zusammenzustoßen. In den Voltes del Vi gab es eine Quelle, an der er Wasser trinken konnte, und hin und wieder brachte jemand ihm ein wenig Nahrung ans Schiff, und allem zum Trotz glaubte er, dieser Jemand sei niemand anderes als Andrés.

Sonntags begegnete er nicht mehr seiner Mutter auf dem Platz vor Santa María del Mar. Der Böttcher hatte sie mitgenommen. Auf dem Steinboden kniend, winzig angesichts der majestätischen Größe des Gotteshauses, betete er zur Jungfrau Maria und bat sie um Hilfe. Was hatte er Böses getan, welche Sünde hatte er begangen, dass sie ihn wie einen Dämon behandelten? Warum war ihm die Mutter genommen worden? Die Jungfrau lächelte weiter auf Hugo herab, doch anders als Herr Arnau gesagt hatte, verharrte sie hoch oben über den Gläubigen und blieb unerreichbar.

Arsenda zeigte ihm den Weg auf, indem sie von den Wundern des Göttlichen und des Himmlischen sprach und ihn fragte, ob er sich denn auch darum mühe, Gutes zu tun. Er erzählte ihr nichts von seinen Geheimnissen, während seine Schwester ihn nach dem Vorbild der Nonnen im Kloster ermahnte, ein guter Christ zu sein, in Worten und in Taten. »Bist du der Versuchung des Stolzes erlegen?«, fragte ihn das Mädchen. »Der Hoffahrt oder anderer Laster?« Er schüttelte den Kopf, und doch … Wie konnte ein Schurke, ein Habenichts, wie der Vizegraf ihn genannt hatte, es fertigbringen, sich vor niemandem zu verneigen?

Diesen Gedanken hing er nach, als er im Morgengrauen bei der Calle de Tallers Posten bezog, erneut barfuß, die Schuhe in der Hand, und den Räudigen Hund näher kommen sah.

Er warf ihm die Schuhe vor die Füße.

Juan Amat blieb verdutzt stehen.

»Damit sind wir quitt«, sagte Hugo.

Seine Worte hallten in der Stille laut über die Straße.

»Nein, das sind wir nicht«, erwiderte sein Gegenüber, nahm die Schuhe und stellte sie wieder vor ihren Besitzer. »Deine Schuhe interessieren mich nicht. Ich möchte das Handbeil.«

Hugo dachte nach.

»Ich bringe es dir«, sagte er schließlich. »Sind wir dann quitt?«

»Ja.«

»Schwörst du das?«

»Ich schwöre«, sagte Juan Amat feierlich.

Hugo zögerte, bevor er die Schuhe wieder an sich nahm. Der Räudige Hund rührte sich nicht. Da wandte Hugo sich um und ging mit den Schuhen in der Hand langsam davon.

Es dauerte nicht lange, und er kehrte mit dem Handbeil zurück. Der Räudige Hund strich über das Blatt des kleinen Beils.

»Wo hast du das her?«

»Das hat meinem Vater gehört«, schwindelte Hugo.

»Ist er tot?«

»Ja.«

»Und obwohl es deinem Vater gehört hat, gibst du es weg?«

»Eines Tages wirst du es mir zurückgeben.« Hugo war selbst von seiner Antwort überrascht. Er verstand nicht recht, wie er auf die Idee gekommen war, eine solche Provokation zu äußern.

»In deine Brust werd ich es rammen!«, schrie Amat und hob das Beil.

Hugo konnte nur schnell den Nacken einziehen und die Arme schützend über den Kopf heben. Juan Amat lachte schallend.

»Heute ist es nur ein Scherz gewesen«, sagte er, und sein Lächeln wich plötzlich einer ernsten Miene. »Aber versuch ja nicht, meinen Schwur auszunutzen. Wenn du mich von heute an irgendwann beleidigst, ist der Frieden gebrochen.«

Hugo lief nun ohne Angst durch die Straßen von Barcelona und schlief wieder friedlich, auch wenn er immer weniger Protektion genoss, seit eines Tages ein Priester am Strand erschienen war und den Heiligen Geist angerufen hatte.

Der Geistliche hatte diesen angefleht, alles, was er nun mit Weihwasser besprengen werde, von Unreinheit, Gefahren, Dämonen und schädlichen Geistern zu befreien. Er hatte auch das Schiff besprengt, in dem Hugo Unterschlupf gefunden hatte – die Besitzer wollten nicht zulassen, dass ihnen das Holz verloren ging.

»Segnet auch mich, Pater!«, hatte Hugo ihn angefleht, als er begriff, wen er da vor sich hatte.

Der Priester hatte einen fragenden Blick zu den Meistern geworfen, die ihn geholt hatten, und den Jungen sodann exorziert.

Es war Hugo gelungen, sich von Roger Puig zu befreien, vom Räudigen Hund und sogar von seiner Besessenheit, aber in der Werft taten sie weiter, als gehörte er nicht mehr dazu.

»Umso besser für dich«, sagte Andrés, der sich mit ihm versöhnte, als Hugo ihm erzählte, wie er seinen Frieden mit Juan Amat gemacht hatte. »Sie würden dir trotzdem jedes Unglück in die Schuhe schieben, und du wärst weiterhin ein Dämon für sie. So ist das nun mal mit diesen Dingen.«

»Hast du auch geglaubt, dass ich von einem Dämon besessen bin?«, wollte Hugo plötzlich wissen.

Andrés zögerte.

»Nein«, antwortete er schließlich, wenn auch nicht sonderlich überzeugend. »Hör zu!«, sagte er, um dem Protest zuvorzukommen, den Hugo schon äußern wollte. »Ich möchte dir einen Vorschlag machen.«

Andrés kannte durch seinen Vater einen gewissen Anselm, dem man ein paar Silbermünzen dafür zahlte, dass er die Gebäude, Häuser, Kapellen, Kirchen oder Klöster, in denen die Ratten überhandnahmen, mit Katzen bestückte.

Anselm war genau, wie Hugo ihn sich vorgestellt hatte. Er war rappeldürr, misstrauisch und scheu und hatte etwas Glattes und Schlitzohriges, ganz wie seine Katzen. Der Katzenfänger würde für sein leibliches Wohl sorgen, wenn er ihm dabei half, die Tiere einzufangen und auszuhungern, dann zu trainieren und aufzuhetzen, um sie schließlich auf die Ratten loszulassen, die manchmal so groß und kräftig waren wie die Katzen selbst. Nach getaner Arbeit mussten die Katzen wieder eingefangen werden, und manchmal, wenn die Nager sie allzu übel zugerichtet hatten, musste man ihnen auch den Gnadenstoß geben. Mit Entsetzen wohnte Hugo den Kämpfen zwischen den so unterschiedlichen Tieren bei, für den Fall eines Angriffs mit einem dicken Stock bewaffnet. Von dem schrillen Gekreisch der einen und dem Fauchen der anderen stellten sich ihm die Haare auf.

Als Hugo eines Abends nach der Arbeit am Meer saß und aufs Wasser hinausblickte, sprach ihn plötzlich jemand von hinten an:

»Hugo?«

Der Junge drehte sich um und sah über sich einen schlanken jungen Mann stehen, den er im Mondlicht nicht erkennen konnte.

»Was ist mit deinem Gesicht geschehen?«, fragte der Neuankömmling, obwohl er sich noch gar nicht vorgestellt hatte.

»Ich habe kein Händchen für Katzen.«

Der andere setzte sich neben ihn ans Wasser. Hugo betrachtete seine Kleider. Sie schienen von guter Qualität zu sein.

»Was für Katzen?«

»Es sind nicht meine Katzen, ich arbeite nur mit ihnen.«

»Und wirst du das auch weiterhin tun?«

»Nicht, wenn du mir eine andere Arbeit anbietest ...«

»Tut mir leid. Das kann ich nicht. Hätte ich eine, ich würde sie dir geben, das kannst du mir glauben. Geld habe ich auch nicht. Wenn ich welches hätte ...« Hugo sah ihn fragend an. »Ich heiße Bernat Estanyol, ich bin der Sohn von Herrn Arnau.« Sie lächelten beide, als hätten sie nur auf diesen Moment gewartet. »Meine Mutter hat mir erzählt, wie du ihn verteidigt hast ...«

Hugo winkte nur ab.

»Wie geht es Señora Mar?«

»Sie wünscht, sie wäre tot.«

»Das tut mir leid.«

»Sie wird immer in deiner Schuld stehen.«

»Er hat mir etwas geschenkt ...«

Er deutete auf die Schuhe, die neben ihm im Sand standen.

»Du wirst ja wohl nicht behaupten wollen, wenn jemand zur Rettung eines anderen Menschen sein Leben riskiert, könne man das mit einem Paar Schuhen begleichen!«

»Dein Vater hatte mich in sein Herz geschlossen. Er hat mich immer gut behandelt.«

»Das weiß ich.«

Dass man seinen Vater hingerichtet hatte, hatte Bernat auf der Rückreise von Alexandria erfahren, als sie nach Zwischenstopps in den Häfen von Rhodos und Syrakus im sizilianischen Messina haltgemacht hatten. Der katalanische Konsul in Messina hatte den Schiffseigner, den Kapitän und die übrigen Händler, die sich mit einer großen Ladung Gewürzen – Pfeffer, Ingwer, Weihrauch und Zimt – sowie Münzen und Damaszenerseide auf der Rückreise nach Barcelona befanden, von der Situation unterrichtet. Als er noch an Bord des Schiffes war, hatte Bernat keine der königlichen Verfügungen in die Hände bekommen können, die man an alle katalanischen Konsulate in Übersee weitergeleitet hatte. Auf Befehl des Königs sollte sämtliches Hab und Gut von Arnau Estanyol beschlagnahmt werden.

»Er soll ein Verräter sein?«, hatte er immer wieder mit zitternder Stimme gefragt. Der Konsul hatte bloß genickt. Er hatte auch nicht viel mehr gewusst. »Und er wurde hingerichtet? Seid Ihr sicher, dass es so gewesen ist?«

»So hat es mir der Schatzverwalter erzählt, der auf dem Schiff war, mit dem die Verfügungen in den Hafen gebracht wurden. Es heißt, sie haben ihm den …«

»Wo ist dieser Mann?«

»Er ist schon vor geraumer Zeit wieder in See gestochen.«

Bernat hatte zugesehen, wie der Konsul im Namen des Königs die Waren aus dem Besitz seines Vaters beschlagnahmt hatte, desgleichen seinen eigenen auf dem Schiff befindlichen Anteil. Sie waren in Streit geraten, aber nicht um die Güter von Arnau, sondern um die Silbermünzen, die Bernat bei sich trug. Der junge Mann betrachtete sie als sein Eigentum. Der Konsul hingegen machte geltend, er sei erst siebzehn Jahre alt, folglich gehöre alles Geld seinem Vater. Bernat, niedergeschlagen und mitgenommen, hatte indes um dieses Geld gekämpft, das er benötigte, um seine Reise mit schnelleren Schiffen fortsetzen zu können. Denn das Schiff, das der König beschlagnahmt hatte, musste zunächst noch Palermo und Mallorca anfahren, bevor es in Barcelona einlaufen konnte. Bernat hatte den Streit gewonnen, aber nicht, weil er den Konsul hatte überzeugen können, sondern weil die übrigen Händler Druck auf ihn ausgeübt hatten. Anschließend hatten sie dem jungen Mann bei der Planung seiner Reise geholfen. Sie hatten ein Fischerboot angeheuert, das die Küste entlang nach Palermo fuhr, wo er gewiss ein Schiff Richtung Barcelona finden würde.

Doch mit der Empörung, der Zuneigung und der Unterstützung war es im Nu vorbei gewesen, als Bernat um ein Empfehlungsschreiben für die Schiffseigner gebeten hatte, die er in Palermo antreffen würde. Niemand hatte für den Sohn eines Verräters ein Empfehlungsschreiben unterzeichnen wollen. An genau derselben Haltung war er anderthalb Monate später in Barcelona gescheitert, wo er an den wenigen Türen, die sich ihm geöffnet hatten, auf Menschen gestoßen war, die ihn inständig angefleht hatten, er möge sie, im Angedenken an seinen hochverehrten Herrn Vater, nicht in die schlimme Lage bringen, sie darum zu bitten, sich mit der Macht anzulegen.

Mit seinen siebzehn Jahren war Bernat bereits ein gebildeter junger Mann: Er konnte lesen und schreiben, er beherrschte Latein, und in Alexandria hatte er gelernt, sich auch auf Arabisch recht gut zu verständigen. Zudem verstand er etwas von Mathematik und Buchhaltung, er kannte sich bestens im Gesetzeswesen aus sowie mit den Sitten und Gebräuchen im Handelswesen. Dennoch wollte ihn niemand einstellen. »Du willst eine Arbeit? Ich habe deiner Mutter schon genug Geld gegeben«, hatte Francesc Boixadós erwidert, der letzte Geschäftspartner seines Vaters. »Was glaubst du, wer sie bis heute ernährt und gekleidet hat? Etwa die *Bastaixos*, bei denen sie wohnt? Und wie ich die Sache sehe, werde ich das auch weiterhin tun müssen«, hatte er gesagt und Bernat einen düsteren Blick zugeworfen.

Der Junge hatte ihm für die Unterstützung gedankt, die er seiner Mutter gewährt hatte, und ihm versprochen, er werde es ihm zurückzahlen.

Mar hatte ihm seine Worte bestätigt. »Wir besitzen nichts, Bernat, nicht das Geringste. Wäre Francesc nicht gewesen, ich weiß nicht, wovon wir gelebt hätten.«

Bernat hatte seine Mutter umarmt, die in Tränen ausgebrochen war. Er hatte bereut, dass er alles, was er besaß, in die Rückreise nach Barcelona investiert hatte. Er hatte ohne zu feilschen den verlangten Preis gezahlt, denn er hatte so schnell wie möglich zurück sein wollen. Es war tatsächlich so: In Barcelona war ihnen nichts geblieben, der König hatte allen Besitz der Estanyols beschlagnahmt. Ehe Mar auch nur einen Finger hatte rühren können, hatte ein Heer von Soldaten und Schreiberlingen Arnaus Haus erstürmt und seine Besitztümer an sich genommen. Sie hatten alles bewegliche Hab und Gut requiriert, den Schmuck und das Geld, sich der Immobilien bemächtigt und die Buchhaltung noch nach dem allerletzten Guthaben durchforstet, das Arnau in Barcelona oder auf irgendeinem der Märkte des Mittelmeers besitzen mochte.

»Wir können uns immer noch an Jucef wenden …«

Diesem Jucef hatte Arnau, als er noch ein Kind war, zur Zeit der großen Pest beim Überfall auf das Judenviertel von Barcelona das Leben gerettet.

»Jucef hat mich längst aufgesucht«, hatte seine Mutter erwidert. »Er hat mir sein Hilfsangebot unterbreitet. Jucef ist ein guter Mensch. Ich habe es abgelehnt. Wie du sehr wohl weißt, wollte dein Vater nicht, dass sie uns noch einmal mit den Juden in Verbindung bringen und wir ihnen erneut Anlass geben, uns die Inquisition auf den Hals zu hetzen. Uns selbst und auch ihnen. Dabei würden wir alle den Kürzeren ziehen. Vergiss die Juden, mein Sohn.«

Bernat hatte ihr gehorcht. Wen er aber nicht hatte vergessen können, war Elisenda, das blonde, fröhliche Mädchen, das ihm versprochen hatte, bis zur Rückkehr von seiner Reise in den Orient auf ihn zu warten. Er wusste, dass er wie ein Paria, wie ein Verstoßener aus Alexandria heimgekehrt war, arm und im Elend. Und doch war er zu ihr gegangen. Er musste es versuchen. Im Haus von Elisenda war er von einer einfachen muslimischen Sklavin empfangen worden, die ihn buchstäblich hinausgeworfen hatte. Die Erinnerung an das Gelächter, das dabei aus dem Inneren des Hauses zu vernehmen war, verfolgte ihn bis heute.

Mit denen, die sich seine Freunde nannten, hatte er auch nicht viel mehr Glück gehabt. Einer hatte immerhin den Mut aufgebracht, ihm nachzugehen und ihn auf der Straße anzusprechen. »Ich wäre ja gerne weiterhin dein Freund, nur …«, war dann aber alles gewesen, was ihm – er hieß Pedro – einfiel.

Bernat hatte es auf sich beruhen lassen.

Das alles erklärte er gerade Hugo, als der Katzenfängerlehrling ihn, um das Schweigen zu brechen, das sich nach seiner Erzählung breitmachen wollte, scherzhaft fragte:

»Also falls du Lust haben solltest, mit mir und den Katzen auf die Jagd zu gehen …«

»Hat dir schon mal jemand gesagt, dass du ein unverschämter Rotzlöffel bist?«, schalt Bernat ihn halb im Scherz, halb im Ernst. »Wie alt bist du? Dreizehn?«

»Zwölf … glaube ich.«

»Na siehst du.«

»Was willst du also tun?«

»Was ich tun will? Ich gedenke den Grafen von Navarcles zu töten. Und den König, wenn er sich einmischt. Ich werde meinen Vater rächen!«

»Und wie willst du das anstellen?«

»Ich bin ein sehr guter Armbrustschütze. Mein Vater … mein Vater hat mir den Umgang mit der Armbrust beigebracht. Er versprach mir auch, er werde mich den Umgang mit dem Messer lehren. Er hatte nämlich einmal eines gewonnen, als …«

Die Stimme versagte ihm.

»Du kannst nicht einfach mit einer Armbrust bewaffnet durch Barcelona spazieren«, warnte ihn Hugo.

»Ich muss nur abwarten, bis dieser Hurensohn eines schönes Tages den Palast verlässt, um am Sonntag in die Kirche zu gehen oder aus sonst irgendeinem Grund«, erwiderte Bernat finster.

»Du darfst nicht bewaffnet durch die Stadt gehen«, beharrte der Junge.

»Das ist mein geringstes Problem, mein Junge. Zunächst muss ich mir eine Armbrust und ein paar Pfeile besorgen. Und darauf vertrauen, dass der, der sie mir besorgt, nicht ahnt, wofür ich sie brauche, und mich denunziert.«

Hugo sagte erst einmal nichts. Dann musterte er Bernat ganz unverfroren. Wie sollte so ein ausgezehrter und im Kampf unerfahrener junger Mann erfolgreich mit einer Armbrust umgehen?

»Was siehst du mich so an?«, empörte sich Bernat.

Hugo wandte den Blick wieder aufs Meer. Er dachte an Herrn Arnau, der so gut zu ihm gewesen war. Die Erinnerung an Roger Puig und die Prügel, die er vor dem Blutgerüst bezogen hatte, riss ihn schließlich aus seinen Zweifeln. Herr Arnau verdiente diese Rache.

»Ich kann dir die beste Armbrust von Barcelona besorgen«, sagte er. »Und gute Pfeile«, setzte er hinzu. »Und ich werde Stillschweigen bewahren und niemandem sagen, was du vorhast.«

»Du könntest …?«

»Das hab ich doch gerade gesagt.«

»Wann?«

Hugo sah prüfend zum Himmel hinauf. Es würde erst in ein paar Stunden hell werden.

»Jetzt gleich.«

»Worauf warten wir noch?«

Das war die Antwort, die Bernat auf Hugos Frage gab, als er eine der prächtigen Armbrüste der Soldaten in der Hand hielt, die auf den Schiffen der Heeresflotte zum Einsatz kamen und in den Lagern des Schiffszeughauses aufbewahrt wurden. Der Junge hatte sich wieder dort hineingeschlichen und eine dieser Waffen entwendet. Er hatte die Armbrust gewählt, die ihm die beste zu sein schien: vielleicht nicht die größte, aber die stärkste. Die Pfeile hatten ihm größere Probleme bereitet. Es gab dünne Pfeile und etwas dickere, manche waren zerlegt, manche nicht, manche Spitzen waren konisch, andere pyramidal, es gab Drei- und Vierkantspitzen … Die Hunde jaulten, als sie spürten, wie unsicher Hugo war. »Dann nehme ich eben von allen Spitzen jeweils eine mit«, sagte er schließlich zu den Hunden und befüllte einen Sack.

»Aber du musst den Angriff doch gut vorbereiten«, erwiderte Hugo.

»Ich habe bereits alles genau geplant: Ich verstecke mich an einer Ecke beim Kleinen Königspalast, wo der Graf und der König wohnen, und sobald er herauskommt, spanne ich den Pfeil ein und schieße ihm ins Herz … oder in den Hals.«

»Und dann?«, unterbrach ihn Hugo entsetzt. »Wie willst du denn fliehen?«

»Das werde ich schon sehen. Aber was dich angeht, also wenn du die Arbeit mit den Katzen lieber aufgeben willst, dann geh ins Judenviertel, und frag nach einem gewissen Jucef Crescas. Sag ihm, ich hätte dich geschickt. Er ist ein guter Freund …«

Hugo schüttelte vehement den Kopf, er erinnerte sich noch genau an das Gespräch mit seiner Mutter.

»Aber wie willst du entkommen?«, erwiderte er. »Das wird nicht so leicht sein.«

»Ich will meinen Vater rächen, das ist mein einziges Ziel.«

»Wenn du nicht aufpasst, wird schon bald jemand anders dich rächen müssen.«

»Habe ich dir schon gesagt, dass du ein unverschämter Rotzlöffel bist?«

»Gleich bei unserer ersten Begegnung.«

Sie sahen einander an. Sie waren wieder am Meer, unweit des königlichen Schiffszeughauses.

»Mein Vater hat den Puigs gegenüber Gnade gezeigt«, sagte Bernat in das Schweigen hinein. »Hätte er sie vollständig ausgelöscht, wäre das alles nicht geschehen.«

»Was hat das damit zu tun, dass du bereit bist, dich schnappen zu lassen?«

»Ich habe nicht vor, mich erwischen zu lassen, aber ich bin auch nicht bereit, mir eine solche Gelegenheit entgehen zu lassen, nur weil ich besonders vorsichtig sein will.«

Bernat wandte sich zum Gehen, Armbrust und Pfeile in einem Hanfsack verborgen. Dann besann er sich und drehte sich noch einmal um.

»Danke, Hugo. Danke für das, was du für mich getan hast und für meine Mutter ... und meinen Vater. Und tu mir den Gefallen und geh zu dem Juden Jucef.«

Der Kleine Königspalast befand sich in unmittelbarer Nähe des Strandes. Er war auch als Palast der Königin bekannt, denn Pedro III. hatte ihn seiner dritten Frau, Eleonore von Sizilien, der Mutter von König Juan, zum Geschenk gemacht. Es handelte sich um eine Anlage aus mehreren großen Gebäuden, darunter eine Kirche, verschiedene Gärten und ein Tiergarten, um den sich die Juden kümmerten, mit einem runden Turm in einer Ecke. Die königliche Familie war in diesen Palast umgezogen und nutzte den Großen Königspalast mit seinem imposanten Tinell-Saal nur noch für Feierlichkeiten.

So schwierig es für Bernat war, auf den engen und gewundenen Gässchen innerhalb der römischen Stadtmauer nicht aufzufallen, so schwierig war es für Hugo, ihm zu folgen. Ersterer konnte nirgends stehen bleiben, ohne den königlichen Soldaten oder Wachmännern verdächtig zu erscheinen, Letzterer verlor in der dichten Menge, die sich auf den Gässchen drängte, Arnaus Sohn immer wieder aus den Augen. In jenem Juni des Jahres 1387 war das Gedränge noch dichter als sonst, denn zum einen hielt sich der Hofstaat von König Juan in der Stadt auf, zum anderen hatte der König ein Konzil einberufen, das klären sollte, welchem Papst denn nun Gehorsam zu leisten sei, dem Papst von Avignon, Clemens VII., oder dem römischen Papst Urban VI. In der langen Zeit des Abendländischen Schismas war Pedro III., der Prächtige, der einzige Monarch der Christenheit, der für keinen der beiden Päpste Partei ergriff. Er sprach sich je nach Interessenslage für den einen oder den anderen aus. Das war zwar ein Zeichen von Klugheit, doch in seinem Testament verfügte er, man möge eine Versammlung von Prälaten und Gelehrten einberufen, die klären solle, welcher Papst nun der rechtmäßige sei, und verdammte seinen Sohn für den Fall, dass dieser seinem letzten Willen zuwiderhandelte.

In der Bajada de los Lleons, wo die Menge sich vor einem Zugang zum Kleinen Königspalast staute, verlor Hugo Bernat erneut aus den Augen. Er war beruhigt, als er feststellte, dass der Graf von Navarcles sich nicht im Gedränge befand, und fragte sich zugleich, weshalb ihn das beruhigte. Wollten Bernat und er denn nicht Rache üben? Etwas weiter vorn entdeckte er den jungen Estanyol schließlich in der Bajada del Ecce Homo. Er bahnte sich noch immer mit dem geschulterten Sack einen Weg durch die Menge, ging von Tür zu Tür und schlich um den Palast herum, wachsam darauf lauernd, dass der Generalkapitän des Königs sich am Ausgang zeigte, was sicherlich einen Aufruhr bewirken würde.

Es war allgemein bekannt, dass sich der Graf mit dem Monarchen, der wieder erkrankt war, im Palast aufhielt, aber an diesem Tag verließ er den Kleinen Königspalast nicht. Bernats Eifer schwand, als der Tag zur Neige ging und ein jeder sich in sein Haus zurückzog. Er ging zu Hugos Unterschlupf, um seine Armbrust dort zu verstecken.

»Wenn meine Mutter sie findet, wird sie mir nicht erlauben, mich zu rächen«, sagte er zur Erklärung.

»Das werden dir vor allem die Soldaten nicht erlauben«, erwiderte Hugo skeptisch. »Jeder einzelne Stein des Palastes dürfte dich jetzt kennen, dich und deinen Sack, so bist du vor ihnen auf und ab marschiert!«

»Dann dürfte ihnen auch sattsam bekannt sein, dass ein unverschämter Rotzlöffel sich an meine Fersen geheftet hat.«

»Ja, aber unverschämt bin ich nicht. Sag lieber ›neugierig‹. Das möchte ich nämlich sehen, wie du das anstellen willst, die Armbrust aus dem Sack zu holen und den Pfeil einzulegen …«

»Das willst du sehen?«

»… und das alles, bevor die Soldaten sich auf dich stürzen …«

»Dann schau her.«

»… und dich einmal kräftig durchwamsen, ehe sie dich festnehmen.«

»Sieh her!«

Hugo verstummte. Bernat hob den Sack mit der Armbrust, in die er, wie sich herausstellte, längst einen Pfeil eingespannt hatte, an und schoss so auf eines der Schiffe, die man auf den Strand gezogen hatte. Der Pfeil durchdrang den Hanfsack, ohne ihn zu zerfetzen. Er hinterließ bloß ein kleines Loch, schoss mit einem Pfeifen durch die Luft und bohrte sich dann kraftvoll in die Seite des anvisierten Schiffes.

»Ich denke, ich werde dort etwas näher dran sein. Der Schuss wird nicht danebengehen.«

Das könnte klappen, musste Hugo sich eingestehen. *Er könnte es schaffen.* »Ich gratuliere dir.«

»Das kannst du tun, wenn ich diesen Hurensohn getötet habe.«

Der folgende Tag verlief ähnlich. Die Sonne schien, es war angenehm warm, viele Bürger waren auf der Straße, auch viele Adlige und Ritter und vor allem Geistliche mit ihren Scharen von Bediensteten. Nur eines hatte sich für Hugo geändert: Er hatte beschlossen, die Arbeit mit den Katzen aufzugeben, und scherte sich deshalb nicht um die Aufforderung zum nächsten Einsatz, die Anselm, der Katzenfänger, ihm hatte zukommen lassen. Wer jedoch weiterhin nicht auftauchte, war der Graf von Navarcles. Am späten Vormittag, kurz bevor die Sonne den Zenit erreichte, trieb sich Hugo gelangweilt, antriebslos und zerstreut auf den Gassen herum, betrachtete die Vorübereilenden, versuchte Gespräche mit anzuhören und sah auf einmal, dass der Räudige Hund durch die Bajada de los Lleons auf ihn zu kam. Er maß dem keine Bedeutung bei, bis ihre Blicke sich trafen und er den Zorn in den Pupillen Juan Amats entdeckte. Was auch immer ihn so erbost haben mochte, Hugo war sofort klar, dass er ihm in diesem Augenblick nicht begegnen wollte, und so machte er kehrt und lief rasch davon. Er wollte zur Bajada del Ecce Homo und von dort... Doch da erblickte er die Spießgesellen Juan Amats. Sie kamen die Bajada de los Lleons herunter und hatten ihn gesehen. Er saß in der Falle.

»Wo willst du hin?«, fauchte Juan Amat, als er und seine Spießgesellen auf seiner Höhe angekommen waren.

»Waren wir nicht quitt?«

Schallendes Hohngelächter war die Antwort. »Das wären wir tatsächlich, wenn das Handbeil auch wirklich deinem Vater gehört hätte.«

»Wie meinst du das?«

»Es war Eigentum des Königs!«

»Das wusste ich nicht«, versuchte Hugo sich zu verteidigen. »Mein Vater...«

»Es trägt das Kreuz von Sant Jordi in den Griff eingraviert. Und das musst du gewusst haben.«

»Ich dachte...«

Hugo hatte nicht vorhersehen können, dass Juan Amat allerorts mit seinem Handbeil angeben würde. Das hatte die Runde gemacht, und er war verraten worden, wahrscheinlich von einem Meister oder von einem der Gesellen auf der Werft, der das Geschrei gehört hatte, das Juan der Navarrer nach einer routinemäßigen Zählung der Handbeile angestimmt hatte. Der Gehilfe des Statthalters hatte sich geweigert, die Entschuldigungen des Jungen gelten zu lassen, dem der anfängliche Hochmut vergangen war und der nun beharrlich einen anderen beschuldigte, einen kleinen Jungen, der erstaunlich gute Schuhe trug und ihm das Beil angeblich geschenkt hatte. »Und warum hätte der Junge dir etwas so Kostbares überlassen sollen?« Juan Amat hatte wohl eine Entschuldigung dahingemurmelt, die keiner verstehen konnte, während Juan der Navarrer, der dabei war, zu sich sagte: *Ein Paar gute Schuhe! Wer konnte das sein, wenn nicht Hugo?* Der Navarrer hatte die Angelegenheit zu vertuschen versucht, auch kurz darauf, als der Zeughauswächter sich über das Verschwinden einer Armbrust beklagt hatte. Aber er hatte sich gesagt, dass es kein drittes Mal geben werde. Der Diebstahl wurde mit der Rückgabe des Handbeils und einer Geldstrafe aus der Welt geschafft. Die Strafe hatte der Vater des Räudigen Hundes begleichen müssen, was er seinem Sohn mit reichlich Ohrfeigen und Peitschenhieben heimgezahlt hatte.

Eine Lektion, die Juan Amat immer noch auf der Haut brannte, als er nun dem gegenüberstand, der Verursacher dieser Tracht Prügel gewesen war.

»Also ich …«, versuchte Hugo sich zu entschuldigen.

Eine Maulschelle machte seinen Worten ein Ende. Augenblicklich bildeten Juan Amats Kumpane einen Kreis um die beiden, der sie vor fremden Blicken schützte, während ihr Anführer verbissen auf Hugo einprügelte.

»Aber Kinder!«, jammerte eine Frau.

»Geht woanders spielen!«, raunzte ein Schreiberling, der ihnen, ganz wie die Frau davor, ausweichen musste, um seinen Weg fortsetzen zu können.

Es gingen noch weitere Bürger vorbei und beschwerten sich über das Gedränge, als plötzlich Bernat auftauchte und sich einen Weg ins Innere des Kreises freikämpfte.

»Was macht ihr da?«, schrie er. »Lasst ihn in Frieden!«

Als die Freunde des Räudigen Hundes ihren Schreck überwunden hatten, fielen sie auch über Bernat her und traktierten ihn mit Fausthieben. Der Kreis füllte sich. Die Leute wichen vor der Keilerei aus. Einige schrien, wieder andere versuchten, dem Streit Einhalt zu gebieten, was das Chaos nur vergrößerte. Der Sack, den Bernat über der Schulter trug, hielt dem nicht stand, er wurde von einem der Gegner aufgerissen, und die Armbrust und die Pfeile fielen genau in dem Augenblick heraus, als Soldaten kamen, um für Recht und Ordnung zu sorgen.

Die Schaulustigen und die Herausforderer wichen vor der Armbrust und den Pfeilen zurück, als wären sie verhext. Der Räudige Hund und seine Spießgesellen ergriffen, kaum waren die Waffen zu Boden gefallen, das Hasenpanier und bahnten sich schubsend und stoßend einen Weg durch die Menge. Nur Bernat und Hugo blieben zurück.

»Wem gehört diese Armbrust?«, fragte einer der Soldaten.

Bernat antwortete nicht. Ein anderer tat es an seiner statt: »Dem da. Der hat sie im Sack bei sich getragen«, sagte er und zeigte auf ihn, und viele Anwesenden nickten.

»Nehmt ihn fest«, befahl der Soldat seinen Gefährten.

»Und was soll mit dem da geschehen?«, fragte ein anderer und deutete mit dem Kinn auf Hugo.

»Der hat nichts damit zu tun«, verteidigte ihn eine Frau. »Den haben welche durchgebläut…«

»Das stimmt«, bestätigte ein Geistlicher, »mich haben sie auch geschubst.«

»Na gut, dann schnappt euch den hier, und werft ihn in den Kerker des Palastes«, sagte der Soldat zu seinen Gefährten. Und an Hugo gewandt: »Und du bleib hier nicht stehen und halt Maulaffen feil.«

5

Mar hielt ihn fest gepackt und zerrte ihn hinter sich her wie ein kleines Kind. Hugo wagte nicht, sich aus dem Griff der abgemagerten und doch so starken Hand zu befreien. Er versuchte es auf dem Weg von der Plaza del Blat zum Judenviertel, aber die gute Frau schimpfte ihn aus und drückte ihm das Handgelenk nur noch fester zusammen, mit einer Kraft, wie man sie von einer Frau, die viel jünger war als Herr Arnau, nicht erwartet hätte. Sie hatte ihn geheiratet, obwohl er zwanzig Jahre älter war als sie. Solcherart gelangten sie zur Plaza de Sant Jaume.

Sie hatten sich gleich beim Judenviertel getroffen, hinter der Bajada de la Presó, auf der Plaza del Blat. Hugo hatte vor der Kerkertür des Stadtrichters von Barcelona auf Mar gewartet. Sie war dorthin gegangen, um ihrem Sohn Speisen zu bringen, damit dieser nicht hungers sterben müsste. Beim Anblick seiner Blutergüsse, die er erfolglos vor ihr zu verbergen versucht hatte und die von der Folter stammten, der man ihn unterzogen hatte, war sie in Tränen ausgebrochen. Schließlich hatte sie dem Stadtrichter ein paar Sueldos zugesteckt, mit der flehentlichen Bitte, er möge Bernat gut behandeln. Sie wusste, dass sie ihm nicht viel mehr Geld geben konnte, denn Boixadós, Arnaus Handelspartner, war geplatzt vor Wut, als man ihm den Besuch der Witwe angekündigt hatte.

Der Händler hatte es nicht einmal zugelassen, dass sie den Speisesaal betrat.

»Dein Sohn hat gestanden, dass er den Grafen von Navarcles töten wollte …«

»Sie haben ihn gefoltert! Er würde niemals …«

Boixadós hörte nicht auf sie.

»Keinen Geringeren als den Oberbefehlshaber des Heeres von König Juan wollte er ermorden«, entfuhr es ihm mit leiser Stimme, während er nervös bei der Eingangstür stand und ein Auge darauf hatte, dass niemand sie zusammen sah.

»Das kann nicht sein!«

»Ist er verrückt geworden?«

»Francesc ...«

»Ich will dich hier nie wieder sehen! Und deinen Sohn auch nicht ... sollte er jemals den Kerker wieder verlassen.«

»Francesc, bitte ...«

»Willst du mich ins Verderben stürzen?«

Ein paar armselige Sueldos und ein bisschen Nahrung für ihren Sohn war alles, was Mar von Francesc Boixadós bekam, nachdem sie ihm versprochen hatte, nie wiederzukommen.

»Ich habe alles getan, was in meiner Macht stand«, hatte dieser sich entschuldigt und ihr die Tür vor der Nase zugeschlagen, noch ehe sich die Witwe seines einstigen Geschäftspartners auch nur zum Gehen gewandt hatte.

Mar war noch nie im Judenviertel gewesen, sie kannte diese Leute nicht, die Arnau so am Herzen gelegen hatten. Nach dem Tod ihres Mannes war sie seinem Rat gefolgt und hatte es vermieden, Kontakt zu ihnen aufzunehmen. Doch jetzt, in dieser Situation ... Bernat brauchte Hilfe, was scherte es sie da, ob diese von einem Juden kam. Und dieser Rotzlöffel, der sie immer nur in Schwierigkeiten brachte oder in Streitereien hineingeriet, der brauchte auch Hilfe. Im Kerker hatte Bernat unbedingt wissen wollen, wie es Hugo ergangen war, als machte er sich mehr Sorgen um die Zukunft dieses Jungen als um seine eigene. »Wir sind schuld, dass sie ihn aus der Werft geworfen haben«, hatte er seiner Mutter erklärt, was sie bereits aus dem Munde von Juan dem Navarrer erfahren hatte. »Ich habe ihm geraten, sich nach Jucef Crescas zu erkundigen.« Und dann hatte er lachend hinzugefügt: »Niemand wird jemals wieder einen Finger für diesen ... unverschämten Rotzlöffel rühren.«

Mar und Hugo blieben beim Zugang zu dem kleinen Platz vor der

Kirche Sant Jaume stehen. Hugo fühlte sich von den Männern und Frauen, die im schattigen Säulengang miteinander schwatzten, beobachtet. Vor ihm erhob sich eine große Ulme. Der Baum wurde als Pranger genutzt, man fesselte die Verurteilten daran und gab sie dem Gespött der Öffentlichkeit preis. Ein anderer Teil des Platzes wurde für Auktionen genutzt. Dort wurde das Hab und Gut von Gefangenen und Verstorbenen versteigert, und vor allem gab es dort öffentliche Schreiber in großer Zahl. Sie hatten dort an den Mauern ihre Schalterhäuschen, die auf den Platz hinausgingen und wo die Schreiber Abschriften anfertigten oder Dokumente verfassten und die Briefe schrieben, welche die Kunden bei ihnen in Auftrag gegeben hatten.

Sie gingen durch das Gedränge zu einem der beiden Tore des Judenviertels, neben dem eine Quelle entsprang und sich ein Wachtturm erhob.

»Kennst du Jucef Crescas?«, fragte Mar den Torwächter des Judenviertels. »Wir wollen ihn besuchen gehen.«

»Wie sollte ich ihn nicht kennen?«

Der Torwächter befahl einem Jungen, der gerade vorbeilief, sie zu begleiten. Jucef wohnte im ehemaligen Haus seines Vaters, einem zweistöckigen Gebäude mit einem kleinen Garten dahinter, das in der Calle del Call lag, wie die Christen sie nannten – für die Juden war es einfach »die Straße, die von der Plaza de Sant Jaume zur neuen Stadtmauer führt«. Jucef hatte nicht nur das Haus von Hasdai Crescas übernommen, sondern auch seinen Beruf: Er war Geldwechsler.

Der Jude empfing sie in einer bestickten Tunika, mit einem offenen und ehrlichen Lachen. Sobald sie das Haus betreten hatten, befahl er einer Dienerin, sie solle Hugo in die Küche mitnehmen und ihm etwas zu essen geben – der Junge sollte nicht mitbekommen, was Mar und er im Garten besprachen: Wie viel Geld sie für einen Anwalt zur Verteidigung von Bernat benötigen würden, den man vielleicht bezahlen müsste, um seine Freiheit zu erkaufen …

»Die Puigs werden das nie erlauben«, unterbrach ihn Mar.

Jucef ging nicht auf ihre Bemerkung ein.

»Was willst du?«

»Frieden«, antwortete Mar. »Ich will wissen, dass es meinem Sohn gut geht, denn ich will Frieden finden, damit ich Arnau wiedersehen kann.«

»Das Wiedersehen mit Arnau liegt nicht in meiner Hand. Was deinen Sohn angeht, so werden wir es versuchen«, versprach Jucef. »Aber niemand darf erfahren, dass ein Jude dahintersteckt.«

»Ich danke dir.«

»Arnau hat mein Leben gerettet, das meiner Schwester und das von Saúl. Raquel ist gestorben, aber Saúl lebt noch, hier, in Barcelona. Er dürfte etwa fünfzig Jahre alt sein, fünf Jahre älter als ich. Er ist Medicus, genau wie eine seiner Töchter.«

»Du hast deine Schuld bereits beglichen«, rief Mar ihm in Erinnerung. »Arnau hat immer versichert, dass dein Vater …«

»Das Leben hat keinen Preis«, unterbrach sie Jucef. »So eine Schuld wird man nie begleichen können.«

Sie kamen überein, nach einer Möglichkeit zu suchen, wie sie Bernat helfen konnten, ohne dass man erführe, dass ein Jude dahintersteckte.

»Mach dir keine Sorgen«, sagte Jucef. »Wir müssen unsere Geschäfte oft diskret oder sogar heimlich abwickeln. Wir haben die Mittel dazu.« Dann beugte er sich auf seinem Stuhl vor, ergriff ganz zart Mars Hände und setzte mit einem Lächeln hinzu: »Und wie kann ich dir helfen, bis du wieder mit Arnau vereint bist?«

Für Hugo hatte Jucef keine Verwendung, denn er konnte weder lesen noch schreiben. Deshalb ließen sie Saúl rufen, der mit einem seiner Söhne kam. Die beiden sprachen Mar ihr tiefstes Beileid aus.

»Ich hätte mir nicht träumen lassen, dass ein Mann wie Arnau auf diese Weise zu Tode kommt … Das tut mir aufrichtig leid«, beteuerte Saúl.

»Was kannst du denn so alles, mein Junge?«, fragte Saúls Sohn, ein etwa dreißig Jahre alter Mann, als Hugo wieder ins Zimmer trat.

Der Junge zuckte die Schultern. »Ich verstehe ein bisschen was vom Schiffsbau«, murmelte er. Die drei Juden schüttelten den Kopf. »Ich verstehe etwas von der Teerherstellung fürs Kalfatern …« Wieder ein Kopfschütteln. »Ich kann Besorgungen machen und Botengänge übernehmen.« Schweigen. Der Junge beschloss, das mit den Katzen unerwähnt zu lassen. »Und ich kann sehr lange eine Eisenkugel halten«, setzte er hinzu und tat so, als hielte er die Kugel des Genuesen im Arm. Zu seiner Überraschung zeigte der junge Mann Interesse.

»Wie lange denn?«

»So lange wie nötig«, sagte Hugo.

»Ohne dich zu rühren?«

»Ja«, versicherte er zögerlich.

Saúls Sohn nahm aus einem Schrank mit etlichen großen Büchern einige heraus, ging zu Hugo hinüber und legte sie ihm auf den Arm.

»Stillgestanden!«, befahl er.

In einer Ecke der Plaza de Sant Jaume, nahe bei der Kirche, stand Hugo auf dem Auktionsmarkt unter dem Spitzbogengang auf einem Podium. Er hielt einen Kodex in Händen, ein großes, schweres Buch mit hölzernen und mit rotem Leder ausgeschlagenen Buchdeckeln, und rührte sich nicht. Saúls Sohn Jacob gab ihm einen freundlichen Wink, mit dem er ihn aufforderte, von Käufer zu Käufer zu gehen. Hugo blieb reglos vor ihnen stehen, den Blick in die Ferne gerichtet, um sie bei der aufmerksamen Betrachtung des zur Versteigerung stehenden Kodex tunlichst nicht zu stören.

»*De animalibus*, verfasst von dem Bischof und erlauchten Doktor der Kirche Albertus Magnus«, verkündeten Jacob und seine beiden Söhne immer wieder dem Publikum. »Ein einzigartiges Exemplar, Ihr werdet kein zweites finden.«

Es war nicht das erste Buch, das Hugo präsentierte. Sein Haar war für den Anlass kurz geschnitten, er trug ein weißes Hemd, und seine Hände und Fingernägel waren makellos gepflegt. Sie hatten bereits etliche Exemplare verkauft. Für eine gute Handschrift konnte man über vierzig Pfund erzielen. Mehr als das Doppelte dessen, was Arsenda für zehn Jahre Arbeit als Dienstmagd bei dieser Nonne erhalten würde, deren Namen er sich immer nicht merken konnte, dachte Hugo bei sich. Manche Exemplare waren sogar teurer als ein Haus in Barcelona! Jakob, der jüdische Auktionshändler, frohlockte. Er versteigerte das Erbe eines jüngst verstorbenen wohlhabenden Händlers der Stadt. Wie so oft bei diesen Erbschaften hatte der Mangel an vererbtem Bargeld die öffentliche Versteigerung von Hab und Gut des Erblassers zur Folge.

Die gerade stattfindende Auktion war schon vor über einem Monat in den Straßen von Barcelona angekündigt worden und fiel mit dem Aufenthalt des königlichen Hofes in Barcelona zusammen sowie der Feier des Konzils, das aufgrund des Schismas einberufen worden war. Viele riefen Hugo zu sich und forderten ihn auf, ihnen das Buch zu zeigen: Bischöfe und Adlige, Schriftgelehrte, ehrbare Bürger und Händler. Ein paar wenige blätterten darin, wieder andere bewunderten es bloß, und fast alle spekulierten, wie viel man damit wohl erzielen könnte und wer wohl der Käufer sein würde. »Du rührst nicht einen Muskel«, hatte Jacob ihm vor der Versteigerung befohlen. Und das tat Hugo auch nicht, zumal sich in einem bestimmten Augenblick der Graf von Navarcles höchstpersönlich, Genís Puig, dem Podium näherte, um in einem Traktat über die Kavallerie zu blättern und mit ein paar Edelmännern aus seiner Begleitung zu scherzen. Der Generalkapitän erkannte Hugo nicht wieder. Er tätschelte ihm sogar zärtlich das Kinn, bevor er von der Kavallerie wieder abließ, um sich einer Reihe von Schmuckstücken und verschiedentlichem Silberzeug zuzuwenden, das ebenfalls versteigert werden sollte, während er sich mit dem öffentlichen Schreiber über den Wert und die Besonderheiten der Stücke unterhielt. Der Räudige Hund erkannte Hugo allerdings sehr wohl. Er trieb sich überall herum, wo mehr als zwei Personen zusammenkamen, und der laute Trubel der Versteigerungen bot vielfach Gelegenheit, einen Gegenstand, auf den gerade niemand ein Augenmerk hatte, einfach mitgehen zu lassen. Die Büttel erhöhten ihre Aufmerksamkeit, sobald sie der Bande ansichtig wurden, während unabhängig davon Jacobs zwei Söhne, große und starke junge Männer, die etwas älter waren als Hugo, sich vor Juan Amat, den sie schon kannten, aufpflanzten. Sie brauchten kein Wort zu sagen.

Die Versteigerung zog sich ganze drei Tage hin, und die reichen Männer von Barcelona überboten einander, mal aus echtem Interesse, mal aus reiner Eitelkeit, nur um etwas aus dem Besitz des reichen Händlers zu ergattern. Jacob und seine Söhne schrien sich fast heiser in ihrem Bemühen, dem Publikum lautstark die zum Verkauf stehenden Objekte anzupreisen. Doch richtig anstrengend wurde es erst, als sie die Kleider, Gerätschaften und Möbel an den Mann bringen wollten, die übrig geblieben waren, nachdem die Adligen und Pröbste ihre Gelüste befriedigt hatten. Sie waren alle gebraucht, einige schon recht verschlissen und manche in schlechtem Zustand. Die Versteigerung ging weiter, jetzt wurden Körbe und Seile angeboten, Teller und Schüsseln, Nachttöpfe, Kessel und Betten mitsamt Matratzen, angestoßene Kerzenleuchter aus Steingut, ein Tisch mit einem schiefen Bein… Selbst uralten Plunder, kaputtes und absurdes Zeug mussten sie zu Geld machen, so wenig es auch sein mochte, und das wussten die Bürger von Barcelona. Sie drängten sich jetzt um das Podium, um ein altes Hemd oder einen billigen Kupferkessel zu ergattern.

Hugo musste nicht länger nur ruhig dastehen oder wertvolle Gegenstände vorzeigen. Er beteiligte sich jetzt an dem Trubel, indem er den Anweisungen Jacobs und seiner beiden Söhne folgte, die keinen Augenblick innehielten oder verstummten. Und so überreichte er den Leuten die Sachen, auf die sie geboten hatten, sobald der Händler die Auktionen für beendet erklärte, manchmal ohne abzuwarten, ob vielleicht jemand mehr bieten wollte, weil es so viel zu versteigern gab. »Mach dir keine Sorgen«, sagte Jacob zu Hugo, als er seine Verwunderung bemerkte. Beim nächsten Gebot würden die Leute aufmerksamer sein und gleich etwas kaufen, was auch immer es war. »Wer ist der Glückliche, der diese wundervolle Kerze sein Eigen nennen darf?«, rief er anschließend ins versammelte Publikum, während er eine halb abgebrannte Kerze hochhielt, als handle es sich um den größten Schatz auf Erden.

Hugo war versucht, die Hand zu heben, denn dieses Stückchen Kerze könnte ihm die Nacht erhellen. Besäße er ein paar Münzen, er würde auch auf einen Kerzenstummel bieten. Oder auf ein paar verzierte Steingutschalen mit einem Muster in Grün und Dunkelviolett, wie sie seiner Mutter so gut gefielen. Er beneidete den Mann, der sie für ein geringes Gebot an sich brachte, das Jacob gar nicht erst in die Höhe zu treiben suchte. Und die Blusen erst, was hätten sie Arsenda gut gefallen!

Am Ende hatten sie alles Hab und Gut des Händlers in ihrer Bilanz. Keines der Angebote war ohne Bieter geblieben. Am späten Nachmittag des dritten Tages schloss der Schreiber seine Bücher, und Jacob strich das eine Prozent Kommission für den Testamentsvollstrecker ein. Eine ansehnliche Summe, die durch einige der Sonderverkäufe, etwa der Schmuckstücke oder der Bücher, noch aufgestockt wurde. Jacob, seine beiden Söhne und Hugo verabschiedeten sich kurz vor Sonnenuntergang, wie jeden Tag, doch diesmal belohnte der Jude ihn mit drei Münzen Kleingeld. Von diesem Lohn stand nichts in der Vereinbarung, die Mar, Jucef und Saúl miteinander getroffen hatten – Kost und Logis und einmal im Jahr etwas Kleidung. Doch Jacob wollte ihn dafür belohnen, dass er so zuverlässig alle Aufgaben erfüllt hatte.

»Danke«, sagte Hugo überrascht.

»Beeil dich«, drängte Jacob, »sonst läutet es noch das *Seny del lladre,* und du bist hier eingesperrt. Morgen sehen wir uns im Laden wieder.«

Das ließ Hugo sich nicht zweimal sagen. Er schlüpfte durch das Portal de los Orbs, um Barcelona zu verlassen, bevor die Glocke im Palast des Stadtrichters, in der Bernat im Kerker saß, die Nacht einläutete und die Leute dazu aufrief, Feierabend zu machen, während die Zugänge zur Stadt geschlossen wurden. David, Jacobs jüngerer Sohn, hatte ihn am ersten Tag begleitet, als Mar beschlossen hatte, sich ins Judenviertel zu begeben.

»Wir können dir Arbeit geben«, hatte er zu ihm gesagt, während sie durch Barcelona liefen.

Hugo war ein wenig zurückhaltend neben ihm hergegangen. Der Jude hatte seine typische Tunika mit der Kapuze und dem gelben Zeichen der Juden auf Höhe der Brust getragen. Hugo hatte das Gefühl gehabt, dass die Leute sie beobachteten.

»Keine Sorge …« Als der Junge gesehen hatte, dass Hugo seinem Blick auszuweichen suchte, hatte er das Thema gewechselt. »Wir beißen nicht. Wir werden dir helfen.«

Hugo hatte etwas gemurmelt, das wie eine Entschuldigung hatte klingen sollen.

»Du wirst dich daran gewöhnen«, hatte David ihn zu beruhigen versucht. »Sieh nur, wir können miteinander spazieren gehen und reden. Wir können sogar lachen, wenn es uns gefällt. Nur eines können wir nicht: miteinander leben. Kein Christ kann unter dem Dach eines Juden wohnen, verstehst du? Deshalb gehen wir aus der Stadt, und deshalb wirst du jeden Tag den Weg hin und wieder zurück machen müssen.«

Der *Hort i vinyet,* der Garten und Weinberg von Barcelona. So nannte man die weiträumige Anbaufläche, die sich hinter der Stadtmauer erstreckte. Es handelte sich um eine sehr fruchtbare Gegend, die von den Oberen der Stadt besonders protegiert wurde, mit kleinen Dörfchen wie Sant Vincenç de Sarrià, Sant Martí de Provençals, Vallvidrera, Santa María dels Sants y Sant Gervasi de Cassoles, sowie ein paar Klöstern, etwa dem Kloster Valldonzella und dem Klarissenkloster von Pedralbes. Vor allem aber handelte es sich um ein Gebiet, auf das sich die Händler und die reichen Bürger der Stadt gestürzt hatten, die es danach gelüstete, Land zu besitzen, um es den Adligen und Rittern gleichzutun. Burgen, Baronien, ganze Dörfer mit oder ohne Rechtsprechung und Erbpachten: die mächtigen Bürger von Barcelona versuchten alles auf katalanischem Gebiet in ihren Besitz zu bringen. Das bedeutete einen substanziellen Wandel für die Wirtschaft des Prinzipats, denn das Geld wurde in Ländereien und Pachtzinse investiert, statt im Handelsfluss zu verbleiben, dessen kaufmännisches Wagnis Barcelona so viel Reichtum eingebracht hatte. Und so wurden auch Käufe im Bereich der Gärten und Weinberge getätigt, in denen es nicht selten Gehöfte mit dicken Mauern gab, weit abgelegen und stark befestigt, die sich im Besitz der reichen Ratsherren der Stadt befanden. Der Rest wurde in Gemüse- und Obstgärten investiert, und vor allem in Weinberge. Lohnabhängige Bauern und Sklaven, das waren die beiden Bevölkerungsgruppen, die man in den riesigen Weinbergen rund um Barcelona antraf, denn mit ihrer Hilfe bewirtschafteten die reichen Pfeffersäcke ihre Landgüter.

Saúl besaß einen dieser Weinberge vor den Toren der Stadt, auf halbem Weg an der Straße nach Sant Vicenç de Sarrià.

»Dann ist dein Großvater auch ein reicher Mann?«, hatte Hugo gefragt, nachdem David ihm von den Landkäufen der Ratsherren Barcelonas erzählt hatte.

»Aber nicht doch!« Der Junge war in Gelächter ausgebrochen. »Er ist Medicus. Aber reich ist er nicht. Vor vielen Jahren besaß meine Familie, wie viele andere jüdische Familien, Weinberge vor den Toren der Stadt, und jetzt, mit der neuen Stadtmauer, auch innerhalb der Stadt, im Raval-Viertel. Ihr Christen könnt euch jeden Wein kaufen, wir aber dürfen nur *koscheren* Wein trinken.«

Hugo hatte David angesehen und war weitergegangen, in Erwartung weiterer Erklärungen, die auch sogleich folgten.

»Die Trauben dürfen aus einem christlichen Weinberg stammen, aber der Herstellungsprozess, die Verarbeitung, das Stampfen, Pressen und Keltern, der Klärprozess, die Lagerung und all das muss von Juden ausgeführt werden, da darf kein Christ seine Hand im Spiel haben.«

»Wenn die Trauben christlich sein dürfen, wieso müsst ihr dann Weinberge besitzen, wie du mir erzählt hast? Es reicht doch, dass ihr die Trauben einkauft und dann …«

»Bei dem Preis, den uns die Christen machen? Da wäre der Wein teurer als Gold. Nach schlechten Ernten ist auch das schon geschehen, denn eine schlechte Ernte trifft alle. In der Hinsicht sind wir alle gleich …«

Bei dieser Bemerkung hatte Hugo sich umgewandt und in Davids lächelndes Gesicht geblickt.

»Ihr Christen könnt den Wein woanders kaufen, wenn die Obrigkeit es euch gestattet. Wir nicht. Oft ist es uns nicht einmal erlaubt, bei anderen jüdischen Gemeinden koscheren Wein einzukaufen, immer vorausgesetzt, sie haben genug davon. Und wenn wir die Trauben dann bei den Christen kaufen müssen …«

Sie waren durch die Gärten und Weinberge gelaufen, Barcelona und das Meer im Rücken, vor und über ihnen die Sierra de Collserola. David war sich bewusst, dass Hugo die Juden mit Argwohn betrachtete, und so verschwieg er ihm tunlichst, dass der größte Teil der christlichen Weintrauben, die ins Judenviertel gelangten, mit Darlehen bezahlt wurden, über die man sich zuvor einig geworden war, wie sie in Wechselgeld zu konvertieren und ihr Wert zu bestimmen sei. Auf diese Weise konnte der Weinbauer sich an das Gesetz halten, und die Gemeinde besaß die Garantie einer bedarfsdeckenden Versorgung mit Weintrauben.

»Wenn die Weintrauben nicht von Christen stammen dürften, dürftest du, da du ein Christ bist, auch nicht im Weinberg meines Großvaters arbeiten.« Mit diesen Worten schloss David seine Rede.

Hugo ging nun zwei Tätigkeiten nach: Er war Jacobs Auktionsgehilfe und gleichzeitig der Gehilfe von Saúls anderem Sohn, Mahir, der sich nicht nur um die Weinberge kümmerte und als Weinhändler tätig war, sondern auch für die jüdischen Ärzte Heilmittel zubereitete, in denen Wein oder sein Destillat, das *aqua vitae*, verwandt wurde. Mahir war dünn und sehnig, und sein Charakter war perfekt dem Rhythmus der Pflanzen angepasst, denen er sein Leben widmete. Es war, als ließe sein Gemüt sich nur von Dürren, Überschwemmungen und Insektenplagen aus der Ruhe bringen.

Saúl hatte nach der Einwilligung von Jucef und Mar dafür gesorgt, dass Hugo in der Kelterei schlafen konnte, dem Gebäude, das die nötigen Anlagen zur Weinherstellung beherbergte und wo auch die Weinlesewerkzeuge und weitere für den Weinberg kostbare Gerätschaften aufbewahrt wurden. Als Argument führte er an, dort wohne niemand, und es sei nicht das Haus eines Juden, außerdem sei es den Juden erlaubt, für anstehende landwirtschaftliche Arbeiten Christen zu beschäftigen.

Aber in der Nacht, in der die Versteigerung des Nachlasses zu Ende gebracht wurde und Hugo mit seinen drei Münzen, die er fest in der rechten Hand hielt, bei der Kelterei ankam, befand sich doch jemand darin. Im Grunde hatte Saúl ihn bereits vorgewarnt: »Manchmal kommt es vor, dass ich oder meine Tochter Patienten im Weinberg behandeln.« Mar hatte sich überrascht gezeigt, als sie davon erfahren hatte. »Ja, so ist das«, hatte Saúl zu ihr gesagt, »meine Tochter Astruga ist Hebamme, aber sie ist auch Ärztin. König Pedro hat ihr diesen Titel verliehen, wie zuvor ihrer Mutter, ganz wie König Juan, so hoffe ich, ihn auch meiner Enkelin verleihen wird. Frauen lassen sich nur von anderen Frauen behandeln, und die Probleme, um die es geht … Die lassen sich oftmals nicht zu Hause behandeln, vor den Ehemännern, und im Judenviertel auch nicht. Da würden nur wenige kommen! Und so bleibt uns nichts anderes übrig, als sie heimlich zu behandeln, in den Weinbergen. Wenn einer dieser Männer erfahren würde, was seine Frau beabsichtigt oder in welcher Lage sie sich befindet …«

Hugo hatte sich an jenem Tag nur schwer vorstellen können, was das für Probleme sein könnten, es sei denn, es handelte sich um sexuelle Beziehungen. Sein Vater und seine Mutter hatten ein intensives Liebesleben geführt, hatten gestöhnt und geschrien, und am folgenden Tag Arsenda und ihn beruhigt. Schließlich hatten sich beide daran gewöhnt.

»Schwör mir, dass du nie anderen erzählen wirst, was du in diesem Gebäude gesehen hast!« Saúls ernste und entschlossene Stimme hatte ihn wieder in die Wirklichkeit zurückgeholt, auch wenn es ihn verwunderte, dass ein Jude ihn darum bat, etwas zu schwören.

»Schwör es ihm!«, hatte Mar ihn inständig gebeten. Und so hatte er es ihm geschworen.

Dolça, Saúls Enkelin und Astrugas Tochter, hatte den Auftrag, ihn abzupassen, wenn er von der Versteigerung nach Hause kam, und zu verhindern, dass er unerwartet die Tür öffnete. Das junge Mädchen war etwa in seinem Alter. Sie hatte dichtes braunes Haar, das sie offen trug, kluge Augen, ein hartes Gesicht mit kantigen Zügen und einen Körper, der sich von seiner Unschuld lösen und sinnlich und wollüstig wirken wollte.

»Hugo?«, fragte sie. Nachdem er genickt hatte, stellte sie sich vor. »Du musst draußen warten, bis wir fertig sind.«

»Und wie lange wird das dauern?«

»Das weiß man nie. Aber du kannst die Zeit nutzen und dafür sorgen, dass niemand in unsere Nähe kommt.«

Dolça wollte das Gespräch schon für beendet erklären, doch dann betrachtete sie den Jungen, musterte ihn von oben bis unten. Hugo ärgerte sich über ihren inquisitorischen Blick. Er wollte schon etwas sagen, aber sie kam ihm zuvor.

»Also, mein Cousin David hat mir versichert, dass du stillstehen kannst«, scherzte sie.

Hugo stammelte etwas, und Dolça machte sich über seine Verwirrung lustig.

»Dolça!«, hörte er es aus dem Inneren des Gebäudes rufen.

»Ich muss gehen. Und denk daran: Pass auf! Und bilde dir bloß nicht ein, du könntest uns nachspionieren …«

»Das werde ich nicht«, kam er ihr zuvor.

»… oder durch die große Ritze an der Seitenwand linsen, hast du verstanden?« Wie versteinert stand er da. Dolça legte kokett den Kopf schief. »Ich lasse niemanden in die Nähe kommen«, wollte er sie beruhigen. »Vor allem werde ich niemals, niemals …« Da machte das Mädchen ein paar Schritte auf ihn zu, bis er ihren Atem spüren konnte, heiß, faszinierend, und schüttelte unwillkürlich den Kopf. »Es ist sehr wichtig, dass die da drin dich nicht zu Gesicht bekommen, wenn sie gehen. Sie dürfen nicht wissen, dass in diesem Haus jemand wohnt.«

»Dolça!«

Jetzt kam die Stimme schon von außerhalb des Gebäudes. Es war ein anderes Mädchen im gleichen Alter.

»Das ist Regina, meine Freundin«, sagte Dolça. »Meine Mutter unterrichtet uns beide …«

»Komm!«, beharrte Regina, während sie ungeduldig auf den Boden stampfte und energisch nach drinnen zeigte.

Als die beiden Mädchen verschwunden waren, fragte Hugo sich, ob er ihnen nachspionieren sollte oder nicht, während er die Hunderte von Weinstöcken betrachtete, die wie ein Heer vor ihm aufgereiht standen. Dolças Anweisungen verwirrten ihn. Warum hatte sie ihn auf den großen Riss in der Seitenwand hingewiesen? Schon stand er vor dieser Wand. Sie war nicht schwer zu finden gewesen. Dahinter waren bestimmt Astruga, Dolças Mutter und Saúls Tochter, und die Patienten, von denen das junge Mädchen gesprochen hatte. »Ich sollte das nicht tun«, sagte Hugo sich immer wieder. Doch beim dritten Nein starrte er bereits gebannt durch den Riss in der Wand.

Es waren fünf Frauen zu sehen: Dolça und Regina, die sich beeilten, die Anweisungen einer dritten Person zu befolgen – das musste Astruga sein, die Ärztin. Außerdem waren dort noch ein weiteres junges Mädchen, nicht älter als zwanzig, und eine Frau, wahrscheinlich ihre Mutter. Hugo beobachtete, wie die Mädchen in einem Kochtopf rührten, der unmittelbar auf der Erde auf glühenden Kohlen stand. Die eine rührte darin, die andere schüttete den Inhalt von Tonbechern hinein, die Astruga ihr reichte. »Nicht so viel. Ein bisschen mehr. Ja, so ist es gut … noch mehr, sehr gut«, glaubte er zu hören. Zwischen jeder einzelnen Anweisung sah Dolça zu der Stelle herüber, an der er stand, und Hugo fürchtete, man könnte ihn durch den Riss entdecken.

Er hatte keine Zeit, dem auf den Grund zu gehen, denn gerade als die Mutter sich ihrer zwanzigjährigen Tochter zuwandte, lächelte Dolça ihm zu. Auch Regina drehte sich zu der Wand um und legte kokett den Kopf zur Seite. Sie wussten genau, dass er dort stand und sie beobachtete.

Er wollte sich gerade zurückziehen, als Astruga ihre Tochter rief. Regina kümmerte sich weiter um den Kochtopf, und die anderen beiden gingen zu der Patientin, zu deren Mutter Astruga nun sagte, sie solle sich entfernen. Hugo sah, wie die Frau mit gesenktem Kopf folgsam beiseitetrat. Er fragte sich, was sie vorhatten. Sie zogen sie nackt aus! Instinktiv presste er nicht nur sein Auge an den Spalt, sondern seinen ganzen Oberkörper, als könnte er so besser sehen. Den Blicken, die Dolça ihm unauffällig zuwarf, schenkte er keine Aufmerksamkeit mehr. Er zitterte, als Astruga und ihre Tochter die Geheimnisse dieses zwanzigjährigen Körpers offenlegten, die großen festen Brüste, die breiten Hüften und ihre mit kurzem krausem Haar bedeckte Scham, braun wie das Haar, das ihr Gesicht umspielte. Ergeben ließ die Patientin alles mit sich geschehen.

Astruga führte das nackte Mädchen zu dem Kochtopf und zeigte ihr, wie sie sich setzen sollte, die Füße weit auseinander, sodass die Glut sie nicht verbrennen konnte. Regina rührte weiter in der Flüssigkeit, die schon am Sieden war. Dolça gab ihr eine Art gebogenen Stock, auf den sie sich setzen konnte, um während der langen Prozedur nicht umzufallen. Als der Dampf zwischen den Beinen des Mädchens nach oben stieg, sagte Astruga ihr, sie solle versuchen, sich so weit zu öffnen, wie sie nur konnte.

»Es muss ganz bis in deine Eingeweide vordringen«, rief sie. »Sonst wirst du diesen Bastard, den du in dir trägst, nicht loswerden.«

Hugo sah gebannt zu, wie die junge Frau ihre Vulva und ihre Klitoris bearbeitete, bald sanft, dann wieder mit Gewalt, sie kratzte sie aus, sie schwitzte, der ganze Körper war bedeckt von dem Dampf, sie keuchte, während ihr Busen sich auf und nieder bewegte, im Rhythmus ihres Bauches, der sich in Krämpfen zusammenzog, als wollte er den Dampf einsaugen, der ihr die Freiheit zurückgeben würde, oder die Ehre ... oder vielleicht einen Verlobten oder Ehemann.

»Ich hab dir doch gesagt, du sollst niemals, niemals …«

Hugo sprang erschrocken zurück. Er hatte nicht bemerkt, dass Dolça das Gebäude verlassen hatte, und wusste nicht, ob auch Regina nach draußen gekommen war. Er wagte nicht, sich zu Dolça umzudrehen. Und er merkte, dass er zwischen den Beinen nass war. Er betastete sich. Das Hemd auch! Mein Gott! Mit dem Gesicht zur Wand blieb er reglos stehen.

»Was ist?«, fragte das Mädchen, ehe sie begriff und schallend loslachte. »Da hinten gibt es ein Wasserbecken«, sagte sie spöttisch. »Und dann mach dich davon. Es dauert nicht mehr lange, bis sie herauskommen.«

Hugo sagte kein Wort und verschwand in Richtung Wasserbecken.

»Friede sei mit dir!«, hörte er Dolça noch sagen.

In den folgenden Tagen arbeitete Hugo unter Mahirs Aufsicht.

»Verstehst du etwas vom Weinbau? Oder von Bäumen, von Gemüsegärten, vom Ackerbau? Weshalb hat man dich eigentlich zu mir geschickt?«, fragte er.

Hugo zuckte die Schultern. Eines war sicher, er würde lieber bei Jacob, dem Auktionshändler, arbeiten, aber Mahir hatte ihm gesagt, dort werde er zurzeit nicht gebraucht.

»Die Frage ist eher, ob ich dich gebrauchen kann«, gab der Jude zu bedenken.

Es war Anfang Juli. Sie liefen bis zur äußersten Grenze des Weinberges, wo die Weinstöcke erst ein Jahr alt waren.

»Die Sonne und die Hitze in diesem Jahr sind sehr schlecht für die jungen Weinstöcke«, erklärte Mahir, bevor er ihm zeigte, wie man die Erde am Fuß der Pflanzen am besten wässerte und anschließend gut verdichtete, damit die Sonne nicht durch die Furchen drang und die Wurzeln vertrocknen ließ.

Mehrere Tage lang arbeiteten sie hart vom Morgengrauen bis zum Abendrot. Nachdem er das Essen, das Mahir ihm täglich bringen ließ, verspeist hatte, fiel Hugo in der Kelterei erschöpft in Schlaf. Der Raum war groß, enthielt alle Arbeitsgeräte und einige Gerätschaften, die für die Weinlese benötigt wurden.

»Wer hat auf all das aufgepasst, bevor ich hier mein Nachtlager aufgeschlagen habe?«, fragte er Mahir.

»Es gibt Wächter zur Bewachung der Gärten und Weinberge.«

Nachdem sie die jungen Reben gewässert hatten, kümmerten sie sich um die alten und befreiten den ganzen Weinberg vom Unkraut, Mahir mit einer kleine Hacke und Hugo mit den bloßen Händen. Dem Juden schienen die Hitze, die Anstrengung und die Müdigkeit nichts auszumachen, so dünn und sehnig, wie er war. Hugo dagegen konnte sich fast nicht mehr aufrichten, so sehr schmerzte ihm der Rücken von der gebückten Arbeit. Mahir achtete nicht auf seine Klagen.

»Du bist noch jung, das geht vorüber.«

Ein paar Verletzungen gab es, über die Hugo sich nicht beklagte, da er dachte, das sei nicht der Mühe wert. Mahir allerdings nahm sie sehr ernst. Einige Stellen an der Hand, die ihm aufgefallen waren, als sie im Schatten des Feigenbaums bei der Kelterei ihr Mittagessen einnahmen, sahen böse aus.

»Wir sind ein gutes Stück vorangekommen, und das, obwohl du so unerfahren bist.«

Hugo blickte finster von dem Stück Käse auf, das er gerade mit dem Messer abschnitt.

Mahir lächelte. »Jedenfalls hast du hart gearbeitet«, sagte er anerkennend. »Nach dem Essen gehen wir bei meinem Vater vorbei, dann kann er sich deine Hände ansehen.«

Saúl war nicht zu Hause, Astruga und Dolça dagegen schon. Sie wohnten bei ihm, seit Astruga Witwe geworden war. Die Dienstmagd ging die Herrin holen, und Mahir begleitete Hugo in einen Raum mit einem Stuhl, einem Tisch und einem Feldbett. Der ganze Raum stand voll mit medizinischem Gerät, vielen Büchern und einer Unmenge an Tiegeln und Phiolen. Hugo versuchte sich an das undefinierbare Gemisch aus verschiedenen Gerüchen zu gewöhnen, das ihm Übelkeit bereitete, als Dolça und Regina, die andere Hebammenschülerin, hereinkamen. Hugo stockte der Atem, und das Blut schoss ihm in die Wangen, als die beiden Freundinnen, die so taten, als antworteten sie auf Mahirs Gruß, schamlos den Blick auf seinen Schritt richteten.

»Ich lasse ihn hier bei euch«, hörte er Mahir zum Abschied sagen.

Dann wandte dieser sich zu Hugo um und klopfte ihm auf die Schulter: »Ich denke, du wirst ein paar Tage nicht arbeiten können, zumindest nicht in den Weinbergen. Meine Schwester wird dich gut pflegen.«

»Bist du Arnaus Schützling?«, fragte Astruga und ergriff seine Hände, um sie zu untersuchen. Hugo wollte ihr antworten, doch sie kam ihm zuvor. »Er war ein guter Mann.« Und an ihre Tochter gewandt: »Weder du noch ich wären am Leben, wenn Arnau Estanyol nicht gewesen wäre. Bringt ihn zum Brunnen und säubert seine Hände gründlich, bis aller Schmutz aus den Wunden herausgewaschen ist.«

Sie gingen durch eine Tür, die vom ärztlichen Behandlungsraum zum Gemüsegarten führte. Der Blumenduft, die Abendkühle und das Licht, in dem sich tausend Farben brachen, beruhigten sein Gemüt. Hugo streckte die Hände über den Brunnenrand, und die Mädchen ließen Wasser darüberlaufen und rieben anschließend vorsichtig den Schmutz aus den Wunden.

»Sie hat recht«, sagte Dolça.

»Womit?«, fragten die anderen beiden fast wie aus einem Munde.

»Du wirst ein paar Tage nicht arbeiten können.«

Hugo nahm sich ein Herz und sah sie an. Sie blickte fast herausfordernd zurück.

»Regina, geh zu meiner Mutter und frag sie, ob sie noch etwas vom Brunnen braucht«, sagte sie, ohne Hugo aus den Augen zu lassen und weiterhin seine Hände haltend. Gleich darauf schickte sie ein »Ich bitte dich« hinterher, um dem Protest ihrer Freundin zuvorzukommen.

Sie waren allein. Hugo wollte … er hätte so gern gewusst, warum sie ihm das mit dem Riss in der Wand gesagt hatte. Bei der Erinnerung an das Mädchen mit den gespreizten Beinen stieg ihm erneut die Röte ins Gesicht. Und dann dachte er daran, wie sehr es ihn beschämt hatte, als Dolça herausgekommen war. Er stellte sich Dolças aufknospende junge Brüste vor, die hüpften wie …

»Untersteh dich!«, rief Dolça und stieß ungestüm seine Hände von sich.

»Entschuldige, es war nicht meine Absicht …«, suchte er sich zu entschuldigen.

»Es war nicht meine Absicht«, echote Dolça ironisch. »Du Lüstling! Und überhaupt, ist dir nicht klar, dass ich Jüdin bin?«

Hugo fühlte sich erbärmlich. Denn es stimmte ja: Er war Christ, und sie war Jüdin. Jeglicher Gedanke dieser Art war für sie verboten.

»Wir haben nichts getan, nichts«, stotterte er. »Kein Geistlicher könnte uns etwas vorwerfen«, sagte er nicht sehr überzeugend und hielt den Blick starr auf seine verwundeten Hände gesenkt.

»Es würde deine Geistlichen nicht sonderlich scheren, wenn ein Christ bei einer Jüdin liegt. Für sie ist das nur eine andere Form der Unterwerfung, der Demonstration ihrer Macht über uns. Umgekehrt schert sie das allerdings sehr wohl, da greifen eure Gesetze recht gut: Liegt ein Jude bei einer Christin, müssen beide auf der Stelle verbrannt werden«, sagte Dolça. Hugo seufzte. »Was mir Sorge bereitet, ist die Reaktion meiner Gemeinschaft. Glaubst du etwa, sie haben Gefallen daran, wenn jüdische Frauen sich mit christlichen Männern einlassen? Ein Mädchen haben sie entstellt, indem sie ihr die Nase aus dem Gesicht schnitten, damit sie für den Christen, der ihr den Hof machte, jeden Reiz verlor.«

»Entschuldige«, wiederholte er erneut. Er war nervös und wusste nicht, wohin er blicken sollte.

»In die Augen. Schau mir in die Augen«, sagte sie, als sie seine Verlegenheit bemerkte.

Hugo kam ihrem Befehl nach und sah Zärtlichkeit in ihren hübschen braunen Augen, in denen indes auch ein wenig Kälte aufblitzte.

»Astruga sagt, ihr sollt wieder hereinkommen, wenn ihr die Hände gesäubert habt!«, rief Regina von der Tür aus.

»Warum hast du gewollt, dass ich mir dieses Mädchen ansehe?«, fragte Hugo, als sie wieder im Behandlungszimmer waren.

»Sie war nur eine Christin«, erwiderte Dolça zu seiner Überraschung. »Eine Hure, die bei einem gelegen hatte, bei dem sie nicht hätte liegen dürfen, und nun mit Geld, das sie auch nicht hatte, dafür bezahlte, ihren Bastard abtreiben zu lassen. Hat sie dir gefallen?«

Hugo sagte nichts darauf. Dolças braune Augen hatten sich in seiner Fantasie in Eis verwandelt.

»Mir ist das heiße Pech vom Kalfatereisen auf die Hände gespritzt«, log Hugo seine Schwester Arsenda an, als sie sich nach den Wunden erkundigte, die er mit sauberen Stofffetzen verbunden hatte.

Nur mit großer Mühe hatte er die Mauer des Klosters Jonqueres erklimmen können. Oben angekommen, hatte er sich gleich seine Hände angesehen. Die Salbe, die Dolça aufgetragen hatte, brannte noch immer. Anfangs war es die Hölle gewesen.

»Au, das brennt!«

»Schweig still!«, hatte das Mädchen ihn zurechtgewiesen, während Regina fest seine Hand gehalten hatte.

Und er hatte keinen Mucks mehr von sich gegeben. Jetzt wartete er nur noch darauf, dass ein neuer Tag begann und Dolça ihm wieder die Hand salben würde, mochte es brennen, so viel es wollte. »Pflegt ihn ein paar Tage«, hatte Astruga befohlen und ihn der Obhut von Dolça und Regina überantwortet.

Die beiden Mädchen, solcherart von Astruga in den Stand von Ärztinnen erhoben, hatten sich ehrerbietig um seine Heilung und Pflege gekümmert: Sie hatten seine Wunden besprochen und sie aus allen Blickwinkeln untersucht, hatten ihm Ratschläge erteilt, die sie sofort wieder berichtigt hatten, und kleine Streitgespräche geführt.

Als sie dann mit der Wundpflege fertig und wieder im Gemüsegarten waren, bestürmten sie ihn mit Fragen über sein Leben. Hugo hatte betört in die Gesichter der Mädchen geblickt, die ihn mit ihren Fragen löcherten. Er hatte ihnen von seinen Eltern erzählt, von Matías' Tod und Antoninas neuem Ehemann. Dolça hatte den Kopf zur Seite geneigt und ihm gestanden, auch sie habe ihren Vater verloren.

Auf Reginas Frage nach seinem Stiefvater hatte er geantwortet: »Ich kenne ihn gar nicht.«

»Siehst du denn deine Mutter überhaupt nicht?«, hatte sie in aller Unschuld gefragt. »Bist du sie nicht besuchen gegangen? Ist sie nie gekommen, um dich zu sehen?«

Nein, sie war nie gekommen. Und hätte sie es getan, hätte sie nicht gewusst, wo sie nach ihm hätte suchen sollen. Ihn quälte die Frage, ob sie womöglich zur Werft gegangen war. Doch er sagte sich, dass der Navarrer es ihm bestimmt mitgeteilt hätte. Er selbst hatte erst ein einziges Mal die Absicht gehabt, seine Mutter zu besuchen. Das war an einem Samstag gewesen, an dem Mahir ihm einen Tag freigegeben hatte. Bis Sitges waren es nur sechs Meilen, etwa neun Stunden, wenn man sich sputete. Und doch war er nicht viel weiter als bis kurz hinter Castell de Fels gekommen, das etwa drei Meilen von Barcelona entfernt war. Sobald er durch die Tore der Stadt gegangen war, hatte ihn eine große Beklemmung erfasst. Fragen über Fragen zur neuen Familie seiner Mutter waren auf ihn eingestürmt. Und wenn sie ihn nicht mehr liebte? Diese Sorge hätte er vielleicht noch bezwingen können, denn sie löste sich in Wohlgefallen auf, sobald er nur an Antoninas Lächeln dachte, nicht aber die Angst, die ihn hinter Sant Boi, beim Anblick des einsamen Weges befiel. Er hatte Barcelona noch nie verlassen. All die grausamen Geschichten, die die Leute sich erzählten, waren ihm plötzlich in den Sinn gekommen: Geschichten von adligen Reitern, die Reisende entführten und töteten, von Bettlern, flüchtigen Sklaven, Freibeutern, Korsaren, Hexen und Dämonen.

Je näher er dem Garraf-Gebirge gekommen war, desto seltener waren die Gärten und beackerten Felder geworden, und am Ende wurden sie von riesigen Viehweiden abgelöst. Eine einsame Gegend. Beim Knacken eines brechenden Zweiges war Hugo zusammengeschreckt. Er hatte reglos auf dem Weg gestanden und ängstlich gelauscht.

Auf halbem Weg war es ihm plötzlich gewesen, als streifte ein frostiger Hauch seine Beine. Er hatte zum Garraf-Gebirge hinübergesehen: Diesen Berg hätte er bezwingen, diese Wälder durchqueren müssen. Vor ihm auf dem Weg hatte er auf einmal Gestalten gesehen, die sich auf ihn zu bewegten. Oder war es eine Täuschung gewesen? Am Staub, den sie aufgewirbelt hatten, hatte er sehen können, dass sie rannten. Er hatte sich hinter dem Feldrain im Unterholz versteckt. Es verging eine Weile, aber niemand war gekommen. Er hatte sich umgesehen, einmal, zweimal, dreimal, die Sinne geschärft, vor Angst zitternd und schwitzend. Dann war er zum Weg zurückgegangen, wo wieder Stille herrschte. Er hatte kehrtgemacht und mit einem tiefen Seufzer der Erleichterung den Rückweg nach Barcelona angetreten.

Er hatte nicht die Absicht, Dolça und Regina die ganze Geschichte zu erzählen.

»Nein, ich bin nicht hingegangen«, sagte er stattdessen als Antwort auf Reginas Frage nach seiner Mutter. »Ich weiß nicht, wo das liegt, dieses Sitges. Ich bin nie aus Barcelona herausgekommen«, setzte er wie zur Rechtfertigung hinzu.

»Du könntest Mahir bitten«, sagte Dolça, und als sie Hugos fragenden Blick sah, holte sie weiter aus. »Mein Onkel hat viele Beziehungen zu den Weinhändlern von Sitges und der ganzen Gegend dort. Er sagt, sie machen einen süßen griechischen Wein, der sehr geschätzt wird und den sie Malvasier nennen. Soweit ich weiß, fährt er sehr oft dorthin.«

»Und er würde mich mitnehmen?«

Die Naivität und Begeisterung, mit der Hugo diese Frage stellte, entlockte Dolça ein Lächeln.

»Onkel Mahir ist ein guter Mensch. Das wird er gewiss tun.«

Nach einer weiteren Behandlung sprach Hugo mit Dolça über Arsenda und die Werft. Regina war an jenem Tag nicht da; sie war nach Hause gegangen, ins Judenviertel. Astruga war nicht verpflichtet, ihrem Lehrling Kost und Logis zu bieten.

Während Dolça ihm aufmerksam zuhörte, erinnerte Hugo sich mit Sehnsucht an seinen alten Traum, eines Tages *Mestre d'aixa* zu werden. Er erzählte ihr von Arnau und schilderte ihr die grausame und ungerechte Hinrichtung, um gleich darauf die Puigs und den Diener, der ihn verfolgte, zu verfluchen.

»Du hast ihm ein Auge ausgestochen?«, hatte Dolça mit gerunzelter Stirn gefragt, eher verwirrt als verängstigt, denn sie konnte sich nicht vorstellen, dass Hugo gegen einen so starken Mann wie diesen Diener gekämpft hatte, von dem er mit solchem Schrecken erzählte.

»Das war die einzige Lösung, um …«

»Schon gut«, war sie ihm ins Wort gefallen, als hätte sie Verständnis für seine Tat.

In vollem Vertrauen hatte er dem Mädchen daraufhin vom Raub des Handbeils und vom Räudigen Hund berichtet, und in dem Moment, da er ihr von der Armbrust und von Bernat erzählte, hatte er sich daran erinnert, dass er diesem das Versprechen gegeben hatte, sich im Kerker um ihn zu kümmern. Allmählich wurde es Nacht.

»Wie hast du mit ihm sprechen können?«, fragte Arsenda, als Hugo ihr noch in derselben Nacht, in der er Bernat im Kerker besucht hatte, von diesem erzählte.

»Durch das vergitterte Fenster, das auf die Palasttreppe hinausgeht. Wenn der Kerkermeister es gestattet, können die Angehörigen an dieses Fenster treten und so mit den Gefangenen reden.«

Es war ein Anwalt zu seiner Verteidigung bestellt worden. Laut Bernat wurde er von einem Händler aus Neapel bezahlt, mit dem sein Vater gute Beziehungen gepflegt hatte. »Da steckt gewiss kein anderer als Jucef dahinter«, hatte er Hugo durch die Gitterstäbe hindurch zugeflüstert. »Ihr seid bei ihm gewesen, nicht wahr? Ich habe mit meiner Mutter gesprochen.« Bernat hatte ihm auch erzählt, dass sie sein Essen und eine Strohmatratze bezahlt hatten.

»Aber er wollte einen Menschen töten, einen Adligen des Prinzipats, den Generalkapitän des Königs!«, ereiferte sich Arsenda, nachdem sie aus dem Munde ihres Bruders die ganze Geschichte vernommen hatte, wobei Hugo seine eigene Mitwirkung daran unter den Tisch hatte fallen lassen.

»Das ist nicht gewiss!«, erwiderte er, aber es klang nicht sehr überzeugend. »Sie haben ihn gefoltert, Arsenda! Ich habe die blauen Flecken auf seinem Leib mit eigenen Augen gesehen. Kaum hatten sie erfahren, dass er Arnau Estanyols Sohn ist, da …«

»Mein Bruder, Angeklagte der Folter zu unterwerfen ist eine achtenswerte Vorgehensweise. Die Wahrheit muss stets Vorrang haben, und die Folter ist ein von der Kirche und dem König gebilligtes Mittel. Dein Freund hat sich mit einer Waffe in der Nähe des Kleinen Königspalastes aufgehalten. Er muss gestehen, aus welchem Grund er dort gewesen ist. Aber mach dir keine Sorgen, sollte er gelogen haben, um der Qual der Folter zu entgehen, so wird Gott es ihm vergelten, aber hier und jetzt verdient er die Strafe des Königs, ob er nun Arnaus Sohn ist oder nicht.«

»Aber er ist ein guter Mensch«, sagte Hugo fast schluchzend.

»Gott allein kennt die Wahrheit«, erwiderte seine Schwester ergeben.

Das alte Boot, in dem Hugo immer geschlafen hatte, gab es nicht mehr. Nachdem man es exorziert hatte, hatten die Schiffsschreiner sich eilig an die Arbeit gemacht und es auseinandergenommen. Hugo trat ans Meeresufer, wie so oft, wenn er Arsenda einen Besuch abgestattet hatte. Der Nachtwächter ließ ihn gewähren, und so legte er sich schließlich neben ein anderes Schiff, dessen Flanke ihn vor dem Nachttau schützte, in den Sand. Das Schiff war neu und noch nicht kalfatert und roch nach frisch behauenem Holz. Hugos Gedanken flogen von Dolça zu Bernat und von diesem zu Arsenda, die immer strenger und devoter wurde, immer mehr zur Frau heranwuchs.

»Aber sicher«, sagte Mahir, als es ihm schließlich gelungen war, Hugo, der sich nicht zu äußern wagte, dazu zu bringen, ihm sein Anliegen vorzutragen. Er hatte nichts davon gewusst, dass die Mutter des Jungen ein zweites Mal geheiratet hatte. »Eigentlich wollte ich erst nach der Weinlese nach Sitges fahren, aber wir können das auch vorziehen, dann kannst du deine Mutter besuchen«, versicherte er.

Es begegneten ihnen weder adlige Reiter noch Korsaren oder Hexen. Früh beim Morgengrauen hatten sie sich zu Fuß auf den Weg gemacht, und es wurde eine angenehme Reise. Mahir erzählte ihm Geschichten über die Dörfer, durch die sie fuhren, und über die verschiedenen Weinbaukulturen hinterm Wegesrand und lehrte ihn dabei viel über den Weinbau, wie er es beharrlich tat, seit er eine gewisse Zuneigung zu ihm gefasst hatte. In der Flussebene des Llobregat zeichnete sich der Weinbau durch eine Besonderheit aus, die Hugo erstaunte und die ihm bei seinem ersten Reiseversuch nach Sitges nicht aufgefallen war: Die Weinreben wurden als hohe Ranken gezogen. Sie gingen in einen dieser Weinberge hinein und waren beide ganz verzückt von dem Dach über ihren Köpfen. Tausende von Weinreben fanden eine Stütze in den Ästen der Bäume, die in regelmäßigem Abstand gepflanzt waren, rankten an ihnen empor, kreuzten sich in der Luft und umarmten sich, um eine dicht gewebte Decke aus ineinander verschlungenen Ranken zu bilden, von denen Zweige und grüne Blätter und Tausende von Weintrauben hingen. Hugo griff sich eine und biss hinein.

»Sie reifen später als die unseren«, warnte ihn Mahir.

»Das ist wie eine riesige …« Hugo fand nicht das treffende Wort.

»Ich habe immer gedacht, das ist der Garten Eden.«

»Wie machen sie das?«, fragte er.

Mahir deutete auf den Stamm eines der Bäume. Gleich daneben war ein Rebstock gepflanzt. Er brauchte Hugo nichts weiter zu erklären. Er verfolgte mit dem Blick diesen Rebstock, der an dem Baumstamm emporkletterte, bis er zu den Zweigen kam, ihnen folgte, über sie hinauswuchs und sich mit den Ranken des Baumes an seiner Seite verband, dann wieder dem nächsten und dem nächsten.

»Was für eine Art von Wein wird hier produziert?«

»Eine griechische Sorte. Ein süßer Wein. Aber zu Wein wird das Wenigste verarbeitet. Der größte Teil der Ernte wird als Tafelobst verkauft. Muskatellertraube. In Barcelona sehr geschätzt.«

Sie nutzten den Umstand, dass es eine Quelle gab, und legten dort im Schutz der Reben eine Rast ein. Sie aßen das Brot und den Käse, den der Jude mitgenommen hatte. Und um seine Sorge nicht zu zeigen, erging dieser sich in immer neuen Erläuterungen und Lektionen über die Welt und den Weinhandel.

Mahir hatte gedacht, die Mutter dieses Jungen, den Jucef und sein eigener Vater Saúl ihm empfohlen hatten, würde als Magd im Hause eines Handschuhmachers arbeiten. So hatte man es ihm erzählt. Daher war er erstaunt gewesen, als Hugo ihm erzählte, sie sei mit einem Böttcher in Sitges verheiratet. Irgendetwas musste vorgefallen sein, sagte er sich, wenn eine Witwe sich entschloss, noch einmal eine Ehe einzugehen. Die Christen betrachteten die Witwenschaft als eine Möglichkeit, das eigene Leben dem Dienst an Gott zu widmen. Verwitwete eine Frau, war es eine Befreiung von der Ehe und von der Macht des Mannes, und sie erlangte wieder ihren Jungfrauenstatus. Die Witwen waren zur Keuschheit und zum Gebet aufgerufen, zur Buße und zum Fasten, zur Güte und Andacht. Die christlichen Gelehrten scherten sich kaum um die wirtschaftliche und familiäre Situation der Frau. Für sie zählte nur ihr Verhalten, ihre Moral.

Da eine verwitwete Frau die Fleischeslust bereits erfahren hatte, wurde eine zweite Ehe nicht bloß als eine Art von Bigamie angesehen, sie war auch ein Beweis für die Unbeständigkeit der Frau. Sie war die Inkarnation des Teufels. Da die Kirche die Prostitution tolerierte, um Ehebruch und widernatürliche Beziehungen zu verhindern, so tolerierte sie jedoch auch die zweite Ehe, vor allem im Fall junger Witwen, die sonst den Gefahren der Wollust erlegen wären. Vielleicht hatten sie Hugos Mutter ja aus diesem Grund verheiratet. Mahir ging der Sache nach und erfuhr, dass sie eine attraktive Frau von sinnlicher Schönheit war. Er erkundigte sich nach dem Handschuhmacher, und sein Verdacht wurde bestätigt. Er suchte Mar auf, für die es ein Leichtes war, dem Priester von Santa María, der Antoninas Mitgift erwirkt hatte, die Gründe für diese zweite Ehe zu entlocken: der Handschuhmacher hatte der jungen Witwe Gewalt angetan. Witwen waren durch das Gesetz Gottes und das Gesetz der Menschen geschützt. Doch die Drohung der Exkommunizierung hatte bei dem Handschuhmacher keine große Wirkung gezeigt. Im Gegenteil, er war rückfällig geworden, obwohl Antonina sich gewehrt hatte, wie sie dem Pfarrer bei ihrer Beichte versicherte. Der Böttcher aus Sitges schien deshalb die ideale Lösung zu sein.

Weiterhin folgte ihr Weg der Küste, aber nun ging es zeitweilig steil aufwärts, denn die Route führte sie durch das imposante Garraf-Gebirge. Außerdem war jetzt ein Wegegeld zu entrichten. Ein griesgrämiger und apathischer Beamter zog es ein. Eine Silbermünze für jedes Pferd, eine weitere für den Kutscher und etwas Barceloner Kleingeld für jeden Fußgänger. Das waren die Tarife, und das Entgelt für den Wagen war darin noch gar nicht enthalten.

Als das Münzgeld bezahlt war, fluchte Mahir über diese Abgaben und sprach eine ganze Weile nur noch über dieses eine Thema. König Juan, so erklärte er Hugo, habe den Gutsherren dieser Gegend erlaubt, Steuern auf das Land zu erheben. Die eingezogenen Gelder wurden zur Instandhaltung der Straße verwandt. Aber es war immer noch ein einsamer und gefährlicher Weg, und die Burgen, die ihn verteidigen sollten, wie etwa die Burg Garraf, lagen in Ruinen. Daher wurde der in Sitges gekaufte Wein übers Meer verschifft, was ihn über die Maßen verteuerte.

Schließlich gelangten sie nach Sitges. Das Küstenstädtchen war im Besitz von König Juans Gemahlin Violante. Es erhob sich auf einer Felsspitze und dominierte die Küste. Die alte Stadtmauer verfügte über zwei Zugangstore und wurde gerade erweitert, um die nahezu sechshundert Personen umfassen zu können, die sich inzwischen auf dem angrenzenden Gebiet angesiedelt hatten.

Mahir war auf den Weg zu Vital, einem jüdischen Pfandleiher, dessen Haus auf einem kleinen Platz hinter der Burg stand. Er hatte schon viele Geschäfte mit ihm gemacht. Mahirs Aufgabe war es dabei, erfahrene Weinbauern zu besorgen, den Weinbergbetrieb unter Kontrolle zu halten, damit der Ertrag auch ausfiel wie erhofft, und schließlich mit den Weinbeeren Handel zu treiben.

Während die beiden Männer sich unterhielten, ging Hugo auf dem Platz vor Vitals Haus spazieren. Es war ein herrlicher Tag, auf den Straßen spielten die Kinder. Er fragte sich, ob wohl eines von ihnen der Sohn von Ferran, dem Böttcher, war, auch wenn das unwahrscheinlich war, denn wie Mahir ihm erklärt hatte, lebten die Böttcher meist außerhalb der Ortschaften. Ferrans Arbeit bestand darin, Wein- und Ölfässer herzustellen. Er musste in der Tonne Feuer machen, damit das zuvor bearbeitete Holz heiß und biegsam wurde, und dann die Reifen darüberschlagen, die die Dauben zusammenhielten. In einer Ortschaft, in der die Häuser auf Holzgerüsten errichtet wurden, ein Feuer zu entfachen, stellte eine von den Behörden und Bürgern gefürchtete Gefahr dar, hatte Mahir Hugo erzählt, daher wurden aufgrund der Bestimmungen, für deren Einhaltung die Amtmänner sorgten, die Böttcher so weit wie möglich außerhalb der Dörfer angesiedelt.

Hugo betrachtete die Kinderschar und die Frauen auf dem kleinen Platz und die zur Straße hin offenen Werkstätten der Handwerker und versuchte sich den Böttcher vorzustellen, der ihm seine Mutter geraubt hatte. Wahrscheinlich war er ein grober und linkischer Mann von kurzer Statur. Bestimmt war er ein rechter Hänfling. Laut Mahir waren die Böttcher so etwas wie die *Mestres d'aixa*, die Arbeit war ähnlich, nur nicht so angesehen. Mahir hatte ihm auch erzählt, sie seien die ehemaligen Gesellen von Schiffsbaumeistern, die nicht die nötigen Fähigkeiten unter Beweis gestellt hätten, um im Schiffsbau arbeiten zu können.

Nach dem Gespräch mit Vital zeigte Mahir Hugo die Straße, in der, so hatte man ihm versichert, der Böttcher lebte und arbeitete. Sein Haus lag offenbar an einer von Gärten und Weinbergen umgebenen Stelle außerhalb von Sitges.

»Ich werde von Leuten erwartet, mit denen ich in die Weinberge rund um die Einsiedelei Santa María del Vinyet gehe«, teilte Mahir mit. »Das ist ganz nah, eine Viertelmeile. Dort kannst du mich finden, wenn du mich brauchst. Andernfalls sehen wir uns, wenn es Nacht wird, vor den Toren des Hospitals.«

»Begleitet Ihr mich nicht?«, fragte der Junge verunsichert.

»Es ist besser, sie sehen dich nicht mit einem Juden, Hugo. Ich kenne diesen Mann ja nicht, aber es gibt hier nur sehr wenige Juden, und man begegnet ihnen eher mit Feindseligkeit.«

Als Mahir sah, dass der Junge zögerte, klopfte er ihm auf die Schulter.

»Geh deine Mutter besuchen, nun lauf schon«, ermunterte er ihn.

Hugo musste gar nicht erst nachfragen: Einige bereits fertiggestellte Fässer, die vor den Türen einer Werkstatt ausgestellt waren, zeigten ihm an, in welchem Haus er den Böttcher finden würde. Das Haus hatte zwei Stockwerke, im unteren befanden sich die Werkstatt und der Laden, während im Obergeschoss die Kammern untergebracht waren, in denen die Familie lebte.

Ein grober Mensch war er gewiss, ob er auch ungeschickt war, ließ sich nicht feststellen, aber die Vorstellung, dass er klein und schmächtig war, durfte er wieder verwerfen, als er den Blick hob und vor sich einen korpulenten Mann mit dichtem Bart sah, der so schwarz war wie sein Haupthaar, mit dichten Brauen, die über der Nase zusammengewachsen waren. Neben ihm stand ein schmächtiger Junge.

»Deine Mutter, hast du gesagt?« Der Böttcher schrie fast, obwohl er vor Hugo stand. »Wozu bist du hergekommen? Was willst du?«

»Ich will sie sehen«, erwiderte Hugo, nachdem er beflissen einen Schritt zurückgetreten war, »falls ich nicht störe.«

»Und ob du störst.«

Der Mann drehte ihm den Rücken zu, und als wäre er Luft für ihn, machte er sich mit einem Flachmeißel daran, einer der Dauben, die zu einem Fass gebunden werden sollten, eine bauchige Form zu geben.

»So hört mich doch an …«

Er bemerkte nicht, dass der schmächtige Junge, der neben dem Böttcher stand, ihn mit einer Grimasse warnen wollte. Letzterer holte mit seinem starken Arm weit aus und versetzte Hugo mit dem Handrücken eine so heftige Ohrfeige, dass es ihn zu Boden schleuderte.

»Niemand hat die Erlaubnis, mich zu stören, wenn ich arbeite«, fauchte der Böttcher.

Hugo stand mühsam und mit brennender Wange wieder auf. »Ich möchte doch nur kurz meine Mutter sehen … Meister«, sagte er bittend.

Als er sah, wie der Böttcher sich schnaubend aufrichtete, wich er zurück bis hinaus auf die Straße.

»Sie ist nicht länger deine Mutter, verstehst du? Sie ist jetzt meine Frau und die Stiefmutter meiner Kinder, und das sind die einzigen Kinder, um die sie sich noch zu kümmern hat. Sie braucht dich nicht. Stör sie nicht. Scher dich fort, dann tu ich dir nichts.«

»Ich werde nicht gehen, bevor ich sie nicht gesehen habe.« Seine eigene Kühnheit erstaunte ihn.

Der Böttcher stand vor ihm wie ein unbezwingbarer Riese. Der Lehrling hinter ihm schüttelte energisch den Kopf und fuchtelte mit den Armen, um ihm zu bedeuten, er solle gehen.

»Du willst sie sehen? Also dann … Antonina!« Der Schrei hallte durch die Werkstatt und dröhnte in Hugos Ohren, der bereits ahnte, dass er einen Fehler gemacht hatte. »Antonina!«, brüllte der Böttcher erneut.

Hugo sah sich nach dem Lehrling um. Sein Magen zog sich zusammen, als er sah, wie dieser mit bekümmertem Gesicht zu Boden starrte.

»Hört, ich wollte nicht …«, versuchte Hugo genau in dem Moment einzulenken, in dem Antonina mit einem nackten Kind auf dem Arm und einem zweiten, das sich an ihren Rock geklammert hatte, die Werkstatt betrat.

Sie sah ihn nicht. Er dagegen sah sie von der Straße aus. Der Anblick der ausgemergelten und ungepflegten Frau versetzte ihm einen Stich. Ihr Haar war zerzaust, sie war barfuß, trug schmutzige Kleider, und der eine Arm war mit blauen Flecken übersät. Hugo ahnte, was passieren würde: Der Böttcher würde sie schlagen. Davonzulaufen wäre vielleicht die einzige Chance, seine Mutter vor den Schlägen zu bewahren. Er sah den schmächtigen Jungen zu ihr laufen und ihr die beiden Kinder abnehmen, als handle es sich um ein vertrautes Ritual. Antonina gab ihm die Kinder und sah auf ihre Hände hinunter, die sie jetzt vor dem Bauch gefaltet hatte, unterwürfig, in einer Stille, die selbst die Kinder zu respektieren schienen. Hugo konnte sich nicht rühren. Ihm zitterten die Knie.

»Du wolltest sie sehen?«, schrie der Böttcher wieder.

Eine Ohrfeige, die nicht weniger kräftig war als die zuvor, warf Antonina zu Boden, zwischen das Holz und die Metallreifen.

Da stürzte sich Hugo auf ihn. Der Lehrling schüttelte wieder den Kopf. Die Mutter schrie. Die Kinder begannen zu weinen, und der Böttcher schüttelte den Jungen einfach ab.

»Hugo«, kreischte Antonina, »um Himmels willen, geh zurück zur Werft!«

»Du wolltest sie sehen?«, fragte der Böttcher wieder und begleitete seine Frage mit einem Fußtritt in Antoninas Bauch.

Die Frau krümmte sich. Hugo fühlte, sah und hörte nichts mehr. Er warf sich erneut auf den Böttcher.

»Schlag ihn nicht«, wimmerte Antonina.

»Lass ihn los!«, dröhnte eine Stimme von der Straße herüber.

Der Böttcher hielt inne.

»Lass ihn los, Ferran«, wiederholte der Mann, der Mahir begleitet hatte.

Die beiden waren zum Haus des Böttchers gerannt, als Mahir seinem Freund von Hugo und seiner Mutter erzählt und ihm gesagt hatte, der Junge sei sie besuchen gegangen.

»Er ist gekommen, um Ärger zu machen. Was will er hier?« Der Böttcher schüttelte Hugo, den er am Arm gepackt hielt. »Will er hier leben? Soll ich ihn vielleicht auch noch durchfüttern?«

»Er wollte nur seine Mutter besuchen«, schnitt Mahir ihm das Wort ab.

»Schweig still, du Ketzer!«

»Aber es stimmt. Nur deshalb ist er hier«, wiederholte dieser.

»Sie ist nicht mehr seine Mutter, sie ist meine Frau, und er ist in diesem Haus nicht willkommen.«

»Lass ihn bitte los.«

Als Hugo frei war, machte er Anstalten, zu Antonina zu gehen, die schützend die Arme über den Kopf hielt, aus Angst vor noch mehr Schlägen. Doch der Böttcher stieß ihn von ihr weg.

»Verschwinde«, befahl er, »und komm nie wieder her, denn wenn du das tust, dann schlag ich sie tot.« Und um zu beweisen, dass es ihm damit ernst war, schlug er Antonina erneut, diesmal auf den Rücken.

»Du Hund!«, schrie der Junge und versuchte wieder, sich auf ihn zu stürzen.

Nicht der Böttcher hielt ihn davon ab, sondern Mahir, der ihn von hinten packte.

»Je hartnäckiger du es versuchst, desto schlimmer wird es für sie, Hugo. Lass uns gehen.«

Als das Dorf am Abend in Stille getaucht war, weinte Hugo über das Schicksal seiner Mutter, während das Meer sich unermüdlich an den Felsen brach. »Sie ist seine Frau«, sagte Mahir, als er vom Weinkaufen zurückkam. »Solange er sie nicht umbringt, darf er sie schlagen und bestrafen, so viel er will.«

Darf er sie schlagen, darf er sie schlagen, darf er sie schlagen, hallte es in Hugo wider, im Rhythmus der brechenden Wellen, in die er sich am liebsten geworfen hätte, um seinem Schmerz ein Ende zu bereiten. *Er darf sie schlagen, er darf sie schlagen, er darf sie schlagen.*

6

Barcelona, 1389

Es war von etwa achtzehntausend Mann zu Pferde die Rede, die in Katalonien eingefallen waren und im Empordà, im Norden des Prinzipats, wo sie Bàscara und ein paar andere Orte besetzt hatten, raubten und plünderten. Es waren große Militärkompagnien verschiedener Nationalitäten, vor allem Franzosen und Engländer, die Bernard d'Armagnac, der Bruder des Grafen von Armagnac, rekrutiert hatte und befehligte. König Juan, der in Saragossa auf die Grundrechte von Aragonien geschworen und in Monzón die Cortes Generales einberufen hatte, kehrte nach Barcelona zurück, um die Verteidigung vorzubereiten. Die Menschen fragten sich besorgt, was sie von einem König erwarten konnten, der sich seit der Genesung von seiner letzten Krankheit nur in Festivitäten und Zerstreuung gestürzt hatte.

Die Adligen und Bürger taten es dem Monarchen gleich und begannen sich auf den Krieg vorzubereiten. Barcelona holte die *Santa María y Santa Juana* zurück, eine Galeere, die im Vorjahr zum Kriegsschiff gerüstet worden war, um die Küsten und Meere vor dem Korsaren der Sarazenen zu verteidigen. Hugo lief sogleich zum Strand, sobald er von der Ankunft des Schiffes erfahren hatte: Bernat war an Bord.

Denn diese Lösung hatten sie damals mit Jucefs Geld erwirken können. Der König und dessen Oberbefehlshaber hatten Bernat nicht freilassen wollen, Barcelona indes schon. Für alle Angeklagten konnte die Begnadigung erwirkt werden, nur nicht für Sodomiten und Ketzer, Mörder und bankrotte Geldwechsler, Verräter oder Heeresflüchtige und ein paar andere, die ähnlicher Vergehen angeklagt waren. Bedingung war jedoch, dass sie als Galeerenruderer ohne Bezahlung in den königlichen Galeeren oder in den von der Stadt bewaffneten Schiffen ihren Dienst taten. Jucef hatte Bernats Anwalt gedrängt, die Stadträte aufzusuchen und großzügig Gelder zu verteilen. Während damals nur einer der Stadträte, ein alter, dickwanstiger Färber, gegen die ungerechte Hinrichtung Arnaus seine Stimme erhoben hatte, so forderte jetzt der gesamte Stadtrat den König auf, bei dessen Sohn das gleiche Gesetz anzuwenden wie bei den übrigen Angeklagten. War die Rache des Grafen von Navarcles etwa nicht schon genug befriedigt worden, musste er jetzt noch einen Jungen von siebzehn Jahren verfolgen?

Doch Bernat befand sich nicht an Bord der heimgekehrten *Santa María y Santa Juana.* »Angeblich ist er verschwunden, als sie bei Tortosa ihre Wasservorräte aufgefüllt haben«, wusste der Navarrer Hugo zu erzählen, als sie mit der Werft im Rücken am Strand standen und aufs Meer blickten.

»Ist er geflohen?«

»Das hoffe ich doch.«

»Aber legt man sie denn nicht in Ketten? Und werden sie nicht bewacht?«

»Nicht Bernat. Als sie erkannten, über welch reiche Kenntnisse er verfügt, beschlossen sie offenbar, ihn nicht länger als Rudersklaven zu schinden und für bessere Aufgaben einzusetzen.«

»Er war wirklich nicht besonders kräftig«, sagte Hugo.

»Nein, aber zum Fliehen hat es gereicht.«

Als Hugo sich damals von Bernat verabschiedet hatte, hatte er an Flucht gar nicht gedacht. »Nimm«, hatte er gesagt und ihm ein paar angesparte Silbercroats hingestreckt. Er besaß noch die Münzen, die Jacob ihm nach dem Auktionsverkauf gegeben hatte, und dazu andere, die man ihm für Botengänge für Saúls Familie gegeben hatte, sowie den Lohn für die Hilfe auf den benachbarten Landgütern, die er verrichtete, wenn Saúl seine Arbeit gerade nicht benötigte. Mahir konnte es sich erlauben, ihm keinen Lohn zu zahlen, denn ihre Vereinbarung betraf das Bett in der Kelterei, einmal jährlich neue Kleider und seine Verköstigung, ganz so, als wäre er ein Lehrling.

Bernat hatte das Geld zurückgewiesen. »Ich kann nichts mitnehmen, sie haben mich schon registriert und …« Hugo hatte ihn ausdruckslos angesehen.

»Schluck sie runter!«, hatte er ihn aufgefordert. »Es sind nur zwei Münzen. Du wirst sie brauchen. Ganz bestimmt.« Bernat hatte sich widersetzt, aber Hugo hatte nicht mit sich reden lassen. »Ich kann noch mehr Geld verdienen. Ich bin frei«, sagte er.

Während Hugo jetzt am Strand stand, stellte er sich vor, wie sein Freund über die Felder floh. Wie er strauchelte und wieder aufstand, vielleicht von Soldaten gehetzt. Nicht doch, Bernat war klug. Sie würden ihn nicht erwischen. Und vielleicht hatten seine zwei Croats geholfen, den Fehler seiner Verhaftung ein wenig wiedergutzumachen.

»Wohin könnte er gegangen sein?«, fragte er den Navarrer.

»Ich an seiner Stelle würde aus dem Herrschaftsgebiet König Juans und seines Generalkapitäns fliehen. Ich denke, ich würde nach Kastilien gehen.«

Hugo lächelte, den Blick auf den Horizont gerichtet.

»Viel Glück«, sagte er versonnen.

»Er hat es verdient«, sagte der Navarrer.

»Wie bitte?«

»Das Glück, das du ihm wünschst. Bernat hat es verdient.«

Hugo arbeitete im Weinberg von Saúl, dem Medicus, genauer gesagt in der Kelterei, in der schon bald die Weinbeeren zum Mosten gesammelt und gestampft und dann mehrere Tage ihrer Gärung überlassen werden sollten. Doch in Gedanken war er bei den Schiffen.

Das kurze Gespräch mit dem Navarrer hatte ihn in die Zeit zurückversetzt, in der er davon geträumt hatte, eines Tages ein *Mestre d'aixa* zu werden. Er dachte an den Genuesen … Er wusste, dass man ihn befreit hatte und dass er zusammen mit den anderen Gefangenen in sein Land zurückgekehrt war. Hugo machte die Kelter sauber. Bald würde die Weinlese beginnen. *Ein guter Mann, der Genuese*, dachte er bei sich. Er hatte ihm dabei helfen wollen, Meister zu werden, aber seine Träume hatten sich in Luft aufgelöst, als Roger Puig, dieser Hurensohn, ihm in die Quere gekommen war … Er versuchte, den Gedanken an den Adligen zu verscheuchen, und dachte stattdessen an seine Schwester.

Arsenda wusste nicht, wie es ihrer Mutter ergangen war. Hugo hatte es sich erspart, ihr davon zu erzählen. Sie glaubte immer noch, er arbeite in der Werft, obgleich es fast schien, als sei ihr das egal, solange er nur ein gottgefälliges Leben führte. »Ich habe mit dem Klosterpfarrer gesprochen, damit er sich mit dem Pfarrer von Santa María bespricht«, hatte Arsenda ihm bei einem ihrer abendlichen Treffen mitgeteilt. »Man wird mich davon unterrichten, ob du zur Messe gehst oder nicht«, hatte sie gedroht.

Natürlich ging er zur Messe! Er fehlte an keinem Sonntag und an keinem offiziellen Feiertag. Mahir erwartete das von ihm. »Du musst so fromm und gottesfürchtig wirken wie kein Zweiter«, hatte er ihm gesagt. »Andernfalls könnten wir in Teufels Küche kommen, wir alle.« Hugo wusste, dass die Priester ihre Gemeindemitglieder besuchen gingen und sie dazu anstachelten, die anderen anzuschwärzen und ihre Sünden anzuprangern: die Ehebrüche, die Hexereien, die Häuser, in denen Unzucht getrieben oder verbotene Spiele gespielt wurden, wo man im Konkubinat lebte, die Juden, die es versäumten, ihren Verpflichtungen nachzukommen … »Niemand darf einen Grund bekommen, dich anzuzeigen«, hatte Mahir ihm mit Nachdruck ans Herz gelegt.

Hugo war der Bitte mit übergroßem Eifer nachgekommen. Er besuchte nicht nur die Messe, sondern half auch ohne Gegengabe beim Beackern eines Weinbergs, den die Kirche im *Hort i vinyet* von Barcelona besaß. In Santa María del Mar überkamen ihn widersprüchliche Gefühle. Er erinnerte sich an die Worte des Herrn Arnau. Der alte Herr hatte in der Madonna eine Mutter gefunden. Damals war Hugo glücklich gewesen, dass er selbst eine Mutter hatte, doch jetzt … Er würde seine Mutter nicht durch die Jungfrau Maria ersetzen, wie Herr Arnau es getan hatte, aber er betete zu ihr und flehte sie an, sich für sie einzusetzen. »Der Böttcher soll sie nicht schlagen«, bat er sie. Das genügte ihm schon.

In den zwei Jahren, die vergangen waren, seit er Zeuge der schrecklichen Tracht Prügel geworden war, erhielt er durch Mahir und dessen Bekannte in Sitges Nachricht von Antonina. Eines Tages hatte der Jude ihm erzählt, dass seine Mutter schwanger war. Hugo hatte das Gesicht verzogen. »Vielleicht schlägt dein Stiefvater sie dann nicht mehr«, hatte

Mahir ihn zu trösten versucht. Der Junge hatte darüber nachgedacht und war zu dem Schluss gekommen, dass er recht hatte. Mahir hatte nichts weiter gesagt. Er hatte nicht die Absicht, ihm zu verraten, was man ihm tatsächlich hinterbracht hatte. Und Hugo hatte nicht weiter nachgefragt.

Doch was ihm kaum weniger Sorge bereitete, wenn er die Kirche besuchte, den Predigten lauschte und die Messe zelebrierte, war seine eigene Lage. Darüber redete er nicht mit der Jungfrau. »Gott sieht und weiß alles«, hatten die Priester bis zum Überdruss wiederholt, damit die Gläubigen sich nicht von der Schuld jener Sünden befreien konnten, die sie verbargen und geheim hielten.

Einverstanden, sagte sich Hugo, *Gott weiß alles, aber er muss der Jungfrau ja nicht alles erzählen, was er von den Mitgliedern seiner Pfarrgemeinde erfährt, nicht wahr?* Dolça dagegen wusste, was in Sitges zwischen Antonina und dem Böttcher vorgefallen war. Wahrscheinlich hatten selbst die Tatarensklaven aus dem Nachbarweinberg von Saúl davon erfahren, sagte sich Hugo. Doch niemand brachte ihm so viel Unterstützung und Zuneigung entgegen wie Dolça. Sie war in den Tagen, in denen er sein Unglück beweint hatte, stets still an seiner Seite gewesen. Immer wieder quälte ihn die Erinnerung, wie Antonina zwischen den Dauben der Böttcherwerkstatt gelegen hatte. Später dann, als mit der Zeit auch das Vergessen gekommen war, hatte Dolça ihm ihre Freundschaft geschenkt … Falls man von Freundschaft sprechen durfte, wenn jemand von einem Augenblick auf den anderen und ohne jeden ersichtlichen Grund vom Späßemachen zum schmollenden Schweigen wechseln konnte. Dolça ließ ihn oft einfach stehen, manchmal aus einer üblen Laune heraus, manchmal aus Gleichgültigkeit, doch sosehr sie ihn damit auch kränkte, sie kam immer wieder zurück. Das heißt, eigentlich war nicht sie es, die zurückkam, vielmehr bedeutete sie ihm, er könne das jetzt tun. Und Hugo ging wieder zu ihr, immer. Sie waren in diesen zwei Jahren beide groß geworden, waren einander Freund und Feind gewesen. Sie brachte ihm ihr medizinisches Wissen bei, lehrte ihn etliches über Geburtshilfe und Frauenheilkunde, und er gab sein Wissen über die Weinberge und den Weinanbau an sie weiter. Beide hatten beharrliche und fordernde Lehrmeister. Und von diesen zwei Jahren sollte die Madonna nichts erfahren. Von dem Kitzel in der Magengrube, wenn Dolça sich näherte, und von der Erschütterung, die eine einfache und schlichte Berührung in ihm auslösen konnte. Von dem quälenden Unbehagen, wenn sie schrie, wenn sie mit der Hand in die Luft schlug, wenn sie sich beleidigt umdrehte und ging. Er wollte nicht, dass die Madonna erfuhr, wie Dolça roch und dass er in seinen einsamen Nächten diesen Geruch einatmete und sich dabei allerlei Fantasien hingab, wie er sie küsste und streichelte und ... Wieso sollte er der Madonna all diese Sachen über eine Jüdin erzählen?

Hugo schrubbte die Kelter mit aller Kraft. Er musste lachen beim Gedanken daran, dass er geglaubt hatte, er könnte der Jungfrau seine Liebe zu einer Jüdin verheimlichen. Sie wusste doch alles. Wie sollte es auch sonst sein? So eine Sache wusste man. Gott würde es ihr erzählt haben. Vielleicht erzählte er ihr nicht, wenn irgendein *Bastaix* eine kleine Sünde begangen hatte, wenn ein Hafenschiffer seine Frau hintergangen oder ein Fleischer beim Abwiegen gefälschte Gewichte benutzt hatte, aber wenn ein Christ eine Jüdin liebte ... wieso sollte er ihr das nicht verraten? Hugo schrubbte weiter mit Eifer die Kelter, in der man den Most bis zur ersten Gärung lagern würde. Nachdem dieses große Lager über ein Jahr nicht benutzt worden war, bedurfte es einer gründlichen Reinigung. Über eine Stunde lang hörte man im Innern des Gebäudes nur, wie Hugo schrubbte und dabei heftig und regelmäßig atmete. Er durfte die Trauben jedoch nicht keltern und sie auch nicht selbst in die Kelterei bringen. Das mussten alles die Juden tun, damit der Wein als *koscher* gelten konnte.

Hugo lachte noch einmal, als er Dolças verzweifelten Kampf gegen die Mücken beobachtete, die sich auf ihr Gesicht setzten. Sie schlug vergeblich in die Luft, damit sie ihr nicht länger um den Kopf summten, und er hörte sie so laut fluchen, dass ihre Mutter sie zurechtweisen musste. Zwei Jahre zuvor hatte ebenjene Dolça Hugo bei seiner ersten Weinlese gewarnt: »Pass auf! Tausende von Stechmücken werden sich auf dich stürzen und dir am Gesicht kleben.«

Und so war es dann auch. Je mehr Zucker von den Trauben an den Kleidern, Händen, Armen, Beinen und Gesichtern der Erntehelfer klebte, desto schlimmer trieben es die Mücken. In jenem ersten Jahr hatten Hugo und Dolça unbekümmert gelacht, während Dolça ihm beigebracht hatte, wie man mit der Hippe umging, einem Werkzeug, das aussah wie eine kleine Sichel. Mit ihm konnte man die Trauben vorsichtig schneiden, ohne sie zu verletzen, und sie dann je nach Güte in verschiedene Körbe sortieren, in denen sie zur Kelterei gebracht wurden. Sie zeigte ihm auch, wie man die angefaulten oder verdorbenen erkennen und aussortieren konnte, und ermahnte ihn, die Schnecken und Spinnen, die Weinblätter und jede Art von Schmutz, der an der Traube hing, wegzumachen, vor allem die Agrest-Trauben, die noch unreif waren und den Wein sauer machten. »Onkel Mahir sagt, an manchen Orten keltere man den Wein mitsamt diesen Schweinereien, und das werde dann ein schlechter Wein.« Damals waren sie erst zwölf Jahre alt gewesen. Und jetzt, zwei Jahre später, gab Dolça sich schon als eine rebellische Frau mit einem starken Charakter, was man ihren kantigen Gesichtszügen ansehen konnte.

»Meine eigentliche Arbeit ist die Medizin«, hatte sie zu Beginn ihres Arbeitstages geklagt.

»Die Weinbeeren sind braun und klar«, hatte Onkel Mahir freundlich erwidert. »Und süß. Probier doch mal«, hatte er sie aufgefordert und ihr eine kleine Weinbeere zugeworfen. »Wir müssen uns sputen, ein Sturm könnte die ganze Ernte vernichten.«

»Die Weinbauern dürfen während der Weinlese nicht zum Krieg eingezogen werden«, hatte Großvater Saúl sich eingemischt, »das müssen auch wir Ärzte respektieren, Ärzte wie du und ich«, hatte er hinzugefügt und Dolça großherzig mit sich selbst gleichgestellt.

Ein zaghaftes Lächeln hatte Dolças Gesicht erhellt, auch wenn Hugo gesehen hatte, dass die Wirkung durch Mahirs Befehle und Arbeitsaufträge schnell wieder zunichtegemacht wurde. Natürlich war Dolça keine Ärztin, und Regina auch nicht. Gemäß den Statuten der Medizinischen Universität von Montpellier mussten Ärzte mindesten fünfundzwanzig Jahre alt sein. Und wenn ein Mann dieses Mindestalter erreichen musste, dann war es nur logisch, dass für die Frauen, die mit dem wohlwollenden Einverständnis des Königs den Titel einer Ärztin erlangen durften, ein Gleiches galt.

Hugo, der immer wieder nach den lästigen Fliegen schlug, versuchte Dolça einige der am Rebstock zurückgebliebenen kleinen Weinbeeren zu geben, die sie in einem separaten Korb sammelte. »Leg sie doch selbst hinein!«, erwiderte sie patzig. Hugo zögerte nicht. Er ging um den Weinstock herum auf die andere Seite und legte die kleinen Beeren in ihren Korb. Sie beobachtete ihn mit zusammengekniffenen Lippen und gerunzelten Brauen. Als er wieder auf seinen Platz zurückgekehrt war, hielt er ihr beide Arme entgegen, die Fäuste geschlossen.

»Suche dir eine aus«, forderte er sie auf.

»Lass das …«

»Na mach schon!«

Dolça deutete mit dem Kinn verächtlich auf seine linke Hand, als zwinge er sie zu etwas Abscheulichem. Hugo öffnete die Faust und zeigte ihr zwei kleine Beeren. Er steckte sich eine in den Mund und bot ihr die andere an. Sie nahm sie nicht.

»Nimm und iss«, sagte er beharrlich.

Sie gab nach und tat wie geheißen. Der Junge nahm seine Arbeit wieder auf, aber sie hielt ihn zurück.

»Was ist in der anderen Hand?«

Er schüttelte den Kopf.

»Du hättest sie auswählen müssen.«

Dolça sagte nichts mehr. Hugo wusste, dass sie nicht einlenken würde. So endete es immer. Sie würde ihn auch nicht um Verzeihung bitten, dass ihre Antwort auf das Angebot mit den Träubchen so patzig ausgefallen war. Nie bat sie um Verzeihung. Manchmal glaubte Hugo, ihr schlechter Charakter sei eine Folge davon, dass es so schwierig für sie war, mit ihrer Mutter zusammenzuarbeiten. Doch dann verglich er sie mit Regina, die offen, fröhlich und anmutig war, und kam zu dem Schluss, dass es daran nicht liegen konnte. Regina war hübsch, Dolça nicht. Aber in den Momenten, in denen sie Frieden mit dem Universum schloss – oder vielleicht mit sich selbst –, war sie schön. Dann bekam sie weichere Wangen und ein sanftes Gesicht.

Einmal hatte Hugo ihr einen Ausflug ans Meer vorgeschlagen.

»Das ist Zeitverschwendung«, hatte sie geantwortet.

Der Junge hatte nicht lockergelassen, wie immer, wenn er ihr etwas vorschlug. Dann waren sie doch gegangen. Sie hatten sich ans Ufer gesetzt, und er hatte ihr zeigen wollen, wie schön es war, sich vom Meeresrauschen wiegen zu lassen.

»Eine unendliche Weite, die nichts denkt«, hatte sie spitz geantwortet. »Die bloß ständig in Bewegung ist. Etwas anderes fällt ihr nicht ein …«

»Vielleicht hast du recht«, hatte Hugo nach einer Weile eingelenkt.

Doch Dolça hatte ihn nicht einmal angesehen. Die Brise wehte ihr das Haar aus dem Gesicht, Stirn, Nase, Lippen und Kinn waren entschlossen dem Meer entgegengereckt.

»Lass uns ein lachendes Kind suchen gehen!«, hatte er vorgeschlagen.

Die Lippen des Mädchens hatten sich kurz zu einem Lächeln verzogen. Und dann waren ihre Züge auf einmal weich und friedlich geworden.

»Heute möchte ich lieber dir zuhören«, hatte sie gemurmelt.

Hugo hatte genickt und mit dem nassen Sand gespielt.

»Weißt du, dass mein Vater auf dem Grund dieses Meeres liegt?«, hatte er mit einem Seufzer gesagt. »Vielleicht macht er ja die Wellen …«

Nach der Weinlese bereitete die ganze Familie Saúls sich darauf vor, die in der Kelterei gelagerten Trauben mit den Füßen zu stampfen. Über der Lagerhalle, die Hugo gereinigt hatte, lag die Ernte, nach Güteklasse geordnet, auf verschiedene Haufen verteilt. Hugo betrachtete das Geschehen aus einer gewissen Entfernung. Er sah zu, wie sie zu zweit, barfuß und mit nackten Waden, in den Bottich stiegen und kräftig die Trauben traten, während der Seihmost durch einen Filter in die Kelter lief. Um nicht auszurutschen, hielten sie sich an Seilen fest, die vom Dach hingen. Als Erstes kelterten sie die zum Schluss geernteten Kümmerlinge, dann die Trauben von geringerer Qualität und ganz zum Schluss die beste Qualität. Die beiden ersten Sorten ließen sie in Holzfässern oder Steingutkrügen gären, aus denen keine Feuchtigkeit austreten konnte wie bei dem porösen Ton, den man für Wasserkrüge verwendete. Hugo hatte die Fässer und Krüge unter den Befehlen und der aufmerksamen Aufsicht von Mahir ausgewaschen und vorbereitet.

Er hatte das Holz im Innern der Fässer glatt gehobelt und die gebogenen Dauben überprüft, die Mahir schon zuvor untersucht hatte. Später hatte er unter jedem einzelnen Fass ein Feuer entzündet, bis das Holz sich genügend erwärmt hatte und Hugo geschmolzenes Pech und etwas Essig hineingießen konnte. Dann folgte noch ein Guss kaltes Wasser, und schon waren sie gebrauchsfertig. Mit den kleineren Gefäßen verfuhren sie ähnlich: Feuer und Pech. In diesen Gefäßen wurde der Most mit dem Trester, von dem er anschließend befreit wurde, zur ersten Gärung gebracht. Den Most der kostbaren Trauben ließ man, auch diese samt dem Trester, gut abgedeckt und verschlossen in der Kelter selbst gären, und zwar fünf oder sechs Tage lang, vielleicht auch etwas länger, das unterlag Mahirs Einschätzung. Dann wurde er gereinigt und in Fässer oder kleine Tonkrüge umgefüllt, für die zweite Fermentation, die langsame. Der restliche Trester wurde in Wasser eingeweicht, um einen dünnen, farblosen Wein namens Tresterwein daraus zu machen, der für die Sklaven bestimmt war.

Sie tranken alle Wein, taten sich an den Speisen gütlich und atmeten dabei das süßliche Aroma des Mostes ein. Sie plauderten, sangen und tanzten auf den Trauben. Ihre Fröhlichkeit war so ansteckend, dass sie allmählich in Lärm und Chaos umschlug, je intensiver die Ausdünstungen des Mostes wurden. Selbst Saúl ließ sich im Lauf der Stunden immer mehr gehen. Einige fielen beim Treten in die Trauben, weil ihnen das Seil, an dem sie hingen, aus den Händen glitt, was für einigen Applaus und Spott sorgte. Nur Mahir schien in dieser Situation, die seine Verwandten und Freunde so belustigte, die Kontrolle zu behalten. Alle lachten und scherzten, selbst Hugo beteiligte sich am Geschehen. Er durfte vielleicht keine Trauben keltern, keinen Most umfüllen und keine Weinfässer transportieren, aber bei allem, was nicht direkt mit dem Wein in Verbindung stand, durfte er mithelfen.

Anders als zur Zeit der Weinlese nahm Dolça ohne jeden Protest an dem Fest teil. Sie schien sich der Sinnlichkeit ihres Körpers, der jeden Tag begehrenswerter wurde, gar nicht bewusst zu sein. Das Mädchen trat die Trauben, die Arme hoch über den Kopf gereckt, klammerte sie sich mit aller Kraft an das Seil, als wollte sie sich ganz daran hängen, und tanzte auf den Trauben. Dabei stellte sie, ohne schamlos zu wirken, aber doch sehr unbekümmert, ihre Brüste zur Schau, die unter dem frenetischen Klatschen der Verwandten und Freunde auf und nieder hüpften. Der Applaus war in einigen Fällen ganz unschuldig, aber nicht in allen. *Göttliches Getränk. Nektar der Götter, wie wahr*, sagte sich Hugo beim Gedanken an den Saft, den Dolças Füße aus den Trauben quetschten.

Durch den Riss in der Wand neben der Kelterei hatte Hugo mehr als einmal heimlich zugesehen, wie Räuchertherapien bei Christinnen angewandt wurden, die ihre Leibesfrucht verlieren wollten oder die man anderen Behandlungen unterwarf, etwa um herauszufinden, ob sie Jungfrauen waren oder unfruchtbar. Über ein Röhrchen leitete man den Rauch eines Sudes aus Pinienzapfen und Teer in ihre Vagina. Je nachdem, ob der Rauch im Mund ankam und wie er schmeckte, war die Frau entweder Jungfrau oder unfruchtbar. »Das Geschlecht einer Frau, ihre Nase und ihr Mund sind nämlich miteinander verbunden«, erklärte ihm Dolça dieses merkwürdige Geschehen. Doch mit der Zeit betrachtete Hugo weniger die Frauen, die Astruga behandelte, als vielmehr Dolça, deren Anblick ihn zum Träumen brachte. Anders als Regina, die sich dessen bewusst war, dass hinter der Wand jemand saß, der heimlich durch den Spalt linste, und die vielleicht auch gerade dieser Umstand in Erregung versetzte, sodass sie sich aufreizend bewegte und buhlende, gewagte Blicke in Richtung Wandritze warf, merkte Dolça nichts von seiner Anwesenheit, achtete nur auf ihre Arbeit, die Bedürfnisse der Patientin, die Befehle ihrer Mutter.

In der Kelter sah man eine glückliche, zügellose Dolça, die Hugo hin und wieder einen Blick zuwarf. Was wollten ihm diese wissenden Augen sagen, die sich auf ihn hefteten? Ihm stockte der Atem, fast fürchtete er, sein Glied könnte verraten, welche Wirkung diese bezaubernde, sinnliche Dolça im klebrigen Most auf ihn hatte, die an dem Seil hing und tanzte und tanzte. Doch der so bezaubernde Tanz, den die junge Frau auf den Trauben aufführte, war mit einem Mal vorüber. Astruga zerrte ihre Tochter so heftig am Arm aus der Kelter, dass sie fast gestürzt wäre. Zugleich spornte sie die anderen zum Weitermachen an, ganz als sei nichts geschehen.

»Nur munter voran, tretet vor! Wer ist jetzt an der Reihe?«, rief sie lachend in die Runde, um ihren groben Eingriff zu vertuschen.

Die Brüder verstanden den Wink, ihr Vater ebenso. Sie balgten sich um Dolças Platz.

Hugo empfand eine tiefe Scham. Wie hatte er Dolça nur so ansehen können? Die Begierde und Wollust stand ihm bestimmt wie ein Brandmal ins Gesicht geschrieben. Sie waren alle Juden … und sie halfen ihm und … Er blickte zu Boden und wünschte sich weit weg. Er wollte sich zum Ausgang schleichen, doch als er sich umsah, merkte er, dass niemand auf ihn achtgab. Astruga und ein paar andere Frauen schimpften mit David, Jacobs Sohn, und einem Freund von ihm, und Hugo entfuhr ein Seufzer der Erleichterung. Dolça war schon nicht mehr da.

Sollte einer gemerkt haben, dass Hugo die Kelterei verließ, war ihm das vollkommen egal. Die Sonne entlockte dem Weinberg ein letztes Funkeln. Es wehte kein Hauch, und die Luft war immer noch wie von Zucker durchtränkt. Der süßliche Geruch war überall und hüllte alles ein. Er suchte nach Dolça. Er ging zum Wasserbecken und sah sie am Rand sitzen, barfuß, die Waden vom Most verfärbt und die Kleidung voller Flecken. Das zusammengebundene Haar gab den Blick auf ihr Gesicht frei, das so schmutzig war, dass es fast schon wieder lustig war. Die junge Frau strich mit den Fingerspitzen übers Wasser.

Hugo wusste nicht, ob er die Stille brechen sollte. Er fand Dolça wunderschön. Er genoss diesen Anblick für einen Moment. Dann räusperte er sich. Er wunderte sich nicht, dass sie sich nicht umdrehte und auch nicht überrascht war, als er sich neben sie setzte: Dolça tat nie, was man von ihr erwartete.

»Meine Mutter wird bald kommen«, warnte ihn das Mädchen und spielte weiter mit dem Wasser.

»Sie schimpft gerade mit deinem Cousin und dessen Freund.«

»Ich weiß nicht, warum«, log Dolça, ließ vom Wasser ab und wandte ihr Gesicht Hugo zu.

Der Junge verkniff sich ein Lächeln. Die Sonne strahlte sie an, es umgab sie eine besondere Aura.

»Ich schon«, sagte er. Dann kam er mit dem Finger an ihr Gesicht heran. Er wagte es nicht, sie zu berühren. »Du hast da …«

Sie rieb sich Kinn und Wange.

»Nein«, sagte er weiter, »es ist …« Er berührte zart ihre Nasenspitze. »Hier ist es … und schon ist es weg«, und er zeigte ihr ein Stück Traubenschale, das er sich im Wasserbecken vom Finger wusch.

Als er sich umdrehte und sie ansah, hielt Dolça den Blick fest auf ihn gerichtet, die Augen sanft wie die milde Luft, als sei die Zeit stehen geblieben, als warte sie auf etwas. Nur ihr Atem ging etwas schneller. Der Junge merkte, wie sein eigener Atem sich dem ihren anglich, während ein leises Zittern seine Hände, seine Schulter, seinen ganzen Körper erfasste … Er dachte nicht darüber nach. Konnte es aber auch nicht unterdrücken. Er kam mit den Lippen näher und küsste Dolça. Sie ließ es willig geschehen und öffnete die ihren, um seinen Kuss sanft zu empfangen. Einen kurzen Augenblick.

»Nein!«, widersetzte sie sich plötzlich.

Hugo wich zurück. *Was ist?*, fragte er sich schon, als Dolça ihre Hände an seine Wangen legte und ihn an sich zog.

»Gleich kommt meine Mutter«, wiederholte sie kurz darauf und riss sich endgültig von Hugo los.

Der Junge sah sie unsicher an.

»Geh«, lautete ihre Bitte.

Er versuchte, zärtlich ihren Handrücken zu berühren.

»So geh doch!«

Hugo stolperte benommen davon, kurz bevor Astruga aus der Kelterei trat.

Nachdem König Juan den König von Frankreich vergeblich gebeten hatte, ihm beizustehen, und in einigen der Orte, die von den Invasoren angegriffen wurden, Verteidigungsschlachten begonnen hatte, rief er sämtliche Bewohner Kataloniens gemäß dem *Usatge Princeps namque* zum Krieg auf. Dieses Gesetz gestattete es, die Menschen im ganzen Prinzipat zu den Waffen zu rufen, unabhängig davon, ob sie freie Bürger, Vasallen des Königs, Diener der Kirche oder anderer Adliger waren. Es war noch nicht viele Jahre her, dass dieser Aufruf zum ersten Mal an sämtliche Personen jedweden Standes ergangen war, doch schon bald war man zu der Überzeugung gelangt, dass die meisten für eine Schlacht nicht gerüstet waren. Entweder besaßen sie keine der Waffen, die sie laut Gesetz für einen Kriegsfall bereithalten sollten, oder diese befanden sich in schlechtem Zustand. Zudem hatten sie den Umgang mit der Waffe nicht trainiert und erfüllten nicht die nötigen Voraussetzungen, um in eine Schlacht zu ziehen. Mit der Zeit wurde das *Princeps namque* in die Pflicht umgewandelt, dass herrschaftliche Gemarkungen, Dörfer und Städte Soldaten in Sold nahmen, je nachdem, wie viele Häuser oder Feuerstellen ihre Territorien umfassten. Armbrustschützen und Lanzenwerfer wurden mit zwei Sueldos pro Tag entlohnt. Erstere mussten eine Armbrust, achtundvierzig Pfeile, einen Helm und ein Kettenhemd tragen, Letztere einen Schild, ein Kettenhemd, einen Helm, eine Lanze, ein Schwert und ein Messer. Dazu gab es bewaffnete Fußsoldaten und Reiter, die zwischen vier und sieben Sueldos täglich erhielten, je nachdem, ob das Pferd eine vollständige Rüstung hatte oder nur einen Lederschutz oder ohne jede Rüstung in den Kampf zog, wie die Mehrzahl der Maulesel. Mit der zusätzlichen Hilfe der Aragonesen und Valencianer konnte der König auf diese Art im März des Jahres 1390 mit einem Heer aus etwa viertausend berittenen Soldaten und ein paar Tausend Mann Fußsoldaten nach Gerona aufbrechen, das drei Tagesreisen nördlich von Barcelona in Richtung Frankreich lag.

Hinter dem imposanten Heer, zwischen allen Arten von Händlern, Falschspielern, Huren, Dieben, Betrügern und sonstigem Gesindel, die alle aus den Verwüstungen des Krieges Nutzen ziehen wollten und sich von der erwarteten Kriegsbeute einen schnellen Gewinn erhofften, zog Hugo am Halfterstrick den Ochsen mit dem Mietkarren, auf dem der junge Wein der letzten Ernte transportiert wurde – ein starker und saurer Wein für die Soldaten, dazu ein paar versiegelte und glasierte Keramikfässer mit *aqua vitae* sowie ein handlicher Destillierkolben, mit dessen Hilfe im Bedarfsfall noch mehr Wein zu Schnaps destilliert werden konnte.

»Es wird als Zutat bei vielen Heilmitteln verwendet«, erklärte ihm Mahir über das *aqua vitae,* während er den Wein in der Kelterei mit dem Destillierkolben, der bei dem Jungen so viel Neugier weckte, einem Destillationsprozess unterwarf. »Und im Krieg braucht man viele Arzneimittel«, fügte er hinzu. »Manchmal muss man sie vor Ort herstellen, weil die Ärzte ein *aqua vitae* brauchen, das noch mit anderen Zutaten versetzt wurde, etwa einen mit Wurzeln oder anderen Kräutern destillierten Wein. Man nennt ihn auch *Aqua ardens* oder Branntwein, weil er im Kontakt mit Wunden oder beim Schlucken so brennt.«

»Hat er denn Heilkraft?«, fragte Hugo verwundert.

»Ich denke, so wie der Wein durch den Tau die himmlische Feuchtigkeit erhält, so wird der Branntwein, der aus dem Wein destilliert und dabei auf seinen Geist, auf seine Quintessenz, reduziert wird, zu einer Flüssigkeit, in der die Sonne und die Sterne enthalten sind. Der Branntwein kann heilen, natürlich kann er das.«

»Aber wenn er doch die Kehle verbrennt«, fragte der Junge beharrlich weiter.

»Er wird ja nicht immer getrunken!« Mahir lachte schallend. »Man reibt auch Prellungen oder Wunden damit ein, pur oder mit Kräutern vermischt. Man benutzt ihn auch, um die Augen oder die Ohren zu heilen, und für verschiedene Körperteile, wenn man Rheuma bekämpfen will. Bei Erkältungen oder Lungenkrankheiten wird er getrunken, oder bei Schwächeanfällen und Heiserkeit. Doch die gelehrten Ärzte warnen uns auch, denn das *aqua vitae* ist so stark und es verursacht eine so große Hitze, dass man es nur in kleinen Dosen anwenden darf, vermischt mit Wein, Wasser oder anderen Flüssigkeiten. In den medizinischen Traktaten heißt es, die für eine Person angemessene Menge passe in eine Nussschale oder sei sogar noch geringer, zwei oder drei Tropfen, mehr nicht, und man müsse sie jeweils mit ein wenig Wein zu sich nehmen. Branntwein ist kein ungefährliches Getränk. Der Wein ist der Nektar der Götter, aber wenn man ihn exzessiv trinkt … Wenn man dem Branntwein zu sehr zuspricht, kann das zweifellos zum Tode führen, das haben Gelehrte und Ärzte bestätigt.«

Den ersten Tag verbrachte Hugo in größter Anspannung. Er lenkte den Blick hierhin und dorthin, war aufmerksam für alles und nahm tausend unbekannte Eindrücke auf. In all den Jahren, die er nun schon bei Mahir arbeitete, hatte dieser ihn auf zahllose Reisen mitgenommen, auf denen er stets Neues über den Wein und dessen Vertrieb gelernt hatte. Nach Martorell, wo ein hochgeschätzter Rotwein hergestellt wurde, nach Manresa und in die umliegenden Dörfer wie Navarcles und Artés. Sie waren auch in Alella gewesen, das in der Nähe von Barcelona lag und für seinen lieblichen Wein bekannt war, und in Vilafranca del Penedès, ja, sie waren sogar bis nach Murviedro bei Valencia gekommen und hatten dort nach Weinen Ausschau gehalten. Nach Sitges wollte Hugo nicht zurück, und Mahir schlug ihm das auch gar nicht vor. Aber all diese Ausflüge von Barcelona aus waren sehr einsam, denn Mahir und er hatten unterwegs keine andere Gesellschaft als die Händler und Maultiertreiber, die ihnen der Zufall über den Weg schickte. Der Jude sprach unablässig über Weine und Weinberge, und Hugo hörte ihm aufmerksam zu.

All diese Reisen waren jedoch nicht zu vergleichen mit dem lärmenden Durcheinander der Menschen, die dem Heer folgten. Hugo bekam ein paar Gesprächsfetzen der Wanderer an seiner Seite mit: Gerona, die Soldaten und die Adligen, die Mannen aus Armagnac, der Krieg … Manchmal glaubte er zu hören, dass sie über den Generalkapitän sprachen, und dann lief er schneller, was ihm regelmäßig Schelte von Mahir einbrachte, der die plötzliche Eile nicht verstand.

»Wenn du Geld hast, dann komm heut Nacht zu mir«, flüsterte ihm eines Tages eine verwelkte und schamlose Hure zu, die aussah, als wäre sie doppelt so alt wie Astruga.

Hugo schreckte zurück. Um seinen Argwohn zu vertreiben, erwiderte die Frau: »Die jungen Mädchen werden dir niemals beibringen können, was ich dich lehren kann.«

Hugo senkte den Blick zu Boden, sah auf die Erde, die nach dem Durchzug des Heeres hart und trocken war.

»Und was sollte er von dir lernen können?«, warf Mahir plötzlich dazwischen. »Etwa die Inbrunst? Das brennende Verlangen? Die Unschuld vielleicht?«

Die Hure schüttelte den Kopf, tat seinen Einwurf mit einer Handbewegung ab und trollte sich, um sich mit dem Juden tunlichst nicht auf einen Streit einzulassen.

»Alles Trugbilder, Fantasien.« Jetzt murmelte Mahir nur noch, als spräche er mit sich selbst. »Staunen, Entzücken, Begeisterung, Faszination … Verblüffung, Inbrunst, Hingabe …«

Hugo drehte sich zu Mahir um, der neben dem Karren herlief, die Gedanken verloren bei irgendeiner alten Liebe.

»Leidenschaft, Leidenschaft, Leidenschaft.« Der Jude stieß das Wort immer wieder aus, als stelle er etwas infrage. »Und was gibst du dem Jungen?«, schrie er zur Überraschung aller Umstehenden, auch wenn die Hure ihn nicht mehr hören konnte, denn sie war schon weit weg.

Die Händler boten ihnen Lebensmittel, Produkte und Heilmittel aller Art an. Einige taten es widerstrebend, als handle es sich um eine lästige Pflicht, die sie lustlos erfüllten. Wieder andere waren beharrlich und wurden immer aufdringlicher, je heftiger Hugo und Mahir den Kopf schüttelten. Sie mussten sich beschimpfen und bespucken lassen, denn sie trugen das gelbe Zeichen der Juden an den dunklen Kapuzenmantel genäht, der ihnen bis auf die Knöchel fiel und den alle Juden tragen mussten. Hugo war überrascht, mit welcher Charakterfestigkeit und Gelassenheit Mahir die ungerechte Strafe auf sich nahm. »Mach dir keine Gedanken, geh einfach weiter«, versuchte er den Jungen zu beruhigen. Einige kauften ihnen Wein ab. Andere versuchten sie zu bestehlen. Mahir zeigte einigen Soldaten die Begleitschreiben, die er mit sich führte, las sie ihnen laut vor, damit möglichst viele von ihnen Bescheid wussten. Es waren Briefe von Saúl. »Womit wird man euch heilen, wenn man euch verwundet?«, sprach er drohend. Er bat die Soldaten, sie mit der Bürgerwehr ziehen zu lassen und nicht in der Nachhut, zusammen mit dem Pöbel. Das gestatteten sie zwar nicht, aber sie ließen sie auch nicht schutzlos zurück, nachdem die Ärzte ihnen klargemacht hatten, wie wichtig es war, das *aqua vitae* zu schützen, das Mahir bei sich führte, und den Destillierkolben, mit dem man noch mehr davon herstellen konnte. Es wurde beschlossen, dass im täglichen Wechsel stets zwei Soldaten ihren Karren bewachen sollten.

Einmal schlugen sie außerhalb von Granollers ihr Nachtlager auf. Hugo war nicht in der Lage, Mahirs Wunsch, gemeinsam die Wache zu übernehmen, nachzukommen. Er fiel erschöpft unter dem Karren in Schlaf, nachdem er mit ein paar Zwiebeln, etwas Knoblauch, Brot, Selchfleisch, Käse und ein wenig Wein seinen Hunger gestillt hatte. Und Mahir, der ebenfalls im Schutz des Karrens lag, tat kaum ein Auge zu, obwohl die Soldaten bei ihnen waren, weil er auf die Ware und den

Ochsen aufpassen wollte, der sorgfältig festgebunden an seiner Seite stand.

Ganz wie in den Weinbergen stellte Mahir am nächsten Morgen seine Kraft zur Schau, die Nerven und Sehnen aus Stahl, die seinen hageren Körper auszeichneten. Hugo hingegen war müde. Unter einer Sonne, die bereits das Frühjahr ankündigte, bekam er geradezu Hassgefühle gegen die grellbunten Farben, das Geschrei und die Wortwechsel, von denen er umgeben war. Ein Händler wollte sich schon nähern, ließ dann aber in seinem Eifer nach – Hugo hatte sich nicht einmal nach ihm umgedreht. Er war verzweifelt, weil er wieder einmal erleben musste, dass jeder Versuch, den Ochsen durch Ziehen zum Laufen zu bringen, vergeblich war. Am Ende ließ er ihn einfach hinter dem Karren hertrotten, der vor ihnen fuhr, und das Tier lief schicksalsergeben mit, ohne dass man es extra hätte antreiben müssen.

»Du hast lange gebraucht, bis du das verstanden hast«, machte Mahir sich hinter seinem Rücken lustig. »Hätte nur noch gefehlt, dass das Vieh dir ins Gesicht lacht.«

Hugo drehte sich um.

»Warum hast du mir das nicht von Anfang an gesagt?«

»Das ist wie mit den hübschen jungen Mädchen, mein Junge: Das musst du selbst herausfinden.« Er lachte schallend. »Was hat es für einen Wert, wenn ich alter Mann dich etwas über die Ochsen lehre?«

»Die jungen Mädchen kennenlernen …« Nichts würde er lieber tun! Es war etwa sechs Monate her, dass Dolça ihm erlaubt hatte, sie zu küssen, um ihn anschließend zurückzustoßen und dann wieder mit beiden Händen sein Gesicht zu packen und ihn selbst zu küssen. Es war zwar nur ein ganz kurzer Moment gewesen, aber Hugo hatte ihn magisch und unbeschreiblich gefunden. Tage später konnte Hugo sich dem Mädchen noch einmal nähern. Er tat es in einer Mischung aus Schüchternheit und Hoffnung, war aber auf eine abweisende Miene gestoßen. Vielleicht, weil er Christ war? Aber wieso hatte sie ihn dann geküsst? Sie hatte nicht mehr mit ihm sprechen wollen, war ihm aus dem Weg gegangen. Schließlich hatte sie zum ersten Mal, seit sie sich kannten, über einen Monat nicht mehr mit ihm gesprochen, was für Hugo zu einer Qual geworden war, wie er sie bislang nicht erlebt hatte:

Er hatte die Verachtung eines geliebten Wesens gespürt. Er hatte den Appetit verloren und nur noch schlecht geschlafen. Bei den wenigen Gelegenheiten, die sich ihm geboten hatten, war er ihr gefolgt und hatte sich an ihrem Anblick erfreut. Astruga, Dolça und Regina gingen stets zusammen zum Markt. Letztere zog dabei viel öfter die Blicke auf sich als ihre Freundin. Doch Regina mochte noch so sinnlich, kokett, zart, anziehend, ja verführerisch schön sein, Dolça strahlte dagegen eine natürliche Sinnlichkeit aus, die sich nur schwer mit irgendwelchen anderen Reizen vergleichen ließ. Und in Hugos Augen gab es so oder so auf der ganzen Welt keine Frau, die sich mit ihr messen konnte.

Es vergingen die Tage, doch erst als Regina sich ihm einmal anzüglich näherte, als der Junge gerade damit beschäftigt war, die Krüge in Saúls Weinkeller vom Weinstein zu befreien, hatte Dolça reagiert.

»Was machst du hier?«, hatte sie ihre Freundin nahezu angeschrien, als sie sie im Weinkeller erwischt hatte, wie sie um Hugo herumgeschlichen war, wie ein Turteltäubchen mit ihm gesprochen und ihn zart mit den Brüsten gestreift hatte, sobald er sich auch nur rührte.

Die beiden hatten sich zu der Treppe umgedreht, auf der Dolça stand.

»Na ja, wir …«, hatte Regina mit rotem Kopf gestammelt.

»Schweig! Das ist mein …« Dolça war verstummt. »Das ist der Weinkeller meines Großvaters«, hatte sie sich nervös korrigiert. »Du hast hier nichts verloren, das weißt du genau. Wie dürfen uns nur oben aufhalten.«

»Ich hatte mit Hugo etwas zu bereden.«

»Gar nichts hast du mit ihm zu bereden!«

Ihre Stimme war bedrohlich heiser geworden.

»Vielleicht hat er mir ja etwas zu sagen«, hatte Regina erwidert.

Trotz des schummrigen Lichts, das im Weinkeller herrschte, hatte Hugo das Feuer in Dolças Augen gesehen.

»Hast du ihr etwas zu sagen?«, hatte Dolça ihn angefaucht. Hugo war Reginas Blick ausgewichen und hatte mit den Schultern gezuckt. »Siehst du? Bist du nun zufrieden? Und jetzt raus aus dem Keller!«, hatte sie triumphierend befohlen.

Regina hatte klein beigegeben und war die Treppe hinaufgestiegen, ohne Hugo anzusehen.

»Und du darfst bleiben?«, hatte sie von oben herab gefragt, nachdem sie an ihrer Freundin vorbeigegangen war.

Dolça hatte nicht auf sie geachtet und gewartet, bis die Weinkellertür hinter ihr ins Schloss gefallen war.

»Hast du Regina lieber als mich?«, hatte sie dann mit einem plötzlich ganz leisen Stimmchen gefragt.

»Nein!«

Hugo war bis zum Fuß der Treppe gegangen, unschlüssig, ob er hinaufsteigen sollte, oder ob Dolça ihm entgegenkommen werde.

Doch weder das eine noch das andere war geschehen.

»Warum warst du dann hier mit ihr?«

»Sie ist heruntergekommen... Sie wollte... Es ist nichts passiert«, stellte er klar. Seine Stimme zitterte. Warum war er so unsicher? Warum entschuldigte er sich? »Dolça, ich...«

»Ich vertraue darauf, dass das nicht wieder vorkommt. Regina ist kein guter Mensch. Ich habe meine Mutter schon oft gewarnt, aber offenbar haben die beiden Familien irgendeine Übereinkunft getroffen. Besonders auf ihre Nase musst du achten! Beobachte sie. Du wirst es nicht erleben, dass sie den Kopf oder die Augen wendet, wenn sie wissen will, worüber die anderen reden. Du wirst sie nie die Brauen runzeln sehen. Sie wirkt immer fröhlich und hilfsbereit. Du wirst nie ein schlechtes Wort oder eine Beleidigung aus ihrem Mund vernehmen. Aber ihre Nase verrät sie. Die Nasenflügel weiten sich fast unmerklich, und in dem Augenblick, in dem sie ihre Aufmerksamkeit auf etwas richtet, was sie nichts angeht, zieht sie sie kraus. Das hat sie nicht unter Kontrolle. Alle täuscht sie, aber ihre Nase hat sie nicht im Griff. Was für eine Nase!«

Und so schnell Dolça aufgetaucht war, so schnell war sie auch wieder verschwunden.

Bei der Erinnerung an diese Szene trieb Hugo unwirsch den Ochsen an.

»Was ist denn los mit dir, mein Junge? Lass deine Probleme nicht an dem armen Tier aus!«, hörte er Mahir sagen. Er begriff augenblicklich, dass er den Ochsen zu fest mit der Peitsche geschlagen hatte.

Der arme Ochse tat ihm leid, aber Dolça hätte es verdient. Denn seit dem Vorfall im Weinkeller sprach sie nicht mehr mit ihm und schenkte ihm auch keine Aufmerksamkeit mehr. Warum war sie dazwischengegangen, als er mit Regina dort gewesen war?

Von da an war Hugos Aufmerksamkeit immer zwischen der Nase Reginas und den herrlichen Brüsten hin- und hergewandert, die sich unter ihren Kleidern abzeichneten. Ihm war nie etwas von dem aufgefallen, wovon Dolça gesprochen hatte, obwohl diese ihn, wenn sie zufällig zusammenkamen, immer wieder darauf aufmerksam machte, mit dem Kinn auf sie deutete und ein ernstes Gesicht machte, um ihm zu verstehen zu geben, dass er besser aufpassen musste. Und Hugo sah genau hin: auf Reginas Nase, ihre Brüste …

Er hatte versucht, sich in seine Arbeit zu stürzen und all diese Fragen, auf die es keine andere Antwort gab als die, dass er Christ war, zu vergessen. Es war gerade die Zeit des Jätens, und sie säuberten den Weinberg von oberflächlichen Wurzeln, dünnen Trieben und allem Unkraut, das unter den Reben wuchs. Dann gruben sie bei einem Rebstock nach dem anderen die Erde um, bildeten einen Ring um jeden einzelnen Fuß und schufen eine Kuhle, damit das Wasser von den Wurzeln besser aufgenommen werden konnte, ganz vorsichtig, um sie nicht zu verletzen. Unterdessen reifte der Wein in den Fässern und großen Tonkrügen. Hugo half auch auf dem Weinberg der Kirche Santa María mit, und man zahlte ihm ein paar Münzen, damit er zusammen mit Sklaven und bezahlten Arbeitern noch in weiteren Weinbergen aushalf. Santa María del Mar öffnete ihm ihre Pforten, es war ein Ort, an dem er seine Sorgen und Nöte abladen konnte. Er musste sich Dolça aus dem Kopf schlagen.

Er ging jetzt auch Arsenda häufiger besuchen. Es kam ihm jedoch immer schwieriger vor, sich dem Kloster Jonqueres zu nähern, als würde mit wachsender Körpergröße auch die Gefahr zunehmen. Was die Werft anging, machte er seiner Schwester immer noch etwas vor. Wie fern kamen ihm jetzt all die vergangenen Träume vor! Er hätte ihr gerne von der Angst erzählt, die ihn dort immer überkam, von der Furcht, sie könnten ihn festnehmen. Doch wenn sie ihn anflehte, er möge doch bitte niemals aufhören, sie zu besuchen, änderte er seine

Meinung wieder. »Du bist mein einziger Kontakt zur Welt«, gestand ihm Arsenda. »Selbst die Nonnen dürfen außer Haus gehen, mich aber lässt man nicht einmal vor die Tür, um mit den anderen Dienstmägden Besorgungen zu machen. Ich weiß nicht, was ich tun würde, wenn du mich nicht mehr besuchen kämest.«

Er fragte sich, was nur los war mit all den Frauen in seinem Leben. Mit seiner Mutter, Arsenda, Dolça, Regina. Freunde hatte er nur wenige, oder eigentlich gar keine, denn die wenigen, mit denen er jemals Freundschaft geschlossen hatte, waren in der Werft zurückgeblieben. Einmal war er ein paar Jungen über den Weg gelaufen, die wie er früher den Genuesen die Eisenkugeln getragen hatten, auf der Plaza Nova, vor dem Bischofspalast und unweit der Kathedrale, wo verschiedene Straßen zusammenliefen und einen offenen Raum bildeten, auf dem ein paar in der Mitte aufgestellte Bänke die Verkaufszonen der Bauern, die nach Barcelona gekommen waren, von denen der einfachen Einzelhändler trennten. Bei der alten römischen Stadtmauer wurde das außerhalb der Stadtmauern geknetete Brot feilgeboten, und auch hier waren die Stände getrennt vom denen der Bäcker, die innerhalb der Stadtmauern ansässig waren. Zwischen dem Duft nach frisch gebackenem Brot, dem Lärmen der Leute und den Herolden, die mit lautem Geschrei ihre Bekanntmachungen verkündeten und in dem Moment gerade auf einen Bürger aufmerksam machten, der es versäumt hatte, seine Schulden zu begleichen, hatte Hugo zwei Jungen wiedererkannt, die etwas älter waren als er selbst.

Er hatte ihre Aufmerksamkeit erregen wollen und eine Hand erhoben. Doch sie hatten keine Notiz von seiner Anwesenheit genommen. Er hatte noch lauter geschrien und selbst den Herold übertönt: »Jaume!« Er hatte sich gewundert, dass dieser ihn nicht hörte, denn er befand sich sehr nah. Und plötzlich war ihm ein Licht aufgegangen: Sein Umgang mit den Juden war schuld, oder auch sein Kampf mit Roger Puig oder die Dreistigkeit, die er gegenüber dessen Onkel, dem Generalkapitän, an den Tag gelegt hatte. Die Hochachtung, die sein Wagemut ihm damals eingebracht hatte, war verschwunden. Einen Augenblick hatte er geglaubt, die Verachtung der Leute für einen gewissen Antonio Vela, dessen Vergehen die Herolde gerade ausposaunten, richte sich gegen ihn, als wäre der säumige Schuldner, von dem der Beamte kündete, er selbst, Hugo Llor: »... ist saumselig im Begleichen seiner Schulden gewesen, wovon wir sämtliche Bürger unterrichten wollen ...«

Ganz Barcelona dürfte damals erfahren haben, dass der Maurer Antonio Vela, der ein Haus in der Calle de Sant Pau bewohnte, ein säumiger Zahler war. Der Herold hatte es mit lautem Geschrei in der ganzen Stadt verkündet, damit niemand ihm mehr vertraute. Vielleicht hatte er aber auch über ihn gesprochen, über Hugo, darüber, dass er in Ungnade gefallen war und jetzt für die Juden arbeitete. Der Unterstützung durch Herrn Arnau und den Navarrer war er ja schon verlustig gegangen. Jetzt war er selbst ein Unberührbarer, dem man besser nicht nahe kam, ein Schuldner, dem man kein Vertrauen schenken durfte.

Aber Bernat war ihm noch geblieben, sagte er sich und lächelte, obwohl er sich nicht sicher war, ob sie tatsächlich Freunde waren. Er wollte es gerne glauben, auch wenn es ihm wenig nützen würde, denn Bernat würde nicht nach Barcelona zurückkehren. Das zu tun, wäre Wahnsinn.

»Geh mit Gott, mein Junge!«

Der Schlag auf den Rücken, den der Soldat ihm versetzt hatte, ließ ihn taumeln. Der zahme und geduldige Ochse hatte die Führung über den völlig in seine Gedanken versunkenen Hugo übernommen. Dieser war zerstreut neben dem Tier hergetrottet, ohne zu bemerken, dass die Soldaten einander schon abgelöst hatten.

»Geh mit Gott«, antwortete er.

Er stand da und sah den beiden Armbrustschützen hinterher, die mit einem Köcher voller Pfeile auf dem Rücken davonstürmten. Wahrscheinlich drängte es sie schon sehr, zu ihren Kameraden zurückzukehren und die Schmach zu vergessen, zu denen die Beamten sie gezwungen hatten, nämlich zu der trostlosen und beschämenden Aufgabe, einem jüdischen Weinhändler als Eskorte zu dienen.

Hugo sah sich nach den neuen Soldaten um, die beim Karren standen und mit Mahir sprachen – und musste sich ans Geschirr des Ochsen klammern, um nicht zu fallen. Einer von ihnen war offenbar der Räudige Hund! Ein alter, rostiger Helm verdeckte sein Gesicht, doch als er ihn auszog, um sich den Schweiß abzuwischen, blieb kein Zweifel mehr.

Hugo seufzte. Dann holte er schnaufend Luft. Er kehrte den Soldaten den Rücken und versuchte, sich so weit wie möglich von ihnen zu entfernen, starr, ein paar Schritt vor dem Ochsen, als würde er ihn ziehen. Und wenn er floh? Er könnte sich unter die Menge mischen, die das Heer begleitete. Der Ochse würde brav hinter dem anderen Karren herlaufen, bis sie fürs Nachtlager haltmachten, und er könnte am nächsten Tag zurückkommen, nach dem Wachwechsel.

»Du Dummbart!«

Hugo zog die Schultern ein. Er dachte schon, er sei entdeckt worden, doch niemand näherte sich. Als noch ein Ruf ertönte, verstand er, dass gar nicht er gemeint war. Die Stimme des Räudigen Hundes war es aber auch nicht gewesen. Die Neugier siegte, und er drehte sich um: Der ältere Soldat schüttelte Juan Amat wie eine Gliederpuppe. Die Pfeile in seinem Köcher hüpften.

»Das kann nicht sein!«, entfuhr es Hugo.

Zwischen den einzelnen Schüttelattacken trafen sich ihre Blicke. Hugo blickte erstaunt, der Räudige Hund unterwürfig. Doch in Gegenwart seines alten Feindes wollte Amat sich keine Blöße geben und versuchte, den Haudegen mit einem Faustschlag niederzustrecken. Der Angegriffene wich ihm ohne große Mühe aus und ließ als Nächstes einen Hagel von Schlägen auf ihn niedergehen. Der Räudige Hund blieb zusammengekrümmt auf dem Boden liegen.

»Gleich am ersten Tag hab ich es dir gesagt. Mir gefällt nicht, was für ein Kerl du bist, wie du redest, wie du … Wie oft soll ich dich noch schlagen, bis zu begreifst, dass du im Kampf gegen mich nicht gewinnen kannst? Du musst noch so viel lernen, du einfältiger Wicht«, beschimpfte ihn der Haudegen ohne jedes Mitleid.

Hugo sah, dass Mahir zögerte. Die beiden blickten zu dem Haudegen, der einfach weiterging, als sei nichts geschehen.

»Komm!«, sagte Mahir und ging zu Amat, der immer noch reglos auf dem Boden lag.

Hugo gehorchte, ohne nachzudenken, er war fassungslos, dass der

Soldat den Räudigen Hund so hatte zusammenschlagen können. Nicht ohne Mühe packten er und Mahir ihn an Armen und Beinen.

»Zum Karren! Schnell!«, rief Mahir.

Sie mussten den Schritt beschleunigen, um wieder zu ihrem Ochsen zu gelangen. Amat hing schlaff in ihren Armen und wäre ihnen fast entglitten. Schließlich warfen sie ihn wie einen Sack auf den Karren.

»Fahr weiter mit ihm«, befahl ihm Mahir. »Gib ihm ein bisschen Wein zu trinken, damit er wieder zu Kräften kommt.«

Als Hugo auf den Karren sprang, ging der Jude noch einmal zurück, um die Waffen des Jungen einzusammeln, seine Armbrust, die verstreut liegenden Pfeile und den Helm.

Hugo konnte nicht glauben, was er da tat. Er kochte innerlich, während er den Räudigen Hund mühsam an die eine Karrenwand lehnte. Amat hielt sich mit den Händen die Seiten. Das Atmen fiel ihm schwer. Hugo betrachtete ihn eine Weile. Er wirkte schutzlos, hilflos, und doch ...

»Was siehst du mich an, du Schafskopf?«, fuhr der andere ihn hustend an.

Schafskopf? Hatte er ihn tatsächlich so genannt? Hugo stellte einen Fuß auf die Schulter des Grobians.

»Weißt du, was ich sehe, du Hurensohn?«, zischte er fast unhörbar durch die Zähne. »Ich sehe vor meinen Augen, wie du von diesem Karren fällst und ich dann dabei zuschaue, wie die Maultiere hinter uns dich zu Tode trampeln.«

Er stieß ihn ein wenig an. Wartete ab, ob der andere sich regen würde. Aber da kam nichts. Er stieß ihn noch etwas mehr, genug, dass dessen Oberkörper sich über die Kante des Karrens neigte. Der Räudige Hund amtete schwer und hielt sich auch weiterhin die Seiten.

»Was machst du da?«, stellte Mahir ihn zur Rede, der mit der Ausrüstung des Soldaten kam.

»Das ist nicht Eure Angelegenheit«, erwiderte Hugo barsch.

Mahir warf die Waffen in den Karren.

»Und ob das meine Angelegenheit ist«, gab er zurück. »Das ist mein Karren. Und mich wird die Schuld treffen, wenn er herunterfällt. Und der da wird mich beschuldigen.« Mit dem Kinn deutete er auf den alten Soldaten, der vor ihnen herlief. »Dass er ihn zusammengeschlagen hat, wird niemanden scheren. Wenn dieser Junge aber vom Karren eines Juden fällt, dann trage ich die Schuld daran, verstanden?«

Hugo nahm den Fuß weg.

»Und jetzt, mein Junge«, sagte Mahir, »gib ihm zu trinken, das wird ihn beruhigen.«

Hugo flößte Amat Wein ein, bis er reglos und entspannt dalag. Dann kletterte Mahir auf den Karren und untersuchte ihn.

»Wenn sein Zustand sich über den Tag nicht deutlich bessert, müssen wir den Arzt holen.«

Sie folgten weiter dem Weg nach Gerona. Hugo, der jetzt wieder zu Fuß dem Karren folgte, wachte über den reglos daliegenden Juan Amat, während Mahir den Ochsen führte und der alte Haudegen sich auf der Suche nach Weibsbildern zwischen den anderen Karren verlor und jeden anbrüllte, der sich ihm in den Weg stellte.

Als sie am Abend kurz vor Gerona ihr Lager aufschlugen, hatte der alte Kämpe sich bei Mahir und Hugo noch nicht wieder blicken lassen. Der Räudige Hund konnte oder wollte von dem wenigen, das sie ihm anboten, nichts essen. Und obwohl er Wein getrunken hatte, kämpfte er bis zum Morgengrauen mit den Schmerzen. Als sein Kamerad zurückkehrte, konnte man ihm die Ausschweifungen der Nacht am Gesicht ablesen. Er bewegte sich langsam und linkisch, und seine Zunge war schwer.

»Dem Jungen geht es sehr schlecht«, verkündet Mahir ernst. »Ich werde deinen Kameraden Bescheid geben, damit sie mit der nächsten Wache einen Medicus schicken.«

»Nein, du …«, sagte der Soldat lallend, »du gibst mir keine Befehle«, brachte er schließlich heraus. »Du Ketzer!«

»Das ist kein Befehl«, sagte Mahir vorsichtig. »Aber er braucht deine Hilfe.«

»In dem Fall …« Der Soldat drehte sich um und wankte unsicher drauflos. »So soll es sein! Schließlich ist es für einen Waffenbruder!«, rief er aus, um sich selbst anzufeuern.

Mahir ahnte, dass es Schwierigkeiten geben würde, als er sah, dass der Kleiderhändler, der ein paar Schritte weiter sein Lager aufgeschlagen hatte, einem Beamten ein Zeichen gab, woraufhin dieser festen und entschlossenen Schrittes auf den Karren zuging. In seinem Gefolge befanden sich vier mit Schild, Schwert und Messer bewaffnete Soldaten und ein Medicus.

»Wo ist der Verwundete?«, fragte dieser ohne Umschweife.

»Hier«, antwortete Mahir.

Hugo sah, wie der Mann in den Karren kletterte, und schon dröhnten ihm alle Worte des Beamten in den Ohren:

»Jude! Pau Climent hat dich angezeigt. Du sollst seinen Kriegskumpan Juan Amat hinterrücks angefallen und geschlagen haben. Hast du uns etwas dazu zu sagen?«

Mahir öffnete die Hände und machte hilflose Versuche sich zu verteidigen.

»Warum sollte ich das tun? Das war ich nicht. Wieso sollte ich einen jungen Mann misshandeln? Ich habe ihn auf meinen Karren geladen und mich um ihn gekümmert.«

»Kannst du sprechen?«, fragte der Beamte und näherte sich dem Räudigen Hund. Dieser nickte, während der Medicus seinen Oberkörper abklopfte. »Stimmt es, dass diese beiden dich hinterrücks angegriffen und geschlagen haben?«

Hugo konnte es in den Augen des Burschen sehen, dass er die Frage bejahen würde. Er würde sie denunzieren. Daran gab es keinen Zweifel. »Sag die Wahrheit«, hörte er Mahir den Burschen anflehen.

»Ich habe es getan!«, rief Hugo plötzlich und trat mit herausforderndem Blick auf Amat zu dem Beamten. »Der Jude ist gar nicht imstande, jemandem ein Leid anzutun. Er ist ein Angsthase wie alle Ketzer«, setzte Hugo verächtlich hinzu.

»Ist das wahr?«, fragte der Beamte Amat.

Die beiden Burschen maßen sich mit Blicken. Hugo glaubte ein triumphierendes Funkeln in den Augen des anderen zu erblicken.

»Ja, es ist wahr«, bestätigte er mit schwacher Stimme.

»Nein«, versuchte Mahir sich einzuschalten.

»Schweig!«, befahl der Offizier und schubste ihn beiseite. Dann ging er zu Hugo. »Wie heißt du?« Nachdem der Junge seinen Namen genannt hatte, verkündete er: »Hugo Llor, ich verhafte dich im Namen des Königs.«

Im Kerker des Stadtrichters von Gerona würde man ihn verpflegen müssen, ganz wie wenn sie ihn mit der Kompagnie ziehen ließen, dachte der Offizier. Was sollten sie mit einem Burschen, der nicht viel älter als vierzehn war? Außerdem müssten sie ihn jeden Tag von einem Wachsoldaten bewachen lassen. Dann fand er eine Lösung, und keine schlechte, wie er bei sich dachte.

»Du wirst hierblieben, unter Aufsicht dieses Juden«, befahl er Hugo. »Du wirst den Jungen, den du verletzt hast, pflegen und ihm zu essen geben, als wärst du sein Sklave, bis das Heer nach Barcelona zurückkehrt. Dann wird am Gerichtshof des Stadtrichters das Urteil über dich ergehen. Und was dich betrifft«, sagte er zu Mahir, »wenn der Junge entwischt, wirst du das teuer bezahlen.«

In Gerona rüstete König Juan sich zum Kampf. Orte, die schlecht auf eine Verteidigung vorbereitet waren, wurden aufgegeben und zugleich die wichtigsten Stätten wie Manresa, Olesa de Montserrat, Palafrugell, Palamós, Torroella de Montgrí und einige andere aufgerüstet.

Während all dies geschah, stand Hugo dem Räudigen Hund zu Diensten, der sich erholt hatte und mit stark verbundenem Oberkörper wieder auf beiden Beinen stehen konnte. Amat machte sich unter der Aufsicht von zwei Wachsoldaten, die einander ablösten, während Mahir fast den ganzen Tag in der Stadt mit dem Verkauf seiner Waren beschäftigt war, einen Spaß daraus, seine Wut an Hugo auszulassen. Er schickte ihn ohne jeden Grund hierhin und dorthin, und da er noch nicht so weit genesen war, dass er ihn hätte schlagen können, schrie er ihn an, beschimpfte und bespuckte ihn vor allen anderen.

»Weil Euch keine Schuld trifft«, hatte Hugo Mahir wiederholt erklärt, wenn sie am Abend flüsternd über das Vorgefallene sprachen. »Hätte ich nicht gesagt, dass ich der Schuldige bin«, wiederholte er beharrlich, »dann hätten sie uns beide festgenommen, daran besteht kein Zweifel.« Doch über die Streitigkeiten mit dem Räudigen Hund hatte Hugo kein Wort verloren. »Ihr seid Jude und Ihr hattet mich gewarnt. Erinnert Ihr Euch an den Vorfall auf dem Karren? Ich stand kurz davor, ihn mit dem

Fuß vom Karren zu stoßen. Ihr habt mich gewarnt, dass Ihr alles verlieren könntet. Und wäre es so gekommen, dann wäre ich heute nicht hier. Wer weiß, wohin sie mich gebracht und was sie mit mir gemacht hätten.«

Aber Mahir fühlte sich trotzdem schuldig. Dafür, dass er Hugo mitgenommen hatte, dass er die Wachsoldaten gerufen hatte, dass er nicht dazwischengegangen war, als der Veteran Juan Amat verprügelt hatte. Und dafür, dass er jetzt nicht gemeinsam mit ihm die Strafe verbüßte …

Eine mögliche Lösung zeigte sich eines Abends auf, nachdem der Räudige Hund ihn einmal mehr gedemütigt und dafür gesorgt hatte, dass er verprügelt wurde.

»Der lebt mit Juden zusammen«, hatte Juan Amat vor einem windigen Schuppen, den man in ein Bordell verwandelt hatte, zu ein paar Männern gesagt und auf Hugo gezeigt. »Man sollte mal nachschauen, ob er nicht vielleicht auch beschnitten ist.«

Die Männer, die vor dem Hurenhaus darauf warteten, dass sie an die Reihe kamen, waren in Gelächter ausgebrochen. Einer hatte die Aufforderung wörtlich genommen und war auf Hugo zugegangen. »Warum nicht?«, hatte er zu den anderen gesagt. »Und wenn er wirklich ein Jude ist, der nicht das gelbe Zeichen der Juden trägt?«

Mithilfe eines anderen hatte der Mann Hugo von hinten gepackt und ihn bis zu der Hütte geschleppt.

Und dort, wo sich schon eine stattliche Menge von Leuten versammelt hatte, die durch das Geschrei und die Verfolgung herbeigelockt worden waren, hatten sie sein Hemd zerrissen und ihm die Hosen heruntergezogen. Einer hatte Hugos schlaffen Penis betastet.

»Das ist kein Jude«, hatte sein Urteil gelautet.

Die Schaulustigen hatten das Interesse an der Sache verloren und sich getrollt. Aber die Kerle, die ihn gefangen hatten, wollten ihn nicht wieder loslassen, ja, sie hatten ihn nur umso fester gepackt, als warteten sie bloß darauf, endlich mit ihm allein zu sein. Das hatte er ihnen am Gesicht ablesen können. Wieso sollte man sich die Beine in den Bauch stehen, um Huren zu bezahlen? Der Bursche war jung und ansehnlich. Der Kerl, der ihn abgetastet hatte, behielt die Hand eine Handbreit von seinem Glied entfernt.

»Sie wollen mich sodomisieren!«, hatte Hugo daraufhin geschrien, so laut er konnte. »Hilfe!«

Sie hatten ihm nicht sofort den Mund zuhalten können, und so hatten mehrere Männer und Frauen sich neugierig zu ihnen umgedreht.

»Wir haben doch gesehen, dass er kein Jude ist«, hatte einer der Männer gerufen. »Warum haltet ihr ihn immer noch fest?«

Einer der Männer, die ihn hielten, ließ ihn wieder los. Der davorstand, zog sich auch zurück, aber der dritte, der mit dem Ganzen angefangen hatte, hielt ihn weiterhin fest gepackt, als hätte er sich noch immer nicht genug amüsiert.

»Er hat uns beleidigt«, erwiderte er trotzig.

»Genau«, unterstützte ihn der Räudige Hund. »Er hat euch beschuldigt, ihr wolltet widernatürliche Handlungen begehen.«

Der Bursche hinter Hugo hatte ihm einen Schlag in den Nacken versetzt. Doch dann war eine Frau dazwischengegangen.

»Ihr Schweine! Als ob ihr das nicht schon längst getan hättet! Ihr habt ihn von hinten genommen, wie ihr es mit allem macht, was euch vor den Wanst gerät.«

Die Frau war in Lumpen gekleidet, ihr Haar zerzaust und fettig, und die wenigen Zahnstümpfe waren faulig schwarz. Kratzend hatte sie sich gegen den Kerl, der sie zurückhalten wollte, zur Wehr gesetzt. Dann hatten sich noch andere Männer eingemischt, um die Lage zu beruhigen.

»Wir haben hier schon Ärger genug!«

»Beruhigt euch …«

»Es war ein Missverständnis.«

Das zahnlose Weib hatte den Aufruhr genutzt und sich zu Hugo umgedreht.

»Lauf«, hatte sie gesagt.

Hugo hatte sie fragen wollen, wer sie war, wieso sie eingegriffen hatte.

»Lauf weg«, hatte sie wiederholt und ihn fortgestoßen.

Eines Tages würde es ihm gelingen. Es war erst eine Woche vergangen von den vier Wochen, die der Medicus als Genesungszeit für den

Räudigen Hund angesetzt hatte. Nach der Keilerei vor dem Haus des Hurenwirts war Hugo zu folgendem Schluss gekommen: Eines Tages würde dieser elende Schuft ihn umbringen. Er überlegte, ob er fliehen sollte. Doch dann würden sie Mahir zur Rechenschaft ziehen, die Juden würden ihn verstoßen, und Dolça würde nichts mehr von ihm wissen wollen. Er dachte gründlich nach, bis er glaubte, eine Lösung gefunden zu haben. Eines Abends reichte der Räudige Hund ihm seinen Krug, damit er ihn wieder mit Wein fülle. Ohne nachzudenken und ohne sich zu vergewissern, dass niemand zusah, goss Hugo etwas aus einem der Gefäße hinein, die das kostbare *aqua vitae* enthielten. Während die Flüssigkeit hineinrann, packte ihn der Zweifel, und er erinnerte sich an Mahirs Wort: »So viel, wie in eine Haselnussschale passt.« Er warf einen Blick in das Gefäß. Eine Haselnussschale voll? Er hatte schon das Doppelte hineingekippt! Er beschloss, alles hineinzugeben, und so tat er es auch. Dann schenkte er noch eine größere Menge Wein dazu und rührte um. Der Geruch war stark, sehr stark, aber der Räudige Hund war ohnehin schon fast betrunken.

Juan Amat rümpfte beim ersten Schluck die Nase. Er sah verwundert den Krug an, während Hugo zitternd neben dem Karren stand und ihn beobachtete. Dann nahm er einen zweiten, noch größeren Schluck. Schließlich stieß er geräuschvoll die Luft aus, als brenne es ihm in der Kehle. Der Räudige Hund schüttelte den Kopf und betrachtete noch einmal neugierig den Krug.

»Ich habe schon saure und kräftige Weine getrunken«, sprach er an niemand Bestimmtes gewandt, »aber das hier, das ist köstlich! Das ist stark!«

Hugo atmete erleichtert aus, als er ihn weiterzechen sah. Juan Amat nahm einen großen Schluck, größer als alle davor.

»Herrgott im Himmel!«, sagte er, als er den Krug sinken ließ.

Mahir hatte ihm nicht erklärt, wie lange es dauerte, bis man von diesem Branntwein starb, oder wie man davon starb. Aber eines war gewiss, Hugo konnte sich mit eigenen Augen überzeugen: Den Tod brachte der Branntwein ganz offensichtlich nicht. Juan Amat leerte den Rest des Kruges in einem Zug und verlangte nach mehr. Hugo brachte ihm einen zweiten.

Am nächsten Morgen blieb von alledem nur ein quälender Kopfschmerz, über den sich der ungehobelte Klotz laut fluchend beklagte.

»Dich sollten sie in den Kerker werfen, als Strafe für den Wein, den du verkaufst«, fuhr er Mahir an.

Der Jude verzog erstaunt das Gesicht. Er sprang auf den Karren und entdeckte bald die beiden leeren Gefäße, die seinen kostbaren Branntwein enthalten hatten.

»Gleich zwei?«, fragte er erstaunt und sah Hugo an.

Der Junge seufzte und nickte schließlich.

»Auch Gelehrte können sich irren …«, sagte Mahir leise. »Ich weiß ja nicht, ob er wirklich den Tod verdient, aber unnötig ist es in jedem Fall gewesen«, fügte er hinzu.

»Er wird mich umbringen«, jammerte Hugo, der den Räudigen Hund nicht aus den Augen ließ.

»Nein. Du wirst schon sehen. Es ist recht einfach gewesen, und bei Weitem billiger, als wir alle gedacht haben.«

»Wir alle?«

»Du hast Freunde, Hugo. Menschen, die nach dem, was du für mich getan hast, bereit sind, dir zu helfen. Doch das ist gar nicht nötig, es braucht nicht so viel Geld, um diese Soldaten zu kaufen.«

Was Mahir ihm mit dieser geheimnisvollen Botschaft sagen wollte, verstand Hugo erst, als am Vormittag Pau Climent erschien, der Veteran, der Amat windelweich geprügelt hatte, zusammen mit dem Hauptmann, der ihn aufgrund seiner Anschuldigungen festgenommen hatte. Aus dem Gesicht des Räudigen Hundes wich alles Blut, und je bleicher er wurde, desto ruhiger wurde Hugo. Er hatte zweifelsohne eine panische Angst vor diesem Mann. Aber weder seine Blässe noch der Verband, der ihm den Oberkörper zusammenschnürte, hinderten diesen daran, ihn mit einer saftigen Maulschelle zu begrüßen.

»Lügner!«, fuhr er ihn an.

Dann packte er ihn beim Schopf und riss seinen Kopf hoch.

»Wieso hast du zu mir gesagt, der Jude und der Junge hätten dich geschlagen?«, brüllte er.

»Ich … habe nicht …«

»Lügner!«, schrie Pau Climent erneut.

»Willst du damit sagen, dass sie es nicht gewesen sind?«, schaltete der Hauptmann sich ein.

Der Veteran, der ihn immer noch beim Schopf gepackt hielt, schüttelte den Räudigen Hund, der vor Schmerz aufjaulte.

»Antworte dem Hauptmann!«, forderte er ihn auf. »Wir wissen beide, dass sie es nicht waren, nicht wahr?«

»Nein!«, gab Juan Amat zu.

»Nein was?«

»Nein, er war es nicht.«

»Warum hast du dann…«, ging Hugo dazwischen, doch Mahir packte ihn beim Hemd und hielt ihn zurück.

Damit ist die Angelegenheit erledigt, sollte er später zu ihm sagen – alles war mit dem Soldaten und dem Hauptmann abgesprochen: keine weiteren Anschuldigungen, kein Nachspiel.

Da trat der Hauptmann zu Mahir und Hugo:

»Hier hat es offenbar ein Missverständnis gegeben«, erklärte er scheinheilig. »Du bist frei.«

Noch im selben Monat zog König Juan an der Spitze seines Heeres von Gerona aus gegen die feindlichen Mächte in die Schlacht. Obwohl die Kavallerie der Invasoren ihnen haushoch überlegen war, leisteten nur wenige französische Kompanien Widerstand. Wer es wagte, wurde besiegt, und die anderen flohen und verließen Katalonien. Die Söldner und Diebe, aus denen das Heer der Invasoren vor allem bestand, hatten wenig Lust, sich mit einem Heer zu messen, das gut ausgebildet und bereit war, sein Vaterland zu verteidigen.

Als Katalonien vom Angreifer befreit war, entließ der König sein Heer, und Mahir und Hugo kehrten nach Barcelona zurück.

7

Mahir hatte ihm erzählt, in Italien gebe es Dörfer, wo man den Urin der Bewohner in Versetzgruben sammle, in denen er vergären könne. Außerdem seien auf den Plätzen und an anderen öffentlichen Orten Pissoirs mit großen Becken errichtet worden, an denen man sein Wasser abschlagen könne. Er hatte ihm erklärt, dieser schon vergorene, zu gleichen Teilen mit Wasser vermischte Urin könne gut als Dünger für Gärten, Bäume und Weinberge verwandt werden. Mit der Zeit erzielten alle auf diese Art gedüngten Pflanzen eine größere und bessere Ernte, ja, im ersten Jahr, und wohl auch im zweiten, sei der Dünger für den Rebstock geradezu eine Wohltat. Anschließend müsse man allerdings für vier oder fünf Erntejahre mit dem Düngen aussetzen. Der vergorene menschliche Urin, in diesem Fall vermischt mit der Asche von Weinstöcken und Reben, diene außerdem zur Heilung kranker Pflanzen.

Mahir wusste genau, welche Weinstöcke Pflege benötigten, und der Frühling war die Jahreszeit, in der man diese Aufgaben angehen konnte.

Nach seiner Rückkehr aus Gerona verbrannte er die alten Ranken und das tote Rebholz, um genug Asche zu erhalten, und Hugo übernahm die Aufgabe, den Urin, den man im Judenviertel gesammelt hatte, in den Weinberg zu bringen. Die Geschichte über das, was sich auf dem Feldzug mit dem Räudigen Hund und dem Veteranen zugetragen und dass Hugo großherzig die alleinige Schuld an dem Vorgefallenen auf sich genommen hatte, verbreitete sich schnell von Mund zu Mund, sodass der Wachtposten am Eingang des Judenviertels seinen abschätzigen Blick zwar nicht gerade in einen herzlichen verwandelte, doch den leisen Argwohn, den er Hugo bisher entgegengebracht hatte, hatte er verloren.

Saúl und seine große Familie wollten sich Hugo ebenfalls erkenntlich zeigen. Der alte Medicus erwies ihm die Ehre, ihn in sein Haus einzuladen und ihm persönlich die Hand zu schütteln.

Sie plauderten über den Weinberg, über Arnau und über viele andere Dinge, nach denen Saúl sich erkundigte. Dann schenkte er ihm zum Dank einen Goldflorin, ein Vermögen, das indes zu nichts zerrann, als Hugo, kaum hatte er das Gemach verlassen und die Tür hinter sich geschlossen, vor Dolça stand und gleich darauf ihre Lippen auf den seinen spürte.

»Meine Mutter hat gesagt, ich soll dir beim Urineinsammeln helfen«, verkündete sie anschließend und trat wieder ein Stück von ihm zurück.

Hugo nickte verlegen, ohne recht zu begreifen, welches Geschenk er da gerade erhalten hatte.

»Dann lass uns gehen«, sagte er schließlich.

»Und die Münze?«, erinnerte ihn Dolça, als er schon davonstürmen wollte.

Er blieb stehen und drehte sich mit geröteten Wangen um.

»Mache ich dich etwa nervös?«, schäkerte Dolça.

»Nein!« Dann besann er sich. »Doch!«, sagte er geradeheraus. »Doch. Ich dich etwa nicht?«

Er bückte sich, um sie nicht in noch größere Verlegenheit zu bringen, und nahm die Münze an sich.

»Kannst du dir vorstellen, was wir damit alles unternehmen könnten?«, rief er mit einem Augenzwinkern.

»Bewahr sie gut auf. So mancher bekommt so viel Geld erst nach mehreren Lehrjahren ausbezahlt«, erwiderte Dolça, die sich wieder gefangen hatte, in strengem Tonfall.

Auf der Straße lud sich Hugo einen der Krüge für den Urin auf, die Mahir besorgt hatte.

Das Judenviertel von Barcelona war, wie in vielen anderen Städten auch, eigentlich eine Stadt in der Stadt. Mit der Kathedrale, der Plaza Sant Jaume, dem Castell Nou und der römischen Stadtmauer als Außengrenze beherbergte es in seinem Inneren an die viertausend Personen, die auf engstem Raum aufeinandersaßen. Das Viertel war so klein, dass sich auf der anderen Seite des Castell Nou ein weiteres kleines Judenviertel gebildet hatte.

Dennoch zählte das Judenviertel fünf Synagogen und Schulen. Außerdem gab es dort Bäder, einen Kornmarkt, einen Fleisch- und einen Fischmarkt, das Armenhospital, das Samuel Ha-Sardí gegründet hatte, Tavernen, Läden und Werkstätten. Alles war ein kunterbuntes Durcheinander, bei dem jeder Spannbreit Boden ausgenutzt wurde – auch in der Luft, mit zahllosen bewohnbaren Brücken und Stegen über den Straßen, die die einzelnen Häuser miteinander verbanden und die Sonne aus den ohnehin schon dunklen Gassen aussperrten. Die jüdische Gemeinde unterstand dem König, sie zahlte ihm eine fixe jährliche Summe, die sie über ein Steuersystem einzog, das die Last auf alle Mitglieder verteilte. Ein königliches Privileg sprach ihr das Recht zu, sich von einem Sekretär und einem Rat regieren zu lassen. Sie lebte nach ihren eigenen Gesetzen und dem hebräischen Kalender, verfügte über eine eigene Rechtsprechung und praktizierte ihren Glauben.

Schneider, Korallenhändler, Würfelmacher, Silberschmiede oder Stoffweber, das waren die Werkstätten, die man am häufigsten in den Straßen des Judenviertels antraf, durch die Hugo und Dolça jetzt gingen. Hugo war mit dem Krug beladen, und Dolça folgte in einem gewissen Abstand, den sie deutlich vergrößerte, sobald sie sah, dass eine Frau mit einem Nachttopf auftauchte und den Inhalt in den Bottich kippte, was einen ungeheuren Gestank verbreitete.

»Wenn er erst einmal gärt, dann stinkt er noch mehr«, machte Hugo sich lustig.

»Hör mal gut zu. Ich habe den Gestank verwesender Leichname ausgehalten. Ich habe infizierte Wunden gesäubert. Ich habe Frauen behandelt, die … na ja …, Frauen, deren geheime Partien einen mindestens so fauligen Geruch verbreiteten.«

Hugo wandte sich um, sah ihr ins Gesicht und nickte, als könne er sich das lebhaft vorstellen.

»Pass doch auf!«, fuhr ihn ein Mann an, mit dem er fast zusammengestoßen wäre.

»Ja, pass auf!«, rief Dolça, um deren Lippen ein Lächeln spielte.

»Nicht dass du den Urin verschüttest und wir von vorn anfangen müssen!«

»Würdest du mir dabei helfen?«

»Nein. Wenn es in meiner Hand liegt, mache ich nur, was mir gefällt.«

Hugo blieb stehen.

»Hast du mir deshalb den Kuss gegeben?«, flüsterte er ihr ins Ohr.

»Ja«, sagte Dolça nach kurzem Zögern. »Deshalb habe ich dir den Kuss gegeben. Und oft träume ich von dir und werde dann feucht...«

»Feucht?«, fiel er ihr ins Wort.

»Ja, sehr sogar. Du kennst dich nicht aus, stimmt's? Du bist noch nie bei einer Frau gelegen, oder?« Hugo sah sie an, aber sie befahl ihm weiterzugehen. »Bieg in die nächste Straße ab, in die mit den Bädern.«

»Und du? Bist du schon bei einem Mann gelegen?«, fragte er unsicher.

Dolça zögerte.

»Nein. Aber durch meine Arbeit weiß ich viel. Ich bin Hebamme, falls du dich erinnerst.«

Der Frühling ging vorbei, und es wurde Sommer. In jenen Monaten arbeitete Hugo in Saúls Weinberg, als Hilfskraft in den Weinbergen von Santa María del Mar und als Tagelöhner in den Weinbergen anderer Bürger Barcelonas, die in der Umgebung Weingüter besaßen, wie etwa bei dem Kaufmann Rocafort. Auf dem Hin- und Rückweg zur Arbeit achtete er darauf, dem Räudigen Hund nicht in die Arme zu laufen. Er vermied es, durchs Raval-Viertel zu gehen, sich in der Nähe der Calle de Tallers oder der Puerta de la Boquería aufzuhalten, wo die Ziegenmetzger waren. Er mochte sich nicht ausmalen, was dieser Rohling mit ihm anstellen würde, wenn er ihn zu fassen bekäme.

An Dolça hingegen dachte er Tag und Nacht. Die beiden trafen sich heimlich in Saúls Haus, wo sie mit ihrer Mutter lebte, oder im Weinberg. Manchmal küssten sie sich, oder es kam zu einer ungeschickten Umarmung. Er fasste ihr an die jungen und festen Brüste, deren Brustwarzen hart wurden, oder er presste seinen Körper fest an Dolças

Scham, rieb sich an ihr und umarmte sie so fest, als wollte er sie nie wieder loslassen.

Doch manchmal ließ Dolça nicht einmal zu, dass er in ihre Nähe kam. »Geh weg! Lass mich in Ruhe!«, wies sie ihn ab. »Warum?«, fragte er. »Darum«, gab sie zurück, falls sie überhaupt eine Antwort gab. Kälte und Leidenschaft, zwischen diesen beiden widersprüchlichen Gefühlen schien die junge Frau weiterhin gefangen.

Der Juli war fast vorüber, als eine Bedienstete einmal nach Dolça rief. Die beiden waren gerade im Garten und hatten sich zwischen den Apfelbäumen versteckt.

»Was ist?«, fragte Dolça, strich sich die Bluse glatt und richtete ihr Haar.

»Herr Saúl fragt nach Hugo. Er erwartet ihn in seinem Behandlungszimmer.«

Woher wusste die Magd, dass Hugo hier war? Niemand hatte sie gesehen …

»Weshalb will er ihn sprechen?«, fragte Dolça und bereute ihre Frage noch im selben Augenblick.

»Das weiß ich nicht, aber er hatte sehr schlechte Laune.«

Sie sahen sich ratlos an.

»Na, dann geh«, sagte Dolça zum Abschied.

Hugo betrat verängstigt das Zimmer des Arztes.

Saúls ernstes Gesicht verhieß nichts Gutes.

»Setz dich«, forderte er Hugo auf. »Ich habe dich kommen lassen …«

Der Junge verlor sogleich den Faden, so sehr war er in seinen Befürchtungen gefangen. Er wollte schon alles gestehen, wie er es bei Mahir getan hatte, diesmal jedoch, damit Dolça keine Schuld traf.

»Hörst du mir gar nicht zu?«, unterbrach Saúl seine Gedanken.

»Ich bitte um Verzeihung.«

»Hast du gehört, was ich gerade gesagt habe?«

»Nein.«

»Mar, die Witwe von Arnau Estanyol, ist gestorben. Sie wird morgen auf dem Friedhof von Santa María del Mar beerdigt.«

Hugo musste an Bernat denken, der sie nicht betrauern konnte. Und fragte sich, wo er jetzt wohl lebte, falls er überhaupt noch am Leben war.

Hugo ging die Calle del Mar hinunter. Ihm war nicht wohl in der langen Tunika, die die Juden ihm geliehen hatten und die ihm bis auf die Füße fiel. Er schwitzte. Das wollene Gewand war viel zu warm für die sommerliche Hitze. Und es kratzte. Sein Anblick passte nicht recht zum Glanz der prachtvollen Geschmeide, die in den Werkstätten der Silberschmiede zu beiden Seiten der Straße ausgestellt waren und den Fußgängern den Durchgang erschwerten. Er sah, wie interessierte Käufer lebhaft um ein Schmuckstück feilschten, wie Frauen Halsketten und Armbänder anprobierten, wie die Leute schrien und lachten … Alles schien in der strahlenden Sonne dieses Julimorgens zu leuchten, dessen Meeresgeruch ihm bedeutete, dass es nicht mehr weit war bis zum Strand.

Die majestätische Ausstrahlung der Kirche nahm ihn gefangen, sobald er durch die Eingangspforte schritt. Der Raum war fast leer, nur hier und da gab es ein paar Gläubige, und das Licht der vielen Kerzen, die den Hauptaltar erleuchteten, wurde überstrahlt von der bunten Helligkeit, die durch die Glasfenster hereindrang. Hugo fühlte sich wie gelähmt, unfähig, die weite Leere zu durchschreiten, die sich vor ihm auftat.

»Nun geh schon, Junge.«

Vielleicht hatte der Mann, der ihn von hinten anstieß, nichts als seine dunklen Kleider gesehen, Hugo aber erkannte in ihm einen der *Bastaixos*, die in der Werft gearbeitet hatten. Er folgte ihm bis zu dem Chorumgang hinter dem Hauptaltar. Dort, zwischen den Strebepfeilern der Apsis, wo sich die Kapelle der *Bastaixos* auftat, hatten sich einige von ihnen mit ihren Familien versammelt, alle in Trauerkleidung. Hugo sah unter den Anwesenden keinen der Männer, die Herrn Arnau, bevor er nach Ankunft der Puigs in Ungnade gefallen war, beim Einsammeln der Spenden für die Armenkasse immer so respektvoll gegrüßt hatten. Und nur einer von ihnen war nicht Mitglied der Zunft: Juan der Navarrer. Er stand mit seinem riesigen Wanst stumm da und wischte sich unablässig den Schweiß vom kahlen Schädel.

In der kleinen Kapelle standen die Leute dicht gedrängt um den schlichten Pinienholzsarg versammelt. Der Priester eröffnete die Messe, aber Hugo hörte nicht zu. Er hatte die Heilige Jungfrau verraten, denn er hatte sie über sein Verhältnis zu Dolça, das immer leidenschaftlicher wurde, getäuscht. Er sprach nicht mit der Madonna und empfand auch keine Reue, aber mit Dolça sprach er auch nicht darüber, als bestünde zwischen ihnen beiden eine stillschweigende Übereinkunft. Dolça würde nie eine Christin werden, ihr Glaube war unwandelbar. Und er selbst konnte sich unmöglich zum Judentum bekennen. Einmal, als sie gerade Seite an Seite im Weinberg arbeiteten, hatte er Mahir dazu befragt. Dabei hatte er so getan, als sei ihm das gerade bloß zufällig durch den Kopf gegangen.

»Mahir, wie kann denn ein Christ zum Juden werden?«

Mahir arbeitete gerade mit gekrümmtem Rücken über den Wurzeln.

»Er müsste seinem Glauben abschwören und sich zum jüdischen Glauben bekehren.«

In der Stille, die folgte, hörte man nur die Geräusche der Natur und der Feldarbeit: das Kratzen des Eisens beim Graben in der Erde, irgendwelche Tierlaute und das Gesumm eines Insekts.

»Das hast du doch nicht etwa vor, oder?«

Der Jude richtete sich auf, eine Hand aufs Kreuz gestützt.

»Nein, natürlich nicht.«

»Denn wenn du das tun würdest, würde man dich als Ketzer betrachten, die Inquisition würde dich festnehmen und verurteilen. Christen, die ihrem Glauben abschwören und sich zum jüdischen oder muslimischen Glauben bekehren, sind für die Inquisition allesamt Ketzer. Du würdest auf dem Scheiterhaufen enden.«

»Verstehe«, murmelte Hugo kleinlaut.

Sie hatten sich wieder ihrer Arbeit zugewandt, aber nach einer Weile hatte Mahir sich unvermittelt wieder aufgerichtet und weitergesprochen.

»Und so wie die Inquisition jeden, der vom christlichen Glauben abfällt, als einen Ketzer betrachtet, so hält sie auch Juden oder Ungläubige, die einen Christen verderben, für Ketzer. Glaub mir, es besteht nicht der geringste Zweifel: Wenn du vom Glauben abfällst, werde ich sofort dafür verhaftet werden, dich verdorben zu haben.«

Und Dolça könnte das auch geschehen, hatte Hugo mit einem Schauder gedacht.

»Mach dir keine Gedanken, Mahir. Ich habe nicht die Absicht, vom Glauben abzufallen.«

»Darauf baue ich, mein Junge.«

Das laute Wehklagen der Frauen in der Kapelle der *Bastaixos* brachte Hugo in die Wirklichkeit zurück. Vielleicht könnte er eines Tages mit Dolça an einen Ort fliehen, an dem niemand sie kannte, und so tun, als sei er ein Jude. Etwa nach Granada. Er hatte gehört, dass die Muselmänner dort herrschten und dass es dort Juden gab. Wen kümmerte es im Königreich Granada, ob er Jude war oder Christ? Er musste endlich Dolça den Vorschlag machen. Er schnalzte mit der Zunge, und eine alte Frau sah ihn strafend an. Schon tausendfach hatte er das tun wollen, aber wenn er dann vor Dolça stand, zögerte er und geriet aus Angst vor ihrer Antwort ins Stocken.

Mar wurde auf dem Hauptfriedhof begraben, der sich auf der Plaza de Santa María befand, vor dem Haupteingang zum Tempel. Als der Sarg in die Grube hinabgelassen wurde, musste Hugo wieder an Bernat denken, und es schmerzte ihn, dass er nicht hier sein konnte, um von seiner Mutter Abschied zu nehmen.

Die *Bastaixos* und ihre Familien wussten nicht, ob sie sich nach der letzten Schaufel Erde, als der Priester gegangen war, zurückziehen sollten: Es gab niemanden, dem man hätte sein Beileid aussprechen können, keinen einzigen Familienangehörigen der Verstorbenen. Hugo überließ sie ihren Sorgen und machte sich auf den Weg ans Meer. Er wollte es riechen, sich erfrischen, mit den Füßen ins Wasser gehen, die salpeterhaltige Luft tief in seine Lungen einsaugen.

»Ich habe Gerüchte gehört, dass er unter dem Befehl eines kastilischen Freibeuters auf See ist.«

Hugo drehte sich um. Der Navarrer hatte ihn eingeholt. Er keuchte.

»Bernat?«, fragte Hugo.

»Ja. Es sind nur Gerüchte, aber …«

»Wo ist er?«

»Cartagena, Sevilla … Wer weiß?«

»Gut zu hören.«

»Und du?«, fragte der Naverrer. »Wie geht es dir?«

Ich bin bis zum Wahnsinn in eine Jüdin verliebt, dachte er bei sich, beschloss dann aber zu antworten: »Ich wäre immer noch gerne ein *Mestre d'aixa.*«

»Das weiß ich.«

»Ich hätte liebend gern in der Werft weitergearbeitet, bei den Schiffen, am Meer …«

»Möchtest du uns mal besuchen kommen?«

Die Einladung überraschte Hugo, doch was der Navarrer anschließend sagte, noch viel mehr: »Wir gehen durch das Haupttor. Es ist nicht nötig, dass du über die Mauer springst und dich heimlich hineinschleichst.«

»Tut mir leid«, sagte er schuldbewusst.

»Das Handbeil haben wir uns wieder zurückgeholt. Und was die Armbrust angeht, so wurde sie uns von Soldaten des Königs zurückgebracht.«

»Das Glück war uns nicht hold.«

»Ihr seid beide noch am Leben, obwohl ihr versucht habt, den Oberbefehlshaber des Heeres von König Juan zu ermorden. Natürlich hattet ihr Glück, und wie!«, sagte er und schlug ihm kräftig auf den Rücken.

In der Werft herrschte emsiges Treiben. Hugo konnte sich nicht erinnern, dass es dort jemals so zugegangen wäre. Der König hatte den Bau einer ganzen Flotte befohlen, denn er wollte nach Sizilien fahren und die Thronanwärterrechte seines Neffen Martín verteidigen, der soeben María, die Königin von Sizilien, geheiratet hatte. Diese war vor fast zehn Jahren bei den Aufständen des sizilianischen Adels nach Barcelona geflohen. Hugo hatte schon von dieser Flotte erfahren. »Sie werden Wein brauchen, viel Wein«, hatte Mahir gesagt: »Aber bis sie fertig sind und sich entschließen, die Flotte auslaufen zu lassen, werden ein oder zwei Jahre ins Land gehen, wenn nicht mehr. In der Zeit werden wir so viele Ernten aufkaufen wie möglich.«

Wir. Er erinnerte sich an das Wort, das Mahir verwandt hatte: *wir.* Plötzlich schienen der Lärm und das Tohuwabohu, das in der Werft herrschte, wie in weite Ferne gerückt, und er musste an die Ruhe denken, die sie bei der Arbeit im Weinberg umgab. Es waren etliche Jahre vergangen, und er war mittlerweile ein Teil dieses Stückchens Erde geworden. *Wir.* Das Verhältnis zwischen Mahir und ihm beruhte auf einer starken Zuneigung, die der Jude nur schlecht verhehlen konnte. Mahir hatte keine Kinder. Dolça hatte ihm eines Tages erzählt, ihr Onkel habe sich von seiner ersten Frau scheiden lassen, weil sie unfruchtbar gewesen sei. Doch mit seiner zweiten Frau wollte es auch nicht klappen, während die erste, die darauf vertraut hatte, dass es mit der unterstellten mangelnden Fruchtbarkeit seine Richtigkeit hatte, einem Sohn aus einer ehebrecherischen Verbindung das Leben schenkte. Für sie was das der Beweis ihrer Unschuld und für Mahir der Verlust seiner Mannesehre gewesen. »Wenn er mit beiden verheiratet gewesen wäre, wäre das nicht geschehen«, sagte Dolça abschließend. »Mit beiden?«, fragte Hugo überrascht. »Aber gewiss doch!«, beteuerte Dolça. »Dem hätte nichts entgegengestanden, da seine erste Frau ja unfruchtbar war.«

Die Erkenntnis, die ihm in der Werft zuteilwurde, stärkte Hugos Verbundenheit mit jenem Land, das ihm gar nicht gehörte. Mahir behandelte ihn gut und lehrte ihn mit Beharrlichkeit und Geduld alles, was er über die Reben, den Wein und den Branntwein wusste. Und Hugo war jetzt zufrieden mit seiner Arbeit. Er lernte die Natur lieben, und es war, als hätte er sich das bisher nur einfach nicht eingestehen wollen. »Ja, ich habe Glück gehabt«, pries er sein Schicksal. Er überlegte, ob er Arsenda davon erzählen sollte, beschloss dann aber, es nicht zu tun. Sie könnte es nie hinnehmen, dass er für die Juden arbeitete, und schon gar nicht, dass er so viel Gutes über sie zu sagen wusste. Er war schon seit Längerem nicht mehr auf das Dach im Nonnenkloster geklettert. Wenn er sie jetzt traf, sprachen sie direkt durch das kleine vergitterte Fenster miteinander. Doch sie bat ihn jedes Mal wiederzukommen. »Lass mich nicht im Stich, Bruder.«

Und er ließ sie nicht im Stich. Aber Dolça auch nicht.

»Du bist… du bist so anders«, bemerkte sie Ende September, wenige Tage vor der Weinlese.

Dolça kam zur Kelterei, zusammen mit Saúl und Astruga, um bei den Vorbereitungen zu helfen. Die junge Frau nutzte eine Pause, um sich Hugo zu nähern, der wenige Schritte abseits stand, aber von allen gesehen werden konnte.

»Ja, das stimmt … «, sagte er und verstummte, bis Dolça ihn mit Blicken weiterzusprechen bat. »Denn es ist so …« Er räusperte sich und schluckte. Sie wurde ärgerlich. »Es ist was?«

»Es ist so, dass wir beide, du und ich, ins Königreich Granada fliehen werden, denn dort werden wir gefahrlos zusammen leben können«, brachte er in einem Satz heraus.

»Was?«, prustete sie los.

Er hatte es ihr gesagt! Und sie hatte sich nicht verweigert.

»Du hast es gehört«, antwortete er mit einer Selbstsicherheit, die das Mädchen entwaffnete. »Du und ich …«

»Ha, ha, ha! Du bist ja verrückt!«, erwiderte Dolça.

»Warum sollte er verrückt sein?«

Die Frage kam von Astruga, die näher gekommen war, ohne dass sie es gemerkt hatten.

Dolça geriet ins Stottern.

»Weil …« Hugo hielt inne, wusste nicht, was er sagen sollte.

Astruga sah die beiden stirnrunzelnd an.

»Soll ich es ihr sagen, Dolça?«, fragte Hugo naiv, während er überlegte, was er ihr in dem Fall erzählen könnte.

»Aber sicher! Sie ist meine Mutter«, entfuhr es Dolça.

»Also?« Astruga ließ nicht locker, doch in dem Moment kamen auch die anderen.

Hugo drehte sich zu den Weinbergen um.

»Ich habe ihr vorgeschlagen, einen ganz besonderen Wein zu machen …«

Mahir sah ihn fragend an.

»Diese Weinstöcke da, die an den Garten der Familie Vilatorta grenzen, haben ganz andere Trauben. Vielleicht liegt es an der Sonne, jedenfalls sind sie nicht ganz so süß wie die anderen, obwohl sie genauso reif sind.«

Das entsprach der Wahrheit. Hugo mochte den leicht bitteren Geschmack dieser Weinbeeren, und er hatte sich auch schon gedacht, dass sie bestimmt einen guten Wein geben würden, einen, der anders war.

»Gewiss«, stimmte Mahir zu, »aber der Ertrag wird zu gering sein.«

»Und wenn es nur ein paar Fässer sind … Was macht das schon?« Der Junge ließ sich nicht beirren.

»Das würde den Prozess des Kelterns viel zu kompliziert machen.«

»Ich verpflichte mich, sie vor allen anderen Trauben zu ernten und in der Kelterei getrennt zu lagern. Dann gibt es keinerlei Komplikationen.«

Dolça sah ihn vorwurfsvoll an, denn es gefiel ihr nicht, dass Hugo an seinem Vorschlag festhielt. *Lass es gut sein,* wollte sie ihm zu verstehen geben. *Wir haben deinen Ausrutscher auf elegante Weise überspielt. Nun ist es genug.* Die Übrigen, darunter auch der alte Saúl, warteten Mahirs Entscheidung ab.

»Einverstanden«, lenkte dieser ein.

»Dann sollen diese Trauben von Dolça und Saúl gekeltert werden«, ergriff der Großvater das Wort. »Und den Wein von diesen Beeren werden wir für ihre Hochzeitsfeier aufheben.«

Hugo wurde kreidebleich. Dolça hielt den Blick starr zu Boden gerichtet.

»Zur Weinlese im September nächsten Jahres wird Saúl seinen zwanzigsten Geburtstag feiern, und du Dolça, deinen siebzehnten, das ist das Alter, das in der Ketubba, dem Ehevertrag, festgesetzt wurde. Irre ich mich?«, fragte er, an seine Tochter Astruga gewandt.

»Nein, Vater, du irrst dich nicht. Dieser Zeitpunkt wurde für die Hochzeit festgelegt. Aber ich finde es eine herrliche Idee, einen besonderen Wein für den Tag der Feier zu kreieren. Wir vertrauen darauf, dass du dich nicht irrst, Hugo. Danke für diesen Einfall.«

Hugo hob nur den Arm und deutete erneut auf die Reben. Dabei betete er, niemand möge sich ihm nähern und die Tränen sehen, die über seine Wangen liefen.

»Ich gehe ein paar Weinbeeren pflücken, damit ihr sie probieren könnt«, sagte er, verschwand zwischen den Reben und ließ sie alle stehen.

Hugo befand sich an der Grenze seines Weinbergs zu den Besitzungen der Vilatorta. Er pflückte dort die Weinbeeren, mit deren Saft Dolças Hochzeit gefeiert werden würde. Er zertrat eine heruntergefallene

Traube, während er an das grausame Spiel der jungen Frau dachte. Sie würde heiraten! Mahir hatte ihm erzählt, die beiden Familien hätten diese Ehe schon beschlossen, als die beiden noch kleine Kinder waren, lange bevor er an der Hand von Mar im Judenviertel aufgetaucht war. Und in der ganzen Zeit hatte sie ihn nicht ein Mal ins Vertrauen gezogen! Sie würde einen ihrer Cousins heiraten, Saúl, Jacobs ältesten Sohn. Hugo kannte ihn noch von dem Auktionsverkauf. Bislang hatte er ihn sehr geschätzt. Er schüttelte den Kopf und versuchte, seinen Schmerz zu vergessen. Er würde diese Trauben ernten. Er würde alles ernten, was es brauchte, das war er Mahir schuldig, doch dann würde er verschwinden. Er hatte nicht mehr mit Dolça gesprochen. Vielleicht hatte sie deshalb immer gezögert. Vielleicht hatte sie sich deshalb immer von ihm ferngehalten und ihn zurückgewiesen. Nicht weil er Christ war, sondern weil sie einem anderen versprochen war. Er würde fortgehen. Das hatte er in einer seiner schlaflosen Nächte beschlossen, unter Tränen und Flüchen. Er besaß noch den Goldflorin und ein paar andere Münzen, die er sich in den Weinbergen verdient hatte. Er wollte sich auf die Suche nach Bernat begeben, wollte nach Sevilla oder Cartagena gehen, vielleicht würde er ihn dort finden.

Er war früh aufgestanden, um, wie mit Mahir vereinbart, auf diesem Stück Weinberg mit der Lese zu beginnen. Er betrachtete die zertretenen Trauben und wollte sie schon liegen lassen, doch dann besann er sich eines anderen und warf sie zu den übrigen in den Korb, während er sich sagte, dass es ihm völlig gleichgültig war, wie dieser Wein werden würde. Er hatte etwa ein Viertel der Stöcke abgeerntet, die Sonne schien matt vom Himmel herunter, als habe sie heute einfach keine rechte Lust, als er Mahir in der Kelterei auftauchen sah. Er war in Begleitung … Er verengte die Augen zu einem Schlitz, legte die Hand wie einen Schirm an die Stirn und versuchte angestrengt, etwas zu erkennen. Ja, es war Dolça. Was machte sie so früh schon im Weinberg? Mahir grüßte ihn aus der Ferne. Er erwiderte den Gruß und hob träge die linke Hand, während Dolça den Weinberg betrat und auf ihn zukam. Hugo rührte sich nicht, schirmte weiter mit der rechten Hand seine Augen ab und wartete, bis sie bei ihm war, ohne ein Wort, ohne einen Gedanken.

Die junge Frau blieb vor dem Korb mit den Trauben stehen und wühlte darin herum.

»Links oder rechts?«, sagte sie dann plötzlich und streckte die geschlossenen Fäuste vor.

»Lass mich in Frieden! Wieso hast du mir nie etwas gesagt?«

»Ich habe nichts damit zu tun. Das haben meine Mutter, mein Onkel und mein Großvater ausgehandelt. Ich war damals ein kleines Kind.«

»Aber … du wirst heiraten!«

Dolça schwieg. Dann, als habe sie keine anderen Argumente, sagte sie noch einmal:

»Links oder rechts.«

Hugo las aufmerksam in ihrer Miene. Es war nichts von der großen Strenge darin zu erkennen, die ihn immer so quälte.

»Bitte«, bat sie inständig.

»Links«, lenkte Hugo ein.

Statt die Hand zu öffnen, zerquetschte Dolça die Trauben in ihrer Faust, bis der Saft zwischen ihren Fingern hervorquoll. Dann näherte sie ihre Hand Hugos Mund.

»Ich will, dass du der erste Mann bist, der den Saft der Trauben trinkt, die du ausgewählt hast.«

Hugo blickte zur Kelterei hinüber. Mahir arbeitete im Gebäude. Er musste für die Weinlese viel vorbereiten. Also leckte er den Saft ab, der von Dolças Fingern tropfte.

»Außerdem will ich, dass du der erste Mann bist, der mich besitzt.« Dolça drückte ihn so lange auf die Schultern, bis er nachgab und sich niederkniete. Sie kniete sich ebenfalls nieder, hob sein Hemd, zog ihm die Hosen herunter und streichelte ihn. Hugo zitterte erregt. Dolça entfernte ein paar Steine und ließ sich nach hinten fallen, zog ihr Kleid hoch, bot ihm ihre Scham dar, zog ihn auf sich und half ihm, in sie einzudringen. Er keuchte, während er kräftig zustieß, und sie ertrug den Schmerz, der in ihrem Leib explodierte. »Ich liebe dich«, sagte Hugo immer wieder. Dolça sagte nichts. Als der Schmerz nachließ, begleitete sie Hugos rhythmische Stöße, bis er zum Höhepunkt kam und vor Lust schier platzte. Dolça fühlte sich leer und zugleich ganz und gar erfüllt von ihm.

»Ich liebe dich«, sagte Hugo wieder. Schwitzend und keuchend lag er mit seinem ganzen Gewicht auf ihr.

Dolça antwortete nicht. Plötzlich erinnerte die Stille sie daran, wo sie sich befanden.

»Steh auf«, drängte sie ihn. »Aber zieh dich um Himmels willen zuerst wieder an!«, setzte sie hinzu, als sie sah, wie sorglos er war.

Hugo gehorchte. Dann sah er sich um.

»Mahir ist nicht da«, beruhigte er sie.

Dolça erhob sich ebenfalls.

»Ich …«, wollte Hugo sagen.

»Es gibt viel zu tun«, fiel Dolça ihm ins Wort.

8

Es gibt Feluken, die entlang der Küste von Barcelona bis nach Valencia segeln. Manche fahren sogar noch weiter«, antwortete der Navarrer auf seine Frage.

Hugo wusste, wovon er sprach. Feluken waren kleine Schiffe mit wenig Tiefgang, Lateinersegeln und etwa sechs Rudern auf jeder Seite, die nur kleine Warenmengen transportieren konnten, die aber, obwohl sie über so wenig Platz verfügten, auch Passagiere beförderten, vielleicht zwei, maximal drei oder vier.

»Dein Goldflorin wird mehr als genug sein, damit sie dich mitnehmen. Von dort bis Cartagena …«

Hugo war in die Werft gekommen, um den Navarrer zu fragen, wie er sich auf die Suche nach Bernat begeben könnte. Es herrschte immer noch ein ohrenbetäubendes Hin und Her beim Bau der königlichen Flotte für Sizilien. Jetzt musste er ihm die Wahrheit sagen.

»Und für zwei?«, fragte er, »würde der Goldflorin auch für zwei reichen?«

Der Navarrer musterte ihn von oben bis unten.

»Kenne ich sie?«

»Nein.« Hugo begleitete seine Worte mit einer heftigen Kopfbewegung. »Wird es genug sein?«

»Ich hoffe, du bist nicht gerade dabei, irgendwelche Dummheiten zu machen, mein Junge.«

Eine Dummheit … so hatte auch Dolça es genannt. An dem Tag, an dem er ihr vorgeschlagen hatte, mit ihm zu fliehen. »Bist du verrückt?«, hatte sie gesagt. Aber kurz darauf war die Stimmung wieder umgeschlagen, und sie hatten sich geliebt. War sein Leben nicht ohnehin schon ein einziger Wahnsinn? Sie hatten schweigend die Trauben geerntet. Hugo hatte einige Male versucht, mit ihr zu reden. »Schweig! Sag nichts«, war Dolça ihm über den Mund gefahren. Es war ihm nicht gelungen, ein Gespräch mit ihr zu beginnen … bis es so weit war und die Trauben gekeltert werden sollten. Der alte Saúl und seine Familie hatten an der Weinlesefeier teilgenommen und Dolça und Saúl angefeuert, die sich an die Seile klammerten, die von der Decke hingen, und auf den Trauben tanzten. Saúl lächelte Dolça an, und sie zwang sich zurückzulächeln und so zu tun, als bringe das Geschrei und der Applaus ihrer Mutter und die Hochrufe ihrer Verwandtschaft sie zum Lachen. Hugo hatte sie ihren sinnlichen Tanz aufführen sehen. Die Brautleute hatten weiter die Trauben gepresst, ihre Trauben, die Trauben, deren Wein zu Ehren ihrer Hochzeit fließen würde, bis Hugo plötzlich bemerkt hatte, dass eine Träne über ihre Wange lief. Dolça hatte ihn angesehen. Sie hatte das Seil losgelassen und war sich übers Gesicht gefahren, dann hatte sie so getan, als würde sie ausrutschen, und war in schallendes Gelächter ausgebrochen …

Ja, sie würden fliehen. Ganz sicher würden sie fliehen. Fliehen war für ihn zur einzigen Lösung geworden.

Er hatte ihr von Granada und seinem Vorhaben erzählt. Er würde sich als Jude ausgeben. In Granada gab es keine Inquisition, und niemand würde auf sie achten. Sie hatte zugehört, ohne zu widersprechen, und ihn weder verrückt noch naiv gescholten.

Doch die Zeit verging, und die Hochzeit mit ihrem Cousin Saúl rückte immer näher.

Es kam der Sommer, die Weinlese … und der für die Hochzeit festgesetzte Tag.

»Entscheide dich, Dolça …«

»Ich weiß nicht …«

Da war sie in Tränen ausgebrochen.

Ihre Mutter. Ihre Familie. Saúl. Sie konnte sie nicht zurücklassen und mit einem … Dolça vermied es, das Wort auszusprechen.

»Einem Christen?«, fragte er.

Sie schüttelte den Kopf. Das allein war nicht der Grund. Sie wurde auf den Beruf der Ärztin vorbereitet, erklärte sie ihm. Sie konnte lesen und schreiben, war des Lateinischen kundig… Sie studierte Medizin. Ihre Mutter würde sich das Leben nehmen. Sie war Witwe und hatte nur sie! Sie lebte für sie. Dolça stellte sich vor, wie verloren Astruga sein würde, wie sie stammelnd nach ihr rufen würde. Und was ihren Großvater anging: Was hatte er Böses getan, dass seine Nichte ihm das Leben vergällte, indem sie mit einem Christen auf und davon ging? Die Schmach, die Missachtung, die Schande würde Saúls Familie treffen. Und sie wäre als Einzige an allem schuld. Sie sah sich außerstande, ihr Leben mit einer solchen Schuld zu belasten.

»Ich kann nicht, Hugo.«

»Du hast gesagt, dass du mich liebst.«

»Das ist mein Unglück.«

»Aber…«

Dolças Gesichtszüge wurden so hart wie noch nie zuvor.

»Verstehst du denn nicht?«, schrie sie. »Lass mich! Ich kann nicht! Hör auf, mich zum Träumen zu bringen.«

Hugo machte Fluchtpläne, dann wieder dachte er an Selbstmord. Dolça blieb bei ihrem Nein, sie schrie ihn an, beschimpfte ihn. Und er wollte Mahir und die verfluchten Weinberge verlassen, sein Leben als Weinbauer aufgeben, die Juden…

Er könnte Dolça entführen. Die Idee kam ihm des Öfteren. Dass Frauen geraubt wurden, kam gar nicht so selten vor, manchmal geschah es mit ihrem Einverständnis, manchmal mit Gewalt. Er malte sich aus, wie er es anstellen würde: Er würde ihr auflauern, sie überraschen, sie so gewaltlos wie möglich verschleppen. Doch eine Dolça, die sich, nachdem er sie geraubt hätte, unterwerfen würde, konnte er sich nicht vorstellen. Sie wäre imstande, ihn zu töten. Seufzend verwarf er den Gedanken. Er konnte zu ihr gehen und sie um Verzeihung bitten, dann würden sie weitermachen wie bisher, in aller Stille und Heimlichkeit. Auch noch nach ihrer Hochzeit. Es war schon August, und bis zur Feier war es nicht mehr als ein Monat. Dann würde ein anderer Mann sie besitzen. Bei der Vorstellung, wie Dolça nackt in den Armen eines anderen lag, drückte Hugo auf die Wunde an der rechten Hand. Er hatte sie sich zugezogen, als er an einem der Holzpfeiler in der

Kelterei seine Wut ausgelassen hatte, um sich genau von diesem Bild zu befreien. Ihm kam der wahnwitzige Gedanke, den jungen Saúl zu ermorden. Doch er verwarf ihn sogleich wieder. Er musste sich damit abfinden, dass Dolça nie seine Frau sein würde. Wieder drückte er auf die Wunde, der Schmerz lenkte ihn von seinem Kummer ab. Es war ein langer, wenn auch nicht allzu tiefer Schnitt in der Handfläche. Er versorgte die Wunde selbst, indem er sich Branntwein darübergoss.

In Gedanken versunken, betrachtete er die Flasche. Dann schüttelte er sie, hielt sie ins Licht, führte sie an die Lippen und nahm einen Schluck.

Er wusste, er würde nicht daran sterben, so wenig wie der Räudige Hund. Eines Tages hatte er Mahir ganz beiläufig auf die Sache mit dem Branntwein angesprochen. Dieser hatte selbst schon darüber nachgedacht, warum jener Soldat den Genuss von zwei Fläschchen *aqua vitae* hatte überleben können, und ihm geantwortet: »Das war erst die erste Destillation gewesen, Hugo. Ich nehme an, das ist der Grund, warum der Bursche überlebt hat. Der Branntwein hatte noch nicht seine Quintessenz erreicht. Du hast das gewiss auch schon erfahren, wenn du den Branntwein bei der Herstellung kostest. Je öfter wir den Branntwein destillieren, desto stärker ist sein Geist und desto intensiver sein Geschmack, und desto mehr brennt er auf den Lippen. Nach der ersten Destillation, wenn er nur schwach in der Kehle brennt, scheint er jedenfalls nicht tödlich zu sein.«

Hugo ging den komplizierten Herstellungsprozess des Branntweins im Geiste noch einmal durch. Beim ersten Destillationsvorgang ging die Hälfte des Weines verloren und verblieb im Topf, während der Rest ein zweites Mal destilliert wurde. Bei diesem zweiten Vorgang verblieben sieben Teile von zehn, dem folgte noch ein dritter Destillationsvorgang mit einer Ausbeute von fünf Teilen von diesen sieben. Normalerweise führte man drei Destilliervorgänge durch. Man konnte aber auch sieben oder sogar bis zu zehn vornehmen.

Hugo spürte, wie die Flüssigkeit auf dem Weg in seinen Magen brannte. Er räusperte sich, hustete und räusperte sich abermals. Gleichwohl wurde er nach kurzer Zeit recht locker und entspannt, und seine Sorgen lösten sich in Wohlgefallen auf. Mahir hatte recht gehabt: Man starb nicht daran. Langen und schlaflosen Nächten begegnete Hugo fortan mit ein paar Schlucken Weinbrand, die ihm beim Vergessen halfen.

An den Samstagen kümmerte Hugo sich um den Weinberg von Santa María del Mar, denn die Juden feierten den Sabbat, und Mahir hatte ihm gesagt, wenn er selbst nicht arbeite, dann dürfe sein Lehrling das auch nicht tun, so wenig wie seine Magd. Und mit einem Augenzwinkern setzte er hinzu, ihm gefalle die Vorstellung, dass sich an diesem heiligen Tag auch die Weinstöcke ausruhten.

Es war der erste Samstag im August des Jahres 1391, und auch diesmal arbeitete Hugo wieder im Weinberg von Santa María del Mar. Anschließend wollte er vielleicht noch die nahe Stadt besuchen. Die Ländereien im Prinzipat gehörten fast alle entweder dem König, den Adligen oder der Kirche. Letzterer war es durch ein Gesetz des Königs verboten, ihren Besitz zu verkaufen, und so gab sie ihn in Erbpacht weiter. Dadurch zählten die Ländereien zwar nicht mehr zu ihren Besitztümern, doch die Kirche erhielt in einer Art verschleiertem Handelskauf einen Zehnten des Ertrags. Allerdings wurde der Weinberg von Santa María del Mar von ein paar alten Tagelöhnern bewirtschaftet, die mehr dem Wein hörig waren und den wenigen Frauen, die in die Gegend kamen, als dass sie den Weinberg gepflegt hätten. An diesem Tag war Hugo jedoch weniger ausdauernd als sonst.

»Ich gehe«, verkündete er, noch ehe die Sonne den Zenit erreichte und die Hitze im Weinberg unerträglich wurde.

»Bring das den Pfarrern«, sagte ein Tagelöhner und deutete auf einen Korb voller Pfirsiche.

Hugo war versucht, ihm eine Beleidigung an den Kopf zu werfen. Er wollte nicht zu den Pfaffen gehen, sie nutzten solche Gelegenheiten immer aus. Und doch packte er den Korb und schulterte ihn, denn er wollte sich nicht mit einem alten Mann herumstreiten.

Es war jetzt sechs Jahre her, dass Berenguer de Barutell, noch minderjährig, zum Erzdiakon von Santa María del Mar ernannt worden war. Das Machtvakuum, das durch seine Minderjährigkeit entstanden war, hatte dazu geführt, dass die nahezu sechzig Nutznießer der Kirche sowie der reguläre Klerus, die Vikare und Subvikare, hoffnungslos zerstritten waren. Sie stritten sich um die Privilegien, das Vermögen und die Einkünfte dieses so reichen Gottestempels.

Kaum hatte Hugo den Korb im Vorraum der Kirche abgestellt, stürzten sich zwei Mönche darauf und versuchten, an die Früchte zu gelangen, ehe die anderen darauf aufmerksam würden. Doch das gelang ihnen nicht, und so entspann sich, während Hugo davonging, hinter seinem Rücken ein heftiger Streit, was seine bedrückte Stimmung nur noch verschlechterte.

Er brauchte eine ganze Weile bis zum Strand von Regomir, wo die Werft lag. Soeben war eine Galeere aus Alexandria eingelaufen. Die Handelswaren, die das Schiff mitgebracht hatte, lagen am Strand, und die Leute standen dicht gedrängt um sie herum. Hugo wollte nicht stehen bleiben. Die Freude über die erfolgreiche Fahrt interessierte ihn nicht, und er wollte auch nicht in die Bewunderung für diese Händler einstimmen, die inmitten des Reichtums umherstolzierten. Er wandte sich ab, um ans Wasser zu gehen und eine Weile ungestört zu sein. Das Meer war ruhig und glänzte in der Augustsonne.

Die frisch eingelaufene Galeere und zwei weitere Schiffe aus Valencia nutzten das gute Wetter und blieben vor Anker liegen. Sollte ein Sturm aufkommen, würden sie in einen sicheren Hafen einlaufen müssen, etwa nach Salou, denn an den Stränden Barcelonas waren sie ungeschützt. Der Genuese hatte das gelegentlich kommentiert: »Was für ein Hohn, dass die zweitwichtigste Stadt des Mittelmeers, die mit der ganzen Welt Handel treibt und über eine Werft wie diese verfügt, keinen ordentlichen Hafen besitzt.«

Die zweitwichtigste. Hugo lachte beim Gedanken an den *Mestre d'aixa.* Die Dinge wären einfacher gewesen, wenn er bei Domenico Blasio geblieben wäre. Doch im Grunde hinderte ihn nichts daran, nach Genua zu gehen. Er lächelte wieder in sich hinein, als die beiden anderen Schiffe seine Aufmerksamkeit weckten. Jetzt verstand er, was ihn zuvor, am Strand, so erstaunt hatte: Die Leute, die man dort und in der Stadt umherspazieren sah, waren fast alle kastilische Seeleute. Sie sprachen eine andere Sprache, sie sahen anders aus, und sie verhielten sich auch anders.

Plötzlich riss Geschrei ihn aus seinen Gedanken. Er wandte den

Kopf. Zwischen den Kähnen, die am Strand von Regomir auf Stapel gezogen lagen, gewahrte er etliche kastilische Seeleute, die herumschrien und gestikulierten. Er stand auf und sah, dass immer mehr Kastilier zusammenströmten, bis sie eine Schar von vierzig oder fünfzig Mann bildeten. Er fragte sich, ob es sich vielleicht um ein Handgemenge handelte. Aber dem war nicht so. Viele Bürger der Stadt liefen zu den Kastiliern, aber nicht, weil sie sich prügeln wollten – sie schlossen sich ihnen an und fielen in ihr Gebrüll ein. Und schon bald hatten sie sich auf einen Kampfruf geeinigt: »Ketzer!«

Hugo begann zu zittern. Das konnte nur bedeuten …

»Auf ins Judenviertel!«

»Weg mit den Juden!«

Hugo lief los.

Dolça! Plötzlich war er in der Menge gefangen, die mit Stöcken, Messern und etlichen die Köpfe überragenden Schwertern bewaffnet war. Der Pöbel riss ihn mit sich durch die enge Calle de la Ciutat. Drohungen, Beleidigungen und Blasphemien hallten zwischen den Steinmauern wider, während Kunsthandwerker und Händler eilig ihre auf der Straße ausgestellten Waren einholten. Mehr als einem gelang das nicht, und die Stände wurden umgeworfen und niedergetrampelt. Die tobende Menge bog auf die kleine Plaza de Sant Jaume ein und sammelte sich dort. »Was ist los? Warum bleiben wir stehen?« Hugo, der zwischen ihnen gefangen war, atmete auf, als er hörte, dass die Tore zum Judenviertel noch verschlossen waren.

»Der Stadtrichter hat eine Kompagnie Soldaten zur Verteidigung der Juden auf dem Platz postiert«, sagte einer.

»Weil sie wissen, dass vor einigen Tagen das Judenviertel von Valencia angegriffen wurde«, sagte ein anderer. »Es heißt, sie seien dort zu Hunderten umgekommen.«

»Und weitere Hunderte von Juden haben sich in Valencia zum wahren Glauben bekehren lassen«, erfuhr er.

Saúls Familie wusste bestimmt Bescheid. *Vielleicht sind sie geflohen*, sagte sich Hugo. Aber er hatte Mahir erst am Vortag gesehen.

»Es heißt, das Judenviertel von Mallorca sei auch angegriffen worden.«

»Barcelona wird nicht zurückstehen!«

Die Drohung aus dem Mund eines aufgebrachten Seemanns, den Hugo bei Regomir gesehen und für einen guten Mann gehalten hatte, fiel in eins mit dem Beginn des Sturms auf das Judenviertel. Die kleinen Verschläge der Schreiber, die den Platz umstanden, begannen zu brennen. Das Feuer griff blitzschnell um sich. Auch die Tore des Judenviertels wurden Opfer der Flammen. Panik breitete sich aus. Sowohl der Stadtrichter mit seinen Soldaten als auch die Stadträte, die herbeigeeilt waren, um mit den Aufständischen zu verhandeln, fürchteten um ihr Leben und verließen das Judenviertel.

Als die Türen dem Feuer und den Schlägen nicht länger standhielten, sah sich Hugo durch eine schreiende Masse ins Innere des Judenviertels gedrängt. Er schaffte es nicht, in die Calle del Call zu gelangen, in der das Haus des alten Saúl stand, stattdessen wurde er in die Calle de la Font mitgerissen.

»Wo willst du hin?«, schrie ein Mann, als er Anstalten machte, umzukehren.

Der Kerl stieß ihn vor sich her. Hugo stolperte und wäre fast gefallen. Er begriff, dass sie ihn ohne zu zögern tottrampeln würden, und ließ sich mit dem Strom treiben. Die Straßenräuber schlugen die Türen der Häuser ein, um sie auszuplündern. Bald übertönten die Entsetzensschreie der Juden die der Angreifer, von denen die meisten auf Raub und Plünderung aus waren. Die Gassen füllten sich mit fliehenden Männern und Frauen, Kindern und Alten. Hugo sah entsetzt, wie ein Mann einem Juden ein Messer in den Leib stieß. Eine junge Frau mit zwei Kindern fiel neben dem, der vielleicht ihr Mann oder ihr Vater gewesen war, auf die Knie. »Lauf weg!«, wollte Hugo ihr zuschreien. Jemand versetzte der jungen Frau einen Fußtritt in den Bauch. Hugo wurde schlecht. Als die Frau nach einem Schlag mit einem dicken Holzprügel mit brutal verdrehtem Kopf dalag, musste er sich übergeben. Die Angreifer stürmten in die Häuser und kamen beladen mit allem möglichen Zeug und Gerätschaften wieder heraus. Mühsam boxte sich Hugo bis zu Saúls Haus einen Weg durch die Menge, zwischen Leichen und im Todeskampf liegenden Menschen hindurch.

Bei seiner Ankunft war man immer noch mit Plündern beschäftigt. Hugo ging hinein. Manche hackten sogar die Wände auf, auf der Suche nach Schmuck oder Geld. Keiner schien sich um seine Anwesenheit zu scheren. Er lief durch die Gemächer. In Saúls Arbeitszimmer herrschte ein unerträglicher Gestank, die Gefäße lagen zerbrochen auf dem Boden, und ihre Ausdünstungen schwebten in der Luft. Von Saúl war nichts zu sehen. Er ging in den Keller, dann in die Küche, den Garten, die Schlafzimmer … Er traf keinen seiner Freunde an. Eine Frau karrte einen großen Haufen Kleider davon. Er erkannte ein Kleid von Dolça und spuckte der Frau hinterher.

»Und was ist mit den Juden aus diesem Haus?«, fragte er einen Mann, der gerade das Essgeschirr aufstapelte.

»Es war niemand da. Sie müssen wie die Ratten die Flucht ergriffen haben.«

Durch diese Auskunft ein wenig erleichtert trat er wieder auf die Straße. Er dachte an Mahir und wollte sich überzeugen, dass auch er hatte entkommen können.

Er ging durch die Calle del Call Richtung Stadttor. Die Leichen stapelten sich auch hier auf der Straße. Bevor er dort ankam, sah er das Haus, in dem Regina wohnte. Er sah die aufgebrochenen Türen und hörte aus dem Innern Schreie auf die Straße dringen. Ohne nachzudenken, trat er ein. Im Eingangsraum lag der Vater der jungen Frau mit durchgeschnittener Kehle. Hugo folgte den Schreien und gelangte zu den Schlafzimmern. In einem von ihnen sah er Regina nackt auf dem Bett liegen. Ihre Kleider waren zerrissen, und ein Kerl nahm sie mit brutaler Gewalt. Zwei weitere, von denen einer mit heruntergelassenen Hosen erregt und voller Wollust zusah, feuerten den Vergewaltiger an und warteten, dass sie an die Reihe kamen. Sie hatten Hugo nicht ins Zimmer treten sehen, und so sahen sie auch nicht, wie er nach dem blutigen Schwert griff, das an der Wand lehnte. Sie nahmen ihn erst wahr, als er die Waffe schon erhoben hatte und mit Kraft auf den Nacken des erbärmlichen Schuftes niederfallen ließ, der Regina vergewaltigte. Dem Knacken, mit dem er dessen Wirbelsäule entzweihieb, folgte eine irreale Stille.

»Was …«

»Wieso …«

Die anderen beiden stotterten und waren außerstande zu reagieren. Hugo begriff, dass sie stärker waren als er, und als der eine seine Hosen wieder hochzog, um sein erschlafftes Glied zu bedecken, wusste er, dass er etwas tun musste.

»Ich habe es ihm gesagt!«, schrie er. Er erhob wieder das Schwert, diesmal gegen die beiden Männer. »Ich hatte ihn gewarnt!«, brüllte er cholerisch. »Sie gehört mir!« Er schwang die Waffe. »Ihr wolltet sie mir wegnehmen! Dabei laufen draußen Tausende von diesen Schlampen herum.«

Letzteres Argument sowie das drohend über ihren Köpfen schwebende Schwert überzeugte sie. Kaum waren sie zur Tür hinaus, schloss Hugo diese und lehnte sich mit dem Rücken dagegen. Das Schwert glitt ihm aus der Hand und fiel mit metallischem Klirren zu Boden. Er schloss die Augen. Kurz darauf holten Reginas Schluchzer ihn in die Wirklichkeit zurück. Das Mädchen tat nichts, um den mit seinem ganzen Gewicht auf ihr lastenden Toten loszuwerden. Sie weinte nur, die Arme zu beiden Seiten ihres Körpers ausgestreckt, als wagte sie nicht, sich zu bewegen. Hugo sah die Panik in ihren Augen. Und ihre Tränen. Er stand auf, drehte die Leiche herum und ließ sie seitlich von der Bettkante rollen. Dann wickelte er Regina in ein Laken und versuchte dabei, nicht auf die Prellungen, Wunden und Bisse auf dem Leib der jungen Frau zu schauen.

Er stellte sie auf ihre Füße, ließ sie ein paar Schritte gehen, und nachdem sie beim Anblick ihres Vaters ein paar wimmernde Klagelaute ausgestoßen hatte, drängte er sie aus dem Haus. Sie liefen auf der Calle del Call durch die Menge, die zu sehr damit beschäftigt war, mit ihrer Beute zu fliehen, als dass sie darauf geachtet hätte, was dieser junge Mann vorhatte, der in der einen Hand ein Schwert trug und an der anderen eine in ein Laken gehüllte junge Frau mit sich führte. Sie gelangten zur Plaza de Sant Jaume, wohin die Soldaten des Stadtrichters zurückgekehrt waren. Die Angreifer rannten davon und zerstreuten sich in der Stadt. Niemand verfolgte sie, weil die Behörden keinen zweiten Aufstand heraufbeschwören wollten. Einer der Soldaten trat auf Hugo zu.

»Wo kann ich sie hinbringen?«, fragte er den jungen Mann. »Wer würde sie aufnehmen?« Als der Soldat zögerte, setzte er hinzu: »Glaubst du, ich würde sie hierher begleiten, wenn ich ihr etwas angetan hätte?«

Ein anderer Mann, klein und schmächtig, der bis dahin über mehrere Verwundete gebeugt dagestanden hatte, kam näher.

»Regina …?«

Hugo nickte.

»Regina?«, fragte er dennoch erneut.

»Ja, es ist Regina«, antwortete Hugo.

Der Mann achtete gar nicht auf ihn und griff nach dem Mädchen.

»Ich bin Medicus und ein Freund der Familie«, sagte er, als er sah, dass Hugo sich ihm widersetzen wollte.

»Bringt sie in die Casa de la Ciutat«, sagte der Soldat und deutete auf die Rückseite des Gebäudes, die auf den Platz hinausging. »Castell Nou ist voller Flüchtlinge, und außerdem ist dieses Mädchen …«

»Dort ist schon alles voll«, antwortete der Arzt und deutete mit dem Kinn auf dic verschiedenen Verwundeten, die in der Obhut der Soldaten verblieben waren. »Bringt sie nach Castell Nou. Dort gibt es mehr Ärzte.«

»Wisst Ihr, ob sich Saúl, seine Tochter Astruga und Dolça in dieser Festung befinden?«, fragte Hugo.

»Ja«, antwortete der andere, der es eilig hatte und ihm bereits wieder den Rücken gekehrt hatte. »Sie sind dort und kümmern sich um unsere Verwundeten.«

Hugo sah dem Mann hinterher, der mit Regina den Platz überquerte. Unter dem Laken schauten die nackten Füße des Mädchens hervor.

Nach der Plünderung und Brandschatzung, die an jenem unheilvollen Samstag, dem 5. August 1391, im Judenviertel stattgefunden hatte, ließen die Behörden bewaffnete Bürgergruppen den Sonntag über Wache halten. Mehr als zweihundertfünfzig Juden waren ermordet worden. Hunderte hatten sich auf Castell Nou geflüchtet, die alte Festung vor dem Osttor der römischen Stadtmauer von Barcelona. Viele wurden in christlichen Haushalten aufgenommen, andere flüchteten sich hinter die Mauern einiger Klöster, und die übrigen waren aus der Stadt geflohen.

Der Stadtrichter wiederum machte sich mit einem Trupp auf die Suche nach den Kastiliern, die den Aufstand angezettelt hatten. Wie es hieß, hatten die meisten von ihnen schon an Plünderungen der Judenviertel von Valencia und Sevilla teilgenommen. Diese waren eine Folge der Hasspredigten gegen die Juden, mit denen der Erzdiakon von Écija, Ferrán Martínez, die Gläubigen aufgestachelt hatte.

Die Kastilier wurden bald gefunden. Sie wurden am Strand, in den Tavernen und Gasthäusern und auf den Schiffen aus Valencia festgenommen. Am folgenden Tag erging vom Rat der Hundert das Urteil, dass sie mit dem Tod durch den Strang bestraft werden sollten.

Hugo war zugegen, als die bewaffneten Bürgergruppen zwischen der Plaza del Blat und der Plaza de Sant Jaume Aufstellung nahmen. Sie marschierten auch vor den Kirchen Sant Miguel und Sant Just i Pastor auf. An all diesen Orten sollten Kastilier gehenkt werden. *Das geschieht ihnen recht*, dachte Hugo bei sich, dem die Grausamkeiten vom Samstag noch lebhaft in Erinnerung waren. Er wusste nicht, was aus Regina geworden war, nahm jedoch an, dass der Arzt ihr geholfen hatte. Er erfuhr, dass die wichtigsten Familien des Judenviertels, die Mitglieder des Judenrats, die Reichen, die Gelehrten und die königlichen Beamten in christlichen Häusern Aufnahme gefunden hatten. Saúl dagegen, der auch ein Mitglied des Rats war, war noch mit seiner Familie auf der Festung, wo sie sich um die Opfer des Angriffs kümmerten.

Hugo versuchte sich Zugang zu Castell Nou zu verschaffen, doch die Soldaten ließen ihn nicht passieren, da er kein Jude war. Er nutzte die Zeit für einen Besuch bei Arsenda und war überrascht, welcher Hass in den Worten mitschwang, die sie ihm durch das Fenster zuflüsterte: »Ketzer! Verfluchte! Mörder!« Bedrückt verabschiedete er sich von ihr.

In diesem Augenblick wartete Hugo wie viele andere Bürger Barcelonas auf die Hinrichtung der Kastilier. Einige Priester hatten sich bereits beim Kerker des Stadtrichters eingefunden, um den Angeklagten die Beichte abzunehmen. Im Palast des Stadtrichters regte sich etwas: Die Stadträte trafen ein. Die Leute begannen sich um die Galgen zu drängen. Alles schien sich an diesem sonnigen Augusttag in Marsch zu setzen. Auf einmal erhob sich von der Calle de la Mar her, in der die

Silberschmiede ansässig waren und die sich von Santa María bis zur Plaza del Blat erstreckte, Lärm. Nur wenige maßen dem Bedeutung bei, die meisten hielten den Blick aufmerksam auf die Burgtore gerichtet. Doch der Lärm schwoll immer mehr an. Hugo hatte das am Samstag davor schon einmal erlebt. Der mit Armbrüsten, Stöcken, Schwertern und Messern bewaffnete Mob, der jetzt Kriegsbanner schwenkte, erreicht die Plaza del Blat.

»Ein Hoch auf den König und das Volk!«, riefen die Leute wie aus einem Mund.

Sie blieben nicht stehen, um mit den Stadträten zu sprechen, die für Verhandlungen aus der Burg gekommen waren. Im Gegenteil, mehrere Ratsherren wurden von Armbrustpfeilen getroffen. Einer von ihnen starb mit durchbohrter Brust. Die Menschenmenge rang die Soldaten des Stadtrichters und die bewaffneten Bürger, die diesen zu Hilfe eilten, nieder. Und als sich ihnen niemand mehr widersetzte, stürmten sie die Burg und befreiten sämtliche Gefangene, die Kastilier genau wie die anderen.

Der größte Teil des Pöbels zog danach weiter Richtung Castell Nou, wohin sich die Juden geflüchtet hatten. Einige rannten zu den Kirchenglocken, um Sturm zu läuten und auch noch die Bauern der umliegenden Dörfer herbeizurufen. Andere öffneten die Tore der Stadt, um die Bauern mit dem Schrei zu empfangen: »Die Großen fressen die Kleinen!«

Die Bauern verstanden diesen Schlachtruf gut. Durch die Leibeigenschaft hatten die Feudalherren eine ungeheure Macht über sie erlangt, die sie schamlos ausnutzten.

Aber nicht nur die Bauern verstanden diesen Schlachtruf, auch die Bürger Barcelonas stimmten ein, denn die reichen Ratsherren hatten schon lange aufgehört, ihr Geld in den Handel zu stecken. Sie kauften sich lieber Ländereien und Rechtsansprüche, in dem Versuch, sich in ein städtisches Patriziat zu verwandeln, das ähnliche Privilegien genoss wie die Adligen des Königreichs.

»Ein Hoch auf den König und das Volk!«

»Die Großen fressen die Kleinen!«

Diese beiden Schlachtrufe ertönten in ganz Barcelona und wurden zum Kriegsruf einer Bevölkerung, die in der Gewalt ein Ventil für ihre Verbitterung gefunden hatte.

Tatsächlich war das Erste, was die Bauern taten, nachdem sie die Stadt betreten und sich auf der Plaza de Sant Jaume versammelt hatten, das Amtsgericht zu stürmen und sämtliche Schriftstücke und Besitzurkunden zu verbrennen, deren sie von den Ländereien habhaft werden konnten, die Barcelonas Gerichtsbarkeit unterstanden: von Montgat bis Castell de Fels, und vom Meer bis Vallvidrera und Molins de Rey.

Der Stadtrichter hatte sich im Castell Nou verschanzt, um dort auszuharren, bis der König eingreifen würde.

Viele fürchteten nun, dass der Pöbel und die Bauern, die von außerhalb nach Barcelona gekommen waren, sollte ihnen die Einnahme der Festung nicht gelingen, ihren Zorn gegen die Ratsherren und die wohlhabendere christliche Bevölkerung richten würden. Ein misslungener Versuch, die Häuser der Reichen anzugreifen, war schon unternommen worden.

In dieser Situation entschied der Stadtrichter, die auf die Festung geflohenen Juden ihrem Schicksal zu überlassen, und überantwortete sie dem Pöbel, der nicht zögerte, sich auf sie zu stürzen. Unter Einsatz seiner Ellbogen und Fäuste gelang es Hugo, zusammen mit den Aufständischen in die Burg zu gelangen. Sollte Dolça tatsächlich dort sein …

»Ketzer!«, hallte es dort plötzlich durch den großen Festungssaal. Wer rief da? Hugo versuchte etwas zu erkennen. »Anhänger Jehovas!«, tönte es. »Schwört eurem vermaledeiten Glauben ab, und es wird euch nichts geschehen. Jesus Christus in seiner unendlichen Gnade wird euch, euren Frauen und Kindern gegenüber Milde walten lassen. Weigert ihr euch, seid ihr auf der Stelle tot.«

Auf der Burg mussten über tausend Juden nun einer nach dem anderen vor den Rädelsführern vorbeidefilieren. »Konversion oder Tod?«, lautete deren knappe Frage. »Konversion.« Viele entschieden sich dafür, ihrem Glauben abzuschwören. Anschließend wurden sie zur Plaza de Sant Jaume geführt. Dorthin hatte man in einer eiligen Prozession ein großes Kreuz aus der Kathedrale getragen, in dessen Schatten Priester, Notare und öffentliche Schreiber Platz genommen hatten, um sie an Ort und Stelle zu taufen und mit ihren neuen Namen einzutragen: Juan. Ramón, Pedro …

Hugo gelang es, bis zur Mitte des Saals vorzudringen, wo er mit ansehen musste, wie man einem Mann, der mutig auf seinem Glauben beharrte, wie angedroht mit einem einzigen Schnitt die Kehle aufschlitzte.

Allmählich stapelten sich die Leichen. Jemand schlug vor, sie fortzuschaffen. »Sie sollen sie sehen!«, schrie einer der Rädelsführer. Hugo war nicht überrascht, als er auf einmal den Räudigen Hund erblickte, als Henker verkleidet, mit einem großen Messer in der Hand. Er schnitt den Juden die Kehle durch, als hätte er Schlachtvieh vor sich.

Schließlich entdeckte Hugo auch Dolça. Sie befand sich in der Nähe der Tür und hatte offenbar auch ihn in der Menge erkannt. *Lächelt sie mir zu?*, fragte er sich erstaunt. Als könnte sie ihn hören, antwortete sie mit einem breiten Lächeln. Sie ging entschlossen vor ihrer Mutter und ihrem Großvater her. Alle drei näherten sich der Stelle, an der sie ihre Entscheidung bekannt geben mussten. Astruga, die hinter ihr ging, hatte die Hände auf die Schultern ihrer Tochter gelegt. Dolça streichelte sie, ohne den Blick von Hugo zu wenden.

Er wäre am liebsten fortgerannt, aber er stand wie gelähmt und konnte sich nicht rühren.

»Konversion oder Tod?«, wurde die junge Frau gefragt.

»Konversion, Konversion«, murmelte Hugo flehentlich.

Dolça wandte den Blick von ihm ab, um ihn nicht in Gefahr zu bringen.

»Weder noch«, antwortete sie.

Astruga zuckte zusammen und sah sich suchend um. Als sie Hugo entdeckte, schloss sie die Augen, nickte, als verstünde sie, und küsste ihre Tochter auf den Scheitel.

»Was soll das heißen?«

»Ich habe das Glück kennengelernt«, erwiderte Dolça.

»Ich frage noch mal: Schwörst du deinem Glauben ab?«

»Nein.«

Da stieß Hugo die vor ihm Stehenden an. Er wollte sich zu ihr durchdrängen, doch die beiden Frauen kamen ihm zuvor:

»Nein«, sagte Dolça wieder, diesmal an Hugo gewandt.

»Rühren Sie meine Tochter nicht an!«, rief Astruga und warf sich auf den Mann, der Dolça fragte.

In dem nun einsetzenden Getümmel war es Hugo unmöglich, bis zu ihnen zu gelangen. Hilflos musste er mit ansehen, wie der Räudige Hund mit roher Gewalt Dolças Kehle durchtrennte. Der Schrei blieb Hugo im Hals stecken. Er verlor das Bewusstsein und fiel im selben Augenblick wie der leblose und blutüberströmte Körper Dolças zu Boden.

9

»Nun macht schon, sputet euch!«

Die beiden Sklaven mühten sich, schneller zum Gehöft zu kommen. Hugo lief verdrossen weiter, der Korb mit Gemüse, den er trug, wankte gefährlich. Romeu, der Gutsverwalter, wollte schon zu ihm gehen und ihn aufmuntern, doch dann besann er sich, zuckte mit den Schultern und schloss zu den Sklaven auf, die die restlichen Körbe trugen. Hugo würde nachkommen, traurig und langsam, wie immer.

Romeu hatte ihn am Tag des Überfalls auf Castell Nou in der Dämmerung im Weinberg gefunden, wo er orientierungslos umhergeirrt war. Er hatte ihn ausgefragt, doch der Junge hatte völlig unverständliches Zeug gemurmelt. Romeu kannte und schätzte ihn. Er hatte ihn in der Vergangenheit gelegentlich als Aushilfe für die Arbeit auf dem Gehöft angeheuert. Er war ein tüchtiger und ernsthafter Arbeiter, davon hatte er sich oft überzeugen können. An jenem Abend hatte der Junge ihm leidgetan und er hatte ihn mitgenommen. Es war ihm keine gute Idee erschienen, ihn zum Weinberg des Juden zu bringen. Nur Gott wusste, was mit dessen Besitzungen geschehen würde, und wenn der Junge eines Tages nicht mehr in diesem seltsamen Rauschzustand wäre, würde er selbst entscheiden, was er machen wollte.

Aber sein Zustand besserte sich nicht. Hugo hatte mehrere Tage lang geschwiegen und war, in eine Ecke gekauert, mit verlorenem Blick dagesessen. Romeu hatte erfolglos versucht, ihn zum Essen zu bewegen. Er hatte den Sklavinnen befohlen, einander abzulösen und ihm die Lippen zu netzen, damit er nicht austrocknete, und nach einer Weile war er fast versucht gewesen, ihn wieder in den Weinberg des Juden zu bringen und dort seinem Schicksal zu überlassen.

»Die Sklavinnen können nicht die ganze Zeit damit vertun, sich um ihn zu kümmern«, sagte er zu seiner Gemahlin, die Hugo in ihr Herz geschlossen hatte und die ihn daran hindern wollte. »Was wird Herr Rocafort dazu sagen, wenn er davon erfährt?«

»Ich bin mir sicher, dass dir eine Entschuldigung einfallen wird«, antwortete seine Frau auf die Frage hin, was er denn tun solle, wenn der Besitzer auf dem Gutshof vorbeikommen würde, ein reicher Händler, der mit fast allem Handel trieb, von Gewürzen bis hin zu Sklaven, wie etwa den russischen jungen Frauen, die sich um Hugo kümmerten. »Und außerdem, welche Aufgaben haben sie denn sonst zu erfüllen, außer der, verkauft zu werden?«

Romeu hatte sich dennoch Saúls Weinberg angesehen. Er hatte ihn in einem verwahrlosten Zustand vorgefunden, auch wenn man die Kelterei offenbar nicht angerührt hatte, obwohl sie einem Juden gehörte. Er hatte sich gefragt, ob Mahir wohl einer der über fünfhundert Toten gewesen war, mit denen der Sturm auf das Judenviertel geendet hatte. So jedenfalls erzählte man es sich: über fünfhundert Tote. Hunderte von Juden, die ihrem Glauben abschwören und konvertieren mussten, und viele weitere, die sich noch in christlichen Häusern versteckt hielten. Nach der Verwüstung des Judenviertels konnte keiner mehr in sein Haus zurückkehren, ob er nun konvertiert war oder nicht. Einige wenige, die sich in die Klöster geflüchtet hatten, bekamen nach ihrer Taufe ein paar Münzen, um ein neues Leben anzufangen, doch die meisten lebten in bitterer Armut.

Romeu hatte anfangs geplant, in die Stadt zu fahren, sich dort nach Mahir zu erkundigen und dem Jungen Bericht zu erstatten, doch dann hatte er das Vorhaben bis auf Weiteres verschoben.

»Wenn du hierbleiben willst, musst du arbeiten«, hatte er zu Hugo gesagt, nachdem er seinen Plan, den Juden zu suchen, aufgegeben hatte.

Hugo verstand. Die Zeit der Weinlese rückte näher, und die Hilfe, die Hugo leisten konnte, war sehr wertvoll für Romeu, auch wenn Hugo traurig und langsam war. Kein Sklave ging mit derselben Sorgfalt wie der Junge seinen Pflichten nach. Zumal sie noch keinen Tageslohn vereinbart hatten: Hugo erhielt nur ein paar Schuhe mit Hanfsohle und einen alten Mantel aus grobem Tuch, um sich vor der Kälte zu schützen, Wein und Essen sowie ein Bett in der Schlafkammer der Sklaven, einem Gehöftanbau. Man wusste nie genau, wie viele Personen dort nächtigten, mal waren es nur die festen Arbeiter des Gehöfts, dann wieder auch die Arbeiter, die Rocafort angeheuert hatte.

»Willst du ihm seine Arbeit nicht entlohnen?«, hatte seine Frau ihm ins Gewissen geredet.

»Doch, natürlich. Sobald er mich darum bittet. Es gibt wenige Arbeiter wie ihn.«

Dem pflichtete sie bei. Sie wusste, wie schwierig es war, Tagelöhner für das Feld zu finden. Nach der Schwarzen Pest von 1348 gab es nicht mehr genug Hände, und die Jugend, die hätte arbeiten können, ging lieber zum Heer und zog auf Abenteuer aus, statt einen Gemüsegarten oder Weinberg zu beackern. Die Sklaven ersetzten die Katalanen bei vielen Aufgaben, und eine davon war die Feldarbeit bei den reichen Bürgern. Die Sklaven kamen vornehmlich aus dem Orient: Russen, Bulgaren, Albaner, Türken, Griechen, Tataren. Sie wurden an der dalmatinischen Küste oder in Genua und Venedig gekauft, den wichtigsten Sklavenmärkten.

Die weiblichen Sklaven kamen auch aus dem Orient und wurden als Haushaltshilfen sehr geschätzt. Einige hatten blondes Haar, helle Augen und eine Haut wie Perlmutt, was, wie man sich erzählte, den Männern gut gefiel. Romeus Gemahlin María warf einen neidischen Blick auf zwei der jungen russischen Sklavinnen. Später unterzog sie ihren eigenen Körper einer eingehenden Prüfung. Sie betastete ihre Hüften und ihr Gesäß und hob prüfend ihre Brüste. Sie waren noch fest, auch wenn sie etwas dicker geworden war. Auf dem Gutshof von Rocafort wurde gut gegessen. Die Männer drehten sich immer noch gerne nach ihr um. María wusste das und genoss es, aber … Sie sah wieder zu den jungen Frauen hinüber und verspürte Neid. Die Männer mussten sie begehren. Wie sollte es anders sein?

Rocafort handelte mit Sklaven und konzentrierte sich auf den Markt, auf dem genau diese Arbeitskräfte gefragt waren. Die reichen Häuser protzten mit ihrem Haushaltspersonal, und die einfachen versuchten, es ihnen nachzutun. Die Hafenschiffer brauchten Sklaven für das Entladen der Fracht. Die Landbesitzer brauchten Sklaven für die Arbeit in der Landwirtschaft. Schreiner, Seilmacher, Schiffseigner und Ärzte kauften Sklaven. Auch der Klerus: Nonnen und Priester, ja selbst Bischöfe… Alle wollten Sklaven haben. Vier von den Frauen, die auf Rocaforts Gehöft wohnten, hatte der Händler ausgewählt, um sie für Preise, die über den üblichen lagen, direkt an ausgewählte Kunden weiterzuverkaufen. Die restlichen wurden über Unterhändler bei den Versteigerungen auf der Plaza de Sant Jaume oder dem Pla de Palau verkauft, auf dem man Arnau Estanyol hingerichtet hatte und wo sich die Stände befanden, an denen man für die Schiffe anheuern konnte, vor allem aber auf der Plaza Nova, vor dem Bischofspalast. Die Seeleute und Schiffseigner, die immer wieder Sklaven in fernen und exotischen Häfen einkauften, schleiften ihre Ware durch die Straßen von Barcelona und priesen sie lauthals an, bis sie von jemandem gekauft wurde.

Nach der Weinlese suchten die Mädchen weiter nach Hugo, als müssten sie ihm immer noch zu trinken geben. Er lächelte kurz und wies ihre Hilfe zurück. Keine von ihnen dürfte älter als fünfzehn sein, sagte er sich. Sie waren zart und schön. Er erinnerte sich, dass sie oft in einer Ecke weinend vor ihm gekniet und seine Lippen mit Wasser genetzt hatten. Damals hatte er sie noch nicht trösten können. Sein Körper zitterte immer noch im Rhythmus der Messerschnitte des Räudigen Hundes, und das Blut, das aus Dolças Kehle geströmt war, verklebte ihm noch immer die Gedanken.

Einmal hatte er sich von der Traurigkeit eines der russischen Mädchen anstecken lassen und geweint, als wäre er gerade aus einem Albtraum erwacht. Dass Hugo mit diesen Geschöpfen, die ihren Familien geraubt worden waren und nun an die Herrschaften von Barcelona verkauft werden sollten, seinen Schmerz geteilt hatte, hatte ein besonderes Band zwischen ihnen geschaffen.

Die Arbeit bei der Weinlese hatte ihm gutgetan. Weder Hugo noch die übrigen Sklaven noch das Personal des Gutshofes durften mit den Russinnen plaudern, aber er sah sie oft, denn María, Romeus Frau, lud ihn in die Küche des Gehöfts ein, nötigte ihn, mit ihnen zu essen, und fragte ihn aus, welches Unglück ihm denn widerfahren sei, was ihn dazu getrieben habe, im Weinberg umherzuirren, und weshalb er solche Qualen litt.

»Meine Mutter … ist gestorben«, hatte Hugo eines Tages die Sache erklärt und verschwiegen, dass sein Schmerz dem Verlust der Jüdin, die er liebte, geschuldet war.

»Das tut mir leid«, hatte sie gesagt und ihm ihr Mitleid ausgedrückt, indem sie gleich dort am Tisch versucht hatte, ihn zu trösten.

Sie hatte sich hinter ihn gesetzt, sich vorgebeugt und Hugo mit Küssen bedeckt, zunächst auf die Wangen, dann auf den Hals, während ihre Hände von den Schultern zur Brust gewandert waren und Hugo verstört sämtliche Muskeln angespannt hatte. Sie hatte das offenbar bemerkt, denn sie hatte von ihm abgelassen, ihr zu einem Knoten gebundenes Haar in Ordnung gebracht und sich die Schürze glatt gestrichen.

»Es gibt kein größeres Unglück als den Verlust einer Mutter«, hatte ihr Kommentar gelautet. »Iss, Hugo, iss. Und ihr, was macht ihr hier?« Sie war aufgesprungen, als sie die Anwesenheit der Russinnen bemerkt hatte, um sie gleich darauf mit ein paar Wörtern in ihrer Sprache anzubrüllen und mit den Händen herumzufuchteln, als wollte sie sie hinausscheuchen.

Im Herbst jenes Jahres wurden zwei der Mädchen fortgebracht. Als Hugo eines Tages vom Weinberg zurückkam, erfuhr er, dass die Käufer, wohlhabende Bürger aus Barcelona, sie abgeholt hatten. Einen Augenblick war er überrascht und fürchtete das Schlimmste für das Schicksal der Mädchen. Dann warf er sich auf die Matratze, schloss die Augen und ließ es geschehen, dass das Bild von Dolça seinen Schmerz wieder wachrief.

Der nächste Besuch traf sie alle unvorbereitet. Eines Morgens Anfang Dezember wurde Herr Rocafort unerwartet im Gehöft vorstellig. Der Händler ritt auf einem Maultier, begleitet von einem Mann zu Pferd und einem weiteren zu Fuß.

»Raus, raus, raus!«, scheuchte María Hugo auf und zog noch im Vorbeihasten den Stuhl, auf dem er in der Küche saß, unter ihm weg. »Der Herr kommt. Er darf dich nicht auf dem Gehöft sehen … hier bei den Mädchen. Er weiß nichts von deiner Anwesenheit.« Sie zerrte ihn zu der Tür, die auf den großen Innenhof beim Eingang des Gehöfts hinausging. »Verflucht!«, sagte sie leise, als sie sah, dass es schon nicht mehr möglich war, Hugo unentdeckt aus dem Gebäude zu schleusen. »Komm mit!«, befahl sie dann und zog ihn an der Hand hinter sich her.

Das Gebrüll und Gelächter des Herrn und seines Gastes waren deutlich zu hören. Sie waren von ihren Reittieren abgestiegen und würden jeden Augenblick durch die Tür kommen, die zum Esszimmer gleich neben der Küche führte. María verwarf die Idee, Hugo im oberen Stockwerk zu verstecken. Man würde sehen, wie sie die Treppe hinaufstiegen. Sie öffnete die erste der Türen, die zum Esszimmer führten: eine Speisekammer.

»Wag es nicht zu atmen!«, lautete ihre Warnung an den Jungen.

Sie stieß ihn hinein und schnappte sich schnell ein Stück Schinken aus einem Speiseschrank, um den anderen zu zeigen, dass sie deshalb in der Kammer gewesen war. Dann schloss sie hinter ihm die Tür.

Im Dunkeln atmete Hugo die Düfte der dort gelagerten Lebensmittel ein und hörte, wie María den Herrn begrüßte. Unbekannte Stimmen. Gelächter. Jetzt war es Romeu, der sprach. Nein, Rocafort sei nicht gekommen, um die ordentliche Bezahlung der Abgaben zu prüfen. Das mache er ein andermal. Was er jetzt begehre, sei Wein, den besten, und Essen, im Überfluss.

»Und bereite die Mädchen vor«, befahl er.

Hugo spürte, wie ihm ein Schauder über den Rücken lief, der sich noch verstärkte, als er die Stimme hörte, die antwortete:

»Ich hoffe, sie verdienen das Lob, das ich vernommen habe!«

»Macht euch keine Gedanken …«

Er öffnete einen Spalt weit die Tür. Es sprach Rocafort, aber Hugo achtete nicht auf ihn. Es waren vier Jahre vergangen, und der Mann stand mit dem Rücken zu ihm, vor dem Tisch, auf dem Romeu den Wein ausschenkte, doch er hätte ihn selbst nach einem Jahrhundert wiedererkannt. Der Mann, der den werten Herrn Rocafort begleitete, war Roger Puig. In diesem Augenblick drehte er sich um, um das Weinglas entgegenzunehmen, das Romeu ihm anbot.

Er hatte einen dichten und sorgfältig gepflegten Bart, rot wie sein Haupthaar. Der Luxus, mit dem er gekleidet war, bildete einen augenfälligen Gegensatz zur Einfachheit des Händlers. Sein Dünkel war mit Händen zu greifen.

»Sorgt dafür, dass unser Gast gut bedient wird«, feuerte Rocafort seinen Untergebenen an. »Er kommt gerade aus Griechenland, wo man sich bis in alle Ewigkeiten an seine Vorzüge und Heldentaten erinnern wird«, schmeichelte er ihm ohne jede Scham. »Und er ist nach Barcelona zurückgekehrt, um sich der Flotte anzuschließen, die gen Sizilien zieht.«

»Und um den Bund der Ehe zu schließen«, setzte Roger Puig hinzu. »Mein Onkel hat eine wunderbare Verlobung arrangiert.«

»Das will ich meinen. Meinen aufrichtigen Glückwunsch! Das Leben lächelt euch zu. Ihr seid jung, von Adel, reich …«

»Aber nicht so reich, wie ich gerne wäre!«

»Ich fürchte, niemand ist so reich, wie er es gerne wäre.«

»Die anderen vielleicht, weil sie nicht können.« Der Adlige wollte offenbar in Anwesenheit von Romeu nicht weitersprechen. Rocafort machte ihm ein Zeichen, er möge sich entfernen. »Ich kann das sehr wohl«, fuhr er fort, sobald dieser seinem Befehl nachgekommen war. »Durch meinen Onkel stehe ich in der Gunst des Königs. Ich kann alle Genehmigungen für den Handel im Mittelmeer erhalten, nach denen es mich gelüstet. In Griechenland habe ich ein paar exzellente geheime Geschäfte getätigt … Ich muss Schweigen bewahren, aber so viel kann ich verraten: Sie sind von seiner Majestät gut aufgenommen worden.«

Hugo blickte gebannt durch den Spalt in der Tür, als eine schwarz gekleidete Person dicht davor vorüberging: der Einäugige. Er schloss die Tür und hielt den Atem an.

»Könige verlangen immer Gegenleistungen«, hörte er den Händler sagen.

Wenn sie ihn dort entdeckten, würde er nicht noch einmal die Gelegenheit bekommen wie damals im Hospital von Colom, als er dem Diener das Auge ausgestochen hatte.

»Ich rüste gerade eine Galeere aus, die nach Sizilien segelt«, erwiderte Roger Puig.

»Was fehlt Euch noch?«

»Ein Geschäftspartner. Ich bin kein Händler und versteh nichts von Geldesdingen …«

Weiter lauschte Hugo den Verhandlungen zwischen Rocafort und

Roger Puig, die dabei aßen und tranken, bis der Händler auf Drängen des Adligen nachgab und sie ein Abkommen zur Vereinigung ihrer Kräfte schlossen, das unter der Ägide der Erfahrung und des Kapitals des einen sowie der Verbindungen und beschränkten Mittel des anderen stehen sollte. Schließlich stießen sie darauf an, mehrfach, wobei Roger Puig sich der berauschenden Vorstellung prall gefüllter Kassen hingab.

»Damit wir uns recht verstehen, das ist für ein einziges Schiff gedacht«, sagte der Händler immer wieder.

»Ihr werdet anschließend zu mir kommen und mich um weitere Schiffe bitten, Rocafort!«, verkündete Roger Puig brüllend und verschüttete Wein auf sein seidenes Hemd. »Und da wir jetzt unsere Geldangelegenheiten geregelt hätten, wo sind diese russischen Mädchen?«

»Ich weiß nicht, ob wir in dieser Lage …«, versuchte Rocafort sich herauszureden, der sich fragte, ob er den betrunkenen und launischen Adligen tatsächlich auf die beiden Mädchen loslassen sollte.

»In welcher Lage?«, brüllte Roger Puig. »Mateo!«, rief er, und Hugo hörte, dass der Einäugige sich von der Tür fortbewegte. »Bring die beiden Sklavinnen her, wegen denen wir hier sind.«

»Das wird nicht nötig sein«, schaltete der Händler sich ein, »ich kümmere mich schon darum.«

Der Adlige und sein Diener blieben im Esszimmer zurück.

»Du rührst dich nicht von der Stelle«, hörte Hugo Roger Puig zu dem Diener sagen. »Ich habe nicht den Eindruck, dass dieser Händler über die Maßen geneigt ist, uns zu Diensten zu stehen.«

Als Rocafort zurückkam, fiel ihm auf, dass der Einäugige sich so an einer Ecke postiert hatte, dass er das ganze Stockwerk im Blick hatte. Hinter dem Händler tauchte María mit den beiden russischen Mädchen auf.

Es wurde still, während Roger Puig vor den Mädchen Platz nahm. Hugo wagte es, die Tür wieder einen Spalt weit zu öffnen. Der Adlige nahm erneut einen Schluck Wein, der ihm aus den Mundwinkeln lief. Er wischte sich ohne nachzudenken den Mund mit dem seidenen Ärmelaufschlag, betört von den beiden Mädchen, mit einem glühenden Blick voller Wollust.

»Ihr hattet recht«, brachte er flüsternd heraus. Er streckte die Hand aus, um den Arm eines der Mädchen zu berühren, das ängstlich zusammenzuckte und bei der Berührung zu zittern begann. »Sie sind wie Vögelchen.«

Plötzlich stieß Roger Puig einen Schrei aus. Es war ein wildes Aufjaulen, bei dem alle Anwesenden mit Ausnahme des Einäugigen, zusammenfuhren. Hugo wollte fast schon aus seinem Versteck hervorkommen. Eines der jungen Mädchen taumelte, und als sie mit dem Hintern auf dem Boden landete, zog María sie wieder hoch. Die andere begann zu weinen.

»In Griechenland haben wir die Vögelchen so behandelt«, sagte der Adlige mit leiser Stimme zu den Mädchen, die seine Sprache nicht verstanden. »Wir haben sie gegessen.« Die Geste aber, mit der er seine Worte begleitete, mit offenem Mund und gebleckten Zähnen, die Hände wie Krallen gekrümmt, die verstanden sie sehr wohl. Sie versuchten fortzulaufen, woran María, aber auch Rocafort sie hinderten. »Gut«, sagte Roger Puig plötzlich und änderte Tonfall und Haltung. »Entkleidet sie.«

»Aber …«, versuchte der Händler sich zu widersetzen.

»Entkleidet sie!«, befahl der andere. »Wenn ich sie kaufen soll, muss ich mich erst von ihren Tugenden überzeugen.«

Hugo hatte durch den Spalt in der Wand der Kelterei schon viele Frauen gesehen, als er Astruga und Dolça bei der Arbeit beobachtet hatte. Einige waren jung und schön gewesen, andere nicht, aber ihm war stets das Wasser im Mund zusammengelaufen, er hatte ein angenehmes Kribbeln zwischen den Beinen verspürt, und sein Glied hatte reagiert. Doch als María die Schleifen an den weiten Hemdchen, mit denen die Mädchen bekleidet waren, öffnete, sodass sie zu Boden glitten, spürte Hugo keinerlei Verlangen. Er biss die Zähne zusammen und ballte die Fäuste, als er sah, wie die beiden ohne jede Rücksicht vorgeführt wurden. Sie richteten den Blick starr zu Boden, und ihre Hände bemühten sich verzweifelt, vor dem betrunkenen und hochmütigen Mann, der sie musterte, Busen und Scham zu bedecken.

María flüsterte ihnen etwas ins Ohr und kämpfte gegen den Widerstand ihrer Arme, bis sie diese sinken ließen. Ihr Atem ging schnell, und Tränen liefen ihnen über die Wangen.

»Das Gesicht!«, forderte der Adlige die Frau auf.

Hugo zitterte, als er sah, wie María das Kinn der Mädchen ergriff und sie zwang, das Gesicht zu heben und ihrem Dämon in die Augen zu schauen.

Und als der Adlige seinen Arm ausstreckte und die Brüste eines der beiden Mädchen streichelte, wäre Hugo tatsächlich fast aus seinem Versteck gestürzt.

»Edler Herr«, sagte Rocafort mit abgehackter Stimme vor lauter Angst, ihn zu beleidigen, »ich möchte Euch doch bitten, die Mädchen nicht anzufassen.«

Roger Puig würdigte den Händler keines Blickes. Der sabbernde Mund stand ihm offen, und er begrapschte weiter den jungfräulichen Busen.

»Ich kaufe sie euch ab. Diese da«, verkündete er. »Mateo!«, rief er seinen Diener, der offensichtlich genau wusste, was sein Herr in diesem Moment von ihm verlangte.

Der Einäugige trat vor, packte das Mädchen bei der Taille und hob sie in die Luft. Unter den Schreien der Russin und ohne sich um María und Rocafort zu scheren, sahen Herr und Diener sich um, auf der Suche nach einem Zimmer. Roger Puig band sich schon das besudelte Hemd auf.

»Edler Herr …«, stammelte Rocafort.

»Nach oben«, befahl der Adlige und zeigte auf die Stiege.

»Ihr habt sie noch nicht bezahlt«, wandte der Händler ein.

»Zieht ihren Preis vom nächsten Gewinn ab«, antwortete er und wandte sich nicht einmal mehr um, sondern stapfte schon hinter Mateo und dem Mädchen die Stiege hinauf.

Die schrillen Schreie der Sklavin waren bis in die Speisekammer zu hören. Das Mädchen dürfte nicht lange gekämpft haben, denn schon bald herrschte eine entsetzliche Stille, bis nach einiger Zeit Roger Puig, gefolgt von seinem Diener, die Stiege wieder herunterkam.

»Ihr habt euch nicht geirrt, Rocafort. Gute Qualität. Schickt sie in mein Haus«, befahl er, bevor er auf seinen Maulesel stieg und wieder den Weg zurück nach Barcelona einschlug.

Der wiederaufflammende Hass auf diesen Mann, den er schon vergessen hatte, und die beunruhigende Aussicht, dass der Einäugige alles tun würde, um ihn wiederzufinden, konnten Hugo mitunter von dem Schmerz über Dolças Tod ablenken. Nachts und in den wenigen Momenten der Erholung dachte er deshalb auf dem Weingut nicht mehr nur noch an sie. Roger Puig, sein Diener und auch jene María, eine große, stattliche Frau, die noch die absonderlichsten Anlässe als Entschuldigung nahm, sich ihm zu nähern, ihn zu streicheln und zu küssen, beschäftigten ihn jetzt viel mehr.

Seit Romeu ihn gefunden hatte, wie er in den Weinbergen umhergeirrt war, und ihn auf das Gut von Rocafort gebracht hatte, war Hugo nicht mehr in Barcelona gewesen. Er war nicht mehr nach Santa María zurückgekehrt und hatte auch Arsenda nicht mehr besucht. *Wozu? Um ihr etwas vorzulügen?*, hatte er sich gesagt. Nein, das konnte er nicht. Er konnte sich nicht vorstellen, seinen Schmerz über den Verlust der Frau, die er liebte, zu verbergen, und er sah sich auch nicht länger seiner Schwester etwas vorspielen und das verleugnen, wonach er sich so sehr gesehnt hatte: die Liebe dieser Jüdin, die Arsenda nie akzeptieren würde. Dort auf dem Weingut konnte er mit der Ausrede, er trauere um seine tote Mutter, seinem Schmerz nachhängen, ohne dass ihn jemand belästigte. Romeu verlangte von ihm nur, dass er arbeitete, seine Gattin, dass er ihr ein wenig Gesellschaft leistete, auch wenn es ihm peinlich war, und die Mädchen wenig mehr als ein Lächeln oder einen mitleidigen Blick aus der Ferne, bis Rocafort sie verkaufte. Die übrigen Sklaven weinten, lachten und schwatzten, während ihr Leben verrann. Genau wie das seine, sagte sich Hugo.

An jenem Donnerstag, dem 14. Dezember 1391, hörte Hugo ein Gespräch zwischen Romeu und María: Die beiden wollten nach Barcelona gehen, um bei der Hinrichtung der Männer zugegen zu sein, die man als Mittäter beim Überfall auf das Judenviertel festgenommen hatte. Aber einer von ihnen musste zu Hause bleiben, um das Anwesen zu bewachen. Am Ende blieb María zurück. Hugo, der sich ebenfalls die Hinrichtung ansehen wollte, folgte Romeu in die Stadt.

»Schaust du dir gerne Hinrichtungen an?«, fragte der Mann ihn unterwegs. Hugo blieb stumm. »Sie haben die Rädelsführer des Überfalls festgenommen … Ich würde sie allerdings bestimmt nicht dafür verurteilen, dass sie so viele Marranos getötet haben«, sagte Romeu mehr für sich. »Sie haben viele zum Christentum bekehrt. Ist das etwa nicht gut für das Königreich? Man sagt, in Wahrheit sei der König nicht über den Tod der Juden verärgert, sondern darüber, dass die Bauern so viel Unordnung verursacht hatten, indem sie die Grundbücher verbrannten. Tatsächlich hat er einige der Teilnehmer der Revolten begnadigt. Ein gutes Schauspiel wird es in jedem Fall werden.«

Hugo fragte sich, ob wohl der Räudige Hund unter den Begnadigten sein würde. Juan Amat, dieser Schuft, war einer der Hauptbeteiligten an dem Blutbad gewesen. Sein Messer hatte Hunderten den Hals aufgeschlitzt … Er verdiente eine Strafe.

»Wen haben sie denn begnadigt?«, fragte er Romeu.

Der Mann war überrascht, Hugo plötzlich sprechen zu hören.

»Die Wichtigsten, wie immer. Man muss wichtig sein, um eine Begnadigung des Königs zu erhalten.«

Der Räudige Hund war nicht wichtig. Er war nur der Sohn eines Metzgers, der einen Stand bei der Puerta de la Boquería hatte. Bei der Vorstellung, wie dieser Schurke an einem Galgen baumelte, sagte sich Hugo, dass er sich dieses Schauspiel keinesfalls entgehen lassen dürfe, schon allein Dolças wegen. Ja, allen Juden war er das schuldig.

In Barcelona herrschte ein großes Gedränge. Elf Personen sollten an diesem Tag hingerichtet werden. Hugo trennte sich von Romeu und sah bei der Hinrichtung zweier Männer auf der Plaza del Blat zu, die mehr von Schweigen denn von Hochrufen begleitet wurde. Keiner von beiden war der Räudige Hund. Noch ehe der letzte der Verurteilten aufhörte zu strampeln, verließ Hugo den Platz und ging zum Palasteingang des Stadtrichters, wo ein weiterer Galgen stand. Dort entdeckte er ihn auch nicht. Man sagte ihm, in den Hallen am Strand würden auch etliche gehenkt werden, und so beeilte er sich, die Calle del Mar hinunterzulaufen … ohne jeden Erfolg. Er ging von der Calle del Mar Richtung Portal de los Orbs, wo ein weiterer Aufständischer am Galgen hing. Auch dieser war nicht Juan Amat. Dann ging er weiter bis zur Plaza Anna und von dort bis zur Plaza Nova. Auch dort nichts. Die letzte Hinrichtung fand am Eingang zum Judenviertel statt, auf der Plaza de Sant Jaume.

Doch auch hier entdeckte er Juan Amat nicht. Hugo schüttelte den Kopf. »Mörder«, murmelte er, als er sich einmal mehr Dolças Blick ins Gedächtnis rief. *Ich habe das Glück kennengelernt*, waren ihre letzten Worte gewesen, ehe das Messer …

»Mörder!«, rief er wieder.

»Verrate dich nicht«, hörte er eine Stimme in seinem Rücken flüstern.

»Was …?«, sagte er und fuhr herum.

Jucef Crescas. Der Mann, der behauptet hatte, Herr Arnau habe einst ihm und Saúl das Leben gerettet. Er trug nicht mehr den dunklen Mantel mit Kapuze und auch nicht den gelben Judenring. »Du darfst den Gehenkten dort nicht Mörder nennen«, warnte ihn der Geldwechsler. »Es gibt viele Leute, die das nicht verstehen würden, Menschen, die immer noch der Ansicht sind, dass man die Männer, die die Juden ermordet haben, nicht hätte hinrichten sollen.«

»Ich habe jemand anderen gemeint«, erwiderte Hugo, »ich musste an Juan Amat denken, einen Schlachterburschen, der …«

Er konnte nicht weitersprechen, es schnürte ihm die Kehle zu.

»Im Kerker des Stadtrichters warten elf weitere Häftlinge darauf, dass der König ihre Exekution befiehlt. Doch leider ist auch unter ihnen kein Juan Amat«, bestätigte ihm Jucef, aus dessen Tonfall Überdruss, ja sogar großer Schmerz herauszuhören war. »Wir haben ihn gesucht. Gott weiß, wie sehr wir ihn gesucht haben, auch der Stadtrichter. Aber er ist verschwunden. Wir alle würden diesen verfluchten Schuft gerne hängen sehen.«

Hugo vernahm Zustimmung aus den Reihen derer, die Jucef begleiteten: verschüchterte, ängstliche Männer und Frauen, die furchtsam darauf achteten, die Christen in ihrem Umfeld nicht zu beleidigen. Er glaubte, einige von ihnen zu erkennen, die ihm auf seinem Gang durchs Judenviertel begegnet waren.

»Er ist verschwunden«, wiederholte der Junge mehr für sich selbst als für Jucef. »Wo kann ich Euch finden?«, fragte er dann, nachdem er eine Weile überlegt hatte.

Warum sollte er es nicht versuchen? Es waren vier Monate vergangen seit dem Angriff auf das Judenviertel, was tat der Räudige Hund jetzt? Wo würde er Arbeit finden?, fragte sich Hugo, während er durch die Calle de la Boquería spazierte. Die beste Lösung, so seine Überlegung, als er sich an ihre letzte Begegnung erinnerte, bei der Juan Amat mit seinem alten Helm und der Armbrust ausstaffiert war, wäre es wohl, auf die Einberufung der Soldaten für die Flotte nach Sizilien zu warten. Es wurden dringend Truppen gebraucht, und den Behörden dürfte es einerlei sein, ob sich ein künftiger Soldat womöglich zuvor nur knapp vor dem Tod am Galgen gerettet hatte.

Von der Calle de la Boquería aus gelangte Hugo auf die Rückseite von Santa María del Pi. Dort stand zwischen einigen einfachen Häusern und dem Garten des Rektors der Pfarrei das, was ursprünglich der große Glockenturm der Kirche hätte werden sollen, ein Bauwerk, das man nach weniger als einem Viertel der vorgesehenen Höhe aufgegeben hatte. Hier hatte er damals den Räudigen Hund gesehen, wie er mit seinem Vater für die Rolle der Riesenfiguren geprobt hatte. Anschließend hatten sie die Stelzen im Turm verwahrt, ebenjenem Turm, in dem Juan Amat sich später mit seinen Anhängern versteckt gehalten hatte.

Vielleicht war der Räudige Hund ja wieder dort untergekrochen. Ganz wie damals, als er versucht hatte, sich seine Schuhe zurückzuholen, versteckte er sich auf dem Friedhof bei der Kirche hinter einem großen Kreuz und wartete.

Es war Dezember, und Hugo fror jämmerlich. Er war nicht warm genug gekleidet, trug nur den gestreiften Mantel aus grobem Stoff, den Romeu ihm geschenkt hatte und in den er sich, so gut es ging, gewickelt hatte. Jucef hatte ihm zum Schluss noch erzählt, er habe ein Haus mit Werkstatt gemietet, um weiter als Geldwechsler zu arbeiten. Es lag in der Calle Ample, die beim Kornmarkt parallel zum Meer verlief, und Hugo machte sich schließlich fröstelnd auf den Weg dorthin.

»Er hat sich im Glockenturm von Santa María del Pi versteckt«, brachte er zähneklappernd hervor.

Ohne eine Regung zu zeigen, bat Jucef ihn herein und führte ihn zum Herd, wo ein einladendes Feuer brannte. Etwa ein Dutzend Personen drängten sich in der Wärme. Jucef ließ Hugo aus dem großen schwarzen Eisenkessel, der überm Feuer hing, eine Schüssel voll dampfender Gemüsesuppe schöpfen.

»Ich habe ihn gesehen«, sagte Hugo, während der Alte ihm die Schüssel überreichte.

»Das erzählst du uns später«, antwortete Jucef. »Wärm dich erst auf, sonst wirst du noch krank.«

»Und wie geht es Saúl?«, fragte Hugo nun.

Jucefs Schweigen war Antwort genug. Hugo wollte nicht weiter nachfragen, bei all den Juden um sie herum … die jetzt zum neuen Glauben übergetreten waren, blass und abgezehrt, zusammengepfercht in dem kleinen Haus, ein Häufchen Elend. Durch die Suppe und den Wein, den eine alte Frau, wahrscheinlich Jucefs Ehefrau, ihm gebracht hatte, kam er allmählich wieder zu Kräften.

»Ich habe ihn gesehen«, sagte er nach einem langen Schluck von dem herben, säuerlichen Wein. »So nah, wie ich euch jetzt vor mir habe.«

Als der Räudige Hund völlig überraschend auf dem Friedhof aufgetaucht war, um seine Notdurft zu verrichten, hätte Hugo nur den Arm ausstrecken müssen, um ihn zu berühren. Hugo hatte mit angehaltenem Atem reglos dagesessen, bis der Mörder mit abwesender Miene wieder in den Glockenturm zurückgekehrt war.

»Ich bin mir sicher, er vertraut darauf, dass er bei der Flotte nach Sizilien anheuern kann«, setzte er hinzu.

»Dann lasst ihn uns umbringen, noch heute Nacht!«, riefen die Konvertiten im Chor. Doch Jucef starrte weiter ins Feuer. Es wurde still, und alle warteten auf seine Entscheidung.

»Morgen werde ich noch bei Tagesanbruch zum Stadtrichter gehen. Er wird ihn festnehmen und hinrichten lassen. Das weiß ich. Ganz sicher.« Und mit einem Blick auf Hugo setzte er hinzu: »Nenn mich nicht Jucef. Ich heiße jetzt Raimundo … Raimundo Sagrau.«

Am Freitag, dem 22. Dezember 1391, befahl König Juan, obwohl Weihnachten vor der Tür stand, die Hinrichtung von zwölf Gefangenen: einem Genueser Korsaren und elf weiteren Verbrechern, die das Judenviertel angegriffen hatten, darunter auch Juan Amat, den der Stadtrichter, wie Raimundo vorhergesagt hatte, unverzüglich hatte festnehmen lassen. Hugo hatte bei der Festnahme dabei sein wollen, was sie ihm fast verwehrt hätten, denn der Stadtrichter wollte den Angeklagten überrumpeln. Doch Raimundo hatte bei dem königlichen Beamten darauf beharrt, und am Ende hatte dieser nachgegeben.

Ein einfacher Fußtritt gegen die Bretter, die als Tür dienten, hatte den Soldaten des Stadtrichters freien Zugang zum Glockenturm verschafft. Hugo war nicht mit hineingegangen. Es war zum Handgemenge gekommen, Befehle waren gebrüllt worden, dann war Juan Amat mit vor dem Körper gefesselten Händen, eskortiert von zwei Soldaten, aus dem Glockenstuhl gekommen.

Hugo hatte zur Seite springen müssen, damit ihn die Spucke des Räudigen Hundes nicht traf.

»Ich hätte dich in Gerona umbringen sollen.«

Hugo hatte zynisch gelächelt.

»So oder so wirst du am Galgen enden, du Mörder, du Hundsfott.«

»Am Galgen?«, hatte der Stadtrichter sich eingeschaltet, der mit dem Diebesgut, das Juan Amat gehortet hatte, aus dem Turm gekommen war. »Den da werden sie vierteilen. Der verdient den Galgen nicht.«

Und so geschah es, Juan Amat wurde gevierteilt, ganz wie der Stadtrichter es vorhergesagt hatte. Als der Räudige Hund auf der Plaza de Sant Jaume eintraf, war Hugo unter den Schaulustigen. Er sah, dass er weinte. Zwei Soldaten zerrten ihn hinter sich her. Juan Amat flehte und bettelte um Milde, als hätte er selbst bei Dolça Milde walten lassen.

Da hast du ihn, Dolça, murmelte er, als er ihn knien sah, den Hals im Richtblock. *Da hast du ihn.*

Einen Augenblick war es still. Dann fiel die Axt, und die Leute schrien auf, während der Henker Juan Amats Körper mit weiteren Hieben in vier Teile zerlegte.

Ein paar Tage darauf begegnete Hugo erneut Jucef, dem Geldwechsler, der inzwischen Raimundo hieß.

»Ich möchte dir einen Vorschlag machen. Kommst du mit?«

Mit einem Schulterzucken folgte Hugo ihm.

Anders als in der Nacht, als er bei ihm gewesen war, um Juan Amats Versteck zu verraten, waren Hugo und Raimundo an jenem Tag allein in der Wechselstube.

»Letztens habe ich mit Jacob und seinen beiden Söhnen, David und Saúl, Geschäftliches verhandelt«, erklärte der Geldwechsler. »Ich gehe davon aus, dass du sie kennst.«

Hugo nickte. »Keiner der beiden kann sich um den Weinberg des Großvaters kümmern, sie verstehen nichts von der Landwirtschaft, außerdem hat niemand Nachricht von Mahir, weshalb man annimmt, dass er beim Angriff auf das Judenviertel umgekommen ist. Bislang haben sie sich mit Jacobs Handelsgeschäften bei den Versteigerungen mehr schlecht als recht durchgeschlagen, aber sie brauchen Geld, um weitermachen zu können. Wenn der Weinberg ordentlich bewirtschaftet wird, können sie den erzielten Ertrag als Garantie für das Darlehen hernehmen, das sie aufnehmen möchten, und es vielleicht sogar damit abbezahlen. Was meinst du?«

Hugo zuckte die Schultern, er hatte noch nicht recht verstanden, worin der Vorschlag denn nun eigentlich bestand.

»Sie bieten dir an, den Weinberg zu bewirtschaften«, stellte Raimundo klar.

»Mir? Aber ich habe kein Geld. Wieso …?«

»Aus verschiedenen Gründen«, fiel Raimundo ihm ins Wort. »Erstens: Weil sie wissen, dass du Mahir, Dolça und Großvater Saúl sehr zugetan gewesen bist. Zweitens: Weil Mahir immer gut von dir gesprochen hat, da du dich immer um den Weinberg gesorgt und ein gutes Händchen bei der Arbeit gehabt hast. Und der letzte und wichtigste Grund ist folgender: Weil sie darauf vertrauen, dass du, sollte Mahir eines Tages zurückkommen, von dem Vertrag wieder zurücktreten und auf den Weinberg verzichten und ihn ihm in dem Zustand, in dem er sich dann befindet, überlassen wirst. Und das würde niemand außer dir unterschreiben, irre ich mich?«

»Nein.«

»Dann bist du also interessiert?«

»Ja«, sagte Hugo, zumal er nichts zu verlieren hatte.

Anschließend erzählte Raimundo von allen, die Hugo kannte. Wie er schon wusste, war der alte Saúl gestorben.

Von Mahir hatte Raimundo keine Nachricht. Anders als sein Vater, seine Schwester und seine Nichte, die sich entschlossen hatten, in Castell Nou bei den Juden zu bleiben und sie ärztlich zu versorgen, hatte Mahir Gelegenheit gehabt zu entkommen, bevor es zum ersten Angriff auf das Judenviertel gekommen war. Seither ward er nicht mehr gesehen. Jacob und seine Familie waren seinem Beispiel gefolgt und ebenfalls geflohen. Aber sie waren zum Christentum konvertiert und lebten jetzt wieder in Barcelona.

»Und Regina?«, fragte Hugo. »Kennt Ihr sie? Sie hat bei Astruga und Dolça Medizin gelernt. Wisst Ihr etwas über sie?«

»Aber natürlich! Sie ist die Tochter von Bonjuha de Quer. Sie hat auch Glück gehabt und konnte fliehen. Sie wäre fast gestorben, wurde aber von einem Juden gerettet, den sie später geheiratet hat.«

»Von einem Juden?«

»Genau, von Mosé Vives.«

»Er hat sie gerettet? Mosé …?«

»Vives. Ein Arzt. Damit hätte niemand gerechnet. Er ist eigentlich kein Mensch, der … Wie soll ich dir das erklären?« Es war nicht nötig. Hugo erinnerte sich an ihn von der Plaza Sant Jaume: Mosé war klein und schmächtig, und die Angst stand ihm ins Gesicht geschrieben. »Seine Frau war bei dem Aufstand gestorben und hatte ihn als Witwer mit zwei kleinen Kindern zurückgelassen. Nachdem er Regina gerettet hatte, haben sie geheiratet, und wenn ich recht verstanden habe, lernt sie weiter an seiner Seite Medizin. Er brauchte eine Frau, die sich um seine Kinder kümmert. Und Regina einen Mann, der für sie sorgt.«

»Und woher weiß man, dass er sie gerettet hat?«

Raimundo zuckte die Schultern.

»Sie war im Judenviertel. Ihren Vater hatten sie ermordet. Wieso hätten sie eine Geschichte erfinden sollen? Viele Geflüchtete in der Casa de la Ciutat sahen sie nackt und in ein Laken gewickelt hereinkommen. Wie sollte man das sonst deuten?«

»Stimmt …«, sagte Hugo. »Das würde sonst keinerlei Sinn ergeben.«

ZWEITER TEIL

Zwischen Treue und Verrat

10

Barcelona, 1394

Hugo hörte mit großem Wohlgefallen zu, wie sein Wein in den Straßen von Barcelona öffentlich zum Verkauf ausgerufen wurde. Es war eine Zwangsvorschrift der Behörden, an die sich alle Kneipen halten mussten, bevor sie ein neues Fass Wein öffneten.

»Am heutigen Tage wird in der Weinstube des Andrés Benet, ansässig in der Calle de Flassaders, in Bälde ein Fass Rotwein aus dem Weinberg des Hugo Llor eröffnet, was mithin allen Bürgern Barcelonas kundgetan!«, schallte der Ruf des Ausrufers über die Plaza de Sant Jaume, auf der die Menge stand und lauschte.

Hugo hatte einen großen Teil der Rotweinproduktion dieses Jahres dem Kneipenwirt Benet verkauft. Wie es allgemeiner Brauch war, kamen die *Bastaixos* die Fässer holen, um sie nach Barcelona zu schaffen, nachdem sie von den Behörden gewogen und versiegelt und die für die Transaktion veranschlagten Steuern beglichen worden waren.

Er lud sie auf einen Schluck ein, stolz auf seine Weinstöcke und das erzielte Ergebnis. Er kredenzte den Wein, der aus dem Weinberg neben dem Garten der Vilatortas stammte, jene Sonderanfertigung für Dolça, die er nach der Umfüllung und Klärung in Fässern gelagert hatte, bedeckt mit einer undurchlässigen Schicht aus fein geriebenem Baumharz und etwas Nelke. Die *Bastaixos* tranken diesen Wein nicht im Bewusstsein, etwas Besonderes kosten zu dürfen. Sie kippten ihn hinunter, als wäre es ein gewöhnlicher junger Wein, während Hugo sehr wohl wusste, dass er etwas Außergewöhnliches war, und das erkannten auch die Kenner. Er verkaufte ihn als gereiften Wein der Vorjahresernte. Einen Teil davon lagerte er jedoch in Fässern, um ihn reifen zu lassen. Er wusste, dass es schwierig war, einen Wein über ein Jahr zu lagern, ohne dass er sauer wurde. Mahir war damit regelmäßig gescheitert. Hugo hatte ihn immer getröstet, wenn sie bei der Weinprobe feststellen mussten, das er nur noch Essig war. »Den Römern ist es gelungen«, hatte der Jude geklagt. »Der berühmte Wein von Falerno wurde mindestens zehn Jahre gelagert, bevor man ihn trank. Die Autoren jener Zeit berichten von Weinen, die noch viel älter waren. Plinius spricht von einem hundertsechzig Jahre alten Wein, Horaz von einem anderen, der hundert Jahre alt war. Wieso gelingt es mir nicht, einen Wein auch nur mehr als ein Jahr zu lagern?«

Weil Ihr es noch nicht mit dem Wein aus den Trauben vom Weinberg neben dem Garten der Vilatortas versucht habt, werter Mahir, dachte Hugo, als er zu den Fässern ging, um zu überprüfen, ob sein kostbarer Wein tatsächlich reifte, ohne sauer zu werden. Der Wein aus diesen Trauben war ein klein wenig stärker als der der anderen Reben. Vielleicht war das der Grund dafür, dass der Reifungsprozess in diesem Fall erfolgreich verlief. Wie er so bei den Fässern stand, dachte Hugo darüber nach, wie sehr sich sein Leben in den letzten Jahren verändert hatte. Er wohnte zwar weiterhin in der Kelterei, wie damals, als Mahir noch da war. Die Ackergeräte, Weinfässer und Bütten hatte man ihm jedoch überlassen. Und er hatte sogar die Münzen wiedergefunden, die er einst gespart und vergraben hatte.

Raimundo hatte sein Versprechen gehalten, und kurz nach ihrem Treffen in der Wechselstube hatten Hugo und Jacob einen *Rabassamorta*-Vertrag aufgesetzt. Das war eine besondere Vereinbarung über den Weinberg, in der festgelegt wurde, dass Hugo als Erbpächter Jacobs Weinberge so lange bestellen durfte, bis zwei Drittel der jüngeren Weinstöcke tot waren. Nach dem, was Mahir ihm über diese Weinstöcke erzählt hatte, rechnete er damit, dass der Vertrag über vierzig Jahre Gültigkeit haben würde … es sei denn, der Jude kehrte zurück. Später erfuhr er, dass diese Verträge, in denen als Bedingung der Tod der Rebstöcke festgehalten war, sich durch geschicktes Anpflanzen von Ablegern fast endlos verlängern ließen, ganz wie bei einer klassischen Erbpacht.

Ich habe hart gearbeitet, sagte er sich, als er dort bei den Fässern stand. Er hatte sogar Romeu um Beistand bitten müssen, weil er während der Saison mehr Arbeitskräfte gebraucht hatte. Er wusste, dass ihm die Vereinbarung, die dieser vorschlagen würde, nicht gefallen würde, doch sämtliche Versuche, freie Arbeitskräfte zu finden, Männer, die er gegen einen Lohn verdingen könnte, hatten sich als fruchtlos erwiesen. Viele hatten sich geweigert, weil es eine Schande für sie bedeutete, von einem jungen Burschen von siebzehn Jahren Befehle entgegennehmen zu müssen, während diejenigen, die dazu bereit gewesen waren, geglaubt hatten, sie hätten das Recht, ihm ständig Anweisungen zu geben oder Lektionen zu erteilen. So war es ihm mit einigen ergangen, die er in wechselnder Folge eingestellt hatte und die sich am Ende als arrogant und faul erwiesen hatten. Er fürchtete nun, Romeu werde in seine Abmachung auch Sklaven einbeziehen, und so war es.

»Wenn du mit deinem Weinberg fertig bist, dann zahlst du mir die Arbeit zurück, indem du im Weinberg von Rocafort arbeitest«, schlug Romeu ihm vor.

»Wie soll ich euch denn die Arbeit von mehreren Sklaven zurückzahlen?«

»So meinte ich das nicht. Ich bekomme ständig zusätzliche Aufgaben aufgelastet, Hugo. Rocafort überträgt mir lauter Dinge, die gar nichts mit dem Weingut zu tun haben, und Juan leitet die Sklaven an und kontrolliert sie. Du kennst ihn ja, auf ihn ist Verlass. Das Problem ist, dass sie nicht wissen, was sie tun sollen. Was ich mir wünsche, ist, dass du sie einarbeitest. Bist du damit einverstanden?«

Hugo hatte das Angebot angenommen. Es war ihm auch nichts anderes übrig geblieben.

»Das mit den Sklaven gefällt mir nicht«, hatte er dennoch in Rocaforts Küche zu María gesagt, während er sich an etwas Käse und Wein gütlich tat, den María ihm aufgetragen hatte.

Er hatte beschlossen, zunächst seinen Teil der Abmachung zu erfüllen. Auf diese Weise würden sich die Männer, wenn sie in seinen Weinberg zum Arbeiten kamen, schon etwas geschickter anstellen.

»Es muss nicht immer so enden wie damals mit dem russischen

Mädchen«, hatte María erwidert. »Hier in Katalonien werden Sklaven eigentlich recht gut behandelt. Im Allgemeinen werden sie eines Tages freigelassen oder bekommen die *Talla.*«

»Die *Talla*?«

»Einen Freilassungsvertrag über die Summe, die der Herr von ihnen verlangt, wenn sie sich selbst freikaufen wollen. Sie zahlen Monat für Monat eine kleine Summe an und müssen darüber hinaus bestimmte Bedingungen erfüllen: Sie müssen Bürgen haben, die verantwortlich sind, falls sie die Flucht ergreifen; sie müssen sich selbst von ihrer Arbeit ernähren können und einmal die Woche bei ihrem Herrn vorstellig werden; sie dürfen Barcelona nicht verlassen, und im Allgemeinen ist es ihnen nicht gestattet zu heiraten … damit sie keine weiteren Ausgaben haben, verstehst du?«

Hugo nickte.

»Trotzdem, kein Mensch sollte gezwungen sein, sich seine Freiheit kaufen zu müssen«, erwiderte er.

»Das mag sein, aber so sind die Dinge nun mal, und du wirst nichts daran ändern. Dennoch glaube ich, dass du diesen armen Unglücksraben helfen kannst.«

»Wie meint Ihr das?«

»Du bist ein guter Weinbauer. Du verstehst etwas von den Reben und vom Wein, und du lehrst sie den Weinbau. Wenn man die *Talla* bekommen will, braucht man immer eine Beschäftigung, um das Geld zu verdienen, mit dem man sich freikaufen kann. Je mehr und je besser sie lernen, desto eher gelingt ihnen das.«

»Was verdient denn der Herr daran, dass er sie freilässt?«, fragte Hugo. »Ihr wollt mir doch nicht etwa einreden, dass Euer Herr bei diesem Geschäft Geld verliert?«

María hatte gezögert.

»Die *Talla* ist viel höher angesetzt als das, was der Sklave gekostet hat«, gab sie schließlich zu.

»Das heißt, sie müssen, wenn sie sich selbst freikaufen wollen, eine größere Summe zahlen als die, für die sie eingekauft wurden.«

»Ja, genau so ist es. Auch das wirst du nicht ändern. Romeu nutzt dich aus, deinen guten Willen und die Tatsache, dass du zu bestimmten

Zeiten Arbeitskräfte brauchst. Glaubst du etwa, er weiß nicht, dass du Lohnarbeiter gesucht hast?«

Hugo schnaubte vor Wut.

»Dabei könntest du Nutzen aus etwas ziehen, das ihm gehört«, säuselte sie.

»Wie denn? Das verstehe ich nicht ...«

Er hatte verstanden, als María ihre Bluse hob und ihm ihre großen Brüste mit dem dunklen Warzenhof zeigte. Wie lange schon war er nicht mehr mit einer Frau zusammen gewesen? Dolça. Er hatte nur sie gekannt. »Nein«, hatte er sich zu wehren versucht. Er glaubte Dolça alleine schon dadurch zu verraten, dass er sich vom Anblick dieses üppigen Busens erregen ließ, aber María ließ ihm keine Zeit zum Nachdenken. Sie hatte sich rittlings auf ihn gesetzt, dort in der Küche, hatte ihre Röcke gehoben, gestöhnt und erstickt geseufzt, hatte anfangs die Tür im Auge behalten, sich aber später einfach ihrer Lust überlassen. Bei der Vorstellung, Romeu könnte im Hof des Weinguts auftauchen, oder, schlimmer noch, der Einäugige, hatte Hugo Panik erfasst. Doch zu seiner Überraschung befeuerte die Gefahr ihre Leidenschaft nur umso mehr, als sei sie Teil ihres Liebespiels. Und während er die offene Tür im Augen behielt und María auf ihm ritt und ihr Keuchen sich in Schreie verwandelte, hatte er eine ihm unbekannte Lust erfahren.

Hugo hatte schließlich die Hilfe der Sklaven angenommen und ihnen zugleich geholfen, indem er sie in die Arbeit im Weinberg eingeführt hatte. Durch das milde Klima und die harte Arbeit war der Ertrag sehr üppig ausgefallen. Mahir hatte ihm große Kenntnisse über die Weinherstellung vermittelt, aber wenn eines dazu beigetragen hatte, dass ein angesehener Kneipenwirt wie Andrés Benet ihm seinen Wein abkaufte und ihn auf den belebtesten Plätzen der Stadt anpries, dann die Hingabe und Liebe, mit der er den ganzen Herstellungsprozess begleitet hatte.

Nun ist der Moment gekommen, die wohlverdienten Früchte meiner Arbeit zu genießen, dachte Hugo. Er schenkte sich ein Glas Wein ein, nur für sich. Doch der Geschmack erinnerte ihn an Dolça. *Dolça* ... Jede Nacht rief er sich ihr Bild in Erinnerung. Manchmal verblasste es jedoch, und es tauchte stattdessen das eines jungen Mädchens auf, das ihm in Santa María del Mar zugelächelt hatte, oder das eines anderen, das ihm auf der Straße über den Weg gelaufen war, und dann fragte Hugo sich vorwurfsvoll, wie er Dolça nur hatte vergessen können.

Die Vierteilung des Räudigen Hundes war das letzte vollstreckte Todesurteil gewesen, und König Juan hatte versucht, die jüdische Gemeinde von Barcelona, die ihm so viele Gelder eingebracht hatte, wiederaufzubauen. Er hatte versprochen, ihren Mitgliedern alle Rechte zurückzugeben, die sie bislang genossen hatten, und versprach ihnen drei Jahre lang Steuerfreiheit sowie die Befreiung von der Pflicht, für die Fütterung der Löwen und anderer Tiere im Raubtierhaus des Kleinen Königspalastes aufzukommen, was bislang zu ihren Aufgaben gehört hatte. Doch die Juden, die es noch in Barcelona gab, hatten das Angebot ausgeschlagen, und die Stadt war für judenfrei erklärt worden. Im Dezember 1392 wurde das Eingangstor zur *Call* niedergerissen, die Straßen bekamen die Namen von christlichen Heiligen, und die Häuser wurden an Christen abgetreten. Zwei Jahre nachdem man ihnen ihre Häuser weggenommen hatte, versuchten die Konvertierten, die Zweifel und den Argwohn gegenüber ihrem jungen Glauben auszuräumen, und nahmen auf eigene Kosten den Bau einer neuen Kirche in Angriff, genau dort, wo sich früher das kleine Judenviertel befunden hatte. Das Gotteshaus wurde der Heiligen Dreieinigkeit geweiht.

Unweit dieser Kirche, auf Höhe der Calle Sanahuja, wohnte jetzt Regina mit ihrem Ehemann Mosé und dessen Kindern. Sie waren immer noch Juden, aber nichts in ihrem Haus lieferte einen Hinweis darauf. Hugo besuchte sie dort gelegentlich.

Regina war inzwischen neunzehn Jahre alt, genauso alt wie Hugo, und hatte sich in eine Frau mit offenem Lächeln und funkelnden Augen verwandelt, die sich ihrer Attraktivität nur zu bewusst war. Bei jedem Besuch musste Hugo an den Tag vor nun schon drei Jahren zurückdenken, an dem er in Begleitung von Raimundo bei ihr erschienen war, um sie um Hilfe zu bitten, Hilfe für das fiebernde, von Roger Puig vergewaltigte russische Mädchen, das auf dem Karren lag, auf dem sie es hierhergebracht hatten.

»Du bist es mir schuldig, Regina.«

Mit diesen Worten hatte Hugo auf die angeekelte Miene von Mosé und Regina reagiert, als sie die Decke zurückgeschlagen hatten, unter der Caterina – wie das Mädchen hieß – auf dem Karren lag.

»Und Ihr schuldet es mir auch«, hatte Hugo streng zu Mosé gesagt, als er bemerkt hatte, dass der Arzt sich widersetzen wollte.

Das Mädchen auf dem Karren hatte den Kopf angehoben, und ihre glasigen Augen hatten Hugo angesehen, als würde sie verstehen, was geschah. Sie hatte zu sprechen versucht, doch das Gestammel in ihrer unverständlichen Sprache war verstummt, als Mosé und Regina sie gepackt und ins Haus getragen hatten.

Caterina hatte überlebt. Doch nach ihrer Gesundung hatten sie das Mädchen zu Roger Puig bringen müssen. Hugo hatte seitdem viele schlaflose Nächte damit zugebracht, sich die irrwitzigsten Rachefeldzüge auszudenken, die schließlich einfach nur in dem Wunsch endeten, dass die Sizilianer, zu denen Puig mit der königlichen Flotte in See gestochen war, ihn mit ebensolcher Wut umbrachten, wie er das arme Mädchen vergewaltigt hatte. Mateo, seinen einäugigen Diener, hatte Puig in Barcelona zurückgelassen. Er hatte ihn zum Sachverwalter ernannt, damit er ein Auge auf die Einhaltung der mit Rocafort getroffenen Vereinbarungen hatte und sich darum kümmerte, dass seine neue Gemahlin gut versorgt war. Zum Glück hatte der Einäugige Hugo nicht erkannt. Davon hatte Hugo sich überzeugen können, als er ihm einmal auf Rocaforts Landgut überraschend über den Weg gelaufen war. Es hatte ihm einen Stich in den Magen versetzt, und sein Mund war schlagartig ganz trocken geworden, aber er hatte noch genug Seelenruhe besessen, um dem Blick dieses einen Auges standzuhalten. Der Einäugige hatte kurz gestutzt, fünf Jahre waren seither vergangen. »Friede sei mit dir«, hatte Hugo ihn gegrüßt, ohne stehen zu bleiben, das Gesicht hinter seinem dichten Bart versteckt und von ein paar feinen Narben gezeichnet, die ihm die Krallen der Katzen hinterlassen hatten, mit denen er einst die Häuser anderer von den Ratten befreit hatte. Hugo hatte später erfahren, dass der Einäugige sich bei Romeu nach ihm erkundigt hatte. »Ein Freund der Juden«, dürfte dieser ihm geantwortet haben. Oder vielleicht auch: »Er arbeitet im Weinberg der Juden.« Was sollte er auch sonst über ihn erzählen?

Die Weinberge und der Wein brachten ihm zwar große Freude, doch andere Dinge in seinem Leben verdunkelten zu Hugos Leidwesen diese Zeit. Was ihn am meisten schmerzte, war das Leben, das seine Mutter führen musste. Die Tinte, mit der der Notar seinen Pachtvertrag mit Jacob unterzeichnet hatte, war kaum trocken gewesen, als Hugo sich auch schon zu Antonina nach Sitges begeben hatte. Nicht einmal bei der Kelter war er stehen geblieben, um sich anzusehen, was von nun an sein Eigen war, und es scherte ihn auch nicht, dass er nicht mehr bei Tageslicht dort ankommen würde. Er hätte alles besser vorbereiten, hätte Essen, Wasser, Kleidung mitnehmen müssen. Und genau planen, was er tun wollte. Was würde er seiner Mutter sagen? *Komm mit mir. Verlass diesen Hurensohn. Ich habe einen Weinberg, dort werden wir leben.* Er hatte unterwegs ein wenig auf dem freien Feld geschlafen und, sobald es hell wurde, seinen Marsch fortgesetzt.

Am Morgen hatte er das Wegegeld für den Weg entlang der Küste bezahlen müssen und sich erneut vorgeworfen, nicht genug Proviant auf diese Reise mitgenommen zu haben. Mit knurrendem Magen hatte er sich ein Stück Brot von einer Schar Bauern erbettelt, die ihm entgegengekommen waren. Die Männer hatten sich großzügig gezeigt und ihm ein großes Stück Bohnenbrot geschenkt und ihm auch frisches Wasser zu trinken gegeben.

Anschließend hatte er sich direkt zum Haus des Böttchers begeben. Es sah dort mehr oder minder immer noch genauso aus, wie er es in Erinnerung hatte. Plötzlich hatte er eine Stimme gehört: »Vater!«

Mit einem Satz hatte Hugo sich hinter einer Mauer versteckt. Der Junge, den er von dort aus erblickte, war nicht der Lehrling, der ihn vor Jahren vor dem aufbrausenden Charakter seines Herrn gewarnt hatte. Wahrscheinlich war er einer der Söhne des Böttchers. Der Böttcher selbst wiederum hatte jetzt zwar einen weißen Bart, hob aber auf Bitte seines Sohnes hin ein großes Fass mit solcher Leichtigkeit in die Höhe, als handle es sich um eine dünne Planke. Anschließend trieb er seinen Sohn mit barschen Worten zur Arbeit an. Hugo hatte sich gefragt, wie seine Mutter das Leben mit diesem Grobian bisher überlebt hatte. Kalter Schweiß war ihm über den Rücken gelaufen, und seine Handflächen waren feucht geworden.

»Hört her!« Hugo war selbst überrascht, als er plötzlich mitten auf der Straße stand. Vater und Sohn hatten ihn verdutzt angesehen. Doch je näher der Böttcher gekommen war, desto mehr war die Überraschung aus seinem Gesicht verschwunden. »Ihr werdet Euch nicht an mich erinnern«, sagte Hugo. »Ich bin Antoninas Sohn. Der Sohn von Antonina, Eurer Frau.«

Und ob er sich daran erinnerte.

»Willst du dir noch eine Tracht Prügel abholen?«

Hugo war einen Schritt zurückgewichen.

Doch dann hatte er sich auf einmal laut schreiend auf den Böttcher gestürzt und ihm seine Schulter in die Brust gerammt. Anschließend waren beide über den Boden gerollt. Der andere war stark, aber nicht so wendig wie Hugo. Hugo war wie eine Katze auf die Füße gesprungen. Mit einem Fußtritt hatte er sich von dem schwerfälligen Böttcher, der ihn zu packen versuchte, befreien können. Was er jetzt brauchte, war eine Waffe. Er war zur Werkstatt gerannt, hatte sich mit Leichtigkeit den Jungen vom Halse geschafft, der ihn festzuhalten versuchte, und drinnen war ihm sofort ein großer Hammer ins Auge gefallen, lang und schwer, den er mit beiden Händen gepackt und vor sich geschwungen hatte.

»Hol meine Mutter!«, hatte er gefordert und war vor dem Mann herumgesprungen, bereit, ihn mit dem Hammer zu erschlagen.

Da hatte sein Sohn Hugo anzugreifen versucht, und der Hammer hatte fast seinen Kopf getroffen.

»Halt dich da raus, José!«, hatte der Böttcher befohlen. »Der gehört mir allein. Und was dich angeht, verpiss dich!«, hatte er zu Hugo gesagt und war ein paar Schritte zurückgewichen. »Deine Mutter ist nichts weiter als eine Hure, an der sich das ganze Dorf ergötzt. Du kannst sie im Freudenhaus suchen gehen.«

Da hatte Hugo mit aller Kraft auf eine der Dauben eingehauen, die für ein Fass bestimmt waren. Das Holz wurde von oben bis unten gespalten.

»Du Hurensohn!«

Dass das Brett hinüber war, schien den Böttcher mehr zu schmerzen, als wenn er ihn mit dem Hammer getroffen hätte.

»Hol sofort meine Mutter!«, hatte Hugo erneut gebrüllt.

Dann hatte er plötzlich eine Gestalt wahrgenommen, die am Fuß der Treppe stand, die vom ersten Stock des Hauses hinunterführte. Er hatte sie nicht wiedererkannt: Die schwarzen Kleider hingen ihr von den Schultern, das Haar war schütter und das Gesicht ausgemergelt.

»Mutter?«, hatte er geflüstert.

Er hatte eine Bewegung gespürt und mit dem Hammer um sich geschlagen. Er hatte sich nicht getäuscht: Ferran hatte versucht, den Moment der Unaufmerksamkeit auszunutzen, doch der Hammer hatte ihn wieder zurückweichen lassen.

»Mutter?«, hatte Hugo mit feuchten Augen gefragt.

Der Böttcher hatte ihn wieder provoziert. Und Hugo hatte erneut in die Luft geschlagen.

»Ich werde dich schon noch erwischen«, hatte ihm der andere gedroht, »und dann bring ich dich um.«

»Das wirst du nicht!«, hatte da zum Erstaunen ihres Mannes Antonina gerufen und war hinkend auf Hugo zugegangen.

»Dann bring ich dich auch um!«, hatte der Böttcher geschrien.

»Tu's doch!«, hatte Antonina erwidert. »Und wer wird dann auf deine Kinder aufpassen, du Dummkopf?« Sie hatte erst Luft holen müssen, ehe sie weiterreden konnte. »Du bist alt und du bist arm. Und dein weniges Geld gibst du für Huren und Wein aus.«

Der Böttcher war vor Wut rot angelaufen.

»Ich bring dich um«, hatte er wieder gebrüllt.

»Tu's doch«, hatte Antonina erwidert. Dann hatte sie Hugo angesehen und ihm zugelächelt. Hugo hatte es vermieden, ihre Zahnlücken anzustarren. »Was machst du hier, mein Sohn?«

Hugo hatte wieder mit dem Hammer in die Luft geschlagen, und der Böttcher war wieder zurückgewichen.

»Du Dummbart!«, hatte Antonina ihren Mann gescholten.

Sie war zu dem Herd gegangen, in dem das Feuer loderte, mit dem man das Holz für die Dauben weich und biegsam machte, bevor man sie mit den Fassreifen einfasste. Sie hatte sich eine entzündete Kienfackel genommen und war zu der Stelle zurückgekehrt, wo Hugo stand.

»Wenn du auch nur einen Schritt näher kommst«, hatte sie ihrem Mann gedroht, »zünde ich die Werkstatt an.« Dann hatte sie tief Luft geholt und gelächelt. »Ich habe lange nichts mehr von dir gehört, Hugo, aber ich habe gespürt, dass es dir gut geht.«

»Ich habe jetzt einen eigenen Weinberg, Mutter. Komm mit mir. Wir können dort zusammen leben und arbeiten …«

Sie hatte gelacht und ihm zärtlich übers Kinn gestrichen.

»Ich kann nicht. Siehst du die zwei Rotzlöffel da?« Sie hatte mit dem Kinn zur Treppe gedeutet. »Das sind deine Geschwister, sie brauchen mich.«

»Dann nimm sie mit«, hatte Hugo gesagt.

»Es sind auch seine Kinder, Hugo. Ich kann sie nicht einfach mitnehmen. Ich käme keine zwei Schritt weit, da würden sie schon nach mir suchen«, hatte Antonina traurig erwidert. »Die beiden trifft keine Schuld. Und ihn vielleicht auch nicht. Er ist nur ein Tier.«

»Aber, Mutter …«

»Geh jetzt, irgendwann wird dieses Tier die wenigen Gedanken, zu denen es fähig ist, auch noch vergessen …«

»Aber … er wird euch prügeln.«

»Nein, das wird er nicht«, hatte sie gelogen. »Das macht er schon lange nicht mehr. Das sind leere Drohungen. Er weiß, dass ich schwach bin und dass er mich töten könnte, aber dann wäre er mit den Kindern allein. Und das versteht selbst er.«

»Ich komme euch wieder besuchen«, hatte Hugo versprochen.

Dann hatte er sie dort stehen lassen, mager und zerlumpt. Doch bevor er gegangen war, war Hugo noch einmal auf den Böttcher zugetreten. Kurz vor ihm hatte er den Hammer zu Boden fallen lassen.

»Wenn Ihr meiner Mutter auch nur ein Haar krümmt, komme ich zurück und bringe Euch um. Habt Ihr mich verstanden, verfluchter Hundesohn?«

Das was das letzte Mal gewesen, dass er mit dem Böttcher gesprochen hatte, erinnerte sich Hugo und trank das Glas Wein aus. Seine Mutter hatte ihn wieder an Arsenda erinnert. Er beschloss, dass er noch an diesem Abend zu ihr gehen würde. In Wahrheit kam sie Hugo schon seit einiger Zeit absonderlich vor. Sie weinte viel und schwieg lange. »Arsenda, ich kann nicht die ganze Nacht hierbleiben«, schimpfte er dann. Das letzte ausführliche Gespräch, an das er sich erinnerte, war ein Gespräch über ihre Mutter gewesen. Hugo hatte ihr nicht die Wahrheit gesagt. Nur dass es ihr gut gehe und dass sie ihr Grüße schicke.

Jedenfalls war offensichtlich, dass irgendetwas mit Arsenda nicht stimmte, und Hugo hoffte noch an diesem Abend herauszufinden, worum es sich handelte.

»Arsenda!«

Hugo duckte sich in die Nacht, als er merkte, wie laut er gerufen hatte.

Seine Schwester antwortete nicht. Sie hatte sich plötzlich zurückgezogen, nachdem sie zitternd ein paar Worte mit ihm gewechselt hatte. Es war Winter, und es war kalt. Die Sonne ging zeitig unter, und für Hugo war es schwierig, wieder in die Kelter zurückzukehren, nachdem die Glocke vom Palast des Stadtrichters schon die Stunde des *Seny del lladre* ausgerufen hatte.

»Schwester«, flüsterte er durch das Fensterchen.

Arsenda antwortete immer noch nicht.

»Arsenda«, versuchte er es wieder, trat nah an das Fensterchen heran und versuchte im Dunkeln des Hauses etwas zu erkennen.

»Scher dich weg!«

Das war nicht ihre Stimme. Diese Stimme klang alt und verdrossen.

»Wer seid Ihr? Weshalb …?« Wie hieß nur diese dämliche Nonne? »Und meine Schwester?«

»Sie ist bei Gott. Geh nur, und komm nicht wieder.«

»Nein, nein, nein.«

»Ich werde die Glocken läuten lassen, mein Junge. Ich werde dich verraten, und sie werden dich festnehmen.«

»Um Himmels willen! Was ist denn da los?«, stöhnte Hugo.

Der Fensterladen wurde geschlossen und an keinem der Abende mehr geöffnet, an denen Hugo vorbeikam und die Melodie pfiff, mit der ihr Vater immer vom Meer heimgekehrt war. Verzweifelt erzählte er María davon, als diese in der Kelter vorbeikam, und brach vor der so überraschten wie ungerührten Frau in Tränen aus. Er hatte jetzt über drei Monate nichts mehr von seiner Schwester gehört. Hugo suchte diesmal keinen Beischlaf, wie bei anderen Gelegenheiten, doch María wollte ihn unbedingt trösten. Und das gelang ihr auch. Arsenda verschwand aus seinen Gedanken, sobald er sich auf diese Frau stürzte und in sie eindrang. Doch er wurde noch vom letzten Schauder des Höhepunkts geschüttelt, als die Erinnerung an Arsenda nur umso machtvoller zurückkehrte. Wie hatte er sie vergessen können, bloß um Unzucht zu treiben?

»Mach es noch einmal!«, schrie María, »jetzt!«

Und sie begann, sich rhythmisch zu bewegen, ihn zwischen ihren Schenkeln gefangen zu halten und nicht mehr loszulassen …

Hugo wurde wieder im Kloster von Jonqueres vorstellig. Das Kloster durch den Haupteingang zu betreten, der auf die Plaza de Jonqueres hinausging, war ein seltsames Gefühl. Der Weg zu dem Gebäude war lang, von blinden Mauern flankiert, hinter denen die Gärten der Nonnen lagen, die Fassade der Kirche und weitere Gebäude. Er endete vor einem Holztor. Hugo wusste, dass dahinter der Kreuzgang lag. Er hatte ihn sich mit Arsenda angesehen, wenn abends der Vollmond schien, ganz zu Anfang, als sie sich noch auf dem Dach getroffen hatten.

Das Geräusch eines Riegels, der aufgeschoben wurde, zog Hugos Aufmerksamkeit auf sich, und er blickte nach rechts zur Pförtnerloge. Das vergitterte Fensterchen weckte Erinnerungen an den Einäugigen, doch aus diesem hier drang eine sanfte Stimme.

»Mögen Gott und Unsere Liebe Frau von Jonqueres Euch schützen. Was wollt Ihr?«

»Ich heiße Hugo Llor.«

»Ja?«

»Meine Schwester lebt hier. Sie arbeitet als Magd für …« Mein Gott, wie hieß sie nur wieder? »Für eine der Ordensschwestern.«

»Welche Ordensschwester?«

»An ihren Namen erinnere ich mich nicht mehr, aber an ihr hübsches Haus mit der Eingangspforte für die Warenlieferungen, in der Calle de Jonqueres.«

»Woher wisst Ihr all diese Dinge?«

Die Stimme klang immer noch sanft, doch Hugo wagte nicht, ihr von den nächtlichen Begegnungen zu erzählen, aus Angst, Arsenda damit zu schaden.

»Ich habe schon lange keine Neuigkeiten mehr von meiner Schwester.«

»Das liegt ganz im Wesen der Sache. Das hier ist ein Kloster. Wir führen hier ein gottgefälliges Leben und leben ganz von der Welt zurückgezogen. Seltsam ist eigentlich nur, dass Ihr überhaupt etwas von ihr wisst.«

»Gute Frau …«

»Schwester.«

»Schwester, ich will ja nur wissen, ob es meiner Schwester gut geht.«

»Ja, das tut es.«

»Entschuldigt, ich wollte nicht … Ich wollte nicht stören, aber woher wisst Ihr das? Ich habe Euch nicht ihren Namen genannt.«

»Das ist unwichtig, junger Mann. Es hat in der ganzen letzten Zeit keine Trauerfälle oder sonstiges Unglück im Kloster gegeben, woraus ich folgere, dass es Eurer Schwester, wer auch immer sie sein mag, gut geht.«

»Aber …«

»Gott sei mit Euch. Wir werden für Euch beten.«

Das Fensterchen schloss sich wieder, und Hugo stand reglos da und überlegte, ob er den Worten dieser Nonne Glauben schenken sollte. Letztlich hatte sie keinen Grund, ihn zu täuschen. Aber wieso antwortete Arsenda nicht auf seine Rufe? Sie hatten es ihr vielleicht verboten. Das dürfte wohl der Grund sein. Wie dem auch sei, er musste sie sehen. Vielleicht durften die Nonnen ja doch keine Besuche empfangen. Aber Arsenda hatte ihm vor langer Zeit erzählt, sie genössen das Privileg, auf die Straße zu gehen, Eigentum zu besitzen und sogar zu heiraten. Nur, seine Schwester war ja gar keine Nonne, daher dürfte es keinen Grund geben, warum er sie nicht sehen konnte.

»Es liegt daran, dass sie die Magd einer Nonne ist«, erklärte ihm Pau Vilana, einer der Vikare von Santa María del Mar, dem Hugo großes Vertrauen entgegenbrachte und den er aufgesucht hatte, damit dieser ein gutes Wort für ihn einlegte und er Arsenda besuchen konnte. »Wenn sie es ihr nicht gestattet, ihre Klausur zu beenden, dann wirst du sie nicht sehen können. Die Bediensteten müssen ihren Herren gehorchen.« Der Priester konnte an Hugos Miene erkennen, wie sehr ihn die Sache quälte. »Ich werde sehen, was ich tun kann«, versprach er. »Bete du zur Jungfrau Maria. Übrigens …«, setzte er hinzu, als der Junge schon zum Altar gehen wollte, »mir wurde erzählt, dass du gar nicht mehr bei der Arbeit im Weinberg der Kirche mithilfst.«

»Ihr scheint meine Hilfe nicht zu benötigen.«

»Was willst du damit sagen?«

»Dass Ihr mit den beiden schamlosen Gesellen, die Ihr angeheuert habt, niemals irgendetwas aus diesen Weinbergen herausholen werdet.«

»Sie versichern, dass …«

»Und Ihr glaubt ihnen. Wenn Ihr wollt, dass ich Euch helfe, dann werft sie hinaus, und Ihr werdet einen guten Ertrag mit Eurem Wein erzielen.«

»Ich werde deine Worte überdenken.«

»Du bist verhaftet!« Das waren die Worte eines Wachoffiziers des Stadtrichters in Begleitung zweier Soldaten.

Hugo wich zurück. Er schlich schon eine ganze Weile um das Kloster von Jonqueres herum. Pfarrer Pau hatte ihm keine Antwort geben können, nichts als Entschuldigungen und Versprechen, ganz wie die Schwester in der Pförtnerloge. »Es geht Eurer Schwester gut. Das könnt Ihr mir glauben.« Nach einiger Zeit begann der Priester ihm aus dem Weg zu gehen. Schließlich hatte Hugo ihm aufgelauert, und er war nicht umhingekommen, ihm zu gestehen, dass auch er nichts hatte in Erfahrung bringen können, außer dass die Priorin nicht bereit war, Arsenda einen Besuch zu gestatten.

Da machte sich Hugo an die Händler heran, die den Nonnen Viktualien brachten, und bot ihnen Geld an. Einige wollten es nicht nehmen, wieder andere betrogen ihn aufs Schändlichste. Und so verlor er fast alles, was er besaß. Er belästigte die Dienstmägde, die aus dem Kloster kamen, um Besorgungen zu machen, er bedrängte die Pfarrer, die ins Kloster gingen, um die Messe zu halten und den Nonnen die Beichte abzunehmen, und er erschreckte die Mädchen, die zum Unterricht ins Kloster kamen. Das Einzige, was er erreichte, war, dass er jetzt den Namen der Nonne wusste, die Arsenda versteckt hielt. Sie hieß Geralda. Einer der Beichtväter war auf ihn zugekommen und hatte ihm geraten, die Angelegenheit zu vergessen. Seiner Schwester gehe es gut, und sie werde noch viele Jahre ihren Dienst bei Schwester Geralda tun, und wenn er sie weiter belästigte, müssten sie Maßnahmen gegen ihn ergreifen. Er drohte ihm sogar, die Sache dem Stadtrichter zu melden.

»Ich will ja nur … «, versuchte Hugo jetzt mit dem Wachmann zu reden.

Doch die Soldaten trieben ihn mit Stößen vom Platz, weit weg vom Haupteingang. Er fragte sich, warum sie ihn festgenommen hatten, schließlich hatte er kein Verbrechen begangen.

»Ich will nur wissen, wie es meiner Schwester geht«, erklärte er immer wieder, während sie ihn weiterschubsten.

»Du musst gar nichts wissen. Sie ist in einem Kloster.«

»Ich bin ihr Bruder!«, rief er. Doch sie antworteten nur mit Schlägen. »Wenn ihr mir nicht helft, gehe ich zum König!«

Die Soldaten packten ihn. Hugo widersetzte sich, und bei dem Handgemenge kamen sie vom Weg ab und gelangten zu dem Sturzbach, an den das Kloster grenzte. Einer der Soldaten versetzte Hugo einen so heftigen Fausthieb in den Bauch, dass er den Abhang hinuntergeschleudert wurde. Dann setzten sie ihm nach. *Du darfst dich vor niemandem beugen.* Er hatte sich schon lange nicht mehr an den Rat des gelehrten Herrn Arnau erinnert. Hugo hob einen Stein vom Boden und schleuderte ihn auf den ersten Soldaten. Er traf ihn an der Brust. Der Nachfolger prallte mit seinem Kompagnon zusammen, während der Wachoffizier sie aus der Ferne anfeuerte. *Hat er dir auch verraten, wie du das erreichen kannst?* Die weisen Worte von Andrés aus der Werft von Regomir fielen ihm wieder ein, und noch im selben Moment beschloss er, das Durcheinander zu nutzen, um die Flucht zu ergreifen.

Er rannte, so schnell er konnte, viel schneller als die Soldaten, die schon ordentlich Speck angesetzt hatten und zudem mit ihrer Ausrüstung beladen waren. Als er über den Kanal von Sant Joan hinaus war, hatten sich selbst ihre Schreie in der Ferne verloren.

Sie wissen, wer ich bin, sagte er sich in jener Nacht immer wieder.

Er hatte sich in der Kelterei eingeschlossen und lief wie ein gefangenes Tier im Käfig hin und her. *Sie müssen es wissen. Ich bin Arsendas Bruder.* Vielleicht hatten sie ihn nur erschrecken wollen und es dann gut sein lassen, als sie ihn fliehen sahen, dachte er bei sich. Er hantierte mit der Destillierblase herum, mit der er das *aqua vitae* herstellte. Sie wussten nicht, wo er wohnte. Aber wenn sie mit Arsenda sprachen, dann würde diese sie zur Werft schicken, und er konnte nicht sicher sein, dass Juan der Navarrer sein Geheimnis wahren würde. Immerhin hatte sich der Stadtrichter eingeschaltet …

Ein paar feste Schläge gegen die Tür machten seinen Zweifeln vorläufig ein Ende. Weitere Schläge folgten, diesmal noch lauter.

»Hugo Llor!«

Er antwortete nicht. Er hörte, dass sich draußen jemand bewegte. Sie hatten die Kelter umzingelt. Er versuchte, keinen Lärm zu machen, aber ein Geräusch seines Destillierkolbens verriet ihn.

»Hugo Llor!«, rief man wieder. Stille. »Ich weiß, dass du da drin bist!«

Es gab kein Entkommen.

»Ich heiße Gabriel Muntsó …«, hörte Hugo eine Stimme sagen. »Es schickt mich Bernat Estanyol aus Cartagena, mach auf!«

Nachdem Hugo sich von seiner Überraschung erholt hatte, stürzte er zur Tür.

11

»Er ist Galeerenbesitzer?«

»Und Schiffsführer ist er auch«, antwortete Gabriel Muntsó, ein recht vulgärer Mann, zweifelsohne katalanischer Herkunft, denn er beherrschte ihre Sprache.

Und das war es auch gewesen, was Hugo nach dem Öffnen der Tür so überrascht hatte: Unter einem Boten, den Bernat geschickt hatte, stellte er sich eine starke und eindrucksvolle Persönlichkeit vor … Jedenfalls einen Mann von Charakter. Muntsó dagegen tat sich durch gar nichts hervor.

»Cartagena ist nichts weiter als ein Hafen mit einer Burg, unter der mehr Hütten als Häuser Schutz suchen«, erläuterte er ihm.

Später erzählte er, Bernat sei dort in den Besitz einer sizilianischen Galeere gelangt, die der baskische Korsar, mit dem er segelte, gekapert hatte.

»Und wie hat er sich eine Galeere kaufen können?«

Sie saßen in der Kelterei, beim Licht einer Laterne, zwischen Gerätschaften, Weinschläuchen und Fässern, auf zwei nicht zueinanderpassenden Stühlen, vor ihnen ein aufgebocktes Brett als Tischersatz.

»In den Jahren in Cartagena hat er sich bei den kastilischen Korsaren Respekt erworben. Sie nutzen den Hafen von Cartagena als Rückzugsort, vorwiegend Kantabrier und Basken. Der Kastellan und die Mitglieder des Stadtrats hatten ebenfalls seinen Wert erkannt. Bernat ist kultiviert und gebildet, er kann lesen und schreiben, er beherrscht Latein und ist ein Ehrenmann, allesamt Qualitäten, die in einem Land, das an Maurengebiete grenzt und dem die Brutalität über die Gelehrsamkeit geht, sehr geschätzt sind. Es ist ihm nicht schwergefallen, die Kunst der Schifffahrt zu erlernen, und schon bei dem baskischen Schiffseigner hatte er einen großen Eifer an den Tag gelegt.«

Hugo musste an Bernat denken, wie er die Armbrust im Sack versteckt hatte, und lächelte. An Mut hatte es ihm nicht gefehlt, ganz gewiss nicht. Seither war viel Zeit vergangen. Sieben Jahre? Jawohl, sieben. Bernat dürfte mittlerweile … dreiundzwanzig sein. Hugo versuchte sich auf Muntsós Worte zu konzentrieren.

»Die Kaperei stellt eine der attraktivsten Einnahmen für die Krone dar, denn sie bekommt einen bestimmten Prozentsatz vom Ertrag der Freibeuter. Bernat hat mit Sicherheit keine allzu großen Schwierigkeiten gehabt, für den Kauf dieser Galeere einen Partner zu finden. Das Geld ist gut angelegt.«

Vielleicht wollte Bernat, dass er sich ihm anschloss, sagte sich Hugo. Das würde erklären, warum Muntsó bei ihm aufgetaucht war. Einen Augenblick lang sah er sich auf Bernats Galeere, auch wenn es ihm nicht gelang, sich vorzustellen, was für eine Arbeit er dort verrichten könnte. Aber was würde dann aus seinem Weinberg? Er seufzte. Muntsó betonte immer wieder, was für ein großer Schiffsführer Bernat doch sei, aber Hugo hatte nicht vergessen, dass er seiner Mutter versprochen hatte, niemals in See zu stechen. Er musste unbedingt noch einmal nach Sitges fahren und sich vergewissern, dass es ihr gut ging, und es diesem Böttcher heimzahlen. Außerdem war da noch Arsenda. Er würde seine Schwester nicht im Stich lassen.

»Nein …«, unterbrach er Muntsó. »Ich glaube nicht, dass ich das kann.«

»Dass du was kannst?«

»Mit ihm fahren.«

Sein Gegenüber erhob abwehrend die Hände. »Aber das wollte ich dir doch gar nicht vorschlagen«, sagte er.

Hugo zuckte zusammen.

»Bernat will nur, dass du ihm Informationen beschaffst. Genaue Einzelheiten über die Schiffe, die aus dem Hafen von Barcelona auslaufen, Angaben über ihr Ziel und vor allem die Waren, die sie transportieren. Wir müssen die Beute sorgfältig auswählen. Von dem Moment an, da der Rekrutierungsstand für die Seeleute geöffnet wird, bis zum endgültigen Auslaufen des Schiffes ist Zeit genug, uns all diese Informationen zuzuspielen. Dafür braucht dich Bernat.«

Hugo dachte nach.

»Und wie soll ich an diese Informationen gelangen?«

»Er sagt, du würdest dir schon zu helfen wissen.«

»Aha.« Sie schwiegen eine Weile. »Und wie soll ich euch informieren?«

»Schriftlich, über …«

»Ich kann nicht schreiben.«

»Bernat weiß das. Und er sagt, auch da würdest du dir zu helfen wissen«, erwiderte der andere. »Die Nachrichten sollen auf Küstenschiffen bis zu El Grao, dem Hafen von Valencia, gebracht und dort diesem Händler hier übergeben werden«, setzte er hinzu und reichte Hugo ein Papier mit dem Namen des Händlers. »Sie sollen aussehen wie Wechselbriefe oder wie Handelsdokumente. Du kannst die Botschaften auch über einen Kurier schicken, aber wir ziehen den Transport mit dem Schiff vor. Jedenfalls wird der Händler schon dafür sorgen, dass wir sie erhalten«, sprach Muntsó weiter und legte ein Siegel auf den Tisch.

»Und was ist das?«

»Damit sollst du die Botschaften versiegeln«, sagte er. »Und dann hat Bernat mir noch ans Herz gelegt, dir mitzuteilen, dass du auf Schiffe, die Waren der Puigs transportieren, oder auf Schiffe, an deren Gewinn sie beteiligt sind, ein besonderes Augenmerk legen sollst.«

Hugo nickte.

»Soweit ich weiß, hat Bernats Vater, der werte Herr Arnau, sie schon einmal in den Ruin getrieben.«

»Nicht genug, wie es aussieht«, erwiderte Muntsó und gab damit zu verstehen, dass auch er die Geschichte kannte.

Hugo trank einen Schluck Wein, und der andere tat es ihm nach.

»Aber dann …«, sagte Hugo und wusste nicht recht, ob er den Satz beenden sollte. Muntsó ermunterte ihn mit einer Kopfbewegung. »Aber wenn ich katalanische Händler verrate, dann werden durch meine Schuld katalanische Bürger zu Tode kommen.«

»Bernat hat mich schon gewarnt, dass du möglicherweise Vorbehalte haben wirst. Sieh nur, er wird auf jeden Fall katalanische Schiffe angreifen, ob nun mit oder ohne deine Hilfe. Dennoch verspricht er dir, dass er bei den Schiffen, die über deine Vermittlung angegriffen werden, Gnade walten lassen wird.«

»Einverstanden. Ich werde mir schon zu helfen wissen«, mit diesen Worten willigte Hugo in den Handel ein.

Ich werde mir schon zu helfen wissen, hatte er gesagt. Aber er wusste nicht, wie. Und nun war seit jener Nacht, in der Muntsó nach ihrem Gespräch gegangen war, ohne zu warten, bis der Morgen graute, schon eine Woche vergangen. Hugo hatte sich bei Muntsó nach Bernat erkundigt. War er verheiratet? Nein. Wurde er einmal verletzt? Mehrmals. Gedachte er, für immer in Cartagena zu bleiben? Muntsó wusste es nicht. War er ein guter Schiffsführer, ein grausamer Korsar?

»Wenn es sein muss, kann er entsetzlich grausam sein«, erwiderte Muntsó.

Hugo konnte sich nicht vorstellen, dass sein Freund etwas Grausames tun könnte, aber vielleicht hatte das Leben ihn dahin gebracht, denn so erging es ihnen doch allen. Sich über die Schiffe zu informieren, die aus Barcelona ausliefen, und über die Waren, die sie transportierten, war jedenfalls für Hugo eine schwierige Aufgabe. Außerdem besaß er jetzt zwei Weinberge. Denn in jener Woche hatte Pau Vilana, der Priester von Santa María, ihn am Sonntag nach der Messe zu sich rufen lassen und ihm den Weinberg angeboten, der der Kirche gehörte und der von den zwei alten Pächtern geführt wurde. Ein *Rabassamorta*-Vertrag, so hatte sein Angebot gelautet. Er hatte ihm die gleiche Abmachung vorgeschlagen wie damals Saúl, nur dass es hier keinen Mahir gab, der zurückkommen konnte. Und er hatte sogar noch einer weiteren Forderung von Hugo stattgegeben: Es würden etliche neue Reben gepflanzt werden, über die dann die Berechnung der Pachtzeit laufen würde, denn schließlich hatte man die alten jetzt schon zwei Jahre lang vernachlässigt.

Als all das besprochen war, sagte der Priester auf einmal: »Übrigens, ich habe Neuigkeiten von deiner Schwester Arsenda.«

Hugo sah ihn überrascht an.

»Sança d'Olivera, die Oberin, hat mich rufen lassen. Deine Schwester hat den Habit genommen, und es geht ihr ganz hervorragend. Schwester Geralda hat sich bereit erklärt, ihre Aussteuer zu bezahlen, damit sie in ein Kloster eintreten kann. Du brauchst dir also keine Sorgen zu machen.«

»In welches Kloster?«

»Das wollte sie mir nicht verraten. Die Oberin sagt, deine Schwester sei über die Maßen abhängig gewesen von dir und deinen heimlichen Besuchen«, sagte Pfarrer Pau vorwurfsvoll, »von euren Gesprächen und den Neuigkeiten aus der Welt da draußen, die du in ihr Leben gebracht hast, und das durfte nicht sein. Sie muss dich vergessen und sich ganz und gar Unserem Herrn widmen. Aber am Tag ihres Eintritts wird sie dich zu sich rufen, daran ist kein Zweifel.«

»Ja, aber …«

Der Priester nahm ihn beim Arm und führte ihn ins Innere der Kirche Santa María.

»Wann willst du mit mir zum Notar gehen und das Dokument über den Weinberg unterzeichnen?«

»Ich weiß nicht …«

»Ich werde anordnen, dass sie alles vorbereiten.«

»Aber Arsenda …«

»Hugo«, unterbrach ihn der Pfarrer mit ernster Stimme und stellte sich ihm in den Weg. Sie standen vor dem Hauptaltar, in dessen Mitte sich die kleine Figur der Madonna erhob, mit dem Schiff zu ihren Füßen. »Ich verstehe deine Sorge, aber deine Schwester hat beschlossen, ihr Leben Gott zu widmen. Du müsstest dich freuen, nur wenige sind auserwählt«, setzte er hinzu. Hugo sah zur Jungfrau hinauf, aber auch diesmal sah er sie nicht lächeln. »Du musst mir versprechen, dass du die Ordensschwestern vom Kloster Jonqueres nicht länger belästigst«, forderte er mit großem Ernst.

Das war die Vereinbarung, die der Priester mit der Oberin getroffen hatte. »Wir könnten anordnen, dass der Junge festgenommen wird, jawohl«, hatte die Nonne gedroht. »Aber was wäre damit gewonnen?«, hatte sie leicht errötend eingeräumt. »Er ist nur ein armer Schlucker, dem Eure Hilfe sehr zustattenkommen wird. Natürlich nur unter der Bedingung, dass er seine Schwester in Ruhe lässt.« Pfarrer Pau hatte es dabei bewenden lassen. Er hatte nicht gesehen, welches Interesse das Kloster an einem solchen Pakt haben könnte, aber das Versprechen der Priorin, ihn persönlich zu begünstigen, war so verlockend, dass er es nicht bereute, ihr von dem Weinberg erzählt zu haben. Falls Hugos Theorie sich als richtig erwies, würde Santa María mit einem Weinberg Gewinn machen, der bislang nicht genug eingetragen hatte. Damit hätte die Oberin einen Nutzen, das Kloster … und er auch.

»Versprich es mir«, forderte Pfarrer Pau beharrlich.

Hugo hielt den Blick aufmerksam auf die Madonna gerichtet und fragte sich, warum sie immer noch nicht lächelte, obwohl er ihr doch seine Schwester geschenkt hatte.

»Hugo«, holte Pfarrer Pau ihn aus seiner Versunkenheit.

»Ich werde sie nicht weiter belästigen«, lenkte Hugo ein.

Das genügte dem Geistlichen.

»Hoffen wir, dass dieser Weinberg uns einen guten Zehnten einbringt«, wechselte er augenblicklich das Thema, um sogleich seinen Arm zu drücken und ihn weiter durch die Kirche zu führen.

Kurz darauf stattete Hugo mit dem frisch unterzeichneten Vertrag unterm Arm seinem neuen Besitz einen Besuch ab.

»Was macht ihr hier noch?«, fragte er die zwei alten Tagelöhner, die bisher dort für die Kirche gearbeitet hatten. »Pfarrer Pau hat mir gesagt, er habe euch bereits Bescheid gegeben, dass …«

»Er hat uns auch gesagt, wir sollten mit dir reden«, unterbrach ihn einer der beiden, »du seist ein rechtschaffener Mann und würdest uns vielleicht unter Vertrag nehmen.«

Hugo nickte.

»Als Erstes inspizieren wir den Weinberg«, schlug er vor.

Einer der beiden kam gar nicht erst mit, dem anderen gingen die Entschuldigungen aus, je mehr Hugo ihn auf seine Nachlässigkeiten und seine schlechte Arbeit hinwies. Es lagen noch etliche Reben vor ihnen, als der Alte ausspuckte, sich verabschiedete und seinem Gefährten nachfolgte.

Hugo wartete, bis es still wurde, dann drehte er sich um die eigene Achse, um den neuen Weinberg anzuschauen, der so groß war und so viel Pflege brauchte. Er lauschte den Geräuschen des Feldes und spürte die Wärme der Sonne auf dem Gesicht. Er musste sich auch um den von Saúl kümmern. Und er musste sich nach Bernats Schiffen erkundigen!

»Ich werde mir schon zu helfen wissen«, suchte er sich Mut zuzusprechen, während er sich vor einer der Reben niederkauerte. »An was für einem Übel leidest du?«, befragte er den Rebstock und strich über seine Blätter. Der Weinberg von Santa María del Mar lag nicht weit von Barcelona, auf halbem Wege zwischen der Puerta de Sant Antoni bei der neuen Stadtmauer am Raval-Viertel und dem Kloster Valldonzella. Es gab darin ein kleines Gehöft mit Garten und ein paar Obstbäumen. Doch die Glückseligkeit, mit der Hugo über die Schwelle dieses Hauses trat, wurde getrübt, als er sah, welche Nachlässigkeit die beiden Tagelöhner dort hatten walten lassen. Es hatte nichts mit Rocaforts Weingut gemein, das von reichen Bürgern Barcelonas im Stil der Paläste gebaut worden war. Das Gehöft der Kurie war ein altes Landhaus, gebaut wie ein Wehrturm: quadratisch, mit dicken, festen Mauern, das Untergeschoss trotz Leerstand auf die Haltung von Tieren ausgerichtet, mit einem unterirdischen Weinkeller. Herd und Schlafkammern befanden sich im ersten Stock, der von der Leibeswärme der Tiere gewärmt werden sollte. Hugo machten einen Gang durch die Gemächer: Der Herd war in gutem Zustand, und in allen Kammern gab es Pritschen, die wahrscheinlich die alten Pächter schon benutzt hatten. Als der junge Bursche eine große, altersschwache Truhe, einen Tisch und drei wurmstichige Schemel fand, kam es ihm vor wie ein Schatz. Romeu lieh ihm den Maulesel und den Karren, und in mehreren Fahrten konnte er alles herbeikarren, seine wenigen Habseligkeiten, die Fässer mit dem Wein von den Rebstöcken neben dem Garten der Vilatorta – Dolças Spezialwein – und den Destillierkolben zur Herstellung des Branntweins.

Dann verbrachte er seine erste Nacht im Weingut.

Er beschloss, sich weiter Sklaven auszuleihen, zwei für den Anfang, auch wenn er dafür den mit Romeu geschlossenen Vertrag abwandeln musste.

»Ich werde dir nicht mehr auf deinem Weingut helfen können, mit der Arbeit im Weinberg der Pfarrer ist mir das jetzt nicht mehr möglich.«

»Dann wirst du dafür zahlen müssen. Das wird dich wahrscheinlich teurer kommen, als sie zu kaufen«, warnte ihn Romeu.

Doch kaufen wollte Hugo sie nicht. Es war für ihn selbst nicht vorstellbar, einen Menschen zu besitzen. Nur wurden die Dinge immer komplizierter, und am Ende hatte er nicht einmal Zeit, etwas zu essen zu kochen, und von den Sklaven verstand sich auch keiner darauf. Und so mietete er eine Sklavin, auch wenn Romeu ihm davon abgeraten hatte.

»Das ist unsinnig, Hugo«, versuchte Raimundo ihn zu überzeugen, als er ihn in seiner Wechselstube um etwas von dem Geld bat, das er dort hinterlegt hatte, um den Mietpreis für die Sklaven zu bezahlen. »Du bist vielleicht nicht ihr Besitzer, doch aus ihrer Arbeit, aus ihrem Sklavendasein, ziehst auch du einen Nutzen. Ist das nicht das Gleiche?«

»Nur gehören sie mir dann nicht«, sagte er stur, als spreche ihn das von jeder Mitschuld frei.

»Das wäre aber besser so«, entgegnete Raimundo. Hugo sah ihn fragend an. »Ich bin mir sicher, du würdest sie besser behandeln als Rocafort und seine Leute. Sobald sie etwas gelernt haben, ersetzt er sie durch neue. Stimmt das etwa nicht? Das hast du mir selbst erzählt.« Hugo nickte. »Hast du dich jemals gefragt, wo der Sklave hinkommt, den du unterrichtet hast, in wessen Hände er fällt? Du wirst dich besser um sie kümmern, und wenn es dir wirklich so wichtig ist, dann kannst du ihnen ja die Freiheit schenken, sobald sie die Summe eingebracht haben, die du für sie bezahlt hast. Du weißt ja, dass die Leute sie, nachdem sie ihre Arbeitskraft ausgebeutet haben, viel mehr für ihre Freiheit bezahlen lassen, als sie einst für sie ausgegeben haben.«

»Wir sind alle Sklaven Gottes«, waren Pfarrer Paus Worte, als Hugo am folgenden Sonntag nach der Messe mit seinen Zweifeln zu ihm kam. »Weshalb sonst nennen wir ihn unseren Herrn? Unsere Position in dieser Welt ist da gar nicht so bedeutend. Die meisten Katalanen sind Diener ihrer Herren, viele von ihnen sind an ein bestimmtes Stückchen Erde gebunden. Die Gesetze der Leibeigenschaft, die Rechte der Herren über ihre Diener haben sich in den letzten Jahren noch einmal verschärft. Aber man muss bedenken, dass diese Herren wiederum die Vasallen anderer Herren sind, die Kette der Getreuen reicht bis hin zum

König. Auf die Freiheit der Seele kommt es an, Hugo. Kaufe diese Sklaven, und unterrichte sie im katholischen Glauben. Führe sie hin zum neuen Glauben, und mache gute Menschen aus ihnen, die im Dienste Gottes stehen, des einzigen Herrn, dem wir huldigen müssen.«

»Sei doch nicht so empfindlich«, meinte Regina am gleichen Tag nach seinem Gespräch mit Pfarrer Pau. »Du hast doch selbst erlebt, welche Grausamkeiten Menschen einander antun können. Was kümmert es da noch, ob jemand Sklave ist oder nicht, wenn die freien Menschen einander umbringen und vergewaltigen?« Regina ließ einen Augenblick verstreichen, und in dem Blick, mit dem sie ihn ansah, lag eine tiefe Traurigkeit. »Kauf dir Sklaven, Hugo. Mach ein blühendes Geschäft mit deinem Weinberg, wenn sich dir die Gelegenheit bietet. Du hast es verdient.«

Raimundo, Pfarrer Pau, Regina – alle rieten ihm zum Kauf von Sklaven. Er sah Regina an. Sie war wie immer so schön und so voller Leben, und doch … Sie lächelten einander an. Sie saßen im Garten vor dem Haus in der Calle Sanahuja. Es war aber nicht das Lächeln der Regina, die ihn regelmäßig in ihrem Hause empfing, seit er ihr das russische Mädchen gebracht hatte. Sowohl ihr Mann Mosé als auch sie selbst benötigten Branntwein zur Behandlung ihrer Patienten. Sie wussten, dass Hugo den Weinberg des alten Saúl bewirtschaftete, und hatten sich beklagt, dass es von Mahir keinen Branntwein mehr gab. Auch wenn er schon lange keinen mehr hergestellt hatte, hatte Hugo ihnen welchen angeboten. Und so hatte er angefangen, nach Mahirs Rezepten zu medizinischen Zwecken Wein zu destillieren. Die Ergebnisse waren hervorragend, und der erneuerte Kontakt zu Regina hatte dazu geführt, dass durch das Teilen von Erinnerungen Gefühle wieder geweckt wurden, die sie schon in ihrer Jugend füreinander empfunden hatten.

Dolça blieb immer gegenwärtig, aber sie vermieden es, offen von ihr zu sprechen, ebenso wenig wie von dem Ammenmärchen, das man sich von Reginas Rettung erzählte. Was Regina und Mosé sich dabei gedacht hatten, spielte für Hugo letztlich keine Rolle – wie wollte man einem Menschen, der eine solche Tortur hinter sich hatte, irgendeinen Vorwurf machen? Trotzdem verstand Hugo jetzt, was Dolça damals gemeint hatte: Regina sprach, lächelte und gestikulierte immer schnell und entschieden, mit der Autorität einer Frau, die wusste, dass sie schön war und begehrt wurde. Nur ihre Nase, die ein klein wenig zu breit war, verriet sie manchmal. Und es war genau diese Nase, die Hugo an diesem Sonntag verriet, dass mit dieser so anziehenden Frau etwas nicht stimmte.

»Was schaust du so?«, fragte Regina und lächelte wieder.

Ich schau auf deine Nase, wollte er schon sagen, ließ es aber sein.

»Es freut mich, dass du so glücklich bist«, sagte er stattdessen.

Sie verstummte.

»Ist etwas mit Mosé?«, fragte Hugo dennoch.

»Nein«, erwiderte sie, machte aber eine Geste des Überdrusses, die ihre Worte Lügen strafte.

Hugo hatte den Verdacht, dass die Beziehung der Eheleute nicht ganz so glücklich war, wie sie gerne weismachen wollte. Regina hatte keine eigenen Kinder, was Hugo angesichts der Vitalität der jungen Frau immer wieder überraschte. Mosé arbeitete den ganzen Tag außer Haus, hin und wieder war er, wenn man ihn in Dörfern fern der Stadt brauchte, sogar tagelang fort. Immer wenn Hugo das Gefühl hatte, Regina mache ihm über ihre eigentliche Lage etwas vor, musste er an Raimundos Erklärung denken, die ihn immer mehr überzeugte: »Er hat eine Mutter gebraucht, die auf seine Kinder aufpasst, und Regina einen Aufpasser für sich selbst.« Alles deutete daraufhin, dass Mosé sein Ziel erreicht, Regina dagegen auf das ihre verzichtet hatte.

»Wenn es nicht Mosé ist, dann …«, ließ Hugo nicht locker.

»Ich kann nicht mehr, Hugo.«

»Die Kinder?«

»Alles! Mosé, die Kinder … die Juden!«

Hugo zuckte zusammen. »Aber was sagst du da?«

»Ja, auch die Juden«, wiederholte sie mit geballten Fäusten. Hugo ließ den Blick zu ihrer Nase wandern. Ihre Nasenflügel zitterten. »Was für ein Leben haben wir Juden denn noch? Es hat den Christen nicht genügt, uns zu vergewaltigen und umzubringen, uns zu zwingen, unserem Glauben abzuschwören, und uns zwangsweise zu konvertieren. Nicht einmal atmen lassen sie uns.« Regina verstummte und kämpfte sichtlich mit den Tränen. Hugo sagte kein Wort. »Nach den

Vorfällen im Judenviertel sind wir in dieses Haus gezogen, denn in den Nachbarhäusern lebten unsere Freunde, ein paar waren konvertiert, andere nicht, aber alle verband etwas miteinander. Einige hatten Glück gehabt und aus Castell Nou flüchten können, und niemand machte dem Bruder oder Neffen einen Vorwurf, dass er sich den fanatischen Forderungen der Christen gebeugt und sich zu ihrem Glauben hatte bekehren lassen. Ein mit einem Messer bewehrter Mörder und ein Haufen Leichen zu seinen Füßen, das fegt noch die überzeugendsten Argumente hinweg. Bis vor einiger Zeit schien dieses Leben mir ganz erträglich.« Regina sprach jetzt energischer, ihr Schmerz hatte sich in Wut gewandelt. »Unsere konvertierten Brüder haben ihren Glauben mit dem Bau der Dreifaltigkeitskirche und mit der Bruderschaft, die sie alle eint, unter Beweis gestellt. Aber jetzt gestatten sie ihnen nicht, das Königreich zu verlassen. Sie sagen, sie würden unter dem Vorwand, dort Handel zu treiben, ins Land der Berber gehen, dabei sei es ihr eigentliches Ziel, den Glauben ihrer Vorfahren wieder anzunehmen. Und wir, die wir Juden geblieben sind, halten weiter treu an unserem Glauben fest, mit aller Vorsicht zwar, ohne großes Getue und öffentliche Zurschaustellungen. Wir leben wie Gefangene in unseren Häusern, weil wir keine Gotteshäuser und keine Schulen haben, immer darauf bedacht, dieses Barcelona, das uns nie geliebt hat, nicht zu verärgern. Aber jetzt haben der König und der Bischof nicht nur verboten, dass wir mit den Konvertierten sprechen, wir dürfen sie nicht einmal mehr besuchen gehen. Wenn jemand diesem Befehl zuwiderhandelt, wird er gehängt, gnadenlos. Wir dürfen mit niemandem sprechen, Hugo. Du bist eine der wenigen Personen, die es wagen, dieses Haus zu betreten. Der Einzige, der uns mit einer gewissen Regelmäßigkeit besucht!« Hugo wollte etwas sagen, doch sie kam ihm zuvor. »Die Strafen dafür, dass jemand sich nicht angemessen kleidet, sind verschärft worden: Die Männer müssen bis zu den Knöcheln reichende Gehröcke und das gelbe Zeichen der Juden auf der Brust tragen, die Frauen diesen besonderen Spitzhut…« Regina schüttelte den Kopf. »Aber das Schlimmste, das, was uns die Feindschaft derer eingetragen hat, die einst zu unseren Freunden und Anverwandten zählten, ist, dass der Bischof ihnen eine Frist von vierzehn Tagen gesetzt hat, in der sie ihre Häuser verlassen mussten, falls sie eine Wand mit der Behausung eines Juden teilten! All unsere Freunde mussten umziehen! Sie geben natürlich nicht uns die Schuld daran, aber ein gewisser Groll ist trotzdem doch nur verständlich. Und wer ist dann in die leeren Häuser eingezogen? Fanatiker! So fanatisch wie der neue Papst, den ihr jetzt in Avignon habt.« Hugo sah sie ratlos an. »Dieser Papst ist ganz offen gegen die Juden eingestellt. Nur Gott, der eure selbstverständlich, weiß, was uns erwartet. Jeden Tag gibt es weniger Kranke, die meine Dienste in Anspruch nehmen. Ich kann nicht auf die Straße gehen, ohne dass ich beleidigt werde oder man ausspuckt, wenn ich vorübergehe.«

Hugo wusste zunächst nicht, was er sagen sollte. Als er sah, wie niedergeschlagen Regina war, versuchte er sie aufzumuntern. Er erzählte ihr vom Weinberg und von Arsenda und auch von jenen Sklaven, zu denen er ihre Meinung hören wollte. Aber sie ließ sich nicht darauf ein.

»Tut mir leid, Hugo«, entschuldigte sie sich schließlich. »Danke für deine Bemühungen, aber ich bin nicht in der rechten Verfassung.«

Damit kehrte sie ihm den Rücken und ließ ihn allein im Garten zurück.

Er hieß Domingo, sie Barcha. Er war Bulgare und blond wie Caterina, sie war ein Plappermaul und sehr dunkelhäutig, fast schon schwarz. Er war jünger als Hugo, klapperdürr und schüchtern, und nicht nur, dass er rein gar nichts vom Weinbau verstand, noch dazu sprach er nicht ein Wort Katalanisch. Ihr Alter dagegen war schwer zu schätzen, und sie war recht füllig und wollte sich offenbar nicht eingestehen, dass ihre Schönheit, die früher in vollem Glanz erstrahlt sein dürfte, etwas in die Jahre gekommen war, denn sie gab sich hochmütig und sparte nicht mit Geschrei und übertriebenen Gefühlsäußerungen, um Hugos Aufmerksamkeit zu wecken. Domingo war im Orient zum Sklaven gemacht worden, und es hieß, er sei Christ. Barcha war Muslimin und hatte schon als Kind in Barcelona gelebt. Sie hatte mehreren Besitzern Verluste beschert, und es endete immer damit, dass sie von Mal zu Mal billiger weiterverkauft wurde, einfach aus Überdruss. Und das war es auch schon, was Hugos Llors neue Sklaven gemein hatten: Sie hatten beide wenig gekostet. Rocafort, der sie ihm verkauft hatte, hatte Barchas Laster verheimlicht, wo doch schon Domingos Unwissenheit so augenfällig war. Romeu wiederum hatte ihn getäuscht und ihm den Preis als einen Vorteil gepriesen. María, die bei den Verhandlungen zugegen gewesen war, hatte geschwiegen und die Maurin sofort angenommen, denn sie sagte sich, dass diese ihr im Bett des Jungen, in dem sie weiterhin gelegentlich lag, keine Konkurrenz machen würde. Sie war sich bewusst, dass sie bei Hugo eines Tages in Vergessenheit geraten würde, doch noch war dieser Augenblick nicht gekommen, denn er schenkte den Mädchen, die auf diesen Mann, der schon zwei Weinberge besaß, ein Auge geworfen hatten, offensichtlich nicht die geringste Aufmerksamkeit. »Für die Ehe kann ich mich nicht erwärmen«, hatte er eines Abends María geantwortet, als diese wegen eines Mädchens fragte, dessen Mutter sie kannte, »sprich mich bitte nicht mehr darauf an.«

Der Einzige, der misstrauisch war, weil Barcha so wenig gekostet hatte, war Raimundo. »Ist sie gesund?«, fragte er, während er das Geld abzählte, das Hugo für den Kauf von ihm haben wollte.

»Ja, natürlich ist sie das. Romeu würde mich niemals über den Tisch ziehen«, antwortete Hugo. Der Konvertierte überlegte, ob er eingreifen sollte. Es war nicht sein Problem, sagte er sich schließlich und überreichte Hugo das Geld mit den Worten: »Gott sei mit dir.«

Hugo ließ Domingo und Barcha keine Zeit, um sich einzugewöhnen. Kaum waren sie auf dem Gehöft angekommen, befahl er ihnen, sich die großen Tonkrüge zum Einsammeln von Urin aufzuladen.

»Und das Essen?«, bellte die Sklavin los. »Wo ist das Essen? Wann soll ich das Essen zubereiten?«, fuhr sie ihn an, noch bevor Hugo etwas entgegnen konnte. »Was werden wir essen?«, sagte sie und schaute in die wenigen Töpfe, die beim Herd bereitstanden. »Es ist nichts zu essen da!«

»Schweig!«

Domingo saß still in der Ecke. Barcha war nicht bereit zu gehorchen.

»Wenn wir jetzt in die Stadt gehen, werden wir keine Zeit zu essen haben … Und wir sollen Urin einsammeln, hast du gesagt?«

»Schweig jetzt!«

»Wozu brauchst du denn Urin? Du bist doch nicht etwa einer dieser Herren, die sich an Schweinereien erfreuen?«

»Nimm jetzt den Krug!«, rief Hugo und drückte ihr einen der Krüge in die Hand.

Domingo wich verängstigt zurück, als sein neuer Herr mit dem anderen Krug auf ihn zuging.

»Ich tu dir nichts«, sagte er zu ihm. Er musste die Stimme erheben, denn Barcha beschwerte sich immer noch und stellte endlose Fragen. »Jetzt schweig endlich!«, schrie er sie an.

Was Domingo nur umso mehr verängstigte. Er zitterte und machte seinerseits Anstalten, den Krug zu schultern. Hugo schnaubte vor Wut. Barcha nutzte die Gelegenheit, stellte ihren Krug ab und brabbelte unverständliches Zeug vor sich hin. Hugo bat mit einer beschwichtigenden Geste um Ruhe und wandte sich erneut an die beiden. Erst sah er sie an, dann ihn, machte stille Zeichen zu den Krügen und bedeutete ihnen, sie sollten sie nehmen und ihm folgen. Er selbst lud sich ein paar gute Weinschläuche aus Ziegenleder auf die Schulter und stieg, ohne zurückzublicken, die Treppe hinunter.

Domingo folgte ihm mit seinem Krug, Barcha dagegen blieb schimpfend oben sitzen.

»Herr im Himmel!«, rief Hugo, als er merkte, dass die Maurin keinerlei Anstalten machte, sich in Bewegung zu setzen.

Er machte kehrt.

»Barcha!«, rief Hugo sie vom Fuß der Treppe. Sie trat auf den Absatz des ersten Stocks, ohne Krug, schrie und gestikulierte weiterhin. Hugo versuchte, nicht darauf einzugehen. »Folge mir mit dem Krug!« Als er sich umwandte, stieß er mit Domingo zusammen, der dicht hinter ihm stand. »Nein, du solltest doch draußen auf mich warten … Aber das ist jetzt auch schon egal! Lasst uns gehen.«

Barcha kam nicht die Treppe herunter, weder mit noch ohne Krug. Sie blieb störrisch oben auf dem Absatz und schrie in einer unbekannten Sprache, auf Arabisch vielleicht, auf Hugo ein.

»Nimm den Krug und folge mir!«

Da wurde sie noch lauter, drohte ihm fast mit den Fäusten. Jetzt packte Hugo der Zorn. Eine Sklavin durfte sich nicht so aufführen.

»Wenn du jetzt nicht sofort herunterkommst, dann …«

Die Maurin verstummte augenblicklich, die Faust noch in die Luft gereckt. Doch Hugo sprach nicht weiter. Er wusste nicht, wie er die Drohung enden lassen sollte. Wenn sie nicht herunterkam, was dann? Würde er sie dann misshandeln? Würde er sie auspeitschen lassen? Barcha spürte sein Zögern.

»Ich bin eine alte Frau, ich kann so einen großen und schweren Krug nicht mehr tragen.«

»Du bist meine Sklavin, und außerdem, so alt bist du gar nicht«, erwiderte Hugo und wunderte sich über sich selbst.

Er hätte nie gedacht, ein Herr und seine Sklavin könnten etwas miteinander auszuhandeln haben. Am Strand hatte er Sklaven gesehen, Barcelona war voll davon, und keiner wagte es, seinem Herrn die Stirn zu bieten. Wer einen Fehler gemacht hatte, wurde öffentlich ausgepeitscht, damit es den anderen eine Lehre war. Nein, das mit dieser Maurin war nicht normal, und er durfte das nicht mit sich machen lassen.

»Du gehorchst mir jetzt augenblicklich!«, schrie Hugo.

Schließlich schulterte die Maurin einen der Weinschläuche, den kleinsten, der am wenigsten wog. Der Bulgare tat es ihr mit seinem Krug nach, und Hugo schnappte sich den anderen Weinschlauch und den zweiten Krug. Gleichwohl war der Weg nach Barcelona begleitet von Barchas unablässigem Jammern und Wehklagen, und sie mussten alle paar Schritte auf sie warten.

»Wohin gehen wir?«, maulte sie, nachdem sie die Puerta de Sant Antoni durchquert hatten.

Wenigstens hatte sie mit dem Gekeife aufgehört. Hugo wollte nicht antworten. Jetzt war es das Geschrei der Stadt, das sie einhüllte. Zu den Rufen der Händler, die ihre Waren anpriesen, und dem Gezeter der Bürger, die sich verständlich zu machen suchten, kam noch das Gebrüll der öffentlichen Ausrufer, die an den Straßen und auf den Plätzen von Barcelona ihres Amtes walteten.

Das Gemaule der Maurin steigerte sich zu einem Kreischen. Sie wollte unbedingt wissen, wohin es ging.

»Lauf schneller«, sagte Hugo bloß.

»Der Schlauch ist so schwer«, jammerte Barcha und schloss zu ihrem Herrn auf, als dieser gerade einen Plan ausheckte: Jeder, der für sie sein Wasser abschlug, sollte einen Schluck Wein bekommen.

Für die *Bastaixos* wäre das ein guter Handel. Sie selbst könnten die Krüge füllen, die Rebstöcke von Santa María del Mar würden gedüngt, und Hugo könnte die Gelegenheit nutzen, mit denen, die über die Schiffe und ihre Waren Bescheid wussten, ein Schwätzchen zu halten, denn schließlich waren es die *Bastaixos*, die bei den ankommenden Schiffen die Ware entluden und die ausgehende Ware auf die verschiedenen auslaufenden Schiffe verteilten.

Sie betraten bei der Puerta de Sant Antoni das Raval-Viertel, gingen durch die Calle del Hospital und die Rambla hinunter bis zur Werft.

Es war erst Mitte Februar, doch die Sonne wärmte schon recht angenehm. Am Strand entdeckte Hugo mehrere *Bastaixos*, die damit beschäftigt waren, die Palisade abzubauen, die die Fassade der Werft im Winter vor der starken Meeresbrandung schützen sollte. Er schilderte ihnen seine Absicht, die mit Gelächter aufgenommen wurde, woraufhin sich ihnen etliche Hafenschiffer hinzugesellten.

»Wo soll ich hinpinkeln?«, fragte einer, der sich vor Lachen kaum halten konnte.

»Wie lang darf der Schluck sein?«, wollte ein anderer wissen.

»Du darfst so viel saufen, wie du gepinkelt hast«, tönte es aus dem Haufen.

»Gib mir den Weinschlauch«, sagte Hugo zu Barcha. Nachdem sie aufgehört hatte, sich zu beschweren, hatte er sie ganz vergessen … Die Maurin kam herangewankt, ein dümmliches Grinsen auf den Lippen. Sie war betrunken! Sie musste den ganzen Weg über heimlich gepichelt haben. »Gib schon her!«, sagte er und zog an dem Lederriemen, den die Maurin nicht loslassen wollte.

»He!«

Hugo hatte des Weinschlauchs noch immer nicht habhaft werden können, als einer der *Bastaixos* ihm ins Auge fiel, der in den Krug pinkeln wollte, den Domingo ihm hinhielt. Sobald der *Bastaix* sich mit dem Penis in der Hand der Öffnung des Gefäßes näherte, trat Domingo mit dem Krug einen Schritt zurück.

»Sag ihm, er soll stehen bleiben«, forderte der Mann.

»Domingo«, sagte Hugo, »sie sollen in den Krug hinein ihr Wasser lassen.«

Doch der Sklave verstand ihn nicht und wich erneut vor dem *Bastaix* zurück.

»Ich kümmere mich drum«, mischte Barcha sich ein, die den Weinschlauch fallen ließ und mit kleinen Freudenschreien auf den entblößten Mann zueilte.

Immer noch lachend entriss sie Domingo den Krug und hielt ihn dem *Bastaix* hin. Und dann streckte sie einen Finger in die Höhe, zeigte ihn allen und hielt ihn an das Glied des Mannes, damit dieser zielgenau in den Krug pinkeln konnte.

»Nicht doch!«

Hugo wollte schon auf Barcha zustürmen, um sie daran zu hindern, doch dann hielt er inne, da er sah, dass sich vor der Maurin eine lange Schlange aus *Bastaixos* und Hafenschiffern gebildet hatte, manche schon mit geöffneter Hose. Fast alle lachten, Barcha wiederum sah den Männern mit offenem Mund zu und applaudierte. Es näherten sich ein paar Schaulustige, doch die *Bastaixos* schickten sie gleich weiter. »Das hier ist nur was für uns«, sagten sie.

Schon trat der Erste auf Hugo zu und forderte seine Belohnung ein.

»So viel, wie ich gepinkelt habe?«, fragte er und nahm die Schale entgegen, die der Junge ihm reichte.

»Dann würde es für keine fünf Mann reichen«, wandte Hugo ein.

Der *Bastaix* nahm ein paar Schluck von dem Wein und reichte die Schale an den Nächsten weiter. Hugo sah zu Barcha hinüber, während er die Schale wieder auffüllte. Die Schlange begann sich aufzulösen, und die Männer umstanden die Maurin, die sich weiter stur mühte, dem, der gerade sein Wasser abschlug, mit dem Finger zu helfen. Hugo sah, dass einer von ihnen ihr einen Klaps auf den Allerwertesten gab, was Barcha mit schallendem Gelächter quittierte. Der Kreis schloss sich immer enger, es wurde geschrien und gelacht, während Domingo, der dieser Art von Späßen nicht das Geringste abgewinnen konnte, sich ein ziemliches Stück entfernte.

»Du verschüttest ihn ja«, warnte ihn der *Bastaix*, den er gerade bedient hatte.

»Verflucht soll sie sein!«

Hugo beschloss, sein Augenmerk auf das Weinausschenken zu richten, und es strömten, angelockt von der Maurin, weitere *Bastaixos* herbei, um sich ihren leicht verdienten Lohn zu holen. Manche standen ein zweites Mal an, und Hugo machte ihnen keinen Vorwurf daraus. Ihm war es nur recht, wenn sie dablieben. Einer fing an, seinen Wein zu loben, und er verkündete, er hätte gar nichts dagegen, in den Weinhandel mit Sizilien einzusteigen. Sie warfen großzügig mit Ratschlägen um sich, und fortan konnte Hugo, nur hin und wieder unterbrochen durch den einen oder anderen Aufschrei des Erstaunens oder der Bewunderung, dessen Barcha sich nicht enthalten konnte, das Gespräch auf das richten, was er in Erfahrung bringen wollte: auf die Schiffe und die Waren, die gerade angekommen waren oder vermutlich bald ausfahren würden.

Die beiden Krüge füllten sich, und Hugo musste alle, die nicht zum Zuge gekommen waren, auf ein andermal vertrösten, denn der Wein ging zur Neige. Trotzdem plauderte Hugo noch eine ganze Weile mit ein paar *Bastaixos* und Hafenschiffern: Er stellte die Fragen, und sie antworteten bereitwillig.

»Du zeigst ein wenig allzu große Begeisterung für die Schiffe und ihre Handelswaren«, hörte er plötzlich eine Stimme hinter sich sagen, nachdem die Schar sich aufgelöst hatte und Hugo alleine zurückgeblieben war. Er fuhr herum und lächelte, als er sah, dass es Juan der Navarrer war. Juan lächelte nicht zurück.

»Das hätte jetzt auch ein anderer sein können«, sagte er stattdessen mit einem Tadel in der Stimme, »ein Händler vielleicht, ein Schiffseigner oder ein Wächter, dessen Argwohn geweckt wurde, weil da einer so viele Fragen stellt.«

»Worauf wollt Ihr hinaus?«

»Du musst besser aufpassen.«

Hugo verzog den Mund. Doch nun lächelte der Navarrer und sagte: »Ich bin mir sicher, du wirst dir zu helfen wissen.«

Du wirst dir zu helfen wissen. Das konnte kein Zufall sein.

»Die *Bastaixos* haben mir erzählt, es sei gerade eine Ladung mit Silber für die Florentiner angekommen, sie hätten sie selbst an Land gebracht.«

»Und?«

»Was heißt das?«, fragte Hugo den Navarrer. Dieser zögerte. »Ich bitte Euch … Juan«, sagte Hugo.

»Die in Katalonien niedergelassenen Florentiner beherrschen den Silbermarkt, sie holen es aus Avignon und Montpellier. Das bedeutet, dass ein Teil dieses Silbers hier verkauft werden wird, aber der größte Teil wird nach Valencia gebracht. Dort ist Silber viel teurer als in Barcelona.«

»Ich glaube nicht, dass diese Florentiner ihr Geld den kleinen Schiffen von der Küstenschifffahrt anvertrauen, gehe ich recht in der Annahme?«

»Du lernst schnell«, antwortete der Navarrer, als sei das Ganze ein Spiel.

»Ihr wisst bestimmt, welche Schiffe für die Fahrt nach Valencia vorhergesehen sind.«

»Nein. Das weiß ich noch nicht.« Der Navarrer senkte die Stimme, dann fügte er hinzu. »Geh zu den Rekrutierungsständen und sperr deine Ohren auf. Man erzählt sich von einem Schiff, das nach Flandern ausläuft. Es legt im Hafen von Valencia einen Zwischenstopp ein. Das wird es sein … Euer Schiff.«

»Seid Ihr sicher?«

»Nein. Es gibt noch italienische und kastilische Schiffe, die gen Westen fahren und die nach Valencia noch in weiteren kastilischen Häfen haltmachen. Sie können hier nur schwer landen, aber … Wenn das Silber in einem katalanischen Schiff transportiert wird, dann wird es das Schiff sein, das Richtung Flandern ausläuft.«

»Kann sich das Ziel vielleicht noch ändern?«

»Nein. Es läuft nur eines pro Jahr aus. Auf der Westroute werden keine weiteren Fahrten unternommen. Außerdem sind seit drei Jahren viele Handelsschiffe in der Hand von Sizilien und transportieren Truppen. Das nächste Schiff, das unter Vertrag geht, wird nach Flandern fahren, glaub mir.«

Hugo nickte. Der Navarrer deutete mit dem Kopf Richtung Barcha und Domingo, als erkläre er damit das Gespräch für beendet. Sie lag auf dem Sand und schlief ihren Rausch aus, er hielt die beiden Gefäße mit Urin fest, damit sie nicht umfielen.

»Sind das deine?«, wollte er wissen.

»Warum hat er mich angesprochen, wo Ihr doch so viel mehr davon versteht?«, fragte Hugo und ließ die Frage nach den Sklaven unbeantwortet.

»Vielleicht vertraut er dir mehr.«

»Das ist Unsinn.«

»Nein. Das ist es nicht. Ich war ein großer Freund seines Vaters. Arnau ist mir eine große Hilfe gewesen, und ich werde ihm immer dankbar sein, auch seinem Sohn. Aber Bernat ist dein Freund, nicht meiner.«

»Ich zähle auf Euch.«

»Tu das nicht. Zieh mich da nicht mit hinein.« Der Statthalter der Werft fuhr sich mit dem Ärmel seines Wamses über den schwitzenden Kahlschädel. »Ich bin nur gekommen, um dich zu warnen, und nebenbei habe ich dir geholfen. Aber zähle nicht auf mich, es sei denn, es geht um dein Leben. Meine Arbeit und meine Familie hängen von meiner Diskretion ab.«

»Und welchen Nutzen hast du davon?«

Regina stellte diese Frage, nachdem sie den Brief versiegelt hatte, den sie eigenhändig an den valencianischen Händler geschrieben hatte, der in Bernats Nachricht genannt wurde, die Gabriel Muntsó Hugo mitsamt dem Siegel übergeben hatte. In etwa einem Monat, vom heutigen Tag an gerechnet, so hieß es in der Nachricht, werde die Galeere *Sant Elm* gleich nach Schließung des Rekrutierungsstandes gen Flandern in See stechen und am Schiffsladeplatz El Grao von Valencia einen Zwischenstopp einlegen. Unter der Handelsware befinde sich auch eine große Menge Silber, die in jenem Hafen entladen werden solle.

Hugo zuckte die Schultern.

»Nichts. Ich helfe nur einem Freund«, antwortete er.

»Einfach so, ohne Gegenleistung ...«

Regina hielt ihm den Brief hin. Sie saß noch am Schreibtisch, und er stand neben ihr.

»Ja.«

»Das glaube ich nicht ...«

Sie zog den Brief in dem Moment, in dem Hugo ihn greifen wollte, wieder zurück.

»Ich habe auch einer Freundin geholfen, ohne etwas dafür zu verlangen«, erwiderte Hugo.

»Du hast mich damals gebeten, die Russin zu heilen«, korrigierte sie ihn schnippisch.

»Nein«, widersprach er. »Ich habe dich aus den Händen dieser drei Barbaren befreit, die dabei waren, dich zu schänden, und habe nichts dafür von dir verlangt. Später … habe ich nur versucht, dieser sterbenden Sklavin beizustehen. Ich habe das nicht für mich getan.«

Regina dachte eine Weile nach, dann nickte sie. Und händigte ihm den Brief aus.

»Das ist gefährlich«, setzte sie hinzu.

»Das weiß ich, und es tut mir leid, dass ich dich um diesen Gefallen bitten musste, aber ich …« Hugo schüttelte den Kopf. »Ich kann nicht schreiben, und ich habe niemanden sonst, dem ich vertrauen kann.« Er hatte schon an Raimundo gedacht, die Idee aber wieder verworfen. Es war möglich, dass der Geldwechsler an diesem oder anderen Schiffen selbst beteiligt war. »Es tut mir leid, dass ich dich in Gefahr bringe«, setzte er hinzu.

»In Gefahr?« Regina brach in ein sarkastisches Gelächter aus. »Das eigentlich Gefährliche ist das Leben in dieser Stadt.«

Am Strand übergab er den Brief dem Eigner einer Feluke mit sechs Ruderern auf jeder Seite, einem Küstenschiffer, der noch am selben Tag nach Valencia in See stach.

»Die andere Hälfte wird Euch der Händler im Hafen zahlen«, versprach er dem Mann, nachdem er ihm eine Teilsumme übergeben hatte.

Der Schiffseigner wog die Münzen in einer Hand.

»Das kostet viel weniger, als mit einem Mädchen abzuhauen, nicht wahr?«, sagte er mit einem Augenzwinkern. »Was ist passiert? Habt ihr euch getrennt?«

Er war einer jener Vertrauensmänner, die Juan der Navarrer ihm empfohlen hatte und zu dem Hugo damals mit seinem Goldflorin gerannt war, in der Hoffnung, mit Dolça nach Granada fliehen zu können. Doch jetzt hatte es schon keinen Sinn mehr, ihm die Wahrheit zu erzählen.

»Sie hat mich verlassen«, antwortete er und fand, dass das gar nicht mal gelogen war.

»Verlässt dich eine Frau, öffnet sich eine Tür, hinter der noch viele andere stehen.« Der Seemann lachte. Hugo zwang sich zu einem Lächeln »Mach dir keine Sorgen. Ich kümmere mich selbst um den Brief. Worum geht es darin?«

»Um Wein«, antwortete Hugo. Mit dieser Frage hatte er schon gerechnet. »Um Preise und darum, wie man ins Geschäft kommen könnte.«

»Ich könnte eine ganze Menge Fässer transportieren«, bot der Mann sich an. »Denk dran«, sagte er und streckte ihm zum Abschied die Hand hin.

Hugo spürte seinen starken Händedruck und stellte schnell noch klar, dass er das so nicht gemeint hatte. »Es geht vor allem um Wein aus dem Ausland, sizilianischen oder griechischen. Ihr wisst ja, dass Valencia den heimischen Wein schützt und dass es dort schwierig ist, Wein aus anderen Anbauregionen zu verkaufen.«

Der Schiffseigner nickte. Hugo wartete nicht, bis er gegangen war. Einen Augenblick fragte er sich, was wohl passieren würde, wenn der Mann den Brief öffnete, entdeckte, was darin stand, und ihn an die Behörden weiterleitete. Er spürte ein Stechen im Magen und atmete tief aus, um die Angst abzuschütteln. Warum musste er sich immer so in Schwierigkeiten bringen? Es ging ihm doch gut mit seinen Weinbergen … Er schnaubte vor Wut beim Gedanken an Barcha und Domingo in den Weinbergen. Eines war sicher: Die erhoffte Hilfe hatte er mit den beiden Sklaven nicht gefunden. Und was noch schlimmer war: Wahrscheinlich würden die Dinge besser laufen, wenn er alleine weitergemacht hätte. Domingo war ein ängstlicher Mensch. Daraus konnte man ihm keinen Vorwurf machen, er war in seiner Heimat verfolgt und dann an einen Ort Tausende von Meilen von dort verkauft worden, wo er niemanden kannte und die Sprache nicht sprach. Letztlich schien der Bulgare ein guter Mensch zu sein. Barcha hingegen war unbezähmbar. Ständig gab sie Widerworte, schrie herum, gehorchte nicht, machte, wonach ihr der Sinn stand … und keifte am Ende umso mehr.

Eines Abends kehrten Hugo und Domingo todmüde zum Weingut zurück. Es war im ersten Viertel des zunehmenden Mondes im Monat Mai, und sie hatten die Reben geschnitten, vor allem die neuen. Domingo hatte wissen wollen, warum Hugo die frischen Ranken vom Rebstock schnitt, die zarten grünen, die gerade erst ausgetrieben hatten.

»Das reizt den Rebstock«, erwiderte Hugo. »Zwei oder drei Wochen lang wächst er dann nicht, als wollte er uns eine Nase drehen, weil wir ihn geschnitten haben, aber dann, wenn die Wärme kommt, dann treibt er umso kräftiger aus, und das gibt große Trauben mit dicken Weinbeeren, aus denen man einen exzellenten Wein machen kann. Du wirst schon sehen.«

Nach seinen Worten hatte er Domingo angesehen, und der hatte gelächelt, als sei er ganz seiner Meinung.

An jenem Tag hatten sie hart gearbeitet. Beim Weingut angekommen, tranken sie frisches Wasser vom Brunnen und wuschen sich Gesicht und Hände. Dann stiegen sie hungrig in den ersten Stock hinauf. Im Herd sahen sie nur glimmende Asche. Barcha saß auf einem Stuhl und schlief. Sie öffnete ein Auge, sah sie an, und schloss es wieder. Die beiden gingen zu dem Kochtopf, der über der erloschenen Asche hing. Er war leer.

»Was soll das heißen?«, bellte Hugo.

Domingo suchte in dem Durcheinander nach Brot, nach irgendetwas, was man essen konnte. Barcha wiederholte indes ihr Manöver: Sie öffnete ein Auge und schloss es wieder.

»Und das Essen?«, ließ Hugo nicht locker.

»Es gibt kein Essen«, murmelte die Mulattin mit müder Stimme.

»Das kann nicht sein!«

»Doch«, erwiderte die Maurin.

»Was soll das heißen: Es gibt kein Essen?« Hugo versuchte ruhig zu bleiben. Gestern war noch Essen da gewesen.

Barcha stand auf.

»Es ist alles alle. Es gibt kein Essen mehr. Wenn du essen willst, musst du Essen kaufen. Es gibt kein Essen! Ich habe selbst nichts zu essen gehabt…«

»Lüge!«

»Ich habe nichts gegessen. Wie kannst du behaupten, ich hätte gegessen?«

»Weil es heute Morgen noch etwas gab…«

»Heute Morgen gab es gar nichts.«

Hugo wandte sich hilfesuchend an Domingo, der wegen ihres Geschreis mit dem Rücken an der Wand Schutz suchte. Aber dann stürzte Barcha sich auf den Bulgaren.

»Sag ihm, dass es heute Morgen nichts zu essen gab!«

Domingo schrie etwas in seiner eigenen Sprache und versuchte erfolglos, sich aus den Fängen der Maurin zu befreien, die viel kräftiger war als er.

»Sie versteht dich doch gar nicht!«, schrie jetzt auch Hugo und eilte dem Burschen zu Hilfe.

Die Lage war ausweglos. Sie zerrte an dem Bulgaren, und er schlug nach ihr, damit sie ihn losließ; und beide kreischten.

»Ich werde dich auspeitschen«, drohte Hugo.

Plötzlich verstummte Barcha, als habe sie seit dem Tag, an dem Hugo sie gekauft hatte, auf diese Drohung gewartet. Sie ließ Domingo los, kehrte beiden den Rücken und hob das Hemd.

»Wo willst du mich auspeitschen?«, fragte sie und präsentierte eine mit wülstigen Narben bedeckte Haut.

Hugo machte sich mit wütenden Tritten ins Leere Luft, und als das nicht reichte, schnappte er sich eine Schüssel und schmetterte sie zu Boden. Dann verließ er, gefolgt von Domingo, das Haus.

Sie tranken noch mehr Wasser, um den hungrigen Magen zu narren, und legten sich unter dem freien Himmel auf den Boden. In der nächtlichen Stille dröhnte Barchas Schnarchen umso lauter aus dem Haus…

Mitternacht war schon vorüber, als Hugo spürte, wie ihn jemand am Arm berührte, zunächst ganz sanft, dann immer drängender. Er schlug die Augen auf, und es dauerte eine Weile, bis er Domingo erkannte, der neben ihm kniete.

»Was willst du?«

Domingo deutete auf den Brunnen und dann auf den Eimer, den er in der Hand hielt. Danach zeigte er auf den ersten Stock des Weinguts, schloss die Augen und ließ den Kopf zur Seite fallen, als schlafe er tief und fest, was er mit ein paar Schnarchern verdeutlichte. Hugo verstand immer noch nichts. Also stand Domingo auf, nahm den Eimer in beide Hände und tat so, als kippe er Hugo den Inhalt ins Gesicht. Er selbst schüttelte den Kopf, als sei er vom Wasserschwall geweckt worden.

»Und das soll etwas bewirken?«, sagte Hugo mehr zu sich selbst.

Doch Domingo schien ihn verstanden zu haben und tat, als würde er einen Eimer nach dem anderen auf ihn schütten. Dann deutete er zum Mond und ließ ihn mit ausgestrecktem Arm über das Himmelszelt wandern.

»Die ganze Nacht?«

Der Bulgare nickte.

Warum nicht? Es war das Einzige, das der Maurin etwas zu bedeuten schien: schlafen. Ob man sie auspeitschte, war ihr gleichgültig, aber vielleicht würde sie es nicht aushalten, wach bleiben zu müssen.

Kaum hatte Hugo einen Eimer Wasser über ihr ausgeschüttet, fuhr Barcha von der Matratze hoch. Sie hatte sich an dem Wasser verschluckt, das ihr in den Mund gelaufen war.

»Was ist los?«, rief sie erschrocken.

»Heute Nacht wird nicht geschlafen!«, verkündete Hugo und reichte den Eimer an Domingo weiter, der nach draußen ging, um ihn wieder zu füllen.

»Wird nicht geschlafen, was soll das heißen?« Barcha saß klatschnass auf ihrem Strohsack und musste wieder husten. »Wieso sollten wir nicht schlafen? Der Mensch muss schlafen! Schlaf ist wichtig! Wir Sklaven können doch nicht …«

»Solange du nicht arbeitest, wie man es von dir verlangt, wirst du auch nicht schlafen«, fiel Hugo ihr ins Wort.

Die Maurin schimpfte weiter. Als Domingo zurück war, kippte Hugo noch einen Eimer über ihr aus. Und so machten sie es die ganze Nacht: Hugo hatte immer einen vollen Eimer an seiner Seite, und sobald die Maurin sich beschwerte oder die Augen schloss, kippte er dessen Inhalt über ihr aus.

Bei Tagesanbruch waren alle müde, aber Hugo und Domingo, die ja noch jung waren, brachten den Tag ganz gut hinter sich, während Barcha sich nur mühevoll dahinschleppte.

»Wenn du nicht deine Arbeit verrichtest«, sagte Hugo, bevor sie in den Weinberg gingen, »dann wirst du heute Nacht auch nicht schlafen, und morgen nicht und übermorgen nicht. Und wenn ich es leid bin, tausche ich das Wasser gegen den Urin der *Bastaixos*, hast du mich verstanden?«

Barcha wollte schon etwas erwidern, besann sich dann aber eines Besseren und schwieg.

12

Die Nachricht vom Angriff der Freibeuter auf die Galeere *Sant Elm,* wenige Meilen vor dem Hafen von Valencia, war schon lange vor den Geldsäcken, die Gabriel Muntsó in Hugos Haus auf den Tisch warf, nach Barcelona gelangt. Bernats Bote war noch vor dem Morgengrauen auf dem Weingut vorstellig geworden.

»Es war nicht einfach hierherzufinden«, sagte er, nachdem Barcha ihnen Brot, Wein und Dörrfleisch aufgetragen und Hugo die beiden Sklaven nach draußen geschickt hatte.

Muntsó wollte schon weitersprechen, doch Hugo gebot ihm mit einer Handbewegung Einhalt. Er stand schweigend auf und schlich sich zur Tür, die zur Treppe führte. Er riss sie auf, und draußen lungerte die Maurin herum und drückte sich vor der Arbeit.

»Geh mit Domingo in den Weinberg«, sagte er zu ihr, »er wird dir zeigen, was du zu tun hast.«

»Aber er spricht nicht unsere Sprache!«

»Dann hast du Gelegenheit, sie ihm beizubringen.«

»Und das Essen? Wann soll ich denn …?«

»Hinaus mit dir.«

Hugo wartete, bis sie die Stufen hinuntergestiegen und mit dem Bulgaren im Weinberg verschwunden war. Dann setzte er sich wieder an den Tisch, an dem Bernats Gesandter dem Brot und dem Pökelfleisch schon kräftig zugesprochen hatte.

»Jetzt kannst du weitersprechen«, ermunterte er ihn.

»Als ich sah, dass in der Kelterei im anderen Weinberg niemand mehr wohnt, fürchtete ich schon, es sei dir etwas zugestoßen.«

»Du meinst, dass sie mir dahintergekommen sein könnten?«

»So etwas in der Art.«

Hugo nickte. Noch bevor er von dem Angriff auf die *Sant Elm* erfahren hatte, war bereits ein anderer Brief auf Reise gegangen, in dem er die Abfahrt eines weiteren Schiffes Richtung Alexandria angekündigt hatte, das unter anderem die Insel Rhodos anlaufen würde. Dort würden über achthundert Krüge mit Olivenöl aus Tarragona entladen werden, aber das Wichtigste waren die Stoffe und die großen Mengen an rohen und geschliffenen Korallen, die ihre Reise nach Alexandria fortsetzen würden. Durch den hohen Preis, den man zuvor in Sardinien für die Korallen erzielte, konnte man die Einkäufe im Land des Sultans bezahlen. Auch der zweite Brief war von Regina verfasst worden, und der Eigner des Küstenschiffes hatte ihm wieder seine Dienste angeboten, wenngleich Hugo ihn erneut darauf hingewiesen hatte, dass es nicht darum ging, Wein von Barcelona nach Valencia zu bringen.

»Und wie hast du mich schließlich hier gefunden?«, fragte Hugo und versuchte, seinen Argwohn nicht durchscheinen zu lassen.

»Ich habe in deiner Kelterei genächtigt. Und heute Morgen einfach einen Bauern gefragt. Du bist recht bekannt in dieser Gegend von Barcelona.«

»Ich bin ja auch schon ziemlich lange hier.«

Muntsó deutete mit dem Kinn auf die beiden Geldsäcke auf dem Tisch.

»Das ist für dich, als Lohn für deine Dienste«, sagte er, während er einen von ihnen öffnete und den Inhalt auf den Tisch schüttete.

Der Sack enthielt über zwanzig Silbercroats. Hugo wollte etwas erwidern, doch Muntsó ließ ihn nicht zu Wort kommen.

»Der andere ist für Santa María del Mar.«

»Was sagst du?«

»Der ist für die Kirche. Bernat hat das Schicksal seiner Expeditionen in die Hände der Jungfrau von Santa María del Mar gelegt. Er sagt, er habe das zu Ehren seines Vaters getan.«

»Und was soll mit diesem Geld geschehen?«, fragte Hugo, der schon ahnte, was die Antwort sein würde, noch ehe er fertig gesprochen hatte.

»Du wirst dir schon zu helfen wissen. Du musst sie dem Gotteshaus widmen oder als Almosen unter die Leute bringen, du kannst die

Madonna verschönern lassen oder dafür sorgen, dass die Pfaffen für uns beten. Das ist Bernats Wunsch und Wille.«

Hugo fragte sich, wie er die katalanischen Pfaffen dazu bringen sollte, für einen Korsaren des Königs von Kastilien zu beten, der, wenngleich er selbst Katalane war, ihre Schiffe angriff. Auch wenn Bernat Wort gehalten hatte und es mit Sicherheit keine Toten zu beklagen gegeben hatte. Und die Jungfrau? Wäre sie damit einverstanden? Sie war auch Katalanin, nicht wahr? Oder doch nicht? In Wahrheit war sie die Schutzpatronin des Meeres, und das Meer war kastilisch … und genuesisch und pisanisch und venezianisch … Es war gewiss nichts falsch daran, einen kastilischen Korsaren zu protegieren. Und was die Priester anging – die würden für ein paar lumpige Münzen selbst zum Teufel beten.

»Ich werde mir zu helfen wissen«, versprach er.

Sie sprachen über Bernat, über die Kaperfahrten, über Cartagena und die Galeere seines Freundes …

»Fahre fort mit deinen Berichten über die Boote und ihre Waren«, befahl ihm Muntsó, als er aufstand und sich zum Gehen anschickte.

»Das werde ich.«

»Bernat hatte recht: Du weißt dir gut zu helfen.«

Im Jahr 1396 gab es noch andere Veränderungen in Hugos Leben. Schon als Muntsó mit seinem Geld dort vorgesprochen hatte, war der Alltag auf dem Weingut höchst angenehm gewesen. Barcha schrie und jammerte zwar noch immer, aber sie kam ihren Haushaltspflichten nach und erledigte sogar die Arbeiten, für die Hugo sie in den Weinberg schickte. Es war, als habe sie in dem jungen Mann den einzigen Herrn gefunden, der ihren Willen ohne körperliche Gewalt hatte brechen können, einfach nur, indem er sie nicht schlafen ließ. Und die Maurin wollte schlafen, sie musste schlafen. Domingo hatte begonnen, Katalanisch zu radebrechen, und ein schlechter Arbeiter war er auch nicht. Er mühte sich sehr bei seiner Arbeit, bloß fehlte ihm die Liebe zu den Reben und zum Wein, die Liebe zu der Erde, die er nur zwangsweise beackerte.

Vielleicht wenn er frei wäre … und Barcha auch. Hugo musste

lächeln, als er sich fragte, wie die Maurin es wohl aufnehmen würde, wenn er ihr die Freiheit schenkte. Die Weinberge gaben einen guten Ertrag, und er hatte viel mehr Geld, als er brauchte, dachte er und zählte im Geiste die Silbercroats, die er im Gehöft versteckt hatte. Er erinnerte sich, dass er den Kauf der beiden Sklaven damals vor sich selbst damit entschuldigt hatte, ihnen die Freiheit geben zu wollen. Er wollte niemandes Herr sein. Ohne die Angelegenheit noch einmal zu durchdenken, ging er zu einem Notar und gab den Freibrief für Barcha und Domingo in Auftrag. Die Maurin weinte. Sie wollte Hugo schon umarmen, hielt sich aber zurück. Er lächelte und reichte ihr eine Hand, und statt sie zu drücken, stürzte sie sich darauf und küsste sie.

»Und was mache ich jetzt?«, fragte sie ihn. »Wohin kann ich gehen?«

»Es wäre mit lieb, wenn du hier bleiben würdest. Hier hast du Essen und ein Dach über dem Kopf, und du hast einen Lohn.«

Die Sache Domingo zu erklären, war schon schwieriger. Der junge Bursche verstand das Wort »Freiheit«, das Hugo und Barcha immer wieder in den Mund nahmen, denn es war wahrscheinlich das erste Wort, das ein Sklave lernt, aber er begriff nicht, aus welchem Grund man sie ihm gewährte.

»Lasst es gut sein, Herr«, sagte Barcha. »Es wird sich schon an die Vorstellung gewöhnen.«

»Nenn mich nicht ›Herr‹. Als du noch Sklavin warst, hast du das auch nicht getan, und jetzt, da du keine mehr bist … «

»Ich war Eure Sklavin, weil Ihr mich gekauft habt, jetzt, da ich keine Sklavin mehr bin, will ich, dass Ihr mein Herr seid.«

Der Bulgare verstand allmählich immer besser, während Barcha Hugos Leben immer stärker unter ihre Kontrolle brachte. »Ich soll zu dir kommen?«, antwortete María eines Tages, als Hugo sich mit ihr in Rocaforts Landhaus traf und sie fragte, warum sie ihn nicht mehr besuchen kam. »Es war nicht die schlimmste ihrer Drohungen, als deine Maurin zu mir sagte, sie werde mir die Brüste abschneiden, sollte ich noch einmal mit dir schlafen.«

»Ihr dürft Eure Energie nicht mit alten Frauen vergeuden, Herr«, sagte Barcha nur, nachdem Hugo sie bei seiner Rückkehr gescholten hatte.

Zu seiner Überraschung hatte Barcha nicht einmal die Stimme erhoben, ganz so, als spräche sie mit einem Kind. Sie kniete vor dem Herd, damit beschäftigt, Gemüse klein zu schneiden und in den großen Topf fallen zu lassen, der an einem Haken über dem Feuer hing und dessen Inhalt sie hin und wieder umrührte. Hugo erinnerte sich bei ihrem Anblick, wie seine Mutter beim Kochen immer diese Haltung eingenommen hatte, so wie viele andere Frauen auch.

»Aber das ist *mein* Leben!«, erwiderte Hugo und wurde laut.

»So, so«, sagte Barcha und blickte ihn verstohlen an. »Diese alte Hexe lutscht ihn Euch wie ein Blutegel, und Ihr bekommt nichts weiter als … einen Augenblick der Lust? Ich habe meine Zweifel. Sie *raubt* Euch Euer Leben, Herr! Ihr verdient Besseres.«

Hugo war unschlüssig.

»Misch dich da nicht noch einmal ein!«, schrie er schließlich.

Das war nichts, worüber Hugo auch nur nachdenken wollte. Für wen hielt sich diese Maurin, dass sie sich das Recht anmaßte, sich in seine Liebesangelegenheiten einzumischen? Er wollte die Sache mit einer Warnung abschließen und hatte sich schon halb umgedreht, als er sie sagen hörte: »Wenn diese Frau noch einmal hier auftaucht, scheuche ich sie mit Stockschlägen davon.«

Er hielt inne, wagte aber nicht, sich erneut umzudrehen.

»Und ich erzähle bloß deshalb nicht alles ihrem Mann, diesem Hahnrei, damit er Euch nichts antut«, setzte sie hinzu. Hugo ballte die Fäuste. Das Rühren der Kelle im Eisentopf war eine Weile das einzige Geräusch im Raum. »Ihr könnt mich rauswerfen, wenn Ihr wollt«, schloss sie.

María kehrte nicht zurück. Stattdessen lud Barcha Väter mit heiratsfähigen Töchtern ein. Einige sahen Hugo mit glänzenden Augen an, die meisten verbargen indes schüchtern ihr Gesicht, in einer Haltung, die genauso echt wie gestellt sein konnte. Alle wussten, dass Hugo zwei Weinberge bewirtschaftete und einen Wein herstellte, der in ganz Barcelona bekannt war.

»Der Wirt, der den Wein meines Herrn öffentlich ausruft, verdient viel Geld«, betonte Barcha stolz.

Hugo fand diese Besuche nur schwer erträglich, das endlose Geplapper, das Augenzwinkern, die Geschenke, die Mitgiftsversprechen …

Woher bloß kannte die Maurin all diese Leute?

»Um Himmels willen, Barcha, bitte bring keine weiblichen Wesen mehr hierher, ich flehe dich an.«

»Ihr müsst heiraten, Herr. Ihr müsst Euch eine gute Frau suchen, die Euch gesunde Kinder schenkt und für Euch sorgt.«

»Irgendwann musst du dir einmal eine Frau nehmen«, drängte ihn auch Pfarrer Pau in Santa María del Mar.

»Woher wisst Ihr das?«, rief Hugo erstaunt.

»Das weiß doch jeder. Du bist eine gute Partie. Außerdem predigt das unablässig diese Maurin, die es sich zur Aufgabe gemacht hat, dir in Barcelona eine Frau zu suchen. Stimmt es, dass du ihr die Freiheit geschenkt hast? Könntest du nicht versuchen, sie zum wahren Glauben zu bekehren?«

»Nein.«

»Warum denn nicht?«, fragte der Priester verwundert.

Einen Augenblick versuchte Hugo sich vorzustellen, wie er den unmöglichen Versuch unternahm, Barcha davon zu überzeugen, sie müsse zum Christentum konvertieren, und wechselte unverzüglich das Thema.

»Wie ich Euch bereits erklärt habe, bin ich gekommen, weil ich gerne im Gedenken an Arnau Estanyol und seine Familie, an Señora Mar und ihren Sohn Bernat, Messen lesen lassen würde.«

»Um noch einmal auf die Maurin zu sprechen zu kommen, die zum rechten Glauben zu bekehren du dich so hartnäckig weigerst, so kann ich dir nur sagen: Es gibt kein schöneres Geschenk an unseren Herrn, als ein verirrtes Schaf zu seiner Herde zurückzuführen. Du musst das tun, ganz gleich, was es dich kostet. Gott erwartet das von dir. Und was das Beten für die Seelen der Verstobenen angeht, so kann ich das natürlich tun. Aber für die Seele des Korsars Bernat, der die *Sant Elm* angegriffen hat, werde ich nicht beten. Das kann ich nicht, wie sollte ich Gott um Friede für seine Seele bitten?«

Hugo ließ die Münzen in seiner Börse klimpern.

»Er ist ein guter Freund, Pater, und ein guter Mensch, und außerdem hat er den Seeleuten nie ein Haar gekrümmt.«

Pfarrer Pau nickte bei diesem Argument, das ihn den Geldstücken näher brachte. Eines war gewiss: Es hieß, Bernat achte die katalanischen Seeleute, eine Achtung, die er den Sarazenen oder den Seeleuten aus Pisa und Venedig nicht entgegenbrachte. Von den Kaperfahrten, die gegen deren Schiffe unternommen wurden, erzählte man sich die grausamsten Geschichten.

»Was hat Unsere Liebe Frau mit diesen Streitigkeiten zu schaffen?«, ließ Hugo nicht locker. »Betet auch für Bernat, damit er mit der Hilfe der Jungfrau in seine Heimat zurückkehren … und ein katalanischer Korsar sein kann. Ihr wisst, aufgrund welcher Umstände er Barcelona verlassen musste.«

Hugo zahlte ihm ein ganzes Jahr lang großzügig die Messen, und trotzdem blieb noch einiges von dem Geld übrig, das Bernat der Kirche zukommen lassen wollte. Pfarrer Pau beharrte auf der Konversion der Muselmanin:

»Koste es, was es wolle, Hugo«, sprach er ihm Mut zu. Doch Hugo dachte nicht daran, bei der Maurin auch nur den geringsten Bekehrungsversuch zu unternehmen.

Er wog die Münzen in der Hand, die Bernat für Santa María bereitgestellt hatte. Wie sollte er sie ausgeben? Er hatte an mildtätige Werke gedacht. Denn wer sammelte noch an Herrn Arnaus statt Gelder für die Armenkasse? Doch dann kam ihm ein anderer Gedanke, und er ließ noch ein paar Münzen mehr in die Hand des Priesters fallen.

»Pater«, sagte er, »ich wäre bereit, eine gute Summe zu zahlen, wenn Ihr Auskünfte über meine Schwester einholt.«

»Du weiß doch schon, dass …«, fing der Pfarrer sich schon zu entschuldigen an. Hugo klimperte mit den Münzen. »Ich werde sehen, was sich machen lässt«, lenkte der Vikar ein und streckte die Hand nach den Münzen aus.

Hugo schloss die Hand, ehe er sie ergreifen konnte.

»Wenn du weiter in Barcelona nach einer Frau für mich suchst, werde ich öffentlich ausrufen lassen, dass ich dir jegliches Recht, über meine Eheschließung zu verhandeln, abspreche. Hast du mich verstanden?«, verkündete er Barcha gleich bei seiner Rückkehr auf das Weingut.

»Nein, hab ich nicht«, antwortete die Maurin.

»Dann wird jetzt alle Welt erfahren, dass du nicht für mich verhandeln darfst.«

»Und wenn ich einfach weitermache?«

»Du darfst die Leute nicht täuschen und ihr Vertrauen missbrauchen«, versuchte er ihr zu erklären. »Dann wird der Stadtrichter einschreiten. Willst du in den Karzer gehen, jetzt, da du frei bist?«

Barcha unterließ weitere Versuche. Manchmal gedachte Hugo noch des einen oder anderen Mädchens, das er zu seiner Frau hätte machen können. Es waren junge und hübsche darunter! Er wusste selbst nicht, warum er sich dagegen sträubte. Vielleicht nur, um Barcha Kontra zu geben, um nicht von ihr abhängig zu sein. Es war jetzt fünf Jahre her, dass Dolça sich für ihren Glauben geopfert hatte … und wahrscheinlich auch für ihn, für eine unmögliche Verbindung. Es war jetzt wahrlich genug Zeit vergangen, dass er ein neues Leben anfangen konnte.

In all den Jahren hatte sich Hugo, wenn die Arbeit in den beiden Weinbergen es ihm gestattete, des Öfteren auf den Weg nach Sitges gemacht. Bei all seinen Reisen war es ihm wichtig gewesen, dass der Böttcher ihn sah und dass er weiterhin ein Auge auf ihn hatte. Zu diesem Zweck lief er vor seiner Werkstatt auf und ab. Von der Straße aus konnte er seine Mutter sehen. Das Lächeln, das auf ihrem Gesicht erstrahlte, schien die Traurigkeit zu vertreiben, die ihre tief liegenden Augen mit den dunklen Schatten und ihr abgezehrtes Gesicht verrieten. Antonina grüßte ihn mit einem Winken oder warf ihm einen Kuss zu als Dank dafür, dass er keinen Streit mit ihrem Mann suchte, unternahm aber keinen Versuch, sich ihm zu nähern. Und Hugo nahm es hin. Seine Mutter war am Leben, und er lächelte ihr zu.

Er erhoffte sich Neuigkeiten von Pfarrer Pau über Arsenda, als eines Morgens Regina auf dem Weingut erschien. In der stockfinsteren Nacht schlugen die Hunde an. Hugo trat auf die Treppe über der Tür. Er spürte, dass da jemand war und dass die Hunde jemanden gewittert hatten. Er befahl ihnen zu schweigen. Der Schatten näherte sich in dem Augenblick dem Fuß der Treppe, in dem Barcha mit einer Laterne in der Hand hinter Hugo auftauchte.

»Regina?«, fragte Hugo verwundert.

Sie stiegen die Stufe hinunter, und Barcha leuchtete der Jüdin wortlos. Dann hörten sie es: Das leise Wimmern eines Neugeborenen, gedämpft durch die Decke, in die Regina es eingeschlagen hatte und die sie an ihre Brust drückte. Hugo und Barcha traten näher heran. Domingo war nicht da. Der Bulgare schien mittlerweile verstanden zu haben, was es hieß, frei zu sein, und nächtigte immer seltener auf dem Gehöft.

»Was führt dich her?«

Regina deckte das kleine Wesen auf.

»Wem gehört dieses Kind? Wie bist du hergekommen, und weshalb um diese Stunde?«

Während Hugo nicht aufhörte, sie mit Fragen zu bestürmen, streckte Barcha die Arme aus, um Regina den Säugling abzunehmen.

»Es ist ein Mädchen«, sagte sie, ohne Hugos Fragen Beachtung zu schenken.

Der Säugling war nach der Geburt noch nicht einmal gewaschen worden. Die Maurin drückte ihn an ihre großen Brüste, und er schien sich zu beruhigen.

»Warum hast du das Kind hergebracht?«

»Weil ich möchte, dass du sie hier behältst und dich um sie kümmerst, als wäre sie deine eigene Tochter.«

Hugo hörte ihre Worte wohl, nur verstehen konnte er sie nicht.

»Als wäre sie meine Tochter? Was soll das heißen? Wieso sollte ich mich um sie kümmern?«

Da fielen alle Argumente, die Regina sich im Geiste zurechtgelegt hatte, in sich zusammen. Was sollte sie ihm antworten? Sie hätte ihm die Wahrheit erzählen können: dass dies die Tochter seiner Schwester war … und dass sie schon seit langer Zeit heimlich ins Kloster Jonqueres ging, um bei Arsenda eine Abtreibung vorzunehmen. *Sie sind Nonnen, aber wenn sie eine Abtreibung vornehmen lassen, dann rufen sie eine jüdische Hebamme. Verfluchte Christen!*, hatte Regina im Stillen gedacht.

Sie hatte Arsenda mit verschiedenen beißenden Dämpfen behandelt, während eine Priorin und eine alte Nonne unablässig beteten und sie nicht aus den Augen ließen. Die Novizin hatte dabei immer einen Blick, als sei sie völlig weggetreten, als hätte ein anderer Arzt oder vielleicht auch die Nonnen selbst sie unter Drogen gesetzt. Beim ersten Mal versuchte die Hebamme es mit dem Räuchern mit Beifuß, Kräutern aus Tunis, Moschusöl und Lorbeeröl. Arsenda wirkte auffällig unruhig, als Regina ihr mit den Händen zwischen die Beine griff.

»Satanas«, hörte die entsetzte Jüdin sie ausrufen.

»Ganz genau! Der Teufel wird kommen und dich für deine Schamlosigkeit bestrafen!«, brachte die Oberin sie brüsk zum Schweigen.

Regina kam sie an vielen weiteren Tage besuchen und versuchte es mit Dämpfen von anderem Räucherwerk – mit Schwefel, Myrrhe, Galbanum –, und Arsenda ließ völlig willenlos alles mit sich geschehen. Satan und der Teufel scherten die junge Novizin längst nicht mehr. Es war offensichtlich, dass die Dosis der Droge, die sie so benommen machte, erhöht worden war. Doch keine dieser Behandlungen führte zu einem Ergebnis. »Die Novizin«, wie Regina sie einmal hatten nennen hören, verlor ihre Leibesfrucht nicht. Die Hebamme hatte eichelförmige oder fingerförmige Pessare, mit Wolle umwickelt, in den Uterus eingebracht; sie hatte ihr abtreibende Mittel zu essen und zu trinken gegeben: Erdpech und Milchkraut. Nichts davon schlug an. *War diese Arsenda vielleicht Hugos Schwester, von der er so oft erzählt hatte?*, hatte Regina sich gefragt. Er hatte ja gesagt, sie befinde sich in Barcelona in einem Kloster.

»Hugo!«, hatte Regina eines Tages gemurmelt, als sie Arsendas Vagina und den Muttermund mit Opoponaxwurzel einrieb.

Als das Mädchen gemerkt hatte, dass sie den Namen ihres Bruders ausgesprochen hatte, hatte sie sich im Bett aufgesetzt, in dem sie mit gespreizten Beinen gelegen hatte, und sie starr angesehen.

»Hugo?«, hatte sie mit einem dünnen Stimmchen gefragt.

Regina hatte so getan, als habe sie nichts gehört, aber jetzt hatte sie Gewissheit: Das war Arsenda. Sie hatte weitergemacht, doch auch die Behandlung mit Opoponaxwurzel war ohne Ergebnis geblieben. Das kleine Wesen hatte sich mit allen Kräften im Leib dieser Mutter festgekrallt.

Am Fuß der Treppe von Hugos Gehöft betrachtete Regina das

Kind im Schein der Laterne. Sollte sie ihm eröffnen, dass der Leib seiner Schwester Spuren von Verletzungen trug und mit blauen Flecken übersät war? Die Nonnen versuchten das zu verheimlichen, indem sie Arsenda verboten, sich vor der Hebamme zu entkleiden. Ein absurdes Unterfangen, denn wie sollte sie ihre Beine verstecken, wenn sie sie so weit wie möglich öffnen musste, damit der Rauch bis zum Uterus drang?

»Der Herr fordert Disziplin von uns«, hatte die Oberin an dem Tag, an dem Regina die Wunden entdeckte, erklärt und den Nonnen einen Blick zugeworfen, der sie zum Schweigen ermahnte.

Das waren keine Verletzungen, die von irgendeiner Disziplin stammten, hatte Regina bei sich gedacht. Sie kannte die Narben gut, welche die widernatürlichen Anwandlungen mancher Männer auf Frauenkörpern hinterließen. »Satanas!«, hatte die Unglückliche damals geschrien.

Als der Augenblick der Geburt kam, hatte sie Arsenda auf einen Stuhl gesetzt, in den vorne eine große runde Öffnung geschnitten war, durch die sie das Kind zur Welt bringen sollte. Regina hatte sich vor Arsendas geöffneten Beinen niedergelassen, um den Vorgang im Blick zu haben. Sie hatte sich auf eine lange und freudlose Geburt eingestellt. Die werdende Mutter schien auch diesmal unter Drogen zu stehen. Die Hebamme hatte mit ihr sprechen, sie fragen wollen, wie es ihr ging, aber weder die Oberin noch Schwester Geralda hatten irgendeinen Wortwechsel gestattet, außer es ging um das für die Behandlung strikt Notwendige. Eines war gewiss: Es wäre nicht sehr hilfreich für die Geburt gewesen, wenn die Mutter gewusst hätte, dass ihr Kind sterben müsste, wie die Oberin es Regina befohlen hatte.

»Haltet Ihr mich für eine Hexe? Ich töte keine Kinder«, hatte Regina geantwortet und sich angeschickt zu gehen.

»Ich biete dir das Doppelte der vereinbarten Summe«, hatte das Angebot der Oberin gelautet. »Das Dreifache«, hatte sie kurz darauf gesagt. Sie hatte Reginas Schweigen falsch gedeutet. Reginas dachte nicht ans Geld, aber sehr wohl daran, dass sie sich, falls sie sich weigerte… nicht mehr um die Mutter kümmern könnte, und dann womöglich beide sterben würden, sie und das Kind.

Regina hatte tief eingeatmet und der Nonne zugenickt.

»Dann soll es sein«, hatte die Priorin gesagt, ohne ihren Abscheu zu verhehlen.

Nur Hexen töten neugeborene Kinder, hatte Regina sich an Astrugas Lehren erinnert, als sie zwischen Arsendas Beinen auf dem Boden saß. Hexen töten Neugeborene und bringen sie dem Teufel dar. *Wenn sie erst einmal geboren sind, dürft ihr sie niemals töten. Andernfalls lauft ihr Gefahr, die schmale Grenze zwischen einer Hebamme und einer Hexe zu überschreiten.*

Während der langen Stunden dieser Geburt war der unaufhörliche, litaneiartige Gebetssingsang der Nonnen an die Stelle der dumpfen Klagelaute der Gebärenden getreten, und Regina hatte alle Zeit gehabt, sich an die Gelegenheiten zu erinnern, in denen Hugo ihr von seiner Schwester erzählt hatte. Er liebte sie und war überzeugt gewesen, sie habe dank der Mitgift der Nonne, für die sie arbeitete, den Habit ergriffen. Regina lächelte, denn an ihren Namen hatte er sich nie erinnern können. Sie selbst würde ihn niemals vergessen: Schwester Geralda. Regina hatte sie beobachtet, während sie vor einem Kruzifix an der Wand gekniet hatte, den Kopf gesenkt und die Hände gefaltet. Ihrem wohlgenährten Leib, der ihrer Stellung entsprach, sah man das Alter nicht an. Sie hatte ohne Unterlass gebetet. Diese heuchlerischen Christinnen! Sie beteten und forderten gleichzeitig den Tod eines Säuglings, nachdem sie die Vergewaltigung einer jungen Dienstmagd verheimlicht hatten. Daran hatte Regina nicht mehr den geringsten Zweifel.

Während der Schwangerschaft war sie oftmals versucht gewesen, Hugo die Wahrheit über seine Schwester zu gestehen, doch ein einfacher Weinhändler würde nichts gegen ein ganzes Kloster voller Nonnen ausrichten können, die mit Adligen und Herrschern verwandt waren. Hätte Hugo von Arsendas Unglück erfahren, es hätte ihm den Verstand geraubt, wenn die Familien dieser Nonnen ihn nicht vernichtet hätten. Das wollte sie auf keinen Fall. Denn Hugo war ihr mit jedem Tag unentbehrlicher geworden. Sie hatte seine Besuche herbeigesehnt und sogar Branntwein bei ihm bestellt, obwohl sie gar keinen brauchte, einfach nur, weil er ihn ihr ins Haus brachte!

Sie hatte einen Moment gezögert: Dieses Neugeborene wäre nur wieder ein weiterer Christ, gezeugt in einem Kloster, in dem man das Mädchen wahrscheinlich mittels diabolischer Täuschungen dazu gebracht hatte, ihren Widerstand aufzugeben. Ihn sterben zu lassen, ja, ihn womöglich zu töten, wäre eine Art Rache an den Menschen gewesen, die ihr Leben ruiniert hatten. Doch zugleich hatte sie gespürt, dass dieses Wesen, das hier geboren werden sollte, ein Teil von Hugo war: Es war von seinem Blut. Nein, hatte sich Regina gesagt, sie konnte dieses kleine Wesen nicht umbringen, und sie konnte auch nicht zulassen, dass die Nonnen dies taten. Es gehörte zu Hugo. Niemand konnte vorhersagen, welche Wechselfälle das Leben noch bereithielt. Und dann … Regina hatte es sich erst nicht eingestehen wollen, aber dann hatte sie es doch getan: Sie hatte gespürt, dass sie, weil sie dieses Geheimnis kannte, in gewisser Weise Kontrolle über den jungen Mann hatte, der sie besuchte, dann aber wieder alleine ließ, mit ihrem Ehemann, den sie geheiratet hatte, als sie nach dem Mord an ihrem Vater, dem Blutbad, der Vergewaltigung noch ganz durcheinander gewesen war … und mit Kindern, die nicht die ihren waren.

»Dieses kleine Wesen«, sagte Regina am Fuß der Treppe von Hugos Gehöft, »verdient es, dass ein guter Mensch sich um es kümmert, wie an Tochter statt …« Sie sah erst Hugo an, dann Barcha, die das Mädchen im Arm hielt. Ihr war, als wollte die Maurin sie zum Weiterreden ermuntern, als stünde sie auf ihrer Seite. »Und du bist der beste Mensch, den ich kenne.«

»Ja, das ist er«, rief die Maurin aus.

»Nein!«, sagte Hugo mit einer abwehrenden Geste. »Und du mischst dich nicht ein!«, befahl er Barcha. »Wie bist du bloß auf die Idee gekommen, dass ich ein kleines Mädchen großziehen soll? Bist du verrückt geworden?«

»Wenn ich es in ein Hospital bringe, wird es sterben«, entgegnete ihm Regina. »Das weißt du genau. Es ist so klein und so zerbrechlich … Es wird sterben.«

»Aber …«, entgegnete Hugo, »in einem Hospital …«

»Wird es sterben«, wiederholte Regina.

Es wird sterben, waren die Worte gewesen, mit denen sie die beiden Nonnen beruhigt hatte, nachdem Arsenda ihr Kind geboren hatte.

Regina, die zwischen ihren Beinen saß, hatte das Neugeborene nicht zur Mutter hinaufgehoben. Sie hatte die Nabelschnur durchtrennt, das kleine Wesen zum Schreien gebracht und damit für einen großen Aufruhr unter den Nonnen gesorgt, dem sie nicht die geringste Beachtung geschenkt hatte. Dann hatte sie es in ihren Schoß gelegt, um die letzten Handgriffe auszuführen und die Geburt abzuschließen. Arsenda hatte keine Anstalten gemacht, das Mädchen sehen zu wollen. Regina hatte es in ihr eigenes Hemd gewickelt und war aufgestanden.

»Gebt mir mein Geld«, hatte sie die Oberin aufgefordert.

Diese Frau hatte es nicht gewagt, ihre Abmachung anzusprechen. Sie hatte gezögert, hatte gestottert und nervös auf das Neugeborene gezeigt, das schläfrig im Arm der Hebamme lag.

»Gebt mir mein Geld«, hatte Regina nicht lockergelassen. Die Nonne hatte sich plötzlich verärgert gezeigt.

»Aber um Himmels willen, Ihr wollt doch wohl nicht verlangen, dass ich das hier vor der Mutter mache, vor Eurem Gott?«, hatte Regina gespottet.

»Wie dann?«, hatte die Oberin gefragt, nachdem sie sich umgedreht und vor dem Kruzifix bekreuzigt hatte.

»Macht Euch keine Gedanken. Ich werde tun, wozu ich mich verpflichtet habe, aber weder Ihr noch sonst jemand wird es sehen. Keine Nonne wird behaupten können, ich sei eine Hexe.«

»Das ist nicht, was wir vereinbart haben«, hatte die Frau getobt, ohne sich darum zu scheren, dass Arsenda sie hören konnte.

»Ich kann mich nicht erinnern, mich einverstanden erklärt zu haben, innerhalb der Mauern eines Klosters ein Neugeborenes zu töten. Wollt Ihr es haben?« Regina hatte der Oberin das Mädchen hingestreckt, woraufhin diese einen Schritt zurückgetreten war. »Macht Euch keine Gedanken. Was denkt Ihr denn, was ich mit ihr anstellen könnte? Frevelhafte oder ketzerische Riten an ihr vollziehen? Ihr Herz aufessen? Der einzige wahre Frevel ist der, der innerhalb der Mauern dieses Klosters stattgefunden hat.« Die Oberin hatte ihr schon eine wütende Entgegnung entgegenschleudern wolle, doch Regina hatte sie stillschweigen geheißen. »Was bedeuten die Narben, die dieses Mädchen davongetragen hat? Stammen die vom Teufel? Habt Ihr aus diesem Grund den Tod des Säuglings gefordert? Ist sie eine Tochter des Teufels?«

»Schweigt!«, befahl die Oberin.

»Wovor habt Ihr Angst?«, hatte Regina unbeirrt weitergesprochen. »Fürchtet Ihr vielleicht, dass ich Euch anzeige, sobald ich das Kloster verlassen habe? Eine Jüdin, die das Kloster Jonqueres denunziert?« Sie lachte sarkastisch auf. »Wer würde mir Glauben schenken? Der Probst, der dieses junge Mädchen zur Unzucht genötigt hat, wird niemals zulassen, dass …«

»Ketzerin! Schweigt!«

»Es ist nicht der Dämon gewesen, der dieses Mädchen geritten hat. Und das wisst Ihr gut.« Regina hatte der Oberin, die vor Zorn bebte, fest in die Augen gesehen, hinter ihr Schwester Geralda, die unablässig weiterbetete, und Arsenda … erschöpft, benommen, leer. »Gebt mir mein Geld«, hatte sie erneut gefordert.

Regina tastete nach dem Geldbeutel, den die Oberin ihr in jener Nacht gegeben hatte, bevor sie sich wieder Hugo zuwandte, der hilflos fragte: »Wie kannst du von mir verlangen, dass ich ein Kind bei mir aufnehme, das gar nicht meines ist?«

»Aber es ist deines«, erwiderte sie.

»Wie …«, stotterte er. »Meins? Was soll das heißen? Ich weiß von keiner Frau …«

»Dieses Kind war so gut wie tot, und es lebt einzig und allein, weil ich an dich gedacht habe, daran, dass du dich um es kümmern könntest, verstehst du? Es ist deins, jawohl.«

»Red keinen Unsinn!«

»Es ist Euer Kind, Herr«, schaltete die Maurin sich ein.

»Schweig, Barcha! Regina, du kannst doch nicht …«

»Es wird sterben«, fuhr Regina ihm ins Wort.

»Dafür kannst du mich doch nicht verantwortlich machen«, jammerte Hugo.

»Nein. Gewiss nicht. Der Irrtum liegt bei mir. Ich habe geglaubt … Nun ja … Ich habe dich immer für einen guten Menschen gehalten. Ich habe darauf vertraut, dass du …«

»Und wenn ich mich weigere, dann bin ich kein guter Mensch mehr?« Hugo schnaubte vor Wut. »Nimm sie wieder mit.«

»Nein«, weigerte sie sich und setzte hinzu: »Lass sie sterben, wenn du willst.« Damit kehrte sie ihm den Rücken und machte sich auf den Rückweg nach Barcelona.

»Dazu bist du nicht imstande…«, sagte Hugo und folgte ihr ein paar Schritte. Er packte sie beim Arm. Sie stieß ihn wütend zurück. »Das kannst du mir nicht antun.«

»Doch, das kann ich.« *Das ist das Kind deiner Schwester*, wollte sie schon sagen. »Behalte sie bei dir«, sagte sie stattdessen.

»Morgen bringe ich sie ins Hospital«, verkündete er und ließ sie gehen.

»Damit begehst du einen großen Irrtum.«

Hugo sagte sich, er werde sie gleich im Morgengrauen in eines der Hospitäler von Barcelona bringen, in denen Waisen aufgenommen wurden.

»Und was werdet Ihr ihnen erzählen?«, bellte Barcha ihn an, die gar nicht erst das Ende ihres Streitgesprächs abgewartet hatte und schon oben war und das Kind schaukelte. »Was werdet Ihr ihnen sagen? Dass Ihr es auf dem Weg gefunden habt? Und was, meint Ihr, werden sie denken? Sie werden es aufnehmen, und es wird dort sterben, und bis dahin werdet Ihr seinen Lebensunterhalt bezahlen, denn sie werden glauben, dass Ihr der Vater seid. Ihr habt Geld. Von dieser Verpflichtung werdet Ihr Euch nicht befreien können. Ihr könnt sie natürlich auch in der Nacht vor die Tür des Hospitals legen, wie so viele Mütter das machen.«

Hugo wies Barcha mit einem Blick in ihre Schranken.

»Morgen bringen wir sie ins Hospital«, sagte er schroff und erklärte damit das Gespräch für beendet.

Doch im Morgengrauen fand Hugo weder Barcha noch das Kind vor. Und der Bulgare war auch noch nicht zurück. Es hatte ihm wenig genutzt, sich Sklaven zu kaufen und ihnen dann die Freiheit zu schenken, dachte Hugo. Es war kalt im Gehöft, die Glut war erloschen. Er öffnete die Tür, trat hinaus und rief nach der Maurin. Dann schloss er sie wieder. Doch als er Geräusche hörte, riss er sie wieder auf. Er stieg die Stufen hinunter und ging in die Stallungen, in denen es immer noch keine Tiere gab. Dort ging Barcha auf und ab, das Mädchen an ihre Brust gedrückt, so wie sie es gewiss die ganze Nacht getan hatte.

»Bringt sie nicht fort, Herr«, flehte sie. »Ich kümmere mich um sie.«

»Aber wie willst du das anstellen?«

»Ich werde auf sie aufpassen und ihr zu essen geben und ...«

»Warum solltest du das tun?«

»Ich hatte drei Kinder von drei verschiedenen Herren«, antwortete sie. Ihrer Stimme war anzuhören, dass sie vollkommen aufrichtig war. »Aber kaum waren sie alt genug, wurden sie verkauft. Wäre ich Christin gewesen, hätte vielleicht einer der Väter sein Kind anerkannt, doch da ich Muselmanin war, hat das niemand getan. Ich weiß nichts über sie. An ihrer Kindheit konnte ich mich nicht erfreuen. Denn eine Muselmanin darf kein christliches Kind stillen, wisst Ihr? Ich durfte mich ihnen nicht einmal nähern, sie hatten Angst, dass ... Angst, dass ich sie mit meinem Glauben anstecke.« Sie schwieg eine Weile. Hugo wartete. »Ihr lasst es zu, dass ich in ihrer Nähe bin, nicht wahr?«

»Gewiss.«

»Dann lasst sie mir. Wenn Ihr sie nicht haben wollt, lasst sie mit mir gehen. Ich werde eine Arbeit finden ...«

»Wie solltest du ein weißes Kind aufziehen? Sie würden dich festnehmen.«

»Herr ...«

Als Pfarrer Pau Vilana von Hugo erfuhr, man habe das Mädchen vor der Tür seines Hauses abgelegt, verzog er das Gesicht und wiegte den Kopf hin und her.

»Weißt du, wer die Mutter ist?«

Hugo schüttelte den Kopf.

»Und du hast nicht die geringste Ahnung, wer sie sein könnte?«, ließ der Priester nicht locker.

Hugo schüttelte wieder den Kopf.

»Streng dein Gedächtnis ein wenig an!« Hugo schüttelte abermals den Kopf. »Gut, ich sehe schon, aus dem Schlamassel kann ich dich nicht befreien. Das musst du wohl selbst tun. Ist sie getauft? Hatte man ihr einen Brief beigelegt? Wenn Kinder im Hospital abgegeben werden, ist es üblich, dass…«

»Es war kein Brief dabei…«, schaltete Barcha sich ein. »Pater…«, sagte sie und verstummte bei dem kalten Blick, den der Priester ihr zuwarf.

»Es war keiner dabei«, wiederholte Hugo stur.

Das Mädchen wurde noch am selben Morgen getauft. »Mercè«, sagte Hugo nach kurzem Zögern. »Sie soll Mercè heißen.« Vom Taufbecken sah Hugo zum Hauptaltar hinüber, wo die Madonna stand. »Ist das auch richtig, was ich mit diesem kleinen Wurm mache?«, murmelte er, bevor Pfarrer Pau es ins Taufbecken tauchte, in den alten weißen Marmorsarkophag der heiligen Eulàlia, Märtyrerin und Schutzpatronin von Barcelona. »Mercè Paula«, sagte der Priester, der ihr den zweiten Name sich selbst zu Ehren gegeben hatte, und ließ noch fünf oder sechs weitere Namen folgen, lauter Namen von Wohltätern der Kirche, die als Paten des Mädchens eingesetzt worden waren, sosehr sie sich anfangs, aufgrund der sonderbaren Umstände ihres Auffindens, dagegen gesträubt hatten. »Ich habe ihnen eine gute Belohnung versprochen«, setzte Pfarrer Pau wispernd hinzu. Das Versprechen dieses Geldes hatte so manchen Widerstand gebrochen, und alle hatten der Spende des Sakraments schließlich zugestimmt.

Bevor Hugo mit der getauften Kleinen auf dem Arm und den neuen Schulden bei dem Priester aus der Kirche ging, stellte er sich noch einmal von Angesicht zu Angesicht vor die Madonna. »Was sagst du nun dazu, liebe kleine Jungfrau?« Wieder suchte er das Lächeln, von dem ihm Herr Arnau so viel erzählt hatte, aber er hatte auch diesmal kein Glück. Mercè weinte nicht mehr, wimmerte aber ein wenig. Sie wirkte müde und erschöpft. Draußen stand Barcha, der er nervös das Kind übergab, mit der Bitte, doch etwas zu tun.

»Keine Sorge, Herr, folgt mir«, beruhigte sie ihn, das Kind auf dem Arm.

Barcha führte ihn um die Kirche herum zur Calle de Montcada, in der die Paläste der adligen und reichen Bürger Barcelonas standen.

»Lasst uns eine Amme für sie finden«, sagte sie feierlich zu Hugo.

»Und wo?«

»In der Straße der Ammen.«

Sie gingen durch die Calle de Montcada bis zur Calle de los Corders und von dort nach links zur Plaza de la Llana. Bevor sie ankamen, bogen sie in ein Gässchen ein, in dem sich das sogenannte Hostal de les Dides befand, in dem die Ammen, die von außerhalb der Stadt kamen, Herberge fanden.

»Jung und gesund, wenn möglich aus dem Gebirge, sauber und gut gebaut«, flüsterte Barcha ihm zu, als sie hineingingen.

»Und die Milch?«, fragte Hugo.

»Damit kenne ich mich schon aus.«

»Wie meinst du das?«

Kaum waren sie eingetreten, erhoben sich etliche Frauen, einige mit einem kleinen Kind auf dem Arm. Barcha zögerte keine Sekunde und ging entschieden auf eine dunkelhäutige, junge und große Frau zu, mit der sie sich kurz unterhielt. Hugo beobachtete sie von der Tür aus, als wagte er nicht, einen Raum mit so vielen Frauen zu betreten.

»Sie heißt Apolonia«, stellte die Maurin sie Hugo vor, während die anderen Ammen sich wieder setzten, »und sie wird Mercès Amme sein. Sie wird den für eine Amme üblichen Lohn bekommen«, verkündete Barcha, während sie die Kleine an Apolonia weiterreichte.

Die junge Frau entblößte auf der Stelle eine ihrer Brüste und spielte mit der Brustwarze an der Lippe der Kleinen, damit sie den Mund aufmachte.

Sie gingen die Calle de los Corders hinunter, überquerten die Plaza de la Llana und gingen weiter durch die Calle de la Bòria bis zur Plaza del Blat. Von dort begaben sie sich zum Rathaus auf der Plaza de Sant Jaume.

»Woher willst du wissen, dass sie eine gute Amme sein wird?«, fragte Hugo unterwegs.

»Ich habe in meinem Leben schon mit vielen Frauen wie ihr zusammengewohnt. Apolonia hat gerade ihr Kind verloren. Sie ist jung und gesund und sie hat genug Milch für zwei.«

»Und Erfahrung?«

»Sie ist schon mehrmals Mutter gewesen.«

»Hat sie ihre Kinder verlassen?«

»Sie braucht das Geld.«

Hugo sah sich nach ihr um. Das Kind schien zu nuckeln. Er schüttelte den Kopf: Es war noch kein Tag vergangen, und schon hatte er sich verpflichtet, die Pfarrer und eine Amme zu bezahlen.

Und zusätzlich zu all diesen Verpflichtungen musste er es aushalten, dass man ihm im Rathaus so schamlose wie anklagende Blicke zuwarf. Er wartete auf die Bestätigung der Beamten, dass niemand das Verschwinden eines Neugeborenen angezeigt hatte. »Ist sie getauft? In Santa María del Mar? Wie heißt das Mädchen? Und du? Und die Mutter? Sicher? Was machst du? Welcher Arbeit gehst du nach? Wo wohnst du?« Auch hier gab es keine Schwierigkeiten. Am Ende waren sie alle einer Meinung: Nicht einmal ein Verrückter würde sich um die Pflege eines so kleinen Kindes bemühen, wenn es nicht sein eigenes war.

Zurück auf dem Weingut, brachte Hugo die Frauen und das Mädchen in einer der Kammern im ersten Stock unter. Dabei fiel ihm auf, dass Domingos Bündel, in dem er die warme Kleidung verwahrte, die Hugo ihm gekauft hatte, sowie den Freibrief, nicht mehr an seinem Platz war. Er hatte ihn jetzt schon seit zwei Tagen nicht mehr gesehen.

»Du darfst niemals einem Menschen die Freiheit geben, der sie sich nicht erarbeitet hat und der sie nicht verdient«, schalt ihn Barcha, als sie begriff, warum Hugo so gebannt auf die Stelle sah, an der das Bündel gelegen hatte.

Hugo stand wie gelähmt da.

»Ist etwas, Herr?«

Hugo antwortete nicht. Sein Magen zog sich zusammen, und sein Mund war ganz trocken.

»Herr?«

Hugo ging zu der Ecke, in der er hinter einem lockeren Stein in der Wand sein ganzes Vermögen versteckt hatte – das Geld, das er seit dem Kauf der Sklaven angespart hatte, das Geld, das Bernat ihm geschickt hatte, und jenes, das für Santa María bestimmt war. Er hatte es Raimundo nicht anvertrauen wollen, um keine Erklärungen über seine Herkunft abgeben zu müssen. Der Stein war an seinem Platz, und so atmete er für einen Moment erleichtert auf. Vielleicht waren seine Befürchtungen ja unbegründet gewesen. Doch als seine zitternden Hände den Stein herauslösten, entdeckte er, dass das Loch, das er dahinter in die dicke Wand des Gehöfts gebohrt hatte, leer war. Die Geldsäcke waren verschwunden.

»Verfluchter Hundsfott!«, schrie er.

Hugo zeigte alsbald den Bulgaren beim Stadtrichter an.

»Ihr hattet so viel Geld?«, wollte der Beamte wissen.

»Ich verkaufe guten Wein«, antwortete er bloß.

»Der dürfte jetzt schon weit weg sein. Er wird sich nicht mehr lange hier aufgehalten haben.«

Hugo nickte resigniert. Er verließ den Palast des Stadtrichters und wiederholte beharrlich die Worte, die der Beamte nach Aufnahme der Anzeige zu ihm gesagt hatte: »Das habt Ihr nun davon, dass Ihr diesem Mann die Freiheit geschenkt habt. Als Sklave hätte er es weder gewagt, Euch zu bestehlen, noch zu fliehen.«

Er bog in die Calle de la Bòria ein und lief bis zur Calle de Flassaders. Ein Pinienzweig, der vom Türvorsprung beim Eingang hing, zeigte an, dass es sich hier um eine Taverne handelte, in der Wein in kleinen Mengen verkauft wurde. Nicht einmal die Umarmung und der warmherzige Empfang, den Andrés Benet ihm bereitete, ließen Hugo den verfluchten Bulgaren vergessen.

Als Benet wissen wollte, warum Hugo einen Teil des Weines aus dem Weinberg, der an den Garten der Vilatorta grenzte, verkaufen wollte, sagte er nur: »Weil ich Geld brauche.«

»Ich weiß nicht, ob ich genug da habe«, sagte Benet entschuldigend.

Hugo sah sich in der Taverne um. Dort standen auch die Weinfässer. Eigentlich durfte der Wirt nur zwei Weine gleichzeitig verkaufen, einen roten – den seinen – und einen weißen, und zwar genau zu dem Preis, den er in den Straßen der Stadt hatte ausrufen lassen, und ausschließlich aus den Fässern, die die Behörden markiert hatten. Sobald diese leer waren, wurden neue Fässer markiert, und nur wenn es der gleiche Wein war und auch der Preis der gleiche blieb, musste man sie nicht noch einmal ausrufen lassen.

»Dein Geschäft geht gut«, erwiderte Hugo und deutete auf die Fässer und die Gäste sowie die Leute, die mit ihren Krügen und Weinschläuchen Schlange standen, weil sie Wein kaufen wollten.

»Dein Weinberg wirft ja auch gutes Geld ab. Aber das weißt du wohl selbst am besten …«

»So ist es«, gab Hugo ihm mit einer gewissen Schroffheit recht. Er wollte nichts erzählen. Er wollte nicht, dass alle Welt erfuhr, dass ein bulgarischer Bursche, dem er gerade die Freiheit geschenkt hatte, ihm seine Großzügigkeit dadurch gedankt hatte, dass er sich mit seinem ganzen Geld aus dem Staub gemacht hatte. Er wollte nicht, dass sie über ihn lachten.

Andrés Benet wusste besser als jeder andere, was für einen Qualitätswein Hugo aus den Trauben des Weinbergs herstellte, der an den Garten der Vilatorta angrenzte, schließlich bot er ihn schon seit geraumer Zeit zum Verkauf an. Sie waren beide der Meinung, dies sei ein Wein für Pröbste, hohe Herrschaften und wohlhabende Bürger, ein Wein, den gewöhnliche Menschen sich eigentlich nicht leisten konnten. Doch Hugo hatte keinen Kontakt zu solchen Leuten, während Andrés … Mahir war immer der Meinung gewesen, dieser Wirt sei äußerst geschickt im Verkauf an die Reichen.

»Ich meinte nur, dass ich nicht weiß, ob ich dir so viel bezahlen kann, wie er wert ist«, versuchte Benet zu feilschen.

Mit dem Betrug des Bulgaren hatte Hugo eigentlich schon genug für den heutigen Tag.

»Dann werde ich zu einem anderen Wirt gehen oder zu einem Weinhändler.«

Benet ging noch einmal mit sich ins Gericht, denn mit Hugos Spezialwein würde er selbst dann einen guten Gewinn machen, wenn er mehr zahlte, als Hugo gefordert hatte. Außerdem war es wichtig für ihn, dass der junge Winzer ihm weiter den anderen, den normalen Wein lieferte. Er schmeckte den Leuten so gut, dass man dafür sogar aus anderen Stadtvierteln zu ihm kam. Nein, André Benet konnte es sich nicht leisten, diesen Anbieter zu verlieren.

»Einverstanden.«

Sie reichten sich die Hand, um den Handel zu besiegeln. Bevor er die Hand wieder losließ, schluckte Hugo. Es war nicht seine Art, aber er musste noch eine Forderung stellen.

»Es wäre wichtig für mich, dass du mir einen Teil der Summe vorstreckst.«

»Hier unten ist ein Einäugiger, der Euch zu sehen verlangt.«

Hugo stutzte, doch dann versuchte er, vor Barcha Ruhe zu bewahren, und blieb vor seiner Schüssel mit Widderfleisch, Gemüse und Kopfsalat am Tisch sitzen.

»Wer ist es, und was möchte er?«, fragte er und aß in aller Seelenruhe weiter.

»Wer es ist, wisst Ihr ganz genau, wenn Ihr mich fragt«, sagte Barcha freiheraus. Hugo musste sich eine scharfe Antwort verkneifen. *Verfluchte Maurin!* »Er möchte Euch sehen, sagt er, obwohl ich glaube, dass er eher im wahrsten Sinne des Wortes ein Auge auf Euch werfen will«, scherzte Barcha und hielt sich das andere Auge zu.

Hugo aß weiter, als sei dieser Besuch nicht im Geringsten von Bedeutung. Doch schon einen Bissen später konnte er sich nicht mehr zurückhalten.

»Ist er gut gekleidet?«, fragte er.

»Wie der Diener eines großen Herrn eben so gekleidet ist.«

»Woher weißt du, dass er ein Diener ist?«

»Herr, ich habe mein ganzes Leben gedient. Ich weiß, wer ein Bediensteter ist und wer nicht.«

Hugo führte noch einen Löffel zum Mund, geriet aber auf halbem Wege ins Stocken. Hätte Mateo ihn entdeckt, wäre er mit Begleitung gekommen … Und dann wäre er wahrscheinlich schon tot.

»Dann schick ihn herauf«, befahl er der Maurin.

Hugo sah auf seine Schüssel. Dann betrachtete er seine schwieligen und schmutzigen Hände. Barcha hatte ihm nach der Arbeit im Weinberg nicht erlaubt, das Mädchen anzufassen, obwohl das gar nicht seine Absicht gewesen war. Aber wenn die Kleine lächelte, musste er einfach hinschauen. Wer war dieses Mädchen? Je mehr er sich an ihre Anwesenheit gewöhnte, desto unwichtiger wurde ihre Herkunft. Es war sein Kind. Mercè Llor, so stand es in den Pergamenten.

»Señor Mateo«, kündigte Barcha ihn an.

Hugo stützte sich auf den Tisch und wollte sich erheben. Aber die Beine versagten ihm den Dienst. Er versuchte es zu vertuschen, hob den Blick und sah den Einäugigen an. Für einen Augenblick stürmten die Erinnerungen an seine Streifzüge durch das Raval-Viertel auf ihn ein. Dann deutete er auf den Stuhl, der vor ihm stand.

»Willkommen«, grüßte er. Der andere murmelte etwas, das wohl eine Antwort sein sollte. Nachdem er den Klang seiner eigenen Stimme gehört hatte, beruhigte Hugo sich wieder. Er hatte befürchtet, seine Stimme könnte so zittern wie seine Beine. »Setz dich. Willst du etwas essen? Barcha«, rief er, ohne dem Einäugigen Zeit für eine Antwort zu lassen, »bring unserem Gast etwas zu essen und zu trinken. Was führt dich in mein Haus?«

»Mein Herr ist Roger Puig, Neffe des Grafen von Navarcles, Generalkapitän von Katalonien«, verkündete Mateo stolz. Hugo gab sich Mühe, völlig ausdruckslos dreinzuschauen. »Mein Herr ist soeben aus Sizilien zurückgekehrt …«

Hugo trank schnell einen Schluck Wein. Das hatte er nicht gewusst. Seit der Bulgare mit seinem Geld verschwunden war, hatte er sich auf die Pflege der Weinberge konzentrieren müssen, unterstützt nur von Barcha, die sich dieser Arbeit jedoch verweigerte und erst nachgab, als er drohte, sie aus dem Haus zu werfen. Wobei ihre unerwartete Fügsamkeit zweifellos der kleinen Mercè zu verdanken war …

Arbeit, Arbeit und noch mal Arbeit. Arbeit war das Einzige, womit Hugo seine Zeit verbrachte. An den Sonntagen ging er zur Messe in Santa María del Mar, und danach hielt er hier und da ein Schwätzchen, um Neuigkeiten zu erfahren, die er an Bernat weitergeben konnte. Er wusste, dass er das restliche Geld, das ihm noch vom Verkauf des Vilatorta-Weines übrig blieb, brauchen würde, um während der Weinlese Helfer zu bezahlen. Schon vor einem Monat hatte er sich wieder an Romeu wenden und für einen exorbitanten Preis, den der andere als einen Gefallen darstellte, Sklaven mieten müssen. Mittlerweile war es unmöglich, freie Tagelöhner zu finden. Die Mehrheit dieser Lohnarbeiter war zum Heer eingezogen worden, für den Krieg, der ausgebrochen war, nachdem der König im Mai bei einer Fuchsjagd nach einem Sturz vom Pferd den Tod gefunden hatte. Seit August hielten die Truppen von Barcelona die Orte Martorell und Castellvi de Rosanes besetzt, in Erwartung eines Angriffs des Grafen von Foix, der angekündigt hatte, für seine Frau Juana, die Tochter des verstorbenen Königs, das Königreich zurückerobern zu wollen.

Jedenfalls konnte Hugo die Weinlese durchführen. Die Ernte war gut und der Wein auch.

»Der neue König Martín«, fuhr der Einäugige fort, »hat den Krieg in Sizilien unter Kontrolle und hat meinen Herrn beauftragt, sich an der Verteidigung des Königreichs zu beteiligen.«

Hugo sah ihm direkt ins Gesicht. Es lief ihm eiskalt über den Rücken. Der Diener nahm einen Schluck Wein, ließ indes die Schüssel mit Essen unangetastet stehen. *Ja und*?, brachte Hugo schließlich mit einem Schulterzucken zum Ausdruck.

»Ja, also …«, fuhr Mateo fort. »Vor einigen Tagen haben die Diener meines Herrn bei Andrés Benet ein paar Fässer Rotwein gekauft«, erklärte er. Hugos Anspannung stieg. »Mein Herr, seine Gemahlin und die Gäste befanden, es sei ein ganz ausgezeichneter Wein.«

Hugo atmete erleichtert auf.

»Das höre ich gern«, sagte er und führte ein großes Stück Fleisch zum Mund.

»Mein Herr fand den Wein so ausgezeichnet, dass er seinem Onkel, dem Grafen von Navarcles, ein Fass geschickt hat.«

»Dann hoffe ich, dass er ihm ebenso mundet«, wagte Hugo mit vollem Mund zu sagen.

»Roger Puig möchte mehr von diesem Wein, dem von Vila…«

»Vilatorta«, kam Hugo ihm zu Hilfe.

»Vilatorta, ganz genau. So viel du hast. Er will den Wein aufkaufen.«

»Ich habe keinen mehr. Vor fast einem Monat fand die Weinlese statt, dein Herr wird sich eine Weile gedulden müssen.« Der Einäugige verzog das Gesicht. »Das ist leider so«, sprach Hugo weiter. »Ich habe alles verkauft. Die Qualität dieses Weines hängt zum Großteil davon ab, dass er in Fässern reifen kann. Jetzt muss er erst zwei oder drei Jahre lagern, bis er die Eigenschaften jenes Rotweins erreicht haben wird, den dein Herr getrunken hat. So ist das bei Mutter Natur …«

»Schon gut, schon gut«, fiel ihm der Einäugige misslaunig ins Wort, »aber dann will er auch noch, dass du für ihn arbeitest.«

In diesem Moment verschluckte sich Hugo und hustete. Barcha kam herbeigerannt und klopfte ihm auf die Schulter. Der Diener schenkte dem nicht die geringste Beachtung und sprach weiter.

»Andrés Bernet hat sehr gut von dir gesprochen. Er sagt, du habest ein ganz besonderes Gespür für gute Weine.«

Nachdem er dies gesagt hatte, nahm der Einäugige einen tiefen Schluck, den er zunächst auf der Zunge zergehen ließ, woraufhin er jedoch verwundert seinem Abscheu Ausdruck gab, als wollte er die guten Eigenschaften, die man Hugo nachgesagt hatte, gleich wieder in Zweifel ziehen.

»Schmeckt er dir nicht?«, fragte Hugo.

Er hatte sich schon wieder etwas von seinem Schreck erholt und versuchte, das Gespräch auf andere Themen zu lenken, damit er das Angebot, das Mateo ihm gerade unterbreitet hatte, überdenken konnte. Für Roger Puig zu arbeiten, schien ihm unvorstellbar.

Der Einäugige verzog angewidert das Gesicht.

»Also das ist der Wein, den dein Herr so gelobt hat«, log Hugo.

»Der da?«

»Ja.« Es verging eine Weile. »Schenk ihm nach«, befahl er Barcha.

Der Einäugige nahm noch einen großen Schluck, doch diesmal gab er nicht seinem Ekel Ausdruck, sondern seiner höchsten Zufriedenheit, als habe er sich vorher nur geirrt. Hugo verkniff sich ein Lächeln. Was für ein Heuchler! Es war ein ganz gewöhnlicher Wein.

»Gut, wie es scheint, ist das der Wein, den mein Herr wünscht. Deinen Wein aus Vila…«

»Vilatorta«, kam Hugo ihm abermals zu Hilfe.

»Ich glaube nicht, dass es ihm gefallen wird, zwei Jahre zu warten«, verkündete er. Hugo öffnete die Hände als Geste der Machtlosigkeit. »In jedem Fall möchte er, dass du sein Kellermeister wirst und für seinen Weinkeller die besten Weine Kataloniens ausfindig machst, ja die besten des Königreichs, falls nötig.«

»Nein, ich … «, setzte Hugo an. »Ich denke nicht, dass ich das annehmen kann, ich habe zu viel Arbeit mit den …«

»Morgen kommst du zum Palast und beginnst mit deiner Arbeit als Kellermeister«, unterbrach ihn Mateo und stand auf.

»Ich habe gesagt ...«

»Morgen.«

»Vielleicht hast du nicht recht gehört.«

Der Einäugige pflanzte sich vor Hugo auf.

»Ich denke, du bist hier derjenige, der nicht recht gehört hat. Roger Puig hat den Wunsch geäußert, dass du für ihn als Kellermeister arbeitest. Und die Wünsche meines Herrn sind nicht nur etwas, was man erfüllt, man ist auch dankbar dafür, umso mehr, wenn sie an einen Habenichts wie dich gerichtet sind.«

»Habenichts«, mit diesem Schimpfwort hatte man ihn in der Werft beleidigt. Damals hatte Roger Puig vor ihm gestanden, wütend und vor Zorn bebend. »Bartlos«, hatte der Vizegraf von Rocabertí hinzugefügt, ein »bartloser Habenichts«, hatte er gesagt. Heute hatte Hugo einen so dichten Bart, dass er seine Identität vor dem Einäugigen und wahrscheinlich auch vor seinem Herrn verbergen konnte. An jenem Tag in der Werft hatte er nur den Ratschlag des Herrn Arnau befolgt: Er hatte sich vor niemandem gebeugt und ihnen allen die Stirn geboten. Später, am Strand, hatte man ihn gewarnt, derjenige, der ihm den Ratschlag gegeben habe, hätte auch dazusagen müssen, wie er ihn umsetzen solle. Und jetzt merkte er, dass er das immer noch nicht wusste.

»Ich will ja gar nicht ... Es ist nicht meine Absicht, deinen Herrn zu ärgern, aber er muss doch verstehen, dass ...«

»Was verstehen?« Der Einäugige schlug mit der Faust auf den Tisch. Krüge und Schüsseln sprangen in die Höhe, Wein und Suppe wurde verschüttet. Hugo stand auf, plötzlich packte ihn der Zorn. »Roger Puig muss gar nichts verstehen, ihm ist es egal, was ein elender Bauer sagt«, spuckte der Einäugige ihm entgegen. »Morgen wirst du beim Palast vorstellig und basta, oder du bekommst die Folgen zu spüren.«

Würde Hugo darauf eingehen, wäre er ganz in Roger Puigs Nähe und könnte sich an ihm rächen. Jeder andere hätte sich über die Gelegenheit gefreut, die sein Feind ihm da beschert hatte, nur hatte er doch auch

Weinberge zu versorgen. Noch am gleichen Nachmittag suchte er Rat bei Raimundo.

»Es ist wieder wie damals, als König Pedro starb und sein Sohn Juan ihm nachfolgte«, sagte der Konvertierte. »Nur dass in diesem Fall der neue König, Martín, weiterhin in Sizilien bleibt und seine Gemahlin Königin María die Regierungsgeschäfte führt. Die meisten Mitglieder aus dem Rat des verstorbenen Königs Juan sind festgenommen und in den Kerker geworfen worden.«

»Dann müssten sie aber auch die Puigs gefangen nehmen«, fiel Hugo ihm ins Wort.

»Nein, die nicht«, musste der Geldwechsler ihn enttäuschen, »sowohl der Graf von Navarcles als auch sein Neffe, Roger Puig, sind mit dem derzeitigen Monarchen, König Martín, in den Krieg gegen die sizilianischen Aufständischen gezogen. Sie haben ihm in allen Kriegsjahren persönlich und wirtschaftlich dabei geholfen, seinen Sohn und dessen Gemahlin in Sizilien auf den Thron zu bringen. Roger Puig und sein Onkel sind zwar die Berater von König Juan gewesen, das stimmt, aber König Martín hat sie seinerseits ins Herz geschlossen. Es geht auch das Gerücht um, sobald der König aus Sizilien zurückkehrt, werde er Roger Puig Titel und Privilegien übertragen. Er hat der Königin verschiedene Briefe überbracht, und es ist zu vermuten, dass der Herrscher seiner Gemahlin darin Anweisungen erteilt hat, die ihn betreffen, denn gleich am darauffolgenden Tag schenkte die Königin Puig einen Palast in der Calle de Marquet, ganz in der Nähe des Kleinen Königspalasts, in dem sie selbst residiert. Offenbar möchte er ihn in seiner Nähe haben.«

»Wie ist denn der neue König?«, wollte Hugo wissen.

»Martín?« Raimundo schüttelte den Kopf. »Er ist ein kleiner Mann mit kurzen Beinen und dickem Leib, der ständig und überall einschläft. Es heißt, er sei ein gerechter König, aber was mir als konvertiertem Juden Sorge bereitet, ist, dass er sehr religiös ist: Man nennt ihn Martín, den Ekklesiastischen. Dreimal täglich wohnt er der Messe bei, und er lebt von Mönchen umgeben. Die Zukunft scheint da nicht sehr verheißungsvoll für Konvertierte wie mich, und erst recht nicht für diejenigen unter uns, die ihrem Glauben nicht abgeschworen haben.«

Hugo musste an Regina denken.

»Und, was wirst du tun?«, fragte Raimundo.

»In Bezug auf was?«, fragte Hugo zerstreut, denn er dachte immer noch an Regina.

»Roger Puig.«

»Kann ich mich denn weigern, sein Kellermeister zu werden?«

»Ich würde es dir nicht raten.«

»Ich hasse diesen …« Hugo suchte nach dem richtigen Wort, doch dann entschied er sich für das einfachste: »Hurensohn«.

»Aber du kennst ja seinen Charakter: Er ist maßlos eingebildet, und jetzt, nach dem Krieg mit Sizilien, umso mehr. Wenn du sein Angebot nicht annimmst, wird seine Wut grausam sein. Er wird dich wegen irgendeiner Belanglosigkeit festnehmen und in den Karzer werfen lassen oder dich einfach umbringen.«

»Ich bin ein Bürger von Barcelona!«

»Das ist Arnau Estanyol auch gewesen.«

»Mein Sohn«, versuchte Raimundo ihn zu trösten, »du sollst ja nur als Kellermeister für einen Adligen arbeiten. Das ist kein schlechter Handel. Ich glaube nicht, dass du Roger Puig viel zu Gesicht bekommen wirst. Sie werden dir einen Lohn zahlen, und du wirst dir sogar Ansehen erwerben können.«

Hugo sah ihn über die rot gestreifte Decke auf dem Wechseltisch hinweg an, ohne zu verstehen, was genau er meinte. Er begriff es in dem Moment, in dem Raimundo seine feuchten und müden Augen abwandte und flüsterte:

»Von uns haben sie viel mehr gefordert.«

Und so fasste Hugo einen Entschluss. Er hatte immer den Wunsch gehabt, sich zu rächen, und jetzt wurde ihm die Gelegenheit dazu von Roger Puig selbst auf dem Tablett serviert. Sie auszuschlagen wäre eine Dummheit.

13

Am folgenden Tag begab sich Hugo zum Palast von Roger Puig in der Calle de Marquet, einem Gässchen außerhalb der alten römischen Stadtmauer. Die Straße hieß so, weil dort das Wohnhaus der Familie Marquet stand, aus der ein Admiral der katalanischen Flotte stammte: Galcerán. Die anderen Mitglieder der Familie waren Händler und Stadträte, allesamt ehrenwerte Bürger Barcelonas.

Hugo hatte beschlossen, durch die Calle de la Mercè dorthin zu gehen, in der sich die Kirche und das Kloster der Mercedarier befanden. Er schlenderte zwischen den Leuten umher, die den Durchgang versperrten, indem sie ein Schwätzchen hielten, oder die in der Bäckerei und den Werkstätten einkauften, die einen Großteil der Straße einnahmen. Hugo blieb hinter einer Schar von Leuten stehen, die um einen Ausrufer einen Kreis gebildet hatten, und hörte zu. Der Mann verkündete schreiend, welche Bauarbeiten man in einem bestimmten Haus in der Straße vornehmen wollte, weshalb die Nachbarn ihn umstanden, denn sie wollten wissen, ob diese Arbeiten Auswirkungen auf ihre eigenen Häuser haben würden. »Bis wohin wird dieser Balkon reichen?«, hörte Hugo einen Mann fragen. Er ließ seine Fantasie spielen und stellte sich den Balkon vor, den der Baumeister in die Luft malte. »Wird er Einsicht in meinen Garten haben?«, fragte ein anderer. Hugo konnte den Garten hinter all den Leuten nicht sehen. Was er dafür innerlich vor sich sah, war die mit vernarbten Peitschenstriemen übersäte Schulter, die Barcha ihm an jenem Morgen wieder einmal gezeigt hatte. Sie hatten beim Morgengrauen lediglich ein paar Worte gewechselt, bevor er nach Barcelona aufgebrochen war.

Als sie ihm hatte nahelegen wollen, die Arbeit als Kellermeister von Roger Puig abzulehnen, hatte Hugo nur erwidert: »Schweig! Du weißt ja nicht, wovon du sprichst.«

»Du willst doch gar nicht für ihn arbeiten«, hatte Barcha nicht lockergelassen.

»Glaubst du etwa, ein jeder kann einfach immer tun und lassen, was er will?«, hatte er entgegnet.

»Man kann es zumindest versuchen«, hatte sie geantwortet und ihm zum Beweis ihre geschundene Schulter gezeigt, die Frucht ihrer Aufmüpfigkeit.

Was ihn wieder in die Gegenwart zurückholte, waren die Sorgen einer Greisin, die mit müder Stimme sagte: »Und was wird mit dem Licht sein, an dem man sich in meinem Haus erfreut, wenn diese Wand hochgezogen wird?«

Hugo schalt sich plötzlich dafür, hier untätig herumzustehen und seine Zeit zu vergeuden. Er fragte ein paar Kinder nach dem Weg zum Palast von Roger Puig. Sie scharten sich immer zahlreicher um ihn, und am Ende begleiteten sie ihn, dorthin. Hugo blieb vor dem schweren, mit Eisen in Blumenmustern beschlagenen Holztor stehen, das zu einem mit Steinen gepflasterten Hof führte. Die Kinder drängten sich an ihn und linsten ins Innere.

»Weg hier«, scheuchte Hugo sie fort, »geht woanders spielen.«

Er hatte noch nie einen Palast betreten und er fühlte sich winzig klein, als er in dem großen Hof stand, von dem eine elegante Treppe in den ersten Stock hinauf führte.

»Was stehst du hier herum und hältst Maulaffen feil?«, fragte ihn ein misstrauischer Hausverwalter.

In einem Küchenanbau im Erdgeschoss erläuterte er ihm seine Aufgaben.

»Du wirst die besten Weine für den Herrn ausfindig machen. Du wirst dich um den Keller kümmern, dafür sorgen, dass er stets gefüllt ist und sich in gutem Zustand befindet...«

»Werde ich auch Wein ausschenken müssen?«, fragte er, denn Raimundo hatte ihm erklärt, dass die Kellermeister zusammen mit den Sommeliers auch für den Ausschank zuständig waren.

»Du?«, rief der Majordomus aus, während er zum ersten Mal das Gesicht zu etwas verzog, das wohl ein Lächeln sein sollte.

Dann deutete er verächtlich mit dem Finger auf Hugo. Der Weinbauer sah an sich herunter und verglich seine schmutzige Erscheinung mit der gepflegten Sauberkeit des Majordomus. »Du sollst nur den Wein einkaufen und den Weinkeller instand halten«, stellte er klar.

Hugo murmelte seine Zustimmung, den Blick auf die spitzen Lammlederschuhe gerichtet, in denen die Füße des Majordomus steckten. Mit solchen Schuhen könnte man unmöglich im Weinberg arbeiten.

»Welche Weine möchtest du einkaufen?«, fragte der andere.

»Mach dir darüber keine Gedanken. Dein Herr wird zufrieden sein«, antwortete Hugo.

»Ich mache mir überhaupt keine Gedanken. Schließlich bin nicht ich es gewesen, der dich ausgewählt hat. Wenn der Wein gut ist, wird der Herr zufrieden sein, und das wird uns allen zugutekommen, die wir in seinen Diensten stehen. Wenn er nicht gut ist, dann werde ich meinen Spaß daran haben, wie sie dir das Fell über die Ohren ziehen, das versichere ich dir.«

Er teilte ihm mit, wie hoch sein Lohn sein würde. Gar nicht so schlecht, in etwa so hoch wie der eines Schiffsbaumeistergehilfen, sagte sich Hugo. Der Herr wollte guten Wein, und das so schnell wie möglich, es war ihm eilig damit.

»Und wie soll ich den Wein transportieren?«

Er würde einen Maulesel und einen Karren bekommen.

»Und wie bezahle ich die Winzer und die Weinhändler?«

»Ich werde dir das nötige Geld mitgeben«, antwortete der Majordomus, als sie schon auf dem Weg in den Weinkeller waren.

Als er den Satz zu Ende gesprochen hatte, deutete er auf den Anfang einer Treppe mit nicht mehr als zwölf Stufen. Hugo blickte hinunter auf einen großen unterirdischen Raum unterhalb des Straßenniveaus, aber nicht ganz darunter, denn durch ein paar schmale, hohe und vergitterte Fenster konnte man die Füße und die Waden der Passanten sehen. Ein Schwall stinkender Luft schlug ihm entgegen. Hugo schnaubte.

»Der Keller ist schmutzig«, bemerkte er zu dem Majordomus hinter ihm. »Es gibt Kakerlaken.« Er deutete auf den Boden. »Und Ratten wahrscheinlich auch.« Mit einer gewissen Nostalgie erinnerte er sich an seine Kindheit und die Arbeit mit den Katzen. Damals hatte er gelernt, sie förmlich zu riechen. »Ratten … und außerdem ist es hier viel zu feucht.«

»Wir sind sehr nah am Meer«, wandte der Majordomus ein.

»Es gibt auch gute Weinkeller in Meeresnähe«, antwortete Hugo dem Mann, ohne sich umzudrehen. Er untersuchte einen der vielen ohne jede Ordnung aufgestellten großen Tonkrüge und wich vor dem üblen Geruch zurück. »Vielleicht lassen sie sich gar nicht mehr ganz säubern.«

»Hör mal zu, mein Junge«, polterte der Majordomus los, ohne seinen Ärger über die Kritik zu verhehlen, »du bist eingestellt worden, damit du dich genau darum kümmerst. Wie du wohl weißt, hat der Herr dieses Haus erst vor Kurzem bezogen, es ist also nicht seine Schuld, wenn …«

»Hab ich irgendwie verlauten lassen, dass dein Herr daran schuld ist?«, fiel ihm Hugo ins Wort und drehte sich zu ihm um.

»Du hast gerade gesagt, dass …«

»Ich benenne nur die Mängel, die behoben werden müssen. Ist es nicht das, was Ihr von mir wollt?«

»Dann behebe sie!«

»Das hier muss alles gereinigt und gelüftet werden. Gebt Order, das alle Fässer und großen Tonkrüge in den Hof gebracht werden.«

Hugo war selbst überrascht über seinen energischen Tonfall. Der Majordomus ebenso. Sie musterten einander im Dämmer des Weinkellers, und zum Schluss gab der Mann klein bei.

Esteve, so hieß der Majordomus, mobilisierte das gesamte Palastpersonal und ließ die Fässer und Krüge aus dem Keller auf den Hof schaffen. Hugo leitete die Arbeiten, während er auf halber Höhe der Steinstufen stand, die zu dem Stockwerk der Adligen hinaufführten, wo der Lärm die Neugierde von Roger Puigs Familie und seinem Dienstpersonal geweckt hatte. Er sah Mateo in der Bogengalerie im ersten Stock stehen. Der Einäugige lehnte an der Balustrade und sah teilnahmslos in den Hof hinunter. Dann zeigte sich die Gestalt von Roger Puig zwischen den schlanken Säulen eines der Bögen: blond und elegant gekleidet, majestätisch wie der Held auf einem Gemälde, das den Sieg des Guten über das Böse verherrlichte. Wenngleich Hugo vor Schreck zusammenfuhr, versuchte er, nicht den Blick abzuwenden, und fragte sich zugleich, ob der Hurensohn ihn wohl wiedererkennen würde. Der Bart und die Narben von den Kratzern dürften sein Gesicht ausreichend verändert haben, aber seine Augen, mit denen er dem Adligen vor Arnaus Schafott und in der Werft getrotzt hatte, waren noch dieselben.

Doch Roger Puig nickte nur kurz herablassend, bevor er sich wieder zurückzog. Hugo betrachtete weiter aufmerksam die Stelle, wo der glänzende Rücken des Adligen verschwunden war. Erst da merkte er, dass jemand ihn ansah, und lenkte den Blick zwei Bögen weiter nach rechts. Diese hellen Augen erkannte er sofort wieder. Als er sie das letzte Mal gesehen hatte, waren sie vom Fieber ganz glasig gewesen. Jetzt sprühten sie, und sei es nur, weil sie ihn wiedererkannten. Hugo lächelte. Caterina versicherte sich erst, dass Mateo sie nicht beobachtete, dann lächelte sie zurück. Dann, als besinne sie sich eines Besseren, zog sie sich ebenfalls zurück.

Anschließend kamen ein paar Bedienstete, um Hugo um Rat zu fragen. Sie zeigten ihm ein Gefäß, das von oben bis unten gespalten war, und er riet ihnen, es zu zertrümmern, da sie die Stücke noch gebrauchen könnten. Anschließend schweiften seine Gedanken wieder zu Caterina. Wie viele Jahre waren seitdem vergangen? Vier, fünf? Jedenfalls genug, dass das Lächeln des russischen Mädchens jetzt offen und überwältigend war, ganz wie ihr Körper, der nach dem, was Hugo durch die Balustrade sehen konnte, recht üppig zu sein schien. Was für ein Leben hatte die Sklavin in all den Jahren wohl geführt?

Er sah sie den Tag über immer wieder auf seinem Weg vom Hof in den Keller und zurück. Durch das blonde Haar und den blassen Teint stach sie unter all den dunkelhaarigen Menschen hervor. Im Weinkeller musste er lächeln bei dem Gedanken, er könnte Anselm und seine Katzen kommen lassen, um die Ratten auszurotten, aber einer der Maurensklaven übernahm die Aufgabe, sie zu vertreiben. *Sollte jener Maure einen ähnlichen Charakter haben wie Barcha, dann tun mir die Nager leid*, dachte Hugo und lächelte. Und was die Fässer und Krüge anging, so plagten sich die Diener und Sklaven redlich damit ab, den Bodensatz und die an den Innenwänden klebenden Pechreste abzukratzen. Er musste die meisten Fässer zum Böttcher schicken, um die Dauben und vor allem die Eisenringe in Ordnung bringen zu lassen, die fast sämtlich lose und verrostet waren. Er ließ Meerwasser holen, um die großen Tonkrüge auszuwaschen.

Später machte Hugo alles bereit, um die restlichen Holzfässer von innen auszubrennen. Dasselbe würden sie auch mit den Tonkrügen tun, sobald sie ein paar Tage in der Sonne getrocknet wären.

Doch noch davor zog Roger Puig erneut in den Krieg und nahm Mateo, seinen einäugigen Diener, mit. Zumindest dachte Hugo das, als er ihn nicht mehr im Palast sah. Die Invasion der Franzosen unter der Befehlsgewalt des Grafen von Foix, der das Königreich für seine Gemahlin forderte, die Infantin Doña Juana, älteste Tochter des verstorbenen Königs Juan I., war über drei Grenzorte erfolgt: Puigcerdà, Andorra und Castellbó. Doch Katalonien würde nicht zulassen, dass die Thronfolge auf die weibliche Linie überging, weswegen Roger Puig sich, während sein Onkel, der Graf von Navarcles, Balaguer verteidigte, den Truppen des Grafen von Urgell anschloss, der in Cervere die Kavallerie des Prinzipats von Katalonien befehligte. Pedro de Urgells Streitkräfte sollten fast zwei Monate gegen das Heer von Mateo de Foix kämpfen, in denen Roger Puig nicht nur Freundschaft mit Graf Don Pedro schloss, sondern sich auch um die kriegerische Ausbildung seines siebzehnjährigen Sohnes Jaime de Aragón kümmerte, Erbe des Grafen von Urgell.

Roger Puigs Abfahrt lockerte die Spannung, die das Leben im Palast in der Calle de Marquet zu einer Qual gemacht hatte. Das Lachen der jungen Mädchen Anna und Agnès, der Gattin beziehungsweise Schwester des Adligen, und das ihrer Freunde und sogar ihrer Dienerinnen hallte vom Obergeschoss herunter und veranlasste diejenigen, die im Hof mit den Krügen und Fässern beschäftigt waren, den Blick zu heben. Einmal sah Hugo, wie sie vergnügt durch die Galerie rannten, sie verfolgten einander und kreischten wie kleine Mädchen.

»Wie glücklich sie sind.« Caterina hatte sich nicht gescheut, ihn im Palasthof anzusprechen, wo alle anderen sie sehen konnten.

Hugo stutzte, als er ihre Stimme hörte. Sie hatte einen ausgeprägten Akzent, ganz wie die orientalischen Sklaven, die auf den Feldern und in den Weinbergen arbeiteten, aber sie sprach Katalanisch. Das hatte längst nichts mehr mit dem unverständlichen Gebrabbel zu tun, mit dem sie und die übrigen Sklavinnen ihn nach dem Tod von Dolça zu trösten versucht hatten.

»So scheint es«, stimmte er mit einem Lächeln auf den Lippen zu.

Sie betrachteten einander eine Weile, und Hugo fragte sich, wie alt Caterina jetzt wohl war. Er hatte die russischen Sklavinnen beim Angriff auf das Judenviertel vor fünf Jahren kennengelernt. Damals dürfte sie nicht älter als fünfzehn gewesen sein, sodass sie jetzt um die zwanzig sein musste. Er hatte eine Frau von einer fast schon außergewöhnlichen Schönheit vor sich: feste Brüste, breite Hüften, helle, blasse, undefinierbare Augen, blondes Haar und eine weiße und zarte Haut.

»Du hast dich auch verändert«, kam sie ihm zuvor.

»Ich habe nicht …«

»Du bist ein Mann geworden und, wie es scheint, auch ein guter Kellermeister.«

Hugo nickte.

»Wie geht es dir?«, fragte er anschließend.

»Mir? Die Herrin schätzt mich und hat oft Erbarmen mit mir. Ihr Gemahl besucht mich hin und wieder, und sein einäugiger Diener begehrt mich. Er liegt auf der Lauer, in der Hoffnung, der Herr werde eines Tages endgültig des russischen Mädchens überdrüssig werden.«

»Das tut mir leid.«

»Es gibt Sklaven, die unter schlimmeren Umständen leben. Auch in diesem Haus. Ich kann mich nicht beschweren.«

Esteve, der Majordomus, ging über den Platz bis zum Fuß der Steintreppe, an der sie standen. Er wollte Hugo etwas sagen, wies aber zuerst Caterina zurecht.

»Hast du nichts zu tun? Du weißt, dass es dir weder gestattet ist, in den Hof hinunterzugehen, noch die Gemächer der Herrschaften zu verlassen. Ihre Herrschaft hat gesagt …«

»Ob ich etwas zu tun habe oder nicht, geht dich gar nichts an«, bot

Caterina dem Majordomus die Stirn. »Ich stehe im Dienst der Señora, und sie ist es, die mir die Befehle erteilt.«

»Und hat sie dir befohlen, du sollst deine Zeit durch Schwatzen mit dem Kellermeister totschlagen, hier im Hof, wo jeder dich sehen kann?«

»Frag sie doch, wenn es dich so sehr interessiert.«

Der Mann ballte die Fäuste, schubste sie fort und stellte sich zwischen sie und Hugo.

»Die Herrin hat mir mitgeteilt, sie wolle die Sorge über ihren Gemahl und den Krieg ein wenig lindern, indem sie Freundinnen zu sich einlädt, die sich in ähnlicher Lage befinden«, sagte Esteve. Hugo zog die Brauen hoch. »Für die Einladung braucht sie süßen Wein, und wir haben keinen Tropfen mehr.«

»Ich kümmere mich darum«, antwortete er, obwohl er in Gedanken mit dem beschäftigt war, was er gerade von Caterina erfahren hatte: dass es ihr nicht erlaubt war, in den Hof hinunterzugehen oder die Galerie zu verlassen.

»Es ist dringend«, ließ der Majordomus nicht locker.

»Und warum lässt man sie nicht in den Hof?«, fragte Hugo. Der Mann wirkte überrascht. »Sie meine ich«, setzte er hinzu und deutete auf Caterina.

Esteve wollte schon antworten, doch die junge Russin kam ihm zuvor:

»Weil der Herr uns nicht vertraut und sich nicht darauf verlässt, dass Sklaven und Diener sein Hab und Gut respektieren, nicht wahr?«, sagte sie zu dem Majordomus.

»Und er tut recht daran«, antwortete dieser. »Wenngleich ich noch anfügen würde, dass er sich genauso wenig darauf verlässt, dass du *dein* Hab und Gut respektierst«, setzte er sarkastisch hinzu. »Es weiß doch jeder, dass die Sklavinnen einen Hang zur Libertinage haben!«, rief er aus und brachte Caterina, die schon etwas erwidern wollte, zum Schweigen. »Dein Platz ist bei den Herrschaften.« Dann drehte er sich zu Hugo um. »Was ist mit dem süßen Wein?«

»Gleich morgen gehe ich welchen besorgen.«

»Wo?«

Der junge Bursche musste nicht lange nachdenken:

»In Sitges.«

Hugo betrachtete seine Schuhe mit Ledersohlen und die Kleider. Sie waren zwar gebraucht, aber von bester Qualität. Esteve hatte sie ihm gegeben, nachdem Roger Puigs Gemahlin sie für ihn ausgesucht hatte. »Niemand wird glauben, dass du der Kellermeister des Herrn bist, wenn du solche Lumpen anhast«, waren die Worte gewesen, mit denen der Majordomus sie ihm überreicht hatte.

Gekleidet wie ein Bürger, wenn auch von dem langen Weg mit wunden und schmerzenden Füßen, hatte er gerade einen Handel mit Antón abgeschlossen, einem Weinhändler, dessen Geschäft in der Nähe der Einsiedelei Santa María del Vinyet bei Sitges lag. Am Morgen des folgenden Tages würde der Mann mit drei Fässern Malvasierwein in Barcelona, im Palast von Roger Puig, vorstellig werden. Sie saßen am Tisch bei einer Weinprobe und verhandelten, bis sie zu einer Einigung gekommen waren. Dann brachte Hugo das Gespräch auf Mahir.

»Er war ein Ketzer«, lautete überraschend Antóns Antwort. »Er wollte nicht konvertieren und den wahren Glauben annehmen, wollte nicht seine Sünden bekennen und unseren Herrn Jesus Christus, der ans Kreuz geschlagen wurde, anerkennen. Daher ist es besser, er ist verschwunden … Wäre er doch nur gestorben!«

Regina hatte recht, was die unglaubliche Zunahme des Hasses auf die Juden anbelangte. Hugo hatte diesen Weinhändler am ersten Tag kennengelernt, an dem er mit Mahir in Sitges gewesen war, nach den schrecklichen Erlebnissen mit dem Böttcher und seiner Mutter. Ein paar Jahre hatten genügt, und schon erging dieser Mann sich nicht mehr in Höflichkeit, sondern in Beschimpfungen.

»Ich habe noch zu tun«, entschuldigte er sich bei dem Weinbauern.

»Du kannst hier nächtigen«, bot dieser an.

Hugo wollte schon ablehnen, aber er wusste tatsächlich nicht, wo er die Nacht verbringen sollte. Wie bei den anderen Malen würde er kurz bei seiner Mutter vorbeischauen, um zu sehen, wie es ihr ging, und es dünkte ihn keine schlechte Idee, anschließend wieder zu dem Händler zu gehen, dort zu nächtigen und dann mit dem Wein für Roger Puigs Gemahlin und deren Freundinnen nach Barcelona zurückzukehren.

Die Straße vor der Werkstatt des Böttchers war wie immer fast menschenleer, da das Gebäude sich abseits aller anderen befand. Ferran zog eine Braue hoch, als er gewahr wurde, wie Hugo gekleidet war. Doch dann zuckte er nur mit den Schultern und arbeitete weiter. Er spannte einen Eisenreifen um ein altes Fass. Niemand half ihm dabei. Hugo ging die Straße auf und ab. Vielleicht war seine Mutter nicht zu Hause. Einmal, so erinnerte er sich, hatte er sie im Dorf suchen müssen. An jenem Tag hatte Antonina den Kopf gesenkt, als sie ihn bemerkt hatte. »Nein, nicht im Dorf«, hatte sie gemurmelt, als er auf ihrer Höhe angelangt war. Hugo hatte verstanden und war weitergegangen. Seine Mutter befürchtete, es könnte im Dorf über den Böttcher Gerede geben. Daran dachte er in dem Moment, als er in der Werkstatt den Jungen bemerkte, der sein Lehrling war: Es war der älteste Sohn des Böttchers. Hugo fiel sein seltsamer Blick auf, und seine Bewegungen kamen ihm steif vor. Plötzlich überfiel ihn eine Unruhe, und er ging entschlossen auf die Werkstatt zu.

»Wo ist meine Mutter?«, schrie er.

»Sie ist oben«, antwortete der Böttcher, während sein Sohn sich zu verstecken versuchte.

»Ich möchte sie sehen. Sagt ihr, sie soll herunterkommen.«

Ferran kam mit einem Werkzeug in der Hand auf ihn zu, das er nicht zu erkennen vermochte. Er wich einen Schritt zurück.

»Sie kann nicht herunterkommen.«

Endlich schien er sich zu einer Erklärung herabzulassen. Hugo hatte den Eindruck, der Tonfall seiner Stimme habe sich verändert.

»Warum nicht?«

»Weil sie im Sterben liegt«, sagte der Böttcher, ehe er sich umwandte.

Hugo verstummte.

»Hört mir zu …«, gelang es ihm schließlich zu sagen.

»Scher dich fort!«, grunzte der Mann jetzt lauter. »Ich sollte dich totschlagen. Du hast mir gedroht, mein Haus anzuzünden, falls deine Mutter stirbt. Na, und jetzt stirbt sie. Also geh, bevor ich dich erschlage.«

»Ich muss sie sehen«, ließ Hugo nicht locker.

»Hast du mich nicht gehört?«

Hugo nahm den Sack mit den Geldstücken für den Muskateller für Roger Puigs Frau und holte ein paar Münzen heraus.

»Lasst mich zu ihr, in Gottes Namen!«, bettelte er und zeigte ihm die Münzen.

»Bist du verrückt, junger Mann? Du zeigst mir dein Geld und willst in mein Haus. Vielleicht kommst du ja nie wieder heraus. Niemand wird das erfahren.«

»Das ganze Dorf wird es erfahren. Ich komme vom Weinberg von Antón, in der Einsiedelei von Vinyet, wo ich Muskatellerwein gekauft habe. Er weiß, dass ich hier bin, und er weiß auch, warum«, log er. »Sie würden Euch bald festnehmen und hinrichten, und mit Sicherheit auch einen von Euren Söhnen, falls sie der Meinung sind, dass sie Euch geholfen haben. Der da scheint mir alt genug zu sein. Nehmt das Geld, gestattet mir hinaufzugehen, und während ich oben bin, geht und fragt nach Antón. Ihr findet mich wieder hier, wenn Ihr zurückkommt, keine Sorge.«

Ferran zögerte.

»Mehr«, sagte er schließlich.

Hugo zählte noch ein paar Münzen hinzu, und als der andere sich näherte, um sie zu nehmen, versuchte er sein Zittern zu verbergen.

Dann sagte der Böttcher: »José, bring ihn hin.«

Beim Betreten der kleinen engen Kammer nahm er sofort den Todesgeruch wahr.

Er befahl den Kindern, die sich um Antonina kümmerten, das Fenster zu öffnen, und atmete tief die frische Luft ein. Dann ging er zu seiner Mutter, die reglos auf einer Matratze lag, und sprach sie an. Die Kleinen hatten sich in einer Ecke der Kammer zusammengekauert. Aber sie schlug nicht einmal die Augen auf. Nur ein schwaches Pfeifen zeigte an, dass sie noch am Leben war. Sie reagierte auch nicht auf seine Berührungen oder als er ihre Hand drückte, die nichts als Haut und Knochen war. Er blieb ein paar Minuten sitzen, doch als er merkte, dass sie seine Anwesenheit gar nicht wahrnahm, stand er auf und ging ein paar Schritte in der Kammer auf und ab. Er betrachtete die Kinder. Zwei von ihnen, die kleinsten, waren seine Geschwister. Er empfand nichts für sie, denn sie waren auch die Kinder des Böttchers. Er setzte sich wieder zu seiner Mutter und fragte dann, fast schreiend. »Was ist mit dem Priester! Hat sie schon die Letzte Ölung empfangen?«

»Der kommt nicht her«, erwiderte José.

»Du meinst, er kommt nicht in dieses Haus? Lauf zu ihm, und bring ihm dieses Geld. Sag ihm, wenn er hier ist, bevor meine Mutter stirbt, bekommt er noch mehr«, sagte er und zog ein paar Münzen aus seinem Beutel.

Der Priester kam mit allem, was es für eine Sterbekommunion brauchte. Er hatte auch ein paar Ministranten dabei. Er erteilte Hugos Mutter die Letzte Ölung und forderte das versprochene Geld.

»Werdet Ihr Euch um ihre Beerdigung kümmern?«, fragte der junge Mann.

Der Geistliche zog die Brauen hoch und sah sich in der Kammer um: Das Elend war Antwort genug auf seine Frage.

»Ferran gehört nicht einmal einer Gilde an«, erklärte er mit einem Wink zur Werkstatt, von der lautes Hämmern zu ihnen herüberschallte. »Sie haben ihn überall herausgeworfen, weil er ein Säufer und streitsüchtig ist.« Der Priester begann seine Worte mit zornigen Gesten zu begleiten. »Weil er dem Laster anhängt und immer hinter den Weibern her ist.«

Hugo zeigte ihm die Geldbörse, und der Priester beruhigte sich wieder. Der Sarg, die Messe für die Verstorbene, weitere Messen für ihr Seelenheil. »Wie viel brauchst du?« Und die Totengräber. »Eine Inschrift?« Und noch die Messdiener. »Vielleicht noch ein frommes Werk, nein?« Und dann noch die Klageweiber …

Hugo gab den ganzen Geldbeutel verloren, ließ ihn los und setzte sich wieder neben Antonina auf den Strohsack. Der Gestank drehte ihm fast den Magen um, trotz des geöffneten Fensters. Er ergriff die Hand seiner sterbenden Mutter. Der Pfarrer machte Anstalten, wieder zu gehen, doch Hugo hielt ihn zurück:

»Betet, Herr Pfarrer. Betet hier, bis der Herrgott die Güte hat, seine Dienerin zu sich zu rufen.«

In diesem Augenblick spürte er einen Druck in seiner Hand. Er hielt den Atem an. »Mutter«, flüsterte er. Der Druck wurde ein klein wenig fester … und dann war das leise Pfeifen nicht mehr zu hören.

Noch vor dem Morgengrauen machten sie sich auf den Weg Richtung Barcelona. Nach Antoninas Tod, als es schon Nacht geworden war und die Tore der Stadt geschlossen waren, hatte Hugo in Antóns Weinberg Zuflucht gesucht. Er hatte sich neben dem ältesten Sohn des Weinbauern auf den Strohsack zur Nachtruhe niedergelegt, aber es war kalt und die Luft sehr feucht. In der Kammer herrschte ein einziges Husten und Schnarchen. Er lag auf dem Rücken, den Blick starr auf die Schemen gerichtet, welche die glimmende Asche des Herdes an die Decke zeichneten.

Er weinte.

Obwohl der Leib des Jungen, mit dem er den Strohsack teilte, warm war, kroch ihm die Feuchtigkeit bis in die Knochen. Er kauerte sich zusammen, lag ganz ruhig da und weinte.

Er war kein guter Reisegefährte für den Weinbauern aus Sitges, der es schon bald aufgab, ein Gespräch mit ihm beginnen zu wollen, und sich stattdessen darauf konzentrierte, die Herde von Mauleseln über die schwierigen Wege an der Küste des Garraf-Gebirges zu leiten. Hugo dachte unterdessen an seine Mutter und fragte sich, ob der Pfarrer wohl Wort halten und sie beerdigen würde. Er war nach ihrem Ableben nur noch einen kurzen Moment bei ihr sitzen geblieben. Er machte sich Vorwürfe: Er hätte mehr für sie tun müssen, als sie noch am Leben war. Und vor allem hätte er sie vor den Schlägen des Böttchers schützen müssen. Er versuchte, die quälenden Schuldgefühle aus seinen Gedanken zu vertreiben, doch kaum war ihm das halbwegs gelungen, bedrängte ihn schon eine neue Sorge: Bei der Vorstellung, dass er jetzt kein Geld mehr hatte, um den Malvasier zu bezahlen, drehte es ihm den Magen um, und mit jedem Augenblick wurde seine Angst größer. Er hatte alles für seine Mutter ausgegeben, und jetzt wusste er nicht weiter. Antón hatte ihm vorgeschlagen, den Wein per Schiff nach Barcelona bringen zu lassen, doch er hatte kein Geld, um die Frachtkosten zu bezahlen, und beharrte darauf, dass sie den Transport mit den Maultieren durchführen würden, denn das war schneller und billiger. Bis Januar oder Februar würde er keinen Wein von der letzten Ernte verkaufen können. Er konnte vielleicht einen Vorverkauf tätigen oder ein verbürgtes Darlehen aufnehmen. Raimundo würde ihm das Geld geben, dessen war er sich fast sicher. Aber in einem Tag wäre das Ganze nicht zu bewerkstelligen. Von all dem abgesehen, besaß er nur noch ein paar wenige Münzen, die er auf dem Gehöft versteckt hatte und die er benötigte, um die Zeit bis Januar zu überstehen. Er hatte noch nicht einmal das Geld, um das Versprechen einzulösen, das er Pfarrer Pau gegeben hatte, als er ihn um Neuigkeiten von seiner Schwester Arsenda bat.

Sie gelangten zum Palast. Er malte sich schon aus, was geschehen würde. Antón würde seinen Malvasier abladen und den vereinbarten Preis fordern. Und er wusste nicht, was er dann sagen sollte.

»Zahl ihn aus, Esteve.«

»Ich!« Der Majordomus sah ihn überrascht an.

Hugo nickte. Er hatte den Einfall genau in dem Moment gehabt, in dem sie in den gepflasterten Innenhof eingefahren waren und er gesehen hatte, dass dort keine Fässer und großen Weinkrüge mehr herumstanden. Der Weinkeller war sauber und aufgeräumt, und das war alles das Verdienst des Kellermeisters, sein Verdienst.

»Was hast du mit dem Geld gemacht?«, schrie der Majordomus. »Du wirst ja wohl nicht abstreiten wollen, dass ich es dir gegeben habe?«, setzte er stotternd hinzu.

Diese Möglichkeit hatte Hugo noch gar nicht in Betracht gezogen. Er zögerte seine Antwort ein wenig hinaus, was dem Majordomus ganz offensichtlich einen Schreck einjagte.

»Wieso sollte ich so etwas abstreiten, Esteve? Sicher hast du es mir gegeben«, beruhigte er ihn schließlich. »Um Wein zu kaufen, und genau das habe ich getan …«

Der Majordomus gestikulierte verständnislos und deutete auf den Weinhändler aus Sitges.

»Aber den doch nicht, guter Mann! Ich habe Wein gekauft und auch schon bezahlt, aber nicht diesen Malvasier. Den musst du bezahlen.«

»Aber die Bestellung der Herrin … Du hast mir gesagt …«

»Der Herr möchte Wein haben, und ich bin der Kellermeister, nicht wahr? Ich habe Gelegenheit gehabt, einen ausgezeichneten Wein zu einem guten Preis einzukaufen. Dein Herr wird höchst zufrieden sein.«

Bei der Entwicklung, die ihr Gespräch nahm, fühlte Hugo sich immer sicherer.

»Und wo ist dieser Wein?«, wollte Esteve wissen.

»Den bekommen wir im Januar oder Februar, der muss über Weihnachten noch reifen.«

»Aber …«

»Ach ja, und dann kostet er gewiss schon das Doppelte von dem, was du mir mitgegeben hast.«

»Nicht doch!«

»Soll ich das Geschäft lieber wieder rückgängig machen?«

»Wo hast du denn diesen Wein gekauft?«

Die Frage hallte durch den ganzen Hof. Noch ehe Hugo den Blick zur Galerie hob, wusste er, zu wem die Stimme gehörte. Mateo war offenbar nicht mit seinem Herrn in den Krieg gezogen. Hugo zögerte kurz, beschloss dann aber, an dem Plan, den er sich kurzerhand zurechtgelegt hatte, festzuhalten, und sah dem Einäugigen, der an der Balustrade stand, direkt ins Gesicht.

»Der Wein kommt aus einer Gegend unweit der Ländereien deines Herrn.«

»Er ist auch dein Herr«, fiel Mateo ihm ins Wort.

»Gewiss«, stimmte Hugo zu. »Es handelt sich um einen Weinberg bei Artés, in der Nähe von Navarcles, wo der Graf …«

»Ich weiß sehr wohl, woher der Graf und seine Familie stammen«, fiel Mateo ihm wieder ins Wort. »Wem hast du ihn abgekauft?«

»Ich habe ihn über einen Großweinhändler eingekauft.«

»Bei wem?«

Hugo sah ihn an. Er kannte solche Händler, aber wenn er diesem Hurensohn jetzt einen Namen nannte, wäre er imstande, Erkundigungen einzuziehen, ob Hugo auch die Wahrheit gesagt hatte.

»Wenn ich seinen Namen verrate, dann werden sie alle bei ihm einkaufen, und ich bleibe auf der Strecke.«

»Die Großweinhändler sind alle bekannt.«

»Selbstverständlich, indes kommt es darauf an, ihre Fehler und Tugenden zu kennen, das ist ganz wie mit den Weinen: Man kann nicht jeden beliebigen nehmen.«

Für ein paar Augenblicke maßen sie sich mit Blicken. *Wenn du wüsstest …*, dachte Hugo bei sich, bevor er sich zu einem Lächeln zwang.

»Ich gebe dir von dieser besonderen Weinlage zu kosten, sobald er ankommt«, bot er dem Einäugigen an, drehte sich wieder zu Esteve um, den das Eingreifen Mateos beruhigt zu haben schien.

»In dem Fall zahle ich den Malvasier«, lenkte der Majordomus ein. »Aber ich möchte nicht, dass sich das wiederholt.«

Esteve und Antón verschwanden im Innern des Palastes, während Hugo in den Weinkeller hinabstieg. Der Raum war anstandslos sauber. Die verbliebenen Fässer waren ordentlich aufgereiht, die großen Weinkrüge ruhten auf Holzgestellen, durch die sie einen aufrechten Stand erhielten, der Boden war sauber, die Luft gut, und der Maure hatte Wort gehalten, denn Hugo konnte keine Ratte mehr entdecken.

In den winterlichen Weinbergen war es Nacht geworden, als Hugo beim Weingut ankam. Im Morgengrauen rührte sich niemand, sodass er bis weit in den Morgen schlief. Barcha, die seine Traurigkeit bemerkt hatte, wagte nicht, nach dem Grund zu fragen. Dass sie sich Sorgen um ihn machte, brachte sie mit einem so üppigen wie ungewöhnlichen Frühstück zum Ausdruck: Brot, Eier, Käse, Dörrfleisch und Wein. Hugo setzte sich an den Tisch und lobte die Maurin. Sie kniete vor dem Herd, auf dem sie den Kochtopf für das Mittag- und Abendessen vorbereitete, und da sie sich nicht umdrehen konnte, hob sie nur die Hand und murmelte ein paar unverständliche Worte.

Nachdem er seinen Hunger gestillt hatte, betrachtete Hugo versonnen Mercè, die friedlich schlief, und verabschiedete sich. Er wusste, dass in den Weinbergen und vor allem im Weinkeller viel Arbeit auf ihn wartete. Im November düngte er gewöhnlich Jucefs Reben. Der Weinbauer von Santa María hatte sie im Vorjahr mit Mist gedüngt, so dass er nicht vorhatte, das Düngen mit Urin vor Ablauf weiterer fünf Jahre zu wiederholen. Er hatte beschlossen, in beiden Weinbergen mit Rebholzasche zu düngen. Aber er war spät dran. Im Dezember und Januar würde er den Wein ein letztes Mal umfüllen, bevor er in den Verkauf ging, nur den von Vilatorta nicht, denn er wollte diesen Wein, der Roger Puig so am Herzen lag, lagern und reifen lassen.

Was die Ratten anging, machte er Esteve weis, es gebe im Keller immer noch welche. Dazu brauchte er nur Rattenköttel von der Straße aufzusammeln und sie unter einigen großen Weinkrügen auszustreuen. »Es rennen immer noch Ratten im Weinkeller herum«, teilte er dem Majordomus mit und zeigte ihm die Köttel. Hugos einzige Absicht dabei war es, den maurischen Sklaven noch einmal zu sehen.

Während der Maure herauszufinden suchte, wo die Nager sich versteckten, schenkte er ihm zu trinken ein. Dann erzählte er ihm von der Zeit, in der er mit den Katzen des Rattenfängers gearbeitet hatte, und sie lachten. Sie tranken, und Aliazar, so hieß der Maure, der es nicht gewohnt war, den Wein der Herrschaften zu trinken, wurde gesprächig, noch ehe er die zweite Schüssel ausgetrunken hatte.

»Ich habe in der letzten Zeit viel Hin und Her im Palast beobachtet«, sagte Hugo. Und so war es auch. Es wurden Pakete geliefert und in einer abgesperrten Kammer gelagert. Aliazar war einer der Austräger dieser Pakete. »Vielleicht kommen die Ratten ja daher …«

Was er da gerade angedeutet hatte, ergab nicht allzu viel Sinn, aber es tat seine Wirkung.

»Niemals!«, wies der Maure kategorisch das mit den Ratten zurück. »Es handelt sich um Schmuck«, sagte er leise, mit schon leicht belegter Zunge.

»So viel Schmuck? Wer soll das denn alles tragen?«

»Aber nicht doch!«, sagte der Maure wieder, der die letzte Silbe in die Länge zog und mit dem Zeigefinger verneinte. »Der Schmuck ist für den Verkauf bestimmt.«

Silberlöffel. Auch Kreuze und Perlenhalsbänder und Medaillen. Alles aus Silber, gekauft bei den Goldschmieden in der Calle de la Mar. Aliazar hatte den Schmuck gesehen. Außerdem hatte er katalanische Stoffe sowie Stoffe aus dem Ausland geschleppt, ganze Ballen, auch wenn er nicht gewusst hatte, woher sie kamen, denn er hatte sie ja bloß in die Werkstätten gebracht, in denen sie von Packern verpackt werden sollten. »Die Stoffe wurden eingepackt?«, fragte Hugo erstaunt. Hier kannte der Maure sich aus: Das Gesetz erlaubte keine Pakete, die ein gewisses Gewicht überschritten, daher mussten die Packer die Ware entsprechend aufteilen und verpacken. Hugo kannte diese Regelung nicht.

»Und wo sollen sie hingebracht werden?«

»Nach Sizilien.«

»Bist du sicher?«

»Der Einäugige trompetet ja immer alles heraus«, antwortete Aliazar und bat um noch mehr Wein.

Hugo seufzte, schenkte ihm aber noch welchen nach.

»Das ist vielleicht ein Hurensohn«, setzte der Maure auf Mateo gemünzt hinzu. »Der Schmuck wird hier im Palast aufbewahrt, aber wir haben auch im Laden eines Händlers gearbeitet, in dem es viele Waren gab …« Als Hugo sich für den Namen dieses Händlers interessierte, sagte Aliazar: »Ich weiß nicht, wie er heißt, aber reich ist er.«

»Rocafort?«

»Ja, Rocafort, da klingelt was, aber von selbst wäre ich nicht draufgekommen. Da gibt es Leder und in Salz eingelegten Fisch, ich glaube, Kabeljau ist das.«

Der Maure wusste zwar nicht, wann die Fracht in See stechen sollte, aber dass es eilig war, dessen war er sich sicher.

Jetzt krieg ich dich, Roger Puig, dachte Hugo auf dem Weg zur Werft. Vielleicht könnte Juan der Navarrer ihm noch ein paar Einzelheiten liefern. Es war März, Hochsaison für die Seefahrt. Doch als er sich nach ihm erkundigte, erfuhr er zu seiner leidvollen Überraschung, dass er gestorben war. So hieß es … und so wurde es ihm von ein paar Hafenschiffern bestätigt, die gerade in der Werft zugange waren. »Er ist schon vor mindestens sechs Monaten gestorben!«, sagte einer. »Ach was! Ein Jahr ist das her!«, mischte ein anderer sich ein.

Erst seine Mutter und jetzt der Navarrer, gleich zwei der Menschen, die ihn in seiner Kindheit am meisten beeinflusst hatten, waren gestorben. Und auch Mahir und die anderen Juden waren nicht mehr … Er dagegen hatte jetzt ein kleines Mädchen zu versorgen, das seinen Namen trug. Und dann hatte er Sklaven gehabt, die jetzt frei waren. Er besaß Weinberge, und er war Kellermeister. Es hatte sich so viel verändert! Ihm wurde ganz wehmütig ums Herz, und er plauderte mit den Hafenschiffern, unter denen es auch junge Männer gab, Lehrlinge, die gebannt seinen Geschichten lauschten, wie etwa der vom Schiffbruch der *Santa Marta*. »Warst du einer der Hafenschiffer, die damals ins Meer gefallen sind?«, fragte einer, fasziniert von seiner Erzählung.

Der Genuese, die Rettung der beiden Hafenschiffer, die beim Sturm ins Meer gefallen waren, während die Galeere an der Hafenmole von Sant Damià zerschellt war. Beim bloßen Gedanken daran standen Hugo die Haare zu Berge. Und so erging es auch einigen der Hafenschiffer, mit denen er hier seine Erinnerungen teilte.

»Ich bin noch nicht fertig«, sagte er zu Regina, nachdem sie niedergeschrieben hatte, was er ihr über die bevorstehende Reise von Roger Puig diktiert hatte.

Aus dem, was Aliazar und die übrigen Sklaven sowie einige Hafenschiffer, Seeleute und *Bastaixos* ihm erzählt hatten, ließ sich eine klare und exakte Route ermitteln.

Das Schiff mit den Handelswaren von Roger Puig und Rocafort sollte am 1. April auslaufen. Es war bis obenhin beladen mit Waren, um die Adlige, Abenteurer und Soldaten sich reißen würden, wenn der Krieg und die Not wieder vorbei wären. Sobald die Flotte von König Martín Sizilien verlassen und sich auf den Weg nach Sardinien begeben würde, wo der Monarch ein paar Monate lang Station machen wollte, sollte es in Barcelona die Anker lichten. Hugo teilte Bernat in dem Brief mit, die Truppenbewegungen des Königs hätten Rocafort und Roger Puig daran gehindert, dem Schiff eine Eskorte beizugeben, da die meisten der Kriegsschiffe seiner Majestät dem König zur Verfügung gestellt worden waren und die anderen Schiffseigner die Sizilienexpedition gerne vergessen und sich wieder ihren Handelsgeschäften zuwenden würden. Daher war vorherzusehen, dass er alleine in See stechen würde, äußerstenfalls mit einer weiteren Galeere. Dennoch, so schrieb er ihm, handle es sich um ein großes Bayonner Schiff mit zwei Brücken und einer Ladekapazität von über tausend Fässern, das stark bewaffnet und mit einem großen Kontingent an Soldaten ausgestattet sein würde.

Die Jüdin saß mit der Feder in der Hand am Schreibtisch ihres Gemahls und warf Hugo, der neben ihr stand, einen fragenden Blick zu. Der Brief war lang. Einige Überlegungen stammten von Regina selbst. Sie wusste, welchen Hass Hugo den Puigs entgegenbrachte, und seit sie sich seine Klagen angehört hatte, teilte sie seine Gefühle, auch wenn sie zu einigen seiner Rachepläne, die sie insgeheim für Fantasiegespinste hielt, schweigen musste. Letztlich war es nicht an ihr, ihm seine Illusionen zu nehmen.

»Was möchtest du noch anfügen?«

»Ich weiß nicht. Die Sache ist … sehr speziell. Dieser Brief könnte Roger Puig in den Ruin treiben.« Hugo machte eine Pause, dann sprach er weiter: »Sprich ihm meine besten Wünsche für ein glückliches Gelingen aus«, sagte er schließlich.

Er hörte die Feder übers Papier kratzen.

»Was denkst du?«, fragte Regina, nachdem sie den Brief beendet hatte, und riss ihn aus seinen Gedanken.

»Dass ich dann gerne hier wäre.«

»Du wirst hier sein. Dein Herr wird sich nie dazu herablassen, mit einem Korsaren zu verhandeln. Er wird in seinem Palast bleiben, und du kannst zuschauen, wie er einen cholerischen Wutanfall bekommt, wenn er erfährt, dass sein Schiff verloren ist … und damit auch sein Geld.«

Hugo stellte sich die Szene bildlich vor: Der Adlige hatte ihn nicht wiedererkannt und würde daher auch nie erfahren, dass er es war, der Bernat einen Wink gegeben hatte. Sein Diener wusste ja auch nicht, dass er ihm das Auge ausgestochen hatte. »Eine vertrackte Situation … vor allem, falls sie mich entdecken sollten«, sagte er mit einem Lächeln.

Regina sah ihn an und lächelte ebenfalls. Dabei achtete Hugo auf ihre Nase und konnte sehen, dass ihre Nasenflügel fast unmerklich bebten, als wollten sie dieses Lächeln Lügen strafen. Sie wirkte verstört, auch wenn er nicht wusste, weshalb. Sie lächelte noch mehr, doch er sah, dass sie fahrig und nervös war. War das Begehren? Ihre Augen riefen ihn zu sich. Er stellte sich hinter sie und legte die Hände auf ihre Schultern. Regina rührte sich nicht. Hugo hörte deutlich ihre beschleunigte Atmung. Er ließ die Hände über ihren Hals und weiter in den Ausschnitt gleiten und streichelte ihre Brüste. Regina seufzte, und er drückte sie fester. Wie oft hatte er sich schon danach gesehnt, diese Brüste zu berühren … Er küsste ihr Ohr. Sie griff über dem Stoff nach seinen Händen, leitete sie. Hugo biss ihr zart in den Hals und knabberte an ihrem Ohrläppchen. Regina stieß einen langen, gedämpften Seufzer aus. So ging es eine Weile, er küsste sie und spielte mit ihren Brüsten, folgte dem Rhythmus, den sie mit ihren Händen und Seufzern vorgab.

Schließlich schien Regina allein durch diese Berührungen zum Höhepunkt zu kommen, sie stand auf und küsste ihn mit einer Leidenschaft, die Hugo nicht kannte. Dann nahm sie ihn bei der Hand, erinnerte ihn an den Brief, den er an sich nahm, und zog ihn mit sich in ihr Schlafzimmer, dessen Tür sie verriegelte.

»Bist du sicher, dass niemand kommen wird?«, fragte Hugo ängstlich.

»Was schert es uns!«, sagte sie verächtlich, während sie sich entkleidete, ihn dabei unentwegt ansah und die Begierde in ihren Augen glänzte.

»Und wenn …«

»Und wenn der Einäugige uns auf die Schliche kommt? Oder dein Herr?«

Daran hatte Hugo nicht gedacht. Beim Anblick von Reginas Körper, von dem er als Junge so oft geträumt hatte, dachte er an gar nichts mehr. Ihr Körper war schön, fest, willig, sinnlich … Dieses erste Mal zog er sich nicht einmal die Kleider aus. Er ritt sie wie im Wahn, fast schon mit Wut. Später jedoch zog sie ihn aus, und sie fingen noch einmal an, diesmal saß sie rittlings auf ihm und bat ihn, nicht aufzuhören, sie noch fester zu nehmen, noch leidenschaftlicher. Sie zerkratzte ihm die Brust, beugte sich vor, biss ihm in die Brustwarzen. Sie schrie ohne jede Scham, und Hugo entdeckte ein neues Vergnügen an dieser Mischung aus Wut und Begehren. Regina gab noch nicht auf und forderte ein drittes Mal. Und am Ende, nachdem sie sich eine Weile wie eine Katze auf allen vieren über ihm gerekelt und sich seinen Blicken dargeboten, sich gedreht und gewendet, geschnurrt und seinen Körper abgeleckt hatte, gelang es ihr auch.

Hugo verließ vollkommen benommen Reginas Haus. In der Hand hielt er den versiegelten Brief für den valencianischen Händler in El Grao, als wollte er ihn dem erstbesten Menschen in die Hand drücken, mit dem er zusammenstieß. Noch konnte er sich das Vorgefallene nicht erklären. Alles war schwindelerregend schnell geschehen. Immer noch spürte er Regina auf sich, unter sich, erinnerte er sich an die Glut seines Begehrens. Sollte Barcha recht behalten? Er fühlte sich schwach, so schwach, dass er sich am liebsten in eine Ecke hätte fallen lassen, um ein Schläfchen zu halten, aber zugleich fühlte er sich erfüllt und strotzend vor lauter … oder vielleicht auch leer.

Er suchte die Calle de la Boquería, er wollte zur Werft. Er musste den Brief überreichen, den er jetzt unter seinem Gewand trug. Er achtete nicht auf das Treiben um ihn herum, war völlig in seine Gedanken versunken. »Hast du nie davon geträumt?«, hatte Regina ihn gefragt, bevor sie sich an der Schwelle ihres Hauses von ihm verabschiedet hatte. Hugo hatte es verneint, aber das war nicht die Wahrheit. Er hatte sie schon tausendmal begehrt und sich seinen Fantasien hingegeben. Und als er gerade losgehen wollte, hatte Regina ihn zurückgehalten. »Denkst du immer noch an sie?«, hatte sie gefragt.

Dolça! Was bedeutete Dolça noch für ihn? Regina war eine enge Freundin von Dolça gewesen. Seit ihrem Tod war viel Zeit vergangen, aber er rief sich ihr Bild immer noch oft ins Gedächtnis, ein Bild, das manchmal schon etwas verschwommen war. Doch im Gegensatz zu früher fühlte er sich nicht mehr schuldig, war es nicht mehr, als verrate er die Erinnerung an sie.

Hugo hatte schließlich geantwortet, er denke immer weniger an Dolça, worauf Regina überraschenderweise geantwortet hatte: »Sie war eine große Frau. Du darfst sie nie vergessen.«

Während er über die Rambla zum Meer hinunterging, suchte er sein Gemüt zu beruhigen. Er hatte gerade mit einer Frau geschlafen, die verheiratet war und eine Jüdin. Für den Beischlaf mit einer verheirateten Frau hatte das Gesetz nur wenig festgelegt. Für die Ehebrecherin gab es das Gottesgericht und die Möglichkeit, ein Leben lang eingekerkert zu werden. Der Ehemann durfte sie nicht töten, aber es war bekannt, dass der König Ehemänner, die nach einem Ehebruch ihre Gattin getötet hatten, gerne begnadigte. Die Unzucht mit jüdischen Frauen war nicht verboten. Hingegen war es sehr wohl verboten, dass ein Jude mit einer Christin kopulierte. Dann wurden beide ohne Hoffnung auf Begnadigung zum Scheiterhaufen verurteilt. Genau das hatte Dolça ihm damals vorgehalten, als dieses Thema aufkam: Beziehungen zwischen einem Christen und einer Jüdin stellten kein Verbrechen dar, waren nur eine andere Form der Unterwerfung der jüdischen Frauen unter die christlichen Männer. Daran musste Hugo auf seinem Weg denken. *Niemand sollte jemals Regina als eine Frau ansehen, die sich unterworfen hatte,* beschloss er mit einem Lächeln.

Schließlich gelangte er zum Strand. Das aufgewühlte Meer brachte ihm seinen Vater in Erinnerung … und seine Mutter … und Arsenda. Eines Tages würde er zu Pfarrer Pau gehen. Wenn er das Geld hätte, um ihn zu bezahlen, beschloss er mit einem Seufzer. Er suchte nach bekannten Gesichtern, denn er brauchte eine Person seines Vertrauens, der er den Brief übergeben konnte.

»Suchst du den Valencianer?«, fragte ihn ein Hafenschiffer. Und als Hugo dies bejahte: »Da hast du Pech, der ist gestern schon ausgelaufen.«

»Wann wird er zurückkommen?«

Er merkte selbst, wie dumm seine Frage war, zumal der andere die Schulter zuckte.

»Es ist schon Ende November, und es ist zwar ein Küstenschiff, aber ich denke, nicht vor Dezember …«

Er verabschiedete sich und sah sich verschiedene Schiffe an. Er kannte kein einziges. Wie sollte er den Brief nach El Grao schicken? Er hatte sogar Angst, ihn dem Valencianer zu geben. Nachdem er ihm nun schon drei Briefe anvertraut hatte, wäre es nicht verwunderlich, wenn dieser einmal das Siegel erbrechen und einen Blick hineinwerfen würde. In jedem Fall stellte er weitere Nachforschungen an. Keine der Feluken, die am Stand festgemacht hatten, würde bis Valencia fahren. Eine fuhr nur bis Tortosa, und die anderen fuhren gen Norden.

»Wie weit ist es von Tortosa nach Valencia?«

»Etwa fünfundzwanzig Seemeilen.«

»Und gibt es ein Schiff von Tortosa nach Valencia?«

»Das ist schwer zu sagen«, antwortete der Schiffseigner, den er angesprochen hatte. »Im Allgemeinen schon. Aber du musst bedenken, dass der Handel unter dem Krieg mit den Franzosen gelitten hat. Es fehlen Ruderer und Seeleute, und manchmal gibt es nicht einmal genug Fracht. Die Händler wollen nichts riskieren«, setzte er hinzu. Hugo war versucht, ihm zu sagen: Ich kenne da einen, der bereitet eine große Frachtladung vor. »Es heißt, de Foix sei aus Katalonien abgezogen, um Barbastro in Aragonien zu belagern. Die Aragonesen haben ihm die Stirn geboten, und der Graf von Urgell ist ihm mit der Kavallerie auf den Fersen. Wenn alles gut geht, werden wir schon bald wieder arbeiten wie früher.«

Hugo hatte tatsächlich nicht bedacht, dass ihm so wenig Zeit bleiben könnte. Der Brief musste so schnell wie möglich nach Valencia gebracht werden. Er hatte sogar schon daran gedacht, selbst nach Tortosa zu fahren und dort eine Lösung zu suchen. Und wenn er keine andere Feluke finden würde, dann könnte er die fünfundzwanzig Meilen auch zu Fuß zurücklegen … Aber da waren noch die Weinberge, sie brauchten seine Pflege.

»Ist etwas, junger Mann?«

Hugo zögerte, doch dann entschloss er sich offenzulegen, in welcher Not er sich befand.

»Ich müsste dringend einen Brief nach Valencia schicken. Es geht um einen Weinhandel …«

»Und was ist so schwierig daran? Schick doch einen Kurier.«

Hugo erinnerte sich an Muntsós damalige Empfehlung, er könne auch einen Kurier schicken, wenngleich ein Schiff ihnen lieber wäre.

»Einen Kurier?«, fragte er mehr für sich selbst. Er hatte bisher nur von den Kurieren des Königs oder der Stadt gehört. »Einen Kurier?«, fragte er noch einmal.

»Ja, in der Calle de la Bòria, bei den Kesselmachern. Dort gibt es ein Gasthaus, das eine Befugnis für Kuriere innehat. Nach Valencia, hast du gesagt? Da wirst du keine Probleme haben. Zwischen Barcelona und Valencia gehen immer viele Briefe und Pergamente hin und her. Die Gilde der Kuriere, die im Marcushospital untergebracht ist, hat sogar die Zunftbrüder von Barcelona und Valencia zusammengefasst. Es ist die einzige Gilde, die auch Fremde aufnimmt, die außerhalb von Barcelona arbeiten.«

»Und wie stellt man das an?«

»Und du willst Weinhändler sein?«, spottete der Schiffseigner. »Du gehst zum Gasthaus und suchst dir einen Kurier nach Valencia. Wenn dein Brief von einem Eilboten ausgeliefert werden soll, wird das sehr teuer für dich. Wenn es zusammen mit den Schreiben der anderen Händler verschickt wird, kostet es viel weniger.

»Und in Valencia? …«

»Dort liefert der Bote die Schreiben bei einem anderen Gasthaus ab, und der Gastwirt verteilt sie an die Personen, an die sie gerichtet sind.«

Hugo stand immer noch da und sah ihn an. Er konnte sich nicht entscheiden.

»Und … sind sie auch zuverlässig?«

»Mein Junge, alles, was mit Waren und Händlern zu tun hat, ist zuverlässig. Außerdem sind sie diskret, falls es das ist, worauf es dir ankommt. Die Handelskuriere werden vom Seekonsulat kontrolliert.«

Und so beschloss er, den Brief abzuschicken. Wie schon vom Eigner der Feluke angekündigt, ging am nächsten Tag ein Kurier nach Valencia. Und er fühlte sich sogar sehr ruhig, viel ruhiger als damals, als er den Brief auf dem Seeweg losgeschickt hatte. Anschließend beschloss er, den Dünger für die Weinberge vorzubereiten: Rebholzasche. Er bat Romeu um Hilfe, der ihm für einen exorbitanten Preis einen jungen Sklaven vermietete. Mit diesem Burschen und mit Barcha begann er, Jucefs Weinberge zu düngen. Barcha protestierte – alles, was sie von dem Kind fernhielt, verdarb ihr die Laune.

Nach einigen Arbeitstagen begannen sie mit dem Umfüllen des Weines. Der Wein in den Fässern war recht einfach umzufüllen, oberhalb des Fassbodens, auf dem sich im Laufe des Reifungsprozesses der Bodensatz sammelte, befand sich ein Ausgusshahn. Die eigentliche Schwierigkeit bestand im Umfüllen der großen Tonkrüge, denn allzu jähe Bewegungen führten dazu, dass der Bodensatz sich wieder mit dem Wein mischte.

Mit diesen großen Krügen gab Hugo sich besondere Mühe. Denn es war sehr wichtig, dass der Wein frei von Verunreinigungen und praktisch durchsichtig war. Daher verrichtete er seine Arbeit mit Geduld, Bedacht und Ruhe, was ihm viel Zeit ließ, mit einem wohligen Schauder an Regina zu denken. Er fragte sich, wann sie wieder beieinanderliegen könnten, und fürchtete, das Ganze könnte nur eine Laune der Jüdin gewesen sein. Es machte ihm Angst, nicht vorhersehen zu können, was bei seinem nächsten Besuch geschehen würde … Vielleicht würde man ihn gar nicht einlassen. Vielleicht hatte die Dienerschaft Reginas Lustschreie vernommen. Das Bild eines erzürnten Gatten tauchte in Hugos Fantasie auf, aber er schob es beiseite und lenkte seine Aufmerksamkeit auf Barcha, die ein Auge darauf hatte, dass der Sklave auch ja alles richtig machte. Was würde die Maurin sagen, wenn sie von seiner Liebschaft mit Regina erführe? Sie hatte seither keine Heiratskandidatinnen mehr aufs Gehöft gelockt, was jedoch nicht hieß, dass sie es aufgegeben hatte, ihn mit einer gewissen Regelmäßigkeit daran zu erinnern, dass er eine gute Partie finden und heiraten musste, am besten eine junge Frau, die eine ordentliche Mitgift in die Ehe brachte. Während er nur daran dachte, mit einer Jüdin, die so alt war wie er selbst, Unzucht zu treiben. Barcha erwiderte seinen Blick, als wisse sie, was in ihm vorging, sagte aber nichts. Und Hugo lächelte still in sich hinein. Das kleine Kind hatte zumindest bewirkt, dass die Maurin sich fortan von ihrer weichen Seite zeigte. Allein das rechtfertigte schon die Mühe, dachte Hugo, wenngleich er im Grunde genau wusste, dass das Lachen der kleinen Mercè auch auf ihn selbst eine beruhigende Wirkung hatte.

Doch die Sache mit dem Wein, den er dem Majordomus von Roger Puig versprochen hatte, war weiterhin ungelöst. Bis Februar waren es noch zwei Monate, und er hatte weder den hervorragenden Wein, den er besorgen sollte, noch das Geld dafür. Doch sobald Hugo eine der Amphoren in Händen hielt, die den Rotwein von Vilatorta enthielten, verschwand die Erinnerung an den Einäugigen – mit diesem Wein musste er vorsichtig sein und durfte sich auf keinen Fall ablenken lassen.

Er bat Barcha und den Sklaven um Hilfe. Er hatte vor, den Wein mindestens vier Jahre reifen zu lassen, genauso lange lagerten laut Mahir die Mönche im Kloster von Banyoles ihren hervorragenden Lagenwein, ehe sie ihn für trinkbar erklärten. Sein Plan war folgender: Er würde Roger Puig mit einem Teil des Weines aus Vilatorta übers Ohr hauen, den Rest aber im Weinkeller reifen lassen. Als Erstes musste er ihn umfüllen, um ihn vom Bodensatz zu befreien. Dann musste er ihn klären, um jegliche Verunreinigung, die noch darin enthalten sein könnte, herauszufiltern. Während Barcha mit dem Umfüllen beschäftigt war, bereitete Hugo eine Paste aus feinem Sand und Eiern zu, die er, sobald alle Krüge umgefüllt wären, in die jeweiligen Tonkrüge einfüllen und vorsichtig mit dem kostbaren Wein mischen würde. Bei Rotwein, so hatte Mahir es ihm erklärt, wurde das ganze Ei verwandt, also Eiweiß und Eigelb, aber bei Weißwein verfärbte das Eigelb den Wein, sodass man es weggelassen musste. Nach dem Umfüllen und Klären des Weines würde Hugo die sauberen Tonkrüge bis zum Rand füllen, so hoch es irgend ging, und sie so verschließen, dass keine Luft an den Wein herankommen konnte. Dann würde er die Krüge bis zum nächsten Umfüllprozess im kühlsten Teil des Weinkellers lagern.

Die großen Tonkrüge, die den Bodensatz enthielten, wurden stets ausreichend mit Wein gefüllt, damit dieser bis zur nächsten Ernte nicht faulte. Im Folgejahr ließ man die jungen Lagenweine nach dem heftigen Gärprozess in der Kelter zusammen mit diesem sogenannten Weintrub langsam weitergären.

In jenen intensiven Arbeitstagen wurde Hugo einmal in Roger Puigs Palast gerufen, denn die Lagerbestände waren ausgegangen. Sie hatten zwar den Malvasier für das gesellige Zusammentreffen der Señoras, aber die anderen wollten auch Wein trinken und damit nicht bis zum Februar warten. Also kaufte Hugo Rotwein ein, vor Ort in Barcelona, lauter Fässer von der gleichen Sorte. Und auch vom Haus des Arztes Mosé Vives wurde er gerufen, denn dort brauchte man dringend Branntwein. Man verlangte nicht, dass er ihn mit bestimmten Kräutern zubereitete, er sollte einfach nur reines *aqua vitae* bringen.

Es war lange her, dass er Branntwein ohne Kräuter oder Gewürze hergestellt hatte. Er hatte ihn immer mit etwas gestreckt, wenn nicht mit Terpentin, dann mit Wachs oder Rosenwasser oder Kautschuk; auch Safran, Ingwer, Moschus, Walrat … von allem hatte Hugo etwas beigegeben. Diesmal erinnerte ihn die durchsichtige, klare Flüssigkeit, die aus der Kühlspirale des Destillierkolbens tropfte, an den Räudigen Hund auf der Reise nach Gerona. Juan Amat war damals nicht gestorben, nachdem er die Mischung aus Wein und Branntwein getrunken hatte, ganz im Gegenteil. Sie hatte ihm geschmeckt! Der Wein sei stark, aber auch köstlich, hatte er gesagt … war er stark? »Wein muss stark und wohlriechend sein«, hatte Eiximenis gesagt, der gelehrte Mönch, der unter König Juans Protektion alle möglichen Schriften verfasst hatte.

Hugo benetzte sich die Lippen mit dem *aqua vitae*. Die Flüssigkeit kratzte ihn im Hals und brannte im Magen. Beim dritten Schluck spürte er Wärme im ganzen Körper und einen leichten Schwindel. Es war herrlich!

Bevor er mit dem Branntwein Reginas Haus betrat, hielt er noch Ausschau nach Jofré Desplà, dem Weinhändler, dem er vor Kurzem den Rotwein für Roger Puig abgekauft hatte.

»Rosé«, bestellte er jetzt. »Einen leichten. Den leichtesten, den du finden kannst.«

Jofré zog die Stirn kraus.

»Den billigsten«, schickte er noch hinterher.

»Der wird nach gar nichts schmecken«, antwortete der Weinhändler. »Im Februar könnte ich schon einen finden, aber …«

»Einen billigen?«

»Der Transport wird dich mehr kosten als der Wein selbst.«

»Den nehme ich.«

Hugo nahm die doppelte Menge von dem, was er Roger Puig liefern sollte. Sie wurden handelseinig und bestimmten die Kommission, die Jofré dafür einstreichen würde.

»Hugo, du kelterst einen der besten Weine Barcelonas, darf ich dich fragen, wozu du diesen widerwärtigen Rosé haben willst?«

»Um die Reichen übers Ohr zu hauen«, antwortete Hugo plötzlich.

»Ah!« Sie schwiegen beide eine Weile. »Aber mich ziehst du nicht in deine Machenschaften hinein, verstanden?«

»Nicht, wenn du Stillschweigen bewahrst. Wenn jemand Wind davon bekommt, sage ich, du seist es gewesen.«

»Das macht es schwierig für mich.«

»Du wirst noch viel mehr verdienen, Jofré.«

Mehr als das Versprechen einer Beteiligung war nicht nötig, damit der Weinverkäufer sich ins Zeug legte. Die hoch gelegenen und kalten Weinbaugebiete von Katalonien, Valencia oder Aragonien brachten Weine von sehr schlechter Qualität hervor, sehr gärunwillige Weine, die nur wenige Monate haltbar waren und keinen Körper hatten … und keine Seele. Weine, bei denen die Transportkosten ganz gewiss höher waren als ihr Wert.

Der Dezember brachte auch Roger Puig nach Barcelona zurück. Kurz nach Weihnachten floh der Graf von Foix aus Aragonien, nachdem man ihn bereits aus Katalonien herausgeworfen hatte, und ging nach Navarra, um von dort in sein Land zu gelangen. Die Verstärkung, die er aus Frankreich erwartete, wurde in den Tälern von Arán und Andorra aufgehalten. Die Aragoneser verteidigten mutig ihre Festungen, und Graf Urgell, der die katalanische Kavallerie anführte, in der sich bereits Roger Puig hervorgetan hatte, ließ in seinen Angriffen auf das französische Heer nicht nach.

An Weihnachten stattete Hugo den Weinkeller des Palastes mit Hypocras aus. Dies war ein weißer Gewürzwein, der am Tisch der Wohlhabenden nicht fehlen durfte. Als er erfuhr, dass Roger Puig mit noch größeren Ehren zurückgekehrt war als damals bei seiner Rückkehr aus Sizilien, ging Hugo mit einem Fass von dem Wein aus Vilatorta zum Palast und handelte mit Esteve einen guten Preis aus.

»Nur ein Fass?«, fragte der Majordomus.

»Ich habe nur das eine«, log er. »Der Rest muss noch lagern und reifen. Der würde deinem Herrn nicht munden.«

»*Unserem* Herrn.«

»Genau.«

Im Palast von Roger Puig würde kein Weinmangel herrschen. Im Dezember hatte Hugo mit Jofrés Hilfe alle Hände voll zu tun, den Weinkeller zu füllen: mit süßem griechischem Wein von einer Ladung aus Sardinien, einem abgelagerten Rotwein aus dem Roussillon, schwer und stark, einem anderen, nicht ganz so schweren, etwas helleren Roten aus Martorell, jungem Weißwein, und auch einem, den sie *gereift* nannten, der aber noch nicht ganz so abgelagert war.

Was Hugo anging, so trank er keinen Hypocras, sondern öffnete einen großen Tonkrug von dem besten Vilatorta-Wein, den er besaß. Dolça kam ihm wieder in den Sinn. Das war ihr Wein, der Wein, den er ihrem Großvater versprochen und damals eigenhändig für sie gekeltert hatte. Er hob sein Glas und stieß mit Barcha und Apolonia an, der Amme von Mercè, die sich beide zu ihm an den Tisch setzten. Die beiden Frauen nippten zunächst schüchtern, später dann tranken sie umso genussvoller. Hugo lachte. Der Tisch war zum Brechen voll mit Essen:

Gemüse und Lammfleisch, das Barcha in einer Gewürzsoße gekocht hatte, Wein aus Vilatorta, nach dem sich die Reichen die Finger lecken würden, den sie aber nicht bekamen, und weißes Brot aus Dinkelmehl, ein ganzes Festmahl, mit dem er Weihnachten feiern wollte, die hervorragende Ernte und den Wein, der bereits im Weinkeller gegoren war. Er hatte ihn gekostet und für wirklich exzellent befunden.

Er pulte das Innere aus einem Stück Weißbrot, rollte es zur Kugel, tränkte es in ein wenig Vilatorta-Wein und steckte es Mercè in den Mund, die neben ihm auf Barchas Schoß saß. Hugo und die beiden Frauen warteten auf eine Reaktion der Kleinen, die das Gesicht verzog und das Brotkügelchen ausspuckte.

»Was hast du dir bloß dabei gedacht?«, donnerte Barcha los. »Hast du etwa geglaubt, die Kleine würde ...«

»Sie muss daran gewöhnt werden.«

»Sie ist nicht einmal ein Jahr alt!«

Hugo achtete nicht auf Barchas Schelte. Er rollte noch ein Kügelchen und tauchte es ebenfalls in Wein. Er führte es der Kleinen an die Lippen, aufmerksam beobachtet von den beiden Frauen, und ließ nicht locker. Schließlich öffnete Mercè den Mund, und nachdem sie ein wenig daran gelutscht hatte, schluckte sie es hinunter. Hugo sah sie schweigend an. Das Mädchen machte keinen Mucks, als sei ihr bewusst, was für ein bedeutender Augenblick das war.

»Siehst du?«, sagte der junge Mann zu Barcha.

Im Februar kam der Wein, den er bei Jofré bestellt hatte: ein paar große Fässer von einem Roséwein übelster Qualität. Hugo brachte ihn in seinen Keller und machte sich unverzüglich an die Arbeit. Er wusste noch nicht mit Gewissheit, wie viel Branntwein er benötigen würde, und die Langsamkeit, mit der der Geist des Weines sich durch die Kühlspirale wand, machte ihn ungeduldig. Es war nicht mehr als ein dünner Faden, der da in das Fass floss. Doch je dünner und feiner der winzige Strahl, desto besser der Branntwein. Von nun an arbeitete er den ganzen Tag in den Stallungen im Erdgeschoss, und zwar bis weit in den Morgen hinein. Er schlief wenig, so wenig, dass er Barcha bat, sie möge darauf achten, dass er nicht einschlief, während er mit dem Destillierkolben hantierte. Die Maurin bot ihm an, seine Arbeit zu übernehmen, wenn er ihr zeigen würde, wie es ging. Hugo dankte ihr, versicherte ihr aber, das sei unmöglich, denn um die Hitze des Feuers und den Kessel zu kontrollieren, in dem der Wein kochte, und das Funktionieren des Destillierkolbens, bis der Geist verdampfte und sich auf dem Weg durch die Spirale wieder in Flüssigkeit verwandelte, sei Erfahrung unerlässlich. Man musste viel mit Branntwein gearbeitet haben, um die Qualität des dünnen Strahls, der aus der Spirale kam, einschätzen zu können. Zuerst kam tatsächlich Luft und etwas Schleim, der sich auflösen musste. Wenn dann der Branntwein immer mehr Alkohol verlor und wieder Schleim kam, war eine zweite Destillation nötig. Hugo erkannte am Duft, am Geschmack, ja sogar am Aussehen, wie weit er mit der Destillation gekommen war, und prüfte, ob er sich mit Blaufärbung abflammen ließ oder nicht. Nein, das konnte die Maurin nicht übernehmen. Sie wäre sogar imstande, sich zu betrinken, wie sie es an dem Tag gemacht hatte, als sie fürs Urinsammeln zu den *Bastaixos* gegangen waren, oder sie würde sich mit einem brennenden Kienspan dem Destillierkolben nähern und alles in die Luft sprengen. Doch Barcha blieb die ganzen Tage über bei ihm, um ihm zu helfen, verfolgte aufmerksam jede noch so kleine Kleinigkeit.

Hugo nahm einen Teil von Jofrés Rosé und destillierte ihn. Der Wein hatte wenig Körper und noch weniger Geschmack, aber er besaß so viel davon, dass es kein Problem geben würde. Doch je mehr Branntwein er herstellte, desto stärker wurden seine Zweifel. Außer damals, als er ihn dem Räudigen Hund eingeschenkt hatte, und dem einen Mal, als er selbst davon gekostet hatte, hatte er den Wein immer nur mit geringsten Mengen Branntwein gemischt, und das nur für medizinische Zwecke, denn die Ärzte verschrieben immer nur diese Haselnussschale voll davon. Einige Weine, wie der Rosé, den Jofré ihm gebracht hatte, wurden mit anderen, stärkeren Weinen gemischt, oder es wurde, wie Mahir es ihm beigebracht hatte, dem Most während der Gärung das Resultat des Einkochens höherwertiger Weine zugesetzt. Diese Weine trugen immer noch ihren ursprünglichen, von den Römern stammenden Namen: *sapa* und *defructum*, je nachdem, ob man sie auf die Hälfte oder zwei Drittel ihres Ursprungsvolumens reduziert hatte. Hugo hatte beschlossen, den Rosé mit dem Branntwein zu mischen, machte sich aber Sorgen, man könnte ihm dahinterkommen. Doch dann beruhigte er sich, indem er sich sagte, dass das gar nicht möglich war, denn niemand kannte den Geschmack dieses Branntweins, und schon gar nicht in der besonderen Mischung, die Hugo sich ausgedacht hatte.

Nein, das war nicht möglich, versuchte er sich selbst zu überzeugen … aber ganz verschwand die Angst nicht. Er seufzte, und es wurde ihm ein wenig übel, als er sich Roger Puig vorstellte, hochrot im Gesicht, weil man ihn hintergangen hatte. Er stellte sich vor, wie er mit dem Einäugigen den Kellermeister aufsuchte, um ihn dafür bezahlen zu lassen. Dann seufzte er noch einmal, bevor er die Flüssigkeit kostete, die aus der Kühlspirale tropfte. Es würde noch eine ganze Weile dauern, bis der Wein allen Geist verloren hätte. Er unternahm einen weiteren Versuch zu seiner Beruhigung.

Wie auch immer, es hätte keine andere Lösung gegeben, sagte er sich nach über zwei Wochen Arbeit. Sicher, er hätte ein Darlehen für den im Keller gelagerten Wein verlangen oder ihn vorzeitig verkaufen oder noch etwas von dem Vilatorta-Wein verkaufen können. Doch das wollte Hugo nicht. Er betraute Barcha mit der Aufgabe, den Roséwein aus den zwei großen Tonkrügen in eine Reihe kleinerer, handlicherer Krüge umzufüllen. Und wie er befürchtet hatte, war die Maurin bei Tagesende mehr als einmal betrunken.

Hugo ging zu einem der Krüge und öffnete ihn. Er musste jetzt ganz sorgfältig arbeiten. Er probierte den Roséwein, der ihn an den Tresterwein der Sklaven erinnerte. Wozu sich in Schulden stürzen, um Roger Puig zufriedenzustellen, wenn er ihn betrügen konnte?, sagte er sich und maß eine Einheit Branntwein ab. Einen ganzen Tag lang mazerierte er die Hälfte davon mit Birnen und einer Prise Zimt. Die Birnen wuchsen im Garten, nur der Zimt war sehr teuer. Die Flüssigkeit nahm ihren Geschmack an, wobei der Birnengeschmack sich hinter einer zarten geschmacklichen Note versteckte, von der nur Hugo wusste, dass es Zimt war. Dass der Branntwein etwas von seiner Transparenz verloren hatte, bereitete ihm keine Sorge, denn er goss alles in den großen Tonkrug mit Wein. Beim Umrühren sagte er sich, wenn Bernat Roger Puigs Schiff angreifen und seine Waren an sich bringen konnte, dann würde er ihm in nichts nachstehen und ihn bestehlen, wie er nur konnte. Erneut kostete er den Rotwein. Er hatte an Kraft gewonnen, und der durchdringende Branntweingeruch war hinter den Duft von Wein, Birne und Zimt zurückgetreten, die Mischung war allerdings ein wenig aufdringlich. Er glich es mit ein wenig unmazeriertem Branntwein aus. Roger Puig war ein Hurensohn, der Neffe jenes Hurensohns, der den ehrenwerten Herrn Arnau hatte ermorden lassen. Und dieser Schuft hatte befohlen, dass man ihm beim Blutgerüst eine Tracht Prügel verabreichte, vor den Augen jener widerwärtigen, sabbernden Greisin. Und später hatte er versucht, ihn in seine Burg sperren zu lassen, und nur der Genuese und der *Schutzgeist* des Schiffes hatten dies verhindern können. Und dass man Hugo von der Werft fortgejagt und den Einäugigen auf ihn angesetzt hatte, daran war Roger Puig auch schuld... *Nur war er damals noch gar nicht einäugig gewesen*, sagte sich Hugo, lachte in sich hinein und kostete noch einen Schluck Wein. Er versuchte sich die einzelnen Schritte zu merken, um den Vorgang bei den anderen Fässern wiederholen zu können. Noch ein bisschen mazerierten Branntwein, dann noch ein wenig von dem Klaren, bis die Mischung ihn so weit zufriedenstellte, dass er ihn beinahe für gut befand. Er nahm noch einen Schluck. Ja, der Wein war hervorragend und stark wie alle guten Qualitätsweine. Sein Gewissen musste ihn nicht drücken, nur weil er Roger Puig betrog. Er hätte es verdient, vergiftet zu werden... was für eine verlockende Vorstellung.

Als er Jofré den Wein kosten ließ, beobachtete Hugo aufmerksam dessen Mienenspiel. Er war Weinhändler, er hatte einen feinen Gaumen und verstand etwas davon, auch wenn er mit Sicherheit noch nie einen Branntwein gekostet hatte. Jofré spülte den Mund mit dem Wein, ehe er ihn hinunterschluckte, dann sah er Hugo mit gerunzelter Braue an. Er sagte nichts und nahm noch einen Schluck.

»Ist das der Rosé, den ich dir gebracht hatte?«

»Ja.«

»Der, mit dem du die Reichen täuschen willst? Mit welchem Wein hast du den denn versetzt, Hugo? Du hast einen Qualitätswein verdorben, um diese Mischung herzustellen! Das kann man doch nicht Täuschung nennen...«

»Das ist meine Sache«, erwiderte er.

»Mir will das nicht in den Sinn. Wozu brauchtest du den schlechten Wein – nur um über eine größere Menge zu verfügen? Also wenn das so ist, dann …«

»Lass das nicht deine Sorge sein, Jofré. Wie viele Fässer willst du?«

Am Ende schloss er einen guten Handel mit dem Händler ab. Der Erfolg war ganz entscheidend davon abhängig gewesen, dass er den penetranten Geruch und Geschmack des Branntweins hatte kaschieren können, dachte er, als er hinter den *Bastaixos* herlief, die die Fässer aufluden, um sie in Roger Puigs Palast zu bringen. Und es war ihm gelungen! Hugo, der nach der Begegnung mit dem Weinhändler keine Angst mehr hatte, er könnte scheitern, trat zu dem Schreibtisch des Verwalters, der die Weinsteuer erhob, und meldete die Fässer an, die er zu Roger Puig nach Barcelona bringen wollte. Vor dem Transport durch die *Bastaixos* musste noch die Steuer beglichen werden, doch Hugo führte an, er habe kein Geld, er sei nur der Kellermeister von Roger Puig, damit sei letztlich dieser zur Zahlung verpflichtet. Es gab Zweifel, der Gehilfe des Steuereinnehmers ließ Erkundigungen einziehen, doch die Identität des Empfängers überzeugte den Beamten schließlich, das Geld direkt von dem Adligen zu fordern und Hugo keine größeren Unannehmlichkeiten zu bereiten.

Hugo nahm an, der Wein müsse seinem Herrn gemundet haben, denn wenige Tage später zahlte Esteve ohne Wenn und Aber den Rest der Summe, die er sich ausgedacht hatte. Hugo zählte das Geld, als der Majordomus ihm eine überraschende Ankündigung machte.

»Der Herr wünscht dich zu sehen.«

Er antwortete nicht, hatte sich aber verzählt und fing noch einmal von vorne an.

»Hast du nicht gehört, was ich gesagt habe?«, ließ Esteve nicht locker.

Hugo hörte auf zu zählen und steckte die Münzen in die Geldbörse.

»Ich habe dich sehr wohl gehört. Warum will er mich sehen?«

»Wie kommst du auf den Gedanken, dass er mir das erklären müsste?«

»Hat der Rosé ihm geschmeckt?«, wollte Hugo wissen.

»Sieht wohl so aus. Du hast Glück gehabt. Roger Puig ist bei Weinen sehr anspruchsvoll.« Hugo verzog unwillkürlich das Gesicht, was dem Majordomus nicht entging. »Willst du etwa Ihre Herrschaft beleidigen?«

»Nein, aber du hast von Glück gesprochen, und da musste ich dann doch lachen. Ich habe hart gearbeitet, um einen so qualitätsvollen Wein zu produzieren.«

»Das interessiert mich nicht. Und jetzt folge mir.«

Sie stiegen hinauf in den ersten Stock und gelangten in ein Empfangszimmer. Dort klopfte Esteve ungemein sanft an eine Tür und trat dann ein. Er bedeutete Hugo mit einem Wink, draußen zu bleiben, kam indes gleich wieder heraus und sagte ihm, er möge warten. Hugo seufzte und machte Anstalten, sich auf einen schmalen, mit Intarsien verzierten Holzstuhl mit sehr hoher Rückenlehne zu setzen.

»Stehen bleiben!«, schrie Esteve, bereute jedoch augenblicklich, die Stimme gehoben zu haben. »Keinen Mucks und stehen bleiben«, flüsterte er und ließ ihn dort allein.

Es verging eine ganze Weile. Schließlich hatte er es satt, diesen vermaledeiten Stuhl anzustarren, die großen Truhen daneben und den riesigen Teppich mit dem Bildnis des heiligen Georg, der von der steinernen Wand hing. Er setzte sich, lehnte den Rücken gegen die hohe Lehne und ließ das Dienstpersonal an sich vorüberziehen. Er sah Dienstboten und auch Sklaven, darunter die wunderschöne Caterina, die ihr Schweigen mit einem flüchtigen Lächeln entschuldigte. Alle gingen sie durch die andere, zweite Tür in dem Empfangszimmer, in dem Hugo wartete. Niemand betrat das Zimmer, in das Esteve gegangen war, und niemand kam heraus. Hugo stand auf, trat zu der Tür vor und legte das Ohr an das ebenfalls mit Intarsien verzierte Türblatt, aber es war kein Laut zu hören. Er verließ das Empfangszimmer und trat auf die Galerie hinaus. Von diesem herrlichen Platz mit den schlanken Spitzbogenarkaden aus betrachtete er die Leute, die sich im Hof zu schaffen machten und von einem Ort zum anderen hasteten. Als ihm auffiel, dass sie alle unauffällig nach oben linsten, zur Galerie der Herrschaften, empfand er eine Art Machtgefühl und fragte sich, ob es das war, was die Herrschaften empfanden.

»Was machst du hier?«

Er fuhr herum und stieß mit dem Einäugigen zusammen.

»Ich warte schon so lange und da …«

»Du hast hier nichts zu suchen.«

Hugo versuchte ihm auszuweichen, doch der Einäugige stellte sich ihm in den Weg. Sie standen Nase an Nase.

»Wo hast du diesen Wein her?«, schleuderte er ihm ins Gesicht.

Hugo wollte sich nicht einschüchtern lassen und ließ eine Art polterndes Gelächter vernehmen.

»Darum geht es? Das hab ich dir doch schon gesagt: aus Artés.«

»Du lügst!«, warf ihm der Einäugige vor.

»Lass mich in Frieden.«

Er versuchte den Diener loszuwerden, aber der ließ ihm keine Chance. Hugo stieß ihn von sich. Mateo packte ihn bei der Gurgel. Hugo befreite sich mit einem einzigen Schlag mit der Hand, doch dann rührte er sich nicht mehr, denn er spürte das Messer an seinem Bauch.

»Hör auf, mich zum Narren zu halten. Du weißt nicht, wozu ich imstande bin«, drohte ihm Mateo.

Hugo war wehrlos, vollkommen der Gnade eines Mannes ausgeliefert, welcher imstande schien, ihm ohne zu zögern ein Messer in den Leib zu rammen. Aber Roger Puig erwartete ihn. Und von der Stelle, an der Hugo stand, konnte er die offene Tür sehen.

»Es liegt mir völlig fern, dich zum Narren zu halten«, versuchte er den Einäugigen zu beruhigen.

Er wich zurück, in einem vergeblichen Versuch, dem bedrohlichen Messer zu entgehen, bis er an die Steinbalustrade stieß. Wenn dieser Schurke ihn umbrachte, würde Roger Puig seinen Diener in Schutz nehmen. Er vertraute ihm, brauchte ihn mehr als einen einfachen Kellermeister. Er könnte ihn auch einfach in den Hof hinunterstoßen und behaupten, es sei ein Unfall gewesen. Da packte Hugo das Handgelenk, das die Waffe hielt. Sie kämpften miteinander. Hugo spürte genau, sollte er nachgeben, würde der Einäugige ihm das Messer in den Leib rammen.

»Caterina!«, schrie er.

Es war nur ein einziger Augenblick: Mateo sah sich um und merkte, dass man ihn gefoppt hatte. Hugo nutzte diesen Augenblick, um ihn zurückzustoßen und sich in das Zimmer zu flüchten, in dem sich Roger Puig befand, während der Einäugige ihm hinterherrannte.

»Ihr wolltet mich sehen?«, waren die Worte, mit denen er sich dem Adligen vorstellte.

Er befand sich in einem großen Saal mit Bleiglasfenstern. Ganz am Ende saß der Graf auf einem Stuhl vor einem an die Wand gerückten Schreibtisch.

Roger Puig hob den Blick von ein paar Pergamenten und zeigte sich überrascht.

»Ah ja!«, sagte er dann. »Der Kellermeister?«

Hugo nickte. Er warf einen Blick zurück und sah, dass Mateo im Vorzimmer auf und ab lief.

»Ein ausgezeichneter Wein!«, sagte der Graf. »Hier, nehmt!«, setzte er hinzu und beschenkte ihn mit ein paar kleinen Münzen.

Hugo kam nicht umhin, seine Großzügigkeit anzuerkennen und sich dankbar zu zeigen.

»Danke, Herr… Euer Herrschaft«, sagt er mit leiser Stimme, nachdem er sich wie ein gemeiner Diener verneigt hatte.

Roger Puig winkte ihn mürrisch hinaus. Hugo machte zwei erste Schritte nach hinten, mit dem Rücken zur Tür, und wusste nicht, ob eine Verbeugung erwartet wurde. Aber da er nicht wusste, wie das genau ging, versuchte er es erst gar nicht und drehte sich zur Tür um, zumal ihn der Adlige, der an seinem Tisch saß, keines Blickes würdigte.

»Eines Tages werde ich mich rächen«, murmelte er voller Zorn und scherte sich nicht um den Einäugigen, mit dem er im Vorzimmer fast zusammenstieß. Dieser hatte kein Messer mehr, vielleicht verbot sich das in so großer Nähe zu Roger Puig. Hugo schubste ihn kräftig. Der andere hatte nicht damit gerechnet, stürzte zu Boden und riss dabei den Stuhl mit der hohen Lehne mit sich.

»Was hat dieser Lärm zu bedeuten?«, schrie Roger Puig von seinem Schreibtisch her.

»Nichts, gar nichts«, antwortete Hugo und zeigte sich wieder in der Tür. »Ihr Diener ist hingefallen, als er herbeieilte, um Euch etwas zu sagen.«

»Komm herein, Mateo!«

Hugo streckte die rechte Hand vor, deutete ins Innere des Raumes und wies damit dem Einäugigen den Weg, was dieser nicht ausschlagen konnte.

»Du Hund!«, zischte er durch die Zähne, als er an Hugo vorbeiging.

»Du Schuft!«, antwortete dieser.

Und so verließ Hugo den Palast. Was für ein Knauser! Das waren also die Belohnungen, die die Großen ihren Dienern gaben! Und er hatte den Pfarrern versprochen …

»Das ist alles, was ich habe …«, sagte er entschuldigend zu Pfarrer Pau, nachdem dieser ihm verraten hatte, in welchem Kloster seine Schwester sich befand: im Kloster Santa Isabel de Clarisas in Valencia.

»Du hattest mir aber etwas anderes versprochen.«

»Pater, mehr habe ich nicht. Sobald ich Geld bekomme … Wisst ihr, ob es Arsenda gut geht?«, wagte er noch zu fragen.

»Wieso glaubst du, es ginge ihr nicht gut?«, antwortete der Pfarrer barsch. »Sie dient dem Herrgott.«

14

Gabriel Muntsó überreichte Hugo eine prall gefüllte Geldbörse und auch diesmal wieder eine zweite für die Gemeinde von Santa María del Mar. Hugo verheimlichte Bernats Boten, dass ihn der bulgarische Sklave bestohlen hatte, vor allem aber verschwieg er ihm, dass Pfarrer Pau nicht mehr für Bernat beten wollte, nachdem dieser seine Wut mit solcher Grausamkeit an einem katalanischen Schiff und dessen Soldaten und Matrosen ausgelassen hatte.

Hugo vermutete, dass der Pfarrer verärgert war, weil er für die Sache mit Arsenda nur so wenig Geld bekommen hatte, musste ihm aber auch recht geben, da Bernat zwar bisher Wort gehalten und die Besatzungen der überfallenen Schiffe nicht getötet, im Falle des Bayonner Schiffes von Roger Puig und Rocafort sein Versprechen jedoch gebrochen und seine Wut an der Mannschaft ausgelassen hatte. Es hieß, nach der blutigen Schlacht habe der Freibeuter befohlen, den Kapitän, seinen Steuermann und die Offiziere kopfüber an den Rahen aufzuhängen, die übrigen Überlebenden ins Meer zu werfen und das Schiff in Brand zu stecken. Nur ein paar Schiffsjungen habe er freigelassen, damit seine Heldentat von Mund zu Mund ginge und immer großartiger werde. Bernat hatte seine Sache gut gemacht, das mussten ihm die Seeleute lassen: Den kampfbereiten Feind hatte er auf Lee gebracht, mit der Sonne im Rücken volle Segel gesetzt und seinen Ruderern befohlen, sich mit aller Kraft in die Riemen zu legen. Nachdem der vorstehende Rammsporn seiner Freibeutergaleere bei voller Fahrt und in einem vier Spannen breiten Winkel in die vordere Längsseite des gegnerischen Schiffes eingeschlagen war, hatte er es meisterlich geentert. Im darauffolgenden Kampf zwischen Matrosen und Korsaren hatten die einen, ungeschickt und eingeschüchtert, frühere Erfahrungen zu Hilfe genommen, um ihr Leben zu retten, während die anderen, beutegierig und todesmutig wie zuletzt vor einer oder höchstens zwei Wochen ihrem Instinkt gefolgt waren.

Aufgrund des Angriffs reichten die katalanischen Behörden eine weitere Klage gegen Bernat bei den kastilischen ein und forderten die entsprechende Entschädigung. Katalonien und Kastilien befanden sich nicht im Krieg, folglich durfte der König von Kastilien die Kaperung katalanischer Schiffe durch kastilische nicht genehmigen. Dennoch griffen viele baskische Korsaren mit kastilischem Kaperbrief katalanische Schiffe an, ohne Sanktionen befürchten zu müssen.

Auch Hugo beklagte sich bei Muntsó:

»Du hast mir versprochen, dass er die Matrosen verschonen würde.«

»Ich weiß. Aber auf diesem Schiff wollten sie sich einfach nicht ergeben. Es war ein harter Kampf.«

»Aber du hast gesagt …«

»Wie hast du etwas anderes erwarten können? Es war doch klar! Du kannst doch nicht davon ausgehen, dass es in einer Seeschlacht keine Toten und Verletzten gibt.«

Schließlich nickte Hugo. Aber Bernat … Er war fast das Einzige, was ihn noch mit seiner Vergangenheit verband! Der Sohn des Herrn Arnau!

»Sicher«, räumte er gegenüber Muntsó ein. »Trotz allem habe ich darauf vertraut, dass Bernat … Wenn ich ihm nicht die Hinweise gegeben hätte, wären nicht so viele Matrosen gestorben.«

Muntsó lachte schallend auf.

»Glaubst du vielleicht, dass du unser einziger Spion bist? Meinst du, wir verlassen uns bei der Kaperei und unseren Erträgen nur auf deine Hinweise?«, spottete Muntsó. »Bilde dir bloß nichts ein. Wir wussten schon vorher von Roger Puigs Unternehmen. Die Menge an Waren, die Einkäufe, die Vorbereitungen – das entgeht niemandem. Weißt du, warum du deine Briefe mit den Küstenschiffen verschicken solltest?«

»Spionieren die etwa auch?«

»Manche. Zum Beispiel das Schiff, das dich mit deiner jüdischen Geliebten nach Valencia bringen sollte.«

»Was?!«

»Wir wissen viel, Hugo. Die Spione sind überall.«

»Dann wird es Bernat doch bestimmt nichts ausmachen, wenn ich damit aufhöre.« Hugo beeilte sich, die Gelegenheit beim Schopf zu ergreifen.

Muntsó überlegte.

»Es ist schwierig, als Spion aufzuhören. Denn schon der nächste Schritt könnte zum Verrat führen. Aber du bist anders. Bernat schätzt dich, er sagt, du hast ihm und seiner Familie geholfen. Kurzum, wohl aus diesem Grund glaube ich, dass er dir vertraut.«

Jeder einzelne von Roger Puigs Wutschreien löste widerstreitende Gefühle in Hugo aus. Einerseits fand er sich auf den Pla de Palau zurückversetzt, vor das Schafott, wo der ehrbare Herr Arnau hingerichtet worden war und das Scheusal befohlen hatte, Hugo zu verprügeln. Andererseits musste er grinsen. »Zum Teufel mit dir, du Dreckskerl!«, verfluchte er den Adligen. Dann wiederum dauerte ihn der Tod der katalanischen Matrosen. Sie hatten um Bernats Ruf gewusst, sie hätten sich ergeben müssen, anstatt sich in die Schlacht zu stürzen. Es sei denn, die Befehle des Narren von einem Roger Puig hatten anders gelautet. Muntsó hatte Hugo ein wenig von seiner Schuld erleichtert, als er gesagt hatte, er sei nicht der einzige Spion gewesen. Trotzdem konnte Hugo sein Gewissen nicht vollständig beruhigen. Er bat Regina, einen weiteren Brief für ihn zu schreiben.

»Den letzten«, verkündete er und diktierte Regina die kurze Mitteilung: »Dieses Geld soll an die Angehörigen der Matrosen verteilt werden, die beim Angriff auf das Schiff … Wie hieß es denn eigentlich? Ich weiß es nicht. Egal. Schreib: … die starben, als das von Roger Puig angeheuerte Schiff von dem Korsaren Bernat Estanyol angegriffen wurde.«

»Es ist also Geld im Spiel?«, fragte Regina.

»Ja«, gestand Hugo zum ersten Mal. »Willst du etwas davon?«

»Nein. Ich brauche es nicht, solange ich dich habe.«

Wieder schliefen sie miteinander, brutal und wild, so wie es die Jüdin verlangte.

Am Abend desselben Tages gab Hugo vor, in der Kathedrale Santa

María del Mar zu beten. *Warum hier?*, fragte er sich. Die Glocke im Schloss des Stadtrichters läutete mit dem *Seny del lladre* die Nachtruhe ein, und die Gläubigen, die sich noch in der Kirche befanden, machten sich langsam auf den Nachhauseweg. Vielleicht, weil es die Kirche war, der sich Bernat wohltätig erweisen wollte, vielleicht, weil es die Kirche der Seeleute war oder die des Herrn Arnau oder die, in die er zuerst mit seinen Eltern und später mit seiner Mutter gegangen war, oder weil es die Kirche des Volkes war, der Bewohner des Ribera-Viertels.

Hugo versteckte sich hinter dem großen Taufstein, dem ehemaligen Sarkophag der heiligen Eulàlia, während es in der Kathedrale immer stiller wurde. Ab und zu schritt ein Küster das Mittelschiff und die Seitenschiffe mit den Kapellen entlang. Dort hatte man viele Kerzen bereits gelöscht, aber rund um den Hauptaltar mit dem kleinen Gnadenbild der Madonna des Meeres standen zahlreiche wunderschöne schmiedeeiserne Kerzenleuchter. Auf ihren Armen mit Spitzen oder Haltegefäßen trugen sie fast eine Hundertschaft brennender Wachskerzen, die im Dunkeln flackerten.

Hingerissen blickte Hugo von seinem Versteck am anderen Ende der Kirche auf den Kerzenhalbkreis, der die Madonna in der Mitte beleuchtete, und auf die acht schlanken Säulen, die den Kreis hinter ihr schlossen und scheinbar ins Unendliche aufstrebten, da sie sich hoch oben in der Apsis verloren, wohin kein Kerzenlicht vordringen konnte. Hugo dachte an eine funkelnde, von Dunkelheit umschlossene kleine Insel, wie wenn sich eine Galeere mit entzündeten Fackeln an Bord und schaukelnd auf dem tiefschwarzen Meer der Küste nähert.

Da er keine Schritte mehr hören konnte, durchquerte Hugo vertrauensvoll die Kirche, ohne den Blick von der Madonnenstatue abzuwenden. Er überquerte die Linie der Kerzenleuchter vor dem Hauptaltar und ging zu ihr. Zum ersten Mal in seinem Leben war er ihr so nah. Das kleine Gnadenbild der Jungfrau mit dem Kind stand auf einer katalanischen Nau und diese wiederum auf einer Säule, damit sich das Ensemble über die Kirchengemeinde erhob. Hugo berührte mit den Fingern das Schiff und die Füße der Jungfrau. In das Schiff klemmte er die Botschaft, die Regina für ihn geschrieben hatte, und am Fuß der Säule legte er die beiden Geldbörsen ab – die, die Bernat zum Lobpreis der Jungfrau geschickt hatte, und die, die Hugo als Bezahlung für seine Hinweise von ihm bekommen hatte.

Würde er sich auf diese Weise von der Schuld am Tod der vielen Katalanen befreien? Er blickte zur Jungfrau auf und bekreuzigte sich. »Es tut mir leid«, murmelte er. Zu beten hatte er keine Zeit. Von Dutzenden brennenden Kerzen umgeben, schien ihm das Kircheninnere unwirklich: der Geruch von Wachs und Gewürzen, die Wärme, der aufsteigende Rauch... Er fühlte sich schwindlig und wandte sich ab, um zu seinem Versteck zurückzukehren. Erneut stieg er über den Kerzenreigen hinweg und sah noch einmal die Jungfrau an. Ihr Bild war leicht verschwommen, der Wärmevorhang, der von den Kerzen aufstieg und die Luft zum Zittern brachte, schien ihr Leben einzuhauchen. »Siehst du ihr Lächeln?«, hatte ihn Herr Arnau immer gefragt. Hugo betrachtete auch diesmal ihre Lippen. Sie schienen sich zu bewegen. Und tatsächlich, sie lächelte! Er wollte glauben, dass ihm die Jungfrau des Meeres verziehen hatte.

Er versteckte sich wieder hinter dem Sarkophag der heiligen Eulàlia. Lange brauchte Hugo nicht zu warten, denn bei seinem neuerlichen Rundgang entdeckte der Küster das Stück Papier am Hauptaltar, das einen Teil des Schiffes verdeckte. Er hob es auf, las und bückte sich dann nach den beiden Börsen, die er in seinen Händen wog, bevor er sich umdrehte, wie um nach jemandem Ausschau zu halten. Dann verließ der Mann voller Hast mit dem Brief und dem Geld die Kathedrale. Während Hugo noch überlegte, ob er sich an Ort und Stelle schlafen legen sollte, kam der Küster mit einem der Pfarrer zurück. Dann tauchten noch mehr Leute auf, als wollten sie ein Wunder bestaunen. Hugo nutzte die Dunkelheit und den Aufruhr, um sich davonzustehlen. Doch zuvor nahm er mit einem letzten Blick Abschied von der Madonna des Meeres.

Im Palast in der Calle de Marquet schrie Roger Puig immer noch. Seine Familie, die Diener und Sklaven huschten nur lautlos von hier nach da. Kein Lachen war zu hören, kein Schwatzen, keine Bemerkungen, nur die zornerfüllte Stimme des Adligen und ihr Widerhall von den Wänden. Hugo bemühte sich, das Grinsen aus seinem Gesicht zu verbannen und sich so ernst wie die anderen zu verhalten. Eines Morgens, als er aus dem Weinkeller kam, stieß er auf Caterina, die soeben den Palast betreten hatte. Ihr Gesicht war verquollen, die Lippen aufgeplatzt und geschwollen, und ein Auge wurde von einem Bluterguss umrahmt. Doch als er sie ansprechen wollte, hinderte ihn Mateo daran, der plötzlich hinter ihm aufgetaucht war.

»Weitergehen«, befahl der Einäugige dem Mädchen und zog es hinter sich her. »Hör auf zu gaffen«, brüllte er Hugo an, bevor er den Hof betrat.

Hugo sagte lieber nichts. Sie würden Caterina sonst nur noch schlimmer misshandeln. Dabei glaubte er im Vorbeigehen gesehen zu haben, dass sich ihr Bauch wölbte. In weniger als einem Monat musste ihre Schwangerschaft jedem auffallen, der sie schwerfällig über die Galerie gehen sah.

An diesem Morgen betete er in der Kathedrale Santa María del Mar für Caterina. Seitdem er den Brief und das Geld dort abgelegt hatte, ging er häufiger in die Kirche der Jungfrau vom Meer. In Gebeten und selbstbeschwichtigenden Ausflüchten lösten sich seine Schuldgefühle wegen der Grausamkeit Bernats allmählich auf.

Im Übrigen war Hugo glücklich. Die Weinberge, der Wein – alles lief gut. Er freute sich sogar auf Mercè, wenn er nach Hause kam. Für den mit *aqua vitae* versetzten Rosé, den Roger Puig so sehr gelobt hatte, hatte er dem Grafen eine Menge Geld abgeknöpft. »Ein Glück«, sagte sich Hugo, »nur ein paar Monate später, und er wäre wegen des Schiffsüberfalls nicht mehr so großzügig gewesen.« So er denn überhaupt jene fehlende Hälfte bezahlt hätte, die Hugo von Esteve verlangt hatte, als er mit dem Muskateller und leeren Taschen aus Sitges zurückgekommen war.

In Hochstimmung verließ er die Kathedrale und beschloss, zum Fischmarkt im Ribera-Viertel zu gehen. Er erstand einen herrlichen frischen Thunfisch, ging damit zu Jofré und überreichte ihn dessen Gattin Valença als Geschenk.

Einen Tag nach dem Geschäft mit dem Rosé mit *aqua vitae* hatte der Weinhändler Hugo in seine Taverne bestellt. Er wollte ihn beglückwünschen und nebenbei vorfühlen, ob er zu mehr solchen Geschäften bereit wäre. Wenn Hugo den Wein zu einem ähnlichen Preis verkauft hatte wie er, so dachte Jofré, dann musste der junge Mann zufrieden sein. Außerdem hatte er eine Nachricht für ihn.

»Der einäugige Dienstbote deines Herrn hat mir einen Besuch abgestattet«, teilte er dem verblüfften Hugo mit, kaum dass dieser die Taverne betreten hatte. Sie ähnelte der von Andrés Benet, wo er ebenfalls seinen Wein unter die Leute brachte.

»Warum? Was wollte er? Wie wusste er von dir?«

Jofré bot Hugo einen Stuhl an einem der Tische an, bevor er antwortete: »Er wollte wissen, woher der Rosé sei, aber wenn du ihm nichts von mir erzählt hast, verstehe ich nicht …« Er ließ den Satz unvollendet nachklingen, während Hugo einige Augenblicke nachdachte, bevor er seine Vermutung äußerte.

»Der Steuereintreiber«, meinte er. »Bestimmt hat ihn der Einäugige ausgefragt, als er in den Palast gekommen ist, um die Weinsteuer zu kassieren. Da muss er von uns gesprochen haben. Wir haben die Fässer am selben Tag deklariert. Er brauchte nur noch unsere Namen miteinander in Verbindung zu bringen. Was hast du ihm gesagt?«

»Nichts natürlich. Nur dass ich, wenn er mich weiter belästigt, die Ratsherren oder das Seekonsulat aufsuchen werde. Auch dass die Stadt für die Händler und Geschäfteinhaber einsteht und ich ihm zu keiner Auskunft verpflichtet bin, schon gar nicht darüber, von wem ich mich beliefern lasse.«

Hugo nickte zustimmend.

»Ja«, bekannte Jofré, »er schien mir ein schlechter Mensch zu sein. Er hat geschrien und mich bedroht, aber das mit den Konsuln hat ihn ziemlich gefügig werden lassen.«

Da, mitten im Gespräch, fiel Hugos Blick auf sie: jung, vergnügt, strahlend und rein.

»Meine älteste Tochter, Eulàlia«, erklärte Jofré.

Aus seinen Worten war kein Vorwurf wegen Hugos bewundernden Blickes herauszuhören, wofür ihm das Mädchen ein wunderbares Lächeln geschenkt hatte.

»Bitte entschuldige ihre Ungeniertheit, Hugo. Sie ist noch sehr jung.«

»Gott möge dafür sorgen, dass sie diese Ungeniertheit niemals verliert«, unterbrach Hugo den Weinhändler, ohne nachzudenken. »Ich bitte dich um Entschuldigung«, setzte er sogleich hinzu. »Ich wollte nicht…«

»Ihre Mutter ist mit ihr zufrieden«, gestand Jofré, während er Hugo zugleich mit einer Geste beruhigte. Dann erlaubte er sich, den jungen Mann prüfend anzublicken, ihn zu begutachten, als ob er noch nie die Möglichkeit in Betracht gezogen hätte, die ihm jetzt durch den Kopf ging. »Nun, so jung ist sie auch wieder nicht«, hatte er schließlich entschieden bemerkt. »Sie ist schon sechzehn. In einem Jahr vielleicht oder höchstens zwei…«

An diesem Tag nun nahm Eulàlias Mutter Valença erfreut den Thunfisch entgegen, mit dem Hugo zu ihr kam, und versprach, ihn mit ihrer Tochter zuzubereiten. Selbstverständlich sei er zum Essen eingeladen.

Ein Jahr. Zwei, drei, vier, fünf. Hugo war bereit, so lange wie nötig auf Eulàlia zu warten. Obgleich immer entweder Jofré, Valença oder eines von Eulàlias jüngeren Geschwistern anwesend und sie nie unter sich waren, verliebte sich Hugo zusehends in das junge Mädchen. Ihre Beziehung wurde zu einem unschuldigen, treuherzigen, ganz und gar arglosen Spiel, bei dem Eulàlia stets lächelte oder sogar schallend lachte, bis sie den Tadel ihrer Mutter erregte. Oft stieg ihr schon wegen einer leichten Berührung, einem Tasten die Röte ins Gesicht. Und manchmal auch ohne ersichtlichen Grund, vielleicht wegen eines Gedankens. Dann fragte sich Hugo, was diesem ahnungslosen Mädchen wohl durch den Kopf ging, dass es so verlegen wurde.

Zu fast jedem Besuch brachte Hugo Eulàlia eine Leckerei mit, die sie unter sich, wenn auch unter Beobachtung, oder mit dem Rest der Familie teilten: eine Languste, nochmals Thunfisch oder einen Schwertfisch oder Obst und Käse. Und immer brachte er Wein mit, vom guten, vom besten, vom Vilatorta.

Barcha bemerkte, dass etwas vor sich ging.

»Wer ist sie?«, fragte sie Hugo, aber er gab keine Antwort.

Die Maurin zwinkerte ihm dennoch zufrieden zu, zog sich darauf aber schlurfend zurück. »Sie hat Angst«, sagte sich Hugo. Er war überzeugt, dass Barcha glaubte, eine neue Frau würde sich mit ihr um die

Macht im Hause streiten, die sie inzwischen fast unumschränkt ausübte.

»Sie ist ein guter Mensch!«, rief Hugo ihr hinterher. Barcha nickte matt, ohne sich umzudrehen. Sie wird alt, dachte er. »Ist es denn nicht, was du wolltest? Dass ich heirate?«

»Ich will aber auch, dass Mercè gesund und glücklich aufwächst«, gab die Maurin energisch zurück. Sie wandte sich um und erwiderte seinen Blick, so wie die störrische Barcha von früher, unmittelbar nach ihrer Ankunft auf dem Weingut, auch wenn ihr diesmal die Stimme versagte, die erloschen klang, wehmütig, als sie den Satz beendete: »Und ich erziehe sie nur, damit sie mich eines Tages verlässt.«

»Nein …«, setzte Hugo an.

Daran hatte er bis dahin nie gedacht, doch plötzlich schien es ihm als schreckliche Möglichkeit auf.

»Dir wird das Gleiche passieren, Weinbauer. Jemand wird kommen und sie mitnehmen.«

Während Barchas Stimmung zwischen Kummer und Freude hin- und herschwankte, schien Regina keineswegs die Veränderung an Hugo wahrzunehmen. Ihr Hass gegen die Christen, der Tag um Tag größer wurde, schien sie blind zu machen.

»Jetzt ist es sogar verboten, dass jüdische Hebammen und Ärztinnen Christinnen behandeln!«, beschwerte sie sich bei Hugo. »Zwanzig Peitschenhiebe für die Jüdin, zwanzig Tage Gefängnis mit Fußfesseln und bei Wasser und Brot für die Christin, die das Verbot missachtet. So eine Strafe wird niemand riskieren.«

Sie hasste die Christen. Sie hasste ihren für Hugo unsichtbaren Ehegatten, Mosé, der sich immer außer Haus, immer bei den Kranken befand, und sie hasste Mosés Kinder. Regina bestellte kein *aqua vitae* mehr bei Hugo, sie hatte keine Verwendung dafür. Sie beschränkte sich darauf, ihn zu sich zu rufen. Eine Dienstbotin kam auf seinen Hof oder erwartete ihn etwas abseits des Eingangs zum Palast von Roger Puig. Sobald er bei ihr war, klagte, schrie und fluchte sie. Und jeder Besuch endete in dem Ehebett, das ihnen stets zur Verfügung zu stehen schien.

Wieso bemerkte Regina nichts?, fragte sich Hugo. Wenn er an Eulàlia dachte, fühlte er sich schuldig, sie mit Regina zu hintergehen. Manchmal versuchte er, sich Regina zu widersetzen, aber sie blieb beharrlich, bettelte, flehte und weinte sogar. Zuletzt ging er jedes Mal auf ihre Zärtlichkeiten ein, auf ihre Sinnlichkeit. Zu widerstehen war fast unmöglich angesichts ihres anmutigen Körpers, der sich ihm mit unkontrollierbarer Leidenschaft hingab und seine Ängste unter Küssen, Kratzern und Bissen erstickte. Regina fickte. Sie fickte verzweifelt, als ob sie beim Orgasmus explodieren wollte.

Während er es tat, während er kraftvoll in sie hineinstieß, um ihre Glut zu besänftigen, dachte Hugo an Eulàlias Unbedarftheit.

Mit der Zeit hatten Jofré und Valença genug Vertrauen in Hugo und überwachten seine Treffen mit Eulàlia mit weniger Eifer. Er dachte daran, wie unterschiedlich die Frauen waren, die er in seinem Leben kennengelernt hatte. Die Beziehung mit Dolça war von ihrem launischen Charakter bestimmt worden, der es Hugo unmöglich gemacht hatte, ihre genauen Wünsche oder Gefühle zu erkennen. María hatte sich vom ersten Tag an auf ihn gestürzt. Und Regina forderte, drängte, hastete, hetzte, biss.

Im Unterschied zu ihnen allen bedeutete Eulàlia für Hugo die Rückkehr zur Unerfahrenheit der Jugend. Er wagte es nicht, sie anzufassen, er fürchtete sogar, sie zu erschrecken, wenn er ihre Hand nahm. Eulàlia zitterte, als Hugo es zum ersten Mal wagte, ihre Hand zu berühren, sanft ihre Finger auseinanderzuspreizen und sie mit den seinen zu verschränken.

Er versuchte, den Treffen mit Regina aus dem Weg zu gehen, erfand Ausreden, um seine Besuche abzusagen. Er vergaß Regina, sobald er Eulàlia sah. Die ganze Welt erlosch, wenn er mit ihr zusammen war. Aber am Ende kehrte er doch immer wieder zu der Jüdin zurück. Reginas Dienstbotin lief ihm auf der Straße hinterher und bedrängte ihn. Er mochte sie ja auch, aber nicht wie Eulàlia, nicht wie Dolça. Er wusste, dass Dolça, wo immer sie sich befand, jedenfalls nicht im Christenhimmel, seine Beziehung mit Eulàlia guthieß. Bei Regina, von der Dolça gesagt hatte, sie sei ein schlechter Mensch, wäre ihm so etwas nie in den Sinn gekommen, aber Dolça und Eulàlia vermischte er in seinen Gedanken. Nichts geschah. So wusste er, dass Dolça es ihm gestattete.

Er konnte sich Fantasien mit Eulàlia ausmalen, ohne das Gefühl zu haben, er verrate Dolças Andenken.

Als Hugo eines späten Abends nach Hause kam, spielte Barcha noch mit Mercè. Das Kind rannte ihm mit ausgestreckten Armen entgegen. Von einer plötzlichen Zärtlichkeit ergriffen, hob er es hoch. Es war viel schwerer geworden. Er trug der ehemaligen Sklavin auf, Mercè warm anzuziehen. Sie überreichte sie ihm in eine Decke gewickelt. Er drückte sie an seine Brust und dachte daran, wie sehr sie gewachsen war, seit Regina sie als Neugeborene auf den Hof gebracht hatte. Er stieg die Treppe hinunter und ging in den Weinberg, der mal vom Mond erleuchtet, mal von Wolken überschattet wurde.

Er ging zwischen den Reben, die seine Beine und Arme streiften, und spürte dabei den warmen Atem des Kindes.

»Dieses Land gehört dir«, flüsterte er ihm ins Ohr, gerade als der Mond hervortrat und die etwas unregelmäßigen Reihen der Weinstöcke beschien, die sich vor ihnen öffneten.

Still blieb er stehen. Wie so oft dachte er an seine Mutter. Er dachte auch an Dolça, die sich ihm zwischen Pflanzen wie diesen hingegeben und damals wohl ihr Todesschicksal besiegelt hatte. »Ich habe das Glück kennengelernt«, hatte Dolça vor ihrer Hinrichtung zum Henker gesagt. Hugo schnürte es die Kehle zu. Er holte tief Luft, ein-, zwei-, dreimal. Sein Leben hatte sich verändert. Er hatte eine andere Frau gefunden, die er lieben konnte, und ja, er hielt auch eine Tochter in seinen Armen. Ein Kind, das nicht seines war, das er jedoch liebte, als ob es von seinem Blut wäre. Laut sprach er den Namen des kleinen Mädchens aus, Mercè Llor, und er drückte es gegen seine Brust, bis er bemerkte, dass es eingeschlafen war.

Im April des Jahres 1399 wurde Martín I. in Saragossa zum König von Aragonien und zum Grafen von Barcelona gekrönt. Zehn Tage später fand zum Fest von Sant Jordi die Krönung seiner Gemahlin María statt. Seit dem Tod König Juans waren drei Jahre vergangen und zwei, seitdem der Thronfolger aus dem Sizilienkrieg nach Barcelona zurückgekehrt war.

Bis zu diesem Jahr hatten einige Könige aus unterschiedlichen Gründen ihre Krönungszeremonien immer wieder verschieben müssen. Dazu gehörte der so banale Umstand, dass die Königskronen von ihren Vorgängern für verschiedene Kredite in Pfand gegeben worden waren und erst ausgelöst werden mussten.

Die wichtigsten Hinderungsgründe waren jedoch die vielen Kriegszüge. Im Falle Martíns I. griffen 1397, kurz nach seiner Rückkehr aus Sizilien, Barbareskenpiraten die kleine, dem Königreich Valencia zugehörige Stadt Torreblanca an, schändeten die Kirche und raubten die Monstranz mit der geweihten Hostie. Die Stadt rüstete zwei Galeeren aus, ihre Zünfte stifteten zwei weitere, ebenso Barcelona, und zusammen nahmen sie Kurs auf die afrikanische Küste. Nach Ankunft auf der Höhe von Algier griff die Armada Tedelis an, den Heimathafen der Kirchenschänder, und eroberte die Monstranz mit dem Heiligen Leib Christi zurück. Unter den Adligen, die am Feldzug zur Rache dieser Schandtat teilnahmen, befand sich auch der Graf von Castellví de Rosanes – ein Ehrentitel, den Roger Puig von König Martín bei seiner Rückkehr aus Sizilien verliehen bekommen hatte.

Die Stadt Palermo auf Sizilien hatte sich erst im Februar 1397 endgültig unterworfen. Doch kaum ein Jahr später zettelte Antonio Ventimiglia an der Spitze weiterer Adliger einen neuen Aufstand auf der Insel an, der das Auslaufen einer weiteren Armada aus Barcelona zu dessen Niederschlagung erforderlich machte. Zum selben Zeitpunkt fiel der Graf von Foix erneut in Aragonien ein und eroberte die Burg von Tiermas. Der König selbst zog ihm gemeinsam mit dem Grafen von Urgell, Roger Puig und anderen aragonischen Rittern entgegen. Sie nötigten von Foix erfolgreich zum Rückzug hinter seine Landesgrenzen. Als wären ihm der Aufstand auf Sizilien und der Einmarsch des Grafen von Foix noch nicht genug, ersuchte König Martín im selben Jahr Papst Benedikt XIII. um die erforderliche Bulle für einen Kreuzzug gegen die Mauren. Von Valencia aus stach eine Flotte mit valencianischen und mallorquinischen Schiffen in See, um die afrikanische Küste zu plündern, bis ein Sturm sie zur Rückkehr zwang. Nach der Niederschlagung von Ventimiglias Aufstand wiederum kehrte die sizilianische Armada nicht nach Barcelona zurück, sondern kam Louis d'Anjou bei der Eroberung Neapels zu Hilfe.

Ende des Jahres 1398 bewaffnete Martín I. achtzehn Galeeren, um Benedikt XIII., einem Aragonesen und Verwandten seiner Frau, zu Hilfe zu kommen. Dieser wurde von französischen Truppen im Papstpalast zu Avignon belagert, nachdem die französischen Kardinäle entschieden hatten, sich seiner Obedienz zu entziehen, womit sie eine weitere Spaltung innerhalb des Abendländischen Schismas verursachten. Die Könige von Neapel, Kastilien und Navarra folgten dem Beispiel der französischen Kardinäle.

Den katalanischen Galeeren gelang es nicht, Papst Benedikt aus seiner kritischen Lage zu befreien, da es sich als unmöglich herausstellte, die Rhône flussaufwärts bis nach Avignon zu befahren. Stattdessen wurden die Truppen an Land gesetzt und die Schiffe zurück in den Hafen gebracht. Der Papst blieb indes an einem Ort zurück, den er trotz militärischer Hilfe und diplomatischer Bemühungen vier Jahre lang nicht mehr verlassen sollte. In ihrer Not sollten der Pontifex Maximus und sein Hofstaat sogar Ratten essen, die sie im Palast erlegten, bis Papst Benedikt XIII. seinen Belagerern zu guter Letzt in der Verkleidung eines Kartäusermönchs entfloh.

Mochte auch die Bürgerschaft den gescheiterten Versuch beklagen, dem in einen Soldaten verwandelten aragonischen Papst zu Hilfe zu eilen, so kümmerte Hugo das Schicksal der achtzehn Galeeren nur wenig. Er hatte mit dem Verkauf von Wein an die Truppen ein gutes Geschäft gemacht. Dreimal wöchentlich am Morgen sowie täglich am Abend hatten die Matrosen und Soldaten bis hin zum Rudergesinde mit Wein versorgt werden müssen. Achtzehn Galeeren mit ihren jeweiligen Besatzungen und Hunderten von Soldaten bedeuteten nicht nur eine beachtliche Menge des heranzuschaffenden Getränks, sondern auch ansehnliche Einkünfte, die Hugo mit Jofré teilte, der ihn inzwischen wie seinen Schwiegersohn behandelte.

Während ihrer zweijährigen Annäherung war Eulàlia in Hugos Gesellschaft herangereift. Sie war jetzt achtzehn und flüchtete sich immer noch in ihr Schweigen und in eine Arglosigkeit, die ihn rührte. Er besuchte sie oft, besonders, seitdem er mit Jofré Geschäfte betrieb, aber sie ließen sich auch bei der Messe in der Kathedrale Santa María del Mar gemeinsam sehen, spazierten am Strand entlang oder durch

Barcelona, stets in Begleitung der Eltern der jungen Frau, und vergnügten sich auf den vielen Festen, die in der Stadt gefeiert wurden.

Eulàlia besuchte ihrerseits Hugos Weinberge. Davor musste er ihrer Familie von Mercè erzählen, die ein ebenso lebhaftes wie verwöhntes dreijähriges Mädchen geworden war, dank einem Mann, der nichts von Erziehung verstand, und einer Maurin, für die das Kind den einzigen Lebenszweck darstellte.

»Ein jugendlicher Ausrutscher«, gestand Hugo, wobei er sich so außerordentlich reumütig gab, dass Eulàlias Herz dahinschmolz. »Sie ist getauft!«, erklärte er geradeheraus, als er das Erstaunen in Jofrés und Valenças Gesichtern bemerkte. Eulàlia dagegen nickte lächelnd, vielleicht schon im Spiel mit der kleinen Unbekannten.

Niemand stellte weitere Fragen, nachdem Hugo versichert hatte, dass die Mutter des Kindes gestorben sei.

Sie spazierten durch die Weinberge, in der Sonne. Hand in Hand und ohne Jofré, der sich mit Barcha als Gastgeberin im Weinkeller des Hofes aufhielt. Hugo zeigte Eulàlia die Reben. Sie wusste über Weine Bescheid, nicht jedoch über Weinberge. Jegliche Hemmung, die Hugo beim Gespräch und besonders beim Gespräch mit einem Mädchen empfinden konnte, das wortkarg antwortete und noch beim unverfänglichsten aller Scherze errötete, fiel von ihm ab, als er begann, ihr die Weinstöcke zu zeigen. Sie befühlten die Blätter und strichen über die Trauben. Sie knieten nieder, um die Erde zu berühren, während Hugo voll Leidenschaft alles erklärte und sie es interessiert wagte, Fragen zu stellen. Dort küsste er sie zum ersten Mal. Zwischen zwei Weinstöcken, wo sie nah beieinanderstanden. Hugo zögerte zuerst. Doch Eulàlia unternahm keinen Versuch ihm auszuweichen. Jugend. Die Lippen Eulàlias spendeten ihm Frische. Bei Gott! Es war nur eine leichte Berührung gewesen, sanft, streifend, und dennoch war die empfundene Vollkommenheit überwältigend. Sie errötete und senkte den Blick, aber anstelle des sonstigen Hugo, der sie dazu brachte, das Gesicht anzuheben, sah sie sich diesmal einem Mann gegenüber, der verwirrt stotterte, bevor er sie drängte, den Spaziergang fortzusetzen.

1399 war Hugo vierundzwanzig Jahre alt. In nur einem Jahr konnte er als Weinhändler zugelassen werden, und Jofré war an seiner Mitarbeit interessiert. Dem Gesetz nach sollten sich Händler jeweils mit einem Geschäftspartner zusammenschließen. Da es keine Zunft zu ihrem Schutze gab, konnten sie so im Krankheitsfall füreinander einspringen und waren verpflichtet, Gewinne während der ersten fünfzehn Tage eines ungewollten Ausfalls zu teilen. Die Zulassung zum Beruf des Händlers, der sogar Kuppler mit einschloss, erfolgte durch Ernennung der Seekonsuln. Seine Ausübung wurde hingegen durch zwei Ratsherren kontrolliert, die von ihren Amtsvorgängern jeweils am Festtag der heiligen Maria Magdalena gewählt wurden.

Hugo dachte gar nicht darüber nach, ob er tatsächlich Weinhändler werden wollte. Er würde das Notwendige tun, um an Eulàlias Seite zu bleiben. Das Leben war ihm wohlgesonnen, ihm, einem bartlosen Habenichts, wie ihn vor langer Zeit der Admiral der königlichen Armada bezeichnet und dafür das zustimmende Nicken Roger Puigs und der übrigen Dabeistehenden geerntet hatte.

Eulàlia erwiderte seine Gefühle. Es kostete ihn mehrere Küsse und viele Liebeserklärungen, bis sie es ihm gestand. Aber er schaffte es, und an jenem Tag wandte ihm die junge Frau, befreit von allen Hemmungen, direkt ihren fragenden Blick zu, mit dem sie eine Verpflichtung und Hingabe einforderte, wie sie sich noch nie jemand von ihm erbeten hatte.

Hugo küsste sie, vielleicht ein wenig unvermittelt, bevor seine Augen von Regina sprechen würden.

Er hatte es geschafft, seine Besuche bei der Jüdin einzuschränken, aber sie gab nicht nach. Einmal überwand sie sogar ihren Argwohn, sich unter Christen zu begeben, und tauchte auf seinem Hof auf, nachdem er ihren Bitten, die sie ihm durch ihre Dienerin überbringen ließ, über einen Monat lang nicht nachgekommen war. Hugo musste versprechen, noch am selben Abend zu ihr zu kommen, damit sie wieder zu sich nach Hause zurückkehrte.

Davon abgesehen, trugen die Weinberge reichlich Früchte. Der Wein war gut und der Vilatorta so vorzüglich, dass sogar der König seinen Kellermeister schickte, um von dem Jahrgang zu kaufen, den Hugo vier Jahre lang gelagert hatte, ohne dass er versauert oder verdorben war. Die Neugier hatte ihn dazu gebracht, ein paar Fässer des mit *aqua vitae* angereicherten Rosé aufzubewahren. Da er schon einen schlechten, ja scheußlichen Wein in einen starken Wein verwandeln konnte, der den Leuten schmeckte, hatte sich Hugo gefragt, was das *aqua vitae* außerdem bewirken konnte, und er war zu dem Schluss gelangt, dass ein weiterer Vorteil in der Konservierung lag. Die körperlosen, flachen, leicht wie Wasser über die Zunge gehenden Roséweine mussten jung getrunken werden, noch im Erntejahr. Sie hielten weder in Holzfässern noch in Tonkrügen und versauerten, sobald die Gärung abgeschlossen war. Mahir hatte es ihm erklärt, und er selbst hatte es nachgewiesen. Auch Jofré und andere Sachkundige hatten es ihm bestätigt. Der mit *aqua vitae* vermischte Rosé dagegen hielt sich. Der Geist des Weines! Die Quintessenz! Er fügte dem Vilatorta also kleine Mengen *aqua vitae* hinzu, die genügten, damit dieser ausgezeichnete Wein weder versauerte noch seinen Charakter verlor.

Durch den Wein, seinen Lohn als Kellermeister und die Geschäfte mit seinem zukünftigen Schwiegervater besaß Hugo ausreichend Geld, um zwei Sklaven für die Arbeit in den Weinbergen zu kaufen. Zwar musste er sich zunächst mit Barcha streiten, die sie kontrollieren und anleiten wollte, aber schließlich ließ er sie frei.

»Genauso, wie ich es mit dir gemacht habe!«, brüllte er die Maurin an.

»Genauso, wie du es mit dem Bulgaren gemacht hast, und schau, wie er es dir vergolten hat.«

»Nein, es wird nicht genauso sein«, erwiderte er. »Sie bekommen ihre *Talla*, aber zu der Bedingung, dass sie für mich arbeiten, sobald ich sie in die Weinberge rufe. Für acht Jahre werden sie sich dazu verpflichten. Das ist der Zeitraum, zu dem mir Raimundo geraten hat, damit ich kein Geld verliere und sie nicht mehr als ihren Kaufpreis bezahlen müssen.«

Barcha nickte. Sie kannte viele Sklaven, denen für die Zeit, in der sie sich in Raten ihre Freiheit erkauften, diese Bedingung auferlegt worden war. Währenddessen befanden sie sich in einer besonderen Situation, im »Prozess der Freilassung«, warteten also darauf, endgültig frei zu sein. Doch wenn sie ihre Pflichten nicht erfüllten, wurden sie wieder zu Sklaven und verloren alles Geld, das sie bis dahin bereits bezahlt hatten.

Zur Arbeitsverpflichtung, die ihnen ihr Besitzer auferlegen konnte oder auch nicht, da es meistens dem Sklaven oblag, sich eine Arbeit zu suchen, mit der er seine Freiheit bezahlen konnte, kam eine Reihe weiterer Bestimmungen, die im Allgemeinen in den Freilassungsverträgen vermerkt wurden: kein übermäßiges Trinken und keine Straftaten, keine Kupplertätigkeit, keine Glücksspiele, keine Schlägereien und keine Eheschließung, um eine Erhöhung der Lebenshaltungskosten zu vermeiden. Außerdem gab es Bedingungen, über die der jeweilige Besitzer entschied, sei es, dass der freigelassene Sklave jede Woche, alle drei Tage oder täglich vorstellig werden musste, sei es, dass sein Aufenthalt auf Barcelona oder bestimmte Grenzen beschränkt wurde oder dass er Bürgen gewinnen musste, die im Fall einer Flucht die *Talla* bezahlten.

Hugo kaufte die beiden Sklaven von Romeu, der sie auf Anweisung Rocaforts nach dem Reinfall beim Geschäft mit Roger Puig zu einem günstigen Preis hergab. Die beiden jungen Mauren, der eine schwarz und der andere ein Mulatte wie Barcha, lebten schon eine Weile in Katalonien und waren zum katholischen Glauben konvertiert.

»Nimm dich vor Mateo in acht, dem einäugigen Dienstboten von Roger Puig«, warnte ihn María, Romeus Frau, als Hugo wieder einmal zu Verhandlungen über den Sklavenkauf erschien. »Er ist gekommen und hat Fragen über dich gestellt.«

»Warum? Was für Gründe sollte er haben hierherzukommen?«

»Er weiß von dem bulgarischen Sklaven, der dich bestohlen hat, und von deiner Anzeige beim Stadtrichter.«

Hugo schnaubte.

»Was habt ihr ihm erzählt?«

»Romeu hat ihm gar nichts erzählt, er hat gesagt, dass er sich nicht einmal an diesen Bulgaren erinnern kann. Nach dem Angriff auf Rocaforts Schiff sind die Beziehungen mit Roger Puig auseinandergebrochen. Das Abenteuer mit diesem Wichtigtuer hat Rocafort viel Geld gekostet, fast ruiniert hätte es ihn. Roger Puig hat seine Verpflichtungen nicht erfüllt, und dieser Einäugige ist nichts als ein widerlicher Dreckskerl. Romeu hatte seine Freude daran, ihn anzuflunkern, deshalb hat er abgestritten, etwas von dir zu wissen.«

»Hat er es ihm abgenommen?«

»Was macht das schon?«

Und ob es etwas machte, war Hugo versucht zu antworten. Wenn er zum Beispiel wieder auf dem Hof auftauchte, wie an dem Tag, als er verlangt hatte, Hugo solle als Weinhändler für Roger Puig arbeiten. Er würde Barcha vorwarnen. Im Geiste ging Hugo über seinen Hof. Es gab nur eines, was den Einäugigen misstrauisch machen konnte, falls er das Grundstück in Augenschein nahm: der Destillierkolben. Die Vorrichtung mit den zwei großen, bauchigen Gefäßen war das einzig Auffällige auf dem Hof. Trotzdem konnte er sich nur schwer vorstellen, dass dieser Schwachkopf auf die Idee kommen könnte, dass Hugo vor geraumer Zeit den Rosé mit *aqua vitae* vermischt hatte.

»Ich muss euch um einen Gefallen bitten«, sagte er zu María, die ihn mit einem Anflug von Sehnsucht beobachtete. »Ich möchte …«

Sie ordnete ihr Haar und strich sich die Kleider glatt. Das kann nicht sein, dachte Hugo.

»María, ich muss einen Destillierkolben verstecken, und der einzige Ort, wo …«

Die Frau war im Begriff, auf ihn zuzugehen. Vor ihrer Schürze knetete sie nervös ihre Hände. Sie verbarg sie hinter dem Rücken, bevor sie einen Schritt machte.

Hugo wehrte ab. »Ich werde bald heiraten«, verkündete er.

María blieb stehen. Ihre Unterlippe zitterte.

»María, ich darf nicht«, erklärte Hugo beharrlich.

»Niemand wird etwas mitbekommen. Als du noch gerne mit mir gevögelt hast, war es dir egal, dass ich eigentlich nicht durfte, dass ich verheiratet war.«

Hugo atmete tief ein. Sie hatte recht. María nutzte seine Unentschlossenheit, um sich an ihn zu pressen.

»Ein letztes Mal«, flüsterte sie in sein Ohr. »Ich bitte dich darum.« Sie küsste ihn auf den Hals. »Schau, wie sehr du willst!«, rief sie, als sie Hugos steifes Glied bemerkte.

»Nein«, wehrte er sich und schob sie so grob beiseite, dass er es sofort bereute. »Tut mir leid. Es stimmt, was du sagst. Aber ich kann nicht, María. Ich darf nicht. Es tut mir leid«, wiederholte er, bevor er sich umdrehte, um sich von Rocaforts Grundstück davonzumachen.

»Bring ihn schon her, deinen Destillierkolben«, gab María hinter ihm nach. Hugo blieb stehen und lächelte sie an. »So werde ich dich wiedersehen.« Sie rang sich ebenfalls ein Lächeln ab und fügte hinzu: »Vielleicht änderst du dann deine Meinung.«

Als die Galeeren zur Verteidigung von Papst Benedikt XIII. nach Avignon ausliefen und das Geschäft mit dem Wein für die Armada abgeschlossen war, ging Hugo das Verlöbnis mit Eulàlia ein. Die Hochzeit sollte drei Monate später stattfinden, zuerst mit einem Fest im Haus ihrer Eltern, bei dem Braut und Bräutigam ihr Eheversprechen *per verba de praesenti* abgaben, nachdem sie es zur Verlobung *per verba de futuro* ausgesprochen hatten. Danach würden sie eine öffentliche Zeremonie in der Kirche abhalten und an deren Pforte sowie vor der geistlichen Autorität ihr Eheversprechen bestätigen, damit niemand behaupten konnte, es handele sich um eine heimliche Ehe. Auf die Kathedrale Santa María del Mar hatten sie sich schon geeinigt. Hugo und Eulàlia gingen zu Pfarrer Pau, der die Nachricht von der Hochzeit des jungen Mannes aufnahm, als handelte es sich um die Rückkehr des verlorenen Sohns.

Zur Verlobung erhielt Eulàlia als Mitgift ihrer Eltern ein Bett, Laken und Aussteuer sowie sechstausend Sueldos, eine beachtliche Summe, mit der die Eheleute ein Haus in Barcelona erwerben konnten. Für Hugos zukünftige Schwiegereltern war die Sache bereits abgesprochen und entschieden, eine eigene Meinung hätten sie ihm hier niemals zugestanden: Er sollte als Ehegatte in Barcelona wohnen und nicht auf einem Hof außerhalb der Stadtmauern zwischen den Weinbergen.

Zum Ausgleich der Mitgift von sechstausend Sueldos musste Hugo den *Escreix*, den Brautpreis, bezahlen, der in Barcelona auf die Hälfte der Mitgift festgesetzt war. Dieser belief sich in seinem Fall also auf dreitausend Sueldos, über die er offensichtlich nicht verfügte.

»Aber du hast Land«, erinnerte ihn Jofré, als sie sich deswegen besprachen. »Sei unbesorgt. Die Mitgift müssen wir schon zu eurer Hochzeit erbringen, aber den *Escreix* brauchst du nicht auszubezahlen. Er wird als von dir beglichen gelten, sobald die Ehe offiziell ist.«

Hugo verlor bei der Lektüre der Eheparagrafen den Faden, die der

Notar vornahm, nachdem er sich zunächst über den *Escreix* geäußert hatte:

»... den bekanntermaßen der Verlobte für die Jungfräulichkeit der Frau bezahlt, die ihm die Ehe verspricht«, stellte der glatzköpfige, schmächtige und friedfertige Mann klar.

Jofré, Valença, Hugo und Eulàlia hatten sich in der Schreibstube gegenüber dem Notar und seinen Amtsdienern eingefunden. In einem kurzen Moment des Schweigens holte der kleine Mann Luft, um mit seiner übertriebenen Manier fortzufahren. Sein Seufzer, der Eulàlia galt, ließ sie unmittelbar erröten und den Blick starr zu Boden richten. Er bezahlte für ihre Jungfräulichkeit, dachte Hugo, und hörte nicht weiter zu. Mit seinem Blick suchte er den Eulàlias, bis sich diese, noch immer mit geröteten Wangen, ein nervöses Lächeln für ihn abrang. Hugo spürte einen leichten Schauder, als er sich vorstellte, ihre Haut zu berühren, so jung und rein, so weich. Jungfräulich.

Mit dem Eheversprechen begann ein neues Kapitel in Hugos Leben. Er würde bei Roger Puig aufhören und auch mit Regina, so sagte er sich, obwohl nur Letzteres in seiner Macht stand. Was Ersteres betraf, tröstete er sich manchmal mit dem Gedanken, dass er sich zwar nicht in der ersehnten Weise gerächt hatte, dass er dem Adligen aber zumindest eine wirtschaftliche Demütigung beschert hatte, da er einerseits mitgeholfen hatte, ihn durch die Plünderung von Rocaforts Schiff zu schädigen, und ihm andererseits den mit *aqua vitae* vermischten Rosé verkauft hatte, genauso wie er den ein oder anderen manipulativen Eingriff in Bezug auf Qualität und Preis der Weine vornahm, die er für ihn einkaufte. Trotz allem war sich Hugo bewusst, dass er die Rache am Grafen von Castellví de Rosanes, nach der es ihn eigentlich dürstete, noch nicht in die Tat umgesetzt hatte. Im Laufe der fast drei Jahre, die er nun als Kellermeister für ihn arbeitete, war der Adlige im Palast in der Calle de Marquet nur selten zugegen gewesen, und noch seltener waren längere Aufenthalte. Er beteiligte sich an allen Kriegen und Invasionen, die König Martín unternahm, am Angriff auf Tedellis, an der Eroberung Palermos, am Gegenschlag zum neuerlichen Einfall des Grafen von Foix in Katalonien. Bei jeder dieser Gelegenheiten glänzte Roger Puig als katalanischer Truppenführer. Und wenn er nicht Krieg führte, begab er sich auf die ausgedehnten Ländereien des Grafen von Urgell, mit dem er sich nach zahlreichen Schlachten verbrüdert hatte, um dort der Jagd zu frönen, oder er genoss ganz einfach seine Herrschaft auf Castellví de Rosanes.

Der Verlust des Schiffes und der geschäftlichen Investition, die Roger Puig in Sizilien hatte tätigen wollen, hatte nicht die Folgen, die seine Wutschreie beim Eintreffen der Nachricht hätten vermuten lassen. Anstatt sich nach Bernats Beutezug dem Ruin stellen zu müssen, wurde Puig zu einem reichen Mann, weil ihn der König zum Grafen ernannte. Außerdem belohnte ihn König Martín weiter mit Ämtern und Geld für sein Engagement und seinen Mut bei den Kriegshandlungen.

Nein. Hugo hatte sich auf seinem Posten als Kellermeister nicht nur unzulänglich gerächt, sondern sein Hass wurde mit jedem Tag, den der Adlige in seinem Palast in der Calle de Marquet residierte, weiter genährt. Roger Puigs Hochmut verstärkte sich im gleichen Maße wie die königliche Gunst. Sein Geschrei und die angeordneten Bestrafungen verschlimmerten sich, schon wegen kleiner Fehler wurden Sklaven verprügelt und Bedienstete eingesperrt. Caterina brachte den Bastard des Grafen zur Welt – vermutlich nicht den letzten. Manchmal grüßte sie Hugo von der Galerie aus mit einem Lächeln, schön wie immer. Jedenfalls waren Hugo die Launen des hoffärtigen Mannes längst hinreichend bekannt.

»Willst du mich zum Narren halten?«, heulte der Graf, als sein Kellermeister neben dem langen Tisch vor ihm stand, an dem er mit einigen Freunden – allesamt Adlige und hohe Herren der Stadt –, ihren Frauen und den Familienangehörigen, die im Palast wohnten, zu Mittag aß. »Dieser Wein schmeckt abscheulich!«, setzte er hinzu und schleuderte Hugo den Weinbecher entgegen. Das Gefäß traf seinen Unterarm, das Getränk besudelte sein Hemd an der Brust.

»Nein …«

»Warum zögerst du?«, fuhr ihn Roger Puig an und behinderte Hugo in seiner Erklärung. Jemand am Tisch brach in Gelächter aus, andere stimmten ein.

In einer Ecke des Speisesaals sah Hugo den Einäugigen. Er grinste unverhohlen.

»Eure Herrschaft, es ist der gleiche Wein …«, setzte Hugo zum zweiten Mal zu einer Entschuldigung an.

»Es ist der gleiche Wein, den die Sklaven trinken!« Diesmal musste Hugo einer Karaffe ausweichen, die auf dem Boden in Scherben zersprang. Zwei Frauen zielten ebenfalls mit ihren Bechern auf ihn. Keine traf, obgleich mehrere Tischgäste nass wurden, die es jedoch als Scherz auffassten. Die meisten unter ihnen, Männer wie Frauen, waren betrunken. »Geh in den Keller und bring uns guten Wein«, verlangte der Graf. »Oder ich gebe Befehl, dich auszupeitschen.«

Hugo zweifelte nicht im Geringsten daran, dass der Graf die Drohung wahr machen würde. Er wandte sich also um, um in den Weinkeller zu gehen. Da hörte er, wie ein Stuhl ungestüm zurückgeschoben wurde, und drehte sich wieder zurück. Roger Puig war im Begriff aufzustehen. Hugo rannte davon, um dem Tritt nach seinem Hintern auszuweichen. Geschrei und Gelächter waren zu hören und dröhnten noch lauter, als der Graf ungelenk zu Boden stürzte.

Schließlich trafen der Majordomus und einige Bedienstete im Keller ein.

»Hier.«

Hugo übergab ihnen ein kleines Fass.

»Wird ihn der denn zufriedenstellen?«, sorgte sich Esteve.

»Sag ihm, es ist der beste Wein in seinem Keller.«

»Und warum war der vorherige nicht der beste?«

»Wer hat gesagt, es sei nicht der beste gewesen?«

»Also ist dieser …«, wunderte sich der alte Majordomus.

»Es ist der beste.«

»Und wie erkläre ich ihm das?«

»Das ist deine Angelegenheit.«

»Aber du bist der Kellermeister!«

»Sicher, aber du hast mich angewiesen, welchen Wein ich servieren soll«, log Hugo und machte eine Drohgebärde. »Willst du, dass ich hochgehe und es ihm sage?«

Hugo verließ bereits den Palast, als der Majordomus und die Bediensteten aus dem Weinkeller nach oben stiegen. Am nächsten Tag erfuhr er, dass der zweite Wein dem Grafen und seinen Gästen gemundet habe, dass der Gastgeber gelobt und die vorzügliche Qualität der geschätzten Flüssigkeit mit Applaus gefeiert worden sei. »Es war der gleiche wie der erste, du dummer Bastard!« Diese Wahrheit hätte Hugo dem Grafen am liebsten ins Gesicht gespuckt.

Roger Puig machte sich wieder rar, diesmal in Richtung Valencia als Abgesandter des Königs. Damit sah Hugo seine Chancen dahinschwinden, sich noch vor seiner Hochzeit mit Eulàlia an dem Adligen zu rächen, wie oft er sich auch ausmalte, worin diese Rache bestehen sollte, nach der es ihn so sehr verlangte. Wenn er ehrlich zu sich selbst war, verspürte er keine Mordgelüste, ja nicht einmal Prügel wie die, die ihm die Missgeburt als Kind hatte verpassen lassen, wünschte er sich für den Grafen. Vielmehr kreisten seine Fantasien um die Schande: Er wollte Roger Puig gedemütigt sehen, nackt auf einen Eselsrücken gebunden, mit herunterbaumelnden Beinen, um durch Barcelonas Straßen getrieben zu werden. Die Leute sollten ihn anspucken, mit Steinen bewerfen, ihm Beleidigungen zurufen. Dem Dreckskerl! Doch solange er auf diesen Moment wartete, verfluchte es Hugo, in seinem Dienst stehen zu müssen. Er war wie gefangen, denn nur eine Entlassung seitens des Grafen mit ihren unvorhersehbaren Folgen konnte an dieser Situation etwas ändern.

Dringender schien es ihm in diesen Tagen, seine Beziehung mit Regina zu beenden. In letzter Zeit verließ die Jüdin nur noch das Haus, um nach ihm zu suchen. Sie fand und verfolgte ihn. Sie verlangte seine Aufmerksamkeit, wo auch immer sie auf ihn traf, ohne jede Zurückhaltung, außer sich. Manchmal flüchtete sich Hugo in eine Entschuldigung: »Ich habe Dinge zu erledigen, Regina, verstehst du das nicht?« Nein. Sie verstand es nicht. Und sie weinte oder schrie ihn an. Dabei wurde sie in der Regel von einer Bediensteten begleitet, die sich sogar einmischte. Hugo schaffte es zwar, die Besuche bei seiner Verfolgerin auf ein Minimum zu beschränken, dennoch kam es zu Situationen, in denen nicht einmal die Bedienstete ihre Herrin zur Vernunft bringen konnte und Hugo lieber nachgab, bevor der Stadtrichter oder, schlimmer noch, irgendein Geistlicher auftauchte, der ihn wegen seines vertraulichen Umgangs mit einer Jüdin bei der Inquisition anzeigen konnte.

Wenn sie bei Regina zu Hause angelangt waren, musste er sich das immer gleiche Klagelied anhören, den Groll, dass die Christen sie nicht ihr Leben leben ließen, die Beschwerden über ihren Mann und dessen Kinder. Jedes Mal trug sie ihre wirre Rede mit größerer Heftigkeit vor. Am Ende fanden sie sich ausnahmslos im großen Ehebett wieder. Mosé schien nie zu Hause zu sein. Oder vielleicht doch, schöpfte Hugo schließlich den Verdacht, aber vielleicht war ihm die außereheliche Beziehung seiner Frau gleichgültig. Unmöglich, dass er nicht Bescheid wusste! Sollte er sich tatsächlich irgendwo im Haus befinden, konnte er nicht überhören, wie Regina, wenn sie zum Orgasmus kam, aufstöhnte und schrie vor Lust, genauso wie sie flehte, Hugo möge noch länger bei ihr im Bett bleiben.

»Du heiratest nicht!« Er hatte geahnt, dass Regina so reagieren würde, weshalb er sich erst einen Monat vor der Hochzeit zu der Entscheidung durchgerungen hatte, ihr davon zu erzählen. Manchmal hatte er mit dem Gedanken gespielt, ihr einfach nichts zu sagen, zu heiraten und aus ihrem Leben zu verschwinden, aber er wollte keinesfalls die Reaktion einer so verbitterten und unausgeglichenen Frau riskieren, zu der Regina in der letzten Zeit geworden war. Hugo zwang sich zur Gelassenheit, während er sprach. Er verlor sich in Details, für Augenblicke verklärten sich sogar seine Züge. Er erklärte ihr, wer Eulàlia war, wie sie war, was sie nach der Hochzeit vorhatten. Regina hörte ihm zu, stoisch, ohne jede Regung, ohne ein Wort – abgesehen vom leichten Beben ihrer Nasenflügel.

Die Jüdin weigerte sich, es zu akzeptieren. Aber Hugo war darauf vorbereitet und hatte sich seine Argumentation überlegt.

»Du bist auch verheiratet. Warum hast du ein Problem damit, wenn ich es bin?«

Regina lachte schallend.

»Ich bin mit einem Mann verheiratet, der vorzeitig gealtert ist. Das sind die Schlimmsten, weißt du? Die, die freiwillig alt werden und sich gehen lassen, bis sie gebrechlich, nutzlos und impotent sind. Du wirst ein hübsches junges Mädchen heiraten, nach dem, was du mir erzählt hast – und du wirst mich verlassen.«

»Werde ich nicht«, log er. »Warum sollte ich das tun? Wir könnten weiter…«

»Das würdest du nicht tun.«

»Warum glaubst du mir nicht? Habe ich dich jemals im Stich gelassen?«

»Du lässt mich seit zwei Jahren im Stich, Hugo. Du warst hier, aber im Kopf warst du bei ihr, an einem anderen Ort.«

Hugo sah, wie seine Argumentation in sich zusammenfiel.

»Wenn ich dich im Stich gelassen habe, warum willst du dann weiter mit mir zusammen sein?«, antwortete er dennoch.

»Du bist alles, was ich habe.«

»Das stimmt nicht. Du hast…«

Er wusste nicht, wie er den Satz beenden sollte. Er musterte sie. Sie war genauso alt wie er, vierundzwanzig, obwohl sie jünger aussah. Sie ging nicht aus dem Haus und arbeitete nicht, da nicht einmal die wenigen Jüdinnen, die noch in Barcelona lebten, ihre Dienste in Anspruch nahmen. Doch anstatt sie vorzeitig altern zu lassen, schienen Hass und Groll ihre Muskeln ständig anzuspannen, sodass sie stark und energisch blieb.

»Siehst du? Dir fehlt eine Antwort. Du bist mein Leben, und du weißt es.«

»Du kannst nichts dagegen tun.«

Hugo bemerkte seinen Fehler, noch bevor er den Satz zu Ende gesprochen hatte. Mehrfach hatte er sich vorgenommen, nicht in diese Argumentation zu verfallen. Er musste sich unter Kontrolle halten, durfte sich nicht ärgern und ihr keinen Grund…

»Natürlich kann ich das. Oder glaubst du etwa, deine Verlobte möchte wissen, dass ihr zukünftiger Ehemann seit Jahren eine Beziehung mit einer Jüdin hat?«

»Du würdest es ihr doch nicht wirklich sagen, oder?«, fragte er überrascht und wütend.

»Hugo, du verstehst nicht. Wenn du mich verlässt, hat alles keinen Sinn mehr. Ich wäre eine lebendige Tote. Nicht ich würde es ihr sagen, sondern mein Dämon.«

»Ach was! Gibt es bei euch Juden etwa auch Dämonen?«, entfuhr es ihm voller Sarkasmus.

»Viele«, antwortete Regina im gleichen Tonfall. »So viele, dass ein anderer zu Roger Puig laufen und ihm von dem Brief erzählen könnte, den du Bernat Estanyol geschickt hast. Was meinst du, was der dann täte? Er würde dich umbringen, mit Sicherheit.«

»Du bist verrückt!«

»Ja«, gab Regina zu. »Erinnerst du dich noch, wie viele Matrosen bei dem Überfall umgekommen sind? Sie würden dich auf die schlimmste Weise hinrichten, die man sich vorstellen kann.«

Hugo spürte, wie seine Beine nachgaben, sodass er sich an der Wand abstützen musste. Die Toten verfolgten ihn. Hatte ihm die Jungfrau vom Meer denn nicht schon verziehen?

Regina fuhr fort: »Die Hinrichtung des Räudigen Hunds wäre ein Akt der Milde im Vergleich zu der Bestrafung, die ganz Barcelona dir auferlegen würde. Die ganze Stadt! Verstehst du?«

Hugo wartete, bis er den plötzlichen Schwindel überwunden hatte.

»Du warst an der Sache mit dem Schiff von Roger Puig beteiligt«, schaffte er es, sich zu artikulieren, während ihn Regina, die vor ihm stand, mit ihrem Blick und den bebenden Nasenflügeln herausforderte. »Es wäre dein eigener Tod.«

»Du willst nicht verstehen, dass ich sowieso schon tot wäre.«

»Warum tust du mir das an? Was hast du davon?«

»Dich. Dich habe ich davon. Du gehörst mir. Wenn dieses Mädchen einmal aus deinem Kopf verschwunden ist, wenn du dich davon überzeugt hast, dass sie nicht zu dir passt, und wenn du aus diesen absurden Träumereien eines verliebten Jünglings wieder aufgewacht bist, dann wirst du neue Augen für mich haben, und du wirst zu mir kommen und nicht mehr fernbleiben. Du wirst zu mir zurückkehren, und wir werden ein wunderbares Wiedersehen haben.«

»Aber wir haben doch gar keine gemeinsame Zukunft. Ein Christ und eine Jüdin, die noch dazu verheiratet ist. Am Ende fliegen wir auf und werden beide bestraft. Dein Mann …«

»Mosé ist ein zahmer Hahnrei. Er weiß davon, aber er wäre nicht einmal fähig, eine Zwölfjährige zu befriedigen. Er bekommt schon lang keinen mehr hoch! Er bekommt keinen hoch!«, schrie Regina, so laut sie konnte, zweifellos in der Hoffnung, dass Mosé, sollte er sich im

Haus aufhalten, sie hörte. »Mosé lassen wir hinter uns, mach dir um ihn keine Sorgen«, fügte sie hinzu.

»Die Leute …« Hugo verstummte plötzlich. »Wir lassen ihn hinter uns? Was meinst du damit?«

»Mosé wird kein Hindernis sein.«

»Regina, ich verstehe dich nicht.«

»Hugo.« Regina trat zu ihm, diesmal ganz zärtlich. Hugo wich zurück. »Was ich dir anbiete, ist, dass wir es nicht weiter so heimlich und vorsichtig tun müssen.« Sie ergriff seine beiden Hände. »Ich schlage dir vor, unser Leben gemeinsam zu leben.«

»Aber …«

»Sei still! Ich bin entschlossen, anstelle meines Glaubens deine Religion anzunehmen.« Regina musste den kalten Schweiß bemerkt haben, der Hugos Handflächen verklebte. Trotzdem sprach sie weiter: »Wenn ich das tue, wird die Ehe mit Mosé für ungültig erklärt, und du und ich, wir werden frei sein, um zu heiraten und unser Glück zu teilen. Ich werde wieder als Hebamme arbeiten. Nur noch ein Jahr, dann kann mich der König zur Ärztin ernennen. Ich habe weiterstudiert, weißt du? Viel sogar. Ich habe ja nichts anderes zu tun in diesem Haus, und in Mosés Bibliothek gibt es eine gute Auswahl an Büchern.«

Noch bevor sie bei Hugo Gehör fand, löste sich Reginas Stimme in verworrenes Gemurmel auf, genauso wie ihm das Bild dieser Frau verworren schien. Hatte sie von Konversion gesprochen? Von Heirat? Mit ihm? Er wollte Regina nicht heiraten!

»Sie ist ein schlechter Mensch.« Dolças Warnung hallte in seiner Erinnerung nach und verschluckte jedes andere Geräusch. Hugo kehrte in die Wirklichkeit zurück und zu einem Redeschwall, den er in irgendeinem Moment unterbrach.

»… und wenn wir keine Kinder bekommen …«

»Du eine Christin?«, fiel er Regina ins Wort und befreite sich gleichzeitig von ihren Händen.

»Ja. Ich habe ausführlich darüber nachgedacht. Was wäre schon dabei? Ich würde mich von meinem Ehemann und seinen Kindern befreien. Ich könnte wieder meine Arbeit machen, und vor allem könnte ich dich haben, öffentlich, ohne Geheimnistuerei. Letztlich ist deine Religion nichts als eine Sekte von Mördern, Vergewaltigern und lüsternen Bischöfen und Priestern, die die Menschen versklaven und ihnen Angst einjagen.«

Hugo seufzte.

»Warum seufzt du?«

»Ich will nicht…«

»Hugo«, unterbrach ihn Regina schroff. »Ich verlange nichts von dir. Ich schwöre freiwillig meinem Glauben ab, um mit dir zusammen sein zu können. Wenn ich bereit bin, Christin zu werden, so wie meine Feinde, die mich vergewaltigt haben, die meine Familie umgebracht haben und meine Freunde, dann gibt es für dich nichts zu zweifeln. Du hast keine Wahl, verstehst du?«

Die Jüdin schwieg für einige Augenblicke, als wollte sie Hugo Zeit geben, ihre letzte Bemerkung zu begreifen.

»Entweder du gehst mit mir oder in den Tod.«

»Ich könnte dich hier und jetzt auf der Stelle umbringen.« Regina lachte laut.

»Das würdest du nicht tun. Ich kenne dich. Du kannst keiner Fliege etwas zuleide tun«, behauptete sie.

Hugo versuchte, das Zorneszittern zu unterdrücken, das ihn überfiel. Je mehr er von seiner Wut zeigte, desto größere Ruhe schien Regina auszustrahlen, als ginge es für sie darum, ihm ihre Kontrolle, ihre Kaltblütigkeit zu beweisen.

»Wenn du das tätest, wenn du mich umbrächtest, was würde dann aus Mercè? Du müsstest ins Gefängnis, und sie würden dich als einen Mörder hängen, sie würden dich sogar als Ketzer anklagen, weil du mit mir zusammen warst. Wer würde sich dann um das Mädchen kümmern? Die Maurin?« Sie ließ ihn darüber nachdenken, bevor sie fortfuhr: »Mit mir wirst du glücklich, Hugo, viel glücklicher als mit diesem einfältigen Häschen, lass dir das gesagt sein. Hör auf mich. Du hast nur zwei Möglichkeiten: ich oder der Graf von Castellví de Rosanes und das Gericht von Barcelona und Unglück und Schmach für deine Tochter. Dieses junge Mädchen, von dem du mir erzählt hast, hat in deinem Leben keinen Platz, sie zählt nicht, sie ist nicht da. Entscheide dich: der Tod oder ich.«

Er stand noch im Morgengrauen auf und kehrte nicht vor Einbruch der Dunkelheit zurück. Es war Februar, Zeit, die Weinstöcke zu schneiden. Das konnte man von kurz vor Wintereinbruch bis März tun. In wärmeren Regionen bot es sich an, schon früher zu schneiden, während man sich in kälteren Regionen bis Frühlingsbeginn Zeit lassen konnte. In gemäßigten Zonen – wie es bei den *vinyet* von Barcelona, natürlich inklusive derer Hugos, der Fall war – konnte man sich den Zeitpunkt zum Schneiden aussuchen. Mahir hatte Hugo erklärt – und er wusste es aus eigener Erfahrung –, dass die Weinstöcke, schnitt man sie im Winter, weniger Früchte, aber mehr Holz produzierten, als wenn man sie im Februar oder im März schnitt.

In den ersten Tagen zog er zur Mithilfe seine neuen Sklaven, Joan, den Schwarzen, und Nicolau, den Mulatten, heran. Es stellte sich heraus, dass Ersterer Linkshänder war und anfing, die Weinstöcke entgegengesetzt zu der Linie zu schneiden, die Hugo markiert hatte, weshalb Hugo ihn wieder wegschickte. Der andere zeigte sich unfähig, die Reben mit einem einzigen, treffsicheren Hieb zu entfernen, sooft es ihm Hugo auch zu erklären versuchte. Das Geräusch des splitternden Holzes schmerzte Hugo so sehr in den Ohren, als würden die Schläge ihm gelten. Außerdem war er nicht so geduldig, wie Mahir es mit ihm gewesen war, sodass er auch den Mulatten Nicolau wieder wegschickte und sich allein, Stock für Stock, der Arbeit stellte.

Vor dem Schneiden eines Weinstocks musste man um ihn herumgehen und ihn aus allen Winkeln betrachten. Man musste die Reben befühlen, denn nicht alle konnten auf die gleiche Weise geschnitten werden. Während Hugo zu Werke ging, tauchte Eulàlias Gesicht wieder vor ihm auf, obwohl er nicht an sie denken wollte. Auch nicht an Regina, deren Worte noch immer in seinem Kopf widerhallten. Er konzentrierte sich aufs Schneiden. Er wollte an niemanden denken.

Barcha brachte ihm das Essen und nach der ersten Woche auch Nachrichten. Jofré war voller Sorge auf den Hof gekommen. Die Maurin hatte ihm gesagt, sie wisse nichts von ihrem Herrn, dass er sich aber wohlauf befinde und zum Schlafen zurückkomme und dass sie ihm den Besuch ausrichten werde. Hugo griff lediglich nach der Schale und setzte sich auf die Erde, um den Eintopf zu vertilgen.

»Herr«, wollte ihn Barcha unterbrechen.

Hugo versuchte, sie mit einem kurz angebundenen »Lass mich« loszuwerden, aber sie blieb.

»Hast du mich nicht gehört?!«, unterbrach Hugo sie von Neuem.

»Doch!«, gab sie zurück. »Aber Mercè möchte in den Weinberg kommen. Sie weiß, dass du hier bist.«

»Wenn du es ihr erlaubst, wirst du sie nicht wiedersehen.« Er konzentrierte sich wieder auf die Weinstöcke, fern von allem und jedem. Er rief sich in Erinnerung, was ihm Mahir beigebracht hatte, während er um eine weitere Pflanze herumging. Er untersuchte sie, betastete sie und zog an den Reben. »Sie sollen aus einem starken, robusten Stamm herauswachsen, der das Gewicht von mindestens vier über Kreuz wachsenden Reben tragen kann, besser noch fünf«, so hatte es ihm der Jude erklärt.

Es regnete. Barcha brachte ihm einen Umhang. Ein paar Tage später konnte die Maurin Jofré nicht davon abhalten, sich im Weinberg auf die Suche nach dem zu machen, der sein Schwiegersohn werden sollte.

»Mein Sohn, was ist los mit dir?«

Hugo antwortete nicht, er wusste nicht, was er sagen sollte. Er schnitt weiter und versuchte, die Fragen des Weinhändlers nicht an sich heranzulassen.

»Warum tust du uns das an?«

Er wusste nicht, wie er diesen Weinstock schneiden sollte. Jofrés Fragen und Barchas Blick, die hinter dem Weinhändler stand, lenkten ihn ab. Damit Hugo ihm Beachtung schenkte, zog Jofré ihn am Ärmel, aber Hugo befreite sich gröber, als es ihm lieb war. Dieser Mann hatte ihm ja nie etwas Böses getan, immer hatte er es gut mit ihm gemeint und … Er musste jetzt diesen Weinstock schneiden!

Jofré kehrte noch ein paarmal zurück. Hugo sprach nie ein Wort. Beim darauffolgenden Mal kam Jofré in Begleitung Eulàlias, die so untröstlich weinte, dass Hugo ihnen erschreckt den Rücken zuwandte, das Schneiden vergaß und eiligen Schrittes im Zickzack zwischen den Weinstöcken das Weite suchte. Er stellte sich vor, Mercè, seine Tochter, zu nehmen und mit ihr zu fliehen. So würde er sich von Regina befreien – und von Eulàlia. Aber er konnte nicht! Alles, was er besaß, waren diese Weinberge, sie waren sein Leben und Mercès Zukunft.

Pfarrer Pau suchte ihn ebenfalls auf und verlangte Erklärungen, vor allem, weil der Pfarrer der Kirche Santíssima Trinitat, die die Juden nach dem Überfall auf das Judenviertel und ihrer erzwungenen Konversion errichtet hatten, zu ihm in die Kathedrale Santa María del Mar gekommen war. Von ihm hatte Pfarrer Pau erfahren, dass eine Jüdin namens Regina den christlichen Glauben annehmen, die Ehe mit einem ketzerischen Arzt für nichtig erklären und sich mit einem gewissen Hugo Llor, Mitglied der Gemeinde Santa María, vermählen wolle.

»Was hat das zu bedeuten, Hugo? Wirst du Eulàlia verlassen, um eine Konvertitin zur Frau zu nehmen? Und deine Versprechen? Dein Verlöbnis? Du legst bei mir die Beichte ab, und nie hast du mir von dieser Jüdin erzählt«, erinnerte er ihn. »Woher kennst du sie?«

Hugo wollte nicht antworten, aber Pfarrer Pau gehörte zur Gemeinde Santa María, zu den Besitzern dieses Weinbergs.

»Habt Ihr mir nicht einmal gesagt, eine Bekehrung sei das größte Geschenk für Unseren Herrn? Habt Ihr nicht darauf bestanden, ich müsse es tun, koste es, was es wolle? Warum wundert Ihr euch? Hier habt Ihr nun Eure Bekehrte – auf Kosten meines Glücks.«

Mahir hatte gesagt, der Wein sei eine gehorsame Pflanze, wer sie gut schneide, könne mit ihr das anstellen, was ein Töpfer mit Ton mache: sie formen, wie es ihm gefiel. Jetzt war Hugo daran, es zu beweisen. Die jungen Pflanzen des Weinbergs von Santa María, die er vor vier Jahren gepflanzt hatte, sahen stark und robust aus.

Hugo betrachtete sie und blickte dann zum Pfarrer.

»Ich kann nicht glauben, dass du dieser jungen Frau Schaden zufügst«, warf ihm dieser vor.

»Ist es denn nicht, was die Kirche will? Diese Jüdin konvertiert, um mich zu heiraten. Wenn sie mich nicht heiraten kann, lässt sie sich nicht bekehren. Gebt Ihr mir nicht die Absolution, Pater?«

Er arbeitete nun seit fast drei Wochen in den Weinbergen und hatte in manchen Momenten glauben wollen, Reginas Drohung sei nichts als eine dumme Einbildung gewesen. Aber dem war nicht so. Sie war real, und Regina würde Wort halten, sie würde ihn nicht in Ruhe lassen. »Sie ist eine schlechte Person.« »Sie ist eine schlechte Person.« »Sie ist eine schlechte Person.« Dolças Urteil zermarterte ihm das Gehirn. Wenn Regina ihn anzeigte, würde man ihn mit Todesgewissheit und als den abscheulichsten aller Verbrecher an den Galgen bringen. Was würde dann aus Mercè? Beim alleinigen Gedanken an das Kind, auf das man als Tochter eines niederträchtigen Verräters mit dem Finger zeigte, schnürte es ihm Magen und Kehle zu. Seit Reginas Drohung wurde er das Bild von Mercè nicht mehr los, wie sie mutterseelenallein von ganz Barcelona beleidigt und von den Leuten auf der Straße angespuckt wurde. Das würde er nicht zulassen, beteuerte er vor sich selbst. Er durfte es nicht zulassen. Er würde Eulàlia verlassen, weil ihm kein anderer Ausweg blieb, und er würde sich hierher, in seine Weinberge, auf seinen Hof, auf seine Erde zurückziehen. Dann würde er schon sehen, was Regina täte. Vielleicht war es gar nicht nötig, sie zu heiraten.

Jofré kam wieder. Aus der Ferne beschimpfte er Hugo als einen Ketzer, rief ihm Beleidigungen zu und warf mit Steinen nach ihm.

Ein paar Tage später kam der Notar, vor dem sie das Verlöbnis unterzeichnet hatten, genauso glatzköpfig und schmächtig, wenn auch nicht mehr so friedfertig, hier mitten im Weinberg, flankiert von seinen Amtsdienern.

Er wollte wissen, ob Hugo bereit sei, mit der jungen Eulàlia Desplà, Tochter von Jofré, die Ehe zu … Hugo fiel ihm ins Wort und sagte, nein, er sei nicht bereit. Er breche also das Verlöbnis?

»Ja.«

Die Arbeitstage vergingen, und als Hugo das Schneiden schon für beendet ansah, erschien der Büttel des Stadtrichters in Begleitung eines Schreibers und zweier Soldaten.

»Hugo Llor?«

»Der bin ich.«

Der Gerichtsbote überreichte Hugo ein Dokument. »Ich überbringe Euch hiermit die Nachricht, dass ein gerichtliches Verfahren am Gericht des Stadtrichters gegen Euch anhängig ist, in welchem Eulàlia Desplà Anspruch auf den Weinberg der Kirchengemeinde Santa María del Mar erhebt, und ebenso auf den Weinberg, welcher sich im Besitz Francesc Rieras, Konvertit, ehemals Jacob, befindet.«

»Was?«

»Ihr habt fünf Tage, um vor Gericht zu erscheinen.«

»Was sagt Ihr da?«

»Dass Ihr dieses Land verlieren werdet«, erklärte der Büttel schroff.

»Aber …«

»Ihr habt in Eurem Verlöbnis eine Buße unterzeichnet. Wer das Eheversprechen bricht, muss die Buße an den Heiratswilligen ausbezahlen. So einfach ist das.«

Die Sichel, die Hugo zum Schneiden der Weinstöcke benutzt hatte, entglitt seinen Händen und fiel auf die Erde. Es waren seine Weinberge. Es waren …

»Habt Ihr verstanden, was ich gesagt habe? Eulàlia Desplà hat diese Weinberge vor Gericht eingeklagt.«

15

Nachdem er das Raval durchquert hatte, betrat Hugo durch das Portal de la Boquería die Altstadt. Zum ersten Mal in seinem Leben empfand er Barcelona als ungastlich. Das Rufen und Schreien der Händler und Handwerker, der feilschenden Käufer, der Leute, die sich lautstark am Straßenrand unterhielten, brandeten ihm entgegen, als wollten sie ihm in Erinnerung rufen, dass sich hier in der großen Stadt das Los der Menschen entschied. Wie still war es dagegen in den Weinbergen, fernab von diesem Trubel. Dieses Mal fühlte er sich in der Menge wie ein Fremder. Alle schienen etwas zu tun zu haben, während ihm nichts anderes zufiel, als auf den Ausgang eines Gerichtsprozesses zu warten, den er bereits für verloren gab. Der gleichen Meinung war der Anwalt, zu dem ihn Raimundo geführt hatte.

»Ich habe die Klage gesehen, die der Vater deiner … von Eulàlia beim Stadtgericht eingereicht hat«, hatte ihm Pau Juliol, ein rund gewordener, bedächtig sprechender alter Herr erklärt. »Als nicht Volljährigem von unter 25 Jahren muss ich dir leider sagen, dass du keinen Verteidiger bekommst«, informierte er Hugo beim zweiten Treffen in der Anwaltsstube.

»Aber …«

»Im Verlöbnis wurde eine Buße vereinbart, falls einer der beiden Verlobten sein Wort nicht erfüllt. Ihre Eltern haben sich zur Auszahlung der Mitgift verpflichtet, du zur Auszahlung des *Escreix*. Darauf beläuft sich das Ausmaß deiner Buße, die geringere der beiden Summen.«

Hugo konnte sich nicht an eine solche Vereinbarung erinnern. Er erinnerte sich nur, wie er den Faden verloren hatte, nachdem der Notar die Stelle vorgelesen hatte, die auf Eulàlias Jungfräulichkeit anspielte.

»Ich erinnere mich nicht an den Teil des Vertrags, auf den Ihr Euch bezieht.«

»Es bringt nichts, sich nicht zu erinnern. In den örtlichen Gesetzen gilt als Ausnahme von der Bestrafung bei Nichteinhaltung des Eheversprechens nur ein Irrtum. Später hast du vor dem Notar bestätigt, dass du bereit seist, dein Versprechen zu brechen.« Der Anwalt blickte zu Raimundo, der neben Hugo saß, und sagte: »Du wirst verstehen, dass ich mich deines Falls nicht annehmen kann.«

»Können wir denn gar nichts sagen?«, fuhr Hugo dazwischen. »Dass ich mich geirrt habe, dass ich diesen Fehler gemacht habe. Ich werde sonst die Weinberge verlieren!«

»So wirst du nicht nur die Weinberge verlieren, sondern auch deine Freiheit. Hör zu, junger Mann, man wird einen Kalumnieneid von dir verlangen und von mir als Anwalt ebenso.«

»Was ist das?«

Anwalt Juliol bedeutete ihm, ihn nicht nochmals zu unterbrechen.

»Der Kalumnieneid verpflichtet dazu, vor dem Richter zu schwören, den Prozess in redlicher Absicht zu führen und in dem Glauben, eine gerechte Sache zu verteidigen. Ich werde diesen Eid nicht leisten. Und ich rate auch dir davon ab, weil du nicht nur den Prozess verlieren würdest, sondern man dich zusätzlich wegen Meineids bestrafen würde, und das würde dir tatsächlich Schaden bringen. Es tut mir leid. Ich fürchte, du wirst keinen Anwalt finden, der dich unterstützt. In dieser Stadt müssen alle Angehörigen meines Berufs einen Eid ablegen, keine aussichtslosen Fälle wie den deinen zu verteidigen. Wenn wir das täten, könnten wir für niederträchtig erklärt werden, und das wäre unser Ende.«

»Aber gibt es denn gar keine Möglichkeit?« Hugo wollte noch nicht aufgeben.

»Schau, ich werde dir erklären, wie es funktioniert. Der Stadtrichter fungiert nur als Vertreter des Königs und versteht nichts von Gesetzen. Deshalb braucht er Juristen, die ihn bei den Prozessen beraten. Diese Juristen sind wir, die Anwälte. Der Vorsitzende unserer, nennen wir sie Zunft ernennt jede Woche diejenigen unter uns, die als Berater oder Richter an den Gerichten des Stadtrichters und des Amtmannes eingesetzt werden. Von daher kennen wir uns, wir sind Kameraden, Freunde, und ich kann dir versichern, dass der Richter, dem dein Fall zugeteilt wurde, bereits eine klare Meinung hat. Dir bleibt nicht die geringste Möglichkeit, Hugo.«

»Und sie können die Weinberge bekommen? Es sind ja gar nicht meine, ich habe sie nur in …«

»In Erbpacht«, kam ihm der andere zuvor. »Ja, sie können die Weinberge bekommen, um auf deine Frage zu antworten. Eine Erbpacht ist übertragbar, vorausgesetzt, sie geht nicht an einen Besitzer von höherem Stande als der vorherige, und der Käufer entrichtet das gesetzlich festgelegte Laudemium zur Besitzänderung. Eulàlia Desplà ist von keinerlei Adelsstand, weshalb sie persönlich die Weinberge erwerben kann, und ich bin mir sicher, sie wird das Laudemium dafür entrichten.«

»Aber die beiden Weinberge, die Gerätschaften und der Wein sind viel mehr wert als das Geld, zu dem ich mich verpflichtet habe, als …«

»*Escreix*«, half ihm der Anwalt.

»Als *Escreix* zu zahlen«, wiederholte Hugo unwirsch.

»Das mag sein oder auch nicht. Ich würde das nicht so entschieden behaupten. Es handelt sich um dreitausend Sueldos! Jedenfalls hast du diese Summe im Verlöbnis unterzeichnet und dich mit diesen zwei Weinbergen verbürgt, mit den Gerätschaften, den Arbeitern und allem, was dazugehört, falls du das Eheversprechen nicht einlösen solltest.«

Alle drei schwiegen einen Moment.

»Es tut mir leid«, fügte der Anwalt schließlich in einem Ton hinzu, der offenbarte, dass er die Besprechung hiermit für beendet ansah.

Hugo war kaum aus der Anwaltsstube getreten, als er Raimundo mit einer Hitzigkeit anfuhr, die der alte Geldwechsler seiner Verzweiflung zuschrieb.

»Ich brauche dreitausend Sueldos!«

»Das ist zu viel«, antwortete Raimundo in der Absicht, Hugo zu besänftigen. »Ich bedauere es, aber ich glaube, niemand wird dir so viel Geld leihen. Nicht einmal ich habe im Augenblick so viel, und selbst wenn ich es hätte … Es tut mir leid, Hugo, es tut mir sehr leid. Außerdem ist sehr wenig Zeit. Versuch es, wenn du willst, aber es wird dir nicht gelingen.«

Hugo verabschiedete sich mit einer brüsken Handbewegung und machte sich ohne Zögern auf den Weg zum Hause Eulàlias. Er durfte nicht alles verlieren. Eulàlia hatte kein Recht auf die Weinberge. Sie musste verstehen, dass es nicht seine Absicht gewesen war, ihr Schaden zuzufügen. Das unmittelbare Schweigen bei Hugos Eintreten in Jofrés Taverne und eine Reihe finsterer Blicke ließen ihn an der Angemessenheit seiner Entscheidung zweifeln. Das Lokal mit dem unerlässlichen Pinienzweig am Türsturz befand sich in der Calle Arrover, einem Gässchen hinter der Plaza del Born, nicht weit vom Haus des Handschuhmachers, wo Hugos Mutter gearbeitet hatte – Orte, die ihm kein Glück verhießen.

»Raus hier!«

Der Schrei kam aus Jofrés Richtung, der bis zu diesem Moment mit dem Rücken zur Tür mit einem Fass beschäftigt gewesen war und sich soeben wegen des merkwürdigen Schweigens nach Hugos Eintreten umgedreht hatte.

»Jofré, ich möchte …«

Hugo machte einen Schritt auf den Weinhändler zu.

»Raus hier!«

Ein Mann, den Hugo vom Sehen kannte, erhob sich von einem der Tische.

»Bist du der, der die kleine Eulàlia hat sitzen lassen?«

Hugo kehrte zur Antwort seine Handflächen nach oben, als ob es nicht seine Schuld wäre. Der Mann schleuderte den Wein aus seiner Schale auf Hugo.

»Scher dich bloß fort von hier!«, schrie er gleichzeitig.

Andere Gäste stimmten ihm zu.

»Ketzer!«

»Geh doch zu deiner Jüdin!«

Das Geschrei steigerte sich. Jemand versetzte Hugo einen Stoß. Er versuchte, Jofré wenigstens mit einem Blick zu erweichen. Außer sich stürzte der Weinhändler auf ihn los. Hugo wich zurück und stolperte, fiel aber nicht hin. Beschimpfungen und Schreie wechselten sich ab. Als Hugo die Taverne verließ, erwarteten ihn schon ein paar Frauen auf ihren Balkonen, herausgelockt durch den Lärm, den der Widerhall an den Häuserwänden der Gasse noch verstärkte. Manche erkannten ihn:

»Dreckskerl!«

»Schuft!«

Ihre Spucke regnete auf ihn nieder.

»Lass dich hier nie mehr blicken!«

Von oben leerten sie einen Eimer mit Exkrementen über ihm aus, und einen weiteren mit verfaultem Gemüse. Hugo versuchte nicht zu rennen, aber dann nahm er die Beine in die Hand und floh, so schnell er konnte.

Früh am Morgen ging Hugo durch die Calle de la Boquería zur Plaza de Sant Jaume, um von dort in die Calle de Marquet und zu Roger Puigs Palast abzubiegen. Seit seinem Gespräch mit dem Anwalt und dem anschließenden erfolglosen Besuch bei Jofré waren mehrere Tage vergangen. Er kam in der Nähe der Calle de Sanahuja vorbei, wo Regina wohnte. Am Tag nach seinem Rauswurf aus der Taverne war er zu ihr gegangen, damit sie sich besänne und seine Ehe mit Eulàlia akzeptierte. Nur so würde er die Weinberge nicht verlieren, denn Eulàlia konnte ja keinen Anspruch darauf geltend machen, sofern er sein Eheversprechen erfüllte. Doch Regina war selbstverständlich schon ausgezogen, denn wer sich zum Christentum bekehren ließ, konnte unmöglich mit Juden zusammenleben.

Hugo war den Hinweisen der Bediensteten gefolgt und hatte sie in einem zweistöckigen Gebäude nahe der Kirche Santíssima Trinitat in einem winzigen Zimmer des oberen Stockwerks vorgefunden, das sie sich mit einem alten konvertierten Ehepaar teilte. Sie stand vor einem Buch und nutzte zum Lesen das spärliche Tageslicht, das durchs Fenster hereinfiel. Hugo spürte die Blicke der Alten in seinem Rücken, während er hinter Regina die Treppe hinunterstieg.

»Ich gehe in die Kirche«, hatte sie versucht, das Ehepaar zu beruhigen.

Hugo hatte geglaubt, es habe sich um eine Ausrede gehandelt, doch Regina zog ihn tatsächlich in die Kirche hinein, machte eine Kniebeuge und das Kreuzzeichen, auch wenn ihre Frömmigkeit vielleicht nur gespielt war.

»Sie haben mich noch nicht getauft«, flüsterte sie, um die anderen Gläubigen nicht zu stören.

Hugo traute seinen Augen nicht: Regina war vor den Altar getreten und sprach mit gedämpfter Stimme ein Gebet, das sich mit dem allgemeinen Gemurmel in dem Gotteshaus vermischte. Die Kirche war klein, mit nur einem einzigen Schiff und niedrigem Deckengewölbe, und schlicht, wie es den Konvertiten entsprach, die sie errichtet hatten.

»Ich muss mit dir reden«, wisperte Hugo.

Regina ließ ihn eine ganze Weile warten. Er wusste, dass ihr Verhalten nur vorgetäuscht war, dass sie die Christen hasste und alles, was mit ihnen zu tun hatte, tausendmal hatte sie es ihm gestanden, und er verstand nicht, warum sie ihm jetzt dieses Theater vormachte.

»Regina«, rief er schließlich.

Sie kam, und gemeinsam zogen sie sich in eine dunkle Ecke neben dem Eingang zurück, wo das flackernde Licht der wenigen in der Nähe platzierten Kerzen die Schatten nicht vertreiben konnte. Hugo sprach hastig, vom Prozess, von der Pfändung der Weinberge.

»Sie haben alles ins Inventar aufgenommen. Sogar die nutzlosesten und kaputtesten Gegenstände musste der Schreiber in seine Bücher eintragen, nicht nur die Weinberge, auch die Tonkrüge, die Sklaven, einfach alles! Sie werden mir alles wegnehmen, wenn ich Eulàlia nicht heirate.«

Regina dachte einen Augenblick nach.

»Du weißt doch, was Matthäus gesagt hat«, sagte sie und zitierte: »Wenn dich einer vor Gericht bringen will, um dir das Hemd wegzunehmen, dann lass ihm auch den Mantel. Wir Christen sollen nicht vor Gericht gehen, Hugo. Die Barmherzigkeit soll unser Handeln bestimmen. Sei unbesorgt, wir werden auch ohne diese Weinberge glücklich sein, vielleicht sogar glücklicher. Du wirst mehr in meiner Nähe sein.«

Hugo erstickte den Protest, der in ihm aufstieg. Er beobachtete Regina, die ernst und offenbar fest in ihren neuen Überzeugungen war. Im Halbdunkel konnte er ihre Nase nicht deutlich sehen. Er kniff die Augen zusammen, während sie weiterredete:

»Sie werden mich bald taufen. Ist dir bewusst, was das bedeutet? Weil ich lesen kann und Latein verstehe, geht es mit meiner Bekehrung zum Evangelium viel schneller voran als bei anderen. Der Pfarrer ist sehr zufrieden mit meinen Fortschritten. Bald können wir heiraten und zusammenleben. Hast du es Mercè erzählt? Wie alt ist sie jetzt? Drei Jahre? Genug, um zu verstehen, was um sie herum vor sich geht, oder?«

Regina sprach immer weiter. Hugo konnte ihre Nase nicht sehen und zum Streiten brachte er keinen Mut auf. Er hatte es ja schon versucht, obwohl er ihre Antwort vorausgesehen hatte. Was er allerdings nie geargwöhnt hätte, war dieses gottselige Gebaren, das in einem solchen Widerspruch zu ihren wahren Gefühlen gegenüber dem Christentum stand. Eine Schlange, die sich häutete, das war Regina. Eine Viper, die ihn verschlingen würde, sollte er gegen ihren Willen handeln. Hugo überkamen starke Zweifel, ob sie ihre Drohung wahr machen und ihn wirklich bei Roger Puig und der Stadtobrigkeit anzeigen würde. Doch, das würde sie, dachte er dann, aber manchmal, wenn er an ihr gemeinsames Lachen, ihre Gespräche und ihre fleischlichen Begegnungen zurückdachte, bei denen zwar nicht von Liebe, aber zumindest von Zuneigung und Zärtlichkeit die Rede sein konnte, dann konnte er es nicht glauben. Sie waren doch Freunde! Hugo hatte ihr das Leben gerettet! Ihrem Verhalten in der Kirche nach zu urteilen, wo sie so fromm tat, wie sie sonst hasste, bestand kein Zweifel, dass Regina sich selbst opfern würde, sollte er sich ihren Wünschen nicht beugen. Sein einziger Ausweg war zu fliehen, aber er wusste nicht, wohin. Nicht einmal zu Bernat konnte er, nachdem er sich geweigert hatte, weiter für ihn zu arbeiten. Aber vielleicht würde er ihn in Cartagena aufnehmen? »Es ist nichts weiter als ein Hafen mit einer Burg und darunter eher Hütten als Häuser«, so hatte Gabriel Muntsó es ihm geschildert. Sowieso, selbst wenn Bernat ihn aufnähme, wäre es kein Ort für Mercè, unter Korsaren in einem Gebiet, das ständig Kriege führte und an jenes der Mauren von Granada grenzte.

Hugo versuchte, den Einfall zu verwerfen. Noch hatte er etwas von dem Geld übrig, das ihm die Geschäfte mit Jofré eingebracht hatten. Der Schreiber des Stadtgerichts hatte es nicht in sein Inventar aufnehmen können, genauso wenig wie den Destillierkolben, den er immer noch versteckt hielt, seit der Einäugige sich für den Rosé interessiert hatte. Aber die Weinberge waren sein Leben, die Zukunft seiner Tochter. Er durfte sie nicht verlieren! Noch einmal ging er zu Regina.

»Das kannst du mir nicht antun!«, schrie er sie an und erschreckte damit das alte Ehepaar.

Ruhig und herablassend sah Regina von dem Gebetbuch auf, in dem sie, auf die Fensterbank gestützt, gelesen hatte.

»Ich habe dir das Leben gerettet!«, rief ihr Hugo in Erinnerung.

»Dann nimm es mir jetzt nicht weg«, entgegnete sie ihm.

»Ich werde alles verlieren.« Hugo trat auf sie zu und streckte flehend seine Hände aus. »Sie nehmen mir …«

»Du hast mich dafür«, unterbrach ihn Regina, verließ die Fensterbank und legte das Buch auf den Strohsack neben den beiden Alten.

»Ich will dich aber nicht!« Hugo ergriff ihren Arm und schüttelte sie. »Verstehst du mich? Ich will meine Weinberge, meinen Wein! Ich muss Eulàlia heiraten!«

»Du musst mich heiraten«, korrigierte ihn Regina, als er mit dem Schütteln aufhörte.

»Nein!«

Sie versuchte, ihn zu umarmen, doch Hugo stieß sie von sich. Regina fiel auf den Strohsack. Die Alten zuckten zusammen und drückten sich aneinander, während Hugo in dem winzigen Zimmer weiterbrüllte. Eine Frau schaute zur Tür herein, gefolgt von ein paar Nachbarn.

»Ist was?«, fragte einer von ihnen.

»Dieser Mann …«, setzte der Alte zur Erklärung an.

»Nichts ist!« Regina sprang vom Strohsack auf und ging zur Tür. »Kümmert euch um eure eigenen Angelegenheiten«, befahl sie ihnen drohend. »Du musst dich beruhigen, Hugo. Schlag mich, wenn du willst.«

Er zögerte. Er konnte sie töten und damit seine Probleme aus der Welt schaffen.

»Tu es, wenn dich das beruhigt. Ich gehöre dir«, forderte sie ihn heraus.

Hugo senkte den Kopf und schlug die Hände vors Gesicht. Sogleich trat Regina neben ihn, um ihn zu trösten, da sie sein Schluchzen hörte. Doch sobald er ihre Berührung spürte, stieß er sie erneut von sich und ging aus dem Zimmer.

Ein paar Tage später kam er jedoch noch einmal zurück. Wieder sprach er über die Weinberge, seine Träume, die Zukunft seiner Tochter.

»Ich werde dich nicht heiraten«, sagte er. Sie waren allein, da das alte Ehepaar in die Stadt gegangen war. »Ich heirate Eulàlia. Ich habe immer noch Zeit, um zum Gericht zu gehen und meine Entscheidung rückgängig zu machen.«

»Hilfe!«

Hugos anfängliches Erstaunen, als er sah, wie sich Regina aus dem Fenster lehnte und auf die Straße hinaus um Hilfe rief, verwandelte sich in Entsetzen, als er sie weiterrufen hörte:

»Er ist hier!«, kreischte sie, während sie ins Innere des Hauses deutete. »Der Verräter, der die Hinweise zu den katalanischen Schiffen weitergegeben hat, damit …«

Hugo stürzte sich auf sie und hielt ihr den Mund zu.

»Bist du verrückt?«

»Wie soll ich es dir anders beibringen?«, antwortete sie, nachdem Hugo sie losgelassen hatte. Von der Treppe waren die Stimmen und Schritte von Leuten zu hören, die nach oben rannten. »Wir sterben beide, wenn du mich verlässt. Und dein Kind wird entweder vor Hunger sterben oder vor Scham für seinen Vater. Das schwöre ich bei deinem Gott!«, drohte Regina, gerade bevor die Zimmertür mit einem Tritt aufgestoßen wurde.

»Was ist los?«, rief der Erste in der Gruppe von Männern, die von draußen ins Haus gekommen waren.

Es waren vier, die sich vor Hugo und Regina aufbauten. Sie warf ihm einen fragenden Blick zu. Er befragte seinerseits ihre Nasenflügel: Sie waren angespannt, fest. Sie würde es tun, sie würde ihn anzeigen. In diesem Augenblick bestand kein Zweifel. Er seufzte, und das war Regina genug.

»Was macht ihr hier?«, fragte sie die Männer mit vorgetäuschtem Erstaunen. »Warum kommt ihr hier so hereingestürmt?«

»Du hast vom Fenster aus um Hilfe gerufen«, gab einer von ihnen zurück.

»Und du hast etwas von einem Verräter gerufen.«

»Ihr irrt euch«, behauptete sie so gelassen, dass Widerspruch kaum möglich war.

»Aber du …«

»Warum sollte ich um Hilfe rufen? Was sagst du da von einem Verräter?«

»Ich habe dich gesehen!«

»Du irrst dich. Vielleicht hast du mich am Fenster gesehen, aber ich habe nicht um Hilfe gerufen.«

»Doch, das hast du.«

»Das stimmt nicht«, mischte sich Hugo ein.

Sie sahen einander an.

»Das habe ich wirklich nicht getan«, bekräftigte Regina.

Das Stadtgericht fällte sein Urteil, und sosehr es auch den Erwartungen entsprach, tat es dennoch weh. Die Maurin packte alle Habseligkeiten zusammen. Hugo hatte sie vorgewarnt, wahrscheinlich werde er sie nicht bezahlen können, sie sei frei, sich eine andere Arbeit zu suchen.

»Ich soll das Kind verlassen?«, entrüstete sie sich und meinte, sie könne sich auch mit einem Schlafplatz und etwas zu essen begnügen.

»Ich vertraue darauf, dass es uns daran nicht mangeln wird«, murmelte Hugo.

Sie hatten die Räumungsfrist, die ihnen der Gerichtsbote mitgeteilt hatte, bis zum Ende verstreichen lassen. Hugo vermied es, den Blick über den Hof und die Weinberge schweifen zu lassen, aber er roch die trockene Erde und die Reben, das durchdringende Aroma des gelagerten Weins im Keller und die Süße der reifenden Beeren. All diese Düfte umwickelten ihn wie die Glieder einer Kette, die an ihm zog und ihn nicht gehen lassen wollte. Er wischte sich die Tränen von den Wangen und sah zum Weinberg hinauf. Jofré lief dort herum. Berührte die Reben. Kniete nieder und untersuchte die Erde. Riss ein paar Weinbeeren ab und zerdrückte sie. Leckte sich den Saft von den Fingern. Ob der Weinhändler wohl Ahnung hatte, fragte sich Hugo. Als hätte er ihn gehört, drehte sich Eulàlias Vater um, und ihre Blicke kreuzten sich.

»Herr«, hörte er Barcha hinter sich sagen.

Hugo antwortete nicht, seine Tränen hatten sich in Zorn verwandelt. Jofré hatte ihm versichert, er müsse nichts dazugeben, es bestehe keinerlei Risiko bei seiner Zahlungsverpflichtung … für die Jungfräulichkeit Eulàlias. Nie hatte ihn Jofré vor der Buße gewarnt, für den Fall, dass er sein Heiratsversprechen auflöste. Eigentlich hatte er ihn vor gar nichts gewarnt! So sei es normal, hatte er behauptet. Die Mitgift, das Verlöbnis, der *Escreix* … Ganz nach dem Gesetz, hatte er bekräftigt. Hugo glaubte nicht, dass Jofré ihn betrogen hatte. Allerdings hatte ihn dieses Lächeln gestört.

»Ketzer!«, schrie Jofré.

»Herr«, machte sich Barcha erneut bemerkbar.

Hugo wollte ihm antworten, seine Wut herauslassen, aber da hatte er plötzlich Mercè auf dem Arm.

»Wir haben viel zu tun, Herr.«

Vor ihm stand Barcha, die Arme in die Hüften gestemmt.

»Wir haben zu tun, Vater«, wiederholte das kleine Mädchen mit seiner hohen Kinderstimme.

Hugo sah es an, es war so niedlich, arglos und unschuldig.

»Stimmt, es gibt viel zu tun«, bestätigte Hugo mit einem Kuss auf die Wange seiner Tochter.

Am Tag ihrer Ankunft auf dem Hof, als sie wegen des Urins zu den *Bastaixos* hatten losziehen wollen, hatte sich Barcha geweigert, den großen Tonkrug zu tragen. Am Tag ihres Auszugs dagegen hielt Hugo seine Tochter fest an seine Brust gedrückt, und die Maurin schleppte den Sack mit den spärlichen Habseligkeiten, die ihnen der Gerichtsbote gestattet hatte mitzunehmen.

Diesmal schaute Hugo nicht zurück, sondern richtete den Blick geradeaus auf die Stadtmauern, aufs Meer hinaus.

»In Barcelona wirst du glücklich sein«, verkündete er Mercè. »Du wirst sehen. Du wirst dort viele Freundinnen zum Spielen haben.«

Hugo hatte lange nachgedacht. Ihm gefiel das Ribera-Viertel, und als es Zeit war, einen Wohnort zu wählen, fühlte er sich zum Meer hingezogen, wo er seine Kindheit verbracht und von seiner Zukunft geträumt hatte, die ihm der Graf später vereiteln sollte. In den Gassen zwischen der Kathedrale Santa María del Mar und dem Strand gab es relativ günstige Zimmer zu mieten, denn es war das Viertel der Fischer und Hafenschiffer, der Seeleute mit knappem Auskommen. Wenn er weiter als Kellermeister für Roger Puig arbeitete, konnte er diese Ausgaben tragen. Allerdings lag Jofrés Taverne in der Calle Arrover nicht weit entfernt. Wenn die Leute dort über sein unverschämtes Verhalten gegenüber Eulàlia Bescheid wussten und ihm am Unglück des jungen Mädchens die Schuld gaben, bestand keine Garantie, dass man in La Ribera nicht ebenso auf dem Laufenden war. Schließlich befanden sich hier die Wasserbrunnen, der des Klosters Santa Clara, der auf der Plaza Santa María oder auch der Estany-Brunnen auf dem Pla de Palau. Außerdem waren hier neben der Seehandelsbörse die Fischmärkte, der alte und der neue. Die Frauen aus der Calle Arrover, unter ihnen Eulàlias Mutter Valença, mussten hierherkommen, um Fisch für die zahlreichen Fastentage zu kaufen. Hugo stellte sich vor, wie sie alle über ihn redeten, während sie an den Brunnen, auf den Fischmärkten oder in der Metzgerei am Pla d'en Llull Schlange standen, vielleicht auch, wenn sie aus der Messe kamen. Er zweifelte nicht im Geringsten daran, dass sie ihn schikanieren würden, weil er Eulàlia beleidigt hatte. Er konnte nicht dort wohnen, er durfte Mercè nicht dieser Schmach aussetzen.

Schließlich mietete er ein Zimmer am entgegengesetzten Ende Barcelonas, im Raval, wo er sich als Kind Wettrennen mit dem Räudigen Hund geliefert hatte. Dort lebten die Leute vielleicht noch bescheidener als in La Ribera, da sich die meisten freigelassenen Sklaven dazu gezwungen sahen, in diesem Gebiet außerhalb der alten Stadtmauern zu wohnen. Das zweistöckige Haus, für das er sich entschieden hatte, lag an der Calle del Hospital und war, so wie viele Häuser in dieser Gegend, relativ modern. Es befand sich nur wenige Schritte vom Hospital Colom entfernt, in dessen Weinkeller Hugo dem Einäugigen den Stock ins Auge gerammt hatte. Jaume, der Hausbesitzer, war ein alter Witwer mit Buckel und Glatze und vielen Zahnlücken. Trotzdem bemühte er sich, möglichst gerade zu stehen, als er Barcha kommen sah.

»Als wir den Vertrag geschlossen haben, hast du mir nicht gesagt, dass auch eine Maurin bei uns wohnen würde«, sagte der Alte mit einem Lächeln.

»Ich habe dir doch gesagt, dass ich meine Tochter und die Bedienstete mitbringen würde, die sich um sie kümmert, weißt du noch? Was ist komisch daran, dass sie eine Maurin ist? Barcelona ist voll von ihnen.«

»Gar nichts ist komisch daran, gar nichts«, murmelte der alte Mann vor sich hin, während er sie ins Haus treten ließ. »Bist du getauft?«, fragte er plötzlich Barcha.

»Nein«, antwortete sie.

Während sie die enge Treppe hinaufstiegen, die zu ihrem gemieteten Zimmer führte, bemerkte Hugo, wie Barcha sich unvermittelt zu dem Alten umdrehte und die beiden miteinander rangelten. Sie machte ihm deutlich, dass sie nicht am Hintern begrapscht werden wollte, er dagegen ließ sich von ihrem Widerstandsversuch nicht beirren. Doch im oberen Stockwerk erstarb das unterdrückte Schimpfen der Maurin.

Ein kleines Zimmer mit zwei Betten. Jaume ließ sie ihre Habseligkeiten abstellen. Barcha sagte nichts, aber Hugo konnte sich vorstellen, was sie dachte. Als er den Mietvertrag ausgehandelt hatte, war ihm das Zimmer noch größer erschienen. Nun, da sie alle mit dem Sack darin standen und Mercè überall herumhopste, war es beträchtlich zusammengeschrumpft. Die Maurin und das Kind würden in einem der beiden Betten schlafen und er im anderen, bestimmte er und versuchte über die mangelnde Behaglichkeit hinwegzusehen. Durch ein Fenster, das auf den Gemüsegarten blickte, zeigte ihnen Jaume die Latrine. Die Küche mit der Feuerstelle im Erdgeschoss hatten sie schon beim Eintreten gesehen. Der Alte schlief in einem zweiten Zimmer gegenüber dem ihrigen. Seit dem Tod seiner Frau lebe er allein, erzählte er. Seine Kinder seien auch gestorben, und manchmal versuche er sich an seine Arbeit in der Werkstatt im Erdgeschoss zu erinnern, wo er den größten Teil seines Lebens Holzgriffe für Messer und Dolche hergestellt habe. In Barcelona würden Messer und Schwerter gefertigt, nicht nur für den Eigenbedarf, sondern auch für den Export, weshalb er gut verdient habe, bis ihm Augen und Hände versagten und Letztere zitterten, gerade wenn er sie am meisten benötigte.

Nun vermietete Jaume das Zimmer, um sein knapper werdendes Geld aufzustocken. Seitdem Schwert- und Messerschmiede auf seine

Dienste verzichteten, half er im nahe gelegenen Hospital Colom aus, für das er letztlich als einer von drei Brotsammlern tagtäglich mit der Bitte um Spenden die Stadt ablief.

Hugo, Barcha und Mercè hatten sich kaum in ihrem neuen Zuhause eingerichtet, als Regina auftauchte. So sehr, wie sie sich um ihre Konversion mühte, wollte sie keinesfalls den Kontakt zu ihrem zukünftigen Ehemann verlieren. Hugo verbrachte die Tage im Palast von Roger Puig, wo selbst die Sklaven von seinem Unglück zu wissen schienen. Bei Reginas erstem Erscheinen lächelte Jaume sie an. Barcha dagegen setzte eine säuerliche Miene auf, die sie zuerst Regina, dann Jaume zuwandte, der sein Lächeln sofort einstellte, ohne allerdings auch nur eine Sekunde lang die Augen von den festen und üppigen Brüsten der Noch-Jüdin abzuwenden. Mercè wiederum blieb unbeeindruckt von den Streicheleinheiten und Liebkosungen, mit denen Regina sie für sich zu gewinnen suchte. Sie versenkte sich ins Spiel mit den grob geschnitzten Figuren, die Jaume aus Holzresten seiner früheren Arbeit für sie angefertigt hatte.

Doch Reginas Besuche wurden so sehr zur Gewohnheit, dass die kleine Mercè schließlich die Süßigkeiten akzeptierte, mit denen Regina sie umwarb. Jaume verfiel ihr ebenfalls. Eines Tages, während Barcha das Kind auf der Straße beaufsichtigte, entglitt dem Alten seine Hand und landete auf Reginas Hintern. Regina lachte.

»Du bist zu alt dafür«, schimpfte sie ihn liebevoll. Jaume wollte etwas erwidern, doch Regina gebot ihm Einhalt. »Du kannst mit der Maurin herumtändeln, sie wird sich nicht beschweren«, riet sie ihm.

Trotzdem gab es seither keinen Moment mehr, in dem, unter welchen Umständen auch immer sie sich gerade alleine befanden, dem Alten nicht seine Hand entglitt. Einmal wurde Regina sein Gegrapsche zu viel, und sie verpasste ihm eine Ohrfeige, aber normalerweise schalt sie ihn lediglich mit einem Lächeln, da er seine Fummelei auf ein paar Kniffe und Püffe beschränkte. Sie wollte Jaume zum Verbündeten haben, sie brauchte ihn als Freund, wenigstens solange Hugo in diesem Haus wohnte. Denn ihre Annäherung an die Maurin hatte zu nichts geführt, so wie beide es bereits vorhergesehen hatten.

»Denk daran, dass ich bald deine Herrin sein werde«, drohte Regina nach einem unfruchtbaren Gespräch der Maurin. »Du wirst mir gehorchen müssen.«

»Keine Sorge. Ich weiß, wie das geht.«

Barchas Antworten überraschten Regina. Die Maurin leistete zwar keinen direkten Widerstand, aber es war offensichtlich, dass sie Regina nicht die geringste Wertschätzung entgegenbrachte.

»Du tätest besser daran, dich meinen Wünschen zu beugen.«

»Ich werde tun, wie du befiehlst.«

»Ich werde dich in die Knie zwingen.«

»Ich bin nur eine Maurin, das ist normal.«

»Du bist frei. Du könntest dir eine andere Arbeit suchen.«

»Ich glaube nicht, dass ich eine bessere finden könnte als die, die du mir zuweist«, hielt Barcha zynisch dagegen.

»Sei dir in einem sicher, Maurin.« Regina dehnte ihre Worte. »Du wirst diese Entscheidung bereuen. Selbst die Lust am Leben werde ich dir nehmen.«

Je mehr Regina ihren Zorn zeigte, umso breiter lächelte Barcha, bis die Jüdin etwas sagte, was sie besser für sich behalten hätte:

»Ich werde dir nach und nach das Kind wegnehmen.«

Sie befanden sich zu zweit im Gemüsegarten, wohin Regina Barcha nachgelaufen war. Jetzt stürzte sich die Maurin auf sie und packte sie an der Kehle. Sie strauchelten und fielen zu Boden, so, dass Barcha auf Regina zu liegen kam.

»Ich bringe dich um, hast du verstanden?«, spuckte Barcha ihr ins Gesicht, während sie der Jüdin die Kehle zudrückte. »Ich bringe dich um, wenn du mich von der Kleinen trennst. Ich bringe dich um, wenn du ihr irgendetwas zuleide tust. Ich bringe dich um, wenn du mich mit Hugo entzweist.«

Regina wedelte mit den Händen in der Luft. Das Blut staute sich bereits in ihrem Gesicht, als Barcha den Griff lockerte.

»Überleg dir, wie du das anstellst, du närrische Hündin«, entgegnete sie, sobald sie wieder Luft bekam. »Denn bei der nächsten Gelegenheit werde ich dir alles wegnehmen, was dir lieb und teuer ist, und ich werde dich vernichten.«

Diesmal war es die Maurin, die durch Reginas Antwort verblüfft war. Diesen Moment des Zögerns nutzte die Jüdin, um die Hände der anderen wegzustoßen und sich freizuwälzen.

Sie standen sich nun gegenüber, schmutzig, keuchend, zitternd und mit herausfordernden Blicken.

»Du kannst mich nicht erschrecken, du scheußliche Maurin«, stieß Regina hustend hervor.

»Das denken alle, bis ihnen der Tod zu Leibe rückt. Du wirst noch um dein Leben betteln, das versichere ich dir.«

Regina überlegte einen Moment.

»Ich werde dir nicht die Zuneigung des Mädchens stehlen«, entschied sie einlenkend.

»Du wirst mich außerdem nicht mit Hugo entzweien«, forderte Barcha.

»Abgemacht«, gab Regina nach.

»Dann werde ich dir dienen.«

»Und gehorchen.«

»Ich werde dir gehorchen.«

»Und …«

»Barcha! Barcha!«

Ihre Rufe eilten Mercè voraus, bevor sie in der Tür zum Gemüsegarten auftauchte. Die beiden Frauen bemühten sich gleichzeitig, das Kind anzulächeln.

»Komm, Barcha, schnell«, drängelte das kleine Mädchen und hielt der Maurin eine seiner Figuren entgegen.

Hugo und Regina heirateten am 6. Dezember des Jahres 1400, am Nikolaustag, in der kleinen Kirche Santíssima Trinitat. Am selben Tag feierte die Bruderschaft der Gemeinde das gemeinsame Fest ihrer beiden Schutzpatrone, und alle Mitglieder waren verpflichtet, der feierlichen Messe beizuwohnen. Der Altar war mit einem goldbestickten Tuch bedeckt, und es duftete nach Weihrauch, während zugleich Dutzende flackernder Kerzen das Innere des Gotteshauses erleuchteten.

Pfarrer Ramon Vilanova hatte einen so bedeutungsvollen Tag für die Bruderschaft ausgewählt, um Reginas herausragende Leistungen und ihren Fleiß beim Studium der christlichen Doktrin und ihrer

Bekehrung zum Evangelium zu belohnen. Einen Monat zuvor war sie getauft und ihre Ehe mit Mosé Vives annulliert worden. Ihren Vornamen behielt Regina, da ihn auch eine christliche Märtyrerin trug, doch mit Nachnamen sollte sie nunmehr Vilanova heißen, so wie der Pfarrer.

In der Kirche war nahezu die gesamte Konvertitengemeinde von Barcelona zusammengekommen, da alle der Bruderschaft Santa Trinidad angehörten. Hugos Trauzeugen waren Raimundo und Jacob und Reginas Trauzeuginnen zwei Freundinnen aus Kindheitstagen, mit denen sie durch die Taufe die Freundschaft wiederaufleben lassen konnte, die ihnen der König unter Todesstrafe verboten hatte.

Regina sah wunderschön aus in ihrem Kleid aus feiner roter Wolle mit den auffälligen Stickereien am Kragen und an den Ärmeln, mit dem ebenfalls roten, eng geschnallten Gürtel um die Taille und den gleichfarbigen Seidenschuhen. Hugo trug die Bürgergewänder, die ihm einmal der Majordomus Roger Puigs übergeben hatte. Regina hatte ihn gedrängt, neue Kleider zu kaufen, sich etwas anfertigen zu lassen, doch Hugo war in Sorge, dass die hohen Ausgaben für die Hochzeit seine Mittel aufbrauchten.

Auch wenn es sich um keinen der edlen ausländischen Importe handelte, mit denen sich Reiche und Adlige schmückten, war der Stoff von Reginas rotem Kleid teuer genug. »Gute Wolle aus Lérida«, hatte ihnen der Verkäufer versichert. Hugo hatte noch nie Stoff gekauft.

Regina und ihre zwei Freundinnen, die sie begleiteten und zu allem nachdrücklich ihre Meinung abgaben, so euphorisch, als würden sie selbst heiraten, schienen auch nicht übermäßig bewandert zu sein. »Es ist für ein Brautkleid!«, rief eine von ihnen schrill. Die drei Frauen untersuchten den Stoff, als verstünden sie tatsächlich etwas davon. »Wolle aus Langfasern, die längsten, die es auf dem Markt gibt, von ausgewachsenen Tieren, Frühjahrsschur«, erklärte der Verkäufer. »Die Wolle aus diesen Fasern ist die einzige, die die Marke der Stadt Barcelona tragen darf. Hier, seht Ihr?«

Regina vermochte Hugo zwar nicht davon zu überzeugen, sich selbst mit neuen Kleidern auszustatten, für Mercè gewann sie jedoch seine Zustimmung. So hatten sie den Laden mit einem weiteren feinen, grünen Wollstoff der städtischen Marke verlassen, um dem Kind ein Kleidchen schneidern zu lassen.

Zu diesen Ausgaben kamen die Kosten für die Kirche und den Pfarrer und die Spenden für die lebenden und verstorbenen Seelen der Bruderschaft Santa Trinidad, der Hugo beitreten musste, und vor allem die Kosten für das Festessen. Das Bankett würde nach der Trauungszeremonie in der Casa de las Bodas stattfinden, einem Gebäude mit einem großen Saal in der Nähe des Pla d'en Llull und des Portal Nou. Die Stadt stellte es den vielen Einwohnern zur Verfügung, die ihre Hochzeitsfeier nicht in ihren Wohnhäusern abhalten konnten. So groß war die Begeisterung für die Feste, dass sich die aufeinanderfolgenden Könige genötigt sahen, die opulenten Ausgaben zu beschränken: Nur achtzig Gäste durften eingeladen werden, je vierzig von Braut und Bräutigam, davon je zwanzig pro Geschlecht. Die hatten Hugo und Regina schon ausgewählt. Außerdem durfte die Braut nicht mehr auf einem Pferd durch die Straßen Barcelonas geführt und kein Geflügel – wie Huhn, Rebhuhn, Kapaun – mehr angeboten werden, was bedeutete, das Festessen auf zwei Gänge zu beschränken. Geflügel gäbe es also nicht, dafür gekochtes Lammfleisch mit Gemüse, gefolgt von gegrilltem Kalb mit allerlei Gewürzsoßen und dazu Dinkelweißbrot und Wein, viel Wein, weißen, roten und griechischen Süßwein.

Schließlich waren zu den Ausgaben für das Bankett noch jene für Blumen und Girlanden zu addieren, mit denen die Casa de las Bodas bereits geschmückt war, sowie die Bezahlung der Musikanten, die Hörner, Trommeln und Flöten spielen würden, damit alle tanzten und sängen bis in den frühen Morgen.

Nach der feierlichen Messe schlossen Hugo und Regina gemäß dem Ritual *per verba de praesenti* ihre Ehe, öffentlich und vor aller Augen:

»Ich, Regina«, sagte sie mit entschlossener Stimme, »ich übergebe dir mein Herz, Hugo Llor, als deine treue Frau und nehme dich zu meinem treuen Mann.«

Hugo hörte sich die Vermählungsformel rezitieren, als würde ein anderer für ihn sprechen. So war es, seit er die Weinberge verloren hatte. Es war, als hätte Regina seine Verzagtheit und seinen Kummer ausgenutzt, um sich seines Willens zu bemächtigen. Regina bestimmte alles. Oft, wenn Hugo von seiner Arbeit in Roger Puigs Weinkeller zurückkam, war sie immer noch bei ihnen zu Hause. Sie erteilte Befehle und Anweisungen. Sie kontrollierte Hugos Geld. Sie entschied, was gegessen wurde, was gekauft werden sollte, wann man ausging oder zu Hause blieb, was zu tun und was zu unterlassen sei. Das Merkwürdige daran war, dass auch Barcha sich fügte, zahm wie ein Lämmchen, trotz ihrer Körpergröße. Der alte Jaume zeigte sich zufrieden, und Mercè tollte vergnügt und fröhlich durchs Haus. Augenscheinlich lieferten sie ein idyllisches Bild. Nach der Sonntagsmesse in der Kirche Santíssima Trinitat unterhielten sich Regina und Hugo mit den anderen Konvertiten und spazierten durch die Stadt. Es hinderte sie auch niemand daran, die Tür ihres Zimmers zu verriegeln und miteinander zu schlafen. Vorbei waren die Zeiten des Betrugs mit Eulàlia, und Regina stürzte sich auf Hugo, als hätte sie ein Jahr in sexueller Abstinenz gelebt. Sie verlangte Leidenschaft von ihm, immer wieder, und forderte ihn so lange, bis er sich geschlagen gab. Sie sagte, nach der Hochzeit wolle sie ein Kind bekommen, oder mehrere. Bisher habe sie Arzneien zur Verhütung angewandt, aber nach der Hochzeit brauche sie keine mehr. Sie küsste ihn auch oft und voller Hingabe. Mit dem Haus gab sie sich zufrieden, obwohl sie offensichtlich mehr Platz benötigten – das zweite Zimmer im Obergeschoss, für Barcha und das Kind. Jaume könne ja in der Werkstatt schlafen. Hugo sträubte sich, aber sie unterbrach ihn: »Er verdient sein Geld doch ohnehin nicht mehr mit den Messergriffen!« Sie täten Jaume sogar einen Gefallen damit. Er könne mehr Geld einnehmen, endgültig zu arbeiten aufhören und nur noch Spielzeug für Mercè schnitzen. »Er mag sie wirklich gern«, beteuerte sie. »Er selbst hat keine Familie, oder?« Hugo bemerkte eine versteckte Absicht hinter ihrer Frage, aber er sagte lieber nichts angesichts des Gegensatzes zwischen Reginas kummervollem und verlorenem Blick und ihren Nasenflügeln, die so fest waren, als wäre sie bereits die Herrin im Haus.

Ja, Regina war die Herrin von allem, einschließlich seines Willens.

»… und ich nehme dich zu meiner treuen Frau«, beendete Hugo den Satz, auf den der Kuss der Brautleute folgte und die Freude und die Umarmungen und die Glück- und die Segenswünsche.

Jaume akzeptierte Reginas Vorschlag. Er vermietete ihnen zusätzlich sein eigenes Zimmer und zog in die Werkstatt im Erdgeschoss. Hugo zählte erneut seine Münzen. Er addierte die Einkünfte, das wenige Geld, das ihm noch blieb, plus seinen Lohn als Kellermeister, dem gegenüber die Miete, das Essen, jetzt mit einem Mund mehr, den es zu stopfen galt, Kleidung – Regina hatte noch mehr Kleidung für sich und das Kind gekauft, und Schuhe –, der Lohn für Barcha, der er schon ziemlich viel schuldete … Wie konnte es weitergehen?

»Heute begleite ich dich in den Palast von Roger Puig«, überraschte ihn Regina nur wenige Tage nach ihrer Hochzeit.

Sie trug die Kleider, die sie neu gekauft hatte, dunkelblau, ernst und diskret, aber tailliert. Eine flache, eng anliegende Haube im gleichen Farbton mit einer Bordüre und bunten Bändern unter dem Kinn brach dagegen mit jeglichem Eindruck von Strenge.

»Wozu?«, wollte Hugo wissen.

»Ich muss die versäumte Zeit nachholen.«

»Dort?«

»Dort will ich anfangen.«

Als sie den Innenhof des Palastes betraten, blieben ein paar Bedienstete wie verzaubert vor Reginas blau gewandeter, prachtvoller Erscheinung stehen. Esteve, der Majordomus, eilte herbei, und der Einäugige lehnte sich, als hätte er es vorausgeahnt, über die Balustrade der Galerie und schaute in den Hof, wobei ihm bei Reginas Anblick seine Kiefer lose und dümmlich auseinanderklappten.

»Wer ist diese Frau?«, wollte Esteve wissen.

»Ich bin Hugos Vermählte«, kam sie diesem zuvor. »Mein Name ist Regina Vilanova, ich bin Christin, Hebamme, geschult darin, die ganze Vielzahl von Krankheiten und weibliche Bedürfnisse jeglicher Art zu behandeln.«

Esteve hörte mit weit aufgerissenen Augen zu, der Einäugige oben in der Galerie grinste.

»Ich bin gekommen, um deiner Herrin meine Dienste anzubieten. Erklär ihr, ich habe meinen Beruf als herausragende Schülerin der großen Astruga erlernt, Ärztin auf Zulassung König Pedros des Prächtigen, und danach bei Mosé Vives, ebenfalls Arzt, beide Juden.«

»Ich glaube nicht, dass man dich empfangen möchte«, entgegnete der Majordomus.

»Ich kann auch Männer behandeln«, sagte Regina.

Der andere wollte erneut seine Einwände vorbringen, als ein Schrei aus der Galerie alle dazu brachte, nach oben zu schauen.

»Regina!« Caterina rannte die Treppe hinunter.

Die Russin warf sich auf sie, weinte und erging sich in Dankes- und Lobesworten für ihre Lebensretterin. Schließlich schaffte es Regina, Caterinas Hände abzuschütteln, die sie nicht loslassen wollte.

»Ich bin gekommen, um der Frau Gräfin meine Dienste anzubieten«, sagte Regina.

»Aber natürlich!«, freute sich Caterina. »Ich selbst werde ihr von dir erzählen.«

»Was heißt denn hier ›aber natürlich‹?«, fuhr der Majordomus dazwischen. »Eine einfache Sklavin wie du kann niemanden empfehlen.«

»Lass sie, Esteve!«, war da von der Galerie zu hören.

Der Einäugige ließ seinen Blick lüstern von einer Frau zur anderen schweifen. Hellhäutig und blond die Russin, gebräunt und dunkelhaarig die Hebamme, und beide hatten sinnliche, einladende, begehrenswerte Körper.

Welche Fantasien dem Einäugigen wohl gerade durch den Kopf gehen?, dachte Hugo.

»Das unterliegt deiner Verantwortung«, drohte Esteve dem Dienstboten des Grafen.

Der zuckte mit den Achseln und winkte ab.

Während Caterina mit Regina in den ersten Stock hinaufging, lenkte Hugo seine Schritte in Richtung Weinkeller. Er hatte eigentlich nicht übermäßig viel zu tun. Täglich stellte er die Weine für die gräfliche Tafel zusammen und zeigte sie Esteve. Er nahm den Abstich der Weine vor und reinigte sie von Schmutzpartikeln, damit sie lange hielten. Sogar den Hypocras für das nahende Weihnachtsfest hatte er schon besorgt.

Hugo suchte den Wein für den heutigen Tag heraus und ging zwischen Fässern und Krügen hin und her. Dabei stellte er sich vor, wie Regina genau dort wartete, wo auch er gestanden hatte, als Roger Puig ihn für den Rosé belohnen wollte. Ihn schauderte bei der Erinnerung an die Messerspitze des Einäugigen an seinem Bauch. Hugo fühlte sich fortwährend überwacht. Mit dem Majordomus, dem Koch und den anderen Bediensteten bis hin zu den Sklaven hatte er sich einigermaßen verbrüdern können, denn er war für den Wein zuständig, und niemand wünschte ihn sich zum Feind. Mateo dagegen würde Regina vielleicht nachstellen, so wie er es mit ihm gemacht hatte. Dafür sprach die Lüsternheit, mit der er sie vorhin angesehen hatte. Caterina konnte er nicht belästigen, da sie dem Grafen gehörte, aber nichts hinderte Mateo daran, die Frau des Kellermeisters zu verfolgen. Hugo überfiel der beklemmende Gedanke, dass der Einäugige genau das im Sinn hatte.

Von dieser Furcht getrieben, fand sich Hugo im gepflasterten Innenhof wieder, am Fuße der Treppe. Von oben waren Stimmen zu hören. Er stieg die Stufen empor, wobei er sich gegen die Wand drückte, eine absurde Vorsichtsmaßnahme, denn jeder hätte ihn von unten oder von der Galerie aus sehen können. Er löste sich von der Wand und versuchte wie selbstverständlich weiterzugehen. Die Stimmen waren nun deutlicher zu hören. Eine davon war zweifellos die seiner Ehefrau, aber die andere … Oben angekommen, tat er so, als machte er sich in der Galerie zu schaffen, direkt neben dem Bogengang, der zum Empfangsraum führte, hinter dem sich Roger Puigs Arbeitszimmer und der Eingang zu den Adelsgemächern befanden. Hugo belauschte Reginas Unterhaltung mit dem Grafen.

»Und eine so schöne Frau wie du übt den Beruf einer Hebamme aus?«

»Nun, so ist es, Eure Herrschaft«, versicherte Regina in einem Ton, der sich für Hugo viel zu lieblich anhörte. »Haltet Ihr es nicht für ratsamer und förderlicher für die Gesundheit, von einer schönen Frau behandelt zu werden?«

»Damit bin ich völlig einverstanden«, antwortete der Graf mit verführerischer Stimme.

Hugo hörte ein paar Schritte, vielleicht genügend, damit der Adlige jetzt dicht vor seiner Gattin stand. Regina lachte.

»Nein«, ertönte es aus ihrem Mund.

Sie lachte noch einmal. Roger Puig schnurrte wie ein Kater.

»Nein«, wiederholte Regina. »Nein«, wiederholte sie beim dritten Mal schon ohne Überzeugung.

Von da an war einige Augenblicke lang nur das Geräusch zweier aneinander reibender Körper zu hören, vermischt mit dem einen oder anderen gedämpften Lustseufzer. Dann eilige Schritte, unterdrücktes Lachen und eine schwer zufallende Tür, worauf eine verdächtige Stille folgte.

Hugo verstellte sich nicht mehr. Er stand da wie gelähmt, neben dem Durchgang zum Empfangsraum. Es blieb still. Kalter Schweiß überströmte ihn allein bei dem Gedanken, einen Blick ins Vorzimmer zu werfen, um zu überprüfen, ob Regina noch dort wartete. Trotzdem lugte er hinein. Der schmale Holzstuhl mit der hohen Rückenlehne, die beiden Truhen und der Wandteppich mit dem Abbild des heiligen Georg, weiter gab es dort nichts. Aber er hatte sie gehört. Ohne Zweifel! Er fragte sich, warum er nicht im geeigneten Moment eingeschritten war. Eine Antwort darauf wollte er sich nicht geben, sowieso hätte er es nicht gewagt. Hugo presste sein Ohr an die Tür zum Arbeitszimmer des Grafen: Lachen, Stille, etwas wie Seufzer, ein Schrei – Regina. Er kannte zur Genüge, wie das Stöhnen seiner Ehefrau in immer lauteres Schreien überging, je näher sie dem Orgasmus kam. Hugo verließ den Palast, folgte der Calle de Marquet und erreichte den Strand. Es war Dezember. Die Sonne blieb hinter dunklen Wolken versteckt, und das Meer, ein wenig aufgewühlt, schien silbern. Die Kähne lagen vertäut im Sand, und die Seeleute bewegten sich lustlos, als wären sie beim Warten auf günstigere Schifffahrtsbedingungen in eine Art Winterstarre verfallen.

Was sollte es ihm ausmachen, wenn sich Regina Roger Puig hingab? Mit der Hand strich er über die Reling eines Bootes. Er hatte sie ja nur aus Zwang geheiratet. Trotzdem machte es ihm etwas aus, denn schlussendlich war sie seine Ehefrau. Das Allerschlimmste daran war, dass sie ihn mit Roger Puig betrog. Der Graf würde mit seiner neuen Eroberung prahlen, vielleicht würde er sogar dem Einäugigen davon erzählen. Mehrmals schlug Hugo mit der Handfläche auf ein zweites Boot. Vielleicht würde sie sogar … Nein. Nicht mit dem Einäugigen. Regina würde nicht mit dem Einäugigen schlafen, obwohl er sich auch da nicht sicher sein konnte. Er versuchte, seinen Kopf freizubekommen, indem er sich aufs Meer konzentrierte. Was hatte Dolça über das Meer gesagt? Sie hatte es nicht gemocht. Er ging am Strand entlang bis zur Werft. Dort rührte sich immer etwas. Wenn man nicht aufs Meer fuhr oder nur mit den großen Schiffen, dann wurden die kleineren in die Werft gebracht, repariert oder sogar komplett auseinandergenommen, wie Hugo es an diesem Tag von den *Bastaixos* erfuhr, während sie große Planken aus den Schiffen schleppten. Man hatte eine Pferdefähre vollständig zerlegt, nachdem sie niemals ausgelaufen war und in der Werft langsam vermoderte. Viele Einzelteile würde man lagern, um sie in andere Schiffe einzusetzen, aber die Holzplanken hatte man öffentlich versteigert, hauptsächlich für den Häuserbau. Die *Bastaixos* trugen sie nun zu ihren Käufern.

Hugo unterhielt sich mit ihnen und auch mit anderen Seeleuten, die sich um die Werft herum aufhielten. Da waren die Hafenschiffer, die im Augenblick kein Schiff zu entladen hatten, Matrosen, die auf einen Auftrag warteten, um sich etwas Geld zu verdienen, Fischer.

Früher hätte Hugo sie ausgehorcht, um Hinweise für Bernat zu bekommen. Heute dagegen waren sie es, die ihn wegen des Weins befragten. »Wann brauchst du mal wieder Urin?«, erkundigte sich ein *Bastaix* lachend. Hugo verzog das Gesicht, bevor er ablehnend antwortete. Andere schienen zu wissen, was mit den Weinbergen geschehen war. Schließlich wagte einer sich vor:

»Stimmt es, dass du das Mädchen vergewaltigt und sie danach verlassen hast, um eine Jüdin zu heiraten?«

Endlich konnte sich Hugo eine Vorstellung davon machen, was man sich hier über ihn erzählte.

»Meine Frau beteuert, dass du exkommuniziert wurdest, weil du eine Jüdin geheiratet hast«, ließ sich ein anderer vernehmen.

»Nein. Ich habe nur einen Irrtum begangen. Das ist alles. Ich habe Eulàlia nicht vergewaltigt, ja nicht einmal angefasst, und das während der ganzen Zeit, die wir miteinander verbracht haben. Geheiratet habe ich, das stimmt, aber eine Christin.«

»Eine Konvertitin«, präzisierte jemand.

»Umso mehr eine Christin«, entfuhr es Hugo. »Denn es war sie, die sich dafür entschieden hat.«

»Du willst doch nicht behaupten, dass eine konvertierte Jüdin eine bessere Christin ist als irgendjemand von uns?«

Ein Gemurmel erhob sich in der Gruppe, mit der Hugo die Unterhaltung führte. Er sah, dass noch mehr Menschen hinzustießen.

»Das wollte ich damit nicht sagen.«

»Aber es ist, was du gesagt hast!«, entgegnete einer.

»Wir haben es alle gehört«, bestätigte ein Zweiter.

»Was?«, interessierte sich ein Dritter, der gerade dazugekommen war.

»Es tut mir leid«, entschuldigte sich Hugo. »Ich wollte euch auf keinen Fall beleidigen.«

»Aber genau das hast du getan, Jungchen«, beharrte ein übellauniger alter Matrose.

»Entschuldigung.«

»Jetzt lasst ihn doch.« Einer der *Bastaixos* versuchte die Gemüter zu besänftigen. »Er hat sich ja entschuldigt. Wir alle machen Fehler.«

»Nicht den, eine Jüdin zu heiraten.«

»Eine Konv…«, wollte Hugo erwidern, entschied sich jedoch, lieber den Mund zu halten.

»Und wir ersetzen auch nicht ein christliches Mädchen durch eine jüdische Frau.«

Hugo wich einen Schritt zurück. Niemand hinderte ihn daran. Er sah in die Gesichter, murmelte einen Abschiedsgruß und schlug den Weg ins Raval ein.

»Die Juden konvertieren nie wirklich!«, hörte er hinter sich herrufen.

»Genau!«

»Sie belügen uns!«

»Aber es gelingt ihnen nicht!«

»Wir entlarven sie!«

»Warum hast du nicht im Palast auf mich gewartet?«, fragte Regina mit sichtlichem Befremden.

Sie saßen versammelt um den Tisch in Jaumes Haus, nur Barcha kniete vor dem Feuer, wo sie das Mittagessen fertig zubereitete.

Hugo musterte Regina, er glaubte nicht, dass sie tatsächlich eine Antwort erwartete. Sie war triumphierend zurückgekommen. Gräfin Anna habe ihr versprochen, sie bald holen zu lassen, ebenso deren Schwägerin Agnès, die Schwester des Grafen. Sie hätten ausführlich miteinander gesprochen, und sie sei sich sicher, die beiden überzeugt zu haben. »Sie waren wie gebannt!«, rief Regina, während sie sich das Gespräch mit den Damen ins Gedächtnis rief.

»Sie weiß zu wenig«, hatte sie geurteilt, nachdem ihr die Gräfin verraten hatte, wer sich mit ihren Geheimnissen befasste: eine bekannte, aber bereits hochbetagte Hebamme. Reginas Behauptung ließ die Gräfin Stirn und Augenbrauen kräuseln. »Nein, Gnädigste, es tut mir leid, Euch das sagen zu müssen, aber sie weiß zu wenig. Ich kenne sie gut. Sie versteht etwas von Geburten und Kindern, darin ist sie geschickt, aber all die anderen notwendigen Frauenratschläge, die kennt sie nicht, und das sind viele.« Als Anna und Agnès beide zugleich den Kopf zur Seite neigten und auf Erklärungen warteten, begann Regina aufzuzählen: »Liebesrezepte für den Mann oder für sie. Rezepte, damit ein Mann nur mit seiner Ehefrau schlafen kann oder damit er mit seinem Freund in Streit gerät. Arzneien und Pflaster, um den Koitus zu stimulieren und mit glühender Leidenschaft zu kopulieren.« Reginas Zuhörerinnen lächelten sich an, bevor sie näher an Regina heranrückten, die ihre Aufzählung fortsetzte: »… um die Nieren zu stärken, um Schwangerschaften abzubrechen oder zu fördern, um die verlorene Jungfräulichkeit wiederherzustellen oder um den Samen in der Gebärmutter zu behalten. Außerdem Rezepte, um das Schamhaar zu entfernen, um das Haar zu blondieren, um Flöhe abzutöten oder Schorfstellen auf der Kopfhaut zu heilen, um große Brüste zu verkleinern oder schlaffen mehr Festigkeit zu geben, um Schweiß- und Mundgeruch zu beseitigen oder um Gesichtsflecken aufzuhellen oder zu beseitigen …«

Nachdem Regina die Aufzählung der möglichen Behandlungen, die eine gute Hebamme Frauen anbieten sollte, beendet hatte, wurde sie von den beiden Adelsdamen mit Fragen gelöchert. Indes lauschte Caterina in gebührlichem Abstand. Die Gräfin entblößte eine kleine Warze, welche sie »unverschämt« nannte, unterhalb einer ihrer jungen Brüste. Regina versprach, sie zu heilen. Die Schwägerin interessierte sich nach einigem Zögern für Abtreibungen. »Agnès!«, hatte sie Anna geschimpft, nur um ihr sogleich verschwörerisch zuzuzwinkern.

Wer war wohl der Liebhaber der Schwester des Grafen? Regina dachte gerade darüber nach und rief sich Annas Augenzwinkern in Erinnerung, als Barcha ihnen die Schalen mit dem Mittagessen servierte.

»Hast du den Grafen kennengelernt?«, forschte Hugo sodann, aber so, als mäße er dem keinerlei Bedeutung bei.

»Nein«, antwortete Regina mit der gleichen Belanglosigkeit. Hugo musterte sie. Sie blieb gelassen und half Mercè beim Essen. »Die Gräfin hat versprochen, mich ihrem Gemahl vorzustellen«, fügte sie hinzu, ohne ihn anzusehen, ganz auf das Kind konzentriert.

Hugo betrachtete Reginas Nase. Sie verriet ihm nichts. Für einen Moment geriet er in Zweifel, ob Regina die Frau war, die er zusammen mit dem Grafen belauscht hatte. Er hatte sie nicht gesehen, nur gehört. Es war ihre Stimme gewesen. Dort an der Tür hätte er schwören können, dass sie es war, aber er war nervös gewesen, und die Steinwände des großen Empfangsraums konnten die Stimmen ebenso gut verzerrt haben.

Er betrachtete nochmals seine Frau. Sie spielte in aller Ruhe mit dem Kind. Jaume sah ebenfalls zu ihnen hin, verzog seinen Mund zu einem zahnlosen Lächeln und kommentierte von Zeit zu Zeit das Spiel. Barcha wusste ihren Hass gut zu verbergen und aß ihr Mittagessen auf dem Bänkchen neben der Feuerstelle. Alles schien friedlich. Hugo war sich nicht mehr sicher, richtig gehört zu haben.

Am selben Nachmittag ging Hugo zu seiner Frau und fand sie bereitwilliger denn je. Hingebungsvoll und unverschämt, wie er sie selten erlebt hatte. Sinnlich. Glühend. Leidenschaftlich. Als wäre es das erste Mal.

16

Hugo versöhnte sich wieder mit Barcelona, und er lief aufrecht und lächelnd durch die Stadt, zeigte Mercè die Werkstätten der Handwerker und erklärte ihr über den Lärm hinweg, was sie herstellten oder verkauften. Ab und zu beugte er sich zu seiner Tochter hinunter, um sich aufmerksam eine ihrer Fragen anzuhören. Man schrieb das Jahr 1401, und sie war bereits fünf Jahre alt. »Wer ist da drin?«, fragte er sie, als sie die Plaza Sant Jaume überquerten. »Sehr gut!« »Und wie heißt diese Kirche?« »Und dieses Schloss, wer wohnt in diesem Schloss?« »Wie heißt dieser Platz?« »Und da, was verkaufen sie da?« Vater und Tochter gingen Hand in Hand durch Barcelona, außer wenn das Kind müde wurde, dann brauchte es Hugo gar nicht erst zu bitten, damit er es auf den Arm nahm und fest an sich drückte. Mit der schlummernden Mercè an seiner Brust ging Hugo ans Meer oder zu den kleinen Weinbergen des Raval, die sich zahlreich über die große unbebaute Fläche innerhalb der neuen Stadtmauer verstreuten. Das letzte Stadttor, das Portal de Sant Pau, war schon fertiggestellt, und von dort sollte die Mauer zum Meer hinunterführen, um auch die Werft einzuschließen.

Seine Arbeit als Kellermeister Roger Puigs verrichtete Hugo mit Übereifer. Der Keller verfügte über ein erlesenes Sortiment, denn er kaufte die Weine bei verschiedenen Händlern, die weder seine Nase noch seinen Gaumen betrügen konnten. Er besitze diesen Weinberg nicht mehr, entschuldigte er sich, als der Graf nach dem Vilatorta verlangte. Wenn dem König dieser Wein schmecke, müsse man ihn bei Jofré Desplà besorgen. Und so geschah es, obwohl, wie Hugo erfuhr, keinerlei Ähnlichkeit mehr zu jenem bestand, den er selbst mit so viel

Liebe hergestellt hatte. Wahrscheinlich wusste Jofrè, oder wem auch immer er die Nutzung des Weinbergs übertragen hatte, nicht einmal, welche die Vilatorta-Stöcke waren. Gewiss war nur, dass Hugo nach getaner Arbeit ein Glück kennenlernte, das er sich nie erträumt hätte, nämlich die Kindheit seiner Tochter erleben zu dürfen. Das war das Einzige, was ihn für seine gehasste Stellung bei Roger Puig entschädigte, aus der es kein Entrinnen gab. Denn der Graf schien nicht im Geringsten gewillt, Hugo zu entlassen, was jedoch der einzig mögliche Weg war, die schrecklichen Repressalien zu umgehen, die denjenigen erwarteten, der sich dem Dienst von Roger Puig ohne dessen Einwilligung entzog. In der letzten Zeit hatte ihn sogar Regina immer wieder nachdrücklich darauf hingewiesen, als wollte sie das Risiko ausschließen, dass Hugo es vergessen könnte. Außerdem schwebte weiter das Damoklesschwert der Briefe über seinem Kopf, und Regina zögerte nicht, ihm die Enthüllung der Inhalte anzudrohen, wann immer sie es für nötig hielt.

Im Palast von Roger Puig bewegte sich Regina bereits mit bemerkenswerter Ungezwungenheit. Innerhalb kürzester Zeit hatten Anna und Agnès sie als Hebamme ihres Vertrauens akzeptiert, und es kam Regina nicht in den Sinn, diese privilegierte Stellung aufzugeben. So dauerte es nicht lange, bis auch andere Adlige und reiche Bürgerinnen nach ihren Diensten verlangten. Regina arbeitete viel, wenngleich Hugo, abgesehen von einer kärglichen Beteiligung an den Haushaltsausgaben, nicht von den mutmaßlichen Erträgen ihrer Arbeit profitierte, welche sie hinter seinem Rücken verwaltete und hortete. Regina suchte nach einer Schülerin, die sie begleiten konnte, obwohl sie darauf drängte, dass eines Tages Mercè an deren Stelle treten solle, wozu man ihr Lesen und Schreiben sowie das für die Medizinbücher so wichtige Latein beibringen müsse. Hugo bat sie, damit noch eine Weile zu warten, nur zwei oder drei Jahre, denn selbst dann wäre Mercè noch ein Kind. Ohne Erfolg. Ein paar Tage später bekam Barcha die Anweisung, das Mädchen täglich zu Pere Coloma zu bringen, einem Magister scholarum, der unabhängig vom Bistum oder den öffentlichen Schulen von Kirche und Stadt Privatstunden gab. Regina hatte den Lehrer mit vielen Argumenten und noch mehr Geld überzeugen müssen – dafür gab sie es schließlich aus –, damit er sich bereit erklärte, nicht nur ein Mädchen, sondern auch noch ein so kleines zu unterrichten.

»Fangen die Kinder denn nicht schon mit fünf zu arbeiten an?«

Hugo überraschte Barchas Antwort, als er versuchte, die Anordnung seiner Gattin zu widerrufen.

»Ja, aber …«, wollte er dagegenhalten.

»Also, wenn sie so jung schon arbeiten, dann kann doch nichts Schlimmes daran sein, wenn das Mädchen jetzt schon die Bücher kennenlernt, damit es später wie Regina sein kann.«

Vielleicht hatte Barcha Mercè über die mangelnden Kenntnisse ihres Vaters aufgeklärt, jedenfalls gab das kleine Mädchen keinerlei Auskunft über seine Fortschritte in der Welt der Buchstaben, die Hugo so unzugänglich war. Gleichzeitig durchlebte es mit der größten Begeisterung all jene anderen Erfahrungen, an denen er es teilhaben ließ, wie etwa die Weinlese im Vorjahr, als Jaume Hugo vorgeschlagen hatte, ihm bei der Ernte und beim Keltern und Abstich des Weins zu helfen.

Neben weiteren Ländereien in Erbpacht besaß das Hospital Colom einige Weinberge, mit denen der nötige Jahresbedarf an Wein für die Kranken und das Personal produziert wurde. Hugo hatte Bekanntheit erlangt, und die meisten Weinbauern im Raval respektierten seine Ansichten. Er spazierte zwischen den Weinstöcken umher und legte seine helfende Hand an, er unterhielt sich mit den Bauern über Krankheiten, diskutierte Techniken und Gebräuche. Mercè wiederum sog wissbegierig die Belehrungen ihres Vaters auf, dem sich die Kehle zuschnürte, sobald er das Kind eine Rebe streicheln oder behutsam eine Traube abzupfen sah. Wie gut hätten sie gemeinsam ernten können, wie gut hätte ihr Wein geschmeckt, wenn er seine Weinberge nicht verloren hätte.

Zur Zeit der Weinlese wehrte sich Hugo dagegen, dass seine Tochter zum Unterricht ging. Sein Blick allein genügte, damit Regina und Barcha es duldeten. Er erntete mit Mercè die Trauben, und beide waren so verklebt vom zuckrigen Most, dass die Fliegen um sie herumsurrten, sofern sie nicht an ihren Gesichtern oder Händen festklebten. Hugo beobachtete, wie die Kleine nach den Insekten schlug, und für einen Moment tauchte das Bild von Dolça in seiner Erinnerung auf. Hatte er sich so sehr in seinem Leben geirrt, dass er sich jetzt in dieser Lage wiederfand? Das Lachen des Kindes brachte ihn in die Wirklichkeit zurück, und er drückte ihm zur Antwort den großen Strohhut noch fester in die Stirn. Er versuchte Mercè beizubringen, die reifen Trauben zu erkennen und von den unreifen zu trennen, die den Wein sauer machen konnten. Genauso hatte es ihm Dolça bei seiner ersten Weinlese erklärt, und sie hatte auch darauf bestanden, die Trauben von Schnecken, Blättern und verschimmelten Beeren zu säubern. Nun unterwies Hugo seine Tochter darin, obwohl sie nichts davon umsetzen würden, da am Ende doch alles in denselben Korb geworfen wurde. Letztlich handelte sich um Wein für die Kranken und Sterbenden.

Der Weinkeller des Hospital Colom war genauso wie in Hugos Erinnerung, vielleicht noch etwas dunkler und ungepflegter, noch unheimlicher. Die Tür und das Guckfenster, durch das er den Stock ins Auge des Einäugigen gerammt hatte, waren noch dieselben. Während er an dem Karren mit einem Teil der Ernte zog, schaute er zum Verwalter und stellte fest, dass es nicht mehr derselbe war. Dieser war bedeutend jünger. Er sah auch nirgendwo den Schlüsselmeister, den er damals beleidigt hatte. Nachdem Hugo den Karren abgestellt hatte, stellte ihn Jaume, der mit allen befreundet war, den anderen vor: dem Verwalter, dem Priester und den beiden anderen Brotsammlern, einer Laienschwester und einer Bediensteten, die ebenso wie Jaume und alle anderen diese Arbeit aus Berufung und als Diener der Armen verrichteten.

Die Gleichgültigkeit, mit der der Verwalter und der Priester Hugos Gruß erwidert hatten, verschwand aus ihren Gesichtern, sobald ihn Jaume als den Kellermeister des Grafen von Castellví de Rosanes vorgestellt hatte. »Könnte der Herr Graf unser Krankenhaus auf irgendeine Weise unterstützen?«, wollte der Geistliche wissen. Darum sollten sie besser seine Frau bitten, fühlte sich Hugo versucht zu antworten, sie hätte sicherlich mehr Einfluss als er. Stattdessen versprach er, dem Grafen die Bitte auszurichten – trotz der geringen Aussicht auf Erfolg. »Ihr wisst ja, wie die Adligen sind«, entschuldigte er sich.

Schließlich schaffte er es, der Menge an Leuten, die zum Schauen und Plaudern zu ihnen gestoßen waren, zu entkommen. Er wollte, nein, er musste die Trauben keltern, musste fühlen, wie sich der Most unter seinen Füßen bildete, die Geburt des Weines erleben. In diesem einfachen Keller gab es kein Kelterhaus, die Trauben wurden in einer Tonne gestampft, aus der der Most in Fässer und Krüge abfloss. Hugo zog sich die Schuhe aus, kletterte in die Tonne und hob Mercè hinein. Das Kind verschwand fast darin. Hand in Hand stampften und tanzten Vater und Tochter auf den Trauben herum und lachten und scherzten und sangen.

Hugo brauchte gar nicht bei Roger Puig vorzusprechen, um Unterstützung für das Hospital Colom zu erbitten. Am ersten Februar 1401 entschied Barcelonas Rat der Hundert, Gespräche mit dem Bischof sowie dem Domkapitel zu eröffnen, um sämtliche Hospitäler der Stadt unter einem Dach zu vereinen, ganz gleich, ob sie der Trägerschaft der Stadt, des Bistums oder des Domkapitels unterstanden. Denn zu diesem Zeitpunkt waren die Fürsorgedienste in Barcelona auf kleine, voneinander unabhängige Hospitäler verteilt, die jeweils zwischen einem und zwei Dutzend Kranken und dazu die Findelkinder aufnahmen, die vor ihren Eingangstüren abgelegt wurden. Einige dieser bereits hundertjährigen Einrichtungen steckten in finanziellen Nöten, obwohl sie bei ihrer Gründung mit Mitteln ausgestattet worden waren und Almosen sowie zahlreiche Erbschaften von Einwohnern Barcelonas erhielten, da beinahe jeder, so arm er auch sein mochte, bei seiner letzten Willenserklärung die Hospitäler mit bedachte.

Das mittelalterliche Konzept des Hospitals als Zufluchtsstätte für Arme und Pilger, wo man den Leuten beim Sterben half, hatte sich in dem Maße gewandelt, wie die medizinischen Kenntnisse voranschritten. Im Jahre 1401 wollte Barcelona ein großes allgemeines Hospital errichten, das laut seinen Regularien arme Männer und Frauen aufnehmen, pflegen und speisen sollte, ebenso Krüppel, Schwache, Geisteskranke, Verwundete sowie die Betroffenen anderer menschlicher Leiden, ausgesetzte Kinder und all die übrigen Unglückseligen jedweder Herkunft und Verfassung.

Die Stadträte und Geistlichen kamen zu der Übereinkunft, die sechs bestehenden Hospitäler Barcelonas in einem neuen mit dem Namen Hospital de la Santa Cruz zusammenzuführen. Der dafür ausgewählte Ort lag neben dem Hospital Colom, wo Hugo bereits als Freiwilliger im

Weinkeller aushalf, nachdem ihn der Verwalter und der Priester darum gebeten hatten.

Trotz der Mühen, die Hugo für die Reifung aufgewendet hatte, verwandelten sich die mit Mercè gekelterten Trauben der Vorjahresernte in einen sauren jungen Wein, der in der Kehle kratzte und den Magen reizte, doch die armen Kranken des Hospitals Colom tranken ihn wie süßen Nektar. Er überlegte, ob er ihm *aqua vitae* zusetzen sollte, da er auf Reginas Drängen hin den Destillierkolben, den er auf dem Gut von Rocafort mithilfe Marías versteckt gehalten hatte, zurückgeholt und es geschafft hatte, ihn mit der Feuerstelle in Jaumes Küche zu verbinden. Nun destillierte er nachts über dem Feuer die Arzneimittel, um die seine Frau ihn bat. Letztlich verwarf Hugo jedoch diese Idee: Der Rotwein des Hospitals Colom war schon stark genug, und auch wenn der Alkoholgrad einen geschätzten Qualitätsfaktor ausmachte, so schmeckte der Wein des Hospitals immer noch herb und grasig, sprich zu vulgär, um ihn König Martín und seiner Gemahlin, der Königin, dem Bischof von Barcelona oder irgendeinem der Stadträte vorzusetzen, die sich zur Grundsteinlegung des großen Hospitals von Barcelona angekündigt hatten.

Sowohl der Verwalter als auch der Priester zeigten sich großzügig. Hugo suchte mehrere Fässer eines jungen Rotweins heraus, der im Gegensatz zum Wein des Hospitals, in welchem die Trauben mit Schnecken und Blättern vermischt waren, mit größerer Sorgfalt hergestellt worden war und einen unverkennbaren Traubengeschmack aufwies. Diesen versetzte er mit einer ausreichenden Menge *aqua vitae*, um den Fruchtgeschmack mit dem Alkohol des Destillats auszubalancieren.

Am Sonntag, dem 17. April 1401, begaben sich König Martín und seine Gemahlin María de Luna, Bischof Joan Ermengol und die Stadträte zur Einweihung der Baustelle in den Stadtteil Raval. Und sie kamen mit allem Pomp: Angekündigt von Hörnern und Trommeln und umringt von seinen Vertrauensleuten, zu denen auch Roger Puig gehörte, ritt das Königspaar auf seinen Pferden einher; eine Wachmannschaft folgte. Während der Bischof unter einem Baldachin mit seiner eigenen Heerschar aus Priestern und Ministranten mit dem König um den prunkvolleren Aufzug wetteiferte, gingen die Stadträte, streng und finster in ihrer schwarzen Kleidung und mit ihren Stäben, den Mitgliedern des Rats der Hundert und der Zünfte voraus, die ihrerseits unter ihren Bannern einherschritten. Nachdem an der Kathedrale die vier Grundsteine für das neue Bauwerk aufgeladen worden waren, folgte die Prozession der Calle del Hospital, die zu dieser Gelegenheit besonders herausgeputzt war. Blumen und Zweige schmückten die Häuser, und manchmal hing sogar ein alter Teppich über der Fassade. Die Straße war gefegt und mit Wasser besprengt worden, und wer nicht ins behördlich angeordnete Freuden- und Jubelgeschrei einstimmte, dem drohte eine Strafe von fünf Sueldos, was immer noch eine weitaus geringere Summe war als das Bußgeld, welches den Zünften auferlegt wurde, sollten sie dem Ereignis fernbleiben.

Hugo hatte sich mit seinem alten Bürgersgewand angetan und bewegte sich ungezwungen über die Freifläche, die sich vom Hospital Colom in die ausgedehnten Gemüsegärten hinein erstreckte, wo man bereits das Fundament des neuen Hospitals vorbereitete. Der Ort zur Feier der Grundsteinlegung war jedoch zu klein, um die vielen Leute aufzunehmen, die an diesem arbeitsfreien Tag, sonnig und frühlingshaft, wie er war, herbeiströmten. Die Menschen drängten sich hinter den Soldaten, die das Podium absicherten, auf dem sich nach und nach das Königspaar, Adlige, Geistliche und Stadtvertreter auf den Stühlen niederließen.

Mercè, die sich das Hospital zu einem neuen Zuhause gemacht hatte, seitdem ihr Vater in dessen Weinkeller arbeitete, unterließ auf Zureden des Priesters ihr Hin-und-her-Gerenne, sobald sich König Martín, klein, fettleibig und versteckt hinter den Rittern seines Gefolges, schwerfällig aus dem Sattel plumpsen ließ, um noch im Sprung von seinen Edelmännern aufgefangen zu werden. Königin María setzte zwar nicht ohne Hilfe, aber doch mit größerer Geschicklichkeit und Eleganz ihren Fuß auf die Erde, bevor ihr eine Gruppe von Mädchen aus dem Viertel, unter denen sich auch Hugo Llors kleine Tochter befand, einen Blumenstrauß überreichte.

Hugo lächelte, während er die Szene beobachtete. Ihm schwante, dass seine Frau ihm aus der Ferne einen Vorwurf machte. Er hielt nach Reginas kaltem und ärgerlichem Blick Ausschau, bis er sie unter den

Frauen hinter Gräfin Anna und deren Freundinnen entdeckte. Regina erstrahlte in einem neuen Kleid, das sie sich eigens für diesen Anlass besorgt hatte. Sosehr sie bei den Alltagsausgaben knausern mochte, zu denen sie sich beizutragen verpflichtet sah, so wenig hielt sie sich zurück, wenn es um ihr Aussehen – Kleidung, Schmuck und Galanteriewaren – oder ihre Interessen ging, seien es Bücher, gleich wie teuer diese versteigert wurden, oder Spenden und Almosen für schmeichlerische Priester. Sie hatten sich wegen Mercè gestritten.

»Das Kind ist glücklich«, hatte Hugo ihr entgegnet, als Regina sich darüber beschwerte, dass sich seine Tochter mit der Kinderhorde des Viertels angefreundet hatte und mit ihr herumlief.

Regina bestand darauf, Mercè solle das sein lassen, als wäre sie die Tochter eines Adligen.

Hugo unterbrach sie:

»Geht sie etwa nicht weiter zum Unterricht?«

»Doch, aber …«

Hugo ließ sie wieder nicht ausreden.

»Sie ist meine Tochter!«

Diese Aussage missfiel Regina, sie richtete ihren Oberkörper auf, spannte Hals und Schultern an und reckte herausfordernd die Nase.

»Ich habe sie dir gebracht!«, rief sie mit einer unterschwelligen Drohung.

»Na und?« Hugo nahm die Herausforderung an, wich aber zugleich einen Schritt zurück, um Regina ins Gesicht zu sehen, während sie sich allein im Erdgeschoss von Jaumes Haus gegenüberstanden.

Draußen war es schon dunkel. Er war am Schnapsbrennen, und sie war eben von wer weiß woher nach Hause gekommen.

»Sie ist meine Tochter«, wiederholte Hugo.

»Und ich bin deine Frau.«

»Meine Frau?!« Der Schrei drang aus Hugos tiefstem Inneren. Er sah sie an. Fast wollte er die Sache auf sich beruhen lassen, aber Reginas Überheblichkeit machte ihn rasend. »Du bist einzig und allein die Dirne von all diesen Adligen, mit denen du verkehrst«, spuckte er ihr ins Gesicht.

»Pass auf, was du sagst!«

»Du Hure!«

»Eine Hure, die dich ins Elend stürzen kann«, drohte sie.

Hugo lachte laut auf.

»Die Briefe? So tu es doch!«

»Du Tor.« Regina kniff die Augen zusammen. Hugo blickte von vorn auf ihre strenge, angespannte Nase. »Willst du, dass ich dem Kind die Wahrheit sage?« Hugo wich das Blut aus dem Körper. Regina sah ihn erbleichen und lachte. »Hure, willst du etwa …?«

Regina konnte den Satz nicht beenden. Denn Barcha stand plötzlich in der Küche. Die Maurin kam, sich das Kleid richtend, aus der Werkstatt, wo Jaume schlief.

»Wenn du etwas sagst, bringe ich dich um«, schnaubte sie, während sich auf den Gesichtern von Hugo und Regina Überraschung ausbreitete.

»Barcha!«, versuchte Hugo, ihre Aufmerksamkeit auf sich zu ziehen.

»Abscheuliche Ketzerin!«

»Nein«, widersetzte sich ihm die Mulattin, während sie zornig mit den Armen gestikulierte und Reginas Beleidigung ignorierte. »Du selbst wirst es nicht tun, Herr. Du bist zu gutmütig. Du nimmst hin, was ein Ehemann nicht hinnehmen sollte. Aber ich werde es tun«, fügte sie hinzu und wandte sich zu Regina um: »Wenn das Kind erfährt, dass Hugo nicht sein Vater ist, dann bringe ich dich um. Ich werde dir bei lebendigem Leib die Haut abziehen, wenn es erfährt, dass die Geschichte vom Tod seiner Mutter nicht wahr ist.«

Anders als vor einiger Zeit im Gemüsegarten, war Regina diesmal nicht auf die Maurin losgestürzt. Vielleicht hatte sie ihre neue Lebenssituation als Konvertitin mit Beziehungen zu den hohen Damen und Herren daran gehindert, sich mit einer Bediensteten anzulegen.

Bevor ihm Regina an jenem Tag den Rücken zugewandt und ins Zimmer hochgegangen war, hatte sie ihn mit dem gleichen Blick angesehen wie jetzt unter der Gruppe von Adelsdamen. Doch trotz ihrer Einwände spielte Mercè weiterhin mit den Kindern aus dem Viertel: Sie lachte und weinte wie sie, machte sich genauso schmutzig und balgte sich, tollte herum und schürfte sich Handflächen und Knie auf, wenn sie stürzte.

Auf dem Podest wurden Süßigkeiten serviert, und fast alle kosteten von Hugos Wein. Die meisten lobten das Getränk. Roger Puig deutete auf Hugo, während er mit dem Monarchen sprach. Hugo beobachtete ihn. Der Graf tat so, als wäre Hugo sein Eigentum, sein Sklave. König Martín trank, und Hugo bemerkte, dass er mit dem Wein den Mundraum umspülte, den Geschmack beurteilte. Dann nickte der König, hob den goldenen Becher in Hugos Richtung und prostete ihm von Weitem zu. Der Anflug eines Lächelns auf seinem Gesicht stand ganz im Gegensatz zu dem finsteren Blick des Grafen hinter ihm. Im selben Augenblick begriff Hugo das Problem und ahnte bereits die drohenden Konsequenzen: Roger Puig hatte diesen Wein nicht in seinem Keller.

Die einsetzenden Reden lenkten ihn ab.

»Dieses Hospital«, rief ein Stadtrat laut, um von der Menge gehört zu werden, »wird in dem Stil erbaut werden, der unserer Stadt ihre Identität verleiht und schon andere Bauwerke kennzeichnet: Santa María del Mar, Santa María del Pi, den Tinell-Saal, die Sankt-Agatha-Kapelle, die Werft und den Vertragssaal der Llotja.« Die Menschen hörten andächtig zu. »Solide und groß wird es sein, aus dem guten Material unserer Steinbrüche am Montjuïc, gleichermaßen schlicht und erhaben.«

»Es wird alle unsere Kranken und Armen aufnehmen, Männer wie Frauen, ohne Unterschied«, versprach der Bischof.

»Barcelona wird über das größte Hospital des Okzidents verfügen!«, verkündete König Martín, womit er mehr Hochrufe als seine Vorredner erntete. »Noch nie wurde in einem unserer Nachbarländer ein Bauwerk von solcher Größe und Bedeutung errichtet. Wie schon viele Male wird sich Barcelona, das heißt, werdet ihr, die Bürger von Barcelona, euch in dem Glanze erheben, der die zivilisierte Welt in die Zukunft führt.«

Jubelrufe und Applaus übertönten den König. Sobald wieder Stille eingekehrt war und er sich vernehmlich machen konnte, entflammte er umso mehr die Gemüter der Bürger. Inmitten der allgemeinen Begeisterung fühlte sich Hugo von einem Schauder ergriffen, und er applaudierte mit ebensolcher Energie wie die Umstehenden. Er hatte schon viel reden hören von dem neuen Hospital, von dem es wahrlich hieß, kein anderes in Europa werde an seine Größe, Pracht und Herrlichkeit oder an die fortschrittlichen Kenntnisse seiner Ärzte heranreichen. In vier langen Schiffen sollten die Krankensäle um einen zentralen Innenhof angelegt werden, der von einem Kreuzgang umschlossen würde. Die Schiffe sollten zwei Stockwerke umfassen. Das untere, niedrigere befände sich unter einem Kreuzrippengewölbe, das obere unter einem hölzernen Giebeldach, welches wunderschöne, spitz zulaufende Diaphragma-Bögen stützten.

»Die Säle werden den Schlafräumen der Klöster von Poblet und Santes Creus ähneln«, hatte ihm der Priester des Hospitals Colom einmal zu erklären versucht, als sie im Weinkeller über das Vorhaben sprachen. Dabei nutzte der Geistliche die Gelegenheit, sich über das ihm zustehende Maß hinaus am Wein gütlich zu tun. Hugo schüttelte den Kopf. Wie sollte er die Schlafräume eines Klosters kennen? Der andere verstand: »Also …«

»Wie die Werft?«, kam ihm Hugo zuvor.

»Ja und nein. Die Decke wird genauso sein und die Höhe in etwa …«

»So hoch?«, hatte Hugo ihn erneut unterbrochen. »Dort passen ja die Schiffe hinein.«

»Und hier sollen die Kranken hineinpassen. Viele. Deshalb werden die Säle so hoch sein, damit die Luft gut zirkulieren kann und sich nicht verbraucht. Aber das Hospital wird nicht genauso wie die Werft aussehen. Die Bögen, von denen das Dach der Werft getragen wird, sind rund. Die des Hospitals werden spitz sein, verstehst du, nicht rund. So ungefähr.« Wegen Hugos zweifelndem Gesichtsausdruck versuchte der Priester, die Form der Bögen mit den Händen anzudeuten. »Wie diese Weinbehälter, das ist es«, schloss er, indem er auf einen deutete.

»Erklärt Euch, Pater«, hatte ihn Hugo nicht ohne Ironie in der Stimme gedrängt.

»Der Boden des Behälters. Siehst du? Er verengt sich, und an den Seiten ist er bauchig, stimmt's?« Hugo nickte. »Stell dir vor, du schneidest diesen Behälter ungefähr auf halber Höhe durch, und dann drehst du ihn um. Das ist die Art von Bogen, der die Decken der Hospitalschiffe abstützen soll.«

Hugo hatte versucht, Mercè sein neues Wissen zu vermitteln, aber das Kind hatte nicht das geringste Interesse gezeigt. Nach dem Lese- und Schreibunterricht wollte es nur spielen, so wie jetzt, während der

König in einem Erdloch den ersten Stein des zukünftigen Hospitals de la Santa Cruz ablegte. Die Menge klatschte erneut Beifall. Hugo beobachtete seine Tochter, während Königin María ihrerseits einen Stein niederlegte. Mercè stand immer noch bei den Mädchen, die den Blumenstrauß überreicht hatten. Sie tuschelten, lachten und lärmten herum, sooft sie der beaufsichtigende Priester auch ermahnte, Ruhe zu geben. Hugos Tochter war die Lebhafteste von allen. Er lächelte. Dann fiel sein Blick auf Regina, die ein strahlendes Lächeln aufgesetzt hatte. Falsch. Falsch. Falsch. Er sah, wie sie sich am Applaus beteiligte, nachdem die Königin ihren Stein gesetzt hatte. Falsch. Wie recht hatte Dolça gehabt! Hugo seufzte. Jetzt war Jaume de Prades an der Reihe, um stellvertretend für Prinz Martín den Jüngeren, König von Sizilien, den dritten Stein zu setzen. Hugo ließ seinen Blick weiterwandern, bis er im Gefolge der Adligen den Einäugigen entdeckte. Nie durfte er fehlen, immer war er dabei.

Was für eine Ironie, sagte sich Hugo. Er hatte jemanden geheiratet, den Dolça verachtete, und er konnte sich nicht von dieser Person befreien. Er hatte überlegt, Regina wegen Ehebruchs anzuklagen, den Gedanken aber wieder verwerfen müssen. Als hätte sie erraten, worüber er nachdachte, oder als ob sie es sowieso wüsste – etwas, was Hugo bei den Frauen im Allgemeinen oft der Fall zu sein schien –, fielen beider Blicke auf Mercè, um sich danach für einen Augenblick zu kreuzen. Hugo senkte seinen Blick. Nein. Es war noch zu früh, um Mercè die Wahrheit zu sagen, mit der Regina ihm drohte. Oder vielleicht war er derjenige, der noch nicht bereit war, seiner Tochter … Sei's drum. Er würde nie etwas tun, was ihr schaden konnte.

Regina kam für gewöhnlich am Abend nach Hause, zwar bevor das *Seny del lladre* die Nacht einläutete, aber immer nach Einbruch der Dämmerung. Sie gab keine Erklärungen. Hugo fragte auch nicht danach. Im Bett verkehrten sie schon lange nicht mehr. Doch Hugo litt nicht nur unter seiner unbefriedigenden Ehe, sondern er arbeitete auch für den Menschen, den er am meisten hasste. Und alles nur, weil Regina ihn erpresste.

Mit dem aufbrandenden Beifall kehrte er in die Wirklichkeit zurück. Jetzt waren der Bischof und die Stadträte an der Reihe, die im Namen der Kirche und der Stadt das Wort ergreifen würden. Er sah wieder zum Einäugigen hinüber. Hugo arbeitete jetzt sogar am selben Ort, an dem er dem Bediensteten von Roger Puig den Stock ins Auge gerammt hatte. Er versuchte, sie alle zu vergessen, den Grafen, den König, den Einäugigen und Regina, stattdessen konzentrierte er sich wieder auf Mercè. Was wäre er ohne das Glück, das ihm dieses Kind bescherte? Um nichts in der Welt würde er die Zukunft seiner Tochter gefährden.

Die Reden waren zu Ende, und sobald sich der König und die Übrigen verabschiedet hatten und den Platz verließen, zerstreute sich die Menge. Nun spielten die Musikanten zum Tanz auf. Wein wurde ausgeschenkt. Hugo suchte in der Menge nach Mercè und fand sie an der Hand Barchas. Wie wenig Intuition hatte er bewiesen, wenn es um den menschlichen Charakter ging. Im Laufe seines Lebens hatte er mehrere Sklaven gekauft und noch mehr gemietet. Die Maurin, auf die er nie gewettet hätte, hatte sich als die Treueste von allen erwiesen.

Er beobachtete Barcha, wie sie mit seiner Tochter tanzte. Hugo konnte nicht tanzen, aber da sich die beiden auch ein wenig unbeholfen bewegten, überwand er sich mitzumachen. Als sich die Maurin zum Gehen wandte, hielt Hugo sie am Arm fest und forderte sie auf weiterzutanzen. Später gesellte sich auch Jaume zu ihnen. Zusammen vergnügten sie sich. Das nächtliche Raval wurde von Feuern auf den Straßen und auf den Stadtmauern sowie in den Glockentürmen der Kirche des Hospitals Colom, der Kirche del Carme und der übrigen Kirchen in Barcelonas Armenviertel erleuchtet.

Vielleicht verlangsamte der Wein die Reaktionen der Maurin, jedenfalls gab sie kein Warnzeichen, dass der Einäugige hinter Hugo stand, bis dieser ihn am Arm packte und gewaltsam zu sich herumdrehte.

»Warum machst du dich über den Grafen lustig?«

Auch Hugo war außerstande zu reagieren. Er ließ die Hand von Mercè los, mit der er getanzt hatte, ohne zu begreifen, was vor sich ging. Mateo versetzte ihm einen kräftigen Schlag in den Bauch. Hugo krümmte sich, und sein Gesicht berührte das seiner Tochter.

»Warum hat er diesen Wein nicht?«, bohrte Mateo nach.

Mercès Gesicht verschwand aus Hugos Sichtfeld, als ihm der Einäugige ins Gesicht schlug. Schmerzhafter als der Faustschlag durchzuckte ihn der Aufschrei seiner Tochter. Hugo stürzte zu Boden. Die

Leute tanzten. Nur wenige hatten bemerkt, was vor sich ging. Hugo glaubte Barcha zu sehen, wie sie das Kind an sich drückte. Mit getrübtem Blick versuchte er sich im Gewimmel der Beine aufzurappeln. Mateo zog ihn an den Haaren, und Hugo hörte, dass Mercè vor Schreck weinte.

»Morgen servierst du meinem Herrn den gleichen Wein«, spie ihm der Einäugige ins Gesicht, wobei er sich zu Hugo hinunterbeugte. »Und zwar in ausreichender Menge, damit Eure Herrschaft ihren vielen Freunden genau mit dem eine Freude machen kann, was heute den König dazu gebracht hat, seinen Becher zu erheben. Hast du verstanden?«

Mercè schluchzte. Es war das Einzige, was Hugo hörte. Er stürzte sich auf den Einäugigen, und zu zweit rollten sie über den Boden zwischen den Beinen der Tanzenden hindurch, die eine Gasse bildeten. Sie kamen nicht dazu, sich zu prügeln. Mehrere Wachsoldaten zogen sie schonungslos auseinander, die Leute begannen wieder zu tanzen, und Hugo verlor Mateo aus den Augen, obwohl er ihn weiter in der Nähe wusste.

»Alles gut, mein Schatz.« Hugo bückte sich, um Mercè zu trösten.

»Er hat Euch geschlagen. Warum denn? Tut es weh?«

Hugo stieß einen Seufzer aus.

»Er hat mich verwechselt.«

Das Kind streichelte ihm über die Wange.

»Tut es weh?«, fragte es noch einmal.

Am nächsten Morgen ließ Hugo den Wein aus dem Keller des Hospitals Colom – von dem genug übrig war, so günstig, wie er ihn erstanden hatte – in den Palast in der Calle de Marquet bringen. Er überzeugte den Verwalter, dass dieser Wein nichts für die Armen sei, sondern dass sie im Gegenteil durch den Verkauf an den Grafen genug verdienen könnten, um den Weinkeller wieder aufzufüllen. Für den Transport rief er mehrere *Bastaixos* zu Hilfe. Unterwegs fragte er sich, warum er das tat. Die Antwort war einfach: Es war seine einzige Arbeit. Sie aßen und bezahlten die Miete von dem Tageslohn, den er beim Grafen verdiente. Er bat Esteve um Geld, viel Geld für die Fässer, welche die *Bastaixos* trugen. Diesen erlaubte er nicht, sich zu entfernen, so, als stünden sie bereit, die Fässer postwendend zurückzutragen, sollte er keinen guten Handel erzielen.

»Warum so viel?«, sträubte sich der Majordomus.

»Es ist der Wein des Königs. Der Graf hat ihn bestellt«, erwiderte Hugo.

»Aber …«

»Es gibt noch mehr interessierte Käufer. Wenn ihn der Graf nicht will, kauft ihn jemand anderes.«

Hugo machte Anstalten, die *Bastaixos* mit den Fässern zurückzuschicken, doch Esteve gebot ihm Einhalt.

»In Ordnung«, gab er nach.

»Den Transport extra«, sagte Hugo und deutete auf die Männer.

»Nein!«

Hugo wiederholte das vorherige Spiel, und Esteve gab wieder nach. Er war wohl über das Geschehene auf dem Laufenden.

»Bereite das Geld vor«, drängte ihn Hugo, während er die *Bastaixos* zum Weinkeller begleitete.

Er war gerade dabei, alleine im Keller die Fässer anzuordnen, als er jemanden die Treppe herunterkommen hörte. Noch im selben Augenblick schloss er, dass es nicht der Majordomus war. Die Tritte waren zu kraftvoll, zu eilig.

Gerade als der Einäugige sich auf ihn stürzen wollte, machte Hugo einen Satz. Er wich zwischen die Weinfässer aus. Eines warf er um. Mateo schrie und stieß gegen einen Tonkrug, der umfiel und auf dem Boden zersprang. Der auslaufende Wein bildete eine Pfütze. Der Dienstbote rutschte aus und stürzte. Hugo konnte aufatmen. Vielleicht war es nun so weit, diesem Elenden gegenüberzutreten. Schließlich war es in einem Weinkeller gewesen, wo Hugo ihm ein Auge ausgestoßen hatte.

»Einäugiger Scheißkerl!«, schrie er, auf der Suche nach etwas, womit er sich verteidigen konnte. Er fand ein Stück Eisen, das er als Hebel zum Öffnen der Fässer benutzte.

Mateo hatte sich bereits aufgerappelt. In seiner Hand hielt er ein Messer. Hugo hielt den Eisenhebel in die Höhe und ging auf ihn zu.

»Halt!«, schallte es von der Treppe.

Ohne seinen Bediensteten aus den Augen zu lassen und durch ein großes Fass von ihnen getrennt, sah Hugo Roger Puig reglos auf der untersten Treppenstufe stehen.

»Lass dieses Eisen fallen!«, befahl der Graf.

»Er soll das Messer einstecken.«

Es verstrichen einige Augenblicke, genügend, damit der Einäugige begriff, was er zu tun hatte, ohne seinen Herrn zu nötigen, auf das Verlangen eines Dieners einzugehen. Er steckte den Dolch ein. Hugo ließ seinen Hebel fallen. Der war noch nicht auf dem Boden aufgeschlagen, als Mateo über das Fass sprang und Hugo mit seinem Gewicht aus der Balance brachte. Sie rollten über den Boden, und den Kampf, an dem man sie in der Nacht zuvor gehindert hatte, holten sie jetzt nach, mit Faustschlägen, Fußtritten und sogar Bissen, bis es Mateo gelang, erneut seinen Dolch zu zücken und ihn Hugo drohend an die Kehle zu setzen.

Beide keuchten, bebten vor Anstrengung. Hugo spürte die zitternde Klinge an seinem Adamsapfel.

»Ich bringe dich um«, heulte der Einäugige auf.

»Das wirst du nicht tun.« Es waren die ersten Worte, die der Graf äußerte, nachdem er sich bisher auf Abstand gehalten hatte. »Jedenfalls nicht in diesem Haus. Ich will keine Scherereien, Mateo«, fügte er hinzu, als ginge es ihm nicht um Hugos Leben, sondern bloß um sein eigenes Behagen. Dann stakte er, um seine Schuhe aus rotem Korduanleder, deren lang gezogene Spitzen mit einem Kettchen an den Knöcheln befestigt waren, nicht zu beschmutzen, um die Weinpfütze herum zu den beiden Raufbolden und sagte an Hugo gerichtet: »Du bist mein Kellermeister. Ich bezahle deinen Tageslohn. Es ist eine Beleidigung, wenn mein Wein nicht der beste ist… besser sogar als der des Königs!«

Hugo versuchte, seine Atmung unter Kontrolle zu bringen, bevor er antwortete. Er spürte die Dolchspitze an seinem Hals, sie streifte ihn bei jedem Atemzug. Der Einäugige saß nun rittlings auf ihm und stemmte seine Knie schmerzhaft in seine Arme.

»Es lag nie in meiner Absicht, Euch zu beleidigen, Eure Herrschaft«, stammelte Hugo. »Ich habe Euch den Wein schon gebracht, denselben, den der König…«

»Du hättest ihn mir vorher bringen sollen, du Nichtsnutz!«

»Und wenn der Wein dem König nicht geschmeckt hätte?«, entgegnete Hugo unter Anstrengung. Der Graf schwieg nachdenklich. Sogar der Einäugige drückte die Dolchspitze weniger stark an Hugos Hals, was diesem die Gelegenheit gab fortzufahren: »Nur Ihr verfügt über diesen Wein. Niemand sonst in Barcelona kann damit protzen. Ich habe ihn gekauft, als ich sah, dass er dem König mundete. Wozu sollte ich vorher Euer Geld vergeuden?«

Hugo hielt plötzlich inne. Der Graf war nicht mehr da. Er war gegangen! Der Einäugige brach über Hugos Verzweiflung in Gelächter aus. Roger Puig hatte ihn einfach diesem Schurken überlassen, in dieser hilflosen Lage. Mateo streckte seinen Rücken durch und bohrte seine Knie noch peinigender in Hugos Arme. Hugo glaubte, er würde sie ihm vom Leib abtrennen. Schließlich stand der Einäugige auf.

Hugo hatte kein Gefühl mehr in den Armen. Er versuchte sich aufzurichten, doch der Einäugige trat ihm ins Gesicht. Allerdings trug er keine Korduanschuhe wie der Adlige, sondern solche aus hartem Leder und mit Holzsohle. Hugo schmeckte Blut im Mund. Noch ein Fußtritt und zwei in den Rücken, dort, wo seine Nieren saßen. Er krümmte sich auf dem Boden zusammen, in der Weinpfütze. Noch ein Tritt. Dann Stille. Und noch einer, als könnte dieses Tier nicht aus dem Keller gehen, ohne ihn vorher windelweich geprügelt zu haben.

»Denk daran, solange du unter dem Schutz meines Herrn stehst, werde ich dich nicht umbringen«, hörte Hugo ihn sagen. »Aber sobald er dich nicht mehr braucht, werde ich es tun. Ich werde dich und dieses kleine Mädchen umbringen, das gestern Nacht so herzzerreißend geweint hat. Ist sie deine Tochter?« Hugo drehte sich auf die andere Seite, der Einäugige versetzte ihm einen weiteren Tritt. »Denk darüber nach«, wiederholte Mateo, bevor er Hugo anspuckte und den Weinkeller verließ.

Seit der Grundsteinlegung für das Hospital de la Santa Cruz war rund um das Hospital Colom frenetisches Treiben ausgebrochen. Sämtliche Grundstücke zwischen der Calle del Hospital und der Calle del Carme, wo sich das Karmelitenkloster befand, wurden aufgekauft. Baumeister, Zimmerer, Steinmetze, Maultiertreiber, Vertreter sämtlicher Handwerke, Gesellen und Lehrlinge überschlugen sich bei der Arbeit, während gleichzeitig das Material herangeschafft wurde: Kalk und Gips, Holz und Tausende Steine unterschiedlicher Größe, die die Baumeister aus den ihnen gehörenden Steinbrüchen am Montjüic heranschafften, um sie ans Hospital zu verkaufen.

Die Bauarbeiten begannen am sogenannten Ostschiff, das direkt ans Hospital Colom angrenzte. Man sputete sich. Barcelona wollte dieses Gebäude dringend, so dringend sogar, dass König Martín einen Erlass diktierte, wonach alle Baumeister der Stadt ohne mögliche Entschuldigung, aber dafür unter dem Zugeständnis des marktüblichen Preises am Bau des Krankenhauses mitzuwirken hatten. Zuvor nämlich waren einige Baumeister immer seltener auf der Baustelle erschienen, vielleicht wegen anderer Aufträge, vielleicht, weil ihnen die Verwalter des Hospitals zu geringe Preise boten.

So wie bei der Einberufung der Schiffsbaumeister in die Werft zum Bau der königlichen Flotte würde ihnen ein Bußgeld auferlegt und das Verlassen der Stadt verboten werden, dachte Hugo bei sich mit einem Lächeln, als er von der Entscheidung des Monarchen erfuhr. In seiner Erinnerung kehrte er zu den Schiffen zurück, zu dem Genuesen, dessen Gefangenenkugel, der Werft, dem Navarrer … und zu Bernat. Seitdem er nicht mehr als Spion für ihn arbeitete, hatte er keine direkte Nachricht von dem Korsaren erhalten. Er wusste nicht, wie es ihm seither ergangen war. Durch Raimundo hatte er erfahren, dass die Anzeigen der Seekonsuln von Barcelona, ja sogar die der Könige wegen Bernats Kaperei gegen Schiffe eines Landes, mit dem man sich nicht im Krieg befand, bei den kastilischen Behörden keinen Erfolg zeitigten. Seit einigen Jahren schon machte das kastilische Königreich unruhige Zeiten durch, genau genommen, seitdem die Bastardendynastie der Trastámara nach dem Brudermord an König Pedro dem Grausamen die Macht ergriffen hatte. Als zuletzt Enrique III., genannt der Kränkliche, den kastilischen Königsthron bestieg, fand er sich mit einem Reich konfrontiert, in dem die Feudalherren sich ihrer Privilegien, weitläufiger Ländereien, hoher Erträge und oft uneinnehmbarer Festungen erfreuten. Dagegen, so hieß es, habe der Souverän einmal seinen Mantel verpfänden müssen, nur um ein Abendessen zu bekommen. Nun strebe der kastilische König danach, diese ganze Hochadelssippe zu unterwerfen, nachdem sie sich derart bereichert hatte und undiszipliniert, arrogant und eingebildet geworden war.

»Da sich Gedanken machen über einen einfachen Korsaren mit Basis in Cartagena?«, stellte Raimundo abwägend infrage. Es war ein milder Sonntag, und sie kamen gerade aus der Kirche Santíssima Trinitat.

»Denk nur, Cartagena ist inzwischen einer der wichtigsten Häfen für den König von Kastilien«, fuhr der Geldwechsler fort. Die beiden vertrieben sich die Zeit, während sie auf Regina warteten, die – nach Hugos Auffassung nur wieder aus Berechnung – zurückgeblieben war, um dem Priester nach der Messe zur Hand zu gehen. »Gemäß der städtischen Rechtsordnung kann der König die Schiffe mit Hafen in Cartagena dazu auffordern, sich den Marineeinheiten anzuschließen, die er bestimmt«, erklärte Raimundo. »Vor Kurzem hat Enrique III. zwei Nachrichten an Tamerlan geschickt, um mit ihm über mögliche neue Handelsrouten im Orient zu verhandeln. Außerdem hat er die Küste von Tanger angegriffen, um das Gebiet von den Korsaren zu säubern, die die andalusische Küste angreifen. Nein. Wenn Bernat Estanyol ein Adliger wäre, den es zu unterwerfen gälte, würde Enrique III. vielleicht irgendwelche Maßnahmen ergreifen, aber nicht gegen einen einfachen Schiffseigner, der ihm wahrscheinlich auch noch bei seinen Militärkampagnen hilft. Ganz abgesehen von den erquicklichen Einkünften, die ihm die Kaperei beschert, sei es nun gegen muslimische oder katalanische Schiffe.«

»Was habt Ihr eben über muslimische und katalanische Schiffe gesagt?«

Regina hatte die Frage gestellt.

»Wir sprachen über Bernat Estanyol, den Korsaren«, erklärte ihr Raimundo freundlich, denn er schätzte sie.

»Dieser blutrünstige Wilde sollte sich von den Unsrigen fernhalten.«

»Von den Unsrigen?«, wunderte sich Hugo.

»Von den Christen natürlich. Er sollte keine christlichen Schiffe angreifen«, empörte sie sich.

»Seit wann betrachtest du die Christen als die Deinigen?«, fragte sie Hugo mit offensichtlichem Zynismus, als sie zu zweit nach Hause gingen.

»Seit ich das Licht gesehen und mich habe bekehren lassen«, ging sie auf sein Spiel ein. »Es gibt keine frommere Frau als mich.«

Und falls sie es nicht war, so tat sie alles, um den Anschein zu wahren. Sie besuchte die Messe, half in der Kirche, zahlte Spenden, begleitete den Priester bei seinen Krankenbesuchen und bot Behandlungen an. Obwohl sie ihren Eifer längst bewiesen hatte, nahm sie weiter am Katechismusunterricht teil, der sich insbesondere an Konvertiten richtete, und sie stattete sämtlichen Nonnenklöstern Barcelonas kostenlose Besuche ab, einschließlich dem Kloster Jonqueres, wo die Oberin Stillschweigen bewahrte, als sie Regina wiedererkannte. Mit den Nonnen sprach Regina über Frauengeheimnisse, aber sie baten sie auch bezüglich vieler anderer tatsächlicher oder eingebildeter Leiden um Rat. »Ich bin keine Ärztin«, entschuldigte sie sich vor jeder Auskunft, die sie erteilte, »aber ich könnte es sein«, fügte sie dort hinzu, wo sie wusste, dass man ihre Andeutung verstand. Während ihrer beinahe achtjährigen Ehe mit Mosé Vives war es ihr verboten gewesen, Hebamme von Christinnen zu sein, und Konvertiten drohte schon beim einfachen Umgang mit Juden die Todesstrafe. So war Regina nichts anderes geblieben, als die medizinischen Werke in der Bibliothek ihres Gatten wieder und wieder zu lesen. Regina wusste, was sie tat, und mit ihren inzwischen fünfundzwanzig Jahren hatte sie auch das notwendige Alter erreicht, um zur Ärztin ernannt zu werden. Durch ihre Beziehungen zu Roger Puig und einigen anderen adligen und hochrangigen Barcelonesen verfügte sie über die entsprechende Unterstützung, als sie sich an König Martín wandte, damit er ihr den Titel zugestehe. Das Hospital de la Santa Cruz sollte einen eigenen Frauensaal bekommen, da sich Frauen wegen ihrer Geheimnisse nicht in allen Belangen von Männern untersuchen lassen wollten, und Regina bewarb sich darum, sie behandeln zu dürfen. König Martín sorgte sich mit besonderem Eifer um die Ausübung der Medizin. Doch die Ratsherren wollten in ihrer Stadt nur ungern Studenten mit ihren Sonderrechten zulassen und verwahrten sich gegen seinen Vorschlag, in Barcelona ein Studium Generale zu eröffnen. Die Stadt und ihre Bürger hatten sich ihre Privilegien unter Aufwand zu vielen Geldes, zu vieler Mühen und Zugeständnisse erkämpft, um zuzulassen, dass eine immerzu streitlustige Horde von Studenten sich der städtischen Rechtsgewalt und Obrigkeit entzöge.

Nun waren die Ratsherren zwar gegen ein vollumfassendes Studium

Generale, nicht aber gegen die Verbesserung und den Ausbau der privaten Medizinschule, die bislang im Franziskanerkonvent Framenors existierte. Zeitgleich zum Bau des großen Hospitals war gut ausgebildetes medizinisches Personal vonnöten, weshalb der König dem neuen Studium Medicinae die gleichen Rechte zugestand wie der Universität von Montpellier. Er ordnete an, akademische Grade zu verleihen und jährlich die Leichen zweier Gehenkter für die praktische Anatomieausbildung zur Verfügung zu stellen, vorausgesetzt, es handelte sich dabei nicht um Bürger Barcelonas. Die private Lehre der Medizin außerhalb des Studium Medicinae wurde ab 1401 verboten. Zu guter Letzt unterstellte der Souverän alle Ärzte, Lehrer, Abiturienten, Studienabsolventen, Studenten und deren Frauen, Kinder und Angehörige seiner königlichen Obhut und schützte sie so vor jeglicher Beleidigung, Beschimpfung oder Gewaltanwendung.

Im selben Jahr erteilte Martín der Ekklesiastische der Witwe des Barceloneser Medicus Pere Moliner aufgrund ihrer Fähigkeit, Kranke zu heilen, die volle Lizenz, überall in seinem Königreich frei und straflos die Kunst der Medizin auszuüben, und zwar ohne die vorherige Prüfung, wie sie die Verordnungen und Regelwerke eigentlich erforderten. Außerdem befahl der König allen Obrigkeiten, ihr die Ausübung der Medizin zu gestatten, andernfalls drohte eine Sanktion von tausend Goldflorinen.

Regina war zwar keine Ärztinnenwitwe, doch mit der Zeit verschaffte sie sich vielleicht noch bedeutungsvollere Unterstützung als die von Adligen und Ärzten, besonders gegenüber einem König, der dreimal täglich zur Messe ging, dessen Hof von Mönchen aller Orden, insbesondere von Franziskanern, belagert wurde und der von deren Oberem sogar dazu ermahnt werden musste, sich in der Religionsausübung zu mäßigen und seinen Regierungsgeschäften nachzugehen: Wegen ihres Fleißes beim Beten, Spenden sowie Besuchen von Kranken und Nonnen wurde Regina die bedingungslose Unterstützung der Kirche zuteil. Schließlich sprach sich der Bischof von Barcelona persönlich für sie aus. »Das Vorbild aller Bekehrten!«, so lobte er Regina gegenüber seiner Majestät, König Martín. »Ein wahrhaftes Beispiel von Tugend und Nächstenliebe.«

DRITTER TEIL

Zwischen Rache und Liebe

17

Barcelona, Juli 1409

Die Nachricht erreichte Barcelona während der Cortes: Martín der Jüngere, König von Sizilien und als Sohn König Martíns Erbe des aragonischen Throns sowie der Grafschaft Barcelona, hatte in der Schlacht von Sanluri die Sarden geschlagen. Mit zwölftausend Mann war er gegen das Heer der zwanzigtausend Sarden, Genuesen und Franzosen, die sich gegen die katalanische Macht zusammengeschlossen hatten, ins Feld gezogen, und hochrangige Militärs wie der Barceloneser Stadtrat Juan Desvalls hatten in dem blutigen Kampf ihr Leben gelassen.

Der elfte Aufstand Sardiniens, dieser immerzu rebellischen und ungehorsamen Insel, wurde von einem Prinzen niedergeschlagen, der seinem Vater schrieb, er führe diesen Krieg zur Fortsetzung der Helden- und Ruhmestaten seiner glorreichen königlichen Vorgänger. Dank seinem sizilianischen Heer und der ihm zu Hilfe eilenden katalanischen Armada hatte der Prinz die Herausforderung bewältigt. In Barcelona brach der Jubel aus, kaum dass sich die Siegesnachricht unter dem Läuten sämtlicher Glocken in der Stadt verbreitet hatte. König Martín mahnte die Bürger, Gott ihren Dank durch Prozessionen zu erweisen, die sich sogleich von allen Pfarrkirchen aus in Bewegung setzten. Der Monarch selbst verpflichtete sich zu einer Novene in der Kathedrale, und als er am ersten Tag seiner neuntägigen Andacht von Schloss Valldonzella aufbrach, begleitete ihn ganz Barcelona: Mehr als fünfundzwanzigtausend Menschen beteiligten sich an der Prozession, die zum Dank für den Sieg die Stadt durchquerte.

Nach den Glaubensbekundungen strömten die Menschen bei Sommerwetter mit langen Tagen und lauen Nächten zu einem mehrtägigen Fest auf die Straßen. Wein, Süßigkeiten, Musik, Tänze und Turniere belebten die Feierlichkeiten.

Im Hospital de la Santa Cruz war das Ostschiff bereits fertiggestellt, und Hugo konnte erkennen, dass die Decke über dem ersten Stock, da, wo die Bögen Weinbehältern glichen, die man auf halber Höhe durchgeschnitten und umgedreht hatte, genauso wie in der Werft gen Himmel strebte. Der riesige, hohe und breite Raum darunter war groß genug, um bis zu hundert männliche Kranke aufzunehmen, während die Frauen in einem Saal im Erdgeschoss mit einem nicht ganz so hohen Deckengewölbe untergebracht wurden, wo Regina, inzwischen Ärztin, sie behandelte und Mercè ihr widerwillig assistierte. Neben weiteren Räumlichkeiten befand sich im Erdgeschoss auch der Weinkeller, für den die Verwalter Hugo eingestellt hatten, wenngleich er wegen des geringen Tageslohns seinen Dienst als Kellermeister bei Roger Puig weiterhin nicht aufgeben konnte, sosehr er es sich auch wünschte, seitdem ihn der Einäugige vor inzwischen acht Jahren verprügelt hatte. Hugo hatte das Angebot trotz des geringen Lohns akzeptiert, weil ihm der beeindruckende Bau gefiel. Esteve, der Majordomus von Roger Puig, erlaubte ihm, beide Tätigkeiten miteinander zu vereinbaren, so wie es Hugo schon früher mit der Arbeit in seinen Weinbergen gehalten hatte. Außerdem handelte es sich ja um das Hospital de la Santa Cruz und nicht um eine Anstellung bei einem anderen Adligen, der mit dem Grafen hätte konkurrieren können, was dieser nie und nimmer zugelassen hätte.

Der Weinkeller des Hospitals war großartig und besaß genau die Eigenschaften, die Hugo während des Baus mit dem Baumeister hatte absprechen können, von der Raumaufteilung über die Belüftung und verschiedene Einzelräume – für Gärung, Abstich, Lagerung … auch ein Kelterhaus – bis zum abschüssigen Ziegelboden, damit sich keine Flüssigkeit ansammeln konnte. Man baute ihm sogar eine Feuerstelle, damit er vor Ort den Destillierkolben verwenden konnte.

Die Arbeit war mühsam. Entsprechend dem großen Bedarf musste der Wein im Keller gelagert werden, ohne dass er versauerte, was Hugo nicht immer gelang. Dabei hatte er von Verfahren gehört, um den Säuerungsprozess umzukehren und den Wein zu retten. Mahir hatte es ihm erklärt, allerdings mit so großer Skepsis, dass er Hugo mit seinem Misstrauen angesteckt hatte. Und zwar goss man bei dieser Methode einen Sud aus Nüssen und Weidenrinde in die Behälter mit dem sauren Wein. Angeblich verflüchtigte sich nach drei oder vier Tagen der Essiggeschmack. Hugo hatte es nie ausprobiert, bis nun im Jahre 1409 zwei Hundertschaften Bedürftige, vielleicht auch mehr, zu den stationierten Kranken dazukamen.

Zum selben Zeitpunkt hielt sich auch der Papst von Avignon, Benedikt XIII., in Barcelona auf. Er hatte sich vor einem Pestausbruch in Perpignan geflüchtet und nahm an den katalanischen Cortes teil, um mit den Ständevertretern sowie dem König über die komplizierte Situation der Kirche zu sprechen, seitdem ein dritter Papst, Alexander V., aufgetaucht war und sich behaupten wollte. Ein in Pisa einberufenes Konzil hatte ihn vor einem Monat gewählt, nachdem die Verhandlungen zwischen Benedikt XIII. und Gregor XII. zur Überwindung des Schismas gescheitert waren. Somit teilte sich die katholische Kirche nun sogar in drei Obedienzen: Avignon, Rom und Pisa. Kardinäle und Könige setzten je nach Interesse auf einen der drei Päpste und versprachen oder verweigerten die Obedienz abhängig von Bistümern, Bullen, Pfründen, Geldern und Königreichen.

An der Seite Benedikts XIII. reiste sein Beichtvater, der Dominikaner Vicente Ferrer, der angeblich Wundertaten vollbrachte. Wenige Jahre zuvor war ihm bei einem seiner Besuche in Barcelona am Portal de los Orbs, wo sich normalerweise die Blinden versammelten, ein leuchtender Engel mit einem Schwert in der Hand erschienen. Der Dominikaner sagte, der Engel habe ihm mitgeteilt, er sei der Hüter von Barcelona und beschütze von hier aus die Stadt. Voll Erstaunen über des Mönches Aussage hatte der Rat der Hundert eine Kapelle über dem Stadttor errichten lassen, das seither Engelsportal genannt wurde.

Diesmal betrat der Mönch die Grafenstadt mit Hunderten Anhängern verschiedenster Sprachen und Nationen, darunter viele armselige und zerlumpte Gestalten, die ihm überallhin folgten, um seine Wunder zu sehen und die furchtbaren apokalyptischen Predigten zu hören, während sich eine Heerschar von Flagellanten ihre Rücken blutig peitschte. Zu Ehren Fray Vicentes ordneten die Stadträte von Barcelona eine Spende von dreihundert Goldflorinen an, um all diese Hilfsbedürftigen zu kleiden und zu nähren, die zwar nicht in den Betten des Hospitals, doch immerhin im großen Innenhof unterkamen, um den herum gerade der herrliche Kreuzgang errichtet wurde.

Außer Kleidung und Essen mussten sie auch etwas zu trinken bekommen. Wegen des Siegesfests zu Ehren Martíns des Jüngeren auf Sardinien gingen die Weinvorräte in der Stadt zur Neige. Niemand hatte noch größere Mengen zu verkaufen, und wenn doch, zu einem exorbitanten Preis. Daher waren die Bedürftigen die Ersten, die das Ergebnis von Hugos Versuch zu kosten bekamen, einige Fässer sauren Weins mit dem Nussrezept wieder trinkbar zu machen. Er selbst hatte den ersten Schluck gleich wieder ausgespuckt. Dann hatte er den Wein mit so viel Wasser wie möglich verdünnt und sogar etwas aus den Reserven für die Kranken daruntergemischt. Aber er hatte erneut ausgespuckt. Da er Obst zur Verfügung hatte, hatte er auch dieses untergemischt. Es hatte ihm ebenso wenig geschmeckt, aber jene Leute stießen nun auf Fray Vicente an und tranken.

Hugo sah sie lachen mit ihren hoch erhobenen Schalen, die meisten von ihnen alt und zahnlos. Sie wirkten glücklich in den gebrauchten Kleidern, die man ihnen überlassen hatte, und mit dem Essen und dem Wein. »Auf König Martín!«, setzten sie die Trinksprüche fort. »Auf seinen Sohn Martín den Jüngeren! Und auf Barcelona, das uns so gastfreundlich aufnimmt!« Sie baten um mehr. Hugo schenkte nach, so viel, wie sie wollten. Er gesellte sich selbst zu den Feiernden und prostete mit dem kaschierten Essig, der ihm in der Kehle brannte und die Speiseröhre verätzte. Die Leute liefen hin und her, schrien, lachten und scherzten. Jemand gab Hugo einen Klaps auf den Hintern. Er drehte sich um. Unmöglich zu wissen, wer es gewesen war. Noch ein Klaps, diesmal von der anderen Seite. Er drehte sich zurück. »Trink!«, drängten ihn zwei alte Weiber. Hugo sah sie an. Eine der beiden griff ihm zwischen die Beine, und Hugo machte einen Satz rückwärts. Sie brachen in Gelächter aus. Dann drehte sich die andere einmal um sich selbst, um ihre neuen Kleider vorzuführen, einen Funken Koketterie in ihren galligen Augen. »Trink!«, forderten sie ihn schließlich auf und erhoben ihre Weinschalen. Beide sahen ihn an. »Trink!«, glaubte er die Aufforderung ein weiteres Mal im Flüsterton zu hören, als wäre sie an einen kleinen Jungen gerichtet. Hugo hob seinen Becher. Der Essig schien ihm weniger herb.

Hugo leerte den Becher in einem Zug. Er schmeckte nicht viel anders als der Wein, den er am Morgen, vor nur wenigen Stunden, an die Armen im Innenhof des Krankenhauses ausgeschenkt hatte. Über die zwei Alten schüttelte er schmunzelnd den Kopf. Die beiden mochten zwar einen heiligen Mönch begleiten, aber ihr Benehmen war nicht gerade fromm.

»Vater, woran denkt Ihr, dass Ihr so amüsiert dreinschaut?«

Mercè war zu einer bildhübschen Dreizehnjährigen herangewachsen. Hugo wollte ihr nicht sagen, was ihn zum Schmunzeln gebracht hatte, und blickte sich suchend nach Barcha um. Die vielen Feiernden lachten und tanzten am Strand, nicht weit von Santa María del Mar und gegenüber dem Pla de Palau, wo sich neben ein paar Buden, an denen Wein und Süßigkeiten verkauft wurden, einige Musiker aufgestellt hatten und Schwung in die Feier des Siegs über Sardinien brachten. Hugo konnte Barcha nirgends finden. Sie hätte nicht gezögert, die beiden Alten als zwei Hexen abzustempeln, die nichts anderes im Sinn hatten, als ihm das Mark aus den Knochen zu saugen, im Gegenzug für … nichts. Mit ungefähr diesen Worten hatte sie versucht, ihn von seiner Beziehung mit María abzubringen. Es war Jahre her, dass er sie zum letzten Mal gesehen hatte, obwohl er ihre Begegnungen bisweilen sogar vermisste.

Mit seiner Gattin schlief Hugo schon seit Jahren nicht mehr. Sein sexuelles Leben beschränkte sich auf gelegentliche Verabredungen mit Sklavinnen und Bediensteten oder mit verheirateten Frauen, von denen die einen unzufrieden waren und die anderen eine freizügige Gesinnung vertraten. Er lernte sie im Krankenhaus, in Tavernen oder auf den zahlreichen Festen kennen, die wie das heutige aus jedwedem Anlass in Barcelona gefeiert wurden. Es waren schnelle, heimliche und, wenn er ins Bordell in der Calle de Viladalls ging, sogar kostspielige Zusammenkünfte, und fast immer waren sie unbefriedigend. Er musste an Eulàlias Jungfräulichkeit denken, an den frischen und reinen Geschmack ihrer Lippen, ihre junge Haut und die unendlichen Lüste, von denen er damals geträumt hatte. Er wusste nichts von ihr und hatte auch nicht versucht, etwas herauszufinden. Er verscheuchte die Erinnerung aus seinen Gedanken.

»Ich denke an zwei alte Frauen, die mir ihre Dankbarkeit gezeigt haben«, gab er seiner Tochter zur Antwort.

»Wofür?«

Hugo überlegte kurz.

»Für nichts.«

»Aber, Vater! Wenn Ihr ihnen nichts gegeben habt, wofür sollten sie Euch dankbar sein?«

Hugo zog Mercè an sich heran und drückte sie.

»Eigentlich habe ich diesen beiden Alten doch etwas gegeben, ein bisschen Zuwendung«, sagte Hugo.

»Das gilt nicht. Davon verteilt Ihr mehr als genug!«, überraschte ihn seine Tochter. Er drückte sie noch fester, bis Mercè sich beschwerte. »Grobian!«, beschuldigte sie ihn liebevoll. »Werdet Ihr Euch jetzt ändern?«

Hugo schubste sie sanft, obwohl er es gerne kräftiger getan hätte, um sie zu spüren, lachen und schreien zu hören, ihre Lebendigkeit zu teilen, ihre Jugend. Schließlich gab er ihr einen Kuss auf die Wange, bevor sie sich von ihm losmachte und ihn noch einmal tadelte:

»Grobian!«

Vater und Tochter hatten gemeinsam Mercès Kindheit genossen. Die Veränderungen an der Baustelle des Hospitals und die Geschäftigkeit der Arbeiter hatten sie stets angelockt. Wenn Mercè nicht lernen musste, hatte ihr Hugo Spiele und Beschäftigungen mit den anderen Kindern vorgeschlagen, die er ermunterte und anfeuerte, und seine Tochter war voller Begeisterung dabei gewesen. Doch als Regina begann, die kranken Frauen im Erdgeschoss des Hospitals zu behandeln, während die Bauarbeiten im ersten Stock noch weitergingen, verlangte sie nach der Hilfe des Mädchens, das sich nicht laut zu sagen traute, wie wenig ihm die Medizin gefiel. Hugo wusste es. Ihm hatte sie es gestanden.

»Und was schlägst du stattdessen vor?«, erwiderte Barcha, als Hugo sich mit ihr besprach. »Soll sie etwa Weinbäuerin werden? Du hast ja gar keine Weinberge mehr. Oder vielleicht Kellermeisterin? Keine Frau hat so einen Beruf.«

»Sie soll heiraten, wie alle Frauen.«

»Und die Mitgift?«, entgegnete Barcha. »Du hast keine. Wir haben nichts zu bieten, Herr. Wen sollte sie denn heiraten? Ihr bliebe nur ein Handwerker oder ein Maurer oder einer von den etlichen Freigelassenen, die im Raval herumlaufen. Lass sie bei dieser Hexe etwas über Arzneien lernen. Regina kennt sich aus, das muss man ihr zugestehen. Mercè wird es gut haben, wenn sie eine gute Hebamme wird.«

Hugo musste der Maurin recht geben, und gegen seinen Willen drängte er seine Tochter, mit Regina zu arbeiten. Sobald sie jedoch einen Moment freihatte oder die andere sie unbeachtet ließ, flüchtete sich Mercè zu ihrem Vater in den Weinkeller des Krankenhauses oder rannte auf der Suche nach ihren Freunden davon.

Jaume starb im laufenden Jahr 1409, und Regina sah ihre Vermutungen bestätigt, obwohl sie in einem Punkt falschlag: Der alte Mann hatte keine Familie, der er sein Haus hätte vererben können, aber die dafür eingesetzte Erbin war nicht Mercè, sondern die Maurin. Jetzt zahlten sie die Miete an Barcha, und Regina nahm es hin, weil sie nicht umziehen wollte.

Der Weinkeller des Hospitals de la Santa Cruz verschaffte Hugo Möglichkeiten, die er beim Grafen nicht vorfand. Seine Arbeit im Krankenhaus bestand darin, den Wein für die Kranken bereitzuhalten, und zwar in großen Mengen und trotz der geringen Mittel, die ihm der Verwalter zugestand. Wenn die eigene Ernte verbraucht war, blieb Hugo kaum etwas anderes übrig, als billigen Wein zu kaufen und auszuschenken. Wenn er jedoch seine Arbeit im Palast in der Calle de Marquet beendet hatte, schloss er sich im Weinkeller des Krankenhauses ein und experimentierte. Hatte er seinen Auftrag gegenüber den Kranken erfüllt, war er ungestört, und niemand verlangte Erklärungen.

Er versuchte den Wein zu verstehen. Warum brodelte er am Anfang der Gärung so stark und danach schwächer? Hugo bemühte sich, den Wein zu kontrollieren. Er nahm Einfluss auf seinen Geschmack, seine Stärke, seinen Körper, seine Wahrnehmung. *Aqua vitae*, Birnen, Brombeeren, Binsen, Gewürznelken, Ingwer, Zimt, Moos, die Schalen von Birnäpfeln oder reifen Orangen, Oregano, Rosinen, Kümmel, Poleiminze … Es gab tausend Arten, Weine zu verändern, sei es während der Gärung – ein günstiger Moment, um auf den Geschmack einzuwirken –, sei es beim Abstich oder während der Alterung. Außerdem musste Hugo die von den Ärzten bestellten Medikamente auf Weinbasis zubereiten: mit Rotwein verkochter Salbei und Honig gegen Kopfschmerzen, Weißwein mit Pimpinelle und Efeu gegen Blasensteine und mit Beifuß gegen Nierensteine oder Rotwein mit Rittersporn gegen Mundgeruch. Die Rezepte zur Heilung von allerlei Leiden und Krankheiten waren zahlreich.

Der Weinkeller war Hugos Zufluchtsort. Sobald er ihn betrat, verlor er jegliches Zeit- und Raumgefühl. Dort gab es nur ihn und seine Weine. Regina existierte nicht. Mercè wusste, wo sie ihn finden konnte, und tauchte in den unverhofftesten Augenblicken bei ihm auf. Dann brachte er ihr etwas über die Weine bei, und seine Tochter schenkte ihm größere Aufmerksamkeit, als sie sie je ihrem Lehrer oder inzwischen Regina entgegenbrachte, die sich alle Mühe gab, dass das Mädchen etwas über Krankheiten und deren Heilung lernte. Mercè belohnte ihren Vater mit Bewunderung und Respekt für seine Kenntnisse und fragte detailliert nach. Hugo platzte vor Stolz. Später kam Barcha, um ihn ans Essen zu erinnern, und wenn er das Mittagessen versäumte, brachte sie ihm eine Schale Eintopf.

Von Zeit zu Zeit genehmigte sich Hugo einen Spaziergang durch die Weinberge des Raval, um sich mit den Weinbauern zu unterhalten und die Erde zu riechen. Selbstverständlich verließ er den Weinkeller auch immer dann, wenn Mercè Zeit für ihn hatte, wie an diesem sonnigen Julinachmittag, als auf dem Pla de Palau der Sieg König Martíns des Jüngeren, König von Sizilien, über das verbündete Heer der Sarden, Genueser und Franzosen gefeiert wurde, mit der Kathedrale Santa María im Rücken und Blick auf das ruhige, glitzernde Meer.

Die Menschen tanzten auf der Esplanade. Flöten und Trommeln begannen energisch ein neues Stück zu spielen. Vater und Tochter sahen schweigend zu. Die Musik übertönte alles, was über einen zärtlichen und bedeutsamen Blick hinausging, der ohnehin vielsagender war als alle Worte. Da begannen plötzlich die Glocken zu läuten. Die der

Kathedrale Santa María und die aller anderen Kirchen von Barcelona. Die Musiker hielten inne. Das waren nicht die unablässigen Glockenschläge zur Verkündigung der Siegesnachricht. Es war kein Freudenläuten. Die Glocken schlugen nicht mehr, um die Bürger zum Feiern aufzufordern. Sie läuteten jetzt für einen Verstorbenen. Die Musiker senkten ihre Instrumente, als hielten sie Waffen in den Händen. Die Menschen verstummten und zerstreuten sich, langsam, mit fragenden Blicken, auf eine Erklärung wartend. Wessen Tod konnte so wichtig sein, dass das Fest unterbrochen wurde? Nur wenige wagten laut auszusprechen, was die meisten fürchteten: der Tod des Königs.

Tatsächlich war ein König gestorben, allerdings nicht Martín, sondern sein Sohn Martín der Jüngere, König von Sizilien. Das Fieber hatte ihn dahingerafft, kurz nach seinem Sieg. Das rebellische Sardinien, das den Katalanen immer Probleme und Unannehmlichkeiten bescherte, hatte ein weiteres Opfer gefordert. Der Freudentaumel verwandelte sich in Tränen der Trauer. Das Fest in eine Beerdigung. Ein König war tot. Das Bedeutsamste und drohend im Raum Schwebende war jedoch, dass damit der Erbe der aragonischen Krone und des katalanischen Prinzipats dahingeschieden war und gleichzeitig der direkte Nachkomme aus der männlichen Linie des Hauses Barcelona, die mit Wilfried dem Haarigen begonnen hatte und von großen Königen fortgesetzt worden war, von den vier Raimund Berengars, Jakob dem Eroberer, Peter dem Großen, Peter dem Prächtigen und vielen, vielen weiteren erlauchten Monarchen, die das Königreich zu seiner jetzigen Größe geführt und den Mittelmeerraum erobert, den Handel gestärkt und ihren Vasallen Reichtum beschert hatten. Von ihnen allen war nur noch der alte Martín am Leben, der bald dreiundfünfzig Jahre zählte und seit dem drei Jahre zurückliegenden Tod Königin Marías Witwer war. Im Jahre 1409 war Martín der Ekklesiatische nichts als ein fettleibiger König, der an Quartanfieber litt, stets müde und schläfrig war und der Letzte aus dem großen Geschlecht der Grafen von Barcelona.

Unter Tränen um den verstorbenen Thronfolger begann das Königreich den unumgänglichen Konflikt um die Nachfolge seines Monarchen zu fürchten, der nach Meinung der Pessimisten schrecklich bald bevorstand.

Im Jahr 1409 verstarb noch ein weiterer Soldat, und zwar der Graf von Navarcles, Kapitän-General des katalanischen Heeres. Sein Neffe Roger Puig erbte seinen Titel und die Ländereien, denn außer ihm hatte der Graf keine anderen lebenden Nachkommen. »Seine Herrschaft möchte, dass du ihn nach Schloss Navarcles begleitest, um den Zustand und die Bestände des Weinkellers zu überprüfen. Morgen bei Tagesanbruch«, verkündete Hugo der Majordomus.

»Nach Navarcles?«, wunderte sich Hugo.

Der Graf hatte ihn nie darum gebeten, nach Castellví de Rosanes mitzukommen, wo er eine weitere Burg besaß und, so dachte Hugo, auch einen weiteren Weinkeller. Er verstand nicht, warum er nach Navarcles reisen sollte.

»Sein Onkel, der Kapitän-General, verfügte über hervorragende Weine, zumindest ist Seine Herrschaft dieser Ansicht«, erklärte Esteve, nachdem Hugo seine Zweifel geäußert hatte. »Ich denke, dass er deshalb deine Begleitung wünscht. Es sei denn, er möchte dich dort, weit weg, um die Ecke bringen, ohne dass es jemand erfährt.«

Der Scherz beunruhigte Hugo. Der Gedanke war nicht so abwegig, wie es auf den ersten Blick schien.

»Wird der Einäugige mitkommen?«, erkundigte sich Hugo, ohne seine plötzliche Besorgnis zu verbergen.

Esteve sah sich nach beiden Seiten um. Sie standen an der Tür zum Weinkeller. Der Majordomus konnte Mateo auch nicht leiden.

»Ich glaube nicht«, antwortete er. »Du weißt ja, dass Mateo sich um alles kümmert, wenn der Herr nicht in Barcelona weilt. Ich nehme an, er wird hierbleiben und wachen.«

Das Dorf Navarcles lag mehrere Tagesreisen von Barcelona entfernt. Der Weg folgte zuerst dem Río Llobregat flussaufwärts und führte sodann über Manresa und Berga nach Puigcerdà. Diese Route wurde viel benutzt, da in Puigcerdà gute Stoffe hergestellt wurden.

Der Graf ritt zu Pferde, und Hugo ging zu Fuß, während drei Soldaten abwechselnd an den Zügeln zweier Maultiere zogen, die vor einen Wagen gespannt waren, der praktisch leer war – wohl um voll beladen zurückzukehren, folgerte Hugo. Nach mehreren Tagen der Reise und Nächten in Scheunen, Gemüsegärten und Pferdeställen, wohingegen der Herr Graf im jeweils besten Zimmer des besten Hauses jedes Dorfes logierte, empfing sie Navarcles im Glanz einer Herbstsonne, die Grundstücke und Gehöfte in ein mildes Licht tauchte. Sie stiegen zur Burg auf dem Gipfel einer Anhöhe hinauf, hinter deren Mauern sich eine Reihe von Gebäuden um etwas scharten, was ursprünglich lediglich ein Wachturm gewesen war.

Der Vogt erwartete sie am Eingangstor. Roger Puig hatte sich entschieden, den Statthalter seines Onkels zu behalten, einen schon älteren, strengen Mann, der schroff im Umgang und in seiner Redeweise war. Noch an Ort und Stelle, vor den Burgmauern, beugte er sein Knie und gelobte dem neuen Grafen die Treue. Hinter ihm drängten sich ärmlich aussehende Bauern mit gesenkten Köpfen, Leibeigene, denen der Wechsel des Lehensherrn Sorgen bereitete.

Hugo und die Soldaten wurden zu einer geräumigen Unterkunft mit mehreren Strohsäcken geführt, wo bereits die burgeigene Soldatentruppe schlief.

»Sie sollen sie verteilen, und wenn es nicht genug für alle sind, sollen sie auf dem Boden schlafen«, hörte Hugo den Entschluss des Grafen, nachdem ihm der Vogt mitgeteilt hatte, dass die Strohsäcke möglicherweise nicht reichten. »Das ist mein Kellermeister«, fügte er danach hinzu und deutete auf Hugo. »Zeig ihm den Weinkeller. Und du, serviere mir den besten Wein meines Onkels«, befahl er Hugo.

Der geräumige, unterirdische Weinkeller war erstklassig, und seine Wände aus großen, breiten Steinen hielten die Temperatur sommers wie winters gleichbleibend kühl. Nun mochte der Bau an sich vielleicht Neid erwecken, doch weder beim Kelterhaus, den Fässern und Krügen noch bei den Gerätschaften oder in puncto Sauberkeit konnte davon die Rede sein, am allerwenigsten, was die Belüftung betraf.

»Mach alle Fenster auf«, befahl Hugo dem Bediensteten, der ihn begleitete. »Wer war der Kellermeister des alten Grafen?«, fragte er den Mann, während dieser seinen Befehl ausführte und er den Inhalt der Fässer in Augenschein nahm.

»Er hatte schon länger keinen Kellermeister mehr«, antwortete der Bedienstete. »Der frühere ist vor vielen Jahren gestorben. Danach hat es der Herr Graf mit mehreren aus der Gegend probiert, aber sie waren mehr Säufer als Kellermeister. Seitdem haben wir uns selbst darum gekümmert.«

»Wir?«

»Die Dienerschaft der Burg.«

»Welche sind die Fässer von der diesjährigen Ernte?«, fragte Hugo, während er sich sagte, dass dieser Wein noch leicht gären müsste.

»Diese hier«, zeigte sie ihm der Mann.

Hugo wandte sich ihnen zu.

»Habt ihr sie denn nicht nach Jahrgängen geordnet?«, fragte er, als er keinerlei Kennzeichnung auf den Fässern erkennen konnte.

Er hantierte am blockierten Hahn des Fasses herum. Der Bedienstete gab keine Antwort. Schließlich drehte sich Hugo zu ihm um und stieß auf ein ratloses Gesicht. Hugo drückte auf den Hahn, bis es ihm gelang, ein wenig Wein in eine Karaffe zu füllen.

Er spuckte aus. Wenn alle Weine so waren, würde Roger Puig nicht sonderlich begeistert sein. Er leerte die Karaffe und versuchte es mit dem Wein daneben, der ihm genauso scheußlich vorkam.

»Das hat der Kapitän-General der katalanischen Streitkräfte getrunken?«

»Ja«, antwortete der Bedienstete mit einem Achselzucken. »Das ist der Wein der Bauern von seinen Ländereien«, bekräftigte er. Hugo schnaubte. »Wir trinken alle diesen Wein«, schrie nun fast der Beleidigte, der Hugos Benehmen für mangelnden Respekt hielt. Dann riss er ihm die Karaffe aus den Händen und trank den Rest in einem Zug. »Sehr gut! Das ist der Wein von hier«, bestätigte er.

Vielleicht schmeckte dieser Wein den Bewohnern dieses kalten und rauen Landstrichs, vielleicht schmeckte er auch dem Herrn dieser Ländereien, einem abgehärteten Soldaten. Aber Hugo kannte den Gaumen von Roger Puig, dessen Ansprüche weit über das hinausgingen, was ihm der Bedienstete gerade lobend vorgeführt hatte und was letzten Endes nur Essig war.

Den Wein, den Hugo dem neu ernannten Grafen von Navarcles servieren würde, entdeckte er in einem noch unangebrochenen Fass. Zuerst schien er ihm ebenfalls verdorben, aber wie sollte er beim Klima in diesem Raum auch etwas anderes schmecken, noch dazu, nachdem er schon mehrere Weine probiert hatte, die alle purer Essig waren? Er wusch gründlich die Karaffe und spülte sich den Mund aus. Dann schenkte er Wein ein, ein wenig nur, und lüftete ihn. Dieser hatte ausgehalten, entschied er. Trotzdem verdünnte Hugo den Wein, den er in den Silberbecher des Grafen schenkte, mit Wasser, gerade so, dass sich der doch recht plumpe, kaum schluckbare Körper auflöste.

Roger Puig saß an einem großen Tisch im Turm, während eine Gruppe niederer Lehnsherren vor ihm eine Schlange bildete, um ihrem neuen Herrn die Ehre zu erweisen und den Lehnseid zu schwören. Der Vogt stellte sie nacheinander vor, um sodann – Rechnungsbücher und andere Dokumente lagen ausgebreitet auf dem Tisch – die Abgaben zu studieren, die jeder Einzelne in die gräfliche Schatulle einzahlte.

Hugo erkannte sogleich, dass Roger Puig diese formellen Aufgaben unerträglich fand. Als neuer Herr war er auf den Lehnseid seiner Untergebenen angewiesen, aber sobald sie Zahlen und Rechte zu erörtern begannen, wurde er zornig und ungeduldig. Keiner der Lehnsmänner konnte der Raserei des neuen Grafen entkommen.

»So viele Herdfeuer, und nur das soll dabei herauskommen?«

Es seien schlechte Zeiten und die Bauern zu wenige, um alle Felder zu bestellen. So lautete die Rechtfertigung, in die sich einer nach dem anderen zu flüchten versuchte.

»Dann lass die faulen Säcke gefälligst mehr arbeiten!«, brüllte wiederum der Graf. »Ich will mehr Geld, verstanden?«

Alle hatten verstanden. Roger Puig saß zurückgelehnt auf einem Stuhl, der ihm als Thron diente, am Kopfende des Tisches, beleidigte seine Vasallen und setzte sie unter Druck, während er den Wein trank, von dem ihm Hugo unablässig nachschenkte, während er selbst mit seinen Gedanken von diesen Problemen abschweifte. Was machte er bloß hier, so weit weg von den Seinen? Warum ertrug er die Beleidigungen eines Mannes, den er hasste? Er brauchte diese Arbeit, gewiss: Sie aßen, schliefen und kleideten sich dank seiner Tagelöhne. Und selbst wenn dem nicht so wäre, konnte er den Grafen nicht verlassen und sich seinem Zorn aussetzen. Allerdings rechtfertigte das nicht unbedingt, dass er den guten Wein für ihn heraussuchte. Er hätte ihm auch den schlechten geben können, mit der Ausrede, es gebe keinen anderen, und niemand hätte ihm deswegen Vorwürfe machen können. Weder Roger Puig noch der Bedienstete, dem der Essig schmeckte, wären in der Lage gewesen, das unangebrochene Fass ausfindig zu machen. Er tat es nicht für den Grafen, sondern für den Wein, beantwortete sich Hugo gleich darauf seine Frage. Er respektierte den Wein, er respektierte ihn in solchem Maße, dass er außerstande war, selbst seinem ärgsten Feind schlechten Wein zu servieren. Er lächelte. Roger Puig stellte seinen leeren Silberbecher ein weiteres Mal auf den Tisch, und Hugo schenkte nach.

»Bestraf sie und du wirst sehen, wie sie arbeiten können!«, brüllte der Graf unterdessen einen dicken und schweißüberströmten Vasallen an, der in diesem Moment die Schultern einzog, mit den Händen vor dem Bauch seinen Hut knetete und den Blick ein wenig zur Seite wandte, als wagte er es nicht, seinem Herrn ins Gesicht zu sehen.

Hugo konnte sich mühelos vorstellen, wie er in einer ganz anderen Situation seine eigenen Vasallen, die leibeigenen Bauern, beleidigte und misshandelte. Aufgerichtet stünde der Dickwanst da, während er ausspuckte und sie für die geringen Erträge beschuldigte, sie ohrfeigte oder trat und ihnen mit noch schlimmeren Strafen drohte. Angeekelt wandte Hugo den Blick ab.

»Mehr Wein!«, brüllte Roger Puig schließlich.

Hugo gehorchte. Mehrfach ging er in den Keller, um die Karaffe wieder aufzufüllen. Roger Puig trank unentwegt, während seine Befehle und Beleidigungen immer unverständlicher klangen und seine Zunge immer schwerer und trockener wurde und sein Verstand im Wein ertrank.

Es wurde Nacht, der Vogt beendete den Aufmarsch der Vasallen und versuchte sich behutsam zurückzuziehen.

»Wo gehst du hin?«, überraschte ihn dabei der Graf.

»Die nötigen Anweisungen für Euer Abendessen erteilen, Eure Herrschaft.«

Longanizas und Botifarras, serviert auf einem großen Tablett, als Vorspeise. Roger Puig stürzte einen weiteren Becher Wein hinunter. Hugo beeilte sich nachzuschenken. Der Graf biss von einer Botifarra ab, drückte sie dabei aber mit der Hand so kräftig zusammen, dass der Rest der Wurst auseinanderfiel. Er schleuderte das Hackfleisch auf einen der Bediensteten. »Narr!«, beschimpfte er ihn. Er murmelte Verwünschungen und versuchte zu trinken, doch der Becher glitt ihm aus der fettigen Hand und schlug auf dem Boden auf. Dort drehte er sich scheppernd zu des Grafen Füßen, bis der ihn mit einem Tritt zum anderen Ende des Raumes beförderte. Hugo nahm den Wasserbecher, schüttete seinen Inhalt fort und füllte ihn mit Wein. Der Graf lachte und versuchte, ihn zu beglückwünschen, obwohl er es nicht schaffte, sich zu ihm umzudrehen.

Hähnchen, Rebhühner und eine Schüssel Gemüse. Der Tisch füllte sich mit Speisen, die der Graf erfolglos zu greifen versuchte. Er wühlte im Essen und schaufelte sich mit beiden Händen den Mund voll. Er beschimpfte und beleidigte die Bediensteten, bewarf sie mit Essen und Geschirr und versprach, sie gleich bei Tagesanbruch zu töten. Hugo nutzte eine dieser Schimpftiraden, um ein halbes Hähnchen zu stibitzen und es hinter dem Rücken des Grafen zu vertilgen, welchem er den Becher in die Hand drückte, sobald er sie auch nur ein klein wenig danach ausstreckte. Bevor ihm sein Herr etwas entgegensetzen konnte, verabschiedete sich der Vogt mit der Entschuldigung, dass er am nächsten Morgen früh aufzustehen habe. Er war bereits verschwunden, als Roger Puig sein Gestammel beendete und grunzte. Dann brüllte er einen Bediensteten an, beschimpfte und ohrfeigte ihn wegen dessen Unachtsamkeit, ihm zu nahe gekommen zu sein, rülpste und übergab sich. Er pinkelte an Ort und Stelle, auf seinen Stuhl, ohne die Hosen herunterzulassen, schleuderte Geschirr und Essen mit wirren Verwünschungen durch die Gegend, lachte, brach in absurdes, hysterisches Gekicher aus, und vor allem trank und trank und trank er.

Die Nacht verging, und im Zimmer breitete sich eine Stille aus, die lediglich vom Schnarchen des Grafen, vermischt mit unzusammenhängend gemurmelten Wörtern, unterbrochen wurde. Von Zeit zu Zeit streckte er den Arm mit dem Silberbecher aus, den er fest umklammerte. Hugo bediente ihn. Meistens ergoss sich der Wein über die Kleider des Grafen, während er sich klagend abmühte, den Becher an die Lippen zu führen. Andere Male ergoss sich der Wein auf den Boden, nachdem das Gewicht der Flüssigkeit den Becher in der Hand des Adligen zum Kippen gebracht hatte, während Hugo einschenkte.

Es war stockfinstere Nacht, als Roger Puig den Kopf auf den Tisch legte und den Becher zu Boden fallen ließ, wo dieser erneut scheppernd aufschlug. Hugo lauschte eine Weile seinem Schnarchen. Ohne zu wissen, was er tun sollte, ging er um den Grafen herum und trat durch die Tür, die die Bediensteten benutzt hatten. Einer, der, den der Graf geohrfeigt hatte, schlief neben einem Weinschlauch, wahrscheinlich noch betrunkener als sein Herr. Hugo trat mit dem Fuß gegen eines seiner Beine, aber der Schlafende zuckte nicht einmal. Hugo trat noch stärker, wieder ohne Ergebnis. Er lief weiter in den Gang hinein. Nichts war zu hören. Er rief, bekam aber keine Antwort. Die Burg war in tiefstes Schweigen gehüllt. Hugo ging zurück. Der Graf sah aus wie eine schlaffe Marionette, schräg und in einem gefährlichen Gleichgewicht saß er auf seinem Stuhl, während sein Kopf auf dem Tisch ruhte und die Arme unbewegt zu beiden Seiten des Körpers hinunterhingen.

Hugo beobachtete ihn von der Tür aus.

»Roger Puig, Graf von Castellví de Rosanes und Navarcles!«, sprach er laut, während er zu Roger Puig hinüberging. Überrascht vom Klang seiner eigenen Worte, blieb Hugo für einen Moment wachsam stehen. Der Graf reagierte nicht. Da saß nun sein Feind, besiegt, in urindurchtränkten Hosen. Hugo zog ihn an den Haaren. Der Graf sah ihn an, ohne ihn wahrzunehmen, mit leeren Augen. Hugo ließ seinen Kopf los, der dumpf auf der Holzplatte des Tisches aufschlug. Nichts. Hugo hob den Kopf erneut an und ließ ihn wieder los. Roger Puig reagierte auch jetzt nicht. Beim nächsten Mal ließ Hugo den Kopf unter Zuhilfenahme seiner Hand noch stärker auf dem Tisch aufschlagen. Er konnte ihn zerschmettern, hier und jetzt. Hugo ging zur Wand, wo Waffen aufgehängt waren. Beim Anblick eines Schwertes zögerte er. Er nahm es von der Wand und schwang es durch die Luft. Es schien ihm unbequem, schwierig zu handhaben. Eine Axt. Hugo erinnerte sich an das Handbeil aus der Werft und presste die Lippen aufeinander. Seine Schuhe, der Räudige Hund … seine Kindheit! Diese Waffe hier war hundertmal größer und schwerer als das Handbeil aus der Werft. Beim Kampf in einer Schlacht war sie vielleicht noch schwieriger zu handhaben als das Schwert, aber um sie hochzuheben und mit einem Schlag auf den Hals eines Menschen niederfallen zu lassen, brauchte es nicht allzu viel Geschick. Hugo vermutete, dass man dabei nicht einmal Kraft auszuüben brauchte. Das Gewicht der Axt würde ausreichen, damit ihre Schneide den Hals von Roger Puig durchtrennte. Hugo ging zum Tisch und hob die Axt. Er wollte sie fallen lassen, so wie es der Graf von Navarcles mit dem Herrn Arnau gemacht hatte, vor Hugos Augen, die blind waren vom Blut, das ihm übers Gesicht lief, nachdem der Hurensohn ihn hatte verprügeln lassen. Er hörte sich selbst atmen. Die Werft, der Tag, an dem Roger Puig es geschafft hatte, dass man ihn hinauswarf. Jetzt saß er hier und war ihm ausgeliefert. Die Vergewaltigung Caterinas. Bernat. Die Erniedrigungen im Palast in der Calle de Marquet. Der Einäugige, den er hatte gewähren lassen, als er Hugo beim letzten Mal zusammenschlug. Hugo konnte sich jetzt rächen, so einfach, wie er es sich nie ausgemalt hätte. Tödlich.

Er tat es nicht. Er konnte keinen Menschen umbringen, der so hilflos war.

Er hängte die Axt zurück an die Wand.

Da es gemäß den katalanischen Traditionen und Gebräuchen keinen rechtmäßigen Thronfolger gab und außerdem kein Gesetz es verbot, die Krone über die weibliche Linie weiterzureichen, setzte sich König Martín dafür ein, seinen Enkel Fadrique, den Bastard aus der Verbindung Martíns des Jüngeren mit der Sizilianerin Tarsia Rizzari, zum Thronfolger zu ernennen. Die Cortes, die noch immer in Barcelona tagten, der Rat der Hundert, der Papst und sogar seine Berater stellten sich dagegen. Katalonien würde keinen Bastard akzeptieren, wandten sie ein, zumal Martín, mochte er auch alt und krank sein, noch einmal heiraten und einen Sohn zeugen könne. Der König bestand darauf, Fadrique zu legitimieren, und räumte ein, er sei zeugungsunfähig und unbrauchbar für die Ehe. Das Volk wiederum bestand auf einer neuen Heirat, und der gutmütige und schwache Monarch ergab sich den Forderungen seiner Untertanen.

Ihm wurden zwei junge Frauen vorgeführt, zwischen denen er wählen sollte: Cecilia von Aragonien, Schwester des Grafen von Urgell, und Margarida von Prades, Enkelin des Grafen von Prades, die nach dem plötzlichen Tod ihres Vaters, als sie noch ein Kind war, als Hofdame María de Lunas, der ersten Frau Martíns, am Hofe aufgewachsen war. Wegen dieser bereits bestehenden Verbindung entschied sich der König für Margarida von Prades, eine schöne junge Frau von etwas über zwanzig Jahren.

Nach der Wahl erklärte Margaridas Großvater, der Graf von Prades, sein Einverständnis, und Benedikt XIII., einer der Hauptbefürworter einer neuen Ehe, sprach dem kanonischen Hindernis, nämlich der entfernten Verwandtschaft mit König Jaime dem Gerechten, dem Urgroßvater König Martíns, seine Bedeutung ab und setzte es in eigener Person außer Kraft. So heiratete König Martín kaum zwei Monate nach dem Tod seines Sohnes am 25. Juli auf Sardinien am 17. September die junge Margarida von Prades in der Kapelle von Bellesguard, einem kleinen Schloss.

Alles ging so schnell, dass Martín nicht einmal Geld aufbringen konnte, um die Kosten seiner Vermählung zu tragen, da er Schmuck und Eigentum verpfändet hatte. Traditionsgemäß wurde vor einer Königshochzeit eine besondere Steuer erhoben, um die Kosten zu decken, doch diesmal musste der König an Geldverleiher herantreten und Schulden in Höhe der zukünftigen Steuer auf sich nehmen, um seiner jungen Gemahlin die Feier zu bieten, die sie verdiente. Fray Vicente Ferrer führte die Trauung durch, und Benedikt XIII. segnete den Bund. Dann wurde im Schloss ein Bankett veranstaltet, zu dem die vielen Persönlichkeiten geladen waren, die sich in Barcelona anlässlich der Cortes versammelt hatten.

Zurück aus Navarcles, verblieb Hugo keine Zeit, seine Arbeit als Kellermeister im Hospital de la Santa Cruz und im Palast in der Calle de Marquet wiederaufzunehmen, denn er wurde dazu einbestellt, sich um den Wein für die Hunderte Gäste zu kümmern. Umgeben von Bliauts aus Goldstoff, golddurchwirkter Brokatellseide, silber- und perlenbestickten Roben, mit Edelsteinen verzierten Hüten, silbernen Tellern und goldenen Bechern, Gobelins und Wandbehängen, saßen die Monarchen auf Bänken, die mit farbigen Wollstoffen überzogen, und Samtkissen, die mit dem königlichen Wappen bestickt waren. Hugo stand hinter dem königlichen Mundschenk, dem Adligen Guillem Ramon von Montcada, und musste wie dieser den Wein vorkosten, bevor er dem König serviert wurde – aus Angst vor einer Vergiftung, wie sie im Übrigen in der Geschichte Kataloniens nie vorgekommen war, wurde alles vorgekostet. Sämtliche Speisen, die die Tischdiener in einer langen Prozession, angeführt vom Majordomus mit seinem Stab sowie den Türhütern, hereinbrachten, kosteten diese vor seiner Majestät. Der Bäcker tat dasselbe mit dem Brot, der Konditor mit Obst und Kuchen. Der Majordomus begleitete jeden Einzelnen bei seiner Kostprobe.

Während all dieser Rituale fühlte sich Hugo unbehaglich in seinem schwarzen Gewand aus grobem Tuch, das er pflichtgemäß trug. Aber dieses Unbehagen war nichts im Vergleich zu dem Hunger, der ihn plagte. Es war schon viele Stunden her, dass er gefrühstückt hatte, und die drei Gänge, aus denen das Bankett bestand, verschlimmerten seine Qual angesichts der Fülle an Essen, mit der die Gäste bedient wurden. »Die Katalanen müssen sich beim Essen und Trinken mäßigen«, riet der Franziskaner Eiximenis in seinen Büchern. Deshalb begnügten sich die Könige für gewöhnlich mit lediglich zwei Gängen – und dreien bei den Festen: Hähnchen im Sommer, Huhn im Winter; dazu Schwein, Kalb, Rebhühner … Eine andere Frage war die Menge. Wurde dem König ein Gang serviert, reichte die Portion für zwanzig Personen; die Portionen für Patriarchen und Erzbischöfe reichten für sechzehn, jene für Bischöfe und Ritter königlichen Blutes für zwölf und die für die übrigen geladenen Adligen und Ritter immer noch für acht Personen.

»Das ist immer so bei großen Festen wie zum Beispiel Hochzeiten«, erklärte Hugo einer seiner Helfer im Weinkeller, als er sich aus dem Speisesaal entfernen musste, um mehr Wein zu holen. »Bei normalen Festen gibt es ebenfalls Hierarchien, obwohl der König dann eine Portion für acht bekommt und die niedersten sich zu zweit eine Portion teilen.«

»Aber da bleibt ja so viel übrig!«, klagte Hugo, dem schon das Wasser im Mund zusammenlief.

»Nein, es bleibt nichts übrig. Was nicht am Tisch des Königs verspeist wird, bekommen die Almosensammler, um es unter den Armen zu verteilen, verstehst du?«

»Nein.«

»Das heißt, dass der König derjenige ist, der am meisten Almosen gibt, und so bleibt die absteigende Hierarchie sogar in puncto Güte und Großzügigkeit bestehen.«

»Jetzt verstehe ich.«

Ein ebensolches »Ich verstehe« hatte Hugo gezwungenermaßen dem Majordomus des Königs zur Antwort gegeben, als dieser ohne Ankündigung zwei Wochen vor der königlichen Hochzeit in Begleitung von zwei Soldaten im Weinkeller des Hospitals aufgetaucht war.

»Seine Majestät, König Martín, wünscht, dass du sein Kellermeister bist«, hatte ihm der Majordomus eröffnet.

Diese Situation kam ihm bekannt vor: Der Einäugige hatte es so ähnlich formuliert, als er Kellermeister von Roger Puig werden sollte.

»Nein …«

Der Majordomus tat, als hätte er nichts gehört. Der Einäugige hatte damals ähnlich reagiert.

»Für die königliche Hochzeit solltest du den besten Wein bereitstellen. Seine Majestät erinnert sich noch an den, den er bei der Einweihung dieses Hospitals getrunken hat.«

»Seine Majestät hat ein gutes Gedächtnis«, antwortete Hugo und überschlug im Kopf, dass es bereits acht Jahre her war. »Und wegen eines Weins, den er vor so langer Zeit getrunken hat, lässt er mich jetzt rufen? Hat er denn keinen Kellermeister?«

»Es obliegt nicht meiner Verantwortung, die Entscheidungen des Königs zu beurteilen, wie viel Zeit auch seither vergangen sein mag«, antwortete der Majordomus ernst. »Meinem Verständnis nach war es der Graf von Castellví, der dich ins Spiel gebracht hat, um das Problem mit dem Wein für die Hochzeit zu lösen. Der Hof ist knapp bei Kasse. Und was die Antwort auf die Frage nach einem Kellermeister angeht, so lautet sie Nein. Dieser Posten ist schon seit geraumer Zeit nicht mehr besetzt worden. Ich selbst habe den Wein beschafft. Seit Königin María gestorben ist, hat der König keinen Kellermeister mehr gebraucht, aber jetzt, mit der neuen Königin und ihrem Hofstaat, braucht er wieder einen.«

»Aber ich …« Hugo schnaubte, unfähig zu erklären, wie er sich dem königlichen Willen widersetzen konnte, den überdies zwei Soldaten verdeutlichten, die ihn wegen seiner zunächst ablehnenden Antwort feindselig ansahen. »Das Hospital …«

»Ich habe schon mit den Verwaltern gesprochen, und sie verstehen es.«

»Sie verstehen es?«

»Sie ja, und du?«

Hugo zögerte einige Augenblicke, lange genug, damit einer der beiden Soldaten die Stirn runzelte und sich unruhig bewegte.

»Ich verstehe. Und der Graf von Castellví …?«

»… versteht es auch. Die Wünsche des Souveräns haben Vorrang.«

»In Ordnung.«

»Also gehen wir zu dir nach Hause und holen deine Sachen.«

Hugo verzog das Gesicht.

»Was soll das heißen? Warum brauche ich meine Sachen? Sie sind gut aufgehoben, da, wo sie sind.«

»Der königliche Kellermeister muss im Weinkeller schlafen.«

Hugo sträubte sich.

»Gehen wir!«, forderte der Majordomus die Soldaten auf.

Hugo setzte sich in Bewegung, bevor ihn der Griesgram mit seiner Lanze anstieß, und marschierte dem Gefolge voraus.

»Was für ein Glück für dich, Herr, möge alles zu deinem Besten sein«, spottete die Maurin, nachdem sich Hugo erklärt hatte. »Denn wenn sie dich hätten verhaften wollen, hätten sie das ganze Heer geschickt. Kommst du wieder?«, fragte sie, nachdem Hugo seine Habseligkeiten in einem kleinen Bündel zusammengeschnürt hatte; einige wenige abgenutzte Kleidungsstücke waren alles, was er besaß.

»Komme ich wieder?«, fragte sich Hugo selbst. Er presste die Lippen aufeinander und zuckte die Achseln. »Ich vertraue darauf«, fügte er dann jedoch hinzu.

»Und deine Tochter?«, fragte Barcha nun mit heiserer Stimme.

»Pass auf sie auf«, bat Hugo.

Diesen Auftrag konnte die Maurin jedoch nicht erfüllen, da Regina ebenfalls nach Schloss Bellesguard gerufen wurde und Mercè mitnahm. Während Hugo in einem feuchten, dunklen Loch schlief, teilten sich Regina und Mercè ein noch kleineres Zimmer über dem Bereich der Dienerschaft des Schlosses, wenn es auch immerhin von ein klein wenig Tageslicht erhellt wurde, das durch ein enges, längliches Fenster hereinsickerte.

»Was macht ihr denn hier?«, wunderte sich Hugo bei ihrem ersten Zusammentreffen noch vor der Hochzeit des Königs.

»Vater!«, rief Mercè.

Regina zuckte nicht einmal mit der Wimper. Sie wusste bereits, dass Hugo im Weinkeller arbeitete.

»Die Königin verlangt unsere Dienste«, antwortete sie.

Zum ersten Mal betrachtete er sie als eine Hexe. Eine Hexe! Das war sie. Doch da wurde er von Mercès verschmitztem Augenzwinkern aus seinen Gedanken gerissen.

»Wir sollen bewirken, dass der König einen Erben zeugt«, sagte Mercè mit gesenkter Stimme, als würde sie ihm ein Geheimnis verraten.

»Hat der König denn keine Ärzte?«

»Doch, hat er«, griff Regina ins Gespräch ein und gab dem Mädchen ein offenkundiges Zeichen, still zu sein. »Wir brauchen nur ihr Scheitern abzuwarten.«

»Du scheinst mir ja sehr überzeugt.«

»Vom Scheitern der königlichen Leibärzte? Da kannst du dir sicher sein.«

Hugo wandte den Blick von seiner Frau ab, so wie er es immer tat, und lächelte seine Tochter an.

»Ich freue mich, dass du hier bist«, sagte er, ohne Regina weiter zu beachten. »Du kannst jederzeit zu mir in den Weinkeller kommen. Er ist …«

»Das interessiert uns nicht«, unterbrach ihn Regina und drängte Mercè: »Wir haben zu tun.«

»Ich komme Euch besuchen. Keine Sorge, ich finde ihn schon«, versprach das Mädchen trotzdem, während es bereits Regina hinterherlief. »Da, wo es im Schloss am kältesten ist, stimmt's?«, fügte es mit zurückgewandtem Kopf und einem Lächeln auf den Lippen hinzu.

Hugo erwiderte das Lächeln und blieb so stehen, bis die beiden um eine Ecke des Ganges bogen. In diesem Moment kehrte der Gedanke wieder: Hexe. Und wenn Regina eine Hexe war, so wollte er nicht daran denken, was aus Mercè werden würde, wenn sie von ihr lernte.

Man erzählte sich, dass Margarida von Prades nach ihrer Hochzeitsnacht weiterhin Jungfrau sei, da der König nicht einmal fähig gewesen sei, sie zu penetrieren. Nach einem Monat Ehe menstruierte Margarida. Unterdessen wurde eine Delegation in Schloss Bellesguard vorstellig, die der Bischof von Couserans anführte, ein gewandter Redner und Rechtsgelehrter. Die Delegation kam auf Geheiß von Louis, König von Neapel, der mit Violante von Aragonien, Tochter König Juans und folglich Martíns Nichte, vermählt war.

Der König von Neapel, so der Bischof, bitte darum, dass sein Sohn Louis, Herzog von Kalabrien, sechs Jahre alt und Enkel König Juans, am Hofe Martíns aufgenommen und dort erzogen werde, um die katalanischen Gebräuche kennenzulernen, bevor er ihn auf dem Thron ablöse. Der Bischof hielt eine ebenso ausführliche wie glänzende Rede, während derer König Martín zur Empörung des Redners und zur Besorgnis der Anwesenden, darunter die Königin, vor sich hin döste. Nachdem der Bischof geendet hatte, beantwortete der Monarch jedoch einen nach dem anderen die dargelegten Punkte, um letztlich den Vorschlag, er solle die Krone in die Hände eines Zweigs der französischen Königsfamilie übergeben, zurückzuweisen, und er tat dies mit einem Ausspruch, der seine Gemahlin und darauf die übrige Zuhörerschaft zum Lachen brachte.

»Gott wird mich dank meiner geliebten Frau Gemahlin noch einmal zum Vater machen, denn wir beide tun, so gut wir es vermögen, alles, was in unseren Händen liegt, um Eltern zu werden.« Während der Hofstaat lachte, schenkte sich das Königspaar einen Blick. »Nicht nur Gott steht auf unserer Seite, sondern auch die Ärzte bestätigen, dass ein reifer Vater und eine junge Mutter eher Kinder gebären als zwei junge Eheleute«, so schloss Martín.

Doch die Zurückweisung des Ersuchens der Franzosen war nur der Anfang eines ganzen Wettlaufs um die Thronfolge. Ob Martín nun einen Sohn zeugte oder nicht, solange er ihn nicht hatte, waren die Anwärter jedenfalls berechtigt, Anspruch auf die Krone zu erheben, so wie es der Franzose, der kleine Louis, Herzog von Kalabrien, bereits getan hatte; außer ihm noch Fadrique, der Bastard Martíns des Jüngeren, Alfonso, Herzog von Gandía, Jaime, Graf von Urgell, und Fernando, Infant von Kastilien. Alle waren engeren oder entfernteren Grades blutsverwandt mit dem Grafenhaus von Barcelona. Der Favorit des katalanischen Volkes war allerdings Jaime von Urgell, Urenkel Alfonsos IV. und verheiratet mit Isabel von Aragonien, der Tochter Pedros des Prächtigen und Stiefschwester König Martíns.

Indes versuchte Martín, so wie er es dem Abgesandten des Königs von Neapel versichert hatte, mit der jungen Margarida einen Sohn zu zeugen, obwohl sein Übergewicht ihn bei der Begattung behinderte. Gleichermaßen raubten ihm seine Schläfrigkeit und das Quartanfieber die unabdingbare Willenskraft, um seine Schwierigkeiten zu überwinden.

Seine Leibärzte zeigten sich beharrlich, aber angesichts der Tatsachen mussten sie nachgeben, woraufhin die Frauen um die Königin, unter ihnen Regina, anfingen, Maßnahmen zu ergreifen und Ratschläge zu erteilen. So griff man nicht mehr nur auf die gewöhnlichen Mittel zurück, wozu die Pilgerreise zählte, die Martín und Margarida mit der Bitte um Fruchtbarkeit zum Kloster Montserrat unternahmen, sondern auch auf aphrodisierende Speisen, auf Salben und Arzneien.

Hugo spielte in der Angelegenheit ebenso seinen Part.

»Mutter sagt, sie braucht etwas von diesem Wein, den du dem Grafen besorgt hast, einen starken«, teilte ihm Mercè mit, die in den Weinkeller auszureißen pflegte.

Hugo erinnerte sich an den Rosé, den er mit *aqua vitae* vermischt hatte.

»Wozu?«

»Um die Instinkte des Königs zu stimulieren«, beeilte sich Mercè zu antworten. »Mutter sagt, dass die meisten Männer und Frauen im Palast …«

Lächelnd und augenzwinkernd ließ Mercè das Ende ihres Satzes unausgesprochen in der Luft ausklingen. Hugo winkte ab und betrachtete sie eingehend. Sie war eine richtige Frau geworden. Für einige

Augenblicke blieb sie ruhig stehen und ließ Hugo gewähren, war sie sich doch bewusst, dass ihr Vater das zärtliche Bild des Kindes überwinden musste, als das er sie immer noch betrachtete. Mercè kannte den Frauenkörper, sie arbeitete damit. Es fiel ihr leicht, sich zu vergleichen, und sie befühlte aufmerksam ihre Brüste, ihre Rundungen, ihre Pobacken, ihre Scham, ihre Beine. Sie fragte Regina, was für Frauen den Männern gefielen, und war erstaunt über die Antwort, die sie bekam, ernst und ohne Umschweife: Gesicht und Augen einer Frau sollten schön sein, ihr Busen groß, üppig, fest, Hintern und Muskeln wohlgeformt und hart und wogend ihr Gang. Und weder bärtig noch dick dürfe eine Frau sein, setzte Regina hinzu. »Sie wollen, dass wir bescheiden sind, gehorsam, sauber und unterwürfig, vor allem im Bett«, ergänzte sie.

»Wie sind meine Augen, Vater? Und mein Gesicht?«, fragte Mercè, noch bevor er antworten konnte. Hugo ließ sich nichts von dem Knoten anmerken, der sich in seinem Hals formte, während er zu ihr trat, sie unter dem Kinn fasste und wie eine Unbekannte in Augenschein nahm, wobei er ihren Kopf zu beiden Seiten hin drehte. Er räusperte sich, ehe er etwas sagte.

»Es sind die schönsten Augen von ganz Barcelona …«

»Vater!«

»Ich schwöre es. Es gibt keine schöneren.« Hugo bemerkte, dass er in seinem Leben selten in die Lage gekommen war, einer Frau schmeicheln zu müssen. Sogar Dolça hatte die Initiative ergriffen. »Die schönsten, wirklich«, wiederholte er. »Und …«

»Und?«

»Du wirst sogar den Prinzen den Kopf verdrehen.«

»Nun ja, hier laufen einige herum, aber keiner scheint Interesse zu haben.«

Jetzt hatte Regina aus ihr gesprochen. Instinktiv betrachtete Hugo die Nase seiner Tochter. Nein. Mercès Nase war mit ihren Worten im Einvernehmen.

»Mercè.« Hugo schlug statt des schmeichlerischen Tons nun einen ernsten an. »Du bist schön, wunderschön. Vergiss die Prinzen, sie taugen nichts, such dir einen guten Mann.«

Mercè drückte sich an ihn.

»Und der Wein?«, fragte das Mädchen, bevor es den Keller verließ.

»Den bekommt sie dann.«

»Vater, eines Tages werdet Ihr mir erklären müssen, was an diesem Wein so Besonderes ist, dass er allen so gut schmeckt«, bat Mercè kühn.

»Raus hier!«, rief Hugo lachend.

Hugo hatte kein *aqua vitae* im Schloss bereit und auch nicht den Destillierkolben, aber es war nicht der Wein für den König, der ihm plötzlich Sorgen bereitete, als er wieder allein im Keller war. »Such dir einen guten Mann«, hatte er seiner Tochter gerade ans Herz gelegt. Was für einen Mann sollte sich Mercè denn suchen, wenn sie gar keine Mitgift für die Ehe besaß? Das war wichtig, wichtiger als die Liebe. Er hatte oft darüber nachgedacht, sich aber jedes Mal mit einer Ausrede beruhigt: Er habe ja noch Zeit, die Mitgift zusammenzusparen. Und jetzt waren die Jahre so rasch verflogen, dass auf einmal eine schöne, junge Frau von dreizehn Jahren vor ihm stand, die ihm zuzwinkerte, ihn umarmte und ungeniert darum bat, ihr über einen Wein Auskunft zu geben, über dessen Vorzüge sie Regina bereits aufgeklärt hatte. Er war so töricht! Er brauchte Geld. Er musste sich um die Mitgift für seine Tochter kümmern.

Die Maurin schrie, als Hugo kam, als hätten ihr die Tage der Einsamkeit zugesetzt. Sie schrie, während sie mit ihm sprach, aufgeregt und dankbar für den Besuch. Sie schrie und schrie, ohne Hugo zu Wort kommen zu lassen, so wie sie es am Anfang getan hatte, nachdem Hugo sie gekauft hatte. Ab und zu musste sie sich die Tränen abwischen. Dann schrie sie noch mehr und ließ irgendeine Beleidigung los. Er erzählte ihr von Mercè und vom König und der Königin. Sie ihm von Barcelona.

»In der Stadt hört man, dass er sie noch nicht entjungfert hat«, flüsterte Barcha. Hugo schnaubte. »Die Leute hoffen, dass er den Grafen von …«

»Urgell«, half ihr Hugo auf die Sprünge.

»Dass er Urgell zu seinem Erben ernennt.«

Hugo gelang schließlich der Abschied, indem er Barcha hoch und heilig versprach wiederzukommen. Er überquerte die Straße und betrat das Hospital de la Santa Cruz. Die Bauarbeiten am Kreuzgang und am

Dach über dem Nordschiff schritten langsam voran. Hugo wollte den Verwalter oder den Priester aufsuchen, aber am Ende unterhielt er sich mit beiden und erkundigte sich nach seinem Posten. Sie sagten, sie hätten jemanden einstellen müssen, den der Bischof empfohlen habe, einen Kellermeister, der allem Anschein nach öfter betrunken als nüchtern sei. Die Weinlese des laufenden Jahres sei eine Katastrophe gewesen. Noch während des Gärprozesses habe sich im ganzen Hospital ein Essiggeruch verbreitet. Der Taugenichts habe nicht einmal die Fässer gereinigt!

»Man muss den Wein lieben«, meinte Hugo.

»Man muss die Kranken lieben, mein Sohn«, berichtigte der Priester. »Der Wein ist eines der Heilmittel, die Gott den Bedürftigen gegeben hat. Deshalb muss man voller Eifer und Fleiß an die Herstellung gehen, denn er ist ein Werkzeug des Herrn.«

Nachdem Hugo seinen Posten verlassen hatte, hatte man die verschlossene Tür zum Raum mit dem Destillierkolben und mehreren Fläschchen *aqua vitae* nicht angerührt. Man erlaubte ihm, allein dort zu arbeiten. Hugo holte ein leeres Fass, wusch es aus und goss alles an *aqua vitae* hinein, was er hatte, eine ansehnliche Menge. Dann baute er den Destillierkolben ab: die beiden bauchigen Kupfertöpfe, die Serpentinrohre und die Spitze, wo die Flüssigkeit hindurchfloss. Zuvor hatte er Barcha gebeten, sie möge den Destillierkolben für ihn aufbewahren, und sie hatte lautstark zugestimmt. Nun bat er den Verwalter, den Transport zu besorgen: zu dem ehemaligen Haus von Jaume, dem, der die hölzernen Messergriffe gemacht habe, ja, zu dem, das jetzt der Maurin gehöre, genau. Hugo bat den Priester auch, ein paar von den kräftigen Burschen herzubestellen, die immer im Hospital herumliefen, damit sie ihm halfen, das Fass nach Schloss Bellesguard zu bringen.

Hugo ergatterte einen Korb Brombeeren, die die Bediensteten des Königs in den Wäldern von Collserola sammelten. Mit dem süßlichherben Brombeersaft konnte er den Geschmack des *aqua vitae* übertünchen, welches er mit einem jungen Rotwein vermischte. Das Ergebnis wies genügend Körper auf und war stark, obwohl er nicht wusste, ob es genügte, um die Lust des Königs anzufachen. Hugo ging mit dem Wein zu Guillem von Montcada, dem Mundschenk, der kostete und überrascht Hals und Schultern zusammenzog. Nach einem zweiten, langen Schluck entfuhr ihm ein Aufschrei.

»Teufel auch! Woher hast du denn den?«

»Gekauft hab ich ihn.«

»Schau mal, Hugo, denn du heißt doch Hugo, oder?« Hugo nickte scheu in Anbetracht des Tonfalls und der Autorität des Adligen. »So einen Wein kauft man nicht. Ich bin nun seit vielen Jahren Mundschenk seiner Majestät und verstehe etwas von Weinen. Dieser Brombeergeschmack … Versteck ihn noch ein wenig mehr. Was ansonsten darin ist, weiß ich nicht und möchte es auch nicht wissen, aber wenn es dazu dient, dass der König einen Erben zeugt, sei's drum.«

Vielleicht hatte er es mit dem *aqua vitae* übertrieben. Er gab mehr Wein dazu und bereitete die Mischung für das Abendessen vor. Der Mundschenk kostete erneut und gab ein billigendes Zeichen, bevor er dem König und der Königin einschenkte, obgleich Letztere ihn schließlich mit Wasser verdünnte. Die geladenen Adligen am Tisch des Königs, von denen Hugo nur Roger Puig und seine Gemahlin kannte, erhoben fröhlich ihre Becher, um anzustoßen. Guillem von Montcada sah aus dem Augenwinkel zu Hugo hinüber. Hugo stand ein paar Schritte vom Tisch entfernt, das Tablett mit der Flasche hatte er auf einer Anrichte neben sich abgestellt. Zweifel überkamen ihn, ob er es mit der Menge an *aqua vitae*, obwohl er es verdünnt hatte, nicht doch übertrieben hatte. Am Tisch ging es hoch her. Die Königin lachte. Die Frauen kreischten, obwohl sie den Wein wie Königin Margarida mit Wasser verdünnt hatten, während ihnen die Männer funkelnde Blicke zuwarfen. Kein Vergleich mit den ernsten Mahlzeiten, bei denen Hugo bisher als königlicher Kellermeister bedient hatte.

Das Abendessen war zu Ende, und Hugo machte Anstalten, sich zurückzuziehen.

»Nein.« Der Mundschenk hatte ihn am Arm gepackt. »Vielleicht wünscht der König, während er sich seiner Frau zuwendet, mehr von diesem Wein, der ihn so heiter gestimmt hat. Und da will ich dich vor Ort haben. Du bezahlst mit deinem Leben, wenn ihm etwas geschieht wegen dem, was du da hineingemischt hast.«

Hugo setzte zu einer Entschuldigung an, aber der Mundschenk entfernte sich bereits.

»Du bezahlst mit deinem Leben.« Mit schwachen Beinen und leicht zittrigen Knien folgte er dem Hofstaat, das Tablett in Händen, darauf eine Karaffe und zwei Becher, alles aus Gold. Sie liefen durch steinerne, kalte Gänge ohne jedes Mobiliar und erleuchtet von großen Kerzen an den Wänden bis zum königlichen Schlafgemach. Im Vorzimmer gab es ein Gedränge, und Hugo blieb wartend neben der Tür zum Gang stehen. Er hörte den Gesprächen zu. Das Gelächter und die Heiterkeit des Abendessens waren in ein gedämpftes Flüstern übergegangen. »Ob er wohl heute kann?«, vernahm er aus dem Mund einer prunkvoll gekleideten, schon älteren Frau, die forsch und aufrecht in der Nähe stand. »Margarita«, nannte ihre Gesprächspartnerin sie beim Namen, bevor sie antwortete: »Er war fröhlich.« »Es kommt nicht nur auf die Stimmung an, es braucht auch Manneskraft«, argumentierte Margarita und verstummte, als sie ihren Tonfall bemerkte. »Hoffentlich beeilen sie sich bei den Vorbereitungen«, entschied sie sich hinzuzusetzen. Dieser letzte Satz war ein Hinweis für Hugo: Sie warteten darauf, wie der König die Königin begatten würde.

Hugo versuchte sich einzureden, ein einfacher Kellermeister könne nicht das königliche Schlafgemach betreten, obwohl ihm die Sache lustig oder zumindest interessant erschien. Seine Beine zitterten nicht mehr. Es gab keinen Grund zu fürchten, dass er mit dem Leben bezahlen musste, sagte er sich genau in dem Augenblick, als sich die Flügeltüren zum Schlafzimmer öffneten. Nicht alle gingen hinein. Die meisten blieben draußen stehen. Die alte Margarita allerdings ging mit den übrigen Frauen voran. Auch eine kleine Gruppe Adliger, unter ihnen Roger Puig, betrat das Gemach, und Hugo, da ihn der Mundschenk von der Tür aus zu sich rief.

Er bemühte sich, nicht hinzusehen, tat es dann aber doch. Im Bett lag die Königin, jung und schön, in einem knielangen weißen Leinenhemd. Mehr noch als ihre Schönheit zog Hugo ihre gleichermaßen ergebene wie würdevolle Haltung in Bann. Er wollte gerade einen Seufzer ausstoßen, als er Regina und Mercè am Kopfende des Bettes entdeckte. Reginas Nase blähte sich vor Entrüstung, dass er ihr Territorium betrat; seine Tochter, die ihre Hände vor sich verschränkt hielt, streckte vier Finger ab zum Zeichen eines liebevollen Grußes. Während das Mädchen ein zartes Lächeln nicht unterdrücken konnte, verharrte Regina reglos, standhaft, ohne mit der Wimper zu zucken.

Der Mundschenk rief Hugo zu sich, und er gehorchte. Er erkannte den König erst, als er neben ihm stand. Das Tablett zitterte leicht, während Guillem von Montcada dem Monarchen einen Becher Wein einschenkte. Hugo erging es wie mit der Königin, er kämpfte, Becher und Wein anzusehen und nicht den Souverän, dessen wabernde Fettwülste unter einem schlichten Nachthemd hervorquollen und der auf dem Kopf eine alte violette handgestrickte Wollmütze trug.

Der König trank und schnalzte mit der Zunge. Dann prostete er Hugo zu, so wie am Tag der Einweihung des Hospitals, und tappte mit der Tollpatschigkeit eines dicken und barfüßigen Mannes zum Fußende des Bettes. Hugo war in der Mitte des Zimmers stehen geblieben, neben dem Mundschenk und zwischen dem König am Bett und den Adligen. Letzteren, die sich an der Wand gegenüber des Bettes zusammendrängten, versperrte er die Sicht. »Komm«, wies ihn der Mundschenk an.

Er führte Hugo in eine Ecke des Gemachs, wo eigentlich eine große Kerze brennen sollte. An ihrer Stelle hatte man ein Hanfseil durch den als Halter dienenden Eisenring in der Wand gezogen, ein starkes, so wie man sie für Schiffe anfertigte. Hugos Blick folgte dem Seil bis zu einer Scheibe, die über dem königlichen Ehebett am Dach befestigt war, und von dort bis auf mittlere Höhe, wo es in einer Art Harnisch endete.

»Binde es los«, befahl ihm der Mundschenk.

Die Vorrichtung, die wie ein großes Lederkorsett aussah, senkte sich bis zum König herab. Ein schwarz gekleideter Mann legte ihm das Korsett an und presste, so gut er konnte, den massigen königlichen Bauch hinein. Hugo wollte seinen Augen nicht trauen. Das Seil hing schlaff in seinen Händen. Er sah zu seiner Tochter und Regina hinüber, beide ruhig, aufmerksam, erwartungsvoll.

»Komm schon«, ermunterte ihn der Mundschenk. »Wir werden seine Majestät hochziehen.«

Noch zwei weitere Adlige ergriffen das Seil. Sie lachten leise. Hugo roch den starken Wein, die Brombeeren und das *aqua vitae* in ihrem Atem. Der Mundschenk begrüßte sie als Pedro und Bernardo.

»Der Arzt wird uns Anweisungen geben«, bemerkte Guillem von Montcada zu ihnen dreien.

Hugo blickte zu dem schwarz gekleideten Mann und sah dabei, dass Regina und seine Tochter zum König getreten waren. Mercè hielt stehend einen Flakon in der Hand, während Regina vor dem Monarchen niedergekniet war. Als der Arzt Martíns Nachthemd anhob und das Glied seiner Majestät freigab, begann Regina es einzureiben.

»Was wird ihm aufgetragen?«, fragte der Adlige namens Pedro flüsternd.

»Ich glaube …« Der andere Adlige, der so übergewichtig war wie der König, hatte Mühe zu sprechen. »Ich glaube Fett … von einer Schildkröte.«

»Igitt!«

»Sch«, zischte der Mundschenk.

»Sie hören uns nicht«, meinte Pedro.

»Trotzdem.«

»Also, beim letzten Mal haben sie ihn mit einer Ameisensalbe eingerieben«, fuhr Bernardo, der Betrunkenere, ungehorsam fort.

Ihm entwischte ein unterdrücktes Gekicher.

»Still!«

»Aus diesen Ameisen mit den langen Flügeln«, gelang es Bernardo gerade noch zu flüstern, bevor er erneut leise losprustete.

»Und weil der König nicht abgehoben hat, sind wir hier, um ihn fliegen zu lassen«, scherzte Pedro ironisch.

Diesmal musste sogar der Mundschenk ein Lachen unterdrücken. Hugo wusste nicht, was er tun sollte. Eingeengt unter vier Männern, die ein Seil hielten, als würden sie gleich eine Glocke läuten, sah er zum König. Dessen Beichtvater erteilte ihm den Segen.

»Zieht sachte. Jetzt!«

Der Befehl des Arztes tönte durch das Schlafzimmer, aber nicht so laut wie das Stöhnen, das sich zwischen den Lippen des Souveräns hervorzwängte, als ihn die vier Männer am Seil mit dem Harnisch, der ihm den Bauch zusammenpresste, in die Höhe beförderten. Aus Angst, sie hätten ihm wehgetan, hörten Hugo und die anderen drei auf zu ziehen und ließen den König weit weg von seinem Ziel in der Luft baumeln.

»Weiter!«, befahl der Arzt.

Der König war schwer. Bernardo, dem schon von der ersten Anstrengung das Blut ins Gesicht geschossen war, ließ keuchend das Seil los. Der Monarch verlor an Höhe.

»Weiter, weiter, weiter!«, verlangte Guillem von Montcada.

Als Martín sich einige Handbreit über Margarida befand, befahl der Arzt, mit dem Ziehen aufzuhören.

»Haltet ihn!«

Hugo, Guillem und Pedro hielten inne und stemmten sich gegen das Gewicht. Bernardo blickte von einem zum anderen, seine Augen waren blutunterlaufen, und den Mund hatte er zu einem albernen Grinsen verzogen. Die Frauen, darunter die alte Margarita, legten die Königin an die Stelle, wo der König herabsinken würde, während dieser weiter in der Luft hing und versuchte, nicht mit den Armen zu rudern.

»Und wenn er herunterfällt?«, unkte Bernardo just in diesem Augenblick, streckte seine Handflächen zu den Männern am Seil aus und verzog das Gesicht zu einer halb ernsten, halb spaßigen Grimasse.

»Dann zerquetscht er sie!«, gluckste Pedro.

Der König schwang im Rhythmus der Lachsalven hin und her, die die drei Männer am Seil, einschließlich Hugo, zu unterdrücken suchten. Der Beichtvater des Königs, ein Franziskanermönch, wandte sich mahnend zu ihnen um. Hugo verstummte sogleich. Die beiden anderen schafften es nicht und lachten gedämpft weiter, schwitzend wegen der doppelten Anstrengung, sich auch noch beherrschen zu müssen.

»Jetzt!«, befahl der Mönch, indem er die Anweisungen des Arztes weitergab. »Absenken! Immer ein Stückchen, nur ein Stückchen. Langsam!«

Die Anwesenden hielten den Atem an. Die Frauen entblößten die Scham der Königin, die die Beine spreizte, um ihren Gemahl zu empfangen. Der Arzt hielt das Nachthemd und führte den in der Luft hängenden Martín, damit sein Penis genau an dem Punkt nach unten zeigte, wo er in Margarida eindringen sollte.

Während er am straffen Seil den König hielt, schüttelte Hugo, wie einige andere, den Kopf, als dieser seine kurzen, dicken Beine auf dem Bett abstützte und, in seinen Harnisch gepresst, zwei Stöße nach vorne tat, zwei vergebliche Versuche, während die alte Margarita und eine andere Frau ihre Hände zwischen dem Paar platzierten, um wie bei einer Pferdebegattung nachzuhelfen. Der König stieß noch einmal nach vorne. Dann hielt er inne und tat einen Seufzer. Die Frauen hantierten an seinem Penis herum und feuerten ihn an. Er versuchte es noch ein letztes Mal, dann bewegte er sich nicht mehr, als ob er döste. Einige Augenblicke vergingen, ohne dass der Hintern des Königs noch einmal nach vorne stieß. Der Priester erteilte Anweisung, am Seil zu ziehen, um die Königin hervorzuholen. Sie taten wie geheißen. Während die Übrigen das Schlafzimmer verließen, ließen sie den König auf das Bett herabgleiten, und Hugo bemerkte am Erschlaffen des Seils, dass dessen ganze Masse nun auf dem Bett auseinanderfloss.

Weder Wein noch Schildkrötenfett noch Flaschenzug noch Harnisch hatten Wirkung gezeitigt. Margarida von Prades war weiterhin Jungfrau.

So gefällig sich Martín gegenüber seiner Gemahlin, den Cortes und dem Volk zeigte, das einen Erben von ihm verlangte, blieb er dennoch seinen Überzeugungen treu. Natürlich gebe er sich Mühe, einen zu zeugen, versicherte er, aber solange das nicht geschehe, falle seine Wahl auf seinen Enkel, den Bastard Fadrique. Direkter Nachkomme zweier Könige, seiner selbst und Martíns des Jüngeren, König von Sizilien, war das einzige Hindernis, das Fadrique vom Thronerbe trennte, seine uneheliche Geburt, wenngleich König Martín dafürhielt, es sei nur ein geringfügiger Makel, da sein Vater zum Zeitpunkt seiner Geburt ledig gewesen sei, also kein Ehebruch vorliege. Allerdings schloss ein Gesetz aus der Zeit Alfonsos IV. uneheliche Söhne aus der Thronfolge aus, sodass es nur eine Lösung gab, um Martíns Interesse zu entsprechen: Benedikt XIII. musste den Knaben legitimieren.

Während der König nachts um seine Gemahlin und tagsüber heimlich zugunsten seines Enkels Fadrique bemüht war, schickte er die Gesandten Fernandos von Kastilien wieder fort, die unter dem Vorwand, dessen Beileid für den Tod Martíns des Jüngeren zu überbringen, am katalanischen Hof erschienen waren. Sie sollten die Ansprüche ihres Herrn geltend machen, kaum dass sie von der Anwesenheit der neapolitanischen Delegation erfahren hatten. Ebenso waren die sizilianischen Gesandten zur Unterstützung des Bastards aufgetaucht, sowie jene, die die Anwartschaft des Herzogs von Gandía verteidigten. Alle, einschließlich dem Grafen von Urgell, der seinerseits der einzige Prätendent war, der seinen Wohnsitz nach Barcelona verlegt hatte, beschworen ihren Anspruch, rangen um Unterstützung und intrigierten und konspirierten gegen die anderen.

In seinem schwarzen Gewand aus grobem Tuch, den Wein stets servierbereit auf dem Tablett, lauschte Hugo den Gesprächen und erfuhr, wer die Alte war, die in der Nacht, als Seil und Harnisch zum Einsatz gekommen waren, so erfolglos den königlichen Penis gerieben hatte. Es handelte sich um Margarita von Montferrat, die Mutter des Grafen von Urgell, die zusammen mit ihrer Schwiegertochter, der Stiefschwester König Martíns, sowie einigen anderen Frauen, wie der Gattin Roger Puigs, die Königin umringten, aufmunterten und trösteten.

Ebenso erfuhr Hugo, dass sich der von den Katalanen favorisierte Graf von Urgell nach dem Tod des Bischofs von Barcelona, Francesc de Blanes, mit Benedikt XIII. wegen der Ernennung eines Nachfolgers zerstritten hatte. Der Graf und königliche Stellvertreter hatte seinen Schützling, den Erzdiakon von Santa María del Mar, Berenguer de Barutell, auf diesen Stuhl setzen wollen; der Papst plante dagegen, Francesc Climent das Bistum zu übergeben. Nach manchen Aussagen hatte sich der Graf von Urgell während der Auseinandersetzung so arrogant und überheblich wie ein zukünftiger König verhalten, war in die Kathedrale von Barcelona gestürmt und in eine Zusammenkunft des Domkapitels geplatzt, um Barutell zu verteidigen, gerade als der Papst das Wort innehatte. Benedikt XIII. konnte ihm das nicht nachsehen und verlangte von König Martín nicht nur die Ernennung seines Kandidaten, sondern dass er außerdem den Grafen der Stadt verweise. Der Souverän, der darauf angewiesen war, dass der Papst seinen Enkel Fadrique legitimierte, erfüllte die Forderungen: Er gab seine Einwilligung für den neuen Bischof und schickte den Grafen von Urgell nach

Saragossa, wo der Erzbischof und der Oberste Richter von Aragonien, die höchsten Autoritäten dieses Königreichs, sich weigerten, ihn als Statthalter des Königs anzuerkennen.

So, wie die Dinge lagen, entschloss sich König Martín am 12. Mai 1410, aus Schloss Bellesguard in das Nonnenkonvent Valldonzella umzuziehen, genauer nach Creu Coberta, wo sich eine Königsresidenz befand, in der die Monarchen übernachteten, bevor sie in Barcelona einritten. Martín brachte den Papst endlich dazu, seinen Enkel Fadrique zu legitimieren, und für die offizielle Zeremonie in Barcelona wurde der 1. Juni angesetzt. Hugo kannte Valldonzella gut, da es sich in der Nähe des Weinbergs von Santa María del Mar befand.

Dem König gefiel die Gastfreundschaft in diesem Zisterzienserinnenkloster. Die Königin verzweifelte angesichts der näher rückenden Legitimierung des Bastards. Die übrigen Anwärter gaben ihre Hoffnungen, den Königsthron zu besteigen, ebenfalls für verloren, sobald Fadrique als Nachkomme Martíns des Jüngeren legitimiert wäre. Fest steht, dass am 29. Mai die Königin und ihr Gefolge von Frauen, unter denen sich stets auch Regina und Mercè befanden, dem König eine gekochte Gans servieren ließen, die so gewürzt war, dass sie ihm genügend Kraft verleihen sollte, seine Gemahlin zu besteigen. Noch in derselben Nacht, kurz nachdem er zum Nachtmahl die Gans verspeist hatte, befielen Martín starke Magenschmerzen, hohes Fieber und Flecken am Körper. Seine Gesundheit verschlechterte sich im Laufe der Nacht, und die Nachricht, dass der König schwer erkrankt sei, verbreitete sich wie ein Lauffeuer in Barcelona. Am nächsten Morgen hatte sich das Gemach des Sterbenskranken mit Adligen, Ratsherren, Stadträten und Geistlichen jeden Ranges gefüllt, die schweigend und mit tiefernsten und bedachtsamen Gesichtern ein und aus gingen. Guillem von Montcada trug Hugo auf, die Besucher zu bedienen. An Wein dürfe es nicht fehlen, sagte der Mundschenk. Zwischen den anderen hindurch erspähte Hugo von einer Ecke des Gemachs aus das Bett, in dem der schlafende König lag, fieberte und schwitzte und bei jedem Atemzug ein Pfeifgeräusch von sich gab.

Adlige und Geistliche bestellten den Wein im Flüsterton. Niemand erhob die Stimme, alle wisperten nur, im Bewusstsein dessen, was unmittelbar bevorstand: Der König würde ohne einen Erben dahinscheiden. Auf einmal unterbrach ein Schrei die Stille. Margarita de Montferrat und die Infantin Isabel, Stiefschwester des Königs, also sowohl die Mutter als auch die Gattin Jaime von Urgells, waren ans Bett getreten, hatten den Sterbenden an den Ärmelaufschlägen seines Nachthemds gepackt und in eine aufrechte Position gezogen.

»Sie gehört meinem Sohn!«, schrie Margarita. »Die Thronnachfolge, die Ihr gegen Gesetz und Gerechtigkeit ablehnt, steht meinem Sohn zu!«

»Ich weiß nicht… wovon du sprichst… und ich glaube, du irrst«, entrang sich Martín eine Antwort, bevor die Adligen Margarita davonzerrten und sie für ihren Umgang mit dem König tadelten.

Margarita und Isabel verließen das Zimmer, aber die Frage stand unbeantwortet im Raum. Noch in derselben Nacht suchte eine stellvertretende Delegation der katalanischen Cortes, angeführt von Stadtrat Ferrer de Gualbes und begleitet von einem Notar, erneut das königliche Gemach auf, wo Martín nunmehr auf einem Stuhl saß, da sich im Liegen Wasser in seinen Lungen sammelte und ihn zu ersticken drohte.

»Herr, möchtet Ihr, dass die Herrschaft über Eure Reiche und Länder nach Eurem Ableben demjenigen überlassen bleibt, dem sie rechtmäßig zusteht?«, fragte der Stadtrat.

Der Notar hielt fest, dass der König mit *hoc* (»ja«) auf diese Frage geantwortet habe.

Am 31. Mai 1410, nur einen Tag, bevor der Papst seinen Enkel, den Bastard, hätte legitimieren sollen, verstarb Martín der Ekklesiastische und machte den Thron eines Reiches frei, das in sich wiederum aus den fünf Königreichen Katalonien, Aragonien, Valencia, Mallorca und Sizilien bestand. Alle waren voneinander unabhängig, ein jedes besaß seine eigenen Gerichte und Parlamente, seine Währungen und Gesetze, seine Kultur, seine Gebräuche und, falls erforderlich, seine Streitkräfte; ein jedes besaß auch eigene Behörden und Steuerinstitutionen wie auch eine je eigene Sprache. Fünf Reiche, die ausschließlich in der Person ihres Königs vereint waren.

18

Der Sohn von Roger Puig soll eine der Töchter des Grafen von Urgell heiraten, und Mutter soll zur Baronin ernannt werden.« Mercès Ankündigung ließ Hugo und Barcha erschreckt zusammenfahren. »Ja, wirklich, oder jedenfalls, sobald der Graf von Urgell zum König ausgerufen wird. Das haben ihr Doña Margarita und Doña Isabel versprochen, die Mutter und die Gattin des zukünftigen Königs. Mutter soll den Titel und dazu Ländereien und Vasallen bekommen«, bestätigte das junge Mädchen voller Ernst, während die drei in Barchas Haus am Tisch zusammensaßen.

»Schweig, Mädchen!«, rief die Maurin.

»Für den Moment haben sie ihr eine Börse mit Goldflorinen überreicht.«

»Aber warum sollten die Mutter und die Gattin des zukünftigen Königs so etwas tun?«, fragte Hugo.

Seine Tochter ließ ihren Blick mit zusammengekniffenen Augen suchend durchs Zimmer wandern.

»Wen willst du hier finden, wo wir drei schon kaum hineinpassen?«, platzte Barcha heraus.

Doch bevor Mercè ihrem Vater antwortete, legte sie in einer verschwörerischen Geste ihre beiden Zeigefinger zusammen und streckte sie nach vorne.

»König Martín durfte den 1. Juni nicht mehr erleben«, flüsterte sie.

»Willst du damit etwa sagen …?«

Mercè nickte.

»Aber er war doch der König!«, rief Hugo.

»Wovon redet ihr?«, fragte die Maurin.

»Dass Regina seine Majestät vergiftet hat.«

»Sch! Das ist ein Geheimnis«, stieß Mercè hervor und legte warnend den Zeigefinger an den Mund.

»Aber, Töchterchen, das ist Mord!«

Die Worte ihres Vaters machten Mercè unschlüssig.

»Im Palast haben sie versichert, dass König Martín seinen Enkel, den Bastard, nicht legitimieren kann, weil die Krone Jaime von Aragonien gehört«, versuchte sich das Mädchen zu entschuldigen.

»Was wissen wir schon von Königen und der Krone? Das ist Sache der Adligen und der Rechtsgelehrten und …«

»Der Rechtsgelehrten?« Mercè unterbrach ihren Vater und sprach diesmal entschlossener. »Derer, die behaupten, der König habe ihre Frage mit einem *hoc* bejaht? Das war nicht mehr als ein Husten! Hoc, hoc, hoc«, hüstelte sie selbst zum Beweis. Hugo und Barcha hörten erstaunt zu, was ihnen das Mädchen jetzt nachdrücklich, ja glühend zu sagen hatte. »Warum hätte seine Majestät seinem Enkel die Krone verweigern sollen? Es war sein Wunsch, und der Papst hätte den Bastard am nächsten Tag legitimiert. Und warum hätte er gegenüber dem katalanischen Parlament nachgeben sollen? Würde ein König wie Martín diese fundamentale Frage wirklich mit einem einfachen *hoc* beantworten? Nein. Wenn der König verstanden hätte, was man ihn gefragt hat, wenn er noch bei Sinnen gewesen wäre, dann hätte er Anweisungen zur Legitimierung seines Enkels gegeben, so wie er es wollte und wie es für den Tag danach vorgesehen war. Er hätte doch niemals bloß *hoc* gesagt! Hoc, hoc, hoc«, hüstelte Mercè wieder, um ihre Worte zu bekräftigen.

Hugo und Barcha schwiegen.

»Der Graf von Urgell muss also der neue König sein«, fuhr Mercè fort. »Es steht ihm dem Recht und dem Blute nach zu.«

»Alle Welt weiß, dass der Graf der neue König sein wird«, unterbrach sie Hugo.

»Nein, Vater. Das mag hier in Barcelona so sein, aber Königin Violante von Bar, die Witwe von König Juan, und der Erzbischof von Saragossa setzen auf den Franzosen Louis d'Anjou und engagieren sich für ihn. Der Erzbischof von Saragossa ist einer von denen, die dagegen waren, dass Jaime von Urgell den Titel des königlichen Statthalters trägt. Der Graf hat viele Kontrahenten in Aragonien.«

»Kontrahenten?«, fragte Hugo.

»Was?«, schloss sich die Maurin seiner Frage an.

Mercè bemerkte plötzlich, dass sie zu schwierige Begriffe für die beiden benutzte.

»Widersacher, Feinde«, korrigierte sie sich.

Hugo und Barcha sahen sich an. *Wie lange ist die Maurin eigentlich schon bei mir?*, fragte sich Hugo. Beim Nachrechnen kam er auf etwa fünfzehn Jahre. Er musste sie kurz nach dem Überfall auf das Judenviertel 1391 gekauft haben. Nie würde er dieses Datum vergessen. Und jetzt… Er lächelte und fragte sich, ob Barcha wohl das Gleiche dachte. Ihr Alter hatte er nie erfahren, aber ihre Haut färbte sich immer dunkler, während Flecken und Falten ihr Gesicht übersäten. Sie war immer noch eine große und starke Frau, obwohl ihre Kraft vielleicht weniger von ihrer Physis als von ihrem Starrsinn herrührte. Hugo schürzte die Lippen, er ahnte, dass sie ihn ebenfalls begutachtete.

»Die Zeit hinterlässt ihre Spuren«, erwiderte die Maurin, nachdem sie wieder einmal seine Gedanken erraten hatte.

»Hinterlässt ihre Spuren«, wiederholte Hugo für sich, während er mit einem Blick auf seine Tochter den Kopf schüttelte. »Kontrahenten.« Er lächelte erneut. Mercè hatte Lesen gelernt, auf Katalanisch und auf Lateinisch. Es war gar nichts Seltsames daran, dass sie Wörter benutzte, die Barcha und er nicht verstanden.

Seit dem Tod König Martíns wohnten sie nicht mehr im selben Haus. Regina und Mercè gehörten nun dem Hofstaat des Grafen von Castellví de Rosanes und Navarcles an. Deshalb wohnten sie in seinem Palast in der Calle de Marquet wie die vielen anderen Hof- und Familienangehörigen, die sich um Roger Puig scharten. Mercè war als Zofe in den Dienst der Gräfin getreten. Hugo war es unerträglich, seine Tochter in der Nähe der Gattin von Roger Puig zu wissen. Gleichzeitig war er nicht in der Lage gewesen, sich dagegen zu wehren, als ihn Regina aus dem Weinkeller auf die Galerie des Palasts bestellte. Dort stand Mercè, und in ihrem roten Seidenkleid, mit ihrer Frisur und der Schminke wirkte sie wie eine anziehende, anmutige und sinnliche Frau. Mercès

Lächeln hatte Hugo gerührt. Dann hatte sie ihm so voller Begeisterung von ihren neuen Aufgaben erzählt, dass ihm keine Antwort eingefallen war. Sie half immer noch ihrer Mutter als Ärztin. »Aber viel weniger, denn Ihr wisst ja, dass mich all das mit den Geburten und Kranken nicht reizt«, hatte sie ihrem Vater ins Ohr geflüstert. Die übrige Zeit verbrachte Mercè mit der Gräfin und deren weiblichen Verwandten. Sie las ihnen vor. Sie webten und nähten Seidenkleider. Und sie spielten und plauderten und lachten und tauschten Geheimnisse und nahmen zusammen den Nachmittagsimbiss.

»Und?«, fragte Hugo, um herauszufinden, wohin das alles führen sollte.

»Sie werden einen guten Ehemann für mich suchen. Einen Adligen! Die Gräfin hat versprochen, mich mit einer Mitgift auszustatten.«

Jetzt verstand Hugo, warum seine Tochter so bevorzugt behandelt wurde: Man war Regina wegen des Todes von König Martín zu Dank verpflichtet, und sie selbst zögerte nicht, Mercè zu verführen und ihm wegzunehmen.

Vielleicht waren es die Peitschenstriemen auf dem Rücken der Maurin, die sie voller Stolz als Zeichen ihres Kampfes vorzeigte, jedenfalls hatte ihr Hugo aus irgendeinem Grund nicht von den Geschehnissen auf Schloss Navarcles erzählt. Er spürte keine Reue, Roger Puig nicht getötet zu haben, auch kein Anzeichen von Groll gegen sich selbst, weil er die Axt nicht auf dessen Hals hatte niederfahren lassen. Ja, er fühlte sich sogar befreit, als ob sein Hass einfach verraucht wäre, nachdem er den Racheakt nicht vollstreckt hatte. Hugo suchte die Madonna des Meeres auf und er sah, dass sie ihn ein weiteres Mal anlächelte, was ihn von der Richtigkeit seiner Entscheidung überzeugte: Er war kein Mörder.

Hugo war nun nicht mehr königlicher Kellermeister, da Margarida von Prades, die junge Gemahlin des verstorbenen Königs, auf Befehl des königlichen Statthalters, des Grafen von Urgell, für dreihundert Tage der Aufsicht von vier Hebammen unterstellt wurde. Die verwitwete Königin verließ Bellesguard und bezog den Großen Königspalast, wo sie Tag und Nacht von einer dieser Frauen bewacht wurde, bis bestätigt wäre, dass sie nicht schwanger war. Während sie fast wie eine

Gefangene lebte, verkleinerte sich ihr Hofstaat bis auf ein unerlässliches Minimum. Denn Margarida besaß kein Geld. König Martín hatte sich großzügig zeigen wollen und ihr Bellesguard sowie den Kleinen Königspalast vermacht, dazu Schmuck, der aber eigentlich für frühere Kredite in Pfand gegeben war. Geld, um den Schmuck wieder einzulösen, enthielt die Erbschaft nicht. Es reichte nicht einmal, um die Ausgaben für das Begräbnis des Monarchen zu bestreiten, dessen einbalsamierter Kadaver den Barcelonesen achtzehn Tage lang zugänglich gemacht wurde. Die Testamentsvollstrecker sahen sich genötigt, einen Kredit über zehntausend Goldflorine beim katalanischen Parlament zu beantragen, um die Kosten für die pompöse Beerdigung des letzten Königs aus dem Hause Barcelona zu tragen, und wenn sich in Margaridas Erbschaft noch ein Stück befand, das nicht verpfändet war, dann musste es nun als Garantie für diesen neuerlichen Kredit verwendet werden. Unter solcherlei Umständen beendete Hugo seine Arbeit im Weinkeller von Bellesguard, sogar ohne dass ihm seine letzten Tageslöhne ausbezahlt worden waren. In seine alte Stellung als Kellermeister im Hospital de la Santa Cruz konnte er nicht zurückkehren, da der Trunkenbold auf diesem Posten auch nach dem Tod des Bischofs, der ihn empfohlen hatte, über einflussreiche Kontakte im Domkapitel verfügte.

Aus dem Weinkeller des Grafen konnte Hugo nicht entkommen, das wusste er. Aber er wusste auch, dass es seine Pflicht war, an dem Ort zu sein, wo sich Mercè befand.

»Vater.«

Hugo war überrascht, dass sich seine Tochter im Weinkeller aufhielt. Er hatte sie mehrmals ermahnt, sie würde sich dort ihre schönen Kleider schmutzig machen, aber sie konnte sich anscheinend nicht vom Wein fernhalten, von seinem Aroma …

»Raus hier«, wollte er sie mit der Hand verscheuchen.

Seit dem Tod König Martíns waren mehrere Monate vergangen, und Hugo konnte nicht aufhören, Mercè zu bewundern, die sich oft in den Keller hinunterstahl und mit ihm plauderte. Regina würde ihr nie verraten, dass er nicht ihr Vater war, aber wenn er sie jetzt so schön, fröhlich, vergnügt und glücklich sah, stellte er sich vor, sie sei die Tochter einer Prinzessin. Von einer solchen musste sie ihre elegante Haltung geerbt haben, mit der sie sich schwebend fortbewegte, als würden ihr die Dinge von selbst in die Hände gleiten, damit sie sich nicht mühsam nach ihnen ausstrecken musste. Heute lächelte sie jedoch weniger als sonst.

»Ist etwas?«, fragte Hugo besorgt, als sie den Keller bereits verlassen hatten.

»Nein, nichts.« Die Unentschlossenheit in Mercès Stimme war offenkundig. »Es ist …«

»Tochter«, forderte er sie auf zu sprechen.

»Seine Herrschaft will, dass Ihr durchs Königreich reist, um etwas über die Thronanwärter herauszufinden, die mit dem Grafen von Urgell konkurrieren.«

»Und wieso sagst du mir das?«

»Er wird Euch schon noch den Vorschlag machen. Ich habe es mitgehört und wollte Euch vorwarnen.«

Hugo konnte nicht glauben, dass der Graf ihn zu seinem Spion machen wollte.

»Seine Herrschaft behauptet, dass Ihr keinen Verdacht erregt«, fuhr Mercè fort. »Ihr könntet Eure Reise mit dem Einkauf von Wein begründen. Wenn jemand von Ort zu Ort reist, dann, um Handel zu treiben. Ihr versteht etwas von Weinen. Ihr seid der beste …«

»Nein.«

»Aber Vater, warum nicht?«

»Mercè …« Traurigkeit huschte über das Gesicht seiner Tochter. Er zögerte. »Nein«, entgegnete er am Ende dennoch.

»Bitte, nehmt es an.« Mercè trat zu Hugo. Er wich ihr aus, um sie nicht mit seinen schmutzigen Händen zu berühren, was sie missverstand. »Vater«, bat sie ihn mit heiserer Stimme.

Hugo versuchte seine abweisende Reaktion zu erklären, indem er ihr seine schmutzigen Hände zeigte.

Sie verstand es nicht.

»Wir müssen dem Grafen von Urgell helfen.« Mercè war den Tränen nahe. »Er ist der König! Wir können nicht zulassen, dass ein Franzose Katalonien regiert!«

»Ich kann doch nicht einmal schreiben. Wie soll ich da als Spion arbeiten?«

Die Tränen strömten so haltlos über das Gesicht des Mädchens, dass Hugo misstrauisch wurde.

»Was für ein Interesse hast du an dem Ganzen?«

»Wenn der Graf von Urgell König wird, werden wir zu den Reichen und Adligen gehören. Alle«, stieß Mercè unter Schluchzen hervor.

Ihre feuchten Augen sahen Hugo flehentlich an. Wie sollte er solchen Augen nur widerstehen, dachte er und lenkte sich damit vom Thema ab. Er seufzte. Er wollte die Bitte ein weiteres Mal mit Nein beantworten, aber dann überlegte er es sich anders. Letzten Endes hatte er ja nichts anderes zu tun, als für den Grafen zu arbeiten, sei es im Weinkeller oder anderswo. Er würde Mercè den Gefallen tun, um sie lächeln zu sehen. Außerdem hatte er bei dieser Reise ja nichts zu verlieren.

Doch, sogar sein Leben konnte er verlieren! Das musste Hugo feststellen, als ihm der Graf persönlich eröffnete, dass Mateo ihn auf seiner Reise begleiten werde. Hugo wagte es nicht, einen Rückzieher zu machen. Er hatte es seiner Tochter versprochen und er versuchte, Entschädigung in ihrer Freude darüber zu finden, dass er ihren Wünschen entsprach, in den Umarmungen und Küssen, mit denen sie ihn überhäufte.

»Einerlei, wenn mein Kleid schmutzig wird!«, rief sie.

Nachdem Mercè gehört hatte, dass der Einäugige Hugo begleiten werde, sagte sie jedoch unwissend und unschuldig:

»Er wird Euch sehr nützen.«

Caterina erprobte ebenfalls ihre Überredungskünste an Hugo, allerdings aus anderen Gründen:

»Bei Gott, so nimm ihn doch mit, und schaff ihn aus der Welt. Verpass ihm vierzig Messerstiche in meinem Namen«, flehte die russische Sklavin, bevor sie in Tränen ausbrach.

Hugo erinnerte sich an Caterinas Worte, als sie zum ersten und fast einzigen Mal die Gelegenheit gehabt hatten, im Palast von Roger Puig miteinander zu sprechen. Der Graf, so hatte sie ihm erzählt, sei noch gelegentlich zu ihr gekommen, während sich sein einäugiger Bediensteter schon danach sehnte, ihn endlich abzulösen. Nach ein paar Schwangerschaften hatte Roger Puig endgültig genug von ihr gehabt und sie seinem treuen Dienstboten überlassen. Anna, die Gräfin, entließ sie ebenfalls, um sie mit ihren dunklen Augenringen, erschöpft, ungepflegt und reizbar wegen der Zusammenkünfte mit dem Einäugigen, nicht länger ertragen zu müssen. Die Sklavin hatte auf die zärtlichen Worte vertraut, mit denen ihre Herrschaft sie über die Jahre hinweg belohnt hatte, aber als Caterina die Gräfin in ihre Probleme einweihen wollte, hatte diese kein Ohr für sie. Die Palasthierarchie, auf welche die Sklavin hinuntergeblickt hatte, solange sie sich auf die gräfliche Gunst hatte verlassen können, überfiel sie nun wie eine lauernde Hundemeute. Der Einäugige machte sich nachts an sie heran oder tagsüber, wo auch immer er sie zu fassen bekam, während gekränkte Diener und Sklaven ihr das Leben für den Rest der Zeit zur Hölle machten. Alle zusammen hatten erreicht, dass Caterina nur mehr ein Schatten ihrer selbst war, als sie bei Hugo im Keller auftauchte, ein Schreckgespenst anstelle der bezaubernden Frau, die sie gewesen war, als sie ihn als den neuen Kellermeister im Palast willkommen geheißen hatte.

»Und wenn es nur für ein paar Tage ist, nimm ihn mit«, schluchzte Caterina.

Doch wer Hugo letzten Endes überzeugte, die Reise mit dem Einäugigen auf sich zu nehmen, war Regina. Sie kam auf ihn zu, nachdem sie von seinem Gespräch mit Mercè erfahren hatte.

»Wirst du denn nie in der Lage sein, etwas für deine Tochter zu tun?«, warf sie ihm vor. Hugo wollte antworten, aber Reginas Angriffslust verwehrte es ihm. »Bald wird sie heiraten müssen. Hast du denn auch nur einen einzigen Sueldo für die Mitgift gespart? Was passiert, wenn die Gräfin wegen dir wütend auf sie wird und sie entlässt? Dann wird sie darauf vertrauen müssen, dass irgendeine Kirche ihr eine kärgliche Mitgift spendet, als wäre sie eine Bedienstete.« Nun, da sie ihn schwach werden fühlte, gestattete sie Hugo, sich zu erklären. Er fand keine Argumente, weshalb Regina, die Siegerin, ihrer Wut freien Lauf ließ: »Du bist ein hundserbärmlicher Egoist. Opfere dich für deine Tochter. Tu endlich, was sich für einen Vater gehört.«

Er war kein hundserbärmlicher Egoist. Er würde gehen, natürlich, mit dem Einäugigen würde er gehen, auch mit zwei Einäugigen, mit dem Grafen oder wem auch immer es nötig wäre, aber er weigerte sich, es vor Regina zuzugeben. Diese Befriedigung würde er ihr nicht gönnen.

»Wie kommst du dazu, mich als einen schlechten Vater zu beschuldigen, du, die eine Mitgift verteidigt, für die ein König vergiftet werden musste?«

Als er Regina, was für sie ungewöhnlich war, zusammenzucken sah, bedauerte es Hugo, etwas zur Sprache gebracht zu haben, was Mercè ihm als Geheimnis anvertraut hatte.

»Ich habe keinen König vergiftet«, verteidigte sich Regina. »Ich habe nur einem geistig verwirrten alten Mann beim Sterben geholfen, und ich habe es zum Wohle des Königreichs getan, für den rechtmäßigen König.«

»Und wenn jemand daraufkäme …«, versuchte ihr Hugo zu drohen.

»Du hängst immer einen Schritt hinterher, Hugo. Wenn jemand daraufkäme, würde man deine Tochter mit dem Galgen bestrafen. Sie hat sich genauso schuldig gemacht wie ich.«

Hugo erinnerte sich, wie er einst seiner Mutter versprochen hatte, niemals aufs Meer zu fahren, und jetzt sah er den Strand von Barcelona immer kleiner werden, während die Feluke im aufgewühlten Meer heftig hin und her schaukelte. Es war November im Jahre 1410, ein schlechter Monat für die Seefahrt, selbst für ein Küstenschiff auf dem Weg nach Valencia. Auf einem solchen hätte er vor vielen Jahren mit Dolça fliehen sollen, dann wäre sein Leben ein anderes gewesen. Der Bug der Feluke schien geradewegs in den grauen Himmel zu zielen, bevor sie zwischen zwei Wellen eintauchte, die sie zu verschlingen drohten. Hugo musste sich an einem Seil festhalten, um nicht über Bord zu gehen. Er war tropfnass. Er sah zum Einäugigen hinüber, der bleich und genauso durchnässt war wie Hugo und zitterte. Sein Vater lag hier auf dem Meeresgrund, dachte Hugo, er war ein tüchtiger Seemann gewesen. Ohne das Seilende loszulassen, richtete sich Hugo an der Reling auf und pfiff das Lied, mit dem sein Vater immer nach Hause gekommen war und mit dem er sich selbst Arsenda im Kloster angekündigt hatte. Eine neue Welle überrollte die Feluke. Hugo hielt sich stramm auf den Beinen. Dann sah er wieder zum Einäugigen, der sich über seine Füße erbrach.

Hugo hatte schließlich zugestimmt, die Reise mit Mateo zu unternehmen, obwohl der Graf sowieso nie eine andere Möglichkeit in Betracht gezogen hätte. Ungewöhnlich rasch erlangte Roger Puig für Hugo eine Weinhändlerlizenz. Diese werde ihm – zusammen mit seinem ehemaligen Posten als königlicher Kellermeister – genügend Glaubwürdigkeit verleihen, um sich von A nach B zu bewegen, versicherte der Adlige. Hugo erfuhr, dass Jofré bereits verstorben war, weshalb keiner der Seekonsuln etwas gegen seine Ernennung zum Weinhändler einzuwenden hatte. Was indes aus Eulàlia und den Weinbergen geworden war, wollte Hugo nicht weiter in Erfahrung bringen. Der Graf versprach ihm einen Weinberg auf seinem eigenen Grund und Boden, sobald Jaime von Urgell endlich König sei. Alles wurde von der Krönung des Grafen abhängig gemacht, als wollte niemand einen anderen Lauf der Dinge überhaupt in Erwägung ziehen. Zunächst hieß es, Hugo solle nach Saragossa reisen. Den Berichten zufolge wurden dort heftige Streitigkeiten zwischen zwei gegnerischen Adelsfraktionen ausgetragen, von denen sich die eine auf die Seite des Grafen von Urgell gestellt habe und die andere den französischen Prätendenten unterstütze. Kämpfe, Schlägereien und Morde stünden in Aragoniens Hauptstadt sowie den Dörfern, ob groß oder klein, an der Tagesordnung. Roger Puig wollte Nachrichten aus erster Hand, er wollte sie aus dem Munde seines Dienstboten, des Einäugigen, hören.

Die Pläne änderten sich jedoch, als Fernando, Infant und Regent von Kastilien, sich um die Krone bewarb. Soeben hatte er die wichtige andalusische Stadt Antequera im Süden Spaniens nach einer langen und blutigen Belagerung, die im September 1410 endete, von den Mauren zurückerobert. Nun konzentrierte er seine Kräfte darauf, die aragonische Krone und das katalanische Prinzipat zu erlangen, auf die er als Enkel Pedros des Prächtigen über die mütterliche Linie ein Anrecht besaß.

Doch während sich der beste Thronanwärter, der Graf von Urgell, den Weisungen der katalanischen Parlamentarier unterwarf, die von ihm verlangten, den Titel des königlichen Statthalters abzulegen und seine Truppen in Aragonien zu entlassen, hielt Infant Fernando von Kastilien, der forthin Fernando von Antequera genannt wurde, nicht nur an seinem Anspruch, der größer als alle anderen sei, fest, sondern schwor seinen kastilischen Adelsleuten außerdem, die Krone mit Gewalt für sich zu gewinnen. »Wenn ihr auf meiner Seite steht«, stachelte er sie an, »dann bitte ich Euch um Eure Erlaubnis, das Heer in diesen Krieg zu führen, um diese Völker unserer Autorität zu unterwerfen, und zwar nicht nur meinetwegen, sondern zum Wohle des Königreichs, Spaniens und der Kirche.«

Im Vertrauen auf die richtende Gewalt des katalanischen Parlaments, das sich seit Ende September in der Ortschaft Montblanc versammelt hatte, gab Jaime von Urgell nach und folgte den Aufforderungen der Gesetzgeber. Zeitgleich bewaffnete sich der kastilische Prinz und versammelte seine Truppen noch vor Dezember bei Murcia an der Grenze zum Königreich Valencia. Genau dort lag das Ziel des Barceloneser Weinhändlers Hugo Llor und des einäugigen Dienstboten des Grafen von Castellví de Rosanes, so wie es Letzterer verfügt hatte.

»Denk daran, er ist mein Dienstbote, und als solcher führt er den Befehl«, warnte der Adlige Hugo im Voraus. »Augenscheinlich wirst du sein Herr sein, da du etwas vom Wein verstehst, aber begeh keinen Irrtum.«

Hugo hatte sich gezwungen, Roger Puigs Lächeln zu erwidern, mit dem dieser seine Ansage beendet hatte. Jetzt beobachtete Hugo den Einäugigen zwischen den aufeinanderfolgenden Wellen. Das Erbrochene zu seinen Füßen hatte das Wasser bereits von Deck gespült. Auch an Mateo hatte die Zeit ihre Spuren hinterlassen. Er musste um die fünfundvierzig sein, zehn Jahre älter als Hugo. Der Einäugige hatte Kraft und ziemlich viele Zähne eingebüßt. Hugo spekulierte, an welcher Stelle er wohl sein Messer unter dem Gewand verbarg, welches der Graf ihm aufgezwungen hatte. »Der Bedienstete eines Weinhändlers ist niemals so gekleidet wie der eines Grafen!«, hatte Roger Puig geschrien, als Mateo beim Anblick und erst recht beim Befühlen des groben und farblosen Stoffes das Gesicht verzogen hatte. Er war wirklich alt geworden. Für einen Augenblick, während er sich stehend ans Seil klammerte, fühlte sich Hugo in der Lage, den Einäugigen unter jeglichen Umständen zu bezwingen.

Weit von der Küste entfernt, vielleicht, weil sich das Meer beruhigt, vielleicht, weil er sich an das teuflische Auf und Ab der Feluke gewöhnt hatte, konnte sich Hugo ausruhen und an die Reling gelehnt hinsetzen, während sich die Matrosen abmühten, die geladenen Handelswaren ordentlich getrimmt zu halten. Der Einäugige hatte sich schon vor einer Weile auf dem Boden niedergelassen, genauso wie eine Prostituierte, die ins Bordell von Valencia reiste, und ein Ehepaar, das verstummt war, seitdem ein paar Matrosen vor dem Einschiffen in Barcelona es aus Spaß mit der Bemerkung erschreckt hatten, dieses sei das bislang schlimmste Jahr des unerklärten Krieges zwischen Genua und Katalonien. Die Freibeuterüberfälle und Seeschlachten zwischen Katalonien und Genua hatten sich zu den erbittertsten und grausamsten entwickelt, deren man sich erinnern konnte. Anstatt sie als Geiseln zu nehmen, wurden die Besiegten enthauptet oder zusammen mit ihren Schiffen versenkt, auf denen man sie zuvor ankettete oder an den Rahen aufknüpfte.

Nach der mehrtägigen Reise, auf der sie zu Handelszwecken verschiedene Häfen angelaufen hatten, schien der Einäugige wieder aufzuleben, sobald er in Valencia von Bord gegangen war. Weder er noch Hugo kannten die Hauptstadt des gleichnamigen Königreichs, weshalb sie sich auf María, die Prostituierte, verließen, die ihnen versicherte, rund ums Bordell gebe es genügend Gasthäuser und Tavernen, um einen guten Schlafplatz zu finden.

»Oder, statt einen zum Schlafen, einen zum Vergnügen«, ergänzte sie und zwinkerte Hugo zu.

Er zwinkerte zurück. Der Einäugige murmelte etwas Unverständliches und spuckte auf den Boden. Während der Fahrt hatte die junge und anziehende Witwe, der nichts anderes geblieben war, als ihren Sohn der Wohlfahrt zu überlassen und sich selbst der Prostitution zu widmen, mit Hugo, dem Weinhändler, Freundschaft geschlossen. Sein Bediensteter hingegen hatte gereizt ihre Plaudereien und ihr Lachen verfolgt. In einer Nacht hatte er Hugo dafür gescholten und versucht, ihn von María wegzudrängen. »Lass uns in Frieden!«, hatte dieser ihm entgegnet. Hugo spannte die Muskeln an, als er sah, wie der Einäugigen die Zähne aufeinanderbiss und die Augenbrauen zusammenzog, aber zu seinem Befremden sagte Mateo weiter nichts, kehrte ihm den Rücken zu und zog sich zurück.

Hugo sprach mit María über Weine, sie mit ihm über Dirnen. Er fragte sie auch nach dem Kloster von Arsenda. Sie lachte. Sie sei nur ein paarmal für eine Saison in Valencia gewesen, erzählte sie ihm. Normalerweise reiste sie von einem Ort zum nächsten. Ursprünglich komme sie aus Barbastro, einer der bedeutendsten Ortschaften Aragoniens. María von Barbastro, so nenne man sie. Zuletzt habe sie in Barcelona gearbeitet. »Dort habe ich dich nie gesehen«, fügte sie hinzu. Hugo war erleichtert, denn er ging selten ins Bordell. Sie redete weiter und lud ihn ein, es auszuprobieren, es sei keine Sünde, wiederholte sie mehrmals. Die Dirnen kämen und gingen. Die Kunden wollten Abwechslung, und die Zuhälter kümmerten sich um ihre Zufriedenstellung. Ja, die Zuhälter seien verboten, aber die meisten unter den Dirnen hätten einen, der sie beschütze. Sie gehe nach Valencia, weil man ihr gesagt habe, es sei groß, an die vierzigtausend Einwohner, aber vor allem fließe dort viel Geld, im Unterschied zu Barcelona, wo es immer knapper werde. Und man wisse ja, wo es an Geld nicht mangele, gäben es die Männer für Frauen wie sie aus. »Dir würde ich natürlich einen guten Preis machen«, umwarb sie Hugo schmeichlerisch.

Sicherlich floss in Valencia viel Geld, denn das Bordell war nicht einfach ein Haus wie in Barcelona, sondern eine kleine Stadt mitten in der Stadt mit zugemauerten Zugangsstraßen, damit nur ein einziger Eingang benutzt werden konnte, so wie bei einem Juden- oder Maurenviertel. Letzteres existierte noch in Valencia, wohingegen das Judenviertel wie in Barcelona 1391 zerstört und die Stadt für judenfrei erklärt worden war. Im Inneren des Viertels, das als Bordell diente und bis zum Neuen Stadttor und dem Turm Santa Catalina an der Stadtmauer reichte, befanden sich Gasthäuser und Tavernen, aber auch eine Menge einstöckiger Häuser mit gepflegten Gemüsegärten vor der Tür. »Natürlich, in jedem dieser Häuser wohnt eine Frau … mindestens«, antwortete María auf Hugos Frage.

In dieser Nacht bestätigte sich Hugos Eindruck von der Schiffsreise, gerade als er ihr gemeinsames gemietetes Zimmer verlassen wollte. Der Einäugige stellte sich ihm in den Weg, sie gerieten in ein Wortgefecht und Hugo versetzte Mateo einen so kräftigen Stoß, dass dieser quer durchs Zimmer taumelte. Während Hugo sich nach einem Gegenstand umsah, mit dem er sich verteidigen konnte, blitzte in der Hand des Einäugigen die Messerschneide auf. Aber er griff ihn nicht an. Sicherlich hatte ihm der Graf die kategorische Anweisung erteilt, Hugo nicht anzurühren. Roger Puig war ja dabei gewesen, als sein Bediensteter Hugo im Weinkeller verprügelt hatte, er wusste daher von ihrer Feindschaft. Aber der Adlige brauchte Hugo für seine Interessen.

»Während du bei dieser Dirne bist, werde ich mir einen runterholen und dabei an deine Tochter denken.« Diese Kränkung war alles, worauf sich Mateo mit dem Messer in der Hand beschränkte.

»Schuft!«

Hugo machte einen Schritt nach vorne, unbewaffnet. Aber er fasste sich rechtzeitig. Er wusste, dass es ihm nichts bringen würde, und schlug beim Hinausgehen die Tür hinter sich zu.

In dieser Nacht schlief Hugo bei María von Barbastro.

Am nächsten Tag liefen sie auf der Suche nach Weinhändlern durch ganz Valencia. Hugo dachte an den Kaufmann, der seine Briefe an Bernat entgegengenommen und den er selbst nie kennengelernt hatte. Das lag weit in der Vergangenheit. Dagegen wollte er unbedingt das Kloster Santa Isabel besuchen, wo laut dem inzwischen verstorbenen Pfarrer Pau Vilana seine Schwester lebte. Arsenda war von Neuem in seinen Erinnerungen aufgetaucht, als er erfahren hatte, dass sein erster Halt diese Stadt sein sollte. Beim Gang durch die Straßen der großen Hauptstadt hielt Hugo aufmerksam nach Klöstern Ausschau.

»Ich bin eine Dirne!«, musste María Hugo ins Gedächtnis rufen, als er sie fragte, ob sie vom Kloster der Klarissinnen gehört habe. »Eine Dirne hat allerhöchstens von den Klöstern für die Reuerinnen oder Büßerinnen, oder wie auch immer du sie nennen willst, gehört. Da sperrt man uns in der Karwoche ein und würde uns am liebsten dabehalten, damit wir für unsere Sünden Buße tun. Und das, nachdem sie uns die Jugend, unsere Träume, unsere Schönheit und unsere Unschuld geraubt haben«, fügte María zuerst beinahe lachend und zum Ende mit brüchig werdender Stimme hinzu.

Dennoch versprach sie, etwas in Erfahrung zu bringen, ebenso wie die Wirte der Gasthäuser und Tavernen im Bordell etwas über die Weinverkäufer in Erfahrung bringen wollten. Der Einäugige wählte Tavernen, die in der Nähe der Orte lagen, wo er gemäß den Anweisungen des Grafen Briefe abgeben sollte. Wenn sie an einer dieser Tavernen anlangten, entließ ihn Hugo, so, wie sie es verabredet hatten. Er blieb, und Mateo erledigte seinen Auftrag. Hugo atmete auf, wenn er ihn weggehen sah. Sobald er sich dann einem Winzer vorstellte, vergaß er den Einäugigen und den Grund seines Aufenthalts in Valencia völlig. Er hatte Ahnung von Weinen, von ihrer Herstellung und Verkostung, aber seine Kenntnisse reichten nicht über die Weine hinaus, die in Katalonien gehandelt wurden, auch wenn das bereits viele Sorten waren. Aber natürlich kannte er den Wein aus Murviedro! Jeder kannte ihn! Er hatte welchen für die Weinkeller des Grafen und des Königs gekauft. Hugo erinnerte sich an Mahirs Belehrungen: »Saguntum, so hieß die Stadt zu Zeiten der Römer, verkaufte schon damals fast seine gesamte Weinproduktion an Rom.« Aber im Palancia-Tal und seiner Umgebung gebe es noch viele andere Dörfer, wo man gute Weine herstelle. Man ließ ihn von dem aus Segorbe, aus Jérica und aus Viver kosten, und von dem aus Liria und aus Nules. Der größte Teil der Produktion in der Gegend von Alto Palancia werde in Henkelkrügen und mit Hilfe von Maultiertreibern in die Dörfer des Teruel-Gebirges transportiert, wo wegen der Kälte kein Weinanbau möglich sei.

»Sie werden sehr gut bezahlt, denn die Leute müssen ja Wein trinken«, erklärte ein Händler lachend.

»Und den aus Murviedro? Wo verkauft ihr den?«, wollte Hugo wissen.

»Der wird in Valencia getrunken und auf Mallorca, in Aragonien und Katalonien. Ich kann dir versichern, dass die meisten, wenn nicht alle Fischer, die aus Galicien nach Valencia kommen, um ihren Fisch zu verkaufen, niemals mit leeren Schiffen in ihre Heimat zurückfahren, sondern immer in Murviedro anlegen, um dort ein Fass Wein zu kaufen.«

Mit einem der Händler traf Hugo eine Abmachung, um Wein aus Murviedro zu kaufen. »Nicht von dieser Ernte, da habe ich keinen mehr. Von der nächsten.« Und wenn Hugo sich nach dem hiesigen Wein erkundigte, zeigten sich viele Valencianer interessiert an den katalanischen. Allerdings war Valencia immer noch eine der großen Hauptstädte, die den Handel mit heimischen Weinen schützten und den Verkauf und Konsum importierter Weine verhinderten. Aber, so erzählte man Hugo, am Ende gehe der eigene Wein immer zur Neige, und ab Pfingsten jedes Jahres werde der Handel mit Importweinen genehmigt.

Genauso wie es Roger Puig vorausgesagt hatte, diente Hugos Arbeit dazu, jeden Verdacht bezüglich seines eigentlichen Auftrags auszuschließen. Manch ein Winzer besuchte ihn sogar im Gasthaus im Bordell.

So wie sich das Königreich Aragonien mit den Urrea, die den französischen Prätendenten favorisierten, und den Luna, die den Grafen von Urgell unterstützten, in zwei Adelsfraktionen spaltete, standen sich auch im Königreich Valencia zwei verfeindete Parteien gegenüber, die Vilaragut und die Centelles, die aber beide, wenn auch mit mehr oder weniger Eifer, auf der Seite Jaime von Urgells standen. Eigentlich unterstützte das ganze Königreich Valencia diesen Thronanwärter.

»Und für welchen Kandidaten bist du?«, fragte ihn ganz unverblümt ein Winzer namens Francisco Darch, während er neben Hugo am Tisch im Gasthaus saß. Auch der Wirt saß dabei, sowie, ein paar Plätze weiter an diesem langen, grob gezimmerten und unpolierten Holztisch, Mateo.

»Für den, dem die Justiz das Recht zuerkennt«, wich Hugo einer eindeutigen Stellungnahme aus.

Der Einäugige konnte ein gewisses Erstaunen in seinem Blick nicht verbergen. Hugo hatte sich seine Antwort gut überlegt.

»Ach was!« Die Stimme des Gastwirts klang spöttisch. »Erzähl mir keinen Unsinn! Man ist immer entweder für den einen oder den anderen.«

»Ich war dabei, als König Martín dem Stadtrat antwortete, derjenige solle gekrönt werden, dem es dem Recht nach zustehe«, bekräftigte Hugo mit einem Anflug gehobenen Ernstes. Im selben Moment erinnerte er sich an das nachgemachte Hüsteln seiner Tochter zum

Beweis, dass der Monarch nie bejaht habe, was man ihm unterstellte. »Ich bin nur ein Weinhändler, der nichts von Königsgeschlechtern versteht. Warum sollte ich mich dem Willen meines Souveräns widersetzen?«, fuhr Hugo fort.

»Weil die Krone dem Grafen von Urgell zusteht!«, rief Francisco Darch und ließ seinen Blick in der großen Gaststube im Erdgeschoss der Taverne herausfordernd über die Anwesenden schweifen.

»Auf Jaime von Aragonien, den Grafen von Urgell!«, brüllte jemand in einer Ecke des Raumes und hob sein Glas.

»Auf König Jaime!« Die meisten der ein Dutzend Gäste hoben ebenfalls ihre Gläser. Manche von ihnen gönnten sich den Wein, nachdem sie ihre Wollust befriedigt hatten, während andere noch darauf warteten.

»In Valencia muss man für den Grafen von Urgell sein«, beharrte der Wirt. »Guillem de Bellera, der Gouverneur des Königreichs, ist einer seiner treuesten Unterstützer. Seine Gunst sollte man sich lieber nicht verspielen.«

»Ja, obwohl sich der Gouverneur in letzter Zeit gegen die Centelles gestellt und mehr als vierzig ihrer Angehörigen und Unterstützer hat enthaupten oder hängen lassen«, wandte Francisco Darch ein.

»Er ist der Gouverneur. Irgendein Verbrechen werden sie schon begangen haben«, erwiderte Hugo.

»Haben sie nicht. Sie waren Centelles, ganz einfach«, bestätigte mit gedämpfter Stimme der Wirt.

»Aber dann hat sich doch bestimmt jemand über Guillem de Bellera beschwert«, antwortete Hugo ungläubig.

»Ja. Bernardo von Centelles, der Baron. Er hat sich beschwert und Gerechtigkeit beim Grafen von Urgell eingefordert.«

»Aber die Centelles unterstützen doch auch den Grafen von Urgell, oder nicht?«, fragte Hugo. »Er muss sie beschützt haben.«

»Don Jaime hat nichts gemacht. Er verlässt sich auf den Gouverneur und die Vilaragut. Wieso sollte er jemanden bestrafen, der sich so sehr für sein Interesse am Thron einsetzt? Bis zum Tod von König Martín hatten die Geschworenen von Valencia keine andere Lösung, die blutigen Zusammenstöße auf ihren Straßen zu vermeiden, als die Mitglieder beider Seiten aus der Stadt zu verstoßen, das heißt die Vilaragut zusammen mit den Boïl und den Soler und die Centelles zusammen mit den Pérez de Arenós und den Montagut, oder auch die vielen Unterstützer beider Parteien. Doch seit Guillem de Bellera das Königreich regiert, wurden die Centelles und ihre Anhänger aus der Stadt verstoßen, während die Vilaragut hier leben und daher den Handel und alles, was sie wollen, kontrollieren.«

»Aber wenn der Graf die Centelles nicht verteidigt, riskiert er …«, wollte Hugo anmerken, doch der Wirt fiel ihm ins Wort.

»Riskiert er, ihre Unterstützung zu verlieren, so ist es.«

Sie führten die Unterhaltung fort, wobei der Einäugige Hugo und Hugo den Einäugigen im Auge behielt. Noch am selben Abend bemerkte Mateo mit einem Grunzen, sie würden das Gasthaus am nächsten Tag verlassen.

»Du wirst warten müssen«, entgegnete Hugo.

Er hatte ein paar Tage verstreichen lassen, ehe er sich noch einmal mit María von Barbastro traf, und schließlich hatte die junge Frau Angaben über das Kloster, das Hugo suchte, bekommen können: Es befinde sich gleich neben dem Bordell und innerhalb der neuen Stadtmauer neben dem Maurenviertel.

»Ich denke nicht daran, zu warten«, antwortete der Einäugige.

Die Spannung zwischen ihnen war Tag um Tag gewachsen, je länger Mateo so tun musste, als ob er Hugos Bediensteter wäre.

»Einäugiger!«, hatte Francisco Darch an diesem Abend gerufen, um Hugo zu schmeicheln: »Du kannst von Glück sagen, einen solchen Herrn zu haben, der dich achtet und mit am Tisch sitzen lässt. Wenn du mein Bediensteter wärst, würdest du mit den Schweinen essen, da wo die Bediensteten hingehören, umso mehr solche Krüppel wie du.«

Hugo glaubte zu spüren, wie sich Mateos Zorn durch die Masern des ungehobelten Holztisches bis zu ihm übertrug. Er konnte sich nicht ausruhen, musste immer vor ihm auf der Hut sein und döste deshalb nur in den Nächten, die sie zu zweit in einem Zimmer verbrachten. Mateo lag im Bett und Hugo auf einem Strohhaufen auf dem Boden. Er konnte sich nicht sicher sein, dass der Einäugige den Befehl seines Herrn respektierte. Es war ihm zuzutrauen, dass er den Grafen belog und behauptete, jemand anderes hätte Hugo umgebracht. Er konnte erst einschlafen, wenn er Mateo eine Weile lang hatte schnarchen hören, schreckte aber beim geringsten Husten, Grunzen oder Murmeln verstört auf.

»Wenn du nicht warten willst, musst du alleine gehen. Ich habe etwas zu erledigen.«

Die Ordensschwester hinter dem vergitterten Fenster am Eingang zu dem riesigen Gebäude mit seiner Ehrfurcht gebietenden Kirche mochte zwar ein wenig freundlicher sein als die Pförtnerin des Klosters Jonqueres, aber sie verneinte Hugos Frage nach seiner Schwester.

»Arsenda? Nie gehört«, lautete ihre knappe Antwort.

Vielleicht habe sie ja bei der Ablegung ihrer Gelübde einen anderen Namen angenommen.

»Wie sollte ich das wissen? Wir sind fast dreihundert Schwestern.«

Hugo verzweifelte, die Nonne zeigte sich geduldig: Wenn er ihr Bruder sei, brauche er sich nicht darum zu sorgen, ob sich Arsenda in diesem oder einem anderen Kloster befinde, denn hier wie dort sei sie Gott nahe und Er beschütze sie.

Schließlich erhielt Hugo doch eine Antwort, wenn auch nicht die erwartete:

»Ihr sagt, Eure Schwester sei bei den Damen des Klosters Santa María de Jonqueres in Barcelona gewesen?«

Er nickte.

»Dann tut es mir leid, es Euch sagen zu müssen, aber sie ist nicht hier.«

»Aber Pfarrer Pau hat mir gesagt, dass sie hier ist.«

»Ich bin alt und habe mein ganzes Leben hier verbracht. Nie war eine Novizin, Ordensschwester oder auch nur eine einfache Bedienstete aus dem Kloster Jonqueres aus Barcelona bei uns, so viel kann ich Euch versichern.«

Als Hugo an diesem Abend nach Stunden des Umherirrens in der Stadt auf ihr gemeinsames Zimmer ging, war der Einäugige nicht da. Er ließ sich aufs Stroh niedersinken. Niemand hatte es erneuert, was eigentlich Mateos Aufgabe war. Hugo schlief ein, doch nach einer Weile schreckte er hoch. Die Silhouette des Einäugigen zeichnete sich im Türrahmen ab.

»Deine kleine Witwe, die aus Barbasss … Bartras …« Er verschluckte sich an den Wörtern. Er war betrunken. »Barbastro!«, stieß er schließlich hervor. »Heute Nacht hat sie einen richtigen Mann kennengelernt.«

Mehr konnte Mateo nicht sagen. Er machte einen schwankenden Schritt auf das Bett zu. Bestimmt wäre er davor auf dem Boden zusammengebrochen, wenn ihn seine Beine nicht aus purer Gewohnheit weitergetragen hätten, bis er quer über das Bett fiel.

Er hatte mit María gevögelt! Seinem Schnarchen nach hatte den Einäugigen tiefer Schlummer übermannt, ein so sanfter wie vielleicht seit Tagen nicht mehr. In dieser Nacht wäre die Missgeburt unfähig sich zu bewegen, schon jetzt regte sich Mateo nicht mehr, trotz der offensichtlich unbequemen Schlafstellung – die Füße auf dem Boden, die Beine außerhalb des Bettes und der restliche Körper darüber hingestreckt.

Mit Anbruch des nächsten Morgens machten sie sich auf den Weg nach Catarroja, eine Meile von Valencia entfernt, um von dort zur Grenze bei Murcia zu gelangen. Hugo schritt munter aus, Mateo schleppte sich dahin. Die Enttäuschung, Arsenda nicht gefunden zu haben, vermischte sich mit den Worten des Einäugigen. Er hatte mit María gevögelt! Der begehrenswerte Körper der jungen Witwe, ihre straffe Haut, die großen und festen Brüste, ihre großzügigen Hüften schienen Hugo beschmutzt zu sein, nachdem sie mit diesem zahnlosen, stinkenden Hund geschlafen hatte. Wie hatte sie sich nur dem Einäugigen hingeben können? Hugo verlangsamte seinen Schritt. Und er selbst? Unterschied er sich etwa von diesem Hund? Hatte er María gefragt, ob sie Lust hatte, ob sie sich nach ihm sehnte? Nein, er hatte sie benutzt wie …

»Sie hat aufgeheult vor Lust«, hörte er den Einäugigen sagen, als wollte er die Unterhaltung der vergangenen Nacht fortsetzen, nachdem ihn der kalte Winterwind und die körperliche Betätigung wieder ein wenig hergestellt hatten.

»Sie hat dich getäuscht«, antwortete Hugo, fast ohne nachzudenken.

»So wie dich deine Frau? Erinnert sie sich an deinen Namen, wenn du sie besteigst? Mich täuscht keine Frau. Vorher schneide ich ihr die Kehle durch.«

Hugo schwieg. Er wollte keine Auseinandersetzung.

»Deine Tochter wird genauso aufheulen wie diese Dirne, wenn ich sie einmal unter mich bekomme.«

Als sich Hugo umwandte, hatte der Einäugige sein Messer gezückt.

»Dass dich nur nicht die Spitze streift«, warnte ihn Mateo, indem er es nach vorne in die Luft stieß. »Ich müsste dich töten.«

Sie gingen weiter und durchquerten Dörfer wie Cilla und Almusafes, wo sie übernachteten. María von Barbastro war aus Hugos Gedanken verschwunden, während er sich auf Arsenda konzentrierte. Er hatte ruhig gelebt in dem Glauben, es gehe ihr gut, während sie ihren Dienst an Gott und den anderen Ordensschwestern des valencianischen Klosters verrichtete, und jetzt… Wo konnte sie sein? Er fragte sich, ob Pfarrer Pau ihn betrogen hatte. Vielleicht war der Priester selbst der Betrogene. Doch jetzt konnte Hugo ihn nicht mehr fragen, weil der Pfarrer vor einigen Monaten gestorben war.

Am nächsten Tag kamen sie durch Algemecín, Alcira, La Puebla. Sie legten vier bis fünf Meilen pro Tag zurück, Hugo zermarterte sich den Kopf über Arsenda, und der Einäugige unterbrach ihr Schweigen nur gelegentlich mit einer höhnischen Bemerkung oder grundlosem Gelächter. Die Wege führten sie durch fruchtbares Land mit Gemüse-, Weizen-, Reis-, Mais- und sogar Zuckerrohrfeldern. Diese Pflanzensorten bauten die valencianischen Bauern offenbar lieber an als Wein. Manchmal wurden Hugo und der Einäugige unterwegs oder in einem Dorf von Gemeindedienern angehalten. Wer sie seien. Wohin sie wollten. Sie passierten unbescholten, ohne den geringsten Verdacht zu erregen. In Xátiva wurde ebenfalls kein Wein angebaut, stattdessen Reis, Flachs und Hanf. Der Wein, den man hier, in einer der wichtigsten Ortschaften des Königreichs Valencia, konsumierte, stammte aus Benigánim, nur einige Meilen weiter. Hugo kannte diese Weine nicht. Von den Weinen aus dem Vinalopó-Tal ein Stück weiter Richtung Murcia, die zwischen den weißen Kiesbänken des Flusses angebaut wurden, hatte er dagegen schon gehört.

Sie kamen nach Orihuela an der Grenze zu Kastilien, wo man sich auf den Krieg vorbereitete und die Stadtmauern verstärkte. Gleichzeitig war Rittern und Adligen bis zur Krönung des nächsten Königs der Zutritt in die Stadt verboten, einerlei, welcher Fraktion sie angehörten, ob Katalanen, Aragonesen oder Kastilier. Hugo und sein Dienstbote freundeten sich in Tavernen und Gasthäusern mit den Leuten aus der Gegend an. So erhielten sie direkte Nachrichten über die kastilischen Truppen. Man versicherte ihnen, dass der kastilische Hauptmann Pedro Manrique mit fünfhundert Berittenen in Murcia bereitstehe. Außerdem seien Teiltruppen der kastilischen Krieger auf valencianisches Territorium vorgedrungen, wofür es keine Augenzeugen gebe, wovon aber alle gehört hätten. Diese Gerüchte sollten sich bestätigen: Valencia versetzte die Stadt Xátiva und ihre Burg in Alarmbereitschaft, um das Königreich gegebenenfalls zu verteidigen. Es war gewiss, dass sich kastilische Reiter nicht nur in Orten wie Requena an der Grenze zu Murcia stationiert hatten, sondern auch im Landesinneren, in Llombai zum Beispiel, sowie – was für die Interessen des Grafen von Urgell am bedeutendsten war – in Segorbe und Burriana, also in unmittelbarer Küstennähe. Zweihundert kastilische Reiter waren dorthin galoppiert, um zu Bernardo von Centelles zu stoßen.

In Anbetracht dieser Nachrichten gab der Einäugige Befehl, in beschleunigtem Tempo die acht Meilen von Orihuela bis Alicante zurückzulegen, damit sie sich dort nach Barcelona einschiffen und dem Grafen mitteilen konnten, dass sich die Centelles auf die Seite des Infanten Fernando von Kastilien geschlagen hatten. Doch auf der Hälfte des Weges konnte Mateo nicht mehr. Hugo hatte schon seit geraumer Weile beobachtet, dass der Einäugige nur noch schlurfte und übermäßig schwer atmete. Anstatt seiner spöttischen Kommentare gab er nun ein stoßweises Pfeifen von sich und zerriss damit auf schauerliche Weise die Stille der weiten, frisch gedüngten Getreidefelder, wo nur hier und da die entfernte und vom Sonnenlicht verzerrte Silhouette eines Bauern auftauchte. Man hatte Hugo gesagt, dass in Orihuela der Weinbau zugunsten der bewässerten Getreidefelder verboten sei.

»Mateo, ich kann dich nicht hören«, erzürnte sich Hugo und beschleunigte seinen Schritt.

»Nicht so schnell«, befahl der Einäugige, bevor er wegen der

Anstrengung, die ihm das Sprechen verursachte, einen Hustenanfall erlitt.

»So werden wir nicht ankommen. Wolltest du denn nicht vor Sonnenuntergang in Alicante sein?«, antwortete Hugo, ohne sich umzudrehen.

Mateo wollte keine Schwäche zeigen, doch sein Hochmut ließ ihn mitten im Niemandsland auf freiem Felde zwischen Elche und Albatera auf den Boden niedersinken. Hugo tat so, als hätte er nichts bemerkt.

»Komm zurück, du Hund!«

Hugo drehte sich um.

»Hund?«, rief er über die Entfernung hinweg.

»Hierher!«

Besser, als er ihn hören konnte, sah Hugo den Einäugigen. Er kniete mitten auf dem Feldweg und deutete mit dem Finger neben sich. Sogar von dort, wo er stand, konnte Hugo das bleiche, blutleere Gesicht des anderen erkennen.

»Wir müssen so schnell wie möglich in Barcelona ankommen. Der Graf erwartet unsere Nachrichten«, entschuldigte sich Hugo und ging weiter.

»Komm zurück!«

Es klang wie ein Todesschrei.

Aber Hugo lief weiter. Der Einäugige bettelte nicht. Höchstwahrscheinlich würde er sterben. Hugo blieb stehen. Dann ging er den Weg zurück. Es war kalt, aber Mateo schwitzte.

»Hilf mir«, wandte er sich an Hugo und versuchte aufzustehen.

Hugo richtete ihn so weit auf, dass er nicht mehr auf der Ledertasche mit den Briefen aus Valencia und dem Geld des Grafen lag. Mit einem kurzen Ruck nahm Hugo die Tasche an sich. Dann ließ er den Einäugigen los, der wieder in sich zusammenfiel.

»Bastard!«, stieß er hervor.

Hugo sah ihn an. Er dachte daran, ihm auch das Messer wegzunehmen, verwarf den Einfall aber wieder. Er fühlte sich nicht in der Lage, es zu benutzen.

»Hurensohn!«

Als er die Beleidigung des Schurken hörte, liebäugelte Hugo doch mit dem Gedanken, ihn umzubringen. Er erinnerte sich an die Prügel, die ihm Mateo zu diversen Gelegenheiten verabreicht hatte. Wie sehr die kleine Mercè geweint hatte, nachdem sich der Einäugige nach der Grundsteinlegung für das Hospital de la Santa Cruz auf ihren Vater gestürzt und ihn angegriffen hatte. Er konnte ihn umbringen, er hatte das Recht dazu. Und niemand würde es erfahren.

»Stirb als der Hund, der du bist«, entschied Hugo.

Dann setzte er sich wieder in Bewegung. Doch bevor er auch nur ein halbes Dutzend Schritte gelaufen war, blieb er wieder stehen.

»Einäugiger!«, rief er und wartete, bis Mateo den Kopf hob. Er musste es ihm sagen: »Weißt du noch, wie man dir den Stock ins Auge gerammt hat?« Hugo ließ so viel Zeit vergehen, wie nötig war, damit er am gesunden Auge des anderen ablesen konnte, dass er ihm zuhörte. »Ich stand hinter der Tür des Weinkellers. Ich habe den Stock durch das Guckfenster gestoßen. Ich war der Knirps aus der Werft, der die Gefangenenkugel des Genuesen getragen hat, der, dem du eine Tracht Prügel versetzt hast an dem Tag, als deine Herren Arnau Estanyol hingerichtet haben, einen guten Menschen.« Hugo füllte seine Lungen mit kalter Dezemberluft. »Denk daran, wenn du in der Hölle bist. Verreck endlich, einäugiges Scheusal!«, explodierte Hugo, während der andere vergebens um Atem rang.

»Nie wieder wirst du Mercè zu nahe kommen«, setzte er murmelnd hinzu, den Blick bereits nach vorne gerichtet. Mateos Todesröcheln klang in seinen Ohren nach. Hugo lief geradeaus, bis er davon ausging, dass ihn der Einäugige nicht mehr sehen konnte, dann verließ er an der nächsten Abzweigung den Weg und folgte einem Pfad in Richtung Meer. Denn sollte Mateo das Glück haben, Hilfe zu erhalten, und ihn anzeigen, wollte er um keinen Preis in Elche oder Alicante aufgegriffen werden. Hugo zögerte.

Er drehte sich um und musterte den Einäugigen aus der Ferne. Er lag völlig ausgestreckt auf dem Weg und bewegte sich nicht. Das einzige Glück, mit dem dieser Schuft noch rechnen konnte, war eine verlangsamte Fahrt zur Hölle.

Hugo lief auf das Kap Cervera zu, wo es, so sagte man ihm, ausgedehnte Salinen gebe. In der Tat war Hugo geblendet, als er nach ein paar Tagesmärschen auf das in der Sonne getrocknete, glitzernde Salz blickte. In der Stadt Orihuela, zu der die Salzlagunen von La Mata gehörten und deren Einwohner ihren gesamten Salzbedarf daraus abdeckten, erzählte man ihm von einem Befehl König Martíns, den dieser seinerzeit zur Förderung des Handels im Süden des Königreichs Valencia ausgerufen habe. Demnach werde jeder, der am Hafen von Kap Cervera eintreffe, um Handel zu treiben oder Salz zu kaufen, von allen seinen Verbrechen und Schulden freigesprochen. Dabei handelte es sich um nicht mehr als einen Ankerplatz, geschützt von der Landzunge und einem Wehrturm mit Befehlsmann und ein paar Soldaten. Außer der Verladung von Salz und einem kleinen Anteil des Weizens, der in der Gegend angebaut, aber größtenteils über die Häfen von Guardamar und Alicante abgewickelt wurde, belebte der Verkehr kleinerer Kähne aus Valencia den Ort. Sie lieferten Waren wie Waffen, Werkzeuge und Möbel für den Verkauf in Orihuela.

Hugo hatte Glück. Nach einigen Tagen weiterer Gespräche über Wein und Weinberge mit dem Befehlsmann und seinen Soldaten, die vom Leben in der Nachbarschaft von Salinen und vier dürftigen Hütten angeödet waren, konnte er sich auf einer kleinen Feluke einschiffen, die nach Valencia zurückfuhr. Dort übernachtete er und besuchte María von Barbastro. Beim ersten Mal hatte María nichts von ihm verlangt, doch diesmal konnte Hugo sich als der Großzügige erweisen, denn es bezahlte der Graf. Beim ersten Mal hatte María ihn angefeuert, diesmal war Hugo beinahe brutal.

»Zeig, was du kannst! Lass alles raus!«, schrie sie zu den harten Stößen, mit denen Hugo blind in sie eindrang. »Alles! Weiter, weiter, weiter!«

19

»Zusammengebrochen?« Auf die Frage des Grafen hin bewegte Hugo seinen Kopf von oben nach unten. »Auf einem Feldweg?«

Hugo nickte erneut. Er stand in einem Empfangssaal, in dem Roger Puig seine Unterhaltungen mit Familienangehörigen und Gästen zu führen pflegte. Der alte Esteve war Hugo bis in die Mitte des Raumes vorausgehinkt und hatte ihn dort stehen lassen, bis der Graf sich dazu herabließe, ihm Beachtung zu schenken. Hugo war von der Feluke, die ihn aus Valencia zurückgebracht hatte, geradewegs zum Palast geeilt, denn nichts anderes wäre ihm für den Augenblick, da er das Festland betreten hatte, in den Sinn gekommen.

»Was hast du für ihn getan?«

Hugo hatte eine solche Frage vorhergesehen.

»Gebetet«, antwortete er mit gravitätischem Ernst.

Der Graf musterte ihn. Dann prüfte er noch einmal den Inhalt der Ledertasche, die ihm der Majordomus übergeben hatte. Darin steckten mehrere Briefe, aber kein Geld. María von Barbastro hatte Hugo in Valencia bis zum Hafen begleitet, wo er mit dem Schiffsführer den Preis für die Fahrt nach Barcelona ausgehandelt hatte. Nachdem Hugo ihn bezahlt hatte, hatte er María trotz ihrer Einwände den Rest des Geldes aus der Tasche gegeben. »So muss ich zu dir zurückkommen.« Damit hatte er sie zum Schweigen gebracht und gleichzeitig die Lippen geschürzt. Sie hatten sich einige Augenblicke lang angesehen, beide wussten, wie illusorisch der Vorschlag war. *Obwohl, wieso eigentlich nicht?,* fragte sich Hugo jetzt.

»Trauriges Ende für einen guten Dienstboten«, urteilte der Graf und riss Hugo aus seinen Gedanken. Es war kalt in dem großen Saal, trotz des Feuers im Kamin, der so groß war, dass man einen Menschen darin hätte einquartieren können.

Roger Puig las die Briefe der Valencianer. Hugo blieb vor ihm stehen, während die übrigen Anwesenden ihre Blicke zwischen dem Adligen und ihm hin- und herwandern ließen. Manche zuckten mit den Achseln, andere gestikulierten, aber die meisten der Versammelten warteten ab, wachsam. Hugo kannte sie durch seine Arbeit als Kellermeister des Grafen. Es waren Verwandte von Roger Puig und seiner Gemahlin, obwohl auch einige Freunde dabei waren – und vor allem Schmeichler.

»Was ist mit den Truppen des Infanten von Kastilien?«, fragte der Adlige, nachdem er den letzten Brief wieder zusammengefaltet hatte.

Hugo berichtete ihm von den Reitereinheiten, über die man in Valencia sprach.

»Es heißt, zweihundert kastilische Reiter seien in Burriana mit dem Fraktionsführer der Centelles zusammengekommen«, beendete er seine Rede. Der Graf richtete sich auf seinem Stuhl auf. »Anscheinend haben die Centelles entschieden, den Infanten zu unterstützen.«

Im Saal breitete sich Schweigen aus.

»Bist du sicher?«, fragte Roger Puig schließlich.

»Man erzählt es sich so.«

»Habt Ihr das nicht bestätigt?«, bohrte der Graf nach.

»Als das passiert ist, waren wir im Süden des Königreichs, viele Meilen von Burriana entfernt«, entschuldigte sich Hugo.

»Ihr hättet …«

Hugo wagte es, Roger Puig zu unterbrechen.

»Bevor er starb, hat mich Mateo dazu gedrängt, ich solle diese Nachricht unverzüglich Eurer Herrschaft überbringen, und ich habe das nicht infrage gestellt. Und hier bin ich, nicht einmal nach Hause bin ich …«

Mit einer Handbewegung bedeutete ihm der Graf zu schweigen.

»Gut«, lenkte er ein. Roger Puig ließ eine Weile verstreichen. Dachte nach. »Gut«, wiederholte er endlich. »Halte dich für Esteve bereit. In ein paar Tagen werde ich dir Anweisungen für deine nächste Reise erteilen. Auch wenn Mateo nicht dabei ist, will ich, dass du weitermachst.«

»Nein«, entfuhr es Hugo.

Einen Moment lang war nur das Knacken des brennenden Kaminholzes zu hören.

»Hast du Nein gesagt?«, fragte Roger Puig so, als würde er zu einem Kind sprechen.

»Ja, Eure Herrschaft.« Hugo wollte nicht weiter für den Grafen spionieren, aber die Atmosphäre mit all den illustren Menschen im Raum legte sich bedrückend über ihn. Er räusperte sich ein paarmal, bevor er fortfuhr: »Ohne Mateo tauge ich nicht dazu.«

»Wenn du nicht dazu taugst, wird man dich entdecken und dir den Hals abschneiden oder dich am Galgen aufhängen. Vielleicht wird man dich vierteilen.«

Jemand lachte.

Hugo blickte sich um.

»Hast du mich gehört? Du da! Schau mich an, wenn ich mit dir rede!«, brüllte der Graf.

Er zeigte mit dem Finger auf Hugo. Die Adern an seinem Hals und seinen Schläfen waren angeschwollen und pulsierten, wie damals in der Werft, als Hugo ihn beleidigt hatte. Wie hat er mich damals genannt? Habenichts, erinnerte sich Hugo. Ja, es war dieses Wort gewesen: Habenichts.

»Nehmt ihn fest!«

Man packte ihn bei den Armen.

»In den Kerker mit ihm!«, hörte er noch, bevor er durch den Saal geschleift wurde.

»Dazu habt Ihr kein Recht, das könnt Ihr nicht tun! Ich bin ein freier Mensch!«

Mit einem Schlag ins Gesicht brachte einer der Soldaten Hugo zum Schweigen.

»Mir wäre lieber, du hättest ihn umgebracht«, tadelte ihn Caterina, als sie Hugo eine Schale mit Eintopf und eine Karaffe mit Wein in den Kerker brachte. Es war ein fensterloses Loch im Keller des Palasts, abgeriegelt durch eine schwere Holztür. In die Wand war ein Eisenring eingelassen, an dem man die rostigen Ketten befestigt hatte, mit denen Hugo an den Fußgelenken gefesselt war.

Seitdem er Mateo auf dem Feldweg zurückgelassen hatte, hatte sich Hugo mehrmals diese Frage gestellt, aber immer war er zu demselben Schluss gekommen: Er war nicht fähig zu töten, es sei denn, er musste einen Unschuldigen dadurch beschützen. Deshalb hatte er getötet, um Reginas Leben vor dem Mann zu retten, der sie bei dem Überfall auf das Judenviertel vergewaltigte. Es war eine unbewusste, unüberlegte Handlung gewesen, da Reginas Leben auf dem Spiel stand. Und er würde es wieder tun, sollte das Leben seiner Tochter bedroht werden. Aber kaltblütig jemanden zu ermorden, einfach nur aus purem Hass, dafür war er nicht geschaffen.

»Er war ohnehin dem Tod geweiht«, erwiderte Hugo, nahm die Schale mit dem Eintopf entgegen und setzte sich auf den feuchten Erdboden, um zu essen. »Er hat schon fast nicht mehr geatmet«, fügte er hinzu, nachdem er den ersten Löffel Eintopf heruntergeschluckt hatte.

»Aber es wäre besser gewesen, auf seinen Tod zu warten.«

»Er ist tot!«, rief Hugo mit vollem Mund. »Er lag schon im Sterben, Caterina. Wenn jemand bei ihm angehalten hat, dann sicher nur, um ihn auszurauben.«

»Dein Wort in Gottes Ohr«, sagte sie mit einem Seufzer.

Hugo sah Caterina an. Durch die Abwesenheit des Einäugigen war sie lebendiger geworden, ihre hellen Augen strahlten, und ihre weiße Haut hatte wieder den rosigen Farbton angenommen, den sie als Kind auf den Wangen getragen hatte.

»Mein Wort in Gottes Ohr«, pflichtete Hugo ihr bei, obwohl er weiterhin fürchtete, was passieren würde, wenn der Einäugige plötzlich in Barcelona auftauchte.

Nach Jahren der Verstellung hatte Hugo sich selbst offenbart. Roger Puig schien nicht besonders betroffen, als er aus seinem Munde vom Tod seines Dienstboten erfuhr. Was ihn dagegen sehr wohl getroffen hatte, war Hugos Ungehorsam. Er befand sich nun schon seit drei Tagen hier im Kerker. Wie würde der Graf reagieren, wenn er erführe, dass er der Junge aus der Werft war? Trotz allem war Hugo überzeugt, dass er in Kürze freigelassen würde. Sie befanden sich nicht auf den gräflichen Ländereien, wo Roger Puig nach seinem Gutdünken walten konnte, sondern in Barcelona. Die Stadträte würden ihn befreien. Darauf vertraute er zumindest. Schließlich war er ein Weinhändler der Stadt, Kellermeister des Königs und vollberechtigter Bürger. Er bat Caterina, seine Lage anzuzeigen. Aber sie wurde blass und begann zu zittern. Hugo verstand, ohne dass sie etwas sagte. »Tu es nicht. Vergiss es.« Er wandte sich auch an Mercè, als sie ihn zum ersten Mal besuchen durfte. Sie erklärte sich dazu bereit, aber Hugo bemerkte eine gewisse Zurückhaltung in ihren Worten, ihrem ausweichenden Blick und ihrer Haltung.

»Ich will nicht, dass du dich wegen mir verpflichtet fühlst, Mercè«, sagte er in der Absicht, sie von ihrem Versprechen zu entbinden.

»Aber Ihr seid mein Vater. Wie könnte ich es nicht tun?«, entgegnete sie.

Hugo wartete vergeblich, dass Mercè weitersprach. Stattdessen blickte das Mädchen zu Boden. Es war offensichtlich, dass es weder den Grafen noch seine Mutter verärgern wollte. Hugo erinnerte sich an die Begeisterung im Gesicht seiner Tochter, als sie bei Barcha die Versprechen verkündet hatte, die mit der Thronbesteigung des Grafen von Urgell eingelöst werden sollten. Wenn Regina zur Baronin ernannt wurde, konnte das für sie und Mercè nur Vorteile bringen.

»Du willst nichts gegen den Willen des Grafen unternehmen, nicht wahr?«, fragte Hugo das Mädchen. Mercè traute sich nicht zu antworten, ihre Zukunftsträume lagen mit der Liebe zu ihrem Vater im Widerstreit. »Meine Tochter, ich bin nicht die Ursache für diese ganzen Verwicklungen von Grafen und Spionen, ich bin nur ein einfacher Kellermeister.«

»Es steht viel auf dem Spiel, Vater«, flüsterte Mercè immer noch mit gesenktem Blick.

»Ein gefährliches Spiel«, urteilte Hugo.

»Ich habe gehört, das wirklich Gefährliche daran ist, dass das Königreich in die falschen Hände gerät.«

»In die falschen Hände? Alle, die Anspruch auf den Thron erheben, sind hohe Herren, alle sind auf die eine oder andere Weise mit den alten Königen verwandt.«

»Der Einzige, der ein Recht auf den Thron besitzt, ist Jaime von Aragonien, der Graf von Urgell. Nur er darf König werden.«

Mercè hatte den Kopf gehoben, mied jedoch den Blick ihres Vaters.

Hugo begriff, dass sie Sätze wiederholte, die sie viele Male gehört hatte, und er entschied, nichts weiter einzuwenden.

»Der Graf kann sich andere Spione suchen.«

Hugo versuchte, das Thema zu wechseln, aber seine Haltung schien dem Mädchen Feuer zu geben.

»Er hat sie bereits, Vater«, unterbrach ihn Mercè. »Er hat viele Spione, die zur Unterstützung des Grafen von Urgell im Einsatz sind, genauso wie es andere für die anderen Prätendenten tun. Aber Ihr seid von Interesse für ihn, weil Eure Weinkenntnisse ein unverdächtiger Vorwand zum Reisen sind.«

Sie schwiegen eine Weile. Hugo glaubte, vor der Kerkertür jemanden atmen zu hören. Es musste Regina sein.

»Lass das mit der Anzeige gegen den Grafen bei der städtischen Obrigkeit«, befahl er seiner Tochter.

»Aber dann ...«

»Ich werde wieder losziehen.«

Mercè schlang die Arme um ihn, und Hugo bemerkte, dass seine Tochter kein Kind mehr war. Ihre Brüste, die von den Kleidern, die Regina ihr gab, einigermaßen verborgen waren, waren gewachsen, seitdem er das letzte Mal darauf geachtet hatte. Mit einiger Verlegenheit löste er sich aus der Umarmung des Mädchens. Er betrachtete es, es musste inzwischen um die fünfzehn Jahre alt sein. Ja. Aus seiner Tochter war eine gesunde junge Frau geworden, mit ausgeprägten, runden Hüften und wohlgestalteten, bereits ausgeformten Gesichtszügen: volle Lippen, breite Stirn und braune Augen, so wie ihr Haar. Mercè erinnerte ihn an jemanden. Ja, dieses Gesicht erinnerte ihn an eine andere Frau, aber er wusste nicht, an wen.

»Wann werdet Ihr es Seiner Herrschaft sagen?«, fragte Mercè und unterdrückte die Eile, mit der sie das Kerkerloch verlassen wollte, wahrscheinlich, um dem Grafen mitzuteilen, dass Hugo sich seinem Befehl beugte.

Welche Rolle spielt das schon?, fragte sich Hugo. Es wäre zu jedem Zeitpunkt gleich schlimm, sich vor diesem Mann zu erniedrigen. Zur Antwort ließ Hugo mit einer Fußbewegung die Ketten auf dem Boden klirren.

»Ah! Keine Sorge, Vater. Ich werde mich darum kümmern, dass man Euch so bald wie möglich vor Seine Herrschaft führt.«

Es dauerte nicht lange, bis ein paar Soldaten Hugos Fußfesseln lösten und ihn bis vor die Kerkertür eskortierten. Dort schloss sich ihnen Regina an, die ihm mit durchdringendem Blick etwas vorwarf, was Hugo nicht erraten konnte. Er hakte sich bei Mercè unter. Die beiden Frauen gingen ihm voraus, bis sie zur Tür desselben Saals gelangten, aus dem er in den Kerker gebracht worden war. Sie sprachen mit Esteve, der den Saal betrat, zurückkam und ihnen den Weg freigab.

Der Graf erwartete ihn. Die Gräfin erwartete ihn. Der ganze versammelte Hofstaat schien ihn zu erwarten. Regina ließ Hugo in der Mitte des Saals stehen. Wieder einmal fühlte er sich wie einer der Gegenstände, die auf der Plaza de Sant Jaume ihrer Versteigerung harrten. Roger Puig sah ihn an und nickte kaum merklich mit gekräuselten Lippen.

»Du hast also deine Meinung geändert«, sagte er endlich.

»Ja.«

Der Graf nickte erneut, diesmal mit größerer Entschiedenheit.

»Du wirst das Königreich Aragonien bereisen. Ich will, dass du die wichtigsten Städte bis zur kastilischen Grenze besuchst. Man soll dir ein Maultier geben, damit du schneller vorankommst. Du wirst dir über die Unterstützer des Franzosen und des Kastiliers berichten lassen sowie möglicherweise über ausländische Truppen, und du wirst mir genauestens schreiben, was du herausgefunden hast.«

»Ich kann nicht schreiben, Eure Herrschaft. Ich glaube, dass ich Euch das schon einmal gesagt habe«, gestand Hugo. »Ich kann auch nicht lesen«, stellte er klar.

Roger Puig dachte nach. »Haben wir jemanden, der ihn begleiten kann?«

Der Adlige richtete seinen fragenden Blick auf die anwesenden Gefolgsleute, die ihrerseits verneinten.

Hugo glaubte schon, er sei von dem Auftrag erlöst, als der Graf plötzlich die Augenbrauen zusammenzog. Hugo folgte seinem Blick. Er hatte Mercè fixiert.

»Aber natürlich! Deine Tochter kann lesen und schreiben«, rief Roger Puig. Dann wandte er sich an seine Gattin: »Liebes, kannst du für ein paar Tage auf eine deiner Zofen verzichten? So sei es also«, entschied der Graf nach dem Einverständnis seiner Frau. »Denn wer wäre eine bessere Begleitung für dich als deine Tochter?«,

»Nein!«, protestierte Hugo. Alles tat er nur wegen Mercè, und jetzt sollte er sie mit seiner Entscheidung in Gefahr bringen?

»Wie, nein?! Willst du etwa in den Kerker zurück?«, schrie Roger Puig wutentbrannt.

»Es ist gefährlich für ein junges Mädchen«, antwortete Hugo in dem Versuch, seine Tochter aus einer derartigen Mission herauszuhalten.

»Wenn das so ist, dann nimm doch ihre Mutter mit, deine Frau. Sie kann auch lesen und schreiben.«

»Nein!«

Seine Weigerung war so ehrlich wie unfreiwillig aus Hugo herausgeplatzt und hallte im Saal wider. Ebenso laut dröhnte das Gelächter des Grafen. Manche stimmten ein.

»Ich verstehe«, sagte der Adlige weiter lachend und hustend.

Das Gelächter schwoll an. Hugo wollte Regina nicht ansehen. Er stellte sich vor, wie sie ihren Zorn verbarg und ihren Lippen ein falsches Lächeln aufzwang.

»Dann ist es entschieden«, legte der Graf die Auseinandersetzung bei. »Wir haben zu viel zu tun, um Zeit zu verlieren. Die Details wird dir Esteve erklären. Du gehst mit deiner Tochter.«

Hugo wollte protestieren, doch Roger Puig ließ ihn nicht zu Wort kommen.

»Gehorch, oder ich lasse euch beide, Vater und Tochter, in eines meiner Burgverließe werfen, weit weg von einem hilfsbereiten Stadtrichter und den Stadträten«, drohte er, wobei er auf seinem Stuhl ein wenig nach vorne rückte. »Und solltest du dich stur stellen, werde ich dich auf Lebenszeit mit deiner Gattin einkerkern lassen.«

Unter dem Gelächter der Übrigen amüsierte sich der Graf über seinen eigenen Scherz und beendete mit einem Handzeichen die Audienz.

Mitte Januar des Jahres 1411 traten Hugo und Mercè ihre Reise nach Saragossa an. Die Hauptstadt des Königreichs Aragonien lag im Landesinneren, fast fünfzig Meilen von Barcelona entfernt.

Hugo hatte die Abreise so lange wie möglich hinausgezögert. Der Winter in den aragonischen Gegenden sei hart, zudem seien nur wenige Händler zu dieser Jahreszeit auf der Strecke nach Saragossa anzutreffen. Doch dann gingen ihm die Entschuldigungen aus. Der Graf wurde ungeduldig und drängte Hugo, baldmöglichst aufzubrechen. So sahen sich Vater und Tochter gezwungen, mit einer Karawane von Mauleseln die Reise anzutreten. Die Tiere schleppten allerlei Handelswaren, die für den Verkauf in Lérida und Saragossa bestimmt waren, angefangen bei Seidenstoffen, welche die in Barcelona ansässigen Florentiner importierten, über Gewürze, Silber, Garn und sogar Schlafmützen bis hin zu Würfeln und Spielkarten. Saragossa wiederum verkaufte Wolle und Weizen an den Mittelmeerraum. Für den Transport fuhren in aller Regel Flussschiffe den Ebro bis nach Tortosa hinunter und kehrten anschließend leer zurück, im Ballast und im Schlepptau, wurden also mithilfe starker Seile vom Ufer aus flussaufwärts gezogen.

Sowie Hugo Barcelona aus den Augen verlor und sich die Geräuschkulisse auf die Karawane – vorwärts stapfende Maulesel und Menschen – reduzierte, begann er um seine Tochter zu fürchten. Warum bloß hatte er nachgegeben? Das war kein Ort für ein junges Mädchen. Mercè hatte schweigend der Aufzählung aller Gefahren und Unannehmlichkeiten zugehört, die Hugo vor der Abreise unablässig wiederholt hatte. Trotz allem hatte sie schließlich gesagt: »Uns wird nichts Schlimmes geschehen, Vater.«

Dieses Vertrauen, mit dem sie sich dem Unternehmen gestellt hatten, war nun, da sie sich unter die Reisenden gemischt hatten, dahin. Mercè trug weite, dunkle Winterkleider, unter denen sie ihren Körper verbarg, wenngleich sie sich in einer eigenwilligen Laune geweigert hatte, ihr Haar zu kürzen. Obwohl sie Mütze und Kapuze trug, umrahmten häufig ein paar rebellische Locken ihr Gesicht und verwandelten den gelangweilten und kraftlosen Ausdruck einer zu Fuß Reisenden in das fröhliche und aufgeweckte Antlitz eines jungen Mädchens. Die Blicke der Händler und Maultiertreiber wandten sich von den Tieren und vom Weg ab und ergötzten sich an Mercè. Hugo erkannte die unanständigen Gedanken dieser schamlosen Rohlinge an ihren Augen, an ihren Gesten und dem Gemurmel, bei dem sie anscheinend das Anrecht auf seine Tochter untereinander auslosten.

»Wie kannst du nur ein junges Mädchen auf Reisen mitnehmen?«, tadelte ihn einer der Händler, als sie am ersten Abend in der Nähe von Vilafranca del Penedès haltmachten.

»Sie ist meine Tochter. Ich konnte sie nicht in Barcelona zurücklassen«, log Hugo.

»Das wäre besser gewesen. Hab acht.«

»Ich habe die ganze Zeit ein Auge auf sie«, versicherte Hugo.

»Dann werden sie zuerst dich umbringen und dann über das Mädchen herfallen.«

Die böse Prophezeiung sollte sich schon bald bestätigen. Denn als sie eines Nachts auf freiem Felde übernachten mussten, entfernte sich Mercè in Begleitung ihres Vaters vom Lager, um ihre Notdurft zu verrichten. Hinter ihnen her kamen drei Maultiertreiber, schmutzige, grobe Männer, die keine Gelegenheit ausgelassen hatten, das Mädchen mit anzüglichen Komplimenten und anstößigen Kommentaren zu belästigen. Die im Lager Zurückgebliebenen bemerkten den Vorgang, einige wechselten Blicke, einer zog eine Grimasse, ein anderer schüttelte den Kopf. Aber alle gaben vor, sich weiter mit ihren Dingen zu beschäftigen, während die Laufschritte der drei Maultiertreiber über das Knistern des Feuers hinweg nachhallten.

Aus dem Dunkeln waren Rufe zu hören. »Hier!« »Nein!« »Wo hat sie sich bloß versteckt?« »Wo bist du, Schöne?« »Ich werde dich ficken!« Dann wieder Laufschritte zwischen Bäumen und Gestrüpp im Mondlicht. »Sie ist nicht hier!« »Ich zeige dir, was ein richtiger Mann ist!«

»Sie können doch nicht verschw…«, wollte sich einer der drei beschweren. Doch noch bevor er seinen Satz zu Ende gesprochen hatte, kam Hugo hinter einem Baum hervor und stach ihm knapp unter dem Herzen mit einem Dolch zwischen die Rippen, sodass der überraschte Mann mit seinem eigenen großen Messer nur noch in der Luft herumfuchteln konnte. Hugo bohrte seine Waffe in den Körper des Maultiertreibers, bis dessen Faust die seinige freigab und er zusammensackte.

Nur wenige Schritte entfernt stand Mercè, zitternd und um Atem ringend. Ihr Vater wollte zu ihr gehen und sie beruhigen, als ihn der Hilferuf des Sterbenden innehalten ließ. Hugo trat ihm mit dem Fuß ins Gesicht.

»Habe ich ›Hilfe‹ rufen gehört?«, wunderte sich einer der beiden anderen Maultiertreiber.

»Martín? Wo bist du?«, fragte der dritte.

Hugo zog Mercè, die wie gelähmt dastand, in Richtung der Stimmen. Dem zweiten Maultiertreiber, der hinter dem anderen zurückgeblieben war, schlitzte Hugo den Hals auf, indem er seinen Kopf nach hinten bog und ihm das Messer an die Kehle setzte. Für einen Augenblick kam ihm das Bild des Räudigen Hunds in Erinnerung, wie er den Juden, die sich nicht bekehren lassen wollten, die Kehle durchschnitt. Der metallische Geruch des Blutes vernebelte Hugo die Sinne. In der Stille der Nacht war das Röcheln des ersten verwundeten Maultiertreibers deutlich zu hören.

»Martín? Felipe? Wo seid ihr?«

Keine Antwort. Vielleicht waren zwei Leichen schon genug. Im Mondlicht sah Hugo seine Tochter bedrohlich wanken, und er fing sie gerade noch rechtzeitig auf, um einen Sturz zu verhindern. Zärtlich strich er ihr übers Haar und wiegte sie in seinen Armen, um ihren zitternden Körper zu beruhigen. Hugo hatte es ihr vorgeschlagen und sie hatte eingewilligt, wenngleich sie es nicht gewagt hatte, wie noch in Barcelona daran festzuhalten, dass ihnen nichts Schlimmes geschehen würde. Hugos Befürchtungen, diese rüden und ungesitteten Maultiertreiber könnten versuchen, ihn umzubringen und seine Tochter zu vergewaltigen, hatten sich bewahrheitet, nachdem sie Mercè schon unterwegs fortwährend belästigt hatten. Daher hatte Hugo seine Tochter überzeugt, dass sie ihnen zuvorkommen und sie täuschen mussten, so wie sie es jetzt getan hatten. Seine Feinde, den Grafen von Navarcles und den Einäugigen, hatte Hugo nicht töten können, doch gerade eben hatte er zwei Menschen erstochen. Und er machte sich keine Vorwürfe, fühlte keine Schuld. Er hatte es für seine Tochter getan, und er würde es nötigenfalls wieder tun. Wenn er für Regina einen Menschen getötet hatte, so würde er tausend Maultiertreiber töten, um Mercè zu verteidigen. Sie beschlossen, ins Lager zurückzugehen, überzeugt, dass der dritte Maultiertreiber nun in Deckung gehen würde. Als sie seinen Aufschrei hörten, wussten sie, dass er einen seiner Kameraden gefunden hatte, Martín, dann fehlte ihm nur noch die Leiche von Felipe.

Sie erreichten das Lager, und während Hugo die blutige Messerklinge an einem seiner Hosenbeine abwischte, schalten Mercès Blässe und ihr Zittern all diejenigen, die um das Feuer sitzen geblieben waren und zu denen sich Vater und Tochter nun setzten, ihrer Feigheit.

Hugo konnte nicht davon lassen, weiter die Klinge seines großen Messers zu säubern und sanft mit dem Finger darüberzufahren. Barcha hatte es ihm gegeben, nachdem sie von seiner Reise mit Mercè erfahren hatte. Es sei ein besonderes Messer, hatte ihm die Maurin erzählt und damit wiederholt, was ihr einst Jaume erklärt hatte. Der Holzgriff war mit Filigranarbeiten versehen, die sich passgenau in seine Handinnenfläche schmiegten. Laut Jaume waren es die besten Griffschalen, die ihm je geglückt waren, weshalb er sie nicht verkauft, sondern mit einer guten Klinge versehen hatte.

Der dritte Maultiertreiber kehrte mit schnellen, kraftvollen Schritten ins Lager zurück. In seinem roten Gesicht zeigte sich die Erregung, in der Hand hielt er einen Dolch.

»Du hast zwei Kameraden umgebracht«, beschuldigte er Hugo.

Hugo gab keine Antwort. Nun, da weder Überraschung noch Dunkelheit im Spiel waren, schien ihm dieser Maultiertreiber riesig, mächtig und gewiss geübter als er im Umgang mit Waffen bei Raufereien und Streitigkeiten.

»Er hat zwei Vergewaltiger umgebracht.«

Diese Behauptung erstaunte Hugo. Der Händler, der ihn in Vilafranca vor der Gefahr gewarnt hatte und auf der Erde saß, bot dem Maultiertreiber die Stirn. Zwei weitere Händler schlossen sich ihm umgehend an.

»Er sagt die Wahrheit«, urteilte einer.

»Nichts als üble Schurken!«, rief ein anderer.

Hugo drückte seine Tochter an sich. Die Situation hatte sich verändert. Der Maultiertreiber war nun allein, und die anderen wagten es, ihn herauszufordern. Außerdem schienen einige im Lager Hugos Tat gutzuheißen, denn sie hatten ihn mit Zeichen der Bewunderung und des Respekts empfangen, während er noch die Messerklinge vom Blut säuberte.

»Hattest du vor, dem Mädchen etwas anzutun?«, ließ sich ein Händler von der anderen Seite des Lagerfeuers vernehmen.

Der Maultiertreiber zögerte.

»Wenn dem nämlich so ist, hast du das gleiche Schicksal wie die beiden anderen verdient«, erläuterte ein Dritter.

»Nein, ich wollte ihr nichts antun«, antwortete der Maultiertreiber endlich.

Es verging eine ganze Weile, bis Hugo mit ruhiger werdendem Atem ein Schwächegefühl bemerkte, das sich anstelle der vorherigen Anspannung von den Beinen über seinen ganzen Körper hin ausbreitete. Er griff nach den Satteltaschen des Maultiers und holte einen Weinschlauch hervor. Nachdem er selbst einen langen Zug vom *aqua vitae* genommen hatte, setzte er seiner Tochter die Öffnung des Schlauchs an die Lippen.

Mercè stieß ihn mit der Hand beiseite, kaum dass sie etwas auf der Zunge geschmeckt hatte.

»Was macht Ihr da? Was ist das?«

»Nimm ein paar Schlucke«, drängte sie Hugo.

»Aber was ist das?«

»*Aqua vitae*«, flüsterte Hugo.

»Was? Damit könnt Ihr Euch umbringen«, lehnte sie ab und senkte dabei ebenfalls die Stimme.

»Es bringt dich nicht um«, erwiderte Hugo, und nachdem er zum Beweis einen weiteren Zug getan hatte, bot er ihr den Schlauch an.

Mercè trank mit einigem Argwohn. Sie tat nur einen kurzen Zug, aber es genügte, um in ihrer Kehle ein Husten auszulösen.

»Neh…« Sie verschluckte sich. »Nehmt«, artikulierte sie endlich und gab Hugo den Weinschlauch zurück.

Er nahm ihn zufrieden an sich, da er im Gesicht seiner Tochter wieder Farbe sehen konnte und ihr Zittern aufgehört hatte.

Zur endgültigen Beruhigung von Hugo und Mercè blieb der dritte Maultiertreiber in Lérida, einer Stadt auf halber Strecke nach Saragossa. Den Rest des Weges legten sie ohne Zwischenfälle in mehreren Tagesmärschen zurück.

Sie übernachteten in Gasthäusern, wo sie auf hin- oder zurückreisende Karawanen trafen oder sich einfach zum Abendessen zu den Gastwirten setzten, um die ersten Nachrichten zur Situation im Königreich Aragonien zu erhalten. Die jeweiligen Parteien von Unterstützern und Gegnern des Grafen von Urgell hätten sich in Kämpfe und Kriege verstrickt. Die Hauptstadt Saragossa befinde sich in den Händen der Feinde des Grafen von Urgell. Der Erzbischof, der Großjustiziar von Aragonien und die Mehrheit der Ratsherren und Geschworenen der Stadt seien gegen seine Krönung. Wen sie dann unterstützten? Manche sprächen sich für den Franzosen aus, aber viele wendeten sich mehr und mehr dem kastilischen Infanten zu, so erzählte man ihnen.

»Er ist ein Ausländer«, flüsterte Mercè ihrem Vater während einer dieser Unterhaltungen ins Ohr, unfähig, gleichgültig zu bleiben, wenn jemand den Infanten von Kastilien verteidigte.

»Er ist ein Ausländer«, bestätigte Hugo laut und machte den Einwand seiner Tochter zu seinem eigenen. »Er ist Kastilier. Er hat kein Recht auf den Thron der Grafen von Barcelona.«

»Nicht alle denken so wie du«, entgegnete einer der Händler.

»Nicht nur die Katalanen entscheiden, wer der König sein wird. Die Aragonesen haben schon ihr Parlament in Calatayud einberufen. Von dort wird der Vorschlag des Königreichs Aragonien verkündet«, schaltete sich ein Dritter ein.

»Die Parlamente mit ihren städtischen Rechtsgelehrten, Priestern und Geschworenen sollten nicht entscheiden, wer der neue König wird«, sagte ein Mann mit deutlich katalanischem Akzent, um Hugo in seiner Meinung beizupflichten. »Obwohl sie sich ohnehin irren, wenn sie glauben, die Wahl hinge von ihnen ab. Der Kastilier ist dabei, ein ganzes Heer aufzustellen, um das Königreich mit Gewalt für sich zu erobern, das ist allgemein bekannt. In Valencia sind die Truppen bereits eingedrungen, und sie stellen sich an den Grenzen zu Aragonien auf.

Der Infant stützt sich auf die Armee von Kastilien, um unsere Königreiche zu erobern«, erläuterte der Mann sein Urteil.

»Und der Graf von Urgell?«, fragte jemand.

»Der Graf von Urgell war in Almunia und hat auf Anordnung des katalanischen Parlaments sein Heer entlassen.«

Hugo spürte, dass Mercè bei dieser Enthüllung seinen Arm drückte.

»Warum macht er es denn nicht auch so wie der Infant von Kastilien?«, fragte er daraufhin.

Niemand antwortete.

Saragossa lag nur noch eine knappe halbe Meile entfernt, als Hugo und Mercè mit ihrem Maulesel auf einem Fährboot den Río Gállego überquerten. Über den Fluss waren dicke Seile gespannt, an denen das Boot entlanggezogen wurde.

Das Mädchen beobachtete den Vater, während er zusammen mit dem Fährmann und einigen Maultiertreibern Hand an das Seil legte. Es war Ende Januar, ein kalter, windiger und grauer Tag. Der Gállego rauschte gewaltig, und an dem Seil zu ziehen war harte Arbeit.

»Schneller, Vater«, trieb ihn Mercè an, als das Boot bereits ans andere Ufer glitt. Dort drängten sich Bauern und Kaufleute, um in entgegengesetzter Richtung den Fluss zu überqueren.

Hugo schien es merkwürdig, dass so viele schwer bepackte Leute die Ankunft des Fährbootes erwarteten.

»Wo wollt ihr denn hin?« »Saragossa ist abgeriegelt.« »Man wird euch ausrauben!« Die Warnungen und Beschwerden der Wartenden waren eindeutig

»Die Unterstützer des Grafen von Urgell haben die Stadt praktisch unter Belagerung genommen und erlauben weder die Ein- noch die Ausfuhr von Waren und Nahrungsmitteln«, erklärte ihnen einer der Bauern, die aus Saragossa zurückkehrten, ohne ihre Produkte verkauft zu haben.

»Warum hat uns der Fährmann nicht vorgewarnt, bevor wir übergesetzt sind? Was machen wir jetzt?«, fragte Mercè trübselig.

»Haben wir etwa Waren oder Lebensmittel dabei? Nein, also betrifft uns das Ganze nicht«, entgegnete Hugo seiner Tochter mit einem Augenzwinkern.

Es stimmte. Bewaffnete Männertrupps riegelten die Ein- und Ausgänge von Saragossa ab. Hugo konnte zwar nicht bestätigen, dass sie die Leute ausraubten, aber wenn ein Kaufmann Anstalten machte, seinen Weg in die Stadt fortzusetzen, hinderten sie ihn mit Gewalt.

»Wir kommen aus Barcelona«, erklärte Hugo einem, der wie ein Anführer schien. Der Mann zuckte mit den Achseln und bedeutete ihnen umzukehren. »Wir kämpfen für denselben König«, gab Hugo nicht nach.

»Auch wenn wir einmal annehmen wollen, dass das stimmt, wozu solltet Ihr nach Saragossa wollen? Warum sollte ich Euch passieren lassen?«

Während der Mann sprach, kramte Hugo die Geldbörse des Grafen hervor und bot ihm ein paar Münzen an.

Der andere nahm sie, lächelte, trat zur Seite und gab ihnen mit ausgestrecktem Arm den Weg frei. Überrascht von der List ihres Vaters, lief Mercè dem Maultier hinterher.

Der Ebro war mit Abstand der größte Fluss des Königreichs Aragonien, ja unermesslich, so schien es Hugo und Mercè. Als sie sich seinem Ufer näherten, begegneten ihnen die Zöllner mit freundlichen Gesichtern. Sie entrichteten die Abgabe, um über den Fluss zu gelangen, so wie sie es von Barcelona an während der gesamten Strecke auf dem sichersten – und teuersten – Weg getan hatten, der schlicht dem Verlauf der alten Römerstraßen folgte. Dabei hatten Hugo und Mercè mit eigenen Augen bestätigen können, dass einige Händler vom Weg abzweigten, um die Zollstellen zu umrunden, von denen es entlang dieser wichtigen Handelsstraße wahrlich viele gab. Da sich immer mehr Händler der Wegesteuer entziehen wollten, hatte der König schließlich eine neue Zollstelle auf der alternativen Route einrichten lassen. Allerdings riskierten die Händler bei diesem Spiel ihre Sicherheit, denn je abseitigere Alternativrouten sie wählten, umso wahrscheinlicher konnten sie überfallen und ausgeraubt werden. Hugo und Mercè dagegen trugen genügend Geld bei sich, denn der Graf hatte sich in diesem Punkt großzügig gezeigt. Wenn auch unter Zähneknirschen, bezahlte Hugo den Brückenzoll.

»Eigentlich sollte man hierfür nicht einen einzigen Sueldo ausgeben«, bemerkte er, während er vor seiner Tochter auf den schwankenden Plankensteg deutete.

Das Flusswasser klatschte heftig gegen die festgebundenen und verankerten Boote, auf denen die Planken befestigt waren.

Einer der Zöllner hatte Hugos Beschwerde gehört.

»Ihr solltet von Glück reden. Bis vor Kurzem gab es diesen Übergang noch gar nicht, und man musste den Fluss im Boot überqueren. Das Hochwasser hat den Steg schon etliche Male fortgespült.«

Neben dem Maultier reckte Hugo den Hals, um das reißende Flussbett des Ebro zu bewundern. Mercè tat es ihm nach.

»Aber nicht heute. Das Wasser ist zwar unruhig, aber der Steg wird halten«, beruhigte sie der Mann lachend.

»Und die Steinbrücke?«, wollte Hugo wissen und zeigte auf einen allein stehenden Pfeiler neben dem Holzsteg. Ein zweiter ragte am gegenüberliegenden Ufer aus dem Wasser.

»Auch ein Hochwasser. Wir versuchen seit fast zweihundert Jahren eine Brücke aus Stein zu bauen, aber der Fluss schwemmt sie jedes Mal fort, und weil er auch immer die Holzbrücke kaputt macht, fehlt das Geld und sie wird nie fertig. Vom letzten Versuch sind nur diese zwei Pfeiler übrig.«

Hugo und Mercè überquerten den Ebro auf den schwankenden Holzplanken und betraten die Stadt durch die Puerta del Puerto. Sie liefen an den Casas del Puente vorbei, wo sich der Sitz des Stadtrats, der Bischofspalast und die Kathedrale befanden. Auf Nachfragen fanden sie ein Zimmer in der Calle del Mesón de la Concepción, nahe der Kirche Santa María la Mayor. Sogleich setzte man sie in Kenntnis, dass dort eine Säule verehrt werde, welche die Jungfrau María persönlich dem Apostel Jakobus übergeben habe.

Hugo ermahnte seine Tochter, sich in der angespannten Atmosphäre der Stadt unauffällig zu verhalten. Sie sollten den Grafen von Urgell lieber nicht erwähnen, solange bewaffnete Männer durch Saragossas Straßen liefen. In Aragoniens Hauptstadt bestätigten sich die Berichte von der Reise. Die meisten tonangebenden Herren des Königreichs unterstützten den Infanten Fernando von Kastilien als Thronprätendenten. Er verbreitete nicht nur Angst durch die Stationierung seiner Truppen kurz vor der aragonischen Grenze, sondern erkaufte sich seine Unterstützung außerdem mit Millionen von Maravedis, die ihm die kastilischen Cortes bewilligt hatten, oder er versprach Gefälligkeiten und großzügige Gunsterweisungen, sofern man ihm folgte. Mercè versteckte ihr Gesicht unter der Kapuze, als sie von den üppigen Mitteln hörte, über die der Kastilier verfügen konnte, um die Krone für sich zu erwerben, und sie rutschte unruhig auf ihrem Stuhl hin und her, als sie erfuhr, dass sich nicht nur in Aragonien, sondern auch in Katalonien zahlreiche Adlige, Ritter und Geistliche mit Geld und Gefälligkeiten durch den Infanten von Kastilien bestechen ließen. Fernando von Antequera bestach die Führungsriege Kataloniens!

»Und was ist mit dem Grafen von Urgell?«, fragte Hugo mit vorgetäuschter Beiläufigkeit den Weinhändler, der ihnen von den Bestechungen in Katalonien erzählte. »Bezahlt er seine Anhänger etwa nicht?«

Der Mann schüttelte mit einem matten Lächeln den Kopf.

»Die Grafschaft Urgell ist eine der reichsten des Königreichs, aber Jaime von Aragonien ist ein Verschwender. Nur ein Jahr nachdem er den Titel und die Erbschaft erhalten hat, musste er den König um einen Verwalter ersuchen, um den Ruin zu verhindern, so drastisch sind seine Einkünfte gesunken. Nach nur einem Jahr! Hört zu«, fuhr der Weinhändler mit verschwörerischem Ton fort, »ich unterstütze den Grafen von Urgell, ich bin dagegen, dass die Königreiche in ausländische Hände fallen, aber Jaime von Aragonien lässt sich sowohl von seiner Mutter als auch von seiner Gattin stark beeinflussen, und das ist sehr gefährlich.«

Die Macht von Geld und Waffen ergänzte der Infant von Kastilien schließlich noch um die der Kirche, angeführt von Papst Benedikt XIII., der seit dem Streit um die Besetzung des Bischofssitzes in Barcelona mit dem Grafen von Urgell verfeindet war. Der Papst stellte sich auf die Seite des Infanten, nachdem er begriffen hatte, dass ihm nach dessen Krönung die Obedienz der zwei großen Königreiche der Iberischen Halbinsel sicher war – ein unabdingbarer Rückhalt, um sich als Stellvertreter Christi zu behaupten, während zwei weitere Päpste neben ihm den Titel für sich beanspruchten.

Aber nicht nur Benedikt XIII. unterstützte den Infanten von Kastilien. Der Dominikaner Vicente Ferrer, dem stets ein Heer von Flagellanten folgte, die ihn einen »Heiligen« nannten, setzte ebenfalls auf den Kastilier, da er glaubte, so würde ihm die Verbreitung des Christentums durch die endgültige Konversion der Juden in ganz Spanien erleichtert. Zu diesem Zeitpunkt wetterte er bereits gegen die Juden in Kastilien. In Toledo weihte er eine Synagoge zur Kirche Santa María la Blanca um, und er zog als Wanderprediger durch Salamanca, Valladolid und Ayllón. In allen diesen großen kastilischen Städten trat er vor den versammelten Menschen für die Konversion der Juden ein. »Nichts als Verräter, Wucherer und Gottesmörder!«, schrie der Mönch in die Menge. Seine Predigten hetzten die Christen auf und hatten den Ausschluss oder die Konversion der Juden zur Folge. Das Zusammenleben zwischen Christen und Juden sei schädlich für die Ersteren, behauptete Fray Vicente. In Ayllón stieß er auf den kastilischen Hof und Fernando von Antequera. Das Zusammentreffen des Mönchs mit dem kastilischen Infanten in dieser Ortschaft Segovias führte zur bis zu diesem Zeitpunkt härtesten rechtlichen Verfügung über die Juden: Mit ihnen zu sprechen, wurde verboten. Ihnen Essen oder Getränke abzukaufen oder mit ihnen zu handeln, wurde verboten. Die jüdischen Frauen durften keine edlen Stoffe tragen und die Männer sich weder die Bärte stutzen noch sich die Haare schneiden. Die Juden sollten abgesondert leben und stets das Abzeichen auf der Brust tragen. Außerdem wurde ihnen die Ausübung zahlloser Berufe wie Steuereintreiber, Arzt und Apotheker verboten. Was Vicente Ferrer in Kastilien erreicht hatte, wollte er nun auch in Aragonien und Katalonien durchsetzen, wofür er auf die zukünftige Unterstützung Fernandos zählte, sollte dieser die Krone erlangen.

Hugo diktierte seiner Tochter den Bericht an den Grafen von Navarcles. Darin führte er aus, was sie herausgefunden hatten, wie sich die unruhige Lage in Saragossa darstellte und wie es sich mit der fast einhelligen Befürwortung des Kastiliers seitens der aragonischen Bürgervertreter verhielt.

»Er muss bereits wissen, was wir ihm mitteilen. Er hat ja schon seine Spione, und es gibt viele Kaufleute, die kommen und gehen«, bemerkte Mercè zwischen den Sätzen.

Ihr Vater zuckte die Achseln.

»Es wird wohl so sein, aber vielleicht weiß er nicht alles. Und in jedem Fall wird er es durch uns bestätigt haben wollen. Also durch das, was die Maultiertreiber und Kaufleute so erzählen.«

Einem dieser Kaufleute vertraute Hugo den Brief an Roger Puig an. Der Mann, ein Anhänger des Grafen von Urgell (»Wie jeder gute Katalane, der sich für einen solchen halten will!«, murmelte er mit gedämpfter, aber überzeugter Stimme, Kopf an Kopf mit Hugo, während sie am Tisch in einer Taverne saßen), trat den Rückweg nach Barcelona an. Hugo schien er in einer Stadt, in der jeder jedem misstraute, die sicherste Wahl zu sein. Unmittelbar nachdem sich Hugo und Mercè dort eingemietet hatten, erhielten sie Besuch von den Behörden, um Auskunft über ihre Absichten zu erteilen. Wie schon in Valencia genügte die Ausrede mit dem Wein, und während Mercè mit den Frauen plauderte oder, wenn keine da waren, sich diskret abseits hielt, knüpfte Hugo bei Gesprächen und Mahlzeiten Kontakte mit Weinhändlern, die vielleicht eines Tages gewinnbringend sein würden.

Hugo besuchte auch einige Weinberge in der Umgebung von Saragossa, aber die Stadt produzierte Trauben weder in ausreichender Menge noch von entsprechender Qualität. Man erzählte ihm, in Barbastro werde guter Wein hergestellt, was ihm María, die Witwe in Valencia, in Erinnerung brachte, ebenso in Cariñena, Calatayud und Tarazona, auch wenn viel davon schlussendlich in Kastilien – in Soria, Medinaceli, Molina – verkauft werde, und das sogar auf Kosten der dortigen Produktion, die zum Beispiel vom Ufer des Duero stamme, woher man weniger gehaltvolle, aber teurere Weine bekomme.

Wozu bis dorthin reisen, an die Grenze von Kastilien, und sich noch weiter von der Heimaterde entfernen?, fragte sich Hugo. Die letzten Neuigkeiten, von denen er Kenntnis erlangt hatte, handelten von den wichtigen Beziehungen der aragonischen Bürgervertreter, die Fernando unterstützten, zu den Mitgliedern des katalanischen Parlaments. Was musste er noch herausfinden?

»Wir gehen nach Hause«, verkündete er seiner Tochter.

Mercè antwortete nicht sofort. Sie war glücklich hier mit ihrem Vater. Was erwartete sie schon in Barcelona? Die Gräfin, der Palast,

Scheinheiligkeit und Neid, die tägliche Routine. Nie hätte sie sich vorstellen können, dass sie so denken würde. Dass Hugo zu ihrer Verteidigung sein Leben riskiert hatte, vergrößerte nicht ihre Liebe zu ihm, aber der Mann, den ihre Mutter immer als einen unglückseligen Weinbauern beschrieb, hatte sich vor ihren Augen in einen unerschrockenen, tapferen Menschen verwandelt, der imstande war, für sie zu töten. Sie war stolz auf ihren Vater!

»Wir können die Rückreise auch noch ein wenig aufschieben«, schlug Hugo vor, als er das Zögern seiner Tochter bemerkte.

Sie brachen in den Süden von Saragossa auf, nach Cariñena. Mahir hatte ihm über den dortigen Wein erzählt, und in Saragossa hatte Hugo davon probiert. Ohne Eile wanderten sie in Richtung Teruel und Valencia. Sie schlossen sich einer der Maultierherden an, die ihnen unterwegs begegneten, und blieben stehen, wenn es ihnen gefiel, ohne sich große Sorgen zu machen, dass sie die Karawane nicht mehr einholen könnten.

»Lass sie ruhig weitergehen«, beschwichtigte Hugo seine Tochter beim ersten Mal, als sich die Rücken ihrer Begleiter von ihnen entfernten.

»Wenn wir allein zurückbleiben, könnten uns Straßenräuber überfallen«, entgegnete sie alarmiert.

»Das einzige Mal, als man uns überfallen wollte, waren wir in Begleitung«, merkte er an.

Ihnen widerfuhren keinerlei Widrigkeiten. Wenn sie nicht vor Einbruch der Dunkelheit in ein Dorf kamen, baten sie auf einem Bauernhof um Gastfreundschaft. Der Regen durchnässte sie, und die Kälte des zu Ende gehenden Winters ließ sie frösteln. Sobald Hugo Mercè zittern sah, ermutigte er sie, ein paar Schlucke *aqua vitae* zu trinken. Sie tranken auch abends davon, wenn sie in Scheunen weit weg von einem Herdfeuer übernachten mussten. Nachdem sie getrunken hatten, entwickelten sich ihre Unterhaltungen so spontan, dass es Hugo beinahe eine Unannehmlichkeit bereitet hätte, als seine Tochter ihn einmal bat:

»Erzähl mir von meiner Mutter.«

»Sie war genauso hübsch wie du«, war alles, was ihm nach mehrmaligem Räuspern, um Zeit zu schinden, einfiel.

Was für Lügen hatte er Mercè erzählt, als sie klein war? Was hatte ihr Regina wohl erzählt? Überhaupt wollte er nicht anerkennen, dass sie nicht seine Tochter war, umso weniger, wenn sie ihn so voller Zuneigung anlächelte, streichelte und küsste. Allein mit ihr, weit weg von Regina, fühlte er mehr denn je die enge Verbindung zwischen Vater und Tochter.

»Vater! Was noch?«

Was konnte er ihr sonst noch sagen?, fragte sich Hugo.

Antonina, Dolça, Arsenda oder Eulàlia. Er hatte nur diese vier Beispiele an Frauen zur Verfügung, um eine Mutter zu erfinden, die Mercè gefallen könnte. Eulàlia mit ihrem Ehrgeiz und den Weinbergen ließ er lieber beiseite. Antonina, seine eigene Mutter, rief in ihm nur sehr harte Erinnerungen an den Böttcher, an die Schläge, an ihren ausgezehrten Körper wach. Dolça gehörte ihm, ihm allein, und er wollte sie mit niemandem teilen. Also blieb ihm nur Arsenda. Er war in die Kathedrale Santa María del Mar gegangen, um ihren Verbleib in Erfahrung zu bringen, und Pfarrer Pau (Gott habe ihn selig) hatte sich vor ihm entschuldigt: »Das ist, was sie mir gesagt haben, dass sie in diesem Kloster sei, Santa Isabel.« Dabei war es geblieben. Arsenda. Ja, seine Schwester wäre ein gutes Beispiel.

»Weißt du, wie ich sie kennengelernt habe? Ich habe mich nachts in ihr Haus geschlichen, ich bin auf die Dachterrasse geklettert, und dort hat sie auf mich gewartet ...«

»Ihr habt Euch ins Haus geschlichen?! Ihr seid geklettert?!«, unterbrach ihn Mercè und erhob dabei die Stimme. Bisher hätte sie sich nicht vorstellen können, dass ihr Vater ins Haus seiner Geliebten eindrang, aber nach dem Vorfall mit den Maultiertreibern schien ihr alles möglich.

»Ja. Wir plauderten im Mondlicht und hielten uns unter einer Decke fest im Arm.« Seine eigenen Worte ließen seine Kehle rau und seine Augen feucht werden. Es waren so viele Jahre vergangen, und trotzdem vermisste Hugo seine Schwester. »Wir erzählten uns alles, was uns zustieß.«

»Hat man Euch denn nie dabei erwischt?«

»Nein, nie. Deine Mutter war sehr schlau – und sehr fromm.«

Er sprach von Arsenda. Es fiel ihm leicht, seine Erfahrungen so umzugestalten, wie sie gewesen wären, wenn Arsenda statt seiner Schwester seine Gattin gewesen wäre, und den Rest erfand er dazu. War es das *aqua vitae*, das ihn so redselig machte und seine Fantasie beflügelte? Nein, antwortete er sich selbst. Es war die körperliche Nähe zu seiner Tochter, die sich auf dem Stroh an ihn schmiegte. Es war sein Atem, der sich in den Momenten des Schweigens an den ihren anpasste, um ihre Gedankengänge nicht zu stören. Es war das Gefühl, sie neben sich zu haben, sie zu berühren und zu riechen, sie zu lieben. Sie zu lieben!

In Longares und Cariñena bogen sie auf die Pfade zwischen den Weinbergen ab. Die Pflanzen trugen noch keine Blätter und keine Früchte. Die Weinstöcke bildeten meist unordentliche Reihen und erstreckten sich in Erwartung des Frühlings über trockenes und steiniges Land.

»Wenn die Reben so sind, so nackt und so trocken und gewunden, dann sind sie traurig und schwermütig. Dann möchte man kaum glauben, dass sie den Nektar der Götter produzieren«, bemerkte Hugo.

»Es gibt viel Wein hier«, sagte Mercè, während sie sich umblickte.

»Ja. Das Land wurde verschenkt«, überraschte sie ihr Vater mit dem, was man ihm selbst in Saragossa erzählt hatte. »Es wurde verschenkt, um neu zu besiedeln, was von den Mauren zurückerobert wurde. Jeder, der einen herrenlosen Weinberg beackerte, sollte nach drei Jahren Arbeit dessen Besitzer werden. Für die herrschaftlichen Ländereien gelten andere Verträge, aber auch die bringen den Weinbauern ziemlich viel Gewinn. Deswegen gibt es hier so viel Wein.«

»Aber alles ist so unordentlich. In Barcelona ist das anders.«

»Ja, natürlich. Hier gibt es überall viele kleine Besitzungen, so unzugänglich sie auch sein mögen. Außerdem vermehrt man hier die Weinstöcke durch Absenken. Bei uns machen wir, macht man das auch«, korrigierte sich Hugo und schürzte dabei die Lippen. »Anstatt sie zu schneiden, lässt man die Reben aus dem Stock herauswachsen. Siehst du diese da?« Er zeigte auf eine Rebe, deutete aber sogleich auf eine andere, nähere. »Siehst du die eingegrabene Rebe?«

Mercè folgte dem ausgestreckten Zeigefinger ihres Vaters. Von der

Pflanze hatte man einen Zweig nach unten gebogen, und statt nach oben wuchs er in die Erde hinein. Hugo fuhr mit seinen Erklärungen fort:

»Wenn die Rebe bis zum Boden gewachsen ist, gräbt man sie ein, ohne sie vom Stock abzuschneiden. Dann schlägt sie Wurzeln und bildet einen neuen Stock. Das Problem ist, dass es bei dieser Methode schwierig ist, die Reihen gerade zu halten.«

»Na gut, aber das ist ja auch nicht so wichtig.«

»Doch. Wenn die Stöcke nicht geradlinig stehen, macht das die Ernte und die Beackerung des Bodens viel schwieriger. Die Tiere kommen nicht mehr durch und die Pflüge auch nicht.«

»Ich verstehe.« Beide ließen ihre Blicke über die Weinberge schweifen. »Das gefällt Euch, stimmt's, Vater?«

»Du weißt ja gar nicht, wie sehr es mir gefällt, Mercè. Ich gäbe, ja, ich gäbe, was ich gar nicht besitze, um wieder einen Weinberg zu haben.«

»Ich bin sicher, eines Tages werdet Ihr ihn wiederhaben«, wisperte sie.

Hugo sah seine Tochter an. Die Sonne schien, und obwohl es Winter war, ließ sie die Steine im Gelände auffunkeln. Trotzdem machte sich die Kälte wegen des hartnäckigen Windes, der sie auf der gesamten Wegstrecke begleitet hatte, beißend bemerkbar. Jetzt peitschte der Wind Mercè ins Gesicht und presste ihr die schweren Kleider an den Körper. Sie zog die Kapuze herunter und schüttelte ihr Haupt. Der Wind zerzauste ihr offenes Haar, und sie genoss es, sich dadurch als Frau zu fühlen.

Während er ihr dabei zusah, wie sie ruhig, stark und schön den Wind herausforderte, vermischten sich in Hugos Gedanken tausend Erinnerungen aus dem Leben des Kindes, das ihm Regina eines Tages übergeben hatte. Mercè war wirklich alles, was er besaß.

Würde er es schaffen, eines Tages wieder einen Weinberg zu haben? Am meisten wunderte ihn an Mercès Worten, dass sie nicht die Krönung des Grafen von Urgell zur Bedingung gemacht hatte.

Wenn sich der Graf von Castellví de Rosanes und von Navarcles im Palast in der Calle de Marquet aufhielt, flüchtete sich Caterina in den Weinkeller. Dort gingen so wenige ein und aus, dass sie unbemerkt blieb. Seit der Abwesenheit Mateos, den alle für tot hielten, sah sie nicht mehr abgezehrt aus, sondern war zu neuem Leben aufgeblüht. Außerdem rief sie der Graf nicht mehr zu sich ins Bett, und auch die Gräfin brauchte sie nicht mehr. Caterina hatte keine feste Aufgabe im Palast, und als der Majordomus, der den soeben verstorbenen Esteve ersetzte, ihr eine zuteilen wollte, verstand es die Russin, die Situation auszunutzen. »Meine Funktion ist es, den Herrschaften zur Verfügung zu stehen«, entgegnete sie. Ob das tatsächlich so sei, fiel es dem Mann eines Tages ein, beim Grafen nachzufragen. Dieser kniff die Augen zusammen, vielleicht, weil er sich auf die lustvollen Stunden zurückbesann, die ihm der wohlgestaltete, milchweiße Körper, die weiche Haut, die üppigen Brüste und die runden Hüften der Russin beschert hatten. Er hatte sie als Kind gekauft und wachsen sehen, sagte er sich. Er hatte zwei Bastarde mit ihr gezeugt, vielleicht sogar mehr. Roger Puig schürzte die Lippen und lachte. »Natürlich!«, entschied er. Eine Sache war, dass er sie dem treuen Mateo überlassen hatte, eine ganz andere dagegen, wenn die Mutter von zweien seiner Bastarde, die in seinem Bett gelegen und sogar einen seiner ehelichen Söhne gestillt hatte, vom gesamten Palastpersonal befummelt und bestiegen wurde, als wäre sie eine Hündin. »Der Russin ist Respekt zu zollen!«, schrie er den neuen Majordomus an. »Sie untersteht meinem Befehl.«

Sooft der Graf außerhalb von Barcelona weilte, wagte sich Caterina aus dem Palast hinaus, um durch die Stadt zu streifen. Der neue Majordomus befolgte den Befehl des Grafen und zollte ihr seinen Respekt, was sie ihrerseits zum Anlass nahm, sich für den einen oder anderen Auftrag anzubieten, besonders wenn sie dieser durch die Straßen Barcelonas führte. Die meiste Zeit verbrachte sie jedoch im Weinkeller.

Dort erfuhr sie von den wechselvollen Ereignissen von Hugos und Mercès Reise nach Saragossa, denn Hugo erzählte ihr davon, sobald er dem Grafen vollständigen Bericht geliefert hatte. Allerdings erwähnte er weder vor ihm noch vor ihr den Tod der Maultiertreiber, und er wies auch seine Tochter an, weder Regina noch sonst irgendwem davon zu erzählen.

Da Mercè erneut ständig von ihren Aufgaben als Zofe in Anspruch genommen war, unterhielt sich Hugo in der Regel mit Caterina, deren

Lachen immer befreiter klang. Sie erinnerten sich an die unglückselige Zeit auf Rocaforts Gut, an ihren Verkauf an Roger Puig, ihre Krankheit und die beinahe wundersame Heilung, an den Einäugigen. Bei dessen Erwähnung schauderte Caterina. Die Angst, er könnte vielleicht doch zurückkommen, hatte sie noch nicht überwunden. Hugo beschwichtigte sie. Sie redeten über die Weinberge, und er erklärte ihr, wie man sie bestellte, wie man Wein produzierte und lagerte. Im Halbdunkel des Weinkellers war die Begegnung ihrer Blicke kaum wahrzunehmen. Ebenso zärtlich wie flüchtig sahen sie einander an, wenn sie alleine waren. Sobald Mercè zu ihnen stieß, servierte Hugo Käse und vom besten Wein des Grafen, und ihre Gespräche wandten sich unausweichlich der Lage im Königreich zu.

Die Unterstützerfraktion des Grafen von Urgell bröckelte auseinander. Sein wichtigster Unterstützer im Königreich Aragonien, der Adlige Antonio de Luna, lockte den Erzbischof von Saragossa in einen Hinterhalt und ermordete ihn. Das Vorhaben, sich eines einflussreichen Feindes zu entledigen, endete allerdings damit, dass Fernando von Kastilien im Einverständnis mit den Verwandten des Ermordeten mit seinen ausländischen Streitkräften in Aragonien eindrang. Nahezu zweitausend Soldaten, davon eintausend Berittene, deren Befehlshaber ihre Tapferkeit bei den Kriegszügen gegen die Mauren unter Beweis gestellt hatten, bezogen in den wichtigsten Städten des Königreichs Stellung, darunter Saragossa, Alcañiz – wohin die Cortes von Aragonien ihren Tagungssitz verlegt hatten – und Fraga.

Zur selben Zeit begaben sich die kastilischen Truppen in Valencia nach Morella, um die Fraktion der Centelles zu unterstützen. Ein französisches Heer nutzte wiederum das Machtvakuum in Katalonien, um auf Befehl des Vicomtes von Castellbó in das Prinzipat einzudringen und die Baronie von Martorell zurückzuerobern, die vormals diesem Adligen gehört hatte. Der Graf von Urgell, immer noch königlicher Statthalter, bot dem katalanischen Parlament an, ein Heer auszuheben und den Franzosen entgegenzutreten, aber die Parlamentarier lehnten ab, da sie fürchteten, der Graf könnte diese Soldaten für seinen Kampf um die Krone benützen. Stattdessen rief das katalanische Parlament das Bürgerheer zusammen, das die Eindringlinge besiegte und damit dem Grafen von Urgell eine neuerliche Schmach in der eigenen Heimat bescherte.

Sowie das katalanische Parlament dem Grafen von Urgell die Erlaubnis verweigert hatte, ein Heer auszuheben, reichte es beim Infanten von Kastilien Beschwerde über das Eindringen kastilischer Truppen in Valencia und Aragonien ein und verlangte deren sofortigen Rückzug. Der Infant weigerte sich, und da ein eigenes Heer fehlte, kontrollierten seine Soldaten weiterhin die beiden Königreiche.

Die Stimmung im Palast in der Calle de Marquet hatte sich nach dem Einfall der kastilischen Truppen verdüstert. Dennoch stand das Königreich Valencia genauso wie viele Gebiete Aragoniens weiter auf der Seite des Grafen von Urgell. Das Parlament von Katalonien, das eigentlich einen katalanischen Thronanwärter unterstützen sollte, wandte sich hingegen immer mehr gegen den einzigen Abkömmling aus der männlichen Linie des Hauses Barcelona. Daher begann der Graf gaskognische Söldner anzuheuern, um sich für einen Krieg zu wappnen, der ihm angesichts der Invasion kastilischer Truppen unausweichlich bevorzustehen schien.

Es wurde Januar 1412, und Hugo wollte seine Kontakte in Valencia nutzen, um sich von den dortigen Weinhändlern mit dem exzellenten Murviedro beliefern zu lassen. Er diktierte Mercè einen Brief und versandte ihn mit einem Kurier. Die Antwort erreichte ihn am Monatsende: Es gebe keinen Wein für ihn.

Der valencianische Weinhändler drückte sich klar aus.

»Alle Produktionsüberschüsse gehen an kastilische Händler«, las Mercè vor.

Hugo und Caterina hörten aufmerksam zu. Hugo hatte der Russin von den Qualitäten des Murviedro vorgeschwärmt. Seit Monaten trafen sie sich im Weinkeller, und es war eine Beziehung zwischen ihnen entstanden, die keiner von beiden genauer definieren wollte.

»Wie schade!«, rief Caterina, da sie wusste, wie sehr sich Hugo auf diesen Wein gefreut hatte.

Hugo nickte und bat seine Tochter weiterzulesen.

»Wie Ihr sicherlich wisst, ist der Handel zwischen Valencia und Katalonien seit Jahren sehr schwierig, und die Beziehungen beider Königreiche waren auch schon einmal vollständig unterbrochen. Jetzt…« Mercè zögerte.

»Jetzt was?«, drängte sie ihr Vater.

»Jetzt hat Infant Fernando eine Vereinbarung über die Liberalisierung des Handels mit Kastilien geschlossen und den valencianischen Händlern große Gewinne versprochen, wenn sie ihn zum König wählen«, las sie zu Ende.

»Er hat ein ganzes Königreich gekauft«, beklagte sich Roger Puig und zerknüllte den Brief, den Hugo ihm ausgehändigt hatte. »Was für Finten hat sich dieser kastilische Hurensohn wohl noch ausgedacht?«

Schon bald sollte es der Graf von Castellví de Rosanes und Navarcles erfahren. Ende Februar raubte einer der Centelles sechstausend Köpfe Vieh aus dem Besitz der Vilaragut. Der Diebstahl war nichts anderes als eine wohlkalkulierte Kriegserklärung vonseiten der Centelles an die Vilaragut und den Gouverneur von Valencia.

Die Schlacht fand ausgerechnet in Murviedro statt, und zwar am Meer an einem Ort namens Codolar. Das Heer aus Bürgern der Stadt Valencia unter dem Befehl ihres Gouverneurs Guillem de Bellera, vierhundert gaskognischen Reitern, die der Graf von Urgell ausgesandt hatte, und den Parteigängern der Vilaragut stellte sich dem Heer der Centelles und den ausländischen Truppen entgegen, die Infant Fernando zu deren Unterstützung geschickt hatte.

Das mächtige Heer der Kastilier siegte.

Mit an die tausend Toten und zahlreichen Gefangenen endete die Vorherrschaft der Vilaragut und damit diejenige des Grafen von Urgell im Königreich Valencia. Die Centelles rächten sich am Gouverneur Guillem de Bellera und ließen dessen kleinen Sohn den auf eine Lanze gespießten Kopf seines Vaters nach Valencia tragen, wo er zum Spott und zur Anschauung der neuen Führerschaft der Centelles ausgestellt wurde.

Der Verlust des Königreichs Valencia für die Interessen des Grafen von Urgell und seiner Gefolgsleute sowie die Tatsache, dass der Infant von Kastilien mit seinen Heeren die Königreiche Aragonien und Valencia kontrollierte, überschattete fortan die Zusammenkünfte im Weinkeller. Alle hatten sich mit der pessimistischen Verzagtheit im Palast angesteckt, die Mercè mitbrachte, wenn sie ihrem Vater und Caterina Gesellschaft leistete.

»Ich höre nichts anderes mehr, Vater«, erklärte sie als Antwort auf seine Fragen bei einem ihrer Treffen. »Im Palast reden alle nur noch davon, der Graf, die Gräfin, ihre Verwandtschaft und sogar die Bediensteten! Wie sollte ich da nicht auf dem Laufenden sein? Die Parlamente der Königreiche Aragonien und Valencia und des Prinzipats Katalonien haben beschlossen, jeweils drei Personen zu ernennen, die den neuen König wählen sollen. Diese neun Ernannten sollen sich in Caspe treffen.«

»Und was ist mit den Königreichen Mallorca und Sizilien?«, fragte Hugo.

»Die werden anscheinend nicht einbezogen. Es ist ja schon schwer genug, dass sich zwei Königreiche und ein Prinzipat einigen, stell dir vor, es wären fünf.«

»Wenn sie gerecht sind …«, begann Hugo laut nachzudenken.

»Vater, wer kann sich jetzt noch einer Ernennung Fernandos von Antequera zum König und Grafen von Barcelona widersetzen?«, unterbrach ihn seine Tochter in ungezogener Manier, indem sie die Argumentation Roger Puigs wiedergab.

Überrascht von dieser Unart sah Hugo seine Tochter an. In letzter Zeit verlor Mercè, wenn sie bei ihm und Caterina war, und auch gegenüber Barcha alle Hemmungen und reagierte ungeduldig.

»Wenn sie ihn nicht wählen, wird er die Königreiche verwüsten und die Krone mit Gewalt an sich reißen«, fuhr Mercè fort. »Das hat er schon angedroht! Deswegen ist er bei uns einmarschiert. Und was haben die katalanischen Parlamentarier gemacht? Ich kann es Euch sagen: Nichts haben sie gemacht«, endete Mercè voll Ärger.

Die katalanischen Parlamentarier unternahmen auch weiterhin nichts, als der Graf von Urgell und mehrere angesehene Patrizier, wie die Grafen von Prades, Cardona, Quirra, Montcada und Queralt, wegen der offenkundigen Parteilichkeit der gewählten Repräsentanten von Caspe Klage bei den Cortes einreichten.

Für das Königreich Aragonien wurde der Rechtsgelehrte Berenguer von Bardají ernannt, der vom Infanten Fernando von Antequera ein monatliches Gehalt über fünfhundert Florine bezog. Zum zweiten Repräsentanten wurde der Schwager von Bardají und Bischof von Huesca, Domingo Ram, gewählt und zum dritten schließlich ein Kartäusermönch, der weder in Gesetzen noch in Theologie bewandert war, sondern schlicht ein Laienbruder, der sich freiwillig aus dem weltlichen Geschehen in das Kloster von Portaceli zurückgezogen hatte und dessen nachlässig gepflegte Kleidung, Bart und Haare seinen Ausschluss von der Gesellschaft bestätigten.

Für das Königreich Valencia wurden der antijüdische Ordensbruder Vicente Ferrer und sein Bruder Bonifacio, ein weiterer Kartäusermönch, sowie als Dritter der Rechtsgelehrte Pedro Beltrán ernannt.

Schließlich trat als Repräsentant für das Prinzipat Katalonien zum einen Bernat de Gualbes auf, erklärter Feind des Grafen von Urgell und Gesandter Papst Benedikts XIII. auf dem Konzil von Pisa, ein Posten, den er genau genommen mit dem aragonischen Schiedsrichter und Bischof von Huesca, Domingo Ram, gemeinsam hatte. Zum anderen wurden der Erzbischof von Tarragona und der Rechtsgelehrte Guillem de Vallseca als Vertreter für das katalanische Prinzipat aufgestellt.

Dass die katalanischen Barone die ernannten Schiedsrichter von Caspe ablehnten, rührte ihr Parlament nicht. Nach Anhörung der Thronanwärter gab der Dominikaner Vicente Ferrer das gefällte Urteil bekannt: Mittels Gottes Gerechtigkeit war Infant Fernando von Kastilien zum neuen König gewählt worden. Für ihn hatten vier der Geistlichen unter der Führung von Vicente Ferrer und der Kontrolle Papst Benedikts XIII. gestimmt, und als Fünfter der Gehaltsbezieher des Infanten, Bardají, den der König außerdem mit der Summe von vierzigtausend Goldflorinen belohnte.

Fünf von neun entsprachen bereits einer Mehrheit, doch damit der Prätendent zum König gewählt werden konnte, war mindestens jeweils eine Stimme von jedem der drei Königreiche erforderlich. Als Sechster sprach sich der Katalane Bernat de Gualbes für den Infanten von Kastilien aus, der Feind des Grafen von Urgell, den die katalanische Adelsfraktion abgelehnt und an dem das Parlament dennoch festgehalten hatte. Mit der Krönung des neuen Königs sollte Bernat de Gualbes zu dessen Kanzler ernannt werden. Die beiden übrigen katalanischen

Schiedsrichter, der Bischof von Tarragona sowie Guillem de Vallseca hatten für Jaime von Urgell gestimmt, während sich der dritte valencianische Schiedsrichter enthalten hatte.

Die ökonomischen und besonders die religiösen Interessen, Bestechungsgelder und vor allem die Bedrohung durch das kastilische Heer, die durch Fray Vicente Ferrer als göttliche Fügung ausgelegt worden war, ersetzten jene Gerechtigkeit, unter die König Martín mit seinem berühmten *hoc* die Wahl des neuen Souveräns gestellt hatte … falls es sich bei der letzten Äußerung des Sterbenskranken nicht um ein für das Schicksal der Krone ungelegenes Hüsteln gehandelt hatte, wie Mercè es behauptete.

Katalonien, Aragonien, Valencia und die übrigen Königreiche und Hoheitsgebiete sollte von nun an ein ausländischer König regieren. Er legitimierte seine Nachfolge zudem über die weibliche Linie und nicht über die männliche, auf die sich der Graf von Urgell berief und wie es dem altherkömmlichen Brauchtum und Wunsch des Volkes entsprochen hätte.

20

Am 29. November 1412, fünf Monate nachdem ihn das Schiedsgericht von Caspe zum König ernannt und er vor den Cortes von Aragonien seinen Eid abgelegt hatte, zog Fernando I. mit allem Pomp in Barcelona ein. Dem Brauch gemäß blieb er für einige Tage zu Gast im Kloster Valldonzella, damit die Stadt die Vorbereitungen für seinen Empfang zu Ende bringen konnte. Auf dem Platz vor dem Kloster Framenors, gleich neben dem Meer und der Werft, wurde ein prachtvolles, satinüberzogenes Podest mit Baldachin und Vorhängen aufgestellt. Von dort sollte der neue König den Spielen und Feierlichkeiten zu seinen Ehren beiwohnen. Mit seinem Gefolge würde er vorbei an geschmückten Häusern ziehen, durch Straßen, die mit Schilf und Rohrkolben ausgelegt waren. Doch bevor er seine Tribüne erreichte, sollten ihm auf einer weiteren vor dem Hospital de la Santa Cruz die dort internierten Geisteskranken in ihrer mehr oder weniger gelungenen Soldatenverkleidung ein Spektakel liefern.

Während Hugo in der Menge mit Barcha und Caterina auf den Vorbeizug des Königs wartete, betrachtete er die zwei Dutzend unheilbar kranken Frauen und Männer. Sie hatten sich mit Schwertern und Lanzen bewaffnet – manche authentisch, andere einfache Imitationen aus Holz oder Schilfrohr – und drohten damit den Leuten auf der Straße. Gleichzeitig mühte sich das Personal des Hospitals, dass sie weder von der Tribüne herunterstiegen, um die angedeuteten Kämpfe real auszuführen, noch ihre alten, rostigen Helme ins Publikum warfen. Dieses wiederum vertrieb sich die Wartezeit damit, das drollige Heer mit Zurufen zu necken und anzufeuern.

Der Radau war so groß, dass sich die Menschen, die sich entlang der Straße aufgestellt hatten, vor der Tribüne der Geisteskranken zusammendrängten. Von diesen reagierten manche mit Gewalt auf die zugerufenen Scherze und Beleidigungen, andere versteckten sich, setzten sich hin oder kauerten sich auf den Boden, viele hielten sich die Ohren zu. Unterdessen wiegte sich ein Paar zum Rhythmus einer tonlosen, fantasierten Melodie, und eine weitere Gruppe spazierte über die Tribüne, wobei sich manche ernst und würdevoll gaben, die meisten aber die Menge auslachten. Hugo hatte seinerzeit als Kellermeister des Hospitals de la Santa Cruz mit Geisteskranken zu tun gehabt, nachdem man sie aus den zu schließenden anderen Anstalten dorthin verlegt hatte. Vielleicht konnte er sogar einen von ihnen wiedererkennen. Sie waren wehrlose, aber keine schlechten Menschen. So dachte er, als Trompeten und Trommeln den Einzug des Königs durch das Portal Sant Antoni verkündeten. Während die Leute um ihre Plätze am Straßenrand rangelten und das Personal des Hospitals die Geisteskranken einsammelte, vom Boden aufrichtete und ihrem Geschrei Einhalt gebot, um alle ordentlich aufzustellen, ritt Fernando I. herrlich und prächtig auf seinem Pferd heran. In der Sonne glitzerte sein Panzerhemd; seinen Umhang und das Wams, jeweils aus Goldstoff und hermelingefüttert, hatte er sich eigens für seinen Einzug in der Grafenstadt anfertigen lassen.

Der König lächelte und winkte dem Heer der Geisteskranken zu, das ihm von der Tribüne aus die Ehre erwies. Keiner von ihnen schenkte den Erklärungen, die man ihnen gab, auch nur die geringste Aufmerksamkeit, und trotzdem schienen sie zu verstehen, dass der vor ihnen Vorüberziehende eine um vieles höhere Autorität genoss als alle Übrigen. Das Gefolge König Fernandos lächelte und winkte gleichermaßen. Die Versammelten klatschten Beifall und jubelten. Drei oder vier der Geisteskranken sprangen von der Tribüne und mischten sich unter die Menge, ohne dass sie jemand beachtete. Hugo versuchte, die Helmspitze eines von ihnen mit dem Blick zu verfolgen. Der Verrückte schaffte es bis zum Steigbügel eines der kastilischen Ritter, die als Begleiter des Königs um die Zuschauer herumritten. Er trug eine Lanze aus Schilfrohr und erhob sie über seinen Kopf, was ebenso als Zeichen des Sieges wie der Drohung verstanden werden konnte. Der Ritter mit seinem dichten, braunen Bart trug ein goldbesticktes, schwarzes Gewand, einen schmucklosen Hut sowie ein langes, schweres Schwert an seinem Gürtel. Die Leute um ihn herum verstummten in Erwartung seiner Reaktion. Hugo reckte sich und kniff die Augen zusammen, um schärfer zu sehen. Der Kastilier beugte sich von seinem Sattel herunter und packte den Geisteskranken am Arm. Hugo konnte die Gesichtszüge des Ritters erkennen. Er zweifelte. War das etwa …? Mit einem Ruck hob der schwarz gekleidete Adlige den Geisteskranken hoch auf die Kruppe seines Pferdes. Die Leute brachen in Jubel aus. Nachdem er seine Überraschung überwunden hatte, heulte der Verrückte auf und streckte sein Schilfrohr zum Himmel. Der König wandte sich um und lächelte. Der Ritter winkte fröhlich den applaudierenden Bürgern zu und tat es so oft zu jeder Seite hin, wie es die Menge von ihm verlangte. Einmal konnte Hugo dabei ein Muttermal an seinem rechten Auge erkennen. Wie das von Herrn Arnau und wie das von seinem Sohn, Bernat Estanyol.

Hugo sah dem Ritter nach. Er entfernte sich durch die Calle del Hospital mit dem Geisteskranken auf der Kruppe des Pferdes, während dieser unter dem Jubel der Leute weiter seine Lanze aus Schilfrohr in die Höhe hielt. Hugo hatte Bernat seit fünfundzwanzig Jahren nicht mehr gesehen, und selbst Nachrichten von ihm hatte er seit vielen Jahren nicht mehr erhalten.

Genauso wie schon vor Jahren, nachdem der Korsar das Schiff Roger Puigs überfallen hatte, hallten nun die Schreie im Palast in der Calle de Marquet wider.

»Admiral! Wie kann ein elendiger Freibeuter Admiral der königlichen katalanischen Armada werden?«, heulte der Graf.

Jemand versuchte ihm Bernats Verdienste als Befehlshaber der königlichen Galeeren gegen die Mauren und Portugiesen zu erklären, ein anderer führte an, dass Fernando und Bernat eine Freundschaft verbinde, die zu Zeiten entstanden war, in denen Ersterer nur Kastilien regierte und Letzterer als Kapitän in seinem Dienste stand. Aber Roger Puig weigerte sich, jedwedes Kompliment auf diesen Mann, der ihn fast ruiniert hätte, auch nur anzuhören.

»Wir hätten nicht zulassen dürfen, dass er nach dem Mordversuch an meinem Onkel freigelassen wurde«, erinnerte er sich. Der Graf wusste, wer Bernat Estanyol war. Nach dem Angriff auf sein Schiff hatte er es in Erfahrung bringen lassen: Er war der Sohn jenes Verräters, der nach dem Tod Pedros des Prächtigen hingerichtet worden war. »Schaut her, was passiert, wenn man Unkraut wachsen lässt!«, rief Roger Puig vor seinem Hofstaat aus.

Jetzt sollten also Bernat Estanyol, ehemaliger Freibeuter mit kastilischem Kaperbrief, ab sofort Admiral der katalanischen Armada, und Roger Puig, Graf von Castellví de Rosanes und Navarcles, im Umfeld des neuen Königs miteinander verkehren. Weder Roger Puig noch die übrigen Adligen, die den Grafen von Urgell unterstützt hatten, brauchten irgendwelche Strafsanktionen vonseiten Fernandos zu befürchten. Das hatte dieser bei seinem feierlichen Schwur in Saragossa bekundet, indem er allen vergab, die ihn zuvor abgelehnt oder sogar Kämpfe gegen ihn geführt hatten. Wer ihn beleidigt oder angegriffen habe, so legte er dar, der habe es zur Verteidigung dessen getan, was er als sein Recht erachtete, und gegen jemanden, der zu diesem Zeitpunkt nichts weiter gewesen sei als eine Person mit ihren eigenen Interessen. Doch mit der Übergabe der Krone würden seine Feinde zu Untertanen, und er als König werde ihrer aller Vater.

Diese Gnade wurde auch dem Grafen von Urgell zuteil, nicht allerdings seinem Unterstützer Antonio de Luna, dem Mörder des Bischofs von Saragossa. Doch der katalanische Adlige entzog sich dem Treueid, den er Fernando schuldete. Daher führte der König sein Heer von zweitausend Kastiliern noch vor seiner Reise nach Barcelona nach Lérida, um jenen zu unterwerfen, der ihm den Gehorsam verweigerte. Dem kastilischen Heer schlossen sich der aragonische Adel sowie die valencianische Fraktion der Centelles an und unternahmen einen Kriegszug auf die Ländereien des Grafen von Urgell, während Antonio de Luna an den Grenzen zu Frankreich Einheiten gaskognischer Söldner befehligte.

Als der König in Lérida und damit im Prinzipat Katalonien eintraf, schwor er auf die Verfassung, Rechte und Bräuche der Katalanen, wohingegen die Cortes mit ihren drei Ständekammern ihren Treueid nicht hier, sondern in Barcelona ableisten wollten. Die das Militär bildenden Adligen mussten dem König außerdem für ihren Lehensbesitz huldigen. In Lérida nun schwor selbst der Graf von Urgell Treue und Gefolgschaft gegenüber Fernando, wohl wissend, dass er außerstande wäre, dem Heer des Königs die Stirn zu bieten, weshalb er Bevollmächtigte schickte, die in seinem Namen der Pflicht Genüge taten. Nachdem er den Angriff des Königs mit dieser vorgetäuschten Unterwerfung aufgehalten hatte, ließ sich der Graf jedoch Zeit, den durch seine Vertreter in Lérida geleisteten Schwur persönlich zu ratifizieren.

Es ist nicht alles verloren, sagte sich Hugo und erinnerte sich an Mercès Seufzer im Weinkeller von Roger Puig. Er fühlte sich unbehaglich auf dem Weg zum Kleinen Palast, wo Bernat seinem Wissen nach logierte. Es sind die Nerven, versuchte er wiederholt seine ungewöhnliche Schwerfälligkeit zu entschuldigen, die von der Anspannung in seinem Körper herrühren musste. Es sind diese Kleider, dachte er danach. Doch dann erinnerte er sich erneut an die Worte seiner Tochter:

»Der Graf von Urgell steht in Verhandlungen mit französischen Rittern und dem Herzog von Clarence, dem Sohn des Königs von England, damit sie ihm helfen, an die Krone zu gelangen.«

»Und warum sollten sich die Engländer in unsere Angelegenheiten einmischen? Sie sind doch so weit weg«, wunderte sich Hugo.

»Der Graf hat ihnen im Gegenzug das Königreich Sizilien versprochen.«

»Ach so.«

Noch mehr Versprechungen, wenn der Graf von Urgell König wäre! Hugo war kurz davor, sich über ihn lustig zu machen, aber der Ernst im Gesicht seiner Tochter und ihr Eifer, als hingen ihr Leben und all ihre Hoffnungen vom Schicksal des Grafen ab, belehrten ihn eines Besseren.

»Die Engländer werden ein riesiges Heer schicken«, fügte sie mit einer ausholenden Geste hinzu, die nicht ausreichte, um die mutmaßliche Größe der Truppen des englischen Herzogs darzustellen. »Und es wird die Kastilier besiegen, die ohnehin schon kein Geld mehr und immer weniger Soldaten haben.«

Hugo streichelte das Gesicht seiner Tochter.

»Aber nicht, dass die Engländer am Ende unsere Königreiche erobern, wenn ihr Heer so mächtig ist«, warnte er da.

»Nein«, erwiderte Mercè, obwohl sich Zweifel in ihr Gesicht schlichen. »Nein!«, wiederholte sie dann und machte eine abwinkende Handbewegung.

»Natürlich nicht«, pflichtete er ihr mit einem Lächeln bei.

Was Mercè zu erzählen wusste, war auch an den König und seine Berater herangetragen worden, obgleich zu diesem Zeitpunkt verhandelt wurde, welche Gunsterweisungen Fernando dem Aufständischen zugestehen sollte, damit sich dieser seiner Autorität unterwarf. Der Souverän hing der Idee an, den Grafen von Urgell mit Waffengewalt in die Knie zu zwingen, aber seine Minister rieten ihm zu einem Pakt, welchen das Volk gutheißen würde.

Das äußerst großzügige Angebot wurde den Untertanen verkündet, damit alle von der Güte ihres neuen Herrschers erfuhren: fünfzigtausend Goldflorine, um dem Grafen von Urgell die Ausgaben zu erstatten, die ihn sein Versuch, König zu werden, gekostet hatte, dazu der angesehene Herzogsitz von Montblanc – sprich ein weiterer Titel – und schließlich ungeachtet Fernandos Interesse an einer Heirat seines Sohnes Enrique mit der Tochter eines anderen Königs, um internationale Allianzen zu schmieden, das Versprechen, ihn mit einer der Töchter des Grafen von Urgell zu verheiraten. Vielleicht wäre diese dieselbe, die der Graf dem Sohn Roger Puigs versprochen hatte, dachte Hugo vor sich hin lächelnd, als er bereits vor dem Tor zum Kleinen Palast anlangte.

Roger Puig! Mit einem Schlag war Hugo klar, dass ihm wegen dieses Namens die Schritte zu einem Wiedersehen mit Bernat so schwerfielen, zu einem Freund, der ihm nur dankbar sein konnte. Aber was würde er sagen, wenn er von Hugos Arbeit bei Roger Puig erfuhr? Er durfte sich nicht darüber ärgern, sagte sich Hugo, denn tatsächlich war er in die Dienste des Grafen getreten, um für Bernat zu spionieren, und der Freibeuter hatte guten Gewinn deswegen gemacht. Hugo erinnerte sich, dass er sich selbst an Roger Puig hatte rächen wollen, und fragte sich, ob er es geschafft hatte. Er hatte ihm billigen Wein teuer verkauft und Bernat die Hinweise zu seinem Schiff überbracht. Aber konnte das die Demütigung ausgleichen, die Hugo durch Roger Puig als Kind erlitten hatte, die Prügel und den Rauswurf aus der Werft? In der Burg von

Navarcles war er nicht fähig gewesen, den Grafen umzubringen. Etwas in Hugos Innerem brodelte jedes Mal, wenn er daran dachte.

Vielleicht waren genügend Jahre verstrichen, um den Hass zu besänftigen, obwohl der Groll in Roger Puig seinen Schreien nach zu urteilen weiter lebendig war. Wie dem auch sein mochte, Hugo würde Bernat nicht von ihm erzählen. Er konnte diese Arbeit nicht aufgeben, es sei denn, der Admiral würde ihn zum Beispiel mit einem Weinberg begünstigen. Die Mächtigen begünstigten ja immer ihre Verbündeten. Und was wäre dann mit Mercè? Wenn er einen Weinberg hätte, könnte er seine Tochter besuchen, auch ohne für Roger Puig zu arbeiten.

»Was willst du?«, unterbrach einer der Wachsoldaten am Tor des Kleinen Palasts Hugos Gedanken.

»Ich möchte Bernat Estanyol besuchen«, antwortete er entschlossen.

Der Soldat sah seinen Kameraden an.

»Wer bist du?«, fragte dieser.

Der, der ihm mit zwei Silbercroats geholfen hat, als man ihn zum Sträflingsdienst auf die Galeere schickte, war Hugo versucht mit einem halben Lächeln auf den Lippen zu erwidern.

»Ich heiße Hugo Llor. Sagt ihm, dass ich ihn besuchen möchte«, antwortete er stattdessen.

»Für wen hältst du dich? Wir dürfen den Admiral nicht stören, nur weil ihn irgendjemand besuchen möchte.«

Die Soldaten gaben den Anschein, sich nicht weiter kümmern zu wollen.

»Ich bin sein Freund.«

»Du?«

Die Soldaten musterten Hugo von Neuem, diesmal mit größerer Sorgfalt. Unter ihren Blicken geriet Hugo über sein Äußeres in Zweifel. Caterina hatte ihm die Gewänder besorgt: Hemd, dunkles Wams über einem Panzerhemd, blaue Hosen und Lederschuhe. »Bist du verrückt?«, hatte Hugo sie geschimpft, als sie damit bei ihm aufgetaucht war. »Heute Nacht bringen wir sie zurück«, hatte Caterina ihn beschwichtigt.

Hugo richtete sich vor dem Soldaten auf, damit seine Haltung nicht die Wirkung der Kleider zunichtemachte.

»Sagt ihm, dass Hugo Llor ihn besuchen möchte.« Mit einer Drehung um seine eigene Achse versuchte er die Musterung zu beenden. »Ihr könnt sicher sein, dass ich nicht nur irgendwer bin. Ich bin sein Freund. Ihr werdet es bereuen, wenn ihr euch weigert.«

»Soll das eine Drohung sein?«

»Versteht es, wie ihr wollt.«

Sie überlegten. Dann traten sie beiseite, um sich zu beraten. Der eine zuckte die Achseln, der andere schien auf ihn einzureden und rief, er solle warten. Hugo versuchte gerade zu stehen, während er den Soldaten in den Palast gehen sah. Er drehte sich zur Straße um. Hier in der Bajada de los Lleons hatte ihn der Räudige Hund verprügelt, und später hatte hier die Palastwache Bernat festgenommen.

Die Ablösung kam, und Hugo stand immer noch da. Er wollte sich den neuen Soldaten zu erklären geben, aber diese antworteten ihm, er solle warten. Es vergingen ein paar Stunden, bis ein dürres, übellauniges Männchen erschien.

»Du sagst, du seist ein Freund des Admirals«, wandte es sich ohne irgendeine Begrüßung an Hugo.

»Ja. Hast du ihm gesagt …?«

»Der Admiral ist sehr beschäftigt und kann nicht jeden empfangen, der behauptet, sein Freund zu sein.«

Hugo runzelte die Stirn. Er war sich nicht sicher, ob Bernat ihn wirklich nicht empfangen wollte oder ob man ihm gar nicht gesagt hatte, dass er hier unten stand.

»Genau hier«, Hugo deutete mit dem Finger zur Straße hin, »hier haben sie deinen Admiral festgenommen, als er versucht hat, den Grafen von Navarcles, den Kapitän-General der Streitkräfte König Juans, zu ermorden.«

Der kleine Mann neigte den Kopf zur Seite, wie um besser hören zu können.

»Weißt du, was für eine Waffe er dabei benutzt hat?« Hugo ließ ihm nicht einmal die Gelegenheit, den Kopf zu schütteln, sondern sprach schnell, atemlos: »Eine Armbrust, die ich ihm beschafft habe. Ich musste sie aus der Werft für ihn entwenden. Und weißt du, warum er den Kapitän-General ermorden wollte? Weil der seinen Vater und meinen Mentor, den Herrn Arnau, hingerichtet hatte. Hast du von ihm gehört? Und von Mar, der Mutter des Admirals? Sie liegt hier begraben auf dem Friedhof von Santa María del Mar. Ein paar *Bastaixos* und ich waren die Einzigen, die ihrem Begräbnis beiwohnten. Bernat war nicht hier, aber ich habe für ihn gebetet. Was die *Bastaixos* dort zu suchen hatten, wirst du dich fragen. Na, sie waren da, weil Bernats Vater ein *Bastaix* war, selbst wenn du das vielleicht nicht weißt. Bevor er Geldwechsler und Seekonsul wurde, hat Herr Arnau Schiffe entladen, außerdem hat er kostenlos Steine für den Bau der Kathedrale Santa María del Mar geschleppt.«

Hugo konnte nicht weitersprechen. Der Mann ging mit ebenso kurzen wie schnellen Schritten in den Palast zurück.

»Möchtet ihr, dass ich die Geschichte des Admirals weitererzähle?«, erwiderte Hugo herausfordernd die Blicke der Soldaten. »Ich habe ihm zwei Croats gegeben …«

Sie ließen ihn mit seinem Satz im Munde stehen.

Hugo brauchte nicht länger zu warten. Denn kurz darauf kehrte der kleine Mann zurück und eilte mit den gleichen trippelnden Schritten wie soeben auf ihn zu. Er erging sich in Entschuldigungen. Selbstverständlich werde ihn der Admiral empfangen, eröffnete er ihm und geleitete Hugo fast ehrerbietig in den Palast. Der Admiral habe aufgelacht, als er erfahren habe, um wen es sich handle, und er habe ihm so kräftig auf den Rücken gehauen, dass ihn die Stelle immer noch schmerze. Die Soldaten folgten ihnen, während sie den Eingang durchquerten und einen Kreuzgang betraten, von wo man auf die gepflegten Palastgärten hinuntersehen konnte, die unterhalb des Straßenniveaus lagen. Der kleine Mann wurde aufgeregt, da Hugo so lange brauchte, sich umzusehen. Er eilte Hugo voraus, als könnte er nicht langsamer gehen, und wenn er es bemerkte, blieb er wartend stehen oder lief wieder zurück und sprach dabei unablässig weiter oder schnaubte, die Hände zu Fäusten geballt, als unterdrückte er den Impuls, Hugo anzutreiben. Der Admiral müsse ihn wohl sehr hoch schätzen, da er sonst niemanden zu empfangen pflege. Er sei ein Mann, der … Wie sollte er es ausdrücken? Anders als die anderen Adligen und Befehlshaber im Gefolge des Königs. Er könne sein Freibeuternaturell nicht verbergen. Er sei roh und oft mürrisch, worauf er wiederum stolz sei, deshalb verkehre er mit fast niemandem. Zwischen diesen Erklärungen bat der kleine Mann Hugo erneut um Entschuldigung, als ob er eine Vergeltung seitens Bernats befürchtete. Sie durchquerten Flure und Gemächer, bis sie zu den großen, über den restlichen Bau hinausragenden Palastsälen im Obergeschoss gelangten. Das Männchen fand diese Säle »eindrucksvoll«.

Das waren sie auch. Hugo fühlte sich klein, als er den Großen Saal betrat.

Wegen der vielen Anwesenden entdeckte Hugo ihn zunächst nicht. Plötzlich schlug Bernat, groß und stark, ihm mit der Hand auf den Rücken. Hugo hatte genug Zeit, um den mitleidigen Ausdruck im Gesicht seines kleinen Begleiters wahrzunehmen, bevor Bernat ihn packte, schüttelte, umarmte und küsste.

»Hugo, mein Freund, wie geht es dir? Ich hatte dich schon tot geglaubt, weil du nichts hast hören lassen. Warum hast du mir keine Nachrichten geschickt?« Bernat führte ihn in einen Nebenraum des Großen Saals, wo sie allein waren. »Erzähl mir von dir!«, drängte ihn Bernat. »Durch Muntsó habe ich erfahren …«

»Wie geht es ihm?«, unterbrach ihn Hugo bei der Erinnerung an den Boten, der ihm die Geldbörsen gebracht hatte.

»Er ist gestorben«, antwortete Bernat. »Durch ihn hatte ich erfahren, dass du dich dem Weinbau widmest und dass es dir gut damit ging. Machst du das immer noch?«

»Nein, ich habe keine Weinberge mehr.«

»Gut, gut«, sagte der Admiral, während er Hugo den Arm um die Schultern legte und ihn vorwärtsschob, sodass sie gemeinsam im Saal auf und ab gingen. Hugo verstand jetzt, warum der kleine Mann ständig in Eile war. Wahrscheinlich musste er immer seinem Herrn hinterherlaufen. »Was ist mit Familie? Hast du Kinder?«

»Ja, eine Tochter.«

»Ich werde gerne ihre Bekanntschaft machen. Ich war dir stets dankbar und werde großzügig sein, da sei dir sicher. Euer Schicksal hat sich gewendet.«

Hugo blickte Bernat ins Gesicht. Das war kein Versprechen, das sich daran knüpfte, dass der Graf von Urgell den Thron bestieg, sondern ein richtiges. Der Admiral der königlichen Armada versicherte ihm seine Großzügigkeit. Hugo dachte daran, wie er es Mercè erzählen würde.

»Guerao hat mir das mit dem Begräbnis meiner Mutter erzählt. Erzähl mir mehr«, unterbrach Bernat Hugos Gedanken.

Sie gingen weiter auf und ab, Bernat schwieg, und Hugo fühlte sich unbehaglich, Bernats Arm brachte ihn aus dem Gleichgewicht. Trotzdem erzählte er ihm von Mar, von den Juden und den *Bastaixos*, von dem Begräbnis auf dem Friedhof von Santa María del Mar.

»Was ist mit dem Geld für die Kathedrale geschehen?«

Die Frage überraschte Hugo nach einer Weile des Schweigens, die Hugos Bericht über Bernats Mutter gefolgt war. Er hatte gar nicht mehr an dieses Geld gedacht.

»Sollte es mir der König gestatten, besuche ich nächsten Sonntag den Gottesdienst in Santa María del Mar, und dabei kann ich …«

»Es wurde mir gestohlen, das Geld«, offenbarte Hugo, ohne recht zu wissen, was er sonst sagen konnte.

Zum ersten Mal blieb Bernat stehen.

»Von einem Sklaven, der geflohen ist. Er hat dein Geld und meins mitgenommen«, erläuterte Hugo. Bernat blieb ruhig. »Aber ich habe erreicht, dass viele Messen für deinen Vater gelesen wurden, und sogar für dich. Obwohl es schwer war, den Priester zu überzeugen, und ich den Rest des Geldes, das du mir geschickt hattest, dafür aufwenden musste. Er sagte, da du ein Katalonien feindlich gesinnter Korsar …«

»Warum hast du Muntsó nichts davon gesagt?« Hugo glaubte Bernats Satz von Wänden und Decke des Saals widerhallen zu hören, so heftig hatte er ihn ausgestoßen. »Das war die erste Übergabe. Ihr habt euch noch öfter getroffen.«

Hugo dachte an die Gerüchte und Geschichten, die Bernat als grausamen Freibeuter schilderten. Muntsó hatte es auf Hugos Fragen hin nicht abstreiten wollen. Und jetzt, da er vor ihm stand, konnte er seine Härte und Kälte wahrnehmen.

»Ich wollte es wiederbekommen«, antwortete Hugo, obwohl ihm, als er sich nun daran erinnerte, klar wurde, dass er dem Diebstahl nie größere Bedeutung beigemessen hatte.

»Und was dann?«, wollte Bernat wissen.

»Ich habe es nicht geschafft, und danach dachte ich … Ich weiß nicht, was ich dachte. Es tut mir leid.«

Hugo spürte das Gewicht von Bernats Arm auf seinen Schultern und er glaubte, bei der Berührung etwas anderes zu fühlen als zuvor. Es lag Spannung darin, der Arm war verhärtet.

»Das heißt, die Weinberge hast du nicht mehr?« Die Frage leitete einen neuen Gang durch den Saal ein. »Und wenn du dich nicht mehr dem Wein widmest …«

»Ich widme mich immer noch dem Wein, aber ich habe keine Weinberge mehr.«

Sie wanderten durch den Saal. Er würde, nein, er konnte ihm nicht sagen, dass er für Roger Puig arbeitete. Nachdem er Bernats Härte schon bei der Sache mit dem Geld für die Kathedrale aus seiner Stimme herausgehört hatte, würde er ihm unter keinen Umständen davon erzählen. Der Arm fühlte sich immer noch schwer an, zu schwer. Zweifellos würde Bernat letzten Endes von seiner Verbindung zu Roger Puig erfahren, aber in diesem Moment war Hugo nicht bereit, es einzugestehen.

»Ich bin Weinhändler. Und Kellermeister. Ich war der Kellermeister von König Martín …«

»Wann?«

Hugo zuckte mit den Achseln, als wäre es bedeutungslos.

»Als er sich mit Margarida von Prades vermählt hat«, antwortete er. Bernat murmelte etwas. »Ich war auch Kellermeister des Hospitals de la Santa Cruz.«

»Wo sich die Geisteskranken als Soldaten verkleidet hatten, stimmt's? Netter Einfall«, bemerkte der Admiral mit einem aufgesetzten Lächeln. »Bei allem, was du erzählst, wundert mich nur, dass einer von den Puig, die meinen Vater umgebracht haben, der, der dich verprügelt hat, du erinnerst dich doch …?!« Hugo zitterte. Bernat sprach nicht laut, aber anklagend. »Du musst dich doch daran erinnern«, bedrängte Bernat den schweigenden Hugo. »Der, der dich aus der Werft geworfen hat. Genau dieser kriecherische Hurensohn hat Fernando die Dienste seines Kellermeisters angeboten. Er sagt, er sei auch schon Kellermeister König Martíns gewesen.«

Sie gingen auf und ab. Bernat musste Hugos Zittern bemerkt haben, seine Angst steigerte sich. Er konnte es unmöglich nicht bemerkt haben.

»Dieser Bastard einer Hundeschlampe beteuert, sein Kellermeister bringe einen exzellenten Wein zustande, und genau dieser sei auf dem Bankett der Hochzeit König Martíns und Margaridas von Prades getrunken worden.«

Hugo schwieg.

»Was für ein Zufall! Nicht wahr?«, stichelte Bernat.

Sie waren fast genau in der Mitte des Saals stehen geblieben. Hugo blickte zu Boden. Der andere wartete. Hugos Schweigen war Antwort genug.

»Und du hast ihn nicht umgebracht?!«, jaulte Bernat.

»Nein.«

Bernat löste sich von ihm, und Hugo streckte die Hände vor.

»Warum hätte ich ihn umbringen sollen?«

»Für mich!«, schrie Bernat, und versetzte Hugo zugleich einen harten Faustschlag ins Gesicht. Hugo wurde nach hinten geschleudert und fand sich verwirrt auf dem Boden wieder. »Wenn wir auf See wären, würde ich dich ganz oben in den Rahen an deinen Eiern aufhängen und dann würde ich deine Leiche den Fischen im Wasser zum Fraß vorwerfen. Nicht einmal das Andenken an meine Eltern könnte dich davor retten! Aber du hast das Glück, in einem Palast des Königs zu sein, unter seinem Schutz.«

Hugo rappelte sich vom Boden auf und wich zurück. Mit einer Hand betastete er seine Wange.

»Ich bin kein Mörder«, verteidigte er sich.

»Du bist ein Feigling!«

Hugo sah den Mann an, den er für seinen Freund gehalten hatte. In diesem wutschnaubenden Wilden, der vor ihm stand, konnte er ihn nicht wiedererkennen. Das war nun der Korsar, der eine ganze Schiffsmannschaft töten konnte, ein verrohter Mann. Es stimmte, über die Jahre hinweg hatte Bernat gelernt, Schwäche und Mitleid abzulehnen. Er agierte und reagierte impulsiv, ohne nachzudenken, im vollen Vertrauen auf seine Intuition. »Unentschlossenheit hat schon viele Schiffe versenkt und den Tod vieler Schiffsmannschaften herbeigeführt«, hielt sich der Freibeuter vor, sobald nur der Schatten eines Zweifels sein Handeln behinderte. Entscheidungen waren gefragt, unmittelbar, ohne Zögern, einebnen, was auch immer den Weg versperrte. Fehler waren verzeihlicher, als zu zögern. Entscheiden, entscheiden und nochmals entscheiden, auch wenn man sich dabei irren konnte.

Hugo wollte etwas sagen, aber Bernat kam ihm zuvor.

»Du Hund! Lauf schon zu deinem Herrchen!«

»Ich hätte es tun können«, gestand Hugo. »Ich hätte ihn töten können«, wiederholte Hugo, während er ein paar Schritte rückwärts machte. »Aber ich bin weder ein Mörder noch ein Soldat und auch kein Freibeuter.«

Hugo wich immer weiter zurück. Bernat trat mit geröteten Augen auf ihn zu.

»Du bist im Unrecht. Du hast ja auch nichts getan!«, schrie Hugo daraufhin, sodass der andere überrascht innehielt, wenn auch nur für einen Augenblick, bevor er schnaubte und weiter auf ihn zuging. »Warum bist du nicht gekommen und hast ihn umgebracht? Sag es mir! Warum hast du keinen Auftragsmörder geschickt? War das denn so schwer? Du warst der gefürchtetste aller Korsaren! Warum musste ich es tun? Er hat deinen Vater umgebracht!«

Hugo hatte keine Zeit mehr weiterzureden. Bernat stürzte auf ihn los. Hugo wich ihm aus, rannte auf den Eingang zu und ließ Bernat schreiend und tobend im Saal zurück.

Hugo blickte zum höchsten Punkt der Stadt Balaguer empor. Eine eindrucksvolle Burg erhob sich über die bis nach Lérida reichenden fruchtbaren Flussauen des Río Segre. Fernando ließ hier das Lager aufschlagen, um die Stadt zu belagern. Die Burg thronte auf einem steil aufragenden Felsen, der keinen weiteren Schutz erforderlich machte. Zu ihrer anderen Seite verliefen starke, sichere Mauern, durchbrochen von Toren und Wehrtürmen, den Abhang hinunter und umschlossen die Stadt. Außerhalb führte eine Brücke in Richtung Lérida über den Río Segre, es gab ein Dominikanerkloster und eine weitere, kleinere Burg, Casa Fuerte de la Condesa genannt, da sie auf den Wunsch der Gräfin Margarita de Montferrat errichtet worden war.

Es hieß, die Gräfin sei die Ursache allen Unglücks des Grafen von Urgell. »König oder nichts«, schärfte diesem seine Mutter immer wieder ein. Hugo erinnerte sich, wie die Frau den Penis König Martíns befingert hatte, während er an dem Seil zog, an dem der Harnisch befestigt war, oder wie sie den Sterbenskranken am Nachthemd gezogen und schreiend das Königreich für ihren Sohn eingefordert hatte. Dieselbe Margarita hatte Regina für die Vergiftung Martíns mit einem Beutel voll Goldflorinen belohnt. Und dieselbe Margarita hatte auch das Wohlwollen und die Großzügigkeit Fernandos, um sich die Unterwerfung des Hauses Urgell zu sichern, als ein Zeichen von Schwäche gedeutet. Margarita, Antonio de Luna und wer sich außerdem in ihrem Umkreis befand, drängten Jaime von Urgell, das ausgezeichnete Angebot des neuen Königs abzulehnen und sich ihm im Kampf um die Krone zu stellen.

»Ganz Katalonien wird zu den Waffen greifen, um den Grafen von Urgell zu unterstützen!«, rief Mercè nach der Verkündigung einiger unwesentlicher Siege für die alliierten Truppen des Grafen. Die Kastilier würden Fernando als neuem König von Aragonien und Grafen von Barcelona nicht mehr zur Verfügung stehen, das jedenfalls behauptete die Gräfin Margarita. Die nicht übermäßig zahlreichen ausländischen Einheiten Antonio de Lunas multiplizierten sich in den kursierenden Gerüchten zu einer unvorstellbaren Übermacht. Außerdem komme ihm England zu Hilfe, beendeten die Leute stets ihre Unterhaltungen. Der Herzog von Clarence werde mit seinen Streitkräften gewiss den Ausschlag geben, sobald er sein Versprechen erfüllte.

Darüber dachte Hugo nach, während er unter vielen anderen Kaufleuten, Händlern, Räubern, Prostituierten und Opportunisten den versammelten Truppen Fernandos nach Balaguer folgte. Einen Moment lang überkam ihn Nostalgie, weil er sich an die Reise nach Gerona mit Mahir erinnerte, als König Juan die Franzosen besiegt hatte. Damals hatten sie Wein und *aqua vitae* auf einem Ochsenkarren transportiert. Jetzt zog ein Paar Maultiere den Karren, den Roger Puig ihm zur Verfügung gestellt hatte. Hugo ersetzte Mahir, und seinen Platz, den des Helfers, nahm Caterina ein. Ihr Blick wanderte unermüdlich zu allen Seiten, als ob alles neu für sie wäre. Das war es tatsächlich, stellte Hugo fest, nachdem er sie eine Weile vom Kutschbock aus beobachtet hatte. Sie ging zu Fuß. Diese Frau, die Roger Puig als Vierzehnjährige gekauft hatte, war nie aus Barcelona hinausgekommen, und jetzt entdeckte sie eine völlig neue Welt außerhalb der Stadt.

Hugo hatte nicht einmal einen Einwand vorgebracht, als Roger Puig ihm aufgetragen hatte, nach Balaguer zu fahren, um als Mittler in der Kommunikation mit dem Grafen von Urgell zu fungieren. Bernats Faustschlag und seine Beschimpfungen hatten Hugos Leben durcheinandergebracht. Der Korsar war die einzige Verbindung zu seiner Kindheit, zu Herrn Arnau, zu einer anderen Zeit. Hugo hatte ihn für seinen Freund gehalten. Nun schien es, als sei ihm ein Stück seiner Erinnerung entrissen worden. Bernat unterstützte den neuen König Fernando, Mercè dagegen setzte weiterhin ihre Hoffnung auf den Grafen von Urgell und malte sich all die Vorteile aus, die dessen Sieg ihr bringen würde: Reichtum, Land und Ehre. Als Vater hielt es Hugo für seine Pflicht, auf ihrer Seite zu stehen.

»Natürlich werde ich gehen!«, bestätigte er, als sie bereits im Weinkeller waren. Mercè dankte ihm. »Ich werde für dich gehen, meine Tochter, für all das, was du dir so sehr wünschst.« Dann gab er ihr einen Kuss auf die Wange. »Aber du wirst hier auf mich warten«, flüsterte er ihr ins Ohr, hielt ihren Kopf zu sich gedreht und atmete dabei den Duft ihres Haars. »Nein. Dort, das ist kein Ort für dich«, blieb er standhaft, als Mercè ihm widersprechen wollte.

Wie die meisten katalanischen Adligen leistete auch Roger Puig seinen Schwur und unterwarf sich König Fernando. Es lag ihm allerdings fern, damit den Grafen von Urgell fallen zu lassen, könnte dieser letztlich doch den Sieg erringen. Allerdings verschaffte er sich ein Mittel, um nicht persönlich dabei sein zu müssen. Regina brachte ihm eine Salbe, die sie gegen Flöhe einsetzte und mit Euphorbia und der einen oder anderen zusätzlich irritierenden Beigabe verstärkt hatte. »Es wird wehtun und stark brennen, aber mit der Zeit wird sich die Haut ohne Schäden erholen«, eröffnete sie dem Grafen. Der Adlige erlaubte der Ärztin, ihm die Salbe im Gesicht und am Hals aufzutragen, und am nächsten Tag, nachdem Regina eine Nacht an seinem Bett gewacht hatte, um die Irritation mit Heilmitteln zu lindern, erhob er sich mit einem Hautausschlag, für den ein Mann niedereren Ranges an das Hospital für Leprakranke San Lázaro hätte verwiesen werden können, ohne dass sich jemand gewundert hätte. Die königlichen Ärzte höchstselbst befahlen Roger Puig, dem Hof im Kleinen Palast fernzubleiben, solange er nicht geheilt sei. Der Graf schickte König Fernando eine Truppe von dreißig Mann mit Herkunft aus allen seinen Grafschaften sowie einen Brief, in dem er ihn um Verzeihung bat, dass er nicht an seiner Seite nach Balaguer in den Kampf ziehen könne. Der Monarch übermittelte ihm daraufhin seinen Dank für die Hilfe und wünschte ihm baldige Genesung von einem Übel, von dem er bereits erfahren habe.

Dem Grafen von Urgell wiederum kam Roger Puig mit Geld zu Hilfe, was dieser ihm mehr dankte, als wenn er persönlich auf dessen Burg in Balaguer erschienen wäre. Von seiner Krankheit wusste Jaime von Urgell bereits und mit dem Geld konnte er französische Truppen beordern. Antonio de Luna, der in Frankreich mit mehreren Befehlshabern verhandelte, hatte bislang Juwelen des Grafenhauses Urgell verkauft, um an Bares für die Bezahlung der Soldaten zu kommen. Schließlich hatte er einen ganzen Schatz verschleudert, weil die Käufer seine Notlage kannten.

Caterina lächelte ihm zu, als sie bemerkte, dass Hugo sie beobachtete.

»Danke«, sagte sie zum wiederholten Mal.

Niemand schien mit aufs Schlachtfeld vor Balaguer ziehen zu wollen, niemand außer Mercè natürlich. Mit verbundenem und mit Tinkturen gegen das Brennen eingeriebenem Gesicht hatte der Graf Hugo mitgeteilt, dass er nicht zu schreiben brauchte. Er würde nur die Briefe aus Barcelona in Empfang nehmen und dem Beauftragten des Grafen von Urgell übergeben und umgekehrt. Alles, was er im Feldlager erfahre, solle er mündlich an die Kuriere beider Seiten weitergeben, genauso, was ihm die Soldaten von Castellví de Rosanes und Navarcles an Neuigkeiten mitteilten, die die Interessen ihres Herrn, Roger Puig, unterstützten.

»Wer wird den Kellermeister begleiten, Eure Herrschaft?«, erkundigte sich der Majordomus, nachdem er dem Grafen zugehört hatte.

»Braucht er denn jemanden?«

Der Majordomus befragte Hugo mit einer Geste.

»Ich werde mich durch das Feldlager bewegen müssen, Wein besorgen, ausschenken, zuhören, kommen und gehen, und das kann ich nicht mit dem Maultierkarren. Wenn sie an meinen Standplatz kommen, werden die Kuriere mich jedes Mal suchen müssen. Und ich möchte den Karren eigentlich nicht alleine lassen.«

Hugo erinnerte sich an seine Erfahrungen mit Mahir und dem Heer König Juans in Gerona. Er wusste, dass ein unbewachter Karren voll Wein in einem Feldlager nicht lange sicher war.

»Nimm die russische Sklavin mit«, sagte der Graf plötzlich. »Du hurst ja sowieso schon mit ihr herum«, fügte er zu Hugos Überraschung hinzu.

»Nein …«

Mit einer Geste der Ungeduld bedeutete ihm Roger Puig, sich zurückzuziehen.

»Ich hure nicht herum«, versuchte Hugo dem Majordomus vor dem Arbeitszimmer des Grafen verständlich zu machen.

Dieser winkte mit einer ähnlichen Handbewegung ab wie sein Herr.

Er hurte nicht herum, obwohl er, zugegeben, davon fantasierte. Caterina sah blendend aus. Sie hatte zugenommen, und ihr Körper strahlte wieder Sinnlichkeit aus, so sehr, dass sie bei einer Gelegenheit zur Sprache brachten, dass der Graf sie besser nicht zu Gesicht bekommen sollte. Wenn sie nicht im Weinkeller war, versteckte Caterina ihren Körper unter groben und weiten Gewändern und zögerte nicht, sich Gesicht und Hände schmutzig zu machen. Sie verbarg auch ihr Lächeln, ihre Freude und Lebendigkeit vor den Blicken der anderen und enthüllte sie nur gegenüber Hugo und Mercè. Aber sie hatten nie miteinander geschlafen.

»Nie im Leben könnte ich die Frau verraten, die mir das Leben gerettet hat«, gestand die Russin eines Tages, als sich die Lust der beiden, vielleicht wegen des Weins, vielleicht wegen der Hitze, des Lichts oder der Aromen, entfesseln wollte.

Hugo akzeptierte es und zog seine Hand zurück, die sich schon mit der der Russin hatte verschränken wollen, während beide am Tisch im Weinkeller saßen. Regina … Er sah sie kaum. Nur selten liefen sie sich zufällig über den Weg. Nach der Arbeit ging Hugo nach Hause zu Barcha. Trotz allem hatte Mercè nach der Reise nach Saragossa einen Versuch unternommen, ihren Vater und ihre Mutter einander anzunähern, aber schnell hatte sie begriffen, dass keiner von beiden es wünschte.

»Ich habe dir das Leben gerettet«, gab Hugo bei dieser einen Gelegenheit Caterina zur Antwort. »Regina hat dich nur geheilt, und sie tat es, weil sie es mir schuldig war. Sie hat es nicht für dich getan, täusch dich nicht.«

In Gedanken schweifte Hugo für einige Augenblicke zu den drei Frauen, denen er das Leben gerettet hatte und die noch immer eine Rolle in seinem Leben spielten: Mercè, sein Kind, die ihm Regina als Neugeborenes auf den Hof gebracht und dabei beteuert hatte, sie werde sterben, wenn er sich ihrer nicht annehme. Regina, die beim Überfall auf das Judenviertel vergewaltigt wurde. Und Caterina, die er sterbenskrank in einer kleinen Kammer auf Rocaforts Gut aufgefunden hatte. Er seufzte.

»Ich glaube nicht, dass es Verrat wäre. Unsere Ehe existiert nicht mehr, und das weißt du. Du weißt, dass sie mit dem Grafen und vielen anderen in einem Bett gelegen hat«, bemerkte Hugo mit müdem Tonfall.

»Ja, aber …«

»Ich respektiere deine Entscheidung, Caterina.« Er nahm sanft ihre Hand. Sie war weich, merkwürdig bei einer Frau ihrer Stellung. Er strich mit den Fingern darüber, ohne loszulassen, und diesmal erlaubte sie es ihm. »Aber denk an das, was ich gesagt habe. Regina verdient deine Treue nicht, du dagegen verdienst …«

Er traute sich nicht weiterzusprechen, aus Angst, Caterina habe nur eine Ausrede gesucht, weil sie eigentlich keine Lust hatte, mit ihm zu schlafen. Ihr Lächeln verscheuchte alle Zweifel.

Bevor sie nach Balaguer aufgebrochen waren, hatte Hugo vom Majordomus Dokumente erhalten, die von dem Sekretär des Grafen unterzeichnet worden waren.

»Was steht darin?«, fragte Hugo.

»Dass dir der Herr die Russin übergibt, damit sie dich begleitet, um im Feldlager von Balaguer Wein zu verkaufen, mit der Erlaubnis, dass sie unter deiner Aufsicht Barcelona verlässt und sich dort aufhält. Also in etwa, als würde sie dir gehören.«

Hugo und Caterina erreichten die Felder vor Balaguer Anfang August 1413, einige Tage vor König Fernando. Im Juli hatten die drei Ständekammern der katalanischen Cortes den Grafen von Urgell der Majestätsbeleidung schuldig gesprochen.

Jene Katalanen, die der Mutter des Grafen und anderen seiner Unterstützer zufolge zu den Waffen greifen würden, sobald sie nur die Banner von Urgell im Wind flattern sähen, ließen ihn im August nicht nur im Stich, sondern schlossen sich sogar dem Heer Fernandos an. Dieser berief zum Beweis seiner Autorität die Bürgerheere mehrerer katalanischer Städte ein, darunter Lérida, Cervera, Tárrega, Manresa, Berga, Vilafranca sowie Montblanc. Alle leisteten dem königlichen Aufruf Gefolgschaft, zusammen mit den Heerscharen der Königreiche Aragonien und Valencia sowie den kastilischen Einheiten. Fernando verließ Barcelona, um die Belagerung anzuleiten, wenngleich er aus Furcht, seine Abwesenheit könne irgendeine Bewegung zugunsten seines Feindes verursachen, Fray Vicente Ferrer bat, in die Grafenstadt zu kommen, um die Bewohner Barcelonas durch Predigten, Ermahnungen und die Androhung ewiger Verdammnis, so wie es seine Gewohnheit war, ruhig zu halten, falls sich jemand gegen den neuen Souverän erheben sollte.

Aber nicht nur die Katalanen verrieten den Grafen von Urgell. Der König von Navarra, der bisher die Aufnahme und den Durchzug gaskognischer und französischer Soldaten durch sein Land genehmigt hatte, änderte seine Haltung auf Bitten Fernandos und unterstützte die Aufständischen nicht mehr. Zu diesem Zeitpunkt verschied außerdem der König von England. Heinrich V., Prinz von Wales, bestieg seinen Thron und traf Übereinkünfte mit Fernando, die jene seines Bruders, des Herzogs von Clarence, mit Jaime von Urgell hinfällig machten. Zu guter Letzt machte sich ein Großteil der gaskognischen Truppen, die Antonio de Luna auf Kosten des Erbes und der Juwelen des Hauses Urgell verpflichtet hatte, mitsamt seinem Geld aus dem Staub.

All diese Neuigkeiten erreichten Hugo im Feldlager, wo er Wein von seinem Karren verkaufte. Der ging schon bald zur Neige, weshalb er sich gezwungen sah, den königlichen Lieferanten zu einem exorbitanten Preis ein abscheuliches Gesöff abzukaufen. Den achttausend Infanteristen und viertausend Berittenen von Fernandos Armee hatte man die Verpflegung mit Wein nebst Essen und weiterer Betreuung auf Kosten des Königs garantiert. Aber nie reichten die Rationen, und zu all diesen ungesättigten Soldaten, die nach alternativer Verpflegung suchten, kamen noch die Tausende Bürger, Frauen wie Männer, die dem Heer folgten. Damit nicht genug, kamen in diesem Fall auch noch die Arbeiter dazu, die das Lager in Akkordarbeit in eine kleine Stadt verwandelten: Zimmerleute und Holzfäller errichteten Belagerungstürme, Apotheker und Waffenschmiede stellten Schießpulver her, Maultiertreiber und Fuhrleute kümmerten sich um den Transport, Seiler und Schmiede um die Bombarden und so fort. Eine besondere Aufgabe fiel den Mühlsteinmachern zu, die den Stein zu einem anderen als dem üblichen Zweck behauten, und zwar, um Kugeln für die Bombarden herzustellen. So hoch war die Arbeitsintensität, um die Stadt Balaguer beständigem Kugelhagel auszusetzen, dass viele der Steinmetze aufgaben und aus dem Lager flohen. Der König ließ sie verfolgen und in Ketten gelegt zurückbringen, während er zugleich alle Mühlsteinmacher Kataloniens zu sich ins Lager einberief.

Zwölftausend Soldaten zählte Fernandos Heer, eintausendachthundert das des Grafen von Urgell. Im August waren dessen Reitertrupps noch gegen die Belagerer ins Feld galoppiert und hatten Kämpfe mit ihnen ausgefochten, doch inzwischen verharrten sie in der Stadt. Während die Bombarden im königlichen Lager ohne Unterlass und alle zugleich ohrenbetäubende Schüsse abfeuerten und anstelle der einstürzenden Gebäude eindrucksvolle Staubsäulen aufsteigen ließen, ging dem Grafen das Schießpulver aus, und er ließ nur mehr gelegentlich und symbolisch Salve geben. Die schwangere Gräfin von Urgell bat den König, Gnade walten zu lassen und den Turm, wo sie sich mit ihren Zofen aufhielt, vom Beschuss auszunehmen, was ihr Fernando unter der Bedingung zugestand, ihr Gemahl möge sich nicht bei ihr einquartieren. In der Stadt wurden die Lebensmittel knapp, und viele der Belagerten entwischten aus Balaguer, um im gut versorgten Feldlager einzukaufen, bevor sie zurückgingen oder sich entschlossen, in die Obhut der versprochenen Nachsicht des Königs überzulaufen.

»Wie ist die Lage bei euch?«, fragte Hugo eines Nachts einen Vertrauten des Grafen, der seit seiner Ankunft als Kurier zu ihm kam.

Der Soldat schnaubte nur. Es war Mitte September, und alle ihre Treffen hatten unter großem Zeitdruck stattgefunden, stets unter Beobachtung ihrer Umgebung, wo sie keine Aufmerksamkeit erregen durften. Unter solchen Bedingungen kamen sie kaum dazu, sich auszutauschen.

»Sag schon«, drängte ihn Hugo diesmal und hielt ihm eine Schale voll Wein hin, der im Mondlicht funkelte.

Der Mann sah ihn an und schürzte die Lippen.

»Es ist ausgeschlossen, dass uns noch jemand zu Hilfe kommt. Die Lügen, die die Mutter des Grafen sich ausgedacht hat, um die Hoffnung der Anhänger ihres Sohnes aufrechtzuerhalten, sind völlig unnütz geworden«, beeilte sich der Soldat zu berichten, bevor er in einem Zug den Wein austrank und mit ausgestrecktem Arm um eine zweite Schale bat.

Hugo ging nicht darauf ein, und der andere ließ die Schale sinken.

»Es gibt nichts zu essen und Wein noch viel weniger«, fuhr der Soldat fort. »Es gibt weder Schwefel noch Schießpulver. Es gibt kein Futter für die Pferde. Es gibt gar nichts mehr. Die Stadträte haben den Grafen darum ersucht, Balaguer an den König zu übergeben. Aber seine Antwort ist, dass Fernando nur der Infant von Kastilien sei, und der König sei er. Manche raten ihm zu fliehen, aber seine Mutter und einige andere Herrschaften, die im Fall einer Kapitulation nicht mit dem Erbarmen Fernandos rechnen, beharren weiter darauf, dass Jaime König wird oder bei dem Versuch sein Leben lässt.«

»Er wird sterben«, flüsterte Hugo.

»Ohne Zweifel«, bestätigte der Soldat, der erneut die Schale schwenkte, um mehr Wein zu verlangen.

Hugo schenkte ihm nach. Wieder trank der Mann alles in einem Zug.

»Der schmeckt scheußlich«, grunzte er danach.

»Es sind schlechte Zeiten. Etwas anderes gibt es nicht«, entschuldigte sich Hugo.

»Gut. Hast du Briefe für den Grafen?«

»Nein«, log Hugo.

Der Soldat wunderte sich.

»Aber mein Herr erwartet mehrere Briefe. Er hat gesagt, dass …«

»Hier ist nichts angekommen«, erwiderte Hugo mit fester Stimme.

»Vielleicht hat sich der Kurier verspätet.«

»Das wird es sein«, stimmte Hugo schulterzuckend überein. »Vielleicht wurde er aufgehalten.«

»Ich komme zurück. Oder auch nicht«, erklärte der Soldat zum Abschied.

»Viel Glück«, erwiderte Hugo.

Dann nahm er den Brief mit dem Siegel des Grafen von Urgell, den er gerade erhalten hatte, und versteckte ihn unter einem Brett im Karren neben den dreien von Roger Puig, die er dort bereits verwahrt hatte.

»Warum hast du ihn angelogen?«, fragte Caterina unter dem Karren.

Sie schliefen dort, geschützt vor rauem Wetter, oder auch neben dem Karren unter dem freien Sternenhimmel, sofern kein Wind blies. Hugo hatte es schon unterwegs vom ersten Tag an so gehalten. Caterina hatte gezögert und sich auf der anderen Seite bei den Maultieren schlafen gelegt. Dabei war es geblieben, bis Hugo bei einem heftigen Sommergewitter unter den Karren gekrochen war. »Es ist genug Platz für zwei«, hatte er zu Caterina gesagt, die sich nach einer vor dem Wolkenbruch geschützten Stelle umsah. Seitdem schliefen sie nebeneinander. Und miteinander. Es ergab sich ganz natürlich: Eines Nachts lagen sie Körper an Körper. »Zeig mir, was ich verdiene«, wisperte sie. Er fuhr mit den Händen an ihren Hüften entlang, und Caterina streichelte seine Brust. Seitdem vögelten sie schweigend, ohne Eile, ohne Trara, ohne anerkennende Worte oder Liebesbeteuerungen und ohne Stöhnen. Beide gaben sich ihrer eigenen Lust hin und ließen Erinnerungen und frühere Erfahrungen hinter sich … oder auch nicht.

In dieser Nacht blieb Hugo noch eine ganze Weile an den Karren gelehnt sitzen und betrachtete nachdenklich den Himmel. Als er eine Sternschnuppe sah, fragte er sich, ob es ein gutes Vorzeichen sei. Dann streckte er sich neben Caterina aus, die sich schon vor ihm hingelegt hatte. Mit jedem Tag, den die Russin Wein an Soldaten, Handwerker und Lehrburschen verkaufte, schien sie jünger zu werden. Die Komplimente und Schmeicheleien der vielen Männer, ihre Scherze, das Lachen und die ungezwungenen Gespräche weckten den Lebensgeist in ihr, der seit dem Tag, an dem Roger Puig die noch sprießenden Brüste der vierzehnjährigen Sklavin begrapscht und sie danach roh vergewaltigt hatte, erloschen war.

»Sag schon, warum hast du ihn angelogen?«, wiederholte sie und begann Hugo zu liebkosen.

»Weil meine Tochter Mercè ihre Zukunft und ihre Träume vom Sieg des Grafen von Urgell abhängig macht und ich nicht will, dass sie bei seiner Niederlage irgendeinen Schaden erleidet«, antwortete Hugo.

»Und wie willst du das erreichen?«

»Ich glaube, ich weiß, wie.«

Sie schwiegen eine Weile.

»Wird sie es akzeptieren?«, unterbrach Caterina schließlich die Stille, während sie sich Hugos Vorhaben vorstellte. »Du weißt doch, wie besessen deine Tochter von diesem Grafen ist.«

»Ich vertraue darauf. Das Urteil über den Grafen und seine Anhänger ist schon gefällt. Mercè ist verwirrt wegen Regina und Roger Puig, aber selbst wenn sie es nicht verstehen würde, wäre es meine väterliche Pflicht. Roger Puig wird in Ungnade fallen, dessen bin ich mir sicher, und er wird alles verlieren, was er hat. Ich werde nicht zulassen, dass er meine Tochter mit ins Verderben reißt.«

»Es ist eine grausame Rache«, murmelte die Russin.

»Ja«, gab Hugo ebenfalls murmelnd zurück, bevor er in Schweigen verfiel. Es wäre eine grausame Rache, obwohl er selbst sie nicht ausführen würde. »Bernat wird seine Wut an ihm auslassen. Ich glaube nicht, dass er mich daran teilhaben lässt«, fügte er hinzu.

»Der Admiral wird dir dafür danken.«

»Sein Dank interessiert mich nicht. Ich habe schon gesehen, was für ein Mensch Bernat geworden ist. Glaub mir, er interessiert mich nicht.«

»Hugo, werde ich einen Platz in dieser Zukunft haben?«, flüsterte Caterina nach weiteren Momenten des Schweigens.

Er überlegte kurz und nickte.

Er hörte, dass Caterina etwas zu sagen versuchte, aber ihre Worte wurden von Tränen erstickt. Hugo zog sie näher an sich heran, sodass er ihren Kopf auf seine Brust legen und ihr Haar und ihre Wangen streicheln konnte.

»Ich werde für meine Tochter einstehen und auch für dich und für jeden, der es nötig hat«, tröstete er sie.

Mit dem ersten Tageslicht, während sich die Leute im Lager noch räkelten, machte sich Hugo am Wein zu schaffen. Er hatte etwas von dem aus Barcelona für seinen eigenen Bedarf aufbewahrt. Caterina dagegen war es gewohnt, ihn so wie die Sklaven im Palast mit Wasser zu verdünnen, und gab sich mit dem sauren Wein der Soldaten zufrieden. Nur Mercè auf der Reise nach Saragossa und Barcha beim Destillieren auf dem Hof hatten das Geheimnis kennengelernt. Jetzt weihte Hugo auch seine Helferin ein, die ihm offenen Mundes zusah, während er den Wein mit dem Schnaps und einigen Gewürzen wie Zimt und Safran vermischte und abschmeckte. Als er mit dem Ergebnis zufrieden war, gab er Caterina zu probieren, aber sie drehte sich weg, als führte der Teufel sie in Versuchung.

»Für den Admiral, den ehrwürdigen Bernat Estanyol«, erklärte Hugo den Wachsoldaten und hielt ihnen den Weinschlauch entgegen.

Er war durchs Lager bis zu einem Hügel gelaufen, wo die Zelte des Königs und seiner adligen Ratgeber umgeben von einer Palisadenwand standen. Am Tor bedeuteten ihm die Soldaten anzuhalten.

»Wer bist du, und warum bringst du Wein für den Admiral?«

»Ich heiße Hugo Llor. Ich war Kellermeister von König Martín, und in Barcelona habe ich dem Admiral versprochen, ihm den gleichen Wein zu bringen, den der König bei seiner Hochzeit mit Margarida de Prades getrunken hat.«

Die Soldaten nickten, denn die Geschichte klang plausibel, überzeugend. Hugo spannte die Muskeln an, um seine Angst zu verbergen. Er wusste nicht, wie Bernat reagieren würde.

»Er könnte vergiftet sein«, bemerkte einer der Soldaten.

Mit diesem naheliegenden Einwand hatte Hugo bereits gerechnet.

»Nein«, versuchte er die Soldaten zu beruhigen. Er klemmte sich den Schlauch unter eine Achsel und goss eine nicht unerhebliche Menge in eine Schale, die an einer Schnur vom Schlauch herunterbaumelte. Dann nahm er einen großen Schluck. »Er ist nicht vergiftet. Wollt ihr?«

Die Soldaten tauschten ratsuchende Blicke. Schließlich willigten sie ein. Alle tranken, und Hugo gab eine zweite Runde aus.

»Das ist, was die Reichen und Adligen trinken«, bemerkte er angesichts der gekräuselten Lippen eines der Soldaten, der daraufhin nickte.

»Guter Tropfen!«, lobte ein anderer.

Sie gingen den Admiral suchen. Hugo blickte nach Balaguer hinüber, zu den Mauern und Häusern, die sichtbar unter dem Bombardement der Belagerer gelitten hatten. Es war Anfang Oktober, und die warmen Temperaturen wurden von der Kälte abgelöst, die das strenge Klima dieser Gegend mit plötzlichen und beträchtlichen Temperaturschwankungen mit sich brachte. Unter dem grauen Himmel hatten sich die beeindruckenden Heerscharen König Fernandos über die ganze Ebene verstreut und warteten auf seinen Befehl, die Stadt anzugreifen. Es wurde immer noch an einem Turm gebaut, den man an die Stadtmauer heranschieben wollte. Hugo konnte das fast fertige Skelett erkennen.

Diesmal ließen sie ihn nicht stundenlang warten. Nach einer Weile erschien das kleine und übellaunige Männchen, das Bernat Guerao genannt hatte. Es kam mit seinen kleinen lächerlichen Schritten einem der Soldaten hinterhergetrippelt.

»Du?«, schnauzte es Hugo schon aus einiger Entfernung an. »Hast du beim letzten Mal nicht genug gekriegt?«

Hugo wartete ab, bis der kleine Mann vor ihm stand.

»Still!«, befahl er ihm dann. Guerao schnaubte überrascht, als hätte er niemals eine solche Reaktion von Hugo erwartet, der nach seiner scharfen Antwort selbst in Zweifel geriet. Alles, was er sich vorher überlegt hatte, verflüchtigte sich aus seinem Kopf, und so sagte er nur: »Ich möchte zum Admiral.«

»Wache!«, rief Guerao.

»Nein«, widersetzte sich Hugo, bevor die Soldaten herbeieilten. »Erinnerst du dich an Roger Puig?«, fragte er, als sie ihn an den Armen ergreifen wollten. »Ich habe Beweise für seinen Verrat am König.«

Sie hielten ihn fest. Hugo versuchte sich loszumachen. Da hob der kleine Mann eine Hand, und die Soldaten ließen Hugo in Frieden.

»Ich schwöre, dass ich dich eigenhändig verprügeln werde, wenn du meinen Herrn diesmal nicht zufriedenstellst«, brummte Guerao.

Gekleidet wie ein einfacher Soldat, saß Bernat in einem kleinen, nüchtern eingerichteten Zelt. Das Mobiliar bestand aus dem Stuhl, auf dem er saß, einem Bett und einem Tischchen mit einer Waschschüssel und einem Kerzenleuchter. Alles stand auf der Erde, es gab weder einen Teppich noch eine Fußmatte noch Kissen. Guerao führte Hugo ohne Umschweife ins Zelt. Hugo bemerkte Bernats verstörtes Gesicht, als er eintrat.

»Was ...?«, polterte er los.

»Er sagt, er könne den Verrat des Grafen von Castellví und Navarcles am König beweisen«, unterbrach ihn Guerao.

Bernat schwieg und durchbohrte Hugo mit seinem Blick.

»Verräter sind die besten Denunzianten.«

»Ich bin kein Verräter«, erwiderte Hugo. Oft genug hatte er sich diese Frage gestellt und war immer zu demselben Schluss gelangt. »Ich habe dich nie verraten. Weder dich noch deinen Vater noch deine Mutter noch ...«

»Dein Leben interessiert mich nicht«, fiel ihm Bernat ins Wort. »Womit willst du nun beweisen, dass Puig ein Verräter ist?«

»Ich besitze den Briefwechsel zwischen dem Grafen von Urgell und Roger Puig.«

»Was steht in diesen Briefen?«

Das wusste Hugo nicht, aber er konnte es sich mühelos denken.

»Ich wollte die Siegel nicht brechen, aber es geht um Roger Puigs Hilfe für Jaime von Urgell.«

»Warum hast du diese Briefe?« Hugo antwortete nicht. Stattdessen versuchte er Bernats kaltem, unerschütterlichem Blick standzuhalten, aber vergebens. »Du bist ein Spion«, bestätigte Bernat, sobald Hugo seinen Blick abwandte. »Du bist bloß ein gewöhnlicher Spion. Ich könnte dich sofort hier aufknüpfen, ohne irgendwelche Erklärungen.«

»Dann tu's«, fügte sich Hugo und sah ihn wieder an. Diesmal bot er Bernat die Stirn. Tu's, wiederholten seine Augen.

»Du beeindruckst mich nicht«, spottete der ehemalige Freibeuter mit einem müden Lächeln. »Falsche Tapferkeit. Alle, die sterben wollen, tun es irgendwann, dumm, wie sie sind. Was willst du für diese Briefe?«, fragte er plötzlich. »Dass du meine Tochter unter deinen Schutz stellst. Dass du für sie sorgst und sie mit einer ausreichenden Mitgift ausstattest, damit sie einen reichen Ehemann findet«, beeilte sich Hugo zu antworten.

»Nur das?«

Hugo überlegte kurz. Was konnte ein Vater außer einer guten Mitgift für seine Tochter wollen? Wahrscheinlich wäre Mercè enttäuscht, vielleicht würde sie ihn wegen seines Verrats an Roger Puig und am Grafen von Urgell sogar verstoßen, aber die Zukunft seiner Tochter war wichtiger. Hugo erinnerte sich an sein Versprechen gegenüber Caterina.

»Da ist außerdem eine Sklavin.«

Bernat winkte ab.

»Um Sklaven kümmere ich mich nicht. Das kannst du mit ihm aushandeln«, fügte er hinzu und deutete mit dem Kinn auf Guerao. »Einverstanden. Ich werde deine Tochter adoptieren, sie bei mir wohnen lassen und mit einer Mitgift ausstatten. Wenn du mir tatsächlich den Grafen von Castellví und Navarcles auslieferst, werde ich sie mit so viel Geld ausstatten, dass sie keinen gleichgestellten Ehemann in Barcelona findet. Nur sei dir über eins im Klaren: Die Mitgift ist für sie, dich will ich nicht sehen. Wo sind die Briefe?«

»Versteckt.«

»Bring sie her«, befahl Bernat.

»Wir sollten … Zuerst sollten wir vor einem Notar unterschreiben.«

Caterina hatte ihm diesen Rat gegeben: »Gib die Briefe nicht her, bevor er nicht seine Versprechen unterschrieben hat, für deine Tochter und für …« Sie hatte den Satz offengelassen, als traute sie sich nicht, sich selbst mit einzuschließen. Jetzt befürchtete Hugo, sein Misstrauen könnte Bernat zur Weißglut treiben, aber dieser sah nur Guerao an, der nickte und Hugos Bitte für angemessen befand.

»In Ordnung. Hol die Briefe. Wenn du zurück bist, wird der Notar hier sein«, stimmte Bernat von Neuem zu.

»Ah!« Hugo drehte sich noch einmal um, bevor er aus dem Zelt ging. »Außer der Sklavin gibt es noch etwas, was ich für die Briefe möchte.«

21

Nachdem sich König Fernando Bernats Anklage angehört und die von ihm überbrachten Briefe durchgesehen hatte, zeigte er sich unerbittlich. Bis zu diesem Zeitpunkt waren bereits viele, mit oder ohne die Erlaubnis des Grafen von Urgell, aus Balaguer geflohen. Für gewöhnlich verzieh ihnen der Monarch, wenn sie sich seinem Befehl unterwarfen. Man hatte ihn auch um Verzeihung für den Grafen von Urgell selbst gebeten. Dessen schwangere Frau, die Tante des Königs, war vor ihm niedergekniet und hatte sich nicht mehr erheben wollen, bis sie ihr Ziel erreicht hätte. Fernando fand kein Erbarmen, doch Isabel kniete beharrlich vor ihm und wartete auf seine Entscheidung. Er besann sich noch einmal, und von all den Gnadengesuchen seiner Tante gestand er ihr allein das Leben ihres Gemahls zu. Anderen dagegen sollte Fernando nie verzeihen, den direkten Unterstützern des Grafen nämlich, darunter Antonio de Luna, sowie allen, die an der Ermordung des Erzbischofs von Saragossa beteiligt gewesen waren. Für Roger Puig nun hatte der König ebenfalls kein Mitleid übrig.

»Es gibt diejenigen, die meine Person und Autorität nicht unterstützt und gegen mich gekämpft haben«, bemerkte Fernando unter vier Augen mit Bernat. »Sie sind nun besiegt, aber sie haben ihre Ideen ehrenhaft verteidigt und ihr Leben dabei riskiert. Als Krieger können sie auf die Nachsicht des Siegers hoffen. Der Graf von Navarcles und Castellví de Rosanes ist bloß ein Verräter, ein feiger Heuchler, der ein Doppelspiel betreibt. Ich verbanne ihn aus meinen Königreichen, ihn und seine Familie, und ich konfisziere seinen gesamten Besitz für die Krone.« Bernat sah seinen Freund, den König, fragend an. Dieser verstand und sagte: »Du solltest warten, bis wir uns an Urgell gerächt haben. Danach gehört Roger Puig dir. Bis dahin bewahren wir Stillschweigen, und dein Spion soll weiter Briefe empfangen.«

Am 31. Oktober 1413 ergab sich Jaime von Urgell, verließ Balaguer und warf sich im Feldlager dem König zu Füßen. Dieser befahl, ihn lebenslänglich einzukerkern und all seinen Besitz und seine Güter zu konfiszieren. Dann zog Fernando triumphierend in die Stadt ein und gestattete zuletzt seinen Soldaten die Plünderung der Grafenburg. Noch am selben Tag machte sich Bernat auf den Rückweg nach Barcelona. Ihn begleiteten um die vierzig Fußsoldaten, zwei Hauptmänner, mehrere berittene Offiziere und drei königliche Schreiber. Hugo und Caterina folgten ihnen auf dem Karren. Auch Guerao war dabei, er ritt auf einem Esel, der genau solche Trippelschritte machte wie er, um sich bei dem beinahe wahnsinnigen Tempo des Admiralsrosses auf dessen Höhe zu halten.

Unterwegs teilten sie sich auf: Ein Hauptmann, zehn Soldaten und ein Schreiber schlugen die Richtung nach Castellví de Rosanes ein, während sich später ein ähnlich besetzter Trupp nach Navarcles aufmachte.

Als sie in Barcelona ankamen, löste sich einer der Offiziere aus seiner Gruppe, um, wie Hugo hören konnte, den Stadtrichter und die Stadträte aufzusuchen und ihnen die königlichen Befehle zu überbringen. Hugo schaute nach vorne zu Bernat, der weiter in Richtung des Palasts in der Calle de Marquet ritt. Der Admiral hatte die Lippen über dem braunen Bart zusammengepresst und den eisigen Blick starr geradeaus gerichtet. In der Calle del Hospital ließ einer der Offiziere sein Pferd zurückfallen, bis er neben Hugo ritt.

»Wie viele Ausgänge hat der Palast?«, fragte er, und Hugo beschrieb sie ihm. Der Offizier erteilte die notwendigen Anweisungen, um sie zu bewachen. Bernat dachte offensichtlich nicht daran, auf die Ankunft der städtischen Obrigkeiten zu warten.

Sie stürmten den Palast. Das Klappern der Pferdehufe auf den Pflastersteinen und das metallische Klirren der Schwerter dröhnten im Innenhof. Gueraos Esel und Hugos Maultierkarren überquerten als Letzte die bereits bewachte Schwelle, während die Soldaten sich mühten, die Menge von Neugierigen abzuwehren, die sich ihnen auf dem Weg durch die Straßen der Grafenstadt angeschlossen hatten.

»Roger Puig!«, hörte Hugo Bernat schreien.

Bedienstete und Sklaven erschienen angesichts des Aufruhrs im Innenhof. Ein Offizier forderte sie auf, sich in einer Reihe aufzustellen.

»Roger Puig!«, schrie Bernat noch einmal.

Hugo blickte wie viele andere zur Galerie im ersten Stock hinauf. Dort tauchten nach und nach die Adligen und Familienangehörigen auf, die im Palast des Grafen lebten, wohingegen dieser selbst sich nicht blicken ließ. Hugo konnte Anna erkennen, die Gemahlin von Roger Puig, auch Regina und Mercè. Mit mehreren Soldaten, die ihre Lanzen und Schwerter gezückt hielten, versuchte ein anderer Offizier, die Adligen auf einer Seite der Galerie in einer Gruppe zusammenzudrängen. Ein Cousin des Grafen forderte einen Soldaten heraus und rangelte mit ihm. Die Antwort der Eindringlinge war so schlagkräftig, dass sich sonst niemand zur Wehr zu setzen wagte – außer der Gräfin, weil sie vielleicht dachte, als Frau bliebe sie von Gewalt ausgenommen. Der Offizier sah ratsuchend zu seinem Admiral im Hof hinunter. Mit einer fast unmerklichen Bewegung seines Kinns nahm Bernat die Stöße vorweg, mit der sich der Offizier von der Dame befreite. Von da an beschränkte sich der Widerstand auf leise gemurmelte Beschwerden und die eine oder andere Beleidigung. Hugo saß vom Karren ab und wandte sich an Guerao.

»Dort ist meine Tochter«, sagte er und zeigte auf Mercè, die zwischen den Verwandten des Grafen stand. »Trennt sie von diesen Leuten.«

Guerao überlegte und nickte dann. Er machte einem der Offiziere im Hof ein Zeichen. Dieser trat näher und beugte sich zu ihm herab.

»Wie heißt sie, sagst du?«, fragte Guerao zu Hugo gewandt.

»Mercè.«

»Mercè«, wiederholte er für den Offizier, als ob dieser es nicht gehört hätte.

Dann trat der Offizier zu Bernat. Hugo stieß seinen angehaltenen Atem durch die Nase aus, als er sah, wie Bernat nickte. Er war sich nicht sicher, ob Bernat Wort halten würde, obwohl er sich in seinem Zelt nach

Abschluss ihres Vertrags außerordentlich zufrieden mit dem Inhalt der Briefe gezeigt hatte. Zuvor hatte der Notar die Höhe der Mitgift von fünfzigtausend Sueldos festgehalten. Das entsprach einer Adelstochter, nur die reichsten Familien in Barcelona bezahlten eine solche Mitgift. Der Notar hatte ungläubig noch einmal nach der Summe gefragt. Doch Bernat hatte sie bestätigt: »Fünfzigtausend Sueldos! Habt Ihr mich etwa nicht gehört?« Hugo glaubte, in diesem großzügigen Kompromiss eine Entschädigung dafür zu erkennen, wie Bernat ihn im Kleinen Palast behandelt hatte. Vielleicht hatte er darüber nachgedacht und sich an ihre Freundschaft erinnert, obgleich er sich nicht dazu herabließ, es Hugo zu zeigen, denn er sprach mit ihm nur das Nötigste und immer in einem Ton tiefster Verachtung, die selbst seinen Gesten anzumerken war.

Der Lärm in der Galerie riss ihn aus seinen Gedanken. Regina wollte Mercè begleiten und stritt sich mit den Soldaten. Einer von ihnen stieß sie schroff zurück und zog das Mädchen die Treppe hinunter.

Mercè kam genau in dem Moment unten an, als der Stadtrichter und mehrere Stadträte ebenfalls den Innenhof betraten. Sie ging zum Karren, die anderen wandten sich zum Admiral.

»Was ist los?«, fragte Mercè, während sie in der Nähe ihres Vaters Schutz suchte.

»Ich erkläre es dir später«, antwortete Hugo, der seinen Blick auf die Galerie gerichtet hielt. Roger Puig war soeben dort aufgetaucht. Er musste auf die Ankunft der städtischen Obrigkeiten gewartet haben, aus Angst, der Admiral könnte eigenhändig Gerechtigkeit üben.

Mit verkrampftem und immer noch schrundigem Gesicht lehnte sich der Graf über das Geländer. Bernat gab einem der Schreiber ein Zeichen, und dieser überreichte dem Stadtrichter ein Dokument.

»Lest vor«, befahl Bernat. Der Stadtrichter überflog das Papier und gehorchte:

»Wir, Fernando, durch Gottes Gnaden ermächtigter König von Aragonien, Valencia, Mallorca, Sizilien, Korsika und Sardinien, Graf von Barcelona, Herzog von Athen und Neopatria, Graf von Rosellón und Cerdaña …«

Die Ausdrücke »Verräter«, »Niedertracht« und »Untreue« tönten laut in Hugos Ohren, während er sich auf Bernat konzentrierte, dessen rohes und ungestümes Temperament teilweise durch das unmerkliche Zittern seiner Unterlippe in Abrede gestellt wurde. Hugo wusste, warum. Bernat hatte es ihm vor Jahren einmal erzählt, zwischen den vertäuten Booten am Strand von Barcelona, als ihn in Hugos Gegenwart der Hass auf die Puigs daran erinnerte, dass sein Vater die Grafenfamilie einmal hätte zugrunde richten können. »Er hätte ihnen alles nehmen sollen, aber er hat ihnen erlaubt, nach Navarcles zurückzukehren, und dort sind sie wieder erstarkt«, so hatte Bernat es erzählt.

Doch heute wiederholte sich die Geschichte: Ein Estanyol verstieß die Familie Puig aus ihrem Palast. Hugo sah, wie Bernat ein paarmal schniefte und danach eine Hand an die Augen hob. Dachte er an seine Eltern? Arnau war wie ein gewöhnlicher Verbrecher hingerichtet worden. Mar war krank geworden und in Armut gestorben, nachdem einfache *Bastaixos* sie bei sich aufgenommen hatten. Auch an seiner eigenen Haut hatte Bernat den Zorn der Puigs zu spüren bekommen. Doch jetzt gab er die Befehle.

»… verfügen wir den Landesverweis …«

Der Stadtrichter las immer noch. Roger Puig war blass geworden und hielt den Kopf gesenkt, als wäre sein Hals nicht kräftig genug, ihn aufrecht zu halten. Für einen Augenblick kreuzten sich die Blicke von Hugo und Bernat, aber der Admiral drehte sich frostig zurück.

»… konfiszieren wir für die Krone seinen vollständigen Besitz und seine Güter, mit Vollstreckung dessen wir unsere Gouverneure, Stadtrichter, Dorfrichter und weiteren Amtsdiener in unseren Königreichen, dem Prinzipat, auf den Inseln und in den Grafschaften beauftragen, wobei jenen unser Zorn gewiss ist, die sich diesem Willen widersetzen. Unterzeichnet in Balaguer am einunddreißigsten Tag des Oktobers im Jahre Unseres Herrn 1413. Fernando, rex!«

Nur das Geschrei der Menschen, die sich vor dem Tor drängelten und das Urteil auf die Straße hinaus weitersagten, störte die Stille, die sich über den Palast legte, nachdem der Stadtrichter zu Ende gelesen hatte. Er rollte das Dokument ein und gab es dem Schreiber zurück.

Bernat Estanyol verzog seine Lippen zu einem breiten Grinsen.

»Roger Puig!«, schrie er. Der Graf richtete sich auf. »Komm hier herunter, abtrünniger Dreckskerl.«

Ein winziges Zögern des Grafen genügte, damit einer der Offiziere zwei Soldaten den Befehl erteilte, ihn in den Hof hinunter zu eskortieren. Roger Puig wollte sich aus ihrem Griff befreien, doch sie zogen ihn mit Gewalt vor das Pferd des Admirals, der noch keinen Fuß auf die Erde gesetzt hatte.

»Fang mit der Inventarliste an«, forderte er den Schreiber auf, bevor er den Soldaten, die den Grafen festhielten, befahl: »Zieht ihm alle Kleider aus. Lasst ihm nur das Hemd und die Unterhose, damit die Leute nicht seine elende Natur sehen müssen.«

»Ich bin ein Ritter! So kannst du mich nicht behandeln!«, wehrte sich der Graf. »Die Gesetze …«

Bernat Estanyol gab seinem Pferd die Sporen und preschte über den Adligen hinweg, der unter den Füßen des Tieres stürzte.

»Ein Ritter?«, schrie der Admiral.

Roger Puig versuchte aufzustehen, aber Bernat ließ sein Pferd vor ihm tänzeln, bis der am Boden kauernde Graf schützend die Arme über seinen Kopf hob.

»Ein Ritter verrät nicht seinen König! Hast du etwa nicht gehört, dass Fernando dich deiner Güter und deiner Titel enteignet? Du bist ein Verräter. Nichts als ein erbärmlicher Habenichts.«

Hugo, der Mercè dicht an sich gedrückt hielt, erschauderte bei diesen Worten. »Habenichts!« Einen Moment lang wanderten seine Gedanken zur Werft zurück: Er war nur ein Kind gewesen, ein Habenichts, wie sie ihn damals genannt hatten.

»Entblößt ihn! Nehmt ihm seine Waffen ab und seine Juwelen«, verlangte Bernat.

Die Soldaten gingen ungeschickt vor, aber schließlich stand Roger Puig ohne Waffen, ohne Juwelen, ohne Putz und Seidengewänder da.

»Die Schuhe! Ich will ihn barfuß sehen!«, heulte da der Admiral.

In demütigender Weise packten die Soldaten den Grafen im Stehen unter den Achseln. Ein Mann in den Vierzigern, seines Adels beraubt, mit einem schlichten Hemd bekleidet, so schwand auch sein Hochmut dahin.

»Zieht ihm das auch aus!«, platzte der Admiral heraus, als er die kostspielige Machart des letzten Kleidungsstücks bemerkte. »Zieht ihn so nackt aus, wie seine verhurte Mutter ihn zur Welt gebracht hat.«

Dann ließ er sein Pferd die Reihe der Diener entlangstolzieren, bis sein Blick auf…

»Du, gib mir deine Unterhosen«, befahl er einem alten Sklaven, der seinen schmutzigen und zerlumpten Kleidern nach zu urteilen im Keller des Palasts arbeiten musste.

Obwohl er völlig nackt war, weigerte sich Roger Puig, das Wäschestück des Sklaven anzuziehen.

»Sei's drum. Er wird sie im Gefängnis anziehen. Falls er möchte. Holt die anderen von oben herunter! Geht eure Kleider suchen«, befahl er zuletzt den Sklaven und Bediensteten.

Während die einen in den Palast liefen und die Soldaten die anderen von der Galerie in den Hof hinunterdrängten, beobachtete Hugo den Grafen. Nackt zwischen zwei Soldaten konnte er unmöglich auch nur einen letzten Rest der Würde bewahren, mit der er bisher immer so großgetan hatte. Ihm zitterten seine Knie, Kiefer und Arme, mit denen er nichts anzufangen wusste. Er versuchte, sein Geschlechtsteil mit den Händen zu bedecken, fand sich dabei aber wohl noch lächerlicher, da er seine Arme sofort wieder herabhängen ließ. Unter dem Jubelgeschrei und Spott der Leute drückten ihm die Soldaten gewaltsam den Rücken gerade. Vielleicht waren sie vom Geschehen im Palastinneren abgelenkt gewesen, vielleicht hatte die Menge sie auch einfach überrannt, jedenfalls hatten die Wachsoldaten am Tor nach und nach den Weg freigegeben, sodass sich der Innenhof mit Neugierigen gefüllt hatte. Bernat lächelte, er genoss seine Rache. Überrascht stellte Hugo fest, dass er ebenfalls lächelte: Dieser Hurensohn hatte es verdient. Er sah zu Caterina auf dem Karren. Die Sklavin hatte Gründe genug, um Gefallen am Unglück und der Verspottung ihres Vergewaltigers zu finden, aber sie saß reglos und gleichmütig da und starrte den Grafen an. Als sie Hugos Blick im Rücken spürte, drehte sie sich zu ihm um und nickte. Sie wollte vergessen. Viele Male, wenn sie in seinen Armen gelegen hatte, hatte sie es ihm gesagt. Sie wollte leben, teilte ihm der ruhige Blick ihrer blassen Augen mit. Sie wollte sich der heiteren und gelassenen Beziehung hingeben, die sie mit ihm begonnen hatte, Wein verkaufen, in einem Karren schlafen, sich unter dem Sternenhimmel der Liebe hingeben, ruhig und ohne Gewalt und ohne gequälte Leidenschaft. Dies war nun der erste Schritt zu alledem.

Im Feldlager von Balaguer war Caterinas Freilassung vereinbart worden, aber ohne die Unterschrift des Notars. »Der Admiral kann über nichts verfügen, was ihm nicht gehört, aber Seine Herrschaft verpflichtet sich dazu, für ihre Freilassung zu sorgen«, hatte sich Guerao entschuldigt. Hugo zögerte, da Caterina ihm eingeschärft hatte, alles müsse durch den Notar belegt werden.

»Hast du etwa kein Vertrauen in das Wort eines Korsaren?«, höhnte Bernat.

»Nein«, gab ihm Hugo überraschend zur Antwort. Bernat machte Anstalten, sich von seinem Stuhl zu erheben. »Aber ich vertraue auf das Wort des Sohnes des Herrn Arnau«, hatte Hugo hinzugefügt, und Bernat hatte sich wieder setzen müssen.

Jetzt wollte Hugo Caterina wenigstens mit einer Geste antworten, doch ein Gezeter lenkte ihn ab. Bernat ließ den Frauen die gleiche Brutalität widerfahren wie Roger Puig. Einer der Stadträte bat um Nachsicht.

»Bist du etwa sein Freund?«, schrie Bernat und zeigte von seinem Pferd hinunter auf den nackten Grafen und seine Familie. »Seine Freunde werden ebenfalls als Verräter betrachtet!«

Der Stadtrat zog sich eingeschüchtert zu seinen Amtskollegen zurück, und Bernat ließ Bedienstete und Sklaven von den übrigen absondern.

»Und du?«, fragte er Regina, da sie protestierte und entschlossen daran festhielt, trotz ihrer teuren Kleider keine Verwandte des Grafen zu sein.

»Ich bin die Gattin von Hugo«, sagte sie und deutete zum Karren.

Mercè drückte den Arm ihres Vaters, aber er bat sie, still zu sein.

»Zu kostbarer Putz für die Frau eines einfachen Kellermeisters!«, erwiderte Bernat, ohne sich zu Hugo umzudrehen. »Deine Juwelen und Kleider gehören dem König. Alles, was sich in diesem Palast befindet, gehört dem König! Zieh dich aus, so wie die anderen.«

Regina versuchte sich zu wehren. Ihr Ausruf »Ich bin Ärztin« wurde von aufbrandendem Geschrei erstickt, nachdem der Admiral die Angelegenheit für beendet ansah. Sie wurde zu den anderen Frauen gebracht, die sich lieber von sich aus in der Gruppe auszogen, ehe sie einer der Soldaten anfasste. Eine hinter der anderen versuchten sie sich vor den lüsternen Blicken der Männer im Hof zu verbergen. Mercè wollte zugunsten ihrer Mutter eingreifen, aber Hugo hielt sie davon ab. Das Mädchen verstand nicht, warum man sie von den anderen getrennt hatte.

»Was ist los, Vater?«, fragte sie erneut. »Warum werde ich anders behandelt als die anderen?«

»Wir reden später, Mercè. Jetzt ist nicht der Moment dafür.«

»Und Mutter? Sie werden sie festnehmen.«

»Nein.«

»Aber …«

»Ihr wird nichts geschehen«, beruhigte sie Hugo.

»Vater …«

Hugo gebot ihr, still zu sein. Männer und Frauen zogen die Lumpen der Bediensteten an. Roger Puig fügte sich schließlich und stieg in die Unterhosen des Sklaven. Die Soldaten warfen Gewänder und Juwelen vor dem Schreiber auf einen Haufen, aber da dieser sich nicht imstande sah, eine solche Menge aufzulisten, ordnete er an, alles in den Palast zu bringen.

Bernat ließ sein Pferd über den Hof tänzeln.

»Ist noch jemand drinnen?«, fragte er einen der Hauptmänner. Dieser schüttelte den Kopf. »Gut. Roger Puig, dich und deine Familie übergebe ich hiermit dem Stadtrichter von Barcelona, damit er euch bis an die Grenzen des Königreichs begleitet, aus dem dich der König zur Strafe verbannt hat. Du kannst Fernando seine Nachsicht gegenüber dem Grafen von Urgell danken, denn da er nicht stirbt, sollst auch du nicht sterben. Aber wenn du es wagst zurückzukehren, wird man dich wie einen gemeinen Sklaven kopfüber an den Füßen aufhängen, bis dich der Tod holt. Ihr könnt ihn mitnehmen«, bedeutete er dem Stadtrichter.

Einige der Angehörigen von Roger Puig, darunter seine Schwester und ihr Gemahl, knieten vor Bernat nieder, um ihre Bestrafung zu unterbinden.

»Wir haben uns keines Verbrechens schuldig gemacht, Eure Herrschaft.«

»Wir waren König Fernando stets treu ergeben.«

»Wir wussten nicht …«

Bernats Pferd bäumte sich auf, als würde es von einem Feind angegriffen.

»Dann geht vor Gericht«, riet er ihnen. »Bittet den König um Milde. Aber tut es von außerhalb seiner Reiche. Abführen!«, befahl er dem Stadtrichter.

Während die Soldaten auf Roger Puig und seine Gefolgsleute zugingen, trat Hugo zu Guerao. Der verstand, als er bloß seiner ansichtig wurde, und rannte mit seinen Trippelschritten zum Admiral. Aus wenig mehr als Steigbügelhöhe flüsterte er seinem Herrn ins Ohr. Bernat nickte.

»Wartet!«, schrie er seine Männer an. »Ihr könnt alle abführen außer diesen«, und damit zeigte er zuerst auf Roger Puig und dann auf Gueraos Esel. »Ihr werdet ihn auf dieses Tier setzen und durch die Stadt reiten lassen. Dabei werdet ihr seinen Verrat hinausschreien, damit alle Bürger Barcelonas von seiner Untreue erfahren.«

Hugo wollte sich dem Jubelgeschrei der versammelten Zuschauer anschließen. Doch mit einem Lächeln auf den Lippen schmiegte sich Caterina an ihn.

»Davon hattest du mir gar nichts gesagt«, warf sie ihm vor.

Nein, gestand sich Hugo selbst ein. Hier erfolgte nun seine persönliche Rache. Auf Schloss Navarcles hatte er ihn nicht umbringen wollen, aber jetzt war es so weit, dass er, Hugo Llor, seine offene Rechnung mit dem Grafen beglich.

Offiziere und Soldaten teilten sich auf. Die einen fesselten Roger Puig an den Händen und setzten ihn rittlings auf den Esel, wobei die Füße des einstigen Adligen den Boden streiften. Die anderen stießen seine Gefolgsleute über den Hof zum Eingangstor. Regina weigerte sich zu gehorchen. Der Offizier beriet sich mit Bernat, der ihr mit einer verächtlichen Geste gestattete zu bleiben. Sie lief zu Hugo und Mercè. Das Mädchen umarmte sie, er schmiegte sich noch fester an Caterina.

»Hört!«, ertönte von Neuem Bernats Stimme, sobald die Amtsdiener des Stadtrichters sich den Weg zwischen den Leuten hindurch durch das Tor gebahnt hatten.

Roger Puig saß mit gesenktem Kopf auf dem Esel und schaute auf die Fesseln, mit denen seine Hände vor ihm festgebunden waren. Er wartete, dass er an die Reihe kam. Hochmütig lachte Bernat ihn von seinem Pferd herab aus, bevor er weitere Befehle erteilte.

»Dieser Palast ist von nun an Eigentum König Fernandos. Die Sklaven und alles, was sich im Palast befindet, gehören der königlichen Schatzkammer. Die freien Bediensteten können bleiben oder auch nicht, ganz wie ihr wollt. Wenn ihr bleibt, werden die Bedingungen respektiert, unter denen ihr für den Verräter gearbeitet habt. Ab sofort werden der königliche Schreiber und mein Majordomus«, er deutete auf Guerao, »sich um alles kümmern, was diesen Palast anbelangt, ebenso wie die Grafschaften Navarcles und Castellví de Rosanes. Verstanden?«, wandte er sich an die Stadträte, die sich immer noch im Innenhof befanden.

Zustimmendes Gemurmel war zu hören, und Bernat fuhr fort:

»Ich werde mit Fernando zurückkommen. Bis dahin wird mein Mündel als Herrin diesen Palast bewohnen. Sie…« Bernat sah zu Hugo und bedeutete ihm mit einer Geste, er solle näher kommen. »Du nicht!«, schrie er ihn an. »Du auch nicht!«, schrie er Regina an. »Du, genau, du, Mädchen. Komm her.«

Mit einem Stoß in den Rücken ermutigte Hugo seine Tochter, sich dem Admiral zu nähern.

»Wie heißt du?«, fragte Bernat, als sie verzagt neben seinem Pferd stehen blieb. Ihre Antwort war kaum vernehmbar. »Mercè«, wiederholte er laut. »Mein Mündel Mercè wird die Herrin dieses Hauses sein, und ich fordere alle auf, ihr mit Respekt und Gehorsam zu folgen. Wer sich nicht an diesen Befehl hält, der bekommt die Wucht meines Zorns zu spüren.«

Mercè blickte um sich, ohne recht zu verstehen, warum sie dieser Mann als sein Mündel bezeichnete. Regina war scharfsinniger.

»Du hast uns verkauft!«, schrie sie, und ihre geweiteten Nasenflügel unterstrichen ihren Zorn.

Die Anschuldigung hallte im Innenhof wider. Sie hatte sie in einen ungelegenen Moment der Stille hineingerufen. Mercè zuckte zusammen. Bernat runzelte die Stirn und schaute, genauso wie die Stadträte, zu Regina. Die übrigen Anwesenden wandten sich um, beunruhigt.

»Uns?!«, brüllte Bernat. »Frau, zählst du dich vielleicht zu den Verrätern?«

Hugo hatte seine Gattin lange nicht mehr schwanken sehen, und er begriff, dass sie keine Antwort wusste.

Stattdessen fasste Mercè den Mut, ein Wort für Regina einzulegen.

»Eure Herrschaft.« Sie flüsterte fast, und ihre Stimme zitterte. Doch Bernat schien sich zum ersten Mal, seit er den Palast betreten hatte, zu entspannen. Er stützte seinen Unterarm am Sattelknauf ab und beugte sich zu dem Mädchen hinunter. »Dieses Haus gehörte dem Grafen. Eure Herrschaft kennt diesen Menschen. Man konnte ihm unmöglich Widerstand leisten, so entgegengesetzt unsere Absichten auch sein mochten.«

Ein Lächeln huschte über Bernats Gesicht, und Mercè nutzte das Zeichen, um flehend hervorzustoßen:

»Sie ist meine Mutter.«

Bernat richtete sich im Sattel auf.

»Habt ihr meine Anweisungen verstanden?«, fragte er laut und beendete so den Zwischenfall mit Regina.

Manche bejahten, andere nickten. Mercè warf Hugo und Regina einen fragenden Blick zu, unfähig zu beurteilen, ob die Situation damit geklärt sei. Sie fragte sich immer noch, ob es stimmte, dass ihr Vater sie verkauft hatte. Niemand schien sich mehr um sie zu kümmern. Bernat ritt auf seinem Pferd durch den Innenhof und erteilte Offizieren und Soldaten seine Befehle. Einige würden mit ihm zurück nach Balaguer reiten, da er eiligst zum König zurückkehren musste. Die übrigen würden hierbleiben, um den Palast zu beschützen, aber zuvor sollten sie Roger Puig auf dem Esel durch die Stadt treiben.

»Habt Ihr uns verraten?«, fragte Mercè ihren Vater, als sie wieder zu ihm trat.

Hugo schüttelte den Kopf.

»Wir reden später«, sagte er, um einer direkten Antwort auszuweichen.

Unterdessen winkte Bernat mitten im Tumult den Offizier mit der Peitsche in der Hand zu sich heran.

»Ich will, dass du ihm da draußen das Herz aus dem Leibe peitschst«, murmelte der Admiral über den Offizier gebeugt. »Er soll nicht lebend von diesem Esel absitzen. Fang an!«, befahl er zuletzt laut.

Der Offizier ließ drohend die Peitsche knallen.

Roger Puig zog auf dem Esel die Schultern ein. Der Offizier holte aus, um den ersten Peitschenhieb auf seinen Rücken niederfahren zu lassen, da drängte sich Hugo zwischen Scharfrichter und Verurteilten und verlangte nach der Peitsche. Der Soldat blickte sich zu Bernat um. Dieser verzog zustimmend den Mund und zuckte die Achseln.

»Wollt Ihr …? Wollt Ihr etwas wissen?« Hugo änderte sein Vorgehen, nachdem er sich neben Roger Puig aufgestellt hatte, und senkte seine Stimme fast zu einem Flüstern herab, was die Erwartung der dicht gedrängten Menschen am Tor steigerte.

»Lauter!«, brüllte Bernat. »Wir alle sollen es erfahren.«

Es ging um seine Rache, dachte Hugo, warum sollte er sie mit anderen teilen? Allerdings konnte sich seine Genugtuung vervielfachen, und Bernat bat ihn darum. Deshalb rief er:

»Erinnerst du dich an einen Jungen, der für Arnau Estanyol eingeschritten ist, als ihn dein Onkel, der Graf von Navarcles, auf dem Pla de Palau hingerichtet hat?«

Roger Puig drehte sich so brüsk zu ihm herum, dass es ihm beinahe einen Sturz vom Esel eingebracht hätte. Hugo wollte sich nicht zu Bernat umdrehen, aber das Knirschen der Hufeisen des Pferdes auf den Pflastersteinen sprach für die Nervosität seines Reiters.

»Du hast mich verprügeln lassen, weil ich Arnau Estanyol verteidigt habe!«, rief Hugo nun.

Hinter ihm klapperten unüberhörbar die Pferdehufe. Er senkte die Stimme:

»Dann hast du meinen Ausschluss aus der Werft veranlasst und Mateo zu meiner Verfolgung angesetzt.«

Auf Roger Puigs Gesicht, so schrundig es war, zeigte sich Blässe. Hugo trat einige Schritte zurück und nutzte die gesamte Länge der Peitsche, um auszuholen. Schon der erste Hieb hinterließ einen feinen Riss auf dem Fleisch, aus dem sogleich Blut quoll. Die Menschen wohnten fast schweigend diesem ersten Peitschenhieb bei. Nach dem zweiten applaudierten und jubelten sie. Der dritte klatschte ebenso heftig auf Roger Puigs Rücken nieder wie die vorherigen. Mit jedem Hieb versuchte Hugo mit dem Ende der Peitsche die Brust oder das Gesicht des ehemaligen Grafen zu treffen, aber als er zum vierten Mal ausholte, drängte sich, wie zuvor er selbst, der Offizier dazwischen.

»Er muss doch noch den Eselsritt durch die Stadt aushalten«, tadelte er ihn.

Hugo trat noch einmal neben den Esel.

»Hurensohn!«, beleidigte er Roger Puig, dem ein weiteres feines Blutrinnsal über Nase und Wangen lief. »Vergiss nie, dass ich der war, der Arnau Estanyol verteidigt hat, ich, Hugo Llor. Ich habe dich ins Elend gestürzt. Ich habe deinen Verrat an König Fernando angezeigt.«

Als sich auf Bernats Befehl der Zug in Bewegung setzte, begann die Menge am Palasteingang loszubrüllen. Der blutige Rücken des entthronten Grafen von Navarcles und Castellví de Rosanes war das Letzte, was Hugo von ihm sah, bevor die Menschen den Kreis hinter ihm schlossen und ihn anspuckten, mit Steinen bewarfen und beleidigten. Es versetzte Hugo in seine Kindheit zurück, zu unreifen Zwiebeln und einem Paar Schuhen. Die Stadträte hatten damals Milde walten lassen und lediglich Hanfseile benutzt, die seinen Rücken dennoch in rohes Fleisch verwandelt hatten.

»Zwiebeldieb«, hatte man ihn damals geschimpft. »Verräter!«, »Schuft!«, »Schurke!«, war jetzt von der Calle de Marquet her zu hören. *Wie viele dieser Bürger hatten wohl den Grafen von Urgell unterstützt?*, fragte sich Hugo, während sich der Esel zusammen mit dem Lärm vom Palast entfernte.

Im Innenhof waren wieder die Hufe von Bernats Pferd zu hören. Sie verkündeten den Aufbruch eines Mannes, der keinen Fuß auf die Erde gesetzt hatte, seitdem er angekommen war. In seinem Sattel überragte er alle.

»Er war schon immer so«, murmelte Guerao neben dem Weinkarren, wo er wie alle anderen auf den Aufbruch des Admirals wartete.

»Was willst du damit sagen?«, fragte Hugo.

»Er rastet nie. Er lebt in ständiger Eile, als ob ihn ein katalanisches Schiff verfolgen würde. Obwohl das jetzt nicht mehr taugt!« Er lachte über seinen eigenen Witz und korrigierte sich: »Besser gesagt, ein algerisches Schiff. Niemand kann mit ihm Schritt halten.«

»Du hast uns verkauft!«, rief in diesem Moment Regina.

Der kleine Mann machte einen Schritt nach hinten, doch Hugo zeigte sich ungerührt. Mercè stand bei ihnen.

»Nein, ich habe niemanden verkauft. Ich habe nur ein Versprechen erfüllt, das ich mir vor vielen Jahren selbst gegeben habe, nämlich mich an Roger Puig zu rächen.«

»Und damit hast du uns alle ins Verderben gestürzt«, ergänzte seine Gattin.

»Nicht alle. Ich habe für das Wohl meiner Tochter Sorge getragen. Das ist es doch, was du mir seit Langem vorwirfst, dass ich mich nicht um meine Tochter kümmere. Der Admiral hat sich dazu verpflichtet, ihr eine Mitgift von fünfzigtausend Sueldos zu bezahlen.«

Sogar Mercè öffnete hinter Regina den Mund vor Staunen. Fünfzigtausend Sueldos waren eine ungeheure Summe!

»Auf Kosten der Niederlage des Grafen von Urgell«, beharrte Regina und holte Hugo damit auf den Boden der Tatsachen zurück.

»Wenn du bei dieser Haltung bleibst, werde ich den Hauptmann rufen und dich festnehmen und dem Stadtrichter übergeben lassen. Der, den du den Grafen von Urgell nennst, ist vom katalanischen Parlament der Majestätsbeleidigung schuldig gesprochen worden«, warnte Guerao.

»Jaime von Urgell ist von seiner Mutter und seinen Verbündeten zugrunde gerichtet worden«, erwiderte gleichzeitig Hugo. »Wen ich tatsächlich verkauft habe, ist Roger Puig, und ich hätte es schon viel früher tun sollen. Es tut mir leid, dass es so lange gedauert hat, aber für den Nutzen meiner Tochter ist es mir willkommen.«

»Und ich? Zählt meine Meinung denn nicht?«, beschwerte sich Mercè.

»Nein«, antwortete Regina ohne Umschweife.

»Leider nicht, Mercè«, entschuldigte sich Hugo. »Ebenso wenig wie meine. Oder sogar seine.« Er zeigte auf Guerao. »Oder die von sonst irgendwem. Die einzige Meinung, die zählt, ist die der Könige und der Mächtigen. Wir sind nur ihre Bauern, ihre Spielsteine. Früher oder später hätte dich das Unglück von Roger Puig mit in den Abgrund gezogen, das weißt du. So sind die Tatsachen.« Hugo sah seine Tochter prüfend an, die zur Antwort ihren Blick auf den Boden richtete. »Ich glaube, ich habe das Bestmögliche getan.«

»Dein Vater hat recht«, mischte sich Guerao erneut ein.

»Du bist der Majordomus des Admirals?«, lehnte sich Regina gegen ihn auf.

Der kleine Mann schnaubte und wedelte mit der flachen Hand, wie um damit zu sagen, dass er Majordomus, Sekretär und noch vieles andere sei.

»Dann misch dich gefälligst nicht ein«, fuhr ihn Regina an. »Wir brauchen deine Meinung nicht. Gehen wir rein und reden wir darüber«, schlug sie vor und schüttelte sich zugleich. In ihrem Gesicht stand plötzlicher Ekel wegen der schmutzigen Kleider, die man ihr aufgezwungen hatte.

»Nein«, widersetzte sich der Majordomus, als Regina schon bei Mercè eingehakt auf die Treppe zur Galerie und den Gemächern der Adligen zuging.

Regina drehte sich um. Ein gekünstelter Ausdruck von Überdruss erschien auf ihrem Gesicht.

»Ich habe dir schon gesagt, dass deine Meinung unwichtig ist.«

»Du darfst diesen Palast nicht betreten.«

Einer der Offiziere, der neben der Treppe stand, sah aufmerksam herüber.

»Hat nicht der Admiral befohlen, dass Ihr Mercè zu gehorchen habt?«, wandte Regina ein. »Ich werde mit meiner Tochter hineingehen, denn das möchte sie ja, nicht wahr?«

Der Offizier stellte sich den beiden Frauen in den Weg. Als Regina um ihn herumgehen wollte, stieß er sie ohne Rücksicht nach hinten.

»Weder du noch dein Gatte dürfen in diesem Palast wohnen«, beharrte Guerao. »So lautet der Befehl des Admirals.«

»Was sagst du da?! Stimmt das denn?«, fragte sie Hugo.

»Ja. Ich dachte, du wolltest keinen Nutzen daraus ziehen, wenn Roger Puig als Verräter angezeigt würde. Deswegen habe ich für dich nichts ausgehandelt«, antwortete Hugo zynisch.

Reginas Gesicht wurde rot vor Wut. Ihre Nasenlöcher blähten sich wie die Nüstern eines Pferdes nach einem Galopp. Mercè war unfähig zu glauben, was sich vor ihr abspielte.

»Dann werde ich auch nicht hier wohnen«, platzte sie heraus.

»Doch, mein Kind. Das wirst du«, entgegnete Hugo. »Nicht wahr, Regina? Opfere dich für deine Tochter«, forderte er sie mit den gleichen Worten auf, die sie ihm gegenüber einmal im Weinkeller gebraucht hatte. »Tu endlich, was sich für eine Mutter gehört.«

Regina zögerte, aber dann sah sie ihre Tochter an und nickte. In ihren Augen standen Tränen. Hatte er sie schon einmal weinen sehen?, fragte sich Hugo. Falls ja, konnte er sich nicht daran erinnern.

»Sorg dich nicht um mich, meine Tochter. Bleib hier und sei tapfer. Du wirst heiraten, und wenn dein Gatte großzügiger ist als dieser … Admiral«, sagte Regina und zog dabei jeden einzelnen Buchstaben dieses Wortes in die Länge, »dann werden wir wieder zusammenwohnen. Mach dir zunutze, was dein … Vater für dich erreicht hat, auch wenn es auf Kosten eines Verrats war. Unterdessen komme ich dich besuchen.«

»Nicht hierher«, antwortete Guerao auf Reginas Blick.

»Dann werde ich eben weiter wegbleiben, am Tor!«, schrie sie. »Jetzt muss ich meine Sachen holen«, sagte sie dann, während sie versuchte, am Offizier vorbei zur Treppe zu gelangen.

Er ließ sie nicht.

»Alles, was sich im Palast befindet, gehört König Fernando. Hast du denn dem Admiral nicht zugehört?«

Regina drehte sich um, plötzlich bereute sie ihre Dreistigkeit gegenüber dem kleinen Mann. Auf den ersten Blick schien sie zerknirscht, aber als Hugo ihre Nase betrachtete, hatte sie die Nasenflügel eingezogen. Das bedeutete, dass seine Gattin vielleicht ein- oder zweimal bitten, aber danach explodieren würde.

»Du kannst Einspruch beim König erheben«, antwortete Guerao, als Regina ihn zum ersten Mal bat.

Er blieb gleichmütig, trotz der Beharrlichkeit der Frau, die kurz davorstand, alle ihre Kleider, ihr Geld, ihre Juwelen und vor allem ihre Bücher und Arbeitsinstrumente zu verlieren. Alles befand sich in diesem Gebäude.

Regina beschimpfte den kleinen Mann, bevor sie ihre Arme herunterhängen ließ, so wie es vorher Roger Puig getan hatte. Zwar war sie nicht nackt, aber auch so war ihre Erscheinung nicht weniger bedauernswert: wirres Haar und barfüßig in schmutzigen und zerrissenen Sklavenkleidern.

»Ich werde mich darum kümmern, Mutter« versuchte Mercè sie zu trösten.

»Tu das, mein Kind, tu's. Sprich mit diesem Mann und überzeuge ihn. Gib gut auf meine Sachen acht, ich bitte dich darum. Sie sind mein Leben«, flehte Regina bereits ergeben.

»Nun, dann ist ja alles geklärt, also räumt diesen Palast. Wir müssen alle Gegenstände inventarisieren, und das bedeutet viel Arbeit«, schaltete sich Bernats Majordomus wieder ein.

»Es ist noch nicht alles geklärt«, entgegnete Hugo und deutete mit dem Kinn auf Caterina.

»Richtig«, bestätigte der andere.

Regina reckte aufmerksam den Kopf.

»Im Moment lässt sich allerdings nur wenig machen. Wir müssen abwarten, wie der König über den Gesamtbesitz verfügt, einschließlich der Sklaven«, sagte Guerao. Hugo wollte Beschwerde einlegen, aber der kleine Mann gebot ihm Einhalt, indem er seine geöffneten Hände zu ihm hinstreckte. »Aber bis dahin bleibt die Sklavin deiner Aufsicht unterstellt, wie findest du das? Nimm sie mit, und komm morgen wieder wegen der Dokumente.«

Hugo wollte zustimmen, da stürzte sich Regina auf ihn.

»Um meine Interessen hast du dich nicht gekümmert, um die einer verhurten Sklavin aber schon?!«, beschuldigte sie ihn rasend vor Wut.

Hugo hielt dem Angriff stand, machte aber trotzdem einen Schritt zurück. Regina hatte die Fäuste erhoben, um auf seine Brust einzuhämmern, aber Mercè fasste sie um die Taille und hielt sie davon ab.

»Mutter«, bat sie.

Regina wehrte sich nur einen Augenblick lang, dann gab sie nach und ließ die Arme sinken.

»Ich schenke ihn dir«, spuckte sie vor Caterina aus, während ihr ausgestreckter Finger auf Hugo zeigte.

Hugo wollte Reginas Worten keinen Glauben schenken, bis eine ganze Weile verstrichen war, ohne dass er Nachrichten von ihr erhalten hatte. An jenem Tag hatten sie gemeinsam den Palast in der Calle de Marquet verlassen, aber sie war in Richtung Plaza de Sant Jaume gelaufen, während er mit Caterina ins Raval-Viertel gegangen war, an der Küste entlang bis zur Rambla und von dort die Calle del Hospital hinauf zu Barchas Haus. Merkwürdigerweise hatten weder Guerao noch der Schreiber noch einer der Offiziere ihnen den Karren mit den Weinfässern und dem Paar Maultieren abnehmen wollen.

»Sie müssen denken, dass er uns gehört«, mutmaßte Hugo. »Sie haben uns mit allen unseren Sachen darauf fahren sehen.«

Seit seinem Aufbruch nach Balaguer hatte Hugo Barcha noch nicht wiedergesehen. Damals hatte sie ein hartnäckiger Husten geschüttelt. Einen Augenblick lang zog sich ihm der Magen zusammen, weil er dachte, diese Krankheit könnte ihr den Tod gebracht haben. Inzwischen war die Nacht und mit ihr die Novemberkälte heraufgezogen, die sich durch das Meer mit Feuchtigkeit mischte. Es war eine schlechte Jahreszeit, um Husten zu bekommen. Hugo hatte mit Mercè darüber gesprochen, und obwohl sie die Medizin aufgegeben hatte, hatte sie versprochen, sich um Barcha zu kümmern. »Gestern habe ich sie besucht, und es ging ihr gut«, hatte seine Tochter vor ihrem Abschied gesagt.

Caterina ging offensichtlich verwirrt neben dem Karren her. Das Einzige, was Hugo dabei beruhigte, war ihr sanftmütiges Lächeln, das ihr, der Friedfertigen, so vollkommen entsprach. Sie hatte kein Wort gesagt, nachdem Guerao bestätigt hatte, dass sie zunächst mit Hugo gehen könne, um anschließend ihre Freilassung zu bewirken. Sie hatte auch nicht gefragt, wohin sie gingen, aber er hatte es ihr erklärt. »Ich habe dir ja schon öfter von der Maurin erzählt. Ihr werdet euch gut verstehen«, hatte er hinzugefügt.

Er trieb die Maultiere an. Licht drang durch die Ritzen der Fensterläden des zweistöckigen Hauses nicht weit vom Hospital. Hugo hielt den Karren an und saß ab.

»Willkommen!«

Barchas rundliche Figur, die fast den gesamten Türrahmen einnahm, empfing sie mit offenen Armen.

Die Maurin umarmte Hugo.

»Und sie?«, fragte sie, ohne ihn loszulassen.

»Das ist Caterina«, sagte er ihr ins Ohr.

»Nur Caterina?«

»Viel mehr«, gab Hugo zu.

»Es war höchste Zeit, dass du diese falsche Kröte von einer Jüdin verlässt.«

»Sie ist Sklavin«, ergänzte Hugo.

»Man sieht es ihr an«, meinte die Maurin. »Bring den Karren in den Gemüsegarten, und sieh zu, dass mir die Maultiere nicht das wenige wegfressen, was zu dieser Jahreszeit wächst.« Anscheinend stand für Barcha außer Frage, dass sie bei ihr bleiben würden. Dann wandte sie sich in herzlichem Tonfall an Caterina: »Komm rein, meine Freundin, solange der Mann beschäftigt ist.«

Barcha schloss die Tür, noch bevor sich Hugos Maultiere in Bewegung gesetzt hatten. Er jubilierte innerlich, dass er sie nicht hatte husten hören.

»Dir geht's ja viel besser als beim letzten Mal«, bemerkte er beim Eintreten durch die Hintertür.

Beide Frauen saßen am Tisch vor dem Herdfeuer. Barcha winkte ab.

»Ich bin stark«, erwiderte sie, bevor sie sich erneut Caterina zuwandte und sie mit Fragen löcherte: »Seit wann?«, »Haben sie dich als Kind hergebracht?«, »Wie hat man dich behandelt?«, »Russland?«.

Das Problem bestand darin, dass Barcha Caterina bei jeder Antwort zuvorkam und mit dem gleichen Nachdruck redete, wie sie es immer tat.

»Ich bin als Kind nach Barcelona gekommen und nie Christin gewesen, nein. Du bist mit Hugo gereist, sagst du? Ich bin nie weg gewesen, und eigentlich …«

»Ich freue mich«, unterbrach sie Hugo, nachdem er sich zwischen die beiden Frauen an den Tisch gesetzt hatte und die Wärme des Feuers im Gesicht spürte.

»Worüber freust du dich?«, fragte die Maurin.

»Dass es dir gut geht und dass du stark bist.«

»Ach so. Hast du etwa gedacht, es hätte mich in der Zwischenzeit dahingerafft?«

»Natürlich nicht!«, antwortete Hugo, obwohl ihm diese Angst gerade erst durch den Kopf gegeistert war.

»Ich habe vor, hundert Jahre zu leben, mit der Hilfe des guten Kindes, das fast jeden Tag gekommen ist, um sich um seine Maurin zu kümmern, mit Hilfe des *aqua* …«

»Des *aqua vitae*?«, fiel ihr Hugo ins Wort. »Obwohl wir besser Schnaps dazu sagen sollten«, korrigierte er sich, weil er dachte, der Ausdruck *Lebenswasser* sei nur angebracht, solange es einen das Leben kostete, sofern man mehr davon trank, als in eine Haselnussschale passte.

»Genau. Wie auch immer du es nennen willst«, bestätigte Barcha.

»Willst du mir damit sagen, dass du Schnaps brennst?«, fragte Hugo, der nicht glauben konnte, was ihm allmählich schwante.

»Genau. Er ist wunderbar! Er macht dir gute Laune und vertreibt sogar den Husten. Was dachtest du denn, was wir zwei allein hier treiben sollten? Ich habe Wein gekauft, wir haben deine zwei großen Kasserollen genommen, und ich habe nachgemacht, was du damals auf dem Hof gemacht hast. Erinnerst du dich? Es ist ganz einfach.«

»Und Mercè hat dir dabei geholfen?«

»Ui, die hat sich gefreut wie ein Kind!«, rief die Maurin.

»Und ich nehme an, ihr habt ihn auch getrunken.«

»Ich habe ihn getrunken und ich trinke ihn weiterhin. Ein Gläschen pro Tag. Und ich fühle mich wie neugeboren!«

»Hat Mercè auch probiert?«, fragte Hugo nochmals erstaunt.

»Das Kind? Ob es auch getrunken hat? Natürlich, wenig zwar, aber ein bisschen. Ich habe mir keine Sorgen deswegen gemacht. Mercè hat mir erzählt, dass du ihr auch davon gegeben hast. Du kannst dir gar nicht vorstellen, wie viel wir gelacht haben!«

Alle drei schwiegen einen Moment. Barcha und Caterina lächelten und sahen Hugo an, der nachdenklich schien.

»Werdet ihr bei mir wohnen bleiben?«, wechselte die Maurin das Thema.

»Ja.«

Caterina hatte ihr geantwortet, und das lebhafter, als sie es üblicherweise tat, was sie auch sogleich bereute, als ob es ihr nicht zustünde, das Wort zu ergreifen.

»Ich freue mich«, beglückwünschte sich Barcha und tätschelte der Sklavin die Hand. »Du wirst mir Gesellschaft leisten, während Hugo seine Sachen macht. Ich vermute mal, ihr habt noch nicht zu Abend gegessen.«

Die bloße Erwähnung entfachte ihren Hunger. Sie hatten heute noch nicht einmal zu Mittag gegessen. Barcha stellte Brot, Käse und Wein auf den Tisch, damit Hugo sich beschäftigen konnte, während sie Caterina bedeutete, sich neben ihr vor die Feuerstelle zu knien, um den Eintopf zuzubereiten.

Die einfache Suppe mit Gemüse und Fleisch schmeckte ihnen vorzüglich. Sie unterhielten sich am warmen Feuer. Hugo erklärte Barcha, was sich mit Bernat und Roger Puig zugetragen hatte und wie es dazu kam, dass der Admiral fünfzigtausend Sueldos als Mitgift für Mercè zahlen würde. Die Maurin nickte und lächelte beim Gedanken an das Glück ihres Kindes und das Schicksal des Grafen, über den sich Hugo so viel beschwert hatte.

»Und Regina?«, unterbrach sie Hugo, als er schon fast am Ende seiner Erzählung angelangt war. »Was ist mit ihr? Sie wird sicherlich nichts Gutes aushecken. Sie kann Euch wegen Ehebruchs anzeigen. Nein«, korrigierte sie sich im selben Augenblick, »solange du Sklavin bist, kann sie Hugo nichts vorwerfen. Wer unterhält schließlich nicht eine Beziehung zu einer Sklavin?«

Hugo erzählte ihr auch von Regina, und als Barcha hörte, dass sie aus dem Palast ausgestoßen worden war, breitete sich ihr Lächeln über ihr ganzes runzliges Gesicht aus.

Später in der Nacht tranken sie eine Runde Schnaps. Noch ein Gläschen. Das Destillat schmeckte gar nicht übel, musste Hugo anerkennen.

Die Maurin war immer für eine Überraschung gut. Sie plauderten, bis Alkohol und Müdigkeit bei Caterina und Hugo ihre Wirkung zeigten. Es war ein sehr harter Tag gewesen. Trotz allem rückte Hugo, als sie schon eng nebeneinander in einem der Betten im oberen Stockwerk lagen, noch näher an Caterina heran.

»Wie findest du Barcha?«, wisperte er, während er es sich bequem machte und an Caterinas Rücken schmiegte, damit seine Körperwärme die Lust der Frau weckte.

Er küsste sie auf den Hals. Sie antwortete nicht, ja rührte sich nicht einmal. Ein friedlicher Schlaf hatte sie übermannt.

»Mercè, es war der reine Wahnsinn«, wiederholte Hugo noch einmal. Sie spazierten gemeinsam durch Barcelona, ein Soldat folgte ihnen. »Müssen wir denn bewacht werden?«, beklagte er sich zum x-ten Mal. »Guerao sagt, es muss sein«, wiederholte sie resigniert ihre Antwort. »Er sagt, wenn mir etwas zustößt, schneidet ihm der Admiral ab, was Ihr und ich sich schon denken können.«

Guerao de Sant Esteve, so heiße er, hatte Mercè ihm gesagt. »Guerao de Sant Esteve«, hatte Hugo wiederholt. »Ein zu großer Name für einen so kleinen Mann.« Und Mercè hatte erwidert: »Spottet nicht. Er ist ein höflicher und gütiger Mensch.«

Sie liefen zwei Bediensteten hinterher, um den Palast mit Vorräten einzudecken. In der Nähe der Kathedrale Santa María del Mar kauften sie Thunfisch und eingesalzene Sardinen, danach gingen sie durch die Calle de la Mar zur Metzgerei auf der Plaza del Blat. Unterwegs erklärte Hugo seiner Tochter noch einmal den Grund, warum er Roger Puig verraten hatte.

Mercè hatte sich mehrmals darüber beklagt, dass ihr Vater sich nicht mit ihr über sein Vorhaben beratschlagt hatte.

»Es ist mir einerlei, was du denkst.« Auf dem Platz angekommen, wollte Hugo die Diskussion beenden. »Der Aufstand des Grafen von Urgell war der reine Wahnsinn, und früher oder später wärst du da mit hineingezogen worden. Wer kann dir versichern, dass der König diese Briefe nach dem Sieg über den Grafen nicht ohnehin in die Hände bekommen hätte? Was wäre dann geschehen? Die Art des Admirals hast du ja schon kennengelernt. Du hättest genauso nackt und gedemütigt im Innenhof gestanden wie die anderen, ins Elend gestürzt und auf dem Weg ins Exil, zusammen mit deiner Mutter. Es war ein sehr gefährliches Spiel, aber nicht nur das: Es war von Anfang an verloren. Und wenn dich dieses Argument nicht überzeugt, dann denk daran, dass Roger Puig es mir schuldete: dafür, dass er mich als Kind verprügelt hat, dass er mich aus der Werft geworfen hat und dass er mir seinen Bediensteten hinterhergehetzt hat, dass er mich gedemütigt und erlaubt hat, dass man mich geschlagen hat.« Und dafür, dass er mit meiner Gattin geschlafen hat, dachte Hugo, ließ diesen Teil aber lieber weg. »Mein ganzes Leben lang hat mich die Grausamkeit von Roger Puig verfolgt.«

»Aber du hast für ihn gearbeitet, ihm Wein serviert und für ihn spioniert ...«

»Ich war dazu gezwungen«, kürzte Hugo die Gegenargumente seiner Tochter ab. »Du hast es nicht erlebt. Wir einfachen Leute sind nicht in der Lage, uns den Höherstehenden zu widersetzen. Danach habe ich es für dich getan, um in deiner Nähe zu sein, aber ich habe eingegriffen, als ich sah, dass deine Träume in Gefahr waren. Das ist die Wahrheit, Tochter. Du verdienst diese Mitgift. Du wirst einen guten Mann finden und so leben können, wie du es dir wünschst.«

»Ich habe nichts getan, um diese Mitgift zu verdienen. Warum sollte ich einen Nutzen davon haben?«

»Du bist meine Tochter, das ist genug. Und Roger Puig hatte eine Rechnung bei mir offen.«

Hugo ließ die Geschehnisse an sich vorüberziehen. Roger Puig hatte seine Rechnung bezahlt, das stimmte. Er hatte sie mit dem Leben bezahlt, denn es war nach nur wenigen Tagen im Hospital de la Santa Cruz erloschen, nachdem er mit zerfetztem Rumpf und Gesicht, nicht mehr als eine unkenntliche Masse blutigen Fleisches, dort angekommen war.

»Vater!«, rief Mercè, da er sich offensichtlich in seinen Gedanken verlor.

»Wir haben ihn nur diese Schuld begleichen lassen, Mercè«, bekräftigte Hugo ernst.

»Aber ich habe den Nutzen davon. Und Ihr?«

»Mach dir um mich keine Sorgen«, entledigte er sich des Themas. Etwas anderes interessierte ihn viel mehr: »Sag, was weißt du von deiner Mutter? Ich habe sie seit Tagen nicht gesehen, und das wundert mich.«

Mercè erzählte ihm, dass Regina ihr Geld zurückbekommen habe, als Einziges, denn weder ihre Gewänder noch die Juwelen noch ihre Bücher oder ihre wertvollen Arbeitsinstrumente habe man ihr ausgehändigt. Das Geld jedoch habe sie in einem Versteck aufbewahrt, das weder Guerao noch der Schreiber entdeckt hätten, als sie die Inventur der Besitztümer in ihrem Zimmer vorgenommen hätten. Mercè kannte das Versteck. Sie brauchte nur das Geld zu nehmen und Regina zu übergeben.

»Und was hat sie dann gemacht?«

»Sie ist nach Tortosa gereist«, antwortete Mercè.

»Nach Tortosa? Was hat sie denn da verloren?«

»In Tortosa veranstaltet die Kirche die größte Disputation aller Zeiten«, erklärte Mercè ihrem Vater. »Die gelehrtesten Juden und Christen der Königreiche diskutieren über die Falschdarstellungen, Ketzereien und Widerwärtigkeiten im Talmud.«

»Und was hat deine Mutter damit zu tun? Sie hat sich ja schon zum Christentum bekehrt.«

»Das stimmt, aber die wichtigsten Verteidiger der christlichen Doktrin sind auch Konvertiten. Mutter sagt, da die Konvertiten die jüdischen Bücher so gut kennen, kennen sie auch deren Irrtümer und Falschdarstellungen, und deshalb sind sie besser für die Diskussion vorbereitet als die Christen. Jerónimo de Santa Fe leitet die Gespräche auf der Seite der Christen, er war der Arzt von Papst Benedikt XIII., den Fray …«

»Vicente Ferrer«, fiel ihr Hugo ins Wort.

»Ja«, bestätigte sie lachend. »Überall taucht sein Name auf. Es heißt, er habe dort schon ein Wunder bewirkt.«

»Ich will es gar nicht wissen«, murmelte Hugo, aber Mercè erzählte es ihm bereitwillig.

»Eine Brücke aus Booten über den Ebro ist unter dem Gewicht der vielen Menschen, die ihm folgten, auseinandergebrochen.«

»So eine, wie wir in Saragossa überquert haben?«

»Genau, aber in Tortosa. Es heißt, er habe sie repariert, indem er nur das Kreuzzeichen gemacht habe, und niemand sei gestorben.«

»Ich wünsche Fray Vicente nicht, dass er deiner Mutter begegnet. Das Wunder, das er bei ihr bewirken müsste, würde auf jeden Fall in die Geschichte eingehen.«

»Vater!«, schalt ihn Mercè.

Auf der Plaza del Blat traten sie an einen der Stände, um verschiedene Käsesorten zu probieren, die ihnen die unentschlossenen Bediensteten zeigten.

»Sie wollen meine Meinung, und ich habe keine Ahnung, was ich sagen soll«, klagte Mercè, ehe sie bei den Frauen ankamen. »Ich kann lesen und verstehe etwas von Medizin. Aber nicht von Käse und überhaupt von Essen und all dem.«

»Das wirst du ändern müssen«, erwiderte Hugo, während er an den Käsestücken roch. Er machte es wie beim Wein und wählte, was am meisten von den Aromen enthielt, die er so sehr schätzte. »Dein zukünftiger Gemahl möchte bestimmt eine Frau, die etwas von Lebensmitteln versteht, keine Ärztin.«

»Wenn mein zukünftiger Gemahl so reich sein soll, wird er keine Frau brauchen, die auf dem Markt einkauft. Oder seht Ihr hier etwa irgendwo eine Adelsdame?«

Hugo und Mercè ließen die Blicke über den Platz schweifen. Es war ein kalter, aber sonniger Tag, die Leute liefen herum, schrien und verhandelten über Preis und Qualität von Getreide und Lebensmitteln, bevor sie etwas kauften.

»Was spielt es schon für eine Rolle, ob reiche Adelsdamen hierherkommen oder nicht?« Hugo und seine Tochter hatten sich schon zur nahe gelegenen Plaza del Oli aufgemacht, um Öl zu kaufen. »Was ich gerne wissen möchte, ist, was deine Mutter in Tortosa macht. Wird sie vielleicht wieder Jüdin?«

»Nein, obwohl Guerao ein paar jüdische Religionsbücher zwischen den Medizinbüchern entdeckt hat.«

»Das könnte eine schwere Bestrafung nach sich ziehen«, erwog Hugo ernst. »Der Bischof oder die Inquisition könnten sie verfolgen.«

»Ich glaube nicht. Guerao hat die Bücher versteckt, er hat dem Schreiber nicht erlaubt, sie mit auf die Liste zu setzen.«

»Ein guter Mann«, bemerkte Hugo nicht ohne Ironie.

»Wohlwollend«, ergänzte Mercè.

»Ich nehme an, das war, nachdem du ihn darum gebeten hast.«

»Wünscht Ihr Mutter denn irgendetwas Schlimmes?«

Hugo ließ die Frage unbeantwortet.

»Du hast mir immer noch nicht erzählt, was sie in Tortosa macht.«

»Sie ist dem Ruf der Oberin eines Klosters gefolgt, mit der sie schon vorher viel zu tun hatte … Ihr versteht mich, oder, Vater?«

»Eigentlich nein, ich verstehe dich nicht.«

»Frauensachen. Sie wird Probleme der Nonnen lösen, die ja immer noch Frauen sind.«

»In Tortosa?«

»Da sind Tausende Menschen! Anfang des Jahres ist Papst Benedikt mit seinem ganzen Hofstaat angekommen: siebzig Kardinäle, Erzbischöfe und Bischöfe von überallher, Prinzen und Adlige und natürlich Juden. Seine Heiligkeit hat alle Rabbiner verpflichtet, der Disputation beizuwohnen, obwohl ich nicht glaube, dass die sich viel mit den Nonnen einlassen. Aber könnt Ihr Euch vorstellen, wie viele Mönche und Priester um so viele Hochwürden herumwuseln? Viele der Geistlichen beziehen in den Klöstern der Ordensschwestern Quartier, zwar getrennt von ihnen, aber …« Mercè errötete ein wenig. »Jetzt versteht Ihr mich, oder?«

Hugo versuchte, es sich vorzustellen. Das einzige Kloster, das er je kennengelernt hatte, war das von Arsenda gewesen, das Kloster Jonqueres, das völlig unzugänglich schien, wobei … War er nicht selbst ziemlich oft dort aufs Dach geklettert? Jeder konnte sich einschleichen und Beziehungen zu den Nonnen pflegen, wenn diese es gestatteten. Die meisten Leute behaupteten, dass es genau so sei, doch bestätigen konnte das Gerücht kaum jemand.

»Die Nonnen, also, du weißt schon …?«, fragte er seine Tochter ein wenig verlegen, indem er die ausgestreckten Mittelfinger zu einem Pärchen zusammenlegte.

»Ich bin mehr als nur einmal mit Mutter in ein Kloster gegangen. Sie zahlen besser als alle anderen. Mutter ist eine Expertin, und sie verlassen sich blind auf ihr Wissen und ihre Verschwiegenheit.«

Die Bediensteten warteten schon mit dem Öl, und der gelangweilte Soldat wollte ebenfalls in die Calle de Marquet zurückkehren. Hugo bedauerte es, dass der Ausflug mit seiner Tochter schon vorbei war. Mercè bemerkte sein bekümmertes Gesicht, als sie sich vor dem Palasttor verabschieden mussten.

»Kommt wieder, Vater. Guerao ist ein guter Mann. Er würde nie dem Admiral seinen Gehorsam verweigern, aber wir können uns immer draußen treffen, so wie heute.« Als Hugo seiner Tochter einen Kuss auf die Wange geben wollte, fragte sie ihn: »Was habt Ihr eigentlich mit Caterina, Vater? Wir haben viel über Mutter geredet, aber gar nicht über Euch.«

»Mit ihr habe ich etwas, was mir Regina nie geben wollte.« Mercè löste sich etwas brüsk und mit weit aufgerissenen Augen aus seiner Umarmung. »Liebe«, sagte Hugo.

Als wäre sie noch ein Kind, wartete er darauf, dass seine Tochter die Antwort billigte. Erst dann wäre er zufrieden. Sie schloss halb die Augenlider und nickte. Trotz ihrer Jugend waren Mercè die Gerüchte und Bemerkungen über Regina nicht entgangen, während sie noch zusammen im Palast lebten. Sie hatte im Stillen darüber geweint, bis sie akzeptierte, dass es weder Liebe noch Zuneigung zwischen ihrem Vater und ihrer Mutter gab. Sie nickte noch einmal, diesmal mit geöffneten Augen, und gab ihm einen Kuss.

»Wie werdet Ihr das mit Mutter lösen?«, fragte sie ihn danach.

Hugo zuckte die Achseln.

Die Krönung König Fernandos in Saragossa wurde mit Festen und Turnieren gefeiert. Zu seiner Beruhigung und zur Verzweiflung der Anhänger des Grafen von Urgell, sofern ihm noch welche geblieben waren, war dieser auf der Burg Urueña in der Nähe von Valladolid im Königreich Kastilien eingekerkert worden, Hunderte Meilen von Katalonien entfernt.

Nun, da er sich auf dem Thron sicher fühlte, zeigte sich der Monarch großzügig gegenüber jenen, die ihm dazu verholfen hatten. Die Grafschaft Urgell wurde aufgelöst und die unermesslichen Besitzungen entweder verkauft oder Fernandos Getreuen vermacht. Berenguer de Bardají, der schon ein Gehalt von ihm bezogen hatte, als er Schiedsrichter in Caspe war, und der darüber hinaus fünfzigtausend Goldflorine zur Belohnung bekommen hatte, erhielt nun die Burgen und Ländereien von Almolda, Oso und Castellfollit. Mateo Ram, der Waffenwart König Fernandos, wurde mit den Burgen und Ländereien von Samitier und Puig de Mercat beehrt. Antonio de Cardona, sein Jadgmeister, bekam Burg und Stadt von Oliana. Außerdem beschenkte Fernando seinen Schreiber, seinen Stallmeister, seinen Majordomus, den Sekretär der Königin, den Gouverneur von Katalonien, seinen Kämmerer, die Dorfrichter und die Inhaber vieler weiterer Posten sowie Personen aus seinem Umkreis. Bernat Estanyol, Admiral und Waffenbruder des Königs, erhielt die konfiszierten Güter Roger Puigs: den Palast in der Calle de Marquet mit allem, was dazugehörte, sowie Burg und Ländereien der Grafschaft Navarcles.

»Der Enkel wird als Herr und Besitzer in die Burg zurückkehren, von der sein Großvater fliehen musste«, verkündete Fernando dem Admiral.

Er kannte die Geschichte von Bernat und dessen Vater Arnau gut, und er wusste, dass der Vater des Letzteren mit seinem nur wenige Monate alten und sterbenskranken Sohn von der Burg Navarcles nach Barcelona hatte fliehen müssen, wo man sie als freie Bürger aufgenommen hatte. Der König und sein Admiral hatten in den langen, angespannten Nächten vor ihren gemeinsamen Schlachten darüber gesprochen.

»Ich danke Euch, Majestät«, erwiderte Bernat und fragte sich, ob er diesen Ort wohl eines Tages betreten würde.

Kurze Zeit später, im Frühling 1414, öffnete Barcha ihre Haustür, um von einem kleinen, dürren und übellaunigen Männchen überrascht zu werden.

»Der Friede sei mit dir«, grüßte die Maurin.

Caterina, die ihr beim Kochen half, erkannte Guerao und kam näher. Ein Besuch des Majordomus des Admirals war nicht gerade, was eine

Freigelassene im Raval üblicherweise erwartete. Kalter Schweiß trat ihr auf die Stirn, womöglich war Mercè etwas Schlimmes zugestoßen. Hugo wäre außer sich, wenn seiner Tochter auch nur das Geringste geschähe.

Guerao blieb stramm vor ihnen stehen. Caterina wischte sich die Hände an einem Lappen ab und trat noch etwas näher. Guerao grüßte sie mit einem leichten Kopfnicken.

»Ist Hugo da?«, fragte er.

»Er ist im Gemüsegarten«, antwortete Barcha und deutete hinter sich.

Einige Augenblicke lang verharrten beide Frauen ohne Reaktion.

»Ah!«, rief Caterina schließlich und rannte, um ihn zu holen.

»Der Friede sei mit dir«, grüßte Hugo, als er ins Haus trat. »Ist etwas passiert?«, fragte er beunruhigt. »Geht es Mercè gut?«

»Deine Tochter befindet sich bei bester Gesundheit.«

Hugo atmete auf. Barcha und Caterina ebenso.

»Komm doch bitte herein«, lud Hugo den Majordomus ein.

»Nein, das ist nicht nötig«, lehnte Guerao ab. Er suchte etwas unter seinen Kleidern, zog ein Dokument hervor und überreichte es Hugo. »Der Beweis, dass der Sohn von Arnau Estanyol sein Wort hält«, verkündete er.

Caterina weinte, noch ehe Hugo das Schriftstück entgegengenommen hatte. Barcha umarmte sie.

»Keiner von uns kann lesen«, bemerkte Hugo mit einem halben Lächeln, das Dokument in der Hand.

»Es ist die Freilassungsurkunde der russischen Sklavin Caterina. Sie enthält viele gesetzliche Formalitäten rund um das eigentlich Wichtige: ihre Freiheit. Ohne *Talla*, ohne abzuleistende Dienste und ohne Bedingungen.«

»Überbringe Bernat meinen Dank«, trug ihm Hugo spontan auf.

»Der Admiral wünscht deinen Dank nicht«, entgegnete Guerao, wobei er wieder seine formelle Haltung annahm, die er, gerührt angesichts der Freudentränen der beiden Frauen, offenbar kurzzeitig vergessen hatte.

Hugo musterte ihn frech.

»Es muss unerfreulich sein, so einem Herrn zu dienen.«

Guerao überlegte kurz. Doch sogleich antwortete er voll Überzeugung, als wenn man ihn beleidigt hätte:

»Er ist ein tapferer und großzügiger Mann, dem König und den Seinen treu ergeben, auch wenn er bedauernswerterweise nicht ohne ein gezücktes Schwert in Händen zu gehen versteht, denn das Leben hat es ihn so gelehrt. Dankbarkeit erwartet er nie. Weder von dir noch von irgendwem sonst.«

22

Er ist schon fast zwei Wochen hier«, gestand ihm Mercè, als sie wieder einmal in der Stadt einkaufen gingen. »Er beaufsichtigt den Bau der Galeeren in der Werft. Sizilien und Sardinien …«

Hugo hörte nicht weiter zu. Die fortwährend feindselige Lage dieser fernen Königreiche interessierte ihn nicht. Stattdessen dachte er, wie merkwürdig es eigentlich war, dass die Galeeren einmal sein Traum gewesen waren: Schiffsbaumeister hatte er werden wollen, so wie der Genuese! Später hatte er die Zutraulichkeit der Hunde Juans des Navarrers ausgenutzt, um über die Mauer zu springen und die Armbrust zu entwenden, mit der Bernat den Kapitän-General hatte umbringen wollen. Und jetzt, nach all den Jahren, war Bernat als Admiral in der Werft zugange und trug als neuer Graf von Navarcles den Titel desjenigen, den er einst mit der von Hugo beschafften Armbrust hatte ermorden wollen.

Hugo seufzte, offenbar laut genug, dass seine Tochter in ihrem Redefluss innehielt.

»Ist etwas, Vater?«

»Nein. Erzähl ruhig weiter.«

»Gestern hat er mir von den Galeeren erzählt.«

»Wer?«

»Bernat.«

»Bernat?«

»Ja, Bernat, der Admiral.«

»Ja, ich weiß schon, wer Bernat ist, aber … du nennst ihn Bernat?«

»Wie sollte ich ihn denn sonst nennen?«

»Ich weiß nicht. Eure Herrschaft vielleicht? Oder Admiral?«

Sie lachte.

»Beim Mittagessen? Da meint Ihr, sollte ich Admiral zu ihm sagen?«

»Ihr esst Mittag zusammen?«

»Ja, natürlich. Und wir frühstücken und essen Abend zusammen.«

»Mit wem noch?«

»Mit niemandem. Nur er und ich.«

»Mercè …«

»Vater, wir sind ja nicht allein. Da sind Sklaven und Bedienstete, und meistens auch Guerao.«

»Mercè, ich weiß nicht, ob es sich ziemt für ein junges Mädchen wie …«

»Vater! Vertraut Ihr mir etwa nicht?«

»Dir schon, mein Liebling, aber ihm …«

Mercè winkte ab.

»Ach was! Bernat ist harmlos.«

»Nein. Er ist einer der grausamsten Korsaren.«

»Er ist harmlos, Vater, glaubt mir. Vielleicht ist er grausam auf dem Meer oder im Krieg gegenüber seinen Feinden, aber fern von dieser Umgebung ist er bloß ein trauriger Mann. Er hat niemanden. Er schläft nicht. Ich weiß es, und Guerao hat es mir bestätigt. Er ist ein einsamer Mensch. Vor ein paar Tagen hat er herausbekommen, dass ich lesen kann.«

»Und?«

»Jetzt lesen wir am Abend. Gedichte, Vater. Gedichte!« Mercè rezitierte: »Oh, Frau, bei Gott, erweist mir die Gnade, denn ich bin doch Euer Ritter, und sollte Gnade nicht sein, was Ihr mir gewähret, so gestattet mir wenigstens, Euch zu lieben.«

Hugo starrte offenen Mundes seine Tochter an. Sie war versucht, ihm die ganze Wahrheit über diese abendlichen Lektürestunden zu enthüllen, aber damit würde sie zu weit gehen. Er bekommt feuchte Augen, Vater, wollte sie sagen. Aber das war zu intim. Sie durfte nicht jemanden verraten, der ihr so sehr vertraute, dass er ihr seine Gefühle zeigte.

»Die gleichen Gedichte, die ich der Gräfin vorgelesen habe, Vater«, fuhr sie fort. »Bernat sagt, er habe sie auch schon gelesen, vor vielen Jahren. Sie sind wunderschön! Euer Mut, o Frau, so unvergleichlich«, rezitierte Mercè erneut und untermalte die Verse mit gleitenden Handbewegungen.

»Kind!«, unterbrach sie Hugo.

»Kind?«

»Kind, ja, Kind«, wiederholte er. »Gib acht und vergiss vor lauter Dichtkunst nicht, warum du in diesem Palast wohnst. Dem Admiral Gedichte vorzulesen, ist ja nun nicht gerade der Sinn und Zweck, und wenn du es ihm nicht selbst sagst, werde ich ihn daran erinnern müssen, dass er einen Gemahl für dich finden muss.«

»Er weiß es schon. Wir haben darüber geredet.«

»Und?«

»Ich habe keine Eile, Vater.«

»Du vielleicht nicht, aber dein Körper schon. Ihr Frauen solltet euch jung verheiraten.«

Mercè schien sich bei dieser Bemerkung unwohl zu fühlen und sah sich nach den sie begleitenden Bediensteten um. Da sie sie nirgends entdecken konnte, fragte sie mit einer Geste den Soldaten, der zur Antwort die Hände nach vorne streckte und schüttelte, um anzudeuten, dass er schon ziemlich lange wartete, während sie dastanden und redeten. Sie nickte.

»Stimmt. Ich muss gehen«, gab sie ihm recht.

Der Soldat lächelte, und Mercè machte sich auf den Rückweg in den Palast. Hugo ließ sie an sich vorbei und sah zu, wie sie sich entfernten. Seine Tochter ging voraus, entschlossenen Schrittes, als ob sie ihr ganzes Leben in einem Palast gelebt hätte und immer von einer Wache eskortiert worden wäre. Hugo hatte befürchtet, sie würde sich nicht an ihr neues Leben als Bernats Mündel anpassen können, ohne die Gräfin und getrennt von Regina, aber offensichtlich war sein Argwohn unbegründet. Gedichte! Mercè und Bernat lasen am Abend zusammen Gedichte, wiederholte Hugo aufgewühlt.

»Den Schnaps sollst doch nicht du trinken«, tadelte Hugo Barcha, als er sie mit einem Glas in der Hand ertappte. »Und du auch nicht«, fügte er zu Caterina gewandt hinzu, deren funkelnde Augen sie trotz des aufgesetzten Ernstes im Gesicht verrieten. »Falls etwas übrig bleibt, können wir ja sehen, was wir damit machen«, ließ er sich jedoch erweichen, als ihm die Frauen gar so flehentliche Blicke zuwarfen.

Sie destillierten Wein und stellten Schnaps her. Hugo drängte es zu arbeiten. Barcha und er waren immer genügsam gewesen, hatten über dem Feuer nahrhaften Eintopf zubereitet und dazu nicht einmal weißes, sondern Dinkelbrot gegessen und Wein getrunken. Manchmal hatte es Huhn oder etwas Ziegenfleisch gegeben, und Fisch an den zahlreichen Fastentagen. Die Maurin hatte stets gut mit Hugos Tagelöhnen gehaushaltet, sodass sie sogar etwas gespart hatten. Aber der Sturz des Grafen von Castellví de Rosanes und Navarcles bedeutete auch, dass Hugo Arbeit und Einkommen verlor, wenngleich man ihm den Karren mit den zwei Maultieren und mehreren in Balaguer erstandenen Weinfässern geschenkt hatte. Und auch für das Geld, das er als Spion von Roger Puig erhalten hatte, verlangte niemand Rechenschaft von ihm, und ebenso wenig für die Einnahmen, die Caterina und ihm der Verkauf des Weins im Feldlager eingebracht hatte.

»Hat sonst noch jemand Branntwein getrunken?«, sah sich Hugo genötigt nachzufragen.

Wenn andere den Geschmack des Destillats kennenlernten und später in den Weinmischungen wiedererkannten, konnten sie ihn des Betrugs bezichtigen, und in Barchas Haus gingen eine Menge Leute ein und aus. Die meisten waren Freigelassene, die im Raval leben mussten, solange sie ihre Freilassung abbezahlten, und viele blieben danach in dem Viertel. Es war zu großen Teilen immer noch unbebaut, so wie es Hugo schon aus seiner Kindheit kannte.

»Was soll ich denn sonst tun, während du im Palast des Grafen beschäftigt bist?«, hatte Barcha ihm einmal geantwortet, als Hugo sich nach den Freigelassenen erkundigte, die immer bei der Maurin zu Besuch waren. »Wir verstehen uns. Wir sind alle ehemalige Sklaven und haben Ungerechtigkeit erlebt. Wir reden. Wir weinen über unser Unglück und manchmal, wenn jemand eine Runde Wein ausgibt, lachen wir über unsere Freiheit. Wir helfen uns gegenseitig. Wer einmal Sklave war, hilft seinem Nächsten.«

Mit Caterinas Ankunft vervielfachten sich die Besucher. Waren bislang vor allem Mauren gekommen, so kamen jetzt auch Russen,

Griechen, Tataren, Sklaven aus dem Osten. Caterina versäumte keine Gelegenheit, nach ihren zwei Kindern zu fragen, die Roger Puig vor einigen Jahren verkauft hatte. Manche Sklavenbesitzer behielten ihre Bastarde, viele erkannten sie in ihren Testamenten an oder sogar schon vor ihrem Tod. Nicht einmal die Kirche verurteilte die Beziehungen der Herren mit ihren Sklaven. Roger Puig dagegen hatte nie Bastarde in seinem Palast dulden und auch nicht ernähren wollen, bis sie alt genug gewesen wären, um Arbeitsleistung zu erbringen. Daher verkaufte er sie, sobald sie abgestillt waren, gleich Tieren, denn nichts anderes waren sie für ihn. Caterina hatte beide Male untröstlich über den Verlust ihrer Kinder geweint.

Barcha schwor, dass niemand sonst den Schnaps gekostet hatte.

»Und wenn mich jemand angezeigt hätte?«, führte Hugo der Maurin die Bedeutung ihres Schwurs vor Augen.

Sie würden künftig nachts destillieren, versteckt vor fremden Blicken. Barcha beschwerte sich, beim bloßen Gedanken wurde sie müde. Hugo lächelte, weil er sich daran erinnerte, wie er vor etlichen Jahren ihren Willen gebeugt hatte, indem er sie mit Kübeln voll Wasser vom Schlafen abhielt. Jetzt hingegen entschied er, sie von der Nachtarbeit zu entbinden. Lagern würden sie den Wein im Gartenschuppen.

»Natürlich passt er rein«, entgegnete er Barcha und Caterina, die beide befürchteten, sie müssten einen großen Keller anlegen. »Schließlich will ich ihn ja nicht altern lassen und auch nicht ausbauen oder abstechen. Jung und billig kaufen, mit Schnaps und Obst oder Gewürzen mischen und teuer wieder verkaufen, das ist, was ich will.«

Hugo bat die beiden um Stillschweigen.

»Glaubst du etwa, wir könnten das nicht für uns behalten?«

»Ihr redet zu viel«, erwiderte er, ohne dem beleidigten Tonfall der Maurin Beachtung zu schenken.

Die Fässer, die sie aus Balaguer mitgebracht hatten, brachten ihnen bereits die ersten Gewinne ein. Dabei hatte Hugo nicht einmal die beste Qualität herausgeholt, wie es ihm Caterina eines Nachts im Bett nach der Arbeit am Destillierkolben geraten hatte.

»Du kannst nicht immer den besten, den teuersten und den erlesensten Wein der Stadt haben. Die anderen Händler, die Gastwirte und auch die Zunftmeister werden darüber misstrauisch werden und den Grund herausfinden. Sei vorsichtig, mein Schatz. Bleib unter den einfachen Leuten, mach Wein für die Gesellen und Handwerker.«

Aber Hugo träumte noch von etwas anderem. Wenn er genug Geld beisammen hatte, wollte er guten Wein beschaffen, Murviedro, wenn möglich, und die Weine von all den Orten, die er als Spion des Grafen kennengelernt hatte. Er würde edle, kaum bekannte Weine besorgen. Bestimmt wäre das ein gutes Geschäft, aber bis dahin wollte er Caterinas Rat befolgen. Vielleicht würde er eines Tages sogar wieder einen eigenen Weinberg haben.

Als der Wein aus Balaguer zur Neige gegangen war, spannte Hugo die Maultiere an und machte sich auf den Weg in den Penedès im Umland von Vilafranca. Ein Gehöft reihte sich dort ans nächste, die meisten besaßen ein Kelterhaus und einen Keller und produzierten ihre eigenen Weine. Hugo hatte es weder auf große Mengen noch auf besondere Qualität abgesehen, sondern kaufte hier ein Fass und dort ein halbes, sodass die Bauern ihren Eigenbedarf nicht einschränken mussten, bis sie Ende Januar über neuen Wein verfügen würden. Sie machten Hugo gute Preise, obwohl keine Saison war.

Nachdem er auf dem Rückweg den Brückenzoll bezahlt hatte, um bei Sant Boi den Llobregat zu überqueren, hielt er an einem Markt, der sich auf ebendieser Seite befand. Er stellte Karren und Maultiere in einem Verschlag unter, den ein Mann und zwei zerlumpte Jungen bewachten. Dann ging er an den Ständen entlang. Er hatte Geld gespart, um ein Geschenk für Caterina zu kaufen. Während er von Hof zu Hof gezogen war, um Wein zu kaufen, war ihm eines Nachts diese Idee in den Sinn gekommen, und er hatte sich vorgestellt, wie ihr Gesicht vor Freude strahlen würde. Noch nie habe ihr jemand ein Geschenk gemacht, hatte ihm Caterina einmal gestanden, dann hatte sie »außer der Freiheit« hinzugefügt und ihm einen leidenschaftlichen Kuss gegeben. Hugo verwarf die Idee, ihr etwas zu essen mitzubringen, wie er es bei Eulàlia gemacht hatte, aber er wusste auch nicht recht, was er anderes kaufen sollte. Vielleicht einen Topf, irgendetwas für die Küche, überlegte er, denn der Silber- und Korallenschmuck überstieg bei Weitem seine Möglichkeiten. Schließlich fühlte er sich zu den Stoffen hingezogen, die die Händler sorgfältig vor sich ausgebreitet anpriesen. Er wagte es nicht darüberzustreichen, weil seine Hände vom Weinabfüllen, vom Maultiereeinspannen und überhaupt von der Reise schmutzig waren. Daher deutete er nur darauf und fragte nach den Preisen. Er ging von einem Stand zum nächsten, unfähig, die detaillierten Erklärungen der Verkäufer zu verstehen. Die Stoffe unterschieden sich je nach Wolle, Schurzeit, Faserlänge, Art der Kettfäden, Gewicht, Färbemittel, Farben und so weiter. Ihm gefielen alle Stoffe, aber sie waren teuer. Hugo zählte sein Geld, feilschte hier und da, und bot, was er hatte. Ihm erschien Caterinas Lächeln vor Augen, als man ihm ein Stück Wollstoff reichte, »gefärbt mit indigoblauem Färberwaid«.

»Deine Frau wird sich freuen«, prophezeite der Händler.

Als Hugo nach Hause kam, erwarteten ihn der Lärm und das Durcheinander der zahlreichen Besucher. Freigelassene und sogar Sklaven nutzten jegliche Erledigungen in der Stadt, um bei Barcha und Caterina vorbeizuschauen. Ungeachtet ihrer Herkunft und Hautfarbe war die gegenseitige Solidarität ein Mittel, um die Freiheit zu erlangen. Zur Erfüllung der *Tallas*, der Verträge, mit denen sich die Sklaven ihre Freiheit erkauften, brauchten sie Geld und folglich eine Arbeit, vor allem aber Bürgen, die ihrem Herrn Garantie leisteten, dass sie nicht die Flucht ergreifen würden.

Caterina erklärte Hugo das Prozedere, nachdem sie sich auf ihr Zimmer zurückgezogen hatten: »Sie haben erzählt, dass vor nicht allzu vielen Jahren, vierzig ungefähr, nur zwei oder drei Bürgen erforderlich waren, damit ein Herr seinem Sklaven die *Talla* gewährte. Dann ist die Anzahl auf sechs gestiegen, und heute gibt es kaum noch Verträge, die nicht mindestens acht Bürgen verlangen. Jeder Sklave, der sich freikaufen möchte, muss acht Leute finden, stell dir das nur vor! Acht Freigelassene, die bereit sind, für die Erfüllung der Verpflichtungen des Sklaven einzustehen.«

Hugo hatte es vermieden, ihr sein Geschenk in Anwesenheit Barchas zu überreichen. Die Wertschätzung, die er der Maurin entgegenbrachte, hatte nichts mit seiner Liebe zu Caterina zu tun, aber es war ihm unangenehm, eine der beiden zu beglücken und die andere vielleicht zu enttäuschen. Zweifellos würde Barcha ohnehin davon erfahren, aber dann wollte er ihr die Wahrheit sagen, nämlich, dass er all sein Geld für diesen blauen Stoff ausgegeben hatte.

»Und wer verbürgt sich?«, fragte Hugo, um das Gespräch mit Caterina fortzusetzen.

»Alle untereinander«, antwortete sie mit einer Dringlichkeit, die Hugo nicht entging. »Aber …«, begann er, doch Caterina sprach von selbst weiter: »Sie beschaffen sich auch Arbeit gegenseitig, vielleicht, um sich zu kontrollieren. Kannst du dir vorstellen, was es für eine Familie bedeutet, wenn sich der Sklave, für den sie gebürgt hat, aus dem Staub macht?«

»Ja, aber wer …?«

»Es gibt auch viele Prozesse«, unterbrach ihn Caterina. »Viele Sklaven klagen vor Gericht ihre Freiheit ein. Sie haben einen Vertreter, er wird der Anwalt der Unglückseligen genannt, und er vertritt kostenlos die Sklaven, die ihre Situation anfechten, hauptsächlich, weil sie nicht ›in einem rechtmäßigen Krieg‹ gefangen genommen, sondern geraubt worden sind, in einem Gebiet, mit dem sich die Königreiche nicht im Krieg befinden.«

Caterina verstummte, und Hugo hütete sich, das Schweigen zu brechen. Er ahnte, dass ihr der letzte Satz auf der Seele lastete.

»Mein Volk befand sich mit niemandem im Krieg und am allerwenigsten mit Katalonien«, flüsterte sie. »Vielleicht, wenn ich von diesem Anwalt der Unglückseligen gewusst hätte …«

Sie saß auf dem Bett, mit gesenktem Kopf, und rührte sich nicht. Hugo ging zu der großen Truhe im Zimmer und nahm den Stoff heraus. Damit kniete er sich vor ihr hin:

»Es kann zwar deinen Schmerz nicht lindern, aber ich möchte dir mit diesem Geschenk die tiefe Liebe ausdrücken, die ich für dich empfinde.«

Caterina brach in Tränen aus. Vor Rührung konnte sie nicht einmal den Stoff aus Hugos Händen entgegennehmen.

»Ich komme mir schäbig vor, wenn ich bloß daran denke, was für ein großes Glück ich habe, dass dich dieses grausame Schicksal zu mir geführt hat. Ich habe kein Recht auf dich. Ich will mich nicht an die Vergangenheit erinnern. Ich will dir nur sagen, dass ich heute hier bin, mit dir, und dass ich dich liebe.«

Sie drehte den Kopf zur Seite, damit ihre Tränen nicht auf den Stoff tropften. Hugo wartete lächelnd, aber sie konnte scheinbar nicht aufhören zu weinen.

»Caterina«, bat er sie schließlich.

Sie nickte und schniefte, wischte sich die Tränen mit dem Unterarm ab und stand entschlossen auf. Dann nahm sie den Stoff, strich vorsichtig darüber, legte ihn zurück in die Truhe und drehte sich zu Hugo herum.

»Du bist das beste Geschenk, das man mir je hätte machen können«, wisperte sie und begann gleichzeitig sich auszuziehen, mit sinnlichem Blick und wollüstigen Gesten. »Ich würde das ganze Leid meines Lebens noch einmal ertragen, Tag für Tag, wenn ich dafür sicher sein könnte, dich wiederzufinden.«

Hugo hielt den Atem an, als Caterina nackt vor ihm stand. Er kannte sie. Mit seinen Händen, mit der Zunge, auch in seiner Vorstellung hatte er sich zu allen Stellen ihres wunderschönen Körpers vorgetastet, aber jetzt schien er ihm noch prachtvoller und herrlicher. Caterinas blasse Augen glänzten, sie riefen ihn. Hugo machte einen Schritt nach vorne, wollte etwas sagen, aber sie drückte ihm einen langen, feuchten Kuss auf die Lippen. Dann zog sie ihn langsam aus und legte sich mit ihm aufs Bett.

»Bald werde ich zwanzig, Vater.«

Sie hatten die Bediensteten nun schon mehrmals allein zum Einkaufen geschickt, um unter sich zu bleiben. Anfangs bestanden die Frauen darauf, bei ihnen zu bleiben, da der Admiral den Wachsoldaten abgezogen hatte und sich nur mehr auf sie verließ. Doch Mercè hatte sie schließlich überzeugt. Sie umrundeten die Kathedrale Santa María del Mar – traten aber nicht ein, aus Angst, Bernat zu begegnen –, spazierten über den Pla de Palau oder am Strand entlang oder setzten sich, um Matrosen, Fischern und Schiffsbauern bei der Arbeit zuzusehen.

Schon fast zwanzig, dachte Hugo. Und er? Wie alt war er dann? Bald vierzig, das musste hinkommen.

»Was willst du mir damit sagen, dass du zwanzig bist?«, fragte er seine Tochter.

»Na, dass ich alt genug bin, um meinen zukünftigen Ehemann auszuwählen.«

»Das ist nicht üblich so. Töchter gehorchen …«, begann Hugo eine Lektion, die Mercè umgehend wieder beendete.

»… ihren Eltern. Stimmt. Aber Ihr seid nicht vor Ort, also sagt mir, was Euch lieber ist, dass Bernat ihn wählt oder dass ich ihn wähle.«

»So gesehen, sollte ich mich vielleicht auf dein Urteil verlassen«, gab er zu.

»Dann wird es sich noch hinziehen, Vater!« Mercè lachte, ehe sie ihm mit einer Geste zu verstehen gab, er solle sie weiterreden lassen. »Entweder sind sie alt und gebrechlich, oder sie sind jung und interessieren sich nur für meine Mitgift.«

»Es ist normal, dass sie sich für deine Mitgift interessieren.«

»Ich bin immer noch Jungfrau, und das nur für meinen Ehemann. Das Problem ist, sobald man sie daran erinnert, dass sie selbst einen *Escreix* in Höhe der halben Mitgift einbringen müssen, laufen sie weg, oder, noch schlimmer, sie fangen an zu lachen. Die Bestgestellten, Vater, die Söhne der Reichen und Adligen, die halten nicht um meine Hand an. Vielleicht einer, der sich ruiniert hat, aber sonst keiner. Seien wir ehrlich, ich bin nur …«

»Schweig«, bat er sie mit zärtlichem Blick. »Der richtige Mann wird bestimmt bald kommen. Was sagt denn Bernat dazu?«

»Er denkt wie Ihr«, sagte Mercè seufzend. »Dass er schon kommen wird.«

»Gut, dann sind wir uns darin also einig, obwohl …«

Hugo wagte es nicht, sie mit der Vermählung zur Eile zu ermahnen. Es war ihm lästig, dass sich die Angelegenheit mit dem Ehemann in die Länge zog und seine Tochter unterdessen mit Bernat im Palast zusammenlebte. Diese Konstellation schien ihm ungeeignet, und doch, sobald er mit Mercè sprach, verstreuten sich seine Zweifel, weil das Mädchen eine solche Freude ausstrahlte. Sie sei noch Jungfrau, hatte sie ihm soeben offen und ehrlich gestanden. Er musste ihr vertrauen, sagte er sich noch einmal.

»Obwohl was?«, fragte Mercè, nachdem ihr Vater so plötzlich verstummt war.

»Nein, nichts. Was weißt du von deiner Mutter?«, wechselte er das Thema, während er sich zugleich das Versprechen gab, beim Thema Ehe weniger hartnäckig zu sein.

Mercè wusste nichts Neues über Regina. Trotzdem erzählte sie ihm von den Ereignissen rund um die sogenannte Disputation von Tortosa.

»Der Mönch Fray Vicente Ferrer bringt durch seine Predigten immer mehr Menschen dazu, zu konvertieren.«

Tatsächlich waren über zweihundert Familien aus den Judenvierteln von Saragossa, Calatayud und Alcañiz zum Christentum übergetreten, dazu einhundertzwanzig weitere aus Daroca, Fraga und Barbastro und fast alle Mitglieder der jüdischen Gemeinden von Caspe und Maella, die Gemeinde von Lérida sowie die Juden in Tamarit und Alcolea. Durch Guerao hatte Mercè erfahren, dass die Disputation bald zu Ende sei. Von allen angesetzten Themen war nur ein einziges behandelt worden, und zwar die Ankunft des Messias. Es hieß, Jerónimo de Santa Fe, Konvertit und Wortführer der Versammlung, habe sie auf Grundlage der Irrtümer des Talmuds beweisen können. Letztlich schworen fast dreitausend Juden – darunter Rabbiner und angesehene Persönlichkeiten – ihrem Glauben ab und wurden in Tortosa zu Christen.

»Dann wird sie bald zurückkommen«, bedauerte Hugo.

»Wahrscheinlich«, mutmaßte Mercè. Beide schwiegen. »Barcha hat mich besucht«, sagte sie plötzlich.

Hugo seufzte. Was die Maurin wohl wieder im Schilde führte?

»Du weißt ja, wie sie ist. Besucht sie dich denn oft? Mir hat sie nichts erzählt.«

»Ja, sie kommt öfter. Sie streitet sich mit den Torwächtern und schreit alle an. Ich gehe in den Hof hinunter und plaudere ein wenig mit ihr. Wir gehen nicht mal draußen spazieren. Sie bleibt immer nur kurz, gerade so lange, um mich zu sehen und mir einen Kuss zu geben.«

»Was für ein Charakter!«, rief Hugo.

»Aber wirklich, Vater! Gestern hat sie Bernat gedroht.«

»Was?!«, rief er verblüfft.

»Bernat ist im Hof aufgetaucht, ich weiß nicht, woher, und hat sich ein wenig mit mir unterhalten. Dann wollte er sich zurückziehen, aber

Barcha hat ihn zu sich gerufen und ihm gedroht: Tu ihr bloß nichts an. Damit hat sie mich gemeint. Wenn du ihr etwas tust, bekommst du es mit mir zu tun, und zwar in der Hölle.«

»Und was hat Bernat gemacht?«

»Er hat nur genickt«, antwortete Mercè verwirrt. »Er hat sich nicht aufgeregt. Dabei möchte ich nicht wissen, was passieren würde, wenn einer der Bediensteten aus dem Palast sich so vor ihn hinstellen und mit ihm reden würde. Aber Bernat hat nur genickt. Danach habe ich sie gefragt, wozu diese Warnung, aber sie hat sich bloß in Ausreden geflüchtet.«

»Na gut, ich vertraue darauf, dass sie dir nicht noch mehr Scherereien bereitet«, schloss Hugo. »Du weißt, dass sie dich sehr gernhat.«

»Sie hat mich auch um Geld gebeten. Das heißt, sie hat mich gebeten, dass ich Bernat darum bitten soll«, korrigierte sie sich, um Hugo zu beruhigen, der vor Schreck zusammengezuckt war.

»Um irgendeinen Sklaven freizukaufen!«, tobte ihr Vater.

»Nein. Für Euch«, gestand Mercè. »Damit Ihr Wein kaufen und handeln könnt.«

Hugo holte tief Luft, um sie dann mit einem Schnauben wieder auszustoßen.

»Sie sagt, Ihr braucht es, Vater.«

»Immer muss sich die Maurin in mein Leben einmischen! Weißt du, dass sie sogar eine Frau für mich gesucht hat? Aber ich brauche dieses Geld jetzt nicht, mein Kind. Die Dinge scheinen sich gut zu entwickeln.« Ihm kamen die ersten Zweifel. »Ich habe den Wein aus Balaguer verkauft und gerade auch einen Teil von dem aus dem Penedès.« Mercè sah ihn erstaunt an. »Wann, sagst du, hat sie dich um das Geld gebeten?«

»Erst gestern.«

»Aha, auf alle Fälle halte ich es für eine nutzlose Bitte«, sagte Hugo, während er an Barcha und Caterina, an all die Freigelassenen, ihre *Tallas*, Prozesse und Bürgschaften dachte. »Bernat würde mir nie Geld leihen.«

»Also, es hat ein bisschen gedauert, ihn zu überzeugen, aber am Ende hat er Ja gesagt.«

Zwei Neuigkeiten hatte Hugo der Spaziergang mit Mercè also gebracht. Die eine betraf Reginas abzusehende Rückkehr nach Ende der Disputation von Tortosa, die andere Barchas Darlehensgesuch.

»Sollte ich einmal nachsehen, ob unser verstecktes Geld noch da ist?«, fragte er, kaum dass er ins Haus getreten war.

Das Schweigen der beiden Frauen war Antwort genug. Hugo senkte den Kopf und schloss die Augen. Dieses Geld bedeutete den ersten Schritt in ein neues Leben. Er träumte davon, zu kaufen und zu verkaufen, von dem Weinberg …

»Ein Sklave ist geflüchtet«, hörte er, wie sich eine der beiden entschuldigte. Caterina oder Barcha? Er konnte es nicht einmal unterscheiden. »Wir mussten unseren Anteil an der Bürgschaft bezahlen.«

»Wir werden das Geld wiederbekommen«, sagten sie auch.

Der Weinberg spukte durch Hugos Gedanken. In den Nächten konnte er sogar den Duft der Weinstöcke riechen, die Süße des Mosts mit den Zähnen zermahlen und den Wein auf seiner Zunge spüren. Und jetzt hatten diese zwei … diese zwei … Er ballte seine Fäuste zusammen. Sie hatten es ausgegeben! Und die Maurin war deswegen zu Bernat gegangen. Was sollte der Admiral bloß über ihn denken? Welch innerste Genugtuung es ihm bereiten musste, dass Hugo Llor ihn um Geld bat, und nicht einmal persönlich, sondern durch eine freigelassene Sklavin und seine Tochter.

»Sklaven sind auch Menschen.«

Diese neueste Aussage stoppte seinen Gedankengang.

Wieder konnte er nicht unterscheiden, wer von beiden gesprochen hatte. Er hob den Kopf und erwiderte bitter:

»Und ich? Bin ich etwa kein Mensch? Verdiene ich es nicht, Erfolg zu haben und dem Elend zu entfliehen?«

»Du bist frei«, bemerkte die Maurin.

»Und du hast mich«, ergänzte Caterina. »Von was für einem Elend sprichst du überhaupt?« Sie sahen sich an.

»Und du hast auch mich«, wagte es Barcha in einem unbekannten, sanften Tonfall hinzuzufügen.

Hugos Gesichtszüge blieben angespannt, er dachte, wie viel vom Ersparten wohl noch übrig wäre, aber etwas …

»Ich werde auch nachts arbeiten«, erbot sich Barcha nun unterwürfig.

In Anbetracht eines solchen Entgegenkommens entspannten sich Hugos Mundwinkel.

»Und du hast eine wunderbare Tochter«, fuhr Caterina fort.

»Die einen Prinzen heiraten wird«, brachte es Barcha auf den Punkt.

Beide ergingen sich in zuckersüßen Schmeicheleien, während sich auf Hugos Gesicht mühsam ein Lächeln formte.

»Du bist der beste Kellermeister des Königreichs.«

»Du kennst das Schnapsgeheimnis.«

»Du bist gesund.«

»Und stark!«

Barcha begleitete Caterinas Ausruf mit einer abwinkenden Handbewegung und verzog abschätzig das Gesicht.

»Pah!«, spottete sie.

Die beiden Frauen suchten nach weiteren Komplimenten, und Hugo, der inzwischen mit geschlossenen Augen dasaß, ließ sich besänftigen.

»Ist noch etwas vom Geld übrig?«, wollte er schließlich wissen.

»Nur ein paar kleine Münzen.«

Er konnte sich eines enttäuschten Kopfschüttelns nicht erwehren.

»Aber du hast …«, wollte eine der beiden die Liste der Ausreden weiterführen.

»Weißt du, was ich habe?«, unterbrach sie Hugo. »Eine grausame und verabscheuungswürdige Ehefrau, die nach Barcelona zurückkommt, und wahrscheinlich in dieses Haus, und sei es nur, um mir das Leben zur Hölle zu machen.«

Regina würde zurückkommen und mit welchen Forderungen, war unmöglich vorherzusehen, aber sicherlich würde sie die Beziehung zwischen Hugo und Caterina nicht hinnehmen. Sie mussten einen Weg finden, ihr Angst einzujagen, sie drei. Hugo vermied es, den Tag zu schildern, an dem sie den Kopf zum Fenster hinausstrecken würde, um den Verrat ihrer Ehe jedem unter die Nase zu reiben, der es hören wollte. Regina war fähig, sich selbst aus purem Hass zum Opfer zu machen. Was Hugo allerdings laut erwähnte, waren die jüdischen Bücher, die in Reginas Zimmer im Palast in der Calle de Marquet aufgetaucht waren. »Wir könnten sie damit unter Druck setzen«, schlug er vor. Sie wägten die Umstände ab. Mercè wäre in die Sache verstrickt und auch Guerao, da er die Bücher nicht übergeben hatte. Aber würde der Majordomus vor dem Admiral überhaupt zugeben, dass er sie bei sich aufbewahrte? Schlimmer noch, würde er überhaupt zugeben, sie gefunden zu haben? Wenn er es leugnete, stünde Mercè als Lügnerin da, wenn er aber die Wahrheit sagte, wäre er vielleicht vor der Inquisition in Verlegenheit gebracht.

»Machen wir uns keinen Kopf um den kleinen Mann und Mercè«, fegte Hugo alle Zweifel beiseite.

Die Einzigen, für die der Besitz jüdischer Bücher gefährlich war, waren Konvertiten wie Regina. Gegen sie würde die Inquisition tatsächlich Vorwurf erheben. Denn falsche Konvertiten waren eines der drängendsten Probleme der Kirche. Wozu auch so viel Aufwand, sie zu bekehren, wenn sie dann keine echten Christen waren? Regina würde es nicht wagen, das Wort von jemandem aus dem Haus des Admirals der katalanischen Armada in Zweifel zu ziehen, vor allem, weil sie sich über ihren Fehler im Klaren war. Das konnten sie sich zunutze machen, entschied Hugo zufrieden.

Regina kehrte nach Barcelona zurück. Außer den Tausenden Konversionen wurde infolge der Disputation von Tortosa die päpstliche Bulle »Etsi Doctoris Gentium« erlassen, einer der grausamsten Rechtsakte, mit dem man bis dahin gegen die Juden vorgegangen war. Vergleichbar dem Regelwerk, das auf Ersuchen Fray Vicente Ferrers in Ayllón gegen die kastilischen Juden aufgestellt worden war, hatte die Bulle Benedikts XIII. zum Ziel, diejenigen Juden, die nach der Disputation von Tortosa immer noch ihrem Glauben anhingen, ein für alle Mal auszulöschen. Vollständige Judenviertel ließen sich bekehren, doch einige wehrten sich weiterhin, so in Teruel, Gerona und Perpignan, in Tortosa selbst, in Falset, Tarazona, Monzón, Besalú, Huesca oder auch Jaca.

Nun galten nicht nur strenge Regeln zur Absonderung der Juden, mit denen sich vor allem die konvertierten Juden nicht mischen durften, außerdem das Verbot bestimmter Berufe und weitere Regeln, die das Leben und Überleben der Juden auf unerträgliche Weise erschwerten, sondern von diesem Moment an war auch der Besitz von Büchern über die jüdische Religion nicht mehr gestattet. Wer ein solches besaß, musste es binnen Monatsfrist den Kirchenbehörden übergeben, um nicht wegen Ketzerei von der Inquisition verfolgt zu werden.

Ein Unterschied zwischen der Papstbulle und den Gesetzen von Ayllón lag außerdem darin, dass der Papst die Schließung der Synagogen befohlen hatte, besonders jener prunkvollen, die mit ihrem reichen Schmuck die Zeremonien der Ketzer empfingen, und darüber hinaus jener, über die man in Erfahrung brachte, dass sie über christlichen Kirchen errichtet worden seien. Wenn man sie ihrer Gotteshäuser beraube oder diese entweihe, so hielten die Christen dafür, dann verlöre der jüdische Glaube seinen Sinn. In dieser Weise verfuhr man daher an zahlreichen Orten, angefangen bei der einzigen Synagoge der jüdischen Gemeinde von Gerona: Nachdem falsche Zeugenaussagen berichtet hatten, sie sei über einer San Lorenzo geweihten christlichen Kapelle errichtet worden, wurde sie umgehend geschlossen.

»Willst du, dass ich dich beim Pfarrer anzeige, dass du in ehelicher Verbindung mit dieser …?« Regina überlegte kurz, wie sie Caterina definieren sollte. »… mit dieser Sklavin zusammenlebst?«

Sie war in Barchas Haus erschienen, ansehnlich gekleidet und in Begleitung eines halbwüchsigen Mauren, der eine Truhe trug, die anscheinend ihre Habseligkeiten enthielt. Sie hatten sich darüber abgestimmt, dass Hugo sprechen sollte. Daher machte er einen Schritt auf seine Gattin zu. Regina und ihr Sklave standen auf der einen Seite des Esszimmers und sie zu dritt auf der anderen, wie zwei sich gegenüberstehende Heere.

»Wenn du uns anzeigen willst …«, wollte Hugo die Drohung aussprechen, als Barcha dazwischenfuhr.

»Zeig niemanden an! Wir bitten dich darum«, rief sie.

Reginas verhärtetes Gesicht nahm weichere Züge an. Hugo beobachtete ihre Nase. Sie war angespannt, und das konnte nur eins bedeuten: Sie log.

»Fühl dich ruhig wie zu Hause. Du kannst auch bei uns wohnen«, bot die Maurin an.

Regina gab dem Sklaven ein Zeichen, und er brachte die Truhe herein.

»Den Weg kennst du ja schon«, sagte Barcha in ironischem Tonfall, nachdem Regina ihr bereits den Rücken zugewandt hatte und die Treppe hinaufstieg.

Sie warteten nicht einmal, bis sie oben angekommen war. Sobald Barcha die Blicke der beiden anderen auf sich gerichtet sah, mahnte sie sie, still zu sein, und ging in das zweite Zimmer im Erdgeschoss hinüber, wo Jaume früher seine Messergriffe hergestellt hatte.

»Wolltest du Mercè etwa mit da hineinziehen?«, flüsterte Barcha. »Sie würde nur Schaden davontragen. Da kannst du sicher sein!«

Hugo und Caterina konnten nicht anders, als Barcha beizupflichten. Wie sehr sich die Wahrnehmung vom Aufblitzen eines Gedankens bis zu seiner Ausführung veränderte! Regina mit den jüdischen Büchern zu erpressen, war keine gute Idee, wenn Mercè dabei eine Rolle spielen musste.

»Wir können es nicht riskieren, das Kind mit hineinzuziehen«, fuhr Barcha fort. »Regina ist unser Problem, nicht das von Mercè, wir müssen damit zurechtkommen. Vor Jahren habe ich Regina mein Wort gegeben, für das Wohl des Kindes zu sorgen, aber jetzt, wo Mercè in Sicherheit ist, weiß ich schon, wie ich einem Menschen das Leben unerträglich machen kann.« Hugo erinnerte sich, wie Barcha ihn, ihren Herrn, dazu gebracht hatte, gleich nachdem er sie gekauft hatte, ihr den schweren Tonkrug abzunehmen und selbst zu schleppen. »Wir sind drei gegen eine. Sie wird ihr stolzes Haupt schon senken.«

»Seid vorsichtig, wenn sie euch etwas zu probieren gibt.«

Diese knappe Warnung war das Einzige, was Hugo einfiel, während die Maurin bei dem Gedanken an die tausend Arten, wie sie Reginas Nerven zerrütten würde, schelmisch lächelte. Caterina lächelte weder, noch sagte sie etwas. In ihrem Gesicht stand Besorgnis.

Es kam der Januar 1415. Um diese Jahreszeit war die langsame zweite Gärung des Weins abgeschlossen, und man konnte ihn als jungen Wein bereits trinken.

»Der Admiral lässt dir mitteilen, du sollst den Wein in der Gegend von Navarcles kaufen «, sagte Guerao, der als Bernats Vermögensverwalter fungierte. »Wenn dieses Geld schon ausgegeben werden muss, dann zugunsten seiner Ländereien.«

Vielleicht hätte Hugo in einer anderen Situation zu diskutieren angefangen, denn wieso sollte Bernat oder irgendjemand ihm vorschreiben, wo er den Wein zu kaufen hatte? Doch unter den gegebenen Umständen wollte er das Geld nur, um von Neuem anzufangen. Mit dem Schnaps war das möglich. Das hatte er nach Reginas Ankunft Caterina zugeflüstert, hinten im Gartenschuppen, wo die Fässer lagerten.

»Hattest du mir denn nicht zur Vorsicht geraten?«

»Doch, und auch jetzt würde ich dir zu nichts anderem raten«, antwortete sie. »Wozu willst du überhaupt reich sein, wenn nicht, um denen zu helfen, die leiden?«

»Ich will nur einen Weinberg kaufen, von dem wir leben können, Caterina«, erwiderte er. »Ich will zwischen meinen Rebstöcken alt werden können. Ich würde auch gerne lange genug leben, um die Qualität meiner Weine zu testen. Das ist alles, was ich erreichen will. Ich will nicht reich sein.«

»Du wirst deinen Weinberg bekommen, ganz bestimmt«, versprach sie überzeugt und nahm seine Hand. »Du hast ihn dir verdient.«

Hugo versuchte sich daran zu erinnern, wie Caterina seine Zweifel mit Küssen erstickt hatte, als er Druck am Arm spürte. Guerao drängte ihn, die Schreibstube des Notars zu verlassen, wo er nachdenklich an der Tür stehen geblieben war.

»Ja, ja.« Hugo folgte seiner Bitte. »Aber dafür kann ich mich jetzt schon bei Seiner Herrschaft bedanken, oder?«, fragte er den kleinen Mann auf der Straße.

Es war nicht viel Geld, aber das nötige, um eine ansehnliche Menge Wein zu beschaffen.

»Der Admiral verzichtet auf jeden Dank, das habe ich dir schon einmal gesagt. Das Einzige, was er sich zum Dank wünscht, ist, dass du ihm sein Geld zurückzahlst.«

»Eigentlich schuldet er mir noch etwas«, murmelte Hugo.

»Hast du etwas gesagt?«

»Nein.« Obwohl, dachte er, so war es doch. »Ich habe ihm auch einmal Geld gegeben, und er hat es mir nie zurückbezahlt«, sagte er rundheraus.

»Willst du, dass ich ihn daran erinnere?«, fragte Guerao. »Der Admiral sieht es als Teil seiner Ehre an, dass er seine Schulden stets bezahlt hat.«

Hugo dachte darüber nach und entschied kurz darauf, dass Mercè wichtiger war. Zuletzt hatte sie ihm erzählt, dass sich ein alter, verwitweter Baron im Palast in der Calle de Marquet vorgestellt habe. Zwei Söhne aus einer früheren Ehe, ein wenig älter als sie der eine und ein wenig jünger der andere, hätten ihn begleitet und sie so unverhohlen und lüstern angestarrt, wie es der Vater nie zuwege gebracht hätte, als ob sie bereits über sie feilschen würden. »Als Bernat dieses Gebaren nicht mehr ertrug, hat er so kräftig auf den Tisch gehauen, dass die Weingläser umgefallen sind«, hatte ihm seine Tochter von der Begebenheit erzählt, und von da an hätten sich die drei Männer ohne ein weiteres Eingreifen Bernats höflich gezeigt.

»Nein, erinnere den Admiral besser nicht daran«, antwortete Hugo auf Gueraos Frage, als er aus seinen Gedanken zurückgekehrt war.

»Wann reist du ab?«

»Sobald ich kann. Jetzt ist der richtige Zeitpunkt, um den Wein zu kaufen.«

»Viel Glück«, wünschte ihm der kleine Mann.

Sie waren vor der Kathedrale angelangt, deren ganze Großartigkeit zum Vorschein gekommen war, nachdem man vor einigen Jahren die römischen Mauern vor ihrer Fassade abgerissen hatte. Nachdem sie die Plaza de Sant Jaume überquert hatten, würden sie ihrer Wege gehen, der eine in die Calle de Marquet, der andere in die Calle del Hospital im Raval.

»Guerao!« Hugo rief ihn noch einmal zurück, ehe sie sich trennten. Er hatte sich dazu entschlossen, Bernats Majordomus zu vertrauen, schließlich hielt Mercè daran fest, dass er ein guter Mensch sei. »Ich verstehe nicht, warum es mit der Heirat meiner Tochter so lange dauert. Ja«, kam er der Antwort Gueraos zuvor, »ich weiß, was Mercè mir gesagt hat, dass sie keinen Bräutigam findet, der sie verdient hätte.«

»Das stimmt. Deine Tochter könnte sich schon nächste Woche vermählen, wenn sie es wünschte. Ich selbst würde sie zu meiner Frau nehmen, sogar, wenn ihre Mitgift aus nicht mehr als einem Strohsack bestünde«, merkte er an, woraufhin Hugo das Gesicht verzog. »Ich wollte dich nicht beleidigen und sie noch viel weniger. Entschuldigung, falls es dir so erschienen ist.«

»Ich glaube dir ja«, sagte Hugo in Anbetracht der aufrichtigen Reue, die er in der Entschuldigung spürte.

»Ja, aber dein Gesichtsausdruck war schon sehr deutlich. Du würdest sie nicht mit mir verheiraten, obwohl ich der Majordomus des Admirals der Armada ...«

Da wollte Hugo sich entschuldigen, aber Guerao schnitt ihm mit einer Geste das Wort ab.

»Es ist ein Beispiel, Hugo. Genau so ein Gesicht wie du zieht mein Herr angesichts all der Halunken und Schmarotzer, die Schlange stehen, um ihre Finger nach der Mitgift eines schönen Mädchens wie deiner Tochter auszustrecken. Der passende Ehemann wird noch kommen, da kannst du sicher sein.«

»Aber bis dahin wohnt sie weiter im Palast.«

»Willst du damit etwas andeuten?« Der Majordomus hob die Stimme.

Hugo überlegte kurz, dann antwortete er:

»Ich will nichts andeuten, sondern ich bin der Ansicht, dass es nicht dem Anstand gebührt, wenn ein unverheirateter Mann und ein junges Mädchen so lange unter einem Dach zusammenleben.« Hugo hatte mit Bestimmtheit gesprochen.

Seine Worte brachten diesmal Guerao zum Nachdenken.

»Hugo, deine Tochter ist gesund und wohlbehütet. Ich versichere dir zudem, dass sie den ihr gebührenden Respekt bekommt. Dennoch kann ich dir nicht verheimlichen, dass ich die gleiche Sorge habe. Ich werde mit dem Admiral sprechen.«

»Tu das«, ermunterte ihn Hugo.

Das Versprechen des Majordomus und seine Worte über den im Palast herrschenden Respekt hatten Hugo beruhigt. Während er durch die Calle de la Boquería auf das Raval zulief, sagte er sich, dass es ja stimmte, Mercè ging es gut, sie strahlte Freude und Glück aus, sosehr es ihn selbst auch wunderte, dass seine Tochter in der Nähe eines Menschen wie Bernat glücklich sein konnte. Gedichte! Bei dem Gedanken daran lachte er sarkastisch in sich hinein. Jemand auf der Straße drehte sich nach ihm um. Hugo beachtete ihn nicht und ging lächelnd weiter.

Mercè würde einen guten Ehemann finden, das schien ihm unbezweifelbar, sein eigenes Eheleben dagegen bescherte ihm nur endlose Probleme.

Reginas Ankunft hatte das Zusammenleben durcheinandergebracht. Barcha hatte verfügt, dass die Neuangekommene allein in dem Zimmer schlafen sollte, das sich Hugo und Caterina bisher geteilt hatten. Er sollte im Zimmer nebenan schlafen und der junge Sklave, den Regina in Tortosa gekauft hatte, auf dem Treppenabsatz zwischen den beiden Zimmern, indem er sich auf den Boden setzte und den Kopf an die Wand lehnte. Barcha und Caterina schließlich bewohnten die Werkstatt im Erdgeschoss.

Vom Morgengrauen an machte sich eine seltsame Stimmung breit. Barcha schrie herum, stolperte über Regina. Schon am frühen Morgen zog die Maurin einige Sklavinnen oder Freigelassene als Verbündete hinzu, damit sie zu Besuch kamen. Regina fand weder einen freien Platz am Tisch noch etwas zu essen.

»Erwartest du etwa, dass ich dir etwas zu essen gebe?«, hatte Barcha gleich am ersten Morgen geschrien. »Wirst du das auch bei deinem Pfarrer anzeigen?«

Kinder tollten herum und weckten Regina, oder sie schlichen sich ins Zimmer und rannten kreischend wieder hinaus, verfolgt von dem jungen Mauren, der versuchte, das geraubte Kleidungsstück seiner Herrin wieder zu ergattern, das die Kinder sich jedoch gegenseitig zuwarfen und wie ein erobertes Feindesbanner hin- und herschwangen. Barcha verbot Regina, Wasser aus dem Brunnen im Garten zu holen. »Das ist meins. Du musst dafür bezahlen.« So musste der Maure täglich am Brunnen des Hospitals de la Santa Cruz Wasser holen gehen.

Caterina besaß nicht den Charakter der Maurin, und während sie all dem zusah, verstärkte sich Tag um Tag ihre Wahrnehmung von Hugos Unbehagen und Anspannung, bis sie sich entschied, aus Barchas Zimmer zu ihm nach oben zu ziehen. »Soll sie uns doch beim Pfarrer anzeigen«, sagte sie, nachdem sie die Tür verriegelt und sich neben ihm im Bett zusammengerollt hatte.

Im Grunde bezweifelte Hugo, dass Regina ihre Drohung vom ersten Tag wahr machen würde. Sie begegneten sich nur selten allein, im

Garten oder auf der Straße. Eines Abends trafen sie vor der Feuerstelle aufeinander, während die beiden anderen Frauen mit ihren Aufgaben beschäftigt waren. Hugo hatte den Eindruck, dass sie seine Nähe suchte. Sie rückte so nah an ihn heran, wie es eben ging, ungeachtet seines Bemühens, auf Abstand zu bleiben. »Wir könnten es doch noch mal versuchen«, schlug sie ihm mit süßer und lieblicher Stimme vor. »Ich liebe dich immer noch. Was ist nur über uns gekommen? Ich weiß, dass in deinem Herzen noch etwas für mich brennt.« Ihre Nasenflügel stimmten mit ihren Worten überein, es war keine Lüge. Sie glaubte wirklich daran! Seine Frau wollte sich versöhnen, obwohl das unmöglich war. Hugo erzählte Caterina nichts davon. Doch er stellte fest, dass Regina, auch wenn sie hin und wieder Mercè besuchte, niemanden mehr hatte, der sie liebte. Sie war allein.

Hugo nahm denselben Weg nach Navarcles wie damals mit Roger Puig, zuerst flussaufwärts am Río Llobregat entlang, um schließlich nach Manresa abzubiegen. Er fand Gesellschaft in einem Paar Maultiertreibern, die jeweils mehrere Maulesel in einer Reihe hintereinander am Seil führten. Caterina, inzwischen eine freie, willensstarke Frau, ganz anders, als die Sklavin, die ihn noch nach Balaguer begleitet hatte, schalt den einen der beiden frechen Maultiertreiber beim ersten Funken Wollust in seinem Blick heftig. »Was gibt's denn da zu schauen?!«, schrie sie ihn an und ging strammen Schrittes auf ihn zu, bis sie fast sein Gesicht berührte. Ihre rechte Hand hielt sie unter ihren Kleidern verborgen, als umklammerte sie ein Messer. Wobei sie tatsächlich eines bei sich haben konnte, sagte sich Hugo. Vor ihrer Abreise hatte ihm Barcha wieder das wunderschöne Messer von Jaume überreicht, aber zweifellos konnte sie Caterina ein anderes gegeben haben. Hugo nahm sich vor, Caterina zu fragen, während er sie dabei beobachtete, wie sie erzürnt vor dem Maultiertreiber stand. Sie sah schöner aus denn je. Die Freiheit, der Kampf und die Arbeit der Freigelassenen flößten ihr Mut und Tatkraft ein, was auch in ihrem sinnlichen Körper zum Ausdruck kam und in ihrem Gesicht, dessen anmutige, fast perfekte Züge durch ihre Entschlusskraft und ihren Lebenswillen aufzuleben schienen.

Hugo hatte Caterina zu einem Zeitpunkt überredet, mit nach

Navarcles zu kommen, da das Haus wegen einer griechischen Sklavin in Aufregung versetzt war. Das Mädchen führte einen Prozess, um ihre Freiheit zu erlangen. Alles schien sich nur noch um sie zu drehen, aber gleichzeitig lebte Caterina in ständiger Anspannung wegen Regina. Barcha hatte die Situation als Herausforderung angenommen und spielte ihre Schamlosigkeit aus. Hugo glaubte manchmal, dass es ihr sogar Vergnügen bereitete und sie ihre Rache nach Jahren der Demütigung genoss. Caterina dagegen war zögerlich. Regina hatte sie geheilt, Regina war Hugos Ehefrau, Regina hatte sie schon gekannt, als sie noch eine Sklavin war. Die Russin konnte diese Wahrheiten nicht abschütteln, die allzu sehr ihr Gewissen belasteten.

Deshalb stimmte sie zu, Hugo zu begleiten und die Probleme des griechischen Mädchens hintanzustellen. So konnte sie Regina aus dem Weg gehen.

»Gewiss verstehe ich nicht viel von dem, was die griechischen Sklaven betrifft«, bemerkte Hugo unterwegs, während sie neben den Maultieren herliefen. »Das Problem liegt darin, dass sie Christen sind und daher frei sein sollten. Aber es gibt doch noch viele andere christliche Sklaven, die nicht freigelassen werden. Du zum Beispiel warst auch immer eine Christin.«

Caterina stimmte ihm mit einem Murmeln zu.

»Der Unterschied ist, dass ich als Kind unter Zwang getauft wurde«, antwortete sie ein paar Schritte weiter. »Oder besser gesagt, ohne den Sinn des Sakraments zu verstehen. In Wirklichkeit kannte ich nicht einmal die Sprache, wie sollte ich es dann auch verstehen? Die Griechen und Albaner sind dagegen christliche Völker, die Albaner sogar katholisch. Diese Leute sind überzeugte Christen und auch schon in christlichen Familien aufgewachsen. Sie sind nicht erst nach ihrer Versklavung konvertiert. Wenn einen das Christsein von der Sklaverei befreien würde, würden alle Sklaven zum Christentum konvertieren.«

Hugo sah sie überrascht an.

»Woher weißt du denn das alles? Griechen, Albaner, Konvertiten …«

»Notgedrungen, mein Liebling. Seit einer ganzen Weile rede ich über nichts anderes.«

»Aber ein Christ ist ein Christ …«, versuchte Hugo, nachdem er mit zufriedener Geste seine Zustimmung bekundet hatte, den Faden ihres Gesprächs wiederaufzunehmen.

»Schatz, die Frage ist, wer das Sagen hat«, führte Caterina an. »Vor langer Zeit, da habt ihr, die Christen, geglaubt, dass konvertierte Sklaven freigelassen werden sollten. Aber dann hat sich zugetragen, was ich dir schon vorher gesagt habe. Weißt du, welcher Ordensbruder als Erster dafürgehalten hat, dass die Taufe eines Sklaven nicht zu seiner Freilassung führen sollte?«

Hugo verneinte im Gehen. Die beiden Maultiertreiber gingen vor ihnen.

»Ramon de Penyafort, ein katalanischer Dominikanermönch«, klärte sie ihn auf.

»Du weißt wirklich viel«, wiederholte Hugo.

»Tagtäglich etwas mehr, Hugo.«

»Und die Griechen, was haben sie mit all dem zu tun?«

»Die Kirche hat plötzlich entschieden, dass christliche Sklaven nicht freigelassen werden sollten, und sogar die Versklavung von Christen erlaubt. Du hast mir mehrmals erzählt, dass du mit diesem Juden in den Krieg gezogen bist. Wie hieß er noch gleich?«

»Mahir«, antwortete Hugo, interessiert, was ihm Caterina als Nächstes erzählen würde.

»Dieser Krieg wurde gegen Frankreich geführt, und die Franzosen sind Christen, nicht wahr?«

»Ja.«

»Also, man hat mir erzählt, dass unser König erlaubt hat, dass die gefangenen Franzosen bis zum Kriegsende als Sklaven verkauft werden. Die meisten waren französische Kinder, die das Heer begleiteten. Und vorher schon hat ein anderer katalanischer König mit Erlaubnis der Kirche Christen versklavt, die auf Sardinien gefangen genommen wurden.«

»Und die Griechen?«, bestand Hugo auf seiner Frage.

»Es ist so, dass die Kirche gespalten ist und die Bischöfe entschieden haben, die griechischen Sklaven in Schutz zu nehmen, weil sie Christen sind. Unserer, der Bischof von Barcelona, nimmt sie in seinem Palast auf. Anscheinend versteckt sich dort ein griechischer Sklave schon seit über acht Jahren. Anderen wurde die Freiheit zugestanden, vom Tribunal der Kirche.«

»Tribunal der Kirche?«

»Ja. Dem des Bischofs.«

»Und wozu dient das?«

»Zu nichts, weil weder der Stadtrichter noch der Amtmann noch die Stadträte die Urteile anerkennen«, sagte Caterina. »König Martín, der, für den du als Kellermeister gearbeitet hast, hat befohlen, dass nur am Gericht des Amtmanns die Prozesse über die Freiheit der Sklaven geführt werden sollen, und das hat er deswegen getan, damit sich die Bischöfe nicht einmischen.«

»Die Kämpfe der Mächtigen werden immer zulasten der Armen ausgefochten«, urteilte Hugo.

Caterina konnte ihm nur beipflichten.

Der Januar am Ufer des Llobregat war in keinster Weise mit dem Sommer in Balaguer zu vergleichen. Anstelle gemäßigter, wenn nicht warmer Temperaturen empfing Hugo und Caterina eine feuchte Kälte, die die Kleider durchnässte und bis in die Knochen kroch. Sie schliefen eng umschlungen unter einer Decke unter dem Karren, mit allen Kleidern am Leib, die sie mitgebracht hatten, und ohne etwas anderes im Sinn zu haben, als sich gegenseitig zu wärmen. »Weg da! Du bist eiskalt!«, schalt ihn Caterina, als Hugo eines Nachts seine Hand unter ihre Gewänder stecken wollte.

Es regnete, und sie wurden nass, und Hugo bereute es einmal mehr, Caterina überredet zu haben, mit ihm zu kommen. In Barcelona wäre sie besser aufgehoben, bei Barcha und der griechischen Sklavin, deren Verfahren ihre ganze Zeit in Anspruch nahm. Das Mädchen, kaum fünfzehn Jahre alt, war vor einigen Jahren auf einer Galeere nach Barcelona gekommen. »Sie kann nicht einmal Katalanisch«, erzählte ihm Caterina, trotzdem verfolge sie anscheinend interessiert die Diskussionen in Barchas Haus über ihre rechtliche Lage und ihre Zukunft. »Es tut mir leid«, entschuldigte sich Hugo in einer dieser kalten, verregneten Nächte, in denen sie der schlammige Weg am Fortkommen hinderte, sodass sie ein Dorf, in dem sie Unterschlupf hätten finden können, nicht mehr erreichten und beide unter dem Karren zitterten, wo sie schluckweise Schnaps tranken, nur um das Brennen in der Kehle zu spüren. »Es braucht dir nicht leidzutun«, antwortete sie und nahm ihm den Weinschlauch aus der Hand. »Glaubst du vielleicht, ich hätte zugelassen, dass du dich an einer dieser Dirnen wärmst, die sich den Karawanen nähern, sobald sie einen Mann wie dich auch nur aus der Ferne erspähen?«

Die Abzweigung vom Hauptweg nach Navarcles erinnerte Hugo an den Zweck seiner Reise, den Wein. Caterina hatte den Verlust ihrer ersten gemeinsamen Einkünfte reichlich gesühnt. Jeden Tag und jede Nacht war sie unter großen Anstrengungen an die Arbeit gegangen, bis er ihr zum x-ten Mal verziehen hatte. »Du allerdings wirst weiter in der Nacht destillieren«, hatte er zu Barcha gewandt hinzugefügt, als einmal beide Frauen vor ihm standen. »Wenn ich wie sie auf dein Zimmer kommen muss, um deine vollständige Absolution zu bekommen …«, deutete die Maurin an, schnürte zugleich das Hemd über ihrer Brust auf und stieß Caterina mit der Hüfte beiseite, um direkt vor Hugo zu stehen. Er fing an zu lachen und befreite sich aus Barchas Umarmung, mit der sie ihn bewegungsunfähig machen wollte. »Du wirst in der Nacht destillieren!«, hatte Hugo das Thema unnachgiebig beendet.

Er lächelte im Gehen. In dieser Gegend produzierte man angeblich guten Wein. Allerdings erinnerte er sich an die Fässer im Weinkeller der Burg bei seiner Reise mit Roger Puig. Nachdem sich niemand um sie gekümmert hatte, war fast der gesamte Inhalt ungenießbar gewesen.

Er wollte jedoch keine Vorurteile auf eine Reise mitbringen, die in nur wenigen Schritten auf der Burg Navarcles enden sollte. Er blickte zu Caterina, die zum ersten Mal das Tor einer Festung durchschritt, um den Tumult im Inneren kennenzulernen, wo die Frauen der Vasallen pflichtgemäß ihr Brot im Ofen buken, ebenso wie die Tiere nur dort mit Brandzeichen gekennzeichnet und Gerätschaften nur dort repariert werden durften. Überall liefen kreuz und quer die Leute herum. Der Boden war matschig und an den Schattenstellen sogar gefroren. Als Hugo und Caterina ankamen, dämmerte es bereits.

Der Vogt war nicht derselbe wie zu Zeiten Roger Puigs, da Bernat ihn ausgewechselt hatte, noch bevor ihm der König die Grafschaft zugestanden hatte. Am Tor wurden Caterina und Hugo angehalten, doch benachrichtigt durch den Wächter, kam ihnen der neue Vogt sogleich entgegengelaufen.

»Ich hatte euch erwartet«, sagte der leutselige junge Mann. »Der Majordomus des Herrn Grafen hat mir eine Nachricht geschickt.«

Er rief einen Soldaten herbei, damit er sich des Karrens und der Maultiere annehme. Dann führte er sie zu einem niedrigen Gebäude, das an den Turm angrenzte und aus einem einzigen lang gestreckten Raum nach der Art einer Galerie bestand, wo Tische zum Essen, Schemel und einige verstreute Betten für die Soldatentruppe aufgestellt waren. Ebenhier hatte Hugo auch bei seinem ersten Besuch übernachtet.

»Hier könnt ihr schlafen«, erklärte ihnen der Vogt. »Ihr müsst müde sein.«

»Ja«, gab Caterina zu und ließ sich auf einen Stuhl fallen.

»Man wird euch gleich trockenes Stroh für eines der Betten bringen und Feuer im Kamin machen. Meine Frau wird euch etwas fürs Nachtmahl bringen, und morgen machen wir uns auf die Suche nach Wein in den Ländereien.«

Man brachte ihnen einen dampfenden, bis zum Rand gefüllten Topf mit Fleisch und Gemüse, auf der Burg gebackenes Brot und Wein. Hugo und Caterina sprachen wenig und aßen viel. Zuvor hatten sie den Tisch, an dem sie saßen, an den riesigen steinernen Kamin herangerückt, in dem mehrere dicke Scheite brannten. Ein paar Soldaten kamen herein und baten, sich am Feuer wärmen zu dürfen. Hugo ließ sie gewähren. Satt legten sich er und Caterina ins Bett und deckten sich zu, während weitere Burgbewohner die Wärme des Kaminfeuers aufsuchten. Ihre geflüsterten Gespräche, ihr Scherzen und manches Gelächter, das jäh die Stille der Nacht durchbrach, hörten sie schon nicht mehr. Beide schliefen tief und fest.

Navarcles, Calders, Sant Fruitós, Artès. Alle diese Dörfer bauten Wein an und produzierten eine solche Menge des geschätzten Getränks, dass bereits Plinius auf die ertragreichen Ernten dieser Gegend hingewiesen hatte. Hugo lenkte den Karren, Caterina ging nebenher, und der Vogt namens Arnaldo begleitete sie zu Pferde zusammen mit zwei lanzenbewehrten Soldaten, die hinter dem Karren hermarschierten.

»Brauchen wir denn Schutz?«, wunderte sich Hugo angesichts der Eskorte.

»Sie begleiten mich immer«, antwortete Arnaldo, während er ihnen das Zeichen zum Aufbruch gab. Nach kurzem Nachdenken fügte er jedoch hinzu: »Allerdings ist es seit geraumer Zeit durchaus angebracht, sich beschützt zwischen diesen Feldern fortzubewegen.«

Hugo bat ihn mit einer Kopfbewegung weiterzusprechen.

»Die *Remences*, die an das Land gebundenen Bauern, die Leibeigenen, sind ziemlich aufgebracht. Bis zur Ankunft des neuen Königs, des Infanten von Kastilien, trugen sie sich mit der Hoffnung, von dem Joch auf ihren Schultern befreit zu werden, von der Leibeigenschaft.«

Hugo hatte schon von den gleichermaßen unumschränkten wie grausamen Rechten gehört, welche die Herren über diejenigen ausüben konnten, die ihr Land bestellten. Nur zu gut konnte er sich daran erinnern, wie Roger Puig seine Lehensherren angeschrien hatte, sie sollten ihre Bauern gefälligst bluten lassen. Allerdings veränderte sich für ihn die Perspektive, als er jetzt über sie reden hörte, während sie von der Burg herabkamen und sich die Wälder zu ihren Füßen ausbreiteten, die Äcker und Weinberge, die diese Diener der Erde bebauten. Er und auch Caterina spitzten ihre Ohren. Der Vogt schien in redseliger Stimmung.

»Die früheren Könige aus dem Haus Barcelona hatten mit den Bauern Abmachungen getroffen, um den Adel und die Bürgerschaft zu kontrollieren, die immer mehr Rechte anhäuften und Forderungen stellten. Die Monarchen benutzten die einfachen Leute als Tauschwährung bei ihren Beziehungen mit den Adligen und reichen Bürgersleuten.«

»Verzeihung«, unterbrach Caterina den überraschten Vogt, »aber was für Rechte sind das denn, die die Herren über die Leibeigenen ausüben?«

»Der Leibeigene ist an die Erde gebunden. Er darf sie nicht verlassen, es sei denn, sein Herr verkauft ihm seine Freiheit.«

Hugo und Caterina sahen sich an. Beide dachten, dass man das Gleiche auch von den Sklaven sagen konnte.

»Er muss seinem Herrn persönliche Dienste leisten«, fuhr der Vogt fort. »Er muss dessen Land bestellen, Gebäude errichten oder ausbessern, und Wege ebenso. Die leibeigenen Frauen müssen den Kindern ihres Herrn die Brust geben, der das Recht besitzt, noch vor ihrem Gatten in der Hochzeitsnacht mit ihnen zu schlafen. Außerdem hat er das Recht auf eine Abgabe für die Bewirtschaftung seiner Ländereien, auf das Erbe seiner Vasallen, auf die Aneignung ihres Besitzes unter gewissen Umständen, er darf sie verurteilen und misshandeln …«

»Und warum sagst du, dass sie die Hoffnung verloren haben, sich aus dieser Lage zu befreien?«

»Weil seit dem Tod König Martíns und der Ankunft der Trastámaras alles anders ist. Bei den letzten Cortes in Barcelona 1413, ein Jahr nach der Ernennung Fernandos zum König in Caspe, wurde ein Gesetz erlassen, das die Situation der *Remences* noch erhärtet. Anstatt sie zu lockern, wurden ihre Ketten noch fester gezurrt. Durch die neue Verfassung werden *Remences*, die mit einem Aufstand drohen oder einen solchen verursachen, schwere Strafen bis hin zur Hinrichtung auferlegt.«

Sie waren nun zwischen Feldern und Weinbergen angelangt. Wie schon am Tag zuvor strahlte die Sonne, ohne die Kälte zu vertreiben oder gar etwas Wärme zu spenden.

»Und warum?« fragte Caterina.

»Warum die Leibeigenen bestraft werden?« Caterina nickte, und der Vogt fuhr fort: »Ganz einfach. Die Herren wollen ihre Einkünfte mindestens auf dem gleichen Stand halten, obwohl gleichzeitig die *Remences* seit den Epidemien des letzten Jahrhunderts immer weniger werden. Vorher konnten sie mit einem gewissen Schutz des Königs rechnen, jetzt haben die Adligen und reichen Landbesitzer den Infanten von Kastilien für sich gewonnen. Eigentlich hätte der Graf von Urgell König werden sollen. Niemand bestritt dieses Recht, aber die Mächtigen waren nicht an ihm interessiert, weil er wie seine Vorgänger aus dem Haus Barcelona regiert hätte. Um ihrer Interessen willen verrieten sie Urgell und wählten den Trastámara, und diese neue Verfassung ist eines der Beispiele dafür, wie das Parlament Macht auf den König ausüben kann.«

»Der Graf von Navarcles ist ein Anhänger von König Fernando«, setzte Hugo ein wenig verwundert hinzu.

»Ich weiß, und alles, was ich gesagt habe, stimmt. Jeder weiß doch, dass Fernando die Katalanen gekauft hat, dass Barcelona sich den Wünschen der Aragonesen und Valencianer gebeugt und sich dem Kastilier ergeben hat. Ich bin von hier, aus Manresa. Der Graf kennt meine Meinung.«

Sie kauften Wein. Hugo hatte sich überlegt, ihn auf den verschiedenen Höfen, zu denen ihn der Vogt bringen wollte, zunächst zu kosten, danach den besten auszuwählen und auf den Hof zurückzukehren, um ihn zu kaufen. Aber er konnte nicht. Es gab reiche Höfe, aber wenige. Die meisten gehörten Familien, die mehr schlecht als recht von dem Land lebten, an das sie lebenslänglich gebunden waren – sie, ihre Kinder und Kindeskinder. Fast alle stellten Wein her, versicherte ihm der Vogt, und alle ohne Ausnahme, so versicherte er ihm auch, würden ihm einen Teil ihrer Vorräte verkaufen. Sie verzichteten darauf, weil sie das Geld brauchten. Wenn das so war, warum hatten sie dann nicht schon früher darauf verzichtet?, fragte sich Hugo, bevor er die Antwort in einem herben und sauren Wein fand, den er auf den Erdboden des Hauses spuckte.

»Nein«, klagte er angewidert. »Der ist untrinkbar.«

Schweigen folgte seinem Urteil. Dem noch eher jungen Bauernpaar stand die Enttäuschung ins Gesicht geschrieben. Die Kinder, zwei schmutzige, nackte, ausgehungerte Jungen, die bis jetzt um sie herumgetollt waren, begriffen mit dem Scharfsinn, den Gott den Bedürftigen gegeben hat, wie schwer das Nein dieses Mannes wog, der ihren Wein getrunken hatte, und sie drückten sich, so fest sie konnten, an Caterina, die sie mit geschürzten Lippen in die Arme nahm. Der Vogt und seine Soldaten warteten draußen.

Hugo stieß die Luft aus. Fünf Blicke waren auf ihn gerichtet, und Caterinas Gesicht hatte zärtliche Züge angenommen. Ihre Lippen deuteten ein Lächeln an, das sich strahlend Bahn brach, als Hugo noch einmal die Schale ergriff und erneut probierte.

Sollte der hier schlechter sein als der, den er für Roger Puig gekauft hatte, nachdem er dessen Geld, das für den Malvasier gedacht war, für das Begräbnis seiner Mutter ausgegeben hatte? Er schluckte mühsam. Doch! Er war schlechter. Oder so schien es ihm zumindest.

»Eigentlich …«

Er sagte sich, wenn er es geschafft hatte, jenen Wein für Roger Puig genießbar zu machen, dann musste es ihm eben nun mit diesem hier gelingen.

»Eigentlich ist er gar nicht so schlecht.«

Caterina nickte, und eine Träne kullerte über ihre Wange. Die Mutter rief ihre Söhne zu sich, und der Vater ging auf Hugo zu, um ihm die Hand zu reichen.

Mochte der Wein auch schlecht sein, der Preis hätte nicht besser sein können. Ähnlich erging es Hugo auf vielen anderen Gehöften, nachdem er sich dem Flehen in den ebenso tiefen wie traurigen Blicken längst geschlagen gegeben hatte. »Hast du die Kinder gesehen?«, munterte ihn Caterina danach auf. »Und die alte Frau? Die Mutter war schwanger!« Auf einem anderen Hof nahm sie ihn bei der Hand, auf wieder einem anderen gab sie ihm einen Kuss, und schließlich dankte sie ihm, ohne ihre Tränen weiter zurückhalten zu können. Hugo gab sein Geld aus, sowie er das Unglück der Leute und Caterinas Zärtlichkeit immer mehr gewahr wurde. Elend, Elend und nochmals Elend. Anstelle von Wein lud er das Elend auf seinen Karren.

»Ich danke dir dafür«, sagte Caterina, als sie sich zwei Tage später bereits auf dem Rückweg nach Barcelona befanden, am Ufer des Llobregat.

»Wenn du auf dem ersten Gehöft nicht geweint hättest, hätte ich ihn nicht gekauft.«

»Lügner«, tadelte sie ihn. »Du hättest es auch ohne mich getan.«

»Das stimmt nicht.«

»Ha!«

Sie liefen eine Weile nebeneinander her. Allein, denn nur die Wintersonne stand über ihnen, und Stille lag über den Feldern ringsumher. Bis jetzt waren sie weder auf einen Maultiertreiber noch auf eine Karawane gestoßen, obwohl sie überzeugt waren, dass es spätestens bei Manresa so weit sein musste. Caterina begann ein Liedchen zu pfeifen. Hugo sah sie an und lächelte. Sie ergriff die Zügel der Maultiere, trieb sie vom Weg ab und in den Wald hinein.

»Was machst du?«, fragte er, aber Caterina antwortete nicht. Der

Karren holperte über den unebenen Erdboden, das Holz ächzte, und die Fässer stießen gegeneinander. »Sie werden zerbrechen!«

Caterina hielt auf einer kleinen, sonnenbeschienenen Lichtung und band die Maultiere an einen Baum.

»Komm«, lud sie ihn mit Wollust im Gesicht und ihrer Stimme ein. »Ich werde dir alles Geld zurückgeben, das du verloren hast.«

»Hier?«

»Genau hier.« Sie griff nach dem Schlauch mit dem Schnaps und nahm einen kräftigen Schluck. »Nimm«, bot sie ihm danach an. »Trink.«

Hugo trank. Dann bugsierte sie ihn so neben den Karren, dass sein Rücken an der Seitenwand lehnte.

»Ich will nicht, dass du das Gleichgewicht verlierst«, säuselte sie lächelnd, bevor sie sich zwischen seine Beine kniete.

Sie wühlte in seinen Kleidern, entdeckte den bereits steifen Penis und nahm ihn in den Mund. Hugo stöhnte, als er Caterinas Lippen und Zähne spürte, während sie zugleich mit den Fingern seine Hoden massierte und rhythmisch zusammenpresste. Er kam zum Orgasmus, und sie zog ihn an einem Kleiderzipfel neben sich auf die Erde. Sie breiteten die Decke unter dem Karren aus und legten sich hin.

»Ich habe eiskalte Hände«, spöttelte Hugo.

»Aber ein warmes Herz«, antwortete sie und umarmte ihn. »Ein warmes und großes Herz«, wisperte sie zwischen ihren Küssen.

Der Morgen verging, und auf dem Weg zogen ein paar Karawanen vorbei, denen keiner von beiden die geringste Beachtung schenkte.

Barcelona empfing sie mit dem üblichen bunten Treiben der Ausrufer, Händler, Handwerker und Frauen auf den Straßen. Hugo bezahlte die anfallende Weinsteuer, dann machten sie sich auf den Weg zu Barchas Haus. Während Caterina ein paar kleine Jungen verscheuchte, die versuchten, auf den Karren zu klettern, hielt Hugo die Zügel fest, um die Stände der Straßenverkäufer zu umfahren.

»Schau doch mal, ob drinnen jemand ist, der mir beim Abladen der Fässer helfen kann, Caterina«, bat Hugo, als sie sich zum Haus wandte.

Er selbst steuerte den Gemüsegarten dahinter an und begann, die

Maultiere abzuschirren. Sicher würde gleich jemand kommen und ihm zur Hand gehen, und wenn es die beiden Frauen wären. Aber niemand erschien.

»Heilige Jungfrau Maria!«, rief Caterina, als sie Hugo durch die Hintertür eintreten sah. »Das habe ich ganz vergessen!«

Ein halbes Dutzend Leute stand um den Tisch herum, an dem Barcha und ein Mädchen mit fein ziselierten Gesichtszügen, gelocktem schwarzem Haar und großen schwarzglänzenden Augen saßen. Caterina packte zwei der anwesenden Männer am Arm und zog sie um Hilfe bittend in den Garten hinaus.

»Was ist dort drinnen los?«, fragte Hugo, obgleich er es sich schon vorstellen konnte. Seine Stimme klang müde. Die beiden Freigelassenen, die wohl Mauren waren, hoben die Fässer vom Karren und rollten sie in den Schuppen, der als Weinkeller diente.

»Es geht um Elena«, antwortete Caterina. »Die Griechin, von der wir so oft gesprochen haben. Der Bischof hat ihr die Freiheit zugestanden, weil sie Christin ist.«

»Und was macht sie bei uns?«

Hugo kannte schon die Antwort.

»Sich verstecken.«

»Das wird uns Probleme bescheren.«

»Was für Probleme? Sie ist frei.«

»Wenn sie frei ist, warum und vor wem versteckt sie sich dann?«

Caterina antwortete nicht. Ihr Kinn zitterte, und in ihren Augen glitzerten Tränen.

»Ich werde es dir sagen, vor ihrem Herrn und …«

»Sie ist frei!«, kreischte Caterina.

Eines der Fässer drohte umzukippen, als die Mauren bestürzt in der Arbeit innehielten. Hugo wollte etwas erwidern, aber er senkte den Blick. Der Magen zog sich ihm zusammen, als er erkannte, wie sehr Caterina litt. Sie war selbst eine Sklavin gewesen. Als Kind hatte man sie aus Russland entführt, und dann, obwohl sie nie darüber sprachen, hatte man sie vergewaltigt, als sie ungefähr im gleichen Alter war wie jetzt die Griechin. Hugo war sich dessen bewusst und auch, dass man sie weiter vergewaltigt und dass Roger Puig sie nach Jahren der Demütigung der Lüsternheit des Einäugigen ausgeliefert hatte, als wäre sie eine Prostituierte. Wie sollte man es diesen Menschen zum Vorwurf machen, dass sie für ihre Freiheit kämpften, selbst wenn sie ihnen nur vom Bischof zuerkannt wurde?

»Sie ist frei, ja«, gab Hugo nach und wiegte Caterina in seinen Armen. »Wir werden ihr helfen.«

Caterina brach in Tränen aus, und er umarmte sie noch fester, da er verstand, dass sie nicht nur wegen der jungen Griechin, sondern auch wegen sich selbst weinte. Wegen dem, was ihr Leben gewesen war.

»Wir werden ihr helfen. Habe ich denn nicht schon mehrere Sklaven befreit?«, versuchte er sie zu überzeugen und fasste sie unter dem Kinn, um ihr Gesicht anzuheben, während sie gleichzeitig schluchzte und lachte.

Sie stellten die Fässer ordentlich auf. Einer der beiden Mauren zeigte darauf und bat Hugo um Wein. Caterina holte eine Schale, und Hugo goss ein wenig hinein. Die beiden Mauren tranken unter den aufmerksamen Blicken Hugos und Caterinas. Er schmeckte ihnen. Sie stießen auf Hugos Gesundheit an und dankten ihm überschwänglich.

»Er ist gar nicht so schlecht, siehst du?« Caterina lächelte.

»Wie soll er ihnen auch nicht schmecken? Sie sind es gewohnt, Trester zu trinken, eingeweichte Traubenschalen, Reste, die schon gekeltert wurden und noch einmal gepresst werden, nur um dem Wasser Farbe und etwas Geschmack zu geben.«

Jetzt würden sie wieder einen Teil des Weins destillieren müssen, um Schnaps zu brennen. Seit Regina wieder zu Hause war, hatten sie den Destillierkolben nicht mehr benutzt, aber wenn Hugo den Wein aus Navarcles verkaufen und Gewinn damit machen wollte, würde er nicht umhinkommen, Schnaps unterzumischen und den Wein zu behandeln.

Zusammen mit Caterina ging er ins Haus zurück. Seine Sorge verschwand, sobald er in die Augen des griechischen Mädchens sah. Was er auf den ersten Blick und von weiter weg als harte, kantige, wie gemeißelte Gesichtszüge wahrgenommen hatte, schien ihm jetzt von außerordentlicher Schönheit. Er ließ sich von Elenas süßer Stimme vereinnahmen, während diese unentschieden antwortete, da sie versuchte, die passenden Worte auf Barchas Fragen zu finden. Er erinnerte sich daran, dass Caterina ihm gesagt hatte, sie spreche fast kein Katalanisch. Er musterte sie, entdeckte ihren glatten und straffen Hals, von dem ein kleines, grob geschnitztes Holzkreuz herabhing, Brüste, die noch nicht ihren vollen Umfang erreicht hatten, doch bereits jetzt von einer stattlichen Form kündeten. Sie war noch so jung. Was für ein Verbrechen sollte dieses Kind begangen haben, dass man es seiner Freiheit beraubte?

Die frühe Wintersnacht brach herein, und das Haus leerte sich. Zum Abendessen gab es das Übliche: Eintopf und Wein, allerdings nicht von dem aus Navarcles. Sie plauderten und tranken Schnaps aus dem Vorrat, den Barcha in ihrem Zimmer versteckte. Elena versuchte ihre Augenlider offen zu halten, nickte aber von der Müdigkeit überwältigt immer wieder am Tisch ein.

»Was wollt ihr mit ihr machen?«, fragte Hugo, nachdem das Mädchen seinen Kopf auf den Armen abgelegt hatte.

Die Maurin zuckte die Achseln.

»Abwarten. Etwas wird sich schon tun«, antwortete sie. »Und was willst du mit ihr machen?«, nutzte Barcha den Moment, gerade als Regina ins Haus kam.

Hugo warf seiner Gattin einen Blick zu, den sie hasserfüllt erwiderte, bevor sie Elena ins Auge fasste. Sie grüßte nicht. Fragte nicht. Ging in ihr Zimmer hinauf, wo sie der junge Sklave erwartete, der immerzu Wache hielt, damit niemand etwas stehlen konnte. Was mochte Regina beabsichtigen?, fragte sich Hugo. Wie lange würde sich diese immer angespanntere Situation noch hinziehen?

»Abwarten …«, antwortete Hugo.

»Etwas wird sich schon tun«, kam ihm die Maurin zuvor.

»Und wenn Regina sie anzeigt?«, fragte er und deutete mit dem Kinn auf die Griechin.

»Sie wird kaum wissen, wer sie ist.«

»Aber ihr Sklave schon.«

Barcha zuckte die Achseln.

»Elena kann nicht ihr ganzes Leben lang hierbleiben. Die Freiheit ist dazu da, sie zu genießen, nicht, um sich zu verstecken, obwohl dieses Mädchen in einer komplizierten Lage steckt. Es ist zum Mittelpunkt eines Machtkampfes geworden, den der Bischof mit seinen Normen gegen die Stadt mit ihren Normen ausficht.«

»Gesetze, die es zum Tode verurteilen, weil es durch den Bischof die Freiheit anstrebt«, ergänzte Hugo.

»Ja, sicher. Wenn es jemand anzeigt, wird der Bischof Maßnahmen ergreifen und sein Urteil verteidigen müssen. Sein Ansehen hängt davon ab. Aber machen wir uns lieber keine zu großen Sorgen, die Mächtigen finden immer eine Übereinkunft, um sich Ärger zu ersparen.«

»Also, ich weiß nicht …«, murmelte Hugo.

»Gott wird es richten, oder etwa nicht?«, versuchte ihn Caterina zu beruhigen.

Sie legten sich schlafen. Barcha und die Griechin im unteren und Caterina und Hugo im oberen Stockwerk, wozu sie über die Beine von Reginas Sklaven steigen mussten, der ausgestreckt auf dem Treppenabsatz lag. Als sie im Zimmer waren, verriegelte Caterina die Tür und küsste Hugo.

»Nein. Noch mal?«, beklagte er sich, halb im Scherz und halb im Ernst. »Heute Morgen habe ich mich wegen dir schon völlig verausgabt.«

»Ich erinnere mich schon gar nicht mehr an heute Morgen«, erwiderte sie honigsüß.

»War ich denn so schlecht?«

»Nein! Das wollte ich damit nicht sagen.« Caterina stieß Hugo sanft auf das Bett. Dann setzte sie sich neben ihn, streichelte seine Brust und korrigierte sich: »Doch, du warst schlecht. Katastrophal! Ich gebe dir die Gelegenheit, es wiedergutzumachen.«

Zuerst glaubte er zu träumen, aber das Licht des frühen Morgens schien schon zum Fenster herein. Er öffnete die Augen. Caterina schlief erschöpft neben ihm. Das ganze Haus wurde erneut von einem beharrlichen Klopfen an der Tür erschüttert. Hugo richtete sich auf, spitzte die Ohren und schüttelte Caterina.

»Was ist los?«, fragte sie.

Von unten drangen Schreie herauf, Barchas Stimme übertönte alle anderen. Noch mehr Schreie. Viele.

»Was ist los?«, fragte Caterina noch einmal.

Hugo wollte ihr seine Ahnung nicht preisgeben. Sie sprangen gleichzeitig aus dem Bett und rannten aus dem Zimmer. Die Stimmen waren jetzt lauter zu hören. Reginas Sklave stand auf dem Treppenabsatz, aufrecht und mit verängstigtem Gesicht, den Rücken an die Wand gepresst. Sie schenkten ihm weiter keine Beachtung, sondern stolperten die Treppe hinunter. Unten stand Barcha Aug in Aug mit dem Amtmann. Ihn eskortierte mindestens ein halbes Dutzend bewaffneter Henker, sie schrie sich die Lunge aus dem Leib, völlig außer sich, während die Griechin sich hinter ihrem Rücken zu verstecken versuchte, die Freilassungsurkunde des Bischofs in ihren Händen. Mehrere Schaulustige waren eingetreten, hereingeschubst und -gestoßen von denen, die auf der Straße neugierig die Köpfe reckten.

»Nehmt sie fest!«, befahl der Amtmann den Henkern, ohne der schreienden Maurin Beachtung zu schenken.

»Sie ist frei!«, schrie Barcha.

»Sie ist frei!«, schrie auch Caterina.

Einige der Schaulustigen pflichteten ihnen bei, wenn auch nur unter Murmeln.

»Der Bischof hat ihr die Freiheit zugestanden!«, wollte Hugo die beiden Frauen unterstützen.

»Der Bischof kann keinem Sklaven die Freiheit zugestehen«, antwortete der Amtmann. Mit Gesten befahl er seinen Männern erneut, das Mädchen festzunehmen.

Barcha und Caterina kreischten, als sich die Henker auf die Maurin und Elena stürzten. Einige Schaulustige stimmten in den Protest der Frauen ein. Für Hugo bestand kein Zweifel, was als Nächstes folgen würde: Barcha stand zur Verteidigung der Griechin bereit, der Amtmann hatte bereits sein Schwert gezückt, und zwei der Henker drohten von weiter weg mit ihren Lanzen.

»Bei Gott!«, schritt Hugo ein. »Erinnere dich an das, was du mir gestern gesagt hast. Wehr dich nicht. Der Bischof wird eine Lösung finden.«

»Hör auf ihn, Frau«, riet ihr der Amtmann.

»Barcha, bitte«, beharrte Hugo. »Caterina«, flehte er sie um Hilfe an.

»Wir werden in den Palast des Bischofs gehen und ihn anzeigen«, bestätigte Caterina. »Lass nur, Barcha.«

Die Maurin ließ ergeben ihre Arme und den Kopf sinken. In diesem Moment nahmen die Henker Elena fest, die mit Tränen in den Augen die beiden anderen Frauen ansah.

»Wir gehen für dich dorthin!«, versprach Caterina. »Sei unbesorgt, Elena. Du wirst frei sein!«

Sie nahmen sie mit. Barfüßig und mit nichts als einem einfachen weißen und dünnen Wollhemd bekleidet, das ihr gerade bis unter die Knie reichte. Die Henker hielten ihre Lanzen, und Elena drückte ihre Freilassungsurkunde an sich, während sich das Gefolge einen Weg durch die Menge bahnte, die aus einfachen Menschen aus dem Viertel, unter ihnen viele Freigelassene, bestand. Sie applaudierten der Griechin, manche ließen sie hochleben und sprachen ihr Mut zu.

»Schnell!«, schrie Barcha. »Zieht euch an, und dann gehen wir zum Bischofspalast.«

Sie nahmen denselben Weg, den der Amtmann und seine Henkersleute genommen hatten, folgten zuerst der Calle del Hospital, überquerten dann die Rambla und durchschritten das Portal de la Boquería in der alten Stadtmauer. Sie wollten rennen, aber Barcha erlitt einen Hustenanfall, der sie zum Stehenbleiben zwang.

»Lauft weiter«, forderte sie Hugo und Caterina halb zusammengekrümmt auf. »Ich werde euch schon einholen.«

Sie trauten sich nicht, sondern warteten, bis die Maurin sich nach einigen Augenblicken erholt hatte. Dann liefen sie weiter die Calle de la Boquería entlang bis zur Plaza de Sant Jaume. Barcha gab sich Mühe zu rennen, die anderen beiden, sich an ihren Schritt anzupassen.

»Wohin sie sie wohl gebracht haben?«, fragte Barcha.

»Ins Gefängnis«, antwortete Hugo. »Oder vielleicht zu ihrem Herrn«, korrigierte er sich angesichts des alarmierten Ausdrucks der Maurin.

»Sie hat keinen Herrn. Sie ist frei«, widersprach Caterina.

Barcha hustete von Neuem.

»Geht weiter«, setzte sie den Blicken der beiden entgegen.

Aber auf der Plaza de Sant Jaume stießen sie auf Leute, die alle in Richtung der Kathedrale und des Bischofspalasts rannten.

»Was ist los?«, fragte Hugo eine Frau.

»Eine flüchtige Sklavin«, antwortete diese, ohne stehen zu bleiben. »Sie wird auf der Plaza Nova gehenkt.«

Als die drei nahe der Einmündung der Calle del Bisbe innehielten, wurden sie von der Menge weitergeschubst. Caterina strauchelte, fing sich aber gerade noch rechtzeitig, um nicht auf Hugo zu fallen, der sich nicht in der Lage befand, ihr zu helfen, so benommen war er von der Nachricht.

»Sie ist frei!«, kreischte Caterina.

»Wer?«, fragte ein Mann, der an ihr vorüberging. »Die Griechin, meint ihr?« Caterina nickte. Der Mann brach in Gelächter aus. »Gleich wirst du sehen, wie frei sie ist. Sklaven können nicht einfach zum Bischof gehen.«

Die Worte des Mannes verloren sich im allgemeinen Lärm, sowie er sich von ihnen entfernte.

»Sie ist frei«, flüsterte Caterina.

Hugo wollte sie in den Arm nehmen, aber Barcha war ihm zuvorgekommen, und so folgten sie weiter der Calle del Bisbe, bis sie das einstige römische Stadttor Decumana passiert hatten und auf der Plaza Nova angelangt waren. Um den Galgen hatte sich bereits eine Menschenmenge versammelt. Er stand vor der Kathedrale, unweit des Bischofspalasts. Hugo konnte Elena nirgends erblicken, obwohl er sie in der Mitte des Kreises von Lanzen vermutete, die über die Köpfe der Menschen hinausragten und deren Spitzen im Morgenlicht funkelten.

Nicht einmal Barcha, so viele Ellbogenstöße und Püffe sie auch verteilte, schaffte es, sich zwischen den vielen Menschen hindurchzuzwängen, die ebenfalls den besten Platz für sich ergattern wollten, um der Hinrichtung beizuwohnen.

Da ertönte eine Trompete, eine zweite stimmte ein. Die Stadträte betraten den Platz. Als ein Ausrufer auf das Podest mit dem Galgen trat, wurde es still.

»Auf Befehl des Amtmanns der Stadt Barcelona …«, kündigte er an.

Sie würden ihr keinen Prozess machen. Das gemeinsame Gesetz des Königs und der Stadt verfüge, so brachte es ihnen der Ausrufer in Erinnerung, dass jeder Sklave, der vor dem Tribunal des Bischofs seine Freiheit einfordere und der sich dem Richterspruch der Kirche und ihren religiösen Gerichten unterwerfe, sich die Todesstrafe einhandle, welche unverzüglich durch den Amtmannn zu vollziehen sei. Die Bestrafte solle, da sie Griechin und Christin sei, nicht wie andere Sklaven durch die Stadt geschleift, sondern ohne Umschweife gehenkt werden.

Einige buhten wegen der milden Strafe, andere klatschten Beifall.

Während der Ausrufer die Ankündigung fortsetzte, hielten viele, darunter auch Hugo, ihr Augenmerk auf den Bischofspalast gerichtet.

»Der Bischof ist da drinnen«, munkelten die Anwesenden.

»So komm sie doch befreien!«, schrie eine Frau.

»Sie ist Christin!«, trat jemand zu ihrer Verteidigung ein. »Sie sollte keine Sklavin sein!«

Mehr Buhrufe und mehr Hochrufe wurden laut. Mehr Beleidigungen. Sogar eine Zankerei.

Jemand teilte mit, das große Gittertor zum Innenhof des Bischofspalasts habe sich soeben geöffnet. Vor Erwartung dämpfte sich das Geschrei zu einem Gemurmel herab. Der Amtmann und mehrere Stadträte kamen aus der Bischofsresidenz auf den Platz zurück, ein einfacher Priester und zwei Sakristane folgten ihnen, was die Auseinandersetzung erneut anfachte.

»Er wird ihr die Beichte abnehmen«, erklärte ein Greis neben Hugo.

Sie konnten sich nicht mehr bewegen. Die Leute hatten sich hinter Hugo und Caterina zusammengedrängt, Caterina stand rechts von ihm ein Stück weit entfernt und mit völlig abwesendem Blick, Barcha war ein paar Reihen weiter vorne ebenfalls eingesperrt.

Es ging schnell. Man nahm der Griechin die Beichte ab, brachte sie aufs Schafott, legte ihr den Strick um den Hals und zog sie in die Höhe, bis ihre Füße über den Köpfen der Leute baumelten, die verstummten, während sie strampelte. Nur wenige Augenblicke später enthüllte die Sonne der Menschenmenge die Konturen von Elenas leblosem, erschlafftem Mädchenkörper.

23

Wir haben vergessen, dass sich die Barcelonesen sogar mit dem Teufel anlegen, wenn es ums Geld geht«, beklagte sich Hugo auf dem Nachhauseweg.

Gestützt auf Barchas Arm, zog Caterina die Füße nach. Mit ihnen kehrten viele andere ins Raval zurück. Sie hielten die Köpfe gesenkt, sprachen im Flüsterton oder diskutierten lautstark, viele Frauen weinten.

»Der Amtmann und die Ratsherren haben dem Bischof und allen Sklaven, die ihn aufsuchen wollen, eine grausame Lektion erteilt«, schloss Hugo.

Das Haus schien ihnen feindselig. Elena hatte nur einige Tage hier gewohnt, ihre Abwesenheit war nicht der Grund dafür. Vielmehr nagte der Zweifel an ihnen. Der Zweifel, ob der Tod der glücklosen jungen Griechin auf ihren Schultern lastete.

»Ob Regina sie angezeigt hat?«, sprach Hugo die Frage aus.

Caterina hatte sich auf einen Stuhl vor der Feuerstelle fallen lassen und starrte die abgenutzte und zerkratzte Tischplatte an. Barcha stand noch im Raum.

»Das werden wir gleich herausfinden«, antwortete sie.

Sie ging zur Treppe und rief etwas auf Arabisch hinauf. Im oberen Stockwerk regte sich nichts. Barcha rief noch einmal und lauter. Als sie schon hochgehen wollte, kam Reginas Sklave herunter. Die Maurin ließ ihm nicht einmal Zeit für einen Atemzug. Sie packte ihn am Arm, schüttelte ihn und redete zugleich hitzig auf ihn ein. Der junge Mann antwortete nicht. Barcha brüllte ihn weiter auf Arabisch an, stellte sich vor ihn hin und deutete zur Tür, wobei sie ihm mit dem ewigen

Höllenfeuer drohte, oder zumindest hatte es für Hugo den Anschein. Sie hob eine Hand, um den Sklaven zu ohrfeigen. Der zog die Schultern ein und wimmerte. Dann schallte die Ohrfeige, Barcha schüttelte ihn erneut und zog ihn auf die Straße. Der reumütige Ton, in dem der junge Mann endlich auf Barchas Fragen einging, verstärkte Hugos Verdacht, dass Regina etwas mit der Verhaftung der Griechin zu tun hatte.

»Sie hat nach Elena gefragt«, bestätigte Barcha danach. »Er sollte ihr alles erzählen, was er über sie gehört hatte, und heute Morgen hat sie viel früher als gewöhnlich das Haus verlassen.«

Regina arbeitete als Ärztin. Nach ihrer Rückkehr aus Tortosa hatte sie wieder angefangen, die Frauen im Hospital de la Santa Cruz zu behandeln. Zudem bot sie ihre Dienste überall an, wo man sie verlangte. In der Tat tauchten häufig die Angehörigen irgendeines Patienten auf der Suche nach Regina vor Barchas Haus auf. Anfangs hatte die Maurin versucht, sie nicht zu beachten, weil sie Regina keinesfalls einen Gefallen erweisen wollte, aber die flehenden Blicke dieser Menschen bewegten sie. Schließlich ließ sie sie eintreten und führte sie zu Reginas Zimmer, oder sie ließ sie Platz nehmen, um auf Regina zu warten, wenn sie nicht da war.

Wo nahm Regina ihre Mahlzeiten ein? Hugo und Caterina hatten den Sklaven auf dem Treppenabsatz essen sehen, aber mehr wussten sie nicht, bis Mercè es ihrem Vater verriet:

»Sie speist mit den Nonnen, normalerweise im Kloster Jonqueres, aber auch in anderen Klöstern in Barcelona. Soweit Mutter es mir erzählt hat, verbringt sie die meiste Zeit bei ihnen. Auch vor Tortosa war sie schon oft dort, aber jetzt … Ich glaube, wenn sie nicht mit Euch verheiratet wäre, würde sie einem Orden beitreten. Es gibt da so eine seltsame Sache bei den Nonnen.«

»Wie?« Hugo wollte es genauer wissen.

Mercè zögerte.

»Gut, ich glaube, es spielt jetzt keine Rolle mehr.«

»Mercè!«

»Mutter hat mir das Versprechen abgenommen, es niemandem zu erzählen, aber inzwischen ist Zeit vergangen, und ich will ja weder Ärztin noch Hebamme werden.« Sie lachte. »Ich lese lieber Gedichte als medizinische Abhandlungen. Ich bin bequem geworden, Vater.«

»Was wolltest du mir erzählen, mein Kind?«, forderte Hugo sie auf, zum Punkt zu kommen.

»Ach ja! Die Nonnen. Da gibt es die, die einfach ihre Gelübde brechen und schwanger werden. Aber dann gibt es noch die anderen Fälle, richtige Vergewaltigungen, Vater. Manche haben Brandwunden oder Messerschnitte. Teufelsriten, hat Mutter mir erzählt.«

»Bei den Nonnen?«

»Ja, vor allem bei denen, die als Dienerinnen arbeiten, kommt das vor. Bei denen, die nicht adlig und nicht reich sind und ins Kloster aufgenommen werden, um für eine winzige Mitgift den anderen Nonnen zu Diensten zu stehen. Es gibt viele solche junge und hübsche Dienerinnen im Kloster.«

»Und was hat das mit Regina zu tun?«

»Sie wird immer gerufen, wenn es ein Problem gibt, sogar nach außerhalb von Barcelona. Ich habe es Euch ja schon erklärt, als sie nach Tortosa gegangen ist. Alle Klöster stehen in Mutters Schuld für ihre Gefälligkeiten. Ich nehme an, deshalb kann sie bei ihnen unterkommen.«

Hatte Regina die Griechin angezeigt? Hugo glaubte es, Barcha und Caterina waren sich sicher und ebenso viele andere Sklaven und Freigelassene, die das Gerücht verbreiteten. Zuerst strichen zwei Freigelassene um das Haus herum, während Hugo im Erdgeschoss die Fensterläden schloss. Er schenkte ihnen keine besondere Aufmerksamkeit, obwohl die Glocke im Schloss des Stadtrichters bereits das *Seny del lladre* geläutet und den Rückzug in die Häuser angekündigt hatte. Zwar war die Kontrolle im Raval weniger streng als in der Altstadt, da die Weinberge und Felder auch innerhalb der neuen Stadtmauern schwieriger zu überwachen waren als das Straßengeflecht innerhalb der alten Mauern. Aber als sich Hugo in seinem Zimmer bereits hinlegen wollte und durch die Ritzen der Fensterläden nicht mehr nur zwei, sondern sechs oder sieben Freigelassene erspähte, begann er sich Sorgen zu machen.

»Das gefällt mir nicht«, murmelte er, gab Caterina jedoch keine Antwort, als sie fragte: »Was denn?«

Regina war schon vor einer Weile nach Hause gekommen und hatte sich ohne ein Wort auf ihr Zimmer zurückgezogen. Barcha und Caterina hatten ihr angespannt und verkrampft hinterhergeschaut. Die Maurin war aufgestanden, als wollte sie etwas sagen oder tun, hatte es sich kurz darauf jedoch anders überlegt. Sie hatte sich wieder auf ihren Stuhl fallen lassen, besiegt vom Schmerz um den Tod der jungen Griechin, der ihr indes keine weiteren Tränen mehr abringen konnte. Regina hatte diesen Versuch nicht einmal wahrgenommen.

Hugo öffnete die Fensterläden einen Spaltbreit und streckte vorsichtig den Kopf hinaus, um die Calle del Hospital besser überblicken zu können. Grüppchen von zwei, drei und bis zu vier Personen standen dort herum. Er hörte eine Diskussion in unangemessener Lautstärke für diese späte Stunde, und als einer der Männer auf Barchas Haus zeigte, sah Hugo seine Befürchtungen bestätigt. Er rannte aus dem Zimmer, sprang über die Beine des Mauren und platzte in Reginas Zimmer, die erschrocken von dem Stuhl auffuhr, auf dem sie gesessen und bei Kerzenlicht gelesen hatte.

»Was ist los?«, rief sie und bückte sich gleichzeitig nach dem Buch, das ihr aus den Händen geglitten war. »Was willst du?« Plötzlich änderte sie ihre Haltung. Ihre Augen glänzten, und ihre Nasenflügel schienen sich zu weiten. »Mach doch die Tür zu«, schlug sie ihm in verführerischem Ton vor.

»Nein.« Mit einer Handbewegung wehrte Hugo das Angebot ab. »Du musst fliehen.«

»Was sagst du?«

»Sprich leiser«, befahl ihr Hugo. »Lauf weg. Wenn du es nicht tust, bringen sie dich um.«

»Wer?«

Hugo zeigte zum Fenster. Regina ging hin und spähte durch die Ritzen.

»Was wollen sie?«, fragte sie, scheinbar gleichgültig.

»Vielleicht wollen sie sich an jemandem rächen, der das griechische Mädchen angezeigt hat«, sagte er.

»Und was hat das mit mir zu tun?«, entgegnete Regina.

»Wenn du es nicht warst, werden sie dir wohl keinen Schaden zufügen«, erwiderte Hugo und drehte sich zur Tür. Dort stand bereits Caterina und hörte zu.

»Geh nicht!« Regina streckte die Hand aus, um ihn zurückzuhalten. »Was machst du hier?«, fragte sie in einem völlig anderen Ton die Russin.

»Sie macht, was sie will«, verteidigte sie Hugo. »Das ist ihr Haus!«

Regina zögerte.

»Komm mit«, sagte sie schließlich zu Hugo, der verächtlich lachte. »Du begehrst mich immer noch«, behauptete sie stur.

»Wenn du dich nicht beeilst, werden sie dich umbringen«, erwiderte er.

Regina schüttelte den Kopf.

»Das wirst du noch bereuen«, drohte sie ihm. Trotzdem gab sie dem Sklaven ein Zeichen, ihre Sachen zusammenzusuchen.

Auf der Straße waren die ersten Rufe zu hören.

»Närrin!«, drängte Hugo. »Du hast keine Zeit. Niemand von uns wird die Meute aufhalten, um dich zu verteidigen, Regina. Versteck dich im Garten hinter den Weinfässern, und lauf davon, sobald sie im Haus sind, und versteck dich bis zum Morgengrauen zwischen den Feldern. Falls es nicht schon zu spät ist.«

Regina schüttelte mehrmals den Kopf, so wie die Verrückten, die sie im Hospital behandelte. Das Geschrei auf der Straße wurde lauter, und endlich reagierte Regina. Sie floh, und wenn sie auch dabei ihre Schuhe und etwas Warmes zum Überziehen vergaß, so zog sie zumindest eine Börse hervor, die sie unter dem Strohsack im Bett versteckt hatte. Als sie damit auf die Tür zustürzte, trat Hugo beiseite, doch Caterina stellte sich ihr in den Weg. Regina stieß gegen sie.

»Aus dem Weg, Sklavin!«, befahl sie und stieß Caterina an.

Die Russin jedoch warf sich auf sie.

»Steh dazu, du Hündin! Du hast sie umgebracht!«

Auf dem Treppenabsatz begannen sich die beiden zu prügeln. Eingeschüchtert beobachtete der junge Sklave die Szene von Hugos Zimmer aus. Dieser wusste ebenso wenig, wie er eingreifen sollte. Er hatte

Regina nur das Leben retten wollen, und jetzt kämpfte Caterina darum, sie der Meute auszuliefern.

Regina schaffte es, sich zu befreien, und stieß Caterina zu Boden, bevor sie die Treppe hinunterhastete. Kniend spuckte Caterina ihr hinterher.

»Tötet diese Hurentochter!«, schrie sie.

Barcha, die in ihrem Zimmer im Erdgeschoss aufgeschreckt war, stand an der Haustür, noch ratlos, ob sie öffnen sollte, was sie aber tat, sobald sie erkannt hatte, dass die aufgebrachten Menschen wegen Regina kamen. Da war diese jedoch schon an Barcha vorbeigeschlüpft und in den Garten gerannt, ehe die wenigen Freigelassenen, die sich bereit erklärt hatten, von hinten hereinzukommen, den Häuserblock hatten umrunden können. Sie versteckte sich hinter den Weinfässern, so wie Hugo es ihr geraten hatte, der inzwischen den Blick auf Caterina richtete.

»Was würde eine weitere Tote denn nützen?«, fragte er leise.

Immer noch kniend, brach Caterina in Tränen aus. Er kauerte sich neben sie, nahm sie in die Arme und begann sie hin- und herzuwiegen.

Die morsche Gartentür gab schon beim zweiten Fußtritt nach. Sobald die Männer ins Haus eingedrungen waren, schlüpfte Regina auf die Straße und hörte nicht mehr auf zu rennen, bis sie an der Werft angelangt war. Keuchend lauschte sie in der Dunkelheit. Niemand verfolgte sie.

»Sie ist nicht da. Sie ist geflohen«, riefen unterdessen die Leute, die in Barchas Haus eingedrungen waren. Manche zeigten Reginas Gewänder, Bücher und persönliche Gegenstände vor, die sie zurückgelassen hatte.

»Ihr habt ihr geholfen zu fliehen«, sagte ein großer, dunkelhäutiger Maure anklagend.

Barcha stürzte sich auf ihn. Hugo verstand nicht, was sie dabei rief, vielleicht war es Arabisch, aber der schrille Ton ließ ihm die Haare zu Berge stehen. Drei Männer schritten ein, um die Rauferei zu stoppen. Der große Maure traute sich in seiner Überraschung nicht, die Frau zu schlagen. Einige Frauen, die mit ins Haus gekommen waren, versuchten Barcha zu beruhigen. Caterina sah bloß zu, mit feuchten Augen und offenem Mund. Entschlossen ergriff Hugo das Wort:

»Glaubt denn wirklich jemand von euch, dass Barcha oder Caterina fähig wären, die Ihrigen zu verraten?«

Schweigen, hin- und herwandernde Blicke, Murmeln, ein Hüsteln, Flüstern, noch einmal Hüsteln, viele verlegene Gesten. Keine Antwort.

»Es war ein sehr harter Tag. Geht nach Hause«, ermunterte Hugo die Leute, während sie sich bereits in Bewegung setzten.

An den folgenden Tagen machte sich Hugo mit dem Wein aus Navarcles zu schaffen. Er mischte Birnen und Äpfel, Gewürze und den Branntwein darunter, den sie nach Einbruch der Nacht schweigend destillierten. Reginas Anwesenheit war nun kein Hindernis mehr. Dass sie sich ins Kloster Jonqueres geflüchtet hatte, erfuhren sie, als eine Ordensschwester vor dem Haus erschien, um Reginas Sklaven und die Truhe mit ihren Habseligkeiten abzuholen. Mitnehmen konnte sie nur den Sklaven und die Truhe, da der größte Teil des Inhalts im Tumult abhandengekommen war.

»Diebe!«, wagte die Nonne auf Hugos Erklärungen hin auszustoßen.

»Heuchlerin!«, gab Caterina zurück.

Die Ordensschwester zögerte, ob sie einen Streit anfangen sollte. Sie entschied sich dagegen und wandte sich zur Tür.

»Werdet ihr Regina jetzt für immer behalten?«, spottete Barcha ihr hinterdrein.

Am Sonntag derselben Woche begleitete die Maurin Hugo und Caterina zur Kathedrale Santa María del Mar, wo die beiden die feierliche Messe hören würden. Eingerahmt von den beiden Oktogonaltürmen und mit der riesigen Rosette über dem Bronzeportal, welches das Relief der Steine schleppenden *Bastaixos* zierte, erhob sich die Hauptfassade über dem Platz. Eine bunte Menge aus Sklaven und Freigelassenen, die normalerweise andere Gemeinden der Stadt besuchten, strömte dort zusammen. Hugo und Caterina betraten nicht wie sonst das Gotteshaus, sondern mischten sich unter diese einfachen Leute, die unter der strahlenden Wintersonne ausharrten.

»Das sind *Bastaixos*, die Steine schleppen. Sie haben ohne Lohn für den Bau der Kirche gearbeitet«, antwortete Hugo einem Freigelassenen, der seinem versunkenen Blick zu den kleinen Relieffiguren am Kirchenportal gefolgt war und ihn danach gefragt hatte.

Eine Frau und zwei junge Männer neben ihr hörten genauso aufmerksam zu wie der Freigelassene, während Caterina zu der tausendmal erzählten Geschichte lächelte.

»An der Fassade der Santa María sind weder fürstliche Wappen noch kirchliche Würdenträger zu sehen«, fuhr Hugo fort. »Es gibt keine Inschriften. Das Einzige sind diese *Bastaixos*. Eine Ehrung der Stadt Barcelona an diese einfachen Lastenträger, die sich für die Jungfrau vom Meer geopfert haben.«

»Es gibt viele Sklaven unter den *Bastaixos*«, bemerkte einer der Männer.

»Am Anfang waren es Sklaven, ja«, erwiderte Hugo, »aber dann waren sie alle freie Menschen. Und stolz darauf, denn *Bastaixos*, die Sklaven sind, darf es nicht geben.«

»Aber es gibt sie«, beharrte der Mann, und sein Begleiter nickte.

»Nein. Sie können keine Sklaven sein. Dann wären sie keine *Bastaixos* mehr, da kannst du dir sicher sein.«

»Ich sehe keinen Grund …«, argumentierte der erste der beiden jungen Männer, als eine der Glocken von Santa María del Mar zu läuten begann. Sie klang ungewöhnlich, eintönig und traurig.

Unter dem andauernden Glockenläuten betrat eine Prozession von Pfarrern und Benefiziaten der Gemeinde Santa María den Platz. Die Priester, der Bischof und die Mitglieder des Domkapitels, die mit der Prozession marschierten, hielten brennende Kerzen in ihren Händen. In kürzester Zeit füllten sich die Vortreppe der Kathedrale und ein Gutteil des Platzes davor mit einer Unzahl an Geistlichen, die mit düsteren Blicken ihre Kerzen vor sich hertrugen. Die Glocke läutete verbissen weiter, noch ein Schlag, noch einer, und noch einer … obwohl einer der Priester längst ein Dokument vor sich ausgestreckt hielt und einen lateinischen Text vorlas.

Die Übersetzungen derer, die Latein verstanden, gingen unter den Anwesenden von Mund zu Mund. So erfuhren sie, dass der Bischof wegen der Hinrichtung der griechischen Sklavin Elena, der er als Christin die Freiheit zugestanden hatte, den Amtmann von Barcelona, Joan

Sa Bastida, exkommunizierte, was er hier vor der Kathedrale seines Bistums öffentlich ausrufen ließ.

»Ein verfluchter Trost«, rief jemand aus der Gruppe der Sklaven und Freigelassenen.

»Was hättest du denn sonst vom Bischof erwartet?«, antwortete ein Zweiter, ohne dass Hugo zu sagen wusste, ob er den Propst kritisierte oder verteidigte.

Joan Sa Bastida sei jeglicher Umgang mit der Kirche untersagt, wurde übersetzt. Er gelte als verstorben, und sogar ein Begräbnis auf dem Friedhof bleibe ihm verwehrt. Die Kirche fordere ihre Gemeinde und Glaubensbrüder dazu auf, sich vom Amtmann fern- und keinerlei Beziehung zu ihm aufrechtzuerhalten, so als wäre er ein Pestkranker. Sa Bastida könne fortan keine Ämter mehr ausüben. Außerdem könne niemand Unwissenheit anführen, nachdem die Exkommunikation hier vor der Kathedrale öffentlich kundgetan worden sei. Dörfer und Ortschaften, die ihn aufnähmen, würden mit dem Kirchenbann belegt, und sollte sich der Gebannte selbst nicht binnen eines Jahres mit der Kirche versöhnt haben, so werde er als Ketzer betrachtet und der Inquisition ausgeliefert.

Nach der Ausrufung löschten die Geistlichen ihre Kerzen, und das eintönige Glockenläuten, das den Akt begleitet hatte, verstummte. Die Prozession betrat die Kathedrale, und ein Teil der Zuhörer verstreute sich. Die einen steuerten ihre eigenen Pfarrkirchen an, andere gingen nach Hause oder würden an diesem sonnigen Tag die Stadt genießen. Der Rest, darunter Hugo und Caterina, begab sich in die Kathedrale, um die Sonntagsmesse zu hören.

»Das hätte er tun sollen, bevor das Mädchen gehenkt wurde«, beklagte sich Barcha, ehe sie sich verabschiedete. »Dann hätte er ihr das Leben vielleicht gerettet.«

»Ich habe gehört, dass ihn der Bischof vor seiner Exkommunikation dreimal verwarnen musste. Das muss er sicherlich vor der Hinrichtung getan haben.«

»Dann hat er es aber sehr schnell tun müssen«, bemerkte Caterina. »Denn von der Festnahme bis zur Hinrichtung ist sehr wenig Zeit vergangen.«

»So oder so hat er es nicht getan.«

»Oder doch.«

»Vielleicht.«

»Das alles bringt uns Elena nicht zurück«, beendete Hugo das Gespräch.

In Santa María del Mar wurde die feierliche Messe abgehalten. Hunderte von Gläubigen hatten sich im Inneren der Kathedrale eingefunden. Dort, wo sich Hugo und Caterina befanden, unter den Leuten auf mittlerer Länge des Kirchenschiffes, glaubte man das Meer in unmittelbarer Nähe zu spüren.

»Das sind die Fischer und Seeleute, die Hafenschiffer, *Bastaixos*, Kalfaterer und Schiffsbaumeister. Sie bringen den Geruch des Meeres mit«, sagte sich Hugo.

Außer ihnen waren auch einige reiche Bürger und Adlige erschienen, wie etwa der Admiral der katalanischen Armada, Bernat Estanyol, der in diesem Moment würdevoll die Kathedrale betrat. Ihm folgten Guerao, Mercè und eine Anstandsdame, die im Palast aufgetaucht war, kurz nachdem Hugo in seinem Gespräch mit dem Majordomus sein Missfallen darüber geäußert hatte, dass seine Tochter und der Admiral dort »allein« zusammenlebten. Ihnen folgten außerdem Bedienstete, die Stühle trugen, die sie vor der ersten Reihe direkt vor dem Hauptaltar aufstellen würden. Die Gläubigen gaben ihnen den Weg frei, und Hugo konnte seine Tochter in einem blauen Seidenkleid und mit der Haltung einer Königin hinter Bernat einherschreiten sehen.

Wie viele andere erfreute sich Hugo an Mercès Anblick. Sie schien über den Boden zu schweben, so leicht und mühelos war ihr Gang. Wie eine richtige Dame sah sie aus. Diejenigen, die dem Gefolge am nächsten standen, verharrten in Schweigen, als könnten ein Hüsteln oder die rüden Worte eines Matrosen den Zauber brechen. Anders verhielten sich die Menschen in größerer Entfernung.

»Fünfzigtausend Sueldos Mitgift«, bemerkte jemand hinter Hugo.

»Und sie findet keinen Ehemann«, sagte ein anderer.

Stimmt nicht, wollte Hugo ihn korrigieren. Bei ihrem letzten Spaziergang hatte Mercè ihm erzählt, dass sie jemanden gefunden hatte.

»Es wird halt keinen ihres Standes geben«, warf eine Frau dazwischen.

»Welchen Standes?«, rief ein Vierter, und Hugo spürte, dass Caterina seinen Arm drückte. »Sie ist ja nichts weiter als die Tochter eines Kellermeisters.«

»Eines königlichen«, ergänzte jemand.

Was für eine Rolle spielte es, dass er einmal königlicher Kellermeister gewesen war! Die fünfzigtausend Sueldos hatten den zweitältesten Sohn einer reichen Barceloneser Tuchhändlerfamilie angezogen, mit dem Mercè sich scheinbar einverstanden erklärt hatte. Er sei jung und ansehnlich, hatte sie ihm dargelegt. Hugo erinnerte sich genau, wie sie sich ausgedrückt hatte: »Ansehnlich, ja beinahe stattlich.«

»Der Vater war Sohn eines einfachen Matrosen«, wandten die anderen ein.

»Und was wäre ein besserer Stand als der eines Matrosen?«, gab jemand bissig zurück.

Als die Diskussion verstummte, waren Bernat und Mercè bereits außer Sicht. Hugo schenkte dem Ablauf der Messe keine Beachtung. Mercè lebte seit Ende des Jahres 1413 im Palast in der Calle de Marquet, und inzwischen war es Februar 1415. In dieser Zeit hatte die Jungfrau mit der höchsten Mitgift Barcelonas einen nach dem anderen der vor ihr Schlange stehenden Anwärter abgelehnt, bis jener Zweitgeborene einer Tuchhändlerfamilie aufgetaucht war.

Hugo plagten widersprüchliche Gefühle. Einerseits war er froh, dass Mercè sich vermählte, da sie dadurch endlich den Palast in der Calle de Marquet verlassen würde. Zwar hatte Bernat eine Anstandsdame eingestellt, aber Hugo störte es immer mehr, dass seine Tochter mit dem Admiral zusammenlebte. »Eifersüchtig?«, hatte er Caterina einmal beleidigt erwidert, nachdem sie ihn auf die Ursache seines Ärgers hingewiesen hatte. Vielleicht war ja doch etwas Wahres daran, hatte er sich mit der Zeit eingestanden, wenngleich er sich hütete, es vor Caterina zuzugeben. Eifersüchtig, weil seine Tochter glücklich war, obwohl sie mit diesem Mann zusammenleben musste, der ihn verachtete. Mercès Heirat würde seiner Qual ein Ende setzen. Er würde sie in ihrem Haus besuchen und Caterina mitbringen können, für die es Hugo jedes Mal leidtat, dass er sie bei den Treffen mit seiner Tochter zurücklassen musste. »Unsere Situation ist schon kompliziert genug, mit Regina zwischen uns«, hatte sich Caterina einmal entschuldigt. »Da würde es gerade noch fehlen, dass alle Welt in Barcelona mich mit dem Mündel des Admirals spazieren gehen sieht. Mich, eine Freigelassene. Nichts liegt mir ferner, als Mercè auf diese Weise zu schaden.«

Doch auch wenn die Aussichten Hugo gefielen, erzürnte es ihn andererseits, dass seine Tochter offenbar ihre Träume aufgab. Mit einem Zweitgeborenen, der »ansehnlich, ja beinahe stattlich« war, wollte sie sich zufriedengeben.

»Er ist eine gute Partie«, hatte Barcha bestätigt.

»Sein Charme spielt die geringste Rolle«, hatte Caterina sie unterstützt. »Wichtig ist, dass das Kind glücklich ist, und ich habe es so verstanden, dass er ein guter Mensch ist. Dich habe ich auch nicht wegen deines Charmes gewählt«, hatte sie über Hugo gespottet und dabei der Maurin zugezwinkert.

Das griechische Mädchen erhängt, der Amtmann exkommuniziert, und Mercè fügte sich in eine Ehe … Hugo konnte nicht einmal die Madonna des Meeres sehen, da er zu weit hinten saß, dabei hätte er gern ein weiteres Mal wahrgenommen, wie der warme Kerzenschein ihr ein flackerndes Lächeln auf die Lippen zauberte. Er genoss dieses Schauspiel, gab ihm alle möglichen Bedeutungen, fand Zuspruch darin … oder Vergebung. Ging es nicht allen so, die vor dem Gnadenbild niederknieten?

Er verließ mit Caterina die Kathedrale.

»Ein Glas Wein?«, schlug Hugo vor.

Mit dem Angebot war wie jeden Sonntag ein Tavernenbesuch gemeint, wo sie ein Gläschen trinken und den Wein natürlich zunächst kritisieren würden, während sie sich mit den übrigen Kirchgängern unterhielten, bis mit jedem weiteren Glas der Wein besser schmeckte und das Gespräch in ein lautes Wortgefecht ausartete.

»Ja«, stimmte Caterina wie jeden Sonntag fröhlich zu.

Hugo wurde in den Tavernen freundlich aufgenommen, und Caterina sprach mit den Frauen, die ihre Männer begleiteten. Sie schwatzte und lachte mit ihnen! Wer hätte ihr im Palast in der Calle de Marquet, in all den Jahren, in denen sie den Launen des Grafen oder des Einäugigen ausgeliefert war, vorhergesagt, dass sie sich eines Tages mit anderen

Frauen bei einem Glas Wein in einer Taverne unterhalten würde? Dort kannten fast alle die Geschichte von Caterina und Hugo und wussten, dass sie nicht verheiratet waren. Wahrscheinlich lästerten sie hinter ihrem Rücken darüber, aber solange Wein nachgeschenkt wurde, schien niemand ihrer Beziehung irgendeine Bedeutung beizumessen. Dabei gab es auch diejenigen, die die Russin mit lüsternen Blicken bedachten, obwohl sie sich, stolz auf ihren Mann, an Hugo anlehnte und damit jeder unzüchtigen Vorstellung einen Riegel vorschob.

Sie liefen zu den Voltes del Vi gegenüber der alten Werft, wo die Schiffe am Strand unter freiem Himmel gebaut wurden und Hugo nach seinem Rauswurf aus der königlichen Werft gearbeitet hatte. Es gab immer noch Männer dort, die sich an ihn erinnerten.

»Der Admiral will dich sprechen.«

Guerao überraschte sie auf dem Pla de Palau im Schatten des Börsengebäudes, nur zwei Schritte von der Calle de Marquet entfernt. Hugo zollte dem kleinen Mann allmählich Respekt, vor allem, weil ihn Mercè stets so sehr lobte.

»Will er etwa einen Wein mit uns trinken?«, spottete Hugo.

»Mit dir ja.«

»Keine Sorge«, kam Caterina Hugo zuvor. »Ich will kein Hindernis sein. Wenn der Admiral einen Wein mit dir trinken möchte, dann vielleicht, weil die Heirat inzwischen feststeht.«

Hugo zögerte, obwohl ihn die Aussicht, dass man ihm die Vermählung seiner Tochter bestätigen würde, dazu drängte, die Einladung anzunehmen.

»Geh schon. Ich gehe zu Barcha. Die Gesellschaft wird ihr guttun«, ermutigte ihn Caterina.

»Ist die Sache mit dem Tuchhändler schon vereinbart?«, fragte Hugo den Majordomus auf dem Weg zum Palast.

Er verstand Gueraos Antwort nicht. Der Majordomus lief mit gesenktem Kopf und schnellen Schritten. Hugo erinnerte sich an den Tag, als ihm der kleine Mann gestanden hatte, er selbst würde Mercè sogar heiraten, wenn ihre Mitgift aus nichts als einem Strohsack bestünde. Vielleicht war er in sie verliebt, aber wer wäre es nicht, wenn er mit ihr zusammenlebte?, dachte Hugo lächelnd.

Mercè empfing sie schon im Innenhof des Palastes. Alles war noch genauso wie zu Zeiten des Grafen, stellte Hugo mit einem Anflug von Nostalgie fest, obwohl vielleicht weniger Personal herumlief. Die Stille, die von Mercès Gruß und nervösem Lachen durchbrochen wurde, war zu Zeiten des Grafen auch nicht üblich gewesen. Hugo umarmte sie und gab sich Mühe, seine Freude zu zeigen und den »ansehnlichen jungen Mann« zu vergessen.

»Es muss sich um etwas Wichtiges handeln, wenn Bernat sein Wort bricht und mich in den Palast einlädt.«

»So ist es, so ist es«, bestätigte sie, nahm ihn bei der Hand und zog ihn die Treppe hinauf. Hugo versuchte sie zurückzuhalten. Er wollte ihr sagen, dass sie nicht verpflichtet sei, eine Ehe mit jemandem zu akzeptieren, der sie nicht überzeugte. Ihr etwas von Liebe zu erzählen, schien ihm nutzlos, wenn man wegen der hohen Mitgift um die Hand seiner Tochter anhielt. Aber wenn Liebe schon nicht möglich war, musste es zumindest eine gewisse Anziehung geben, sosehr Caterina und die Maurin auch das Gegenteil behaupteten. Mercè ließ sich jedoch nicht aufhalten und zwang ihn, eilig die Treppe hinaufzusteigen. »Bernat wartet auf uns«, wiederholte sie mehrmals.

Es war derselbe Saal, den Roger Puig für seine Audienzen genutzt hatte, aber anstatt der Ansammlung von Familienangehörigen, die den Adligen stets umringt und Hugo jedes Mal, wenn er als Spion in Sachen Urgell fortgeschickt wurde, gemustert hatten, saß jetzt nur Bernat dort auf dem früheren Lehnstuhl von Roger Puig. Mercè hatte sich zur Rechten des Admirals ein Stück weit hinter dessen Rückenlehne aufgestellt, und Guerao hielt sich diskret in einiger Entfernung. Der eindrucksvolle, leere Saal schien über Hugo einzustürzen, als Bernat ihn, ohne aufzustehen oder irgendein anderes Zeichen der Gastfreundschaft, mit der Hand auf den Lehnstuhl zu seiner Linken verwies.

Er konnte zu keiner geeigneten Haltung finden. Dabei war es nicht Bequemlichkeit, was er auf diesem gealterten Sitzmöbel suchte, das unter seinem Gewicht nachzugeben drohte und dessen Lehne über seinen Kopf hinausragte. Er wusste nicht, was er mit seinen Armen und Beinen anfangen sollte. Nie zuvor hatte er auf einem Lehnstuhl gesessen und noch viel weniger auf einem dieser Ausmaße, und das Letzte, was er wollte, war, dass sich seine Tochter für ihn schämen musste. Er bettete schließlich seine Hände auf die Armlehnen und fühlte sich lächerlich. Bernat dagegen hatte die Hände auf ganz natürliche Weise abgelegt, er beleidigte Hugo allein durch seinen Hochmut.

»Ich wollte mit dir über den Auftrag reden, den du mir erteilt hast, das heißt über die Vermählung deiner Tochter«, begann Bernat zu sprechen.

Es war nirgendwo eine Karaffe mit Wein zu sehen, fiel Hugo in diesem Moment auf.

»Hörst du mir überhaupt zu?«, tadelte ihn Bernat.

»Ja. Ja, ich höre dir zu«, bejahte Hugo. »Ich weiß schon, Mercès Vermählung mit diesem Tuchhändler …«

»Nein«, unterbrach ihn Bernat. »Mercè wird sich nicht mit dem Tuchhändler vermählen.«

»Mit wem dann?«

Bernat schwieg, und Hugo warf seiner Tochter einen fragenden Blick zu. Mercè zitterte und machte fahrige Gesten mit ihren Händen, als wollte sie damit Worte ausdrücken, die ihr in der Kehle stecken blieben. Hugo wiederum versuchte vergeblich, sich in dem durchgesessenen Lehnstuhl aufzurichten.

»Wer ist es?«, fragte er.

»Er ist hier im Saal«, stieß Mercè zur Antwort hervor, mit zittriger Stimme, nervös und unschuldig.

»Nein!« Hugo stützte sich auf die Armlehnen, um aufzuspringen, seine Augen hatte er auf Guerao geheftet. »Nicht du.«

»Natürlich nicht, du Narr!«, brüllte Bernat. »Nicht Guerao. Deine Tochter wird mich heiraten.«

Das Knacken des Rohrs, als Hugos Sitzfläche fast völlig unter ihm einbrach, war das einzige Geräusch im Saal, bis Mercè erneut zu sprechen wagte.

»Vorausgesetzt, Ihr seid einverstanden, Vater«, versuchte sie Bernats gebieterischen Ton etwas abzumildern.

Hugo bedauerte es, dass es keinen Wein gab. Er sah seine Tochter an, presste aber die Augen zu, als er sich vorstellte, dass sie eine Beziehung zu Bernat gehabt haben könnte.

»Ihr werdet doch nicht…«

Er sprach den Satz nicht zu Ende.

»Natürlich nicht«, mischte sich Bernat brüllend ins Gespräch. »Mercè!«

Mercè besänftigte Bernats Wutausbruch, indem sie eine Hand auf seine Schulter legte. Da schlug die Wahrheit über Hugo zusammen.

»Mercè ist Jungfrau, das brauchst du nicht in Zweifel zu ziehen.«

Hugo fühlte sich schwindlig.

»Soll ich den Wein bringen?«, schlug Guerao beim Anblick von Hugos bleichem Gesicht vor.

Bernat nickte, und Mercè trat hinter seinem Rücken hervor, um sich vor ihrem Vater niederzuknien.

»Ich werde glücklich sein«, versuchte sie ihn aufzuheitern. »Ich liebe Bernat«, gestand sie danach.

Guerao brachte den Wein und reichte Hugo einen Silberbecher, den dieser in einem Zug leerte. Der Majordomus schenkte ihm nach, doch als Hugo erneut den schweren Becher an die Lippen heben wollte, ließen ihn Bernats Worte innehalten.

»Deine Tochter sagt, dass sie mich liebt, und ich versichere dir, dass dieses Gefühl auf Gegenseitigkeit beruht«, sagte er. Hugo blickte in das Gesicht seines einstigen Freundes. »Was stört dich so daran, dass du wie ein Verzweifelter trinkst?«, schnauzte er ihn an. »Ich bin reich. Ich bin der Admiral der katalanischen Armada, ein Günstling des Königs. Ich bin Graf, sodass deine Tochter Gräfin wird, sobald sie sich mit mir vermählt. Ich werde mich an die versprochene Mitgift halten, sodass auch sie reich sein wird. Was willst du mehr?«

Mercès erhobene Hand, während sie vor Hugo auf dem Boden kniete, zwang Bernat, ihr das Wort zu überlassen.

»Vater, es stimmt. Wir lieben uns.« Sie flüsterte fast.

»Ich kann es nur schwer glauben. Er ist ein Korsar. Er muss schon tausend Frauen gehabt haben«, erwiderte Hugo zögerlich.

»Was willst du?«, unterbrach ihn Bernat, ohne Mercès flehentlichen Gesichtsausdruck zu beachten. »Ja, ich bin ein Korsar und, wie du ganz richtig sagst, habe ich schon tausend Frauen gehabt. Deine Tochter weiß das, ich habe es ihr gestanden, wir haben darüber gesprochen. Aber keiner habe ich meinen Namen gegeben, und sollte ich ein Kind gezeugt haben, dann ist es nur ein Bastard. Mercè biete ich meinen Namen, meinen Titel und mein Erbe, und mit ihr möchte ich eheliche Kinder haben.«

»Du kannst adlige Frauen haben und …«

»Sie interessieren mich nicht, Hugo. Mich interessieren weder die adligen noch die reichen Bürgersfrauen, sie sind allesamt nur launisch und eitel. Der königliche Hofstaat ist mir zuwider. Ich will deine Tochter, sie ist intelligent und gebildet … und zärtlich. Und den Hochmut überlässt sie vollständig mir«, endete er mit einem Lächeln.

»Vater«, sagte Mercè bittend.

Hugo trank den Wein, den er noch immer vor seinem Mund hielt. Diesmal mäßigte er seine Schlucke, fast so, als würde er ihn verkosten. In Wirklichkeit hätte er ihn nicht einmal vom Trester der Sklaven zu unterscheiden vermocht, so groß war sein Unbehagen. Mercè wäre die Gemahlin von Bernat!

»Vater«, bat sie ihn inständig.

Bernat trank ebenfalls, und seine Augen strahlten Vertrauen aus. Hugo wollte nicht zu seiner Tochter hinunterblicken, denn er wusste, dann würde er weich werden. Stattdessen wandte er sich Rat suchend an Guerao, der etwas abseits an der Wand stand. Der kleine Mann konnte sich vorstellen, was Hugo durch den Kopf ging, er zuckte die Achseln und drehte die Handflächen zu ihm hin. Seine Geste war eindeutig. Was sollte Schlechtes an dieser Ehe sein?, fragte er wortlos.

Was war Schlechtes daran?, fragte sich Hugo selbst und hob gleichzeitig wieder den Becher an die Lippen.

Letztlich war Hugos Abneigung darauf zurückzuführen, dass Bernat ihn im Kleinen Palast geschlagen und beleidigt und auch bei ihren späteren, seltenen Begegnungen mit Verachtung behandelt hatte. Davon abgesehen, so schloss er auf dem Nachhauseweg, war der einzige hinderliche Umstand das Alter des Admirals. Soweit sich Hugo erinnern konnte, war er vier Jahre älter als er, inzwischen also vierundvierzig Jahre alt. Viele Menschen starben, bevor sie dieses Alter erreichten, noch mehr überlebten nicht einmal ihre Kindheit, aber genauso gut konnte Bernat noch weitere zwanzig Jahre leben. Beispiele dafür gab es Hunderte.

Mercè liebte ihn. Er hatte es in ihren Augen gesehen und als aufrichtiges Geständnis aus ihrem Mund gehört, eigentlich war es an ihrer ganzen Haltung abzulesen. Es handelte sich nicht um die Laune einer ahnungslosen Jungfer oder die Kraft der Verführung, die von Bernats Macht und Geld ausging, sondern der Keim ihrer Liebe lag in jenen gemeinsamen nächtlichen Lektürestunden. Seine Tochter hatte sich in den traurigen, einsamen und schlaflosen Mann verliebt, den sie ihm einmal beschrieben hatte und der Hugo unbekannt war. Er lächelte bei dem Gedanken, dass sie deshalb so viele Anwärter abgelehnt hatte.

Mercè würde glücklich sein, sagte sich Hugo, um sich selbst zu überzeugen, obwohl seine Zweifel sofort wiederkehrten. Ein plötzliches Gefühl der Erschöpfung verstärkte zusätzlich die Wirkung des Weins. Er war nicht schlecht gewesen, aber vielleicht hätte er nicht so viel davon trinken sollen. Ein paar Becher, um die anfängliche Bestürzung zu überwinden, und ein paar weitere, um sein väterliches Einverständnis zu feiern, während sich Mercè an seinen Hals gehängt und ihn mit Küssen übersät hatte. Auf der Rambla vor dem Portal de la Boquería stieß er ein lautes Schnauben aus. Ein paar Kinder lachten und versuchten ihn nachzumachen. Hugo lächelte und schnaubte mit ihnen um die Wette. Seine Tochter würde glücklich sein, warum auch nicht, entschied er zuversichtlich, nachdem die Kinderschar des Spiels müde geworden und davongerannt war.

So wie Bernat es ihm im Palast bestätigt hatte, dachte er beim Einbiegen in die Calle del Hospital, dass der Admiral Mercè alles geben konnte, was eine Frau sich wünschte: Geld, Titel, Ländereien, Ansehen. Wenn dazu noch die Liebe kam, die sie offenbar spürte, wieso sollte er sich dann ihrer Vermählung widersetzen, selbst wenn es sich um diesen grausamen und brutalen Menschen handelte? Und vielleicht, ja vielleicht würde Mercè sein Naturell sogar besänftigen. Vielleicht würde das andere Gesicht des Korsaren, das er nur ihr zeigte, schließlich ganz zum Vorschein kommen, auch wenn Hugo es bezweifelte.

»Mercè wird heiraten! Und …«

Er hatte Barcha und Caterina gleich beim Eintreten damit überraschen wollen. Wie er sie aber am Tisch sitzen und schweigen sah, unterbrach er sich selbst mitten im Satz. Beide sahen zu ihm hin, Caterina mit verweinten Augen und roter Nase und die Maurin mit aufeinandergepressten Lippen und angespanntem Gesicht.

»Was ist denn jetzt wieder passiert?«, fragte Hugo ungeduldig.

»Sie hat ihr Versprechen erfüllt. Regina hat euch wegen Ehebruchs angezeigt«, antwortete Barcha.

»Wir hätten sie umbringen sollen«, murmelte Caterina.

Hugo setzte sich zu ihnen.

»Erzählt es mir«, bat er sie und versuchte, ihnen Gelassenheit zu vermitteln.

Der Priester der Gemeinde Santa María del Pi, zu der das Raval gehörte, sei im Haus erschienen und habe die Nachricht verkündet, ohne Platz zu nehmen. Regina habe Hugo und Caterina wegen Ehebruchs angezeigt, und eine Ordensschwester habe ihre Anschuldigung bezeugt. Er selbst, so habe ihnen der Pfarrer gestanden, habe sich die Mühe gemacht, Leute aus dem Viertel zu fragen, Nachbarn, fromme und gottesfürchtige Menschen. Nein, ein offizieller Prozess sei das noch nicht. Könne es gar nicht sein, sondern wenn es so weit wäre, müssten alle Nachbarn vor dem Tribunal des Bischofs aussagen. Allerdings stimmten die Aussagen überein. Hugo, Weinhändler, und Caterina, freigelassene Sklavin, lebten in ehelicher Verbindung zusammen. Niemand zweifle daran. Eine Greisin habe gesagt, sie sei überzeugt gewesen, dass die beiden verheiratet seien.

»Und was hat er dann gemacht?«

»Herumgeschrien«, antwortete Barcha.

»Laut«, fügte Caterina hinzu.

»Er sagt, du seist ein Ehebrecher.«

»Und ich leichtfertig, wenn nicht sogar ein Freudenmädchen.«

»Er müsse es untersuchen, hat der Mistkerl gedroht«, ergänzte die Maurin.

»Was denn?«

»Na, ob Caterina wirklich eine Dirne ist.«

Hugo wollte sich nicht einmal vorstellen, was passieren würde, wenn diese Untersuchung zu dem Schluss gelangte, dass Caterina tatsächlich eine Dirne sei, weil sie in ehelicher Verbindung mit ihm zusammenlebte. Dann nämlich würde der Frauenwirt unter Trommelschlagen und zusammen mit seinen Dirnen Caterina holen kommen und sie als eine der Ihren ins Bordell bringen, wo sie nicht wieder herauskäme. Hugo hatte ähnliche Szenen bereits miterlebt.

»Die Untersuchung kann unmöglich zu dem Ergebnis kommen, dass du leichtfertig bist«, versuchte er Caterina zu beruhigen und gleichzeitig den Klang der Trommeln aus seinem Kopf zu verdrängen.

»Hugo«, sagte Barcha, »wenn irgendwo Nonnen und Priester verwickelt sind, ist nichts unmöglich.«

Da habe sie recht, räumte Hugo mit einem Seufzer ein, ihm war bewusst, dass Regina mit wenig Aufwand falsche Zeugen heranziehen konnte. Er musste etwas unternehmen. Regina durfte ihn nicht erneut ins Unglück stürzen.

»Wo gehst du hin?«, fragte Caterina, als Hugo plötzlich mit einem Ruck von seinem Stuhl aufstand.

»Diesen Pfarrer besuchen und das Problem lösen.«

»Und wie willst du das anstellen?«

»Keine Sorge«, unterbrach er sie und bückte sich, um ihr einen Kuss auf den Mund zu geben.

Auf dem Weg zur Kirche erinnerte er sich an seine Tochter, und ihm fiel auf, dass weder Caterina noch Barcha sich für Mercè interessiert hatten. Vielleicht hatten sie ihn nicht gehört wegen ihres eigenen Jammers. Hugo musste der Calle del Hospital bis zur Rambla folgen, durch das Portal de la Boquería gehen, und dann wäre links die Kirche Santa María del Pi. Die Sonne stand schon sehr tief, und Kälte wie Hunger begannen ihn zu plagen. Im Palast in der Calle de Marquet hatte er nur Wein getrunken und zu Hause keine Gelegenheit zum Essen gehabt, sie hatten ihm auch nichts angeboten. Höchstwahrscheinlich hatten sie selbst nichts gegessen.

Bis zur Fertigstellung des Glockenturms der Kirche Santa María del Pi stand immer noch ein gutes Stück Arbeit bevor. Der Räudige Hund hatte sich seinerzeit dort versteckt. Zwischen den beiden Bauwerken befand sich das Pfarrhaus, das eher dem Weingehöft von Santa María ähnelte als den Häusern, die sich zwischen den alten Stadtmauern aneinanderdrängten. Das Erdgeschoss beherbergte Stallungen, Scheune und Holzschuppen, während das Obergeschoss als Wohnung des Pfarrers diente. Zusammen mit dem ordentlichen Gemüsegarten zeugte der Bau vom ursprünglich ländlichen Charakter dieser Pfarrgemeinde.

Hugo dachte nicht lange nach, sondern stieg die Treppe in den ersten Stock hinauf. Die Tür war nicht verschlossen.

»Der Friede sei mit Euch«, grüßte er, während er die Tür eine Handbreit öffnete.

Eine alte Frau kam langsam auf ihn zu.

»Der Friede sei mit Euch«, erwiderte sie und machte die Tür ganz auf. »Was wünscht Ihr zu dieser Stunde?«

»Ich muss mit dem Pfarrer sprechen.«

»Jetzt ist kein guter Augenblick.«

»Sagt ihm, ich bin Hugo Llor, Weinhändler, von hier, aus der Calle del Hospital.« Hugo deutete mit dem Daumen hinter sich.

Die zahnlose Alte mit weißem, schütterem Haar hatte zu Hugos Worten genickt, als ob sie wüsste, worum es sich handelte. Dessen gewiss wurde sich Hugo, als sie ihr Verhalten änderte und ihn aufforderte, draußen auf der Treppe zu warten.

Der Pfarrer brauchte nicht lange. Sein verdrießliches Gesicht bewies, dass man ihn aus dem Mittagsschlaf gerissen hatte. Dasselbe offenbarten seine zu Berge stehenden Haare, die er sich anscheinend weder zu kämmen noch mit der Hand zu glätten scherte.

»Die Freigelassene wird dir schon gesagt haben …«

»Caterina«, unterbrach ihn Hugo.

Dem Pfarrer gefiel es nicht, unterbrochen zu werden.

»Ich brauche im Augenblick nicht zu wissen, wie sie heißt«, antwortete er unhöflich. »Ich habe der Freigelassenen schon …«

»Caterina«, gab Hugo nicht nach.

»Für wen hältst du dich?!«, erzürnte sich der Pfarrer. »Ich werde …!«

»Ich werde Euch sagen, was Ihr tun werdet«, schnitt ihm Hugo das Wort ab. Er sprach noch wesentlich lauter als der Geistliche und tippte ihm dabei mit dem Zeigefinger auf die Brust. »Ihr werdet meine Gattin aufsuchen und ihr sagen, heute Abend will ich sie zu Hause haben, bei mir, ihrem Ehemann. Das Gleiche sagt Ihr auch den Ordensschwestern, die sie in Schutz nehmen. Und solange Regina nicht dorthin zurückkehrt, wo sie ihr Mann erwartet, möchte ich über Euch nichts mehr hören und schon gar nicht, dass Ihr Caterina oder die Maurin weiter belästigt. Sonst werde ich nämlich zum Bischof gehen und meine Gattin anzeigen, die mich mit Eurer Hilfe und Zustimmung und der der Ordensschwestern verlassen hat. Denn ich würde ja behaupten wollen, dass eine Frau bei ihrem Gatten zu sein hat. Habt Ihr mich verstanden?«

Bis zum Ende seiner Rede waren Hugo und der Pfarrer ein paar Schritte ins Pfarrhaus eingedrungen, der eine mit seinem tippenden Finger, der andere zurückweichend. Die Greisin hatte ihre Augen so weit aufgerissen, wie ihre Augenhöhlen es zuließen.

Der Pfarrer stammelte etwas, und Hugo richtete sich vor ihm auf.

»Muss ich es vielleicht noch einmal wiederholen?«, fragte er. Der Geistliche antwortete nicht. »Entweder kommt meine Gattin zurück, oder Ihr vergesst Caterina.« Hugo machte eine Kehrtwende auf den Fersen und ging zur Treppe. »Heute Nacht!«, brüllte er, während er die Stufen hinunterstieg.

Weder Regina noch der Pfarrer ließen sich noch einmal blicken. Hugo versuchte, sein Leben wieder ins Lot zu bringen, und widmete sich dem Wein aus Navarcles. Er verkaufte sich gut, Hugo vervierfachte den Preis und versteckte das Geld vor Barcha und Caterina. »Glaubst du vielleicht, wir wissen nicht, wo du es aufbewahrst?«, lachte ihn eines Tages die Maurin aus. Hugo wollte ihnen schon verbieten, es anzurühren, entschied sich aber, lieber zu schweigen. Stattdessen nahm er sich vor, ein anderes Versteck zu suchen, obwohl er sicher war, dass es nichts nutzen würde. Barcha entging kaum etwas.

Es kam die Zeit, um aufzubrechen und mehr Wein zu beschaffen. Hugo entfernte sich nicht weit, sondern bereiste in nur wenigen Tagen die Weinberge an der Küste, um Mataró und Badalona im Norden und von Sant Boi bis Sitges in entgegengesetzter Richtung. Er kaufte den Bauern kleine Mengen ab und bezahlte sie gut. »Ich verkaufe ihn an die Sklaven und Freigelassenen für nur wenig mehr, als ich euch bezahle. Es ist ein gutes Geschäft. Einfach und schnell«, log er, wenn sie ihn verwundert fragten, warum er sich für Wein interessierte, der, wie sie wussten, zu schlecht war für den Gaumen der Bürgersleute von Barcelona.

Hugo wollte seinerseits keine größeren Mengen kaufen, sogar, wenn er dafür öfter reisen musste. Er besprach es mit Barcha und Caterina beim Schnapsbrennen: Jegliche Auffälligkeit würde bedeuten, dass er zum Gesprächsgegenstand würde, sei es als Käufer oder Verkäufer, und wenn jemand die Weine, die er erwarb, mit denen vergliche, die er verkaufte, dann befände er sich in einer höchst verwickelten Lage. Mit einfachen Bauern konnte ihm das kaum passieren, und seine Weine zu verkaufen, war viel einfacher. Solange er beim Betreten der Stadt die Steuern bezahlte, stellten ihm die Behörden nur wenige Fragen, und den Gastwirten, die ihre Hausweine auf den Straßen ausrufen lassen mussten, nannte er eine Herkunft, die niemand in Zweifel zog, nämlich die Ländereien des Grafen von Navarcles.

Wer sollte es auch infrage stellen, dass der zukünftige Schwager des Admirals der katalanischen Armada guten Wein aus dieser Gegend kaufte? Schließlich war die Verlobung Bernats und Mercès bereits öffentlich und in aller Munde. Als Hugo eines Morgens seine Maultiere vor dem mit einem Fass beladenen Karren vorwärts zog, bemerkte er, dass eine Frau auf ihn zeigte, während er am Hospital de la Santa Cruz vorbeiging. Er suchte ihren Blick, und sie flüchtete sich murmelnd in eine Gruppe von Frauen. Mit einem Mal waren sämtliche Blicke auf Hugo gerichtet. Er beobachtete kurz die Frauen, dann trieb er seine Maultiere an, wohl wissend, dass sie hinter seinem Rücken wieder in ihr Gerede verfallen würden. Er, ein einfacher Weinhändler, ein Bekannter aus der Nachbarschaft, konnte nicht der Gegenstand ihres Klatsches sein, sodass sie vermutlich über seine Tochter tratschten.

»Es kann dir doch gleich sein, was sie sagen«, wies ihn Barcha zurecht, als er nach Hause kam. »Sie werden sagen, was ihnen der Neid einflüstert. Jede würde töten, um das Gleiche für ihre Töchter zu bekommen. Viele von diesen jungen Frauen haben mit Mercè auf der Hospital-Baustelle gespielt und sind mit ihr über die Felder und Äcker im Raval gelaufen. Auf jede, die sich freut, kommen sicherlich neun, die neidisch sind. Bei den Hochzeiten der Reichen und Adligen applaudieren die Leute, jubeln und nehmen sogar an den Festen teil, die ihnen irgendwelche Persönlichkeiten außerhalb ihrer Reichweite schenken. Aber wenn eine von ihnen den Aufstieg schafft, so wie Mercè, dann kommen sie darauf, dass das Schicksal auch ihnen hätte gewogen sein können, dass es nicht mehr um … Götter auf Erden geht. Und das Bewusstsein dafür, dass auch ihnen oder ihren Töchtern etwas hätte zuteilwerden können, liefert den besten Samen, um Neid sprießen zu lassen.«

Die Gastwirte, denen Hugo seinen Wein verkaufte, behandelten ihn mit dem größten Respekt und einem Entgegenkommen, das ihn manchmal geradezu verwirrte. In der Kathedrale Santa María del Mar wurde ihm Platz gemacht, und Caterina konnte nicht stillsitzen, wenn sie das Getuschel, die verstohlenen oder auch unverhohlenen Seitenblicke und das hämische Grinsen in den Gesichtern bemerkte. Sie hatte die Nachricht von Mercès Heirat mit Freude aufgenommen, Barcha dagegen zeigte ein gewisses Misstrauen.

»Wir hatten das Glück, der Sklaverei zu entkommen«, hielt ihr Caterina entgegen. »Das Leben bietet manchmal solche Gelegenheiten.«

»Ist ja gut«, gab die Maurin zurück. »Ich ziehe das ungeheure Glück des Kindes ja nicht in Zweifel. Aber etwas an diesem Mann beunruhigt mich.«

»Mercè liebt ihn«, sagte Hugo und entkräftete damit jede weitere Bemerkung.

Bei Regina zeitigte das Argument der Liebe allerdings keine Wirkung.

»Sie hat gesagt, sie verbietet mir diese Ehe«, schluchzte Mercè, als sie mit ihrem Vater durch die Stadt lief. Das Eheversprechen schien Hugos Zutrittsverbot zum Palast nicht aufzuheben, und er wollte seine Tochter damit auch nicht unter Druck setzen. »Sie will, dass ich Bernat unter keinen Umständen heirate«, fuhr Mercè fort. »Vater, Ihr könnt Euch gar nicht vorstellen, was für Schimpfwörter aus ihrem Mund gekommen sind.«

Hugo konnte es sich sehr wohl vorstellen. Er hatte schon vermutet – und befürchtet –, wie Regina dazu stehen würde.

»Sie hasst Bernat!«, rief Mercè.

Hugo rief sich in Erinnerung, wie Roger Puig aus dem Palast in der Calle de Marquet geworfen worden war, wie Regina nackt dagestanden und Kleider von Sklaven angezogen hatte, gedemütigt durch Guerao und ihres Besitzes beraubt. Bernat stand für Reginas geplatzte Träume, für ein Scheitern, das ihr ohnehin bevorgestanden hatte, das sich in der Figur des Admirals jedoch personifizierte. Seither musste der Groll sie zerfressen haben.

»Sie wird schon wieder zur Vernunft kommen«, versuchte Hugo seine Tochter zu beruhigen. Dabei wusste er, dass Regina nie nachgab, wenn sie jemanden hasste.

»Glaubt Ihr wirklich?«, fragte Mercè niedergeschlagen.

»Natürlich.«

»Aber wenn Mutter ihre Erlaubnis nicht … Ich will nicht daran denken, was passiert, wenn Bernat davon erfährt.«

»Das Einverständnis für diese Ehe muss ich erteilen, nicht deine … Mutter.« Auch wenn das Argument stimmte, schien es Mercè nicht zu beruhigen. »Ich werde mit ihr reden«, versprach Hugo deshalb. »Mach dir keine Sorgen.«

Mercès breites Lächeln, plötzlich befreit von der Schuld, der Frau Ärger zu bereiten, die sie als ihre Mutter ansah, überzeugte Hugo, dass er sein Versprechen erfüllen musste.

»Und du? Hast du sie etwa?«, schrie ihn Regina an.

Die Menschen, die über die Plaza de Jonqueres gingen, blickten ungeniert zu dem Paar hinüber. Schon am frühen Morgen hatte sich Hugo vor dem Kloster aufgestellt und darauf gewartet, dass Regina herauskäme. In dieses Kloster hatte sich Hugo einst nachts eingeschlichen, um seine Schwester Arsenda zu besuchen. Er hatte sie nicht wiedergesehen und nichts mehr von ihr gehört. Sehnsucht und seine Liebe zu dieser kleinen Schwester erfüllten ihn, während er auf Regina wartete. Wie immer konnte er sich nicht an den Namen der Nonne erinnern, die Arsenda damals in ihren Dienst genommen hatte, aber die Erinnerungen an die Nächte unter dem Sternenhimmel, in denen sie unter einer wärmenden Decke nah aneinandergerückt waren, stiegen in ihm auf und ließen seine Augen feucht werden. Er hatte schon

Arsenda verloren, und jetzt würde sich Mercè an einen anderen Mann binden.

Als Regina auftauchte, zuckte er zusammen. Dann diskutierten sie. Um des Wohles seiner Tochter willen flehte Hugo seine Frau an, die überheblich und hochmütig blieb und deren Nase diese Haltung unterstrich. Sie wollte nicht nachgeben, und Hugo beging den Fehler, ihr in Erinnerung zu rufen, dass sie nicht Mercès Mutter sei und somit keine Entscheidungsbefugnis besitze. Wie immer, wenn er mit ihr stritt, griff er zum falschen Mittel, obwohl er sich so oft vorgenommen hatte, diesen Vorwurf nicht zu verwenden.

»Du bist auch nicht ihr Vater! Du bist auch nicht in der Lage zu entscheiden«, nutzte sie die Gelegenheit zum Gegenschlag.

»Dem Gesetz nach bin ich es.«

»Ich sage, dass du es nicht bist. Ich weiß, dass du es nicht bist!«

»Es ist kaum von Belang, was du sagst oder womöglich sogar weißt. Wer würde dir jetzt noch glauben?«

»Viel mehr Menschen, als du dir vorstellen kannst. Mercè zuallererst.«

Hugo fühlte, wie ihm der Magen schwer wie ein Stein nach unten sackte. Er zögerte. Schwankte.

»Wärst du dazu fähig?«, fragte er, obgleich er die Antwort schon kannte. Er erhielt sie in Form eines hämischen, triumphierenden Lächelns. »Warum lässt du sie nicht einfach glücklich sein?«

»Bin ich das vielleicht?«, schleuderte sie ihm entgegen. »Du hast mich mit deinem Freund Bernat verraten, mich aus dem ungerechten Pakt, den du mit ihm geschmiedet hast, ausgeschlossen und am Ende wegen einer russischen Sklavendirne verlassen. Und wenn ich meine Rechte als Ehefrau einfordere, drohst du mir, mich in ein Haus zurückzuholen, wo man mich umbringen wird, wie du weißt.«

»Du hast doch nichts anderes gewollt.«

»Und du willst offenbar, dass deine Tochter erfährt, dass du nicht ihr Vater bist! So werdet ihr beide eure Lektion lernen.«

Nach dieser Äußerung überkam es ihn, und er packte Regina und schleifte sie zu demselben Sturzbach, in den ihn einmal die Soldaten des Stadtrichters geworfen hatten, als er Auskunft über seine Schwester Arsenda verlangte. Mit Regina machte er es ebenso: Er stieß sie die Böschung hinab. Ob sie jemand sah, war ihm in diesem Augenblick egal. Ob es nun Überraschung oder Reginas Hochmut war, sie schrie und wehrte sich nicht. Nachdem sie ihn schon so oft ausgenutzt und gedemütigt hatte, ohne dass er je mit Gewalt reagiert hätte, ging sie offenbar davon aus, dass Hugo ihr auch jetzt nichts zuleide tun würde.

Aber diesmal wurde Reginas Gesicht leichenblass. Ihr Kleid war im Gestrüpp zerrissen und durchnässt, ihr Haar zerzaust. Mit ein paar Sprüngen hangabwärts stürzte Hugo auf sie zu, wutverkrampft und schnaubend packte er sie am Hals und drückte zu, bis ihr der Atem wegblieb. Sie röchelte und fuchtelte vergeblich mit den Händen, um sich zu befreien. Ihre Arme erschlafften bereits, als Hugo ein Stein an der Schläfe traf. Verblüfft ließ er seine Beute los und drehte sich um. Etwas oberhalb drohte Reginas maurischer Sklave ihm mit einem weiteren Steinwurf. Regina war zu Boden gesackt, hustete und keuchte. Hugo schwindelte, er klammerte sich an den Ästen eines Bäumchens fest. Seine Sicht war getrübt, und er konnte nicht genau erkennen, was vor sich ging, er hörte jedoch, dass der Sklave den Abhang hinunterschlitterte und Regina aufzuhelfen versuchte.

»Ich bringe dich um. Ich bringe dich um, wenn du meine Tochter unglücklich machst«, stieß er hervor.

Regina hustete. Hugo sah sie verschwommen aufrecht stehen, in seiner Nähe.

»Gib mir das Messer«, bat sie den Mauren. »Gib es mir!«, schrie sie, von Husten unterbrochen.

»Nein, Herrin.«

Hugo wich zurück. Er stolperte, stürzte und stand wieder auf.

»Ich werde dich umbringen, du Hund!«, drohte ihm Regina. »Das Messer!«

»Tut es nicht. Herrin, nein.«

Während Hugo sich weiter entfernte, klärte sich auch seine Sicht: Regina streckte die rechte Hand dem maurischen Sklaven entgegen, der zwischen seinen Gewändern nach der Waffe tastete. Sie konnte ihn schon nicht mehr erreichen, beruhigte er sich.

»Ich werde es tun«, versprach Hugo und deutete auf sie. »Ich bringe dich um, wenn du meiner Tochter Schaden zufügst.«

Regina hatte das Messer bereits in der Hand und richtete es nun drohend auf ihn.

»Verschwinde aus meinem Leben, Regina, vergiss mich. Ich habe dir nie Schaden zugefügt.«

»Du hast mein Leben zerstört!«, heulte sie.

»Ich? Wie kannst du das nur sagen?«

»Ich verfluche dich, Hugo. Ich verfluche dich und deine Tochter.«

Regina ließ das Messer sinken und gab es dem Mauren zurück. Sie hatte sich damit jedoch nicht ergeben, ihr ganzer Körper strahlte Hass und Groll aus.

»Nimm dich in acht, Regina«, warnte er sie. »Ich werde nicht zulassen, dass du meiner Tochter etwas zuleide tust.«

Er machte auf dem Absatz kehrt und folgte dem Sturzbach flussabwärts, und hinter sich zurück ließ er die Beleidigungen und Drohungen Reginas.

Mit dem Einzug des Frühlings 1415 vermählten sich Bernat und Mercè. Ihre Trauung fand an einem warmen, sonnigen Morgen in der Kathedrale Santa María del Mar statt, deren Steinwände und Boden mit Teppichen dekoriert waren. Ein karmesinroter Teppich mit Gold- und Fellbesatz schmückte die Stufen zum Hauptaltar, der seinerseits mit silber- und goldbestickten Satindecken behängt war. Die Madonna des Meeres hatte man in einen bestickten Umhang gehüllt, der die Säule bedeckte und bis auf den Boden herabhing. Kerzen funkelten. Zahllose brennende Wachskerzen. Die gesamte Hundertschaft an Priestern von Santa María del Mar war anwesend, ein jeder in seiner besten Kasel. Der Bischof leitete die Zeremonie, an der Stadträte, Adlige und vornehme Bürger teilnahmen. Orgelspiel erfüllte das Gotteshaus, und das Licht flutete durch die Kirchenfenster herein. Der Admiral der katalanischen Armada vermählte sich! Nur König Fernando fehlte, da er sich in Valencia aufhielt, doch Bernat hatte die Hochzeit nicht verschieben wollen und der Souverän seine Erlaubnis erteilt.

Hugo hatte mit Guerao gesprochen und ihm seine Besorgnis über

Reginas ablehnende Haltung zur Hochzeit mitgeteilt, wenn auch ohne in irgendeiner Form das Thema Elternschaft zu erwähnen. Guerao wiederum hatte Hugos Sorge seinem Herrn übermittelt und dieser wohl irgendeine Maßnahme ergriffen, denn Regina ließ sich bei Mercè nicht wieder blicken. »Ihr wird der Ärger schon vergehen«, hatte Hugo seine Tochter beruhigt.

Bernat trug Schwarz und stellte damit die beabsichtigte Schlichtheit zur Schau, mit der er in der Öffentlichkeit aufzutreten pflegte, diesmal allerdings in einer abgemilderten Variante, da Mercè den edelsten aller Seidenstoffe mit silbernen Reliefstickereien für sein Gewand ausgewählt hatte. Sie hingegen war eine prachtvolle Braut in einem meerblauen Bliaud, der mit den gleichen Perlen bestickt war, die auch ihr Haar zierten. Unter Hochrufen und Beifallklatschen kam Mercè auf einem weißen Zelter zur Kathedrale geritten, ein Bediensteter führte das Pferd am Zügel, und ihr Sattel war mit Goldtüchern behangen. Ein langer gold-silberner Umhang fiel vom Hals der Braut bis auf die Kruppe des Tieres.

Hugo führte zum ersten Mal die Schuhe und Gewänder aus, die ihm seine Tochter gegeben hatte. Sie ähnelten denen, die er Jahre zuvor als Kellermeister erhalten hatte. Nun saß er eingezwängt zwischen Adligen und Reichen in der ersten Reihe vor dem Hauptaltar. Mercè strahlte Freude und Schönheit, Jugend und Sinnlichkeit aus. Das Mädchen drehte den Kopf zurück, um seinen Vater anzulächeln, als hätte sie gefühlt, dass er in diesem Augenblick an sie dachte. Hugos Lächeln war bescheiden und ängstlich, die vornehmen Persönlichkeiten und das Übermaß an Luxus und Pomp, mit dem der Admiral die Aufwandgesetze der gemeinen Bürgerhochzeiten brach, schüchterten ihn ein.

Die Trauungszeremonie, bei der die Brautleute *per verba de praesenti* einander die Ehe versprachen, schien Hugo schnell vorüber. Seine Tochter, die Leute, die Adligen und die Madonnenstatue forderten seine ganze Aufmerksamkeit. Auch Caterina, die weiter hinten zwischen den gewöhnlichen Leuten saß, wo er sie nicht sehen konnte. Sie hatte sich ein Gewand aus dem blauen Stoff schneidern lassen, den Hugo ihr geschenkt und den sie seither als ihren größten Schatz in der Truhe aufbewahrt hatte.

Schließlich stellten sich die Frischvermählten an die Spitze eines Festzugs, den beiderseits eine Reihe von Soldaten bewachte, damit die Gäste sie nicht zu sehr bedrängten. Mercè strauchelte und hob wie zur Entschuldigung den Saum ihres Kleides vom Boden auf, als hätte dieser sie zum Stolpern gebracht. Tatsächlich hatte sie Barcha erblickt, die sich in der ersten Reihe zu ihrer vollen Größe aufgerichtet hatte und dicht neben einem der Soldaten stand, die das Gefolge und die Neugierigen auf Abstand hielten. Mercè taumelte beim Anblick der Maurin in der Kirche. Diese jedoch strahlte und warf ihr eine Kusshand zu. Mercè suchte den Blick ihres Vaters. Ihr panischer Gesichtsausdruck veranlasste Hugo dazu, sich suchend umzusehen, bis er die Ursache ausfindig gemacht hatte. Beim Anblick Barchas schüttelte er den Kopf. Mercè nickte und warf der Frau, die sie von Kindesbeinen an aufgezogen hatte, ihrerseits eine Kusshand zu. Dann, im Vertrauen darauf, dass ihr Vater die Sache schon in Ordnung brächte, beeilte sie sich, Bernat wieder einzuholen.

Der Blick, den Hugo der Maurin zuwarf, als sie sich hinter den Brautleuten einreihten, hatte nichts mit dem warmen und dankbaren Blick Mercès zu tun. Barcha trug schwarze Kleider, die ihr Achtbarkeit verleihen sollten, was ein großes, über ihren üppigen Brüsten hin- und herschwingendes Silberkreuz noch unterstrich. Hugo hatte das Kreuz schon gesehen, es hatte Jaume gehört. Ein ebenfalls schwarzer, tief in die Stirn gezogener Hut versuchte, die Züge und Farbe von Barchas Gesicht zu verstecken. Geh nach Hause, wollte Hugo sie zurechtweisen, als er zu ihr hinlief. Er sah sie jedoch nicht an, aus Angst, sie könnte wegen ihm auffallen. Die Worte kamen ihm nicht über die Lippen, obgleich sie die Botschaft gewiss schon an seinem angsterfüllten Gesicht abgelesen hatte. Wer hätte die Maurin im Auge behalten können? Sie war bis zur Plaza Santa María del Mar mitgekommen, um das Kind auf dem Pferd zur Kathedrale reiten zu sehen. Dann hatten sie sich getrennt, und Barcha musste in die Calle del Hospital zurückgerannt sein, um als fromme Christin wiederzukehren. Kein Wort hatte ihnen die Maurin über ihre Absichten mitgeteilt.

Hugo bemühte sich, tief ein- und auszuatmen, während er zwischen den Soldaten auf das Hauptportal zuging, das auf die Plaza Santa

María hinausführte. Dabei hörte er nicht auf, an diese große Frau zu denken, die vor den Augen einer Hundertschaft an Priestern, Soldaten und Amtsleuten herumlief, die sie jederzeit entdecken, festnehmen und einsperren konnten … oder der Inquisition ausliefern. Sie war ja eine Maurin! Welches Vergehen würde man einer Muslimin zuschreiben, die sich in einer christlichen Kirche als Christin verkleidete? Ketzerin, Kirchenschänderin, Gotteslästerin? Es wird schon gut gehen, sagte er sich immer wieder. Dennoch vernebelte ihm eine Reihe möglicher Szenarien, die alle am Galgen oder auf dem Scheiterhaufen endeten, dermaßen die Sinne, dass er beinahe Caterina übersehen hätte, die hinter den Schutzsoldaten des Gefolges herlief. Hugo wagte es nur, mit dem Kinn nach hinten zu deuten. Caterina zuckte nicht einmal mit der Wimper. Hugo brauchte eine Weile, um die ungewöhnliche Blässe im Gesicht seiner Liebsten zu bemerken. Er zögerte und blieb stehen, sodass die Hochzeitsgäste von hinten in ihn hineinprallten. Jemand schubste ihn ohne Umschweife vorwärts. Ein paar Schritte weiter schwenkte er aus dem Festzug aus und drängte sich zwischen ein paar Soldaten, die ihn gewähren ließen. Von dort ließ er sich unter Ellbogenstößen zurückfallen, bis er wieder auf Caterinas Höhe angelangt war. Er brauchte keine Fragen zu stellen, sondern musste nur ihrem Blick folgen: Neben dem Hauptaltar, da, wo die würdevolle Erscheinung der Madonna des Meeres von tausend Kerzen erleuchtet wurde, gestikulierte Regina aufgebracht vor zwei Priestern herum und zeigte auf Barcha. Dabei hielt sie Zeigefinger, Hand und Arm unter solcher Spannung ausgestreckt, als ob sie selbst aus der Ferne die Maurin ergreifen wollte, die in der Menge und zwischen den Soldaten eingeklemmt war.

Hugo fühlte, wie Caterina sich an seiner Schulter abstützte und an seiner Seite nach unten glitt. Er fing sie noch im Fall auf und schüttelte sie, damit das Blut in ihr Gesicht zurückkäme.

»Willst du deiner Tochter etwa das Fest und das Hochzeitsbankett vermiesen?«, fuhr ihn Guerao an.

Hugo wollte etwas antworten, aber als er den Mund aufmachte, erteilte der andere bereits Befehle an Sklaven, Bedienstete, Musikanten und Kellner. Sie befanden sich im Innenhof des Palasts in der Calle de Marquet, wo scheinbar alle Probleme aufeinandertrafen, die mit dem großen Bankett im ersten Stock zu tun hatten.

»Guerao. Guerao!«

Der Majordomus befreite sich gewaltsam aus Hugos Umklammerung, der ihn mit der Hand am Arm gepackt hielt, und erledigte weiter seine Arbeit. Schließlich wandte er sich ihm dennoch zu.

»Ich will mir gar nicht vorstellen, was passieren könnte, wenn dem Admiral zu Ohren käme, dass seine Gattin am heutigen Tag wegen einer muslimischen Freigelassenen Unannehmlichkeiten erleidet«, sagte Guerao.

»Sie ist meine Tochter.«

»Jetzt ist sie die Gemahlin des Admirals und nicht mehr deine Tochter.«

»Sosehr sie auch seine Gemahlin ist, die Alte ist ihr teuer.«

»Sie ist eine Maurin, Hugo! Eine Freigelassene, die nach dem, was du mir erzählt hast, noch nicht einmal den christlichen Glauben angenommen hat. Eine Maurin, die es sich erlaubt hat, die Madonna des Meeres zu beleidigen, indem sie ihr Gotteshaus mit einem Kreuz auf der Brust betreten hat. Ist es nicht so?«

Hugo nickte und dachte an die Priester, die, aufgehetzt durch Regina, zu Barcha gerannt waren. Die Soldaten hatten sie festgenommen.

»Ja, aber …«

Er verstummte. Guerao war erneut mit Dringlichkeiten und Bedürfnissen rund um das Bankett beschäftigt. Innerhalb eines Augenblicks hatten ihn mehrere Menschen umringt, einer sprach vom Wein. Nicht einmal darum kümmerte sich Hugo, dachte der Majordomus mit einem Seufzer.

Caterina hinter sich herziehend, war Hugo den Priestern und Soldaten gefolgt, die die Maurin vor sich herstießen. Regina war unter ihnen, und Barcha beschimpfte sie auf Katalanisch und Arabisch, bis sie im Bischofspalast angelangt waren. An dessen Pforte mussten Hugo und Caterina zurückbleiben, zusammen mit den übrigen Neugierigen, die der Prozession gefolgt waren.

»Ich will dich vor etwas warnen.« Guerao stand so plötzlich vor ihm, wieder befreit von Aufgaben und mit ernstem Gesicht, dass Hugo zusammenzuckte. »Halte dich besser nicht in der Nähe des Admirals auf, wenn er erfährt, dass eine Muslimin die Kathedrale Santa María del Mar geschändet hat.«

»Barcha hat sie doch nicht geschändet«, protestierte Hugo.

»Als was würdest du es dann bezeichnen, wenn eine Maurin als Christin verkleidet mit einem Kreuz über der Brust eine Kirche betritt? Bist du dir denn so sicher über ihre Absichten?« Hugo wollte antworten, aber Guerao unterbrach ihn schroff. »Könntest du denn schwören, dass ihre Haltung von Respekt zeugt, dass sie im Grunde ihres Herzens die Jungfrau, die Christen und unseren Glauben nicht beleidigt hat? Dass das Kreuz über ihrer Brust nicht bloßer Hohn war? Immerhin war es die Hochzeit des Admirals … und deiner Tochter! Was glaubst du denn, was Seine Herrschaft denken wird, wenn er von dieser Frau erfährt? Weißt du denn, wie oft er sein Leben riskiert hat, um gegen die Ungläubigen zu kämpfen?«

Hugo gab keine Antwort und senkte den Blick.

»Es war seine Hochzeit!«, wiederholte der kleine Mann, bevor ihn das Bankettpersonal mit Fragen und Anliegen von Neuem belagerte.

»Barcha wollte nur ihre Freude dabei haben, ihr Kind am glücklichsten Tag seines Lebens zu sehen«, gab Hugo zurück.

»Dieses Kind ist die Gemahlin des Grafen von Navarcles, Admiral der katalanischen Armada. An ihrem Anblick soll keine Ungläubige ihre Freude haben. Hugo, anscheinend hast du den Charakter des Admirals nicht verstanden. Ich habe es dir schon mehrmals gesagt: Er ist kein schlechter Mensch, aber er reagiert wie auf dem Meer, wo er gegen die Ungläubigen, die Anhänger des falschen Propheten gekämpft hat, ebensolche wie deine Maurin. Wenn ihn etwas bedroht oder ihm missfällt, denkt er nicht nach, sondern antwortet mit Gewalt. So hat er viele Schlachten gewonnen. So beschützt er, was ihm teuer ist, sein Boot, seine Mannschaft und jetzt seine Gemahlin. Fordere ihn nicht heraus, Hugo. Verrate ihm nicht, dass eine Ungläubige seine Kirche und sein Hochzeitsfest befleckt hat.«

»Wird er mich vielleicht umbringen?«, erwiderte Hugo und wandte sich bereits zur Treppe in den ersten Stock.

»Lass keine Möglichkeit außer acht«, antwortete der Majordomus, bevor ihn wieder das Palastpersonal umringte.

Hugo konnte sein Lächeln nur vortäuschen, als er am Tisch vorbeiging, an dem Bernat und Mercè saßen, nebst Adligen und Stadträten bis hin zum Bischof… dem Bischof! Er wechselte einen Blick mit Bernat. Nein. Er konnte ihn jetzt nicht belästigen. Ihn kümmerten weder Bernat noch dessen Reaktion noch, dass er ihn vielleicht umbringen würde, aber es war das Fest seiner Tochter. Es bliebe schon noch Zeit, Barchas Angelegenheit zu klären. Er folgte bereits einem Jüngling zu einem anderen Tisch hin, als Mercè ihm zuwinkte. Er lächelte sie an, diesmal aufrichtig. Seine Tochter stieß die Luft aus, als ob dies alles sie überforderte, erwiderte sein Lächeln und warf ihm mehrere Handküsse zu. Hugo setzte sich an seinen Tisch und trank. Viel. Zwischen reichen Kaufleuten, vornehmen Bürgern von Barcelona, die ihn nicht eines Blickes würdigten, gab er sich dem Wein hin. Zuerst schmeichelte dieser seinem Gaumen, bis er Becher um Becher davon hinunterstürzte.

24

Seit Mercès Hochzeit waren einige Monate vergangen. Hugo konnte sich an nichts erinnern, außer dass er im Weinkeller des Palasts neben Caterina aufgewacht war, die den Volltrunkenen auf Bitten Mercès im Schlaf behütete. Das lähmende Erlebnis von Elenas Hinrichtung vermischte sich mit dem Schmerz über Barchas Gefangennahme, bis sich das Erste im Zweiten auflöste. Wie Guerao vorhergesagt hatte, verfluchte Bernat die Muslimin, die es gewagt hatte, am Tag seiner Hochzeit die Kathedrale Santa María del Mar zu betreten. Mercè legte mehrmals ein Wort für die Maurin ein, erreichte aber bloß, dass der Korsar sich in einer Härte zeigte, die ihr bis dahin unbekannt geblieben war. »Diese Kirche hat mein Vater gebaut!«, heulte Bernat und schwor, jeden Ungläubigen zu zerstückeln, der das Gotteshaus auch nur umrundete. »Wenn Bernat erfährt, dass ich mich in irgendeiner Weise für Barcha einsetze, ich glaube, dann wäre er fähig, zum Bischofspalast zu gehen und sie eigenhändig zu erwürgen«, schluchzte Mercè, als sie ein paar Tage nach der Hochzeit ihren Vater traf.

Gewiss war Barchas Situation in keinster Weise aussichtsreich. Die einen betrachteten sie als gotteslästerliche Ketzerin, die der Inquisition zu übergeben sei. Andere hielten sie für eine Kirchenschänderin, über die Recht zu sprechen dem Bischof obliege. Schließlich gab es noch diejenigen, die ihr jegliche Hoffnung auf Vergebung absprachen und die sofortige Hinrichtung verlangten, so wie es das katalanische Gesetz für jene vorsah, die Gott, die Jungfrau Maria oder die Heiligen schwer beleidigt hatten.

Von all dem wurden Hugo und Caterina durch die Sklaven des Bischofspalasts in Kenntnis gesetzt, die sich um Barchas Befinden im

Kerker sorgten und der Maurin dadurch ihre eigene Hilfsbereitschaft gegenüber der Sklavengemeinde vergolten. So erfuhren Hugo und Caterina auch, dass Barcha Mercè nicht mit hineinziehen wollte und sie mit keinem Wort erwähnt hatte. Man hatte die Maurin gefragt, warum sie in der Kathedrale gewesen sei. »Um an der Hochzeit des Admirals teilzunehmen, so wie alle anderen«, hatte sie geantwortet, und als man sie nach dem Kreuz fragte, hatte sie erwidert, sie habe geglaubt, eine Kirche müsse man mit einem Kreuz um den Hals betreten, so wie das alle täten.

Nach einigen Tagen legte sich die Bestürzung über die Verhaftung der Maurin, und nach Aufnahme der ersten Zeugenaussagen – einschließlich der Reginas, die ebenfalls kein Wort über Mercè verlor, obwohl sie damit wahrscheinlich nur eine Auseinandersetzung mit Bernat vermeiden wollte – wurde das Verfahrenstempo auf die unverschämte Langsamkeit für nebensächliche Angelegenheiten herabgedrosselt. Wer war die alte Maurin überhaupt, und was besaß sie? Vielleicht durch Regina, vielleicht auch auf anderem Wege hatten die Geistlichen Kenntnis über Barchas Haus erlangt und sich darauf gestürzt, um es zu beschlagnahmen. Aber schon bald zeigte sich, dass es die Zahlung der *Talla* mehrerer Freigelassener garantierte und ihnen keinen Nutzen brächte. Alle, die über die Gefangene verfügen wollten, zogen nach erwiesener Armut der Maurin ihre Ansprüche entweder zurück oder bestanden zumindest nicht darauf. Barchas Fall wurde auf dem Stapel von Rechtsverfahren abgelegt, die sich in den Händen unfähiger oder fauler Beamter eine Ewigkeit hinziehen konnten, vorausgesetzt, jemand wie Hugo kam für die Verpflegung und Bedürfnisse der Gefangenen auf, sodass sie keine Belastung für den bischöflichen Fiskus darstellte. »Aber wie lange können sie sie denn in Haft behalten?«, fragten sich Hugo und Caterina.

»Ich werde Guerao bitten, die Rückzahlung von Bernats Darlehen aufzuschieben«, erklärte Hugo Caterina, da er dachte, so könne er die Kosten für einen Anwalt tragen. Aber es war nicht notwendig. Sämtliche Rechtsgelehrte weigerten sich, die Muslimin zu verteidigen, die sich in die Kathedrale Santa María del Mar eingeschlichen hatte. Nachdem die anfängliche Empörung abgeflaut war, gelang es Caterina und

Hugo, den Gefängniswärter zu bestechen, um Barcha zu besuchen und Auskunft zu erhalten.

»Wie lange? Viele sterben, ehe sie verurteilt oder bestraft werden. Das Gefängnis ist keine Strafe, betrachtet es vielmehr als Gelegenheit zur Reue. Zeit spielt hier keine Rolle.«

Ihrer eigenen Atmung und ihren Schritten lauschend, stiegen Hugo und Caterina in den Kerker unter dem Bischofspalast hinab. Als sie jemanden schreien hörten, blieben sie stehen.

»Bringst du mir endlich das Essen, Faulpelz?« Das Echo der Stimme erstickte jedes andere Geräusch. »Oder wie lange lässt du mich noch warten?«, schrie sie.

Es war Barcha. Sie hatte den gleichen Ton angeschlagen wie damals, als Hugo sie gekauft hatte. Diese Stimme zu hören, zauberte Hugo und Caterina trotz der Umstände ein Lächeln auf die Lippen.

»Wärter! Komm diese ganze Scheiße sauber machen! Wann wird denn hier gegessen?«

Nachdem er ihnen den Weg zu einem ebenso großen wie düsteren, feuchten, schmutzigen und stinkenden Raum freigegeben hatte, der gemäß den Inquisitoren dazu diente, den Willen der Gefangenen zu brechen, gestand ihnen der Wärter: »Die eigentliche Frage ist, wie lange ich diese Maurin ertragen werde. Halt den Mund, Ketzerin!«, schrie er sie seinerseits an und verwies Hugo und Catarina auf eine Ecke der Zelle.

Sie war an die Wand gekettet, genauso wie die anderen Häftlinge, die überwiegend als reglose, manchmal als sterbensmatt bewegte Schemen auszumachen waren. Barcha hörte auf herumzuschreien. Caterina warf sich in ihre Arme und weinte. Hugo sah sich unschlüssig um, tappte auf der Stelle. Die beiden Frauen lagen sich noch immer in den Armen. Schließlich strich er der Maurin zärtlich über den Arm, und sie erschreckte ihn mit einem Schubs.

»Jetzt willst du dich also an mich heranmachen?«, spottete sie. Hugo war nicht nach Lachen zumute. »Du hast nur darauf gewartet, dass ich angekettet bin!«, scherzte sie weiter und versetzte ihm einen Schlag auf die Brust.

Hugo gab sich Mühe, ihr den Spaß nicht zu verderben. Sie redeten.

Die Maurin war schon alt, sagte er sich danach immer wieder, dickköpfig und trotzig wies sie jeden Hoffnungsschimmer von sich.

»Was wollt ihr zwei schon bewirken? Denn ich verbiete euch, Mercè da mit hineinzuziehen!«, stieß sie warnend hervor.

Als Hugo und Caterina schwiegen, redete sie weiter. Was es schon für eine Rolle spiele, wo und wie sie sterbe. Sie habe geahnt, dass es so kommen würde. Die verfluchte Religion. Was sie sich allerdings nicht einmal in ihren gewagtesten Träumen habe vorstellen können, sei die Freiheit gewesen, die sie durch Hugo erlangt habe, und dass sie ein Kind wie Mercè großziehen und so glücklich sein würde, wie sie es in den letzten Jahren gewesen sei.

»Zwanzig Jahre, Hugo«, flüsterte Barcha heiser. »Ich habe sie gezählt. Tag für Tag. Einen nach dem anderen. Vom ersten an. Danke. Danke für jeden einzelnen davon.«

»Nein«, stieß er hervor. »Du wirst noch lange weiterleben!«

Sie konnten sie nicht davon überzeugen. Auch Regina erwähnte keiner von ihnen. Barcha stellte sich erneut stur, sie sei doch nur eine alte maurische Sklavin, keiner brauche sich um sie zu scheren. Der Wärter gab ihnen ein Zeichen. Sie zögerten den Abschied hinaus. Der Wärter gab ihnen zum zweiten Mal ein Zeichen. »Versteck ihn gut«, mahnte Hugo, als er Barcha einen Schlauch mit Schnaps überreichte, der bei der Durchsuchung am Eingang unbemerkt geblieben war.

Sie gab ihm einen Kuss auf die Lippen.

Der Sklave des Schreibers des Bischofstribunals schickte eine Freigelassene des Raval zu Hugo und Caterina: Es liege Befehl vor, Barchas Besitz, so hypothekenbelastet er auch sei, zu beschlagnahmen. Noch in derselben Nacht packten die beiden ihre Habseligkeiten zusammen, die wenigen Kleider, die Fässer und den Wein, den Destillierkolben. Sogar das wunderschöne Messer von Jaume steckten sie ein. Wenn sie es beim nächsten Besuch der Maurin erzählten, würde sie diese Entscheidung sicherlich gutheißen. Sie durchsuchten Barchas Sachen und in einer Ledertasche fanden sie ihre beglaubigte Freilassungsurkunde. Sonst gab es kaum mehr als alte Kleider, die ihren Geruch trugen, und ein paar kleine Holzschnitzereien, die Jaume für sie gefertigt hatte.

»Der Topf!«, rief Caterina und wandte sich zur Feuerstelle, um ihn herunterzunehmen.

»Nein. Sie sollen uns nicht für Diebe halten«, hielt sie Hugo zurück. »Auf dem Herd muss ein Topf stehen. Allerdings braucht es nicht unbedingt drei Schalen, eine genügt schon«, fügte er nach einem Blick auf die Küchenanrichte hinzu.

Genauso verfuhren sie mit Tellern, Laken und Decken. Sie hinterließen, was eine Person notwendig zum Leben brauchte, den Rest, einschließlich reifem Gartengemüse, luden sie auf den Karren mit den Maultieren. Zum Teufel mit den Pfarrern, dachte Hugo. Trotz der Gefahr, angehalten zu werden, fuhren sie, schon lange nachdem die Glocke des Stadtrichters geschlagen hatte, ohne Licht durch die Straßen Barcelonas; eigentlich war es vorgeschrieben, selbst wenn ein wunderbarer, fast voller Mond es überflüssig machte. Sie überquerten nicht die Rambla und mieden die Altstadt.

»Vor vielen Jahren, als ich noch ein Kind war, habe ich mich schon einmal in diesen Stadtteil geflüchtet«, bemerkte Hugo nostalgisch.

Weinberge, Felder und Gemüsegärten machten immer noch den Großteil des Raval-Viertels aus, durch das Hugo und Caterina jetzt die Maultiere mit dem gefährlich überladenen Karren trieben. Nur um das Hospital de la Santa Cruz war die Bebauung etwas dichter geworden. Die Stadtmauern markierten zwar bereits den erweiterten Stadtumfang einschließlich der Werft, aber die Bewohnerzahl stieg dennoch nicht.

»Warum bist du geflüchtet?«, wollte Caterina wissen.

Hugo lächelte.

»Der Einäugige war mir auf den Fersen, obwohl er da noch keiner war.«

Sie liefen eine Weile schweigend auf das Meer zu.

»Was wohl aus ihm geworden ist?«, fragte Caterina.

»Er wird in der Hölle schmoren.«

Sie hielten neben einem Weinberg. Es war Mitte September, und die Trauben hatten fast ihre Reife erlangt. Hugo konnte sie riechen. Er pflückte eine Beere und stellte fest, dass sie sehr bald ihre durchscheinende Färbung annehmen würde. Er biss hinein. In wenigen Tagen hätte sie ihre ideale Süße erreicht.

»War das, als du ihm den Stock ins Auge gerammt hast?«, fragte Caterina, als Hugo sich zum Weitergehen wandte.

»Ja.«

»Wohin gehen wir?«

Hugo antwortete nicht gleich.

»Zum Meer«, sagte er endlich. »Morgen möchte ich so früh wie möglich Guerao das Geld zurückgeben, das Bernat mir geliehen hat, um den Wein zu kaufen. Denn ich habe nicht vor, es mit mir herumzutragen und womöglich ausgeraubt zu werden.«

Beim Sprechen befühlte er den vollgestopften Beutel, den er unter seinen Kleidern versteckt trug. Er durfte sich kein weiteres Missgeschick erlauben. Das Geld von Bernat und seine Einkünfte ergaben eine ziemlich große Menge. Bis zuletzt hatten sie weiter nachts Schnaps gebrannt, um die Weine zu verstärken, die sie zu einem sehr niedrigen Preis kauften und um ein Vielfaches wieder verkauften.

Am Strand luden sie den Bootswächter zu ein paar großzügig gefüllten Schalen Wein ein. Dafür bot er ihnen die Nähe des Feuers an, das die Kühle der Septembernacht und die Feuchtigkeit des Meeres linderte. Begleitet vom Knacken der Scheite, mit denen der Wächter das Feuer am Brennen hielt, verbrachten sie dösend die Nacht. Sie frühstückten das Gemüse aus Barchas Garten und mit dem ersten Morgengrauen machten sie sich auf den Weg zum Palast in der Calle de Marquet.

Bernat hielt sich nicht im Palast auf. Schon vor geraumer Zeit war er als Befehlshaber zweier königlicher Galeeren nach Perpignan aufgebrochen, wo König Fernando mit Papst Benedikt XIII. und dem Kaiser des Heiligen Römischen Reiches Deutscher Nation, Sigismund von Luxemburg, tagte.

Guerao, der wie immer den Palasthaushalt führte, bekam Mitleid mit dem Paar und seinem bis obenhin beladenen Maultierkarren mit den behelfsmäßig festgezurrten Fässern und Habseligkeiten und ließ es in den Innenhof fahren. Dort teilte ihm Hugo mit, dass er bezahlen wolle, um nicht länger Geld zu besitzen, das ihm nicht gehörte. Der Notar sei nicht benachrichtigt, führte Guerao an, aber er könne Hugo damit entgegenkommen, als Vermögensverwalter des Admirals den

Erhalt zu unterzeichnen und an einem anderen Tag den Notar aufzusuchen. Hugo wusste nicht, was er darauf antworten sollte, da er nicht wusste, ob man so verfahren konnte.

»Vertraust du mir etwa immer noch nicht?« Der kleine Mann lachte. »Wenn es dir lieber ist, lassen wir auch deine Tochter unterschreiben.«

»Nein.«

»Sie ist noch nicht aus ihren Gemächern gekommen«, erklärte Guerao, als Hugo seinen Blick über die Galerie im ersten Stock wandern ließ. Bei dem Lärm, den sie mit dem Karren und den Maultieren veranstaltet hatten, erschien es ihm seltsam, dass Mercè nicht aufgetaucht war. »Du weißt ja, wie das bei …« Guerao verstummte. »Ihre Zofe soll ihr Bescheid geben.«

»Das ist nicht nötig«, sagte Hugo, der seine Tochter nicht stören wollte.

»Sie würde mir die Haut abziehen, wenn sie erführe, dass ihr hier wart und ich ihr nicht umgehend Bescheid gesagt habe, und wenn es Mitternacht wäre. Gewisse Verhaltensweisen des Admirals haben auf sie abgefärbt.«

Der kleine Mann lachte, als gefiele ihm diese Art von Charakter.

Kurz darauf erschien Mercè zwischen zwei der schlanken Säulen, die die Bögen der Galerie im ersten Stock abstützten. Sie erblickte ihren Vater, wie er hoch auf dem Karren rittlings auf den Bündeln saß, während Caterina ihm von unten dabei half, die Seile festzuzurren, um die Last zu sichern. Hugo verlor den Halt und wäre fast gestürzt, als er seine Tochter ihren Fuß auf die oberste Stufe der Steintreppe setzen sah.

»Vater«, rief sie.

Hugo hielt sich im Gleichgewicht. Ebenso Mercè, der eine Zofe übertriebene Hilfe leistete, indem sie sie am Arm gepackt hielt. Sie versteckte es nicht: Der Gräfin von Navarcles, die ein schlichtes und wunderschön besticktes Seidenhemd mit einem oben ausgeschnittenen Wams trug, war eine beginnende Schwangerschaft anzumerken, die bei Hugos letztem Besuch noch nicht aufgefallen war.

Zweifellos war der zu lange her, warf er sich vor, während er vom Karren sprang. Mercè befreite sich vom Griff der Zofe und rannte die Treppe hinunter.

»Großvater«, sagte sie zuallererst.

Hugo traute sich nicht, bis Mercè seine Hand nahm und auf ihren Bauch legte.

»Man spürt noch nichts«, enttäuschte sie ihn.

»Warum hast du es mir nicht gesagt? Warum hast du mir keine Nachricht geschickt?«

»Ich wusste, dass Ihr wegen Barcha viel zu tun hattet. Außerdem wisst Ihr ja, dass man Schwangerschaften lieber erst verkündet, wenn sie sicher sind.«

Das Gebäude mit einem Verkaufsraum im Erdgeschoss und Wohnräumen darüber befand sich in der Calle de la Boquería, nahe der Plaza Sant Jaume. »Alles konzentriert sich um diesen Platz, Vater!«, überzeugte ihn Mercè schließlich. Denn noch am selben Tag, nachdem Guerao erfahren hatte, dass sie Barchas Haus verlassen hatten, schlug er ihnen vor, den Laden zu mieten, der einem Bekannten gehörte und den er im Namen Bernats sogar dazu zwang, seine Miete zu senken. Was sollte er sonst mit Hugo und Caterina im Palast anfangen, mit ihrem vollen Karren und ohne zu wissen, wohin? Hinauswerfen konnte er sie nicht, Mercè würde das nicht hinnehmen. Andererseits war der Befehl des Admirals kategorisch: Er wollte seinen Schwiegervater nicht im Palast sehen.

Mercè hatte recht. Die Kathedrale und der Bischofspalast, das Schloss des Stadtrichters, der Große und der Kleine Palast, das Rathaus, wo sich der Rat der Hundert versammelte … Alles, was Barcelonas Größe ausmachte, lag um die Plaza Sant Jaume. Erst vor wenigen Jahren hatten die Stadträte die Rathausfassade neu gestalten lassen. Außerdem hatte man ein vornehmes Gebäude im ehemaligen Judenviertel erworben, um darin die Deputation der Generalität unterzubringen.

Doch weder das Rathaus noch der Palast der Generalitat öffneten sich zur Plaza Sant Jaume hin. Obwohl Esteres an den Platz angrenzte, befand sich der Haupteingang weiterhin in der benachbarten Calle de la Ciutat. Der Eingang des zweiten Gebäudes lag sogar einen ganzen Häuserblock vom Platz entfernt auf der Calle del Bisbe.

Die Kirche Sant Jaume und ihr Atrium mit den fünf anmutigen

Spitzbögen sowie die als Pranger dienende Ulme waren die Hauptanziehungspunkte des Platzes, über den täglich Tausende Menschen strömten und den die Stadträte in Barcelonas Zentrum verwandeln wollten. Daher hatten sie die Auktion von Möbeln und anderen Gegenständen, die den Durchgang allzu sehr behinderten, nach La Ribera verlegt und ließen den Platz regelmäßig fegen, damit er sauberer und schmucker daherkam.

»Dort verkehren die reichen Leute, Vater«, betonte Mercè. »Die Mitglieder des Rates der Hundert und des Domkapitels, der Bischof, der Stadtrichter, der Amtmann und alle ihre Bediensteten. Wo könntet Ihr besser Euren Wein verkaufen? Dort werdet Ihr ein gutes Geschäft machen, Vater.«

Denn von einem Tag auf den anderen sollte aus Hugo ein Tavernenwirt werden.

»Du kannst auch weiterhin Weinhändler sein, wenn du willst«, sagte Guerao. »Obwohl du in Wirklichkeit gar kein Weinhändler warst, du hast ja nie ein Geschäft als Weinhändler durchgeführt.«

Hugo wunderte sich, als er das hörte, und Guerao erklärte es ihm auf dem Weg zum Laden in der Calle de la Boquería.

»Als Händler solltest du den Wein eigentlich nicht kaufen. Deine Funktion besteht ausschließlich darin, zwischen Käufer und Verkäufer zu vermitteln und dafür eine Kommission zu verlangen. Das ist die Arbeit der Händler. Das andere, kaufen und verkaufen, ist den Kaufleuten vorbehalten. Den Händlern ist es verboten, Geschäfte auf eigene Rechnung zu machen. Die Tuchhändler zum Beispiel dürfen keine Reinigung betreiben, obwohl …«

»Aber wie kann ich dann Tavernenwirt werden?«, unterbrach ihn Hugo.

»Weil eine Reihe von Ausnahmen besteht, damit sich die Leute auf anständige Weise ihren Lebensunterhalt verdienen können. Die Behörden erlauben den Händlern den Verkauf en détail vor ihren Häusern, und auch nur da. Sie dürfen auch Sklaven kaufen und vermieten oder sogar selbst die Stoffe fertigen, die sie verkaufen. Eine andere Ausnahme betrifft die Tavernenwirte. Weinhändler dürfen Tavernen haben und zusätzlich mit Weinen handeln. Interessant, nicht wahr? Als Weinhändler mit Zulassung in Barcelona kannst du eine Taverne in der Stadt eröffnen, was nicht jedem erlaubt ist. Nutz die Gelegenheit, Hugo.«

Hugo wollte Gueraos Rat befolgen. Ausschlaggebend war letztlich, dass das Gebäude bereits einen Weinkeller besaß. Caterina nahm die Idee mit einer Begeisterung auf, an der es ihr seit Barchas Verhaftung gefehlt hatte. »Im Feldlager von Balaguer habe ich den Wein ziemlich gut an den Mann gebracht, erinnerst du dich?«, sagte sie lächelnd. Guerao und Alonso, der Vermögensverwalter des Ladenbesitzers, hatten den Blick ebenfalls auf Caterina geheftet. Während die Männer die Vertragsdinge regelten, geriet sie immer mehr ins Schwitzen, indem sie den beiden Sklaven, die Guerao zum Entladen des Karrens mitgebracht hatte, Anweisungen gab und unter die Arme griff. Hugo räusperte sich, womit sich die beiden anderen angesprochen fühlten. »Tische und Stühle müssen noch her«, bemerkte der eine. »Das ist in Barcelona kein Problem«, erwiderte der andere.

Sie vereinbarten die Unterzeichnung des Vertrags. »Am selben Tag, an dem wir das Dokument über die Bezahlung des Darlehens ausstellen lassen«, bot Guerao an.

Das Einzige, was Hugo nicht behagte, war, dass sich das Gebäude im Schatten des Castell Nou befand, dort, wo vor fast fünfundzwanzig Jahren Dolça und mit ihr zahllose Juden durch die Hände von Mördern wie dem Räudigen Hund den Tod gefunden hatten. Beim Anblick der Festung zog er die Schultern ein.

»Wo stellen wir das letzte Fass hin?«

Caterinas Stimme brachte ihn in die Realität zurück.

Hugo drehte sich zu ihr um. Sie war schmutzig und verschwitzt. Um einen Augenblick nur verzögerte sich seine Antwort, da ihn der verführerische Moschusduft seiner Gefährtin gefangen nahm. Er schüttelte den Kopf, um das Gefühl wieder loszuwerden.

»Wenn du nicht weißt, wohin mit diesem Fass, dann schenk es uns fürs Warten.«

Der Vorschlag kam von hinter dem Karren, der einen Gutteil der Calle de la Boquería einnahm und anderen Karren und Fuhrwerken die Durchfahrt versperrte. Händler und Kaufleute hatten die Verzögerung resigniert hingenommen und einige sogar ihre Hilfe angeboten, die Fässer vom Karren in das Haus zu tragen, das Hugo soeben neu gemietet hatte, aber da inzwischen nur noch ein Weinfass auf dem Karren übrig war, wurden die Aufgehaltenen ungeduldig.

Hugo machte ein entschuldigendes Handzeichen und drängte die Sklaven, rasch das letzte Fass abzuladen.

Caterina kletterte auf den Wagen.

»Ihr seid alle zu einer Schale Wein eingeladen«, verkündete sie, um die Wartenden zu entschädigen, während sie zugleich Hugos Zustimmung suchte.

Aus der Schlange der Fuhrwerke waren Rufe und Beifallklatschen zu hören.

»Oder gleich zu zwei Schalen!«

»Aber du sollst ihn ausschenken!«

»Schöne!«

Ja, Schöne. So sahen sie auch die Rufenden: eine Frau mit wohlgestalteten Zügen, deren strammer und straffer Körper der Zeit trotzte. Ein Schauder von Zärtlichkeit überkam Hugo, als er sie auf dem Karren stehen sah. Diese Frau liebte ihn, sie war Sein. Als hätte sie Hugos Gedanken erraten, drehte sich Caterina zu ihm um und schenkte ihm ein offenes Lächeln. Er liebte sie auch, sagte er sich und trat an den Karren, um Caterina herunterzuhelfen. Der Schweiß, der Moschusduft, die gegen sein Gesicht gepressten Brüste, während er ihre Taille umschlang und sie vom Karren hob, erregten ihn so stark wie schon lange nicht mehr. Sie hatten zu tun, daher versuchte er das Gefühl wie zuvor schon zu unterdrücken, aber es gelang ihm nicht.

Der leere Karren wurde bereits von einem der beiden Sklaven in den Gemüsegarten hinter dem neu gemieteten Gebäude gelenkt. Guerao und Alonso verabschiedeten sich, und auf einmal waren Hugo und Caterina allein. Sie sahen sich an und begutachteten gemeinsam den Verkaufsraum mit den ordentlich aufgereihten Fässern.

»Wir brauchen noch Tische und Stühle«, sagte Hugo dann.

Ihre Blicke schweiften durch einen großen, in Stein gehaltenen und fast offen angelegten Raum mit einer ordentlichen Feuerstelle in der Mitte der Wand. Darüber hing der Eisentopf. Tür und Fenster gingen auf die Calle de la Boquería hinaus, zu beiden Seiten hin befanden sich

Nachbarhäuser und hinten der Gemüsegarten. Die Treppe in einer Ecke führte gleichzeitig ins Obergeschoss und in den Weinkeller.

»Und Schalen«, fügte sie hinzu. »Und Gläser und Teller. Und Besteck und Feuerholz und …«

»Und einen Pinienzweig an der Tür«, unterbrach sie Hugo.

»Wo?«, fragte sie, nachdem sie sich der Tür genähert und diese in Augenschein genommen hatte.

»Na hier.«

Als Hugo den Arm hob, um auf die Stelle oberhalb von Caterinas Kopf zu deuten, drückte sie sich an ihn und küsste ihn auf den Hals.

»Caterina«, schalt Hugo ohne besondere Überzeugung. Sie ließ nicht los. »Ganz Barcelona sieht uns zu«, beharrte er mit einem Lächeln im Gesicht, als er eine Frau bemerkte, die sie aus kaum einem Schritt Entfernung frech anstarrte.

»So wird man von unserer Liebe erfahren«, erwiderte Caterina.

»Aber …« Hugo machte Anstalten, ihren Arm abzuschütteln.

»Wenn du sie zurückweist, glaub nicht, dass ich bei dir Wein kaufen werde. Weder ich noch sonst jemand!«

Hugo zögerte, aber Caterina reagierte. Eilig lud sie die Frau ebenfalls zu einer Schale Wein ein, »später«, sagte sie allerdings, und schloss die Tür. Mit für sie ungewöhnlicher Hast begann sie sich auszuziehen. Hugo rührte sich nicht. Seit Barchas Verhaftung hatten sie nicht mehr miteinander geschlafen, als ob das Unglück der Maurin ihre Beziehung beeinträchtigte. Aber dies hier war ein neues Heim, beinahe ein neues Leben, und nachdem sie die Tür wie zum Zeichen vollendeter Sühne geschlossen hatte, schien Caterina nicht länger bereit, sich durch den Schmerz Vergnügen und Freude rauben zu lassen. Sie legte das lange Wams ab und schnürte ihr Hemd auf. Trotz seiner Bedenken fühlte Hugo das Verlangen in sich aufsteigen, sowohl nach den Brüsten, die – weiß, üppig, mit großen rosigen Höfen um die bereits aufgerichteten Brustwarzen – im Hemdausschnitt zum Vorschein kamen, als auch nach der Leidenschaft, die sich in Caterinas Atemstößen andeutete. Er knetete ihre Brüste mit den Händen und knabberte an ihren Brustwarzen, die sich zur Antwort verhärteten, während sie noch mit ihrem Hemd rang. Als sie es endlich losgeworden war, ging sie dazu über,

Hugo die Kleider abzustreifen. Er war bereits seinem Körper ausgeliefert und stieß sie zur Erde. Caterina lachte bei ihrem Kampf mit den Knöpfen an seinem Wams und mit seinem Hemd, das sie lüften wollte, um sein steifes Glied zwischen den verwickelten Kleidern hervorzuholen.

»Halt still«, musste sie ihn bitten, als sie schon auf dem Rücken lag. »So nicht! Nein!«, warnte sie ihn ein weiteres Mal vor dem Kleiderwust zwischen Penis und Vagina.

Caterina lachte immer noch, während sie Hugos Glied mit ihren Händen einen Weg zu bahnen versuchte. Hugo hörte indes nicht auf nach vorne zu stoßen, als befände er sich längst in ihr, die stöhnte, lachte und sich dann von Neuem beschwerte. Er kam außerhalb von ihr zum Orgasmus. Caterina masturbierte ihn mitsamt dem Kleiderwust. Er seufzte und lachte. Sie ebenso.

»Jetzt lass uns sehen, ob du es auch fertigbringst, wie es sich gehört«, schlug Caterina vor.

»Aber zuerst gebt ihr mir den versprochenen Wein aus!«, war von draußen zu hören.

Sie sahen zur Tür. Die Frau konnte sie doch nicht gehört haben.

»Das Fenster! Es ist offen«, stellte Caterina fest.

»Nein!«

Caterina erstickte Hugos Aufschrei, indem sie ihm zwei Finger auf die Lippen legte.

»Arbeiten ist angesagt«, wisperte sie in sein Ohr, während er mit seinem ganzen Gewicht auf ihr lag. »Wenn ihr der Wein schmeckt, kauft sie vielleicht etwas davon.«

»Aber …«

»Sei nächstes Mal weniger ungestüm, und mach es anständig«, schimpfte sie ihn liebevoll und schob ihn mit beiden Armen von ihrer Brust.

Das Jahr 1416 brachte Ereignisse, die für Katalonien ebenso bedeutend waren wie für Hugo und seine Familie. Im Januar verweigerte König Fernando von Antequera, der in Perpignan mit dem Kaiser des Heiligen Römischen Reiches Deutscher Nation, Sigismund von Luxemburg, zusammengekommen war, Papst Benedikt XIII. die Obedienz seiner Königreiche, was er den Dominikanermönch Vicente Ferrer in dessen Predigt zum Dreikönigsfest in der Kathedrale verkünden ließ.

Dem aragonischen Pontifex nutzte es indes wenig, Fernandos Dank dafür einzufordern, dass er ihm nur vier Jahre zuvor die Krone Aragoniens und die Grafschaft Barcelona beschafft hatte. »Mich, der dich zum König gemacht hat, schickst du jetzt in die Wüste«, habe Benedikt auf Fernandos Ankündigung geantwortet, so erzählte man sich.

Mit den drei Päpsten Johannes XXIII., Gregor XII. und Benedikt XIII. dauerte das Schisma des christlichen Abendlandes nun schon seit Jahrzehnten an. Ende 1413 hatten Kaiser Sigismund und der Papst von Pisa, Johannes XXIII., ein neues Konzil einberufen. In Konstanz sollte das Schisma behoben und ein neuer und einziger Papst für alle Christenstaaten gewählt werden. Im Mai 1415 wurde Papst Johannes XXIII. abgesetzt und durch die Konzilsversammlung eingekerkert, nachdem diese sich selbst zur höchsten religiösen Autorität ernannt hatte. Im Juli desselben Jahres dankte Papst Gregor XII. freiwillig ab, nachdem er zuvor das Konzil ratifiziert und ihm dadurch die notwendige Legitimität zugestanden hatte. Fernando von Antequera hatte Benedikt XIII. in Absprache mit Fray Vicente Ferrer bereits Ende 1414 um seinen Rücktritt gebeten. Benedikt hatte sich jedoch stur geweigert, weshalb die Zusammenkunft in Morella im Königreich Valencia nach Perpignan verlegt worden war, um dort eine Konferenz mit Kaiser Sigismund abzuhalten. Doch nach dem Rücktritt seiner beiden Konkurrenten beanspruchte Benedikt umso mehr, der einzige legitime Papst zu sein, und war weiterhin nicht bereit, auf die Krone Petri zu verzichten. Allerdings wandte sich inzwischen selbst sein eigener Beichtvater Vicente Ferrer von ihm ab, sodass mit Schottland und der Grafschaft Armagnac nur mehr zwei Nationen dem aragonischen Papst die Treue hielten.

Nur mit Schrecken erinnerte sich König Fernando an die Reise von Valencia nach Perpignan übers Meer, während der ihm ein Steinleiden Schmerzen und Fieber verursacht und ihn anschließend während der gesamten Konferenz ans Bett gefesselt hatte. Daher entschied er, die Rückreise über Land anzutreten. Als er am 27. Februar 1416 in Barcelona eintraf, erwartete ihn dort bereits Bernat, dessen Galeeren noch vor Ankunft des Monarchen in den Hafen eingelaufen waren.

So kurz König Fernandos Aufenthalt in der Grafenstadt ausfiel, schaffte er es dennoch, die Bevölkerung gegen sich aufzubringen, als nämlich sein Intendant beim Einkauf im Schlachthaus an der Plaza del Blat die anfallende Steuer nicht bezahlen wollte. Das Fleisch sei für den König und seine Familie bestimmt, und diese seien von den Steuern ausgenommen.

Der Schlachter wehrte sich dagegen, Kaufleute und Kunden stimmten ihm zu. Die Auseinandersetzung weitete sich auf die Stadt aus, und zahlreiche Geschäfte schlossen aus Protest ihre Türen. Die Mehrheit der Bürger ermahnte die Stadträte, den Monarchen zur Erfüllung der Gesetze und Privilegien zu verpflichten, die zu respektieren er geschworen hatte. Bei einer dazu einberufenen Versammlung übernahm der Rat der Hundert diese Position und beauftragte den Ratsherrn Joan Fivaller, und wenn er damit sein Leben riskierte, Fernando zur Zahlung seiner Steuern aufzufordern.

»Ihr habt geschworen, unsere Privilegien aufrechtzuerhalten«, warf ihm Fivaller vor. »Der Staat erhebt die Steuern, nicht Ihr, und unter dieser Bedingung haben wir Euch als unseren König akzeptiert. Ihr müsst verstehen, dass wir eher unser Leben als unsere Freiheit für Euch opfern, denn wir könnten nicht ruhm- und ehrreicher sterben als um unserer Freiheit, unseres Ansehens und der Größe unserer Heimat willen.«

Fivaller brachte dem König und seinem Hofstaat noch viele weitere Argumente vor. Keins davon konnte Fernando überzeugen. »Den König dem Dienste des Bürgers zu unterstellen, das wäre doch die größte aller Ungereimtheiten!«, klagte er in einer Unterredung mit seinen Beratern. Diese dagegen zogen es durchaus in Erwägung, sich den Forderungen der Stadt zu beugen. »Über mich sollt ihr nicht triumphieren«, schloss der Monarch, obwohl er Fivallers Ansprüchen stattgegeben hatte.

Am nächsten Morgen verließ der König ohne vorherige Benachrichtigung der Vertreter Barcelonas auf einer Sänfte die Stadt. Es war der 9. März 1416, und kaum drei Wochen später, am 2. April, verstarb Fernando von Antequera mit sechsunddreißig Jahren in Igualada. Vier

Tagesreisen hatte er bis dorthin gebraucht und war angesichts seines schlimmer werdenden Steinleidens, das ihn tagelang nicht urinieren ließ, nicht mehr weitergekommen.

So ergab es sich, dass Bernat, der wie viele andere Höflinge, Adlige und Geistliche, Katalanen wie Kastilier, an die Seite des Monarchen gerufen worden war, sich in der kleinen Stadt aufhielt, als sein erster Sohn Ende März 1416 das Licht der Welt erblickte. Bei der Geburt half eine junge Hebamme, die sich zwischen Mercès Beine auf den Boden setzte, um einen gesunden und starken Jungen mit einem großen Muttermal über dem rechten Auge emporzuheben. Auf Weisung des Admirals wurde er in der Kathedrale Santa María del Mar nach seinem Großvater väterlicherseits auf den Namen Arnau getauft. Von Regina wusste niemand etwas. Bevor sich Bernat für die Konferenz des Papstes, des Königs und des römisch-deutschen Kaisers in Perpignan eingeschifft hatte, hatte er klargestellt, dass er diese Hexe nicht in der Nähe des Palastes wissen wollte, falls seine Frau, wovon er ausging, schwanger war. »Sie ist nicht deine Mutter und war es auch nie«, hatte er zwischen zusammengebissenen Zähnen gemurmelt, um die Diskussion mit Mercè zu beendigen. »Wenn sie sich hier blicken lässt, sperrst du sie bis zu meiner Rückkehr in den Kerker«, hatte er Guerao befohlen.

Der kleine Arnau empfing sein erstes Sakrament am selben Taufstein wie einst Mercè, am Marmorschrein der heiligen Eulàlia. Pfarrer Pau, der Hugo über den Verbleib seiner Schwester Arsenda betrogen hatte, war bereits gestorben, und an seine Stelle waren neue Priester getreten. Hugo erinnerte sich daran, dass er dieses Grab als Versteck benutzt hatte, als er der Jungfrau nachts das Geld Bernats überbrachte, nachdem dieser Roger Puigs Schiff überfallen und das Massaker an dessen Mannschaft begangen hatte. Damals hatte er geglaubt, die Jungfrau vergebe ihm, da sie ihn anlächelte, so wie Herr Arnau es ihm beschrieben hatte. Während Caterina ihre Augen nicht von dem durchdringend schreienden Neugeborenen mit seinem verkrampften Gesicht und den zu Fäusten geballten Händchen abwenden konnte, schenkte Hugo der Zeremonie keine Beachtung. Er betete zur Jungfrau. Aber nicht für den kleinen Arnau, was ja bereits all die Priester übernahmen. Er betete für die Maurin. Für einen Augenblick huschte ein Lächeln über seine

Lippen, weil er daran dachte, wie er in seinen jungen Jahren für Dolça gebetet hatte, eine Jüdin, und jetzt tat er dasselbe für eine Muslimin.

Er hatte es nicht über sich gebracht, Caterina und noch weniger seiner Tochter, die kurz vor ihrer Niederkunft stand, zu berichten, dass sie Barcha nicht mehr besuchen durften. Die Taverne war inzwischen mit zwei langen Tischen, Sitzbänken, Gläsern, Schalen und allem Weiteren ausgestattet, was Caterina für erforderlich hielt, und sie bescherte ihnen erquickliche Einkünfte. In den Nächten destillierten sie weiterhin heimlich Schnaps, mit dem Hugo die Weine verstärkte, obwohl er auch vorteilhafte Einkäufe von hochwertigen Weinen tätigte, die er zu einem guten Preis weiterverkaufte. Caterina frohlockte, und sie war so glücklich, dass Hugo sich nicht imstande fühlte, sie mit der aktuellen Lage der Maurin traurig zu stimmen.

»Barcelona hat einen neuen Bischof, er heißt Andreu Bertran«, hatte ihm der Gefängniswärter mitgeteilt und bedauernd das Geld zurückgewiesen, das Hugo ihm wie gewöhnlich hinstreckte. »Und er hat verboten, dass die Maurin Besuche empfängt.«

»Nur die Maurin?«, hatte Hugo verwundert nachgefragt.

»Ja, nur sie. Zu den Übrigen wurden mir keine Anweisungen erteilt.«

»Warum?«

Der Wärter hatte die Achseln gezuckt.

Regina mochte zwar während Mercès Schwangerschaft nicht aufgetaucht sein, Hugo war sich jedoch sicher, dass sie hinter diesem neuen Verbot steckte.

Seit König Fernando Papst Benedikt im Januar die Obedienz verweigert hatte, zeigte sich der Klerus nervös und aufgeregt. Manche begrüßten die Entscheidung, die überwiegende Mehrheit aber sprach sich dagegen aus. Benedikt hatte sich auf seine Burg in Peñíscola, eine beinahe uneinnehmbare Festung über dem Meer nahe Valencia, geflüchtet. Von dort aus leitete er weiterhin die Geschicke der Christenheit, diktierte Bullen, verteilte Pfründen und sprach Urteile. Eine seiner Entscheidungen des Jahres 1416 war die Ernennung Andreu Bertrans zum neuen Bischof von Barcelona.

Ein Teil der Kleriker, die Hugos Taverne aufsuchten, sei es, um Wein für den Eigenbedarf zu kaufen oder um eine Schale zu trinken, während sie sich mit Gemeindemitgliedern unterhielten, machte Bischof Bertran zum Gesprächsgegenstand. »Er war der Almosenier des Papstes«, war da zu hören, »aber ihr wisst ja, er ist Konvertit. Er war Jude.« Hugo spitzte die Ohren. »Er war bei der Disputation von Tortosa.«

»Ja, er stellte sich zwei ganze Sitzungen lang der Verteidigung des Talmuds durch den Rabbiner Josef Albó aus Daroca.«

»Gibt es denn in ganz Katalonien keine als Christen geborenen guten Kandidaten, um den Bischofsstuhl zu besetzen, dass wir auf Konvertiten zurückgreifen müssen?«, beklagte sich ein anderer Priester.

Bertran war Konvertit und an der Disputation von Tortosa beteiligt gewesen, genauso wie Regina, und kaum, dass er nach Barcelona gekommen war, hatte sich Barchas Lage verschlechtert – Hugo schien Reginas Einmischung offensichtlich. Warum sonst sollte sich ein Bischof um eine Maurin scheren, für die sogar ein Urteilsspruch zu viel der Mühe schien? Aber was sollten sie jetzt machen?

»Mehr bezahlen«, erwiderte Caterina, als Hugo ihr die Situation gestehen musste, weil sie unbedingt Barcha besuchen wollte, um sie über die Geburt von Mercès Kind zu benachrichtigen.

Der Gefängniswärter lehnte ab, und Hugo legte noch ein paar Münzen dazu.

»Könnte nicht ich ihr die Nachricht überbringen?«, schlug der Mann vor. »Ich könnte ihr sogar das Paket übergeben, das du immer hereinschmuggelst«, fügte er hinzu, indem er auf den Weinschlauch deutete, den Hugo zu verbergen suchte.

»Nein«, gab Caterina zurück.

Hugo erhöhte den Preis. Der Mann schwankte. Noch eine Münze. Er schnaubte. Die letzte.

Der Gefängniswärter machte ihnen zur Bedingung, dass der Besuch nachts stattfinden solle. Hugo und Caterina wollten es nicht riskieren, die Plaza Sant Jaume zu überqueren, da sie dort mit Sicherheit einem Soldaten über den Weg laufen würden. Stattdessen umrundeten sie schweigend und wachsam die alte römische Stadtmauer zwischen Santa María del Pi und dem ausgelöschten Judenviertel. Das Castell Nou erhob sich finster zu ihrer Rechten, und zu ihrer Linken im Gebäude an der Ecke Calle de la Boquería und Calle de Banys Nous befanden sich die öffentlichen Bäder, die Letzterer ihren Namen gaben. Sie schoben sich eng an den Häuserwänden entlang. Würden sie aufgehalten, steckten sie in Schwierigkeiten. Man konnte ihnen ein Bußgeld dafür auferlegen, dass sie ohne Licht unterwegs waren. Außerdem ängstigte sich Hugo, weil er den Schnaps versteckt bei sich trug. Soldaten und Bedienstete wüssten nicht einmal, was der Schlauch enthielt, es sei denn, sie hätten einmal mit purem *aqua vitae* zu tun gehabt, ohne die Beimischung von Obst, Gewürzen, Heilmitteln oder Wein.

»Und wenn es eine List von Regina ist und man uns erwischt?«, flüsterte Caterina plötzlich. Sie war an der Ecke Calle de Banys Nous und Calle de la Palla stehen geblieben.

Rechter Hand begann bereits die Mauer, die das Grundstück des Bischofspalasts zur Rückseite hin abgrenzte und in der sich das Pförtchen befand, wohin sie der Gefängniswärter bestellt hatte. Hugo hatte diese Möglichkeit erwogen, bevor sie die Taverne verlassen hatten, und Caterina vorgeschlagen zu Hause zu bleiben. Sie hatte jedoch rundheraus abgelehnt und bekräftigt, sie wolle Barcha sehen. Regina war selbstverständlich in der Lage, so etwas zu tun, obgleich Hugo dem Gefängniswärter vertrauen wollte. Wie sie aber jetzt vor dem Pförtchen standen, schwand dieses Vertrauen dahin, und kalter Schweiß überströmte ihn.

»Sei unbesorgt, mein Schatz. Das ist es sicher nicht. Der Wärter würde ja nicht auf das gute Geld verzichten, und er weiß, dass wir ihn auch weiterhin bezahlen werden. Wir können trotzdem umkehren. Es ist noch nicht zu spät. Wir haben nichts Schlimmes gemacht.«

»Nein, ich will diese dickköpfige Maurin in die Arme schließen«, lehnte sie ab.

Doch der riesige Frühlingsmond zog über ihren Köpfen dahin, mal leuchtend, dann wieder durch eine Wolke verdunkelt, ohne dass sich der Wärter blicken ließ. Sie standen Hand in Hand an die Fassade eines Hauses gelehnt und zuckten bei jedem der häufig unerklärlichen Nachtgeräusche zusammen.

Hugo ahnte, dass die Denunziation Barchas in der Kathedrale Santa María und ihre anschließende Verhaftung nur der Beginn von Reginas Racheplänen war. Die Maurin war nun schon fast ein Jahr eingekerkert, seit Mercès Hochzeit. Er erinnerte sich an die Rauferei mit Regina im Sturzbach an der Plaza de Jonqueres gegenüber dem Kloster. Der Groll und der Hass, die damals aus ihrem Gesicht blitzten, würden vor Barcha nicht haltmachen. Caterina hatte ihn getröstet, als er sich für die Verhaftung Barchas verantwortlich fühlte. »Es ist nicht deine Schuld!«, hatte ihm Barcha selbst geantwortet, als er es bei einem ihrer Besuche im Gefängnis erwähnt hatte. »Aber seid vorsichtig. Diese Hündin wird sich mit mir nicht zufriedengeben, ich bin ja nicht mehr als ...« Da war die alte Maurin verstummt. Caterinas Hand auf ihrem Arm hatte sie daran gehindert, ihre ewige Klage zu wiederholen. »Sie wird es auch mit euch versuchen«, hatte sie dann hinzugefügt. »An das Kind traut sie sich nicht heran. Mercè ist eine Gräfin und Gemahlin von jemandem, der ihr großen Schaden zufügen könnte, aber ihr ... Sie wird nicht aufgeben, bevor sie sich gerächt hat. Vergesst nicht: Diese Schurkin lebt nur dafür, uns Unglück zu bringen.«

Das Pförtchen in der Mauer des Bischofspalasts öffnete sich, und ein Schatten winkte sie herein. Caterina zog Hugo am Ärmel. »Vergesst nicht!« Die Stimme der Maurin hallte in Hugos Gedanken nach. Durch die Tür gelangten sie in die Gemüsegärten rund um das Palastgebäude. Der Gefängniswärter begrüßte sie, schloss das Pförtchen, doch da stürzten sich vier Soldaten des Bischofs auf sie: »Diebe!«

»Nicht jetzt, bei Gott, nicht jetzt, da wir glücklich sind!«, schluchzte Caterina und ließ sich kraftlos auf den Boden fallen, einem Schicksal ergeben, das sie ähnlich demjenigen Barchas wähnte. »Du Scheusal!«, spuckte sie dem Gefängniswärter ins Gesicht.

Hugo kauerte sich neben Caterina. Durch die Bewegung löste sich der Weinschlauch mit dem Schnaps zum Teil aus den Gewändern, unter denen er ihn verbarg, und hing nun zwischen seinen Knien bis zur Erde.

»Wer seid ihr? Wir verhaften euch im Namen des Bischofs. Ihr habt unerlaubt den Grund und Boden der Kirche betreten.«

Hugo blickte sich um. Der Wärter war verschwunden. Die vier Soldaten hatten sich um sie herum aufgestellt und hielten lustlos die Schwerter auf sie gerichtet, als ob sie einen größeren Einsatz gar nicht erst verdienten. Und so war es ja auch, gestand er sich. Was konnten sie, umstellt im Bischofspalast, gegen diese bewaffneten Männer schon ausrichten? Hugo seufzte und stand genau in dem Moment auf, als die Schwerter wegen einer Wolke vor dem Mond zu funkeln aufhörten. Nur das Licht einer Laterne, die einer der Soldaten nach oben hielt, beleuchtete schwach die Szenerie, doch Gesichter ließen sich dabei nicht erkennen. Hugo ließ Caterinas Hand los und nahm den baumelnden Schlauch an sich.

»Was ist das?«, fragte einer der Soldaten.

»Das?«, fragte er seinerseits. »Lebenswasser«, hätte er gerne antworten wollen. Wie konnte man sie mit der Quintessenz der Traube, des Weins, des Nektars der Götter in seinen Händen verhaften? Hugo zeigte ihnen den Schlauch. »Wein«, log er. »Der beste Wein Kataloniens.«

Der Soldat kam näher. Hugo öffnete das Schlauchventil. Als der andere sich darüber beugte, drückte er das Leder zusammen, und ein Strahl Branntwein schoss in die Augen des Soldaten. Noch bevor dessen Gefährten bemerkten, was los war, drehte sich Hugo um seine Achse, drückte den Schlauch noch fester zusammen und besprühte ihre Gesichter. Nur einen Augenblick später schrien die Männer, blind geworden, Schwerter und Laterne auf dem Boden, und rieben sich mit den Händen vergebens ihre brennenden Augen.

»Weg hier«, drängte Hugo Caterina, richtete sie vom Boden auf und zog sie zum Pförtchen.

Sie flohen durch die Dunkelheit. Rennend erreichten sie die Ecke der Calle de la Boquería. Die öffentlichen Bäder befanden sich nun zu ihrer Rechten, das Castell Nou zu ihrer Linken.

»Was machen wir?«, keuchte Caterina. Sie genehmigten sich eine Verschnaufpause, denn niemand verfolgte sie. Die Taverne, ihr Heim, ihr Haus lagen nur wenige Schritte entfernt.

»Dort werden sie uns finden«, schluchzte sie auf. Beide spitzten die Ohren. Hinter ihnen beruhigten sich die Schreie der Soldaten. »Und sie werden uns hinterherlaufen«, sagte sie voraus.

»Was sollen wir denn tun? Fliehen? Wohin? Es gibt keinen Ort für uns, Caterina. Sollen wir etwa alles aufgeben? Die Taverne, den Wein … unser Leben?« Von den Soldaten war immer noch nichts zu hören. »Was für eine Übeltat sollen wir denn begangen haben? Den Versuch, eine Gefangene zu besuchen? Wir haben keinen Hausfriedensbruch begangen. Der Gefängniswärter hat uns die Tür geöffnet. Wir müssen uns verteidigen. Und diese vier erzählen nichts, sie wollen ja nicht für untauglich gehalten werden. Wir haben nichts Böses getan, Caterina. Lass uns jetzt keinen Fehler begehen«, sagte Hugo und zerrte sie weiter. »Auf jeden Fall müssen wir den Destillierkolben verstecken«, bemerkte er auf den letzten Metern zur Taverne.

Regina und der konvertierte Bischof mussten zu demselben Schluss gelangt sein wie Hugo in jener Nacht an der Ecke Calle de la Boquería und Banys Nous, oder vielleicht hatten die Soldaten nichts gesagt. Jedenfalls kam keiner zu ihnen, um sie wegen der Sache zu behelligen. Der Destillierkolben blieb für eine Weile in ausreichender Tiefe im Garten hinter dem Haus vergraben, bis er unverzichtbar wurde, um schlechte Weine kräftiger zu machen und ein Produkt anbieten zu können, das in der Stadt allmählich rar wurde.

Denn drei Monate nach dem Tod von Fernando von Antequera in Igualada, ließ dessen Sohn König Alfonso eine kirchliche Versammlung in Barcelona einberufen, um die Kardinäle der Königreiche um ihre Teilnahme am Konstanzer Konzil zu bitten, wo ein neuer und einziger Papst gewählt werden sollte. König Alfonso ratifizierte den Entzug der Obedienz gegenüber Benedikt XIII., wenngleich er in gewisser Weise die durch seinen Vater angeordnete Blockade der Burg von Peñíscola abmilderte. Bislang hatte nämlich niemand die Zufluchtsstätte des Pontifex betreten oder verlassen dürfen.

Der König, seine Minister, Beamten und Hofangestellten sowie die Mitglieder der drei Stände der katalanischen Cortes gaben sich für die Eideszeremonie des neuen Monarchen, die im Tinell-Saal des Großen Palastes stattfinden sollte, in Barcelona ihr Stelldichein. Folglich bevölkerten die wichtigsten Prälaten des Prinzipats, ein jeder mit seinem eigenen Hofstaat, die Stadt. Eine solche Versammlung hatte man hier noch selten erlebt: Der Kardinal von Tolosa, der Erzbischof von Tarragona, die Bischöfe von Vic, Elna, Barcelona, Urgell, Gerona und Tortosa, der Großmeister des Ordens von Montesa und die Äbte der Klöster Sant Cugat del Vallès, Ripoll, Montserrat, Santes Creus,

Banyoles, Estany, Solsona und Sant Pere de Rodes waren unter vielen weiteren kirchlichen Würdenträgern eingetroffen.

Hugo und Caterina mussten einen Lehrburschen als Gehilfen in der Taverne einstellen, in der sich durchgängig Pfarrer, Mönche, Schreiber und Bedienstete drängten. Die Geistlichen waren im Juli 1416 von König Alfonso einbestellt worden. Als sie das Lokal im Vorjahr neu bezogen hatten, was beinahe mit der Weinlese zusammengefallen war, hatte Hugo von einigen Weinbergen des Raval Trauben gekauft und voller Freude zusammen mit Caterina gekeltert. Dadurch hatte er sie in seine Riten eingeweiht und ihr endgültig die Tür zu seiner Vergangenheit geöffnet. Folglich verfügten sie nun über eine ausreichende Menge, um die Flut an Durstigen zu versorgen, ohne den hochwertigen Wein anzapfen zu müssen, der im Keller alterte. »Guter Wein lässt sich immer verkaufen und zu einem besseren Preis, selbst wenn alle diese trinksüchtigen Frömmler nicht mehr da sind«, antwortete Hugo, als Caterina wissen wollte, warum sie jene Fässer nicht anrührten, die er wie Schätze hortete und behütete.

Barcha konnten sie zwar nicht besuchen, aber die Sklaven aus dem Bischofspalast brachten ihnen emsig Nachrichten, nun, da sie sich in einer Taverne vor ihren Pflichten drücken konnten. Als Boten der Maurin waren sie stets willkommen, auch wenn sie von hinten durch den Gemüsegarten hereinkommen mussten, um sich an das Verbot zu halten, dem zufolge die Tavernenwirte keinem Sklaven Unterkunft, Speis oder Trank gewähren durften, wenn er nicht ihr Eigen war.

Dort unterhielten sie sich über Barcha. Die beiden Sklaven des Bischofs suchten die Taverne auf, sobald sie wegen irgendeines Botengangs den Palast verließen. Die eine war eine Maurin wie Barcha, allerdings schwarz und Christin, der zweite ein klein gewachsener, nervöser und ebenfalls getaufter Türke, der Hugo an Guerao erinnerte. Beide versicherten ihnen, dass Barcha durchhalte, indem sie Schreie und Beleidigungen ausstoße. Hugo und Caterina gaben den Sklaven Geld für Barchas Versorgung. »Es wird ankommen«, versprach jeweils die eine oder der andere. »Sie war gut zu uns. Barcha bürgt für die Freilassung meines Bruders«, bekräftigte einmal der Türke. Der Pförtner sei kein Hindernis, da alle dort drinnen etwas zu verbergen hätten oder sich für einen Gefallen erkenntlich zeigen müssten. »Kennst du Regina?«, fragten sie ihn. »Wie ist sie? Beschreibt sie mir.« Wenige Andeutungen genügten, und der Türke bejahte: »Sie kommt oft in den Palast. Als gern gesehener Gast des Bischofs.« Viel mehr wusste er nicht zu sagen, außer dass sich die beiden offenbar gegenseitig schätzten.

Die heimlichen Treffen im Gemüsegarten fanden stets in Eile statt und endeten, sobald der Sklave Wein und Käse verputzt hatte, die Hugo und Caterina ihm hinstellten. Wenn er verschwunden war, schwiegen sie eine Weile. Sie fragten sich, wie lange Barcha in diesem fürchterlichen und elenden Gefängnis noch durchhalten würde und ob sie tatsächlich alles für sie taten, was in ihrer Macht stand.

Hugo wandte sich an die Behörden und wurde im Schloss des Stadtrichters sowie in der Casa de la Ciutat, dem Sitz des Rats der Hundert, vorstellig. Es fiel ihm schwer, sich auszudrücken. Sein Atem ging zu schnell, und durch die Angst geriet seine Rede ins Stocken. In Anbetracht seiner beschränkten Redegewandtheit konnte keiner der Beamten, die ihn anhörten, einige träge, andere listig, der Situation einer alten Maurin, die es gewagt hatte, eine christliche Kirche zu betreten, auch nur die geringste Bedeutung abgewinnen. Außerdem redeten sich alle damit heraus, dass der Fall der kirchlichen Rechtsprechung unterliege, die folglich auch über den Zeitpunkt des Urteils entscheiden müsse. »Papperlapapp, und wenn sie sie so lange einsperren, bis sie stirbt!«, schnauzte ihn ein Schreiber an. In der Casa de la Ciutat ärgerte sich jemand: »Der Amtmann Joan Sa Bastida ist noch immer exkommuniziert und musste den Papst in einem schriftlichen Gesuch, das von sämtlichen Stadträten von Barcelona unterzeichnet wurde, darum bitten, die Strafe aufzuheben. Glaub bloß nicht, wir hätten auch nur den geringsten Einfluss darauf, was hinter diesen Mauern vor sich geht!« Wohin sich Hugo auch wandte, riet man ihm, lieber den Bischof anzubetteln.

»Nie und nimmer wirst du zum Bischof gehen«, widersetzte sich Caterina. »Das ist Reginas Gebiet. Wer versichert dir, dass man dich dort nicht verhaften wird? Ich glaube nicht, dass irgendeiner von denen, bei denen du warst, deinetwegen dorthin gehen würde. Es ist eine Angelegenheit der Kirche, jeder würde dem Problem aus dem

Weg gehen.« Hugo nickte. »Barcha würde nicht zulassen, dass du dieses Risiko eingehst«, schloss sie, um seine Sorge zu lindern.

Sie schickten Geld für die Verpflegung der Maurin, es schmerzte sie aber, dass sie ihr nicht auch Schnaps überbringen konnten. Tausendmal sprachen sie darüber, wagten es jedoch nicht. Es war ihr Geheimnis, und sie bezweifelten, dass die beiden Sklaven ihre Neugier im Griff behielten, wenn sie ihnen einen Schlauch mit irgendeiner Flüssigkeit anvertrauten, selbst wenn sie behaupteten, es sei Wein oder Likör. Sie würden davon kosten, daran bestand kein Zweifel. Und wenn sie ihnen nicht sagten, was es war, wäre die Neugier der beiden Sklaven umso größer. Nein, es machte keinen Sinn. Schon nach der ersten Übergabe würde sich das Gerücht über den unbekannten Likör verbreiten und dieser schließlich vielleicht für Hexenwerk gehalten werden. Der Versuch war es nicht wert. Jedes Mal, wenn Hugo an den Schnaps dachte, hob er den Handrücken zum Mund, an die Stelle, wo Barcha ihn geküsst hatte, nachdem sie ihr zum ersten Mal einen Schlauch gebracht hatten. Dann, wobei Caterina ihm zusah und trotz ihrer geschürzten Lippen nickte, leerte er eine randvoll gefüllte Schale Wein in einem Zug. »Für dich, sture Maurin!«, sagte er, während er fast unmerklich die Schale hob.

Abgesehen von Barchas unheilvoller Lage und dem nie ganz auszublendenden Risiko, dass Regina einen Weg finden konnte, sich auch an einem von ihnen zu rächen, war ihnen das Leben wohlgesonnen. Hugo und Caterina waren gesund, verdienten gut, sehr gut, und sie liebten sich.

Nach der Geburt ihres Jungen hatte Mercè offensichtlich ihre Position als Mutter des Erben des Grafen von Navarcles und Admirals der Armada geltend gemacht, denn das Verbot für Hugo und selbstverständlich auch für Caterina, eine ehemalige Sklavin des Palastes, wurde ausreichend gelockert, damit sie die Gesellschaft ihres Enkels genießen konnten. Sie betraten dazu nicht die vornehme Etage, sondern jedes Mal, wenn Hugo im Palast erschien, und er tat es oft, stieg Mercè, und falls sie beschäftigt war, die Amme, mit dem kleinen Wesen in den Hof hinab. Es war in so viele Seidentücher gewickelt, dass sein Gesichtchen mit dem schmucken Muttermal der Estanyols kaum auszumachen war. Seine Tochter erlaubte es Hugo, ihren Sohn auszuwickeln, zu wiegen und zu herzen. Die Amme dagegen entriss ihm den kleinen Arnau, sobald Hugo mehr tat, als ihn nur anzusehen und sich mit hoher Stimme mit ihm zu unterhalten.

»Als du klein warst, habe ich den gleichen Unfug mit dir getrieben«, gestand er Mercè, als sie über seine Hätscheleien lachte. »Wenn du groß genug bist, gehen wir zusammen Wein stampfen, magst du?«, fragte Hugo das Kind, während er es an seine Brust drückte.

»Das dauert aber noch eine Weile, Vater! Er ist doch erst vier Monate alt.«

»Ja, aber wirst du es mir erlauben?«

»Natürlich. Und wenn Ihr es mir erlaubt, werde ich mitmachen. Und wir werden es auf unserem eigenen Weinberg tun.«

»In Navarcles?«

»Nein!«, rief Mercè schnell. »Natürlich nicht dort. Hier in Barcelona. Wie als ich ein Kind war, erinnert Ihr Euch?«

»Ich schon, aber du warst noch sehr klein.«

»Ihr habt es mir erzählt, Vater, und auch …« Mercè hatte Barcha nicht erwähnen wollen und beendete den Satz mit einem Seufzer. »Ich habe sie nicht vergessen. Fast habe ich Guerao so weit gebracht, dass er für sie ein Wort einlegt. Aber wie ich Euch gesagt habe, den Weinberg werden wir hier in Barcelona haben. Vielleicht können wir sogar den mit den Vilatorta-Trauben bekommen.«

Hugo neigte träumerisch den Kopf zur Seite, während er Arnau immer noch an seine Brust drückte. Diese wunderbaren Trauben …

»Dein Gemahl wird es nicht gutheißen«, wandte er ein.

»Gutheißen? Überlasst diese Bestie mir.« Mercè lächelte und zwinkerte Hugo zu, während sie sich zugleich mit beiden Händen unter ihre Brüste fasste, als bereitete sie sich auf eine schwere Aufgabe vor.

Ihre spontane Geste zeigte Hugo eine Tochter, die er noch nicht kannte. Die Mutterschaft hatte sie verändert, ihre Schönheit abgerundet, ihr Gemüt besänftigt und ihren Verstand geschult. Wie lange es her war, dass sie ihn als unbedarftes Mädchen nach Saragossa begleitet hatte! Jetzt herrschte, jetzt regierte sie. Hugo erinnerte sich an die Zeit, als er als Kellermeister des Grafen gearbeitet hatte und seine Tochter eine einfache Zofe der Gräfin gewesen und wie eine unschuldige Maid durch die Galerie gestreift war. Wenn sie dagegen jetzt im Säulengang auftauchte … Sogar die Pflastersteine im Innenhof ächzten!

Doch während sich für Hugo die Tore zum Palast in der Calle de Marquet öffneten, fielen die Kerkertüren zu Barcha, die Mercè mit der Hilfe Gueraos hatte stürmen wollen, krachend ins Schloss – und das nicht wegen Bernat.

Mitte Juli 1416 erneuerte die Versammlung von Geistlichen in Barcelona ihre Treue gegenüber Papst Benedikt XIII. und durchkreuzte damit die Ziele König Alfonsos. Dieser und seine Königreiche sollten Benedikt wieder die Obedienz zugestehen. Doch Alfonso weigerte sich, und genauso wenig zeigten sich die Geistlichen bereit, am Konzil von Konstanz teilzunehmen, um einen neuen Pontifex zu wählen. Der König ernannte daher eine Gesandtschaft mit dem Generalmagister des Mercedarierordens an der Spitze. Fray Antonio Caxal war ein Geistlicher, der das Armutsgelübde in einer Weise befolgte, wie seine Glaubensgenossen es nie über sich gebracht hätten. Er war stolz darauf, sich nie entblößt zu haben, nicht einmal, um zu schlafen, und er trug stets den Büßergürtel und Geißeln, die seinen Körper verwundeten und so sehr auszehrten, dass es ihm in Konstanz den Tod bringen sollte.

Die Armut des Mönchs stand ganz im Gegensatz zu den gierigen Forderungen König Alfonsos, die er den Versammelten in Konstanz zur Bedingung machte, um sich ihren Entscheidungen zu unterwerfen: Er beanspruchte das Recht auf die Einkünfte aus Sizilien und Sardinien, ohne dem Heiligen Stuhl Tribut zu zahlen. Außerdem wollte er von der Zahlungsverpflichtung von fünfzigtausend Florinen an Kaiser Sigismund befreit werden, die sein Vater auf sich genommen hatte, sowie von der Auszahlung weiterer einhunderttausend Florine, die der Mitgift Königin Violantes von Neapel, Tochter König Juans I. von Aragonien, entsprachen, da Alfonso annahm, dass diese Schuld bereits beglichen sei. Diese königliche Forderungsliste setzte sich in den persönlichen jedes einzelnen Gesandten und königlichen Angestellten fort.

»Guerao war bereit dazu«, klagte Mercè ihrem Vater. Er saß bequem mit einem Becher Wein in der Hand im Hauptsaal des Palastes, wo ihn früher Roger Puig gedemütigt hatte.

Die Amme stillte Arnau. Es war ein sonniger und heißer Nachmittag Ende August, aber hier drinnen war es durch die dicken Steinmauern angenehm kühl. Bernat hatte in der Werft von Valencia zu tun.

»Der König steht Kardinälen, Bischöfen und Prioren gegenüber«, fuhr Mercè fort. »Das ist kein geeigneter Moment, dass der Sekretär seines Admirals wegen einer alten und mittellosen Maurin vor den Bischof von Barcelona tritt.«

Als er die Härte in den Worten seiner Tochter hörte, beugte sich Hugo in seinem Lehnstuhl nach vorne. Es war nicht mehr das durchgesessene Möbelstück, auf dem er die Nachricht von ihrer Vermählung mit Bernat entgegengenommen hatte.

»Ich gebe nur wieder, was er mir gesagt hat«, beeilte sich Mercè klarzustellen.

Hugo konnte den Palast in der Calle de Marquet besuchen, sooft er wollte, vorausgesetzt Bernat war abwesend, was aufgrund seiner Verpflichtungen häufig der Fall war.

»Auch das wird sich ändern«, versicherte ihm Mercè.

»Nein. Ich weiß nicht, ob ich daran interessiert wäre«, fügte er scherzend hinzu, wenngleich er sich bewusst war, dass in seinen Worten etwas Wahres steckte.

»Vater«, tadelte sie ihn, »ich habe lange mit Bernat diskutieren müssen, damit Ihr Zeit mit Eurem Enkel verbringen könnt und damit Ihr es hier tun könnt.« Sie wies mit einer ausholenden Geste in den Saal. »Mit mir und ohne dass wir uns wie gemeine Verbrecher verstecken müssen.«

»Es tut mir leid«, sagte er und versuchte damit die Angelegenheit beizulegen.

»Nein. Ich wünschte, wir könnten alle zusammenleben und in Harmonie. Bernat und Ihr wart einmal mehr als Freunde. Warum also nicht Versöhnung suchen?«, widersetzte sich Mercè.

»Du kennst ja deinen Gemahl«, widersprach Hugo pessimistisch. »Ich habe viel über Gueraos Erklärungen nachgedacht. Außer was dich betrifft, handelt Bernat ohne nachzudenken, aus Instinkt, als ob er immer noch auf einer Korsarengaleere unterwegs wäre, und um die Folgen kümmert er sich wenig. Nein, ich glaube nicht, dass eine Versöhnung zwischen uns möglich wäre, auch wenn es nicht an mir läge, meine Tochter.«

»Bernat kann verständnisvoll und zärtlich sein, Vater, auch wenn Euch das seltsam anmutet. Manchmal ist er ein Ungeheuer, genau wie Ihr sagt, das stimmt, ich habe es gesehen. Aber gegenüber mir nie! Er liebt mich.« Mercè schien zu sich selbst zu sprechen, ehe sie sich wieder direkt an ihren Vater wandte. »Ihr seid das Beispiel. Am Ende hat er nachgegeben. Und er wird wieder nachgeben. Ich möchte, dass ihr beide gemeinsam eure Freude an Arnau und unserem Glück genießen könnt. Und sobald sich die Lage verändert, was geschehen wird, Bernat selbst hat es gesagt, werde ich den Admiral der katalanischen Armada dazu bringen, dass er in den Bischofspalast geht und Barchas Freilassung verlangt. Ich schwöre es Euch, Vater! Ihr seid meine Familie«, klagte sie.

»Zählst du zu deiner Familie auch deine Mutter dazu?«

Hugo fiel es schwer, Regina so zu bezeichnen.

»Mutter ist wahnsinnig geworden. Ich weiß nichts von ihr. Aber sollte sie eines Tages wieder Vernunft annehmen, würde sie in mir eine verständnisvolle Tochter finden.«

»Dazu wird es nicht kommen«, versicherte Hugo.

»Wie wollt Ihr das wissen?«

»Du kannst sicher sein, mein Kind, glaub mir.«

Hugo wollte das Thema nicht weiter vertiefen, misstrauisch, ob er damit töchterliche Gefühle verletzen würde, die er nicht infrage stellen durfte. Stattdessen erkundigte er sich wegen Caterina.

»Du hättest gerne, dass Bernat und ich zusammenleben. Und was ist mit Caterina?«

Mercè zögerte.

»Sie auch«, bestätigte sie, wenn auch nicht so entschlossen, wie es ihrem Vater gefallen hätte.

Caterina hatte anfangs zusammen mit Hugo den Palast besucht, nachdem Bernat erlaubt hatte, dass sie das Kind in den Hof oder in den Weinkeller hinunterbrachten. Sie begleitete Hugo nicht so oft, wie er das Verlangen spürte, seinen Enkel zu sehen, aber dennoch häufig. Allerdings weigerte sie sich, die adligen Gemächer zu betreten.

»Ich war eine Sklavin, Hugo.«

Er wollte ihr antworten, dass er ja auch nur Kellermeister gewesen sei, besann sich aber rechtzeitig. Hinter diesen Wänden hatte man Caterina vergewaltigt, gekränkt und misshandelt. An einen Vergleich mit ihm war gar nicht zu denken. Hugo fand keine Argumente, um ihre Haltung infrage zu stellen, aber ein inneres Gefühl sagte ihm, dass das nicht der eigentliche Grund war, warum sie sich gegen die Besuche im Palast in der Calle de Marquet verwehrte. So lange sie auch Sklavin gewesen sein mochte, im Alltag verhielt sie sich ungezwungen, stolz und klammerte sich an die Freiheit als ihr höchstes Gut, höher als jede Ehre oder Gunst, derer sich andere rühmten. Als Frau, die wusste, wie schön und begehrt sie war, behandelte sie jeden auf Augenhöhe. Und auf die Bemerkungen über ihre Beziehung zu Hugo gab sie stets die gleiche Antwort. »Sobald diese Konvertitenhündin den Löffel abgibt, werden wir heiraten«, versicherte sie all jenen, die ihr zuhörten, und das war in der Taverne ein ganzer Schwarm.

Nein. Es war nicht ihr früheres Sklavenleben, das Caterina daran hinderte, den Palast aufzusuchen. Es war das Kind. Hugo begriff es, nachdem ihn einige Male mitten in der Nacht Caterinas Schluchzen geweckt hatte.

»Was ist los?«, fragte er in die Dunkelheit, in der sie mit dem Rücken zu ihm lag.

Caterina schniefte ein paarmal, gab aber keine Antwort.

»Geht es dir gut?«, fragte Hugo weiter.

Sie verneinte tonlos und wälzte sich im Bett herum.

Es geschah wieder, und sie weinte so verhalten vor sich hin, schien so bemüht, das Geheimnis ihres Unglücks zu bewahren, dass Hugo es nicht wagte, sie danach zu fragen. Bis er es eines Tages intuitiv verstand.

Caterina mochte in diesem Palast eine Sklavin gewesen sein, das vielleicht Wichtigste aber war, dass sie hier auch zwei kleine Geschöpfe zur Welt gebracht hatte, die Roger Puig als Sklaven verkauft hatte. Nachdem sie die Freiheit erlangt hatte, hatte sie über das Schicksal ihrer Kinder nachgeforscht. Ohne Ergebnis. Sie hatte das Palastpersonal befragt, das nach Roger Puigs Verbannung in den Dienst des Admirals übergewechselt war, einschließlich einer Sklavin, die Caterinas Erfahrung teilte. Niemand wusste etwas. Jemand versicherte, der Graf habe die Kleinen weit entfernt von Barcelona verkauft, damit niemand je eine Verbindung mit ihnen herstellen könne. So wie sie ihn kannten, war das am wahrscheinlichsten, schlossen sie.

»Es muss Dokumente geben, worin der Verkauf der Kinder festgehalten wurde«, belehrte sie Barcha eines Tages. »Wenn wir sie finden, werden wir wissen, wer sie gekauft hat, und dadurch vielleicht herausfinden, wo sie sind.«

Mercè versprach, Guerao zu überreden, dass er in den Unterlagen des Grafen nach diesen Dokumenten suchte. Nach wenigen Tagen nahm sie ihnen diese Hoffnung jedoch wieder: »Alles wurde der Kanzlei des Königs ausgehändigt. Es ist unmöglich. Und wir wissen auch nicht, welcher Notar in Barcelona unterzeichnen musste. Wir wissen gar nichts!«

Aber Caterina hatte mit Barchas Hilfe keine Gelegenheit ausgelassen, jeden Freigelassenen und jeden Sklaven nach ihren zwei Kindern zu fragen. Sie war auf keine Spur gestoßen.

Und nun schien Arnaus Geburt die Beziehung zwischen Hugo und Caterina zu trüben. Denn Caterina fühlte, dass die alte Wunde wieder aufklaffte. Hugo dagegen konnte, sosehr er sich auch Mühe gab, das Glück nicht verbergen, das ihm durch seine Tochter und seinen Enkel zuteilwurde. Er wollte dieses Gefühl mit seiner Gefährtin teilen, genauso wie die Möglichkeit, eines Tages wieder einen Weinberg zu besitzen.

»Ich werde dir beibringen, die Reben zu schneiden und zu pflegen und zu behandeln …«

»Würde er dann dir gehören?«, unterbrach sie seine fast kindliche Beschwörung.

»Was?«

»Der Weinberg. Würde er dir gehören oder Bernat, damit du ihn bestellst?«

Hugo zögerte kurz.

»Uns. Er würde uns gehören. Dir und mir«, erwiderte er dann bestimmt.

25

Derzeit ist alles in der Schwebe, nur Papst Benedikt erlaubt sich, Bullen zu erlassen und in die Angelegenheiten der Kirche einzugreifen. Er allein scheint Entscheidungen zu treffen. Alle anderen warten ab. Der katalanische Klerus, der wie ein Großteil des kastilischen treu zu Benedikt steht, will ihn nicht im Stich lassen, solange in Konstanz kein neuer Pontifex gewählt und das Schisma beendet wird, doch er will sich auch nicht König Alfonso widersetzen, der das Konzil unterstützt und für die Beendigung des Schismas eintritt.«

Wer so sprach, war Bernat Estanyol, Graf von Navarcles und Admiral der katalanischen Armada. Er thronte am Kopfende einer großen Tafel im Speisesaal seines Palastes, an der etwas mehr als ein Dutzend angesehener Bürger Barcelonas und ihre jeweiligen Gattinnen zusammengekommen waren. Hugo hörte aufmerksam zu, denn von der Lösung der Probleme zwischen König und Kirche hing auch Barchas Freiheit ab. Er lauschte so konzentriert, dass der Diener, der das Fleisch servierte, vorwurfsvoll mit dem Kinn auf seinen Teller deutete, weil er kaum einen Bissen von seinem Rebhuhn probiert hatte.

»Ach was!«, wandte einer der Stadträte ein, der Hugo gegenübersaß. Sie nahmen die Plätze rechts und links von Mercè ein, der das andere Tischende gebührte.

Hugo hatte sich gerade einen großen Bissen Rebhuhn in den Mund gesteckt, zusammen mit einem Stück Brot. Das Fleisch schmeckte ausgezeichnet. Zart und saftig. Mercè lächelte, als sie ihn kauen sah.

»Es geht nur um Geld und Ehre«, fuhr der Stadtrat fort. »Alle, von den Kardinälen bis zum kleinsten Pfarrer in den hintersten Bergen, fürchten, dass der neue Papst ihre Pfründen antastet.«

»Und wenn Konstanz scheitert?«, warf ein anderer ein.

»Nein.«

»Das wäre Wahnsinn!«

»Ja.«

»Gut möglich.«

Kauend versuchte Hugo den verschiedenen Meinungen zu folgen, die wild durcheinander über den Tisch flogen.

»Warum sollte Konstanz nicht scheitern?«, sagte der Mann, der die Frage aufgeworfen hatte, mit lauter Stimme. »Seit mehr als dreißig Jahren haben wir zwei oder drei Päpste, und jeder verfolgt seine eigenen Ziele und Interessen und wird von anderen Ländern unterstützt, die auch nur ihren Vorteil suchen. Viel Geld und Macht stehen auf dem Spiel«, wandte er sich direkt an Bernat, der mit fettverschmiertem Bart nickte.

»Richtig, warum sollten sie sich jetzt plötzlich einigen?«

»Benedikt wird alles tun, um dem Konzil Steine in den Weg zu legen.«

»So isoliert, wie er in seiner Burg in Peñíscola ist, wird er nicht viel ausrichten können«, unterbrach Bernat ihn.

»Glaubt das nicht«, wandte ein anderer ein. »Von dort hat er schon viele seiner Verleumder exkommunizieren lassen und neue Inquisitoren und Bischöfe ernannt. Die Leute wissen nicht, was sie tun sollen. Im Guten wie im Bösen, und solange Konstanz keinen neuen Papst wählt, gibt es keinen anderen als Benedikt.«

Eingeschüchtert, an der Hand seiner Tochter, hatte Hugo an der Tafel Platz genommen, nachdem Bernat ihn mit einem Schnauben begrüßt hatte. »Das wird schon«, hatte sie ihm ins Ohr geflüstert. Caterina war nicht eingeladen worden.

»Bedenkt, Vater …« Mercè wollte sich entschuldigen, verstummte aber, als hielte sie es für selbstverständlich, dass man eine Freigelassene nicht an den Tisch des Admirals einlud. »Alles wird sich regeln«, fügte sie schnell hinzu. »Wir kommen Schritt für Schritt voran, so ähnlich, als hätten wir den ersten Schutzwall einer Festung überwunden.«

Vielleicht hatte sie recht, vielleicht würde sich alles regeln, doch er hatte Caterina mitteilen müssen, dass ihre Anwesenheit nicht erwünscht war.

»Bernat wird natürlich da sein, und mehrere Stadträte mit ihren Frauen. Und der Kanzler des Königs! Das ist ein sehr wichtiges Essen. Ich werde die Sachen von der Hochzeit tragen, aber für dich müssen wir etwas Neues kaufen, das blaue Kleid ist zu alt.«

»Alles Geld für ein Kleid ausgeben, nur um zu einem Essen bei Bernat zu gehen? Das will ich nicht! Außerdem, was habe ich zwischen Admirälen, Stadträten, Kanzlern und ihren Frauen verloren?«

Hugo holte tief Luft und setzte eine überraschte Miene auf, die immer kummervoller wurde, je länger Caterina sprach. Es tat ihm weh, sie belügen zu müssen, er fühlte sich schäbig, doch er wollte Mercè nicht enttäuschen, nachdem sie Bernat überredet hatte, ihn einzuladen. Er durfte seine Tochter nicht enttäuschen. Sie und sein Enkel waren seine Familie. Caterina natürlich auch. Er liebte sie. Er vergötterte sie! Deshalb konnte er ihr nicht einfach sagen, dass sie nicht eingeladen war, dass die Sklavin nicht neben den vornehmen Herren sitzen würde.

Am Tisch von Bernat und Mercè erinnerte Hugo sich, wie er so getan hatte, als würde er sich bemühen, Caterina von ihrer Meinung abzubringen. »Geh du«, hatte sie das Thema beendet. Und da saß er nun und hörte die Männer vom Konzil von Konstanz und den Konflikten zwischen Königen und Kardinälen reden. Es ging nicht nur um die Beendigung des Abendländischen Schismas, sondern auch um das Gleichgewicht der Kräfte zwischen den Reichen und um Geld und Macht, viel Geld und Macht. Bevor sie einen neuen Papst wählten, mussten die in Konstanz Versammelten Benedikt XIII. absetzen. Aus diesem Grund hatte man einen Prozess gegen ihn angestrengt und bemühte sich um Informationen und Zeugen aus den Ländern seines Pontifikats.

»Zeugen? Was bezwecken sie damit?«, fragte jemand.

»Ihn zu verurteilen natürlich«, antwortete einer der Stadträte. »Sie können keinen neuen Papst ernennen, ohne Benedikt vorher zu verurteilen. Johannes XXIII. wurde aufgrund von mehr als siebzig Vergehen verurteilt, darunter unzüchtiger Verkehr mit Nonnen …« Die meisten Männer am Tisch grinsten. Der Stadtrat wartete ab, bis das Gemurmel der Frauen verstummte, und fuhr fort: »Was glauben Sie, wie man den Geschlechtsakt zwischen einem Papst und einer Nonne beweist?«

»Ich glaube nicht, dass ein Notar dabei war und den Akt bezeugen kann«, bemerkte der Adlige, der Hugo gegenübersaß.

Bei einigen Anwesenden ging das Grinsen in schallendes Gelächter über.

»Natürlich nicht. Aber sie brauchen Zeugen.«

»Und die suchen sie hier, in Katalonien?«

»Überall«, sagte Bernat mit der Autorität desjenigen, der weiß, wovon er spricht.

»Aber wenn doch alle Ordensmitglieder Anhänger von Benedikt sind ...«

»Nicht alle«, unterbrach Bernat ihn. »Nicht mehr. Die klare Haltung von König Alfonso zugunsten von Konstanz hat dazu geführt, dass viele von ihnen ihre Loyalität überdacht haben.«

Nach einem neuerlichen Schnauben des nach Wein stinkenden Bernat, zwei wunderbaren Küssen seiner Tochter und vielen geschüttelten Händen kehrte Hugo in die Taverne zurück. Nach Arnau hatte er nicht gefragt. Er brauchte dringend frische Luft, weshalb er trotz des bevorstehenden Winters und der immer zeitiger hereinbrechenden Dunkelheit die Nähe des Strandes suchte und sich auf den Weg zu den Werften machte, während die leichte Meeresbrise ihm das Gesicht kühlte.

Bernat hatte großzügig Wein eingeschenkt, und immer wieder hatten die Gäste auf seinen Erben angestoßen. So viel hatte den Grafen noch nie jemand lächeln sehen, seine Augen leuchteten, und er war stolz und zufrieden, als hätte er gerade ein Schiff aus Genua mit einem riesigen Schatz an Bord geentert. »Auf meinen Sohn! Auf Arnau!«, brüllte er immer wieder. Sie hatten so reichlich getrunken, dass Hugo den Vorschlag, den der Stadtrat ihm am Ende unterbreitete, lediglich für eine Folge des übermäßigen Alkoholgenusses hielt. Doch der Mann beteuerte, es ernst zu meinen.

»Ja, ich habe getrunken, ich habe tausendmal auf Euren Enkel angestoßen, aber wenn ich von so etwas rede, mache ich keine Scherze«, entgegnete er etwas verärgert über Hugos Zweifel, ein ungehöriges Verhalten, auf das ihn auch Mercè mit einem leichten Tritt unter dem Tisch aufmerksam machte.

Er hatte ihm angeboten, Mitglied des Stadtrats zu werden.

»Was habe ich zwischen Stadträten zu suchen?«

Hugo verstummte, es waren die gleichen Worte, die Caterina vor dem Essen geäußert hatte.

»Dasselbe wie alle anderen, die den Rat bilden«, erwiderte der Mann. »Dort sind die Kaufleute und Handwerker Barcelonas versammelt. Es gibt Pferdehändler, Seeleute, Gewürzhändler, Weinhändler wie Euch, Ruderer, Schuster, Zimmermänner … Leute, die diese Stadt zu dem gemacht haben, was sie ist.«

»Warum geht Ihr nicht hin, Vater? Ihr seid der beste Kellermeister Barcelonas.«

»Wie ich hörte, wart Ihr Kellermeister von König Martín, ist das wahr?«, zeigte sich der Stadtrat interessiert.

Vor ihm erhoben sich die beleuchteten Werften im Dämmerlicht. Bestimmt wurde dort rund um die Uhr gearbeitet, da es in Sardinien zu neuen Aufständen gekommen war, dachte Hugo. »Ja, ich war Kellermeister von König Martín«, hatte er dem Stadtrat geantwortet. *Aber eigentlich wollte ich immer Schiffsbaumeister werden*, dachte er, während der Geruch nach Meer und Holz, nach Teer und Pech sehnsüchtige Erinnerungen in ihm wachrief.

Die Rambla, die er bis zum Portal de la Boquería hinauflief, versetzte ihn in eine nicht allzu ferne, doch gänzlich andere Zeit, in der er den Räudigen Hund beobachtet hatte, um seine Schuhe wiederzubekommen. Das Flussbett hatte sich verändert. Obwohl es noch immer eine breite Schlucht war, durch die Regenwasser, Schmutz und Abfall ins Meer flossen, hatten sich in dieser Gegend, die bis dahin nur als Markt für Ziegen- und Schaffleisch gedient hatte, bereits die ersten neuen Gewerbe angesiedelt. Um diese Uhrzeit hatten die Schlachter ihre Tische bereits abgebaut, doch das Blut auf dem Boden kündete noch von ihrem Geschäft.

Er lief zwischen den beiden großen Türmen hindurch, die das Portal de la Boquería begrenzten, und folgte der Calle de la Boquería in Richtung Taverne.

Die kühle Nacht, das Meer, der Spaziergang und die Erinnerungen hellten sein Gemüt auf und verwandelten seine schwerfälligen Bewegungen in ein hoffnungsvolles Schreiten. Er war kein Schiffsbaumeister geworden, aber königlicher Kellermeister, und die Reben und der Wein hatten ihm zu dem verholfen, was er besaß. Und von nun an wäre er Mitglied des Stadtrats von Barcelona. Vielleicht könnte er auf diese Weise Barcha helfen. Die Maurin hielt noch immer durch. Das hatte er von den Sklaven im Bischofspalast erfahren, die stets bereit waren, für etwas Wein und Käse Auskunft zu geben. Barcha verjage mit Schreien die Krankheiten, die den anderen Häftlingen zusetzten, berichteten sie. »Sie sollten nachsehen, ob sie genug zum Essen und Anziehen hat«, meinte Caterina, während sie beobachtete, wie der türkische Sklave durch das hintere Tor den Gemüsegarten verließ. Sie fragte sich, ob die Kleider für den Winter, die sie Barcha zukommen ließ, auch wirklich in ihre Hände gelangten.

Hugo wunderte sich, wie voll es um diese Uhrzeit in der Taverne noch war. Die Glocke im Vogtspalast würde in Kürze schlagen. An einem der langen Tische saß mindestens ein Dutzend Männer. Sie grölten, lachten und tranken. Hugo nickte ihnen zufrieden zu. Er konnte Caterina nicht sehen, wahrscheinlich war sie schon nach oben gegangen, im Gegensatz zu Pedro, dem Jungen, den sie auf Bitten eines der Pfarrer der Kirche Santíssima Trinitat eingestellt hatten. Der Pfarrer hatte sich um ihn gekümmert, nachdem er Waise geworden war. Und Hugo und Caterina hatten beschlossen, ihn bei sich aufzunehmen. Der etwa vierzehnjährige Pedro war ein aufmerksamer, geschickter Junge, der sich flink und behände bewegte. Doch an diesem Abend kam er mit schwankenden Schritten auf ihn zu, und ein Teil seines Gesichts war dunkelviolett verfärbt.

»Was ist passiert?«, fragte Hugo. Er nahm Pedros Kinn und drehte es zum Licht, um die Verletzungen besser sehen zu können. »Und Caterina?« Pedro antwortete nicht. Stattdessen deutete er zu dem Tisch mit den Männern. »Willst du damit sagen …?«

»Ich schwöre, ich habe alles versucht, um sie zu schützen. Aber …«, stammelte der Junge.

Blind vor Zorn stürzte Hugo auf den Tisch zu. Caterina war kaum zu sehen zwischen den Männern. Sie saß in der Mitte des Tisches, das Haar zerzaust, das Gesicht blass und ausdruckslos. Ihre blauen Augen waren blutunterlaufen. Sie sah ihn. Vielleicht auch nicht. Hugo war wie gelähmt, als er bemerkte, wie einer der Männer eine von Caterinas Brüsten drückte. Ihre Beinlinge befanden sich auf Höhe der Waden. Während ein Mann zwischen ihren Beinen wühlte, hatte ein anderer, unter dem Tisch, seinen Kopf zwischen ihren Schenkeln vergraben. Die übrigen lachten, fummelten an ihr herum oder versuchten sie zu küssen. Sie wehrte sich mit trägen, unbeholfenen Bewegungen, doch jedes Mal, wenn sie das Gesicht wegdrehte, damit der eine sie nicht küsste, tat es sofort der nächste. Gelang es ihr, eine Hand von ihrer Brust zu schieben, legten sich sofort zwei andere darauf.

»Ihr verfluchten Schweine!«

Hugo packte den Erstbesten an den Haaren und riss ihn von der Bank auf den Boden. Die anderen waren so betrunken, dass sie eine Weile brauchten, bis sie reagierten. Hugo griff nach einer Holzschale und schlug sie einem Mann auf den Kopf. Einem Dritten verpasste er einen Faustschlag. Er merkte, dass Pedro ihm zu Hilfe eilte, bewaffnet mit dem Schürhaken, den er ihm reichte, und der Eisenkelle für den Eintopf, die er für sich behielt. Erbarmungslos und ohne sich um die möglichen Folgen zu scheren, prügelten sie blind auf Köpfe, Arme und Oberkörper ein. Die Säufer leisteten nur wenig Widerstand. Die meisten torkelten zwischen Flüchen, Schreien und Hieben aus der Taverne, andere landeten auf dem Boden. Ein paar, die sich vor den Schlägen retten konnten, stürzten lachend auf die Straße. Trotz des Durcheinanders bemerkte Hugo, dass der Mann unter dem Tisch auf allen vieren davonschleichen wollte. Hugo verfolgte ihn, bis er am anderen Tischende auftauchte. In dem Moment, als er sich aufrichten wollte, schlug Hugo ihm mit voller Wucht in die Nieren, sodass der Mann der Länge nach hinfiel. Hugo holte mit dem Schürhaken aus, doch als das Eisen bereits auf den Kopf des Mannes herabsauste, packte jemand seine Hand.

»Es lohnt nicht, ihn umzubringen«, sagte Pedro. »Das würde Euch nur große Probleme machen. Ich kümmere mich um ihn.« Er zeigte auf Caterina, die am Tisch zusammengebrochen war. Ihr Kopf lag auf dem Holz, und ihre Arme hingen leblos an den Seiten herunter.

Obwohl Hugo zu Caterina schaute, musste der Junge all seine Kraft aufwenden, um ihm den Haken aus der Hand zu nehmen. Als Hugo begriff, dass seine Waffe fort war, trat er dem Mann, der über den Boden zur Tür kroch, mit aller Kraft ins Gesicht.

Am nächsten Morgen sagte Caterina kein Wort. Sie lag im Bett und weinte. Hugo holte ihr etwas zu essen, doch sie rührte es nicht an. Später rief er sie in den Schankraum. Sie kam nicht herunter. Immer wieder ging er zu ihr hoch, und jedes Mal drehte sie ihm den Rücken zu. Am Mittag brachte er ihr den aufgewärmten Eintopf vom Vortag hinauf.

»Du warst nicht da«, bemerkte sie plötzlich, kaum dass er eingetreten war.

Caterina stand am Fenster und hatte die Arme um ihren Oberkörper geschlungen. Sie hatte sich gekämmt und trug das Nachthemd, das Hugo ihr am Abend zuvor übergestreift hatte.

»Du weißt, dass ich bei Mercè war. Du wolltest nicht mitkommen.«

Caterina schaute ihn nicht an. Er stellte das Tablett mit der Schale auf dem Tisch ab.

»Ich hatte immer nur Herren, die mich vergewaltigt haben und deren Launen ich befriedigen musste. Ich hatte nie Freunde. Danach hatte ich nur noch dich … und Barcha.«

»Mich hast du immer noch. Ich liebe dich. Ich …«

Mit einer schroffen Bewegung entzog sie sich seiner Berührung.

»Du warst nicht da.«

»Aber …«

»Ich war wieder eine Sklavin.«

»Nein, Caterina, das war der Wein …«

»Nein, Hugo, es war die Einsamkeit. Ich habe mich einsam gefühlt, sehr einsam. Du bist oft weit weg. Wenn du nicht gerade mit Wein handelst, bist du bei deiner Tochter und deinem Enkelkind. Auch Barcha ist nicht da … Ich bin deine Frau, aber deine Gattin kann ich nicht sein, denn das ist schon Regina. Ich frage mich …«

»Ich liebe dich«, flüsterte er und wollte sie in den Arm nehmen.

»Und wenn ich morgen wieder trinke und du wieder nicht da bist?«

»Ich … Ich werde da sein. Ich schwöre es.«

Caterina rang sich ein schwaches Lächeln ab und schüttelte den Kopf.

»Du darfst deine Tochter und deinen Enkel nie verlassen. Sie sind dein Fleisch und Blut, deine Familie. Das kann ich nicht von dir verlangen. Das will ich nicht. Und auf deine Arbeit kannst du auch nicht verzichten.«

»Caterina …«

»Lass mich«, flehte sie, ohne den Blick von den Häusern zu wenden, die hinter der Calle de la Boquería aufragten.

In den nächsten Tagen verzichtete Hugo darauf, Mercè und Arnau zu besuchen. »Caterina geht es nicht gut«, ließ er seiner Tochter durch Pedro ausrichten. Seit dem Kampf kamen deutlich weniger Gäste in die Taverne. Gerüchte machten die Runde, und viele beschränkten sich darauf, im Vorbeigehen einen verächtlichen Blick ins Innere zu werfen. Hugo hoffte, dass dieser Zustand nicht lange anhielt und der Vorfall schnell wieder in Vergessenheit geriet. Doch als wäre die Taverne in Ungnade gefallen, blieben auch die wenigen treuen Gäste nach und nach fort.

Caterina zog sich weiterhin ins Obergeschoss zurück. Manchmal weinte sie, doch die meiste Zeit starrte sie nur schweigend aus dem Fenster.

»Wenn das so weitergeht und keine Gäste kommen, müssen wir schließen«, sagte Hugo eines Abends.

Sie lagen bereits im Bett, und wie immer hatte sie ihm den Rücken zugewandt.

Das stimmte nicht. Was am meisten Geld einbrachte, waren die Fässer, die sie an vornehme Bürger und reiche Händler und Handwerker verkauften. Der Wein, der in der Taverne getrunken wurde und den sie zuvor, Fass für Fass, in der Stadt beworben hatten, konnte mit dieser Art von Großhandel, in dem Hugo sich in etwas mehr als einem Jahr bereits einen Namen gemacht hatte, nicht konkurrieren. Hugo kaufte ausgezeichneten Wein ein. Er diktierte den Schreibern auf der Plaza de Sant Jaume Aufträge für die Weinbauern an den Orten, durch die er gekommen war, als er als Spitzel für Roger Puig gearbeitet hatte: Murviedro, Cariñena, Vinalopó … Auf Gueraos Drängen hin und mit seiner Hilfe hatte er sich auch getraut, über die Vertretungen Barcelonas Wein aus Neapel und Kalabrien zu bestellen, hatte aber bisher keine

Antwort erhalten. Zunächst wollte er seine Tochter mit dem Aufsetzen der Briefe betrauen, doch bei der Erinnerung an die Zeit, als er das zusammen mit Regina getan hatte, drehte sich ihm der Magen um. Die Briefe brachte er zur Herberge in der Calle de la Bòria, von wo sie weiterbefördert wurden. Ein paar seiner Unternehmungen trugen Früchte, und er musste Wechsel ausstellen, um die Rechnungen begleichen zu können. Wieder half ihm Guerao, und schließlich traf, unter anderem, eine Lieferung aus Murviedro ein. Wenige Tage später war der Wein verkauft, und er hatte ein gutes Geschäft gemacht.

Caterina wusste, dass sie das meiste Geld mit dem Verkauf der Fässer verdienten, doch ihr war auch bewusst, dass sie es war, die sich um die Taverne kümmerte, wenn Hugo seine Briefe schreiben ließ, zur Herberge ging, die Käufer besuchte und die Fässer lieferte.

Am nächsten Morgen war sie in aller Frühe unten und weckte Pedro, der zusammengerollt auf einer Strohmatratze vor der Feuerstelle schlief, mit einem Fußtritt. Sie schloss die Tür auf, trat hinaus und stellte sich mitten auf die Straße. Sie schaute erst in die eine, dann in die andere Richtung. Obwohl zu dieser Zeit kaum jemand auf den Beinen war, wurde sie von einem gegenüberliegenden Balkon aus neugierig von einer Frau beobachtet. Caterina ging ins Haus zurück und vertiefte sich in ihre Arbeit. Sie machte Frühstück, putzte den Schankraum und schrie immer wieder Pedro an, der ihre Schelte lächelnd hinnahm, egal, ob sie berechtigt war oder nicht.

Sie aßen zu dritt. Es gab einfachen Wein, den auch die Gäste bekamen, trockenes Brot und etwas Pökelfleisch.

»Ich muss einkaufen«, kündigte Caterina an. »Ihr habt für nichts gesorgt. Es gibt nichts mehr zu essen. Du kommst mit«, forderte sie Pedro auf, bevor sie sich wieder Hugo zuwandte. »Kommst du zurecht?«

Er nickte. Caterina benahm sich, als wäre nichts geschehen. Sie sprach davon, einkaufen zu gehen, während halb Barcelona von ihrem Rausch, und wie sie sich den Gästen hingegeben hatte, wissen musste. Doch sie tat es, entschlossen und mit erhobenem Kopf. Hugo trat an die Tür und hörte, wie sie freundlich Ramón grüßte, den Schneider, dessen Werkstatt neben der Taverne lag. Sie musste in den alten Teil der Stadt gehen, denn Richtung Raval gab es trotz der Größe des Viertels keinen einzigen Markt. Hugo kam es vor, als zögerte Ramón, Caterina zu antworten, und als er es tat, grüßte sie bereits María, die Frau des Tischlers, dessen Werkstatt auf die des Schneiders folgte. Noch ein Haus weiter hatte sich ein Handwerker niedergelassen, der Waffenscheiden herstellte, ein ungehobelter Mann, mit dem sie seit dem gescheiterten Kauf einer Scheide, mit der sie die Klinge von Barchas prächtigem Dolch schützen wollten, keinen Umgang mehr pflegten. Obwohl Hugo sich als sein Nachbar vorgestellt hatte, war der Mann sehr grob zu ihm gewesen. Am Ende hatte Hugo die Scheide nicht gekauft, doch heute grüßte Caterina ihn. Sie schrie fast, als wäre der Mann in seiner Werkstatt. Ein Stück weiter, beim Seiler und beim Gewürzhändler, verlor sich ihre Stimme.

Pedro und Caterina kehrten mit den Einkäufen zurück, die sie auf den verschiedenen Märkten Barcelonas erledigt hatten. Sie kniete sich vor die Feuerstelle und begann den Eintopf für das Mittag- und Abendessen zu kochen. Hugo zog sich in den Keller zurück, wo er arbeitete und den Wein aus den Trauben kontrollierte, die er bei der Weinlese nach der berühmten von König Alfonso einberufenen Versammlung der Kirchenvertreter gekauft hatte. Jedes Mal, wenn er in die Taverne hochstieg, fand er sie leer vor und wechselte einen enttäuschten Blick mit Pedro, der sich verpflichtet fühlte, seine Herrin nachzuahmen und zu putzen, was bereits sauber war.

»So geht das nicht weiter«, entfuhr es Caterina bei einem dieser Anlässe.

»Und was willst du dagegen tun?«

Hugo erhielt keine Antwort. Er beobachtete, wie sie ihr Haar richtete und ihre Kleider nach unten zog, bis ihre Brüste fast aus dem Hemd und dem Wams quollen. Als wäre das nicht genug, drückte sie ihren Busen mit den Händen noch weiter nach oben. Bevor er fragen konnte, was sie vorhatte, hatte Caterina schon die Taverne verlassen. Schnell ging er mit Pedro zu einem der Fenster und sah hinaus.

»Du hast immer gerne meinen Wein getrunken«, hörten sie Caterina mit honigsüßer Stimme zu einem Mann sagen, dem sie sich mitten auf der Straße in den Weg gestellt hatte.

»Das ist ein Zimmermann, der um die Ecke wohnt«, flüsterte Pedro Hugo zu.

Der Handwerker blieb überrascht stehen.

»Herein«, forderte Caterina ihn auf, und als der Mann nicht wollte, packte sie ihn am Unterarm und schleifte ihn fast in die Taverne. »Pedro!«, schrie sie. »Das erste Glas Wein für den Herrn geht aufs Haus. Und du leistest ihm Gesellschaft«, sagte sie leise zu Hugo, als sie auf dem Weg nach draußen an ihm vorbeiging.

»Das war dumm von uns.« »Komm bitte wieder.« »Unser Wein ist der beste, das weißt du.« »Das hat man dir erzählt? Das ist gelogen!« »Natürlich werde nur ich dich bedienen!« Caterina flehte, bettelte, lachte, machte Angebote, und zu Hugos Überraschung, der keinem mehr Gesellschaft leisten musste, da bereits zahlreiche Gäste in der Taverne saßen, schien sie sogar sich selbst mit wollüstigen Bewegungen anzupreisen. Sie kam ins Lokal und stürmte wieder hinaus, und so ging es den ganzen Tag lang. Sie strotzte nur so vor Freude und Sinnlichkeit. Hugo erkannte ein paar der Männer wieder, die er aus der Taverne geprügelt hatte, als er Caterina betrunken vorgefunden hatte, doch an diesem Tag war sie nüchtern. Er hatte sie nicht ein einziges Glas oder eine einzige Schale Wein anrühren sehen, und die unbeholfenen, nutzlosen Bewegungen, mit denen sie die Männer loswerden wollte, die sie belästigt hatten, waren schnellen und geschickten gewichen. Doch jedes Mal, wenn jemand ihren Hintern tätschelte, sie um die Taille fasste, um sie an sich heranzuziehen, sie begrapschte, befummelte oder versuchte, sie in die Brust zu kneifen, ballte Hugo die Fäuste. Sie reagierte schnell und gewandt, aber das Lächeln, mit dem sie sich aus den unangenehmsten Situationen befreite, verstörte Hugo jedes Mal aufs Neue. Einige Männer schauten zu Hugo hinüber, nur einen kurzen Moment, aber lange genug, damit die Frage in der Luft schwebte, ob er ihr Verhalten dulden würde. Sie war schließlich nicht seine Frau, schienen sich viele von ihnen zu sagen. Hugo wollte am liebsten wieder in den Keller gehen, wo ihn der neue Wein, das Abfüllen der Fässer und Ruhe erwarteten, doch eine unkontrollierbare Eifersucht zwang ihn, oben zu bleiben und weiter Gläser und Schalen zu füllen, während Pedro spülte und Caterina bediente und mit der zufriedenen Kundschaft kokettierte.

Als es dunkel wurde, hatten sie Mühe, die letzten Gäste hinauszuwerfen. Endlich konnten sie schließen, und in der Taverne kehrte Stille ein. Pedro konnte die Spannung zwischen Hugo und Caterina nicht mehr ertragen und verdrückte sich leise in den Garten.

»Morgen früh muss hier alles sauber sein«, rief sie ihm nach.

»Caterina«, fing Hugo an. »Ich weiß nicht, ob …«

»Wir haben es geschafft.« Als sie sich zu ihm umdrehte, hatte sie dasselbe Lächeln auf den Lippen, das sie auch den Gästen schenkte. »Es war ein harter Tag. Lass uns ausruhen.« Sie reichte ihm die Hand, um ins Schlafzimmer hinaufzugehen.

»Glaubst du, das ist der richtige Weg, um die Taverne voll zu bekommen?«, fragte Hugo vorwurfsvoll.

»Was meinst du? Es ist die einzige Möglichkeit, um Gäste anzulocken.« Sie streckte ihm immer noch die Hand hin. Hugo nahm sie nicht. »Los, komm!«, beharrte sie und wedelte mit der Hand.

»Nein. Es geht darum, Wein zu verkaufen, und nicht …«

»Nicht was?«

»Dass man dich befummelt und begrapscht.«

»Das war mein ganzes Leben so«, erwiderte sie schroff.

Hugo schüttelte den Kopf, er konnte nicht glauben, was er hörte.

»Sprichst du auch von mir? Ich habe dich nie so behandelt.«

»Du hast deine Tochter und dein Enkelkind.«

»Neulich hast du noch gesagt, dass ich mich nicht von ihnen trennen darf.«

»Das stimmt«, gestand sie ein, »aber du verheimlichst mir deine Pläne.«

»Was willst du damit sagen?«

»Vor ein paar Tagen, als dieser Mann hier war und dir vorgeschlagen hat, irgendwo dabei zu sein … Wo war das noch?«

»Im Stadtrat«, sagte Hugo kleinlaut.

Er hätte es ihr früher sagen müssen. Jetzt wusste sie es. Der Ratsherr war in die Taverne gekommen, um ihn endgültig davon zu überzeugen, Mitglied des Stadtrates zu werden.

»Deine Familie. Dein Ehrgeiz. Deine Ehefrau«, riss Caterina ihn aus seinen Gedanken.

»Sei nicht ungerecht.«

»Und die Taverne«, fuhr sie fort. »Das hier …« Sie breitete die Arme aus und sah sich um. »Das alles hier. Dein Wein, deine Fässer, dein Destillierkolben.«

»Nein, Caterina … Wir klären das alles. Es tut mir leid.«

»Du hast einen Karren und zwei Maultiere … und eine Russin.«

»Mein Gott!« Hugo machte einen Schritt auf sie zu. Sie wich zurück. »Das stimmt nicht! Du bist nichts, was ich besitze.«

»Hugo«, unterbrach sie ihn erneut. »Wenn ich beschließen würde, durch diese Tür zu gehen, wohin könnte ich gehen? Wovon würde ich leben, und was würde ich essen? Wen hätte ich an meiner Seite?«

»Caterina.« Hugo fuchtelte nervös mit den Händen herum. »Ich liebe dich. Alles andere ist unwichtig. Du sprichst von der Taverne? Ich schenke sie dir. Und auf den Stadtrat werde ich verzichten.«

Sie nahm seine Hand und zog ihn hinter sich her nach oben.

»Caterina … Ich weiß nicht. Ich …«

Sie waren noch nicht im Zimmer, als Caterina sich umdrehte und ihn auf den Mund küsste. Hugo wehrte sich nicht, versuchte aber dem nächsten Kuss auszuweichen.

»Wir müssen reden«, stotterte er.

Doch sie wollte nicht reden. Sie wollte auch keine leeren Versprechungen von ihm hören. Sie zog ihn zum Bett und stieß ihn auf die Laken.

»Caterina, ich …«

»Sei still.« Sie bückte sich, um ihn auszuziehen.

Hugo wollte nicht mit ihr schlafen. Den ganzen Tag hatte er die Männer nach ihr geifern sehen, während sie ihnen lächelnd auswich, sie aber auch nicht zurückwies. Er erinnerte sich, wie sie auf der Straße um Kunden geworben hatte.

»Nein …«, brachte er heraus, als sie sein Glied berührte.

»Du willst mich nicht?«

»Doch«, erklärte er sofort. »Ich liebe dich.«

Caterina setzte sich auf ihn, und während sie sich rhythmisch bewegte, streichelte sie ihre Brüste und Hüften. Und das Gesicht, um ihre Tränen zu verbergen. »Verlass mich nicht«, flehte sie im Stillen und schloss die Augen. Hugo brauchte lange, bis er kam. Sie beugte sich hinunter, küsste ihn auf den Mund und legte sich neben ihn.

»Ich kann nicht dulden, dass die Gäste dich berühren«, flüsterte Hugo, als sie wieder zu Atem gekommen waren.

»Und ich mag es nicht, wenn du mich allein lässt«, entgegnete Caterina.

»Ich werde weniger Besuche machen.« Caterina schwieg. »Aber ich möchte meinen Enkel weiter sehen.«

»Du musst nicht um Erlaubnis bitten, aber vergiss nicht, dass deine Familie auch hier ist, dass ich deine Familie bin und dass du die Taverne hast.«

»Einverstanden.«

»Dann wird mich auch keiner berühren«, versprach sie.

Anfangs versuchten sie es. Caterina ging den Männern mit genug Witz und Anmut aus dem Weg, damit sie nicht verärgert waren. Ein Steinmetz überraschte sie und kniff ihr in den Hintern. Der Mann war kräftig und den Umgang mit Steinen gewohnt, doch gegen den auf ihn einprasselnden Hagel aus Schlägen und Tritten war er machtlos. Anschließend lud Caterina ihn zu einem Glas Wein ein. »Mindestens drei«, forderte der Mann nach einem kurzen Zögern. Seine Lippe war aufgeplatzt und blutete. Caterina willigte ein, und jemand applaudierte. Es sprach sich herum, dass man sich besser nicht mit der Wirtin anlegte. Caterina gab sich weiter sympathisch, bezaubernd, manchmal ein wenig zu sehr für Hugos Geschmack, doch die Gäste respektierten sie. Sie war klug genug, bis abends, wenn sie schlossen, nichts zu trinken. Auch Hugo hielt sein Versprechen. Nur noch einmal die Woche ging er Mercè und seinen Enkel besuchen.

»Caterina geht es nicht so gut«, erzählte er seiner Tochter. »Sie glaubt, ich will sie wegen euch verlassen. Sie fühlt sich zurückgestoßen.«

»Das tut mir leid«, antwortete Mercè. »Vielleicht hat sie recht. Wollt Ihr, dass ich etwas unternehme? Mit ihr rede? Bernat hat mir verboten, Arnau mit in die Taverne zu nehmen, und ich bezweifle, dass er mir erlaubt, allein zu gehen, aber ich könnte mich wegschleichen und heimlich mit ihr reden. Vielleicht spürt sie dadurch, dass sie zu uns gehört.«

Ihre aufrichtigen Worte überraschten Hugo. Er begriff, dass Caterina für Mercè im Grunde genommen nicht zur Familie gehörte. Ihr »uns« hatte Caterina ausgeschlossen.

»Nein«, stammelte er. »Das ist nicht nötig. Das geht vorüber. Darauf vertraue ich. Das mit Barcha hat sie sehr mitgenommen. Und der Gedanke, sie könnte eines Tages allein sein, macht ihr Sorgen.«

»Da geht es ihr nicht anders als jeder anderen Frau in Katalonien, Vater. Außer der Mitgift, die viele nicht einmal wiederbekommen, bleibt den Witwen nichts, wenn ihre Männer sterben.«

»Noch lebe ich, oder hast du vor, mich umzubringen?«, scherzte er, während er seinem Enkel den Finger hinhielt, damit er nach ihm griff.

Hugo verzichtete darauf, sich im Stadtrat vorzustellen, was Caterina mit Freude aufnahm. Die Arbeit nahm sie immer mehr in Anspruch, vielleicht zu sehr, doch der Lohn für ihre Mühe war der Gewinn, den die Taverne abwarf.

»Wenn wir so weitermachen, kannst du dir bald deinen Weinberg kaufen«, ermunterte Caterina ihn, nachdem sie zum hundertsten Mal ihre Ersparnisse gezählt hatten, die sie in einem Futtertrog für die Maultiere versteckten.

»Wenn wir so weitermachen, können wir bald Barcha befreien«, erwiderte er zu ihrer Überraschung.

»Bist du sicher?«

»Ich habe mit …« Er wollte sagen, dass er mit Guerao und Mercè darüber gesprochen hatte, unterließ es aber. »Ich habe mit einem der Priester von Santa María del Mar darüber gesprochen.«

»Wann?«

Sie gingen stets gemeinsam zur Messe, und Caterina wusste, dass er dort mit niemandem geredet hatte.

»Neulich, bei Herrn Aragall in der Calle de Montcada, nachdem ich die Weinfässer abgeliefert hatte.« Sie wartete, dass er fortfuhr. »Sie haben gemeint, wenn Barcha ihre Schuld gesteht, könnte der Bischof sich genauso großzügig zeigen, wie wir es waren.«

»Und Regina?«, fragte Caterina.

»Ich glaube nicht, dass Regina etwas zahlt, damit Barcha weiter gefangen gehalten wird.«

»Und ich glaube nicht, dass Barcha irgendeine Schuld gesteht«, sagte Caterina.

»Im Frühjahr ist sie zwei Jahre in Haft. Es wird Zeit, dass sie nachgibt. Sie ist nicht mehr die Jüngste. Es könnte jederzeit mit ihr zu Ende gehen.«

»Solange sie etwas zu essen und jemanden zum Anbrüllen hat, hält sie durch.« Erschrocken starrte er sie an, doch sie nahm ihre Worte nicht zurück. »Vor allem Letzteres. Für ein paar hübsche Beleidigungen würde sie sogar auf ihre Suppe verzichten.«

»Das meinst du nicht ernst.«

»Ich würde mir einen Arm für ihre Freiheit ausreißen, aber du weißt, dass ich recht habe.«

»Es wäre schöner, wenn sie draußen schreit, findest du nicht?«

»Natürlich.« Caterina lächelte traurig. »Auch wenn sie damit unsere Kunden erschrecken würde … Und Barcha mag es, wenn man ihr an den Hintern fasst«, fügte sie lachend hinzu.

»Caterina!«

»Möge Gott dafür sorgen, dass man ihr hier, in der Taverne, an den Hintern fasst.«

»Ich glaube, Gott sollten wir bei dieser Sache mit dem Hintern aus dem Spiel lassen«, wies Hugo sie zurecht.

»Der maurische Gott, ich rede vom Gott der Mauren«, erklärte sie lächelnd. »Wie viel Geld fehlt uns noch?«

»Ich habe ein gutes Geschäft in Aussicht. Ein paar Kaufleute aus Barcelona haben mich damit beauftragt, einen großen Posten Wein zu kaufen und nach Sizilien zu liefern.«

»Wenn sie aus Barcelona sind, was verdienst du dann?«

»Meine Kommission. Eigentlich ist es das erste Mal, dass ich richtig als Händler arbeite.«

»Und warum kaufen sie ihn nicht direkt? Die Kaufleute, meine ich.«

»Weil sie keine Ahnung davon haben und weil sie es nicht dürfen. Dafür sind wir Händler da. Sie sind verpflichtet, uns zu beauftragen. Sie steuern das Geld bei, kümmern sich um das Schiff, die Besatzung, die Mengen … Um alles außer den Wein.«

Hugo war fast eine Woche in der Gegend um Vilafranca unterwegs.

Mitte Februar war die langsame Reifung des jungen Weins abgeschlossen, sodass er getrunken werden konnte. Hugo genoss die Reise durch diese Gegend voll guter Weine und freundlicher Menschen. Er streifte durch die Weinberge, berührte die Reben und die Erde, berauschte sich an den Tausenden von Düften, die an den Wänden und Böden der Keller, den Fässern und Kübeln hafteten, und geriet bei jeder Weinprobe aufs Neue in Verzückung. Mit einer Anzahlung von zehn Prozent kaufte er den von den Kaufleuten bestellten Wein und nutzte die Gelegenheit, um zu einem guten Preis auch Wein für sich selbst zu besorgen. Den für Sizilien bestimmten Wein mussten die Winzer in guten Fässern, die nie ein anderes Produkt wie etwa Öl enthalten hatten, auf eigene Kosten und eigenes Risiko im Lagerhaus des Kaufmanns Manuel Galliné im Hafen von Barcelona abliefern. Den eigenen Wein für die Taverne nahm Hugo auf seinem Karren mit. Eines Morgens, gleich nach dem Aufwachen, als die milde Wintersonne bereits die Felder und Weinberge beschien, trieb er die Maultiere an.

»Wie heißen die?«, fragte ihn ein kleiner Junge, der mit ernster Miene neben ihm herlief, als wollte er die Reise gemeinsam mit ihm bestreiten.

Wie hießen seine Maultiere?, überlegte Hugo.

»Sie haben keinen Namen.«

»Was?! Die müssen doch einen Namen haben.«

»Was hältst du von Tinta und Blanca?«, fragte Hugo nach kurzem Überlegen.

»Rot und Weiß? Wie die Weintrauben?«

»Ja.«

»Das ist zu einfach. Viele Maultiere und Esel heißen so«, entgegnete der Junge.

»Stimmt«, flüsterte Hugo. »Und wie heißt du?«

»Manuel.«

»Es gibt viele Jungen, die Manuel heißen.«

»Stimmt«, äffte der Bengel ihn nach. »Nur dass ich Manuel Aragall bin, und außer mir kenne ich keinen, der so heißt.«

»Stimmt.«

Sie entfernten sich immer weiter vom Gehöft des kleinen Manuel.

Hugo blickte zurück, als wollte er ihn warnen, wie weit er schon von zu Hause fort war.

»Ich war schon viel weiter weg«, kam ihm der Junge zuvor.

»Übrigens heißen meine Maultiere Tinta und Blanca Llor.«

»Maultiere mit Nachnamen?«

»Na klar, mit meinem. Sie gehören mir, also tragen sie meinen Namen.«

»Von denen gibt es nicht viele, oder?«

Hugo lachte und fuhr ihm mit der Hand durch das strubbelige, schmutzige Haar.

»Ich kenne nur meine«, sagte er mit zärtlicher Stimme.

»Stimmt.«

Kurze Zeit später schickte Manuel sich an, zu seinem Hof zurückzugehen. Hugo wühlte in der Tasche und gab ihm eine kleine Münze. Der Junge starrte die Münze auf seiner ausgestreckten Hand mit großen Augen an, als würde er zum ersten Mal ein Geldstück sehen. Er wollte etwas sagen, brachte aber nur ein Stammeln hervor.

»Für mich?«, fragte er einen Moment später. Als Hugo nickte, schloss er blitzschnell die Hand. Seine Augen strahlten. »Danke. Das ist meine erste Münze«, verriet er. »Die hebe ich auf…«

»Nein«, unterbrach Hugo ihn. »Kauf dir davon was Schönes auf dem Markt.«

»Ja«, sagte der Junge, nachdem er darüber nachgedacht hatte, um kurz darauf, ohne ein Abschiedswort, in Richtung seines Hofes loszurennen.

Hugo sah ihm eine Weile nach, dann setzte er seinen Weg fort. »Tinta und Blanca Llor«, murmelte er und lachte. Sie konnten nicht mehr jung sein, aber alt schienen sie auch noch nicht zu sein. Er kannte sich nicht aus mit Maultieren, aber sie waren gesund, hatten keine Verletzungen, Überbeine oder wunden Stellen, und sie arbeiteten gut. Er überlegte, wie lange er sie schon hatte. Die Niederlage des Grafen von Urgell, die Beschlagnahmung seiner Güter… Drei Jahre. Nur drei Jahre, doch es kam ihm vor, als wäre es ein ganzes Leben.

»Los, Tinta! Mal sehen, ob du schneller bist als Blanca«, trieb er die Tiere an und passte seinen Schritt dem neuen Rhythmus an.

Als er merkte, dass er mit den Maultieren redete, musste er lachen. Er schaute sich um: Felder, Wälder und Brachen, weite Landschaften. Kein einziger Mensch war zu sehen. Er vertraute darauf, in Vilafranca del Penedès jemanden zu finden, mit dem er gemeinsam bis Martorell reisen konnte, denn von dort bis Barcelona würde es ihm an Begleitung nicht mangeln.

»Barcelona wartet auf uns!«, rief er. »Los, schneller, Caterina erwartet uns, und auch …«

Hugo verstummte. Er klopfte Tinta auf die Kruppe, oder Blanca, noch hatte er nicht entschieden, wer wer war. Auch Mercè und Arnau erwarteten ihn, doch seit einiger Zeit unterdrückte er die Freude auf sein Enkelkind.

»Wisst ihr was?« Er zögerte, es zu sagen, denn es wäre das erste Mal, dass er es aussprach. Nur Regina und Barcha wussten davon. »Mercè hat nicht mein Blut. Aber meine Seele, meine tiefste Seele. Und meine Zuneigung und Liebe.«

Sie legten eine lange Strecke zurück, während der nur das Klacken der Hufe, das Knarren der Räder, das Geräusch der aneinanderschlagenden Fässer oder das des Seils zu hören waren, wenn sie sich aus einem Schlagloch befreien mussten. Beim Gedanken an Mercè hatte er einen Kloß im Hals. »Du Narr!«, beschimpfte er sich selbst. Sie war nicht mehr seine Tochter, sie war jetzt die Gräfin von Navarcles, die stolz war auf einen Ehemann, der Hugo mit einem Knurren begrüßte oder verabschiedete. Den Blick starr auf den Weg gerichtet, dachte er an sein Enkelkind.

»Er lächelt schon und stammelt Wörter. Nur Caterina fühlt sich etwas zurückgesetzt. Nein, denkt nicht schlecht von ihr. Sie ist eine großartige Frau, die viel gelitten hat und Angst vor Einsamkeit und Armut hat. Wenn ihr sie als Kind gekannt hättet, als sie gerade in Barcelona angekommen war … Sie war wie eine Jungfrau, unschuldig, rein, wie von einer Aura umgeben mit ihrem langen blonden Haar und ihrer weißen Haut. Natürlich will sie mich nicht verlieren nach allem, was sie durchgemacht hat! Genauso wenig wie ich sie!« Plötzlich merkte er, dass die Tiere fast stehen geblieben waren und ihre kurzen Schritte dem ruhigen Rhythmus seiner Worte angepasst hatten. Er erlaubte ihnen eine kurze Pause. »Du bist Blanca und du Tinta«, sagte er und zeigte als Zweites auf das Maultier mit dem etwas dunkleren Fell.

Als die Tiere stehen geblieben waren, waren nur noch die Geräusche der Natur zu hören: das Summen der Insekten, das Huschen der Nagetiere oder das Flügelschlagen der Vögel, wenn sie sich in die Lüfte erhoben.

»Ja«, fuhr Hugo fort, nachdem er sich an Tintas Kruppe gelehnt hatte. »Wenn wir in Barcelona sind, bekommt Caterina meine ganze Liebe. Ich schwöre euch, dass ich sie liebe, aber es ist, als würde ich sie ständig betrügen, denn meine Sehnsucht, Arnau und Mercè zu sehen und meine Zeit mit ihnen zu verbringen, ist unstillbar.«

Er trieb die Maulesel an, vielleicht sanfter denn je. Er bemerkte es selbst.

»Das muss daran liegen, dass die Taufe euch zu anderen Tieren gemacht hat.« Lachend passte er seinen Schritt dem ihren an. »Es muss sehr schwierig sein für Caterina, sich in Gegenwart von Mercè wohlzufühlen, das verstehe ich. Sogar mir geht es manchmal so! Wenn sie nicht meine Tochter wäre, könnte ich sie nicht mal sehen. Sie ist eine wahre Gräfin, sie bestimmt und befiehlt.« Er stieß ein kurzes Lachen aus. »Ich hätte keine Lust, ihr ergeben zu sein. Die Diener und Sklaven respektieren sie, und vermutlich fürchten sie Mercè sogar. Sie verstellt sich nicht. Sie ist an der Seite von Adligen aufgewachsen und hat von ihnen gelernt«, schrie Hugo. »Und dabei hat sich mein Mädchen die Art von Roger Puigs Frau abgeguckt – vornehme Kleider, feine Manieren. Deshalb konnte sie dank einer glücklichen Fügung zur Gräfin von Navarcles werden. Gut, ich habe auch etwas nachgeholfen. Wie sie es schließlich geschafft hat, werde ich euch nicht verraten«, sagte er zu den Maultieren. »Es ist wirklich nicht sehr wahrscheinlich, dass eine Gräfin und eine Freigelassene Freunde werden, aber vielleicht regelt sich ja alles, wenn Barcha zurück ist«, versuchte er sich am Ende seiner Rede Mut zu machen.

Er selbst empfing in den letzten Februartagen die Winzer aus Vilafranca. Er überprüfte Qualität und Menge des Weins, und sofern alles korrekt war, genehmigte er die Zahlung, die der Buchhalter von Manuel

Galliné beglich. Dessen Schreibstube befand sich direkt im Lagerhaus am Strand. Bis Anfang März türmten sich dort in einer Ecke immer mehr Fässer und Kübel zwischen allen möglichen anderen Waren, mit denen Galliné und seine Teilhaber Handel trieben, darunter viele Stoffe, aber auch große Partien Stockfisch und Ochsenleder, die aus Galicien eingetroffen waren. So wie sie das Höchstgewicht der Stoffballen festlegten, damit die *Bastaixos* und Ruderer sie transportieren konnten, führten die Behörden auch spezielle Gefäße für Wein ein. Barcelona hatte immer noch keinen Hafen im eigentlichen Sinn, der Warentransport zwischen den vielen Schiffen und der Stadt wurde mithilfe von Kähnen bewältigt, die die *Bastaixos* be- und entluden. Da es weder Kais noch Kräne oder andere mechanische Hilfsmittel gab, musste alles manuell verladen werden.

Die großen, schweren Holzfässer, die auf den Dauben oder Kanten gerollt wurden, waren keine geeigneten Behälter, um auf Kähnen transportiert und in Galeeren verstaut zu werden. Nachdem der gesamte Wein geliefert worden war, machte Hugo sich daran, ihn in einfache, unglasierte Tonkrüge umzufüllen. Dabei handelte es sich um die für Barcelona typischen *Alfàbies,* ovale, etwas längliche Krüge mit kurzem Hals. Weil sie ein Fassungsvermögen von etwa fünfzig Litern hatten, waren sie von den *Bastaixos,* Ruderern und Stauern gut zu handhaben. Innen waren sie mit einer Schicht aus Pech bestrichen, was dem Wein einen leicht bitteren Nachgeschmack verlieh. Die *Alfàbies* wurden mit Deckeln aus Kalk dicht verschlossen und hatten im Gegensatz zu den meisten Krügen und Amphoren keine Henkel. Um sie tragen zu können und um sie zu schützen, wurden sie in Säcke aus Espartogras mit drei Griffen gesteckt. So ließen sie sich bequem und platzsparend in den Frachträumen der Schiffe stapeln.

Hugo füllte den Wein in die *Alfàbies* um, die Galliné bei den Töpfern der Stadt besorgt hatte. In der Nacht lag er lange wach und dachte nach, und am Ende beschloss er, Caterina zu bitten, ihm für ein paar Tage Pedro zu überlassen, denn er vertraute den Lehrlingen nicht, die der Buchhalter ihm besorgt hatte.

Vielleicht war Wein eine der speziellsten, wenn nicht *die* speziellste Ware beim Schiffstransport. Hugo wusste das. Er hatte es gleich beim ersten Mal erfahren, als er Wein auf dem Seeweg bestellt hatte. Diesmal würde der Wein in einer der großen Galeeren mit zweiundzwanzig Ruderbänken verstaut werden, und keiner, der Hugo und Pedro sah, hätte sagen können, wer von ihnen begeisterter war, als sie an diesem sonnigen, windstillen Tag mit ruhiger See an Bord gingen. Denn nicht die Seeleute verstauten den Wein im Laderaum. Sie hätten es tun können, nichts verbot es ihnen, doch die Schiffseigner forderten von den Kaufleuten, dass sie das Stauen der *Alfàbies* kontrollierten und vor dem Auslaufen ihre Zustimmung gaben. Auf diese Weise würde jeder Verlust oder jede Beschädigung zulasten des Kaufmanns und nicht des Schiffseigners gehen. Und selbst wenn nichts zu Bruch ging oder fehlte, konnten das Wetter, die Temperatur im Laderaum und die Bewegungen des Schiffes dazu führen, dass der Wein verdorben im Zielhafen eintraf.

Hugo und Pedro halfen den *Bastaixos,* die Krüge zu verstauen. Es war eine mühsame, schwierige Arbeit, denn es gab kaum Platz, um sich zu bewegen. Hugo stieß auf ein paar Männer, die sich noch gut an die Schale Wein erinnern konnten, die er ihnen vor Jahren im Tausch gegen einen Tonkrug voller Urin gegeben hatte, während die betrunkene Barcha sich gefreut hatte, so viele nackte Glieder auf einmal zu sehen. Bei der Erinnerung mussten sie lachen, und sie plauderten den ganzen Tag, bis Galliné und seine Partner kamen und die Fracht kontrollierten, alles berührten, an den Seilen zupften und auf das kleinste Detail achteten. Die Fracht wurde gebilligt.

Als die Ruderer sie holten, fiel es Hugo schwer, in den Kahn zu steigen. Ein paar *Bastaixos* mussten ihn halten, während er sich an der Bordwand herunterhangelte und mit fahlem Gesicht auf eine der Bänke kauerte. Sie waren stundenlang auf einer Galeere gewesen, die trotz der ruhigen See unaufhörlich im Rhythmus der Wellen auf und ab geschaukelt war. Als sie den Strand erreichten und er seine Füße in den Sand setzte, hatte er das Gefühl, als würde sich alles um ihn herum drehen. Pedro fasste ihn um die Taille und stützte ihn beim Gehen.

»Bring mich zur Taverne«, bat Hugo mit schwacher Stimme.

Kaum hatten sie ein paar Schritte zurückgelegt, als plötzlich ein kleiner Mann auf sie zustürzte. Pedro stellte sich schützend vor seinen Herrn, und Hugo brauchte ein paar Sekunden, um sich zu sammeln und den Mann zu erkennen. Es war Guerao. Er sprach hastig und verwirrt. Hugos Schwindel war mit einem Schlag verflogen, denn er ahnte, dass etwas Schlimmes geschehen sein musste. Er hatte Guerao noch nie die Fassung verlieren sehen.

»Ist etwas mit Arnau?«

»Dem Jungen geht es gut. Deine Tochter …«

»Was ist mit ihr?«

»Wir können sie nicht finden. Sie ist weg!«, schrie der Majordomus des Admirals aufgeregt.

»Was soll das heißen, weg?«

»Deshalb bin ich hier.«

»Was willst du damit sagen, sie ist weg?«, fragte Hugo noch einmal und schüttelte Guerao an den Schultern. »Wo ist sie?«

»Du weißt es auch nicht?«

»Wie sollte ich? Nein! Ich weiß es nicht!«

Er schrie so laut, dass alle um sie herum verstummten, Kaufleute, *Bastaixos,* Ruderer und die übrigen Menschen am Strand.

»Komm«, drängte er Guerao und eilte in Richtung der nahe gelegenen Lonja de Mar. »Warst du in der Taverne? Vielleicht weiß Caterina etwas.«

»Ja, war ich, sie weiß nichts von deiner Tochter. Sie hat mir gesagt, wo ich dich finden kann.«

Guerao erzählte ihm, dass Bernat sich mit dem König außerhalb von Barcelona aufhielt. Hugo hätte nicht sagen können, ob das ein Vor- oder ein Nachteil war. Als sie den Palast in der Calle de Marquet betraten, sah er die Diener und Sklaven hektisch im Hof hin und her rennen.

Arnau war oben bei der Amme. Hugo küsste ihn auf die Wange, nachdem die Frau wie gewöhnlich versucht hatte, den Jungen von ihm fernzuhalten. »Soll ich lieber dich küssen?« Die Frau verzog das Gesicht, wollte das Kind aber nach wie vor nicht zu ihm lassen. Bis Guerao sie zurechtwies. Dann erzählte der Verwalter, was er über Mercès Verschwinden wusste: Nach dem Mittagessen sei die Gräfin zu einem Stoffhändler in der Nähe der Kathedrale gegangen … »Allein?«, unterbrach Hugo ihn. Nein, nicht allein, aber das spiele keine Rolle, für die Frau des Admirals bestehe keinerlei Gefahr in Barcelona. Hugo wollte ihm widersprechen und auf Bernats Charakter und seine vielen Feinde verweisen, hielt den Moment jedoch nicht für angebracht. Ihre Zofe habe sie begleitet, erklärte Guerao. »Und was sagt sie?«, fragte Hugo. Das wenige, was man zwischen den Schluchzern habe verstehen können, erzählte Guerao, habe nicht viel weitergeholfen. Ja, erklärte die junge Frau, nachdem sie sie gerufen hatten, sie sei bei ihrer Herrin gewesen und einige Schritte hinter ihr gegangen, weil sie etwas abgelenkt habe … Mehr könne sie nicht sagen, sie erinnere sich nicht, sie wisse von nichts! Aber es sei nur ein kurzer Moment gewesen, schwor die Zofe, und als sie um die Ecke der Calle de la Freneria mit der Bajada de la Presó gebogen sei, sei die Gräfin verschwunden gewesen.

»Was soll das heißen?«, rief Hugo aus. »Sie kann doch nicht einfach verschwunden sein.«

Guerao zuckte mit den Achseln.

»Hast du es dem Vogt gemeldet?«

»Ich habe ihn eben rufen lassen. Ich wollte zuerst mit dir reden.«

Hugo begriff nicht.

»Ich wollte mich erst vergewissern, dass du nichts weißt, bevor ich mich an den Vogt wende«, erklärte der Verwalter.

»Ah.« Beide schwiegen. Bis Hugo plötzlich Pedros Anwesenheit bemerkte. »Geh zur Taverne. Erzähl Caterina, was geschehen ist, und sag ihr, dass ich später komme.«

Es vergingen sieben Tage ohne eine Neuigkeit von Mercè. Bernat kehrte zurück, und Hugo und Guerao empfingen ihn zusammen mit dem Stallknecht und einem Diener im Innenhof. Guerao hatte die beiden fast nach draußen schieben müssen, da alle anderen Bediensteten sich blitzschnell aus dem Staub gemacht hatten.

Bernat sprang mit einem Satz vom Pferd, ließ es los und ging mit festem Schritt auf Guerao zu. Sein Gesicht war rot angelaufen, er schäumte vor Wut und hatte die Fäuste geballt. Der Majordomus schien diese Reaktion erwartet zu haben und trat ihm tapfer entgegen, bis der Admiral ihn mit einem Faustschlag zu Boden streckte.

»Das ist deine Schuld!«, brüllte Bernat.

»Du elender Schuft!«, schrie Hugo und wollte sich auf ihn stürzen. »Was kann er denn dafür?«

Plötzlich blieb er stehen. Wie aus dem Nichts war in Bernats Hand ein Schwert aufgetaucht. Er hatte nicht einmal gehört, wie er es aus der Scheide gezogen hatte, aber da war es und zeigte direkt auf seine Brust.

»Du kommst in mein Haus, um mich zu beleidigen?«, brüllte Bernat.

Guerao lag noch immer auf dem Boden, der Stallknecht und der Diener hatten sich mit dem Pferd aus dem Staub gemacht. Hugo zitterte, aber nicht vor Angst, sondern vor Erschöpfung. Er war mit seinen Kräften am Ende, und die dunklen Ringe unter seinen blutunterlaufenen Augen zeugten von den Anstrengungen der letzten Tage und der fehlenden Erholung.

»Willst du mich umbringen?«, fragte er mit matter Stimme.

Der Admiral runzelte die Stirn.

»Wenn du nicht sofort von hier verschwindest, ja. Und glaub mir, ich spaße nicht.«

»Sie ist meine Tochter, Bernat.«

»Und das gibt dir irgendein Recht? Sie ist meine Frau, vergiss das nicht, die Mutter meines Sohnes. Warum bist du hier? Welche Aufgabe könntest du haben, außer zu stören?«

»Dir zu helfen. Zu zweit können wir mehr erreichen …«

Bernat starrte ihn mit einer Mischung aus Bedauern und Verachtung an. Er war ein Admiral, ein ehemaliger Korsar, der Tausende von Schlachten überlebt hatte, ein Mann, der es gewohnt war zu bekommen, was er wollte, egal, um welchen Preis. Wozu sollte ihm dieser feige Kellermeister nützlich sein, schienen seine Augen zu sagen.

»Ich brauche dich nicht!«, antwortete er schließlich.

»Dann muss ich dich wohl an die Leichen erinnern, die du zurückgelassen hast, an die Feinde, die dir schaden wollen. Einem von ihnen scheint das gelungen zu sein.« Wieder runzelte Bernat drohend die Stirn, doch Hugo ließ sich nicht einschüchtern. »Vielleicht solltest du von deinem hohen Ross heruntersteigen, um Mercè zurückzubekommen.«

Hugo glaubte ein leichtes Zittern des Schwerts zu erkennen, das Bernat noch immer auf seine Brust richtete, doch ein mögliches Schuldbekenntnis des Admirals blieb eine Illusion. Stattdessen schallte sein Lachen durch den Hof.

»Du hast es selbst gesagt, fast alle sind tot, und glaub mir, denen, die es gewagt haben, mich zu beleidigen und meine Frau zu entführen, wird es nicht anders ergehen.«

»Bist du dir bewusst, dass jemand Mercè töten könnte, während du deine Wut an deinen Feinden auslässt?«

»Meine Mutter ist damals auch entführt worden.« Hugo konnte nicht glauben, was er hörte. Weder Herr Arnau noch Mar hatten ihm je davon erzählt. »Und mein Vater hat sie befreit. Ich werde dasselbe tun.«

»Könnten es die Puigs gewesen sein?«, fragte Hugo.

Immer wieder hatten Guerao und er die Möglichkeit in Betracht gezogen, dass Mercès Entführung ein Vergeltungsakt von Roger Puigs Familie für dessen Tod sein könnte. Sie hatten den Vogt darauf hingewiesen, und der hatte den kastilischen Behörden ein amtliches Schreiben gesandt, um etwas über den Aufenthaltsort und das Leben der Verbannten zu erfahren, doch bis jetzt hatte er keine Antwort erhalten.

»Nein, diesmal waren es nicht die Puigs.«

Bernat ließ den Satz in der Luft schweben, als könnte er nicht ausschließen, dass sie es vielleicht doch gewesen waren.

»Wir waren …«

Bernat ließ ihn nicht ausreden, drehte sich um und bedeutete Guerao, ihn in den ersten Stock zu begleiten.

»Erzähl mir, was ihr in meiner Abwesenheit gemacht habt«, befahl er wütend. »Und dich will ich hier nicht mehr sehen«, wandte er sich von der Treppe aus, fast ohne den Kopf zu drehen, an Hugo.

»Du hast mir meine Tochter genommen! Deinetwegen wurde sie entführt!«, verlor Hugo die Beherrschung.

Er stand allein im Innenhof, obwohl er sich von den Dienern und Sklaven, vielleicht auch von Arnaus Amme beobachtet fühlte.

Bernat blieb stehen, einen Fuß in der Luft. Er atmete tief ein, setzte den Fuß langsam auf der Stufe auf und ging wortlos die Treppe hoch.

»Ich komme wieder«, rief Hugo. »Es geht um meine Tochter … Diesmal wirst du mich nicht los.«

26

Sie mussten mehrere Stunden warten. Das verriet ihnen die Glocke in der Kathedrale, die *Honorata,* die seit einigen Jahren die mit einer Sanduhr gemessenen Stunden schlug. Auch zu den Gebetsstunden – *prima, tertia, sexta* … – erklang ihr Läuten, doch es bestimmte immer weniger das Leben der Einwohner von Barcelona, die sich an die weltliche Zeit gewöhnten. Hugo und Caterina saßen auf einer in die Wand eingelassenen Bank in einem karg eingerichteten Raum. Das weiß getünchte Zimmer hatte zwei Türen, eine, durch die sie mit dem Pfarrer eingetreten waren, und eine zweite, durch die er hinausgegangen war, um sie mit der Bank, einer kleinen Truhe an der gegenüberliegenden Wand und einem Kruzifix als einzigem Mobiliar allein zu lassen. Allmählich waren sie das Läuten leid, das vom Glockenturm der Kathedrale in den Bischofspalast herüberdrang.

Ihr Angebot für Barchas Freilassung war mehr als großzügig gewesen. Eingedeckt mit Wein, um die Verhandlung fortzusetzen, überlegten sie in einem fort, wie viel sie zahlen sollten. Sie würden alles geben. Mit dem Geld könnten sie die Freiheit von drei, vier Sklaven erkaufen, ohne *Talla,* ohne Verpflichtungen. Pater Guillem, der Pfarrer von Santa María del Mar, hatte ihnen Barchas Freiheit zugesichert. Der Bischof, hatte er ihnen Mut gemacht, würde einen derartigen Betrag für eine arme Maurin, die seit zwei Jahren in Haft saß, bestimmt nicht verschmähen. Vielleicht könnten sie Barcha ja auch für weniger Geld freikaufen, hatte der Pfarrer verlegen geäußert. Auf diese Weise könnten sie einen Teil des Geldes seiner Kirche spenden, die solche Zuwendungen immer gut gebrauchen könne. Mit einer für sie im Umgang mit Priestern ungewohnten Schroffheit lehnte Caterina ab.

Immer wieder erinnerte sie die verdammte Glocke daran, wie lange sie schon warteten. Aus Angst, den Beutel mit dem Geld zu verlieren, hielt Hugo ihn die ganze Zeit in der Hand. »Sie kommt bestimmt frei«, bemerkte Caterina. »Das ist der einzige Grund, warum man uns so lange warten lässt.« Hugo murmelte etwas und nickte. Er hoffte, dass sie recht hatte, und verkniff sich die Bemerkung, dass wichtige Leute andere immer warten ließen, und sei es nur, um zu zeigen, wie wichtig sie waren. Er unterdrückte ein Gähnen. Nicht, dass Caterina dieses Zeichen missdeutete, doch nachdem Mercè seit fast zwei Wochen verschwunden war, sehnte sich sein Körper nach Erholung, und die Bank, so hart sie auch sein mochte, die tiefe Stille zwischen dem stündlichen Läuten und die Eintönigkeit des kargen Raumes riefen eine Schläfrigkeit in ihm hervor, der er sich nur allzu gerne hingegeben hätte. Doch er wusste, er würde keinen Schlaf finden, so wie nachts, wenn Traurigkeit, Schmerz und Tränen die Müdigkeit verscheuchten.

Hugo stand auf, streckte seine Glieder und machte ein paar Schritte. In der letzten Woche war Caterina viel allein gewesen, da er sich fast ständig im Hof, im Weinkeller oder in der Küche des Palastes in der Calle de Marquet aufgehalten und darauf gewartet hatte, dass Guerao ihm von den Treffen mit dem Vogt, den Ratsherren oder dem Amtmann berichtete und davon, ob es Fortschritte bei der Suche nach seiner Tochter gab. Caterina fühlte sich wieder einsam und traurig. Aber sie erzählte Hugo nichts davon und warf ihm seine Abwesenheit mit keinem Wort vor. Stattdessen machte sie ihm Mut und versuchte ihn zu beruhigen, doch ihm entging nicht, wie niedergeschlagen und besorgt sie war.

»Es tut mir leid. Euer Wunsch kann nicht erfüllt werden.«

Hugo reagierte schnell genug, um Caterina festzuhalten, damit sie nicht zusammenbrach. Zu seiner Überraschung setzte sich Pater Guillem neben sie auf die Bank, nahm ihre Hand und wartete, bis sie sich ein wenig gefasst hatte.

»Du musst nichts mehr für die Freiheit deiner Freundin zahlen«, flüsterte er, während er ihr über den Handrücken strich.

»Was wollt Ihr damit sagen?«, fragte Hugo. »Ihr meint doch nicht, dass sie …«

»… tot ist?«, vollendete Caterina die Frage.

»Nein! Um Gottes willen! Sie ist gesund und munter. Sie ist eine starke Frau. Was ich sagen will, ist, dass Ramona … so heißt sie jetzt, zumindest vorläufig, also, dass Ramona sich schuldig bekannt hat. Da sie keine Christin war, ist ihr Vergehen keine Sünde, und sie hat beschlossen, nicht länger Mohammedanerin zu sein und sich dem wahren Glauben anzuschließen. Schon bald rechnen wir mit einer Seele mehr, die sich unserem Herrn anvertraut. Der Bischof, der, wie ihr bestimmt wisst, ebenfalls Konvertit ist, ein Mann, der das Licht sah«, fügte Pater Guillem leise hinzu, »ist hocherfreut und zutiefst bewegt, dass eine hartnäckige und verbohrte Anhängerin der Sekte Mohammeds hinter diesen Mauern hier, denen seiner Residenz, vom Heiligen Geist besucht wurde.«

»Vom Heiligen Geist? Barcha?«, fragte Hugo verblüfft, nachdem er aufgestanden war.

»Ramona, sie heißt jetzt Ramona«, verbesserte ihn der Pfarrer. »Das sagt sie selbst, und der Wärter hat es bestätigt. Ein heller weißer Lichtschein ist auf sie herabgeschwebt.«

»Können wir sie sehen?«, unterbrach Caterina den Pfarrer. Er überhörte die Frage und fuhr mit seiner Erklärung fort.

»Das Licht ist auf sie herabgeschwebt. Und hat sie erleuchtet. Seitdem macht sie nichts anderes mehr als beten. Sie kennt sämtliche Gebete und ganze Passagen aus der Bibel auswendig. Eine Maurin, die nie zur Messe gegangen ist! Seit vier Tagen kniet sie auf dem Boden und betet unaufhörlich, ohne zu essen und fast ohne zu trinken.«

Caterina war aufgestanden und machte ein ebenso ungläubiges Gesicht wie Hugo.

»Manchmal sinkt sie erschöpft zu Boden, aber selbst dann betet sie leise weiter! Wir geben ihr etwas Wasser, und sie erholt sich, und dann kniet sie sich sofort wieder hin und fleht um Vergebung und die Gnade Gottes.«

»Und das alles in dem stinkenden Verlies?«, fragte Hugo.

»Nein, natürlich nicht. Der Bischof hat ihr ein kleines Zimmer zur Verfügung gestellt, mit ein wenig Komfort, den sie aber nicht in Anspruch nimmt.«

Hugo und Caterina sahen sich fragend an. Sie konnten nicht glauben, was sie hörten.

»Können wir sie sehen?«, insistierte Hugo.

»Nein. Bis auf den Bischof empfängt sie keinen Besuch. Ein Priester kümmert sich um sie. Ihr seid die Ersten, die davon wissen. Der Bischof wollte, dass es ein Geheimnis bleibt, für den Fall, dass alles nur gespielt ist, aber nach vier Tagen Beten und ihrem Angebot, sich als Sklavin der Kirche hinzugeben …«

»Was?!«, rief Hugo.

»Sie ist verrückt!«, sagte Caterina.

»Nein, sie ist nicht verrückt. Was kann einer verirrten Maurin Besseres passieren, als sich mit Körper und Seele der Heiligen Kirche hinzugeben?«

»Natürlich … Hat sie sich schon verpflichtet?«, fragte Hugo besorgt.

»Nein. Der Bischof hat noch nicht entschieden, ob er sie als Sklavin akzeptiert. Sie kann auch der Kirche dienen, ohne ihre Freiheit aufzugeben. Ramona muss ein Vorbild für andere Konvertiten sein.«

Hugo schnaubte unverhohlen. Das war schon die zweite beispielhafte Konversion, die er miterlebte. Erst Regina und jetzt Barcha. Was hatte die Maurin vor? Was wollte sie damit erreichen? Er konnte nicht glauben, dass Barcha konvertiert war, dass sie angeblich das Licht des Heiligen Geistes erblickt hatte. Barcha konnte bereits vorher beten. Sie hatte es ihm vor Jahren gestanden, als sie ihm von ihren anderen Herren und deren Bemühungen, sie zu bekehren, erzählt hatte.

Nein, hier lag kein Wunder vor, Barcha würde tausend Tage ununterbrochen beten, auf Knien, ohne zu essen und zu trinken, nur um ihr Ziel zu erreichen, doch wie dieses Ziel aussah, konnte Hugo nicht sagen.

Erneut verlangten sie, Barcha zu sehen. Das sei nicht möglich.

»Doch, das ist möglich.« Hugo öffnete den Beutel mit dem Geld.

Der Bischof würde es nicht erlauben, wiederholte Pater Guillem. Hugo schüttelte den prall gefüllten Beutel. Der Bischof müsse ja nichts mitbekommen, sagte er. Der Priester kniff die Augen zusammen und betrachtete den Beutel. Vielleicht versuchte er zu schätzen, wie viel er enthielt. Hugo nahm ein paar Silbermünzen heraus. Offenbar war es nicht genug, doch Hugo begriff, dass der Priester bereit war, dass er schon wusste, was er mit dem Geld anfangen würde und es vielleicht im Geiste sogar schon ausgegeben hatte. Caterina streckte die Hand aus und machte Anstalten, den Betrag zu erhöhen, doch Hugo zog den Beutel weg und holte nur ein paar weitere Münzen heraus. Der Priester wartete ab. Schließlich steckte Hugo die Münzen zurück in den Beutel und erklärte das Geschäft für beendet.

»Warte«, hielt Pater Guillem ihn zurück. »Wir gehen, aber ihr dürft sie nur von der Tür aus sehen und nicht mit ihr reden.«

Hugo und Caterina folgten dem Geistlichen durch die Flure des Bischofspalastes. Unterwegs kamen sie an anderen Priestern oder Laien vorbei, die ihnen keinerlei Beachtung schenkten.

»Wir haben genug bezahlt, um ein paar Worte mit ihr zu wechseln. Und um sie einen kurzen Moment in den Arm zu nehmen«, beschwerte Hugo sich.

Doch der Pater wusste, dass Hugo und Caterina sich damit zufriedengeben würden, ihre Freundin zu sehen. Und sei es nur durch ein kleines Fenster in der Tür. Er blieb stehen, und Hugo holte das Geld heraus.

»Einverstanden, von der Tür aus«, gab er sich geschlagen.

Sie hatten Barcha lange nicht gesehen. Hugo krampfte sich der Magen zusammen, als sie einen langen Flur betraten, der ohne Zweifel zu den Zellen führte, in denen die Geistlichen im Dienst des Bischofs schliefen. Caterina drückte seine Hand. Ihre Finger waren kalt. Sie kamen an mehreren kleinen, identischen Türen vorbei. Ihre Schritte hallten auf dem Fliesenboden wider und durchbrachen die tiefe Stille. Kurz vor dem Ende des Flurs blieb Guillem stehen und klopfte an eine Tür. Als ein junger Priester sie einen Spalt öffnete, versuchte Caterina einen Blick in die Zelle zu erhaschen, doch der Pater hinderte sie daran. Er zwängte sich durch den Spalt, schloss die Tür hinter sich und ließ sie draußen stehen. Sie lauschten an der Tür und hörten die beiden Priester tuscheln. Hugo grinste, als er das Klimpern der Münzen hörte, und trat von der Tür zurück, da er vermutete, dass sie jeden Moment aufging.

Endlich gestattete der Priester ihnen, einen Blick in die Zelle zu werfen. Barcha trug eine schwarze Tunika, die man ihr aus irgendeinem

Kloster besorgt haben musste, und kniete auf einem Kissen auf dem Boden. Sie hatte die Hände über der Brust gefaltet und schaute zu einem Kruzifix an der Wand auf. Hugo bemerkte, dass Barcha sie aus dem Augenwinkel sah, und das apathische Gemurmel, das aus ihrem Mund drang, wurde lebhafter und lauter.

»Ich danke dir, mein Herrgott!«, wiederholte sie dreimal und bekreuzigte sich jedes Mal.

Lächelnd drückte Hugo Caterinas Hand. Barcha wandte sich ihnen zu.

»Gott sprach, der Teufel müht sich, dass wir an unserem Glauben zweifeln, er ist wie Ungeziefer, das nur lebt, um uns, den Christen, Schaden zuzufügen. Er sinnt auf Rache, da der Herr über die Finsternis gesiegt hat.«

Hugo beobachtete die beiden Priester. Sie standen mit offenem Mund da, als spräche Jesus aus dem Mund dieser konvertierten Muslimin zu ihnen. Doch Barcha sprach von demselben Ungeziefer, von dem sie im Kerker erzählt hatte. »Regina wird nicht eher ruhen, bis sie sich gerächt hat«, hatte sie sie gewarnt. »Vergesst nicht, dieses Ungeziefer lebt nur, um uns ins Unglück zu stürzen.«

»Gott, lass nicht zu, dass der Teufel sich an den Menschen rächt, die Jesus Christus, deinen Sohn, umgeben! Vor allem nicht an seiner Mutter, einer unschuldigen Frau. Lass nicht zu, dass das Ungeziefer diese junge, unschuldige Frau entführt! Suche das Ungeziefer! Vernichte es, vernichte das Böse!«

Barcha brach zusammen. Caterina rannte zu ihr. Als Pater Guillem und der Priester sie aufhalten wollten, ging Hugo dazwischen.

»Vielleicht braucht sie die Hilfe einer anderen Frau«, sagte er schnell.

Diese Worte verwirrten die Geistlichen, die einen Moment innehielten und überlegten, bevor sie sich losrissen und zu den beiden Frauen gingen. Caterina hatte sich vor Barcha gehockt und hielt sie in den Armen. Sie küsste sie stürmisch ab und benetzte ihr Gesicht mit Tränen.

Sie ließ sich von den Männern hochziehen, während Barcha weiter wie in Trance auf dem Boden lag.

»So war es nicht abgemacht«, schimpfte Pater Guillem.

»Ihr habt uns nicht gewarnt, dass sie ohnmächtig werden könnte«, entgegnete Hugo. »Auf so etwas waren wir nicht gefasst.«

»Was hat sie zu dir gesagt?«

Sie hatten noch nicht einmal das schmiedeeiserne Tor im Vorhof des Bischofspalastes durchquert und ihren Fuß in die Calle del Bisbe gesetzt, als Hugo Caterina fragte. Sie lief ein Stück vor ihm, als hätte sie es eilig, in die Taverne zurückzukehren.

»Pedro hat bestimmt alle Hände voll zu tun. Wir waren lange …«

»Caterina, was hat Barcha gesagt?«

»Nichts, sie hat bloß geweint«, antwortete sie, ohne sich umzudrehen.

Sie gelangten zur Plaza de Sant Jaume, wo reger Betrieb herrschte. Zahlreiche Schreiber und Händler gingen ihrem Geschäft nach, und der Vorhof der Kirche war brechend voll. Einen Moment lang verlor Hugo im Trubel die Orientierung. Eine Gruppe Kinder verspottete einen Mann, der an den Pranger neben der Pappel gefesselt war. Warum erzählte Caterina ihm nicht, was Barcha gesagt hatte? Denn sie hatte etwas gesagt. Bevor sie die Ohnmacht vorgetäuscht hatte, hatte die Maurin von Regina und Mercè gesprochen. »Lass nicht zu, dass das Ungeziefer diese junge, unschuldige Frau entführt!« Die Aufforderung war an sie gerichtet gewesen.

»In all den Tagen, als ich in Bernats Palast war …«, begann er, als er Caterina in der Calle de la Boquería eingeholt hatte, doch sie beschleunigte sofort den Schritt.

Hugo hielt sie sanft, fast zärtlich am Arm fest, bis sie stehen blieb.

»Caterina, ich will nur wissen, ob in der Zeit, als ich weg war, ein Sklave aus dem Bischofspalast in der Taverne war?« Caterina biss sich auf die Unterlippe. »Und du hast ihm von Mercès Entführung erzählt, oder?«

Caterina nickte. Eine Träne rann ihr über die Wange. Hugo begriff, warum Barcha sich so verhalten hatte. Sie war über die Sache mit seiner Tochter unterrichtet. Allerdings wusste er nicht, was sie damit bezweckte. Ohne Caterinas Arm loszulassen, ging er neben ihr her zur Taverne.

Wie Caterina vermutet hatte, war der Schankraum voll. Viele waren zum ersten Mal hier, wahrscheinlich hatte sie die Nachricht von der Entführung angelockt. Caterina gab sich einen Ruck, bevor sie mit entschlossenem Schritt und einem Lächeln auf den Lippen eintrat. Sie schwatzte mit den einen, lachte mit den anderen. An einem Tisch verlangte man nach ihr, und sie eilte hin. Auf dem Weg betrachtete sie aus den Augenwinkeln Hugo, der mitten im Raum stehen geblieben war. Während sie weiter die Gäste bediente, zog er sich in den Keller zurück. Er nahm eine Schale, schenkte sich einen guten, zwei Jahre in einem Holzfass gereiften Rotwein ein, den er für besondere Anlässe aufgehoben hatte, und dachte nach. Barcha warnte sie vor Regina, das war offensichtlich, aber was wusste die Maurin? Und warum hätte Regina Mercè entführen sollen? Immerhin war sie ihre Tochter. Das konnte nicht sein! Die Maurin fantasierte. Zwei Jahre in einem feuchten Verlies konnten jeden in den Wahnsinn treiben, sagte Hugo sich, bevor er sich noch eine Schale Wein einschenkte. Abgesehen davon war Regina gar nicht in Barcelona, zumindest hatte ihm das die Pförtnerin im Kloster Jonqueres gesagt, als er Regina von Mercès Verschwinden erzählen wollte. Es musste jemand von Bernats Feinden sein, ganz sicher. Die Adligen hatten keine Skrupel, Frauen zu rauben, die sie begehrten, egal, ob es Jungfrauen oder verheiratete waren. Und Mercè war schön. Allerdings machten die Adligen kein Geheimnis um derartige Dinge, ganz im Gegenteil, sie prahlten sogar damit. Und wenn es doch Regina war? Vielleicht war sie deshalb nicht in Barcelona …

»Warum, Regina? Warum?«, schrie er und schleuderte die Schale gegen ein Fass.

Caterina wartete, bis der Lärm der über den Boden rollenden Holzschale verstummt war, und ging zu Hugo in den Weinkeller hinunter.

»Barcha weiß es nicht.« Ihre Stimme zitterte. »Aber sie glaubt, dass es Regina war. Da, wo Regina ist, ist auch deine Tochter, hat sie gesagt.«

»Und wie sollen wir herausfinden, wo Regina ist? Sie hält sich bestimmt in irgendeinem Kloster auf und nutzt die Nonnen und ihre Tugenden für ihre Zwecke aus.«

»Barcha wird es herausfinden. Sie wird es uns sagen.«

Hugo sah Caterina an, die regungslos am Fuß der Treppe stand. Das

Licht der Taverne fiel von hinten auf sie, es war unmöglich, ihr Gesicht zu deuten.

»Dann werde ich allein sein«, fügte sie mit belegter Stimme hinzu.

»Was meinst du damit?«

»Du … du wirst mich zurücklassen, um sie zu suchen«, stotterte Caterina. »Und wenn Regina hinter allem steckt, wie Barcha vermutet, wird sie sich an deiner Tochter rächen … und danach an dir.«

Ohne Hugos Antwort abzuwarten, stürzte sie weinend nach oben.

Es vergingen zehn Tage der Ungewissheit, mit Besuchen im Palast in der Calle de Marquet, vor allem aber voller Spannung zwischen ihm und Caterina, bis sie endlich wieder etwas von Barcha hörten. Zwei Soldaten und ein Beamter des Bischofs erschienen in der Taverne.

»Komm mit«, befahl Letzterer, nachdem Hugo bestätigt hatte, wer er war. »Du nicht«, wies er Caterina zurück.

»Warum kann sie nicht mitkommen?«, protestierte Hugo.

Die gezückten Schwerter der Soldaten genügten ihm als Antwort. Auf der Straße steckten sie ihre Waffen zurück in die Scheiden.

»Warum so brutal?«, fragte Hugo den Beamten.

»Schneller«, drängte dieser ihn.

Im Bischofspalast mussten sie sich einen Weg zwischen den vielen Geistlichen bahnen, die sich auf dem Flur mit den Schlafräumen drängten. Es war derselbe Flur, den er ein paar Tagen zuvor mit Caterina und Pater Guillem entlanggegangen war. Als das Getuschel um sie herum verstummte, glaubte Hugo für einen Moment, Caterinas schnellen Atem zu hören. War Barcha etwa in Ekstase geraten, fragte er sich und unterdrückte ein Grinsen. Wenn sich die Maurin etwas in den Kopf gesetzt hatte, war sie in der Lage, den Bischof und sämtliche Kleriker der Welt hinters Licht zu führen.

Sie betraten die von zwei Soldaten bewachte Zelle. Hugo sah sofort, dass Barcha weder in Ekstase geraten war noch jemanden hinters Licht führte. Sie war wieder ganz sie selbst, herrschsüchtig und stur. Mit dem Rücken an die Wand gelehnt, saß sie in der am weitesten von der Tür entfernten Ecke auf dem Boden, direkt unter dem Kruzifix, zu dem sie bei ihrem letzten Besuch gebetet hatte. Sie hatte die Beine gespreizt, und dazwischen, mit dem Rücken an ihrer Brust und ihrem Bauch, kauerte blass und verschwitzt, mit eingenässtem Gewand, der Bischof Andreu Bertran.

Barcha drückte die Scherbe eines Tontellers gegen die Halsschlagader des Bischofs. Die restlichen Scherben waren ebenso wie das Essen, das sich auf dem Teller befunden hatte, im ganzen Raum verstreut.

»Barcha, was tust du da?«, fragte Hugo erschrocken, als er den Bischof sah.

»Die Soldaten sollen raus. Ich will sie da haben, wo die anderen sind«, befahl sie.

Der Bischof brauchte ihre Worte nicht zu wiederholen. Sein panischer Blick, als sie die Scherbe noch etwas fester an seinen Hals drückte, reichte, damit die Wachen gehorchten.

»Was tust du da?«, fragte Hugo erneut.

»Mein Sohn, sag deiner Freundin …«, stotterte der Bischof.

»Schweig.«

Barcha presste die improvisierte Waffe noch ein bisschen fester an den Kehlkopf des Bischofs. Er flehte um Hilfe, während etwas Blut aus seinem Hals quoll. Die Soldaten machten Anstalten, ihrem Herrn zu Hilfe zu eilen.

»Bleibt, wo ihr seid!«, schrie die Maurin. »Wenn du nicht schweigst«, wandte sie sich an den Bischof, »stirbst du. Wenn du tust, was ich will, lasse ich dich laufen, das habe ich dir schon gesagt.«

»Wer garantiert mir das?«, jammerte der Bischof.

»Dein Gott«, erwiderte sie spöttisch. »Reicht dir das nicht? Hugo, setz dich zu mir. Vielleicht gefällt dir nicht, was du jetzt hören wirst«, fügte sie hinzu, nachdem Hugo ein paar Scherben zur Seite geschoben und sich neben sie an die Wand gesetzt hatte. »Mercè«, flüsterte Barcha, damit nur er und der Bischof sie verstehen konnten, »ist die Tochter einer Nonne aus dem Kloster Jonqueres …«

»Woher weißt du das?«, fragte Hugo laut. Barcha bedeutete ihm, leiser zu sein.

»Von ihm, und er weiß es von Regina.«

»Meine Schwester Arsenda war Laienschwester im Kloster Jonqueres …«

Der Bischof schüttelte den Kopf.

»Heißt die Mutter Arsenda?«, fragte Barcha.

»Nein.« Wieder schüttelte der Bischof den Kopf. »Äbtissin Beatriz. Sie heißt Beatriz.«

»Also ist sie nicht die Tochter deiner Schwester, aber das ist auch unwichtig.«

»Natürlich nicht«, unterbrach der Bischof sie. »Eine Laienschwester würde nie Äbtissin eines Klosters werden.«

»Offenbar ist es so«, fuhr Barcha fort, »dass diese Äbtissin sich darum kümmert … du weißt schon … die Fehler wiedergutzumachen, die die Nonnen begangen haben. Die Sache ist, dass Regina und sie ein Herz und eine Seele sind …«

»Was hat das mit Mercès Verschwinden zu tun?«

»Viel. Für manche geht es um alles: ihren Besitz, ihre Stellung, ihre Ehre. Seit diesem neuen Konzil in …«

»Konstanz«, sprang Hugo ihr bei.

»Genau. Seitdem wimmelt es hier von Spitzeln, und es gibt Anweisungen, alle Vergehen zu untersuchen und ans Licht zu bringen, die Papst Benedikt begangen haben könnte, sowohl die eigenen als auch die seiner Kardinäle und Bischöfe. Viele fürchten, dass die Äbtissin Beatriz enthüllen könnte, was sie über die fleischlichen Beziehungen und sogar vereinzelte satanistische Praktiken höchster Vertreter der katalanischen Kirche weiß – und das ist viel.«

»Das ist nicht wahr …«, sagte der Bischof.

»Vorhin hast du noch etwas anderes gesagt«, erwiderte Barcha. »Der Bischof hier hat prophezeit, dass es einen noch größeren Skandal gibt als bei dem anderen Papst, der wegen Lasterhaftigkeit verurteilt wurde, oder etwa nicht?« Barcha bewegte die Spitze der Tonscherbe an seinem Hals, und der Bischof stieß ein ersticktes Ja hervor. »Sag ich doch«, fuhr die Maurin fort. »Sie mussten Beatriz überwachen, und Regina fiel nichts Besseres ein, als ihre Tochter zu entführen, um sie zum Schweigen zu bringen.«

»Wo ist Mercè?«, fragte Hugo.

»Er sagt, er weiß es nicht, aber ich kann es noch einmal versuchen.« Wieder presste sie die Scherbe an die Halsschlagader des Bischofs.

»Nein!«, rief Hugo mit einem Blick auf die Soldaten, die in der Tür standen, bereit, jeden Moment einzuschreiten. »Und diese Beatriz, wo finde ich die?«

»In einem Kloster.« Barcha zögerte. »In welchem?«

»In Bonrepòs, am Fuß des Montsant«, antwortete der Bischof.

Hugo hatte den Namen des Berges schon einmal gehört, aber er wusste nicht, wo er lag.

»Wo ist das?«, wandte er sich direkt an den Bischof.

»Im Priorat, da, wo auch die Kartause von Escaladei ist.«

Der Priorat. Vom Hörensagen kannte er die Weine dieser Gegend, darunter die der Kartäusermönche, die aus Frankreich herübergekommen waren. Er erinnerte sich, dass er sogar einen davon mit Mahir probiert hatte.

»Da findest du Mercès Mutter«, holte Barcha ihn in die Wirklichkeit zurück.

»Und?« Hugos Frage galt mehr ihm selbst.

Barcha seufzte.

»Das muss genügen. Mehr konnte ich nicht für dich tun, und ich fürchte, mehr werde ich in der wenigen Zeit, die mir bleibt, auch nicht erreichen können.«

»Vielleicht bekomme ich auch nicht mehr oft Gelegenheit, etwas für sie zu tun …«, erwiderte Hugo.

»Aber du kannst etwas machen!«, sagte Barcha zum Bischof.

»Selbst wenn er für mein Leben garantiert, könnte er später immer noch behaupten, er sei dazu gezwungen worden.«

»Du hast nichts verbrochen, Hugo«, unterbrach Barcha ihn. »Ja, ich bin überzeugt, dass dieser konvertierte Hund alles zurücknehmen wird, was er gesagt hat, aber das ist egal. Der Punkt ist, dass der Graf von Navarcles und Admiral der katalanischen Armada nicht erfahren darf, dass der Bischof von Barcelona in die Entführung seiner Frau und Mutter seines Erben verwickelt ist. Ich glaube, Bernat wäre imstande, diesen Palast dem Erdboden gleichzumachen.«

»Du hast recht, aber welche Garantien hat der Bischof, dass ich es dem Grafen nicht erzähle?«

Er ahnte, was Barcha sagen würde.

»Würdest du diesem blutrünstigen Menschen erzählen, dass Mercè nicht deine Tochter, sondern die einer Nonne und eines unbekannten Vaters ist?«, flüsterte sie ihm ins Ohr.

»Nein«, schnaubte Hugo. Der Gedanke an Bernats Reaktion, sollte er davon erfahren, ließ ihn erschaudern.

»Da hast du es, das ist deine Garantie. Keiner von euch beiden hat ein Interesse daran, dass der Graf von der Sache erfährt.«

»Sie können mich hindern, den Palast zu verlassen. Auf diese Weise würde auch niemand davon erfahren.«

»Du gehst zur Taverne, und solange dieser Junge, dein Lehrling, von dem du mir erzählt hast, nicht hier ist, werde ich den Bischof nicht freilassen. Wenn er zu lange braucht, töte ich den Bischof. Hast du mich verstanden?«, wandte sie sich an den Geistlichen. Der Bischof nickte. »Sobald du von hier weg bist«, sagte sie wieder zu Hugo, »erzählst du alles Caterina und einer anderen Person, der du vertraust. Dadurch wäre dein Tod sinnlos. Einverstanden?«

Barcha rief den Beamten des Bischofs zu sich und erklärte ihm, was sie vorhatten. Der Bischof, der langsam zu begreifen schien, dass er doch noch mit dem Leben davonkommen würde, bestätigte alles.

»Und wenn sie der Äbtissin oder Regina Bescheid sagen?«

Als Barcha mit den Schultern zuckte, fuhr der Bischof erschrocken hoch.

»Oh, tut mir leid, Hochwürden«, machte Barcha sich wegen des unbeabsichtigten Stichs mit der Scherbe lustig. »Warum sollten sie der Äbtissin Bescheid sagen, wenn sie sie selbst erpressen? Und Regina … Sie werden es ihr sagen, keine Frage. Es wird ihr nicht gefallen, davon kannst du ausgehen. Das Risiko wirst du eingehen müssen.«

Das Wort »Risiko« holte Hugo in die Realität zurück.

»Und du?«, kam es gebrochen aus seiner Kehle.

»Du musst mein Mädchen retten, Hugo, vergiss mich. Sie werden sie umbringen, Hugo. Ganz sicher. Keiner, der von diesen Machenschaften betroffen ist, kommt ungeschoren davon. Am Tag, an dem alles auf diese oder jene Weise geklärt ist, töten sie sie oder lassen sie in irgendeinem finsteren Kerker verrotten. Sie werden nicht zulassen, dass sie sich ihnen widersetzt. Beeil dich, Mercès Leben steht auf dem Spiel. Vertraue keinem, Hugo, keinem, hast du mich verstanden? Weder Bernat noch Guerao noch den Geistlichen oder Vögten … Nicht einmal Caterina.«

»Aber …«

»Sie ist ein guter Mensch, ein sehr guter, aber sie ist nicht stark genug. In Wahrheit ist sie sogar sehr schwach. Vertraue keinem, Hugo, keinem. Du bist ganz allein bei dieser Sache. Ich bleibe hier.« Barcha schwieg einen Moment. Sie räusperte sich ein paarmal, bevor sie fortfuhr: »Ich sitze seit zwei langen Jahren in einem feuchten Verlies, nur weil ich, sittsam und respektvoll, eine Kirche betreten habe. Stell dir vor, was jemanden erwartet, der ihren Bischof bedroht. Ich bin bereit, Hugo. Es gibt keine bessere Art zu sterben, als mein Leben für mein Mädchen herzugeben … und für dich. Und jetzt geh.«

Hugo zögerte.

»Meine Entscheidung ist gefallen, Hugo. Es gibt nichts zu überlegen, und du wirst auch nichts daran ändern. Geh.«

Während er aufstand, gab er der Maurin jenen Kuss auf den Mund zurück, mit dem sie sich verabschiedet hatte, als er sie das erste Mal im Kerker besucht hatte. Er kämpfte gegen seine Tränen an, und mit gesenktem Kopf ging er zwischen den Priestern und Soldaten, die schweigend zur Seite traten, durch den langen Flur davon.

»Und mein Essen?«, hörte er Barcha hinter sich schreien. »Wegen euch Dummköpfen musste ich den Teller mit meinem Essen zerschlagen!«

Als er ihr lautes Lachen hörte, dessen Echo ihn bis zum Ausgang des Palastes verfolgte, lief ihm ein Schauer über den Rücken.

Man würde sie durch Barcelona schleifen, sie vierteilen und ihre Reste am Galgen zur Schau stellen. »Sarazenersklaven schleift man immer durch die Straßen, bevor sie gehängt werden«, murmelte Hugo, doch Caterina blieb stumm. Seit einigen Nächten richtete er sich immer wieder erschrocken auf, um Caterina zu beruhigen, die selbst im Schlaf von den Grausamkeiten verfolgt zu werden schien und zuckend, mit verzerrtem Gesicht und verkrampften Händen im Bett lag. Er wusste nicht, wie er sie trösten sollte, und am Ende hielt er sie in den Armen und weinte wie ein kleiner Junge.

Er suchte die Nähe seines Enkels. Bernat verbot ihm nicht, Arnau zu sehen, obwohl die Amme ihn weiter boshaft von ihm fernhielt. »Das ist nicht dein Kind, Hündin«, beschimpfte er sie. Ohne jede Erklärung ging sie mit Arnau im Arm weg. »Drecksweib!« Seine Beleidigungen mischten sich unter die Flüche, Schmähungen und Verwünschungen des Grafen, die von früh bis spät durch den Palast hallten. Ihm zu gestehen, dass Mercè nicht seine Tochter, sondern die einer Nonne war, würde alles nur erschweren, sagte Hugo sich, als er die verängstigten Diener sah, die wie Gespenster durch die Gänge schlichen. Bernat würde ihn, ohne mit der Wimper zu zucken, umbringen. Er würde sein Schwert ziehen und ihn durchbohren. Oder es mit bloßen Händen tun, ihm den Hals zudrücken oder ihn mit den Fäusten zu Brei schlagen.

Auch das Meer konnte ihn nicht beruhigen. Er suchte Frieden im Wellenrauschen und in der sanften Brise, doch er erinnerte sich nur an Dolças Verachtung für das Meer: »Es macht nichts anderes, als sich zu bewegen.« Vielleicht hatte sie recht… Die Weinberge des Raval führten ihm die Fehler vor Augen, die er im Laufe seines Lebens begangen hatte. Eine endlose Folge. »Barcha, Barcha, Barcha«, glaubte er die Reben flehen zu hören. In wenigen Tagen würde man sie hinrichten. Er verschanzte sich in seinem Weinkeller, und die Dunkelheit und Stille lasteten auf seiner Brust. Sein Herz raste wie verrückt, kalter Schweiß trat ihm aus allen Poren, und er zitterte vor Kälte.

Er stürzte zur Treppe und floh nach oben. Die Taverne hatte bereits geschlossen, und Pedro tat so, als würde er vor dem Feuer schlafen.

Caterina saß schweigend auf der Bettkante und empfing ihn mit gesenktem Kopf. Sie weinte nicht. Hugo ließ sich mit dem Bauch auf das Laken fallen. Stille hüllte ihn ein. »Ich komme wieder«, versprach er.

Er hatte Caterina angekündigt, dass er sich sofort nach Barchas Hinrichtung auf die Suche nach seiner Tochter machen würde. Er verschwieg, was Barcha über ihre Schwäche gesagt hatte, berichtete ihr aber ansonsten alles, was sich in der Zelle zugetragen hatte. Und er bot ihr an, ihn in den Priorat zu begleiten. »Und wer soll sich um die Taverne kümmern?«, antwortete sie müde. Es klang wie ein Vorwand.

»Komm mit«, wiederholte er ohne große Überzeugung. Sie blieb bei ihrer Haltung, ermutigte ihn aber aufzubrechen.

Das Gespräch versiegte, Caterina legte sich seufzend hin, und er drehte sich um und täuschte eine gleichmäßige Atmung vor. Obwohl er wusste, dass sie nicht ernst gemeint waren, klammerte er sich an ihre aufmunternden Worte. Caterina litt unter den Ängsten einer Frau, die voller Sorge in die Zukunft blickte. Und Barcha, ihre Freundin, würde grausam hingerichtet werden wegen Mercè, auf deren Suche er sich machen würde. Mercè, immer wieder Mercè … Hugo spürte den inneren Konflikt, den Caterina austrug. Sie ermutigte ihn, um seine Tochter zu kämpfen, sich den Gefahren zu stellen, die es mit sich brachte, wenn man sich mit den Mächtigen anlegte, während sie in Wahrheit alles darum gegeben hätte, dass er an ihrer Seite blieb. Hugo spürte, wie sich ihm die Kehle zuschnürte.

»Ich liebe dich«, flüsterte er im Dunkeln.

Caterina antwortete nicht.

Es kam der letzte Aprilsonntag 1417. Es war Mittag, und die Sonne schien auf eine Stadt in Festtagsstimmung herab. Die frische, salzige Brise erinnerte an die Nähe des Mittelmeeres, das Barcelona groß gemacht hatte.

Das laute Geschrei, das von Barchas Auszug aus dem Bischofspalast kündete, lockte die Menschen in die Calle del Bisbe und zur Plaza Nova. Dicht gedrängt beobachtete die Menge, wie sie gefesselt hinter einem Esel herlief. Im Gegensatz zu den anderen trat Hugo ein paar Schritte zurück. Der Lärm machte ihn benommen. Dutzende von Rücken reihten sich vor ihm auf. Hunderte würden es auf der vorgesehenen Strecke sein. Er betrachtete sie, alle waren angespannt, unruhig, aggressiv … Die Beschimpfungen taten seinen Ohren weh. Was tat er hier? Caterina wollte ihn nicht begleiten. »Ich kann sie nicht sterben sehen«, hatte sie zu ihm gesagt. Auch er wollte sie nicht leiden und sterben sehen, doch der Gedanke, Barcha auf ihrem Kreuzweg alleine zu lassen, hatte ihn zu diesem schmerzhaften Schritt bewogen. Er war es ihr schuldig, sagte er sich. Das Gebrüll schwoll an. Hugo wusste, warum: Barcha war gestürzt, und jetzt schleifte sie der Esel durch die Straßen. Die Schreie und Beschimpfungen wurden immer lauter. Hugo hielt sich die Hände vors Gesicht. »Steh auf, Maurin!«, hörte er eine Stimme. Jemand half ihr hoch, nicht aus Mitleid, sondern um sie am Leben zu halten, bis man sie vierteilen würde.

Auf dem langen Weg von der Kathedrale über die Plaza del Blat, entlang der Calle de la Mar, die zur Kathedrale Santa María del Mar führte, vorbei an den Lagerhäusern am Strand, hinauf zur Calle de la Ciutat, wo der Stadtrat seinen Sitz hatte, bis hin zur Plaza de Sant Jaume würde Barcha noch viele Male stürzen.

Auf dem Platz vor der Kathedrale versuchte Hugo etwas näher an den Zug heranzukommen, doch die Menschen standen zu dicht. Er nahm die Ellbogen zu Hilfe. Ein jüngerer, weitaus kräftigerer Mann stieß ihn zurück. Eine Frau spuckte ihn an, weil er sich vorzudrängeln versuchte. Ein paar Kinder lachten ihn aus. Als die Leute endlich Platz machten, war die Verurteilte bereits vorbeigekommen, doch er konnte gerade noch einen Blick auf ihren entblößten Rücken und ihre zerfetzte Kleidung erhaschen. An den Esel gebunden, schleppte Barcha sich mit nackten Füßen über die Straße. Die Menge drängte sich weiter entlang der Strecke, obwohl es noch ein weiter Weg war. Er lief zur Kathedrale Santa María del Mar, wo es noch etwas leerer war, stieg die wenigen Stufen zum Hauptportal hinauf und lehnte sich mit dem Rücken an die Mauer.

Es dauerte, bis Barcha kam. Hugo ließ den Blick über den Platz schweifen. An Sonntagen wie diesem hatte seine Mutter sich immer einen Moment beim Handschuhmacher freigenommen, ihm über den Kopf gestreichelt und lächelnd seinen Geschichten davon gelauscht, dass er eines Tages der beste Schiffsbaumeister am Mittelmeer werden würde … Bis sie mit dem Böttcher verschwunden war. Auch an Arnau erinnerte er sich, und an Frau Mar, die nur ein paar Schritte entfernt begraben lag, auf dem Friedhof auf der anderen Seite. Nur seinen Vater sah er nicht mehr vor sich, als hätte das Meer auch die Erinnerungen an ihn verschluckt. Sehr wohl aber Arsenda. Wo mochte sie sein? Lebte sie überhaupt noch?

Das laute Gebrüll aus der schmalen Calle de la Mar, wo die Silberschmiede lebten, kündete von Barchas Ankunft. Zitternd drückte sich

Hugo an die Wand, krallte die Fingernägel in den rauen Stein. Oben auf der Treppe konnte ihm niemand die Sicht auf den engen Korridor nehmen, den die nach Blut lechzende Menge frei ließ, dieselben Leute, die noch vor Kurzem in sich gekehrt, von der göttlichen Gnade erleuchtet, die Heilige Messe besucht hatten.

Als Barcha auf den Platz geschleift wurde, zog sie eine breite, rote Spur hinter sich her. Zwei Männer halfen ihr auf. Aus ihrer Brust, dem Bauch und ihren Armen und Beinen strömte Blut. Die schmutzige, blutverschmierte Kleidung hing ihr in Fetzen am Körper herab. Die Leute konnten es kaum erwarten, dass der Beamte wieder den Esel antrieb. Als es so weit war, ließen die Männer Barcha los, und sie fiel wieder hin. Dem hasserfüllten Gemurmel folgten neuerliche Schreie und Beschimpfungen. Eine Frau löste sich aus der Menge, trat Barcha ins Gesicht und brüllte: »Ketzerin!«

Hugo zwang sich, nicht zu weinen, als er sah, was von Barcha übrig war. Die Maurin erreichte die Mitte des Platzes, als er merkte, dass seine Fingernägel bluteten, so sehr hatte er sie in die Mauer gegraben, während er gegen seine Tränen ankämpfte. Er wandte den Blick nicht ab, er war es ihr schuldig, denn sie würde für Mercè sterben. Barcha drehte den Kopf zur Kathedrale Santa María del Mar, dort hatte ihre Haft im Bischofspalast ihren Ausgang genommen. Niemand konnte erahnen, wie viel Trost ihr die Erinnerung an ihr Mädchen schenkte, als Mercè wie eine Königin die Kirche betreten hatte. Hugo wusste, dass Barcha ihn gesehen hatte. Ihre Blicke begegneten sich für einen Moment, lange genug, um sich ein ganzes Leben zu erzählen.

Barcha fluchte, wie sie immer fluchte, vielleicht etwas lauter, und versuchte sich mit aller Kraft aufzurichten. Hugo ließ seinen Tränen freien Lauf. Vielleicht lag es an Barchas Geschrei, vielleicht am plötzlichen Schweigen der Menge, das angesichts ihrer übermenschlichen Anstrengung eintrat, vielleicht auch einfach nur daran, dass das Tier es so wollte – jedenfalls blieb der Esel plötzlich stehen. Der Soldat, der ihn führte, war fassungslos. Genau wie alle anderen. Barcha stand langsam auf und wandte sich, so aufrecht sie konnte, Santa María del Mar zu.

Im grellen Sonnenlicht wirkte die geschundene, blut- und schlammverschmierte Frau wie eine geisterhafte Erscheinung.

Wieder begegneten sich ihre Blicke. Barcha versuchte sich zitternd gerade zu halten und verzog ihr Gesicht zu einer Grimasse, die wegen ihres zahnlosen Mundes alles hätte bedeuten können. Hugo verstand, was sie ausdrücken wollte: Dankbarkeit, Zuneigung, Zärtlichkeit … »Behalte es als das in Erinnerung, was es ist«, schien sie ihm sagen zu wollen. »Mein Geschenk. Ich gebe mein Leben für sie. Rette mein Mädchen.« Beide lächelten zärtlich, und ohne die Anstrengung und den Schmerz verbergen zu können, streckte sie sich noch etwas mehr, zeigte allen, wie groß sie war, und teilte Hugo auf diese Weise mit, dass er fortgehen und sie so in Erinnerung behalten sollte.

Unterdessen zerrte der Soldat weiter an dem Esel, der sich sturköpfig weigerte, sich auch nur einen Zentimeter von der Stelle zu rühren.

»Vor Santa María del Mar«, flüsterte eine Frau vor ihm.

»Als wäre es ein Wunder«, pflichtete ihr eine andere bei.

»Ein Wunder!«, rief eine Dritte.

»Die Jungfrau will nicht, dass ihr sie tötet!«

»Lasst sie frei!«

»Ein Wunder!«, stimmten immer mehr Leute ein. Hugo blickte sich mit angehaltenem Atem um. Wäre es möglich, Barcha zu retten?

Der Beamte, der den Zug begleitete, zog sein Schwert und schlug mit der flachen Seite heftig auf die Kruppe des Esels. Das Tier schrie laut auf, machte einen Satz nach vorne, sodass Barcha umgerissen wurde, und setzte seinen Weg fort.

»Ein Wunder?«, spottete der Soldat und verbeugte sich vor dem Esel. Lautes Gelächter begleitete die Parodie.

27

Hugo ging in die Taverne zurück. Während Barcha gefoltert und den Strand entlang zu den Werften geschleift wurde, wählte er die Straßen, die am weitesten von der Strecke des Zuges entfernt lagen. Er konnte die Tränen nicht länger zurückhalten. Barcha würde ihretwegen sterben, wegen Mercè. Man würde sie auf der Plaza Nova vierteilen, gegenüber dem Bischofspalast, dann würden sie ihren Kopf auf eine Lanze spießen und ihre Körperteile in ganz Barcelona ausstellen. Kurz vor der Plaza de Sant Jaume musste er sich auf eine steinerne Bank setzen, die neben einer Haustür in die Wand eingelassen war. Die Beine versagten ihm, ein unkontrollierbares Zittern hinderte ihn am Weitergehen. Nach einer Weile holte er tief Luft und zwang sich aufzustehen. In der Taverne war kein einziger Gast. Caterina saß allein an einem der langen Tische, vor sich eine Schale Wein. Pedro schüttelte den Kopf, als Hugo auf die Schale deutete. Es sei die erste, sagte er leise. Hugo bat ihn um eine Schale für sich und setzte sich zu Caterina. Sie nahm seine Hand.

»Gestern war ich bei einem Notar«, sagte er. »Ich habe dich zu meiner Erbin ernannt. Falls mir etwas zustößt.« Sie ließ ihn los, hielt sich die Hände vor das Gesicht und brach in Tränen aus. »Caterina ...«, versuchte er sie zu trösten.

»Ich will die Taverne nicht«, schluchzte sie. »Ich will dich.«

»Ich weiß, aber ich möchte, dass du versorgt bist.«

»Ich will nicht daran denken, dass du sterben könntest.«

Caterina hatte die Hände sinken lassen und lauter gesprochen, während sie ihn mit ihren hellen, geröteten Augen ansah.

»Mir wird nichts geschehen, meine Liebste.«

»Warum hast du dann …?« Sie hielt inne. Warum hast du dann dein Testament gemacht?, wollte sie fragen. »Ich werde für dich beten«, sagte sie stattdessen.

Sie tranken schweigend ihren Wein. In der Ferne hörte man den Lärm des makabren Zuges auf seinem Rückweg zur Plaza Nova. Vielleicht bewegte er sich gerade die Rambla hinauf. Sie schwiegen ehrfürchtig. Sie wussten, was in diesem Moment geschah. Die lauten Schritte, die aufgeregten Rufe und das Gelächter in der bis eben ruhigen, fast menschenleeren Calle de la Boquería verrieten ihnen, dass Barcha tot war. Hugo stand auf, küsste Caterina zärtlich auf den Scheitel und ging nach oben. Er packte warme Kleidung zusammen, deckte sich mit Käse und Pökelfleisch ein, nahm sich etwas von dem Geld, das sie gespart hatten, und kehrte an den Tisch zurück, wo Caterina weiterhin stumm und blass saß.

»Ich breche auf«, flüsterte er ihr ins Ohr. »Falls du etwas brauchst, die Münzen sind da, wo sie immer sind.«

Wieder küsste er sie. Sie reagierte nicht. Bevor er ging, wandte er sich an Pedro.

»Pass gut auf sie auf.«

Er eilte Richtung Raval zum Portal de Sant Antoni. Er wusste nicht, wo man Barchas Körperteile ausstellen würde. Nur dass ihr Kopf auf der Plaza Nova blieb, direkt vor dem Bischofspalast. Beim bloßen Gedanken, er könnte auf ihre Überreste stoßen, drehte sich ihm der Magen um. Er lief schneller und wich den Menschen auf den Straßen aus, die fast alle Barchas Hinrichtung feierten. Das Gedränge und seine Eile hinderten ihn daran, noch einmal zur Taverne zurückzuschauen, wo Caterina vor der Tür stand und den Arm sinken ließ, mit dem sie ihm zum Abschied gewunken hatte.

Er durchquerte das Portal de Sant Antoni. Als er die Stadt verlassen hatte, ohne der gevierteilten Leiche der Maurin begegnet zu sein, wurde er ruhiger. Mercè brauchte ihn, und Barcha hatte sich geopfert, damit er sie rettete. Er machte sich auf den Weg nach Tarragona. Nachdem Barcha ihm enthüllt hatte, wo die Äbtissin Beatriz zu finden war, hatte er sich nach der Lage des Klosters von Bonrepòs erkundigt, doch niemand konnte es ihm sagen. Dafür war er auf mehrere Leute gestoßen, die die Kartause von Escaladei in der Nähe von Bonrepòs kannten. Beide Klöster befanden sich mehrere Meilen landeinwärts von Tarragona. Es gab auch einen Weg vom Kloster von Poblet aus, wo die Könige bestattet wurden, doch keiner empfahl ihm diese Route. Es sei besser, von Barcelona nach Vilafranca del Penedès und von dort weiter nach Tarragona zu gehen.

Barcha und Caterina. Die eine war tot, die andere hatte sich nicht einmal richtig von ihm verabschiedet. Er durfte keine Angst haben, sagte er sich. Er dachte an Mercè. Die Gefahr, in der seine Tochter schwebte, trieb ihn zur Eile an, und er vergrub den Gedanken an Caterinas besorgtes Gesicht irgendwo in seinem Kopf und verscheuchte jeden Zweifel an seinem Vorhaben.

Im Lauf der Jahre hatte er sich oft Mercès Mutter vorgestellt. Eine Frau, die bei der Geburt gestorben war, ein junges, lediges Mädchen, eine in Armut lebende Mutter, doch dass es eine Nonne aus dem Kloster Jonqueres sein könnte, wäre ihm nie in den Sinn gekommen. An dem Tag, als Mercè geboren wurde, dürfte Arsenda schon nicht mehr in dem Kloster gewesen sein – es sei denn, Pater Pau hätte gelogen, so wie später, als er ihm erzählte, seine Schwester sei in Valencia. Er erinnerte sich an das Treffen, als der Pfarrer ihm den Weinberg neben der Kathedrale Santa María del Mar angeboten hatte. Im Gegenzug hatte er verlangt, dass er die Nonnen in Ruhe ließ, und mit der Zeit hatte Hugo begriffen, dass dies der wahre Grund für sein Angebot gewesen war. An dem Tag hatte der Geistliche ihm erzählt, dass seine Schwester nicht mehr in Barcelona sei, man habe sie fortgeschickt, weil sie sich von seinem Einfluss befreien müsse. Zu dem Zeitpunkt hatte er die Maurin noch nicht gekauft. Barcha. Er erinnerte sich, wie verrückt sie nach dem Mädchen gewesen war, wie sie es in den Armen gewiegt und gedroht hatte, den Hof zu verlassen, wenn man ihr die Kleine nicht gäbe.

Er hatte Bernat, dem Grafen von Navarcles und Admiral der katalanischen Armada, zwei Silbermünzen gegeben, bevor dieser auf die Galeere abgeführt worden war. Bernat hatte sie ihm nie zurückgegeben oder sich bedankt. Später hatte er einem Lausbuben namens Manuel Aragall, der auf einem Hof bei Vilafranca del Penedès lebte, eine kleine

Münze gegeben, um sich etwas auf dem Markt zu kaufen, und dieser Junge und seine Familie, einfache Bauern, erstatteten ihm den Wert dieser Münze um ein Vielfaches zurück.

Der Junge erkannte ihn sofort wieder. Nach zwei Tagen hatte er den Penedès erreicht. Am ersten Abend, als ihn die Erinnerungen an Barcha, Caterina und Mercè verfolgten, suchte er sich keine Unterkunft und schlief unter freiem Himmel, nachdem er ein Stück Pökelfleisch verspeist hatte. Die Kälte, die zu dieser Jahreszeit noch herrschte, und seine Albträume peinigten ihn die ganze Nacht. In den folgenden Nächten fragte er auf den Höfen nach einer Schlafgelegenheit. Er wurde freudig aufgenommen, und die Bauernfamilien baten ihn um Nachrichten aus der Hauptstadt. Sie gierten geradezu nach Neuigkeiten und waren froh, für einen Moment der Eintönigkeit der ländlichen Abende zu entfliehen. Hugo sprach viel und aß wenig, wohl wissend, dass er mit seinen Worten weit mehr bezahlte als mit den paar Münzen, die er den Leuten angeboten hatte, damit sie ihr Elend mit ihm teilten. Er schlief unter einem Dach mit den Tieren, und im Morgengrauen brach er dankbar auf.

Er erkannte ihn erst, als der Junge nach den Maultieren fragte, Tinta und Blanca. Sein Haar war noch immer schmutzig und zerzaust. »Ja«, sagte er und quittierte Hugos Entschuldigung mit einem Zungenschnalzen. Sie sahen sich an. Er war nur ein Kind, aber wie die meisten dieser Kinder war er Schicksalsschläge gewohnt, Ereignisse, auf die er keinen Einfluss hatte, plötzliche Todesfälle, grausame Plagen … »Von der Münze, die Ihr mir gegeben habt, habe ich mir eine Holzfigur gekauft«, erzählte der Junge, als wäre er ihm diese Erklärung schuldig. »Sie ist zu Hause. Wollt Ihr sie sehen?«

Am Fuße des Gebirgsmassivs des Montsant bemerkte er, dass er nur noch ein Stück Pökelfleisch übrig hatte. Er teilte es in kleine Portionen, bis er schließlich nach vielen Tagen Fußmarsch und nächtlichen Gesprächen auf Höfen, die immer seltener wurden und immer weiter auseinanderlagen, die Besitztümer der Abtei von Escaladei erreichte. Der Montsant, heiliger Berg, wie das Massiv wegen seiner vielen Kapellen und Einsiedeleien hieß, erwies sich als eine wilde, dicht bewaldete Bergregion. Die waldreichen Abschnitte bildeten einen auffälligen

Kontrast zu den gewaltigen, steil aufragenden kahlen Felsen, die das Gebirge an einer seiner Flanken krönten.

Wie Hugo im letzten Gehöft, wo er abstieg, erfuhr, war die Gegend vor etwa zweihundertfünfzig Jahren von den Mauren erobert und später den Kartäusermönchen von Escaladei überlassen worden. Diese hatten nach und nach ihr Besitztum vergrößert, bis ihnen schließlich neun Dörfer mit insgesamt gut eintausendfünfhundert Einwohnern unterstanden. Abgesehen vom Priorat der Kartäuser gab es noch ein Frauenkloster, bestätigte man ihm, das von Bonrepòs, das sich ebenfalls reicher Erträge und Privilegien erfreute und sich an einem Ort namens La Morera de Montsant versteckte, in einem tiefen Tal unterhalb der Ortschaft.

Der beginnende Mai tat den terrassenförmig an den Hängen gelegenen Weinbergen gut. Es waren kalte, hoch gelegene Ländereien, sieben Meilen vom milden Klima der Küste entfernt. Jetzt schien eine angenehme Frühlingssonne und brachte die Vegetation und den Schieferboden zum Funkeln. Am Ausgangspunkt eines steilen Weges, der sich zwischen den Bäumen verlor, betrachtete Hugo das Tal vor sich. Er konnte kein einziges Gebäude erkennen, nur dichte Wälder. Das Kloster von Bonrepòs musste sehr klein sein, sagte er sich. Die Leute hatten ihm erzählt, dass dort dreizehn Nonnen und einige Laienschwestern lebten.

Hugo machte sich auf den Weg und erreichte schnell den Wald. Durch die dichten Baumkronen drang nur wenig Licht, und von der fast völligen Stille ging etwas Bedrohliches aus. Das Kloster von Bonrepòs mache eine schwere Zeit durch, hatte man ihm erzählt. In den vergangenen Jahrhunderten hatte es oft Töchter von Adligen aus Tarragona, Lérida und anderen nahen Orten aufgenommen, doch das hatte sich geändert, und das Kloster war im Niedergang begriffen. *Wie sollte es auch anders sein*, fragte Hugo sich, *wenn es am Ende der Welt liegt?* Welche adlige Frau hatte schon Lust, den Rest ihres Lebens an einem so abgelegenen und rauen Ort zu verbringen? Viele Klöster zogen in die Städte um, wo es sicherer und angenehmer war. »Nur Gott selbst könnte die Frauen schützen, wenn sie hier angegriffen wurden«, dachte Hugo. Er war das Meer, die bunte, geschäftige Stadt und die Weinberge und Gärten in der sonnigen Landschaft vor den Toren Barcelonas gewohnt. Diese wilde, undurchdringliche Natur behagte ihm nicht.

Das Kloster von Bonrepòs bestand aus einer kleinen Kirche, einigen festungsartigen Gebäuden und einem sie umgebenden, mit ein paar Rebstöcken und Gemüse bepflanzten Stück Land. Es gab weder eine Mauer noch einen Zaun, als wäre es nur ein weiteres Gehöft. Hugo sah eine Frau in einem verschlissenen Habit, die ein Gemüsebeet umgrub. Er ging zu ihr.

»Friede sei mit Euch«, rief er vom Rand des Beetes aus.

»Friede sei mit Euch«, erwiderte sie, nachdem sie sich von dem Schreck erholt und Hugo eingehend gemustert hatte. »Was wünscht Ihr?«

»Ich bin gekommen, um die Äbtissin Beatriz zu sehen.«

»Warum?«

»Es geht um eine persönliche Angelegenheit.«

Die Frau starrte ihn mit zusammengekniffenen Augen an.

»Sagt der Äbtissin, dass ich mit ihr über eine Frau sprechen will. Über Mercè.«

»Ich bin nur Laienschwester. Es gehört nicht zu meinen Aufgaben, der Äbtissin etwas auszurichten.«

In dem Moment kamen zwei junge Frauen aus dem Wald. Kaum hatten sie Hugo gesehen, verstummten sie und versteckten sich hinter den Bäumen. Eine von ihnen war hochschwanger, wie unschwer zu erkennen war. Die Frau hatte bemerkt, dass Hugo die Schwangere gesehen hatte, und zögerte.

»Außerdem ist die Äbtissin nicht im Kloster«, versuchte sie ihn abzulenken.

»Wo ist sie?«

Die Laienschwester sah ihn streng an, und Hugo begriff, wie unangemessen die Frage gewesen war.

»Ich meine, ist sie im Dorf?«, verbesserte er sich. »Kommt sie heute noch wieder?«

»Ich weiß nicht, wo die Äbtissin ist. Dafür bin ich nicht zuständig.«

Der kühle Ton, mit dem sie geantwortet hatte, und dass sie wieder ihre Arbeit aufnahm, gaben ihm zu verstehen, dass das Gespräch für sie beendet war. Doch so einfach wollte er sich nicht zufriedengeben.

»Glaubt Ihr, die jungen Frauen dort hinter den Bäumen könnten wissen, wo sich die Äbtissin aufhält?«, fragte er, während er Anstalten machte, um das Beet herum zum Wald zu gehen.

Die Laienschwester hatte schon vorher schnell auf Hugos Fragen geantwortet, doch jetzt überschlug sie sich geradezu.

»Welche jungen Frauen?«, fragte sie unschuldig. Hugo deutete mit dem Kinn zu den Bäumen. Die Frau schaute in die Richtung und gab sich geschlagen. »Ich weiß nicht, wo die Äbtissin ist. Sie ist verreist. Das macht sie häufig.«

»Wisst Ihr, wann sie wiederkommt?« Die Frau schüttelte den Kopf. »Nicht einmal ungefähr?« Erneutes Kopfschütteln. »Wer kann mir sagen, wann sie zurück im Kloster ist?«

Die Frau zuckte mit den Schultern. Hugo musste die Enttäuschung anzusehen sein. Er ballte die Fäuste. Er hatte einen zu langen Weg hinter sich und zu viel Leid erfahren, um keine Antwort zu erhalten.

»Ist Euch damit geholfen, mit der Vikarin zu sprechen?«

»Nein!« Er schrie fast.

»Wenn Ihr möchtet, können wir Euch Bescheid geben, sobald die Äbtissin Beatriz zurück ist.«

»Ich weiß noch nicht, wo ich die Nacht verbringe.«

»Ihr könntet …«

»Ist hier in letzter Zeit ein Arzt vorbeigekommen, eine Frau?«, unterbrach Hugo sie. Ihr Schweigen bestätigte ihm, dass Regina ihr nicht unbekannt war. »Ist sie noch hier?«

»Nein, die Äbtissin hat sie aus dem Kloster gejagt.«

Hugo konnte sich denken, warum. Wahrscheinlich hatte Regina die Äbtissin erpresst. Er stellte sich vor, wie Regina wutentbrannt das Kloster verlassen hatte – und zufrieden zugleich, weil sie ihr Ziel erreicht hatte.

»Könnte die Vikarin wissen, wohin die Äbtissin gereist ist? Oder eine der Nonnen?«

»Das bezweifle ich. Aber Ihr könnt sie nicht fragen, sie sind in Klausur.«

»Warum fragt Ihr sie nicht?«, bat er.

»Ist es so wichtig?«

Im Gegensatz zu dem bescheidenen, in einem tiefen Tal zwischen Bäumen versteckten Kloster von Bonrepòs war die nur eine Meile entfernte Kartause von Escaladei groß und wohlhabend und stellte ihre ganze Pracht inmitten von üppigen Feldern und Weinbergen zur Schau. Dorthin hatte die Laienschwester ihn geschickt. Die Vikarin, mit der sie gesprochen hatte, wusste tatsächlich nicht viel über die Reisen der Äbtissin. Manchmal kam sie nach einer Woche wieder, manchmal erst nach einem Monat, und sie verriet nie, wohin sie aufbrach. »Und selbst wenn die Vikarin es wüsste«, hatte die Laienschwester offen bemerkt, »würde sie es nicht preisgeben.«

Anglesola. So hieß die Vikarin, deren Namen Hugo vor dem Pförtner der Kartause wiederholte. Die Laienschwester hatte ihm versichert, dass er dort etwas zum Essen und einen Platz zum Schlafen finden würde, die Kartäuser seien großzügig und beherbergten gerne Reisende. Sobald die Äbtissin zurück sei, würden sie ihn dort benachrichtigen.

Domingo, der Bruder Pförtner der Kartause, lauschte aufmerksam Hugos Erklärungen.

»Was genau führt Euch zu Äbtissin Beatriz?«, fragte er schließlich.

Wie in Bonrepòs hatte Hugo die Frage erwartet.

Unterwegs hatte er über die Antwort nachgedacht. Die Mönche waren schlau, und er wollte nicht riskieren, dass sie ihn beim Lügen ertappten.

»Meine Schwester Arsenda war als Laienschwester im Kloster Jonqueres in Barcelona. Ich bin auf der Suche nach ihr und glaube, dass Äbtissin Beatriz mir etwas über sie erzählen kann.«

»Wenn sie in Jonqueres war, bestimmt. Soweit ich weiß, kommt die Äbtissin von dort. Leider ist sie nie da, wo sie sein sollte, in ihrem Kloster, in Klausur. Sie sollte mehr beten, ihr Leben Christus widmen und sich weniger um weltliche Dinge kümmern.« Bruder Domingo ließ ein paar Augenblicke verstreichen. »Aber sie hat mächtige Beschützer, sie kann sich das leisten …«

Die Bemerkung war ihm herausgerutscht. Oder er hatte sie absichtlich fallen lassen. Wie dem auch sei, der Mönch beharrte nicht weiter auf seiner Abneigung gegen die Äbtissin, die sich in seinem Gesicht und seinen Gesten spiegelte.

»Ihr könnt hier auf ihre Rückkehr warten«, bemerkte er einen Moment später. »So lange könnt Ihr uns auf den Feldern zur Hand gehen, als Bezahlung für Kost und Logis.«

»Ich kann Euch Geld geben«, bot Hugo an.

»Und was macht Ihr dann den ganzen Tag? Auf der faulen Haut liegen? Unser Orden lebt in Stille und widmet sich dem Gebet, der Lektüre und der Meditation. Das verträgt sich nicht mit Müßiggang. Also, wollt Ihr für Eure Unterkunft arbeiten?«

Hugo willigte ein. Das Kartäuserkloster von Escaladei zählte etwa dreißig Mönche, die zurückgezogen in ihren Zellen lebten. Die Zellen waren größer als gewöhnlich, wie Klausen, in denen die Mönche, ihre Einsamkeit nur mit Gott teilend, strikte Ruhe einhielten und sich, wie der Pförtner bemerkt hatte, dem Gebet, der Meditation und dem Studium widmeten. Sie geißelten ihren Körper durch Buße, blutige Selbstkasteiungen und Fasten bei Wasser und Brot.

Auch wenn sie zum täglichen Singen im Chor gingen und die Messen besuchten, schwiegen sie. Nur sonntags speisten sie gemeinsam und durften sich eine Weile unterhalten. Hugo sah sie in sich gekehrt über das Gelände des Klosters gehen, zu zweit oder zu dritt in einer Reihe. Dieser Tätigkeit gaben sie sich mehrmals die Woche hin, um ihre der Kontemplation gewidmeten Körper zu stärken.

Gemeinsam mit den Patres, doch außerhalb der Klausur, lebte eine ebenso zahlreiche Gruppe von Laienbrüdern. Sie waren keine Priester und verrichteten verschiedene Arbeiten im Kloster, auf den Ländereien, in den Weinbergen und in den umliegenden Mühlen, die den Kartäusern gehörten.

Um vier Uhr morgens am Tag nach seiner Ankunft, nach einer Nacht in einem Gehöft, das weit genug entfernt war, um die klösterliche Ruhe nicht zu stören, besuchte Hugo gemeinsam mit den Laienbrüdern und Donaten die Messe. Mit Letzteren, den Donaten, die ihr Leben in den Dienst der Kartause stellten, ohne ein Ordensgelübde abzulegen, würde er später seine Arbeit verrichten.

Er verstehe etwas von Rebstöcken und Wein, erklärte Hugo nach der Messe dem Prokurator, der sich um die Verwaltung des Klosters kümmerte. Zusammen mit acht Donaten brach er in die Weinberge auf. Fern der Mönche wagten sie zu reden und sogar Scherze zu machen, auch wenn sie sich in der strengen Atmosphäre, die auch auf den Feldern und in den Weinbergen herrschte, das Lachen verkniffen. An einem Weizenfeld verabschiedete sich einer der Donaten. Fünf weitere blieben in den Gerstenfeldern, den Olivenhainen und den Obst- und Gemüsegärten zurück. Mit den übrigen beiden stieg Hugo zu den Terrassen hinauf. Im Mai mussten die Weinberge in den kälteren Gebieten von Unkraut befreit und umgegraben werden.

Hugo war überrascht, als er den Boden zwischen den Rebstöcken sah. Er enthielt kaum Erde und bestand vor allem aus feinem Schiefer, zersetztem Fels und Steinbrocken. Verwundert bückte er sich und hob ein Stück Schiefer auf.

»*Llicorella,* so nennen wir den Boden hier«, erklärte einer der Donaten.

»So einen Boden habe ich noch nie gesehen«, räumte Hugo ein.

»Weniger als eine Spanne darunter beginnt der Fels«, erklärte der andere.

»Und das Wasser? Wenn alles Fels ist, wo bleibt dann das Wasser?«

»Die Wurzeln suchen es sich.«

»Und wie haben die Pflanzen Halt, ohne Erde?«, erkundigte Hugo sich. »Und wovon ernähren sie sich?«

Hugos Interesse weckte die Aufmerksamkeit des anderen Donaten.

»Sie brauchen nicht viel Nahrung. Deshalb sind sie so klein, siehst du?«

Hugo nickte. Die Rebstöcke waren wirklich nicht groß.

»Sie holen sich ihr Wasser aus den Felsspalten. Und in der Erde, die sich in den Rissen sammelt, finden sie auch Nahrung. Ihre Wurzeln sind lang und kräftig, weil sie sich anstrengen müssen, um an das Wasser zu gelangen.«

»Dann müssen die Trauben von diesen Reben und der Wein …« Hugo verzog das Gesicht, und die beiden grinsten.

»Probiert selbst.« Einer der Donaten hielt ihm einen ledernen Schlauch hin.

Hugo erinnerte sich vage, mit Mahir einen Wein aus dem Priorat gekostet zu haben, aber das war lange her, und er hatte den Geschmack vergessen. Er betrachtete den etwas zähflüssigen Wein, der in die Schale floss. Dann schwenkte er ihn. Die rote Flüssigkeit war so dunkel, dass sie fast schwarz wirkte.

»Die Mönche verdünnen ihn mit Wasser«, hörte er einen der beiden sagen.

Er probierte. Der Wein war kräftig, kräftiger als die, die er mit Schnaps vermengte. Aber vor allem … Er nahm noch einen Schluck. Er konnte es nicht sagen.

»Metall«, bemerkte der junge Mann, der ihm den Wein gegeben hatte.

»Er schmeckt nach Stein, nach Mineralien«, fügte der andere hinzu.

Hugo nickte.

»Ja. Er schmeckt nach Fels.«

»Das ist die *llicorella.*«

Hugo gefiel die Arbeit in dem Weinberg, der sich terrassenförmig den Hang hinaufzog. Er grub den Boden um und jätete Unkraut. Er bekam zu essen und zu trinken, und als die Sonne hoch am Himmel stand, betrachtete er die leuchtenden Rebstöcke und die Schieferplatten, die das Sonnenlicht reflektierten.

»Das ist noch ein Vorteil dieser Böden«, sagte einer der Männer. »Sie werfen nur einen Teil der Sonnenstrahlen zurück, den Rest nimmt die *llicorella* auf. Und in kalten Nächten gibt der Stein die gespeicherte Wärme ab.«

Bei Einbruch der Dunkelheit kehrten sie nach Escaladei zurück. Auf dem Weg gesellten sich die anderen Donaten zu ihnen, und ein paar Laienbrüder. Sofort verstummten die Gespräche, und alle schwiegen, wie es die Kartäuser wünschten.

»Die Mönche glauben, dass die Stille auch den Reben guttut«, flüsterte ihm einer der Donaten zu.

Hugo blieb in der Kartause und wartete auf die Rückkehr von Äbtissin Beatriz. Er half im Weinberg und schlief gemeinsam mit den acht Donaten im nahe gelegenen Gehöft. Nach und nach vertrauten die Donaten dem Neuankömmling, vergaßen ihre Vorbehalte und setzten sich vorsichtig über die strengen Regeln der Kartäuser hinweg. Abends kehrte Hugo erschöpft vom Weinberg zurück. Er wollte sich verausgaben, um nicht an Mercè oder Caterina zu denken, um Barcha zu weinen oder Rache an Regina zu schwören. Es gelang ihm nicht, doch zumindest konnte ihn der Schlaf etwas beruhigen. Und der schwere, körperreiche Wein mit dem undefinierbaren, aber angenehmen Geschmack nach Stein tat ein Übriges. Es gab reichlich, die Mönche waren großzügig damit. Genau wie mit dem Essen. Wenn ihm der Kopf nicht mehr ganz so schwer auf den Schultern lastete und er das Gefühl hatte, die Gedanken würden über ihm schweben, lauschte er den Gesprächen der Donaten. Einer hörte nur zu. Ein anderer redete für zwei. Es gab einen, der wie ein Prediger sprach, und einen, der bestimmen wollte, einen, der mit seinem Wissen protzte, einen, der Rätsel aufgab, und einen, der behauptete, sie lösen zu können. Sie stritten leise und ermahnten sich zur Ruhe, wenn einer laut wurde, doch alle schienen gute Freunde zu sein. Das sanfte Gemurmel ließ ihn in einen tiefen Schlaf sinken, aus dem er am nächsten Morgen um vier Uhr geweckt wurde.

So verstrichen sechs Tage, bis ihm eines Morgens nach der Messe der Prokurator die ersehnte Nachricht überbrachte, dass die Äbtissin Beatriz vergangene Nacht in Bonrepòs eingetroffen sei. Hugo verabschiedete sich auf seinem Weg vorbei an den Feldern und Weinbergen von den Donaten und eilte zum Kloster von Bonrepòs. Er wurde bereits erwartet. Eine Schwester führte ihn in die Kirche, ein schlichtes, nüchternes Gebäude mit einem einzigen Schiff, und nachdem sie ihm mitgeteilt hatte, dass die Äbtissin bald käme, ließ sie ihn zurück. Er war allein, fühlte sich aber die ganze Zeit beobachtet. Ungeduldig lief er auf und ab. In der Kirche herrschte absolute Stille, und die Zeit verstrich nur langsam. Er suchte die Wände nach einem Loch ab, durch das man ihn beobachten konnte. Man überwachte ihn, er spürte es.

»Ihr wünscht mich zu sprechen?«

Hugo wollte schon gehen, um eine Nonne zu suchen, als die Stimme durch das Kirchenschiff hallte. Sie kam von irgendwo hinter einem breiten Holzgitter, das bis zur Decke reichte und auf einer halbhohen Mauer seitlich des Altars angebracht war. Während des Wartens war er mehrmals an dem Gitter vorbeigegangen. Wahrscheinlich lauschten die Nonnen dahinter der Messe, ohne gegen die Klausur zu verstoßen.

»Beatriz?«, fragte er und ging zum Gitter. »Seid Ihr Beatriz, die Äbtissin?«

»Ja.«

Hugo kam es vor, als käme die Stimme von weiter weg, so als wollte die Nonne dem Gitter nicht zu nahe kommen. Es blieb bei ihrer knappen Antwort, mehr folgte nicht. Es war unmöglich, durch das engmaschige Holzgeflecht zu sehen, nicht einmal ein Schatten war zu erkennen. Alles war schwarz.

»Ich…« Er zögerte, suchte nach Worten. »Ich wollte mit Euch über meine Tochter reden… über Eure Tochter«, korrigierte er sich. »Mercè.« Er wartete auf eine Reaktion. Sie kam nicht. »Sie wurde entführt. Der Bischof sagt, sie sei Eure Tochter, und man habe sie entführt, um Euer Schweigen in der Sache mit dem Papst und dem Schisma zu garantieren.«

Hugo hielt inne und lauschte. Es war, als wäre niemand hinter dem Gitter. Nachdem er ihr unterstellt hatte, eine Tochter zu haben, hätte die Äbtissin doch etwas erwidern müssen. Sie war schließlich eine Nonne!

»Seid Ihr noch da?«, fragte er.

»Ja.«

»Regina«, fuhr Hugo fort, »die konvertierte Ärztin, ist meine Frau. Ihr kennt sie. Ich weiß nicht, ob sie von mir gesprochen hat. Sie war es, die uns Mercè gebracht hat, kurz nach der Geburt.«

Wieder wartete er vergeblich auf eine Reaktion. Hugo trat näher an das Gitter heran und versuchte noch einmal durch die winzigen Löcher zu schauen, doch er konnte nichts erkennen. Er wartete einen Moment und hoffte, dass die Äbtissin doch noch etwas sagen würde.

»Hört zu«, platzte es aus ihm heraus, »ich will meine Tochter zurück. Ich weiß, dass sie in Gefahr ist, und brauche Eure Hilfe.« Schweigen.

»Warum antwortet Ihr nicht?«, schrie er, während er seine Finger in das Gitter steckte und so kräftig daran rüttelte, als wollte er es aus dem Fundament herausreißen.

»Du bist im Haus Gottes«, hörte er plötzlich die Äbtissin sagen.

Er ließ das Gitter los.

»Warum sagt Ihr nichts zu dem, was ich Euch erzählt habe?«

»Hugo …«

Sein Name drang durch das Holzgeflecht und hallte durch die Kirche, als hätte er sich in tausend Stücke geteilt.

»Ihr kennt mich?« Er spürte, wie ein Schauder über seinen Rücken lief.

Es verging eine Weile, bevor die Antwort erfolgte.

»So heißt du, wurde mir gesagt.«

Vielleicht stimmte das, doch die Art, wie sie seinen Namen ausgesprochen hatte, war seltsam. Wieder erschauerte er. Er spürte, dass sie nicht die Wahrheit sagte.

»Ihr müsst mir helfen, meine Tochter zu retten. Eure Tochter. Mercè!«

»Hugo.« Wieder hatte er ein merkwürdiges Gefühl, als er seinen Namen hörte. »Ich hatte nie eine Tochter.«

»Aber der Bischof hat es gesagt!«

»Kann ein Bischof mehr über mich wissen als ich selbst?«

»Regina behauptet, dass sie Eure Tochter ist.«

»Regina irrt sich.«

»Ihr kennt sie also.«

»Sie arbeitet … arbeitete«, verbesserte sie sich, »mit uns zusammen.«

Er hätte gerne ihr Gesicht gesehen. Vielleicht hätte er darin Nervosität oder Entschlossenheit erkannt, denn abgesehen davon, dass zweimal sein Name gefallen war, hatten die Worte der Äbtissin seelenlos geklungen.

Dennoch fiel es ihm schwer zu glauben, Regina könnte einen so schwerwiegenden Fehler begangen haben. Die Frau des Admirals der katalanischen Armada zu entführen, um eine Mutter zu erpressen, die gar keine war, erschien ihm völlig wahnwitzig. Seit Barcha ihm im Bischofspalast von diesem Geheimnis erzählt hatte, hatte Hugo tausend Möglichkeiten in Betracht gezogen, doch dass Beatriz abstreiten könnte, die Mutter von Mercè zu sein, gehörte nicht dazu.

»Sagt, auch wenn Ihr nicht die Mutter dieser Frau seid, was wisst Ihr von der Entführung, die in Reginas Auftrag ausgeführt wurde?«

»Warum sollte ich von dieser Entführung wissen, von der du sprichst?«

»Weil Regina glaubt, dass Ihr die Mutter von Mercè seid. Deshalb könnte sie hier gewesen sein, um Euch unter Druck zu setzen«, folgerte er, doch die Äbtissin hüllte sich weiter in Schweigen. »Ich vermute, Ihr habt sie davon überzeugt, dass Ihr nicht die Mutter seid. Und dann …«

»Dann?«

»Etwas muss Regina Euch erzählt haben. Wo sie Mercè versteckt. Warum sie geglaubt hat, dass sie Eure Tochter ist. Was sie mit ihr vorhat, jetzt, wo sie ihr nichts mehr nützt.«

»Sie hat mir nichts erzählt«, sagte die Äbtissin mit der gleichen tonlosen Stimme.

»Wollt Ihr mir weismachen, dass Ihr, als Regina Euch mit der Entführung von Mercè erpresst hat, damit Ihr Papst Benedikt treu bleibt, einfach nur gesagt habt, Ihr wärt nicht Mercès Mutter, und das war alles?«

»Ich erinnere mich nicht, gesagt zu haben, dass Regina mich wegen irgendetwas erpresst hat.«

»Aber so war es, habe ich recht?«

Hinter dem Gitter trat wieder Stille ein. Mit geballten Fäusten starrte Hugo auf diese unüberwindbare Mauer, die jedes echte Gespräch unmöglich machte.

»Ja«, bestätigte die Äbtissin.

Sie hatte es zugegeben. Regina hatte Mercè in ihrer Gewalt. Sie war die Äbtissin, sie hätte ihm nicht antworten müssen und einfach gehen können. Doch sie sprach mit ihm. Hugo hielt sein Gesicht so dicht an das Gitter wie möglich.

»Wisst Ihr, wo Regina sie gefangen hält?«

»Nein. Es wäre dumm von ihr gewesen, wenn sie mir das verraten hätte.«

»Warum? Wenn Ihr nicht die Mutter seid.«

Wieder trat quälende Stille ein. Nach einer Weile, als er schon glaubte, sie wäre gegangen, antwortete Beatriz:

»Um die Mutter eines Kindes zu sein, muss man es wollen. Ich war nie die Mutter dieses Mädchens. Mercè ist die Tochter des Teufels.«

Hugo stürzte sich auf das Gitter, doch es hielt seinem Ansturm stand.

»Sie ist nicht meine Tochter!«, schrie die Äbtissin. »Sie ist die Tochter des Teufels!«

Zusammen mit dem Geräusch von Schritten verlor sich ihre Stimme im Inneren des Klosters.

»Lasst mich nicht so zurück!«, schrie Hugo ihr nach. »Helft mir!«

Er presste die Stirn gegen das Holzgitter. Was meinte die Äbtissin damit, als sie Mercè »Tochter des Teufels« nannte? Er krallte die Finger in die Löcher und schlug mit der Stirn gegen das Gitter. Er rüttelte daran und stieß seine Stirn immer wieder gegen das Holz, während der diabolische Vorwurf der Äbtissin weiter in seinem Kopf dröhnte. Plötzlich spürte er, wie das Holzgitter sich langsam aus seiner Verankerung löste. Eine Nonne bemerkte seinen Gewaltausbruch und kreischte laut auf, doch er beachtete sie gar nicht. Im Gegenteil, er rüttelte sogar noch stärker. Ein Knacken ertönte. Das Gitter bewegte sich. Das Mauerwerk platzte auf, und die übrigen Verankerungen brachen heraus. Schließlich fiel das Gitter krachend zu Boden. Licht fiel in den Raum dahinter. Hugo sprang über die Mauer. Mehrere Nonnen in schwarz-weißem Habit kamen auf ihn zu.

»Was wollt Ihr?«, fragte eine von ihnen. »Wir stehen unter dem Schutz des Königs.«

Hugo achtete nur auf ihre Stimme. Nein, das war nicht die Äbtissin.

»Ihr werdet für Eure Unverschämtheit teuer bezahlen!«

»Ich will die Äbtissin sehen.«

»Wir haben um Hilfe gerufen«, sagte die Nonne, ohne auf seine Forderung einzugehen.

Hugo zählte vier Frauen, die ihn beobachteten. Er betrachtete sie eine nach der anderen, doch keine passte zu dem Bild, das er sich anhand der Stimme von der Äbtissin gemacht hatte.

»Der Amtmann wird bald mit seinen Dienern hier sein, und dann werdet Ihr Euch erklären müssen«, sprach die Nonne weiter.

»Bis die Nachricht ihn erreicht hat und er hier ist, könnte ich …«

Hugo ließ die Drohung unausgesprochen, die ihm beim Anblick der schutzlosen Frauen durch den Kopf gegangen war.

Stattdessen schob er eine von ihnen zur Seite und betrat den Gang, der zum eigentlichen Kloster führte.

»Äbtissin!«, rief er immer wieder.

Die Nonnen folgten ihm, und weitere schlossen sich dem Zug an. Er gelangte zu einem gepflasterten Kreuzgang, wo die restlichen Nonnen in ihrer schwarz-weißen Ordenstracht ihn sogleich umringten. Er begriff, dass es zu viele waren, um die Gesuchte zu erkennen.

»Die Äbtissin?«

Niemand antwortete.

»Das bin ich.«

Die Stimme kam von weiter hinten. Ja, das war sie. Die Nonnen traten zur Seite. Hugo machte einen Schritt auf sie zu, blieb aber gleich wieder stehen.

»Nein«, flüsterte er. Obwohl zwanzig Jahre vergangen waren, erkannte er seine Schwester sofort wieder. Ein rasender Wirbel unterschiedlichster Gefühle ergriff ihn. Lachend brachte er hervor: »Du?«

Er wollte zu ihr gehen, doch als er sah, dass sie sich nicht rührte, blieb er stehen. Auf eine ebenso leise wie autoritäre Geste von ihr hin verließen die Nonnen den Hof. Von einem Moment auf den anderen standen sie sich allein gegenüber, ohne ein Gitter zwischen sich.

»Warum?«, brach Hugo schließlich das Schweigen. »Warum hast du mir nicht verraten, wer du bist? Und warum hast du nie von dir hören lassen?«

Arsenda schritt langsam auf ihn zu. Doch statt ihn zu umarmen, wies sie nur auf eine in die Wand eingelassene Steinbank und setzte sich. Hugo zögerte, bevor er sich neben ihr niederließ.

»Ich habe dich gesucht«, begann er. Sie ließ ihn reden, während sie aufrecht, den Blick starr geradeaus gerichtet, auf der Kante der Bank saß. »Man hat mich bedroht und dann … Aber was spielt das jetzt noch für eine Rolle!« Hugo fuhr mit der Hand durch die Luft. »Warum sagst du, dass Mercè die Tochter des Teufels ist? Bist du nun ihre Mutter oder nicht? Erklär es mir, um Gottes willen!«

»Diese Frau ist die Tochter des Teufels …«, murmelte die Äbtissin.

»Wie kannst du so etwas sagen?«

»Es tut mir leid, Hugo«, sagte Arsenda. »Es ist so …«

Er sah sie erstaunt an, am Rande der Verzweiflung.

»Bruder, der Teufel hat mich vergewaltigt!«

»Wie kannst du so etwas behaupten? Mercè … Mercè ist ein Kind Gottes. Mercè …«

Aufgeregt erzählte Hugo ihr von dem Mädchen, das er großgezogen hatte, von ihrer Kindheit, ihrem Wesen, ihren Tugenden, doch das leere Gesicht seiner Schwester verriet ihm, dass er ihr nicht annähernd hatte vermitteln können, wie sehr er Mercè liebte. Er dachte, er könnte es, doch Arsendas Starrsinn war größer. »Tochter des Teufels«, sagte sie wieder und wieder, stur, blind für jedes Argument.

»Nur Gott und der Teufel kennen ihre Wege«, wandte sie ein, nachdem Hugo erklärt hatte, dass Mercè ein gutherziger Mensch sei, der niemandem Schaden zugefügt habe.

»Aber sie ist deine Tochter.«

»Ich bin nicht ihre Mutter.«

Arsenda bestritt weiter hartnäckig, die Mutter des Mädchens zu sein, das Regina, statt es umzubringen, Hugo gebracht hatte, wie sie es der Äbtissin des Klosters Jonqueres versprochen hatte.

»Vielleicht irrst du dich mit dem Teufel und dem Kloster. Du warst sehr jung. Und leichtgläubig.«

»Nein, Hugo. Ich irre mich nicht.«

»Aber der Teufel … In einem Kloster?«

»Ja, in einem Kloster. Natürlich«, sagte Arsenda überzeugt. »Der Teufel liebt es, obszöne Handlungen an heiligen Orten zu begehen.«

Luzifer versuche, fromme Jungfrauen zu verführen, erklärte sie ihm. Und welcher Ort könne da besser geeignet sein als ein Kloster? Er nehme den Körper eines Mannes an, sogar den eines Geistlichen, schlüpfe in ihn und raube den jungen Frauen mit allen möglichen Listen und Verzauberungen ihre Unschuld. Genau das sei ihr widerfahren. Seit damals, seit sie jenem Angriff ausgesetzt gewesen und von dem Zauberbann geheilt worden sei, kenne sie sein Vorgehen und helfe all jenen, die wie sie damals eine schwere Zeit durchmachten.

»Es heißt, du wüsstest zu viel über die fleischlichen Verfehlungen vieler Geistlicher, die zu Benedikt halten, und dass man dich deshalb mithilfe von Mercès Entführung unter Druck setzt.«

Arsendas sarkastisches Lachen unterbrach ihn.

»Ja, ich kümmere mich nicht nur um die Folgen der schlimmen Taten des Teufels und der Dämonen«, räumte sie ein, »sondern auch um die der Menschen. Nur wenige der weltfremden Äbtissinnen, die ihr ganzes Leben dem Gebet verschrieben haben, wissen, wie man mit gewissen Problemen umgeht, bei denen Satan zweifellos seine Finger im Spiel hatte, auch wenn er sie nicht selbst verursacht hat.«

Sie gab zu, mit Regina zusammengearbeitet zu haben. Regina habe sie jahrelang betrogen und ihr verheimlicht, dass sie das Geschöpf des Teufels, das sie gezeugt hatte, nicht getötet habe. Und jetzt habe sie versucht, sie zu erpressen und mit Mercès Tod gedroht, wenn sie sich aufseiten der Anhänger des Konzils von Konstanz stelle und die hohen Würdenträger der Kirche verrate.

»Ich habe ihr gesagt, sie soll sie töten und die Vereinbarung erfüllen, die sie nach ihrer Geburt nicht eingehalten hatte.« Hugo sprang entsetzt auf. »Daraufhin ist die Konvertitin wutentbrannt gegangen.«

Seitdem habe sie nichts mehr von ihr gehört. Hugo flehte sie an, Regina herzubestellen, um zu erfahren, wo sie Mercè gefangen hielt. Doch Arsenda blieb hart, die Tochter des Teufels verdiene keine Gnade. Sie würde ihr nicht helfen. Hugo kniete vor seiner Schwester nieder und versuchte sie vergeblich umzustimmen. Was sollte er tun?, fragte er sich verzweifelt. Wie sollte er Regina und Mercè finden? Er stand auf und ließ seinem Zorn freien Lauf.

»Du wirst es tun!«, schrie er. »Du wirst Regina eine Nachricht zukommen lassen!«

Mit einer mitleidigen, herablassenden Miene, die ihren Bruder nur noch mehr erzürnte, bewegte sie den Kopf langsam hin und her. Er packte sie am Arm, riss sie von der Bank hoch und schüttelte sie.

»Du wirst es tun!«

Mehrere Nonnen eilten in den Hof.

»Hugo«, brachte Arsenda hervor, während er sie weiter schüttelte und stieß. »Eher sterbe ich, als dass ich der Tochter des Teufels helfe.«

Plötzlich ließ er sie los wie einen glühenden Holzspan, der ihm die Hand verbrannte.

»Willst du mich umbringen?«, forderte Arsenda ihn heraus.

»So viele Jahre habe ich an dich gedacht, für dich gebetet, nur damit du jetzt den Menschen zum Tode verurteilst, den ich am meisten liebe.«

»Ich hoffe, sie stirbt, Hugo.« Er war sprachlos. »Die Menschheit wäre ein teuflisches Wesen los.«

Hugo hatte unbewusst die Fäuste geballt. Er dachte nach, versuchte sich zu beruhigen und schüttelte den Kopf. Der Teufel. Der gefallene Engel. Der Fürst der Finsternis. Hugo nahm die Existenz des Teufels hin, sie war etwas, das niemand infrage stellte, weder Könige noch Geistliche noch das Volk. Satan lebte unter ihnen und lauerte darauf, ihre Schwächen auszunutzen. Hugo erinnerte sich, wie seine Schwester im Kloster Jonqueres gewesen war, ein unschuldiges kleines Mädchen, bis ihre Naivität sie zu einer übertrieben gläubigen und frommen Frau gemacht hatte. Er war erschrocken gewesen über den tiefen Hass, den seine Schwester gegenüber den Juden empfand und der zutage trat, als das Judenviertel angegriffen wurde. Sie hatte kein einziges Wort des Mitleids übrig gehabt für die Männer und Frauen, die im Namen des christlichen Gottes ermordet worden waren. Er war überrascht gewesen, als sie ihn gefragt hatte, ob er aus Arroganz und Überheblichkeit sündige, eine Frage, die ihn davon überzeugt hatte, Frieden mit dem Räudigen Hund zu schließen. Auch an den Tag, als Arsenda ihm gesagt hatte, dass er nicht mit Gott um ihre Liebe konkurrieren könne, erinnerte er sich.

»So hat Gott ihre Hingabe belohnt?«, fragte sich Hugo. »Indem er sie zur Mutter des Kindes einer Schlange oder eines Ziegenbocks gemacht hat?« Entsetzt stellte er sich vor, wie seine Schwester von einem kräftigen, dunklen Wesen vergewaltigt wurde, einem Wesen mit Klauen anstelle von Händen, einem Schwanz, Hörnern und gefiederten oder nackten Flügeln wie eine Fledermaus. Das konnte nicht sein! Er hatte Arsenda geliebt, doch jetzt sah er statt seiner Schwester nur eine grausame und unnachgiebige Nonne vor sich. Mercè konnte nicht die Tochter des Teufels sein. Könnte Arsenda sie sehen und mit ihr reden, würde sie begreifen, wie absurd ihre Behauptung war.

Arsenda bemerkte Hugos fahles Gesicht und wollte ihn trösten. Er befreite sich aus ihren Armen.

»Du tust also nichts für sie?«

»Niemals, Bruder.«

»Nenn mich nicht so. Ich bin nicht mehr dein Bruder.«

Mit schnellen Schritten verließ er das Kloster auf demselben Weg, den er gekommen war. Er stieg über das umgekippte Holzgitter und sprang über die Mauer in das Kirchenschiff. Eine Heiligenfigur der Jungfrau mit dem Jesuskind lenkte ihn für einen Moment ab. Viel hatte die Muttergottes ihm nicht geholfen, sagte er sich.

Hugo ließ das Tal hinter sich. Am Morgen hatte er auf das Frühstück verzichtet, weil er so schnell wie möglich bei der Äbtissin sein wollte. Auch danach hatte er noch nichts gegessen. Während er zur Kartause von Escaladei hinaufstieg, begriff er, dass er genauso weit war wie bei seinem Aufbruch aus Barcelona. Er hatte keine Ahnung, wo er seine Tochter suchen sollte. Getrieben vom Hunger, schlug er die Richtung zum Hof mit den Donaten ein.

»Ich suche meine Tochter«, verriet er ihnen an diesem Abend. Er war verzweifelt, und der schwere Wein hatte seine Zunge gelöst. »Seit man sie entführt hat, ist eine gute Freundin von mir gestorben, habe ich meine…« Er wusste nicht, wie er diesen Männern, die gespannt an seinem Mund hingen, Caterinas Stellung in seinem Leben erklären sollte. »…habe ich meine Frau, die auch meine Ehefrau vor Gott sein sollte, ihrem Schicksal überlassen und verfolge die Frau, die es dem Gesetz nach ist und die ich am liebsten umbringen würde. Und zu guter Letzt habe ich nach zwanzig Jahren eine Schwester wiedergefunden, von der ich dachte, sie sei tot oder für immer verschwunden. Allerdings bin ich dabei auf eine verbohrte, engstirnige Geistliche gestoßen.«

»Das sind alle Geistlichen«, unterbrach ihn einer der Donaten.

»Das heißt es, religiös zu sein.«

Die acht Männer fragten nach. Acht Männer, denen es untersagt war, ihr Schweigen zu brechen. Acht Männer, die keine anderen Gesprächsthemen kannten als Felder und Weinberge, Obstbäume und Mühlen, wenn sie nicht gerade aufmerksam der Lesung der Heiligen Schrift lauschten.

»Wer ist diese Freundin, die gestorben ist?«

Hugo zögerte. Was nützte es, ihnen von Barcha zu erzählen? Sie schenkten ihm Wein nach. Die meisten von ihnen tranken ihre Schale aus, als wollten sie sich auf eine lange Nacht vorbereiten. Die Fragen waren unerschöpflich. »Warum wurde deine Tochter entführt? Weiß man, wer es war?«

Wein und Männer. Neugierige, aber ehrliche Männer. Sie redeten und tranken weiter, und so verging die Nacht. Hugo sprach sich aus, erzählte von Barcha, ihrem Opfer und ihrem Tod, und von Caterina, der Frau, die er liebte.

»Heirate sie irgendwo anders, wo man euch nicht kennt«, riet ihm einer der Donaten.

Der Ratschlag rief leidenschaftliche Kommentare hervor, manche waren dafür, die meisten dagegen. Das Gespräch dauerte an, auch wenn der eine oder andere zur Seite blickte, als die Sprache auf den Admiral der katalanischen Armada kam. Der Wein vertrieb die Furcht, und sie erkühnten sich, das Thema des Schismas und Konstanz anzuschneiden. Die Kartäuser sprachen in der Messe darüber, obwohl Benedikt weiterhin Papst war. Zumindest, soweit sie wussten.

»Und deine Gemahlin, die wirkliche, ist Ärztin?«

»Vor nicht langer Zeit hat eine Frau, die behauptete, Ärztin zu sein, die Mönche um Hilfe gebeten«, erinnerte sich einer der Donaten. »Ich glaube, sie hieß Regina.«

Selbst der Mann, der gerade Wein einschenkte, hielt inne. Kein Geräusch unterbrach die eintretende Stille. Hugo fragte den Donaten, der gesprochen hatte, doch ein anderer antwortete an seiner Stelle:

»Ja, sie hat behauptet, aus dem Kloster von Bonrepòs zu kommen.«

Hugo sah die anderen an. Mehrere der Donaten sagten gleichzeitig:

»Sie war allein.«

»Sie hat Begleitung gesucht, um nach Barcelona zurückzukehren.«

»Sie war ziemlich aufgeregt.«

»Nach Barcelona«, murmelte Hugo leise.

»Ja«, bestätigte einer der Männer.

»Nein«, kam es aus dem Mund eines anderen.

Hugo sah ihn fragend an.

»Sie wollte nach Barcelona«, erklärte er, »aber vorher wollte sie in den Garraf… Ja, ich bin mir sicher. Ich habe sie nach Tarragona begleitet, als wir den Fisch für die Fastentage gekauft haben. Weißt du noch?«

Der Angesprochene schlief bereits, den Kopf auf die Arme gebettet.

»Egal. So war es. Sie wollte zuerst in den Garraf.«

»Und warum?«

»Das weiß ich nicht. Ich habe sie auch nicht gefragt!«, versuchte er sich zu entschuldigen. »Ich habe sie nur nach Tarragona gebracht, damit sie sich dort jemandem anschließen kann.«

»Hat sie nichts über ihre Pläne gesagt?«

»Nein. Sie hat nicht viel geredet.«

»Der Garraf…« Hugo sah die anderen Donaten an.

Die meisten hatten nicht mehr viel von dem Gespräch mitbekommen. Einer schlief, drei hatten sich zurückgezogen, zwei waren in ihr eigenes Gespräch vertieft. Nur die zwei übrigen, vielleicht diejenigen, die am wenigsten den Wein spürten, schenkten ihm weiter Aufmerksamkeit.

»Land der Pia Almoina der Kathedrale von Barcelona«, überraschte ihn einer der beiden.

»Was?«, fragte Hugo.

»Dass der Garraf der Pia Almoina gehört, dem Armenhaus der Kathedrale.«

»Ja, ja.«

Der Garraf. Hugo kannte die Gegend. Auf dem Weg nach Sitges, einem Ort, der wie Campdàsens und Miralpeix vom Armenhaus der Kathedrale von Barcelona verwaltet wurde, war er durch das Bergmassiv gekommen, das an einigen Stellen steil zum Meer abfiel. Ausgedehnte Ländereien, die der Kathedrale hohe Erträge einbrachten. Hugo wusste davon. Das Armenhaus versorgte täglich Hunderte von Bedürftigen mit Essen: Suppe, Brot und Wein. Bis die Kathedrale die Herrschaft über Sitges und die anderen mit Weizen und Wein gesegneten Orte übernahm, hatte das Armenhaus seinen Wein von Händlern aus Barcelona gekauft. Von da an wurden die Hälfte des benötigten Weins und das Getreide zum Brotbacken mit speziellen Schiffen aus

Sitges geliefert, was zu finanziellen Einbußen bei den Kaufleuten in Barcelona führte.

Wahrscheinlich hatte der Bischof Regina geholfen, und Mercè war irgendwo hier versteckt, dachte Hugo, während er an einem der höchsten Punke des Bergmassivs des Garraf stand und seinen Blick über das Land und das nahe Meer unter ihm schweifen ließ. Nachdem die Donaten ihm von Regina erzählt hatten, war er gleich am nächsten Morgen aufgebrochen. Er hatte die wenigen verbleibenden Stunden geschlafen, um vier Uhr die Messe besucht und sich, gestärkt mit einem reichhaltigen Frühstück, auf die Reise gemacht.

Jetzt, im Garraf, mit dem ruhigen, glitzernden Meer zu seinen Füßen, überlegte er verzweifelt, was er machen sollte. Unterwegs hatte er sich in Sitges erkundigt. Überall in der Gegend gab es Burgen, Wehrtürme und Festungsanlagen. Die Burg von Sitges selbst oder die von Ribes, den Roten Turm, den von Fonollar, die Burg von Podrit oder die von Camodàsens und zahlreiche andere Festungen. In welcher mochte Mercè sein, wenn sie überhaupt hier war? Und wie sollte er es herausfinden, ohne Verdacht zu erregen? Manche der Orte waren sehr klein, Campdàsens zum Beispiel zählte gerade einmal siebzig Seelen, wie Hugo in Sitges erfahren hatte. Nur wenige Reisende kamen durch diese Gegend, die fast ausschließlich von den Erträgen der Erde lebte. Er konnte nicht einfach fragen. Die Landbewohner waren großzügig und uneigennützig, doch sie waren auch äußerst misstrauisch gegenüber Fremden, die bei ihnen herumschnüffelten. Hugo konnte das verstehen, denn welche Absichten sollte jemand in einer so abgelegenen Gegend verfolgen, außer dass er etwas im Schilde führte?

Das alles, wenn Mercè noch lebte, denn sie gefangen zu halten, um eine Äbtissin unter Druck zu setzen, die ihre Tochter verleugnete, ergab keinen Sinn. Wie dem auch sei, Regina konnte sie nicht freilassen. Bernat würde sie umbringen. »Sie werden nicht dulden, dass er sich gegen sie wendet.« Das waren Barchas Worte gewesen, nachdem sie ihn mehrmals gewarnt hatte, dass sie sein Kind töten würden. Zitternd entfernte er sich ein paar Schritte vom Abgrund. Ihn schwindelte. Die Wahrscheinlichkeit, dass Mercè nicht mehr lebte, wurde immer größer und hatte ihn nach Arsendas Weigerung, ihm zu helfen, während des langen Wegs von Escaladei bis hierher verfolgt und ihm den letzten Mut geraubt.

Er betrachtete noch eine Weile das Meer, stieß einen tiefen Seufzer aus und ging zum Weg zurück. Barcelona erwartete ihn. Dort würde er eines der Maultiere nehmen, da auf den schmalen, holprigen Wegen des Garraf keine Karren fahren konnten, etwas Geld einstecken und als Weinhändler zurückkehren. Er holte tief Luft und versuchte sich zu beruhigen. Er hatte Zeit. Das hatte am letzten Abend in Escaladei einer der Donaten zu ihm gesagt. Es gebe keine Neuigkeiten vom Konzil in Konstanz, und bevor König Alfonso, der neue Papst und der sich stur an den Heiligen Stuhl klammernde Benedikt sich nicht geeinigt hätten, sei es unwahrscheinlich, dass jemand eine Entscheidung traf.

Am späten Vormittag traf er in Barcelona ein. Er durchquerte das Portal de Sant Antoni und folgte der Calle del Hospital. Je näher er dem Hospital de la Santa Cruz kam und die Gärten und Felder des Raval hinter sich ließ, desto mehr nahm der Lärm der Stadt zu. Als er an Barchas Haus vorbeikam, bemühte er sich, nicht hinzusehen. Schließlich tat er es doch. Tür und Fensterläden waren verschlossen, nichts deutete darauf hin, dass es bewohnt war. Die Kirche hatte es bestimmt beschlagnahmt, obwohl sie das eigentlich nicht durfte. Die Melancholie beim Anblick des Hauses wich der schmerzhaften Erinnerung an Barchas Folter und ihren grausamen Tod. Er versuchte sich abzulenken und richtete seinen Blick auf das Hospital. Ostflügel und Kreuzgang waren bereits fertiggestellt, und momentan wurde am Nordflügel gearbeitet. Wie König Martín, der Bischof und die Stadträte bei der Grundsteinlegung verkündet hatten, war das Gebäude wahrhaft monumental geworden und erhob sich mit seinen von Säulen gestützten Schiffen majestätisch über den bescheidenen Häusern des Raval. Die Werften, die Kirche Santa Cruz, die Kathedrale Santa María del Mar, der Palast in der Calle de Marquet oder das Schloss von König Martín in Bellesguard ... Hugo hätte sein Leben anhand dieser großen Gebäude nacherzählen können.

Das laute Stimmengewirr in der Calle del Hospital mit ihren vielen Menschen und Ausrufern verwandelte sich in Geschrei, wo die Straße auf die Rambla mündete. Das breite, unebene Gelände, das sich vor dem Portal de la Boquería erstreckte, lag in der gleißenden Sonne. Auf mehr als einem Dutzend provisorischer Tische wurde Fleisch feilgeboten, das innerhalb der Stadtmauern nicht verkauft werden durfte: Ziegenbock, Ferkel, Schaf… Zum aufgeregten Durcheinander der Menschen und dem Gebell der Hunde, die sich um ein Stück weggeworfene Haut balgten, kam das Schreien der Tiere, die ihre Schlachtung vorhersahen. Das Fleisch, das bereits tot nach Barcelona kam und von Schlachtabfällen oder gefundenen Tierkadavern stammte, wurde am Portal de Trentaclaus verkauft, dem nächsten Stadttor in Richtung Meer.

Der metallische Geruch des Blutes vermischte sich mit Hugos Angst, während er langsamer ging. Dort, über den Schlachtern, Verkäufern, Rindern und Hunden, ragte einer der bedeutendsten Galgen Barcelonas empor. Hugo wandte den Blick ab aus Angst, einen Arm oder ein Bein von Barcha zu sehen. Nicht den Kopf, denn der wurde mit Sicherheit noch auf dem Schafott vor dem Bischofspalast ausgestellt, damit der Propst ihn täglich sehen konnte. Die anderen Körperteile waren nach der Vierteilung über die Stadt verteilt worden. Er schaute auf und stieß erleichtert die Luft aus, die er angehalten hatte – es war nicht Barcha. Er war nur etwas mehr als einen halben Monat fort gewesen, und schon hatte die Stadt den nächsten Verurteilten hingerichtet, der jetzt aufgebläht, in der Hitze verrottend, am Galgen hing. Ein paar Kinder bewarfen die Leiche mit Steinen und wetteten darum, bestimmte Stellen zu treffen. Als ein Junge das vereinbarte Ziel traf, jubelten die anderen. Als er es verfehlte, wurde er ausgepfiffen.

»An den Kopf!«

Applaus.

»Jetzt in die Eier!«

Pfiffe.

»Ich bin dran!«, rief ein anderes Kind.

»Wohin?«

»In die Eier!«

Der Jubel nach dem Treffer verfolgte Hugo noch immer, als er zwischen den beiden Türmen hindurch das Portal de la Boquería durchschritt. Kein Soldat kontrollierte die Menschen oder Waren, nach dem

Bau der neuen Stadtmauer war das nicht mehr nötig. Er gelangte zur Calle de la Boquería. Er wollte nur das Maultier und etwas Geld holen, vielleicht einen guten Schluck Wein trinken und ein wenig ausruhen, wenn es sich ergab, um dann so schnell wie möglich in den Garraf zurückzukehren. Caterina würde es verstehen. Sie musste es verstehen! Hugo wollte nicht mit ihr streiten oder sie enttäuschen. Allein bei dem Gedanken spürte er eine tiefe Leere in sich. Er liebte sie. Bis auf Caterina schien er kein Glück bei den Frauen zu haben. Seine Mutter Antonina, Barcha, Mercè, ganz zu schweigen von Dolça, Eulàlia oder Arsenda und Regina. Oder die Frauen hatten kein Glück mit ihm, überlegte er. Barchas und Dolças Tod verfolgten ihn in seinen Albträumen. Barcha hatte sich geopfert, um seine Tochter zu retten, und war grausam hingerichtet worden. Dolça blieb ihrem Glauben treu und starb mit der Erkenntnis, dass sie zwar glücklich, aber ihre Liebe unmöglich gewesen war. Seine Mutter hatte er nicht vor dem Unglück bewahren können, in das der Böttcher sie stürzte. Mercè, seine Tochter, war entführt worden. Von Eulàlia hatte er nie wieder etwas gehört. Einmal wollte ihm jemand von ihr erzählen, doch er hatte ihm keine Beachtung geschenkt.

Arsenda hatte sich in eine engstirnige, vom Satan besessene Frau verwandelt. Keiner bezweifelte die Existenz des Teufels, sagte sich Hugo noch einmal. Die Priester nannten seinen Namen, machten den Gläubigen mit seiner Gegenwart Angst und riefen sie dazu auf, sich vor ihm in acht zu nehmen. Es gab viele Geschichten von Hexen und jungen Frauen, die der Teufel vergewaltigt hatte. Von Zauber und Hexerei, von ermordeten Kindern, die dem Teufel geopfert wurden. Die Priester sprachen davon. Die Schriften bestätigten die Existenz des Teufels.

Doch Mercè war nicht die Tochter eines Dämons. Davon war Hugo überzeugt.

Mit diesem Gedanken erreichte er die Taverne. Von außen wirkte alles ruhig. Er sah ein paar Gäste, die schweigend tranken. Er wartete und beschwor die letzte Person auf seiner Liste des weiblichen Unheils. Regina … »Diese hinterlistige Schlange!«, murmelte er und trat ein.

Pedro eilte sofort zu ihm. Hugo sah sich um, doch Caterina war nicht in der Schankstube.

»Alles in Ordnung?«, fragte er den Jungen.

Pedro nickte, woraufhin Hugo den Blick prüfend über die Fässer, Möbel und die übrige Einrichtung schweifen ließ.

»Und Caterina? Wie geht es ihr?«

»Sie ist traurig.« Pedro deutete mit dem Kopf nach oben.

Die Stufen kamen ihm so steil vor, als führten sie zum höchsten Gipfel des Montsant hinauf. Die Tür stand offen, Caterina saß auf einem Stuhl am Fenster. Hugo blieb auf der Türschwelle stehen. Sie sah ihn an, lächelte schwach und erhob sich, um ihn zu begrüßen.

»Hast du deine Tochter gefunden?«

»Nein«, antwortete Hugo. »Nein«, sagte er noch einmal, diesmal zu sich selbst. »Aber ich glaube, ich weiß, wo sie ist.«

Caterina umarmte ihn und schmiegte ihr Gesicht an seinen Hals.

»Dann geh und finde sie.« Sie hob den Kopf und sah ihm in die Augen.

Im Gegensatz zu seiner Wahrnehmung bei seinem Aufbruch meinte er diesmal Zuversicht und nicht bloß Resignation aus ihren Worten herauszuhören.

»Beeil dich, Hugo. Komm nicht ohne Mercè wieder. Ich warte auf dich, aber du musst sie befreien. Sie ist deine Tochter. Deine Familie.«

»Du auch …«

»Ich weiß.« Caterina sprach mit fester Stimme. »Und deshalb musst du Mercè befreien. Wenn du sie nicht findest, könnte ich dir in deinem Schmerz beistehen, aber ich will dich nicht verletzt sehen. Ich will dich glücklich an meiner Seite, Hugo. Du musst glücklich und stark sein, um meine Fehler zu ertragen und mich ändern zu können.«

Hugo räusperte sich. Er brachte kein Wort heraus. Seine Kehle war wie zugeschnürt. Caterina strich ihm zärtlich über die Wange, und ihre Geste verriet ihm, dass das Glück ihm am Ende zulächelte und ihm eine Frau schenkte, die ihn wirklich liebte. Genau wie er sie.

VIERTER TEIL

Zwischen Schmerz und Gerechtigkeit

28

Bereits zum dritten Mal kehrte Hugo, beladen mit schlechtem, teurem Wein und, was schlimmer war, ohne die geringste Spur von Mercè nach Barcelona zurück. Jedes Mal trieb er sich in der Nähe von Burgen und Festungen herum, sprach mit Soldaten, Bauern und Dienern und kaufte Wein, während er unauffällig nach Hinweisen über den Verbleib seiner Tochter suchte. Am Ende seiner dritten Reise war er so verzweifelt, dass er sich einen Schnitt in die Wade zufügte, um nach Regina zu fragen. »Eine Heilerin, sagst du? Eine Frau? In dieser Gegend? Nicht, dass ich wüsste. Außerdem muss der kleine Schnitt nicht behandelt werden. Wie zimperlich ihr Städter doch seid! Seht, es hat schon aufgehört zu bluten.«

»Beim nächsten Mal musst du dir wohl eine Hand abhacken«, versuchte Caterina ihn aufzuheitern, nachdem er ihr von dem gescheiterten Versuch erzählt hatte. Die Wunde hatte wieder zu bluten begonnen, und sie schüttete etwas Schnaps darauf.

»Ich weiß nicht, ob es ein nächstes Mal gibt.« Hugo stöhnte laut auf, als die Wunde beim Kontakt mit dem Schnaps brannte. »Keiner glaubt mir mehr. Schon bei der letzten Reise bin ich auf viel Misstrauen gestoßen. In die Gegend kommen nicht viele Weinhändler. Dort gibt es nicht viel Wein. Einmal wollte jemand sogar meinen kaufen!«

Vielleicht könnte er in Sitges Wein kaufen und es auf dem Rückweg durch den Garraf noch einmal versuchen, überlegte er laut.

»Oder dich verkleiden«, schlug Caterina vor.

»Als was denn? Die Vögte und ihre Büttel würden mich fertigmachen. Nur Gauner streunen einfach so herum. Niemand reist von hier nach da, ohne einen Grund zu haben. Und welchen sollte ich vorbringen?«

Caterina verzog das Gesicht. Sie schwiegen eine Weile. Er saß auf dem Stuhl und betrachtete die Wunde an seinem Bein, während sie im Zimmer auf und ab schritt.

»Und der Admiral? Was weiß er?«, fragte Caterina schließlich.

Zwischen seinen Reisen war Hugo immer wieder zum Palast in der Calle de Marquet gegangen. Bernat empfing ihn nicht. Trotzdem versuchte der Admiral alles über seine Pläne in Erfahrung zu bringen, und Guerao ließ keine Gelegenheit aus, Hugo eingehend zu befragen. Selbst Arnaus Amme zog sich zurück und ließ sie allein mit dem Kind, das mit seinem etwas mehr als einen Jahr bereits laufen konnte und mit seinem Lachen und Schreien etwas Leben in eine Umgebung brachte, die seit Mercès Entführung einem Mausoleum glich.

Hugo spielte mit seinem Enkel und erzählte ihm von Mercè, während er Gueraos Fragen über sich ergehen ließ: »Garraf? Da kaufst du Wein?« Hugo überhörte die Frage. »Deine Mutter ist bald wieder da«, flüsterte er seinem Enkel ins Ohr. »Schon wieder im Garraf?«, ließ Guerao nicht locker. Nachdem der kleine Mann es zum dritten Mal versucht hatte, beschloss Hugo zu lügen.

»Verreist? Nein, ich war nicht verreist. Ich hatte nur keine Zeit, um Arnau zu besuchen. Die Taverne nimmt mich zu sehr in Beschlag.«

»Ah. Der Admiral war besorgt wegen deiner Abwesenheit.«

Bernat besorgt?, fragte sich Hugo. Worauf wollte der Verwalter mit seiner Bemerkung hinaus? Was scherte es Bernat, wo er sich aufhielt?

»Er glaubt doch wohl nicht, dass ich etwas mit der Entführung meiner Tochter zu tun habe?«

Hugo war gespannt, wie Guerao auf die Frage reagieren würde. Er rechnete mit Bestürzung, zumindest einem Grummeln, doch der Verwalter blieb ruhig, als hielte er das durchaus für möglich, und dachte über seine Antwort nach.

»Nein. Der Admiral glaubt nicht, dass du seine Frau entführt hast, aber das Fehlen jeglicher Neuigkeiten über sie ist seltsam. Wir haben alles getan, um Mercè zu finden. Ohne Erfolg. Sogar der König weiß Bescheid. Wir haben Roger Puigs Familie in Navarra ausfindig gemacht, aber offenbar hat sie nichts mit der Entführung zu tun. Wir haben die Feinde des Admirals überwacht. Nichts. Nein, der Graf von

Navarcles glaubt nicht, dass du sie entführt hast, aber er überlegt, ob es irgendeinen Grund gibt, Mercè Schaden zuzufügen, etwas, das er nicht weiß, aber wissen sollte.«

Um sich nichts anmerken zu lassen, hob Hugo den Jungen hoch und schüttelte ihn fröhlich. Natürlich gab es Dinge, von denen Bernat nichts wusste! Arnau gluckste vor Freude, es war ein unschuldiges, reines Lachen, das wie ein Hauch Lebensfreude in Hugos Seele drang.

»Nein«, antwortete er, während er den Jungen weiter durch die Luft schwang. »Er kann unbesorgt sein, es gibt nichts, das er nicht bereits wüsste.«

Am Abend saß Hugo auf seiner Strohmatratze. Er hielt sich die Hände vors Gesicht und seufzte. Caterina stand ein paar Schritte von ihm entfernt. Sie wusste, in welcher Misere er sich befand, sie hatten darüber gesprochen, gleich nachdem er aus der Calle de Marquet zurückgekehrt war. Hugo fürchtete um Mercès Leben. Seine Nachforschungen im Priorat und im Garraf hatten wenig ergeben. Natürlich könnte er zu Bernat gehen und ihm die Wahrheit sagen, ihm von Arsenda erzählen, zugeben, dass er nicht ihr Vater war, dass Regina sie ihm gebracht hatte … und ihn darauf hinweisen, dass nicht seine Feinde ihm die Frau genommen hatten, sondern die Kirche in einem verschlagenen Schachzug zugunsten von Papst Benedikt.

Er wollte sich nicht ausmalen, wie Bernat reagieren würde, sollte er erfahren, dass Mercè laut Arsenda, ihrer Mutter, die Tochter des Teufels war. Wäre Bernat dazu fähig, seine Wut auch an Arnau auszulassen? Er war ein Korsar, unberechenbar in seinen Gewaltausbrüchen. Arnaus Glück stand über allem. Er hatte es gerade mit ihm geteilt. Wenn er sich mit Bernat verbündete, könnte das Arnau schaden. Oder auch nicht. Er vermochte es nicht zu sagen. Und eine Garantie für Mercès Befreiung wäre es auch nicht. Die Kirche würde ihre Beteiligung natürlich abstreiten. Vielleicht würde das Eingreifen des Admirals sogar dazu führen, dass sie Mercè umbrachten, damit die Frau eines so hohen königlichen Ministers sie nicht belasten konnte. Das Glück seines Enkelkindes um den Preis der Gefahr für seine Tochter, das war der Zwiespalt. Aber was konnte er tun, wenn er nicht einmal wusste, wo Mercè sich aufhielt?

»Die Entscheidung ist klar«, bemerkte Caterina nach einer Weile.

Hugo hielt sich noch immer die Hände vor das Gesicht. Als er sie sinken ließ, sah sie seine geröteten Augen.

»Welche?«, fragte er mit gebrochener Stimme.

»Die jede Mutter treffen würde: Alles für ihr Kind geben, auch wenn sie dabei ihr Leben verliert. Du darfst nichts von Mercè erzählen.«

Er nickte. Caterina hatte recht, doch sein Gefühl riet ihm, auf eine weitere Reise zu verzichten oder sie zumindest eine Zeit lang aufzuschieben, da die wenigen Bewohner des Garraf sonst misstrauisch werden könnten.

»Wie soll ich still sein, wenn ich weiß, dass meine Tochter irgendwo gefangen ist? Und wenn sie ihr etwas antun?«

»Nein, wir werden nicht still sein. Es gibt viele Leute, die sich gut an die Maurin erinnern und ihr dankbar sind, und vielleicht empfinden sie auch etwas Dankbarkeit für mich. Vielleicht könnten wir mithilfe der Sklaven etwas herausfinden. Wir Sklaven haben immer gewusst, was um uns herum geschieht.«

Dieses Netz von Sklaven hatten sie auch benutzt, als sie Caterinas Kinder gesucht hatten, doch es hatte nichts genützt. Hugo wollte sie nicht daran erinnern, obwohl ihm derselbe Gedanke durch den Kopf gegangen war.

»Also gut, versuchen wir es«, stimmte er stattdessen zu, und ein Lächeln huschte über ihr Gesicht.

Caterina sprach mit ein paar Sklaven, denen sie vertraute. Einer von ihnen, der bei Roger Puig gedient hatte, lebte noch immer im Palast in der Calle de Marquet. Sie würden Mercè suchen, erklärte sie ihm. Alle wüssten, dass Mercè für Barcha wie eine Tochter gewesen sei. Sie vermuteten, dass sie irgendwo im Garraf gefangen gehalten wurde. Auch Regina würden sie gerne finden, fügte Caterina hinzu. Wahrscheinlich habe sie in irgendeinem Nonnenkloster Zuflucht gesucht. Sie sollten am besten mit den Sklaven der Gewürzhändler und Apotheker sprechen, Regina brauche deren Produkte für ihre Mittel, und irgendwann würde sie bestimmt jemanden schicken, um sie zu kaufen.

Es verging mehr als ein Monat, und im Juli 1417 kam es zur Verurteilung von Papst Benedikt durch das Konstanzer Konzil. »Halsstarrig, eidbrüchig, ketzerisch und schismatisch.« So lautete die Anklage, aufgrund derer Benedikt XIII. verurteilt wurde. Im Unterschied zu Johannes XXIII. wurde er nicht wegen Verstoßes gegen das Keuschheitsgelübde und wegen unzüchtiger Beziehungen mit Nonnen, Jungfrauen, Ehefrauen oder Witwen verurteilt. Falls auch in dieser Hinsicht etwas gegen den Papst vorlag, so hatte Arsenda es für sich behalten.

Nach dem Urteilsspruch war ihre Entführung überflüssig geworden, doch Mercè wurde nicht freigelassen. Falls sie überhaupt noch lebte, marterte sich Hugo immer wieder.

Im November desselben Jahres ernannte Konstanz einen neuen Papst: Oddo di Colonna, Kardinal der römischen Obedienz, der den Namen Martin V. annahm. Es fehlte nur noch der Verzicht Benedikts, der weiterhin Bischöfe ernannte und seine Anhänger an wichtige Orte versetzte: Climent nach Saragossa, Bertran nach Barcelona, Nicolai nach Huesca, Ram nach Lérida, Mur und Tovía nach Gerona beziehungsweise Urgell, Moncada nach Tortosa … Benedikt glaubte, die Kirche der spanischen Königreiche zu kontrollieren. Er rief seine Gefolgsleute unermüdlich zur Treue auf und exkommunizierte jeden Abtrünnigen. Doch auch Martin V. spielte seine Trümpfe aus. König Alfonso akzeptierte die Absetzung von Benedikt, weigerte sich jedoch, ihn aus der Burg von Peñíscola zu vertreiben, wie es der neue Pontifex von ihm verlangte. Der Monarch hatte einen guten Grund für sein Verhalten: Martin V. erfüllte zwar seine Forderung, ihn von der Zahlung des Pachtzinses für die Inseln Sizilien und Sardinien zu befreien, jedoch nur für fünf Jahre, während Alfonso verlangte, dass der Erlass für alle Ewigkeit galt.

In dieser Situation, mit dem König auf der Seite von Konstanz, forderten selbst seine ihm treuen Kardinäle und Bischöfe Benedikts Abdankung. Der Vorschlag, den man ihm unterbreitete, war äußerst großzügig: Seine Verurteilung würde aufgehoben werden, er würde zum zweitwichtigsten Oberhaupt der Kirche gleich nach dem römischen Pontifex ernannt werden, und er würde eine stattliche Pension erhalten.

Das Konzil hatte sein Ziel erreicht und die drei Gegenpäpste abgesetzt. Gregor XII., der 1415 zurücktrat, ohne dass ein Prozess nötig gewesen wäre, wurde zum Erzbischof von Porto ernannt, verstarb jedoch bereits im Oktober 1417, einen Monat vor der Wahl von Martin V. Johannes XXIII., der zweite Gegenpapst, verurteilt wegen mehr als siebzig Straftaten, darunter das Vergiften seines Vorgängers, Papst Alexanders V., wurde mit dem Bischofs- und Kardinalsamt von Tusculum belohnt.

»Ein wahrer Papst tritt nicht zurück«, erklärte Benedikt XIII. jedoch und zog das Abendländische Schisma mithilfe der erwarteten Nachsicht von König Alfonso in die Länge, auch wenn schon kein Land mehr zu ihm stand.

Martin V. wiederum beließ all jene in ihren Ämtern, die Benedikt ernannt hatte, und ergriff nur Repressalien gegen jene, die seine Autorität infrage stellten. Nach der Spaltung war es nötig, die Kirche zu einigen, Streitigkeiten zu vergessen und die Probleme gemeinsam zu lösen. Nur Benedikt war übrig, der sturköpfige Aragonese, den Martin V. in einem verzweifelten Versuch zu vergiften befahl. Der Anschlag scheiterte, und der Mönch, der das Verbrechen begehen sollte, wurde am Strand von Peñíscola lebendig verbrannt. Doch mit der Isolation des neunzigjährigen Benedikt in seiner uneinnehmbaren Festung über dem Meer verschwand nach und nach jeder Widerstand gegen den neuen Papst.

Zwar war es den Sklaven seinerzeit nicht gelungen, Caterinas Kinder zu finden, die vielleicht irgendwo an den Grenzen des Königreichs oder sogar in Kastilien oder Navarra verkauft worden waren, doch bei Regina war es anders. Die Konvertitin zog in ihrem religiösen Habit von Kloster zu Kloster und bot Nonnen, die aufgrund ihres leichtfertigen Verhaltens in der Klemme saßen, heimlich ihre Dienste an. Was Arsenda betraf, so schien die Nachricht, dass die Tochter des Teufels, die sie zur Welt gebracht hatte, noch lebte, sie sehr bewegt zu haben, und es hieß, sie würde fast nur noch beten, fasten und sich geißeln, sehr zur Zufriedenheit der Kartäuser von Escaladei. Jedenfalls war Regina bekannt genug, um auf die Vermittlung von Äbtissin Beatriz verzichten zu können.

Regina wusste, dass Hugo sie suchte, denn es dauerte nicht lange, bis der Bischof von Barcelona ihr von Barchas Attacke berichtete. Er erklärte ihr, dass die Maurin Hugo erzählt hatte, was er selbst ihr gezwungenermaßen enthüllt hatte. Eine der Nonnen aus Bonrepòs, die Regina wegen eines Gefallens dankbar war, schrieb ihr von Hugos Besuch im Kloster, und obwohl Regina nichts von seinen Reisen in den Garraf ahnte, war ihr bewusst, in welche Schwierigkeiten sie geraten würde, sollte er sie finden.

Das Klosterleben gefiel Regina. Sie verheimlichte, dass sie verheiratet war, und schloss sich den Beginen an, die ihr Leben Gott und der Nächstenliebe widmeten, ohne ein Gelübde abzulegen und sich einem Orden zu unterwerfen. Manche kümmerten sich um die Pflege der Kranken, andere erhielten die königliche Erlaubnis, die Leichen der Hingerichteten zu bestatten. Einige kleideten die Toten an, andere brachten den Kindern in den Armenhäusern das Lesen bei, und wieder andere lebten bei den Leprakranken im Hospital de San Lázaro. Sie wollten Gutes tun und spirituell leben, jedoch nicht hinter den Mauern einer Klausur. Die Kirche versuchte sie zu kontrollieren, stieß jedoch auf Widerstand der frommen Frauen, die von großen Teilen des Volkes und der Obrigkeit unterstützt wurden. Regina schloss sich problemlos diesen Frauen an, denen es an Strenge und Regeln mangelte, und in ihrem braunen Habit aus grober Wolle, ihrer weißen Haube und ihrem schwarzen Umhang wurde sie in den Klöstern freundlich empfangen und respektiert. Manchmal bezahlte man sie sogar, obwohl sie immer mit Kleidung, Bett und Essen bedacht wurde und das Geld nicht nötig hatte. Sie wandte ihr medizinisches Wissen an, und seit einiger Zeit hatte das von Zurückgezogenheit, Beten und Stille geprägte Klosterleben auf sie abzufärben begonnen. Die Außenwelt, die sie als Jüdin so schlecht behandelt hatte, die Christen, die den Konvertiten nach wie vor nicht trauten und an ihrer Rechtschaffenheit und Ehrlichkeit zweifelten, die Ränke und Lügen der Adligen und Herrscher, die sie so enttäuscht und desillusioniert hatten – all das blieb draußen vor den Klostermauern. Sie wollte keinen Mann mehr an ihrer Seite haben. Ihre Nasenflügel bebten bei der Erinnerung an sie. Männer waren nichts als ein Haufen Selbstsüchtiger, die nicht mal dafür gut waren, Lust zu schenken, und nur die eigene Befriedigung suchten. Darauf konnte sie verzichten. Seit sie Begine war, fand Regina bei Frauen das Vergnügen, das die Männer ihr nicht hatten bieten können.

Wenn sie Mercè befreite, würde sie es mit dem Admiral zu tun bekommen, und Regina kannte seine Methoden, seitdem er Roger Puigs Palast gestürmt hatte. Mercè hatte damals nichts für sie getan. Sie hatte trotz ihres Widerstands geheiratet, und später war sie nie gekommen, um sie um Verzeihung zu bitten. Was Mercè erreicht hatte – eine gute Ehe, den Titel einer Gräfin, Geld und Ehre –, war auch ihr eigener Traum gewesen, ein Traum, der durch eine schlechte Entscheidung zunichte gemacht wurde, die Unterstützung des falschen Thronanwärters, des Grafen von Urgell. Dennoch würde sie Mercè nicht töten. Sie hatte es bei ihrer Geburt nicht getan und würde es auch jetzt nicht tun. Nach der Verurteilung von Benedikt, als Mercè ihnen nichts mehr nützte, hatte man ihr dazu geraten. Man würde die Leiche verschwinden lassen, und der Admiral würde nie von ihrer Beteiligung erfahren. »Nein«, hatte Regina sich widersetzt. »Besser ein schneller Tod als ein qualvoller langsamer im Kerker«, hatte man sie zu überzeugen versucht. Doch sie war standhaft geblieben. Sie zog es vor, sie am Leben zu lassen, in den Händen des Schicksals.

Der Maurensklave, der sie nach dem Disput von Tortosa begleitet hatte, hatte sich für ihre Arbeit in den Klöstern als Hindernis erwiesen, weshalb sie ihn verkauft und stattdessen eine junge tatarische Sklavin erstanden hatte. Die Tatarin war ebenso hübsch wie sinnlich und gehorchte unterwürfig, wenn ihre Herrin sie zu sich ins Bett rief. Als die junge Frau mit dem hellen Haar, den vollen Lippen und den schmalen, grünen Augen zum dritten Mal den kleinen Laden betrat, den der Gewürzhändler Guillem Marçal in der Calle de los Especiers beim Großen Königspalast zwischen der Plaza del Blat und der Plaza de Sant Jaume betrieb, beschloss der Sklave des Gewürzhändlers, dem Freigelassenen, der ihm für diese Information eine Belohnung versprochen hatte, davon zu berichten. Es war genau das, wonach der Freigelassene suchte, eine Person, die nur selten in den Laden kam, für jemand anderen einkaufte und nach Heilkräutern fragte, wie sie gewöhnlich Hebammen benutzten: Terpentinöl, Linalool, Storax, Bertram …

Während er die gewünschte Ware in den Korb der jungen Frau legte, ließ der Sklave heimlich eine der kleinen Schachteln verschwinden, in die Guillem Marçal die Kräuter abpackte. Kurz nachdem die Tatarin den Laden verlassen hatte, zeigte er die Schachtel mit gesenktem Kopf seinem Herrn. »Schnell, lauf ihr nach, du Nichtsnutz!« Der Sklave holte sie ein, folgte ihr unauffällig und gab ihr die Schachtel erst, als er wusste, wohin sie ging, denn diese Information würde ihm die doppelte Belohnung einbringen.

Das Kloster Jonqueres. »Wo sonst!«, stieß Hugo mit matter Stimme hervor. Er verdreifachte die Belohnung, nachdem er den Sklaven angehört hatte.

Gerade einmal drei oder vier Frauen konnten sich im Fürstentum Katalonien Ärzte nennen. Er würde sich im Schutz der Dunkelheit ins Kloster schleichen, so wie er es früher getan hatte, und Regina entführen. Das war der Plan. Kaum hatte der Sklave seine Erzählung beendet, rannte Hugo zur Rückseite des Hauses der alten Nonne, deren Namen er sich nie merken konnte, um nachzusehen, ob es dort die Steinbank an der Wand noch gab, die die Ritter benutzten, um sich in den Sattel zu schwingen und davonzureiten.

»Besser nicht«, sagte Caterina. Hugo wich ihrem Blick aus. »Das ist verrückt, Hugo. Das Kloster ist wie eine Festung. Du kennst es. Du wirst nicht mehr herauskommen, erst recht nicht mit einer Frau wie Regina. Es gäbe einen Riesentumult, und du würdest verhaftet werden.«

»Ich muss es tun«, entgegnete er. »Du hast den Sklaven gehört, Regina wird das Kloster bestimmt bald wieder verlassen, und dann verlieren wir ihre Spur.«

»Das werden wir nicht zulassen. Pedro kann das Kloster abwechselnd mit einem Freund überwachen. Tag und Nacht, bis Regina das Kloster verlässt.«

»Nachts ist das nicht nötig. Da sind die Stadttore geschlossen.«

»Ja, aber sie könnte in ein anderes Kloster in Barcelona gehen«, bemerkte Caterina.

Hugo nickte.

»Aber dann müssten sie sich jemandem anschließen. Für eine einzelne Begine und eine junge Sklavin allein wäre das zu gefährlich.«

Regina hatte vor, nach Terrassa aufzubrechen. Das erzählte ihnen Pedro, der es von den Fuhrleuten wusste, die am frühen Morgen in der Nähe des Portals de Jonqueres beim Kloster auf die Begine und ihre Sklavin gewartet hatten. Der Wein, den Pedro in einem Schlauch dabeihatte und den er gegen etwas Brot und Käse tauschte, regte das Gespräch an. Pedro behauptete, er wolle später einmal Fuhrmann werden und durch die Lande ziehen. Sogleich schwelgten die Männer in Erinnerungen an ihre Abenteuer. Pedro hakte nach: »Sagt mal, wohin reist ihr eigentlich mit der Begine?« Sie würden dem Weg entlang des Llobregat folgen.

Hugo und Caterina nickten, das war der Weg, der nach Navarcles führte. In Castellbisbal wollte die Begine sich jemandem anschließen, der zum Koster von Santa Margarida del Mujal in Terrassa reiste, erzählte Pedro weiter. Hugo sah Caterina fragend an, aber sie zuckte nur mit den Schultern. Keiner von ihnen kannte das Kloster. Im Gegensatz zu den Fuhrleuten. »Das Kloster war eine Zeit lang geschlossen, weil sich einige Nonnen mit Männern eingelassen hatten. Aber offenbar haben sie ihr Verhalten bereut, und jetzt wurde es wieder geöffnet«, hatten sie Pedro erzählt.

Hugo musste grinsen. Wenn dieses Kloster Reginas Ziel war, hatte sich dort nicht besonders viel geändert.

»Was sollen wir machen?«, fragte Caterina, nachdem Pedro gegangen war.

»Du gar nichts.« Hugo nahm zärtlich ihr Kinn in die Hand und drehte ihr Gesicht zu sich. Sofort wandte sie den Kopf ab. »Du bleibst hier und kümmerst dich um das Geschäft. Alles andere mache ich.«

»Was hast du vor?«, fragte sie mit belegter Stimme.

»Das Gleiche hast du gefragt, als ich dir gesagt habe, dass ich mich ins Kloster Jonqueres schleichen will. Ich habe deine Ratschläge befolgt, aber jetzt lass mich machen.«

Er küsste sie auf den Mund und schmeckte die salzigen Tränen auf ihren Lippen.

Noch am selben Vormittag machte Hugo sich bereit, Reginas Verfolgung aufzunehmen. Er hatte vor, die Sierra de Collserola zu umgehen, sie auf Wegen im Landesinneren zu überholen und in der Nähe von Terrassa und des Klosters von Santa Margarida del Mujal auf sie zu warten. Caterina half ihm, ein paar leere Fässer auf den Karren zu laden und die Maultiere anzuspannen. Sie packte ihm etwas Brot, Käse und Pökelfleisch ein, und Hugo verstaute den Proviant zusammen mit dem Weinschlauch, einer Flasche Schnaps und warmer Kleidung im Karren. Als sie sich verabschiedeten, rang Caterina sich ein Lächeln ab und unterdrückte die Tränen, doch das leise Zittern ihres Kinns verriet sie. Hugo küsste sie. Er solle auf sich aufpassen, flüsterte sie, sie werde auf ihn warten, sie brauche ihn, ohne ihn hätte ihr Leben keinen Sinn. Hugo kniff ihr zärtlich in die Wange, und nachdem er ihr einen letzten Kuss zugeworfen hatte, trieb er die Maultiere an und brach auf.

Taub für die lauten Verkündigungen der Ausrufer, den Lärm und das Geschrei durchquerte er Barcelona. Immer wieder musste er daran denken, wie Caterina verzweifelt die Tränen zurückgehalten hatte. Sie war noch immer hin- und hergerissen zwischen ihrer Angst vor der Einsamkeit und dem Wunsch, ihn bei seinem Kampf um Mercè zu unterstützen. Von Pedro wusste er, dass sie während seiner Reisen durch den Garraf in die Kirche Santíssima Trinitat gegangen war, die Kirche der Konvertiten, und dort ein vertrauliches Verhältnis zu Pater Juan aufgebaut hatte. Der Pfarrer hatte ihr schließlich zugeredet, ihn bei seinen Unternehmungen zu unterstützen, und das war auch der Grund für ihr verändertes Verhalten nach seiner letzten erfolglosen Reise in den Garraf.

Hugo selbst ging weiter in die Kathedrale Santa María del Mar, doch das war kein Grund für ihn, nicht großzügig zu Pater Juan zu sein. Er schenkte ihm Wein oder bewirtete ihn zuvorkommend in der Taverne, wo sie sich unterhielten und der Pfarrer keine Gelegenheit ausließ, ihm ein paar gute Ratschläge mit auf den Weg zu geben. »Und Regina, deine Ehefrau?«, fragte er als Erstes. Hugo vermischte Wahrheit und Lüge. Er wisse nicht, wo sie sich aufhalte, sie sei verschwunden, falls sie überhaupt noch lebe. Der Pfarrer nickte, es gebe viele Fälle von Menschen, die verstarben, ohne dass ihre Ehegatten ihren Tod beglaubigen konnten.

Pater Juan war ein herzlicher, zurückhaltender Mensch. Mit seiner Hilfe fanden Hugo und Caterina zu ihrer harmonischen Beziehung zurück, wie sie sie am Anfang, auf ihrer ersten Reise nach Balaguer, geführt hatten, als er sich ihr hingegeben hatte. Seither waren vier Jahre vergangen. Hugo überschlug, dass er jetzt um die zweiundvierzig sein musste, er wusste es nicht genau. Caterina war etwas jünger. Gott hatte ihnen ein langes Leben geschenkt, und er vertraute darauf, dass sie noch viele Jahre vor sich hatten.

Sie liebten sich und teilten die Sorge um Mercè. Caterina überwand ihre Angst und unterstützte ihn, und das gab ihm die Kraft, weiter diesem Weg zu folgen, der so viele Erinnerungen in ihm wachrief.

In den Höfen und Dörfern fragte er unauffällig nach der Gruppe, mit der Regina unterwegs war. »Sie müsste bereits vorbeigekommen sein, und ich würde sie gerne einholen, um in Begleitung zu reisen«, erklärte er. Ein Mann erzählte ihm, dass in der Tat einige Fuhrleute ein Stück vor ihm unterwegs seien. Sie hätten höchstens eine oder zwei Meilen Vorsprung.

»Ich weiß nicht, ob ich das schaffe. Sind sie schnell?«

»Nein, im Gegenteil!« Der Mann lachte. »Sie haben eine Nonne dabei, oder Begine, ich kann das nicht unterscheiden. Mit ihr kommen sie nur langsam voran, und ich glaube nicht, dass sie die Frau auf eins der Tiere setzen.«

Sie würden bestimmt bis Castellbisbal kommen, überlegte Hugo. Dort würden sie übernachten, und wenn Regina und ihre Sklavin Gesellschaft fanden, würden sie am nächsten Tag bis Terrassa weiterreisen. Er zog weiter und erreichte vor Einbruch der Dämmerung die Gegend von Castellbisbal. Er erkundigte sich bei einem Bauern und zwei jungen Burschen, wahrscheinlich seinen Söhnen, die in einem Beet arbeiteten, ob sie eine Gruppe gesehen hätten, der er sich anschließen könnte. »Ja«, antworteten sie, vor Kurzem seien bei ihnen ein paar Fuhrleute vorbeigekommen. Die beiden Burschen begutachteten misstrauisch seinen Karren. Was machte er in dieser Gegend? Wollte er Wein kaufen? Oder verkaufen? Hugo lud sie zu einem Schluck aus dem Schlauch ein. Vater und Söhne nahmen dankend an, dann schwiegen sie, als hätte der Wein ihnen nicht geschmeckt. Schließlich nahmen sie noch einen Schluck.

»Wegen der Reisenden …«, nahm Hugo den Faden wieder auf.

»Was interessiert dich so an ihnen?«, fragte einer der jungen Männer.

»Ich bin allein unterwegs. Ich würde gerne in Gesellschaft reisen.«

»Ich glaube, du suchst die Gesellschaft der Sklavin«, bemerkte einer der Söhne grinsend.

Hugo zögerte, dann zuckte er die Schultern.

»Die Sklavin der Begine!«, erklärte der andere Sohn. Als er begriff, dass sie die Tatarin meinten, die er nicht kannte, lächelte Hugo und spendierte noch eine Runde Wein.

»So schöne Frauen kommen hier nicht oft vorbei«, meinte der Vater.

»Und auch nicht viele mit so einem schlechten Charakter wie ihre Herrin!«, fügte der andere Sohn hinzu, und alle drei brachen in Gelächter aus.

Auch Hugo lachte.

»Versuchung und Martyrium! Eine schlechte Mischung für eine Reise. Da ziehe ich lieber alleine weiter.«

»Da tust du gut daran«, hörte er einen der Männer hinter sich sagen. »Die Sünde verfolgt diese Frauen.«

Wenn du wüsstest, war er versucht zu antworten.

In der Nähe des Weges, der von der Burg von Rubí, seiner Kirche und dem kleinen, im Schutz der Mauern entstandenen Weiler nach Terrassa führte, stieß er schließlich auf die kleine, neben dem eigentlichen Kloster gelegene Einsiedelei Santa Margarida del Mujal. Der Dezember nahte und mit ihm ein harter Winter, der wegen des eisigen Winds, der durch die Täler fegte, um ein Vielfaches schlimmer zu sein schien als anderswo.

Hugo ließ Maultiere und Karren in einem nahen Wald und versteckte sich hinter den Bäumen am Wegesrand. Von dort konnte er alles überblicken, auch den Hauptweg, der dem Flussbett folgte. Er genehmigte sich einen großen Schluck Schnaps, um sich zu wärmen. Die Flüssigkeit brannte im Mund und in der Speiseröhre, bis sie im Magen ein wahres Feuer entfachte. Regina war nicht weit, das spürte er. Schon bald würden sie und die Sklavin sich von ihren Begleitern trennen, und während diese weiter nach Terrassa reisten, würden die beiden Frauen den Pfad zum Kloster nehmen. Es war ein offenes, gut überschaubares Gelände, und das Kloster lag so nah am Weg, dass niemand auf die Idee käme, sich für die kurze Strecke Begleitung zu suchen. Hugo berührte Barchas Messer und zog es ein Stück heraus, um zu prüfen, ob es sich problemlos zücken ließ. Er würde sich einfach mit der Waffe auf sie stürzen. Regina würde nicht um Hilfe rufen. Davon war er überzeugt, es entsprach nicht ihrem Charakter. Bei der Sklavin konnte er sich nicht so sicher sein. Er hoffte, dass sie sich genauso wie ihre Herrin verhalten würde, wenn sie sähe, dass Regina nicht zu schreien anfing. Und falls sie doch jemand zum Kloster begleitete, würde er seine Erfolgsaussichten abwägen und spontan entscheiden. Wenn er sie nicht gleich angriff, würde er so lange warten, bis sie das Kloster wieder verließen. Mercès Leben stand auf dem Spiel.

Er wartete. Diesen Tag und auch den nächsten. Er beobachtete den Pfad, bis es dunkel wurde und längst niemand mehr unterwegs war. Die warme Kleidung und der Schnaps, den er Schluck für Schluck trank, reichten kaum aus, um die eisigen Nächte zu ertragen. »Noch ein Tag«, sagte er sich, steif vor Kälte. Er hatte noch etwas Wein, doch der Proviant ging allmählich zur Neige, und er wollte seinen Posten nicht verlassen, um im nahen Ort etwas kaufen zu gehen. Regina musste etwas zugestoßen sein. Er war die ganze Zeit aufmerksam gewesen und hatte mehrere Fuhrleute und Bauern auf dem Weg nach Terrassa vorbeikommen sehen, genug, damit Regina und ihre Sklavin Begleitung gefunden hätten. Regina kam nicht mehr, davon war er überzeugt. Dennoch würde er zum Kloster gehen, bevor er nach Castellbisbal zurückkehrte. Er verließ sein Versteck und machte sich entschlossen auf den Weg.

»Ich bin mit ihr aus Barcelona gekommen.« Er schrie die Pförtnerin fast an, die ihm durch das kleine Gitterfenster in der Tür zuhörte. »Aus dem Kloster Jonqueres. Sie wollte hierherkommen, um … na, Ihr wisst schon. Unterwegs hat sie mein Bein behandelt.« Er bückte sich und krempelte die Hose hoch. »Seht Ihr? Vor drei Tagen sind wir in Castellbisbal angekommen. Ich musste ein paar Geschäfte erledigen und bin vor ihr aufgebrochen. Sie wollte sich mein Bein noch einmal anschauen. Könntet Ihr ihr ausrichten, dass ich hier draußen auf sie warte?«

»Sie ist nicht hier«, antwortete die Nonne hinter der Tür.

»Aber es ist drei Tage her!«

»Hier ist sie jedenfalls nicht angekommen. Bestimmt hat sie etwas in Castellbisbal aufgehalten.«

Er hatte den Eindruck, dass sie die Wahrheit sagte.

»Seid Ihr sicher?«, ließ er trotzdem nicht locker.

»Ich lüge nicht. Warum sollte ich das tun?«, erwiderte die Nonne beleidigt.

»Verzeiht. Ich bin nur etwas besorgt wegen dieser Wunde. Ja, irgendetwas muss sie aufgehalten haben.«

Kurz vor Castellbisbal kam er wieder an dem Garten vorbei, vor dem er sich auf dem Hinweg mit dem Bauern und seinen zwei Söhnen unterhalten hatte. Diesmal war nur einer der Söhne bei ihm. Es wurde Abend, und die Kälte nahm zu. Hugo blieb stehen, um etwas mit den beiden zu plaudern und ihnen Wein anzubieten. Er wollte nicht nach Castellbisbal. Wenn Regina dort war, könnte sie ihn entdecken.

»Gut, dass ihr mir gesagt habt, wie langsam diese Gruppe mit der Nonne unterwegs ist, denn wenn ich auch nur einen Tag auf die nächsten Reisenden gewartet hätte, hätte ich kein einziges Geschäft abgeschlossen.«

Der Vater fing sofort an zu reden. Es hatte einen großen Aufruhr gegeben, erzählte er. Mehrere bewaffnete Männer seien in die Herberge gestürmt, wo die Nonne und ihre Sklavin die Nacht verbrachten, und hätten die Frau entführt.

»Die Sklavin haben sie nicht mitgenommen«, mischte sich der Sohn in das Gespräch ein. Er schien darüber glücklich, als wäre die junge Frau bei ihm geblieben. »Sie ist beim Dorfrichter.«

»Eine Nonne!« Der Vater bekreuzigte sich. »Diese Männer sind schon so gut wie exkommuniziert. Eine Frau überfallen, die nur Gutes tut. Hat man so etwas Bösartiges schon einmal gesehen?«

Hugo reichte ihm den Weinschlauch.

»Es waren mehrere«, antwortete der Mann einen Moment später auf seine Fragen. »Obwohl keiner weiß, wie viele genau. Die einen sagen drei, die anderen vier …«

Nein, erklärte er, bevor Hugo danach fragte, es gebe keinen Hinweis, wer sie waren oder warum sie das getan hatten.

Regina entführt, dachte Hugo überrascht. Wer könnte ein Interesse daran haben? Eine böse Ahnung schnürte ihm den Magen zu, während der Bauer weiter über den Überfall schimpfte.

»Weißt du, ob sich unter diesen Unmenschen ein kleiner Mann befand?«

Der Bauer sah ihn fragend an.

»Ein kleiner Mann?«

»Ja.« Hugo streckte die Hand auf Höhe seines Halses aus, um Gueraos Größe anzudeuten. »Sehr dünn. Mit einem ernsten, mürrischen Gesicht.«

»Nein, die Männer waren alle kräftig und…«

»Einer, der kleine, schnelle Schritte macht wie eine Ente?«, unterbrach ihn sein Sohn.

»Ja«, musste Hugo zu seinem Bedauern bestätigen.

»Beim Überfall war er nicht dabei, aber ich habe ihn gesehen, bevor die Nonne entführt wurde.«

Bernat weilte mit dem König außerhalb von Barcelona, um einen Streit zwischen Adligen aus Aragonien zu schlichten, der entbrannt war, nachdem Juan de Pomar die Burg von Mozota angegriffen und Doña Angelina Coscón entführt hatte, seine Geliebte, die keine Geringere war als die Gemahlin von Ramón de Mur, dem obersten Amtmann von Aragonien. Die Familie und die Gefährten des gedemütigten Ehemanns standen denen des Entführers gegenüber, was das Königreich letztlich in einen Bürgerkrieg stürzte. Es war seltsam, dachte Hugo, dass Bernat sich um die Entführung einer Frau sorgte, die nicht seine war. Auch Guerao war nicht im Palast in der Calle de Marquet. Als er nach ihm fragte, warf man ihm zur Antwort eine Beleidigung an den Kopf. Er hatte bereits den Palast verlassen, als ihn der ehemalige Sklave von Roger Puig einholte und ihm zuflüsterte, dass Guerao sich in der Burg von Navarcles aufhielt.

Hugo hatte diese Möglichkeit bereits in Erwägung gezogen, in Castellbisbal, als er begriffen hatte, dass Regina von Bernats Männern entführt worden war. Während er sich bemüht hatte, den Bauern loszuwerden, der unbedingt wissen wollte, woher er den seltsamen kleinen Mann kannte, dem sein Sohn begegnet war, hatte Hugo überlegt, weiter bis nach Navarcles zu reisen. Doch dann waren es die Maultiere gewesen, die an der Weggabelung statt in die Berge Richtung Meer abgebogen waren. Hugo hatte sie gewähren lassen, schließlich konnte Regina überallhin verschleppt worden sein. Jetzt wusste er, dass die Maultiere den falschen Weg eingeschlagen hatten.

Er durfte Arnau nicht sehen. In Bernats und Gueraos Abwesenheit hatte die Amme bei allem, was mit dem Kind zu tun hatte, das Sagen, und die Frau, die bereits Arnaus Mutter zu ersetzen begann, hegte seit Langem einen gewaltigen Groll gegen Hugo. Der Gedanke, dass sie sich der Zuneigung und Hingabe des gerade einmal einjährigen Kindes bemächtigte, das nichts von Entführungen, der Kirche oder Päpsten verstand und seine Mutter langsam zu vergessen begann, quälte Hugo jedes Mal aufs Neue.

Würde er seinen Enkel je wiedersehen? Betrübt ging er zur Taverne zurück. Regina würde den Ort verraten, wo Mercè gefangen gehalten wurde. Hugo schauderte bei der Vorstellung, wie Bernat vor Zorn tobte. Wer würde dem Admiral nicht verraten, was er wissen wollte? Regina nicht, davon war er überzeugt. Doch wozu Bernat imstande wäre, wenn er herausfand, dass Mercè nicht Hugos Tochter war, wagte er sich nicht auszumalen. Zum ersten Mal kam es ihm in den Sinn, dass auch Mercè es erfahren würde. Der Gedanke machte ihm Angst. Er hatte sie jahrelang belogen und fragte sich, wie sie reagieren würde.

Kaum hatte er grußlos die Taverne betreten, schnappte sich Hugo im Vorbeigehen die Weinschale, die Pedro gerade einem Gast bringen wollte, und leerte sie in einem Zug. Caterina starrte ihn erst überrascht, dann besorgt an, als sie ihn zu einem Fass gehen und sich ein großes Glas Wein einschenken sah, das er ebenfalls ohne Luft zu holen austrank. Hugo malte sich eine verhängnisvolle Situation nach der anderen aus. Dass Mercè tot war. Oder noch lebte, aber sich enttäuscht von ihm abwandte. Ihm seine Lügen vorwarf, ihn als Vater verstieß. Und ihn für immer von Arnau fernhielt. Er sah Bernat vor sich, der ihn schlug oder einsperren ließ und Vergeltungsmaßnahmen gegen ihn und Mercè ergriff.

Er wollte sich noch mehr Wein einschenken, doch eine Hand hielt ihn zurück. Caterina stand lächelnd neben ihm. »Denk nicht so viel«, sagte sie mit ruhiger Stimme. Dann füllte sie selbst sein Glas und reichte es ihm.

Trotz Caterinas Liebe und den regelmäßigen Besuchen von Pater Juan, der zu einem guten Freund und Stammgast in der Taverne geworden war, dem sie aber alles verheimlichten, was mit Mercè zu tun hatte, wurden die Tage ohne eine Nachricht von Bernat zu einem einzigen Martyrium. Daran schien auch Guerao nichts zu ändern, als er eines Morgens mit finsterer Miene in der Taverne auftauchte, um Hugo in den Palast in der Calle de Marquet zu bestellen.

»Jetzt gleich?«, wunderte Hugo sich über den Befehl des Majordomus.

»Ja.«

»Ich komme mit«, bot Caterina an.

»Nein«, entgegnete Guerao.

»Aber …«

»Das ist nicht nötig, Liebste«, beruhigte Hugo sie.

Auf dem Weg zu Bernats Palast schwieg Guerao. Ob sie etwas von Mercè wüssten, fragte Hugo. Und Regina, was hatte sie ihnen verraten? Guerao zeigte keine Regung. Sie stiegen die breite Treppe zum großen Saal hinauf, wo Bernat, ganz in Schwarz gekleidet, sie bereits erwartete. Guerao zog sich in eine Ecke zurück, während Hugo vor dem Admiral stehen blieb. Er forderte ihn nicht auf, Platz zu nehmen.

»Du hast mich betrogen«, begann Bernat. Hugo achtete mehr auf die Gesten und seine Stimme als auf den Inhalt seiner Worte. Der Admiral wirkte gelassen. Seine Stimme klang kühl, nicht bedrohlich. »Was hast du mir zu sagen?«, fragte er etwas lauter.

»Nein, ich habe dich nicht betrogen.« Hugo hatte sich oft gefragt, was er in diesem Augenblick antworten würde.

»Mercè ist nicht deine Tochter.«

»Doch, das ist sie. Vom Tag ihrer Geburt an habe ich sie geliebt, auf sie aufgepasst, mich um sie gekümmert.«

»Das macht dich nicht zu ihrem Vater.«

Die beiden Männer blickten sich in die Augen.

»Ich glaube schon«, sagte Hugo herausfordernd.

Bernat schwieg und gestattete ihm fortzufahren.

»Das Wichtigste ist Liebe, Hingabe, der Alltag. Die Sorge um ihr Wohlbefinden, die geteilte Freude. Oder Traurigkeit.« Hugo versuchte ihm mit Blicken all die Gefühle zu vermitteln, die er nicht in Worte fassen konnte, doch der Admiral blieb ungerührt. »Ich habe alles für Mercè getan, und jetzt würde ich mein Leben geben!« Bernat blinzelte nicht einmal. »Ja, ich mag sie nicht gezeugt haben, aber welche Rolle spielt es, wer ihr Vater ist, wenn ich diesen Platz seit ihrer Geburt eingenommen habe?«

»Wenn es der Teufel ist, spielt es eine Rolle.«

Bernat hatte die Worte leise vor sich hin gemurmelt. Hugo spürte, wie ihm kalter Schweiß über den Rücken rann.

»So etwas Törichtes wirst du doch nicht glauben? Du kennst Mercè, du bist ihr Mann.«

»Nicht mehr. Ich habe den Bischof gebeten, die Ehe aufzulösen. Töricht, sagst du? Ihre eigene Mutter, deine Schwester …«, schrie er, um sofort wieder leiser zu werden, »behauptet, Mercè sei die Tochter des Teufels. Dass Satan sie besessen hat. Dass der Fürst der Finsternis mit ihr kopuliert hat! Das hat sie vor den Schreibern des Bischofs ausgesagt und unterschrieben. Ich war selbst dabei. Und ich habe die Nonnen gehört, die sie untersucht haben. Die Spuren des Teufels sind zwischen ihren Oberschenkeln eingebrannt!«

»In Gottes Namen!«, rief Hugo.

»Sie hat gesagt, ich soll Mercè umbringen! Welche Mutter verlangt so etwas, wenn ihr Kind nicht die Frucht Satans ist?«

»Das darfst du nicht glauben.«

»Der Bischof glaubt es auch. Und die Priester und Nonnen ebenso.«

Hugo suchte nach etwas, um sich anzulehnen, doch er sah nichts. Als Guerao bemerkte, dass er zitterte, wollte er zu ihm gehen, doch eine Geste von Bernat hielt ihn zurück. Hugo holte ein paarmal tief Luft.

»Wo ist meine Tochter? Was ist aus ihr geworden?«, fragte er ohne große Hoffnung.

»Ich weiß es nicht, und es ist mir auch egal. Ich werde mich nicht für sie einsetzen.«

Sprachlos schüttelte Hugo den Kopf. Wie konnte Bernat jemanden so kaltblütig verstoßen, den er angeblich bis vor Kurzem über alles geliebt hatte?

»Wie kannst du nur so grausam sein?«

»Allein die Erinnerung, neben der Tochter des Teufels in einem Bett gelegen zu haben, bereitet mir Ekel. Ich kann kein Auge zutun, wenn ich daran denke, dass ich mit dieser verfluchten Kreatur geschlafen habe! Du nennst mich grausam? Ekel ist stärker als jedes andere Gefühl. Außerdem würde der König mich absetzen, wenn ich mich anders verhielte. Glaubst du, er vertraut seine Armada jemandem an, der mit dem Teufel zusammenlebt?«

»Im Namen Gottes, Bernat, im Namen deines Vaters und deiner Mutter! Im Namen der Armbrust, die ich für dich gestohlen habe, oder der Silbermünzen, die ich dir geschenkt habe.«

»Nicht einmal ihre Mutter, deine Schwester, ist bereit, sich für Mercè einzusetzen. Sie will, dass ich sie töte!«

»Sie …« Hugo zögerte und dachte einen Moment über seine Worte nach. »Wenn ich dir schwöre, dass wir dieses Königreich verlassen und nach Kastilien oder sogar nach Portugal gehen, würdest du dann etwas tun, um sie zu befreien?«

»Nein.«

Hugo krampfte sich der Magen zusammen. Den Tränen nahe warf er sich vor Bernat auf die Knie und küsste ihm die Schuhe.

»Erbarmen!«, schluchzte er, ohne seine Lippen von Bernats Lederschuhen zu lösen. »Hab Mitleid!«

Bernat rührte sich nicht.

Milde. Großmut … Hugo war es leid zu flehen und ihm die Schuhe zu küssen. Er zitterte am ganzen Körper. Im Saal machte sich Stille breit.

»Ich wünschte, sie wäre tot, Hugo«, hörte er Bernat schließlich sagen. »Aber ich werde mich nicht mit dem Teufel anlegen. Wer weiß, wie seine Vergeltung aussehen würde.«

»Wo ist sie?«

»Wie gesagt, ich weiß es nicht.«

»Aber Regina weiß es. Und du hältst sie gefangen. Lass mich mit ihr reden«, flehte Hugo.

»Du wirst dazu Gelegenheit haben.«

Hugo schaute auf.

»Regina zieht es vor, lebend in Barcelona zu verenden als zwischen den Ratten meiner Burg. Niemand, der es wagt, mich zu bestehlen, kommt ungestraft davon, auch dann nicht, wenn der Grund für seine Taten die Tochter des Teufels ist.«

»Regina hat mithilfe des Bischofs und anderer hoher Geistlicher gehandelt. Was ist mit denen, kommen die ungestraft davon?«

»Das soll nicht dein Problem sein, aber du solltest wissen, dass der Bischof ihr davon abgeraten hat. Regina hat auf eigene Faust gehandelt.«

»Wie konnte sie dann Mercè irgendwo einsperren? Sie ist nur eine einfache Begine.«

Bernat bedeutete ihm mit einer Handbewegung zu schweigen und gab Guerao ein Zeichen. Der rannte zu Hugo, fasste ihn unter den Achseln und zwang ihn aufzustehen. Der Admiral erhob sich ebenfalls von seinem Stuhl, wandte sich um und ging.

»Und Arnau?«, rief ihm Hugo hinterher.

Der Admiral blieb stehen, überlegte einen Augenblick und drehte sich um.

»Arnau ist in den Händen der Kirche. Sie wird entscheiden, ob er ein Nachkomme des Teufels ist oder nicht. Wenn nicht, kommt er als mein legitimer Sohn und Erbe zurück zu mir.« Er schwieg einen Moment. Als er fortfuhr, legte er seine ganze Verachtung in seine Stimme. »Ich will dich nicht mehr sehen. Achte darauf, dass du mir nicht mehr über den Weg läufst, denn jetzt hast du niemanden mehr, der sich für dich einsetzt.«

»Bernat«, flehte Hugo wieder und versuchte sich aus den Armen des Majordomus zu befreien.

»Wachen!«, rief Guerao, während Bernat davonschritt.

Zwei Soldaten stürmten in den Saal, packten Hugo und schleiften ihn nach draußen, wo sie ihn in den Schlamm warfen, der sich in diesen regnerischen Dezembertagen des Jahres 1417 in den Straßen Barcelonas angesammelt hatte. Niemand kam ihm zu Hilfe, während die Soldaten am Tor standen und ihn schallend auslachten.

29

Noch am Tag, als Bernat ihm verkündete, dass er Mercè verstoßen hatte, kehrte Hugo in den Garraf zurück. Er fragte überall nach seiner Tochter, doch niemand konnte ihm etwas über eine junge Frau sagen, die in einer Burg oder Festung in der Gegend gefangen gehalten wurde. Er zahlte großzügig und verbrachte die kalte Nacht in einem Stall, wo ihn der Schnaps und die Tiere wärmten. Er versuchte zu schlafen, während die Gedanken an Mercè ihn quälten. Bedrückt kauerte er sich auf dem Stroh zusammen. Er trank so viel Schnaps wie nie zuvor, bis er schließlich in einen unruhigen Halbschlaf fiel. Caterina hatte ihn dazu ermuntert, diese neuerliche Reise anzutreten, nachdem er ihr von seinem Besuch bei Bernat erzählt hatte. Sie hatte ihn geküsst und ihm Glück gewünscht, das der Vogt der Festung von Campdàsens augenblicklich zerstörte, als Hugo am Morgen die Hofküche betrat. Der Mann, den man aufgrund seiner Kleider, seines Aussehens und seiner Manieren leicht mit einem Bauern hätte verwechseln können, wartete bereits seit dem Morgengrauen. Ein rostiges Schwert und ein ausgemergelter, an einem Metallring neben der Tür angebundener Gaul wiesen ihn als Ritter aus.

Das Bauernpaar lebte mit zwei zahnlosen alten Frauen – einer Tante und einer Cousine, wie man ihm am Abend zuvor erklärt hatte – und mehreren Kindern auf dem Hof. Alle begrüßten Hugo mehr oder weniger freundlich, bis das Gemurmel sich legte und einer fast ehrfürchtigen Stille wich.

»Friede sei mit Euch«, wandte Hugo sich an den Vogt und nahm am Tisch Platz. Ein älterer Sohn war sofort aufgesprungen und hatte sich zu den anderen Mitgliedern der Großfamilie gestellt, die ebenfalls keinen Sitzplatz hatten.

»Warum die vielen Fragen nach einer gefangenen Frau?«, stieß der Vogt hervor, ohne ihn zu begrüßen, und deutete mit einem Stück trockenem Brot auf ihn.

»Ich bin auf der Suche nach meiner Tochter. Sie heißt Mercè.«

»Und du glaubst, sie ist hier im Garraf?«

»Möglich wäre es.«

»Was hat deine Tochter verbrochen?«

»Nichts.« Hugo versuchte seine Unruhe zu verbergen.

»Warum sollte deine Tochter dann hier gefangen sein?«

Hugo schwieg. Er hörte ein Tuscheln hinter seinem Rücken, der Bauer und einer seiner Söhne rutschten unruhig auf ihren Stühlen hin und her. Der Ritter zeigte noch immer mit dem Brot auf ihn. Jemand rieb seine Hände, um sie zu wärmen. Der Kamin loderte, doch durch die Fenster zog es. Hugo stieß einen Seufzer aus.

»So versteht mich doch, ich suche nur meine Tochter. Sie ist ein guter Mensch.«

»Hier ist niemand in Haft. Weder in Campdàsens noch in einer anderen Burg im Garraf. Diese Ländereien gehören dem Almosenhaus der Kathedrale von Barcelona. Warum sollten der Bischof und seine Vasallen eine Frau gefangen halten, die kein Verbrechen begangen hat?«

Hugo sah ihn an und versuchte ihm mit seinem Blick all das zu vermitteln, was er nicht mit Worten auszudrücken imstande war.

»Hast du im Bischofspalast gefragt? Dort muss man es wissen.«

Hugo schüttelte den Kopf. Der Vogt legte das Brotstück auf den Tisch, überlegte es sich aber noch einmal und steckte es in den Mund.

»Ich will dich hier nicht mehr sehen«, befahl er kauend. Feuchte Brotkrümel flogen in Hugos Richtung. »Sonst muss ich dich einsperren. Ich warne dich, wir wollen hier keine Landstreicher, die unsere Leute belästigen.«

»Ich will nur meine Tochter finden.«

»Verschwinde!«

Hugo wollte sich schnell noch ein Stück Brot und etwas Speck nehmen, für die er am Abend bezahlt hatte. Der Ritter schlug mit der einen

Hand auf den Tisch, während er mit der anderen nach dem Schwert griff.

»Raus!«

Pedro konnte gerade noch zur Seite springen, als Hugo den Wein vor seine Füße spuckte. Es war schon das zweite Fass, das säuerlich schmeckte.

»Sakrament noch mal!«, fluchte Hugo. Der Wein reifte seit zwei Jahren und jetzt … »Alles für die Katz! Warum hast du mir nichts gesagt?«

Der Junge zögerte.

»Aber Ihr habt doch immer gesagt, ich soll die Fässer bloß nicht anrühren …«

»Ausreden!« Hugo fuchtelte so wild mit den Händen herum, dass er das Gleichgewicht verlor und sich an einem der Fässer abstützen musste. »Ein schöner Wirt, der nicht weiß, wann ein Wein sauer wird.«

»Aber wenn ich die Fässer doch nicht berühren darf.«

»Der Geruch! Der Geruch ist genug!«

Hugo riss die Arme hoch, stolperte aber und musste sich wieder an dem Fass festhalten.

»Warum seid ihr so laut?«, ertönte es von oben.

Keiner von beiden antwortete.

»Dummkopf!«, schrie Hugo stattdessen Pedro an.

Caterina kam die Treppe herunter. Als sie begriff, was los war, flüsterte sie Pedro etwas ins Ohr, tätschelte ihm die Wange und schickte ihn nach oben zu den Gästen.

»Zwei ganze Fässer sind verdorben!«, klagte Hugo.

»Der Junge kann nichts dafür. Er kennt sich nicht aus damit.«

»Und wer kümmert sich um den Wein, wenn ich nicht da bin? Du vielleicht?«

»Nein, ich auch nicht, das weißt du. Du bist hier der Einzige, der etwas von Wein versteht«, sagte sie ruhig.

Hugo hielt ihr die Schale hin und deutete auf ein anderes Fass. Caterina unterdrückte ein Seufzen und nahm sie. Erst am Abend zuvor hatte sie ihn gebeten, nicht so viel zu trinken. Hugo hatte ungewohnt schroff reagiert, und sie hatte nicht weiter beharrt, so wie jetzt, als sie die Schale in das offene Fass tauchte.

Seit er vor einigen Monaten mit leeren Händen aus dem Garraf zurückgekehrt war, endete jeder Tag damit, dass Hugo sich betrank. An manchen Tagen war er nur betrunken, an anderen verlor er fast das Bewusstsein. Welchen Zustand er erreichte, hing davon ab, was er zu sich nahm, Wein oder Schnaps, aber vor allem davon, wie oft er sich an diesem Tag vorgeworfen hatte, bei seiner Suche nach Mercè gescheitert zu sein. Selbst im Bischofspalast war er gewesen, wie ihm der Vogt aus Campdàsens geraten hatte. Man hatte ihn nicht einmal in den Hof gelassen.

»Du bist doch der, der die Tochter des Teufels wie seine eigene behandelt«, schleuderte ihm ein junger Priester an den Kopf, bevor er ihm den Zutritt verweigerte. Während er sprach, hielt er möglichst großen Abstand zu Hugo, als hätte er es mit einem Pestkranken zu tun.

Hugo versuchte es nicht weiter. Die Geschichte von der Frau des Admirals hatte sich bereits herumgesprochen, zuerst unter den Geistlichen, dann im gesamten Volk. Die Taverne litt darunter und verlor immer mehr Gäste. Die angesehenen Bürger und reichen Kaufleute kauften nicht länger Wein bei ihm ein, und sei es nur, weil sie Partei für den Grafen von Navarcles und Admiral der Armada ergreifen wollten, dem Hugo so hinterlistig die wahre Herkunft seiner Tochter verheimlicht hatte. Auf der Straße zeigten die Leute mit dem Finger auf ihn. Selbst am Sonntag, in Santa María del Mar, hörte Hugo die Leute hinter vorgehaltener Hand über ihn tuscheln. Erst strafte er sie noch mit Blicken. Einige sahen verschämt weg, doch die meisten hielten seinem Blick stand, und nach kurzer Zeit war er es, der verlegen zu Boden starrte.

Er verließ die Taverne nur noch, wenn er unbedingt musste. Auch die Messe besuchte er kaum noch. Caterina nahm fast alles klaglos hin, doch was die Sonntage betraf, konnte sie nicht schweigen. Beten, das war ihre letzte Hoffnung. Auf Gott vertrauen. Weiter an ihn glauben. Das sei er Mercè schuldig, sagte sie und bot ihm an, mit Pater Juan in die Kirche Santíssima Trinitat zu gehen. »In die der Konvertiten? Wie

Regina?«, herrschte er sie an. »Nie wieder werde ich meinen Fuß in diese Kirche setzen.«

Die Kathedrale Santa María del Mar, das war seine Kirche. Die der Seeleute, Fischer und *Bastaixos,* der Menschen, die den Geruch des Meeres auf ihrer Haut trugen. Eingehakt an seiner Seite, tat Caterina so, als wäre sie es, die sich anlehnen müsste, während sie in Wirklichkeit das verräterische Schwanken verhinderte, mit dem er den Weg bis zur Kirche zurückgelegt hatte. War es richtig, dass Hugo zur Messe ging und betete, obwohl er betrunken war?, fragte Caterina sich an jenem Sonntag. Sie beobachtete ihn aus den Augenwinkeln. Er sah niedergeschlagen aus und starrte mit geröteten Augen auf die Heiligenfigur der Jungfrau Maria, die auf dem Altar thronte.

Die Priester lasen die Messe, und die Gebete der Gläubigen erfüllten das Gotteshaus. Caterina stieß Hugo sanft mit dem Ellbogen an, um ihn aus seiner Trance zu wecken, damit er mit ihr betete, doch es gelang ihr nicht. Hugo war wie gebannt von dem Licht, das durch die bunten Scheiben der Apsis auf die Jungfrau fiel. Klar und deutlich stachen die Lichtstrahlen aus der verschwommenen Umgebung heraus, die er als Folge des Alkohols wahrnahm. Sein Blick folgte den Strahlen bis zu den leuchtend blauen, roten und grünen Fenstern, die das grelle, mediterrane Sonnenlicht filterten. Besorgt ließ Caterina ihn in Ruhe. Seine vom vielen Schnaps blutunterlaufenen Augen waren von der Anstrengung noch mehr gereizt. Er rieb sie, bis sie feucht wurden und er noch weniger sah. Einen Moment lang war alles trüb – bis auf das wunderbare Licht, das auf den Altar mit der Jungfrau fiel. Die Gebete wurden immer lauter. Er hatte das Gefühl, von ihnen eingehüllt zu sein. Es gab keine Wirklichkeit mehr, nur noch die leuchtende Heiligenfigur, die ihm zulächelte.

Was wollte ihm die Jungfrau des Meeres sagen? Er versuchte zu beten und stammelte ein paar Worte. Caterina stieß ihm wieder in die Seite, diesmal heftiger. Alle schwiegen und lauschten ehrfürchtig dem Priester. Hugo betete weiter, ohne auf die Predigt zu achten. Mercè lebt, glaubte er die Jungfrau sagen zu hören.

»Danke, heilige Maria«, sagte er laut.

Einige Leute drehten sich zu ihm um, doch Hugo sah sie nicht. Ohne auf Caterina zu achten, die ihn zu beruhigen versuchte, blieb er in seiner Vision versunken. Ja, er sollte Mercè befreien.

»Aber wie?«, flüsterte er.

Die Schutzheilige des Meeres lächelte ihm weiter zu. Bernat wusste es. Bernat hatte sie verstoßen. Bernat …

»Bernat!«

Der Schrei hallte in der Kirche wider. Caterina sah, wie der Admiral, der in der ersten Reihe saß, seinen Männern Befehle erteilte.

Alle schauten sich um, wer für den Aufruhr verantwortlich war, und die Leute in seiner Nähe rückten ein paar Schritte von ihm ab. Caterina ballte die Fäuste und schloss die Augen.

»Wo ist meine Tochter, Bernat?«, brüllte Hugo.

Mehrere Soldaten versuchten sich einen Weg zu ihm zu bahnen.

»Was hast du mit Mercè gemacht? Gestehe! Gestehe deine Sünde vor der Jungfrau des Meeres!«

Jemand hielt ihm von hinten den Mund zu. Zwei andere warfen sich auf ihn. Hugo wehrte sich nicht. Er schrie in die Hand auf seinem Mund, und ein ersticktes, erschütterndes Geräusch drang zwischen den Fingern hindurch, während die Soldaten ihn gewaltsam aus der Kirche zerrten.

Das Läuten verkündete das Ende der Messe. Die Gläubigen verließen das Gotteshaus, und viele blieben auf dem Platz, der sich vor dem Hauptportal erstreckte. Neben dem kleinen Friedhof, gut sichtbar für alle, hielten zwei Soldaten Hugo fest und warteten auf weitere Befehle des Admirals. Caterina stand ein paar Schritte entfernt und schluchzte verzweifelt.

»Was sollen wir mit ihm tun, Herr? Dem Vogt übergeben? Oder dem Bischof?«, fragte einer der Soldaten, als Bernat kam.

»Gestehe«, schrie Hugo, bevor der andere Soldat ihm einen Schlag in den Magen versetzte und er in die Knie ging.

»Dort drüben ruht meine Mutter.« Bernat zeigte zum Friedhof. »Wehe, dieser Säufer kotzt hierhin.«

Die Soldaten schleiften Hugo auf den Platz. Er krümmte sich vor Schmerz und übergab sich. Caterina weinte. Bernat wartete, bis Hugo sich etwas erholt hatte.

»Ich hatte dich gewarnt, mir nicht mehr in den Weg zu treten.«

»Auf diesem Friedhof habe ich deine Mutter begraben«, unterbrach Hugo ihn.

»Lasst ihn los«, befahl Bernat, nachdem er eine Weile in die Richtung geschaut hatte, wo die sterblichen Überreste von Mar ruhten.

Dann sprach er lauter, damit die vielen Neugierigen um sie herum ihn hören konnten.

»Er ist nur ein elender Säufer.« Er spuckte aus und verfehlte nur knapp Hugos Gesicht. »Ich will dich nicht mehr in Santa María del Mar sehen, du befleckst meine Kirche nicht noch einmal. Ich sage es dir zum letzten Mal: Wenn du nicht gehorchst, bringe ich dich um.«

Hugo richtete sich mühsam auf, von oben bis unten verschmutzt, und trat auf Bernat zu. Caterina wandte den Blick ab. Einer der Soldaten wollte Hugo aufhalten, doch der Admiral hob die Hand. Ein gespanntes Murmeln hob an.

»Was hast du meiner Tochter angetan?«, fragte Hugo mit überraschend deutlicher Stimme. Bernat wollte etwas erwidern, doch Hugo kam ihm zuvor. »Pass auf, was du sagst, deine Mutter hört dich.«

»Ich vermute, sie ist bei ihrem Vater, dem Teufel«, antwortete der Admiral nach kurzem Überlegen.

Hugo ließ den Kopf sinken.

»Tot?«, fragte er mit brüchiger Stimme.

Er erhielt keine Antwort. Bernat hatte ihm bereits den Rücken zugewandt.

Einige Monate später begriff Caterina endlich, was Bernat gemeint hatte, als er zu Hugo sagte: »Regina zieht es vor, lebend in Barcelona zu verenden als zwischen den Ratten meiner Burg.« Obwohl es seine eigene Kirche war, kannte bis vor wenigen Tagen nicht einmal Pater Juan die Identität der zukünftigen Insassin der drei mal drei Schritte großen Zelle, die der Bischof an die Seitenwand der Kirche Santíssima Trinitat anbauen ließ. Offenbar handelte es sich um eine Zelle, in der eine Frau eingemauert werden sollte.

Es war ein winziger, dunkler Raum mit zwei kleinen Öffnungen, in dem sich nichts außer einer schlichten Holzpritsche befand. Eine der

Öffnungen ging auf die Straße und war für den Empfang von Almosen gedacht, die andere, noch schmalere Öffnung war in die angrenzende Kirchenmauer eingelassen und ermöglichte es der Verbannten, jederzeit den Gottesdiensten zu lauschen. Beide Öffnungen befanden sich so hoch in den Wänden, dass die Eingemauerte nicht hinaussehen und Kontakt mit der Außenwelt aufnehmen konnte.

Es gab viele Frauen, die sich allein oder zu mehreren im Schutz von Klöstern, Konventen, Hospitälern oder Kirchen in Zellen oder ganzen Häusern einmauern ließen. Oft waren es Laienschwestern, Beginen oder andere fromme Frauen, die sich der Buße und Askese verschrieben hatten. Die Tage bis zu ihrem Tod vergingen langsam und dienten der Meditation und dem Gebet. Sie lebten von der Wohltätigkeit des Volkes, und die Könige dankten ihnen für die Gebete, die sie als einen Dienst am Gemeinwohl ansahen. Sie beschützten sie, ließen ihnen Geschenke zukommen und untersagten sogar, unter Androhung strenger Strafen, jede Form der Ruhestörung in der Umgebung der Eingemauerten.

Zwei Maurer verschlossen die Öffnung, durch die Regina, schweigend und aufrecht, in ihrem braunen Habit die Zelle betreten hatte. Die Handwerker arbeiteten zügig. Mehrere Priester und Soldaten hatten die Begine begleitet. Auch Pater Juan und andere Benefiziaten seiner Kirche waren anwesend. Einige Bürger beobachteten aus der Ferne das Geschehen. Als die Maurer ihr Werk beendet hatten, stimmte jemand ein Gebet an, dann bekreuzigten sich die Anwesenden und gingen davon. Eine Gruppe barmherziger Frauen kam herbei und reichte Regina durch die Öffnung etwas Wasser und Brot. Bei Einbruch der Dunkelheit hatte sich der Ort geleert. Nur eine blonde, hellhäutige Frau mit blassen Augen von undefinierbarer Farbe stand weiter in der Gasse neben der Kirche.

Caterina betrachtete die Außenwand der kleinen Kirche und – fast an ihrem Ende, rechts von der Stelle, wo sich der Altar befinden musste – den winzigen Anbau, der wie ein Geschwulst hervorstand, wie ein Furunkel, das in der schmalen Gasse zwischen der Kirche und den Nachbarhäusern aus dem eigentlichen Bauwerk herausgewachsen war. Mit der Zeit, wenn der Schmutz und die Verwitterung den

Unterschied verwischen würden, wären das alte und das neue Gemäuer kaum noch zu unterscheiden. Caterina ging nicht zu der Zelle, in der sich die Schuldige an Hugos Unglück, am Verschwinden seiner Tochter und an Barchas Tod befand. Sie erinnerte sich an Elena, die griechische Sklavin, und das Leben in Roger Puigs Palast, als Regina und sie ihm zu Diensten standen und seine Launen befriedigen mussten, die eine als Sklavin, die andere als Hure. Sie erinnerte sich an Barcha, und Tränen liefen über ihre Wangen. Hatte sie früher einmal gedacht, sie stehe in Reginas Schuld, so hasste Caterina sie jetzt aus ganzem Herzen. Der Schmerz, den diese Schlange ihr zugefügt hatte, war einfach zu groß.

Caterina stieß einen tiefen Seufzer aus, wischte sich die Tränen ab und machte sich auf den Weg zur Taverne. Hugo würde dort sein, so wie immer. Er betrank sich nicht mehr, er begnügte sich, das Nötigste zu trinken, um in einem Zustand permanenter Lethargie zu versinken, und an diesem Punkt interessierte ihn nicht einmal mehr der Wein. Er verstand, was man ihm sagte, doch er antwortete nicht oder nur sehr langsam. Seine Bewegungen waren apathisch, kraftlos, und alles war ihm gleichgültig. Er aß kaum noch, und wenn doch, dann nur, weil Caterina und Pedro ihn darum baten. Er wurde immer dünner und hatte keine Kraft und Lust mehr, die Liebe zu genießen.

Caterina überlegte, ob sie Hugo erzählen sollte, dass sich Regina nur ein paar Schritte entfernt, in der Kirche der konvertierten Juden, befand. Wenn Hugo verstand, was sie ihm sagte, würde er auf der Stelle losrennen und die Zelle in Brand stecken. Als er im Garraf erfahren hatte, dass Bernat Regina vor ihm gefunden hatte, wollte er sofort zur Burg von Navarcles, wo sie eingesperrt gewesen war. »Das ist Wahnsinn. Du wirst es nie bis in den Kerker schaffen, und wenn Bernat dich entdeckt, tötet er dich«, hatte sie ihn davon abhalten können.

Der Wein und der Schnaps hatten Hugos Willen gebrochen. Seine Drohungen blieben leere Worte, und wenn Caterina befürchtete, ein hellsichtiger Moment könnte ihn dazu bringen, seinen selbstmörderischen Plan doch noch in die Tat umzusetzen, animierte sie ihn zum Trinken, versuchte ihn zu verführen oder suchte nach einem Vorwand, um seine Gedanken in eine andere Bahn zu lenken. Auf dem Weg zur Taverne eilte sie zu Pater Juan, um ihr Verhalten zu beichten. »Du machst das Richtige«, beruhigte er sie. »Du darfst nicht zulassen, dass er eine Dummheit begeht. Vertraue auf Gott und bete. Alles wird gut.«

Als Caterina schließlich die Taverne betrat, war kein einziger Gast im Raum. Der Vorfall in der Kathedrale Santa María del Mar hatte auch die letzten treuen Gäste verschreckt. Hin und wieder schaute ein Betrunkener vorbei, der nirgendwo bedient wurde, Sklaven, die sich nicht um das Trinkverbot scherten, oder zwielichtige Gestalten, die in anderen Tavernen keinen Zutritt hatten. Sie bot ihnen den sauren Wein an, den sie mit Wasser verdünnte oder mit einem besseren Wein mischte. Die Männer zahlten, dennoch hatte sie stets Jaumes Messer zur Hand, falls es zu einem Streit käme. Ihre Ersparnisse gingen rasch zur Neige, woran auch die spärlichen Einnahmen nichts ändern konnten. Sie mussten Pacht zahlen, Steuern, Essen … Wein hatten sie genug, auch wenn es der war, den Hugo eigentlich reifen lassen wollte und den er jetzt sträflich vernachlässigte.

Sie fand ihn oben im Zimmer. Er lag angekleidet auf dem Bett und starrte ins Leere. *Nein*, entschied sie in dem Moment, *ich werde ihm nichts von Regina und ihrer Zelle verraten*. Darüber würde Gott verfügen.

Nach der Auflösung seiner Ehe mit Mercè heiratete Bernat erneut. 1418 erklärte König Alfonso Genua den Krieg. Die Lage war seit Langem angespannt, da Genua die Sarden bei ihren wiederholten Aufständen gegen die Katalanen unterstützte, doch der endgültige Auslöser für die Kriegserklärung war der Überfall auf ein katalanisches Schiff, das der Monarch selbst geheuert hatte. Ein Akt der Kaperei, bei dem die Genuesen nicht nur Schiff und Fracht erbeuteten, sondern auch sämtliche Besatzungsmitglieder und Kaufleute an Bord ermordeten und ins Meer warfen.

Nach der Kriegserklärung befahl der König, eine Armada zu bauen. Die katalanischen Cortes und die Stadt Barcelona sagten ihre finanzielle Unterstützung zu, nahmen jedoch nicht hin, dass der Herrscher sich wie sein Vater Fernando mit kastilischen Ministern und Beratern umgab und ihnen auf Kosten Barcelonas Posten und Stellen zuschanzte. Die Cortes entsandten Botschafter, damit sie den König von ihrer ablehnenden Haltung unterrichteten. Nachdem er vergeblich versucht hatte, sie umzustimmen, änderte Alfonso schließlich seine Haltung, wusste er doch, dass sein Feldzug von der Großzügigkeit der Cortes abhing. Bernat Estanyol, Admiral der katalanischen Armada, erfuhr aus den engsten Kreisen des Königs, dass es von Vorteil sei, eine Ehe mit einer der vielen Adels- oder Patriziertöchter der Stadt einzugehen, deren Familien ihrerseits entzückt wären, bei einem so erlauchten Minister seiner Hoheit einzuheiraten. Auf diese Weise könne er seine katalanische Herkunft hervorheben und den König dazu bringen, ihn und sein Amt zu respektieren und zu verteidigen.

Marta war die Erstgeborene von Galcerán Destorrent, einem Ehrenbürger Barcelonas, Eigner mehrerer Galeeren, Teilhaber zahlreicher Handelsgesellschaften, Besitzer von Ländereien und Häusern und Rechteinhaber an einem Brennofen und einer Mühle. Als Mitglied der Kaufmannsgilde hatte er im Stadtrat gesessen, ein Amt, das er aufgeben musste, als er die Titel eines Barons und Grafen erwarb und in den Adelsstand aufstieg. Galcerán war reich, sehr reich. Wie viele Männer seines Schlages hatte er sich im Landesinneren einige Burgen mit ihren Ländereien gekauft, auch wenn er sie nur an dem Tag besucht hatte, als er anwesend sein musste, um die entsprechenden Huldigungen entgegenzunehmen. Er hatte sie, zusammen mit den Ehrentiteln, mit königlicher Erlaubnis von Adligen erworben, die Geld benötigten, das er im Überfluss besaß.

Nur ein einziges Hindernis konnte die Ehe vereiteln, in die beide Seiten bereits eingewilligt hatten: Arnau. Der Bischof und seine Priester hatten ihn von jedem teuflischen Stigma freigesprochen, und der Junge war in den Palast in der Calle de Marquet zurückgekehrt, wo der Admiral ihn öffentlich zu seinem legitimen Erben ernannte. Galcerán Destorrent wollte jedoch, dass der zukünftige Erstgeborene seiner Tochter Bernats Erbe sein sollte. Er versuchte mit ihm zu verhandeln, doch sein zukünftiger Schwiegersohn lehnte ab. »Ich habe bereits einen männlichen Nachkommen«, antwortete er dem Kaufmann, »und deine Tochter ist noch nicht einmal schwanger.« Galcerán dachte darüber nach und nickte, und mit einem Handschlag besiegelten sie den Pakt.

Die Hochzeit des Admirals fand in aller Eile zu Beginn des Frühjahrs 1419 in der Kathedrale Santa María del Mar statt. War die Feier anlässlich seiner Ehe mit Mercè prächtig gewesen, so war die Trauung mit Marta Destorrent geradezu pompös. Selbst König Alfonso und seine Gattin waren anwesend, und während das Hochzeitspaar, die Monarchen und die zahlreichen Gäste im Großen Königspalast feierten, genossen die Bürger die prachtvolle Feier zu Ehren des Brautpaars und der Könige am Strand. Es gab Minnesänger, Narren, Seiltänzer und viele andere Schausteller, dazu kostenlosen Wein und Musik. Da die meisten Leute zur Hochzeit in die Kirche gegangen waren oder am Strand tranken und tanzten, wirkte die übrige Stadt wie ausgestorben. Kaum jemand war auf der Straße unterwegs, fast alle Läden hatten geschlossen, und die vielen Stände in den Gassen waren bis zum nächsten Tag abgebaut worden.

Eine der wenigen, die nicht zum Fest am Strand gegangen war, um Bernats Hochzeit zu feiern, war Caterina. Wie jeden Tag stand sie in der Gasse neben der Kirche und beobachtete die Zelle, in der Regina seit fast neun Monaten eingemauert war.

Hugo war in der Taverne. Als er vor einiger Zeit von Bernats Heirat erfahren hatte, verfluchte er ihn lauthals und wünschte ihm einen langsamen, qualvollen Tod, bevor er zur Hölle fuhr. Caterina und Pedro hatten gelächelt. Verglichen mit der Apathie der letzten Monate war sein Zorn ein deutliches Zeichen der Besserung. Manchmal stieg er wieder in den Keller hinunter, um sich um die Weine zu kümmern oder einfach nur dazusitzen. »Wenigstens geht er wieder runter«, versuchte Pedro Caterina zu trösten, als sie ihm erzählte, dass Hugo sich einfach nur auf ein Fass gesetzt und die Zeit hatte verstreichen lassen.

Regina erwähnten sie mit keinem Wort. Hugo schien sich langsam zu erholen und wirkte weniger niedergeschlagen, und ihm zu verraten, dass Regina ganz in der Nähe eingesperrt war, hätte möglicherweise einen Rückfall ausgelöst. Außerdem war Caterina überzeugt, dass er kein einziges Wort aus dieser durch und durch verkommenen Frau herausbekommen würde. Auch von Mercè sprachen sie nicht, und Hugo schien sich mit dem Gedanken an ihren Tod abgefunden zu haben. Sie war seit zwei Jahren verschwunden, und dass sie so lange im Verlies irgendeiner entlegenen Burg im Garraf oder wo auch immer überlebt haben könnte, war mehr als unwahrscheinlich.

Doch Caterina weigerte sich, an Mercès Tod zu glauben. Sie kannte die Härten des Lebens und wusste, dass die Menschen selbst Unerträgliches auszuhalten vermochten. Schläge, Vergewaltigungen, Erniedrigungen … Grausamkeit! Das Leben klammerte sich mit aller Kraft an den kleinsten Hoffnungsschimmer. Sie glaubte auch nicht, dass ihre Entführer sie getötet hatten, erst recht nicht, wenn sie Mercè für die Tochter des Teufels hielten. Niemand hätte Lust, sich mit einem so mächtigen und bösartigen Wesen anzulegen.

Caterina träumte von Mercès Befreiung. Hugos Glück hing davon ab, und damit auch ihres. Irgendwann würde er darüber hinwegkommen, wenn sie Mercè nicht fanden, so wie über alles, doch die Spuren, die es bei ihm hinterlassen würde, wären tief und schmerzhaft. Das hatte Hugo nicht verdient. Und sie auch nicht. Vom ersten Moment an hatte sie mit Pater Juan über die Eingemauerte gesprochen. Er musste Regina entlocken, wo Mercè gefangen war.

»Ihr müsst mit List vorgehen, Pater. Sie ist ebenso bösartig wie klug, und wenn sie etwas merkt, schneidet sie sich glatt die Zunge ab«, ermahnte sie ihn.

Doch die Bemühungen des Pfarrers waren erfolglos.

»Vielleicht bereut sie ihre Taten mit der Zeit, und dann …«, versuchte der Pfarrer ihr Mut zu machen.

»Bereuen? Regina?«, erwiderte Caterina ungläubig.

Sie würde nie etwas bereuen, und falls Mercè noch lebte, würde sie bis zu ihrem Tod gefangen bleiben. Dennoch hatte Caterina, seit Regina eingemauert worden war, überlegt, wie man sie zum Reden bringen könnte. In der Taverne war das einfach. Ein paar Schalen Wein, und die Zungen lösten sich, aber bei einer Eingemauerten … Die Idee kam ihr, als sie eine Frau dabei beobachtete, wie sie Regina durch die kleine Öffnung Wasser reichte.

»Du musst dich so fromm wie möglich geben«, hielt sie Pedro an. »Du musst ständig beten. Sie muss hören, wie du betest. Sie darf nie an dir zweifeln.«

Zuerst war es eine kleine Schale Wein, die sie auf den Sims des hohen

Fensters stellten. Es dauerte über einen Tag, bis Regina sie bemerkt hatte. Anschließend stellte sie die leere Schale wieder dahin zurück, wo sie sie gefunden hatte, damit derjenige, der sie gebracht hatte, sie wieder mitnehmen konnte. Es verging ein Monat, und Pedro stellte ihr immer wieder neuen Wein hin, während Caterina die Zelle im Auge behielt. Sie stahl sich aus der Taverne, wo ohnehin nicht viel zu tun war, und stand stundenlang in der schmalen Gasse neben der Kirche. Irgendwann gab sie etwas Schnaps in den Wein. »Wer bist du?«, fragte Regina eines Tages. Pedro schaute zu Caterina hinüber und gestikulierte wild mit den Händen. »Sie fragt mich«, formten seine Lippen die einzelnen Silben. Caterina machte ihm Zeichen, ruhig zu bleiben und zu antworten, was sie besprochen hatten: dass er Pedro hieß, sein Vater eine Taverne in der Nähe des Kleinen Königspalastes hatte und seine Mutter seit Langem krank im Bett lag und ihn gebeten hatte, der Eingemauerten Wein zu bringen. Ihre Gebete täten seiner Mutter so gut! »Mehr Wein? Natürlich! Ich bitte Euch, Señora, betet für meine Mutter.«

Zwei Schalen täglich. Mit Schnaps. Drei Monate später reichte Pedro einen Weinschlauch durch die kleine Öffnung über seinem Kopf. »So ist es einfacher«, erklärte er. Regina trank. Sie aß nur wenig, denn die Leute wussten, dass die Eingemauerte neben anderen Versprechen Enthaltsamkeit gelobt hatte, und brachten ihr nur trockenes Brot, ein Stück Käse oder eine Zwiebel. Und gar nichts an den vielen Tagen, wenn alle fasteten oder nur Fisch aßen.

Kaum Nahrung, die Einsamkeit und Wein, viel Wein, so viel, wie sie wollte, jeden Tag mehr, und stets mit Schnaps vermischt. Manchmal bat sie mit belegter Stimme um den Wein, manchmal verlangte sie ihn laut und herrisch, wie es ihrem Charakter entsprach: »Mach schon, Pedro, bring Wein! Sonst bete ich nicht mehr für deine Mutter.«

Pater Juan fand heraus, was vor sich ging. Als er bemerkte, dass die in seiner Kirche eingemauerte Frau fast pausenlos betrunken war, geriet er in ein moralisches Dilemma. Der Geistliche kannte die Gründe, warum Regina hier war. Es hatte nichts mit Frömmigkeit oder Hingabe zu tun. Er wusste auch, was Caterina bezweckte: eine unschuldige Frau zu retten. »Wenn Mercè wirklich die Tochter des Teufels wäre, müsste die Kirche sich um sie kümmern, statt zu dulden, dass sie weiter in der Finsternis gefangen ist, wo sie weder das göttliche Licht noch die göttliche Gnade empfangen kann«, überzeugte Caterina schließlich den Geistlichen.

Auch Hugo ahnte etwas, als er bemerkte, dass Caterina und Pedro ständig nachts im Keller Schnaps brannten.

»Wofür braucht ihr so viel Schnaps?«, fragte er eines Tages.

Caterina zögerte, und der Junge sah verlegen zur Seite.

»Wenn keiner mehr kommt, um unseren Wein zu kaufen, dann vielleicht unseren Schnaps.«

Hugo zuckte mit den Achseln, und während er völlig erschöpft die Treppe hochstieg, wechselten Caterina und Pedro einen verschwörerischen Blick.

Neun Monate nach Reginas Einmauerung wartete Caterina wie immer neben der Kirche. Pater Juan erzählte ihr, dass Regina gesprächiger geworden sei und ihn gebeten habe, ihr durch die mit der Kirche verbundene Öffnung zuzuhören.

»Ich hoffe, sie weint nicht nur oder wird nostalgisch wie viele Betrunkene, die nur jemanden zum Zuhören suchen«, warf Caterina ein.

»Ich weiß. Je häufiger sie mich ruft, desto wirrer redet sie.«

»Ja, Pater. Aber all das wirre Zeug enthält immer einen Funken Wahrheit. Darauf müsst Ihr achten, Pater. Sie wird Euch etwas über Mercè erzählen, davon bin ich überzeugt. Sie kann sie nicht einfach aus ihrem Gedächtnis gelöscht haben, das ist unmöglich. Sie war jahrelang wie ihre Mutter! Sie muss sie geliebt haben. Etwas in ihr muss sich regen, wenn sie sich an sie erinnert, und ich schwöre bei Gott, wir werden es ihr entlocken.«

Am Tag der Hochzeit von Bernat und Destorrents Tochter spürte Caterina, dass sich heute ihr Schicksal entscheiden würde. Doch sie beließ es nicht bei ihrem Gefühl, sondern goss noch mehr Schnaps in den Weinschlauch, den Pedro im Morgengrauen durch die Öffnung in Reginas Zelle schob.

Sie hatten angefangen, Schnaps zu verkaufen. Die wenigen Gäste, die noch in die Taverne kamen, Gauner oder Betrunkene, zeigten sich empfänglich gegenüber diesem starken und ihnen unbekannten

Trank. Sie probierten, sahen sich erstaunt an, schüttelten verblüfft den Kopf, lobten das Getränk und zahlten bereitwillig, was sie verlangten. Die Nachricht von dem neuen Getränk machte schnell die Runde im Raval. Die Taverne füllte sich wieder, bis der Vogt eines Tages jemanden schickte. Caterina trank vor den Abgesandten. Der Schnaps sei nicht schlimmer als andere Getränke, er mache nur trunken, falls man das schlimm nennen wolle, bemerkte einer der Gäste lachend. »Wie der Likör, den die Mönche herstellen!«, rief ein Schuhmacher, Mitglied im Stadtrat, bevor er die nächste Schale bestelltc. Etwas Ähnliches schien auch der Beamte zu denken, dem die Aufsicht über die Märkte, Läden, Gewichte und Preise und die Qualität der Waren oblag, denn genauso schnell, wie er die Steuern für das neue Getränk festlegte, genehmigte er es auch ohne große Einwände.

Caterina und Pedro arbeiteten hart. Tagsüber bedienten sie in der Taverne, nachts brannten sie Schnaps. Hugo beobachtete alles. Er hätte sich nie vorstellen können, einmal Schnaps zu verkaufen.

»Weißt du noch, wie gerne Barcha Schnaps getrunken hat?«, versuchte Caterina ihn aus der Reserve zu locken.

Hugo nickte. Mit der Erinnerung an die Maurin fing er an, Caterina und Hugo beim Brennen zur Hand zu gehen.

Mehr als ein Wirt versuchte sie nachzuahmen. Sie kauften *aqua vitae,* mehrfach destillierten Branntwein, der angeblich Wunden kurieren und Kranke heilen konnte, und verdünnten ihn mit Wasser, nachdem sie ihn probiert und sich den Mund verbrannt hatten. Einer war so mutig, ihn zu schlucken, und verätzte sich die Speiseröhre. Ein anderer, der noch weiter ging und ihn zu verkaufen wagte, musste feststellen, dass die Kunden ihn gleich wieder ausspuckten und mit einer Anzeige und der Schließung seines Ladens drohten.

Der Schnaps bewirkte Wunder. Sie verdienten nicht nur eine Menge Geld, Hugo arbeitete auch wieder und stand die ganze Nacht vor dem Destillierkolben, während Pedro seinen Strohsack ausbreitete und Caterina sich zurückzog, um oben zu schlafen. Pedro hatte den Verdacht, dass Hugo heimlich Schnaps trank, und beobachtete ihn unauffällig, während er so tat, als würde er sich ausruhen. Doch Hugo trank nicht viel, höchstens eine kleine Schale, und manchmal nicht einmal das. Er starrte nur gebannt auf den Destillierkolben und überwachte das gleichmäßige Tropfen des Schnapses. Tagsüber schlief er die meiste Zeit, doch zumindest trank er nicht, und Caterina sah, wie seine Augen wieder zu leuchten begannen.

Dasselbe Wunder, das der Schnaps in ihrem Haus bewirkte, erhoffte sie sich auch in der stinkenden Zelle, die an die Kirche angebaut war. Denn während es mit Hugo stetig aufwärtsging, verfiel Regina immer stärker der Trunksucht. Die Frauen, die ihr zu essen brachten, hatten sich bei Pater Juan beschwert. Regina beschimpfe sie, verlange Wein statt Brot und drohe ihnen mit Krankheiten und Pech, falls sie ihre Wünsche nicht erfüllten. Der Pfarrer, der den Problemen bisher so weit wie möglich ausgewichen war, fürchtete, dass der Bischof von der Sache Wind bekommen könnte.

Deshalb musste es an diesem Tag geschehen, dem Tag von Bernats zweiter Hochzeit. Da die meisten Bürger zum Fest am Strand gegangen waren, war die Kirche bis auf ein paar alte Frauen leer. Pater Juan hatte genug Zeit und Ruhe, um Regina auszuhorchen. Sie war völlig betrunken, und er ging davon aus, dass sie in diesem Zustand weniger beherrscht und berechnend war als üblich.

»Nichts.«

Caterina fuhr erschrocken zusammen. Sie war so in Gedanken vertieft gewesen, den Blick verloren auf Reginas Zelle gerichtet, dass sie gar nicht bemerkt hatte, wie Pater Juan aus der Kirche getreten war.

»Was sagt Ihr?«

»Nichts«, wiederholte der Pfarrer. »Nicht mal betrunken verrät die Frau auch nur das Geringste.«

Caterina spürte, wie ihre Beine nachgaben, und Pater Juan musste sie stützen.

»Ich kann unmöglich damit weitermachen, Caterina. Keiner duldet eine Eingemauerte, die ständig betrunken ist, das musst du verstehen.« Caterina wurde immer blasser. »Wir müssen damit aufhören, sofort. Wir haben uns geirrt. Ich habe mich geirrt, als ich mein Einverständnis gegeben habe.«

Caterina löste sich von ihm und rannte in die Kirche. Der Pater folgte ihr und redete leise, aber umso mahnender auf sie ein.

»Was hast du vor? Caterina! Was tust du? Wir sind im Haus Gottes.«

In wenigen Schritten waren sie am Altar der kleinen, schlichten Kirche angelangt. Ohne sich zu bekreuzigen, blickte Caterina nach rechts und entdeckte eine winzige Öffnung, kleiner noch als die in der Zelle. Sie ging hin und ließ Pater Juan zurück, der verstummt war und aus den Augenwinkeln zwei alte Frauen beobachtete, die ihnen jedoch nicht die geringste Aufmerksamkeit schenkten.

Ratlos blieb Caterina unter der Öffnung stehen. Pater Juan bat sie verzweifelt, zur Besinnung zu kommen. Caterina schlug mit der Faust gegen die Wand, und ein dumpfes Geräusch ertönte. Sie schlug noch einmal zu. Dann drehte sie sich um und lehnte sich mit dem Rücken an die Wand. Sie überlegte, Regina zu rufen, ihr zu sagen, wer sie war, ihr zu drohen. Doch womit sollte man jemandem drohen, der eingemauert war?

»Gehen wir.« Der Pfarrer hielt ihr seine Hand hin.

»Nein«, flehte Caterina und drückte sich an die Wand.

Seit neun Monaten verfolgte sie nun schon ihren Plan. Sie hatte eine Säuferin aus Regina gemacht, doch diese räudige Hündin schwieg wie ein Grab.

Pater Juan beharrte darauf, zu gehen.

»Nein«, wiederholte Caterina.

Die alten Frauen verließen die Kirche, und sie blieben allein zurück.

Mercè. Caterina erinnerte sich, wie das Mädchen im Weinkeller des Palastes in der Calle de Marquet begeistert vom Grafen von Urgell erzählt hatte und davon, was sie alles besitzen würden, wenn er eines Tages König wäre. Und daran, wie Hugo sie liebte! Sie mussten sie befreien. Doch diese Möglichkeit zerrann ihr gerade zwischen den Fingern.

Sie hielt sich die Hände vor das Gesicht und brach in Tränen aus. Pater Juan senkte verlegen den Blick.

»Wer weint da?«

Die Stimme kam aus der Öffnung. Caterina zog die Nase hoch, schüttelte den Kopf und weinte noch verzweifelter.

»Wer ist da?«, fragte Regina mit belegter Stimme. »Wer weint dort in der Kirche?«

Pater Juan legte den Kopf zur Seite und kniff die Augen zusammen. Er schien zu überlegen.

»Niemand, Regina«, antwortete er. »Oder hörst du hier jemanden weinen?«

Die Eingemauerte sagte nichts. Pater Juan machte Caterina ein Zeichen, dass sie weiterweinen sollte. »Ganz leise«, bedeutete er ihr mit den Händen, während sie ihn erstaunt ansah.

»Hörst du jemanden weinen?«, fragte der Pfarrer erneut, als Regina nicht reagierte. »Ich bin allein hier. Die Leute sind alle am Strand und feiern.«

»Ich höre jemanden. Ja! Da weint jemand«, brach es aus Regina heraus. »Eine Frau!«

»Hier ist niemand, Regina. Wie kann es sein, dass du etwas hörst? Vielleicht musst du in dich hineinhorchen, um zu wissen, wer da weint.«

»Nein …«

»Hast du jemandem etwas Böses angetan?«

Caterina schluchzte noch lauter, ermuntert von dem leisen Lächeln auf den Lippen des Geistlichen.

»Regina«, fuhr der Pfarrer fort. »Das Weinen, das du zu glauben hörst, kann nur aus der gequälten Seele eines Menschen stammen, den du verletzt hast.«

Regina trank noch mehr von dem mit Schnaps vermischten Wein. Sie hörten, wie sie nach dem Weinschlauch griff, sich verschluckte und hustete und weitertrank. Caterina weinte weiter. Sie wollte ihr keine Pause gönnen.

Regina lief in ihrer Zelle auf und ab. Sie murmelte etwas vor sich hin, redete mit sich selbst. Manchmal fiel sie hin und stieß wirre Worte aus.

»Pater!«, rief sie schließlich. Er antwortete nicht. »Pater!«, schrie sie noch einmal. Er blieb stumm. »Ich höre sie immer noch weinen«, sagte sie mit zitternder Stimme, den Mund nah an der Öffnung.

»Regina, ich kann dir nicht helfen, wenn du mir nicht sagst, wer da weint.«

»Keiner kann mir helfen!«

Das Reden fiel ihr schwer.

»In dem Fall wird dich das Weinen bis in alle Ewigkeit verfolgen.«

Ein lang gezogenes Jaulen ertönte.

»Regina, Gott ist barmherzig, vertraue auf seine Güte. Er kann dir helfen, er wird es tun, ganz sicher.«

»Nein!«

»Sogar die Mörder suchen die Barmherzigkeit des Herrn.«

»Ich habe sie nicht umgebracht!« Die Worte waren ihr herausgerutscht. Caterina verstummte. Schnell forderte Pater Juan sie auf weiterzuweinen. »Ich habe verboten, das zu tun.«

Caterina unterdrückte einen Schrei. Regina sprach von Mercè. Wie viele Seelen ungeborener Kinder mochten sie verfolgen? Dutzende, Hunderte. Doch wenn sie sagte, dass sie verboten hatte, sie zu töten, konnte sie nur Mercè meinen.

Stille trat ein.

»Der Herr erwartet deine Beichte«, beharrte der Pfarrer.

30

Inmitten einer fruchtbaren, von Wein- und Getreideanbau geprägten Ebene thronte auf einer der wenigen Erhebungen des Penedès die Burg von Sabanell. Die Festungsanlage war zur gleichen Zeit wie die Burgen von Gelida, Papiol und Eramprunyà errichtet worden und hatte zusammen mit ihnen eine der Verteidigungslinien auf der Iberischen Halbinsel gegen die muslimische Invasion gebildet, zu einer Zeit, als Katalonien eine französische Provinz war, die vor allem dazu diente, das Vordringen der Sarazenen über die Pyrenäen zu verhindern.

Hugo war so oft durch diese Gegend gekommen, dass er befürchtete, jemand könnte ihn wiedererkennen. Wenig mehr als eine Meile trennte Sabanell von Vilafranca del Penedès, wo er oft Wein gekauft hatte. Bei Vilafranca war er auch Manuel begegnet, dem Jungen, der ihn überredet hatte, seine Maultiere zu taufen. Diesmal hatte er Blanca und Tinta in Barcelona gelassen und reiste als einfacher Tagelöhner, der Arbeit in einem der vielen Weinberge suchte.

»Mercè ist in der Burg von Sabanell!«, rief Caterina aufgeregt, kaum hatte sie die Taverne betreten.

Pedro wollte schon jubeln, riss sich aber zusammen, als er Hugos Reaktion sah.

»Nein, sie ist nicht tot«, sagte Caterina, nachdem sie zu Hugo an den Tisch gegangen war und ihm die Hand auf die Schulter gelegt hatte.

Hugo brach in Tränen aus, während Caterina sich über ihn beugte und die Arme um ihn legte.

Sie erzählte ihm von Regina und wie sie ihr Geständnis erreicht hatte.

»Diese Hündin. Ich bringe sie um«, murmelte Hugo.

»Das musst du nicht«, flüsterte Caterina. »Sie ist bereits lebendig begraben.«

Gleich am nächsten Morgen brach Hugo in den Penedès auf. Caterina küsste ihn zärtlich, und er lächelte.

»Kehr nicht ohne sie heim«, ermunterte sie ihn, während sie ihm einen prall gefüllten Geldbeutel reichte.

Hugo wog ihn in der Hand und schüttelte den Kopf.

»Es ist deins, falls du es brauchst«, drängte sie ihn. »Der Schnaps bringt viel ein. Wir haben genug.«

Als Caterina zur Seite trat, damit Pedro sich von Hugo verabschieden konnte, zögerte der Junge. Hugo breitete die Arme aus, und Pedro ließ sich drücken, während er die seinen ungeschickt hängen ließ, als wüsste er nicht, was er mit ihnen anfangen sollte.

»Danke.« Hugo wusste von Pedros Anteil an dem Plan, der zu Reginas Geständnis geführt hatte.

Als Caterina den Glanz in Hugos Augen sah, während er Pedro umarmt hielt, brach sie in Tränen aus.

Da stand er nun und betrachtete die Burg von Sabanell, den von mehreren Gebäuden umgebenen Wehrturm und die Festungsanlage, die mit dem Sieg über die Mauren – die sich nur noch im weit entfernten Granada hielten – ihre Verteidigungsfunktion verloren hatte. Hinter den Zinnen der mächtigen Mauern waren auch einige Gebäude mit Spitzbogenfenstern und offenen, von schlanken Säulen gestützten Bogengängen zu sehen.

Die Burg wurde von einem Lehnsherrn des Barons von Sabanell regiert, dem die Menschen, Ländereien und Gehöfte der Gegend unterstanden. Hugo erinnerte sich an sein Erlebnis im Garraf mit dem Ritter aus Campdàsens und beschloss, sich diesmal zuerst in der Burg vorzustellen. Es war Anfang März, die Sonne schien von einem klaren Himmel auf die weite Ebene mit ihren Weingärten und Getreidefeldern herab. Ab jetzt würde die Arbeit in den Weinbergen täglich mehr werden: Graben, beschneiden, düngen. Abgesehen von der Weinlese, war es die Zeit, in der die Bauern die meisten Tagelöhner brauchten.

»Friede sei mit dir«, grüßte Hugo die Wache am Burgtor.

Der Soldat betrachtete ihn mit einer Mischung aus Gleichgültigkeit und Neugierde. Hinter dem Tor konnte Hugo den Vorhof sehen, wo weitere Soldaten faulenzten.

»Was willst du?«, fragte die Wache.

»Ich suche Arbeit.«

Der Soldat zuckte mit den Achseln.

»Ich weiß, dass diese Ländereien dem Baron von Sabanell gehören, und ich hätte gerne seine Erlaubnis, hier arbeiten zu dürfen. Ich will keine Scherereien.«

»Du willst den Herrn sprechen?«, fragte der Soldat erstaunt.

»Natürlich nicht. Aber vielleicht den Burgvogt.« Die Wache starrte ihn an, als wäre er nicht bei Sinnen. »Den Verwalter?« Der Soldat blieb ungerührt. »Deinen Befehlshaber?«

»Hauptmann!«, schrie der Soldat.

Es kostete ihn das Stück Käse, das ihm geblieben war. Mit seiner Hilfe gelang es Hugo, einen kahlen, dickbäuchigen Mann zu erweichen, der sich mit mürrischer Miene die Lügen anhörte, die Hugo ihm auftischte, um seinen Aufenthalt in Sabanell zu rechtfertigen. Zu Hugos Lügen gehörte auch ein falscher Name, Pau, sowie ein falscher Wohnort, Tarragona.

»Mehr hast du nicht zu bieten?«, fragte der Hauptmann, nachdem er den Käse eingesteckt hatte.

»Nein.« Hugo hielt ihm sein Bündel hin, damit er es durchsuchen konnte.

Der Hauptmann machte eine Handbewegung, als würde er eine Fliege verscheuchen, und Hugo warf sich das Bündel wieder über die Schulter. Den Geldbeutel hatte er zwischen seinen Kleidern versteckt.

»Ich bin nur ein Tagelöhner, der die Arbeit im Weinberg kennt«, fügte er hinzu.

»Gut.« Der Hauptmann wandte ihm bereits den Rücken zu. »Du kannst als Tagelöhner arbeiten.« Plötzlich drehte der Mann sich wieder um. »Geh zu Devesas Witwe. Ihr Mann ist vor Kurzem gestorben, und sie hat kleine Kinder und kann gut jemanden gebrauchen, der ihr im

Weinberg hilft. Dann kann sie dem Baron und den Gläubigern auch ihre Steuern zahlen. Sag ihr, dass ich dich geschickt habe.«

Vielleicht würde die noch recht junge Frau dem Baron die Steuern zahlen können, wie es der Hauptmann gesagt hatte. Wie es sich mit den Gläubigern verhielt, konnte Hugo nicht beurteilen, doch dass sie danach noch Geld für seinen Lohn übrig hätte, war eher unwahrscheinlich. Adelaida, so hieß die Witwe, lebte eine halbe Meile von der Burg entfernt mit ihren drei Kindern, zwei Mädchen und einem Jungen, in einem schlichten Bauernhaus, dessen Strohdach sich in einem erbärmlichen Zustand befand.

Adelaida schien etwas Ähnliches zu denken wie Hugo, denn als er ihr sein Anliegen vortrug, schüttelte sie betrübt den Kopf.

»Ich habe nichts, um dich zu bezahlen.«

»Dann verstehe ich nicht, warum mich dieser Hauptmann hierhergeschickt hat«, murmelte Hugo.

Adelaida zuckte mit den Schultern. Hugo betrachtete die fast nackten Kinder, die vor dem Haus spielten. Er könnte bleiben und der Frau helfen. Er hatte kein Geld nötig, doch die Leute hielten ihn für einen Tagelöhner, der von seiner Arbeit leben musste. Und der Hauptmann wusste, dass die Witwe mittellos war.

»Hast du irgendetwas mit diesem Hauptmann zu schaffen?« Die Frage war ihm plötzlich in den Sinn gekommen.

Adelaida wich seinem Blick aus. Irgendetwas verband die beiden, Hugo spürte es an ihrer Unruhe. Doch was genau? Vermutlich ein unschickliches Verhältnis. Warum sollte sie sonst so verlegen sein? Es mit der Konkubine des Hauptmanns der Burg von Sabanell zu tun zu haben, könnte ihm noch von Nutzen sein, doch wie sollte er für jemanden arbeiten, der ihn nicht bezahlen konnte? Der Hauptmann wäre der Erste, der Verdacht schöpfen würde.

»Hast du deine Ernte im Voraus verkauft?«, forschte Hugo weiter nach. Die Frau verneinte. »Wie wäre es mit Kost und Logis?«, schlug er vor. »Im Moment brauche ich nicht mehr. Du kannst mich nach der Weinlese bezahlen, wenn du die Ernte verkaufst.«

»Um den Verkauf hat sich immer mein Mann gekümmert, ich weiß nicht, wie …«

»Das lass meine Sorge sein«, versprach Hugo.

Das Hofgebäude war in drei Bereiche unterteilt. An einer Seite befand sich eine Wohnküche, in der die Familie lebte. In der Mitte ein Raum, in dem ein klappriges Maultier gehalten und in einer abgetrennten Ecke ein wenig Korn und Nahrungsmittel gelagert wurden. Der dritte Bereich, auf der anderen Seite des Hauses, diente als Weinkeller. Abgesehen von den Arbeitsgeräten und den Bottichen zum Keltern der Trauben standen dort nur ein paar leere Fässer herum. Als Hugo der ätzende Geruch nach Essig, vermischt mit dem der verfaulten Schalen, in die Nase stieg, verzog er angewidert das Gesicht und ging hinaus.

»Wann ist dein Mann gestorben?«, fragte er Adelaida geradeheraus, als sie vor dem Weinberg standen, der in noch schlechterem Zustand als der Hof war.

»Letztes Jahr, kurz nach der Weinlese.«

Hugo schüttelte den Kopf.

»Diese Rebstöcke sind schon länger vernachlässigt.«

»Josep hat den Wein lieber getrunken als ihn hergestellt.«

Hugo kräuselte spöttisch die Lippen und verkniff sich die Frage, ob er getrunken hatte, weil sie ihn betrog, oder ob sie ihm untreu geworden war, weil er trank. Die letzten Monate, als er fast ständig betrunken war, kamen ihm wieder in den Sinn. Es war wie ein tiefes, alles verschlingendes Loch gewesen, ebenso verführerisch wie grausam, aus dem es so gut wie kein Entrinnen gab. Er holte tief Luft. Füllte seine Lungen mit dem Geruch nach Erde und Rebstöcken, nach dem er sich immer wieder so gesehnt hatte. Die Jugend, die Träume, die Hoffnungen … Er stieß einen lauten Seufzer aus. Adelaidas Sohn, der mit seinen Schwestern im Weinberg herumtollte, drehte sich um und sah ihn an. Hugo lächelte ihm zu. Seit Caterina ihm gesagt hatte, dass Mercè lebte, hatte er nicht wieder getrunken, nicht einmal das Bedürfnis danach verspürt. Caterina! Was wäre aus ihm geworden, wenn er sie nicht hätte? Und wenn sie nicht alles versucht hätte, um Reginas Willen zu brechen? Er war ihr unendlich dankbar und spürte eine tiefe Unruhe wegen der großen Entfernung, die ihn von ihr trennte.

»Diese Rebstöcke müssen dringend beschnitten werden«, sagte er schnell.

Er schlief auf einem Strohsack neben dem Maultier. Seit seiner Ankunft waren viele Wochen vergangen, in denen er sich, abgesehen von der Arbeit im Weinberg, darum gekümmert hatte, so viel wie möglich über den Baron von Sabanell, seine Burg, seine Soldaten und vor allem sein Verlies und die darin eingesperrten Gefangenen in Erfahrung zu bringen. Es fiel ihm nicht schwer, die Gespräche in diese Richtung zu lenken, wie damals, als er für Bernat spioniert hatte. Er besuchte die Gehöfte in der Gegend und tat so, als wollte er ein Werkzeug schleifen, etwas ausleihen oder sich nach dem Wetter und den Bräuchen der Region erkundigen. Auf diese Weise kam er ins Gespräch mit den Bauern.

Alle kannten Adelaida. Die meisten wussten über ihr Verhältnis mit dem Hauptmann Bescheid. Früher oder später lenkten sie alle das Gespräch auf das leichtlebige Wesen der Witwe, nachdem sie erfahren hatten, dass er für sie arbeitete. Manche heuchelten Entrüstung und gaben sich fromm und keusch, die meisten grinsten frech oder zwinkerten Hugo verschwörerisch zu.

»Nimm dich vor dem Hauptmann in acht«, riet ihm ein junger Bauer. So energisch, wie er Hugo warnte, schien er die Macht des Soldaten am eigenen Leib erfahren zu haben.

»Es wird ihm nicht gefallen, dass du unter demselben Dach schläfst wie seine Konkubine«, bemerkte ein anderer.

Hugo verschwieg, dass es der Hauptmann selbst war, der ihm vorgeschlagen hatte, Adelaida zur Hand zu gehen.

»Würde er mich dann festnehmen?«, tat er stattdessen erschrocken.

»Natürlich! Dieser Schuft hat schon viele wegen weitaus geringerer Vergehen hinter Schloss und Riegel gebracht.«

Der Baron besuchte seine Burg nicht einmal. Er hatte andere Ländereien im alten Katalonien, im Norden, wo er es vorzog zu leben. Ein Vogt, ein gewisser Riambao, war sein Lehnsherr in Sabanell. Dann waren da noch der Hauptmann und seine Soldaten, und alle wollten sie befehlen, und wenn sie sich nicht bereichern konnten, versuchten sie zumindest, den Wein und die Frauen der Bauern zu bekommen, egal, ob verheiratet oder verwitwet. Nur die Jungfrauen achteten sie aus Furcht vor der Vergeltung des Barons, der es nicht gerne sah, wenn sie eine von ihnen unglücklich machten und ihre Väter Gerechtigkeit und finanzielle Wiedergutmachung forderten. Und trotzdem gab es immer wieder Übergriffe, erzählten die Bauern Hugo.

Ob sie schon einmal verhaftet worden wären, erkundigte Hugo sich. Kannten sie die Kerker? Waren sie schon einmal dort gewesen?

»Warum willst du das wissen?«, fragte einer von ihnen misstrauisch.

»Aus Angst. Was sollte ich sonst für einen Grund haben?«

»Verhaften sie auch Frauen?«, fragte er einen anderen aus, der weniger argwöhnisch zu sein schien. »Für die muss es noch schlimmer sein … Ich meine, wegen der Soldaten und diesem Hauptmann …«

Es war Mai, und Hugo grub mit Adelaidas Hilfe und der nicht ganz so tatkräftigen Unterstützung ihrer Kinder den Weinberg um. Er arbeitete weniger sorgfältig als früher in seinen eigenen Weinbergen. Mercè ging ihm die ganze Zeit nicht aus dem Kopf, das lenkte ihn ab. Ja, jemand war in der Burg von Sabanell eingesperrt. Das hatte er den Worten einer Bäuerin entnommen, die mehr als einen Monat in Haft gewesen war, weil sie fremden Wein als den ihren ausgegeben hatte. Die Frau hatte bemerkt, dass der Kerkermeister immer wieder in einem Gang verschwunden und nach einer Weile zurückgekehrt war, als hätte er sich dort noch um einen anderen Gefangenen gekümmert. Als die Frau freigelassen wurde, konnte sie sehen, dass der Gang, durch den der Kerkermeister kam und ging, keinen anderen Ausgang hatte. Wahrscheinlich befand sich dort noch eine weitere Kerkerzelle. »Nein«, antwortete sie auf Hugos Fragen, mehr wisse sie nicht.

»Wegen einer Wette«, erklärte er, als die Frau sich über seine Neugierde wunderte. »Ich habe gewettet, dass es in einer so großen Burg mehr als einen Kerker geben muss. Ein Freund von mir will das nicht glauben.«

»Ach so.« Die Bäuerin beruhigte sich. »Wenn du das genau wissen willst, musst du nur zu Francesc gehen.«

Ihr Mann, der aufmerksam das Gespräch verfolgt hatte, nickte.

»Wer ist Francesc?«, fragte Hugo so gleichgültig wie möglich.

»Der größte Säufer vor Ort. Du findest ihn in Sabanell. Wenn er nicht gerade im Kerker ist. Weil er ständig Streit sucht, verbringt er dort mehr Zeit als zu Hause. Joan!«, wandte sich die Frau plötzlich laut an ihren Mann. »Joan, hat Francesc überhaupt ein Haus?« Der Mann zuckte mit den Schultern. »Egal. Als ich eingesperrt war, war Francesc ausnahmsweise einmal nicht im Kerker.«

Wie dieser Francesc sich hier betrinken konnte, war Hugo ein Rätsel. Sabanell war nicht viel mehr als eine Handvoll Lehmhütten, unter denen es weder eine Taverne noch einen Laden oder eine Werkstatt gab. Die niedrigen Häuschen drängten sich am Fuß der Burg um eine dunkle, massive Kapelle mit Tonnengewölbe, die dem heiligen Bartholomäus gewidmet war. Eine Kirche, die ebenso arm war wie ihre Gemeinde. Bei seinen Nachforschungen hatte Hugo auch den Grund herausgefunden, warum Adelaida und die anderen Bewohner der Gegend die Gläubiger bezahlen mussten, die der Hauptmann am Tag seiner Ankunft erwähnt hatte. Sabanell war pleite. Viele Gemeinden Kataloniens befanden sich in einer ähnlichen Lage. Die Lehnsherren, Grafen und Barone hatten große Schulden angehäuft, um ihr luxuriöses Leben, ihre Annehmlichkeiten und ihren Prunk zu finanzieren, aber auch, um den Zahlungsverpflichtungen für die immer kostspieligeren Kriege nachzukommen. Um diese Kosten zu decken, verkauften die Adligen Pachtzinsen an vermögende Bürger in den Städten, vor allem in Barcelona.

Für diese Finanzgeschäfte forderten die Adligen von ihren Leibeigenen und Vasallen, dass sie persönlich den Pachtzins unterschrieben, wodurch sie sich zur Zahlung der jährlich anfallenden Beträge verpflichteten. Die Pest, die die Bevölkerung dezimierte, Missernten, Kriege, Epidemien und die Habgier der Lehnsherren, all das führte dazu, dass viele dieser Pachtzinsen, die die Adligen an die städtische Oberschicht verkauft und ihren Vasallen überantwortet hatten, nicht beglichen werden konnten. Das Volk war pleite, und die Kaufleute verwalteten diesen Bankrott und machten damit oft sogar noch Gewinn.

In dieser Situation befand sich auch Sabanell. Die Vasallen entrichteten weiterhin den Zehnten an ihren Herrn und mussten zusätzlich einen zweiten Zehnten, in diesem Fall ein Siebtel ihrer Ernte, an die Gläubiger des Pachtzinses zahlen. So fruchtbar ihre Ländereien auch waren, das Leben wurde immer mühseliger und grausamer für die bescheidenen Bauern, die weiter in die kleine Kirche gingen, um zu

Gott und der Jungfrau Maria zu beten, damit sie ihnen Frieden und die nötige Kraft bescherten, um der Armut trotzen zu können.

Hugo wusste, dass in Sabanell kein Wein verkauft wurde. Deshalb ging er am Sonntag, genau eine Woche nachdem die Bäuerin ihm von Francesc erzählt hatte, mit einem Schlauch voll gutem Wein in die Kirche. Der Schlauch hatte Adelaidas Mann gehört, und obwohl er höllisch stank, hatte Hugo sich nicht die Mühe gemacht, ihn zu putzen. Den Wein hatte er unterwegs bei einem Bauern auf Kredit gekauft, damit der Mann nichts von seinem Geld erfuhr. Niemand scherte sich darum, dass er Wein kaufte. Nach der Sonntagsmesse trafen sich die Leute im Dorf oder im Vorhof der Burg, bevor sie zum Mittagessen nach Hause zurückkehrten. Bei diesen Anlässen wurde viel getrunken. Einer der Soldaten hatte eine Flöte, und wenn es der Pfarrer erlaubte, erfreute er die anderen mit seinem Spiel. Man plauderte über das Wetter und die bevorstehende Weinlese.

Es war nicht schwer, Francesc zwischen den Leuten zu erkennen. Er war knochendürr, schmutzig und zerlumpt, schwankte von Gruppe zu Gruppe und bettelte um einen Schluck Wein. Hugo setzte sich unter einen Baum und wartete. In dem Moment, als Francesc zu ihm herübersah, hob er den Schlauch über seinen Kopf und trank. Einen Moment später stand der Mann vor ihm und deutete auf den Wein. Hugo verzog das Gesicht, so muffig schmeckte der alte Schlauch und so sauer der Wein, den man ihm verkauft hatte.

»Darf ich?«, bettelte der Mann.

Hugo reichte ihm den Wein, und Francesc ließ sich neben ihm nieder und setzte sich den Schlauch an die Lippen.

»He! Langsam«, rief Hugo. Der Mann schien den Wein in einem Zug austrinken zu wollen.

Hugo stellte sich als Pau vor und erzählte ihm, dass er neu in der Gegend sei. Francesc nickte. Hugo fragte ihn nach Sabanell, nach den Leuten auf dem Platz, und hielt ihm immer wieder den Schlauch hin. Manche der Leute schauten zu ihnen hinüber und zeigten sogar auf das seltsame Paar unter dem Baum, doch die meisten kümmerten sich nicht weiter um sie. »Soll der Neue diesen Säufer doch ertragen«, glaubte Hugo von den Lippen eines Mannes ablesen zu können.

Francesc beantwortete bereitwillig seine Fragen, manchmal kaum verständlich, weil er so lallte. An seinen Mundwinkeln klebten weißliche Speichelfäden.

»Der Wein!«, dachte Hugo, bevor er zum eigentlichen Thema überging. Sein ganzes Leben hatte sich um diesen Nektar der Götter gedreht, im Guten wie im Schlechten. Caterina hatte Regina betrunken gemacht, um herauszufinden, wo sich Mercè aufhielt, und jetzt tat er dasselbe mit Francesc.

»Ich habe gehört, du sollst die Burg sehr gut kennen«, bemerkte er beiläufig.

Francesc zuckte mit den Schultern und schwieg. Hugo nahm ihm den Schlauch weg. Sofort flehte der Mann ihn mit ausgestreckten Händen an, ihm den Wein zurückzugeben.

»Kennst du die Burg? Ihre Kerker?«, versuchte es Hugo noch einmal.

»Ja. Gib mir den Schlauch. Bitte!«

Während der Mann flehte, durchlebte Hugo noch einmal diesen unkontrollierbaren Drang zu trinken, den er selbst monatelang verspürt hatte. Er versteckte den Schlauch außerhalb von Francescs Reichweite.

»Wie sind die Kerker?«

»Sie sind … Nun ja, wie sollen sie schon sein? Kerker eben.«

Dieser Säufer würde das Verlies unmöglich beschreiben können, begriff Hugo. Er zeigte ihm den Schlauch.

»Erzähl mir von der Frau, die am Ende des Ganges eingesperrt ist.«

Trotz seines Zustands horchte Francesc auf.

»Nein … Das kann ich nicht.« Plötzlich begann er zu zittern. »Es ist verboten, über sie zu sprechen. Guillem, der Kerkermeister …« Er fuchtelte aufgeregt mit den Händen herum. »Ich kann nicht. Keiner darf von ihr wissen.«

»Gut.« Hugo reichte ihm den Schlauch. Er musste ihn schnell beruhigen, bevor jemand seine Aufregung bemerkte. »Ich weiß, dass niemand davon wissen darf. Aber ich habe von der Frau gehört.«

Francesc sah ihn verwirrt an.

»Wie … Wie kannst du davon wissen?«

»Weil Guillem mein Freund ist. Und der Vogt auch. Mir kannst du von ihr erzählen. Aber keinem anderen!« Er sprach lauter. »Hast du verstanden? Du darfst niemandem von dieser Frau erzählen! Niemandem! Hast du verstanden?«

Francesc nickte mehrmals, gebannt von Hugos Befehlen. Dann nahm er wieder einen Schluck aus dem Schlauch.

»Am Anfang hat sie viel geweint, und einmal hat sie sogar mit mir geredet«, murmelte der Betrunkene plötzlich. »Aber jetzt hört man sie nur noch selten schluchzen.«

»Ist sie am Leben?«, platzte es aus Hugo heraus.

»Ja«, versicherte Francesc. »Ich habe ihr vor Kurzem Essen gebracht und den Kübel mit ihren Exkrementen geholt.«

Francesc schüttelte den Kopf, als bedauerte er ihr Schicksal.

»Hast du sie gesehen?«

»Nein. Oder doch. Einen Schatten in der Ecke. Sie saß zusammengekauert da. So ist sie, seit ein paar Soldaten …«

Hugo schlug mit der Faust auf den Boden. Er wagte nicht zu fragen, was passiert war.

»Sie erinnert mich an ein kleines Vögelchen«, fuhr Francesc fort.

»Warum?«

»Sie isst sehr wenig, wie ein Vögelchen.«

Während Francesc ihm aufgeregt von Mercè und den anderen Gefangenen erzählte und zwischendurch immer wieder zum Schlauch griff, musste Hugo mehrmals die Tränen zurückhalten. Von dem Moment an war er geradezu besessen davon, seine Tochter zu befreien, und konnte an nichts anderes mehr denken. So wie an dem Tag, als er bei der Arbeit um ein Haar Adelaidas Sohn die Hand abgeschnitten hätte, als der Junge in eine Rebe griff, um ihm zu helfen.

Je öfter Hugo sich fragte, wie er Mercè befreien konnte, desto uneinnehmbarer erschien ihm die Burg von Sabanell. Seine Tochter war bereits seit zwei Jahren eingesperrt, wenn auch nicht die ganze Zeit in Sabanell. Dorthin musste man sie nach der Verurteilung von Papst Benedikt und dem Ende des Schismas mit der Ernennung von Martin V. gebracht haben.

Solange Mercè nicht wieder auftauchte, würde keinem ihrer Entführer je etwas nachgewiesen werden können. Dies galt in erster Linie für Andreu Bertran, den Bischof von Barcelona, der bereits jedes mögliche Problem mit Bernat geregelt zu haben schien, indem er dessen Ehe aufgelöst und erklärt hatte, dass Arnau ein Kind Gottes war.

Warum sie aus dem Garraf, den Ländereien des Bischofs, hierhin nach Sabanell, in das Herrschaftsgebiet des Barons, verlegt worden war, wollte sich ihm nicht recht erschließen, doch nach dem Konzil von Konstanz gab es derart viele Überschneidungen zwischen den Interessen der Kirche und denen der Adligen, dass alles denkbar war.

Während er über den Vorhof der Burg schlenderte, musste Hugo sich zwingen, nicht ständig zur Tür des Wehrturms zu starren. Hinter dieser rund um die Uhr von einem bewaffneten Soldaten bewachten Tür befand sich rechter Hand die Treppe, die zum Verlies hinunterführte. Das hatte Francesc ihm erklärt.

Hugo vertrieb sich die Zeit, während Adelaida in der Burg Brot backte. Die Vasallen des Barons mussten den Burgofen benutzen, das Getreide in seiner Mühle mahlen, in der Burgschmiede ihre Geräte reparieren und ihre Reittiere beschlagen lassen, und für alles mussten sie eine Steuer entrichten, selbst für das Pflanzen der Rebstöcke und den Verkauf ihres Weins.

Wieder beobachtete Hugo die Tür. Und wenn es zur Treppe nach links und nicht nach rechts ging? Und wenn das Verlies gar nicht dort war? Er hatte noch immer keinen Plan, wie er seine Tochter befreien sollte, aber ihm war klar, dass eine genaue Ortskenntnis die Voraussetzung für alles andere war.

»Verschwinde von hier, Bauer!«, brüllte ihn die Wache an, kaum hatte er sich ein paar Meter dem Turm genähert.

Hugo entschuldigte sich und ging zum Backofen. Adelaida stand etwas entfernt von den anderen Frauen, die wie sie zum Brotbacken gekommen waren. Unter ihnen befanden sich auch ein paar Männer, wahrscheinlich ihre Gatten. Hugo überlegte es sich nicht zweimal.

»Warum starrst du sie so an?« Er hatte sich vor dem Mann aufgebaut, der ihm am kräftigsten erschien. »Was hast du hinter ihrem Rücken getuschelt?« Mit einer Hand zeigte er auf Adelaida, während er mit der anderen Hand den Mann am Wams packte und heftig schüttelte.

Die Reaktion des Bauern, eines grobschlächtigen Mannes vom Land, ließ nicht lange auf sich warten. Sie gerieten aneinander, die Fäuste flogen, und am Ende wälzten sie sich auf dem Boden, während die Frauen kreischten und mehrere Männer sie anfeuerten. Zwischen den Schlägen, die wegen der geringen Distanz, die ihn von dem Mann trennte, nicht allzu heftig ausfielen, hatte er Zeit, seine Handlung zu bereuen, denn anders als erwartet schritten die Soldaten nicht gleich ein.

Endlich kamen drei von ihnen angerannt und trennten sie. Die Meinung war einhellig: Hugo hatte den Streit angezettelt und den Bauern, einen friedlichen, gottesfürchtigen Mann, ohne Grund angegriffen. Die Soldaten schoben die Männer und Frauen beiseite und gaben Hugo nicht einmal Gelegenheit, den Mund aufzumachen. »Los!«, befahl ihm einer der Soldaten.

Francesc hatte nicht gelogen, gleich hinter der Tür befand sich auf der rechten Seite eine Treppe. Der Wehrturm gehörte zum ältesten Teil der Burg. Mauern aus mächtigem Stein, schmale Treppen und Gänge, Dunkelheit, an der auch die eine oder andere Fackel an der Wand nichts änderte, eine Feuchtigkeit, die in die Knochen drang, und der Gestank von Fäulnis und Exkrementen, aber vor allem nach Todesangst.

Hugo versuchte sich jeden Schritt einzuprägen. Sie gelangten nach unten, wo sich ein Vorraum mit einer Pritsche für die Wache und ein Gang mit einer Tür befanden.

»Rein mit dir!«, befahl der einzige Soldat, der noch bei ihm war, nachdem er die Tür aufgeschlossen hatte.

Hugo weigerte sich. Er musste mehr sehen als nur seine Kerkerzelle. Er musste das Ende des Ganges sehen, überprüfen, ob Francesc ihm die Wahrheit erzählt hatte.

Der Soldat trat einen Schritt zurück, um Hugo mit seiner Lanze zu bedrohen. Hugo hielt eine Hand vor die Spitze der Waffe, doch als der Soldat ihn mit der Lanze in den Kerker stieß, begriff Hugo, dass es aussichtslos war.

»Ich habe den Mann nicht angegriffen!«, protestierte er.

»Das ist nicht mein Problem!« Der Soldat stieß ihn weiter mit der Lanze in die Zelle.

»Aber das deines Hauptmanns.«

Der Soldat zögerte einen Moment, und Hugo warf schnell einen Blick in den Gang. Er war länger, als er gedacht hatte, und an seinem Ende schien sich auf der linken Seite eine weitere Tür zu befinden.

»Was ist mit dem Hauptmann?«

Hugo achtete nicht auf ihn. Er hätte ihn umstoßen, sich die Lanze schnappen und ihn überwältigen können. Im Vorraum hatte er die Kerkerschlüssel gesehen … Aber was dann? Wie sollten Mercè und er am helllichten Tag vor den Augen der Soldaten und Bauern aus der Burg entkommen? Wohin sollten sie fliehen? Plötzlich war er in der Zelle. Als hätte sein Instinkt ihm dazu geraten, war er zurückgewichen. Der laute Schlag, mit dem die schwere Tür ins Schloss fiel, hallte von den Wänden wider.

Hugo tastete das dunkle Verlies ab. Plötzlich näherte sich ihm jemand. »Hast du …?« Hugo ließ ihn nicht ausreden. Er stieß den Gefangenen weg und ging zur Tür. Der Hauptmann würde bald kommen, um ihn freizulassen. In Adelaidas Weinberg gab es viel zu tun. Unterdessen kehrten seine Gedanken zu Mercè zurück. Nur eine Mauer trennte ihn von ihr! Er wollte schreien, ihr sagen, dass er hier war, dass er sie liebte, sie befreien würde. »Ein Vögelchen.« Sie würde kaum gehen können. Keine Kraft haben. Das Licht würde sie blenden und ihre Augen verletzen. Er stieß einen Seufzer aus. In der Burg wimmelte es von Soldaten, und die Gegend war eine flache Ebene ohne Orte, wo sie sich verstecken könnten. Und Mercè würde ihm nicht viel helfen können. Wie sollte er das schaffen?

Der Hauptmann ließ ihn den Rest des Tages und die ganze Nacht warten, bevor er ihn am frühen Morgen freiließ.

»Bedank dich bei Adelaida, dass ich dich nicht einen ganzen Monat einsperre«, wies er ihn zurecht, kaum hatte Hugo einen Fuß aus dem Verlies gesetzt.

Er hatte kein Auge zugetan, auf jedes Geräusch geachtet und versucht, aus den leisen, gedämpften Geräuschen um ihn herum Mercès Stimme herauszuhören. Er antwortete dem Hauptmann nicht. Aber er hatte einen Entschluss gefasst: Wenn der Tag gekommen wäre und der Mann ihm im Weg stünde, würde er ihn töten. Der Hauptmann schien die Gefahr zu wittern, die in Hugos Augen aufblitzte, denn er schritt schweigend davon.

Und der Tag kam. In den fast vier Monaten, die seit seiner kurzen Haft vergangen waren – inzwischen war es Ende September und die Weinlese beendet –, hatte Hugo nichts anderes getan, als zu arbeiten und zu beten, dass seine Tochter noch einen Tag durchhielt, und den nächsten auch. Santa María del Mar. In den Nächten sah er die Jungfrau vor sich, seine Jungfrau, und sie lächelte ihm zu. Alles war vorbereitet, er hatte Geld, Barchas Messer und ein Maultier, das er sich zusammen mit einem klapprigen Karren im nahen Garraf gekauft hatte. »Meine vorigen Herren haben es mir geborgt, sie haben ihre Ernte schon eingefahren«, hatte er Adelaida angelogen. »Damit werden wir schneller mit der Weinlese fertig.«

An Sankt Michaelis waren die Bauern dazu verpflichtet, den Zehnten, ein Elftel der Weinernte und einen zweiten Zehnten für die Gläubiger zu entrichten. An diesem Tag, so hatte Hugo gehört, herrschte in der Burg ein aufgeregtes Kommen und Gehen. Der Bevollmächtigte der Gläubiger und der des Vogtes hatten bereits unabhängig voneinander Adelaidas Land und das der anderen Bauern begutachtet, um die Höhe ihrer Steuern festzulegen. Hugo nutzte die Gelegenheit, um dem Bevollmächtigten der Gläubiger, einem Kaufmann aus Barcelona, den er zum Glück nicht kannte, den Rest von Adelaidas Weinernte zu verkaufen. Der Kaufmann war erstaunt über die Kenntnisse eines Mannes, der sich als einfacher Tagelöhner ausgab. Hugo bemerkte seine Verwunderung und hielt es für klüger, sich nicht so ins Zeug zu legen, wie er gekonnt hätte. Doch auch so holte er einen ordentlichen Preis für die Witwe heraus.

An diesem Tag fanden sich sämtliche Bauern in der Burg ein, um den Zehnten für den Burgherrn zu berappen und ihre Trauben zu keltern. Dutzende von Bauern, die Soldaten des Barons, die von den Kaufleuten angeheuerten Soldaten, Männer und Frauen, die ihre Trauben kelterten, Weinschläuche, die von Mund zu Mund wanderten, die schlechte Laune manch eines ausgebeuteten Bauern, hitzige Wortgefechte und Raufereien … Einen besseren Tag für Mercès Befreiung hätte es nicht geben können.

Die Stimmung in der Burg war so chaotisch, wie Hugo es sich ausgemalt hatte. Nachdem Adelaida und er gemeinsam mit den anderen Bauern den Vorhof betreten hatten, luden sie als Erstes die Trauben ab. Die Bevollmächtigten des Lehnsherrn und der Gläubiger ließen nicht lange auf sich warten und überprüften Adelaidas Menge an Trauben. Zufrieden bedeuteten sie ihr zu warten. Es war ein kühler Tag, und die Nacht würde noch kälter werden, dachte Hugo. Der Sonne nach zu urteilen, die hoch am Himmel stand, musste es fast Mittag sein. Er musste Geduld haben. Er berührte Barchas Messer unter seinen Kleidern und spürte, wie sich sein Körper anspannte. Er war entschlossen, wenn nötig sein Leben zu lassen. Nichts und niemand würde ihn aufhalten können.

Adelaida stammelte eine Entschuldigung, lächelte verlegen und verschwand. Ihre Kinder liefen ihr ein Stück nach, bis der Soldat, der vor dem Wehrturm Wache hielt, sie aufhielt. Ihn würde er nicht aufhalten, dachte Hugo. Für Gott! Für seine Tochter! Für Barcha, die ihr Leben geopfert hatte, damit er jetzt hier war! Der Wein floss in Strömen, doch Hugo probierte ihn nicht einmal. Als das Zerstampfen der Trauben begann, verlor er die Kinder aus den Augen. Die Bauern hatten die Trauben in einen riesigen Holzbottich geschüttet, in den bis zu vier Personen passten. Durch eine Öffnung im Boden strömte der Most direkt in den Weinkeller der Burg.

Im Laufe des Nachmittags kehrte Adelaida zurück, ging aber gleich wieder weg. Auch die Turmwache verschwand einen Moment, so wie alle in dem Maße, in dem der Wein seine Wirkung zeigte. Es kam zu Schlägereien, und einige Bauern wurden in den Kerker abgeführt. Das geschäftige Treiben am Wehrturm behagte Hugo nicht. Andererseits deutete er das Abendrot als gutes Vorzeichen. Im Vorhof brannten bereits die ersten Lagerfeuer und viele weitere außerhalb der Burg.

Der Moment war gekommen. Er umklammerte das Messer und näherte sich dem Turm, wo er sich so lange herumtrieb, bis die Wache ihren Posten verließ, um an einem der Feuer etwas zu essen. Hugo schlüpfte durch die Tür. Rechts von ihm führte die Treppe zum Verlies. Er sah sich nicht einmal um. Wenn noch ein Soldat im Turm Wache gehalten hätte, hätte er ihn nicht einmal bemerkt. Die Treppe, die Treppe, die Treppe … Er rannte hinunter. Der Vorraum. Er zückte das Messer. Er glaubte Stimmen zu hören. Wie viele? Er holte tief Luft. Zweimal hatte er jemanden getötet, einmal für Regina, das andere Mal für Mercè. Es war einfach gewesen, erinnerte er sich, als er seine Hand fest um den Messergriff schloss. Niemand! Der Vorraum war leer. Er ließ den Blick durch den Raum schweifen. Nichts! Aber die Stimmen? Sie kamen aus dem Kerker. Da waren die Schlüssel. Er nahm den Bund und lief den Gang entlang. Er zitterte, als er einen Schlüssel nach dem anderen probierte. »Mercè, Mercè«, flüsterte er. Nein, der war es nicht. Der Schlüsselbund rutschte ihm aus den schweißigen, zitternden Händen und fiel auf den Boden. Obwohl das Geräusch durch die feuchte Erde gedämpft wurde, kam es ihm wie ein lauter Knall vor. Er wartete. Einen Augenblick nur. Niemand.

»Mercè!«, rief er, nachdem er die Schlüssel aufgehoben hatte. »Tochter.«

Das Schloss quietschte. Hugo schob den Riegel zur Seite, öffnete die Tür und trat in die Zelle. Ein Schatten. Danach hatte er gesucht, den Schatten eines Vögelchens, das sich in einer Ecke zusammenkauerte. Seine Augen gewöhnten sich an die Dunkelheit, und da, endlich, sah er sie. Er brach in Tränen aus.

»Meine Tochter.«

Er ging zu ihr. Mercè, die mit dem Rücken zu ihm auf dem Boden saß, zuckte bei seiner Berührung zusammen, als fürchtete sie, man wolle ihr wehtun.

»Meine Tochter.«

Hugo fasste sie an den Schultern, ließ sie aber gleich wieder los. Diese knochigen Schultern konnten nicht seiner Tochter gehören. Ein Zweifel befiel ihn. Und wenn sie es gar nicht war?

»Mercè, meine Tochter. Ich bin es, dein Vater, Hugo.« Er versuchte, ihr Gesicht zu erkennen, doch es gelang ihm nicht. »Ich bin gekommen, um dich zu befreien. Dein Sohn, Arnau … Erinnerst du dich an Arnau?«

Als sie den Namen hörte, drehte sie leicht den Kopf.

»Arnau«, flüsterte Hugo. »Er ist in Barcelona. Er wartet auf dich. Ich habe versprochen, dich zu ihm zu bringen.«

»Arnau«, sagte Mercè mit schwacher Stimme.

Sie war es! Hugo wollte nicht länger warten.

»Komm!«

Er begann sie mit den Lumpen zu bedecken, die an ihr herunterhingen, als eine strenge Stimme ihn innehalten ließ.

»Agustí!«

Der Schrei kam aus dem Vorraum. Wer immer es war, er kam näher, denn die Stimme wurde lauter.

»Agustí, bist du da? Hast du die Schlüssel?«

Hugo reagierte blitzschnell. Er sprang zur Tür und schloss sie von innen, während der Soldat mit einem neuen Verhafteten, dessen lautes Gejammer das Quietschen der Tür übertönte, immer näher kam. Hugo presste sich mit dem Rücken an die Wand. Er hörte, wie der Mann vor der Zelle mit den gewöhnlichen Gefangenen stehen blieb, an der Tür rüttelte und laut zu fluchen begann.

»Welcher Mistkerl hat die Schlüssel mitgenommen? Dieser Hundsfott! Agustí!«

Hugo hörte, wie er wegging. Das durfte er nicht zulassen. Wenn der Mann diesen Agustí auf dem Vorplatz fand und sah, dass er nicht die Schlüssel bei sich trug, würde sofort ein Trupp Soldaten in das Verlies stürmen, egal, ob betrunken oder nicht. Das wäre das Ende.

»Ich bin hier!«, rief er. Er öffnete die Zellentür einen Spalt. »Hier.«

»In der Zelle?«, wunderte sich der Soldat und brach in Gelächter aus. »Was machst du da mit dieser traurigen Hure? Hat sie überhaupt noch Fleisch auf den Knochen, an dem man sich festhalten kann? Es ist schon lange her, dass …«

Hugo sprang vor. Als das hämische Lachen des Soldaten an sein Ohr gedrungen war, hatte er das Messer genommen, und als der Mann weiterspottete, stieß er die Tür auf und rammte ihm die Klinge in den Magen. Der letzte Satz des Soldaten blieb unvollendet. Hugo spuckte ihm ins Gesicht, während der Mann langsam mit dem Rücken an der Wand nach unten rutschte und vergeblich versuchte, sich die blutende Wunde zuzuhalten. Der Verhaftete, den der Soldat bei sich hatte, war so betrunken, dass er überhaupt nichts bemerkt zu haben schien. Hugo packte ihn, zog ihn in die Zelle und ließ ihn fallen. Dann schleifte er auch den Soldaten, der noch lebte, in den Kerker.

»Jetzt gibt es kein Zurück mehr«, flüsterte er Mercè zu und legte sie sich wie einen viel zu leichten Stoffballen über die Schulter.

Wer würde Verdacht schöpfen, dass das, was er da trug, ein menschliches Wesen war, fragte er sich am Fuß der Treppe. Er zögerte. Die Wache könnte wieder auf ihren Posten vor der Tür zurückgekehrt sein. Er hatte schon viel Glück mit der einen Wache gehabt. Egal, wie schmutzig, ungepflegt und betrunken sie sein mochten, es blieben Soldaten. Er kehrte um, nahm den Schlüsselbund und schloss die erste Zelle auf, in der mehrere betrunkene Bauern eingesperrt waren.

»Raus!«, brüllte er.

Alle beeilten sich, die Zelle so schnell wie möglich zu verlassen. Hugo musste ihnen nur die Treppe hoch folgen.

»He! Was geht hier vor?«

Der Soldat versuchte den ersten Bauern aufzuhalten, doch ohne Erfolg, und als er begriff, dass auch der zweite entwischte, rief er nach Verstärkung. Als mehrere andere Soldaten zu Hilfe eilten, versteckte Hugo sich hinter der Tür. Einen Moment fragte er sich, ob er die richtige Entscheidung getroffen hatte. Die Soldaten tauchten in der Tür auf.

Nein, er hatte sich nicht getäuscht. Die Bauern wehrten sich. Sie schlugen mit bloßen Händen gegen die Lanzen der Soldaten und stürzten sich auf sie. Man hatte ihnen ihre Ernte, das Brot und ihre Frauen geraubt, ihre Freiheit würden sie sich nicht nehmen lassen. Andere Bauern eilten ihnen aus dem Vorhof zu Hilfe, und Hugo beschloss zu handeln. Ohne jede Vorsicht ging er mit entschlossenem Schritt durch die Tür und an den Kämpfenden vorbei. Das Maultier mit dem Karren wartete auf sie. Als er Mercè auf den Karren legte, musste er schlucken. Einen Moment lang sah er ihre Augen, aus tiefen schwarzen Höhlen starrten sie ihn erschrocken an.

»Meine Tochter …« Er streichelte ihr Gesicht unter den Lumpen. »Du wirst dich erholen! Arnau erwartet dich.«

Er breitete ein paar Decken über ihr aus, die er für diesen Zweck besorgt hatte, und trieb das Maultier in Richtung Burgtor an.

»Sag kein Wort und beweg dich nicht.«

Niemand hielt sie an, das Burgtor war unbewacht. Hugo hatte die Tür von Mercès Kerkerzelle geschlossen, doch die andere war offen geblieben. Es würde nicht lange dauern, bis die Soldaten den Vorfall bemerkten. Sobald sie einen der Bauern getötet hätten, würden die übrigen es mit der Angst zu tun bekommen und sich ergeben. Dann wäre der Moment gekommen, die neuen Verhafteten nach unten ins Verlies zu bringen, wo sie seine Flucht mit Mercè bemerken würden. Sie würden auf der Stelle ihre Verfolgung aufnehmen, davon war er überzeugt. Sie hatten nicht viel Vorsprung.

»Hü!«, trieb er das Maultier an und ließ die Peitsche so laut knallen, dass das Geräusch das Kampfgeschrei übertönte.

Als sie bereits hinter den Burgmauern waren, grüßte ihn jemand von einem der Lagerfeuer aus, die an den Flanken des Hügels brannten, auf dem die Festung errichtet war. Hugo hob zur Antwort eine Hand und trieb das Tier weiter an.

Unruhig lauschte er den Schreien in seinem Rücken. Sie ließen die Burg und die Feuer hinter sich, die ärmlichen Häuser und die kleine, gedrungene Kirche, und Vater und Tochter drangen in die Dunkelheit der weiten Felder ein, während eine Träne über Hugos Wange lief. Um ihn herum roch es nach Most, nach Trauben, nach bestellten Äckern und altem Rebholz.

31

Nachts kamen sie nur sehr langsam voran. In der Dunkelheit waren die Wege kaum zu erkennen. Die Sturheit des Maultiers, das sich immer wieder weigerte weiterzugehen, brachte Hugo zur Verzweiflung. Dazu die Stille um sie herum … Einerseits beruhigte sie ihn, weil sie bedeutete, dass niemand sie verfolgte. Doch wenn sie wieder einmal vom Weg abgekommen waren und inmitten der Weinstöcke stecken blieben, wurde es so still, dass Hugo die Zügel losließ und sich zum Karren tastete, um nach Mercès Atem zu horchen.

Als der Tag anbrach, verließ Hugo den Hauptweg und nahm kleinere Pfade, immer auf der Hut, dass ihnen kein Reitertrupp folgte. Sie kamen nun zwar schneller voran, doch das Morgenlicht brachte ein neues Problem mit sich – Hugo hatte Mercè immer wieder berührt, um zu prüfen, ob sie noch atmete und warm war, doch jetzt konnte er sie deutlich sehen, und das erschreckte ihn.

»Aber du lebst«, sagte er mit belegter Stimme inmitten der einsamen, weiten Landschaft, bevor er den Karren zu einem Feigenbaum am Wegesrand lenkte.

An den Ästen hingen noch ein paar Früchte. Hugo pflückte eine Feige und ging zum Karren. Mercè lag weiter zusammengerollt unter den Decken. Vorsichtig zog er eine Decke weg. Obwohl die Sonne noch sehr schwach schien, blendete das Licht sie. Die Erinnerung an ihre Schönheit nahm ihm den Rest Gelassenheit, der ihm geblieben war, und seine Freude verschwand mit den aufblitzenden Bildern der Vergangenheit, die sich mit ihrem Anblick vermischten. Er brach in Tränen aus. Er sah, wie sie mit den Kindern des Hospitals de la Santa Cruz herumtollte, wie sie lachte, ihn küsste … Er stieß einen klagenden Ton zum Himmel aus und verfluchte die ganze Welt. Zuerst ballte er nur die Fäuste, dann schlug er sich immer wieder mit beiden Händen an die Stirn. Er kletterte auf den Karren, nahm Mercè behutsam in den Arm und wiegte sie sanft hin und her. Sie weinte nicht. Er hielt sie lange im Arm und machte ihr Tausende Versprechungen, die unerwidert blieben. Er hielt ihr den Schlauch mit Wasser an den Mund und befeuchtete immer wieder ihre Lippen. Schließlich brach er auf. Hatte bei Nacht die Dunkelheit die Flucht behindert, so trübten ihm jetzt die Tränen die Sicht.

Sie gelangten nach Barcelona, kurz bevor die Glocke im Vogtpalast zum *Seny del lladre* läutete und die Stadttore geschlossen wurden.

»Ich bringe sie zum Hospital«, erklärte Hugo. Die Wache am Portal von Sant Antoni war erschrocken zurückgewichen, als sie die Decken angehoben und Mercè entdeckt hatte.

Auch zwei Bürger, die hinter dem Karren standen, traten schnell ein paar Schritte zurück.

»Zum Hospital de San Lázaro?« Es klang weniger nach einer Frage als einer Gewissheit.

»Nein«, antwortete Hugo.

Mercè musste nicht ins Siechenhaus, sie hatte keine Lepra. Doch Hugo verstand die Reaktion des Soldaten. Die Geschwüre und Wunden im Gesicht und auf dem Körper seiner Tochter ließen diese Vermutung zu, und aus seiner Zeit als Kellermeister im Hospital wusste er, dass viele Patienten im Siechenhaus landeten, weil man ihre Krankheitssymptome mit Lepra verwechselte. Jeder stärkere Hautausschlag konnte jemanden dazu verdammen, den Rest seiner Tage in einem Leprahospital zu verbringen. Und nach kurzer Zeit hatte sich der Betreffende dann tatsächlich mit dieser fürchterlichen Krankheit angesteckt. Die Wache schüttelte den Kopf und wollte etwas entgegnen, doch Hugo kam ihr zuvor:

»Sie hat keine Lepra, aber das müssen die Ärzte im Hospital de la Santa Cruz entscheiden, oder nicht?« Hinter ihnen beschwerten sich die Ersten, weil es nicht voranging. »Oder glaubst du, der Verwalter würde erlauben, dass eine Leprakranke das Hospital betritt?«, fragte Hugo und trieb das Maultier an.

Die Leute wichen zur Seite, und die Wachen ließen ihn durch.

Zehn Jahre waren eine lange Zeit, dachte Hugo, als er mit einem misstrauischen Blick aus den Augenwinkeln das Siechenhaus hinter sich ließ. So viel Zeit war vergangen, seit König Martín ihn 1409, kurz vor seinem Tod, zu seinem Kellermeister ernannt und er gute Freunde im Hospital de la Santa Cruz gefunden hatte: die Verwalter, den Pfarrer, den einen oder anderen Arzt. Früher oder später hatten sie ihn alle um einen Gefallen gebeten – Wein, Heiltränke, *aqua vitae* –, und er hatte ihnen von allem großzügig gegeben. Jetzt hoffte er, einen von ihnen im Hospital anzutreffen.

Er erkannte den Pfarrer wieder, Pater Bartolomé de Vilademany, zehn Jahre gealtert. »Auch an dir sind die Jahre nicht spurlos vorbeigegangen«, erwiderte der Geistliche, nachdem sie sich in der Kapelle des Hospitals umarmt hatten. Sie sahen sich lange an. Mercè wurde bereits von ein paar Laienschwestern versorgt, die sie in einen der Frauensäle gebracht hatten.

Die Kapelle, die direkt an die Straße grenzte, war nichts anderes als das ehemalige Hospital de Colom. In demselben Kirchenschiff, in dem damals Betten für Arme und Kranke gestanden hatten, war Hugo vor Mateo geflohen. Hugo verscheuchte die vielen Erinnerungen und Gefühle, die das Bild des Einäugigen in ihm wachriefen.

»Du guckst, als wärst du ganz woanders«, bemerkte Pater Bartolomé.

»Als Kind habe ich hier gespielt«, erklärte Hugo.

»Ich weiß, schließlich war ich Vorsteher der damaligen Kirche hier, und du hast mir davon erzählt, als du die kleine Weinschänke für deine Freunde aufgemacht hast.« Hugo brachte nur ein schwaches Lächeln zustande. Der Pfarrer bemerkte seine Unruhe. »Was bedrückt dich?«

»Es geht um Mercè.«

»Was ist mit dem Mädchen?«, rief der Pfarrer. Die Sorge stand ihm ins Gesicht geschrieben.

Hugo erzählte ihm alles. Pater Bartolomé hatte schon immer eine besondere Zuneigung zu Mercè empfunden. Im Hospital de la Santa Cruz gab es nur zwei Geistliche: den Prior, der gleichzeitig Verwalter war, und Pater Bartolomé, den Vorsteher, der sich um die Kirche und die vielen Altäre in den Krankensälen kümmerte, damit die Patienten jederzeit zu Jesus Christus und den anderen Heiligen beten konnten. Hugo hatte gesehen, wie der Pfarrer sie ermutigt, in ihrem Schmerz getröstet und oft genug ihre Agonie und ihren Tod begleitet hatte. Pater Bartolomé hatte so viel Schmerz und Elend erlebt, dass Hugo in ihm den Menschen sah, der in der Lage wäre, ihm zu helfen.

Hugo verheimlichte ihm nichts. Als der Geistliche von Regina hörte, die er ebenfalls kannte, nickte er, und als Hugo erzählte, dass Arsenda Mercè als Tochter des Teufels bezeichnet hatte, zog er die Augenbrauen hoch und schüttelte entsetzt den Kopf.

»So einen Unsinn höre ich oft. Nur der Herrgott kann uns ein Mädchen mit der Fröhlichkeit und Intelligenz von Mercè geschenkt haben. Tochter des Teufels …«, schimpfte er.

Hugo berichtete weiter. Bei der Beschreibung von Mercès Haft bekreuzigte sich der Pfarrer. Als er von ihrer gewagten Flucht hörte, stieß er einen lauten Seufzer aus und teilte Hugos Sorge, dass man sie verfolgte. Obwohl niemand seinen wahren Namen und seine Herkunft kannte, würde es nicht lange dauern, bis sie sein Verschwinden mit der Befreiung einer so bedeutenden Gefangenen in Verbindung brachten. Das würde sie zu ihrer Familie führen, und von da bis zu ihrer Entdeckung wäre es nur ein kleiner Schritt. Hugo war bereit, so weit wie nötig zu fliehen, damit man Mercè nicht fand, doch in ihrem Zustand war das unmöglich.

»Mach dir keine Sorgen«, beruhigte ihn der Pfarrer. »Hat man sie schon im Krankenbuch vermerkt?«

»Nein. Als ich erfahren habe, dass du immer noch hier bist, wollte ich dich als Erstes sehen.«

»Was dachtest du denn, wo ich sei?«, unterbrach ihn der Geistliche. »Auf dem Friedhof?«

»Natürlich nicht!«

Sie lächelten. Pater Bartolomé klopfte Hugo zärtlich auf den Unterarm, und dieser fuhr fort:

»Ich habe den Schwestern gesagt, dass ich erst mit dir reden will und danach die Angaben mache.«

»Nicht einmal der Prior wird die wahre Identität dieser Frau erfahren«, versprach der Pfarrer.

Der Geistliche trug die Angaben eigenhändig in das Buch ein. Hugos Tochter bekam den Namen María Grans. »Wie alt ist Mercè?«, fragte er sich mit lauter Stimme. »Etwas über zwanzig, oder?« Bevor Hugo antworten konnte, entschied er: »Sagen wir vierzig. Beruf?« Hugo zuckte mit den Schultern. »*Unbekannt*«, schrieb der Pfarrer in das Buch. »*Keinerlei Habseligkeiten, die ihr bei der Entlassung oder im Falle ihres Todes den Erben, über die nichts bekannt ist, ausgehändigt werden müssten*«, notierte er weiter. Und fügte hinzu: »*Sie wurde von einem frommen Bürger eingeliefert, der sie bewusstlos auf einer Brachfläche gefunden hatte.* Wo soll das gewesen sein?«, fragte er laut. »*Auf dem Weg nach Badalona*«, schrieb er einen Moment später. »*Sie kam bei Bewusstsein an, übersät mit Wunden, die von Schlägen und der Vergewaltigung durch mehrere elende Schufte herrühren, wie sie selbst dem unterzeichnenden Pfarrer Bartolomé de Vilademany berichtete.*« Er erklärte Hugo: »Wenn mein Name dort steht und jemand herumschnüffelt, wird man mich rufen.«

Er notierte das Datum, klappte das Buch zu und stand auf.

»Kann ich sie sehen?«, fragte Hugo.

»Nein«, erklärte der Pfarrer. Es hatte schroffer geklungen, als er gewollt hatte.

Seine alten, müden Gesichtszüge entspannten sich.

»Sie wird bestimmt gerade gewaschen. Da kannst du nicht dabei sein, aber Männerbesuch ist in den Frauensälen ohnehin nicht gestattet. Das musst du verstehen.«

Hugo nickte.

»Das heißt, ich kann sie erst sehen, wenn …«

»Wenn es ihr besser geht und sie in der Lage ist, den Saal zu verlassen. Obwohl ich nicht weiß, ob es gut wäre, wenn man euch zusammen sieht. Aber alles zu seiner Zeit. Bis dahin werde ich dich ständig auf dem Laufenden halten. Vergiss nicht, dass Marías angebliche Familie nicht weiß, dass sie hier ist, auch wenn wir eigentlich dazu angehalten sind, die Verwandten der Patienten zu suchen.« Der Pfarrer zögerte. »Ich kümmere mich um alles«, versicherte er. »Na schön …« Er ging zur Tür des Skriptoriums, in dem sie sich befanden. »Warte hier auf mich, ich erkundige mich nach dem Zustand deiner Tochter.«

Als Pater Bartolomé zurückkehrte, hatte sich sein Gesichtsausdruck verändert. Er drückte so viel Sorge aus, dass Hugo das Schlimmste befürchtete und auf ihn zustürzte.

»Es geht ihr schlecht, aber sie wird durchkommen«, sagte der Geistliche mit belegter Stimme. »Gott ist mir einige Gefallen schuldig, das kann er mir nicht verweigern!«, rief er aus.

Caterina erstarrte, als sie Hugo auf der Türschwelle sah.

»Hast du Mercè gefunden?«, fragte sie mit zitternder Stimme.

»Ja.«

»Geht es ihr gut?«

»Sie wird sich erholen.«

Caterina stieß einen Schrei aus und rannte zu ihm. Sie hatte ihn noch nicht einmal umarmt, da liefen ihr schon die ersten Tränen über die Wangen. Sie brachte kein Wort heraus und weinte und schluchzte nur. Dann küsste sie ihn, immer wieder, ohne ihn loszulassen. Hinter ihnen, vor der Taverne, fragte Pedro sich, was sie mit einem weiteren Maultier und einem zweiten Karren anfangen sollten.

»Soll ich das Tier nach hinten bringen?«, rief er.

Hugo antwortete nicht. Auch er küsste Caterina leidenschaftlich. Zum ersten Mal seit Langem, vielleicht seit Mercè vor zwei Jahren verschwunden war, vielleicht sogar seit noch viel Längerem, hatte er Verlangen nach seiner Frau. Er hatte gedacht, er sei erschöpft. Er hatte die ganze Nacht nicht geschlafen, sich auf unwegsamen Pfaden durchgeschlagen, um seine Tochter gebangt und jede Sekunde mit dem Dröhnen von Hufen gerechnet, das die Soldaten des Vogts ankündigte. Und doch weckten der Kontakt mit Caterinas Körper, ihre Küsse, ihre Tränen sein Begehren.

Sie ließen Pedro ohne eine Antwort stehen und stürzten die Treppe zu ihrem Zimmer hinauf. Sie sagten nicht viel, nur das Nötigste, während sie sich auszogen.

»Ist sie im Hospital?«, fragte sie besorgt.

»Pater Bartolomé sagt, sie wird genesen. Dass Gott ihm den Gefallen schuldet.«

»Kann Gott einem etwas…« Caterina verstummte. Sie stand mit

dem Rücken zu Hugo und spürte, wie er sich nackt an sie schmiegte. Sie seufzte vor Erregung. »… schulden?«

Sie beendete den Satz, bevor ihr Atem in ein Stöhnen überging.

»Pfarrern schon«, flüsterte Hugo, während er sie streichelte, sie küsste, ihr über den Hals leckte …

»Ich werde hingehen und mich um sie kümmern.«

»Das geht nicht. Sie ist nicht als Mercè gemeldet, sondern als María, María Grans.«

»Mach dir keine Sorgen …«, erwiderte sie, doch der Schauer, der ihren Körper überlief, als Hugos Finger an ihren Schamlippen spielten, ließ sie verstummen. Sie holte tief Luft und fuhr fort: »Dann bin ich eben auch nicht Caterina, die freigelassene Russin. Grans hast du gesagt? Ich nenne mich …«

»Dein blondes Haar, deine helle Haut …« Hugo drückte sich an sie, und sie stöhnte auf. »Das würde dich verraten. Der Pfarrer kümmert sich um sie, und später … Wir werden sehen.«

Sie blieben eine Weile so stehen. Er streichelte ihre Brüste, ihren Bauch, ihre Scham. Caterina hielt es nicht länger aus und zog ihn auf das Bett. Sie kniete sich hin, vergrub das Gesicht zwischen den Laken und streckte ihm den Hintern entgegen, damit er in sie eindrang. Das Stöhnen und Schreien war bis in die Taverne zu hören. Caterina drehte sich um. Hugo atmete stoßweise, erschöpft. Er schloss die Augen. Erst als der nächste Tag anbrach, öffnete er sie wieder.

Pedro hatte ihnen ein reichhaltiges Frühstück zubereitet: Käse, Zwiebeln, Pökelfleisch, einen schönen Laib Weißbrot und Wein.

»Aus einem der alten Fässer. Probiert mal. Der ist nicht sauer geworden.«

Hugo nahm einen Schluck. Er war kräftig, körperreich und mit einem Aroma nach Reben und dem Holz des Fasses, das ihn an die Arbeit im Weinberg und das Keltern erinnerte, an das Abfüllen im Weinkeller …

»Ausgezeichnet!« Er nahm noch einen, diesmal größeren Schluck. »Ich gratuliere dir«, ermunterte er seinen Lehrling, während er sich an den Tisch setzte und sich über den Käse hermachte. »Und Caterina?«

»Ist früh weggegangen.«

»Wohin?«

»Zum Beten, hat sie gesagt.«

Caterina kehrte aus der Kirche heim, bevor er mit dem Frühstück fertig war. Er aß und trank in aller Ruhe, genoss jeden Bissen und jeden Schluck Wein, beobachtete neugierig die ersten Gäste, die kamen, um Schnaps zu kaufen. Nur wenige bestellten Wein.

»Das Geschäft lief sehr gut in den Monaten, als du fort warst«, bemerkte Caterina, nachdem sie ihm gegenüber Platz genommen hatte. »Wir brauchen mehr Wein, um Schnaps zu brennen. Pedro will nicht den alten Wein nehmen, er passt auf ihn auf, als hinge sein Leben davon ab.«

»Das habe ich bemerkt.« Er hielt die Schale hoch. »Ich werde mich um einfachen Wein kümmern. Haben wir genug bis Januar oder Februar?« Caterina verzog das Gesicht. »Ich werde etwas auftreiben, damit wir so lange weitermachen können, bis die Ernte von diesem Jahr auf dem Markt ist.«

»Ich muss dir etwas sagen, was passiert ist, als du weg warst.«

Hugo sah sie an.

»Etwas Schlimmes?«

»Regina ist gestorben. Sie haben ihre Leiche in der Zelle gefunden, in der sie eingemauert war.«

Hugo nahm die Nachricht schweigend auf. Wie viel Leid hatte diese Frau ihm angetan! Er erinnerte sich an Dolças Abneigung gegenüber Regina, als diese noch ein Kind war. Auch Barcha hatte ihn vor ihr gewarnt. Nicht einmal ihr Tod besänftigte seinen Hass auf diese Frau. Nicht wegen dem, was sie ihm angetan hatte, sondern wegen der Qual, zu der sie seine Tochter verdammt hatte. Regina war schuld daran, und er wünschte, dass sie für immer in der Hölle schmorte.

»Und Mercè?«, riss Caterina ihn aus seinen Gedanken.

Hugo zögerte mit der Antwort.

»Im Moment sollten wir uns nicht im Hospital sehen lassen«, sagte er nach einer Weile. »Pater Bartolomé wird uns auf dem Laufenden halten.«

Noch am selben Morgen tauchte eine Laienschwester in der Taverne auf. Mercè hatte eine ruhige Nacht verbracht.

»Werden ihre Wunden heilen?«, fragte Hugo.

»Die körperlichen ja. Schlimmer steht es um die seelischen Wunden.«

Die Frau schüttelte den Kopf.

»Kümmere dich gut um sie.« Er drückte ihr etwas Geld in die Hand. »Meine Tochter …«

»Die Behandlung im Hospital ist umsonst, und ich verlange nichts für meine Arbeit«, unterbrach die Schwester ihn. »Ich tue das aus Nächstenliebe.«

»Ich wollte dich nicht beleidigen. Aber nimm es bitte.« Hugo schloss ihre Hand, auf der die Münzen lagen. »Ich bin sicher, dass du damit einem Bedürftigen oder einem der Waisenkinder helfen kannst.«

Die Frau dachte einen Moment nach und nickte.

»Aber ich nehme das Geld nicht, um für deine Tochter zu sorgen.«

»Wir wissen, dass ihr euch mit all eurer Hingabe für die Aufgaben des Hospitals einsetzt. Daran besteht für uns nicht der geringste Zweifel. Ein kleines persönliches Geschenk hätte ich aber dennoch, etwas, das Pater Bartolomé bestimmt nicht verschmähen wird.« Hugo reichte ihr einen Schlauch mit gutem, altem Wein, um den er Pedro gebeten hatte. »Sag ihm, er soll ihn auf mein Wohl genießen und auf das von Mercè.«

»Der Wein ist ein Geschenk Gottes«, bekräftigte die Schwester.

»In dem Fall ist es ein doppeltes Geschenk.«

»Ich bin sicher, Pater Bartolomé wird es zu schätzen wissen.«

Zwei Tage später kam der leere Schlauch zurück und mit ihm die Laienschwester und neue Nachrichten. Die Schwester räumte ein, dass Mercè sich nur sehr langsam erholte. Sie redete nicht, nicht einmal, um zu beichten. Immerhin aß und trank sie, genug, damit die Ärzte darin ein gutes Zeichen sahen. Ihre Körpertemperatur war normal, und ihre Ausscheidungen enthielten kein Blut. »Betet für sie, und macht euch keine Sorgen«, versuchte die Frau sie zu beruhigen, bevor sie mit ein paar Münzen und dem gefüllten Schlauch die Taverne verließ.

Sie beteten fast täglich, doch nicht in der Santíssima Trinitat, wie Caterina es gewünscht hätte, denn Hugo weigerte sich nach wie vor, in die Kirche der Konvertiten zu gehen, sondern in der Kathedrale Santa María del Mar. Sorgen machten sie sich jedoch weiterhin. Bestimmt würde man sie verfolgen, war Hugo überzeugt. Der Baron von Sabanell und alle, die in die Intrige verwickelt waren, würden Mercès Flucht und die Ermordung eines seiner Soldaten – falls er gestorben war – nicht einfach so hinnehmen.

Als würden sich seine schlimmsten Befürchtungen bewahrheiten, tauchte eine Woche nach ihrer Flucht ein Amtsdiener des Vogtes, eskortiert von mehreren seiner Büttel, in der Taverne auf.

»Hugo Llor!«, brüllte der Mann.

Ein paar Gäste, die an den Tischen saßen, zahlten rasch und verließen die Taverne, andere warteten gespannt, was geschehen würde. Hugo ging auf den Amtsdiener zu.

»Hier bin ich.«

Plötzlich sah er hinter den Bütteln Guerao vor der Tür stehen. Während sie einen Blick wechselten, machte es sich der Amtsdiener an einem der langen Tische bequem. Er hob die Hand und wedelte schlaff in Richtung der Gäste, die noch in der Taverne waren.

»Werft sie raus«, befahl er seinen Männern.

Es war nicht nötig. Alle standen auf und gingen. Auch die Büttel verließen den Raum, um draußen zu warten, sodass nur Hugo, Caterina und Pedro, der Amtsdiener und Guerao in der Taverne zurückblieben. Bernats Verwalter hatte auf der steinernen Bank an der Wand Platz genommen, etwas entfernt von dem Stellvertreter des Vogtes.

»Ihr auch, raus mit euch«, befahl der Amtsdiener Pedro und Caterina.

»Aber …«, wollte sich Caterina beschweren.

»Raus«, wiederholte der Mann barsch, ohne die Stimme zu heben.

Mit einer Kopfbewegung bedeutete Hugo ihr zu gehorchen.

»Wir wissen, dass du es warst«, stieß der Amtsdiener hervor, sobald sie nur noch zu dritt in der Taverne waren.

Hugo blieb auf halbem Weg zum Tisch stehen und kämpfte gegen das Zittern seiner Muskeln an. *Sie wissen alles*, dachte er, während er sich den beiden gegenüber hinsetzte.

»Wovon redest du?«, brachte er heraus.

»Von Mercè Llor. Von ihrer Befreiung aus der Burg von Sabanell. Von der nächtlichen Flucht.«

»Ich habe nichts damit zu schaffen«, sagte er mit fester Stimme.

»Freust du dich gar nicht über die Freiheit deiner Tochter?«, schaltete Guerao sich in das Gespräch ein.

Hugo begriff seinen Fehler.

»Sie ist frei? Natürlich freue ich mich!«, rief er schnell.

»Du hast ihr bei der Flucht geholfen«, beschuldigte der Amtsdiener ihn. »Und dabei einen Soldaten verletzt. Danke Gott, dass er überlebt hat.«

Hugo unterdrückte einen Seufzer.

»Ich kann mich nur wiederholen, ich habe nichts mit all dem zu tun. Ich weiß nicht, wo meine Tochter ist.«

»Wir können es dir sagen«, unterbrach ihn der Beamte. »Im Hospital de la Santa Cruz, unter dem falschen Namen María ...« Er überlegte. »María irgendwas.«

Hugo wurde blass. Er spürte eine riesige Leere in seinem Magen, die in Brechreiz überging. Er hielt sich die Hände vors Gesicht.

»Falls es dich beruhigt, es war nicht Pater Bartolomé, der uns geholfen hat«, bemerkte Guerao.

Hugo riss sich zusammen und überwand den Brechreiz, doch als er zu Bernats Verwalter aufsah, trat ihm kalter Schweiß auf die Stirn.

»Die Ärzte«, erklärte Guerao. »Die Symptome stimmen nicht mit dem überein, was bei ihrer Einlieferung erzählt wurde. Es ist eindeutig, dass diese Frau lange eingesperrt gewesen war.«

Eine Weile trat Stille ein.

»Was geschieht jetzt?«, brachte Hugo heraus. »Wird ... wird sie wieder eingesperrt? Ich flehe euch an.« Hugo fiel auf die Knie. »Nehmt mich mit, aber tut ihr das nicht an.«

»Beruhig dich.« Die Stimme des Amtsdieners hallte in der Taverne wider. »Deiner Tochter wird nichts geschehen, es liegt nichts gegen sie vor. Sie hat nichts verbrochen.«

Hugo musste sich mit beiden Händen auf dem Boden abstützen, um nicht vollständig zusammenzubrechen. Der Amtsdiener befahl ihm mit einer Handbewegung aufzustehen. Mühevoll kam Hugo seinem Befehl nach.

»Der Vogt sieht keinen Grund, warum er deine Tochter bestrafen sollte.«

»Was ist dann mit ihrer zweijährigen Haft?«, brachte Hugo hervor.

»Das geht uns nichts an. Weder der Stadtrichter noch der König noch sonst eine Behörde wussten von der Haft deiner Tochter. Ohne Urteil, ohne ein Vergehen hätten sie das nicht zugelassen.«

Was bedeutet das alles?, fragte Hugo sich. Sie würden Mercè nicht wieder einsperren, aber von ihrer Entführung wollten sie nichts gewusst haben …

»Ich muss gehen.« Die Worte des Amtsdieners rissen ihn aus seinen Gedanken. Die anschließende Bitte überraschte ihn: »So gute Nachrichten verdienen, dass du mir etwas von diesem Getränk spendierst, von dem die Leute so viel reden. Ihr nennt es Schnaps, oder?«

Hugo nickte und stand von der Bank auf, auf die er sich gesetzt hatte. Mercè war frei. Er lächelte. Dann zögerte er, bis ihm einfiel, dass er aufgestanden war, um den Männern Schnaps zu bringen.

»Du auch?«, wandte er sich an Guerao. Der Verwalter lehnte ab.

Hugo ging in den Raum mit den versiegelten Fässern und füllte etwas Schnaps in eine Flasche ab. Mercè war frei! Aber warum taten sie so, als wüssten sie nichts von der qualvollen Zeit, die seine Tochter durchgemacht hatte? In Gedanken vertieft kehrte er zurück. Der Amtsdiener riss ihm den Schnaps aus der Hand, verabschiedete sich und verließ die Taverne. Als Hugo wieder zu sich kam, bemerkte er, dass die Büttel des Vogtes weiter vor der Tür standen und Caterina und Pedro den Zutritt verwehrten. Er wollte gerade hinausgehen, um sich zu beschweren, als ihn mehrere Schläge auf den Tisch zurückhielten. Guerao saß noch immer auf der Bank und rief ihm zu, dass er sich wieder setzen solle.

»Ich erkläre es dir«, verkündete der kleine Mann, kaum dass Hugo Platz genommen hatte. »Die Stadträte haben von der Sache mit Mercè erfahren. Du hast es ihnen nicht gesagt, oder?« Hugo schüttelte den Kopf. »Ich vermute, dass es Pater Bartolomé war. Er macht auf mich den Eindruck, ein mutiger Mann zu sein. Jedenfalls haben die Stadträte dem Richter mitgeteilt, dass ihnen diese ganze Geschichte mit der Tochter des Teufels egal ist, dass die Kirche oder die Inquisition sie gerne wegen irgendeines Vergehens gegen die gute christliche Ordnung verurteilen kann und dass sie als fromme Gläubige in diesem Fall das Urteil achten werden, aber dass sie bis dahin aufhören sollen, eine Bürgerin Barcelonas zu belästigen. Außerdem will der Bischof nichts mehr von Mercè wissen, er will kein Wort mehr von der Tochter des Teufels hören.«

»Aber sie waren es doch, die Mercè entführt haben«, brachte Hugo vor.

»Nein. Sie behaupten, es sei Regina gewesen, deine Ehefrau. Sie versichern, dass die Kirche mit dem Ganzen nichts zu tun hat.«

»Sie lügen!«, rief Hugo wütend.

»Du nennst den Bischof einen Lügner?«

»Regina hatte überhaupt nicht die Macht, um jemanden in der Burg von Sabanell einsperren zu lassen.«

»Der Baron von Sabanell leugnet, dass sie in seiner Burg gefangen war.«

»Was? Dann lügt er auch! Ich selbst …«

Gueraos nachsichtiger Blick ließ Hugo verstummen.

»Der Bischof lügt, der Baron lügt. Wer lügt noch, Hugo?«

»Jeder, der nicht zugibt, was passiert ist. Regina hat sie mithilfe des Bischofs und …«

»Es sieht aus, als würde deine Tochter sich erholen«, unterbrach Bernats Verwalter ihn. »Hör auf, Ärger zu machen. Sei dankbar und genieß dein Glück.«

»Glück?«

»Ja, Hugo. Glück«, beharrte Guerao leise. »Deine Tochter könnte schon lange tot sein, aber sie lebt. Genieß diese neue Chance, die Gott dir gewährt, und wühl nicht alles wieder auf. Das bringt nichts. Gut möglich, dass das Glück, das Mercè bis jetzt hatte, sich gegen sie wendet.«

»Willst du mir drohen?«

»Nenn es, wie du willst.«

Stille trat ein.

»Und Arnau? Was geschieht mit ihm?«, fragte Hugo plötzlich. »Können wir ihn sehen?«

»Hugo, alles, was ich dir bisher gesagt habe, hätte dir auch der Amtsdiener sagen können. Ich habe ihn begleitet, um dich zu warnen, dass weder du noch deine Tochter noch sonst jemand aus deinem Umfeld sich dem Jungen oder dem Palast nähern oder die Gräfin belästigen darf.«

»Er ist Mercès Sohn, mein einziger Enkel«, flüsterte Hugo.

»Er ist der Erstgeborene des Grafen von Navarcles, des Admirals der katalanischen Armada, sein Erbe.«

Der kleine Mann stand seufzend vom Tisch auf.

»Geh nicht zu ihm, Hugo. Was der Bischof, der Baron von Sabanell oder sonst jemand, der in die Intrige verwickelt ist, dir antun könnten, wäre ein Kinderspiel, verglichen mit den Maßnahmen, die Bernat ergreifen würde, wenn du nicht auf mich hörst. Ich kenne ihn, Hugo. Er ist dir gegenüber schon sehr nachsichtig gewesen. Ich habe gesehen, wie er Menschen eigenhändig getötet hat, falls er sie nicht leiden ließ, bis sie um einen Tod flehten, den er ihnen nicht gewährte. Sein Sohn bedeutet ihm alles. Halt dich von seiner Familie fern. Wenn nötig, verlasst Barcelona. Verschwindet! Das wäre ein weiser Entschluss.«

»Aus Barcelona weggehen? Niemals! Er ist mein Enkel, Mercès Sohn …«

»Ich habe dich gewarnt.« Guerao stand auf und ging zur Tür.

»Steck dir deine Warnung in den Arsch!«, schrie Hugo ihm nach. »Richte Bernat aus, dass ich alles dafür tun werde, um in Arnaus Nähe zu sein.«

Guerao, der die Hand bereits auf den Türgriff gelegt hatte, drehte sich um und sah Hugo herablassend an, während er den Kopf schüttelte.

»Die erste Armbrust, die der Korsar besaß, hatte er von mir«, rief Hugo zur Überraschung des Verwalters. »Ich musste sie im Schiffszeughaus stehlen! Wenn nötig, werde ich wieder über Mauern klettern, um bei meinem Enkel zu sein. Sag ihm, dass er mich töten muss, damit ich auf den Jungen verzichte.«

»Warum hat er mir nie etwas davon gesagt?«

Caterina wagte nicht, Mercè anzusehen. In den letzten Tagen hatte sie das Gefühl gehabt, dass Mercè ihre Lethargie überwunden hatte und ihre an Bewusstlosigkeit grenzende Schläfrigkeit, mit der sie im Hospital eingeliefert worden war, jetzt eher simulierte, als wollte sie wissen, was um sie herum geschah, ohne dass die anderen etwas davon mitbekamen. Im Gegensatz zu den anderen Nächten, in denen sie Mercè besucht hatte, hatte sich Caterina in den beiden letzten Nächten im schwachen Lichtschein der Kerzen, die im Frauensaal brannten, beobachtet gefühlt. Im Morgengrauen, wenn die Ärzte und Wundheiler kamen, versuchte sie sich einzureden, dass die Schatten an den Wänden, das Jammern und die Schmerzensschreie dieses Gefühl hervorgerufen hatten. Auch ihrer Erschöpfung schrieb sie es zu. Seit etwas mehr als zwei Monaten wachte sie Nacht für Nacht an Mercès Krankenbett, danach half sie in der Taverne und ruhte sich erst aus, als Hugo sie fast dazu zwang.

Es wunderte sie nicht, dass Mercè ihr diese Frage stellte, die Hugo so sehr fürchtete: Warum hatte er ihr ihre wahre Herkunft verheimlicht? Sie hatte mit Hugo darüber gesprochen, und er fragte sie jeden Morgen beunruhigt, ob Mercè das Thema angesprochen hatte. »Nein«, hatte Caterina ihn jedes Mal beruhigt. Doch an diesem Morgen würde sie ihm das nicht sagen können.

»Du warst immer unsere Tochter«, antwortete sie Mercè. »Hugo hat es nie für nötig gehalten, dir eine Wahrheit zu enthüllen, die dir nichts nützen würde. Was hättest du gewonnen, wenn du sie gekannt hättest?« Sie schwieg einen Moment. »Und Barcha hat dasselbe gedacht.«

Mercè ließ sich Zeit, bevor sie wieder etwas sagte. Caterina saß auf einem Stuhl am Kopfende ihres Bettes und richtete den Blick starr auf eine Laterne, die an der gegenüberliegenden Wand brannte. Sie hatten die ganze Nacht vor sich.

»Und dass ich die Tochter des Teufels bin, dachte er nicht, dass ich das vielleicht wissen sollte?«

»Dein Vater wusste nichts davon. Er kannte deine Herkunft nicht, Regina hat sie ihm nie verraten. Er dachte, du wärst das Kind irgendeiner armen Frau. Auf jeden Fall bist du nicht die Tochter des Teufels oder sonst eines Dämons.«

»Meine Mutter … meine wirkliche Mutter, die mich geboren hat, hält mich dafür«, erwiderte Mercè. »Und wer könnte es besser wissen als sie? Die andere, Regina, sagt auch, dass ich die Tochter des Teufels bin. Zwei Mütter … eine Meinung.«

Als sie Reginas Namen hörte, drehte sich Caterina der Magen um. Wie viel Leid hatte diese verdammte Hündin über sie gebracht! Nachdem Regina verraten hatte, wo Mercè sich aufhielt, hatten sie ihr nie wieder Wein gebracht. Die Folgen hatten nicht lange auf sich warten lassen.

Regina hatte rasend vor Wut nach Wein und Schnaps verlangt. Ihre Schläge gegen die Wände hatten dumpf in der Kirche gehallt. Pater Juan konnte keine Messe zelebrieren, ohne von ihren fürchterlichen Schreien und immer gröberen Beleidigungen unterbrochen zu werden. Regina fing an, auf Hebräisch zu fluchen, der Sprache, die sie als Mädchen im Judenviertel und in den Synagogen gesprochen hatte. Die Gläubigen waren empört und beschwerten sich, und als der Bischof eingriff und ihre Zelle öffnen ließ, war die Begine tot. Keiner hatte sie mehr mit Essen versorgt, keiner hatte ihr mehr etwas zu trinken gebracht.

»Regina ist tot«, verriet sie Mercè. »Aber du darfst auf keinen Fall glauben, was sie gesagt hat. Sie war böse und hinterlistig, fähig, die Frau zu verraten, die sie als ihre eigene Tochter angesehen hat.«

Caterina wartete gespannt auf Mercès Reaktion.

»Das tut mir nicht leid«, sagte Mercè nach einer Weile ernst.

»Mir auch nicht. Und was deine Mutter, Arsenda, betrifft, glaubt Hugo, dass sie belogen wurde. Sie war eine treue, gottergebene junge Frau, die alles glaubte, was ihr die Oberinnen eintrichterten, erst recht, wenn es mit Gott und der Kirche oder dem Teufel zu tun hatte. Jemand hat sie vergewaltigt, und dieser Jemand war der Erste und Einzige, der ihre Jugend und Schönheit genossen hat, denn das war sie, jung und schön, genau wie du es bist, doch dieser Schuft war nicht der Teufel. Dein Vater glaubt, dass es ein verkommener Probst war, ein hoher Geistlicher, der seine Tat hinter dieser Geschichte versteckte. Und deine Mutter hat dieses Märchen geglaubt. Dass sie von Satan besessen wurde. Was sie nicht wusste, ist, dass du lebst.«

»Und mein Sohn?«, fragte Mercè nach einer Weile.

»Dem geht es gut«, antwortete Caterina und schloss die Augen, bevor sie hinzufügte: »Gesund und munter.«

Mercè sagte den Rest der Nacht kein Wort mehr. Caterina respektierte ihr Schweigen, bis der erste Arzt und ein paar Laienschwestern eintraten und es Zeit war zu gehen.

»Soll ich deinem Vater von unserem Gespräch erzählen, oder bleibt das ein Geheimnis?«

»Eines Tages wird er erfahren, dass ich es weiß, oder?« Caterina nickte. »Sag ihm, dass ich ihm verzeihe.« Caterina ging erst, als Mercè es aussprach: »Und dass ich ihn liebe.«

Der Arzt, der lächelnd zu ihnen kam, als er Mercè so angeregt reden sah, unterbrach die beiden Frauen, die sich einen vielsagenden Blick zuwarfen. Das Morgenlicht zeigte, wie gut Mercè sich erholt hatte, auch wenn die Spuren der langen Misshandlung noch deutlich zu sehen waren: das schüttere Haar, das ausgemergelte Gesicht mit weißlichen Flecken, wo der Schorf sich gelöst hatte, die knochigen Hände … Der Arzt machte eine zufriedene Bemerkung, doch Caterina hörte ihn nicht mehr. Mit gesenktem Kopf, damit keiner ihre Tränen sah, verließ sie den Saal. Sie hatten über Mercès Vater gesprochen, jetzt mussten sie noch über ihren Sohn sprechen, Arnau.

Hugo beobachtete sie, während sie langsam, an den Arm einer der Schwestern geklammert, im Kreuzgang des Hospitals de la Santa Cruz auf ihn zukam. Sie war dünn und schwächlich, aber stolz genug, um bei seinem Anblick sofort den Arm der Schwester loszulassen. Hugo seufzte. Hoffentlich wäre er genauso stark! Caterina hatte Mercè die ganze Woche lang belogen. Bis Mercè aufstehen konnte. »Ich kann ihr nicht sagen, dass sie ihren Sohn nicht sehen darf. Versteh doch, Hugo. Das mache ich nicht. Ich werde ihr keinen solchen Kummer bereiten«, hatte Caterina sich geweigert.

Seit der Amtsdiener und Guerao in der Taverne gewesen waren, hatte Hugo alles versucht, um im Palast in der Calle de Marquet empfangen zu werden. Bernat sei nicht da, hatte ihm eine der Wachen aus Mitleid verraten, als sie ihn in der Nähe des Tores herumlungern sahen. Offenbar hielt Bernat sich mit dem König in Valencia auf, wohin er von Badalona mit einer Flotte von zehn Galeeren aufgebrochen war. Und wenn er nicht in Valencia war, dann in Sant Cugat del Vallès in der Nähe von Barcelona, wo Cortes abgehalten wurden, um über den Krieg gegen Genua und die Armada zu beraten, die bereit war, sich auf den Weg nach Sardinien zu machen. Tagein, tagaus wurde Hugo daran gehindert, sich auch nur dem Tor des Palastes zu nähern. »Zwanzig Schritte Abstand, oder wir verhaften dich!«, drohten ihm die Wachen. Die Calle de Marquet war nicht breiter als drei Schritte, sodass Hugo sich weit vom Eingang entfernen musste. Ein paarmal sah er Bernats neue Frau herauskommen und flehte sie verzweifelt an. Vergebens. Er schickte dem König und den Stadträten Briefe und bat sie um ihre Hilfe. Die Briefe verfasste ein Geldwechsler für ihn, der die Wechselstube des verstorbenen Raimundo übernommen hatte und das Geld verwaltete, das Hugo mit dem Schnaps verdiente. Der Mann hieß Higini und war groß und trinkfest. Der König antwortete ihm nicht, die Stadträte taten es und erinnerten Hugo daran, dass seine Tochter nicht mehr die Ehefrau des Grafen von Navarcles und Admirals der katalanischen Armada war, ihre Ehe keinen Bestand mehr hatte und sie daher auch keinen Anspruch hatte, den Erstgeborenen des Grafen zu sehen.

Und das alles, sagte sich Hugo, würde er jetzt Mercè erklären müssen. Sie hatte sich in seine Arme gestürzt, und Hugo küsste sie ein paarmal auf die Stirn. Sie umklammerte ihn weiter, bis die Schwester kam.

»Sie muss sich schonen«, ermahnte sie Hugo.

Sie ließen sich auf einer steinernen Bank nieder. Hugo nahm ihre Hand und verlor sich in die Betrachtung des Kreuzgangs. Lächelnd erinnerte er sich, wie Pater Bartolomé ihm vor vielen Jahren die Architektur des Ortes erklärt hatte.

»Warum lächelst du?«

Hugo ließ ihre Hand los und legte die Fingerkuppen aneinander.

»Ich habe mich an die alten Zeiten erinnert, als du hier gespielt hast.«

Sie schmiegte sich an ihn. Hugo legte den Arm um ihre Schulter, und beide schwiegen sie eine Weile, jeder in seine Erinnerungen versunken.

Er konnte es ihr nicht sagen. Der Glanz in ihren Augen, wenn sie von Arnau sprach, machte es ihm unmöglich. Die bloße Erwähnung seines Namens flößte ihrem schwachen Körper Leben ein, und während er Bernats Drohungen verschwieg, fragte sie fröhlich und voller Hoffnung nach ihrem Sohn, was Hugo nur noch mehr bedrückte.

»Bernat erlaubt nicht, dass ich ihn hierherbringe. Er hat Angst, der Junge könnte sich mit irgendeiner Krankheit anstecken«, log er, als ihn seine Tochter darum bat.

»Das macht nichts, ich darf ohnehin bald gehen, hat der Arzt gesagt«, erwiderte Mercè.

Caterina konnte Hugo keine Vorwürfe machen. »Was machen wir, wenn sie rauskommt?«, fragte sie nur mit schwacher Stimme.

Sie belogen sie – und sich selbst – weiter, bis Hugo sich eine Woche später, kurz vor Weihnachten des Jahres 1419, am selben Tag, an dem der Arzt Mercès Entlassung verordnete, gezwungen sah, ihr die Wahrheit über Arnau und Bernat zu erzählen.

»Wir wollten nicht …«, versuchte er sich stammelnd zu entschuldigen. »Wir wollten nicht, dass es deiner Genesung schadet.«

Mercè starrte ihn wütend an, riss sich los und stürzte aus dem Hospital. Statt zur Taverne schlug sie den Weg zum Palast in der Calle de Marquet ein.

»Ihr habt genug gelogen, Vater!«, schrie sie, als Hugo sie aufzuhalten versuchte.

Hugo folgte ihr niedergeschlagen im Abstand von einigen Schritten zu Bernats Palast. Sie liefen die Rambla fast bis zum Meer hinunter, wo sie in die Calle de la Mercè einbogen und sich zwischen den Ständen der Händler und Handwerker hindurchschlängelten. Es war ein kühler, nebliger Tag.

»Lasst mich rein!«, schrie Mercè, als die Wachen ihre Lanzen kreuzten, um ihr den Zutritt zum gepflasterten Innenhof zu verwehren.

»Wer bist du?«, fragte einer der Soldaten.

Hugo sah, wie der andere Soldat, der schon länger in Bernats Diensten zu stehen schien und Mercè wiedererkannte, dem ersten zu schweigen befahl.

»Hauptmann!«, rief er kurz darauf.

»Lass mich durch!«, befahl Mercè ihm, als sie merkte, dass er sie kannte.

»Es tut mir leid, Señora«, entschuldigte sich der Soldat nervös. »Hauptmann!«

»Salvador!«, rief Mercè, als sie den Hauptmann, der herbeigeeilt kam, wiedererkannte.

Der Mann blieb stehen, betrachtete die Frau, die seine Herrin gewesen war, und seufzte.

»Was wollt Ihr?«

»Meinen Sohn, Salvador. Ich will nur Arnau sehen.«

»Das geht nicht«, murmelte er.

»Er ist mein Sohn.« Sie trat noch näher an die Lanzen heran. Der Hauptmann wich einen Schritt zurück. »Ich habe seit zwei Jahren nichts von ihm gehört. Ich muss ihn sehen. Umarmen. Ich muss …«

Der Hauptmann hörte ihr mit gesenktem Kopf zu.

»Das ist ein Befehl des Admirals«, unterbrach er sie, ohne den Kopf zu heben.

»Dann sag dem Admiral, dass ich ihn sehen will. Lass mich rein, und ich werde mit ihm sprechen«, bat Mercè.

»Er ist nicht da.«

»Wo kann ich ihn finden?«

»Er ist nicht da«, wiederholte der Hauptmann. »Geht weg.«

»Nein. Ich werde nicht gehen. Ich muss …«

»Ihr dürft nicht hier sein.«

Mercè versuchte die Lanzen wegzudrücken. Die Soldaten blieben standhaft. Hugo rannte zu seiner Tochter.

»Verschwindet, alle beide! Wachen!«, brüllte der Hauptmann. Mehrere Soldaten eilten herbei. »Schließt das Tor!«

Während die einen Mercè zurückhielten, schlossen die anderen das schwere, mit schmiedeeisernen Blumen beschlagene Holztor.

»Nein, nein, nein«, flehte sie immer wieder, während die Lanzenspitzen in dem schmalen Spalt zwischen den Torflügeln verschwanden und diese sich endgültig schlossen. »Er ist mein Sohn!«, schrie sie so laut, dass ihre Worte das Quietschen der Riegel übertönten, die auf der anderen Seite zugeschoben wurden. »Sagt Arnau, dass ich hier bin! Dass ich ihn liebe!«

Obwohl Hugo sie festzuhalten versuchte, schlug Mercè mit aller

Kraft auf das Tor ein. Sie riss sich aus seiner Umklammerung los, drückte die Stirn an das Holz und weinte. Dann hämmerte sie erneut mit den Fäusten gegen das Tor.

»Arnau!«, schrie sie immer wieder. Allmählich wurde ihre Stimme schwächer. »Arnau …«, schluchzte sie noch einmal und sank ohnmächtig in Hugos Arme.

Hugo war machtlos dagegen, dass seine Tochter nach ihrer Entlassung aus dem Hospital de la Santa Cruz Tag für Tag denselben verzweifelten Weg zum Palast in der Calle de Marquet zurücklegte, nur damit die Soldaten ihr wieder den Zutritt verwehrten und sie daran hinderten, ihren Sohn zu sehen. Caterina und er befürchteten, sie könne krank werden, doch der Kampf um ihren Sohn und ihre Liebe verliehen diesem dürren, geschwächten Körper eine unglaubliche Lebenskraft.

Bernat ließ sich nicht dazu herab, sie zu empfangen.

Weihnachten kam.

»Bernat muss im Palast sein«, meinte Mercè eines Abends.

Hugo, Caterina, Pedro und sie saßen an einem der langen Tische. Die Taverne hatte bereits geschlossen, und sie waren allein.

»Nicht unbedingt«, erwiderte Hugo. »Letzten Dienstag hat der König beschlossen, die Cortes nach Tortosa zu verlegen. Ich glaube nicht, dass er am 19. Dezember nach Tortosa reist, um schon am 25. wieder in Barcelona zu sein. Er wird Weihnachten bestimmt dort feiern, und es ist mehr als wahrscheinlich, dass Bernat ihn begleitet, statt die Tage mit seiner Familie zu verbringen.«

Genauso war es. Der Admiral ließ sich weder in der Christmette am Abend vor Weihnachten in der Kathedrale Santa María del Mar noch bei sonst einem der vielen Gottesdienste oder Feste blicken, die aus Anlass der Geburt des Herrn in Barcelona gefeiert wurden.

Während die Cortes in Tortosa weitergingen, folgte Hugo seiner Tochter weiter bei jedem Gang, den sie sturköpfig zum Palast in der Calle de Marquet unternahm. Hugo versuchte nicht, sie davon abzubringen. Wie sollte er einer Mutter das Recht abstreiten, für ihr Kind zu kämpfen? Er begnügte sich damit, sie am Abend in den Arm zu nehmen, wenn sie mit feuchten Augen seinen Schutz suchte, um kurz darauf in Tränen auszubrechen.

Sie so zu sehen, bereitete ihm Sorgen. Vielleicht würde sie sich am nächsten Tag ausruhen, hoffte er, doch am Morgen schöpfte sie neue Kraft, obwohl sie jeden Tag abgezehrter aussah. »Wie ein Vögelchen«, erinnerte Hugo sich an den Vergleich des Säufers in Sabanell. Und genauso aß Mercè, wie ein kleiner Vogel, der kaum etwas von dem aufpickte, was Caterina ihr auf den Teller legte. Im Laufe der Zeit änderte sie ihre Strategie. Sie harrte nicht mehr vor dem Palasttor aus, sondern wartete an einem der Enden der Calle de Marquet, bis Bernats neue Frau herauskam. Sie sahen sie ein paarmal, immer ohne den Jungen, und folgten ihr. »Was bringt das?«, fragte Hugo sie einmal. Mercè zuckte mit den Achseln. »Das ist die Frau, bei der mein Kind lebt«, antwortete sie und zeigte mit verächtlicher Miene auf die neue Gräfin.

Es war im Januar 1420, als Hugo eines ebenso sonnigen wie kalten Morgens nicht mehr auf die Leute auf der Straße achtete, ihre Gespräche und die Schreie der Ausrufer, die ihn bis eben noch abgelenkt hatten, und sich zu seiner Tochter umdrehte, die wie immer gebannt auf das Kommen und Gehen vor Bernats Palast starrte.

Mercè zitterte.

In dem Moment sah auch er Marta in die entgegengesetzte Richtung gehen, in der sie standen. Drei Soldaten und eine Dienerin, die Arnau an der Hand hielt, begleiteten sie.

»Mein Sohn«, flüsterte Mercè.

Hugo drückte ihre Schultern, um ihr Mut zu machen, aber auch, um sie zurückzuhalten.

»Komm …«

Mercè sah ihn an, bereit, sich an die Verfolgung ihres Sohns zu machen, doch als sie Hugos Gesicht sah, zögerte sie.

»Nein«, versuchte er sie aufzuhalten. »Die Soldaten bewachen Arnau. Die Gräfin auf der Straße anzusprechen, ist etwas anderes, als vor dem Tor zu stehen.« Er erinnerte sich an Gueraos Warnung.

»Wir machen nichts Verbotenes, Vater. Ich will nur meinen Sohn sehen. Ihm so nah wie möglich sein. Ich werde nichts anderes tun, das verspreche ich Euch.«

Um nicht an den Wachen vorbeizukommen, liefen sie nicht die Calle de Marquet hinauf, sondern rannten stattdessen um den Häuserblock, um sich oberhalb der Calle Ample an ihre Fersen zu heften.

Hugo hielt seine Tochter am Arm fest, damit sie etwas langsamer ging und genügend Abstand zu der Gruppe hielt, der die Leute ehrfürchtig auswichen. Arnau zerrte an der Hand der Dienerin und wollte mal hierhin, mal dorthin, so wie es jedes dreijährige Kind tun würde. Hugo merkte, wie sich ihm die Kehle zuschnürte.

Sie bogen ab und folgten der Bajada de los Lleons, die zum Kleinen Königspalast führte. Hugo wandte den Blick von Arnau ab und betrachtete den Palast, diesen großartigen unregelmäßigen Gebäudekomplex mit seinem imposanten runden Turm. In dieser Straße hatten ihm der Räudige Hund und seine Handlanger eine ordentliche Tracht Prügel verpasst, und auch das Abenteuer von Bernat und seiner Armbrust und sein Plan, den Grafen von Navarcles zu töten, hatten hier geendet.

»Vater!« Der Schrei seiner Tochter riss ihn aus seinen Erinnerungen.

Hugo sah in die Richtung, in die Mercè zeigte. Marta, Bernats neue Frau, hatte die ihr zu sanftmütige Dienerin abgelöst und das Kind selbst an die Hand genommen. Mit aller Kraft zerrte sie an Arnau, der sich trotzig in den Kopf gesetzt hatte, in die andere Richtung zu gehen. Er brüllte wie am Spieß und warf sich auf den Boden, während die Frau ihn am Arm zog, um ihn zum Weitergehen zu bewegen.

Hugo hielt seine Tochter fest.

»Nein, Mercè. Das ist nur ein Wutanfall …«

Doch in dem Moment, als die Frau Arnau anschrie und ihn zweimal ohrfeigte, konnte Hugo seine Tochter nicht mehr bändigen. Hatte er sie losgelassen?, fragte er sich, während er ihre Verfolgung aufnahm.

Abgelenkt von dem Streit zwischen dem Kind und seiner Stiefmutter, bemerkten die Soldaten Mercè erst, als sie die Gräfin wegstieß. Die Frau stolperte und wäre fast hingefallen. Währenddessen war Hugo von einer der Wachen aufgehalten worden.

Ähnlich wie Jahre zuvor bei der Geschichte mit dem Räudigen Hund mussten die Bürger in der schmalen Gasse stehen bleiben. Von dem Soldaten in Schach gehalten, beobachteten sie, wie die abgemagerte

Frau, die wie aus dem Nichts aufgetaucht war, vor dem Kind in die Hocke ging. Der Junge hatte zu schreien aufgehört und sah sie überrascht an.

»Arnau«, sagte Mercè.

Die Gräfin kam langsam wieder zu sich. Die Soldaten, die sie eskortierten, blieben ruhig. Sie kannten die Mutter des Jungen.

»Arnau«, wiederholte Mercè und streckte die Hand aus.

Der Junge machte einen Schritt zurück, und sein Gesicht drückte Furcht aus.

Hugo schloss die Augen. Er öffnete sie erst wieder, als sich seine Befürchtung bewahrheitete und der Junge zu weinen anfing. Von seinen drei Lebensjahren hatte Arnau mehr als zwei ohne seine Mutter verbracht.

»Arnau. Ich bin deine Mutter.«

Der Junge weinte noch lauter und floh zwischen die Beine eines der Soldaten.

»Kennst du mich nicht mehr?«

Arnau klammerte sich an das Bein des Mannes und versteckte sein Gesicht. Heimlich beobachtete er die Frau mit den dunklen Augenringen, die ihm eine knochige Hand entgegenstreckte.

»Er erkennt mich nicht mehr«, wandte Mercè sich verzweifelt an Hugo. »Arnau«, versuchte sie es noch einmal, als sie begriff, dass ihr Vater ihr nicht helfen konnte. Der Junge drehte das Gesicht weg. »Ich bin deine Mutter …«

»Verhaftet sie!«, befahl in diesem Moment die Gräfin.

Hugo befreite sich aus den Händen des Soldaten, als seine Kameraden sich bereits bückten, um Mercè vom Boden hochzuziehen.

»Lasst sie!«

Einer der Männer bedrohte ihn mit seiner Lanze.

»Reicht euch ihr Unglück denn nicht?«, flehte er.

Die Soldaten hielten inne. Mehrere Passanten, die der Vorfall angelockt hatte, pflichteten Hugo bei.

»Dass ihr Sohn sie nicht erkennt, ist schon Strafe genug!«, hörte er eine alte Frau sagen.

Hugo erinnerte sich, wie sich hier in dieser Straße ebenfalls eine

Frau für ihn eingesetzt hatte, nachdem man Bernats Armbrust entdeckt hatte.

Diesmal war es die Gräfin, die sich von den immer zahlreicher werdenden Bürgern beobachtet fühlte. Die Soldaten warteten, genauso wie Hugo. Er stand neben seiner Tochter und Arnau, der alles mit großen Augen verfolgte.

»Seid nachsichtig«, rief jemand.

»Wir kennen Euch, Marta Destorrent!«, schrie ein anderer. »Ihr habt alles.« Ein zustimmendes Murmeln erklang. »Und diese arme Frau hat sogar ihr Kind verloren.«

Die Leute schrien wild durcheinander. Die Soldaten gaben der Gräfin ein Zeichen, dass sie besser weitergingen. Offenbar befürchteten sie, dass die feindselige Stimmung außer Kontrolle geraten könnte und sie nicht mehr sicher seien. Bernats Frau fügte sich den Soldaten, befahl der Dienerin, Arnau auf den Arm zu nehmen, und ging los.

Vom Boden aus sah Mercè, wie sich ihr Sohn in den Armen der Dienerin umdrehte und sie neugierig betrachtete.

32

Sosehr er sich mühte, die tiefe Verbundenheit, die er auf der Reise nach Saragossa gespürt hatte, als sie sich so nah gewesen waren wie nie zuvor und sich alles erzählt hatten, konnte er nicht wiederherstellen. Diesmal marschierten sie schweigend, fast in Grabesstille, neben dem Karren her. Als es Februar wurde, die Zeit, in der der Wein im Keller so weit gereift war, dass er verkauft werden konnte, machte sich Hugo auf die Reise, um billigen Wein zum Schnapsbrennen zu kaufen. Er hätte gerne die Armada mit Wein versorgt, die in Kürze nach Sardinien auslaufen würde, doch Bernat hätte ihn niemals als Lieferanten akzeptiert. Zumindest brachte ihnen das Geschäft mit dem Schnaps mehr Geld ein, als sie es sich jemals vorgestellt hatten. Er steckte mitten in den Reisevorbereitungen, als Caterina ihm vorschlug, seine Tochter mitzunehmen. »Das wird ihr guttun und sie ablenken. Und sie bewegt sich etwas, sie hockt ja nur noch im Zimmer.«

Einen Tag nach dem Vorfall mit der Gräfin bekamen sie von demselben Amtsdiener wie beim letzten Mal Besuch, doch diesmal kam er nur in Begleitung seiner Wache, ohne Guerao. Er drohte ihnen ohne große Umschweife: Beim nächsten Mal würde er sie verhaften. Das sei seine letzte Warnung an ihn und seine Tochter, und wenn er sie nicht auf der Stelle festnahm, dann nur aus Nächstenliebe … Doch wenn sie die Familie des Admirals noch einmal belästigten, würde er sie einsperren.

An jenem Tag war Mercè genauso schweigsam gewesen wie jetzt auf dem Weg in den Penedès. Im Gegensatz zu ihr redete Hugo viel. Er zwang sich geradezu, ließ sich über Weine aus und erinnerte sich an

Anekdoten, die sich auf ihrer Reise nach Saragossa zugetragen hatten. Schließlich erzählte er von Mahir und seiner Kindheit. Was mochte aus dem Juden geworden sein?, fragte er sich. Er hatte nie wieder etwas von ihm gehört. Wahrscheinlich war er bei den blutigen Ausschreitungen von 1391 umgebracht worden. Er erzählte vom Vilatorta-Wein und von Dolça. Es war das erste Mal, dass er das tat. Er sprach von ihren Abenteuern und ihrer unglücklichen Liebschaft, bedauerte Dolças Verlobung mit ihrem Vetter und beschimpfte sich laut, weil er sich dazu hergegeben hatte, einen besonderen Wein für ihre Hochzeit herzustellen, zu der es dann nie gekommen war.

»Ich habe das Glück kennengelernt. Das waren Dolças Worte, bevor sie starb«, erzählte Hugo mit belegter Stimme.

Mercè sagte nichts. Hugo räusperte sich und sprach weiter vom Vilatorta. Er erklärte seiner Tochter, wie er ihn hergestellt und anschließend hatte reifen lassen, um ihr am Ende zu berichten, wie er den Weinberg an Eulàlia verloren hatte. Er beobachtete Mercè und verstummte. Sie nahm nicht einmal sein Schweigen wahr. In eine Decke gehüllt, um sich vor der Kälte zu schützen, trottete sie mit verlorenem Blick neben ihm her. Arnau, die Gräfin, Bernat, Arnau, Arnau, Arnau … Das mussten die Gedanken sein, die seiner Tochter pausenlos im Kopf herumgingen. Er spürte ein flaues Gefühl im Magen, und einen Moment lang hatte er Mühe, dem Rhythmus der Maultiere zu folgen.

Mercè musste vierundzwanzig sein, rechnete Hugo nach, auch wenn sie älter aussah. Die Zeit im Verlies hatte ihr die Jugend geraubt. Und Bernat die Lust am Leben und ihren Sohn. Dennoch konnte sie ein neues Leben beginnen. Das meinte zumindest Caterina. »Ich habe mehrere Kinder verloren«, hatte sie eines Abends zu ihm gesagt, als sie im Bett lagen und die Ohren spitzten, um zu hören, ob Mercè nebenan schlief. »Sie wurden als Sklaven verkauft, um ausgebeutet und gedemütigt zu werden. Arnau hingegen wird wie ein Prinz behandelt. Das müsste deine Tochter trösten. Bernat wird sterben, Arnau wachsen, und dann kann sie wieder für ihn da sein.« Wenn der Junge seine Mutter jetzt schon nicht mehr erkenne, warf Hugo ein, sei es unwahrscheinlich, dass er später nach ihr suchen werde. Falls Mercè dann überhaupt noch lebe … Wenn sie so weitermache, werde sie vielleicht noch vor

Bernat sterben, sagte er niedergeschlagen. »Ich war Sklavin …«, begann Caterina, doch er unterbrach sie. Das könne man nicht vergleichen. Mercè sei in einem Palast aufgewachsen, umgeben von Luxus, habe einen Admiral geheiratet, sei Gräfin gewesen. »Vertrau ihr«, beharrte Caterina. »Deine Tochter ist eine Mutter, und nichts kann eine Mutter aufhalten, wenn es um ihr Kind geht. Nichts!« Sie schrie fast. »Eine Mutter kann unendlich viel Schmerz ertragen, wenn es um das Wohl ihres Kindes geht.«

Wieder betrachtete Hugo seine Tochter. So wie sie da neben dem Karren hertrottete, sah es nicht so aus, als wäre sie in der Lage, für irgendetwas zu kämpfen. Vielleicht hatte sie schon aufgegeben und ertrug ihr Leid auf diese Weise …

»Ich will meine Mutter kennenlernen«, sagte Mercè plötzlich.

»Du hattest eine wahre Mutter, Barcha«, erwiderte Hugo zögernd.

»Ich weiß, aber ich will die kennenlernen, die mich zur Welt gebracht hat.«

»Gut, wir gehen nach Bonrepòs«, sagte er daraufhin entschlossen. Nach allem, was Mercè erlitten hatte, konnte er ihr dieses Recht nicht verwehren.

Er dachte daran, wie unnachgiebig seine Schwester gewesen war, als sie das letzte Mal miteinander geredet hatten. Er konnte Mercè zu ihr bringen, doch dass Arsenda sie empfing, konnte er ihr nicht versprechen.

Das Holzgitter zwischen dem Kirchenschiff und der Klausur der Nonnen war sorgfältig repariert worden. Die Pförtnerin hatte Hugo wiedererkannt und war sogleich davongeeilt, um der Äbtissin Beatriz Bescheid zu geben.

»Sie scheint da zu sein«, flüsterte Hugo seiner Tochter zu.

Während sie auf Arsenda warteten, wärmten sie sich mit ihrem Atem die Hände und stampften mit den Füßen auf den Boden der kleinen Kirche, um die Kälte zu vertreiben.

»Warum bist du zurückgekehrt, Hugo?«

Die Frage überraschte sie. Sie hatten Arsenda nicht kommen hören.

»Ich habe deine Tochter mitgebracht«, erwiderte Hugo in demselben kühlen Ton, mit dem Arsenda sie empfangen hatte. »Sie will ihre Mutter kennenlernen.«

»Ich bin nicht die Mutter dieser Frau … und auch von keiner anderen.«

Mercè ging entschlossen auf das Gitter zu.

»Ihr habt mich geboren, also seid Ihr meine Mutter«, wandte sie sich an Arsenda.

»Um Mutter zu sein, muss man es wollen. Ich war nur das Mittel des Teufels, um Böses zu erschaffen, ein Instrument. Ich bin nie Mutter gewesen.«

»Verkörpere ich etwa das Böse?«, fragte Mercè.

Arsenda schwieg.

Mercè suchte etwas zwischen ihren Kleidern, auf Höhe der Brust, und zog ein silbernes Kreuz hervor, das sie an einer dünnen Kette um den Hals trug. Sie hielt es Arsenda hin. Keine der beiden sagte etwas. Da wandte Mercè sich der Jungfrau mit dem Jesuskind auf dem Altar zu und kniete sich nieder.

»*Ave Maria, gratia plena …*« Sie betete das Ave Maria mit so kräftiger Stimme, dass ihre Worte laut durch die Kirche hallten. Dennoch glaubte Hugo Arsendas beschleunigten Atem hinter dem Holzgitter zu hören. »*Mater Dei …*«

Weinte Arsenda? Hugo trat ans Gitter.

»Sie ist deine Tochter«, flüsterte er durch die Löcher im Holz, während Mercè zum Salve Regina überging.

»*Salve, Regina, mater misericordiae …*«

»Spürst du ihre Hingabe? Hör ihr zu, Schwester. Glaubst du, sie verstellt sich, glaubst du, sie belügt die Jungfrau? Spürst du es? Ihre Frömmigkeit?«

»*O clemens, o pia …*«, betete Mercè.

»*O dulcis virgo Maria*«, flüsterte Arsenda kaum hörbar.

Mercè betete noch eine Zeit lang. Hugo hörte, wie sich mehrere Nonnen dem Gebet der beiden Frauen anschlossen, als hätte man sie zu einem Offizium gerufen. Als Mercè einen Moment innehielt, begann eine der Nonnen in der Klausur zu singen. Sofort stimmten die anderen in den Gesang ein. Mercè hob den Kopf. Über ihr Gesicht rannen Tränen.

Sie sangen drei Psalmen. Dann, nach einem Moment der Stille, war leichte Unruhe hinter dem Gitter zu vernehmen. Hugo half seiner Tochter aufzustehen. Sie wog fast nichts mehr. Doch plötzlich sammelte sie all ihre Kräfte und ging entschlossen in Richtung der Klausur.

»Mutter?« Keine Antwort. »Mutter?«, fragte Mercè lauter.

»Sie ist nicht da«, antwortete eine der Nonnen hinter dem Gitter.

»Wo ist sie? Ruft sie. Ich warte.«

Stille.

»Wo ist Arsenda?«, fragte Hugo und korrigierte sich sofort: »Beatriz?«

»Die Äbtissin betet«, antwortete die Nonne.

»Aber …«, unterbrach Mercè sie.

»Tochter«, versuchte die Nonne sie mit sanfter Stimme zu beruhigen, »die Äbtissin Beatriz hat sich in ihre Zelle zurückgezogen. Sie muss nachdenken, beten. Wenn sie dich wiedersehen will, wird sie dich suchen. Bis dahin geht in Frieden.«

»Ich will nur wissen, ob meine Mutter mich nicht mehr für die Tochter des Teufels hält«, flehte Mercè.

Hinter dem Gitter waren Bewegungen auszumachen. Die Nonnen flüsterten miteinander. Endlich kam eine Antwort:

»Wir glauben nicht, dass du die Tochter des Teufels bist. Wir haben mit dir gebetet. Wir haben an deiner Tugend teilgehabt, und sie hat auch uns erfüllt. Nein, in dir wohnt nicht der Teufel, was nicht ausschließt, dass die Äbtissin Beatriz von ihm gezwungen wurde … Nur der Herr weiß das. Aber lass ihr Zeit, Tochter. Sie hat immer mit der Last gelebt, von Satan missbraucht worden zu sein und einen Dämon zur Welt gebracht zu haben.«

»Wahrscheinlich denkt sie genauso wie wir«, sagte eine andere Nonne.

»Deshalb ist sie gegangen«, fügte eine dritte hinzu.

»Denn wenn sie dich für einen Dämon hielte, hätte sie dir die Stirn geboten«, sagte die erste abschließend.

Hugo wurde der Auftrag verwehrt, die Armada mit Wein zu beliefern. Stattdessen verkaufte er den Soldaten, die von überallher nach Barcelona kamen, kleine Schläuche mit Schnaps und machte auf diese Weise ein viel besseres Geschäft. König Alfonso wollte Sardinien wieder in seine Gewalt bringen. Er verfügte über zweitausendfünfhundert Soldaten, benötigte jedoch um die fünftausend. Dieser Mangel an Streitkräften verzögerte den Beginn des Feldzugs.

Die Adligen und Städte gewährten dem König schließlich Hilfe, und so befehligte der Monarch im April 1420 ein Heer von etwa sechstausend Männern, unterteilt in Armbrustschützen und einfache Fußsoldaten, und etwas mehr als eintausend Rittern. Die Armada lag vorläufig noch im Hafen von Los Alfaques vor Anker, in Rápita in der Nähe von Tortosa.

Hugos Schnaps, das neue Getränk, das viel schneller betrunken machte als Wein, begeisterte die jungen Soldaten, die nach Barcelona kamen, um ihr Leben für den König zu riskieren, aber auch wegen der großzügigen Belohnung, die ihnen im Falle eines Sieges winkte. Seit die Truppen in Barcelona stationiert waren, platzte die Taverne aus allen Nähten. Abends hatten sie Mühe, das Lokal zu schließen und die letzten Gäste hinauszuwerfen. Alle wollten trinken, und viele wollten sich auch mit Schnaps für die Überfahrt nach Sardinien eindecken. Hugo, Caterina, Mercè und Pedro verbrachten zahllose schlaflose Nächte im Keller, in denen sie Unmengen an Schnaps brannten, um die Nachfrage der Soldaten zu befriedigen, die bereit waren, jeden Preis dafür zu zahlen.

Das Geld floss in Strömen. Mercè hatte kaum noch Zeit zum Nachdenken, und gelegentlich lächelte sie sogar über die Komplimente einer Soldateska, der ihre Magerkeit und ihr abgezehrtes Gesicht nichts auszumachen schien. Einmal tätschelte ein Soldat ihren Hintern, während sie ihn bediente. Hugo wollte ihr zu Hilfe eilen, doch Caterina hielt ihn am Arm fest und deutete mit dem Kinn auf seine Tochter. Mercè schimpfte mit dem jungen Soldaten, aber etwas an ihrer Art hatte sich geändert. Als sie sich umdrehte und wegging, lächelte sie schwach, und auch ihr Gang wirkte fröhlicher und entschlossener.

»Außerdem willst du dich doch nicht mit einem jungen Soldaten schlagen, oder?«, fügte Caterina hinzu, als Mercè bereits die nächsten

Schalen Wein bei Pedro orderte, der von der Arbeit sichtlich überfordert war.

»Warum nicht?«, erwiderte Hugo grinsend und zuckte mit den Achseln.

Caterina musste so laut lachen, dass viele der Gäste neugierig zu ihnen herübersahen.

Am 2. Mai 1420 befahl der Admiral der katalanischen Armada, Bernat Estanyol, das Auslaufen der Flotte. Ritter und Soldaten aus dem gesamten Königreich begaben sich mit einem Großteil der Bewohner von Barcelona zum Strand. Manche wollten Verwandte verabschieden, die in den Krieg zogen, andere hatte einfach nur das laute Spektakel angelockt.

Mercè stand verwirrt zwischen einer Gruppe Soldaten aus Granollers. Es waren nicht der Soldat, der ihr an den Hintern gefasst hatte, und seine Freunde, es waren andere, ähnliche, ebenfalls jung, so wie sie, gewöhnliche Menschen, die ihren Berufen nachgingen und dem Aufruf des Königs mit Hingabe, Begeisterung und großen Illusionen gefolgt waren. Die festliche Stimmung in den Tagen vor dem Auslaufen der Armada hatte Mercè verändert, und immer wieder hatte sie sich zu den jungen Männern an den Tisch gesetzt, um mit ihnen zu schwatzen und zu lachen. Viele von ihnen würden auf dem Schlachtfeld von Alghero fallen und nicht nach Hause zurückkehren, und diese Ahnung bestimmte ihr nervöses Lachen, ihre angespannten Gesten oder ihre bisweilen starr auf einen unerreichbaren Ort gerichteten Blicke, gelenkt von Sehnsucht nach dem, was sie zurückließen, und Angst davor, was auf sie zukam. Der Schnaps beruhigte sie, löste ihre Zungen und lockerte ihre Bewegungen … und die von Mercè. Sie gingen zusammen aus, trafen sich mit anderen Frauen und Soldaten, lachten, redeten und ließen sich durch eine Stadt in Feierlaune treiben, deren Bild von Männern geprägt war, die ihr Leben für die Verteidigung ihrer Heimat aufs Spiel setzten.

Benommen von dem Lärm um sie herum, stand Mercè am Strand und erinnerte sich daran, was letzte Nacht geschehen war. Die Glocke im

Palast des Vogtes hatte noch nicht einmal zum *Seny del lladre* geläutet, damit die Bürger sich zur Ruhe begaben. Miquel, so hieß der Soldat. Sie suchte ihn in der Menge, konnte ihn aber nirgends sehen. In der Nacht zuvor hatte er ihr den Hof gemacht. Sie hatte Angst gehabt. Sie fühlte sich hässlich, doch der Schnaps, die Traurigkeit in den Augen des jungen Mannes und die Tatsache, dass viele der Frauen sich den Soldaten unbekümmert hingaben, hatte sie nachgeben lassen. Alles war ganz schnell gegangen, unbefriedigend, sogar schmerzhaft. Ohne sich auszuziehen, hatten sie im Mondschein im Schutz eines Fischerbootes im Sand gelegen. Miquels Stöhnen hatte sich mit dem der anderen Soldaten und Frauen vermischt. Nach ihrer Haft in der Burg von Sabanell, wo die Kerkermeister sie missbraucht hatten, hatte sie geglaubt, sie würde sich nie wieder einem Mann hingeben können, doch der Schnaps kannte keine Erinnerungen, weder gute noch schlechte, und nach ein paar Gläsern hatte sie ihm erlaubt, gierig ihre Brüste anzufassen. Sie hatte an Bernat gedacht. Er war der einzige Mann gewesen, dem sie gestattet hatte, sie auf diese Weise zu berühren. *Was für ein Unterschied!*, hatte sie gedacht, während Miquel seine Kleidung in Ordnung gebracht und sich den Sand abgeklopft hatte. Roh und mürrisch in seiner Art, war der frühere Korsar die Zärtlichkeit in Person, wenn er sie in seinen Armen gehalten hatte. Als hätte er Angst gehabt, sie zu verletzen. Was hatte sie verbrochen, dass er auf diese Weise ihr Leben zerstört hatte? Sie war glücklich gewesen mit ihm. In Bernats Nähe hatte sie sich wie eine wahre Frau gefühlt.

Der Wunsch, Miquel wiederzusehen, verflüchtigte sich. Hätte er mit ihr geschlafen, wenn er gewusst hätte, dass man sie für die Tochter des Teufels hielt? Mercè grinste. Sie stand zwischen den Soldaten, so wie viele andere Frauen auch. Am Strand herrschte hektisches Treiben, und das Meer war vor lauter Galeeren und anderen Schiffen kaum zu erkennen. Flöten und Trommeln ertönten. Die Ruderer brachten die Krieger zu den Schiffen. Hunderte von Pferden, die darauf warteten, verladen zu werden, wieherten und schlugen nervös aus. Durcheinander, Chaos, Geschrei, Weinen, Küsse, Abschiedsworte, sogar Streit … Mercè schwindelte. Ein Soldat, der mit seinem Trupp zum Ufer marschierte, küsste sie im Vorbeigehen auf den Mund. Es war ein flüchtiger, überraschender Kuss. Mercè hatte keine Zeit, sich zu fassen, schon küsste sie der nächste. Ungläubig schüttelte sie den Kopf. Ein dritter versuchte es, doch Mercè rannte davon. Die Soldaten lachten. Mercè blieb stehen und fing ebenfalls an zu lachen, und einige der Männer applaudierten ihr.

»Wir kommen wieder, Süße«, versprach einer.

»Wir siegen für dich!«, rief ein anderer.

»Und für alle anderen Frauen Kataloniens!«, hörte man jemanden in der Gruppe brüllen.

Hochrufe, Applaus, Lachen. Nach dem nächtlichen Abenteuer, dem Fest, dem Schnaps und dem Wein erlebte Mercè diesen Morgen wie einen Traum. Das Geschrei wurde lauter.

»Lang lebe unser Admiral!«, ertönte es.

»Sant Jordi!«

Viele wiederholten den Schlachtruf des Heeres. Im Takt des lauten, vielstimmigen Schreis machten die Soldaten und Bürger Bernat Platz. Mercè sah, wie er sich in ihre Richtung bewegte. Er musste an ihr vorbeikommen, wenn er zu den Werften wollte, wo ihn neben dem Bischof und anderen hohen Geistlichen auch die Fahnen und Banner erwarteten, die während einer feierlichen Messe in der Kathedrale geweiht und in einer Prozession zum Strand getragen worden waren und die später auf den Schiffen wehen würden. Beschützt von seiner Wache, umgeben von seinen Offizieren und Beratern, schritt Bernat mit der neuen, offenkundig schwangeren Gräfin durch die Menge. Ihnen voraus, fröhlich, staunend, ganz in blaue Seide gekleidet, die in der Frühlingssonne glänzte, lief Arnau. Das Muttermal über seinem rechten Auge stach ebenso hervor wie das seines Vaters.

Sie kamen direkt auf sie zu. Mercè hörte die Rufe nicht mehr. Die Welt verschwamm vor ihren Augen, mit Ausnahme des dreijährigen Jungen, der entschlossen auf sie zu rannte. Jemand zog sie zur Seite. Sie schlug um sich und riss sich los. Arnau war nur noch zwei Schritte entfernt. Falls Bernat, Marta oder jemand aus ihrem Gefolge sie bemerkt hatte, nahm sie es nicht wahr. Sie sah sie nicht. Sie waren ihr egal. Sie kniete sich hin und breitete die Arme aus. Der Junge, abgelenkt von dem Geschehen um ihn herum, lief in sie hinein, und Mercè umarmte ihn kräftig.

Arnau fing an zu schreien. Mercè flehte ihn an zu schweigen und bedeckte sein Gesicht mit Küssen, die sie ihm während ihrer langen Trennung nicht hatte geben können. Bernat stürzte auf sie zu, gefolgt von seinen Wachen. Die Soldaten und Schaulustigen bildeten einen dichten Kreis um den Admiral, der seine Begleiter anschrie, sie sollten seinen Sohn befreien, doch Mercè ließ den Jungen nicht los, und während er laut weinte, sie wegstieß und sich aus ihren Armen zu befreien versuchte, zögerten die Soldaten aus Angst, dem Kind wehzutun.

»Lass ihn los, Mercè!«, schrie Bernat.

»Geh weg von ihm, Teufelsweib!«, kreischte die Gräfin.

Ein Hauptmann zog Mercè an den Haaren, während sie ihr Gesicht an das ihres Sohnes drückte und ihn gewaltsam in ihren Armen wiegte. Der Hauptmann zückte einen Dolch. »Soll ich?«, schien er seinen Admiral mit einem Blick zu fragen – an den Haaren gepackt, präsentierte Mercè ihren Hals wie den eines Tieres, das darauf wartete, geschlachtet zu werden. Bernat zögerte keine Sekunde.

»Tu es! Befrei das Kind!«, befahl er.

Der Hauptmann zog an ihren Haaren, bis ihre Kehle gut sichtbar war. In dem Moment drängte sich ein Mann, laut schreiend und um sich schlagend, durch die Menge.

»Nein! Halt ein!« Zitternd blieb Hugo stehen. »Bernat, ich flehe dich an«, rief er, ohne den Blick von der scharfen Klinge zu wenden, die in der Sonne glänzte.

Bernat antwortete nicht. Dies tat an seiner Stelle der Bischof, der zusammen mit seinem Gefolge die letzten Schritte zurücklegte, die ihn vom Ort des Zwischenfalls trennten, während hinter ihm vor den königlichen Werften die Fahnen im Wind flatterten.

»Halt! Im Namen Gottes!«

Klar und gebieterisch erhob sich die Stimme über das Gemurmel und die Kommentare der Schaulustigen, und der Hauptmann hielt inne und ließ Mercè los.

Hugo stieß die Luft aus, die er angehalten hatte. Der Bischof ging zu Mercè, die immer noch Arnau im Arm hielt.

»Das geht Euch nichts an, Eminenz«, tobte Bernat.

Der Bischof sah ihn finster an.

»Mitleid und Nachsicht gehen die Kirche immer etwas an. Was hättet Ihr vom Tod einer Dienerin Gottes?«, fragte er laut.

Bernat wollte etwas entgegnen, doch der Probst hieß ihn mit einer ebenso sanften wie autoritären Geste schweigen.

»Heute läuft die Armada aus, unter den geweihten Bannern.« Der Bischof zeigte zu den Werften. Ganz vorne befand sich die mit dem Kreuz des heiligen Georg bestickte Flagge. »Wir ziehen in den Krieg gegen unsere Feinde, eine sinnlose Rache könnte Unglück über die Armada bringen. Gott ist barmherzig. Folgen wir seinem Beispiel.«

Die Leute gaben die Worte des Bischofs flüsternd weiter, und einen Moment später fühlte Bernat sich von Hunderten von Augenpaaren beobachtet, die ihn anflehten, kein Unheil über die Schiffe zu bringen. Jedes schlechte Omen hätte Auswirkungen auf die Moral der Truppen, erst recht, wenn der Bischof von Barcelona ihn gewarnt hatte. Bernat gab zähneknirschend nach.

»Sie soll erst meinen Sohn loslassen.«

»Ich bitte dich, lass ihn los«, wandte der Bischof sich an Mercè. Im selben Moment kniete sich ein junger Priester neben sie.

»Lass Arnau los, Tochter«, schloss sich Hugo an.

Mercè lockerte ihren Griff, und der Junge rannte erschrocken davon. »Ich werde dich holen«, flüsterte sie.

»Ich werde dich holen, mein Sohn!«, schrie sie im nächsten Moment. »Auch wenn mich das mein Leben kostet.«

Die Gräfin wollte Arnau in den Arm nehmen, doch der Junge flüchtete sich zwischen die Beine seines Vaters.

»Der gute Wille der Menschen …«, setzte der Bischof zu einer Predigt an, als Bernat ihn unterbrach. Der Admiral hatte nachgegeben und darauf verzichtet, sich ein für alle Mal Hugos Tochter und ihrer lästigen Nachstellungen zu entledigen, doch er war nicht gewillt, sich vom Bischof die Schau stehlen zu lassen.

»Dieser Mann«, schrie Bernat und deutete auf Hugo, »sollte in der Armee sein und unseren König und unser Land verteidigen. Er ist jünger als ich und kräftig und gesund.«

Hugo starrte ihn an. Er begriff nicht, was Bernat bezweckte. Zum zweiten Mal hatte die Gutgläubigkeit der Leute ihn gerettet. Das erste Mal in den Werften, als Kind, als Roger Puig ihn einsperren wollte und der Genuese eine ähnliche Rede gehalten hatte wie gerade der Bischof. Damals war er davongekommen. Doch was erwartete ihn jetzt? Bei Bernats folgenden Worten ahnte er es.

»Statt an eurer Seite für die Größe unseres Reiches zu kämpfen, macht er die Truppen mit diesem Gesöff betrunken, das er zusammen mit seiner Tochter verkauft.« Er zeigte auf Mercè. »Mit dieser Frau, die meinem Erben Leid zufügen wollte und die es getan hätte, wenn Seine Eminenz nicht rechtzeitig eingeschritten wäre.«

Nach einer Pause fuhr Bernat mit noch lauterer Stimme fort:

»Er stürzt junge Soldaten in den Ruin, indem er von ihnen Wucherpreise für seinen Trank verlangt!«

Ein lautes Gemurmel hob an.

»Nein …«, versuchte Hugo sich zu wehren, bevor der Bischof ihn unterbrach.

»Gott hat uns den Wein geschenkt«, sprach der Geistliche, »den göttlichen Nektar, doch der Apostel Paulus warnte auch: ›Trinkt euch keinen Rausch an, denn übermäßiger Weingenuss führt zu zügellosem Verhalten.‹«

»Und das tun meine Soldaten auch nicht«, beeilte sich Bernat zu sagen. »Sie trinken in Maßen, so wie es Kirche und König verlangen.«

Hugo drängte Mercè aufzustehen. Er ahnte Bernats Absichten. Sie mussten auf etwas Furchtbares gefasst sein.

»Doch es gibt jemanden, der aus Wein Schnaps macht, aber nicht, um zu heilen, sondern um damit unsere jungen Männer trunken zu machen.«

Genau wie Hugo verstand auch der Hauptmann, der Bernat begleitete, die Botschaft seines Admirals.

»Und er ruiniert sie!«

»Und sie betrinken sich!«, war aus der Menge zu hören.

Immer mehr Menschen umringten sie. Mercè drückte sich ängstlich an ihren Vater.

»Nie zuvor sind Männer mit Schnaps in den Krieg gezogen!«, setzte

Bernat seine Tirade fort. »Wie werden unsere Krieger wohl kämpfen, wenn sie betrunken sind?«

»Man wird uns besiegen!«

»Verräter!«, brüllte eine alte Frau in Hugos Nähe.

Ein anderer spuckte ihm vor die Füße.

»Genuese!«, beschimpfte ihn jemand von weiter hinten.

»Spion.« »Dieb.« »Hund.« »Abtrünniger.« »Treuloser.« »Schuft.« Tausendmal Verräter! Die Menge rückte immer näher, und Hugo und Mercè suchten Schutz beim Bischof und seinem Gefolge. Bernat warf seinem Hauptmann einen verstohlenen Blick zu und nickte.

»Auf zur Taverne!«, brüllte dieser. »Nieder mit dem Sündenpfuhl!«

Die Menge stieß einen Schrei aus und machte sich grölend auf den Weg zur Calle de la Boquería.

»Passt auf meine Tochter auf«, flehte Hugo einen der Priester an. Seine Gedanken waren bei Caterina und Pedro.

»Geh nicht.« Ein anderer Geistlicher hielt ihn am Arm fest. »Das ist Wahnsinn. Sie werden dich umbringen.«

»Vater!«, versuchte auch Mercè ihn zurückzuhalten.

»Caterina ist dort!« Er riss sich los. »Mercè, ich flehe dich an, bleib hier. Lasst sie nicht gehen«, bat er die Priester.

Und rannte hinter den Leuten her. Mercè wollte ihm folgen, doch der Priester, der auch ihren Vater festgehalten hatte, hielt sie auf.

»Geh nicht, Weib. Sie würden dir etwas zuleide tun, und dein Vater könnte dich nicht schützen. Willst du ihn in eine solche Lage bringen? Willst du, dass er mit ansehen muss, wie seine Tochter misshandelt wird?«

Mercè dachte nach, schüttelte den Kopf und blieb stehen. Plötzlich, als erwachte sie aus einem Traum, wurde der Raum um sie lebendig. Sie hätte schwören können, dass alle Soldaten und Bürger von Bernat aufgehetzt zur Taverne gestürmt waren, doch am Strand wimmelte es noch immer von Menschen, die an Bord gingen und ihre Pferde, Waffen und den Proviant verluden. Die Sonne blendete sie, und das Geschrei dröhnte in ihren Ohren.

»Und wer schützt deinen Vater?«, fragte die Gräfin, als sie mit einem verschlagenen Grinsen an ihr vorbeiging.

Der Zug bewegte sich weiter in Richtung der Werften, der Bischof schritt an Bernats Seite, der Arnau an der Hand hielt, und der Priester zog sie am Arm, damit sie ihnen folgte.

Mercè war außerstande, der Gräfin zu antworten. Wer würde ihren Vater vor diesem aufgebrachten Mob schützen?, fragte sie sich, während sie sich von dem Priester mitzerren ließ. Sie spürte, wie sich ihr der Magen umdrehte und sie sich übergeben musste.

Als Hugo endlich in die Calle de la Boquería bog, sah er die vielen Bürger und Soldaten, die sich bereits vor der Taverne drängten und die enge Gasse verstopften. Er versuchte sich einen Weg zu bahnen, drängelte und schubste, bis es nicht mehr weiterging und er zwischen den Leuten feststeckte. Sie erkannten ihn nicht, vielleicht achteten sie auch gar nicht auf ihn, so wild wie sie waren, zur Taverne zu gelangen. Auch er erkannte keinen Gast oder Nachbarn wieder. Er erinnerte sich an eine ähnliche Situation in seiner Jugend, als er zum Castell Nou wollte, wo Dolça Zuflucht gesucht hatte, und er ebenfalls an einem aufgebrachten Mob vorbeimusste. Doch im Unterschied zu damals, als hasserfüllte Schreie gegen die Juden durch die Straßen hallten, lachten die Leute. Manche brüllten, doch die meisten hatten sich einfach nur der Menge angeschlossen.

»Und jetzt?«, fragte er einen jungen Mann neben sich.

Der Mann konnte nicht einmal die Schultern zucken, so eng standen sie.

»Es heißt, da drin wird Wein verschenkt.«

»Schnaps«, erklärte ein anderer.

Immer mehr Leute beteiligten sich an dem Gespräch.

»Was hat es mit diesem Schnaps auf sich?«

»Der ist besser als Wein«, bemerkte einer und kämpfte sich zum Eingang der Taverne durch.

»Los, alle schieben!«

»Wir wollen auch was.«

»Verschenkt der König den Schnaps?«

»Der Admiral.«

»Schieben!«

Als Hugo etwas später in der Taverne stand, bot sich ihm ein trauriger Anblick. Alles war verwüstet und zerstört. Einige Männer suchten noch immer verzweifelt nach Schnaps, und als sie nichts fanden, traten sie wütend gegen die zerbrochenen Fässer, Stühle und Tische. Der Destillierkolben war gestohlen worden, folgerte er, als einer der Männer sich bückte, ein Stück der Röhre, durch die das *aqua vitae* lief, vom Boden aufnahm und es neugierig ins Licht hielt. Auch die Schalen, Teller und Töpfe und sogar die Kette, an der der Kessel über dem Feuer hing, waren verschwunden. Ein paar Eindringlinge kamen die Treppe vom Obergeschoss herunter. »Nichts mehr da«, riefen sie den Männern zu, die am Fuß der Treppe warteten. Trotzdem stiegen einige wie Aasgeier nach oben. Überall war Wein und Schnaps verschüttet worden, und die Männer, die aus dem Keller kamen, hinterließen klebrige Spuren. Die meisten Nachzügler gaben auf, sobald sie sahen, dass bereits alles geplündert war. Andere kamen trotzdem herein und suchten gierig nach Beute.

Hugo unterdrückte seinen Zorn. Er wollte schreien und auf die Männer losgehen, die sein Zuhause zerstörten, seinen Besitz, seine Weine, doch das hätte ihm nur weitere Probleme beschert. Er konnte nichts mehr tun, außer Caterina und Pedro zu suchen und zu hoffen, dass es ihnen gut ging. Er wusste, wie schnell der Pöbel irgendwelche Leute grausam ermordete, und suchte sie verzweifelt. Er rannte nach oben. Es war alles weg, die Stühle, die Truhe mit ihren Kleidern, sogar die Strohsäcke, auf denen sie schliefen. Auch hier waren die beiden nicht. Er eilte in den Weinkeller, wo der Rest seines kostbaren alten Weins, der jahrelang gereift war, auf die Fliesen tropfte und sich über den Boden verteilte. Er stürzte in den Garten. Die Plünderer hatten die Maultiere und die Karren mitgenommen, und die Beete waren verwüstet.

Aus den Augenwinkeln sah er zur Futterkrippe. Der doppelte Boden, in dem sie das Geld versteckt hatten, schien unversehrt zu sein. Zurück im Schankraum, lehnte er sich an die Wand und wartete, dass die Leute endlich von ihrer längst nutzlosen Plünderung abließen. Es war ihm egal, dass sie ihn wiedererkennen könnten. Der Anblick seines zerstörten Lebenswerks ließ ihn jede Vorsicht vergessen.

Der Vormittag verstrich. Die Soldaten kehrten zum Strand zurück, um an Bord der Schiffe zu gehen und in den Krieg zu ziehen, und die Bürger ließen die Taverne in Ruhe. Nur ab und zu steckte noch jemand den Kopf zur Tür herein, schaute sich kurz um und verschwand wieder. »Du hast es nicht anders verdient«, beschimpften ihn manche beim Gehen. Andere stießen einen überraschten Pfiff aus oder lachten. Der eine oder andere hatte Mitleid, sagte aber nichts. Kurz bevor es Mittag war, kamen Caterina und Pedro schweigend zur Tür herein.

»Wir sind durch den Garten geflohen.« Caterina strich Hugo mit beiden Händen über die Wangen.

Hugo nickte. Caterina lehnte sich neben ihm an die Wand und tastete nach seiner Hand.

»Wir wussten nicht, was wir machen sollen, und haben uns die ganze Zeit versteckt.«

»Das habt ihr gut gemacht.« Hugo drückte ihre Hand.

Pedro kam aus dem Weinkeller herauf, wohin er als Erstes gegangen war. Er versuchte sich nichts anmerken zu lassen, doch Hugo sah sofort, dass er geweint hatte.

»Wir fangen einfach noch mal an«, versuchte er den Jungen aufzuheitern. »Und diesmal bist du von Anfang an dabei. Ich werde dir ein paar Geheimnisse verraten, die nur ich kenne.«

Sie standen noch eine Weile so da. Hugo erzählte mit leiser Stimme von den Ereignissen am Strand, bis endlich auch Mercè auftauchte. Als sie die Verwüstung sah, brach sie in Tränen aus.

»Du lebst«, sagte Hugo, als sie in seine Arme stürzte und ihn fest umklammerte. »Du lebst, das ist das Einzige, was zählt.«

33

Im August 1420 traf die Nachricht vom Sieg des Königs über die Sarden und Genuesen in Barcelona ein. Ganz Sardinien brachte Alfonso V. seine Huldigung dar. Die Armada war im Hafen von Alghero vor Anker gegangen, wo das Heer von Bord ging, um den Grafen Artal de Luna bei seinem Kampf gegen die Rebellen zu unterstützen. Sie siegten. Anschließend fielen Terranova, Longosardo und Sassari, und in weniger als drei Monaten war es gelungen, die Insel wieder zu befrieden.

Es war Sommer in Barcelona – Licht und Hitze am Ufer des Mittelmeers. Die Gemüter der Menschen waren von der Kraft der Sonne durchdrungen, die den ganzen Tag hoch am Himmel stand, bevor sie abends von den vielen Lagerfeuern abgelöst wurde, die vor den Gebäuden und Häusern, auf den Plätzen, auf den Wehrgängen der Stadtmauern und in den Glockentürmen der Kirchen brannten. Überall herrschte eine ausgelassene, festliche Stimmung. Die Stadt feierte den Sieg, und die Bewohner Barcelonas strömten auf die Straße.

»Geh und vergnüg dich«, forderte Hugo seine Tochter auf.

Sie saßen mit Caterina und Pedro in der Taverne.

»Bernats Sieg feiern?«, erwiderte sie verächtlich.

»Den des Königs, des Heeres«, versuchte Hugo sie zu überzeugen.

Das Gespräch erstarb, und beklemmendes Schweigen machte sich breit. Weil der Wein und Schnaps, der bei dem Überfall verschüttet worden war, die Holzböden durchtränkt hatte, stank der ganze Raum noch immer nach ranzigem, saurem Wein. In den drei Monaten, die seitdem vergangen waren, hatten sie die Schäden, so gut es ging, von dem Geld repariert, das die Plünderer glücklicherweise nicht gefunden hatten. Hugo besorgte neue Tische und Stühle, Schalen und Teller, Töpfe und Fässer sowie Strohsäcke zum Schlafen und eine Truhe. Er gab einen neuen Destillierkolben in Auftrag, mit einem größeren Fassungsvermögen als der alte, doch er war noch immer nicht geliefert worden. Jedes Mal, wenn er sich beim Kupferschmied beschwerte, murmelte der Mann eine andere Entschuldigung und bot ihm an, ihm das im Voraus bezahlte Geld zurückzuzahlen. Hugo wusste, warum er nicht an seinem Destillierkolben arbeitete. Mit den Händlern, bei denen er Wein besorgen wollte, verhielt es sich nicht anders. Keiner bot sich an, ihm welchen zu verkaufen. Die meisten entschuldigten sich und führten an, dass sie keinen hätten, doch manche sagten freiheraus, sie würden Verrätern nichts verkaufen. Baudilio, ein Händler, mit dem ihn eine gewisse Freundschaft verband, verriet ihm, dass ein Verwalter des reichen, mächtigen und einflussreichen Galcerán Destorrent die Weinhändler eingeschüchtert hatte, damit sie Hugo nichts mehr verkauften. Keiner wagte es, sich ihm zu widersetzen, auch nicht Baudilio. Hugo vermutete, dass der Vater der Gräfin auch den Kupferschmied unter Druck gesetzt hatte. Dennoch vertraute er darauf, dass er ihm eines Tages seinen Destillierkolben fertigen würde. Er war ein guter Handwerker. In Barcelona durfte niemand Wein für den Weiterverkauf erwerben, wenn dies nicht über einen der Händler geschah. Also blieb Hugo nichts anderes übrig, als die Stadt zu verlassen, und da er keinen Karren und keine Maultiere mehr hatte, musste er beides von einem befreundeten Freigelassenen im Raval borgen.

Hugo hatte wegen der Plünderung Anzeige bei den Behörden erstattet.

»Sollen wir das halbe königliche Heer einsperren?«, antwortete man ihm im Palast des Vogtes, in einem Raum über dem Kerker, in dem die Schreiber die Bücher führten.

»Ihr sollt für Gerechtigkeit sorgen«, entgegnete er.

»Soweit ich weiß, gefällt dem König die Sache mit dem Schnaps ebenso wenig«, hörte er hinter sich einen Beamten des Vogtes sagen.

Hugo wog seine Worte sorgfältig ab.

»Die Vorlieben des Königs haben nichts damit zu tun, was in einem ehrenhaften Geschäft geschieht und …«

»Bleib beim Wein«, unterbrach ihn einer der Schreiber. »Das beschert dir weniger Ärger.«

»Sie unternehmen nichts«, musste er später in der Taverne einräumen.

Jetzt, mit dem Wein aus dem Penedès, der teurer geworden war als auf seinen früheren Reisen, würde trotzdem kaum jemand in die Taverne kommen.

»Verräter!«, schrie eine Frau, als Hugo auf der Plaza de las Coles die neuen Fässer anpries, die er in seiner Taverne zum Verkauf anbot.

»Rotwein aus dem Penedès!«, rief er trotz der Beschimpfungen und des Gemurmels weiter.

»Verschwinde!«, brüllte ein Kohlverkäufer.

Hugo machte woanders weiter, doch weil er überall auf Ablehnung stieß, fühlten sich die Kinder im Recht, ihn zu verfolgen und mit Steinen zu bewerfen, sobald er auf einem anderen Platz mit seinen Ausrufen begann. Die Leute lachten. Eilig wiederholte er seine Bekanntmachung an ein paar Orten im Stadtkern, wich, so gut es ging, den Steinen aus, versuchte, die Späße und Beleidigungen zu überhören, und sah seine Pflicht als Tavernenbesitzer als ausreichend erfüllt an.

Und da saßen sie nun zu viert, mit dem Wein aus dem Penedès und dem widerlichen Geruch um sich herum, und warteten, dass irgendwer in die Taverne kam, ein Betrunkener oder eine Hure, die woanders nicht bedient wurden, oder ein Sklave, auch wenn diesen das Trinken untersagt war.

»Obwohl ihr den Sieg des Königs feiern würdet, wenn ich nicht wäre«, sagte Mercè und stand auf, um sich auf ihr Zimmer zurückzuziehen.

Bevor sie reagieren konnten, war sie schon nach oben gegangen.

»Lass sie«, sagte Hugo, als Caterina Anstalten machte, ihr zu folgen.

Am nächsten Vormittag teilte Mercè ihrem Vater mit, dass sie etwas zu erledigen habe.

»Was hast du vor?«

»Ich will meine Fehler zugeben.«

»Was meinst du damit?«

Hugo versperrte ihr den Weg zur Tür.

»Ich werde die Gräfin um Verzeihung bitten. Vielleicht kann ich auf diese Weise etwas erreichen.«

Er hielt seine Tochter am Arm fest.

»Du erniedrigst dich bloß, und nichts wird sich ändern.«

»Möglich. Aber die Gräfin ist Mutter geworden. Sie hat einen Jungen zur Welt gebracht. Das hat mir der Pfarrer erzählt. Vielleicht versteht sie mich jetzt besser und lässt mich Arnau sehen. Und wenn es nur ein Moment ist. Wenn sein Vater aufhören würde, uns das Leben schwer zu machen, wärt Ihr und Caterina glücklich.«

»Wir sind eine Familie, Mercè. Wir halten zusammen.«

Sie wich seinem Blick aus. Hugo dachte an die Zeit, als seine Tochter noch Gräfin und Caterina verstoßen war und er nicht im Palast empfangen wurde.

»Das sind wir, Tochter«, wiederholte er.

»Danke.« Ein Lächeln huschte über Mercès Gesicht. »In dem Fall erlaubt mir, dass ich mich um das kümmere, was meine Aufgabe ist, um meinen Sohn, meine Familie.«

»Das ist nicht deine Aufgabe!« Sofort bereute Hugo den Ton, mit dem er gesprochen hatte. »Du hast nichts getan«, sagte er mit ruhigerer Stimme. »Du hast niemandem ein Leid zugefügt. Du musst nichts in Ordnung bringen.«

»Aber ich muss meinen Sohn sehen, Vater, das müsst Ihr verstehen. Ich kann nicht hier herumsitzen und nichts tun.« Mercè schluchzte. »Ich kann nicht«, wiederholte sie, bevor sie in Tränen ausbrach. »Nein … Ich darf nicht aufgeben.«

Caterina ging zu ihnen und gab Hugo zu verstehen, dass er Mercès Forderung, die Gräfin zu sehen, nachgeben solle.

»Man wird sie verhaften«, sagte Hugo, ohne den Arm seiner Tochter loszulassen. Dann wandte er sich wieder an Mercè: »Sie haben uns gewarnt. Beim letzten Mal hätten sie dir fast die Kehle durchgeschnitten.«

»Ich habe mich töricht verhalten. Ich verspreche, nicht noch einmal denselben Fehler zu machen.«

»Und wenn dir das nicht gelingt?«

Mercè sah ihn mit einem so sanften Lächeln an, dass Hugo nicht anders konnte, als sie loszulassen. Noch bevor seine Tochter den Fuß auf die Straße gesetzt hatte, umarmte Caterina ihn bereits und flüsterte ihm ins Ohr:

»Deiner Tochter wird nichts geschehen.«

Die Stadt brodelte in der Sommerhitze. Rufe und Geschrei, Streit und Lachen und ein Gewimmel von Menschen, die nur mühsam in den engen Gassen und auf den überfüllten Märkten vorankamen. Auf der Plaza de Sant Jaume hing der halb verweste Leichnam eines Verbrechers. Die Gerüche in den Straßen wechselten von Viertel zu Viertel, je nachdem, welche Handwerker sich dort niedergelassen hatten. Die Sonne, die sich über den Strand und die Weinberge ergoss, kämpfte darum, die schmalen, von trocknender Wäsche bedeckten Gassen zu erleuchten, und ließ all jene Orte im Schatten, wo die zahlreichen Konstruktionen, die die Straßen von einem Haus zum anderen überspannten, ihre Strahlen daran hinderten, bis zum Boden vorzudringen.

Die Entschlossenheit, mit der Mercè die Taverne verlassen hatte, nahm schnell ab, als sie auf die vielen arbeitenden Frauen stieß. Sie waren schon immer da gewesen, aber vielleicht hatte sie nie wirklich auf sie geachtet. Am Abend zuvor hatte Hugo ungläubig gelacht, als Caterina, besorgt wegen der fehlenden Gäste, beteuert hatte, dass Frauen immer spinnen oder bedienen könnten, um sich den Lebensunterhalt zu verdienen. Mit diesen Worten im Kopf fielen Mercè plötzlich die vielen Frauen auf, die vor den Häusern saßen und Wolle spannen, während ihre Kinder auf der Straße spielten. Sie hatten immer dort gesessen, im Freien, auf der Suche nach Licht, das in den kleinen, dunklen Häusern fehlte, und hatten für die Stoffhändler gesponnen. Abends setzten sie ihr Werk im Schein der Kerzen oder Öllampen fort, auch wenn die Arbeit drinnen nicht nur wegen der schwachen Beleuchtung anstrengender war, sondern auch, weil sie ständig darauf achten mussten, dass die gesponnenen Fäden nicht schmutzig wurden.

Seite an Seite arbeiteten, schwatzten und lachten die Spinnerinnen in den Straßen von Barcelona, ohne den Trubel um sich herum wahrzunehmen. Mercè beherrschte diese Arbeit nicht. In den Tagen, als sie der Gräfin Anna Gesellschaft geleistet hatte, hatte sie sticken gelernt, mehr jedoch nicht. Sie betrachtete die anderen Frauen, die in den Hauseingängen kauerten und Obst und Gemüse aus ihren Gärten verkauften. Mit traurigem Blick sah sie den alten Frauen nach, die mit langsamen, erschöpften Schritten große Bündel Brennholz auf dem Rücken schleppten, das sie im Wald gesammelt hatten, um es in den Straßen zu verkaufen. Andere hatten Wildfrüchte oder Kräuter auf dem Land gepflückt und versuchten mit ihrer bescheidenen Ernte ein paar Münzen zu verdienen. Es gab Wäscherinnen und Massen von Bäuerinnen, die mit geflochtenen Körben oder nur einem einzigen Huhn im Arm nach Barcelona kamen, um ihre Waren auf dem Markt zu verkaufen.

Tausende von Frauen mühten sich für armselige Löhne ab, während sie von ihren Männern abhängig waren. Und wenn diese nicht mehr waren, endeten viele von ihnen in bitterer Armut.

Beim Anblick des vielen Elends hätte Mercè sich am liebsten wie ihr Vater in ungläubiges Gelächter geflüchtet, doch der Ernst der Situation, so wie ihn Caterina beschrieben hatte, hinderte sie daran.

In dieser Stimmung kam sie in der Calle de Marquet an. Als sie den Kopf hob und das mächtige Tor und die hohen Mauern erblickte, erschrak sie. Als Herrin dieses Palastes hatte sie das nie beeindruckt.

»Was willst du?«, hörte sie die Wache fragen. »Was stehst du da so rum?«

Mercè glaubte den Mann wiederzuerkennen. Noch vor drei Jahren hatte derselbe Soldat sich ihr gegenüber respektvoll, ja sogar unterwürfig verhalten. Jetzt spuckte er ihr die Worte vor die Füße und sah sie mit dreistem Blick an.

»Ich will die Gräfin sehen. Richte deiner Herrin aus, dass Mercè Llor wünscht, von ihr empfangen zu werden.«

Der Soldat starrte sie verblüfft an.

»Ich glaube nicht, dass sie dich empfangen will.«

»Das geht dich nichts an«, unterbrach Mercè ihn barsch. »Sag ihr Bescheid.«

Der Soldat zögerte und überbrachte widerwillig ihre Nachricht.

»Du wirst warten müssen«, richtete er Mercè die Antwort der Kammerzofe aus. Mercè wollte in den Innenhof gehen, doch der Soldat stellte sich ihr in den Weg. »Auf der Straße.«

Sie wartete den Rest des Vormittags. Immer wieder lief sie die Calle de Marquet auf und ab oder lehnte sich an die Mauern auf der einen oder anderen Straßenseite. Die Wachen, die sich vor dem Tor ablösten, beäugten sie misstrauisch. Auch die Diener, Soldaten und Sklaven, die aus dem Palast kamen oder hineingingen, warfen einen Blick zu ihr hinüber. Viele kannten sie noch aus der Zeit, als sie die Herrin war. Mercè war überzeugt, dass auch die Gräfin sie gesehen hatte. Bestimmt hatte sie oben im Turm gestanden, von wo man das Meer sah und einen guten Blick auf das Tor und die Calle de Marquet hatte. Die Mittagszeit kam, und Mercè unterdrückte ihren Hunger. Irgendwann glaubte sie ihren Vater am Ende der Gasse zu erkennen, doch als sie länger hinsah, war die Gestalt wieder verschwunden. Es wurde Nachmittag, und die Leute versammelten sich am Strand, um den Sieg über Sardinien zu feiern. Viele nahmen die Calle de Marquet, und Mercè musste sich an die Wand drücken, um den lachenden Leuten Platz zu machen. Sie hörte die Musik und das Gelächter, stellte sich vor, wie sie tanzten, und beneidete sie um ihre Fröhlichkeit. Als es Abend wurde, kehrte sie in die Taverne zurück.

Am nächsten Tag ging sie erneut zum Palast. Die Wache überbrachte wieder ihre Nachricht und hieß sie warten – mit demselben Ergebnis. Der einzige Unterschied bestand in einer Reihe vornehm gekleideter Frauen, die in Begleitung ihrer Dienerinnen zum Palast kamen und sie eine Weile neugierig betrachteten. Die Gräfin von Navarcles präsentierte ihren Freundinnen ihre neueste Trophäe, ihren neuesten Erfolg: die Erniedrigung der Frau, die vor ihr das Bett mit dem Admiral geteilt hatte.

Die neue Gräfin empfing sie nicht.

Genauso wenig wie am nächsten Tag, nur dass diesmal die Gräfin selbst aus dem Palast kam, um Mercè aus der Nähe zu begutachten. Die Soldaten hielten Hugos Tochter davon ab, der Gräfin zu nahe zu kommen, und sie weinte vor Scham und Verzweiflung.

Sie gab nicht auf und versuchte es noch ein paar Tage lang. Einige wenige Wachleute schienen Mitleid mit ihr zu haben, doch die meisten machten sich nur über sie lustig.

»Willst du nicht reinkommen und dir mit uns die Zeit vertreiben?«, riefen sie und lachten derb.

»Ich will meinen Sohn!«, antwortete sie.

»Keine Sorge, wir machen dir einen neuen.«

»Sogar mehr als einen!«

»Damit du nicht mehr so traurig bist.«

Während die Siegesfeiern andauerten und die Bürger durch die Straßen zum Strand zogen, weinte Mercè oder verlangte schreiend nach ihrem Sohn, beschimpfte die Gräfin und Bernat und wünschte ihnen alles Schlechte dieser Welt. Tausendmal schwor sie, dass sie sich Arnau zurückholen würde.

»Sie machen sich über sie lustig«, bemerkte Hugo wütend zu Caterina. »Diese verfluchte Hündin behandelt meine Tochter wie einen Hofnarren. Sonst hätte man Mercè schon längst verhaftet.«

»Dann sollen sie mich doch einsperren.«

Dies war die Antwort, die Mercè ihrem Vater gab, als er sie davor warnte, was an dem Tag geschehen würde, wenn die Gräfin es leid wäre, sie schreiend und fluchend vor dem Palasttor zu ertragen.

»Was kann mir das Leben noch bieten, Vater?«, fragte sie mit fester Stimme. »Kein Mann heiratet eine Frau, die alle für die Tochter des Teufels halten. Sie wollen es höchstens mit mir treiben und sich danach schnell aus dem Staub machen.«

»Tochter!«

»Ja, Vater, so ist es. Ich habe keinen Mann, kein Kind, ich habe keine Zukunft. Außer dass ich Euch und Caterina zur Last falle.« Caterina, die mit am Tisch saß, legte ihre Hand auf die von Mercè. »Ihr sollt nicht meinetwegen leiden. Ich stehe nur Eurem Glück im Wege.«

»Tochter …«, flüsterte Hugo.

»Mercè …«, versuchte Caterina sie zu trösten.

»Nein!« Wütend sprang Mercè vom Tisch auf. »Sollen sie mich doch verhaften und einsperren. Oder am besten gleich hinrichten! Ich werde nicht aufgeben, nie. Mein Sohn ist mein Leben.«

Hugo wollte etwas erwidern, doch ein paar kräftige Schläge an der Tür ließen ihn innehalten.

»Es ist geschlossen!«, rief er genervt, doch als die Schläge nicht aufhörten, ging er öffnen. »Wer …?« Hugo verstummte, als er Guerao vor sich sah. Er war allein. »Was machst du hier?«

Der Verwalter ging an Hugo vorbei. Er sah Mercè an und neigte den Kopf zum Gruß, überlegte einen Moment und wiederholte die Geste in Caterinas Richtung.

»Schließ die Tür«, drängte er Hugo, und nachdem dieser seiner Bitte nachgekommen war, fügte er hinzu: »Schieb den Riegel vor.«

Mercè sah Bernats Verwalter erstaunt an. Sie hatten sich während ihrer Zeit im Palast angefreundet. Er schien sie zu schätzen, weil sie den Mann, dem er diente und treu ergeben war, ein paar Jahre lang glücklich gemacht hatte. Mercè setzte sich zu Caterina, die sich ebenfalls mit einer gewissen Zuneigung an Guerao erinnerte. Er war es gewesen, der in Barchas Haus gekommen war und ihren Freibrief überbracht hatte.

»Was führt dich zu uns?«, fragte Hugo.

»Wenn du hier bist, um mich davor zu warnen, noch einmal zum Palast zu gehen, kannst du gleich wieder dahin verschwinden, wo du hergekommen bist«, fuhr Mercè ihn an.

»Nein«, antwortete Guerao erschöpft und setzte sich seufzend an den Tisch. »Darum geht es nicht.«

»Worum dann?«, fragte Mercè besorgt.

»Wer ist das?« Guerao deutete mit dem Kinn auf Pedro.

»Er ist wie mein Sohn«, versicherte Hugo.

»Gut.« Der Verwalter nickte. »Arnau wird sterben.«

»Was?!«, schrie Mercè.

Mit einer Handbewegung forderte Guerao sie auf, ruhig zu sein.

»Er wird bald sterben. Die Gräfin will den Jungen töten, bevor der Admiral aus Sardinien zurückkehrt. Sie wird nicht dulden, dass Arnau alleiniger Erbe und ihr Sohn wie ein Zweitgeborener behandelt wird.«

Er habe es von einer Dienerin erfahren, erklärte Guerao, obwohl so etwas zu erwarten gewesen sei, wenn man Marta Destorrent und ihren Vater kannte, erst recht nach der Geburt eines weiteren Jungen. Bernat habe die Gefahr nicht sehen wollen, fuhr der Verwalter fort, wie sollte es jemand wagen, seinem Sohn Leid anzutun und sich dadurch seinen Zorn zuzuziehen? Ja, er, Guerao, sei sich sicher, so sicher, wie man nur sein könne, wenn man die Gräfin kenne, diese von Geld und Macht besessene Frau, die von einem Vater beraten werde, der genauso niederträchtig sei wie sie selbst.

»Vor ein paar Tagen«, flüsterte Guerao, als könnte sie jemand hören, »kam eine andere Hebamme als sonst in den Palast. Seitdem benimmt Arnau sich seltsam. Er schläft zu viel. Man kann ihn kaum noch wecken. Erst eben, bevor ich mich auf den Weg zu euch gemacht habe, habe ich es versucht, um mich zu vergewissern, dass ich mir nichts einbilde. Ich habe ihn geschüttelt, an den Haaren gezogen, aber er hat überhaupt nicht reagiert. Er isst kaum noch etwas, ist blass und spielt nicht mehr. Ich bin sicher, seine Stiefmutter verabreicht ihm irgendein Gift.«

»Du musst die Gräfin und ihren Vater sofort anzeigen!«, rief Mercè.

Guerao bedeutete ihr, leiser zu sein.

»Du sprichst von einem angesehenen Bürger Barcelonas, einflussreich wie kaum ein anderer, und von seiner Tochter, der Gräfin von Navarcles und Ehefrau des Admirals. Du willst, dass ich sie anzeige? Man würde mich an den Füßen aufhängen, bis ich sterbe! Außerdem ist sie nicht dumm, sie hat einen Arzt gerufen, damit ihr niemand etwas vorwerfen kann. Der Arzt ist ein Vertrauter ihres Vaters. Er hat den Jungen untersucht …«

»Und was hat er gesagt?«

»Er hat einen Aderlass vorgenommen und ihm Medizin verschrieben. Er kommt täglich. Er lässt den Jungen zur Ader, und Arnau wird immer blasser. Sein Zustand verbessert sich nicht im Geringsten. Ich fürchte das Schlimmste.«

»Hast du Bernat geschrieben?«, fragte Hugo.

»Wozu?«

»Wie, wozu?!«, schrie Mercè. »Um ihm alles zu erzählen natürlich.«

»Was denn? Dass seine Frau die Absicht hat, seinen Erstgeborenen zu ermorden? Weißt du, wie lange dieser Brief nach Sardinien brauchen würde, falls er überhaupt ankommt? Bis dahin ist der Kleine längst tot, und dann wäre ich dafür verantwortlich. Und wenn er nicht tot wäre, würde der Admiral mir vorwerfen, dass ich der Gräfin misstraut habe. So einfach ist das nicht mit den Granden und ihren Intrigen. Ich weiß von nichts. Euch sage ich es, weil uns die Liebe zu diesem Jungen vereint, doch wenn mich der Admiral, der Vogt oder der König höchstpersönlich fragen sollten, würde ich schwören, nie etwas davon gewusst oder erzählt zu haben. Ich habe gelernt, dass es in meiner Stellung besser ist, von nichts und niemandem zu wissen.«

»Und jetzt?« Hugo schüttelte verständnislos den Kopf.

»Ich liebe dieses Kind. Seit es auf der Welt ist, ist es der Sonnenschein im Palast. Du weißt das, Mercè.« Guerao sah sie an, und sie nickte. »Ich kann euch helfen, Arnau zu entführen und zu verstecken, bis Bernat zurück ist und entscheidet. Das ist die einzige Lösung, die mir einfällt.«

Mercè brach in Tränen aus. Caterina ging zu ihr und legte ihr tröstend die Hände auf die Schultern.

»Wann?«, fragte Hugo.

Mercè hörte auf zu schluchzen und sah ihren Vater an.

»Ihr solltet Euch da nicht einmischen, Vater, und Caterina auch nicht …«

»Doch, das müssen wir.«

»Aber …«

»Schweig, Kind. Wann?«, wiederholte Hugo.

»Noch heute Nacht. Ich glaube nicht, dass der Junge noch lange durchhält, wenn die Gräfin ihn weiter vergiftet und der Arzt ihn zur Ader lässt.«

Guerao studierte das Gesicht von jedem Einzelnen, auch Pedros. Caterina war die Erste, die zustimmte, Hugo folgte ihr, und Mercè fasste sich mit beiden Händen an den Kopf und nickte heftig. Pedro lächelte und schenkte Wein ein, bis die Schalen überliefen.

»In Ordnung«, sagte Guerao. »Heute. Um Mitternacht. Nutzt das Fest aus, damit keiner Verdacht schöpft. Kommt zum Tor, ich werde euch vom Turm aus sehen.«

»Und dann?«, fragte Hugo.

»Ich lasse euch rein. Von da an seid ihr auf euch gestellt.«

»Vater, Ihr solltet nicht mitkommen.« Mercè hatte sich wieder etwas erholt. Seit Guerao vor einer Weile gegangen war, hatten sie schweigend dagesessen. »Und du auch nicht, Caterina. Ihr müsst euch da nicht einmischen.«

»Du kannst uns nicht davon abhalten. Er ist dein Sohn, aber er ist mein … unser Enkelkind«, erwiderte Hugo und sah abwechselnd Mercè und Caterina an, die ihm zulächelte.

»Trotzdem …«

»Keine Widerrede«, unterbrach Hugo sie, während Caterina sie sanft an den Schultern schüttelte.

Mercè lachte nervös.

»Und was machen wir mit Arnau? Wir können ihn nicht in der Taverne verstecken. Das ist der erste Ort, wo sie suchen werden. Und wenn wir mit ihm fliehen … wo könnten wir hingehen? Sie würden uns verfolgen. Zwei Frauen und ein Mann mit einem kleinen Kind. Wir würden sofort auffallen. Wir würden nicht einmal die Grenzen Kataloniens hinter uns lassen können.«

»Du hast recht …«

»Und wenn er anfängt zu weinen?« Mercè stellte sich vor, wie sie ihren Sohn in den Armen hielt. »Vielleicht weint er. Er wird aufwachen und weinen. Er wird sich nicht von mir berühren lassen.« Betrübt erinnerte sie sich daran, wie Arnau sich am Strand von ihr losgerissen hatte. »Ich kann ihn nicht …«

»Tochter …«

»Ihr müsst ihn nehmen, Vater. Mich lässt er nicht!«

»Ich mache es«, beruhigte Hugo sie. »Er wird sich an mich erinnern, aber wenn er sich in einem solchen Zustand befindet, wie Guerao sagt, wird er ohnehin nicht viele Probleme machen.«

Mercè nickte.

»Und dann? Was machen wir mit ihm?«

Alle hielten den Atem an, während sie sich schweigend ansahen. Weder Hugo noch Mercè wagten, es auszusprechen – es hieße, Caterinas Träume wegen eines Kindes zu zerstören, mit dem sie wenig verband.

»Fliehen?«, fragte sie.

»Danke, meine Liebste, aber wenn wir das tun, wissen sie gleich, dass wir es waren. Wir werden hierbleiben, in der Taverne, damit niemand Verdacht schöpft. Und wir werden jemanden finden müssen, der den Jungen versteckt und beschützt.«

»Wir fragen die Freigelassenen um Hilfe«, schlug Caterina vor. »Sie werden uns nicht im Stich lassen.«

»Das ist zu gefährlich«, meinte Hugo.

»Vielleicht, aber sie sind uns etwas schuldig, und man kann ihnen vertrauen.«

»Das weiß man nie«, wandte Mercè ein. »Es ist nicht einfach, ein Kind zu verstecken. Es muss essen, es schreit, es muss zum Spielen nach draußen … Man wird es sehen, die Nachbarn werden es bemerken. Und es gibt immer jemanden, der bereit ist, sich an die Gräfin zu verkaufen. Sie wird das Verschwinden ihres Sohnes bekannt machen und ganz Barcelona auf den Kopf stellen, um Arnau zu finden.«

»Ja, aber wir können ihn nicht einfach verschwinden lassen.«

»Vielleicht doch«, unterbrach Mercè ihn.

Selbst Pedro, der auf seinem Platz neben den Fässern saß, sah sie fragend an.

»Wie?«, fragte Hugo, obwohl er die Antwort ahnte.

»In Bonrepòs. Das ist der einzige Ort, an dem sie garantiert nicht suchen werden.« Einen Moment lang war nur ihr Atem zu hören. »Sie wird ihn zu sich nehmen. Sie muss es tun. Was sie nicht für mich getan hat, ist sie ihrem Enkel schuldig.«

Caterina und Hugo dachten eine Weile nach. Die Idee kam ihnen gar nicht so übel vor, obgleich ihr Erfolg vollständig von jemandem abhing, der bislang nie einen Finger für sie krumm gemacht hatte.

»Und wenn sie es nicht macht?«, fragte Hugo.

»Lasst es uns probieren, wir haben nichts zu verlieren. Ich glaube nicht, dass Arsenda uns verraten würde, wenn sie ablehnt. Wir könnten ihn …«

»Nicht wir«, unterbrach ihr Vater sie. »Wir bleiben hier, als hätten wir mit all dem nichts zu tun. Sie werden als Erstes hierherkommen, sobald sie Arnaus Verschwinden bemerken. Du musst sehr überzeugend wirken, wenn sie dich sprechen wollen.«

»Das werde ich«, versprach Mercè.

»Und um den Jungen in das Priorat zu bringen, kennen wir Leute, denen wir vertrauen können«, bemerkte Caterina.

»Gut!« Der Ausruf kam von Pedro, der sich zu ihnen an den Tisch gesetzt hatte. »Und was ist meine Aufgabe?«

Alle lächelten.

»Die Taverne zu bewachen«, sagte Hugo. Die Antwort schien den Jungen nicht zufriedenzustellen. Er wollte mitmachen. »Sie werden uns verhören, Pedro«, erklärte Hugo mit ernster Stimme. »Das ist der Moment, in dem wir dich brauchen. Wir waren heute Nacht alle in der Taverne. Das musst du ihnen bestätigen. Ohne zu stottern.«

»Das ist sehr, sehr wichtig, Pedro«, betonte Mercè.

»Etwas anderes werden sie nicht aus mir herausbekommen, selbst wenn sie mich vierteilen«, versprach der Junge.

Mercè nahm seine Hand und drückte sie.

»Danke«, flüsterte sie.

Es war später Abend, und in den Straßen Barcelonas wurde noch immer gefeiert. Hugo und Caterina machten sich auf den Weg ins Raval. Sie folgten der Calle de la Boquería bis zur Rambla, durchquerten das Tor der alten Stadtmauer und eilten über den großen Platz, auf dem tagsüber die Schlachter ihr Fleisch anpriesen. Sie gelangten zur Calle del Hospital und suchten die oberhalb gelegene Calle del Carme. Von dort liefen sie die Calle de Jutglar bis zum Ende der Stadtmauer hinauf, wo die Calle de Tallers lag, eine bescheidene Straße, in der viele Freigelassene lebten.

Hugo und Caterina kamen häufiger in dieses im äußersten Norden Barcelonas gelegene Viertel. Es war eine ärmliche, bedrückende Gegend, in der ein Großteil der Bedürftigen Barcelonas lebte.

Mit ihrem bescheidenen Vermögen aus dem Schnapsverkauf unterstützten Hugo und Caterina immer wieder Sklaven, ihre Freiheit zu erkaufen. Nicht zuletzt, weil sie immer Barcha vor Augen hatten und weil Caterina jenen helfen wollte, die wie sie zuvor die Sklaverei erleiden mussten.

Doch Hugo dachte in dieser Gegend nicht an die Sklaven, ja nicht einmal an die Maurin. Er dachte an den Räudigen Hund. Hier hatte er gelebt, in einer dieser Straßen. Wie viele Jahre waren seitdem vergangen!

Sie gingen zu Llúcia, einer redseligen Maurin wie Barcha, die sich als Näherin verdingte. Da sie sehr geschickt war, war es ihr nicht schwergefallen, bei einem Schneider Arbeit zu finden und ihre *Talla* vorzeitig abzubezahlen. Simón, ihr Mann, verdiente sein Geld als Fuhrmann und lieh sich gelegentlich Hugos Maultiere. Als die Taverne geplündert worden war, war er der Erste, der Tinta und Blanca und das namenlose Maultier, das Hugo aus Sabanell mitgebracht hatte, vermisste.

Caterina und Llúcia verband eine enge Freundschaft, fast so eng wie die zwischen Llúcia und Barcha. Llúcia und Simón hatten keine Kinder.

»Als wir frei waren und heiraten durften, waren wir zu alt für Kinder«, erklärte Llúcia traurig, immer wenn das Gespräch auf dieses Thema kam. »Und wenn wir früher eins bekommen hätten, hätten wir den Vertrag gebrochen und wären wieder Sklaven geworden.«

Trotz der fehlenden Nachkommen ging es den beiden gut. Sie wohnten in zwei Zimmern, die sie in einem Haus in der Calle de Tallers gemietet hatten, und wenn die Arbeit es zuließ, setzten sie sich ebenfalls für andere Sklaven ein, so wie es Barcha früher getan hatte und Caterina bis heute tat.

Es war bereits dunkel geworden, und Llúcia nähte im Lichtschein einer Lampe im Haus. Die Überraschung, die sich in ihrem Gesicht spiegelte, als Hugo und Caterina ihr stets offenes Zimmer betraten, ging in Besorgnis über, kaum hatte sie die betrübten Mienen der beiden bemerkt.

»Ich mache es«, versprach Llúcia, nachdem sie sie angehört hatte. Ihr Mann nickte.

Hugo lächelte. Sie war genau wie Barcha, dachte er: dominant und nicht zu zügeln.

»Es kann gefährlich werden«, warnte Caterina.

»Barchas Geist würde mich auf ewig verfolgen, wenn ich dir meine Hilfe abschlage«, antwortete die Näherin grinsend.

»Gut möglich, dass der Vogt kommt.«

»Besser, als wenn Barchas Geist den ganzen Tag ums Haus schleicht.« Die Maurin lachte. »Dann lieber der Vogt und seine Schergen. Barcha hat Mercè geliebt wie eine Tochter, und wir …« Trotz der Zeit, die seit dem Tod der Maurin vergangen war, musste Llúcia sich ein paarmal räuspern. »Barcha und ich waren mehr als Schwestern. Und als Familie ist man füreinander da.«

Während Hugo und Caterina im Raval waren, lieh sich Mercè bei Pater Juan Papier und Feder. Zurück in der Taverne, an einem der neuen Tische, merkte sie, dass ihre Hand zitterte, als sie sich über das Papier beugte. Sie hatte lange nicht geschrieben. »Mutter«, kritzelte sie. Sie zwang sich, die Hand ruhig zu halten. Es ging nicht. Die Feder glitt nicht so locker über das Papier wie früher, und ihre Schrift war ungelenk. Sie hätte gern noch einmal von vorn angefangen, doch sie wollte kein Papier verschwenden. »Ich hoffe, Ihr seid bei guter Gesundheit, wenn Euch dieser Brief erreicht.« »So wie ich«, wollte sie dazuschreiben. Nein. Das stimmte nicht. Sie zitterte. Schwitzte. Litt. »Simón, der Überbringer dieses Briefes, hat Euer Enkelkind, Arnau, bei sich.« »Euer Enkelkind!« Was schrieb sie da? Nicht einmal sie kannte ihre Mutter, hatte sie nie gesehen. Sie hatte nur ihre Anwesenheit hinter dem Holzgitter im Kloster gespürt. Arsenda hatte immer geglaubt, die Tochter des Teufels zur Welt gebracht zu haben. Ja, sie hatte zur Jungfrau gebetet, und das schien Arsenda berührt zu haben. Die Äbtissin brauche Zeit, hatte die Nonne gesagt. Die hatte sie gehabt, mehr als ein Jahr, und keine Nachricht war gekommen. Wie sollte sie Arsenda vertrauen? »Er ist mein einziges Kind«, schrieb sie entschlossen. Sie war ihre Mutter! Sie musste ihr helfen! »Er entstammt meiner Ehe mit dem Admiral der Armada, Bernat Estanyol, der mich verstoßen hat. Von seinem Verwalter, zu dem ich vollstes Vertrauen habe, weiß ich, dass der Junge in großer Gefahr schwebt. Er soll ermordet werden, damit sein jüngerer Stiefbruder den Platz des Erben einnimmt, der nach göttlichem und menschlichem Gesetz Arnau gebührt. Ich gebe ihn in Eure Hände, damit Ihr ihn beschützt und, wenn nötig, selbst vor dem König versteckt, ihm zu essen gebt, ihn im christlichen Glauben unterrichtet und Euch um ihn kümmert.« Sie zögerte. »Denn er trägt auch Euer Blut in sich. Ich vertraue darauf, dass er durch Eure Fürsorge und die Trennung von seiner Stiefmutter, die ihn langsam vergiftet, genesen wird. Anbei schicke ich Euch etwas Geld und werde Euch regelmäßig mehr zukommen lassen, damit das Kind keine Last für die Klostergemeinschaft darstellt. Sobald die Gefahr gebannt ist, werde ich ihn holen.« Wie sollte sie den Brief beenden? Hochachtungsvoll, Eure Tochter …? Nein, das ging nicht. Sie überlegte. »Zum Wohl dieses unschuldigen Kindes vertraue ich darauf, dass Ihr meiner Bitte nachkommt, und verbleibe mit dem Wunsch, dass die Heilige Dreifaltigkeit Euch behütet und beschützt.«

Mercè las den Brief noch einmal, schloss die Augen und schüttelte den Kopf. Sie hatte etwas vergessen. »Postskriptum. Mein Vater, Euer Bruder …« Absurd, sagte sie sich, doch sie hatte es bereits geschrieben. »… lässt Euch grüßen und bittet Euch im Namen Gottes und aller Heiligen, gut für Euer Enkelkind zu sorgen.«

Sie war besorgt. Es war fast Mitternacht, und Hugo und Caterina waren noch nicht zurück.

»Hör zu, Pedro.« Sie las ihm den Brief laut vor. »Ist er gut so? Habe ich etwas vergessen?«

»Nein, er ist gut.«

»Sicher?«, beharrte sie.

»Ich bin Waise, Mercè. Ich kann mich kaum an meine Eltern erinnern, und meine Großeltern habe ich nie kennengelernt. Trotzdem kann ich mir nicht vorstellen, dass sich jemand weigert, sein Enkelkind zu schützen.«

Hugo, Caterina und Mercè schlichen durch die nächtliche Calle de la Boquería. Das Fest am Strand war immer noch im Gange, und vom fernen Pla d'en Llull drang gedämpft Musik herüber. Einige Lagerfeuer brannten noch, und es waren weiterhin zahlreiche Bürger auf den Straßen unterwegs, die einen auf dem Weg nach Hause, die anderen auf der Suche nach Vergnügungen. Sie mischten sich unter die Leute und liefen die Calle de los Ollers in Richtung Meer hinunter, bis sie zur Calle Ample gelangten.

Der ferne Gesang eines Verliebten, der seiner Angebeteten den Hof machte, überraschte sie. Sie blieben stehen und lauschten. Wahrscheinlich wurde die Stimme von einer Laute begleitet, doch die Trommeln und Flöten vom Fest übertönten sie. Vielleicht durfte der Mann heute ausnahmsweise singen, denn eigentlich war dies nachts verboten. Was gab es Schöneres als die Stimme eines jungen Menschen, der wegen einer Frau den Frieden und die Ruhe der Alten störte und sie daran erinnerte, dass auch sie einmal jung gewesen waren und geliebt hatten?, fragte Hugo sich. Welche Lektion könnte besser für die Kinder sein, als von der Bedeutung und Kraft der Liebe zu erfahren?

Entschlossenen Schrittes gingen sie weiter. Hugo und Caterina hielten sich an den Händen. Sie erinnerten sich an das letzte Mal, als nachts der Gesang eines Verliebten erklungen war. Caterina hatte Hugo umarmt und dem fernen Minnelied gelauscht. Und sie hatte zu Gott gebetet, dass das unbekannte Paar genauso glücklich werden möge wie Hugo und sie.

Als sie in der Calle de Marquet ankamen, verstummte der Gesang mit einem Mal. Das Tor war geschlossen. Sie sahen zum Turm auf, wo ein schwaches Licht flackerte. Hugo drückte Caterinas Hand. Sie glaubten das nahe Meer zu hören, doch noch lauter als das Rauschen war ihr Atem. Sie konnten ihre Nervosität nicht verbergen, die zunahm, je länger sie warten mussten. Sie kannten den Palast, Mercè und Caterina mehr als Hugo. Es würde ihnen nicht schwerfallen, zum Zimmer des Jungen zu gelangen. Hugo strich über den Griff von Barchas Dolch, den Caterina vor der Plünderung gerettet hatte. Er hatte sich angewöhnt, ihn immer bei sich zu tragen. Barchas Geist war bei ihnen, dachte er. Doch Guerao verspätete sich. Hugo kam der Gedanke, dass es eine Falle sein könnte. Im schwachen Mondschein, der in die Gasse fiel, betrachtete er die Gesichter der beiden Frauen. Caterina presste die Zähne zusammen. Mercè lächelte angespannt. Beide waren zu allem bereit. Im Palast wimmelte es von Soldaten, doch sie wussten, dass selbst die Wache friedlich in der Küche schlief, wenn die Tore nachts geschlossen waren.

Einen Moment später ging die kleine Pforte in einem der Torflügel auf, und Guerao winkte sie herein.

Im dunklen Innenhof brannte nur eine einzige Laterne. Guerao deutete auf das kleine Kabuff neben dem Tor, in das sich die Wachen zurückzogen. Sie kannten ihn und nickten, wahrscheinlich schlief ein Soldat darin. Sie gingen die Treppe in den ersten Stock hinauf, ließen das Schreibzimmer links liegen und gelangten zu den Schlafräumen, wo Guerao ihnen zum Abschied zunickte und verschwand.

Hugo hielt den Atem an und beobachtete einen Moment Caterina und Mercè. Sie schienen sich an die Zeit zu erinnern, als sie täglich hier entlanggegangen waren. Nervös schauten sie sich um. Auf den Wänden tanzte der Lichtschein der Kerzen. Die Stille war beängstigend.

»Weiter«, flüsterte Hugo und ging entschlossen zu Arnaus Schlafzimmer.

»Und wenn ein Sklave auf dem Flur schläft?«, fragte Caterina leise.

»Dann sehen wir weiter.« Hugo deutete auf Barchas Messer in seiner Hand.

Sie begegneten niemandem.

»Und die Amme, die bei Arnau schläft?«, fragte Mercè, als sie vor der Tür standen.

Hugo wollte antworten, dass er die Frau am liebsten umbringen würde, weil sie ihn so oft daran gehindert hatte, die Zeit mit seinem Enkel zu verbringen, doch stattdessen öffnete er nur vorsichtig die Tür. Ein Geruch nach Krankheit und Tod schlug ihnen entgegen. Mercè rannte zu ihrem Sohn, während Caterina neben der Tür stehen blieb und Hugo zu dem Bett ging, in dem die Dienerin schlief. Keiner von ihnen hatte sich Gedanken gemacht, was passieren würde, wenn sie wirklich aufwachte. Hugo umklammerte den Dolch, bereit, ihn der Amme sofort in den Hals zu rammen, falls sie die Augen öffnete.

Mercè strich ihrem Sohn über das Gesicht und küsste ihn, bevor sie ihn sanft hochhob. Wie Guerao gesagt hatte, wachte der Junge nicht auf. Mercè weinte, als sie den reglosen Körper an ihre Brust drückte. Caterina musste Hugo schütteln, der noch immer auf die schlafende Amme starrte, denn Mercè verließ bereits mit Arnau das Zimmer.

Sie schlossen die Tür hinter sich und eilten ohne jede Vorsicht, wie noch auf dem Hinweg, über den Flur, als wähnten sie sich bereits auf der Straße. Hugo legte die Hand auf die Stirn seines Enkels. Sie war warm, und er atmete.

»Er wird überleben. Wir sind rechtzeitig gekommen«, flüsterte er seiner Tochter zu.

Plötzlich stießen sie gegen Caterinas ausgestreckten Arm, die vor ihnen stehen geblieben war.

»Leise.«

Aus dem Hof drangen Lachen und das Geräusch von Schritten zu ihnen herauf. Hugo lehnte sich über das Geländer.

»Die Wachen waren heimlich beim Fest am Strand«, flüsterte er.

»Lass uns warten, bis sie schlafen gehen«, meinte Caterina.

»Das ist zu gefährlich. Jemand könnte aufwachen, eine Dienerin oder ein Sklave.« Hugo lehnte sich noch weiter über das Geländer und versuchte etwas im dunklen Hof zu erkennen. »Außerdem sieht es so aus, als wollten sie weiterfeiern. Da sind Frauen.«

Caterina beugte sich ebenfalls vor. Unten standen mehrere Soldaten. Sie tranken und schäkerten mit ein paar Frauen, denen sie immer wieder zu verstehen gaben, leiser zu reden und zu lachen. Caterina glaubte zu erkennen, wie ein Pärchen im Raum für die Wachen verschwand. Die übrigen vier, fünf Männer versuchten die anderen Frauen zu küssen und zu befummeln, während diese so taten, als würden sie sich wehren.

»Was sollen wir machen?«, flüsterte Mercè hinter Hugos und Caterinas Rücken.

»Sie sind betrunken«, sagte Caterina mit einem Blick auf die schwankenden Soldaten. »Kommt.« Dicht an die im Schatten liegende Wand gedrückt, ging sie die Treppe hinunter.

Hugo wollte protestieren, der Plan erschien ihm wahnwitzig, doch er schwieg. Er gab Mercè ein Zeichen, ihr zu folgen, und ging als Letzter hinter ihnen her. Im Schutz der Mauern bewegten sie sich langsam vorwärts, bis sie nur noch wenige Schritte von den Soldaten neben dem Tor entfernt waren. Es waren noch drei. Ein weiteres Pärchen hatten sie in Richtung der Stallungen torkeln sehen.

»Und jetzt?«, flüsterte Hugo.

»Jetzt bin ich dran«, antwortete Caterina.

»Was hast du vor?«

»Ich liebe euch«, unterbrach sie ihn.

Hugo hatte keine Ahnung, was sie vorhatte.

»Sie werden dich wiedererkennen.« Er hielt sie an der Hand fest.

»Ich war seit Jahren nicht mehr hier. Es ist dunkel, und sie sind betrunken. Keiner wird mich erkennen.« Sie befreite sich aus Hugos Hand und trat aus dem Schatten heraus.

»In Gottes Namen, tu das nicht!«, flehte Hugo sie an, doch sie ging bereits entschlossen auf die Soldaten zu.

»Da ist ja noch eine!«, rief einer der Männer, als er sie sah.

»Wo kommst du denn her?«, fragte sie ein anderer.

»Dein Freund ist so dicht, dass er keinen mehr hochkriegt. Ich will einen richtigen Mann«, antwortete sie, bevor sie ihn auf den Mund küsste und ihm in den Schritt fasste.

Hugo seufzte, während Caterina einen Soldaten nach dem anderen küsste und die Gruppe langsam vom Tor weglockte. Sie streichelte sogar eine der Frauen, die ihre Zärtlichkeit erwiderte und ihre Brüste liebkoste. Die Soldaten starrten die beiden verzückt an. Caterina drückte die Frau an sich und küsste sie auf den Mund. Dabei bewegte sie sich noch ein Stück weiter vom Tor weg, sodass die Männer ihnen den Rücken zuwandten.

Die Soldaten waren so erregt, dass sie den Blick nicht von den beiden Frauen wenden konnten. Auch Hugo konnte nicht wegsehen. Da bemerkte er, dass Caterina ihm unauffällig ein Zeichen gab. Sie sollten fliehen. Es war riskant, dachte er, doch länger zu warten, mit Arnau in Mercès Armen, war noch viel gefährlicher.

Er zögerte. Die Soldaten waren nur wenige Schritte entfernt. Caterina bemerkte sein Zögern und rieb sich so stürmisch am Wams der Frau in ihren Armen, dass ihre Brüste herausrutschten. Die Männer konnten sich nicht mehr zurückhalten und stürzten sich auf sie.

Hugo stieß Mercè nach vorne. Keiner der Soldaten achtete auf sie. Er öffnete die Pforte im Tor, und ohne Caterina flohen sie aus dem Palast in der Calle de Marquet.

Es dauerte fast eine Stunde, bis Caterina nachkam. Sie traf nur auf Pedro, der sie besorgt ansah, als sie zerzaust und mit zerrissenen Kleidern die Taverne betrat. Sie beruhigte ihn, bat um etwas Wasser, um sich zu waschen, und ging ins Schlafzimmer hoch.

Bestimmt waren die anderen bei Llúcia und Simón, wie sie es besprochen hatten, dachte Caterina. Im Morgengrauen, das sich bereits ankündigte, würde der Fuhrmann mit Arnau aufbrechen.

Als Hugo und Mercè zurückkehrten, saß Caterina am Tisch und erwartete sie. Mercè rannte zu ihr, blieb aber einen Schritt vor ihr stehen. Ihr war eingefallen, dass sie die Frau ihres Vaters noch nie umarmt hatte.

»Danke.«

Caterina stand auf und breitete die Arme aus, damit Mercè in ihnen Zuflucht suchen konnte, nur einen Moment, denn Hugo reklamierte sie bereits für sich und küsste sie zärtlich auf den Mund.

»Sag nichts«, bat sie ihn. »Ich werde euch etwas zu essen machen.«

Sie kniete sich vor das Feuer, über dem der Topf hing, und begann zu kochen. Mercè hockte sich neben sie.

Sie hatten das Frühstück noch nicht beendet, als die Tür aufgestoßen wurde und eine große Gruppe schreiend die Taverne betrat. Es waren der Vogt und mehrere seiner Büttel, dazu ein gewaltiger, beleibter Mann mit einem so breiten Hals, dass sein Kopf dagegen winzig wirkte, und schließlich die Gräfin, der Richter, mehrere Schreiber und Guerao.

Sie schoben Pedro und Hugo beiseite. Hugo verlangte eine Erklärung, doch er bekam keine. Ein paar der Büttel stampften zu den Zimmern hinauf, andere stiegen in den Weinkeller hinab, wieder andere liefen in den Garten, und noch ein paar suchten hinter den Fässern.

Mercè und Caterina gingen zu Hugo. Sie hatten gewusst, was sie erwartete, doch die Brutalität, mit der es geschah, machte ihnen nicht nur Angst, sondern ließ sie auch an dem zweifeln, worüber sie während des Essens gesprochen hatten. »Die Soldaten werden ihr nächtliches Abenteuer nicht zugeben«, hatte Caterina gemeint. »Sie wissen, dass sie damit ihr Leben riskieren würden. Wenn Bernat davon erfährt, bringt er sie um.« Hugo hatte genickt. »Außerdem hat mich keiner von ihnen wiedererkannt«, hatte Caterina hinzugefügt, »und ich bezweifle, dass sie noch wüssten, wer ich bin, wenn sie mir jetzt über den Weg laufen würden. Sie waren viel zu betrunken. Gierig! Dazu die Dunkelheit …«

»Wo ist er?«

Die an Mercè gerichtete Frage des Vogts holte sie in die Realität zurück. Sie klammerte sich an ihren Vater. Hugo wollte eingreifen, doch der Vogt stieß ihn gewaltsam weg.

»Nimm dich in acht«, warnte er ihn, als Hugo Anstalten machte, sich zu wehren.

»Ich fordere Respekt gegenüber meiner Tochter und uns. Wir sind rechtschaffene Bürger Barcelonas. Was wollt Ihr?«

Der Vogt überhörte ihn und sah Mercè an.

»Wo ist er?«

»Wovon redet Ihr?«, antwortete Mercè.

»Wo versteckst du ihn, du Ausgeburt der Hölle?«, murmelte in dem Moment die Gräfin und stürzte sich auf sie.

Sie versuchte Mercè zu ohrfeigen, doch Hugos Tochter wehrte sich und packte ihre Arme. Als die Gräfin anfing, Mercè zu treten, gelang es Hugo und ein paar Bütteln, sie zu trennen. Hugo sah Guerao Hilfe suchend an, doch Bernats Verwalter wich seinem Blick aus.

»Was will diese Verrückte?«, schrie Mercè.

»Du weißt, wo er ist!«, brüllte in diesem Moment mit geschwollenem Hals und rotem Gesicht der fettleibige Mann. »Verkauf uns nicht für dumm.«

Mercè machte einen Schritt auf ihn zu.

»Wer bist du?«, fragte sie ihn direkt ins Gesicht, obwohl sie es ahnte.

Der Mann sah sie herablassend von oben bis unten an.

»Das ist Galcerán Destorrent«, beeilte sich einer der Schreiber zu antworten. »Ehrenbürger von Barcelona, Graf von …«

»Der Vater der Gräfin«, flüsterte Mercè und unterbrach die Aufzählung der vielen Adelstitel, die der Mann im Laufe seinen Lebens angehäuft hatte.

Caterina wollte etwas sagen.

»Schweig, Sklavin!«, wies die Gräfin sie zurecht.

»Was weißt du von deinem Sohn?«, fragte der Vogt und trat auf Mercè zu.

Sie wusste, dass Arnau bei Sonnenaufgang, versteckt in einem Korb an einem von Simóns Maultieren, Barcelona verlassen hatte. Hugo und sie hatten im Haus der Freigelassenen gewartet, bis Llúcia zurückgekommen war und ihnen versichert hatte, dass ihr Mann, kaum waren die Tore geöffnet worden, unbehelligt die Stadt verlassen hatte. »Meinen Simón schnappt so leicht niemand!«, hatte Llúcia sie zu beruhigen versucht. Jetzt musste Arsenda bloß noch Mitleid haben und Arnau sich erholen.

Der Vogt schüttelte Mercè, damit sie ihm antwortete.

»Warum wollt Ihr wissen, ob ich etwas von meinem Sohn weiß?«, fragte Mercè zurück. »Ich weiß nichts. Ich darf ihn weder sehen noch sprechen.«

»Er ist letzte Nacht verschwunden.«

Hugo konnte seine Tochter, die tat, als würde sie zusammenbrechen, gerade noch festhalten.

»Hündin!«, schrie die Gräfin. Sie mussten sie erneut zurückhalten. »Du hast ihn entführt! Wo ist er? Sag uns, wo er ist!«

Mercè ließ ein paar Augenblicke verstreichen, als wüsste sie nicht, wovon die Gräfin redete. Dann holte sie Luft, befreite sich aus Hugos Armen und ging auf die Gräfin zu.

»Du hast ihn getötet«, flüsterte sie. Der Vogt neigte den Kopf, um zu lauschen. »Du hast ihn getötet!«, schrie Mercè. Für einen Moment trat Stille ein. »Drecksweib«, murmelte sie in das Schweigen hinein. »Du hast ihn getötet, damit dein Sohn der Erbe wird, und jetzt willst du mir die Schuld in die Schuhe schieben.«

Sogar die Büttel, die in den Schankraum zurückgekommen waren und den Kopf schüttelten, weil sie nichts gefunden hatten, überlegten, ob an Mercès Beschuldigung etwas dran sein könnte. Mercè hätte sich am liebsten auf die Gräfin gestürzt und sie geschlagen, doch sie riss sich zusammen.

»Was hätte ich davon, wenn ich meinen Sohn entführe? Ich würde ihn nur ins Unglück stürzen. Er würde sein Erbe verlieren. Bernat ist ein Krieger und kann jeden Tag sterben. Und wohin sollten wir gehen, ohne dass der Admiral oder der König uns finden? Wo verstecke ich ihn?«, fragte sie etwas lauter und sah die Büttel an. »Und wie soll ich ihn entführt haben?«, wandte sie sich direkt an den Vogt. »Sagt mir, wie bin ich in den Palast gekommen?«

Die gerunzelte Stirn des Vogtes, die Nervosität einiger Büttel und der gesenkte Kopf des Schreibers verrieten ihr, dass sie an der Version der Gräfin zweifelten. Der Moment war gekommen.

»Sie hat ihn ermordet!« Schreiend stürzte sie sich auf die Gräfin. »Sie hat meinen Sohn ermordet!«

Sie brauchten eine Weile, um sie zu trennen. Mercè nutzte die Gelegenheit und biss und kratzte die Gräfin, trat sie und schlug sie mit der Faust. Die Gräfin wehrte sich und verletzte sie ebenfalls, doch als man sie endlich getrennt hatte, war der Sieg klar auf Mercès Seite.

»Verhaftet sie!«, brüllte die Gräfin. »Sie treibt sich seit Tagen vor dem Palast herum. Sie hat die Entführung geplant. Sie hat geschworen, ihren Sohn zu holen. Immer wieder, mitten auf der Straße. Ganz Barcelona hat es gehört.«

»Nein, sperrt *sie* ein! Sie ist eine Mörderin«, entgegnete Mercè.

»Stimmt es, dass du dich vor dem Palast herumgetrieben hast?«, unterbrach der Vogt sie. »Und dass du geschworen hast, deinen Sohn zu holen?«

Hugo und Caterina wechselten einen besorgten Blick, der Galcerán nicht entging.

»Sie waren es!«, schrie der Vater der Gräfin sofort.

»Nein«, entgegnete Hugo mit fester Stimme.

»Was hast du beim Palast gemacht?«, fragte der Vogt.

»Ich wollte die Gräfin um Verzeihung bitten!«, rief Mercè.

In der Taverne trat Stille ein, bis ein gezwungenes Lachen ertönte.

»Um Verzeihung bitten?!«, rief der Vater der Gräfin und sah den Vogt an. »Vor Kurzem wollte man ihr am Strand die Kehle durchschneiden, und selbst da war sie nicht in der Lage, sich zu entschuldigen. Um Verzeihung bitten!«, wiederholte er sarkastisch.

»Verzeihung wofür?«, fragte der Vogt.

Mercè zögerte. Sofort nutzte die Gräfin den Moment, um zu brüllen:

»Sie lügt! Seht ihr das nicht?«

»Es ist völlig klar, dass sie lügt«, beharrte auch ihr Vater.

»Schweigt!« Hugo ging wütend auf ihn zu.

Die Büttel schritten ein.

»Ruhe!«, befahl der Vogt. »Das gilt für alle! Wie ich sehe, bestreitest du nicht, beim Palast gewesen zu sein«, wandte er sich an Mercè. »Wofür wolltest du sie um Verzeihung bitten?«

Wofür wollte sie die Gräfin um Verzeihung bitten? Sie wusste es nicht. Sie hatte es in jenem Moment nicht gewusst, und sie wusste es auch jetzt nicht. Sie hatte gehofft oder gewünscht, dass die Frau ihre Haltung änderte. Doch die Gräfin hatte sich nicht dazu herabgelassen, sie zu empfangen, und sich stattdessen über sie lustig gemacht. In dem Moment hatte Mercè beschlossen, sich nie wieder von dieser Hündin erniedrigen zu lassen.

»Ich weiß es nicht«, antwortete sie.

»Seht Ihr?«, kläffte Galcerán. »Sie hat das Kind entführt.«

»Wo warst du letzte Nacht?«, fragte der Vogt, ohne den Vater der Gräfin zu beachten.

»Wir waren in der Taverne«, kam Hugo ihr zuvor.

»Ich habe deine Tochter gefragt.«

»Hier«, bestätigte Mercè. »Mit meinem Vater, Caterina und Pedro.«

»Ist das so?«, wandte er sich an Pedro. Der Junge nickte.

»Du glaubst ihnen doch wohl nicht?«, mischte Galcerán sich ein.

Der Vogt bedeutete ihm zu schweigen, sah einen nach dem anderen an und überlegte. Hugo schloss die Augen, als er seine nächsten Worte hörte.

»Du hast nicht erklärt, was du in den Tagen vor dem Verschwinden des Jungen vor dem Palast gemacht hast, deshalb werde ich dich so lange verhaften, bis alles geklärt ist.«

Mercè nahm den Beschluss gleichgültig hin.

»Ihr irrt Euch, diese Hündin hat ihn umgebracht«, sagte sie ruhig.

»Ruhe!«, brüllte er, bevor die Gräfin etwas erwidern konnte. »Der Admiral wird in Kürze aus Sardinien zurück sein. Er wird entscheiden.«

»Ihr könnt sie nicht einsperren, nur weil sie vor dem Palast herumgelaufen ist!«, rief Hugo.

»Doch, das kann ich«, erwiderte der Vogt herablassend. »Und dich könnte ich ebenso verhaften lassen, und sie und ihn auch.« Er deutete auf Caterina und Pedro. »Der Kerker ist der richtige Ort für deine Tochter. Er ist keine Strafe, vergiss das nicht, dafür sind die öffentlichen Plätze da, die Stöcke und die Galgen. Sie wird dort bleiben, bis das Urteil gefallen ist. Dann …«

»Und sie verhaftet Ihr nicht?« Mercè zeigte auf die Gräfin.

»Das ist eine Adlige, Weib.« Der Vogt sah Mercè streng an. »Gehen wir.«

Die Büttel mussten die vielen Neugierigen vertreiben, die sich vor der Tür und dem Fenster der Taverne drängten. Alle traten zur Seite, um den Zug mit Guerao an seinem Ende vorbeizulassen. Der Verwalter drehte sich nicht einmal zu Hugo um.

34

Es entbehrte nicht einer gewissen Ironie, dass Hugo das erste Mal im Verlies des Vogtspalastes gewesen war, als Bernat dort nach seinem gescheiterten Versuch, den Grafen von Navarcles zu ermorden, in Haft gesessen hatte. Damals hatte er mit ihm sprechen und ihm sogar seine gesparten Silbermünzen durch das Gitter reichen können. Doch dort, im Innenhof mit den Kerkerzellen, saßen nur die männlichen Gefangenen. Die Frauen befanden sich in einem Nebentrakt über dem Hof. Im Gegensatz zu den Männern durften sie nicht heraus und spazieren gehen, und Besuche und jeglicher Kontakt zur Außenwelt waren ihnen strengstens untersagt.

»Wie soll ich wissen, ob es meiner Tochter gut geht?«, wandte er sich an Luis Pelat, den Kerkermeister.

»Warum sollte es ihr schlecht gehen?«, erwiderte dieser. »Ich kümmere mich gut um die Gefangenen. Wenn du mir meinen Lohn und den Unterhalt für sie bezahlst, wird es ihr an nichts mangeln.«

»Ist es möglich, sie zu sehen?«

»Behalt dein Geld. Deine Tochter ist keine gewöhnliche Verbrecherin oder Schuldnerin. Der Vogt hat mich gewarnt. Und ich will keinen Ärger mit dem Admiral.«

Hugo zahlte den Lohn des Kerkermeisters, einen festen Betrag pro Häftling und Tag, gab ihm Geld für das Lager und die tägliche Verpflegung seiner Tochter sowie einen großen Laib Brot, den er auf dem Weg zum Palast des Vogtes gekauft hatte, und zusammen mit Caterina verließ er das Haus des Kerkermeisters, das gleich neben den Zellen lag und wo dieser alle seine Angelegenheiten besprach.

Schweigend gingen sie zur Schreibstube eines Anwalts, den Higini, der Geldwechsler, ihnen empfohlen hatte. Sie wollten ihn mit Mercès Verteidigung in dem bereits laufenden Prozess beauftragen.

Die schlimmen Zustände im Verlies waren allgemein bekannt. Es gab eine wohltätige Einrichtung, die auf der Straße um Almosen für die mittellosen Gefangenen bettelte, doch das Geld reichte nie und wurde auch nicht gerecht unter den Bedürftigen verteilt. Sie waren unterernährt und hausten in dunklen, feuchten Zellen ohne jegliche Hygiene. Es gab Fälle von Frauen, die von den Schergen des Kerkermeisters ausgebeutet oder missbraucht wurden. Andere mussten als Dienerin in seinem Haus arbeiten, und jeder wusste, dass seine Frau sie ohne jeden Lohn bis spät in die Nacht Garn spinnen ließ.

Gelegentlich erreichte eine Beschwerde die Behörden, doch ansonsten regierte die Angst an diesem Ort, an dem der Kerkermeister die Macht hatte, die Gefangenen körperlich zu züchtigen, sie auszupeitschen oder in den Stock zu legen, ihnen Fußschellen anzulegen oder sie in einen dunklen Kerker im Keller des Schuldturms in Einzelhaft zu sperren.

»Es ist anders als in Sabanell«, versuchte Caterina Hugo Mut zu machen. Sie sah, wie er sich durch die Straßen schleppte, und stellte sich die düsteren Gedanken vor, die ihn quälten. »Mercè weiß jetzt, dass es ihrem Sohn gut geht, dass er in Sicherheit ist. Sie wird kämpfen, Hugo. Sie wird alles ertragen für dieses Kind.«

»Wie viel kann ein Mensch ertragen?«, fragte Hugo betrübt.

»Viel …« Caterina versagte die Stimme. »Glaub mir. Viel.«

Auch der Anwalt wollte die Münzen nicht, die schon der Kerkermeister abgelehnt hatte.

»Das Gesetz verbietet mir, Geld anzunehmen, solange kein Urteil gesprochen wurde«, erklärte er ihnen, ohne seinen Ärger über das Angebot zu verbergen.

»In dem Fall riskiert Ihr, nichts zu kassieren«, rechtfertigte sich Hugo.

»Ich könnte eine Bürgschaft verlangen, aber Higini bürgt schon für euch.«

Hugo und Caterina ließen zwar kein Geld da, doch dafür nahm ihnen dieser kühle, einschüchternde Rechtsgelehrte, der sie ohne Mitgefühl anstarrte, einen Großteil ihrer Hoffnung.

»Welchen Grund hatte deine Tochter, sich vor dem Palast des Admirals herumzutreiben? Die Gräfin um Verzeihung bitten?«, gab er selbst die Antwort.

»Wie könnt Ihr davon wissen? All das hat Mercè doch erst heute Morgen erklärt.«

Joan Borra, ein Mann mit rotbraunem Vollbart und Glatze – außer ein paar Strähnen, die ihm über die Ohren fielen –, musterte sie mit stechendem Blick. Er saß hinter seinem Schreibtisch, während sie standen.

»In Barcelona spricht man von nichts anderem als dem Verschwinden des Sohnes des Admirals und der Verhaftung deiner Tochter. Die ganze Welt weiß davon. Deine Tochter hat wenig Aussichten, diesen Prozess zu gewinnen. Sie hat versucht, der Gräfin das Kind wegzunehmen.«

»Das ist nicht wahr.«

»Alle konnten sehen, wie sie den Jungen festgehalten hat. Sie war wie besessen und hat sogar ihr Leben riskiert«, rief der Anwalt aus. »Ich selbst war dabei!« Hugo seufzte. Caterina kamen die Tränen. »Jeder hat gehört, wie sie geschrien hat, dass sie sich ihren Sohn zurückholt. Und soweit ich verstanden habe, war es nicht das erste Mal.« Der Anwalt ließ einige Augenblicke verstreichen. »Sie war es, richtig?«

Caterina stieß unauffällig mit dem Fuß an Hugos Wade. »Gib es nicht zu!«, schien sie ihm sagen zu wollen.

»Sie war die ganze Nacht bei uns. Sie war es nicht«, erklärte er.

»Wer dann? Glaubst du, es war die Gräfin?«

»Wer hätte einen größeren Vorteil davon?«

»Du wirst kein Gericht finden, das die Gräfin von Navarcles verurteilt. Das ist eine wirklich komplizierte Angelegenheit, Hugo. Ich will dir keine falschen Hoffnungen machen.«

»Wie geht es jetzt weiter?«

»Die Gräfin ist vorhin beim Vogt gewesen und hat deine Tochter der Entführung und möglichen Ermordung von Arnau Estanyol beschuldigt, dem Erstgeborenen des Admirals der katalanischen Armada. Daraufhin wurde ein beratender Richter des Vogts ernannt. Die Wahl fiel auf einen der in Barcelona registrierten Rechtsgelehrten, die in dieser

Woche Dienst hatten. Wenn es der Vogt für nötig hält, wird er Anklage erheben, und zwar innerhalb von maximal zwanzig Tagen, da sich die Angeklagte bereits in Haft befindet. Man wird deine Tochter verhören, und wenn sie nicht gesteht… wird er den Richter ersuchen, sie foltern zu lassen. Unter den gegebenen Umständen würde es mich nicht wundern, wenn der Richter seiner Bitte entspricht. Ich an seiner Stelle würde es tun.«

Hugo musste sein eigenes Schwindelgefühl überwinden, um Caterina festzuhalten.

»Auch euch wird man rufen, damit ihr aussagt, und ich muss euch warnen, dass auch Zeugen, an deren Ehrlichkeit Zweifel besteht, gefoltert werden können«, fuhr der Anwalt unerbittlich fort. »Ihr solltet darauf gefasst sein.«

»Was ist jetzt? Verteidigt Ihr meine Tochter?« Hugo fürchtete, dass Borra seinen Fall ebenso wenig übernehmen könnte wie seinerzeit der Rechtsgelehrte, an den er sich gewandt hatte, als Eulàlia ihm die Weinberge weggenommen hatte.

»Das ist ein schwieriger Fall, aber einen Besseren als mich wirst du nicht finden«, brüstete sich der Anwalt.

»Die Äbtissin hat so getan, als müsste sie überlegen. Als fiele ihr die Entscheidung schwer. Sie sprach von einer großen Last und davon, dass die Vorschriften es verböten«, berichtete Simón ihnen wenige Tage später, als er aus dem Priorat zurückgekehrt war. »Aber sie hatte feuchte Augen und hat dem Jungen immer wieder über das Haar gestrichen. Am Ende hat sie zugestimmt.«

»Und Arnau, wie geht es ihm?«, fragte Caterina.

»Er war noch schläfrig, sah aber schon viel besser aus, und das nach einer solchen Reise. Sie haben ihm zu essen gegeben, und er hat zumindest etwas zu sich genommen. Er war etwas verwirrt, weil so viele Frauen im Habit um ihn herum waren, aber ein paar junge Nonnen haben sich sofort um ihn gekümmert, und das hat ihm gefallen. Er hat nach der Gräfin gefragt, und als man ihm sagte, dass sie nicht da sei, ist sogar ein schwaches Lächeln über sein Gesicht gehuscht.« Caterina forderte ihn mit Blicken auf, mehr von Arnau zu erzählen. »Keine Sorge, es wird ihm gut gehen. Die Wirkung des Gifts lässt nach. Der Junge, den ich im Kloster abgegeben habe, war jedenfalls schon ein ganz anderer als der, den ich in meinem Korb versteckt hatte.«

»Die Äbtissin … Hat sie dir vielleicht einen Brief für Mercè mitgegeben?«

»Nein. Sie hat nur gesagt, ich soll ihr ausrichten, dass sie sich um Arnau kümmern wird. Ist Mercè nicht da?«

Hugo erzählte ihm, was geschehen war. Die Miene des Freigelassenen verfinsterte sich.

»Wir alle wussten, dass es gefährlich ist«, murmelte Simón.

Allmählich dämmerte es Hugo, wie gefährlich die Entscheidung wirklich war, die sie aus Liebe und, er musste es zugeben, ohne die Risiken zu bedenken, getroffen hatten. Auf Kindesentführung stand die Todesstrafe, und der Vogt hatte nichts auf die Ausflüchte gegeben, die sie in der Taverne vorgebracht hatten. Was würde geschehen, sollte einer von ihnen auf der Folterbank reden? Und wenn einer der Soldaten gestand? Caterina war in die Sache verwickelt. Und Llúcia und Simón. Und Pedro. Bernat würde keine Gnade walten lassen, ebenso wenig wie der Vogt und der Richter. Beim Gedanken an all die gutgläubigen Menschen, denen sie mit ihrer überstürzten Entscheidung viel Leid zufügen konnten, drehte sich ihm der Magen um.

»Mehr hat die Äbtissin nicht gesagt?«

Hugo nahm das Gespräch wieder auf, um den Strudel aus Zweifel und Kummer zu verdrängen.

»Nein. Oder doch, das Übliche, was Geistliche immer sagen. Dass deine Tochter zur Jungfrau beten soll und all das.«

»Was genau?«, insistierte Hugo.

Simón hob mürrisch den Kopf.

»Na ja …« Er dachte nach. »So was wie, dass Mercè nicht daran zweifeln soll, dass sie sie in ihren Gebeten begleitet.« Hugos Gesicht hellte sich auf. »Ist das so wichtig?«, fragte der Fuhrmann interessiert.

»Und wie!«, antwortete Caterina an Hugos Stelle und erzählte von dem Treffen von Arsenda und Mercè in der Kirche von Bonrepòs an dem Tag, als sie am Ende zusammen gebetet hatten.

»Deine Tochter wollte nicht gestehen«, berichtete Joan Borra ihnen.

Der hochmütige, eitle Mann war der einzige Faden, der sie mit Mercè verband. Er sah sie. Er sprach mit ihr.

»Wird man sie … wird man sie foltern?«, fragte Hugo.

»Ich glaube, im Moment nicht. Sie warten auf die Rückkehr des Admirals oder mögliche Anweisungen per Brief. Das hat der Bevollmächtigte des Admirals gefordert, der sich vorerst um seine Angelegenheiten kümmert, dieser … Wie heißt er noch mal?«

»Guerao«, half ihm Hugo auf die Sprünge.

»Ja, genau der«, bestätigte Borra.

»Vorerst, sagt Ihr?«, hakte Hugo nach.

Caterina blieb die ganze Zeit stumm, die Autorität, die der Anwalt ausstrahlte, lähmte sie.

»So ist es. Der Richter und der Vogt glauben, das Kind schneller zu finden, wenn Mercè gefoltert wird. Keiner versteht, warum der Bevollmächtigte des Admirals dagegen ist.«

»Weiß Bernat davon?«

»Wenn nicht, wird er es bald erfahren. Ich vermute, die Gräfin und der Bevollmächtigte haben sich darum gekümmert. Natürlich hat auch der Vogt ihn von dem Verschwinden seines Sohnes und dem Prozessauftakt gegen seine frühere Frau unterrichtet.«

Guerao hatte Mercès Folterung verhindert, freute Hugo sich. Auch wenn er sie an jenem Abend, als er in die Taverne gekommen war, gewarnt hatte, auch wenn er an dem Morgen, als er mit dem Vogt da gewesen war, eine kühle, reservierte Haltung an den Tag gelegt hatte – Guerao würde seinem Herrn nicht verheimlichen, dass Arnaus Entführung dessen eigener Sicherheit diente. Und egal, wie grausam Bernat auch war, er würde bestimmt genug Verständnis aufbringen, um den Prozess gegen Mercè zu beenden und sie freizulassen. Oder täuschte er sich da?

»Hat meine Tochter Euch etwas gesagt?«

»Was meinst du?«

»Ob sie uns irgendetwas ausrichten lässt?«

»Ich bin kein Bote!«

Hugo zögerte. Der Mann sollte seine Tochter verteidigen, und Higini hatte darauf bestanden, dass Borra der beste Anwalt war, den sie finden konnten, nachdem Hugo ihm von seinen Zweifeln nach ihrem ersten Treffen erzählt hatte. Hugo starrte ihn an. Der Anwalt ließ sich nicht aus der Ruhe bringen.

»Verzeiht mir, ich wollte Euch nicht kränken, aber sagt mir … ist sie gesund?«

»Ich bin auch kein Arzt.«

»Wir wissen, dass Ihr weder Bote noch Arzt seid«, platzte es aus Hugo heraus, während er an den Tisch trat, sich mit den Fäusten auf den darauf verstreuten Papierbögen abstützte und sich vorbeugte, bis seine Nase fast die des Anwalts berührte. »Woran ich Zweifel hege, ist, ob Ihr ein aufrechter und edler Mensch seid. Allerdings hindert Euch Euer Hochmut nicht daran, das Geld zu nehmen, das ein Wirt und eine Freigelassene im Schweiße ihres Angesichts verdient haben. Wir möchten nur erfahren, wie es unserer Tochter geht. Haben Männer wie Ihr denn überhaupt kein Mitgefühl?«

Der Anwalt seufzte. Mercè sei gesund, erklärte er.

»Mit den üblichen Folgen der Haft natürlich. Aber sie ist gesund. Mach dir deswegen keine Sorgen.«

Sie hätten über nichts anderes geredet als den Prozess, und er habe ihnen nichts auszurichten, fügte Borra hinzu. Mercè sei sehr wortkarg gewesen und habe nur ständig wiederholt, dass die Gräfin Arnau ermordet habe.

Die Tage und schlaflosen Nächte zogen sich für Hugo und Caterina endlos in die Länge. Die Behörden hatten Anklage gegen Mercè erhoben, und sie sollten aussagen. Alle drei: Hugo, Caterina und Pedro. Sie wussten, dass es nicht sehr klug war, dennoch tranken sie etwas Wein, um sich Mut zu machen, bevor sie zum Palast des Vogtes aufbrachen. In einem kleinen, unordentlichen Raum voller Papiere, in dem ein Gerichtsschreiber Notizen machte, fragte man sie nach den Ereignissen jener Nacht. Als sie erklärten, dass Mercè bei ihnen in der Taverne gewesen sei, ließ Pedro sich nichts anmerken und sprach mit fester Stimme.

Von Folter und Kerker war keine Rede, und so kehrten sie beruhigt in die Taverne zurück, in der es weiterhin an Kunden fehlte. Hin und wieder verirrte sich jemand zu ihnen und trank etwas, doch die meisten flohen gleich wieder vor der Stille und der düsteren Stimmung in dem noch immer nach verschüttetem Wein riechenden Schankraum.

Unterdessen erwarteten alle Bernats Rückkehr. Es war absurd, lächerlich, auf den Menschen zu warten, der am Strand befohlen hatte, Mercè die Kehle durchzuschneiden, sagte sich Hugo. Auf den Mann, der sie verstoßen und grausam von ihrem Sohn getrennt hatte.

»Solange er seinen Sohn nicht zurückhat, wird er Mercè nichts antun. Das Risiko kann er nicht eingehen«, meinte Caterina.

»Arnau ist kein Tauschobjekt. Das würde Mercè nie zulassen. Was, glaubst du, würde dieser Schuft machen, sobald er das Kind zurückhat? Kannst du dir das vorstellen?«

»Ich begreife nicht, wie er dein Freund sein konnte.«

»Er war ein anderer«, antwortete Hugo. »Die Kaperei hat ihn verändert.«

»Das sehe ich nicht so. Er wollte schon vorher jemanden umbringen.«

Hugo überlegte. Sie hatte recht, musste er zugeben. Auch wenn die Sache mit der unrechtmäßigen Hinrichtung des werten Herrn Arnau zu tun gehabt hatte, hatte Bernat bereits damals vorgehabt, den Grafen von Navarcles zu töten.

Sie ließen die verwaiste Taverne in Pedros Obhut und machten sich auf den Weg zum Rechtsanwalt. »Nichts Neues«, teilte ihnen einer seiner Angestellten unumwunden mit.

Anschließend gingen sie in die Kirche, um für Mercè zu beten. Caterina bestand darauf, in die Santíssima Trinitat von Pater Juan zu gehen. Wie immer wollte Hugo nicht in die Kirche der konvertierten Juden, da er sich von der Jungfrau des Meeres in der Kathedrale Santa María del Mar angezogen fühlte, doch am Ende gab er Caterinas Wunsch nach.

»Zeit zum Beten haben wir jedenfalls genug«, fügte er sich resigniert.

Caterina schüttelte den Kopf.

»Vertraue der Jungfrau«, machte sie ihm Mut. »Morgen gehen wir in die Santa María del Mar.«

Sie hatten damit gerechnet, dass es nur eine Frage von Tagen, vielleicht von Wochen sei, bis die siegreiche Armada und ihr Admiral nach Katalonien zurückkehrten. Am nächsten Tag begriffen sie, dass sie sich getäuscht hatten. Auf dem Rückweg von der Kathedrale Santa María del Mar hörten sie die lebhaften Kommentare der Leute, die sich vor der Kirche Sant Jaume versammelt hatten, auf dem Platz, wo sich die Bürger gerne trafen, um ein Schwätzchen zu halten. Neugierig gingen sie hin.

Es gab Neuigkeiten von der Armada. Juana von Neapel hatte König Alfonso angeboten, ihn zu adoptieren und zum Thronfolger des Königreichs Neapel zu ernennen. Alfonso hatte eingewilligt und seinem Admiral befohlen, mit zwölf Galeeren und drei Galioten auszulaufen, um das Königreich Neapel gegen die Belagerung der Truppen von Ludwig von Anjou zu verteidigen, der sich mit den Genuesen und den Streitkräften des Condottiere Sforza verbündet hatte.

»Was ist dieses Neapel?«, fragte eine Frau.

Ein Königreich in Italien, wo es ausgezeichneten Wein gibt, hätte Hugo ihr antworten können. Er hatte selbst welchen von dort gekauft. Rotwein aus Kalabrien, der im Hafen von Tropea verschifft wurde, und »Griechischen Wein« aus Neapel, den teuersten auf dem Markt, den besten, den man in Barcelona bekommen konnte.

»Das ist ein Königreich im Süden Italiens«, antwortete einer der Umstehenden.

»Und warum mischt der König sich in die Angelegenheiten dieses Reiches ein?«, wollte jemand wissen.

»Das ist kompliziert …«, antwortete ein anderer, zu dem die Leute respektvoll Abstand hielten. Hugo vermutete, dass es sich um einen Kaufmann handelte.

»Wie alles, was mit den Königen zu tun hat«, warf ein Mann ein, der seiner Kleidung und dem Fischgeruch nach zu urteilen mit Sicherheit ein Seemann war.

»Mit den Königen«, stimmte der Kaufmann ihm zu, »und mit dem Papst.«

»So ist es«, bemerkte ein anderer. »Der Papst wollte der Königin von Neapel nicht helfen, als sie von Ludwig von Anjou angegriffen wurde.«

»Ludwig von Anjou?«, fragte jemand. »War das nicht …?«

»Ja, einer der Anwärter auf unsere Krone nach dem Tod von König Martín. Er ist Neffe mütterlicherseits von König Juan, aber er hat nichts erreicht in Caspe. Jetzt trachtet er mithilfe des Papstes, der Genuesen und des Condottiere Sforza, der zuvor unter dem Befehl von Königin Juana stand, nach der Krone von Neapel.«

»Mit welcher Leichtigkeit sie ihre Treue brechen«, schimpfte jemand.

»Ja. Für die Granden hier wie da ist Treue eine sehr flüchtige Tugend.« Der Kaufmann lachte. Die meisten der Umstehenden nickten. »Als der Papst Königin Juana nicht nur seine Hilfe verweigerte, sondern auch noch den Herzog von Anjou ermunterte, das Königreich von Neapel einzunehmen, fiel ihr nichts anderes ein, als unseren König um Hilfe zu rufen.«

»Und König Alfonso war bereit dazu!«, rief eine alte Frau aus und machte eine obszöne Geste.

»Die Aussicht, ein Reich von der Bedeutung Neapels zu besitzen, war einfach zu verlockend für unseren König. Halb Italien!«, fuhr der Kaufmann fort, nachdem das Gelächter über die Geste der alten Frau verklungen war. »Zudem muss ihm ein Krieg gegen Ludwig von Anjou, den Rivalen des Hauses Trastámara, und seine Verbündeten, unsere Erzfeinde, die Genuesen, wie ein einziges großes Abenteuer vorkommen. König Alfonso ist jung. Er hat Sardinien besiegt und befriedet, aber für einen ehrgeizigen König wie ihn ist das nicht genug. Der Krieg zieht ihn an, er ist damit aufgewachsen, und obwohl ihm seine Minister davon abgeraten haben, will er sein Reich vergrößern, um sich mit den großen Königen des Hauses Barcelona zu messen.«

Als sie das hörten, riefen die Leute wild durcheinander:

»Und warum haben die Minister ihm davon abgeraten?«

»Ein neues Reich macht uns stärker.«

»Was ist schlecht daran, wenn diese Königin ihn adoptiert und zum Erben erklärt?«

Als würde er ihnen ein Geheimnis anvertrauen, ließ der Kaufmann sich eine Weile bitten, bevor er antwortete.

»Man muss die Italiener kennen. Italien ist ein zerstückeltes Land, ohne eine starke Macht, die die vielen Herrscher und die Condottieri, die nichts anderes sind als Abenteurer, unterwirft. Bündnisse und Feindschaften wechseln dort täglich. Das Wesen dieser Leute, seien es Neapolitaner, Genuesen, Mailänder, Pisaner oder Venezianer, hat nur wenig mit dem katalanischen oder aragonesischen Charakter gemein, und natürlich noch viel weniger mit dem kastilischen. Ihre Adligen sind höflich und elegant, zuvorkommend und kultiviert, aber dahinter verbergen sich oft genug Treulosigkeit, Habsucht und brutale Grausamkeit.«

In der Gruppe trat Stille ein. Einige lauschten mit offenem Mund.

»Königin Juana zum Beispiel«, fuhr der Kaufmann fort. »Glaubt ihr, sie ist eine Heilige wie unsere Königin Maria? Sie hat ihren eigenen Oberbefehlshaber verraten, Sforza, der jetzt gegen sie kämpft. Sie hat ihren zweiten Mann einsperren lassen, Jakob von Bourbon, nachdem dieser ihren Liebhaber enthaupten ließ. Zuvor hatte sie eine Ehe mit dem Bruder unseres Königs vereinbart, doch als Juan in Neapel eintraf, um sie zu heiraten, stellte sich heraus, dass sie bereits Jakob von Bourbon geheiratet hatte.«

Ein lautes Murren hob an. Viele erinnerten sich noch an dieses erniedrigende Ereignis.

»Wenigstens ist das diesem Bourbonen nicht gut bekommen«, rief jemand.

»Nein«, pflichtete der Kaufmann ihm bei. »Nachdem er wieder freigelassen wurde, hatte er so viel Angst vor seiner Frau und den höfischen Intrigen, dass er nach Frankreich floh und dort dem Franziskanerorden beitrat.« Einige der Leute lachten. »Jetzt wird das Reich von einem anderen Geliebten von Juana regiert, den sie zum Seneschall ernannt hat. Das Angebot an unseren König ist nicht neu. Die Vorgängerin Juanas hat damals auch jemanden adoptiert und zum Erben ernannt, den Großvater von Ludwig von Anjou, und der Papst hat ihn in Avignon sogar zum König gekrönt, obwohl er dann nie regiert hat. Daher der ganze Streit und daher der Ratschlag der Minister, nicht in diese Falle zu tappen und sich lieber um den Schutz der eigenen Länder zu kümmern, statt im Konflikt mit den Franzosen und Genuesen nach neuen zu trachten.«

»Deshalb hat sich König Alfonso darauf eingelassen, er will die französischen und genuesischen Ratten besiegen!«, rief jemand und löste damit Hochrufe und Applaus aus.

Hugo seufzte, und sie gingen weiter. Er wusste nicht, was besser war: dass Bernat so schnell wie möglich nach Barcelona zurückkehrte oder dass er noch länger fortblieb. Als er am nächsten Morgen zum Kerker ging, um die Kosten für Mercè zu bezahlen, nahm seine Verwirrung noch zu.

»Kanntest du nicht diesen kleinen Mann, den Bevollmächtigten des Admirals?«, fragte der Kerkermeister ihn, nachdem er die Münzen gezählt und zufrieden genickt hatte.

Kannte? Hugo war überrascht.

»Ja, Guerao.«

»Er hat sich umgebracht. Er hing an einem Balken im Palast.«

»Das kann nicht sein!«

»Doch, kann es«, spottete der Kerkermeister. »Letzte Nacht. An einem Balken. Erhängt.«

Der Vogt, der Richter und die Gräfin sahen in Gueraos Selbstmord ein untrügliches Zeichen, dass der Verwalter in Arnaus Entführung verstrickt war.

»Sein von der Sünde und dem Verrat gepeinigter Geist hat ihn dazu bewogen, diese ebenso tragische wie feige Tat zu begehen«, erklärte der Vogt. »Seine Seele wird niemals in Frieden ruhen.«

»Deshalb war er gegen die Folterung der Angeklagten«, erklärte der Richter. »Weil er ihr Komplize war.«

»Das ist der nächste schwere Schlag für Bernat«, sagte die Gräfin zynisch. »Nicht nur sein Sohn wurde ihm geraubt, es geschah auch noch mit Beihilfe des Mannes, dem er am meisten vertraute.«

Derweil stellten Hugo und Caterina in der Taverne andere Überlegungen an.

»Ich kann nicht glauben, dass Guerao sich umgebracht hat«, sagte sie.

»Ich auch nicht. Er wurde ermordet. Und dahinter stecken garantiert die Gräfin und ihr Vater.«

»Warum?«

»Weil sie wissen, dass wir den Jungen entführt haben. Vermutlich sind sie zu dem Schluss gekommen, dass wir es mithilfe von jemandem aus dem Palast getan haben, und das konnte nur Guerao gewesen sein. Der Verdacht liegt nahe, erst recht, nachdem Guerao sich gegen Mercès Folterung ausgesprochen hatte. Ich fürchte, damit hatte er sich endgültig verraten. Falls die Gräfin und ihre Familie noch irgendeinen Zweifel hegten, dürfte die Sache für sie jetzt klar sein. Mit seinem Tod haben sie zwei Ziele erreicht: Sie haben jemanden beseitigt, der sie verraten könnte und dem Bernat mehr Glauben schenken würde als seiner eigenen Frau, und zweitens …«

Hugo brachte es nicht über sich, es auszusprechen. Mercè würde gefoltert werden.

Kurz darauf traf die Nachricht ein, dass König Alfonso einen triumphalen Sieg über die Feinde Neapels errungen hatte. Der Monarch war in Sardinien geblieben, doch seine Armada hatte unter dem Kommando von Bernat Estanyol das von General Campo Fregoso befehligte genuesische Geschwader in die Flucht geschlagen. Der Herzog von Anjou floh nach Genua, und Sforzas Truppen zogen sich zurück. Der Admiral und die anderen vom König entsandten Botschafter konnten siegreich in Neapel einziehen und das Castel Nuovo mit einer Garnison katalanischer Soldaten besetzen. Kaum waren zwanzig Tage vergangen, rief Königin Juana den neapolitanischen Adel und die Botschafter von Alfonso zusammen und adoptierte vor ihnen den König, ernannte ihn zum Thronerben und verlieh ihm den gebührenden Titel: Herzog von Kalabrien. Anschließend übergab sie Ramón de Perellós, den Alfonso zum Vizekönig von Neapel und Kalabrien ernannt hatte, das Castel dell'Ovo.

Es schien, als würden mit den Nachrichten von den katalanischen Siegen auch immer schlechte Neuigkeiten eintreffen, und Kummer und Sorge vermischten sich mit der ausgelassenen Freude und dem Lärm der Feste.

»Deine Tochter hat die erste Folter überstanden«, verkündete Joan Borra, kaum hatten sie die Schreibstube betreten. »Sie hat nicht gestanden.«

Stille trat ein. Caterina hatte die Augen geschlossen, Hugo wagte nicht nachzufragen, und der Anwalt schien darüber nachzudenken, ob der Tavernenwirt und seine seltsame Familie tatsächlich unschuldig waren.

»Wie geht es ihr?«, fragte Hugo schließlich. »Ich weiß, dass Ihr kein Arzt seid, aber ich …«

»Sie haben die leichteste Foltermethode angewandt, die Stricke.«

Hugo sah dem Anwalt in die Augen, was er nur selten tat. Wollte er das wirklich wissen?, fragte er sich. Die öffentlichen Strafen konnte jeder sehen: Vierteilung, Galgen, Auspeitschung, Stock… Doch Folter war keine Strafe, sie diente nur der Wahrheitsfindung und wurde im Verborgenen praktiziert. Hugo hatte von der Foltermethode gehört, doch…

»Worin genau besteht die Folter mit den …?«, fragte er.

»Der Angeklagte liegt mit Stricken an den Armen und Beinen gefesselt auf einer Holzbank«, kam ihm der Anwalt zuvor. »Solange der Angeklagte sich weigert zu gestehen, werden die Stricke immer weiter angezogen, bis das Fleisch reißt. Manchmal streut man Salz auf die Wunden, damit…«

Hugo forderte ihn mit einer Handbewegung zum Schweigen auf. Caterina stand weiter mit geschlossenen Augen neben ihm, als könnte sie auf diese Weise von sich fernhalten, worüber in der Schreibstube gesprochen wurde. Doch dann bahnten sich ihre Tränen einen Weg.

»Wird sie weiter gefoltert, jetzt, wo sie kein Geständnis erreicht haben?«, fragte Hugo nach.

»Ich fürchte, ja. Sie werden warten, bis die Wunden geheilt sind, und dann wird man eine härtere Methode anwenden.«

Wieder machte sich Stille breit.

Hugo verabschiedete sich, ohne nachzufragen, worin diese Methode bestand.

Am nächsten Tag, als Hugo zum Kerker ging, berechneten sie ihm auch die Ausgaben für den Henker, der mit der Folterung seiner Tochter beauftragt war.

In Neapel dauerte der Krieg an. Nach dem ersten Sieg der Armada befand Königin Juana, dass Alfonso zu lange brauche, um ihr persönlich mit einem größeren Heer zu Hilfe zu eilen, weshalb sie – genau wie die Minister gewarnt hatten – ihre Meinung änderte und beschloss, an seiner statt den Herzog von Anjou zu adoptieren und zu ihrem Erben zu bestimmen.

Als Alfonso davon erfuhr, schickte er weitere Truppen nach Neapel und nahm den berühmten Condottiere Braccio da Montone unter Vertrag, der sich mit dreitausend Reitern eine Schlacht mit Sforzas Streitkräften lieferte. Der Papst wiederum ergriff weiterhin Partei für den Herzog von Anjou und entsandte den Hauptmann Tartaglia de Labello, dessen eintausend Reiter starkes Heer sich mit Sforzas Truppen verbündete.

Während die Condottieri sich bekämpften, erklärte König Alfonso dem Herzog von Anjou offiziell den Krieg, verließ mit einer Armada aus achtzehn Galeeren, acht Segelschiffen und vielen weiteren kleineren Schiffen unter Befehl des Admirals Bernat Estanyol den Hafen von Messina und traf im Juni 1421 in Neapel ein.

Die Foltermethode der Daumenschrauben bestand darin, Mercès Finger und Zehen in Zwingen zu spannen, die mithilfe eines Gewindes zusammengedrückt wurden.

Mercè schrie vor Schmerz. Der Schreiber kritzelte die Fragen des Richters und ihre Antworten auf ein Blatt Papier: »Ich bin unschuldig. Verhaftet die Gräfin. Wo habt Ihr mein Kind?«

Der Richter gab ein Zeichen, und der Henker schraubte die Zwingen noch enger zusammen. Einige Knochen brachen. Mercè brüllte vor Schmerz.

Sie leugnete weiterhin alles.

Sie zogen die Schrauben noch fester an.

Wieder knackte ein Knochen.

»Ich bin unschuldig!«

Der Richter schloss die Augen und befahl dem Henker, noch eine Drehung mehr zu schrauben.

»Nein!«

»Deine Tochter hat die zweite Folter überstanden.«

Diesmal befahl Joan Borra einem Angestellten, zwei Hocker zu bringen, die er Hugo und Caterina anbot.

»Ich bitte Euch, sagt meiner Tochter, dass es uns allen gut geht und wir ihre Rückkehr erwarten.«

»Das werde ich«, versprach der Anwalt.

Dass es uns allen gut geht. Das hatten Hugo und Caterina so besprochen. »Es wäre schön, wenn sie wüsste, dass Arnau bei seiner Großmutter in Sicherheit ist«, hatte Caterina schon am ersten Tag von Mercès Haft gesagt, doch wie sollten sie das anstellen? Der Kerkermeister ließ sie nicht zu ihr. Bestimmt wurde er von der Gräfin und ihrem Vater dafür bezahlt, hatten sie gefolgert. Sie spürt es, redete Hugo sich ein. Wenn sie Arnau gefunden hätten, hätte der Vogt ihr das gesagt. Sie weiß, dass sie weiter verhört wird, weil niemand etwas von dem Jungen gehört hat. Wenn sie ihn gefunden hätten, würden die Folter und der Inhalt der Verhöre ganz anders aussehen.

Schweigend kehrten sie zur Taverne zurück. Dort überraschte sie der Kupferschmied. Er entschuldigte sich, so lange für den Destillierkolben gebraucht zu haben. Jetzt war er nicht nur fertig, er hatte ihn sogar schon aufgebaut. Pedro beobachtete zufrieden, wie das Feuer unter dem großen unteren Gefäß loderte. Er probierte es mit Wasser aus.

Der Dampf pfiff. Der Destillierkolben glänzte.

Der Kupferschmied senkte beschämt den Kopf und ging zur Tür.

»Warte, ich muss dir noch den Rest zahlen«, hielt Hugo ihn zurück.

»Das hat Zeit.«

Kaum war er gegangen, tauchte ein anderer Mann in der Tür auf.

»Habt ihr Schnaps?«

Caterina warf Hugo einen fragenden Blick zu. Mercè wurde gefoltert und …

»Morgen früh«, versprach Hugo mit einem Kloß im Hals.

Die Arbeit tat ihnen gut. Für einen Moment konnten sie alles um sich herum vergessen, doch als der Tag zu Ende ging und der Wein destilliert war, stand ihnen die Nacht wie eine unbezwingbare Herausforderung bevor. Sie gingen zu Bett und lagen wach nebeneinander und hörten sich ihr Wehklagen an.

Indessen begannen die Leute Mitgefühl mit ihnen zu haben. Es hatte sich herumgesprochen, dass Mercè zweimal der Folter widerstanden hatte, und immer mehr Bürger glaubten an ihre Unschuld. Wie hätte eine Mutter sonst zwei Folterungen überstehen können?, fragten sich viele Frauen. Der eine oder andere sprach schon offen von der Gräfin als der wahren Schuldigen an Arnaus Verschwinden.

»Leider Gottes verbietet es das Gesetz, die Adligen zu foltern«, hörte Hugo im Vorbeigehen jemanden in der Taverne sagen.

»Königin Sibila wurde gefoltert«, erinnerte ein anderer.

»Ja, aber König Juan selbst hatte das befohlen, nicht unsere Richter.«

Hugo hörte nicht weiter zu und ging zu Caterina, die bei den Fässern stand.

»Dieselben Leute haben uns nach dem Überfall auf die Taverne die kalte Schulter gezeigt«, flüsterte er ihr ins Ohr und deutete mit verächtlicher Miene auf die Gäste. »Einer war sogar bei der Plünderung dabei.«

»Wir leben von diesen Leuten«, entgegnete sie. »Versuch es so zu sehen. Wir haben nur uns, Liebster. Mercè und den Kleinen. Vielleicht noch deine Schwester. Und natürlich Pedro, Llúcia und Simón. Den Pater. So sieht es aus. Wir kämpfen für Mercè.«

Neapel feierte die Ankunft von König Alfonso und seinem Heer und etwa eintausendfünfhundert Fürsten und Adligen aus Katalonien, Aragonien, Sizilien, Kastilien und dem Königreich Neapel selbst.

Und während der Condottiere Braccio da Montone gegen Sforza und den Herzog von Anjou auf neapolitanischem Boden Krieg führte, befahl Alfonso, dass eine Armada von acht Galeeren nach Sizilien aufbrach, um dort bewaffnet zu werden. Anschließend sollte sie sich auf den Weg nach Pisa machen, wo zwei weitere Galeeren zu ihr stoßen würden, und von dort weiter nach Genua. Der König wollte für einen Angriff gegen seine Erzfeinde gerüstet sein.

Rechtzeitig gewarnt, schickte der Doge von Genua, Tomaso di Campofregoso, seine Armada unter dem Befehl seines Bruders Battista los, um gegen die katalanische zu kämpfen. Es kam zur entscheidenden Seeschlacht. Die Katalanen besiegten die Genuesen, gewannen fünf der acht feindlichen Galeeren, schlugen zwei weitere in die Flucht und nahmen den Bruder des Dogen gefangen.

Der katalanische Sieg in der Seeschlacht von Foz Pisana hatte zwei weitreichende Konsequenzen. Erstens ergaben sich die Herrschaften von Genua dem Dogen von Mailand, Filippo Maria Visconti, und übertrugen ihm ihren Staat. Zweitens rief der Papst angesichts des glorreichen Sieges von Alfonso über die Genuesen einen Waffenstillstand zwischen diesem und dem Herzog von Anjou aus, nachdem er Alfonso bereits seine Rechte als Herzog von Kalabrien und Erbe der Königin Juana von Neapel zugestanden hatte.

Doch während der Waffenstillstand dem Königreich Neapel einen brüchigen Frieden bescherte, galt dies für Kastilien nicht. Fernando I., der König, der durch Krieg, Bestechung und List den Thron von Aragonien, Valencia und Mallorca sowie, nach dem Kompromiss von Caspe, den des Fürstentums Katalonien bestiegen hatte, hatte sich vor seinem Tod nicht nur auf diese Reiche konzentriert, sondern auch das Nötige getan, damit seine Kinder, die Infanten von Aragonien, das Königreich Kastilien kontrollieren konnten.

Er hatte sie großzügig mit Titeln, Schlössern und ausgedehnten Ländereien sowie der Großmeisterwürde der wichtigsten Ritterorden wie denen von Santiago und Alcántara bedacht. Doch statt in Eintracht zu handeln, wie ihr Vater es gewollt hatte, zerstritten sich die Geschwister und zogen gegeneinander in den Krieg. Der Infant Enrique entführte den fünfzehnjährigen König von Kastilien, Juan II., und dessen Schwester Catalina, die er anschließend heiratete.

Doch das Blatt wendete sich, und der Infant Enrique sah sich gezwungen, sein Heer zu entlassen, sich zu ergeben und sich dem Willen des Königs von Kastilien zu unterwerfen.

So stellte sich die Situation Ende 1420 dar. König Alfonso war sich bewusst, dass der Plan seines Vaters Fernando gescheitert war, seine anderen Geschwister, die Infanten von Aragonien, sich heillos zerstritten hatten und der König von Kastilien, Juan II., wegen der durch Enrique erlittenen Erniedrigung auf Rache sann.

Alfonso war sich außerdem im Klaren darüber, dass sein Bruder verhaftet und eingesperrt werden würde. Als ihn sein Admiral Bernat

Estanyol nach dem Sieg in der Seeschlacht von Foz Pisana und dem anschließenden Frieden in Neapel um Erlaubnis bat, nach Barcelona zurückkehren und sich um die seltsame Entführung seines Erstgeborenen und den Tod seines Verwalters zu kümmern, gewährte der König ihm seinen Wunsch, denn angesichts des Konflikts in Kastilien benötigte er Personen in seinen Königreichen, denen er vertrauen konnte.

Bei der dritten Folter griff man auf Feuer zurück. Wie schon nach den Stricken war Mercè im Kerker versorgt worden, damit sie sich von den Verletzungen der Daumenschrauben erholte. Vor allem sollten die Wunden heilen, wo das Feuer zum Einsatz kommen sollte: an den Füßen.

Man bestrich ihre Fußsohlen mit Schweinefett und band sie so auf einem Stuhl fest, dass ihre Beine über einem Feuer ausgestreckt waren.

Der Richter betrachtete die magere Frau mit den dunklen Augenringen. An ihren Händen und Füßen sah man noch die Spuren der Stricke und Schrauben, und er forderte sie auf, nicht ohne eine Spur von Mitleid, zu gestehen, bevor das Fett heiß würde.

»Ich war es nicht«, entgegnete sie. »Ich bin unschuldig.«

Wenig später warf das Fett auf ihren Fußsohlen die ersten Blasen.

Der Richter beharrte.

Sie blieb standhaft.

Das Zischen des verbrennenden Fetts drang durch den Folterkeller, und der Geruch von versengtem Fleisch stieg auf.

Mercè ertrug es.

»Verhaftet … verhaftet … die Gräfin!«, gelang es ihr zu schreien. »Sie ist eine Mörderin!«

»Gestehe.«

Doch der Stimme des Richters fehlte es bereits an Überzeugung.

Mercè schrie vor Schmerz. Dann wurde sie ohnmächtig.

Nach der dritten Tortur sprach der Richter Mercè von allen Vorwürfen frei. In Katalonien galt ein Angeklagter, der die Folter überstand, als unschuldig, und es gab keine Möglichkeit, ihn noch einmal wegen derselben Sache vor Gericht zu stellen. Viele wussten bereits von der Entscheidung, bevor sich ein Bote des Vogtes in der Taverne einfand, um Hugo davon in Kenntnis zu setzen.

Umringt von Leuten, die applaudierten und ihnen zujubelten, machten sie sich auf den Weg, um Mercè zu holen. Längst sahen die einfachen Leute in ihrer Haft und Folterung den Kampf einer armen Bürgerin, der man den Sohn genommen hatte, gegen eine reiche und mächtige Gräfin. Und so hatte sich vor dem Palast des Vogtes bereits eine große Menschenmenge versammelt, die ihnen respektvoll Platz machte. Es waren vor allem Frauen: Spinnerinnen, alte Brennholzverkäuferinnen oder solche, die auf den Plätzen Barcelonas Korn feilboten. Auf einer Holztrage, auf der sonst tote Häftlinge transportiert wurden, brachte der Kerkermeister eine geschundene Frau in den Hof, die kaum bei Bewusstsein war und weder gehen noch sprechen konnte, aber wie zum Zeichen des Sieges ein schwaches Lächeln andeutete, kaum dass sie ihren Vater und Caterina sah. Hugo hatte Angst, sie zu berühren, und brach in Tränen aus. Ein paar Männer ersetzten eilig die Gerichtsboten an der Trage und erwarteten Hugos Befehle.

»Hier, nimm«, wandte sich der Kerkermeister an ihn. »Das ist von dem übrig, was du mir das letzte Mal bezahlt hast.«

Er reichte ihm ein paar Münzen.

»Hast du den Anteil des Folterknechts abgerechnet?«, fragte Hugo betrübt.

Der Kerkermeister antwortete nicht.

»Gehen wir«, drängte Caterina und zog ihn am Arm.

Sie gingen hinaus. Die Hochrufe wichen leisem Gemurmel, als die Leute Mercès Zustand sahen. Sie hatte die Augen geschlossen, presste den Mund zusammen und litt bei der kleinsten Bewegung der Trage. Hugo und Caterina waren wie betäubt. Sie nahmen kaum wahr, was um sie herum geschah. Das andächtige Schweigen der Anwesenden ging schnell wieder in Beifall und Applaus über.

»Was für eine mutige Frau!«

»Eine Mutter! Du bist eine wahre Mutter!«

»Du hast ihnen eine ordentliche Lektion erteilt!«

»Wo ist die Gräfin jetzt? Hat man sie schon verhaftet?«

35

Sie erwarteten ihn am Ufer. Von einigen Gästen hatten sie von der Ankunft des Admirals erfahren, dessen Galeere gerade die Sandbänke vor der Küste passierte. Begleitet von zwei weiteren Schiffen, fuhr sie zum Zeichen des Sieges von einem Ende zum anderen den Strand von Barcelona entlang. Die Fahne des Admirals flatterte im Wind, und die Besatzung nahm strahlend die Hochrufe der Bürger entgegen, die am Strand zusammengekommen waren. Als der Applaus abebbte, machte sich ein Boot auf den Weg zur Galeere. Der Admiral stieg an Bord, und ohne sich zu setzen, trotzte er erhaben dem starken Seegang, den die Ruderer nur mit Mühe bezwangen. Über einen eilig errichteten, wackligen Holzsteg ging er an Land. Dort warteten bereits der Vogt, der Amtmann und mehrere Stadträte.

Sie hielten sich nicht lange mit Begrüßungen und Glückwünschen auf. Es war Ende Januar 1422, das Wetter war ungemütlich, kalt und grau, und der Wind fegte die feuchte Gischt über den Strand.

Hugo und Caterina rechneten damit, dass der Admiral sie bereits an diesem Tag in seinen Palast bestellen würde. Doch niemand kam. Am nächsten Tag warteten sie weiter, zusammen mit den vielen Gästen, die gespannt die Stunden verstreichen ließen, eine Schale Wein oder Schnaps nach der anderen leerten und wenig Lust verspürten, sich von den Tischen zu erheben. Neugierig drängten sich die Leute in der Taverne und sogar draußen in der Calle de la Boquería, doch auch am zweiten Tag tauchte niemand bei ihnen auf.

»Ich habe gesehen, wie der Vogt zum Admiral gegangen ist«, verkündete jemand am nächsten Morgen.

»Bestimmt berichtet er ihm, was vorgefallen ist«, bemerkte ein anderer.

Während die Worte eine Lawine von Kommentaren auslösten, ging Hugo zu Caterina und Pedro, die vor den Fässern saßen.

»Wird er dich rufen?«, fragte Caterina ihn.

»Davon gehe ich aus.«

Doch erst am vierten Tag, kurz vor Sonnenaufgang, tauchte Bernat persönlich in der Taverne auf. Er kam allein, ohne den Vogt oder seine Soldaten, und klopfte an die Tür, die zu dieser frühen Stunde noch geschlossen war. Pedro öffnete schlaftrunken. Als er den Admiral vor sich sah, groß und Ehrfurcht gebietend, wich er erschrocken zurück. Die anderen waren noch nicht aufgestanden. Bernat setzte sich an einen der Tische. Pedro wollte nach oben gehen, um Hugo zu wecken, doch der Admiral schüttelte den Kopf, zeigte auf den Topf, der noch über einem Rest Glut hing, die Pedro in den kalten Winternächten am Leben erhielt.

»Gib mir etwas zu essen und eine Schale guten Wein.«

Der Junge gehorchte.

»Wollt Ihr, dass ich Hugo Bescheid sage?«

»Nein. Ich will essen und trinken. Danach …«

Er aß nicht wie der Admiral der katalanischen Armada, wie ein Graf oder ein Minister von König Alfonso. Er machte sich über den Eintopf, das Brot und den Wein her, als wäre er ein ganz normaler Gast. Er bestellte gerade eine zweite Schale Wein, als Hugo die Treppe herunterkam.

Die beiden Männer blickten sich an. Bernat brach den Bann und hielt die Schale hoch, um Pedro an seine Bestellung zu erinnern. Hugo stieg die letzten Stufen herunter und setzte sich ihm gegenüber an den Tisch.

»Für mich auch«, wandte er sich an Pedro.

»Wenn ich meinen Sohn in ein paar Tagen nicht gesund und munter zurückhabe, werde ich euch alle töten«, sagte Bernat wie nebenbei zwischen zwei Löffeln Eintopf. »Auch den Jungen«, fügte er mit vollem Mund hinzu und deutete auf Pedro.

»Du solltest deine Frau nach ihm fragen«, bemühte sich Hugo, dieselbe kühle Gleichgültigkeit an den Tag zu legen wie der Admiral.

Sie hatten darüber gesprochen. Nach Gueraos Tod würde ihnen niemand Glauben schenken, dass die Entführung notwendig gewesen war, weil die Gräfin Bernats Erben umbringen wollte. Und dass der Verwalter ihnen dabei geholfen hatte, würde man ihnen ebenso wenig abnehmen. Mercè hatte sie angefleht, ihren Sohn nicht auszuliefern. Sie lag im Bett. Ihre Füße waren verbrannt, einige Zehen noch immer gebrochen, und die Wunden von den Seilen noch deutlich sichtbar.

»Eines Tages wird Arnau den Zorn der Gräfin zu spüren bekommen. Bernat wird wieder in See stechen und in den Krieg ziehen, das ist seine Welt. Und dann wird seine Frau, diese räudige Hündin, seine Wut an Arnau auslassen. Ich flehe euch an, macht es nicht.«

Hugo konnte sich nicht vorstellen, was geschehen würde. Arnau war glücklich in Bonrepòs, Simón hielt sie ständig auf dem Laufenden. Er unternahm keine Reise nach Tarragona oder in die Umgebung der Stadt, ohne einen Abstecher zum Kloster zu machen, um sich nach Arnau zu erkundigen, der sich vollständig von der Vergiftung erholt hatte.

»Das liegt in Gottes Hand«, setzte Caterina seinem Zweifel ein Ende. »Solange es dem Jungen gut geht, wissen wir von nichts.«

Als sie am Tag nach dieser Entscheidung zu Joan Borra gingen, um sein gesalzenes Honorar zu bezahlen, teilte er ihnen mit, dass Mercè von jeder Schuld freigesprochen worden war. Weder der Vogt noch der Richter noch die Stadträte würden dulden, dass Bernat das Gesetz in die eigene Hand nahm. Das Volk würde nicht zulassen, dass eine gefolterte Frau von Neuem bestraft wurde, selbst dann nicht, wenn dies auf Befehl des Admirals geschähe. Und wenn er sich an ihnen rächen würde?, fragten Hugo und Caterina den Anwalt. Borra schnaubte laut. »Das wird er nicht wagen.«

»Die Gräfin ist es nicht gewesen, das weiß ich«, entgegnete Bernat auf Hugos Anschuldigung.

»Warum bist du dir da so sicher?«

Bernat nahm einen großen Schluck Wein, und als er gerade antworten wollte, kam Hugo ihm zuvor.

»Oder hast du sie gefoltert?«

Der Admiral versuchte seine Wut im Zaum zu halten.

»Es reicht, wenn ich ihr in die Augen sehe.«

»Dann schau jetzt in meine!«

Die Stimme war von der steilen Treppe gekommen, auf der die verbundenen Füße von Mercè zu sehen waren.

Bernat starrte nach oben. Auch Hugo, der mit dem Rücken zur Treppe saß, drehte sich um. Langsam und unsicher stieg Mercè an Caterinas Seite die Stufen herab. Bei jeder Bewegung verzog sich ihr Gesicht vor Schmerzen. An ihren nackten Knöcheln waren noch die Folterspuren zu erkennen, ihren übrigen Körper bedeckte ein Nachthemd.

»Sieh mich an!«, wiederholte sie, als sie unten war. Caterina stand weiter neben ihr und stützte sie.

Ohne eine Regung zu zeigen, sah Bernat ihr in die Augen.

»Du warst es«, sagte er kühl.

Hugo spürte, wie sich ihm der Magen umdrehte. Würde Bernat seine Tochter zu einem Geständnis bewegen, nachdem sie drei Folterungen überstanden hatte? Mercès kurzes, trauriges Lachen überzeugte ihn vom Gegenteil.

»Du Narr!«, schrie sie.

Bernat sprang auf und machte einen Schritt auf Mercè zu. Doch noch bevor Hugo seine Tochter beschützen konnte, war der Admiral stehen geblieben, als ob die gebrechliche Frau ihn einschüchterte.

»Was willst du? Mich töten?« Als Mercè die Arme ausbreitete, verlor sie das Gleichgewicht. Caterina konnte sie gerade noch halten. »Du siehst, ich kann mich kaum auf den Beinen halten. Und das nur, weil deine Frau beschlossen hat, deinen Erstgeborenen umzubringen.« Bernat schüttelte den Kopf. »Und dann hat sie Guerao ermordet. Er hätte niemals Selbstmord begangen. Guerao hätte deinem Sohn nie etwas zuleide getan. Das weißt du!«

Der Admiral schien für einen Moment zu zögern, fing sich jedoch schnell wieder und sah sie herausfordernd an. Mercè trat einen Schritt auf ihn zu, so energisch, dass sowohl Caterina als auch Hugo sie schnell festhielten, damit sie nicht hinfiel. Dann brach sie in den Armen ihres Vaters in Tränen aus. Bernat betrachtete sie ungerührt.

»Wolltest du mich neulich am Strand nicht umbringen?«, brachte sie nach einer Weile hervor. »Tu es jetzt, Bernat. Töte mich, du elendes Schwein!«

»Das werde ich. Sobald ich meinen Sohn zurückhabe«, erwiderte er kühl. »Dich und alle anderen hier. Nur Arnau kann mich davon abhalten.«

»Wie können wir dich davon überzeugen, dass deine Frau …?«

Das Schwert sauste durch die Luft und traf Hugo mit der flachen Seite am Rücken. Die Wucht schleuderte ihn und Mercè zu Boden. Bernat war kein junger Mann mehr, doch die Waffe war mit einer einzigen ebenso schnellen wie heftigen Bewegung in seiner Hand aufgetaucht und auf Hugo niedergegangen.

»Davon wirst du mich nie überzeugen.« Bernat wartete nicht, bis Vater und Tochter mit Caterinas und Pedros Hilfe wieder auf die Beine gekommen waren. »Ich weiß, dass es deine Tochter war. Ich weiß es. Niemand wird mich vom Gegenteil überzeugen.«

»Und Guerao?«, fragte Mercè vom Boden aus. »War er auch an Arnaus Entführung beteiligt?«

»Wo hast du ihn versteckt?«, brüllte Bernat, ohne auf ihre Frage einzugehen. »Viele Orte gibt es nicht.«

Hugo richtete sich mit schmerzverzerrtem Gesicht auf und half Mercè auf die Beine.

»Hast du keinen Funken Mitleid? Niemand darf meine Tochter beschuldigen, Arnau entführt zu haben. Sie hat die Folter ertragen, um ihre Unschuld zu beweisen. Das Seil, die Daumenschrauben, sogar das Feuer hat sie ausgehalten …«

»Teufel lieben das Feuer …«, unterbrach Bernat ihn, bevor er plötzlich verstummte.

Hugo ahnte es, Caterina auch. Mercè beging den Fehler, für einen winzigen Moment die Augen zusammenzukneifen. Bernat lachte laut auf.

»Weißt du, wie viele Männer ich ins Meer geworfen oder auf dem Schlachtfeld habe hinrichten lassen? Die meisten waren schuldig, sie sind meinem Blick ausgewichen, so wie du es getan hast. Wie alle Teufel, nicht wahr? Ihr schützt euch gegenseitig. Du hast meinen Sohn zu der Teufelin gebracht.«

»Nein!«, schrie Hugo.

Bernat beachtete ihn nicht. Er hatte das Versteck seines Sohnes gefunden, alles andere war ihm egal.

»Flieht, solange ihr noch könnt. Wenn nicht, werde ich euch bei meiner Rückkehr töten.«

»Bernat…«, versuchte Mercè ihn aufzuhalten, doch er drehte sich nicht einmal um.

Kurze Zeit später machte sich Hugo, ausgestattet mit Brot und Wein, einem Beutel voll Münzen und etwas warmer Kleidung, auf den Weg in das Priorat. Er hatte noch nicht einmal die Brücke von Sant Boi über den Llobregat überquert, als er hinter sich Hufklappern hörte und mit den Bauern, denen er sich angeschlossen hatte, zur Seite sprang. Fünf Pferde in gestrecktem Galopp preschten an ihnen vorbei, Staub und kleine Steine aufwirbelnd. An ihrer Spitze ritt Bernat.

Ende Januar waren die Tage noch kurz, und Hugo nutzte das letzte Abendlicht, um das Kloster von Bonrepòs zu erreichen. Er wusste, Bernat war bereits da. Hatte er den Jungen schon geholt? Wie sollten sich die Nonnen gegen den Admiral und seine Männer zur Wehr setzen? Die Nacht brach herein, und es war unmöglich, in der Dunkelheit weiterzugehen.

Er stellte sich vor, wie Bernat wutentbrannt in das Kloster gestürmt war. Der Gedanke ließ ihm keine Ruhe, und er wartete darauf, im Morgengrauen endlich wieder den Weg erkennen zu können.

Die vielen Leute, die nach Bonrepòs unterwegs waren, verrieten Hugo, dass dort etwas geschehen sein musste. Immer wenn er diese Reise gemacht hatte – das letzte Mal mit Mercè –, war er von einer tiefen Stille umgeben gewesen, die nur von den Geräuschen des Waldes unterbrochen wurde.

»Was ist los?«, fragte er einen Bauern mit einer Hacke über der Schulter, der wie er auf dem Weg ins Tal war.

Der Mann sah ihn verblüfft an.

»Weißt du das nicht?« Hugo verneinte. »Und warum willst du dann dorthin?«

Hugo zögerte. Auf die Frage war er nicht vorbereitet gewesen.

»Eine der Nonnen ist meine Schwester, und weil ich in der Nähe war…«

»Ah.« Die Antwort schien dem Bauern zu genügen. »Deine Schwester und die anderen Nonnen stecken in Schwierigkeiten. Der Admiral der katalanischen Armada beschuldigt sie, seinen Sohn versteckt zu halten. Er hat gedroht, das Kloster zu stürmen und seinen Sohn gewaltsam zu befreien.«

»Wie viele sind es?«

»Fünf, aber einer seiner Soldaten ist vom Schlachtfeld getürmt.« Der Bauer lachte laut über seinen Witz. Hugo zwang sich mitzulachen. »Vermutlich will er Verstärkung holen.«

»Und was haben die Nonnen gesagt?«

»Dass sie außer dem Erzbischof von Tarragona niemandem eine Erklärung schuldig sind und dass sie, wenn sie das Kloster überfallen, augenblicklich exkommuniziert werden.«

»Und du?«

»Ich bin ein Vasall der Nonnen. Ich lebe dort oben.« Er deutete mit dem Daumen über seine Schulter. »In La Morera. Ich bin gerufen worden, um das Kloster zu verteidigen. Viele Vasallen sind zu Hilfe geeilt, Leute aus dem Montsant, aus La Morera, Cornudella, Albarca, Ulldemolins… Wir wechseln uns ab, um Wache zu halten, ohne unsere anderen Pflichten zu vernachlässigen, obwohl es um diese Jahreszeit ohnehin nicht viel zu tun gibt. Diese Herren sind gekommen, um uns die winterliche Langeweile zu vertreiben!«

»Ihr wollt euch mit dem Admiral der katalanischen Armada anlegen? Er ist Minister von König Alfonso.«

»Nicht einmal der König darf den geschützten Bereich der Kirchen und Klöster verletzen!«, erwiderte der Mann überzeugt. »Das ist katalanisches Gesetz, und wir dürfen uns jedem widersetzen und jeden töten, der dagegen verstößt, und keiner wird uns für diese Toten bestrafen können. Ganz egal, was sie wollen oder welche Entschuldigung sie haben, um das Kloster anzugreifen.«

»Aber wenn die Nonnen den Sohn des Admirals entführt haben…«

Hugo versuchte weiter, so viel wie möglich aus dem Mann herauszubekommen, als bereits die Talsohle zwischen den dichten Bäumen zu erkennen war.

»Die Nonnen sind Frauen Gottes. Wie sollen sie da jemanden entführt haben? Und wenn es so wäre, hätten sie bestimmt einen Grund. Es steht uns nicht zu, darüber zu richten. Wir sind ihre Vasallen, und wenn wir ihnen nicht zu Hilfe kommen, verlieren wir unser Land und unsere Rechte.«

Was der Mann lachend als Schlachtfeld bezeichnet hatte, kam Hugo eher wie eine feierliche Zusammenkunft von etwa einem Dutzend Bauern vor, die mit Hacken und Mistgabeln bewaffnet waren. Sie schwatzten miteinander, lachten und tranken Wein, während sie den Admiral und seine drei verbliebenen Männer im Auge behielten. Diese standen in einiger Entfernung an der Grenze, wo das Tal in den undurchdringlichen Wald überging. Zwei Laienschwestern arbeiteten seelenruhig im Gemüsegarten, als hätten sie nichts von dem Konflikt mitbekommen.

»Hat er dort geschlafen? Der Admiral?«, wunderte Hugo sich, weil er nirgends ein Lager oder ein Zelt sehen konnte.

»Nein, gestern Abend ist einer von ihnen als Wache hiergeblieben, wahrscheinlich, um zu kontrollieren, dass keiner das Kloster verlässt. Obwohl man ihn leicht hätte täuschen können. Der Admiral und seine übrigen Männer haben sich ins Gasthaus des Priorats von Escaladei zurückgezogen. Dort isst man gut, trinkt besser und schläft im Warmen.«

Hugo erinnerte sich an die Tage, als er bei den Donaten von Escaladei wohnte, und sofort hatte er wieder den Geschmack des Weines im Mund, dieses Weines mit dem Nachgeschmack von Schiefer, in den die Weinstöcke auf der Suche nach Wasser ihre Wurzeln schlugen. Er seufzte. Er spürte die Wärme der Sonne, die bis in die tiefsten Winkel des Tales drang und ihn für die Kälte auf dem schattigen Waldweg entschädigte. Er sah zu Bernat hin. Aus dieser Entfernung konnte der Admiral ihn nicht erkennen, beruhigte er sich, obwohl er der einzige Mann war, der keine Mistgabel oder Hacke bei sich trug. Bestimmt wusste Bernat, dass er ihm nach Bonrepòs folgte. Er entfernte sich noch ein Stück weiter, damit sie ihn nicht entdeckten. Er mied die Hauptfassade, wo sich die Bauern aufhielten, und ging um das Kloster herum zum Eingang der Kirche. Die Tür war verschlossen. Er wandte sich an eine der Laienschwestern im Gemüsegarten.

»Ich muss mit der Äbtissin Beatriz sprechen.« Die Frau schüttelte den Kopf und wollte etwas erwidern, doch Hugo kam ihr zuvor: »Richte ihr aus, Hugo Llor möchte sie sehen. Aber erzähl es niemandem.« Seine Entschlossenheit überzeugte die Laienschwester. Es war ein junges Mädchen mit wachem, fröhlichem Blick, etwa so alt wie Arsenda, als sie im Kloster Jonqueres vergewaltigt wurde. »Nur Äbtissin Beatriz darf davon erfahren.«

Hugo wartete verborgen hinter einem Mauervorsprung, bis sich nach einer Weile einer der Türflügel so weit öffnete, dass er sich hindurchzwängen konnte. Kaum war er drinnen, schloss Arsenda die Tür hinter ihm.

Im flackernden Lichtschein der Kerzen sah Hugo das Gesicht einer erschöpften Frau, ganz anders als das der unnachgiebigen Äbtissin, mit der er sich bei ihrer letzten Begegnung unterhalten hatte. Doch ihre feste, autoritäre Stimme ließ keinen Zweifel daran, wie es um ihr Gemüt bestellt war.

»Ich habe dich erwartet.« Arsendas Worte hallten in der leeren Kirche.

»Wie geht es dir, Schwester?«

»Etwas angespannt, mit diesem Besessenen da vor der Tür«, scherzte sie.

Arsenda führte ihn zu dem Gitter, wo sie durch eine gut getarnte Tür gingen. Sie ließen sich auf einer Bank nieder, während das flackernde Kerzenlicht durch die kleinen Löcher im Holz drang.

»Es tut mir leid wegen der Unannehmlichkeiten …«

Arsenda hob die Hand.

»Das muss dir nicht leidtun. Das alles hat mich … wie soll ich sagen … aus der Lethargie gerissen, in der mein Leben ablief. Ich habe die Liebe wiederentdeckt. Nicht die geistige Liebe zu Gott, sondern die wirkliche, die man im Bauch spürt. Ein einziger Tag mit Arnau, und ich musste weinen, als ich sein Heimweh spürte, und einen Moment später lachte er schon wieder und ich mit ihm. Ich hatte Sorge, dass er sich wehtun oder im Wald verlaufen könnte, und war gerührt, als ich ihn zurückkommen sah. Ein einziger Tag, Hugo!« Arsenda wischte sich die Tränen mit dem Ärmel ihres Habits ab. »Alles an einem einzigen Tag. Ich weiß nicht, warum Gott mir bis dahin so viel Freude und Glück verwehrt hatte. Es ist harmlos, lenkt meine Aufmerksamkeit nicht von meiner wahren Bestimmung ab, ihm zu dienen. Viele Jahre habe ich mit verzagtem Herzen und einer Schuld gelebt, die mich innerlich verzehrte. Ich habe Mercè für die Tochter des Teufels gehalten …«

Arsenda brach in Tränen aus. Hugo wusste nicht, ob er sie in den Arm nehmen sollte. Durfte er das? Er tat es einfach, und sie lehnte den Kopf an seine Schulter.

»Weißt du noch, wie wir auf dem Klosterdach saßen und uns unterhalten haben?«, fragte Arsenda schluchzend. Mit trockener Kehle beschränkte Hugo sich darauf, zu nicken. »Das alles hatte ich aus meinem Leben gestrichen. Ich hatte dich verstoßen. Doch als du mit Mercè kamst und ihre Gebete in meine Seele drangen, habe ich mich so deutlich an jede dieser Nächte erinnert, dass ich die Sterne hätte zählen können, die unsere kindlichen Fantasien zum Leuchten brachten.«

»Arsenda, Mercè geht es schlecht.«

»Ich weiß.«

»Du weißt es?«

»Seit ich sie kenne, interessiere ich mich für sie und habe immer wieder von ihr gehört. Ich bete für ihre Genesung. Ich weiß von ihrem Leidensweg in den Händen des Henkers, und ich bewundere sie. Ich wünschte, Gott hätte mir auch nur ein Zehntel ihrer Kraft gegeben, um sie so zu beschützen wie sie ihren Sohn!«

»Du warst damals sehr jung. Mach dir das nicht zum Vorwurf.«

»Das war ich. Und gutgläubig. Sehr. Ich war einsam, Hugo …«

»Ich …«

»Im Laufe der Zeit«, unterbrach Arsenda ihn, »habe ich so viel Bosheit, Perversion und Heuchelei kennengelernt, dass ich mich zurückgezogen und von allem losgesagt habe, selbst von meiner Familie.« Einen Moment schwiegen beide. Arsenda sammelte sich, setzte sich gerade hin und strich ihren Habit glatt. »Jetzt bist du hier, das ist die Hauptsache.«

»Darf ich dir einen Kuss geben?«, überraschte er seine Schwester.

»Ich weiß nicht, ob eine Nonne … Ja, ich glaube, du darfst mich küssen. Das einzige Mal, dass mich ein Mann geküsst hat … Ja, ich denke, ich verdiene es.«

Sie hielt ihm die Wange hin, und Hugo küsste sie zärtlich.

»Auf unsere Kindheit.«

»Und unser Alter«, erwiderte sie.

»Und was machen wir jetzt mit dem Jungen?«, fragte Hugo nach einer Weile.

»Ich habe mich geweigert, Arnau dem Admiral zu übergeben. Ich weiß, er ist sein Vater, aber ich weiß auch, dass Mercè schreckliche Folterungen ertragen hat, um das Kind vor dem sicheren Tod zu bewahren. Arnau hat sich nur langsam erholt, aber mit Gottes Hilfe hat er es geschafft … und mit den Gebeten und der Zuwendung der Nonnen, das kannst du mir glauben. Ihr könntet nachts fliehen, das dürfte nicht schwer sein. Der Admiral wird wieder eine Wache aufstellen, aber ich glaube, das macht er nur, damit wir uns bedroht fühlen, und nicht, weil es besonders wirksam wäre. Er wartet auf etwas, ich weiß nicht, worauf. Ich glaube nicht, auf Verstärkung. Er hat genug Männer, um die Bauern in die Flucht zu schlagen. Das sind keine Krieger. Ein Pferd, das sich vor ihnen aufbäumt, vier Schwerthiebe, und alle werden panisch fliehen. Vielleicht will er die Erlaubnis der Königin oder des Erzbischofs. Ich weiß nicht, wie sich die Königin verhalten würde, doch der Erzbischof wird ihm niemals erlauben, in das Kloster einzudringen – darum habe ich mich schon gekümmert. Aber der Admiral weiß bestimmt, dass im Dunkeln jeder fliehen könnte.«

»Wohin könnten wir gehen?«, fragte Hugo sich laut.

»Das ist die Frage, deshalb wartet der Admiral ab. Er weiß genau, dass ihr nirgendwohin könntet.«

»Du hast recht, es wäre absurd. Mercè kann sich kaum bewegen. Es hätte auch keinen Sinn, wenn ich allein mit Arnau fliehen würde, ohne seine Mutter … und Caterina.« Hugo dachte einen Moment nach. »Nach Gueraos Tod habe ich überlegt … haben Caterina und ich überlegt, dass die Lösung darin bestehen könnte, dass Mercè und

Arnau allein verschwinden. Wir würden ihnen Geld zukommen lassen, damit sie davon leben könnten. Wo auch immer, in Granada zum Beispiel.«

Die bloße Erwähnung der Stadt rief blitzartig die Erinnerung an Dolça in ihm wach. Sie hatten davon geträumt, gemeinsam nach Granada zu fliehen!

»Die Taverne läuft wieder gut«, fuhr er fort und verbannte den Gedanken an Dolça in einen dunklen Winkel seiner Erinnerung. »Doch solange Mercè sich nicht von den Spuren der Folter erholt hat, ist das unmöglich. Außerdem kann ich nicht mit dem Jungen nach Barcelona zurück. Das käme einem Geständnis gleich. Sie würden mich verhaften, sobald ich die Stadt betrete. Erst hatten wir darauf gebaut, dass Guerao uns vor Bernat in Schutz nehmen und die Wahrheit erzählen würde, dann haben wir an eine Flucht nach Granada gedacht … oder wohin auch immer. Und jetzt kann ich nicht mal mit Arnau zu seiner Mutter zurückkehren.«

»Solange ihr keinen Frieden schließt, werdet ihr nie in Ruhe leben können«, bemerkte Arsenda.

»Frieden?«

»Ja. Mit dem Admiral. Er ist ein mächtiger Feind. Grausam und gefährlich. Solange ihr keinen Waffenstillstand schließt, wirst weder du noch deine Familie je in Ruhe leben können.«

»Er hat gedroht, uns alle zu töten!«

»Trotzdem musst du es versuchen … oder ihm die Stirn bieten.«

Noch immer schmerzte die Stelle, wo Bernat ihn vor ein paar Tagen in der Taverne mit der flachen Seite seines Schwertes getroffen hatte. Hugo sah nicht, wie er jemals mit ihm Frieden schließen könnte. Der einzige Ausweg bestand darin, ihn zu töten.

Doch wie er das anstellen sollte, wusste er nicht so genau, und obwohl er die Fuhrleute getötet hatte, die auf dem Weg nach Saragossa Mercè vergewaltigen wollten, oder Jahre zuvor einen anderen, um Regina zu verteidigen, wäre es etwas vollkommen anderes, den Admiral zu überwältigen. Die Fuhrleute hatte er überlisten können. Mit Bernat war das nicht möglich. Er müsste ihn herausfordern, ihm gegenübertreten, in die Augen schauen … Bei der Vorstellung, wie der Korsar sich auf ihn stürzte, zog sich ihm der Magen zusammen.

Hugo schlief in der Kirche, neben dem Eingang, so weit entfernt von dem Gitter wie möglich, hinter dem die Nonnen sangen und die Stundengebete sprachen. Arsenda hatte ihm erlaubt, so lange zu bleiben wie nötig, doch das Kloster betreten und Arnau sehen durfte er nicht. Sie hatten den Jungen in einer sicheren Klosterzelle versteckt, wo die Nonnen sich abwechselnd um ihn kümmerten und mit ihm spielten. Sie hatten die Geschichte erfunden, dass böse Männer im Auftrag der Gräfin ihn holen wollten. Die bloße Erwähnung der Gräfin genügte, damit er seine Situation klaglos hinnahm. Bei Einbruch der Dunkelheit, wenn Bernat sich zur Nachtruhe zurückzog, erlaubten sie ihm, eine Weile im Kloster herumzutollen. Dass sein Vater, der Admiral, das Kloster bedrohte, verschwieg man ihm, denn der Junge sprach immer gut und liebevoll von ihm.

Ein Kind in diesem Alter könne man nicht lange in einer Klosterzelle einsperren, hatte Arsenda angemerkt.

War das eine Warnung? Wenn ja, dann beharrte sie nicht lange darauf. Stattdessen erkundigte sie sich nach Mercè. Sie wollte mehr über das Leben ihrer Tochter erfahren und lauschte versunken Hugos Bericht, bis eine der Nonnen nach ihr verlangte. Ihre Pflicht rief.

Nach der Komplet, dem Nachtgebet, brachte eine junge Laienschwester Hugo das Essen und eine Decke gegen die Kälte. Er würde auf dem Boden schlafen müssen, erklärte die Nonne entschuldigend. In dieser Nacht sah er Arsenda nicht mehr. Er bezweifelte, einschlafen zu können, nicht nur wegen der Kälte und des harten Steinbodens, sondern auch wegen der Lobgesänge und der Matutin und der anderen Stundengebete der Nonnen hinter dem Holzgitter. Doch die Erschöpfung nach der langen Reise ließ ihn in einen leichten Schlaf fallen. Immer wieder schreckte er im Kerzenschein hoch, der die Jungfrau mit dem Jesuskind beleuchtete, schlief erneut ein und wachte abermals auf, oft nur für ein paar Sekunden, bis die Müdigkeit ihn ein weiteres Mal übermannte. Die Jungfrau trat in seine Träume. Und lächelte ihm zu. Und weinte. Hugo riss die Augen auf, um sie zu sehen, dort, umgeben von einer warmen Wolke, die in der Kirche schwebte und ihm neue Kraft einflößte, so wie es ihm in jener Nacht mit der Jungfrau des Meeres widerfahren war, als er das Geld zurückgeben wollte, das Bernat ihm als Lohn für seinen Verrat an den katalanischen Seeleuten gegeben hatte.

Im Morgengrauen, nach dem ersten Stundengebet, fand Arsenda ihren Bruder vor der Jungfrau kniend vor. Er betete mit geschlossenen Augen. Als er sie bemerkte, hielt er inne.

»Du hattest recht«, sagte er.

»Wobei?«

»Waffenstillstand oder Tod.«

Arsenda runzelte die Stirn.

»Ich sagte nichts von Tod.«

»Aber es ist die einzige Lösung. Noch heute Morgen, wenn Bernat kommt, werde ich zu ihm gehen.«

Arsendas Warnungen nützten nichts. Sie hatte zwar davon gesprochen, dass er sich Bernat stellen müsse, doch er sollte es nicht persönlich tun. Sie beharrte darauf, mithilfe von Vermittlern Frieden zu schließen. Mit dem Erzbischof von Tarragona zum Beispiel. Er war ein guter Freund und schuldete ihr mehr als einen Gefallen. Es gab genug Mittel, um Gewalt zu vermeiden. Damit kannte sich die Kirche schließlich aus.

»Geh nicht«, bat sie ihn, als lautes Hufgeklapper, Wiehern und Geschrei von Bernats Ankunft kündeten. »Er wird dich töten.«

Doch Hugo schien von einem unbezähmbaren Willen durchdrungen.

»Sie wird mir beistehen«, entgegnete er und bekreuzigte sich vor der Jungfrau mit dem Jesuskind.

Den kurzen Moment, als Arsenda die Jungfrau betrachtete und sich besorgt vorwarf, ihren Bruder zu diesem Fehler verleitet zu haben, nutzte Hugo, um entschlossen einen der Türflügel zu öffnen und auf das freie Feld vor der Kirche hinauszutreten.

Er war schlicht gekleidet, wie ein gewöhnlicher Tavernenwirt: Schuhe aus hartem, widerstandsfähigem Leder, braune Beinlinge aus Wolle, dunkler Wams und ein hellrotes Wollhemd, das ihm bis halb über die Oberschenkel reichte. Ohne Kopfbedeckung bestand der einzige Schmuck, den Hugo trug, aus einem schwarzen Ledergürtel mit Silberschnalle, einem Geschenk Caterinas, den er über dem langen Hemd trug. Ein anderes »Schmuckstück«, das er stets auf seinen Reisen bei sich trug und das in Barcelona verboten war, weil es die erlaubte Länge überschritt, war Barchas Messer, doch jetzt lag es zusammen mit der Decke, dem Umhang und seinen übrigen Habseligkeiten in der Kirche.

Der leichte Morgennebel hatte sich verzogen, und das Tal, das sich vor dem Kloster erstreckte, war von einer dünnen Schicht aus Tau bedeckt. Obwohl die Sonne nicht schien, war Hugo nicht kalt. All seine Sinne waren auf die Gestalt gerichtet, die in diesem Moment schallend über den Witz eines der Soldaten lachte.

Bernat trug seinen violetten, pelzgefütterten und mit silbernen Motiven bestickten Umhang mit Kapuze, der ihm fast bis zu den Füßen reichte. Der Umhang hüllte ihn vollständig ein, bis auf den Griff des Schwertes, der auf Höhe der Taille herausragte, und dessen Spitze, die neben den Knöcheln hervorschaute.

Als die vier Bauern, die während der Nacht Wache gehalten hatten, Hugo auf den Admiral zugehen sahen, senkten sie die Stimmen, bis nur noch ein leises Gemurmel zu hören war. Die plötzliche Stille weckte die Aufmerksamkeit von Bernat und seinen Männern. Sie sahen zum Kloster.

Die beiden trennten noch etwa zwanzig Schritte, als der Admiral mit einem breiten Grinsen seinen Mantel abstreifte, bereit, mit Hugo zu kämpfen, der noch ein Stück weiterging, bevor er stehen blieb.

Hugo räusperte sich ein paarmal.

»Ich glaube, wir müssen reden, Bernat.«

»Es gibt nichts, worüber ich mit dir reden müsste«, entgegnete der Admiral.

»Ich glaube schon. Es gibt viel, was uns verbindet oder einmal verbunden hat: Mercè, Arnau, dein Vater, deine Mutter …«

Mit einer raschen Bewegung zog Bernat sein Schwert aus der Scheide.

»Lass meine Eltern aus dem Spiel, Hund!«, brüllte er und machte einen Schritt auf Hugo zu. »Du beschmutzt ihre Erinnerung«, murmelte er, als er bereits vor ihm stand und die Schwertspitze auf Hugos Brust richtete. »Du bist ihrer Erinnerung nicht würdig.«

Hugo breitete die Arme aus, damit alle, auch die Nonnen, die Arsenda gefolgt waren und sich hinter den kleinen Fenstern im zweiten Stock des Klosters drängten, sehen konnten, dass er keinerlei Waffe trug.

»Bringst du jetzt schon unbewaffnete Menschen um?«, fragte Hugo herausfordernd.

Bernat zögerte keine Sekunde. Er legte den Gürtel mit der Scheide ab, und ohne sich umzublicken oder einen Befehl zu geben, hielt er das Schwert in die Luft, damit einer seiner Männer es ihm abnahm. Genauso verfuhr er mit seinem Dolch, den Ringen und einer Kette mit einem großen goldenen Kreuz. Auch sein seidenes, perlenbesetztes Hemd zog er aus.

»Du willst, dass ich dich mit bloßen Händen umbringe?«, spottete Bernat, während seine Männer ihm die Sachen abnahmen. »Du wirst nicht der Erste sein.«

Bernat trug nur noch ein weißes, besticktes Wams, gleichfarbige Beinlinge und Schnürstiefel zum Reiten. Doch auch so bewahrte der Admiral seine Haltung, und Hugo musste schlucken angesichts der Macht, die sein Gegner ausstrahlte.

Mehr Zeit zum Denken blieb ihm nicht. Bernat stürzte sich auf ihn und schlug ihm mit der Faust in den Magen. Als Hugo sich krümmte, verpasste ihm der Admiral einen Schlag ins Gesicht. Er fiel um und blieb auf dem Rücken im Gras liegen.

»Steh auf und kämpfe«, forderte Bernat ihn auf.

Hugo schnappte nach Luft. Mühsam gelang es ihm, sich hinzuknien. Ihm dröhnte der Schädel. Geh vor niemandem in die Knie, erinnerte er sich an den Ratschlag von Herrn Arnau. Er rang sich ein Lächeln ab und wartete einen Moment, bis er sich mit letzter Kraft auf Bernat warf.

Der Admiral trat einen Schritt zur Seite und lachte. Hugo verfehlte ihn.

»Trottel!«

Hugo kam direkt vor den Männern des Admirals zum Stehen, die ihn schnappten und umdrehten, sodass er wieder ihrem Herrn gegenüberstand. Auch die Bauern waren näher gekommen, um dem Kampf beizuwohnen. Dennoch herrschte Stille.

»Das hätte ich schon vor langer Zeit tun sollen«, rief Bernat, während er auf Hugo zuging, um ihm den nächsten Schlag zu verpassen.

Doch diesmal kam Hugo ihm zuvor und erwischte den Admiral mit der Faust im Gesicht. Bernat torkelte ein paar Schritte zurück und schüttelte überrascht den Kopf. Hugo konzentrierte sich auf seinen Rivalen. Er hätte ihn noch einmal schlagen können. Er könnte es noch öfter tun. Er sollte es. Er beugte sich vor, die Fäuste ausgestreckt, aufmerksam, bereit. Brüllend stürzte Bernat sich wieder auf ihn. Hugo wich aus und stellte ihm ein Bein. Bernat fiel vor seinen Männern zu Boden. Als sie ihm auf die Beine helfen wollten, schlug er wild um sich.

Bernat kochte vor Wut. Hugo versuchte ruhig zu bleiben. Bernat änderte die Taktik und ging langsam auf seinen Gegner zu. Hugo tänzelte mit schnellen Schritten um ihn herum, sodass Bernat ihn nicht erwischen konnte.

»Du kämpfst wie ein Sklave. Traust du dich nicht, zuzuschlagen? Willst du den ganzen Tag so weitermachen, im Kreis herumlaufen und vor dem Kampf flüchten? Feigling!«

Hugo überhörte die Beschimpfungen und machte genauso weiter. Bernat schlug immer wieder zu, traf ihn jedoch kein einziges Mal. Der Admiral schnaubte, und Hugo spürte, dass er ihn besiegen konnte. Die Jungfrau stand ihm bei!

Er schnellte nach vorne und schlug ihm noch einmal ins Gesicht, doch diesmal taumelte der Admiral nicht nach hinten, sondern klammerte sich mit seinem ganzen Körper an ihn. Hugo schlug ihm immer wieder in die Seite, bis Bernat ihm plötzlich sein Knie in die Hoden rammte. Der Schmerz fuhr ihm durch den Körper. Er heulte auf und versuchte sich hilflos aus der Umklammerung zu befreien, indem er seine Hände auf Bernats Schultern legte. Die Antwort war ein weiterer Stoß in die Leiste. Und ein dritter. Endlich ließ der Admiral von ihm ab, doch ehe Hugo zu Boden ging, hielt Bernat ihn mit einer Hand am Kopf fest und schlug mit der anderen brutal auf ihn ein. Dann ließ er ihn zu Boden sacken und trat wütend auf ihn ein.

»Um Gottes willen, halt ein.«

Es war kein Schrei, nur ein Flehen, das dennoch dröhnend zwischen den Anwesenden erklang. Der Admiral sah Arsenda an.

»Warum sollte ich das?«

»Weil ich dir das Kind freiwillig gebe, ohne dass du ein Kloster stürmen und zum Feind Gottes werden musst.«

»Einfach so?«

»Ja«, antwortete Arsenda. »Ich habe nur eine Bedingung.« Bernat verzog das Gesicht. »Du lässt meine Tochter und meinen Bruder in Frieden. Und du zeigst sie nicht an.«

Der Admiral nickte.

»Ich habe kein Interesse an ihnen, vorausgesetzt, sie kommen weder mir noch meinem Sohn in die Quere.«

»Abgemacht«, stimmte die Äbtissin zu.

Hugo wollte etwas sagen und hob mühsam den Arm, um seine Schwester auf sich aufmerksam zu machen. Arsenda ging an dem Admiral vorbei und hockte sich neben Hugo.

»Nein … Tu das nicht«, brachte er mit schmerzverzerrter Miene hervor. »Das bringt nichts.«

»Doch, sonst bringt er dich um. Ich habe keine andere Wahl.«

Arsenda stand auf und bat die Bauern, das Maultier des Klosters anzuschirren und Hugo mit dem Karren nach Escaladei zu bringen, wo man seine Wunden versorgen würde.

»Komm mit«, befahl sie Bernat kühl.

Der Admiral warf sich den Umhang über die Schultern und folgte Arsenda mit seinen Männern zum Kloster. Sie nahmen den Eingang durch die Kirche.

»Du brauchst deine Waffen in diesem Haus Gottes nicht«, sagte sie zu ihm, als sie sah, dass er sich den Gürtel mit dem Schwert umschnallte. »Oder hast du Angst vor einem Dutzend Nonnen?«

»Mehr als vor einer ganzen Armee Soldaten«, erwiderte Bernat und gab seinem Hauptmann mit übertriebener Geste das Schwert zurück, während dieser den Dolch in die Hand des Admirals gleiten ließ, damit er ihn unter dem Umhang versteckte.

Arsenda bemerkte es und wandte ihm mit verächtlicher Miene den Rücken zu.

»Die anderen bleiben draußen. Und du, warte hier auf mich«, sagte sie, als sie die Kirche betraten. »In der Zwischenzeit könntest du die

Anwesenheit der Jungfrau nutzen, um deine Sünden zu bereuen und Tugend und Güte zu geloben.«

»Die Jungfrau ermutigt mich dazu, die Tugend und Güte mit dem Schwert zu verteidigen, nicht mit dem Wort.«

Arsenda antwortete nicht und verschwand hinter dem Gitter. Nach einer Weile kehrte sie zurück. Arnau war nicht bei ihr.

»Was soll das?«, brüllte Bernat.

»Nimm.« Die Äbtissin hielt ihm ein zusammengerolltes Papier hin. »Lies«, forderte sie ihn auf, als er zögerte. »Es tut dir nichts. Sobald du es gelesen hast, werde ich mein Wort halten.«

Bernat ging zum Altar mit den Kerzen und las in Ruhe den Brief, den Mercè ihrer Mutter geschrieben hatte und in dem sie von der Gefahr erzählte, in der sich Arnau Gueraos Meinung nach befunden hatte.

Arsenda bemerkte, dass er zu Ende gelesen hatte, denn obwohl er weiter auf den Brief starrte, hatten seine Lippen aufgehört sich zu bewegen.

»Dein Sohn kam vergiftet an. Wäre er bei deiner Frau in Barcelona geblieben, hätte er nur noch wenige Tage zu leben gehabt. Meine Tochter bat mich, ihn zu beschützen, bis du zurück bist. Gueraos Ermordung hat ihre Pläne durchkreuzt. Nach seinem Tod war es nicht mehr möglich, dir zu beweisen, dass sie nur zu Arnaus Wohl gehandelt hatte. Du hast ihr natürlich nicht geglaubt. Weil Mercè, meine Tochter, Arnau vor der Habgier deiner Frau beschützt hat, ist sie jetzt ein körperliches Wrack, und beinahe hättest du auch noch meinen Bruder getötet. Du solltest …«

»Wo ist mein Kind?«, unterbrach Bernat sie.

»Knie vor der Jungfrau nieder.« Arsenda drehte sich um, um Arnau zu holen. »Und leg deine Waffe vor ihr ab.«

36

Es war Caterina, die Mercè die Nachricht überbrachte. Hugos Tochter saß im Gemüsegarten in der Sonne. Ihre Füße waren noch immer verbunden, der Körper von Narben gezeichnet, und einige Finger und Zehen würden für immer gelähmt bleiben.

»Bernat ist mit Arnau aus Bonrepòs zurückgekehrt.«

Mercè ließ den Kopf sinken. Nicht einmal weinen konnte sie mehr, ihre Tränen hatte sie längst vergossen. Seit Hugo in das Priorat aufgebrochen war, hatten die beiden damit gerechnet, dass der Admiral seinen Sohn zurückholen würde.

»Und mein Vater?«

»Es gibt keine Nachrichten von ihm.« Caterina mühte sich vergeblich, gefasst zu klingen. »Bernat ist geritten. Hugo wird viel länger unterwegs sein.«

Ihre Sorge vermischte sich mit der Verwunderung über die Ereignisse, von denen sie noch am selben Tag erfuhren. Mercè saß noch im Garten, als sie das Gespräch der Gäste hörte, und ohne jede Hilfe schleppte sie sich in die Taverne. Der Admiral wolle seine Frau umbringen, hörte sie jemanden aufgeregt sagen.

»Es heißt, gleich nach seiner Ankunft sei er mit dem Schwert in der Hand in den Palast gestürmt, um die Gräfin zu suchen«, erklärte ein Mann an einem der Tische.

»Und hat er sie gefunden?«, fragte ein anderer.

»Nein, sie war ausgegangen. Eine Dienerin ist daraufhin zu ihr geeilt, um ihr zu berichten, was geschehen ist. Daraufhin ist sie zu ihrem Vater geflohen.«

»Galcerán war klug genug, sofort die Tore zu schließen. Hätte er das nicht getan, hätte der Admiral sie mit Gewalt herausgeholt. Er stand auf der Straße und hat geschworen, sie umzubringen. Bis der Vogt kam und ihn überzeugt hat, nach Hause zu gehen.«

»Hat er sie beim Vogt angezeigt?«

»Nein, der Admiral hat niemanden angezeigt.«

Mercè machte große Augen. Sie wusste nichts von dem Versprechen, das Bernat Arsenda gegeben hatte.

»Es ist völlig klar, dass diese Frau schuld ist an der Entführung des Kindes. Warum sollte der Admiral sie sonst umbringen wollen?«

»Dann soll er sie doch vor Gericht bringen«, schlug jemand vor.

»Warum sollte er das tun, wenn er sie selbst bestrafen will?«, erklärte der Gast, der am besten unterrichtet zu sein schien.

Die Männer nickten. Pedro bemerkte Mercè, die im Flur zum Garten an der Wand lehnte. Er bot ihr etwas von dem Wein an, den er zu einem der Tische brachte, doch sie lehnte ab.

Als der Junge auf dem Weg zu den Fässern wieder an ihr vorbeikam, flüsterte sie ihm zu:

»Halt mich auf dem Laufenden.« Sie machte eine Geste in Richtung der Tische. »Aber ohne dass Caterina es bemerkt. Ich will sie nicht beunruhigen.«

Pedro nickte. Caterina war oben im Zimmer und wartete auf Nachrichten von Hugo.

»Ich hätte gerne eine Mutter wie dich gehabt, die alles für ihren Sohn tut«, vertraute der Junge ihr an. »Gib nicht auf, Mercè. Ich bin immer für dich da. Du kannst auf mich zählen.«

Zwei Tage später war die Aufregung der Gäste noch größer. Bernat war erneut zu Galcerán gegangen, um die Gräfin zu holen. Die Männer – einige saßen an den langen Tischen, andere standen – schrien wild durcheinander und fielen sich gegenseitig ins Wort. Jeder glaubte mehr zu wissen.

»Die Tore waren offen«, begann einer.

»Er ist mit gezücktem Schwert hineingegangen, als wäre er im Krieg…«

»Sechs Ritter, Feudalherren aus einem von Galceráns Besitztümern, haben ihm den Weg versperrt«, fuhr der Erste fort.

»Der Admiral hatte nur zwei Soldaten dabei.«

»Sie haben gekämpft, bis der Vogt und der Amtmann und mehrere Stadträte kamen.«

»Galceráns Männer dürfen überhaupt keine Schwerter in Barcelona tragen. Weder der König noch der Stadtrat haben ihm das erlaubt«, stellte jemand klar.

»Die Soldaten des Admirals schon. Sie sind ja in Wahrheit Seeleute. Und die dürfen Waffen tragen«, fügte ein anderer Gast hinzu.

»Ja, aber Galcerán hat vorgebracht, dass seine Männer sie nur benutzen, um sich bei einem Angriff zu verteidigen, und dass er in seinem Palast bestimmt, ob jemand eine Waffe tragen darf oder nicht.«

»Da hat er recht.«

»Nein ...«

»Der Admiral hat erwidert, es gebe keinen Angriff«, kam ihm ein anderer zuvor. »Seine Frau sei dort drinnen, und er würde nicht eher ruhen, bis sie zurück bei ihm wäre.«

»Und was hat der Vogt geantwortet?«

»Dass beide Adlige und Fürsten seien und sich beruhigen sollten.«

»Es gab Verletzte ...«

»Der Admiral?«

Bernat hatte nur einen kleinen Schnitt am Arm davongetragen. Mercè horchte auf. Die Harmlosigkeit der Verletzung beruhigte sie, auch wenn sie sich das nicht eingestehen wollte. Als die Männer sich zu wiederholen begannen, humpelte sie zurück in den Garten. Trotz der Schmerzen trat sie etwas fester auf. Sie wollte, dass die Wunden heilten. Bernat war auf Leben und Tod mit dem Vater der Gräfin verfeindet, und auf die eine oder andere Weise musste sie diese neue Situation ausnutzen.

Die Nachricht von seiner Genesung in Escaladei, die Arsenda ihnen zukommen ließ, traf nur wenig früher in der Taverne ein als Hugo selbst.

Auf dem Weg nach Barcelona hatte Hugo sich an Arsendas Worte bei einem ihrer Besuche im Kloster Escaladei erinnert: »Ich bin überzeugt, dass Bernat Wort halten wird. Aber auch ihr müsst ihn und den

Jungen in Frieden lassen. Arnau wird eines Tages Macht und Reichtum erben, er ist dazu berufen, eine hohe Position in Katalonien einzunehmen, das spüre ich. Freut euch darüber. Teilt das Glück dieses Kindes! Ihr habt seinetwegen schon genug Mühen auf euch genommen. Arnau wird glücklich sein. Gott wird für ihn sorgen. Vertraut darauf und betet.«

Arsenda hatte recht, dachte Hugo. Arnau war in Sicherheit und würde ein Leben führen, wie es ihm gebührte: wie ein Fürst. Und der ewige Zwist mit Bernat hatte ihnen nichts als Scherereien und Unglück bereitet. So schmerzvoll es war, Mercè musste das verstehen. Arnau ging es gut, das war das Einzige, was zählte.

Er hörte auf seine Schwester und nahm sich vor, ein neues Leben zu beginnen, gemeinsam mit Caterina und seiner Tochter.

Nachdem er Caterina eingeweiht hatte und sich von ihr bestätigt sah, warteten sie nicht lange, um ein Gespräch mit Mercè zu führen. »Lass Arnau älter werden.« »Lass uns nicht noch mehr Ärger suchen.« »Eines Tages wird dein Sohn ein Graf sein.« »Lass uns leben.« »Vertraue auf Gott.« Mercè nickte resigniert, als sie ihre Argumente hörte. Sie wollte nicht mit ihnen streiten. Sie konnte nicht. Ihr Vater hatte alles für sie getan. Er hatte für Roger Puig spioniert, er hatte ihr eine gute Mitgift besorgt, er hatte sie gesucht und aus der Burg von Sabanell befreit, er hatte verzweifelt um Arnau gekämpft. Und Caterina, die Freigelassene, hatte sich wie eine ordinäre Hure hingegeben, um ihnen die Flucht aus dem Palast in der Calle de Marquet zu ermöglichen.

Mercè wollte ihnen nicht widersprechen und nickte bloß, als Hugo und Caterina sie dazu ermutigten, gesund zu werden, ein neues Leben anzufangen, vielleicht einen neuen Mann zu finden… »Noch einmal heiraten?«, fragte sie sich, als Caterina und Hugo gegangen waren und sie allein im Garten zurückgeblieben war. Das Einzige, was sie am Leben hielt, waren Arnau und der Traum, ihn zu umarmen und zu küssen, bevor er sie endgültig vergessen hätte.

Und dieser Traum schien in greifbare Nähe zu rücken, als sie wenig später die Neuigkeit hörte: Bernat hatte dem Vogt mitgeteilt, dass er seine Frau zwingen würde, ihm Gaspar, seinen zweiten Sohn, auszuliefern, wenn sie nicht zu ihm zurückkehrte. Er würde Gaspar genauso behandeln, wie sie seinen Erstgeborenen behandelt hatte. Mercè wusste, was diese Drohung bedeutete, die Bernat vor Galceráns Palast gebrüllt hatte, während der Vogt die Auslieferung des Jungen verlangte.

Die Gräfin und ihr Vater weigerten sich und wandten sich an Königin María, die als Stellvertreterin ihres Mannes an den Cortes in Barcelona teilnahm.

Die Sonne war noch nicht aufgegangen, als Hugo sich auf den Weg zu Higini machte. Er war zu früh, die Wechselstube hatte noch nicht geöffnet, und er musste warten. Doch das störte ihn nicht. Die Calle Ample rief unzählige Erinnerungen in ihm wach. Sie kreuzte die Calle de Marquet, in der Bernats Palast lag, und führte bis zu den Werften. Ganz in der Nähe befand sich das Kloster Mercè und oberhalb davon der Kleine Königspalast. Weiter unten gelangte man zum Strand und zu den Voltes dels Encants oder Voltes del Vi gegenüber der alten Werft, wo er gearbeitet hatte. Dort hatte er auch Bernat kennengelernt.

»Warum so schlecht gelaunt?«

Hugo hatte nicht bemerkt, dass er in Gedanken versunken den Kopf schüttelte. Er lächelte Higini zu und trat in die bescheidene Wechselstube ein. Higini hatte alles so gelassen wie damals bei Jucef: die Rechnungsbücher, das alte Rechenbrett, die Blechschere zum Zerschneiden gefälschter Münzen … Nur das rote Tuch war neu, mit dem jeder Geldwechsler seinen Tisch bedecken musste, um zu zeigen, dass er zahlungsfähig war und eine Genehmigung des Stadtrats besaß. Jucefs verblichenes Tischtuch war durch eins aus leuchtend roter Seide ersetzt worden.

Hier hatte er Saúls Weinberg geschenkt bekommen. Die Juden hatten ihn damit belohnt, weil er den Räudigen Hund an die Behörden ausgeliefert hatte. Das alles war lange her. Ein Schauder lief ihm über den Rücken. Hier, in derselben Wechselstube, würde er ein neues Leben beginnen.

»Ich kenne da einen Händler, der Weinberge im Raval anbietet, in der Nähe von …«, begann Higini, nachdem er Hugo angehört hatte.

»Ich will den, von dem ich dir erzählt habe, Higini. Kauf ihn.«

Hugo hatte genug Mittel, um zahlen zu können, was immer der Erbpächter verlangte, und falls nicht, konnte er immer noch darauf zählen, dass Higini ihm den Rest der Summe vorstreckte. Er würde dafür mit seiner Ernte bürgen.

»Ich habe Higini beauftragt, einen vertrauenswürdigen Händler zu suchen, um den Vilatorta-Weinberg zu kaufen«, verriet er Caterina noch am selben Abend.

Sie brauchte einen Moment, bis sie begriff. Dann strahlte sie über das ganze Gesicht.

»Das wird Mercè guttun. Und dir natürlich auch. Wann ist es so weit?«

»Ich hoffe, gleich nach unserer Hochzeit.«

Hugos Worte waren mehr als nur eine Liebeserklärung für sie. Bei dem Gedanken, endlich seine Frau zu werden, traten ihr die Tränen in die Augen. Das Leben, das oft so grausam zu ihr gewesen war, erfüllte ihr mit einem Mal den größten Traum: Hugos Frau zu sein, des einzigen Mannes, den sie je geliebt hatte. Sie lachte und weinte gleichzeitig und warf sich in seine Arme. Zum ersten Mal war sie wirklich glücklich.

Obwohl es im Laufe der Jahre einige Veränderungen erfahren hatte, war das Kelterhaus noch gut zu erkennen. Hugo ließ die beiden Frauen stehen und tat so, als wollte er sich nur ein bisschen umsehen. In Wahrheit suchte er die Risse in der Mauer, durch die man unbemerkt in das Gebäude spähen konnte, in dem Dolça, ihre Mutter und Regina ihre Patientinnen behandelt hatten. Sie waren nicht mehr da. Seit er sich an diese Wand gedrückt und beim Anblick der nackten Frauen, zwischen deren Beinen Räucherkerzen brannten, eine Gänsehaut bekommen hatte, waren mehr als dreißig Jahre vergangen. Er betrachtete die gut gepflegten Weinberge. Die Ländereien außerhalb der Stadtmauern gehörten schon lange nicht mehr Jacob oder David und Saúl, seinen Söhnen, und auch nicht mehr Eulàlia. Alles war verkauft worden.

Mit dem Vertrag, um den sich ebenfalls Higini und der Händler kümmerten, gab es keine Schwierigkeiten. Die jetzige Besitzerin, die Witwe eines Kaufmanns, gehörte einer höheren Schicht als Hugo an, der nur ein einfacher Wirt war, weshalb er dem Erbpächter einen spürbar höheren Betrag bezahlen musste, als das Grundstück wert war, um an ihre Stelle treten zu können.

»Ich glaube, dein Vater ist glücklicher als an unserem Hochzeitstag«, sagte Caterina zu Mercè, während sie zusahen, wie er zärtlich über einen der Rebstöcke strich.

»Das ist eine andere Art von Freude«, versuchte Mercè sie zu beruhigen, obwohl sie Caterina gut verstehen konnte. »Das kann man nicht vergleichen.«

»Natürlich nicht. Die jetzige ist ausgelassen, die bei unserer Hochzeit war eher … zurückhaltend«, sagte Caterina lachend.

Die Hochzeit in der Kathedrale Santa María del Mar war eher schlicht gewesen. Caterina hatte es selbst so gewollt. »Ich will den Leuten nicht noch mehr Anlass zum Tratschen geben«, hatte sie Hugo erklärt. Sie hatten nur wenige Gäste eingeladen: Mercè, Pedro, Pater Juan, ein paar befreundete Weinhändler und fünf oder sechs Kaufleute, mit denen Hugo Geschäfte gemacht hatte. Von Caterinas Seite waren Llúcia, Simón und einige andere Freigelassene gekommen. Gefeiert hatten sie in der Taverne, mit gutem Essen und noch besserem Wein.

»Das stimmt nicht. Vater ist sehr glücklich, dich geheiratet zu haben«, entgegnete Mercè.

»Ich bin nicht eifersüchtig auf diesen Weinberg«, scherzte Caterina. »Die Freude deines Vaters ist auch meine. Und hoffentlich auch deine.«

Mercè stieß einen tiefen Seufzer aus.

»Ich bitte dich, versuch es wenigstens«, ermutigte Caterina sie, als sie Mercès Widerwillen spürte, auf diesem Stück Land zu arbeiten.

Mercè hatte nicht gewagt, es ihrem Vater zu sagen. Sie wollte seine ausgelassene, fast kindliche Freude nicht trüben, doch sie hatte keine Kraft und noch viel weniger Lust, ihn bei diesem Abenteuer zu begleiten. Und das sagte sie Caterina auch.

»Ich kann immer noch nicht richtig gehen, und meine Hände …« Sie zeigte ihre lädierten Finger. »Wie soll ich denn so arbeiten?«

»Deine Füße werden heilen. Das sagen die Ärzte. Dann kannst du …« Mercès Gesichtsausdruck ließ sie verstummen. »Da hinten«, fuhr sie nach einer Weile fort, »liegt das Gut, das Herrn Rocafort gehört hat. Ich weiß nicht, ob es immer noch seins ist, ich habe seit vielen Jahren nichts mehr von ihm gehört. Ich war noch ein Kind und gerade erst mit dem Schiff angekommen, als man mich dorthin gebracht hat. Dort hat Roger Puig mich zum ersten Mal vergewaltigt, bevor er mich gekauft hat, und dort wäre ich gestorben, wenn dein Vater nicht gewesen wäre. Alle hatten mich schon aufgegeben, aber er wollte, dass ich gesund werde.«

Einen Moment lang erinnerte sie sich an Regina. Mit Hugos Hilfe hatte Regina ihr das Leben gerettet. Sie schüttelte den Kopf, um die schmerzhaften Gedanken zu vertreiben, und sagte sich, dass die Regina, die eingemauert gestorben war, nichts mit jener Jüdin zu tun hatte, die sie als Mädchen behandelt und geheilt hatte.

»Ich glaube, jetzt tut dein Vater alles dafür, damit *du* gesund und glücklich wirst«, brach Caterina schließlich das Schweigen.

»Pah!«

»Du solltest das nicht gering schätzen. Du weißt, wie stur er sein kann, wenn er sich einmal etwas in den Kopf gesetzt hat.«

Wie König Alfonso vorausgesagt hatte, wurde sein Bruder, der Infant Enrique von Aragonien, vom kastilischen Monarchen eingesperrt. Zu den unerfreulichen Ereignissen in Kastilien kamen die immer neuen Intrigen in Neapel, vor denen seine Minister ihn gewarnt hatten. Papst Martin V. akzeptierte die Adoption Alfonsos durch Königin Juana und erließ eine Bulle, in der er ihn als Thronfolger bestätigte, doch gleichzeitig konspirierte er gegen ihn und verschwor sich mit den Herzögen von Anjou und Mailand. Sforza, der Condottiere im Dienst des Herzogs von Anjou, wechselte auf die Seite von Juana und Alfonso, um diesen später zu verraten, in Neapel anzugreifen und ihm eine schwere Niederlage zuzufügen. Königin Juana änderte einmal mehr ihre Meinung, widerrief die Adoption Alfonsos und adoptierte an seiner statt den Herzog von Anjou als Thronfolger des Königreichs Neapel. Außerdem ernannte sie ihn zum Herzog von Kalabrien, ein Titel, den sie zuvor bereits Alfonso verliehen hatte. Hinzu kam der Klüngel der neapolitanischen Adligen, wankelmütig wie ihre Herrscherin, und die ständigen Konspirationen des Seneschalls.

1422 rief Königin María in Barcelona Cortes ein, um wieder einmal um die finanzielle Unterstützung für eine neue Armada zu bitten, die nach Neapel auslaufen sollte, um dem König beizustehen, der in das Castel Nuovo geflohen war und sich in einer kritischen Lage befand.

Die drei Gewalten, aus denen sich die katalanischen Cortes zusammensetzten, fanden sich in Barcelona ein: der kirchliche, der militärische und der königliche Arm. Wieder einmal erlebte die Stadt die Ankunft der zahlreichen Mitglieder der Cortes und ihrer Gefolge. In der Taverne in der Calle de la Boquería herrschte Hochbetrieb. Tagsüber bedienten und verkauften sie, nachts destillierten sie Schnaps. Hugo konnte viel seltener zu seinem Weinberg gehen, als er sich das gewünscht hätte. Er wurde in der Taverne gebraucht, und selbst Mercè, die sich einigermaßen von den Verletzungen an ihren Füßen erholt hatte, leistete ihren Beitrag und half, so gut sie konnte, mit.

Die von Königin María im Kapitelsaal der Kathedrale geleiteten Sitzungen begannen mit verschiedenen Anträgen und Vorschlägen für Gesetzesänderungen, doch als es um die finanzielle Unterstützung des Königs ging, erhoben viele Gemeindevertreter Widerspruch und blockierten zur Verzweiflung der Königin jede Entscheidung.

Galcerán Destorrent nutzte seinen Einfluss, um Druck auf die Städte und Gemeinden auszuüben, damit sie ihre finanzielle Unterstützung verweigerten. Es dauerte nicht lange, und die Königin erfüllte die Wünsche des Patriziers.

»Sie hat den Admiral zu sich bestellt …«, hörten sie einen Pfarrer in der Taverne sagen.

»Er ist kein Admiral mehr«, bemerkte ein anderer.

»Gewiss«, bestätigte der Pfarrer. »Sie hat ihn also zu sich bestellt, und er ist in die Kathedrale gekommen, ich war selbst dabei. Und dort hat die Königin ihn abgesetzt.«

»Warum?«

»Weil er ihr den Gehorsam verweigert hat. Bevor die Sitzung begonnen hat, hat die Königin um Ruhe gebeten und zu dem Admiral gesagt …«

»Er ist keiner mehr.«

»Gut, also zu dem Grafen … Sie hat gesagt, dass seine Frau unter ihrem persönlichen Schutz stehe und ein Anschlag auf die Gräfin einem Angriff auf sie selbst gleichkomme.«

»Und?«

»Der Graf hat erwidert, dass seine Frau gerne unter ihrem Schutz oder dem des Königs selbst stehen könne, er würde sie trotzdem töten, sobald sich ihm die Gelegenheit dazu böte. Die Gräfin habe einen Anschlag auf seinen Erstgeborenen verübt und seinen Verwalter ermordet, und so etwas würde er nicht hinnehmen, und das sollten auch die Könige nicht, für die er jahrelang sein Leben aufs Spiel gesetzt habe.«

»Er sagte, er würde die Gräfin töten?«, fragte jemand inmitten der ungläubigen Ausrufe der Anwesenden.

»Ja. Er hat damit gedroht, sie zu töten.«

Für einen Moment trat Stille ein. Bis jemand fragte, was auch Mercè und viele andere wissen wollten.

»Und was hat die Königin getan?«

Der Mann schnaubte.

»Sie ist rot angelaufen, hat sich wütend vom Thron erhoben und ihn angeschrien, doch ihre Minister konnten sie beruhigen.«

»Und?«

»Der Bischof hat wiederholt, dass die Gräfin unter königlichem Schutz stehe, und Bernat davor gewarnt, ihr etwas anzutun.«

Die Leute konnten es kaum erwarten, dass der Mann fortfuhr.

»Und der Graf?«, ermunterte ihn einer.

»Er hat es noch einmal gesagt«, verkündete er fast triumphierend. »Er hat versichert, sie zu töten, sobald sich ihm die Gelegenheit bietet. Und dass sie nichts weiter als eine räudige Hündin sei, die den Tod verdient habe.«

Fragen und Rufe ertönten wild durcheinander. Mercè musste sich zusammenreißen. Am liebsten hätte sie die Männer zum Schweigen aufgefordert, weil sie das Ende hören wollte.

»Ein paar andere Grafen haben versucht, ihn zu überzeugen, die Befehle der Königin zu befolgen«, sagte jemand, als wieder Stille eingetreten war, »doch er hat sich geweigert und sich lediglich dafür entschuldigt, an einem heiligen Ort laut geworden zu sein. Der Bischof hat ihn aus der Kathedrale geworfen. Die Königin weiß, wie viel der König von ihm hält und wie dankbar er ihm für seine Dienste ist. Deshalb will sie abwarten, was der König zu seinem unverschämten Auftritt sagt, aber sie wird ihn auf jeden Fall seines Amtes als Admiral der katalanischen Armada entheben, wie Galcerán es gefordert hat. Der König braucht das Geld.«

»Und was hat dieser Galcerán dazu gesagt? War er dabei?«

»Er wagt nicht, persönlich zu den Cortes zu gehen. Er schickt immer nur einen Bevollmächtigten.«

Mitte Mai 1422 verabschiedeten die Bürger Barcelonas eine Armada aus zweiundzwanzig Galeeren und acht weiteren Schiffen, die Admiral Juan Ramón Folch, Graf von Cardona, befehligte. Fünftausend bewaffnete Männer, deren Lohn und Unterhalt zusammen mit den Ausgaben der Armada sechs Monate lang vom Fürstentum Katalonien getragen würden.

Während sich Tausende von Soldaten in der Stadt aufhielten, tranken und sich mit Schnaps für die Reise eindeckten, liefen die Geschäfte für Hugo und seine Familie prächtig. Und weil Bernat nicht länger ihr Admiral war, durfte Hugo die Armada auch mit Wein für die Überfahrt nach Neapel versorgen.

»Ich habe immer davon geträumt, mit dir zusammen auf diesem Stück Land die Trauben zu ernten«, verriet Hugo Mercè.

Es war September 1422. Hugo erinnerte sich, wie er mit seiner Tochter die Trauben im Weinberg gelesen hatte, den das Hospital Santa Cruz im Raval besaß. Damals war sie ein kleines Mädchen gewesen, das aufgeregt mit den Händen herumgefuchtelt hatte, um die Fliegen zu verscheuchen, die der süße Traubensaft angelockt hatte. Seit ihrer Folterung war mehr als ein Jahr vergangen, und Mercè bewegte sich ruhig und vorsichtig, um nicht falsch aufzutreten. Die Narben waren unter ihren Kleidern verborgen, und die einzigen sichtbaren Folterspuren waren die drei gelähmten Finger.

Mercè hatte sich jedes Mal mit ihren Leiden entschuldigt, um Hugo nicht im Weinberg helfen zu müssen. Sie wollte es nicht und fühlte sich außerstande, bei dem mitzumachen, was Hugo für ein einziges Fest hielt, ein Geschenk Gottes, auch wenn er Tag für Tag erschöpft und verschwitzt von der Arbeit nach Hause zurückkehrte.

Caterina kam ihr zu Hilfe.

»Deine Tochter kann nicht auf dem Feld arbeiten, Hugo. Lass sie hier. Sie hilft mir in der Taverne. Nimm Pedro mit und bring ihm alles bei, er hat es verdient.«

Pedro war längst kein Kind mehr. Er war zwanzig Jahre alt und hatte sich in einen nicht sehr großen, aber gesunden und kräftigen Mann verwandelt, der sich nach einer jungen Frau sehnte, die er heiraten konnte.

Hugo genoss es, Pedro zu unterrichten, und sah bereits seinen Nachfolger in ihm. Der junge Mann gehörte schon lange zur Familie und lernte bereitwillig und fleißig, so wie er selbst zu der Zeit, als er mit Mahir gearbeitet hatte, aber vor allem – und das freute Hugo am meisten und überzeugte ihn endgültig – zeigte Pedro Liebe und Respekt für die Rebstöcke und die Erde.

Von dem Moment an befreite Mercè sich von dem Druck ihres Vaters. »Kannst du dir mich mit einer Hacke in der Hand vorstellen?«, beruhigte sie Pedro an dem Tag, als dieser verlegen davon sprach, dass er künftig an der Seite ihres Vaters im Weinberg arbeiten werde.

Doch die Weinlese war etwas, was Hugo unbedingt mit seiner Tochter genießen wollte, wie er es sich so oft erträumt hatte. Sie schlossen die Taverne und machten sich alle gemeinsam auf den Weg zum Weinberg. Simón lieh ihnen seine Maultiere, um die Trauben zu transportieren. Auch er und Llúcia kamen zu dem Fest. Als die Lese begann, lauschten alle gebannt Hugos Anweisungen.

»Habt ihr eure Messer?« Er zeigte ein Gerät, das mit seiner gebogenen Klinge einer kleinen Sichel ähnelte. »Ihr müsst die Trauben so abschneiden, dass die Rebe nicht beschädigt wird. Ihr dürft nicht an den Trauben ziehen, der Stängel ist sehr kräftig, und wenn ihr zu stark daran zieht, beschädigt ihr die Pflanze.« Alle standen um die Rebe herum, die Hugo für seine Erklärungen ausgewählt hatte. »Wenn ihr die Trauben abgeschnitten habt, müsst ihr sie von Blättern und Ungeziefer befreien, und verfaulte, angefressene oder matschige Beeren kommen auch weg. Dann legt ihr die Trauben vorsichtig in den Korb. Sie dürfen weder geworfen noch gequetscht werden. Das Quetschen kommt später, am Ende der Weinlese.« Hugo lachte. »Es gibt Essen und Trinken, und wir werden eine Menge Spaß haben, wenn wir die Trauben mit den Füßen zerstampfen. Aber zurück zur Arbeit. Ihr werdet sehen, es gibt verschiedene Arten von Trauben. Die einen sprießen an den Knospen der Rebe. Das sind die besten. In einen Korb. Diese…« Er nahm ein paar andere Trauben. »Das sind die an den Stielen. In einen anderen Korb. Und zum Schluss noch die Trauben, die sich nicht richtig entwickelt haben und nur kleine Beeren haben. Die kommen in einen dritten Korb.«

»Wir schauen dir einfach zu und fragen dich«, unterbrach Caterina ihn.

»Das geht nicht«, erwiderte Hugo. »Ich werde bei Mercè sein. Da hinten, an der Grenze zum Vilatorta-Grundstück.«

Zu sehen, wie seine Tochter die Trauben von denselben Reben las, deren Wein er hätte servieren sollen, um Dolças Hochzeit mit ihrem Vetter Saúl zu feiern, löste bei Hugo einen Sturm heftiger Gefühle aus. Anfangs konnte er sich kaum auf die Arbeit konzentrieren.

»Ich fände es schön, wenn du es machst«, bat er seine Tochter. »Das ist etwas ganz Besonderes. Der Wein aus diesen Trauben bedeutet mir sehr viel.«

Ungelenk schnitt Mercè eine Traube ab. Sie betrachtete sie, machte sie sauber und legte sie behutsam in den Korb. Dann drehte sie sich zu ihrem Vater um. Seine Augen waren feucht, und sein Kinn zitterte.

»Mach weiter, bitte«, sagte er mit belegter Stimme.

Die nächste Traube.

Genau dort, vielleicht einen oder zwei Schritte weiter, neben dieser Rebe oder jener, hatten Dolça und er sich geliebt. Kurz darauf war sie ermordet worden.

Mercè machte weiter.

Aus diesen Trauben hatte er den besten Wein ganz Kataloniens hergestellt, bevor er das Land an Eulàlia und ihren Vater verloren hatte. Doch jetzt war es wieder seines.

»Mit diesen Reben verbindet Ihr mehr als nur Wein, oder?« Mercès Frage holte ihn in die Wirklichkeit zurück.

Hugo nickte.

»Als du noch ein kleines Mädchen warst, habe ich dir versprochen, dass dieses Land einmal dir gehören wird.«

Mercè rang sich ein Lächeln ab und drehte sich weg, um weiterzuarbeiten.

»Gott hat es gut mit mir gemeint und mir erlaubt, nach all den Jahren und Wechselfällen des Lebens heute mit dir hier zu sein. Du darfst nicht aufgeben, glaub mir. So wie mein Traum in Erfüllung gegangen ist, wirst du eines Tages wieder mit Arnau zusammen sein.«

»Ich will nicht jahrelang warten!« Mercès Schrei hallte über das Land und scheuchte die Vögel auf, die erschrocken aufflatterten. »Ich will ihn jetzt! Glaubst du, der neue Graf von Navarcles kommt eines Tages hier vorbei, um mit mir Trauben zu lesen? Jeden Tag entfernt er sich ein Stückchen weiter von mir. Er erkennt mich nicht einmal mehr! Seine eigene Mutter! Ihr habt Eure Tochter nicht verloren, Vater, Ihr habt nur einen verdammten Weinberg verloren. Was hat Gott mir denn gegeben außer Unglück?«

Caterina kam besorgt angelaufen. Mercè wandte ihrem Vater den Rücken zu, warf das Messer auf den Boden und ging davon.

»Mercè ...«, rief Hugo ihr nach.

»Ich will Arnau jetzt, Vater«, wiederholte sie, ohne sich umzudrehen. »Heute noch, an diesem Abend.«

Hugo und Caterina sahen sie zwischen den Rebstöcken davongehen, bis sie am Ende des Weinbergs den Weg nach Barcelona einschlug.

Der Wein aus diesen Trauben konnte unmöglich gut werden, dachte Hugo, als er zurück in der Taverne war. Nachdem Mercè gegangen war, hatten sie schweigend weitergearbeitet. Danach hatten sie die Trauben in einem großen Bottich gekeltert. Caterina hatte versucht, sie aufzumuntern, aber alle hatten nur gequält gelächelt, und das, was ein fröhliches Fest hätte werden sollen, war schweigend zu Ende gegangen. Nein, dieser Wein würde nicht gut werden, egal, ob man ihn mit Früchten, Gewürzen oder Schnaps vermengte. Man musste die Pflanze, die Traube, den Most und den Wein lieben, ihm die Kraft und die Leidenschaft mitgeben, die bei allen Schritten nötig waren, um das Geschenk zu vollenden, das die Götter den Menschen gemacht hatten. Dagegen würde dieser Wein aus zerstreut geernteten und gleichgültig gepressten Trauben immer mit dem Stigma behaftet sein, dass seine Tochter im selben Moment gegangen war, als sich für ihn ein Traum erfüllt hatte … *sein* Traum, wie Mercè ihm deutlich zu verstehen gegeben hatte.

Die Taverne war geschlossen. Alles war still. »Sie hat einen Schlüssel«, bemerkte Caterina. Sie stiegen zu Mercès Zimmer hinauf. Es war leer. Hugo schüttelte den Kopf. »Sie wird …«, wollte Caterina ihn beruhigen, bevor er sie schroffer unterbrach als beabsichtigt.

»Sie wird zu Bernats Palast gegangen sein, so wie immer, und darum flehen, ihren Sohn sehen zu dürfen.«

»Wir haben uns getäuscht, als wir glaubten, sie könnte ihn vergessen … Nein, nicht vergessen, das ist das falsche Wort«, korrigierte Caterina sich sofort. »Du weißt, was ich meine … Lass sie. Sie wird schon wiederkommen.«

Hugo rief sich die Ereignisse der letzten Zeit in Erinnerung und spürte, wie sich ihm bei dem Gedanken an seinen Egoismus der Magen zusammenschnürte.

»Ich gehe sie suchen.«

Caterina nickte. Sie hatte seinen Entschluss vorausgesehen.

»Bring sie zurück«, flüsterte sie, nachdem sie ihm einen Kuss gegeben hatte.

Diesen Wunsch konnte er ihr nicht erfüllen. Mercè war nicht beim Palast gewesen. Zumindest versicherte ihm das die Wache, obwohl er das Gefühl hatte, dass der Mann log.

Der junge Soldat wich Hugos Blick aus, ehe er sich Hilfe suchend zu seinem Kameraden umdrehte. Der spuckte auf den Boden und verzog verächtlich das Gesicht. Warum sollten sie einem Feind des Grafen eine Erklärung schulden?

»Ich will den Admiral … den Grafen von Navarcles sehen«, sagte Hugo zu dem älteren Soldaten. »Ich bin …«

»Ich weiß, wer du bist, und auch, dass der Graf dich nicht empfangen will.«

»Fragt ihn noch einmal«, verlangte Hugo.

Der Soldat gab ein dumpfes, hämisches Lachen von sich.

»Verschwinde«, forderte er ihn auf und drehte sich weg.

»Bist du sicher, dass meine Tochter nicht hier war?«, fragte er den jungen Soldaten, sobald der andere sich ein paar Schritte entfernt hatte.

»Ja.«

»Vielleicht war sie ja hier, als du keine Wache hattest…«

»Schmeiß ihn raus!«, brüllte der Veteran.

»Geh vom Tor weg.« Der junge Soldat stieß ihn mit der Lanze. »Zum letzten Mal, deine Tochter war nicht hier.« Wieder wich er Hugos Blick aus. Als er es bemerkte, schien er seinen Fehler wiedergutmachen zu wollen, indem er ihn noch heftiger mit der Lanze wegstieß. »Raus!«

Mercè hatten sie nicht mit der Lanze wegstoßen müssen. Am selben Nachmittag war sie weinend vom Palast weggelaufen. Wegen ihrer verletzten Füße bewegte sie sich noch immer ungeschickt und war mehrmals gestolpert. Die Soldaten sahen sie hinfallen. Ein paar Bürger versuchten ihr aufzuhelfen, doch sie riss sich los und rannte weiter in Richtung Strand. Sie hatte gefleht, ihren Sohn sehen zu dürfen. Die Wachen hatten es ihr verwehrt, und obwohl sie versuchten, sie hinauszuschmeißen, war sie nicht gegangen und hatte immer wieder verzweifelt nach Arnau gerufen. Schließlich war der Hauptmann gekommen und hatte sie entnervt von oben bis unten gemustert.

»Ich will nur meinen Jungen sehen«, schluchzte Mercè.

Der Hauptmann verzog das Gesicht.

»Du willst wirklich, dass ich ihn hole?«, fragte er.

»Ja!«

»Bist du sicher?«

»Natürlich. Das ist das Einzige, was ich will. Was…?«

Mercè zögerte. Ihr Blick folgte dem Zeigefinger des Mannes, der auf die schmutzigen Verbände an ihren Füßen und ihre ebenso verdreckten Schuhe gerichtet war. Der Finger fuhr durch die Luft und machte sie auf ihre alten, abgetragenen Kleider aufmerksam, die sie für die Weinlese angezogen hatte. Der Hauptmann sah ihr in die Augen und grinste spöttisch. Mercè fuhr sich mit der Hand durch das strohige, verklebte Haar, und ihre verkümmerten Finger verhedderten sich in einer filzigen Strähne. Sie betrachtete die Narben an ihren Armen. Ihre Augen füllten sich mit Tränen. Einem wohlbehüteten sechsjährigen Kind, das seine Mutter längst vergessen hatte, musste sie wie ein Ungeheuer erscheinen.

»Ich hole ihn.« Die Worte des Hauptmanns klangen wie eine Drohung.

»Nein! Um Gottes willen! Tut das nicht!«, flehte Mercè.
»Wolltest du ihn nicht unbedingt sehen?«
»Nein!«, rief sie und wich in die schmale Calle de Marquet zurück.

Die Glocken der Kathedrale Santa María del Mar läuteten an diesem letzten Sonntag im September des Jahres 1422 zur Messe. Hugo lief auf der Plaza de Santa María auf und ab und wartete darauf, dass Bernat wie gewöhnlich zum Gottesdienst ging. Seit drei Tagen hatte er nichts von Mercè gehört. Bernat empfing ihn nicht in seinem Palast, genauso wenig wie der Vogt, als er Mercès Verschwinden melden wollte. »Schon wieder?«, hatte sich einer der Amtsdiener über ihn lustig gemacht. Als Hugo seine Anzeige mit dem Gefühl begründete, die Soldaten hätten gelogen, und Mercè würde im Palast des Grafen gefangen gehalten, warfen sie ihn auf der Stelle raus. Sie unternahmen nichts.

Jetzt lief er auf dem Platz auf und ab. Santa María del Mar, immer wieder die Kathedrale Santa María del Mar, dachte er und sah zu den schlanken, achteckigen Glockentürmen auf. Hier hatten sich die Ereignisse zugetragen, die sein Leben geprägt hatten. Er schaute zu Caterina hinüber, die ihn aus der Ferne beobachtete. Als er ihr von seinem Vorhaben erzählt hatte, hatte sie die Tränen unterdrückt. »Und wenn er leugnet, dass er sie gefangen hält? Was dann?« Er wusste es nicht. Er hatte sich die Frage nicht einmal gestellt. Bernat konnte ihn töten. Er wollte es bereits in Bonrepòs, doch Arsenda hatte ihn daran gehindert. Die Vereinbarung, die sie mit Bernat getroffen hatte, war nichts mehr wert. Jetzt, wo Mercè sie gebrochen hatte, gab es keinen Grund mehr für Bernat, sie einzuhalten.

Wieder läuteten die Glocken. Hugo ließ den Blick über die Leute schweifen, die sich auf dem Platz versammelten, einige sogar auf dem Friedhof. Er rechnete damit, dass sie jeden Moment respektvoll zur Seite treten würden, um den Grafen vorbeizulassen. So wie sie es bei allen anderen Adligen und hohen Persönlichkeiten getan hatten, die bereits gekommen waren, um die Messe zu besuchen. Was Hugo nicht auffiel, konzentriert, wie er auf die Ankunft des Grafen war, waren die ungewöhnlich vielen Menschen, die in der milden Septembersonne warteten, ohne in die Kathedrale zu gehen.

Caterina bemerkte es sehr wohl. Es waren vor allem Freigelassene und Sklaven, aber auch viele andere: Seeleute, *Bastaixos,* Handwerker. Männer und Frauen. Sie selbst hatte die Freigelassenen gerufen, nachdem der Vogt Hugos Anzeige nicht weiterverfolgt hatte. Bei einem Wein in der Taverne hatte sie sie um Hilfe gebeten. Die Nachricht sprach sich wie ein Lauffeuer herum. Sklaven und Freigelassene machten sich auf die Suche nach Mercè, nachdem ein Sklave aus dem Palast in der Calle de Marquet gemeint hatte, dass sie sich nicht dort befände, andernfalls wüsste er das, selbst wenn sie im tiefsten und dunkelsten Verlies des Palastes versteckt gehalten würde. Die Leute wussten vom Verschwinden dieser ebenso hilflosen wie mutigen Frau, die drei Folterungen überstanden hatte. Dass der Graf von Navarcles seine zweite Frau umbringen wollte, nachdem er sein Kind zurückhatte, zerstreute die letzten Zweifel an Mercès Unschuld.

Viele glaubten, der Graf habe sie erneut entführt und halte sie irgendwo gefangen.

Das Gemurmel auf dem Platz verstummte, als Bernat in Begleitung mehrerer Soldaten eintraf. Er war prächtig, ganz in Schwarz gekleidet, ohne Schwert, auch wenn der Griff eines Dolches aus seinem Gürtel ragte. Die Leute bildeten eine Gasse, die fast bis zu der Stelle reichte, wo Hugo stand. Der Graf verlangsamte einen Moment seinen Schritt, runzelte die Stirn, schnaubte und ging entschlossen auf Hugo zu. Er wusste von der Anzeige und den Gerüchten, dass er Mercè in seinem Palast gefangen halte, der Vogt persönlich hatte ihm davon erzählt. Er hatte ihm angeboten, das Gebäude zu durchsuchen, doch der Vogt hatte abgelehnt und erklärt, dass ihm sein Wort genüge. Trotz allem ließ das Gerede nicht nach, wie ihm sein neuer Verwalter, der Sekretär und die Diener berichteten. Er konnte nur abwarten, bis Mercè wieder auftauchte, tot oder lebendig, hatte sich Bernat nicht ohne einen Anflug von Kummer gesagt. Wenn seine Männer nur halb so viel Mut und Beharrlichkeit hätten wie diese Frau, könnten sie die ganze Welt beherrschen, sagte er sich. Er konnte durchaus Bewunderung für den Mut anderer Menschen empfinden, doch dass dies einmal für Mercè gelten würde, die er verstoßen und grausam behandelt hatte, hätte er nie für möglich gehalten. Ebenso wenig wie die Tatsache, dass Hugo ihn nach der Tracht Prügel, die er ihm in Bonrepòs verabreicht hatte, noch einmal herausfordern würde, und das in aller Öffentlichkeit, vor seiner Kirche, der Kathedrale Santa María del Mar. Denn genau das schien der Wirt jetzt vorzuhaben, so wie er da stand: ruhig, aufrecht, in seinem Weg.

»Was willst du jetzt schon wieder?«, rief Bernat, als er nur noch wenige Schritte von Hugo entfernt war.

»Meine Tochter.«

»Ich habe sie nicht.« Bernat war direkt vor ihm stehen geblieben. »Ich will deine Tochter nicht, verstehst du? Nicht einmal als Sklavin würde ich sie wieder bei mir aufnehmen. Jetzt lass mich, ich bin dir keinerlei Erklärung schuldig.« Er versuchte Hugo mit einer Hand zur Seite zu schieben, da er auf keinen Fall um ihn herumgehen wollte, selbst wenn dort noch so viel Platz gewesen wäre.

Hugo rührte sich nicht von der Stelle und behielt ihn wachsam im Auge. Der Graf lief vor Zorn rot an und hob die Faust, um ihn zu schlagen.

»Warum sagst du, dass du ihm keine Erklärung schuldig bist?«, rief in dem Moment einer der Schaulustigen.

Bernat hielt inne und wandte sich um. Ein alter Mann war einen Schritt nach vorne getreten.

»Warum bist du ihm keine Erklärung schuldig, wenn man dir vorwirft, eine Bürgerin Barcelonas entführt zu haben?«, beharrte der Alte.

Bernat schüttelte den Kopf und schnalzte verächtlich mit der Zunge, während auf dem Platz Gemurmel anschwoll.

»Ich habe keine Zeit, mit dir zu streiten, alter Mann. Ich muss in die Kirche.«

»Du bist nicht würdig, diese Kirche zu betreten.« Bernat brauchte einen Moment, um sich von der Überraschung zu erholen. »Mehr noch, ich erlaube dir nicht, in diese Kirche zu gehen.«

»Du?«

Auch Hugo sah den Alten sprachlos an. Er hatte das Gefühl, ihn von irgendwoher zu kennen.

»Ja, ich. Ich habe die Kathedrale Santa María del Mar errichtet, so wie viele hier.«

Der alte Mann ließ seinen Blick über die versammelten Menschen schweifen. Einige nickten, und ein paar von ihnen, ebenfalls alte, traten vor, um ihm beizustehen.

Es waren *Bastaixos*! Hugo erkannte den Mann und seine Kollegen wieder. Tausende Male hatte er mit ihnen am Strand gesprochen.

»Und wenn nicht sie selbst, dann ihre Väter. So wie deiner, Bernat Estanyol.« Der alte Mann sah dem Grafen in die Augen. »Ja, mein Vater hat Seite an Seite mit deinem gearbeitet und Steine für diese Kirche geschleppt.«

»Was willst du mir damit sagen?«, fragte Bernat.

»Meine Familie hat Verbindungen zu der deiner Mutter, die auch eine Tochter von *Bastaixos* ist.« Bernat breitete die Arme aus und zuckte mit den Schultern. »Dieses Gotteshaus gehört dem Volk. Es gehört weder dem König noch der Stadt, nicht einmal der Kirche … und noch viel weniger Adligen wie dir. Das Volk verbietet dir den Zutritt zur Kathedrale Santa María del Mar.«

Bernat lachte aus vollem Halse.

»Und wer ist das Volk?«, begann er, um gleich wieder zu verstummen, als er sah, wie sich erst eine Frau, dann noch eine und ein Mann, die mit ihrer Entschlossenheit viele weitere mitrissen, vor dem Eingang der Kathedrale aufbauten – vor den großen Türflügeln, deren einzige Verzierung die Bronzefiguren einiger Steine tragender *Bastaixos* waren.

»Du willst dich mit dem Volk anlegen? Dort, bei ihnen, ist der edle und großzügige Geist deines Vaters, Bernat Estanyol. Mit deiner Überheblichkeit und Willkür beleidigst du seine Erinnerung.«

»Tu es nicht.« Hugo ahnte, was Bernat durch den Kopf ging.

»Das sind nur ein paar alte Leute«, murmelte der Graf zu Hugos Überraschung, der nicht mit einer Antwort gerechnet hatte. »Die halten keine zwei Faustschläge aus.«

»Und was würdest du damit erreichen? Du könntest die Kirche betreten, kein Zweifel, aber eine Kirche ist mehr, findest du nicht? Eine Kirche besteht aus genau diesen Leuten, die da vor der Tür stehen.«

Bernat betrachtete die menschliche Barriere, die ihm den Zutritt verwehrte. Das einsetzende Glockenläuten brachte ihm die Erinnerung an den Tag zurück, als die Kathedrale eingeweiht wurde und er sie an der Hand seines Vaters betrat. Genau wie heute waren die Leute auf dem Platz zur Seite getreten und hatten seinem Vater, Arnau Estanyol, Platz gemacht. Sie hatten eine Gasse bis zum Altar gebildet, wo die höchsten Würdenträger ihn erwarteten. Sein Vater war bei den einfachen Bürgern stehen geblieben, zwischen *Bastaixos,* Seeleuten und Fischern. So war es immer gewesen in Santa María del Mar, bis zu seiner triumphalen Rückkehr nach Barcelona als Admiral der katalanischen Armada. Seitdem hatten er und die Seinen Sitzplätze nahe dem Hochaltar, und die einfachen Leute, dieselben, die ihm heute den Zugang zur Kirche verwehrten, mussten weiterhin hinten stehen. »Siehst du, wie sie lächelt?«, hatte sein Vater ihn an jenem Tag gefragt und auf die Jungfrau des Meeres gezeigt. Nein, er hatte es nicht gesehen. Er hatte sie nie lächeln sehen.

Bernat schwindelte. Er musste sich zusammenreißen, um stehen zu bleiben, so schwach fühlte er sich plötzlich. Er wusste, dass die Leute ihn hassten, er fühlte sich einsam, einsam und alt. Er betrachtete sie und begriff, dass sein ganzes Leben auf diesen einen Augenblick hinausgelaufen war. Seine Jahre als Korsar hatten ihn hartherzig gemacht, doch er bereute es nicht. Er wurde gefürchtet, doch die Männer und Frauen, die ihn jetzt herausforderten, zeigten ihm, dass keine Angst für immer währte. Sein Vater hatte sich ihren Respekt verdient, er selbst konnte nur damit prahlen, weit gekommen zu sein, sich durch Kämpfen und Töten bereichert zu haben. Er kämpfte gegen seinen Jähzorn an, der ihm befahl, ihnen die Stirn zu bieten, unterdrückte das Verlangen, sie auszulachen, und drehte sich zu Hugo um, der seinem Blick ohne zu blinzeln standhielt.

»Deine Tochter hat meinen Palast nicht betreten.«

»Die Wachen haben einen anderen Eindruck gemacht.«

»Wenn das so ist, werde ich dem nachgehen.«

»Ich danke dir«, sagte Hugo. Bernat hatte aufrichtig geklungen.

Sie schwiegen.

»Gehen wir?«, bot Hugo ihm an und gab dem alten *Bastaix* ein Zeichen, mit seinen Leuten zur Seite zu treten.

Hugo und Bernat Estanyol betraten gemeinsam die Kathedrale Santa

María del Mar. Caterina eilte herbei, um an der Seite ihres Mannes zu sein.

»Nein, erlaubt mir, bei euch zu sein«, bat Bernat, als sie Anstalten machten, sich von ihm zu lösen.

Am nächsten Tag verhörte Bernat seine Soldaten. Sie erklärten, Mercè habe den Palast nie betreten. Er fragte nach, ob einer von ihnen die Mutter seines Sohnes noch einmal gesehen habe. Wenn er in seinen Jahren als Korsar etwas gelernt hatte, dann die Fähigkeit zu erkennen, ob jemand die Wahrheit sagte, und es dauerte nicht lange, bis er wusste, dass einer seiner Männer log. Er verschärfte das Verhör und drohte ihm mit einem qualvollen Tod, bis der Soldat gestand, von Destorrent bezahlt zu sein. Er war Mercè gefolgt und hatte sie ohne große Schwierigkeiten in den Palast der Gräfin gebracht.

»Wozu?«, brüllte Bernat. »Was will diese Hure von Mercè?«

Der Soldat hatte nichts mehr zu verlieren.

»Die Gräfin hasst sie von ganzem Herzen. Ich wusste, dass sie mich belohnen würde, wenn ich sie ihr bringe, und das habe ich getan …«

Bernat tötete den Verräter, ehe er den Satz beenden konnte. Mit dem blutigen Schwert in der Hand zog er sich in sein Schreibzimmer zurück, wo er sich eine Weile zusammen mit seinem Sekretär einschloss. Anschließend trat er in den Hof und befahl seinen Männern, ihm zu Galcerán Destorrents Palast zu folgen. Seine Stimme hallte im Hof wider und verlangte nach dem Gehorsam der Männer, die ihm zu dienen hatten. Er erreichte, dass fünf seiner Soldaten ihn begleiteten. Doch als sie ankamen, folgte ihm nur einer in den Vorhof, wo er im Kampf fiel. Bernat schlug sich allein mit den Rittern, die Galcerán beschützten, und zeigte dabei dieselbe Verwegenheit und Tapferkeit wie damals, als er als junger Korsarenkapitän die feindlichen Schiffe geentert hatte. Er verletzte zwei der Ritter und trat einem dritten gegenüber, als ein Feigling ihm sein Schwert von hinten in den Rücken stieß und seinem Leben ein Ende setzte.

37

Barcelona, September 1423

Kurz nach dem Tod des Grafen von Navarcles verschied der abtrünnige Papst Benedikt XIII. hochbetagt in der Burg von Peñíscola, wohin er Jahre zuvor geflohen war. Wenn die Kirche darauf vertraut hatte, das Abendländische Schisma wäre mit seinem Ableben beendet, so tat König Alfonso alles dafür, derartige Hoffnungen zu zerstreuen. Er erlaubte den zwei einzigen Kardinälen, die Benedikt bis zu seinem Tod treu geblieben waren, einen Kanoniker aus Barcelona zum neuen Gegenpapst zu ernennen, Clemens VIII., der wiederum ein neues Kardinalskollegium berief.

Das Vorgehen des Königs war nichts anderes als eine Warnung an Papst Martin, der weiter gegen ihn konspirierte, um ihm das Königreich Neapel zu verwehren und es stattdessen Ludwig von Anjou zu überlassen.

Doch König Alfonso beließ es nicht bei diplomatischem Druck, sondern brachte das Argument seiner militärischen Siege vor, denn mit der von Königin María entsandten und vom Grafen von Cardona befehligten katalanischen Armada hatte er bereits Neapel zurückerobert. Am Sonntag, dem 11. Juli 1423, wurde in der Kathedrale von Barcelona zur Feier des königlichen Sieges eine prunkvolle Messe abgehalten. Im Anschluss daran zog Königin María, begleitet von Adligen, vornehmen Bürgern, Geistlichen und vielen anderen, in einer großen Prozession zur Kathedrale Santa María del Mar.

Zwei Monate später sahen Hugo und Caterina Arm in Arm zu, wie Mercè mit ihrem Sohn im Vilatorta-Weinberg Trauben las.

»Dieses Jahr werden wir einen hervorragenden Wein haben«, sagte Hugo mit belegter Stimme.

Mercès und Arnaus Lachen drang zu ihnen und den anderen herüber: Pedro mit seiner Frau, Llúcia und Simón und einigen anderen Freunden, die zur Weinlese gekommen waren.

Nach Bernats Tod hatte Königin María Galcerán Destorrent zu sich gerufen und die sofortige Freilassung von Mercè gefordert.

»Ich weiß nicht, wovon Ihr sprecht, Majestät«, versuchte der vornehme Bürger sich herauszureden.

»Manchmal müssen wir Könige ungerechte Entscheidungen treffen, die einem höheren Wohl dienen. Dem des Volkes oder dem des Königs selbst.«

Die Königin schwieg einen Moment. Sie war sich der Zugeständnisse bewusst, die sie hatte machen müssen, um die Finanzierung durch die katalanischen Cortes zu erreichen. Doch die Mühe hatte sich gelohnt – Alfonso hatte in Neapel gesiegt.

»Der ehemalige Admiral der katalanischen Armada«, fuhr die Königin mit ernster Stimme fort, »kann sich nicht derart getäuscht haben, wenn er sogar den Tod in Kauf nahm, weil er dich verdächtigt hat, diese Frau gefangen zu halten. Bernat Estanyol starb im Glauben, dass sie sich in deiner Gewalt befindet, und ich, die Königin, glaube ihm.«

Der Mann mit dem breiten Hals und dem kleinen Kopf versuchte sich erneut zu rechtfertigen, brachte aber nur ein Stammeln heraus.

»Finde sie!«, befahl die Königin. »Gesund und munter. Dein Leben hängt davon ab.«

Mercè tauchte noch am selben Tag wieder auf. Hugo wollte Destorrent anzeigen, doch der Vogt riet ihm davon ab. »Lass es sein. Bernat ist tot. Deine Tochter hat, was sie wollte.«

Und so war es. Gekämmt, parfümiert, von oben bis unten in Seide gekleidet, besuchte Mercè mit ihrem Sohn an der Hand Bernat Estanyols Trauergottesdienst in der Kathedrale Santa María del Mar. Hugo und Caterina begleiteten sie, genauso wie Pedro und seine Frau, Königin María und zahlreiche Adlige und angesehene Bürger.

»Dort…« Hugo zögerte. »Dort im Himmel wirst du die Jungfrau bestimmt lächeln sehen, Bernat«, flüsterte er, als der Sarg mit dem Admiral in die Kirche getragen wurde.

Als er ihn hörte, drehte Arnau sich zu seinem Großvater um.

»Das hat er oft zu mir gesagt«, sagte er mit der Unschuld eines sechsjährigen Kindes. »Immer wenn wir in der Kirche waren, hat er auf sie gezeigt und mich gefragt: Siehst du, wie sie lächelt?«

»Natürlich.« Hugos Stimme zitterte vor Rührung.

Caterina drückte seine Hand und strich dem Jungen zärtlich über den Kopf.

Nach der Trauerfeier gingen sie in den Palast in der Calle de Marquet, wo Mercè inzwischen mit ihrem Sohn lebte. Beschützt wurden sie lediglich von den Dienern, die sich um alles kümmerten, denn nach ihrem Einzug hatte Mercè als Erstes die Soldaten entlassen.

Dem Testament zufolge, das Bernat an dem Morgen aufgesetzt hatte, als er nach der Hinrichtung des Verräters zu Galcerán geeilt war, um Mercè zu befreien, standen Arnau sämtliche Güter seines Vaters zu, mit Ausnahme eines Erbteils für seinen anderen Sohn, verschiedener wohltätiger Stiftungen zugunsten von Bedürftigen, Krankenhäusern und Kirchen sowie eines Vermögens, das für Messen bestimmt war, in denen für seine Seele, die seiner Eltern und die von Guerao gebetet werden sollte. Er hatte Mercè zu Arnaus Vormund erklärt, bis der Junge sein zwanzigstes Lebensjahr erreicht hätte, und angeordnet, dass sie die Summe ihrer Mitgift erstattet bekäme.

»Und was ist mit der Gräfin?«, fragte Hugo den Notar, da er um die Sorge seiner Tochter wusste.

»Das Einzige, was Marta Destorrent gesetzlich zusteht, ist das Recht, ein Jahr lang weiter im Palast zu leben. Außer der Rückzahlung ihrer Aussteuer hat Bernat nichts für sie verfügt. Er hat festgesetzt, dass das Kind während dieses Jahres bei deiner Tochter lebt. Allerdings hat mich ein Minister der Königin bereits wissen lassen, dass Marta Destorrent auf ihr Recht verzichtet. Ach ja, und dann gibt es da noch eine Verfügung zu deinen Gunsten«, fügte der Notar zu Hugos Überraschung hinzu. »Zwei Silbermünzen. Der Graf hat testamentarisch bestimmt, dass er dir nach seinem Tod kein Geld schulden möchte.«

Der Anblick von Arnau und Mercè, die an diesem Septembertag in seinem Weinberg Trauben lasen, verschwamm in dem Maße, wie der Duft nach Erde, Rebholz und Most in einem Schwindel erregenden Wirbel die Erlebnisse in ihm heraufbeschwor, die ihn nach all den Jahren wieder hierhergeführt hatten. Er verscheuchte die schlimmen Erinnerungen, konnte aber nicht verhindern, dass sich ihm die Kehle zuschnürte. Er räusperte sich ein paarmal. Caterina bemerkte seine Erregung und löste sich langsam aus seiner Umarmung, als wollte sie sich nicht in seine intimen Gedanken einmischen.

»Pedro und die anderen brauchen bestimmt meine Hilfe«, erklärte sie.

Hugo drückte sie an sich.

»Ich bin es, der dich braucht«, sagte er zärtlich.

Sie fasste ihn um die Taille, schmiegte sich an ihn, und beide ließen ihren Blick über die Weinberge schweifen.

»Sie hat es verdient«, sagte Caterina und deutete auf Mercè, die fröhlich, vor Lebenskraft strotzend in der Sonne lächelte.

Hugo nickte, bevor er Caterina zu sich drehte und auf den Mund küsste.

»Du auch.«

Verheißungsvoll lag die Zukunft vor ihnen. Mercè hatte Caterina für alles gedankt, was sie für sie und Arnau getan hatte. Ihre Bedenken gegenüber der ehemaligen Sklavin waren verflogen, und beide empfanden eine uneingeschränkte Zuneigung zueinander, ein Gefühl, das Mercè auch ihrem Sohn vermittelte, der diese so unerwartet in sein Leben getretene Großmutter liebevoll annahm. Endlich waren sie eine Familie, sagte Hugo sich dankbar. Nur Barcha fehlte …

Ein lautes, kindliches Lachen riss ihn aus seinen Gedanken. Gerührt sah er, wie Mercè in einem plötzlichen Gefühlsausbruch gleichzeitig lachte und weinte, während sie Arnau dabei half, die Fliegen aus seinem von Traubensaft verklebten Gesicht zu verscheuchen.

Anmerkung des Autors

Nach der Entwicklung des Barrio Ribera mit der Kathedrale des Meeres als Wahrzeichen wuchs Barcelona ab dem Ende des 14. Jahrhunderts an seiner gegenüberliegenden Seite, der des Raval, das schon bald von einer neuen Stadtmauer umschlossen wurde.

Die königlichen Schiffswerften, wo Hugo Llor einem genuesischen Sklaven hilft, seine Eisenkugel zu tragen – tatsächlich stammen die Berichte von Kriegsgefangenen aus Genua von 1354, also einer etwas früheren Zeit als der im Buch beschriebenen –, und das Hospital Santa Cruz, in dem Hugo später als Kellermeister arbeitet, zählen wie die Kathedrale Santa María del Mar und andere bedeutende mittelalterliche Bauten Barcelonas zur katalanischen Gotik, einem ebenso majestätischen wie nüchternen Architekturstil.

Fast einhundert Jahre bevor die Katholischen Könige Isabella und Ferdinand die Juden aus Spanien vertrieben, zerstörten die Bewohner Barcelonas das jüdische Viertel und ermordeten jeden, der nicht zum christlichen Glauben konvertierte. Den Historikern zufolge opferten sich in dieser Zeit vor allem viele jüdische Frauen für ihren Glauben.

Im Vergleich zu den königlichen Werften oder dem Hospital Santa Cruz errichteten die konvertierten Juden in Barcelona nur eine bescheidene Kirche, die Iglesia de la Santíssima Trinitat, die, mit einigen Veränderungen, noch heute in der Calle de Ferran im historischen Stadtkern existiert, auch wenn sie jetzt Parroquia de Sant Jaume heißt, wie die Kirche, die zur Zeit der Romanhandlung mit ihrem von einem Säulengang umgebenen Vorhof an der Plaza de Sant Jaume stand und im ersten Viertel des 19. Jahrhunderts abgerissen wurde.

Von diesem Schicksal blieb das Kloster Jonqueres, in dem Arsenda ihr Ordensgelübde ablegte und wohin Regina mehrmals floh, verschont, obwohl die revolutionäre Junta Mitte des 19. Jahrhunderts als Folge des von der liberalen Regierung beschlossenen Dekrets zur Säkularisierung und Enteignung von Kirchengütern mehrmals seinen Abriss befahl.

Glücklicherweise können wir das gotische Bauwerk, seinen Glockenturm und seinen Kreuzgang auch heute noch bewundern, da es Stein für Stein umgesetzt und in eine Kirche umgewandelt wurde, die Iglesia de la Concepción in der Calle Aragó.

Die Burgen von Navarcles und Sabanell können wir hingegen nicht bewundern, da sie nie existiert haben und nur ein Produkt der Fantasie des Autors sind.

Die Geschichte Barcelonas gegen Ende des 14. und zu Beginn des 15. Jahrhunderts, dem Zeitraum dieses Romans, ist als die einer der wichtigsten Städte des Mittelmeerraums eng mit den innen- und außenpolitischen Ereignissen jener Zeit verwoben, insbesondere mit dem Wechsel der königlichen Dynastie in Katalonien, Aragonien, Valencia und den anderen Königreichen, dem Abendländischen Schisma und den ständigen Kriegen, die dazu dienten, das eigene Hoheitsgebiet zu verteidigen oder zu erweitern und die wirtschaftliche Vorherrschaft zu sichern.

In dieser unruhigen Zeit befahl der Bürgermeister von Barcelona einmal, eine Sklavin zu hängen, die vor dem Tribunal des Bischofs um ihre Freiheit ersucht und sich darauf berufen hatte, Christin zu sein. Nach ihrer Hinrichtung durch die weltlichen Behörden als abschreckendes Beispiel und als Warnung an die übrigen Sklaven exkommunizierte der Bischof den Bürgermeister.

Martín I., genannt »der Humane«, war der letzte König aus dem Haus Barcelona. Seine Bemühungen, einen legitimen Nachfolger zu zeugen, scheiterten trotz der Anwendung von Medikamenten und anderen Methoden an seiner Fettleibigkeit. Dass der König an einer Vergiftung gestorben sein könnte, wie es im Roman geschieht, wird von der Forschung durchaus in Betracht gezogen.

Wie Mercè auf den Seiten dieses Romans argumentiert, ist es eher unwahrscheinlich, dass ein Monarch, der weiß, dass Papst Benedikt XIII. am nächsten Tag seinen Enkel zum rechtmäßigen Thronfolger erklären wird, den eigennützigen Vorschlägen der Stadträte einfach so zustimmt, selbst wenn er noch so krank ist. Das Ableben des Königs ausgerechnet in der Nacht vor der päpstlichen Anerkennung seines Enkels als Nachfolger kann wohl kaum als Zufall angesehen werden.

Der Interessenkonflikt, der zum Tod des Monarchen geführt haben könnte, löste einen Streit um die Krone aus, der mit dem in Caspe gefällten Urteil endete. Dieses Urteil wurde lange Zeit als friedliche Lösung betrachtet, die von den verschiedenen Königreichen erzielt wurde, um dem Fehlen eines Thronfolgers ein Ende zu setzen. In jüngster Zeit wurde dieser sogenannte Kompromiss von Caspe einer Revision unterzogen. Dabei geht es um Bestechung, die Interessen der Kirche und die Drohung des Infanten Fernando von Antequera, einen neuen Krieg anzuzetteln.

Die Katalanen verhinderten, dass der Graf von Urgell, der natürliche Kandidat, die Nachfolge im Königreich antrat, und entschieden sich für einen kastilischen König, Fernando I., den sie leichter beeinflussen zu können glaubten. Mit seiner Krönung erreichte der katalanische *Pactismo,* eine Art Paktwesen in der katalanischen Herrschaftsform, seinen Höhepunkt, und die herrschenden Klassen zogen ihre Vorteile daraus. Eine der ersten Konsequenzen waren die erschwerten Lebensbedingungen für die abhängigen Bauern, die sogenannten »Sklaven der Erde« oder *Remences,* eine katalanische Form der Leibeigenen.

Das von Gegenpapst Clemens VIII., dem Nachfolger von Benedikt XIII., aufrechterhaltene und von Alfonso V. von Aragonien geduldete Abendländische Schisma endete 1429, als der Monarch einen absurden Krieg gegen Kastilien begann, um die Rechte seiner Brüder, der Infanten Juan und Enrique, zu verteidigen, einen Krieg, der ihn erschöpfte und von seinem eigentlichen Ziel ablenkte: Neapel.

Alfonso versöhnte sich mit Papst Martin V., der die laufenden Prozesse gegen ihn einstellte und dabei half, Frieden mit Kastilien zu schließen. Clemens VIII., der Nachfolger Benedikts, trat als Gegenpapst zurück und wurde zur Belohnung zum Bischof von Mallorca ernannt. Nach mehr als fünfzig Jahren war die Römische Kirche wieder unter einem Papst vereint: Martin V.

Alfonso V. konnte das Königreich Neapel nach zahlreichen Wendungen erst 1442 erobern. Er lebte bis 1458 und sollte nie wieder in seine spanische Heimat zurückkehren.

Während sich der Wein bei den Westgoten, die der römischen Herrschaft in Spanien ein Ende setzten, als Getränk durchgesetzt hatte, könnte man annehmen, dass die fast acht Jahrhunderte muslimischer Herrschaft in Spanien, die auf die westgotische Invasion folgten, aufgrund des Alkoholverbots im Islam Konsequenzen für den Anbau und die Herstellung von Wein hatten. Verschiedene Autoren erklären jedoch, dass nicht nur die Christen weiterhin Wein tranken, sondern auch die muslimische Bevölkerung, bis strengere Koranauslegungen dies verboten.

Man könnte zu dem Schluss kommen, dass die achthundert Jahre muslimischer Herrschaft mit ihrem vom Koran hergeleiteten Alkoholverbot tatsächlich einen wesentlichen Einfluss auf den Weinbau hatten.

Es finden sich nur wenige schriftliche Zeugnisse über die Weinreifung in Spanien zur Zeit des Mittelalters. Vieles deutet aber darauf hin, dass es nur wenige alte, gelagerte Weine in Katalonien gab, obwohl man gelegentlich auf Erwähnungen von *vi vell*, altem Wein, stößt.

Über den Schnaps im Mittelalter gibt es noch weniger Untersuchungen, und die zeitgenössischen Abhandlungen (von Arnau de Vilanova oder Ramon Llull) beziehen sich auf das *aqua vitae* als ein fast magisches, alchemistisches und ausschließlich als Heilmittel eingesetztes Erzeugnis. Die Experten gehen davon aus, dass in Italien der Schnaps zwischen 1420 und 1430 seine ausschließlich medizinische Bedeutung verlor und zu einem alkoholischen Getränk wurde, auch wenn sich diese Entwicklung einigen Autoren zufolge erst im 16. Jahrhundert vollzog.

In den mittelalterlichen Abhandlungen werden zahlreiche Zusatzstoffe aufgeführt, die dem Wein beigefügt wurden, darunter Harz, Pech oder Gewürze, doch nirgendwo wird *aqua vitae* oder Schnaps erwähnt, obwohl sich dieser in den folgenden Jahrhunderten zum Zusatzstoff schlechthin entwickelte, um den Alkoholgehalt zu erhöhen und die Haltbarkeit des Weines zu verlängern.

Dieser Roman vertritt die Theorie, dass der Schnaps bereits in den ersten Jahrzehnten des 15. Jahrhunderts als alkoholisches Getränk und Zusatzstoff verwendet wurde, auch wenn wir wohl nie wissen werden, ob tatsächlich irgendein gewitzter Weinkenner diese Technik schon in einer so frühen Epoche angewandt hat.

Schließlich möchte ich meiner Frau Carmen und meiner Verlegerin Ana Liarás für ihr Interesse, ihre Mühe und ihre Mitarbeit an diesem Werk sowie all jenen danken, die seine Veröffentlichung ermöglicht haben.

Barcelona, Februar 2016